U0636016

中國文學研究典籍叢刊

升庵詩話新箋證（增訂本）

上册

〔明〕楊　慎　撰
王大厚　箋證

中　華　書　局

圖書在版編目(CIP)數據

升庵詩話新箋證:增訂本/(明)楊慎撰;王大厚箋證.—2版. —北京:中華書局,2020.12
(中國文學研究典籍叢刊)
ISBN 978-7-101-14948-7

Ⅰ.升… Ⅱ.①楊…②王… Ⅲ.古典詩歌-詩歌評論-中國-明代 Ⅳ.I207.227.48

中國版本圖書館 CIP 數據核字(2020)第 251268 號

責任編輯:劉 明 汪 煜

中國文學研究典籍叢刊
升庵詩話新箋證(增訂本)
(全三册)
〔明〕楊 慎 撰
王大厚 箋證
*
中 華 書 局 出 版 發 行
(北京市豐臺區太平橋西里 38 號 100073)
http://www.zhbc.com.cn
E-mail:zhbc@zhbc.com.cn
北京瑞古冠中印刷廠印刷
*
850×1168 毫米 1/32 · 40 印張 · 6 插頁 · 900 千字
2008 年 12 月北京第 1 版
2020 年 12 月北京第 2 版 2020 年 12 月北京第 4 次印刷
印數:4001-5600 册 定價:168.00 元

ISBN 978-7-101-14948-7

《中國文學研究典籍叢刊》出版説明

中國古代學者對文學的認識、思考、研究和總結，是以多種形式書寫、流傳並發生影響的，有的是理論性的專著，有的是隨筆式的評論，有的是作品前後的序跋，有的是作品之中的評點。這些典籍數量豐富，種類衆多，涉及各個時期的不同的文學現象和文學思潮，以及不同的作家作品和文體文類。對這些典籍文獻的收集、整理，在近百年來，一直是學術界著力的重點，取得了很大的成績。

爲了進一步推動這一工作的進展，我們組織了《中國文學研究典籍叢刊》，選擇歷代具有代表性的、比較重要的典籍，採用所能得到的善本，進行深入的整理。因各類典籍情況差異較大，整理的方式也因書而異，不求一律，或校勘，或標點，或注釋，或輯佚，詳見各書的前言與凡例。《叢刊》的目的，是系統地爲學術界提供一套承載著中國古代學者文學研究成果的，内容更爲準確、使用更爲方便的基礎資料。我們熱切地期待學術界的同仁們參與這一澤惠學林的工作，並誠摯地歡迎讀者對我們的工作提出批評指正。

中華書局編輯部

二〇〇六年六月

前言

楊慎(一四八八—一五五九),字用修,别號升庵,四川新都人。明正德六年殿試第一,授翰林院修撰,時年二十四。嘉靖三年(一五二四),以上疏議大禮,兩被廷杖,斃而復蘇,旋謫戍雲南永昌衛(今雲南保山),從此僻居邊疆三十五年。嘉靖三十八年(一五五九),卒於戍所,已七十二矣。升庵既得罪時君,自知不爲當世所容,雖處遐荒,獨肆志於學,著作之富,爲一代冠。身後譽之者固多,毁之者亦復不少,要其緒言餘論,足以傾動當時而影響於後世。今校理《升庵詩話》,因揭櫫數端,牾略論之,以弁於首焉。

一

蓋升庵生於弘治、正德、嘉靖之世,其始,天下既厭「臺閣雍容之作,愈久愈弊,陳陳相因,遂至嘽緩冗沓,千篇一律」(《四庫全書總目·空同集提要》)。李東陽本宋嚴羽之説,標舉唐音,主情思,重比興,以爲詩之爲用,乃「以其有聲律諷詠,能使人反復詠諷,以暢達情思,感發志氣」(《懷麓堂文集》卷五《滄洲詩集序》)。又謂「詩有三義,賦居其一而比、興居二。所謂比、興者，皆託物寓意而爲之者也。蓋正言直道，則易於窮盡而難於感發，惟有所寓託，形容摹寫，反復諷詠，以俟人之自得，言有盡而意無窮，則神爽飛動，手舞足蹈而不自覺，此詩之所以重情思而輕事實也」（《懷麓堂詩話》）。以是轉移風氣，爲時宗仰。升庵少時，以《黄葉》詩受知東陽，登第又出門下，親承指授，故其生平言詩，實濫觴於此。然東陽好言法度，其重唐詩，亦每於音調句律中求之，加以「歷官館閣，四十年不出國門」（《列朝詩集》丙集第一《李少師東陽》），故其所作，不窺於雄奇奥麗之境，而惟以辭之「簡遠」、意之「古淡」爲高（見《懷麓堂詩話》）。李夢陽一出，譏其「萎弱」，非無見也。

夢陽才思雄鷙，以復古自命，「倡言文必秦漢，詩必盛唐，非是者弗道」（《明史》卷二百八十六《李夢陽傳》）。又謂「學詩必須學杜，詩至杜子美，如至圓不能加規，至方不能加矩矣」（何良俊《四友齋叢説》卷二十六記顧東橋引李夢陽語）。主張太過，又以模擬爲唯一途徑，嘗云：「夫文與字一也，今人模臨古帖，即太似不嫌，反曰能書，何獨至於文而欲自立一門户耶？」（《空同集》卷六十二《再與何氏書》）甘作「古人影子」而不辭。故錢謙益譏之，以爲「但學杜詩聲口，取其形似，卻不知八寸三分帽子，也有戴不得去處」（《列朝詩集》丙集第十一《李副使夢陽》）。升庵喻以「玩瓶中之牡丹，看擔上之桃李」（《升庵文集》卷六《答重慶太守劉嵩陽書》），蓋謂其模擬失真也。模擬之不足，繼以剽竊，若謙益所舉《功德寺》諸詩，篇中直寫杜句，至再至三，而詩弊爲甚矣。然當時何景明、徐禎卿、邊貢之徒，皆奉以爲宗，天下無不爭效其體。諸人復互相標榜，排斥東陽。升庵早年與景明訂交，相與論詩，即頻見異同。既而復古之風大煽，遂起而力矯其弊，自言己志，欲振詩風。故其論詩，每發一義，皆所以破李、何。錢謙益云：「及北地侈言復古，力排茶陵（李東陽，茶陵人），海内爲之風靡，用修乃沈酣六朝，攬採初唐，創爲淵雅博麗之詞，其意欲壓倒李、何，爲茶陵別張壁壘，不與角勝口舌間也。」（《列朝詩集》丙集第十五《楊修撰慎》）蓋得其情。然謂不爭口舌，乃就其詩言之，非所以語其持論也。

蓋李、何之病，不在於宗唐，而在於唯古是尚：以爲「漢後無文，唐後無詩」，主張「不讀唐以後書」；謂「宋無詩」，「宋人書不必收，宋人詩不必留目」。又，其病不在於法杜，而在於其專主一家，而所津津樂道者，不過七言律激昂感愴之調，及其「頓挫倒插之法」（《明史·李夢陽傳》引王維楨語）。升庵反之，厥標三義：

一曰「人人有詩，代代有詩」。以爲詩之所始，本乎性情，「六情靜於中，萬物蕩於外，情緣物而動，物感情而遷，是發諸性情而協於律吕，非先協律吕而後發性情也。以兹知人人有詩，代代有詩」（《升庵文集》卷三《李前渠詩引》）。此乃上取古人「音由心生」（《樂記》）、「詠緣物感」（鍾嶸《詩品》）之義，以廣東陽「主情思」之說，實亦救其偏蔽。蓋知情思之發，在於境遇；聲音之變，潛與政通，則不至於專於音調句律之間求之矣。是以升庵又云：「或政遇醇和，則膏澤醲乎肸蠁；時值窳黷，則勞苦形於詠謠。」（《李前渠詩引》）持此以觀歷代之詩，如杜公（甫）、范（成大）、陸（游），同寓蜀中，其詩皆推表山川，膾炙人口，而境界各別，「亦其時之遇也」（《升庵遺集》卷二十三《東阜三蜀兩游集序》）。以此推之，則凡有以「感物造端」，「託物寓意」，而情與境合者，「豈分窮達，奚別古今」，皆得而謂之詩，自不能專着眼於盛唐一代、杜甫一家矣。此與後來李贄「無時不文，無人不文，無一樣創製體格文字而非文」（《童心説》）之説，實一脉相通。

二曰「尊唐不可卑六代」。以爲「漢代之音可以則，魏代之音可以誦，江左之音可以觀，雖則流例參差，散偶𥇦分，音節尺度，粲如也。有唐諸子，傚法於斯，取材於斯。昧者顧或尊唐而卑六代，是以枝笑幹，從潘非淵也，而可乎哉？」（《升庵文集》卷二《選詩拾遺序》）此溯其源也。有其源則有其流，故升庵尤力言：「不可云宋無詩。」（見《升庵詩話》卷五「宋人絶句」、卷十二「蓮花詩」、「劉原父喜雨詩」、「劉後村三詩」、「文與可」諸條及《升庵遺集》卷二十四《宛陵詩選序》）外此，升庵尚有《宋詩選》、《六一宛陵詩選》、《蘇黄詩髓》，下逮《元詩選》、《皇明詩鈔》、《續鈔》以至李夢陽《空同詩選》及並世諸家詩選等。是其博採通識，勝於李、何之割斷歷史，專固自擅，亦爲遠矣。

三曰學詩之法，在於「別裁僞體」、「轉益多師」。升庵於創作，並非要盡廢模擬，不用成法。其所病者在專主一家，只攻一法。升庵嘗舉少陵「不及前賢更無疑，遞相祖述復先誰，別裁僞體親風雅，轉益多師是我師」一詩（《戲爲六絶句》之六），衍劉須溪語羅履泰之説云：「此少陵示後人以學詩之法。前二句戒後人之愈趨愈下，後二句勉後人之學乎其上也。蓋謂後人不及前人者，以遞相祖述，日趨日下也。必也區別裁正浮僞之體而上親《風》《雅》，則諸公之上，轉益多師，而汝師端在是矣。」（《升庵詩話》卷四「杜少陵論詩」條）故所謂「浮僞之體」者，不獨「藉助猫兒狗子」之晚唐惡詩、空吟不學之九僧江湖（《升庵詩話》卷十一「劣唐詩」、「假詩」條），若李何「剽竊雷同，比興漸微而風騷稍遠」之作，以至升庵所尚「六朝之調，初唐之體」，使其流於「纖艷不逞，嘽緩無當，作非神解，傳同耳食」者，亦當在於區別裁正之列（《詩話》卷三「胡唐論詩」條）。且升庵亦非不學杜者，嘗論杜詩上繼六朝（見《詩話》卷三「羊腸熊耳」、卷七「學選詩」、「劉須溪」、卷八「杜詩奪胎之妙」、「杜詩本選」、「雕菰」諸條）。其早年爲詩，時傷綺麗，得罪戍滇以後，感於少陵《入衡州》「悠悠委薄俗，鬱鬱回剛腸」之語，詩境爲之一變。於杜之晚規庾信，由綺艷、清新以入老成之意，體會尤深。以爲「綺艷、清新，人皆知之，而其老成，獨子美能發其妙」。因衍之云：「綺多傷質，艷多無骨，清易近薄，新易近尖。子山之詩，綺而有質，艷而有骨，清而不薄，新而不尖，所以爲老成也。」（《詩話》卷三「庾信詩」條）此固善發杜詩之旨，實亦升庵是時學詩自得之言。其嘉靖四年入滇途中《乙酉元日新添館中喜晴》（五律）一首，王夫之評云：「重處皆輕，麗處皆切。」（見《明詩評選》）已見其進境「老成」，與少陵「波瀾莫二」。其《近歸有寄》云：

禄品宵征路，堂川暝問津。涼風吹遠思，新月照歸人。未醒雞邊夢，猶驚馬上身。明朝攜手地，先醉雪梅春。

王夫之評云：「只起二句叙事已竟，向後但游衍耳。不爲章法謀，乃成章法。所謂章法者，一章有一章之法也；千章一法，則不必名章法矣。事自有初終，意自有起止，更天然一定之則，所謂範圍而不過者也。論及此，何仲默（景明）、高廷禮（棅）一三家村塾師材料，那許渠開口道人！」（《明詩評選》）又云：「用修工於用法，唯其能破陋人之法。」（《夕堂永日緒論·内篇》）則升庵之用法亦工矣。其後居安寧，復有《春興八首》之作。其感事詠懷，沉鬱悲涼，直出杜《秋興八首》，昔人亦稱其可媲少陵「夔州以後詩」（見陳文燭《升庵文集》序）。此與「但學杜詩聲口」，專攻「頓挫倒插之法」者，自不可同日而語矣。

二

抑升庵之所以異於時人者，復在於其思想之通脱與眼界之寬廣。

明代爲封建社會後期，中央集權趨於强化，而性理之學，如日中天。嘉靖初年，陸、王心學日盛，提倡「格物致知，自求於心」，於是空疏不學之徒，乃得奔競於倖進之門。大禮之議，迎合帝意之張璁、桂萼、方獻夫、席書之徒，皆以心學進。升庵始猶斥其「僞學」，謂與張、桂諸人，「學術不同」（見《明史》卷一百九十二《楊慎傳》）。繼而見其顛倒是非，報復奔競，無所不用其極，始悟其學之弊，乃起而力斥其非。以爲「道學、心學，理一名殊，明明白白，平平正正，『中庸』而已矣，更無高遠玄妙之説。至易而行難，内外一者也。彼外之所行，顛倒錯亂，於人倫事理大戾，顧異巾詭服，闊論高談，飾虚文美觀，而曰吾道學，吾心學，使人領會於渺茫恍惚之間，而無可著摸以求所謂禪悟。此其賊道喪心已甚，乃欺人之行，亂民之儔，聖王之所必誅，而不以赦者也，何道學、心學之有！」（《升庵文集》卷七十五「道學」條）嘗云：「邇者霸儒創爲新學，削經剗史，驅儒歸禪。缘其作俑，急於鳴儔，俾其易入。而一時奔名走譽者，自叩胸臆，叵以驚人彪彩，罔克自售，靡然從之，紛其盈矣。蜉蝣撼樹，謂游夏爲支離；聚蚊成雷，以舒雄爲小伎。豪傑之士，陷溺實繁。……詩歌至杜陵而暢，然詩之衰，實自杜始；經學至朱子而明，然經之拘晦，實自朱始。是非杜、朱之罪也。玩瓶中之牡丹，看擔上之桃李，效之者之罪也。」於是自明己志，欲起而矯之，曰：「竊不自揆，欲訓詁章句，求朱子以前六經；永言緣情，效杜陵以上四始。」（《升庵文集》卷六《答重慶太守劉嵩陽書》）其云「訓詁章句」者，時方以程、朱之道治天下，不顯斥其非，託言「訓詁章句」而已。升庵著作中，凡議宋人之失者，多指程、朱。若「宋人多議論可厭」（《丹鉛總録》卷十九）、「宋人議論不公不明」、「晦庵僻論」（《丹鉛總録》卷九）、「朱晦庵真西山不識伯夷傳」（《丹鉛總録》卷十二）諸條，則直斥程、朱之名矣。其論詩，如「唐詩主情」、「宋人論詩」、「沈氏竹火籠詩」諸條（並見《詩話》卷三），所駁「宋人」之論，亦皆出於《朱子語類》。時新學方盛，諸儒持論一以宋儒爲指歸，「宋人曰是，今人亦曰是，宋人曰非，今人亦曰非」（《升庵文集》卷五十二「文字之衰」條）。故升庵之斥宋儒，其意非在程、朱，而實在今儒也。升庵既與新進諸人「學術不同」，復身受其害，故於諸人之行尤深惡之，斥之爲「霸儒」、「儒梟」。以爲其「徂學以擬聖，華誣以協衆」，假道學以欺世，驅衆心以歸禪，「使一世之人，吞聲而陽服之」（《升庵文集》卷七十「儒梟」條）。唯其「空疏無學」，不足與論，故直與宋儒反覆辯難，欲斥其本源之非也。而所以未揭其名氏者，蓋以其身在謫戍，未便輕觸當道之忌也。升庵可謂明代反理學之第一人，李贄《續藏書》爲立佳傳，盡列其著述之目，蓋有深意焉。

升庵既不爲道學所囿，故其學問文章，幾於無理不可究，無事不可入。博涉多通，於所著見之矣。《詩話》中，亦每取人所不敢取，言人所不敢言。詩之範圍，因而愈廣。苻堅之雋句（卷二「苻堅詩」條），羊祜之疏語及「子書傳記語似詩者」（卷一），取之；「佛經似詩句」（卷一）者，亦取之。以至㑩子之偈（《升庵文集》卷七十三「㑩子偈」條），「劄青」之文（卷十「長安貧兒鏤臂文」條），外國之歌曲（《詩話補遺》卷三「多根樹」條），彝苗之舞辭（《升庵文集》卷四十四「蘆」條），俱所採録；古今風謡，民間諺語，亦特編成集，爲清人彙集《古謡諺》開其先路。其注意於唐人傳奇小詩，以爲「大有絶妙千古，一字千金者」（《詩話》卷十二「唐人傳奇小詩」條）。對於後來胡應麟之搜集鬼詩，亦大有啟發。真所謂「兼收並蓄」，「細大不捐」，擴大詩歌領域，其眼光所及，不啻超出時人倍蓰矣。

三

升庵以一代學者，兼爲詩人，嘗謂「詩之盛衰，係於人之才與學」（「胡唐論詩」條），又云：「古之詩也，一出於性情；後之詩也，必潤以問學，性情之感異衷，故詩有邪有正；問學之功殊等，故詩有拙有工。」（《李前渠詩引》）是以主張「學詩終於多識」（《異魚圖讚跋》），作詩「用字須有來歷」。因論少陵「讀書破萬卷，下筆如有神」之語，云：「此子美自言其所得也。讀書雖不爲作詩設，然胸中有萬卷書，筆下自無一點塵矣。近日士夫爭學杜詩，不知讀書果曾破萬卷乎？如其未也，不過拾《離騷》之香草，丐杜陵之殘膏而已。」（《丹鉛總録》卷十九「讀書萬卷」條）又謂「胸中無國子監，不可讀杜詩」（《詩話》卷九「杜詩野艇字」條）。除此而外，升庵更於陶淵明「讀書不求甚解」之言，别疏解會（《丹鉛總録》卷十三），以使空吟不學之徒，不得有所藉口。

至於升庵詩學，有裨後世，其尤可稱述者，約有三事：

其一，探究源流，以明詩史。以爲「六代之作，其旨趣雖不足以影響大雅，而其體裁實景雲、垂拱之前驅，天寶、開元之濫觴」（《升庵文集》卷二《選詩外編序》），因有《千里面譚》、《五言律祖》之輯，以見唐人律詩，從於六朝新體。又舉梁武帝《江南弄》、陶弘景《寒夜怨》、陸瓊《飲酒樂》、梁僧法雲《三洲歌》、徐勉《迎客送客曲》、王筠《楚妃吟》、隋煬帝《望江南》與《夜飲朝眠曲》諸作（並見《詞品》），以證「填詞必溯六朝」，而宋元詞曲，可以貫通於齊梁樂府。此皆切理饜心，爲治詩史者所樂道者矣。

其二，精研李、杜大家，漸成專門之學。李、杜二家，世皆宗仰，然自明代以前，論者雖多，專攻甚少。升庵於李白之故里家世，游歷出處，多所考論。對於二公之襟懷抱負，詩學淵源，以至短長得失，皆綜覈文史，斷以己意，每發前人之所未發。又與張含合選二家詩，李詩百餘首，纔取全集八分之一；杜詩約二百首，取七分之一，可謂至嚴至精。批點不作空論，絶去明人以八股衡文之頭巾氣習，往往一語破的。通觀所論，升庵之於李、杜，總體而言，殆無軒輊；一詩一體，則敢議其優劣。人或謂其「揚李抑杜」，未必然也。又，升庵於唐絶亦所專研，有《絶句衍義》、《唐絶增奇》、《唐絶搜奇》、《絶句辨體》之作。所論「唐人樂府，多唱詩人絶句」，實後來王士禛以「絶句爲唐樂府」之所本（見《唐人萬首絶句選序》）。至謂杜甫「獨絶句本無所解」（《詩話》卷八「子美贈花卿」條），雖非至當之論，要亦有故。王世貞謂杜爲唐絶「變體」（《藝苑卮言》卷四），胡應麟尤贊成之，且以其爲李夢陽之專效此體而發（見《詩藪》内篇卷六），或可信也。

其三，於詩之文字、語辭校正，考證疏釋，用力最勤，收獲獨多。升庵以世家而居翰苑，多見中秘之籍。重以博洽之才，觸類旁通，因文求義，時生懸解。其於詩中之故實、音訓、名物、地理等等，凡歷來注家罕及或舊解未諦者，往往游刃其間。無論經史文賦、諸子雜説，以至佛典道書、童謡里諺，皆旁徵博引，疏其出處，辨其作用，勝義獨出，奭然四解。其疑難未定者，不辭反覆探究，以求其是。故其所論，多爲明清注家之所取資；亦啟後世學人爭相繼述。如焦竑《筆乘》、胡震亨《唐音癸籤》、王士禛《漁洋詩話》、吴景旭《歷代詩話》等，其徵故實，辨名物，考音訓，多用升庵之説，或據所論推而廣之，辨其然否。乃至陳耀文之《正楊》、周嬰之《巵林》、胡應麟之《丹鉛新録》、《藝林學山》、謝肇淛之《五雜俎》等，作意與升庵爲難，然其中有雖極辯難，究竟是一義者；亦有互相發明者。總之，升庵以經史考據之法治詩，其所成就，遠過前人；穿鑿失誤，亦所難免。明人薛千仞云：「用修過目成誦，故實皆在其胸中，下筆不考，誤亦有之；然無傷於用修。好事者尋章摘句，作意辯駁，得其一誤，如得一盜臟，沾沾自喜，此其人何心，良可笑也。」（周亮工《書影》卷八引）於此，亦適見升庵當時有天下大名，故人多樂與之爭，欲以附於驥尾也。

綜上所述，升庵之詩論並其詩作，皆足以於「七子」之外，卓然名家。只以其長期謫居邊疆，復爲當路者所疾忌，故其當時聲名，不及「七子」。然其於後世之影響，則遠較「七子」爲深廣。今明代文學研究方興，其於升庵之學，豈可忽之乎？

《升庵詩話》爲研究楊慎詩學之重要資料，乃其謫居雲南三十餘年間，陸續寫出。《明史·藝文志》著録四卷，乃升庵友人嘉州（今四川樂山）程啟充於嘉靖辛丑（一五四一）所編，收録二百零二條，爲最初刻本。其後「有《續集》，有《別録》，有《補遺》，皆詩評也」（張含《詩話補遺序》），今都已不存。嘉靖甲寅（一五五四），門人梁佐編《丹鉛總録》二十七卷，自卷十八至卷二十一爲「詩話類」，凡四卷，共三百三十一條。其將程本《詩話》編爲二十、二十一兩卷。而其第十八、十九兩卷，或即張含所云「《續集》、《別録》」之文。嘉靖丙辰（一五五六）門人曹命復編《詩話補遺》三卷，收一百零一條。萬曆壬午（一五八二），升庵從子有仁編《升庵先生文集》八十一卷，其第五十四卷至六十卷爲「詩品」，凡八卷，共四百九十六條。及至萬曆丙辰（一六一六），有明一代與升庵博學通識齊名之著名學者焦竑編《升庵外集》一百卷，其第六十七卷至第七十八卷亦爲「詩品」，凡十二卷，條文更增至五百九十九條。其書除彙集以上諸編並有所删訂外，以爲《千里面譚》、《絶句衍義》二書，皆升庵論詩之作，幾於全部採入。此外於《藝林伐山》、《譚苑醍醐》中，選録亦復不少。同時，其將條文大體分類，略依時代編次。至此，明人於《升庵詩話》之編訂，可謂規模已具。

清乾隆中，李調元編《函海》，着重輯刻升庵著作。取《升庵外集》中「詩品」十二卷，略加删訂，刻爲《升庵詩話》十二卷，又取《詩話補遺》二卷本，去其複重，併刻其後。此本迭經傳刻，流傳最廣。民國四年（一九一五），丁福保輯《歷代詩話續編》，重編《升庵詩話》，「搜集各本，詳加校訂，譌者正之，複者删之」；又「據其題（條目）中第一字之筆畫數，改編爲一十四卷。自謂較各本爲善矣」（丁福保《重編升庵詩話弁言》）。今檢丁本共七百五十三條，比《函海》本多出一百餘條，確比各本爲富。然其所增條文，皆出《丹鉛總録》一書，或與詩話無關，事實上皆焦竑見而未取者。其按筆畫排列，似便檢索，卻於焦氏按時代、内容大體編列之序，轉成混亂，實不利於讀者。其校讎尤爲粗疏，譌誤比比皆是，實不堪「善本」之稱也。一九八三年，中華書局排印《歷代詩話續編》，對丁本重加點校，有所訂正。編末附録，復補輯十八條，皆取自嘉靖本《詩話補遺》卷二下及卷三，李調元所得二卷本，僅據嘉靖本《詩話補遺》卷一及卷二上，未見此文。實則此亦焦竑當時所見而未取。

一九八七年，先父王仲鏞教授箋證《升庵詩話》（《升庵詩話箋證》，上海古籍出版社一九八七年第一版），以焦竑所編《升庵外集》十二卷本爲主，其卷數及箇别重出條目，從《函海》本改定。卷中有一事而分載兩條者，則删而併之，得五百九十條。《函海》本《詩話補遺》除重複實得二十八條，併爲一卷。全書共六百一十八條。其「箋證内容，極爲廣泛，其重點蓋欲對於升庵詩學之濫觴，立言之宗旨，試作探究」。該書出版後，頗爲學人所重。然以當時資料難覓，於升庵之所引述，未能如升庵所謂「窮探黄河之源」，一一注明其出處，箋證亦每有「其未盡愜人意處」。先父在世日，每欲重箋是書，而終未能如其所願。一九九七年，先父忽感脅痛，入醫院檢查，竟已爲癌症晚期。是後侍疾，常在榻側。一日先父持其書付余曰：「是書重箋未果，吾心病之。好繼吾志，勿忘勿輟！」先父之歸道山，於今十年矣，而此事常在念中，每有一得，則批於書眉，日積月累，漸次成帙。今得中華書局俞國林先生青眼不棄，親爲審訂，將以付之剞劂。時距先父書之出版，垂二十二年矣。

本次新箋是書，體例一仍先父舊貫。全書條目，則略有調整：《詩話》正文以《升庵外集》十二卷爲主，以《函海》本《升庵詩話》及有關《詩話》各本參校，今斟酌去取，共得五百九十六條。《函海》本《詩話補遺》二卷，除其重複，實得二十七條，併爲一卷。全書共得六百二十三條。此外，丁本補輯超出本書所據之本者，核實共爲一百三十三條，連同中華書局《歷代詩話續編》本補輯之十三條（共十八條，其中五條與前重），共一百四十六條，並加箋證，分列於後。新箋在先父原有箋證之基礎上重加箋證，首先着重於搜求升庵之所引據，於原箋所未及或已箋而未盡者，皆儘力窮探其本源，注明其出處。進而考覈其異同，查檢其疏誤。其或記憶失誤，或考論偶疏，或乃有意改竄，或乃强爲牽合，皆酌加分辨，略爲説明。凡有衆議紛紜，而與升庵之説可互爲參詳者，則略舉其要，並稍疏己意，以明是非。或有奥辭僻典，不注不足以明升庵之意者，亦稍加注明，以利讀者。

《升庵詩話》原爲其門人後學所輯，而搜採未盡者不少，其中不乏精闢不移之論，今擇其要者，略加校讎，編爲《新輯》，以爲附録一。採録之所據，以《升庵文集》爲主，次則《升庵外集》，次則《丹鉛總録》，次則《升庵經説》、《詞品》、《墨池瑣録》、《藝林伐山》、《譚苑醍醐》、《畫品》諸書。凡前書已見，則後書不復，共得三百九條。升庵所編選各書序跋中，論詩之語實多，亦每爲研究者所引用，今彙而輯之，以爲附録二。此外，升庵年譜、誌傳、逸事以及《詩話》各本並相關各書序跋，則乃升庵生平研究不可或缺之資料，今輯以爲附録三。

此書之新箋，實先父箋證之緒餘，前修未盡，後續轉詳，乃所必然。唯是薪盡火傳，先君子之遺教也。而或補綴過餘，不免蛇足之譏，則小子固陋，幸乞當世明哲有以教之。

王大厚

二〇〇八年六月於錦里

凡例

一、本書以明萬曆四十四年(一六一六)焦竑編刻《升庵外集》卷六十七至卷七十八與清乾隆綿州李氏萬卷樓刊、嘉慶十四年(一八〇九)李鼎元重校印李調元《函海》本《詩話補遺》爲底本;丁福保《重編升庵詩話》增補部分,則以一九八三年中華書局《歷代詩話續編》本《升庵詩話》爲底本,並用以下各書進行校勘:

(一)明嘉靖二十年(一五四一)程啟充編刻四卷本《升庵詩話》;

(二)明嘉靖三十五年(一五五六)曹命編刻三卷本《詩話補遺》;

(三)明嘉靖三十三年(一五五四)梁佐編刻《丹鉛總録》;

(四)明萬曆二十九年(一六〇一)王藩臣、蕭如松刻《升庵先生文集》;

(五)明萬曆四年(一五七六)蔡氏琳琅館刻《千里面譚》;

(六)明萬曆四十七年(一六一九)徐象耘曼山館刻《絶句衍義》;

(七)明萬曆三十五年(一六〇七)孫居相刻《藝林伐山》;

(八)清乾隆綿州李氏萬卷樓刊、嘉慶十四年(一八〇九)李鼎元重校印李調元《函海》

本《譚苑醍醐》。

二、書中引用詩文，儘可能採用唐、宋、元及明初重要總集、别集、選集與類書進行校勘。於升庵以後所成之書，如《古詩紀》、《全唐詩》之類，一般只取作參證，不作校勘主要依據。

三、升庵久在謫戍，隨身書籍不多，而才氣横溢，著述每憑腹笥，記憶偶疏，往往而在。書中凡有稱引，皆一一檢對原書，核其異同，標明出處。意在實事求是，爲前賢補苴罅漏，而不在於尋章摘句，務糾其失。一般按三種情况處理：

一曰校改凡所引用確有訛脱，顯然出於記憶不清或偶然筆誤，而不改則事實乖迕，文義有闕者，則改正本文，並别疏校記。如「宗懍春望」條之引《淮南子·時則篇》「正月官司空，其樹楊」，誤「正月」爲「二月」；又如「金瀵」條之引《水經注·温水》「金瀵清逕，象渚澄源」，脱「逕」、「象」、「澄源」四字，文義有闕，皆據原書改補是也。至於人名之誤，有改有不改，其在升庵其他著作中不誤而此爲誤者，或爲一時筆誤，亦可能爲編者誤題，如「梁簡文帝詠螢」條，原作「梁元帝」，《五言律祖》則題梁簡文帝詩，與《藝文類聚》合；「韓愈酬王舍人雪中見寄」條，原題「李郢」，《絶句衍義》則題韓退之詩，與《韓昌黎集》合是也。其「敧器之評詩」條，原題「孫器之」，則以此條採自《丹鉛總録》「瑣語」卷中，原未標目，乃編者誤以「敖陶」爲地名致誤。凡此之類，皆逕行改正，而於箋證中説明之。

二曰校而不改除上述情況外，凡見異同，俱出校語。改竄杜撰，爲明代文人陋習，升庵亦以此爲人詬病。其確知爲誤而疑其有意爲之者，皆僅於箋證中注明，而不動本文。如「宗懔荆州泊」條，引李端詩而題作「宗懔」，此詩出《樂府詩集》，乃升庵所常用之書，不當致誤，疑升庵以其似六朝艷詩而有意改定也。如此之類，則於箋證中略加辨析。

三曰存疑升庵見識廣博，其所徵引，多與舊本異同，亦難遽斷其非。如「麗人行逸句」條所稱「足下何所著」二句，清人多斥其杜撰，而同時王世貞亦言見於「杜詩善本」；又如「沈氏竹火籠詩」條，載沈滿願詩，文字與《玉臺新詠》、《藝文類聚》、《太平御覽》有異，而《五言律祖》所録則與諸書悉同。是由其改定或别見異本，尚不可知。此類皆略加説明，記以存疑。

四、焦竑分類，按時代編定本書，體例較程啟充、曹命諸書爲長。然其中亦多疏失，如：盡採《千里面譚》、《絶句衍義》二書各條，而分散置於各卷，失其原有相互關聯之序，致一些條文有詩無評，使讀者不知何以載入《詩話》；亦有二詩原有合評，而焦氏分載不同卷中，使前詩無評而後詩失其主名者。如「余延壽折楊柳」條原載本書卷十，後有「二詩」合評，而「南州行」條在卷六，有詩無評，並不載作者主名。凡此之類，皆移併一處，以後就前，而於箋證中説明之。

五、舊本文字，凡用古文、異體，除特殊情況外，一律改爲通行字體，不另出校。原書引文，或有節略，凡確知其起迄者，均加引號。若僅略述大意，則引號亦從略。凡一詩而節引數段，或二詩而併爲一詩者，皆分别以引號加以區分。

六、書前增編目録，以便檢索。

七、升庵論詩之語見於他書者，新輯得三百九十三條，注明各條出處，並略加讎校，以爲附録一，載於編後。

八、升庵所編選諸書，其序跋中多有論詩之語，今擇其要，以爲附録二。

九、另輯升庵年譜、誌傳、逸事及《詩話》各本並相關各書序跋，以爲附録三，附於編末，以備參考。

目録

升庵詩話新箋證卷二

升庵詩話新箋證卷三

升庵詩話新箋證卷四

升庵詩話新箋證卷五

升庵詩話新箋證卷六

升庵詩話新箋證卷七

升庵詩話新箋證卷八

升庵詩話新箋證卷九

升庵詩話新箋證卷十

升庵詩話新箋證卷十一

升庵詩話新箋證卷十二

《函海》本《詩話補遺》

丁福保本增輯各條

目録

中華書局《歷代詩話續編》

本附録各條

附録一　升庵詩話新輯

目録

附録二 升庵論詩序跋録要

附録三　年譜　誌傳　逸事　序跋

升庵詩話新箋證卷一

古詩二言至十一言

黄帝《彈歌》「斷竹，彔木，飛土，逐肉」〔一〕，二言之始也。《詩・頌》「振振鷺，鷺于飛。鼓咽咽，醉言歸」〔二〕，三言之始也。「郁陶乎予心，顔厚有忸怩」〔三〕，五言之始也。《詩・雅》「我不敢效我友自逸」〔四〕，八言之始也。杜詩「男兒生不成名身已老」〔五〕，九言也。李太白「黄帝鑄鼎於荆山煉丹砂，丹砂成騎龍飛上太清家」〔六〕，十言也。東坡詩「山中故人應有招我歸來篇」〔七〕，十一言也。「我不敢效我友自逸」，亦可作兩句，若長吉「酒不到劉伶墳上土」〔八〕，八言一句渾全。

【箋　證】

〔一〕見《吴越春秋》卷五《勾踐陰謀外傳》。《文心雕龍・章句》以此歌爲「黄（帝）世」所作。《白帖》卷十四引此「續木」作「屬木」。升庵《彔麗情集》自注：「彔，古續字。」

〔二〕見《詩・商頌・有駜》，「于飛」作「于下」，「言歸」作「言舞」。

〔三〕見《僞古文尚書·夏書·五子之歌》。

〔四〕見《詩·大雅·十月之交》。

〔五〕此杜甫《乾元中寓居同谷縣作歌七首》第七首中句，見《九家集注杜詩》卷六。

〔六〕此李白《飛龍引二首》第一首中句，見《李太白文集》卷三。此及下《西京賦》乃摘引賦文，實非詩也。

〔七〕此蘇軾《書王定國所藏煙江叠嶂圖》，見《集注分類東坡先生詩》卷十二。

〔八〕此李賀《將進酒》句，見《李長吉文集》卷四。

詩句長短各言之始，自摯虞《文章流别》、任昉《文章緣起》、劉勰《文心雕龍·章句》等均有論述，宋明詩話，論者尤多。清人趙翼《陔餘叢考》卷二十三有「一二言詩」、「三言詩」、「四言詩」、「五言」、「六言」、「七言」、「八言」、「九言」、「十言」、「十一言」、「十二言」各條，分别論之，最爲詳備。

四言詩

劉彦和云：「四言正體，雅潤爲本；五言流調，清麗居宗。」〔一〕鍾嶸云：「四言文約義廣，取效《風》、《雅》，便可多得，每苦文繁而意少，故世罕習焉。」〔二〕劉濳夫云：「四言尤難，《三百篇》在前故也。」〔三〕葉水心云：「五言而上，世人往往極其才之所至，而四言詩，雖文辭巨伯，輒不能工。」〔四〕合數公之說論之，所謂易者，易成也；所謂難者，難工也。方元善取韋孟《諷諫》云：「誰謂華高，企其齊而。誰謂德難，厲其庶而。」以爲「使經聖筆，亦不能删」〔五〕。過矣，此不過步驟《河廣》一章耳〔六〕。予獨愛公孫乘《月賦》「月出皎兮，君子之光」、「君有禮樂，我有衣裳」〔七〕。張平子《西京賦》：「豈伊不虔，思放天衢。豈伊不懷，歸於枌榆。天命不慆，疇敢以渝。」〔八〕《隸釋》載漢碑《唐扶頌》：「如山如岱，嵩如不傾。如江如河，澹如不盈。」〔九〕其句法意味，真可繼《三百篇》矣。或曰：「唐山夫人《房中樂歌》何如〔一〇〕？」曰：「是真可以繼《關雎》，不當以章句摘也。」曰：「然則曹孟德『月明星稀』〔一一〕，稽叔夜『目送歸鴻』〔一二〕，何如？」曰：「此直後世四言耳，工則工矣，比之《三百篇》，尚隔尋丈也。」

【箋　證】

〔一〕見劉勰《文心雕龍·明詩》。

〔二〕見鍾嶸《詩品·總論》。

〔三〕見劉克莊《後村詩話》卷一。劉克莊，字潛夫，莆田人。寧宗嘉定二年，以蔭補將仕郎，後知建陽縣。理宗淳祐六年以文名久著，特賜同進士出身，除祕書少監、國史院編修官。累官至工部尚書，兼侍讀。終龍圖閣直學士。卒，謚文定。

〔四〕見葉適《習學記言》卷四十七。葉適，字正則，自號水心居士，永嘉人。淳熙五年進士，官至寶文閣學士。

〔五〕此見宋方嶽《深雪偶談》。其云：「嘗怪五言而上，世人往往極其才之所至，而四言雖文辭巨伯，輒不能工。水心有是言矣，後村劉潛夫亦以『四言尤難，三百五篇在前之故』。韋氏云：『誰謂華高，企其齊而。誰謂德難，厲其庶而。』使經聖筆，亦不能删。」見《説郛》卷二十。方嶽，字元善，宋末海寧人。按：「誰謂華高，企其齊而。誰謂德難，厲其庶而」乃韋玄成《自劾詩》語，見《漢書》卷七十三《韋賢傳》附《韋玄成傳》。升庵於此易「韋氏」爲「韋孟《諷諫》」，誤。韋孟，玄成六世祖，爲楚元王傅，歷相三王。元王孫戊荒淫，韋孟作詩諷諫，其詩非此也。

〔六〕《詩·衛風·河廣》：「誰謂河廣，一葦杭之。誰謂宋遠，跂予望之；誰謂河廣，曾不容刀。誰謂宋遠，曾不崇朝。」

〔七〕公孫乘《月賦》，見《西京雜記》卷四。《古文苑》卷三亦載之。此及下《西京賦》乃摘引賦文，實非詩也。

〔八〕張平子《西京賦》，見《文選》卷二。「思放」作「思於」。張衡，字平子，後漢南陽人。永元中，舉孝廉，不行。安帝雅聞衡善術學，公車特徵，拜郎中，再遷爲太史令。衡作渾天儀、候風地動儀，爲世所稱。著有東西《二京賦》。

〔九〕《隸釋》卷五所録《漢成陽令唐扶頌》四句作「如山如岱，高如不傾；如□如海，澹如不盈」，所缺一「江」字，或爲升庵所補。

〔一〇〕《漢書》卷二十二《樂志》：「《房中祠樂》，高祖唐山夫人所作也。周有《房中樂》，至秦名曰《壽人》。凡樂，樂其所生，禮不忘本。高祖樂楚聲，故《房中樂》，楚聲也。孝惠二年，使樂府令夏侯寬備其簫管，更名曰《安世樂》。」今《樂府詩集·郊廟歌辭》存《漢安世房中歌》十七首。

〔一一〕此曹操《短歌行》中句，見《藝文類聚》卷四十二。

〔一二〕嵇康《兄秀才公穆入軍贈詩十九首》第十五首中句，見《嵇中散集》卷一。

雉噫

揚子言孔子之去魯，曰「不聽政諫而不用『雉噫』」者〔一〕，注：「『雉噫』，猶歌歎之聲，梁鴻《五噫》之類也。」〔二〕按《家語》：「孔子去魯，歌曰：『彼婦之口，可以出走。彼婦之謁，可以死敗。優哉游哉，聊以卒歲。』」〔三〕此即「雉噫」之歌也。唐文：「聆鳳衰於接輿，歌『雉噫』於桓子。」〔四〕

【箋證】

〔一〕此見司馬光輯註《纂圖類題五臣註揚子法言》卷六《五百篇》，「政」作「正」，無「雉」字。

〔二〕此司馬光輯註《揚子法言》所録宋宋咸注。《太平御覽》卷五百七十二引《三輔決録》曰：「梁鴻東出關，過京師，作《五噫歌》曰：『遵彼北邙兮，噫！顧瞻帝京兮，噫！宮闕崔嵬兮，噫！民之劬勞兮，噫！遼遼未央兮，噫！』肅宗聞而悲之，求鴻，不得見。」

〔三〕《孔子家語》卷五《子路初見篇》所載，兩「婦」字下皆有「人」字。《史記》卷四十七《孔子世家》所載，「優哉游哉」前多一「蓋」字，「聊」作「維」。

〔四〕唐文二句，未知所出，升庵《丹鉛總録》卷十二有「雉噫」條云出「唐人學宫碑」，文字不同，茲録以備參：「《揚子・五百篇》論孔子因女樂去魯，曰：『不聽政諫，不用雉噫。』注：『雉噫，猶歌歎之聲，梁鴻《五噫》之類也。』《琴操》曰：『季桓子受齊女樂，又不致膰俎於大夫，孔子遂行。師已送之曰：「夫子則非罪也。」孔子曰：「吾歌可乎？」歌曰：「彼婦之口，可以出走。彼婦之謁，可以死敗。優哉游哉，聊以卒歲。」』此即『雉噫』之歌也。《衝波傳》云：『孔子相魯，齊人懼而欲敗其政，選齊國好女八十人，皆衣文衣而舞容璣。季桓子語魯君，爲周道游館。孔子乃行，覩雉之飛鳴，嘆曰：「山梁雌雉，時哉時哉。色斯舉矣，翔而後集。」因爲「雉噫」之歌。曰：「彼婦之叩，可以出奏。彼婦之謁，可以死北。優哉游哉，聊以卒歲。」』揚子所云『雉噫』者指此。唐人學宫碑文云：『聆鳳衰於南楚，歌「雉噫」於東魯。』亦用揚子之語也。今本無『雉』字，故詳具之，以廣異聞。」

白渠歌

「田於何所？池陽谷口。鄭國在前，白渠在後。舉鍤成雲，決渠爲雨。水流灶下，魚跳入釜。涇水一石，其泥數斗。且溉且糞，長我禾黍。衣食京師，百萬餘口。」《漢紀》所載，比《漢書》多「水流」、「魚跳」二句〔一〕。

【箋證】

〔一〕漢荀悦《漢紀》卷十五：「趙中大夫白公，穿渠引涇水，首起池陽谷口，尾入櫟陽渭中，廣袤一百里，溉田四千五百餘頃，因名曰白渠。民得饒，歌之曰云云。」《漢書》卷二十九《溝洫志》所録，除無「水流」、「魚跳」二句外，末句作「億萬之口」。「鄭國」，渠名。戰國時，韓患秦東伐，遣國人鄭國爲秦人開渠，麋費人工以疲秦。而渠成致關中沃野無凶年之憂，秦因之稱霸。後人因名其渠曰鄭國渠。事亦見《漢紀》卷十五。

探情以華

《文選》王仲宣詩：「探情以華，覩著知微。」〔一〕本於《史記·律書》「情核其華，道著明矣」之語〔二〕。華者，貌也。然《史記》之語，觀仲宣之詩而益明，仲宣之詩，得李善之解而始白，觀書所以貴乎博證也。

【箋證】

〔一〕《文選》卷二十三王仲宣《贈文淑良》詩：「探情以華，覩著知微。」李善注：「華喻貌。《越絶書》：子胥曰：『聖人見微知著，覩始知已。』」「覩著知微」各本原均作「覩微知著」，據《文選》改。

〔三〕此引《史記》卷二十五《律書》作「聖人因神而存之，雖妙必効情，核其華道者，明矣」。張守節《正義》云：「妙，謂微妙之性也。効，猶見也。核，研核也。華道，神妙之道也。言人雖有微妙之性，必須程督己之情理，然後研核神妙之道，乃能究其形體，辨其成聲，故謂明矣。故下云『非有聖心以乘聰明，孰能存天下之神而成形之情哉』是也。」升庵此釋，陳耀文《正楊》據張守節《正義》以辨之，以爲：「情屬効讀，道屬華讀，若『情核其華』爲句，則不通矣。『者明』亦不云『著明』矣。」清人方苞（《方望溪集》卷二「詁律書一則」）、惠棟（《周易述》卷二十三）皆不取升庵之説。

鴻篆〔一〕

謝莊詩「義標鴻篆」〔二〕，宋詔「嘉篆缺文」〔三〕，皆謂書也。王融詩：「金縢開碧篆。」〔四〕又云：「彩標紫毫，華垂丹篆。」〔五〕文人用往篆皆同。《南史》：「青緗起焰，素篆從風。」〔六〕言焚書也。

【箋證】

〔一〕《説文》卷五上：「篆，引書也。」段玉裁注：「引書者，引筆而著於竹帛也。」

〔二〕此見《隋書》卷十三《音樂》上：陳宗廟「皇曾祖太常府君神室奏《凱容舞》辭：『肇跡帝基，義標鴻篆。』」非謝莊詩，升庵記誤。

〔三〕見《宋書》卷六十六《王敬弘傳》。宋順帝昇明二年《追謚王敬弘詔》：「累朝延賞，聲華在詠。而嘉篆闕文，猷策韜褢。」。

〔四〕《藝文類聚》卷五十二：「齊王融《鈔衆書應司徒教》詩：『巖笥發仙華，金縢開碧篆。』」王融，字元長，齊琅邪臨沂人。舉秀才，累遷太子舍人，祕書丞。竟陵王蕭子良於東府募人，板融寧朔將軍軍主。鬱林王蕭曄立，被誅。

〔五〕此隋潘徽《江都集禮序》中句，見《隋書》卷七十六《潘徽傳》，原作「采標緑錯，華垂丹篆。」升庵此作「紫毫」，當爲肊改。

〔六〕此後周高祖《致梁都官尚書沈重書》中句，見《周書》卷四十五《儒林·沈重傳》。升庵謂出《南史》，誤。「緗」原誤作「箱」，據《周書》改。

七經詩集句之始〔一〕

晉傅咸作《七經詩》，其《毛詩》一篇略曰：「聿修厥德，令終有俶。勉爾遁思，我言維服。盜言孔甘，其何能淑。讒人罔極，有靦面目。」〔二〕此乃集句詩之始，或謂集句起於王安石〔三〕，非也。

【箋　證】

〔一〕此條全録元陳繹曾《詩譜》，見《説郛》卷七十九。

〔二〕傅咸《七經詩》自宋以來即僅存《孝經詩》、《論語詩》、《毛詩詩》、《周官詩》各二章及《周易詩》、《左傳詩》各一章。此所録爲《毛詩詩》第二章，全詩八句：「聿修厥德」，出《大雅・文王》；「令終有俶」，出《大雅・既醉》，「俶」原誤作「淑」，據改；「勉爾遁思」，出《小雅・白駒》；「我言維服」，出《大雅・板》；「盜言孔甘」，出《小雅・巧言》；「其何能淑」，出《大雅・柔桑》；「讒人罔極」，出《小雅・青蠅》；「有靦面目」，出《小雅・何人斯》。

〔三〕謂「集句起於王安石」者爲沈括。《夢溪筆谈》卷十四：「荆公始爲集句詩，多者至百韻，皆集合前人之句，語意對偶，往往親切過于本詩。後人稍稍有效而爲之者。」其同時人蔡絛則謂：「集句自國初有之，未盛也。至石曼卿人物開敏，以文爲戲，然後大著。……至元豐間，王文公益工於此，人言起自公，非也。」（明洪武抄本《西清詩話》卷上）清趙翼《陔餘叢考》卷二十三「集句」條論後世集句尤詳。

四言詩自然句

江淹《别賦》：「春草碧色，春水緑波。送君南浦，傷如之何。」〔一〕取諸目前，不雕琢而自工，可謂天然之句。他如梁元帝：「秋水文波，秋雲似羅。」〔二〕唐羅昭諫《蟋蟀賦》：「美人在何？夜影流波。與子佇立，徘徊思多。」〔三〕抑其次也。近世知學六朝初唐，而以餖飣生澀爲工，漸流於不通。有改「鶯啼」曰「鶯呼」，「猿嘯」曰「猿唳」，爲士林傳笑，安知此趣耶〔四〕？

【箋證】

〔一〕江淹《别賦》，見《文選》卷十六。江淹，字文通，梁濟陽考城人。官至散騎常侍，左衛將軍，封醴陵侯。事跡具《梁書》本傳。

〔二〕此梁元帝《蕩婦思秋賦》中句，見《藝文類聚》卷三十二。

〔三〕羅隱，字昭諫，新城人，本名横，以十舉不中第，乃更名。仕錢鏐，爲錢塘令，尋爲鎮海軍掌書記，節度判官，鹽鐵發運副使。授著作佐郎，司勳郎中。歷遷諫議大夫，給事中。有《甲乙集》，今存。此引文《甲乙集》不載，見《唐文粹》卷十八，題《蟋蟀詩》，乃四言詩也。

〔四〕參見本書卷十二「鴻嘶猿唳」條及「丁福保本增輯各條」中「詩文用字須有來歷」條。宋周密《西江月》：「碧柱情深鳳怨，雲屏夢淺鶯呼。」（《草窗詞》卷上）明王洪《挽袁太常廷玉代時彦作》：「寒巖夜静聞猿唳，秋浦雲深見鶴還。」（《毅齋集》卷四）

上巳詩

王融《上巳》詩：「粤上斯巳，惟暮之春。」〔一〕二句古雅。《詩評》：「四言詩，《三百篇》之

後，曹植、王融。」〔三〕

【箋　證】

〔一〕此《文選》卷四十六王融《三月三日曲水詩序》中語，非詩也。

〔三〕此引《詩評》，未知何書。

雪讚書紈扇

「羊孚作《雪讚》曰：『資清以化，乘氣以霏。遇象能鮮，即潔成輝。』桓胤遂以書扇。」〔一〕余嘗有《夏日》詩云：「紈扇書羊孚雪，玉笛吹李白梅。」〔二〕

【箋　證】

〔一〕此出《世説新語·文學》，「霏」原誤作「靡」，據《世説》改。羊孚，字子道，晉泰山人。歷太學博士、州別駕、太尉參軍。桓胤，字茂祖，晉譙國人。桓沖孫，仕至中書令。後被誅。

〔二〕升庵此聯下句，乃從李白《黄鶴樓聞笛》「黄鶴樓中吹玉笛，江城五月落梅花」化出。

孫思邈詩

孫思邈四言詩曰：「取金之精，合石之液。列爲夫婦，結爲魂魄。一體混沌，兩精感激。

河車覆載，鼎候無忒。洪爐列火，烘焰翕赩。煙未及黜，焰不假碧。如畜扶桑，若藏霹靂。姹女氣索，嬰兒聲寂。透出兩儀，麗於四極。壁立幾多，馬馳一驛。宛其死矣，適然從革。惡黜善遷，情回性易。紫色内達，赤芒外射。熠若火生，乍疑血滴。號曰中還，退藏於密。霧散五内，川流百脈。骨變金植，顔駐玉澤。陽德乃敷，陰功乃積。南宫度名，北斗落籍。」〔一〕此詩詞高古類魏伯陽〔二〕，而世傳者少，録於此云。

【箋證】

〔一〕孫思邈，京兆華原人，隋末唐初隐太白山。通百家陰陽，推步醫藥。唐太宗召詣京師，高宗上元初還山。著有《千金方》、《千金翼方》，傳於世。明焦竑《焦氏類林》卷八所載與此同。「煙未及黔」，原作「煙未及黜」，據《丹鉛總録》卷十八改。《全唐詩》卷八百六十所載，「陰功乃積」句，「乃」字缺；「號曰中還」作「號曰中環」。

〔二〕魏伯陽，後漢會稽上虞人，有《周易參同契》三卷傳世，屬道家。

袁崧山川記

「高山嵯峨，巖石磊落。傾側縈迴，下臨峭壑。行者攀緣，牽援帶索。」〔一〕

【箋證】

〔一〕袁崧，字山松，晉人，所著《宜都山川記》久佚。此文見《水經注》卷三十六《若水》，云出「袁休明《巴蜀志》」。「攀」，《水經注》作「扳」；「帶」，《水經注》作「繩」。案：袁崧《宜都山川記》，諸書所引録並《説郛》卷六十一録存之數條，皆無此文。《玉海》卷十五云：「永初《宜都山川記》述異物，則有臨海、交州、南州、扶南、涼州、京兆諸郡土俗物産。」知袁崧所記，當不及此益州山川。升庵以爲袁崧《山川記》文，誤。

南裔志〔一〕

「蚺惟大蛇〔二〕，既洪且長。采色駮映〔三〕，其文錦章。食象吞鹿〔四〕，腴成養瘡〔五〕。賓饗嘉食〔六〕，是豆是觴。」

【箋證】

〔一〕《南裔志》，全稱《南裔異物志》，東漢章帝時人楊孚撰，今佚。此文引自《水經注》卷三十七《淹水》。《北户録》卷一亦載此文。

〔二〕「蚺」，《北户録》同。《水經注》作「髯」，是，當據改。

〔三〕「駮映」，《水經注》、《北户録》作「駮犖」。

〔四〕「象」，《北户録》作「灰」，《水經注》作「豕」。

〔五〕「瘡」，《水經注》、《北户録》作「創」。

〔六〕「嘉食」，《北户録》同，《水經注》作「嘉宴」。

六言詩始

任昉云：「六言詩始於谷永。」〔一〕慎按：《文選注》引董仲舒《琴歌》二句亦六言〔二〕，不始於谷永明矣。樂府《滿歌行》尾一解，「命如鑿石見火，居世竟能幾時」〔三〕，亦六言也。

【箋　證】

〔一〕見託名任昉著《文章緣起》：「六言詩，漢大司農谷永作。」

〔二〕案：今《文選》注無「董仲舒六言《琴歌》」之句，檢《文選》卷四十三孔德璋《北山移文》「琴歌既斷，酒賦無續」句下，李善注云：「《董仲舒集》七言《琴歌》二首。」然今其辭已佚，疑升庵記誤。

〔三〕《樂府詩集》卷四十三載《滿歌行》古辭二首。其第一首晉樂所奏，四解，後有趨。此引乃趨中句，非末一解也。其第二首爲本辭，四言詩也。

趙翼《陔餘叢考》二十三「六言」條：「任昉云：『六言始於谷永』。然劉勰云：『六言七言，雜出詩騷。』今按：《毛詩》『謂爾遷於王都』、『曰予未有室家』等句，已開其端，則不始於谷永矣。或谷永本此體創爲全篇，遂自成一家。然永六言詩今不傳。《後漢書·孔融傳》：『融所著詩、頌、碑文、六言、策文、表、檄。』其曰六言者，蓋即六言詩也。今亦不傳。《北史》：『陽俊之作六言歌詞，世俗流傳，名爲陽五伴侶，寫而買之。俊之嘗過市，欲取而改之。賣者曰：「陽五古之賢人，君何所知，輒敢議論。」俊之大喜。』則陽五又專以此見長，且世俗競相倣效可知也。然今亦不傳。蓋此體本非天地自然之音節，故雖工而終不入大方之家耳。古六言詩間有可見者，《文選注》引董仲舒《琴歌》二句、又《樂府》『月穆穆以金波，日華耀以宣明』、邊孝先《解嘲》『寐與周公同夢，靜與孔子同意』、《滿歌行》『命如鑿石見火，居世竟能幾時』。《三國志注》曹丕《答群臣勸進書》自述所作詩曰：『喪亂悠悠過紀，白骨縱横萬里。哀哀下民靡恃，吾將佐時整理。復子明辟致仕。』《北史·綦連猛傳》：『童謡云：「七月刈禾太早，九月噉羔未好。本欲尋山射虎，激箭旁中趙老。」』《唐書》：『中宗賜宴群臣，李景伯歌曰：「迴波爾持酒卮，微臣職在箴規。侍宴既過三爵，喧嘩竊恐不宜。」』此皆六言之見於史傳者。至王摩詰等又以之創爲絶句小律，亦波峭可喜。」趙氏論述頗備，然謂「《文選注》引董仲舒《琴歌》二句」，則又沿引升庵，不考而致誤。

荔枝六言

曾吉甫《荔子六言》二首〔一〕，其一云：「蕉子定成噲伍〔二〕，梅丸應愧盧前〔三〕。金谷危樓魂斷，白州舊井名傳。」其二云：「紅皺解羅襦處，清香開玉肌時。繡嶺堪憐妃子，苧蘿不數西施。」

【箋　證】

〔一〕曾幾，字吉甫，贛縣人。宋高宗朝歷官江西、浙西提刑。以忤秦檜去位，僑寓上饒茶山寺，自號茶山居士。檜死，召爲祕書少監，權禮部侍郎，提舉玉隆觀致仕。有《茶山集》。此二詩今本《茶山集》不載。宋陳思編《兩宋名賢小集》卷一百九十載其第一首，元方回《瀛奎律髓》卷二十七分別引録二詩中「蕉子」、「紅皺」、「繡嶺」三聯。

〔二〕「子」，《兩宋名賢小集》作「葉」。

〔三〕「丸」，《兩宋名賢小集》、《瀛奎律髓》作「花」。

無名氏六言詩或云李季章作〔一〕。

「蔣凝賦止四韻〔二〕，邠老詩無全章〔三〕。丫頭花鈿滿面，不及徐妃半妝。」〔四〕

【箋　證】

〔一〕李壁，字季章，宋人，著有《王荆文公詩注》，爲世人所重。

〔二〕五代王定保《唐摭言》卷十：「乾符中蔣凝應宏詞，爲賦止及四韻，遂曳白而去。試官不之信，逼請所試，凝以實告。既而比之諸公，凝有得色，試官歎息久之。頃刻之間，播於人口。或稱之曰：『臼頭花鈿滿面，不若徐妃半粧。』」蔣凝，字仲山，江東人。登咸通進士第。

〔三〕宋阮閱《詩話總龜》後集卷二十一：「謝無逸問潘大臨云：『近日曾作詩否？』潘云：『秋來日

日是詩思，昨日投筆，得「滿城風雨近重陽」之句，忽催租人至，令人意敗，輒以此一句奉寄。』」潘大臨，字邠老，黄州人。有詩名，入蘇黄之門，爲江西詩派中人。

〔四〕案：此詩蓋用二典綴合成句，疑升庵杜撰也。

弦超贈神女詩

「今日何日辰良，今夕何夕夜長。琅疏瓊牖洞房，中有美女齊姜。參差匏管笙簧，歌聲含宫反商。蕭暉窈窕芬芳，明燈朗炬煌煌。卸巾解珮褫裳，願言與子偕臧。」〔一〕此詩甚佳而罕傳，余嘗選古今六言詩，刻已成，偶遺此詩，漫記於此。

【箋證】

〔一〕弦超神女事，《搜神記》卷一記載甚詳。他書如《法苑珠林》卷八、《太平廣記》卷六十一、《幽怪録》等亦載其事。諸書所録詩，皆僅節録神女《贈弦超》二百餘言五言長詩數句而已。升庵此録，未知所出。

三句詩

古有三句之詩，意足詞贍，盤屈於二十一字之中，最爲難工。偏檢前賢詩，不過四五首而已。岑之敬《當壚曲》云：「明月二八照花新，當壚十五晚留賓，回眸百萬横自陳。」〔一〕最爲絶倡。唐傳奇無名氏《春詞》云：「楊柳裊裊隨風急，西樓美人春夢中，繡簾斜捲千條入。」〔二〕一本作《楊妃舞曲》，後跋云：「三句之詩，妙絶古今。《幽怪録》所載同。」（此焦竑原注，下同）宋謝皋羽《寄鄧牧心》云：「杜鵑花開桑葉齊，戴勝芋生藥草肥，九鎖山人歸未歸？」〔三〕洪武中，詹天臞《寄山中友人》云：「桂樹蒼蒼月如霧，山中故人讀書處，白露濕衣不可去。」〔四〕一本有「雖佳，比之唐人則悪矣」。又《古步虚詞》云：「三十六天高太清，元君夫人蹋雲語，吟風颯颯吹玉笙。」〔五〕近日雲南提學彭綱《詠刺桐花》云：「樹頭樹底花楚楚，風吹緑葉翠翩翻，露出幾枝紅鸚鵡。」〔六〕亦風韻可愛也。刺桐花，雲南名爲鸚哥花，花形酷似之〔七〕。彭公此詩本四句，命吏寫刻於匾，遺其一句，復誦之，自覺意足，乃不更改。余聞之晉寧侍御唐池南云〔八〕。

【箋證】

〔一〕《樂府詩集》卷四十八岑之敬《烏棲曲》：「總馬直去没浮雲，河渡冰開兩岸分。烏藏日暗行人息，空棲隻影長相憶。明月二八照花新，當壚十五晚留賓。」升庵截此末二句，復添「回眸百萬横自陳」，以爲岑之敬《當壚曲》，前人已辨其非。

〔二〕《太平廣記》卷三百二十九引《玄怪録》「劉諷」條所録詩作：「楊柳楊柳，裊裊隨風急。西樓美人春夢長，繡簾斜捲千條入。」升庵删「楊柳」叠字以湊三句之詩，實非原作之舊。《玄怪録》，唐牛僧儒撰，後人避宋諱，改作《幽怪録》，《涌幢小品》嘗辨之。

〔三〕鄧牧，字牧心，錢塘人，宋遺民，與謝翱友善。所著《伯牙琴》中有《謝皋父傳》記二人交往事云：「己未秋，牧薄游山水。聞君病篤，望牧不至，懷以詩曰：『謝豹花開桑葉齊，戴勝芊生藥草肥，九鎖山人歸未歸？』蓋絶筆於此。」案：此詩謝翱《晞髮集》不載，或爲鄧牧僞作亦未可知。清姜宸英《湛園集》卷七《書宋濳溪謝皋羽傳後》以爲鄧牧非謝氏密友。又，「戴勝」，鳥也，「芊生」、「芋生」似皆不倫。《湛園集》引作「戴勝羽生」，義勝可從。

〔四〕詹同，字同文，婺源人。初名書，元末爲郴州路學正，後仕陳友諒，歸明後賜名同，累官至吏部尚書、翰林學士承旨。以詩與宋濂文並稱於世。集名《天衢舒嘯》。此「天臞」當爲「天衢」之誤。明曹學佺《石倉歷代詩選》卷三百二十七録此詩，題作《秋夜吟》，「蒼蒼」作「叢叢」。

〔五〕此三句詩亦經升庵删改，見《太平廣記》卷四十六引《博異記》「白幽求」條：「有唱步虚歌者數十百輩，幽求記其一焉。詞曰：『鳳凰三十六，碧天高太清。元君夫人蹋雲語，冷風颯颯吹鵝笙。』」

〔六〕彭綱，字性仁，清江人。成化十一年進士。授兵部主事，遷員外，出知汝州，擢僉事，遷雲南提學副使。有《雲田集》。

〔七〕謝肇淛《滇略》卷三：「刺桐，一名蒼梧花，正赤色，發密葉中，傍照他物皆朱殷然，如是者竟歲。土人以其形似，名曰鸚哥花。」

〔八〕唐錡，字元薦，雲南晉寧州人。升庵謫滇時友人。與張含、楊士雲、王廷表、胡廷禄、李元陽同被時人稱爲楊門六學士（見王士禛《居易録》卷二十五）。

晉沈珫前溪歌

「前溪滄浪映，通波澄渌清。聲弦傳不絶，寄汝千載名，永使天地並。」〔一〕「黄葛結蒙籠，生在路溪邊。花落隨水去，何當順流還，還亦不復鮮。」〔二〕五言五句之詩，古今惟此而已〔三〕。

【箋　證】

〔一〕《樂府詩集》卷四十五載無名氏《前溪歌》七首，序云：「《宋書·樂志》曰：『《前溪歌》者，晉車騎將軍沈玩所製。』郗昂《樂府解題》曰：『《前溪》，舞曲也。』」此其第三首，末二句，《樂府詩集》作「千載寄汝名，永與天地并」。又，「沈珫」，《舊唐書》卷二十九《音樂志》、《新唐書》卷二十二《禮樂志》、《文獻通考》卷一百四十六《樂考》皆同，《宋書》卷十九《樂志》、《能改齋漫録》卷三、《苕溪漁隱叢話》後集卷二皆作「沈玩」。

〔二〕此《前溪歌》第六首，《樂府詩集》「路」作「洛」，「隨」作「逐」。《玉臺新詠》卷十收録此詩作四句，末二句作「花落逐流去，何見逐流還」，無「還亦不復鮮」句。

〔三〕按：《前溪歌》第五首：「逍遥獨桑頭，東北無廣親。黄瓜是小草，春風何足歎，憶汝涕交零。」

及其後所録包明月詩一首：「當曙與未曙，百鳥啼前窗。獨眠抱被歎，憶我懷中儂，單情何時雙。」亦五言五句之詩也。升庵除「逍遥獨桑頭」一首外，均選入《千里面譚》卷下。丁福保《歷代詩話續編》本《升庵詩話》只載此第一首之前四句，殊誤。

樂曲名解

「《古今樂録》云：『傖歌以一句爲一解，中國以一章爲一解。』王僧虔《啟》曰：『古曰章，今曰解。解有多少，當是先詩而後聲。詩叙事，聲成文，必使志盡於詩，音盡於曲。是以作詩有豐約，制解有多少。』又，『諸曲調皆有辭有聲，而大曲又有豔、有趨、有亂。辭者，其歌詩也。聲者，若羊吾夷、伊那何之類也。豔在曲之前，趨與亂在曲之後。亦猶吴聲、西曲，前有和後有送也。』〔一〕慎按：豔在曲之前，與吴聲之和，若今之引子；趨與亂在曲之後，與吴聲之送，若今之尾聲。羊吾夷、伊那何，皆辭之餘音，嫋嫋有聲，無字。雖借字作譜而無義，若今之哩囉嗹唵吽也。知此可以讀古樂府矣。「齊歌曰歐，吴歌曰歈，楚歌曰些，巴歌曰嫿。」〔二〕

【箋　證】

〔一〕此上全録自《樂府詩集》卷二十六《相和歌辭》。南北朝時，南人稱北人爲「傖」，而自稱「中國」。《古今樂録》，南朝陳僧智匠撰。

〔三〕《初學記》卷十五《樂部》上：「梁元帝《纂要》曰：『齊歌曰謳，吴歌曰歈，楚歌曰艷，淫歌曰哇。』」與此引稍異。「歐」同「謳」。「嫮」音宛。《文選》卷六左思《魏都賦》：「或明发而嫮歌。」李善注：「何晏曰：『巴子謳歌，相引牽連手而跳歌也。』」「楚歌曰呰」，蓋據《楚辭》而爲言。

謡作䚻

《爾雅》曰：「徒歌曰謡。」〔一〕《説文》「謡」作「䚻」，注云：「䚻，從肉、言。」〔二〕今按：徒歌者，謂不用絲竹相和也。肉言，歌者人聲也。出自胸臆，故曰肉言。童子歌曰童䚻，以其言出自其胸臆，不由人教也。晉孟嘉云：「絲不如竹，竹不如肉。」〔三〕唐人謂徒歌曰肉聲〔四〕，即《説文》「肉言」之義也。

【箋　證】

〔一〕見《爾雅》卷七《釋樂》：「徒歌謂之謡。」

〔二〕《説文》卷三上云：「䚻，徒歌，從言、肉。」

〔三〕《世説新語·雅量》注引《孟嘉别傳》：「（桓温）問：『聽伎絲不如竹，竹不如肉，何也？』答曰：『漸近自然。』」金王若虚《滹南遺老集》卷三十三引茅璞《三餘録》云：「《孟嘉墓誌》：桓温問聽妓『絲不如竹，竹不如肉』之意，答以『漸近自然』。《晉史》更之曰『漸近使之然』，殊失其旨。蓋肉聲者歌也，不假于物，故曰自然。嘉之意謂絲聲之假合，不如竹聲之漸近，竹聲之漸近，又不如肉聲之自然也。」《升庵文集》卷四十四有「絲不如竹」條云：「馬融《長笛賦》云：『庖羲作琴，神農造瑟，女媧制簧，暴辛爲塤，重之和鐘，叔之離磬。或鑠金礱石，華睆切錯，丸梃彫琢，刻鏤鑽笮，然後成器。惟笛因其天姿，不變其材，蓋亦簡易之義，賢人之業也。』晉人『絲不如竹』之説本此。《禮記》曰：『登歌在上，貴人聲也。』『竹不如肉之聲』本此。然古人文字數十言不盡，而晉人以八字盡之，宜爲知言稱賞也。」

〔四〕《唐摭言》卷十：「羅虬詞藻富贍，與宗人隱、鄴齊名，咸通、乾符中，時號三羅。廣明庚子亂後，去從鄜州李孝恭。籍中有紅兒者，善肉聲，嘗爲貳車屬意。會貳車聘隣道，虬請紅兒歌而贈之繒綵。孝恭以副車所貯，不令受所貺。虬怒，拂衣而起。詰旦，手刃。絶句百篇，號《比紅》詩，大行於時。」

掘柘詞

《樂苑》云：「羽調有《柘枝曲》，商調有《掘柘枝》。此舞因曲爲名，用二女童，帽施金鈴，抃轉有聲。其來也，於二蓮花中藏之，花拆而後見。對舞相呈，實舞中雅妙者也。」〔一〕段成式《寄温庭筠雲藍紙》詩曰：「三十六鱗充使時，數番猶得寄相思。待將袍襖重鈔了，寫盡襄陽《掘柘詞》。」〔二〕今《温集》中有《掘柘詞》〔三〕。掘，音担。

【箋證】

〔一〕此《樂苑》云云，全録自宋吴淑《事類賦》卷十一注。《樂府詩集》卷五十六所録，「掘」作「屈」、「拆」作「坼」、「呈」作「占」。宋陳暘《樂書》卷一百八十四亦云：「柘枝舞，童衣五色，繡羅寬袍，胡帽銀帶。案：唐《雜説》，羽調有《柘枝曲》，商調有《掘柘枝》，角調有《五天柘枝》。用二童舞，衣帽施金鈴，抃轉有聲。始爲二蓮華，童藏其中，華拆而後見。對舞相占，實舞中之雅妙者也。然與今制不同矣。亦因時損益然邪？唐明皇時《那胡柘枝》，衆人莫不稱善。」

〔二〕《事類賦》卷十五「段氏雲藍」下注云：「段成式《與温庭筠雲藍紙絶句序》云：『予在九江，出意造雲藍紙，既乏左伯之法，全無張永之功，輒分送五十枚。詞曰云云。』《文房四譜》云：『今飛卿集中有《掘柘詞》，恐播掿字誤。』」所引詩，「寄」作「裹」、「寫盡」作「盡寫」、「掘柘詞」作「播掿詩」。《萬首唐人絶句》七絶卷四十四所載同，題作《寄温飛卿牋紙》。

〔三〕見《温庭筠詩集》卷七，又見《才調集》卷二，「掘」並作「握」。《全唐詩》卷五百八十一同，注「一作屈」。《樂府詩集》卷五十六所載作「屈」。

白苧舞〔一〕

《韻語陽秋》曰：「《宋書·樂志》有白苧舞。《樂府解題》譽白苧曰：『質如輕雲色如銀，製以爲袍餘作巾，袍以光軀巾拂塵。』〔二〕王建云：『新縫白苧舞衣成，來遲邀得吴王迎。』〔三〕元稹云：『西施自舞王自管，白苧翩翩鶴翎散。』〔四〕則白苧，舞衣也。王建云『新換霓裳月色裙』〔五〕，豈霓裳羽衣舞亦用白邪？柘枝舞起於南蠻諸國，而盛於李唐。傳於今者，尚其遺制也〔六〕。章孝標云：『柘枝初出鼓聲招，花鈿羅裙聳細腰。』〔七〕言當招之以鼓。張承福云：『白雪慢回抛舊態，黄鶯嬌囀唱新詞。』〔八〕言當雜之以歌。今制亦爾。而鄭在德詩云：『三敲畫鼓聲催急，一朵紅蓮出水遲。』〔九〕則所用者一人而已。法振詩云：『畫鼓催來錦臂攘，小娥雙起整霓裳。』〔一〇〕則所用者又二人〔一一〕。按《樂苑》：『用二女童，帽施金鈴，抃轉有聲。其來也，於二蓮花中藏，花拆而後見。』〔一二〕則當以二人爲正。今或用五人，與古小異矣。」

【箋證】

〔一〕此條全録自宋葛立方《韻語陽秋》卷十五。葛立方，字常之，丹陽人。宋高宗紹興八年進士，官至吏部侍郎。著有《歸愚集》二十卷，《歸愚詞》一卷，今存。《韻語陽秋》，後人或稱《葛常之詩話》，爲論詩專著。

〔二〕此上數語見《樂府詩集》卷五十五。案《宋書·樂志》有《白苧舞歌詩三篇》，此引三句乃其第一篇中句。

〔三〕此王建《白苧歌二首》第一首中句，見《王建詩集》卷一。

〔四〕此元稹《冬白紵》中句，見《元氏長慶集》卷二十三，「白苧翩翩」作「雪苧翲翲」，《韻語阳秋》亦作「翻翻」，當據改。

〔五〕此王建《霓裳詞十首》第八首中句，見《王建詩集》卷九。

〔六〕《樂府詩集》卷五十六《柘枝詞》題解：「沈亞之賦云：『昔神祖之克戎，賓雜舞以混會。柘枝信其多妍，命佳人以繼態。』然則似是戎夷之舞。按今舞人衣冠類蠻服，疑出南蠻諸國者也。」

〔七〕章孝標《柘枝》詩，見明曹學佺《石倉歷代詩選》卷九十二、《全唐詩》卷五百六，「羅裙」作「羅衫」。

〔八〕「張承福」原脱「福」字，「拋舊態」原作「拋舊曲」，據《韻語阳秋》補改。案張祜《觀楊瑗柘枝》詩有「微動翠娥拋舊態，緩遮檀口唱新詞」之句，與此近似。祜字承吉，或「承福」爲「承吉」之訛。此二句《全唐詩》未收，陳尚君收入《全唐詩續拾》卷五十四「無世次」中。

〔九〕鄭在德，生平世次無考。《全唐詩》未收，陳尚君收入《全唐詩續拾》卷五十四「無世次」中。

〔一〇〕此張祜《周員外出雙舞柘枝妓》詩中句，見《才調集》卷七、《文苑英華》卷二百十三，「催來」作「拖環」，「雙起振衣裳」作「雙換舞衣裳」。《全唐詩》卷八百十一據《韻語陽秋》收入法振名下，誤。

〔一一〕原無「者」字，據《韻語陽秋》補。

〔三〕《樂苑》云云，已見前《掘柘詞》條，此引文中兩「二」字及下文中「二」字，原並作「一」，據《韻語陽秋》及前條改。

慢字爲樂曲名

陳後山詩：「吴吟未至慢，楚語不假些。」任淵注云：「慢謂南朝慢體，如徐庾之作。」〔一〕余謂此解是也，但未原其始。《樂記》云：宫商角徵羽，「五者皆亂，迭相陵，謂之慢。」又曰：「鄭衛之音，亂世之音也，比於慢矣。」〔二〕宋詞有《聲聲慢》、《石州慢》、《惜餘春慢》、《木蘭花慢》、《拜星月慢》、《瀟湘逢故人慢》，皆雜比成調，古謂之嘖曲〔三〕。「嘖」與「賾」同，雜亂也。琴曲有名散，元曲有名犯，又曲終入破，義亦如此。

【箋證】

〔一〕此陳師道《與魏衍寇國寶田從先二姪分韻得坐字》詩中句，見宋任淵《後山詩注》卷十一，任注二語下，尚有「魯直嘗效其體」一句。山谷詩，見任淵注《山谷詩集注》卷十，題作《清人怨戲效徐庾慢體三首》。

〔二〕宋黄震《黄氏日鈔》卷二十一引《樂記》云：「凡音者，生人心者也。情動於中，故形於聲。聲成文，謂之音。是故治世之音安以樂，其政和；亂世之音怨以怒，其政乖；亡國之音哀以思，其民困。聲音之道，與政通矣。宫爲君，商爲臣，角爲民，徵爲事，羽爲物。五者不亂，則無怗灉之音矣。宫亂則荒，其君驕；商亂則陂，其臣壞；角亂則憂，其民怨；徵亂則哀，其事勤；羽亂則危，其財匱。五者皆亂，迭相陵，謂之慢。如此則國之滅亡無日矣。鄭衛之音，亂世之音也，比於慢矣。桑間濮上之音，亡國之音也。其政散，其民流，誣上行私而不可止也。」

〔三〕「嘖曲」，謂里巷間之俗曲。《莊子·天地》篇：「大聲不入於里耳，《折楊》、《皇荂》，則嗑然而笑。」郭象注：「俗人得嘖曲，則同聲動笑也。荂，況花反。《折楊》、《皇華》，皆古歌曲也。」成玄英疏：「大聲，謂《咸池》、《大韶》之樂也，非下里委巷之所聞。《折楊》、《皇華》，蓋古之俗中小曲也，玩狎鄙野，故嗑然動容，同聲大笑也。昔魏文侯聽於古樂，悅焉而睡，聞鄭、衛新聲，欣然而喜。即其事也。」

哀曼

晉鈕滔母孫氏《箜篌賦》曰：「樂操則寒條反榮，哀曼則晨華朝滅。」〔一〕「曼」與「慢」通，亦曲名。如《石州慢》、《聲聲慢》之類〔二〕。

【箋證】

〔一〕孫氏名瓊，富春人，晉吴興孝廉鈕滔母。能文章，有集二卷，今佚。《箜篌賦》見《藝文類聚》卷四十四。

〔二〕此條又見《詞品》卷一。「如《石州慢》、《聲聲慢》之類」九字原無，據《詞品》補。

方以智《通雅》卷二十九發明升庵此説云：「樂府有解、有豔、有趨、有亂。《古今樂録》曰：傖歌以一句爲一解，中國以一章爲一解。王僧虔曰：古曰章今曰解，大曲有豔、有趨、有亂。豔在曲前，趨與亂在曲之後。亦猶吴聲、西曲前有和，後有送也。升庵以豔與和爲今之引子，趨與亂與送若今之尾聲。羊優夷、伊那何，若今之哩囉嗹、唵唵吽也。智謂豔是引子，宋元時詩餘，今皆作引子數版歌之。一曰慢詞吴音之和，正如今曲前先作和合之譜，如彈絃作馬道人使三絃提琴合拍，然後度曲也。趨者緊版，所謂繁絃激管也。中或變，謂之入破。琴謂之入慢，皆古亂之遺也。尾聲亦必入慢而收，但只一二句。北曲有多句，曰煞尾。與古曲後彷佛應不相遠。升庵曰：吴趨，趨去聲，孫氏賦『哀曼』，亦謂慢聲也。《客座贅語》載頓仁所言歌章色，正謂慢詞。」參升庵《詞品》卷一「樂曲名解」條。

吴趨趨非平聲〔一〕

《莊子》有「不任其聲而趨舉其詩焉」，崔注云：「不任其聲，憊也；趨舉其詩，無音曲也。」〔二〕劉會孟曰：「趨者，情愜而詞迫也。」〔三〕與《吴趨》之趨當，音七注切。

【箋　證】

〔一〕此條又見升庵《轉注古音略》卷四「趨」字下注，較此爲詳。其云：「趨，七注切。《詩》『巧趨蹌兮』、《史·燕世家》『士爭趨燕』、《莊子》『有不任其聲而趨舉其詩焉』，崔注云：『不任其聲，憊也；趨舉其詩，無音曲也。』劉會孟曰：『趨者，情隘而詞慼也。』後世樂府有《吴趨行》，作平音非。」

〔二〕此《莊子·大宗師》句。「崔注」謂《經典釋文》所引崔譔注。「趨」下《釋文》注「七注切」。

〔三〕劉辰翁，字會孟，號須溪，南宋末人，有《批評三子口議》，此語當出其中。《三子口議》，宋林希逸撰，「三子」者，老、莊、韓也。

吴景旭《歷代詩話》卷六十九《吴趨曲》條論此甚詳，可與升庵之説相參。其云：「趨字不當作平聲叶。《樂府》有《吴趨行》，五臣於題下注云：『趨，步也。』余按：《樂府》原題云：『齊謳者齊人之歌，吴趨者吴人之舞。欲爲齊謳者必本齊音，欲爲吴趨者必本吴調。』《樂府解題》云：『吴人以歌其地。』則五臣注『步』字，甚無謂。楊升庵云：『《詩》「巧趨蹌兮」、《史記》「士爭趨燕」、《莊子》「有不任其聲而趨舉其詩焉」，崔注云：「不任其聲，憊也；趨舉其詩，無音曲也。」劉會孟云：「趨者，情愜而詞迫也。」與《吴趨》之趨當，音七注切。』則趨字非平聲明矣。戴叔倫詩：『祇訝當年嘗越膽，那堪此日聽吴趨。』元人類多悮叶。」

妖浮

羊孚曰：「吴聲妖而浮。」〔一〕

【箋　證】

〔一〕《世説新語・言語》：「桓玄問羊孚：『何以共重吴聲？』羊曰：『當以其妖而浮。』」「吴聲」，謂吴聲歌曲，指六朝時江南民歌。妖謂情致豔麗，浮謂音調婉轉也。

甘泉歌

秦始皇作驪山陵，周迴跨陰盤縣界，水背陵，障使東西流，運大石於渭北，諸民怨之，作《甘泉之歌》云：「運石甘泉口，渭水不敢流。千人唱，萬人謳，金陵餘石大如塸。」〔一〕此歌見《三秦記》。余編《風雅逸編》，秦以前古歌謡搜括無遺，而乃復遺此。刻梓已行，不容竄入，遂筆於此。信乎纂録之難周也。

【箋　證】

〔一〕《太平御覽》卷五百五十九引潘岳《關中記》曰：「秦始皇陵在驪山之北，高數十丈，周迴六七里，今在陰盤界。此陵雖高大，不足以銷六十萬人積年之功也。其用功力，或□□□□，隱而不見者。驪山泉本北流者，皆陂障使西流；又此無大石，運取於渭北諸山。故其歌曰：『運石甘泉口，渭水爲不流。千人一唱，萬人相鈎。』」《長安志》卷十五録此文，後復多「今陵下餘石大如塸土屋。其銷功力，皆如此類」數語。據知升庵所引，當出《長安志》無疑。其歌則經升庵改定，末句「金陵餘石大如塸」，爲其所增，改「今陵」作「金陵」，亦其所爲。張華《博物志》

卷六亦録此文，文字與《長安志》稍異，而未注出處。又，《史記·秦始皇本紀》張守節《正義》引《關中記》云：「始皇陵在驪山，泉本北流，障使東西流；有土無石，取大石於渭山諸山。」又《北堂書鈔》卷一百六引潘岳《關中記》：「秦始皇冢在驪山，運石于渭南諸山。故其歌曰：『運石渭南嶺，渭水爲不流。千人一唱，萬人一歌。』」則取石當以在「渭南」爲是。按，升庵此引，誤以《關中記》爲《三秦記》，殆偶然記憶之疏也。清張澍輯《辛氏三秦記》一卷，乃據升庵之説輯入此條，而注出《太平御覽》，實故作狡獪，以訛傳訛也。

卿雲歌

《太平御覽》引《卿雲歌》：「卿雲爛兮，糺漫漫兮。」〔一〕「糺」，今諸書所引誤作「礼」〔二〕。

【箋證】

〔一〕《卿雲歌》，舜將禪禹，俊乂百工相合而歌《卿雲》，帝舜乃唱之曰：「卿雲爛兮，糺縵縵兮。日月光華，旦復旦兮。」見《尚書大傳》卷一，《竹書紀年》亦載之。《太平御覽》所引見卷八及卷五百七十一。「卿」，《竹書紀年》作「慶」；「糺」，《尚書大傳》及《海録碎事》、《玉海》作「礼」，《文選》卷十六江文通《别賦》李善注引作「體」。「漫漫」，諸書皆作「縵縵」，《文選》李注所引及《樂府詩集》卷八十三作「漫漫」。

〔二〕「礼」，原誤作「札」，殆手民刊刻所致，非升庵所見爲「札」也。《丹鉛總録》卷十八及《升庵文集》卷六十一所引皆不誤。今據改。

天馬歌

《天馬歌》：「天馬徠，歷無草。」「草」即「皁」，字從「艸」從「早」，草子可染皁也。後借爲「皁隸」之「皁」。「歷」解爲槽櫪之「歷」，言其性安馴，不煩控制也。師古解爲水草之「草」，失之〔一〕。

【箋　證】

〔一〕《漢書》卷六《武帝紀》：太初「四年春，貳師將軍廣利斬大宛王首，獲汗血馬來，作《西極天馬之歌》。」歌見卷二十二《樂志》：「天馬徠，從西極，涉流沙，九夷服。天馬徠，出泉水，虎脊兩，化若鬼。天馬徠，歷無草，徑千里，循東道。天馬徠，執徐時，將摇舉，誰與期。天馬徠，開遠門，竦予身，逝昆侖。天馬徠，龍之媒，游閶闔，觀玉臺。」師古注曰：「言馬從西來，經行磧鹵之地無草者凡千里，而至東道。」《方言》卷五：「櫪，梁宋齊楚北燕之閒或謂之樎，或謂之皁。」郭璞注：「皁隸之名於此乎出。」升庵此説，陳耀文疑之，《正楊》卷二云：「據歌中上下文意，馬尚未至，安得即説槽櫪。且染皁何施？又云皂隸之皂，將用以控此馬乎？殊不可曉。」「草子」原誤作「草字」，據《升庵文集》卷五十一改。

連臂蹋地

戚夫人侍兒賈佩蘭歌《上靈之曲》，連臂蹋地以爲節。蹋，以足踏地而歌也，丑犯切。揚雄《蜀都賦》：「蹋凄秋，發陽春。」〔一〕

【箋證】

〔一〕《古文苑》卷四載揚雄《蜀都賦》：「蹋凄秋，發陽春。」章樵注：「《凄秋》、《陽春》並曲名。蹋，以足踏地而歌。字本作蹋，丑犯切。《西京雜記》：『戚夫人侍兒賈佩蘭説：在宫時，常以十月十五日入靈女廟，以豚黍樂神，吹笛擊筑，歌《上靈之曲》。既而相與連臂踏地爲節。』」升庵本此。

鐃歌曲

漢《鐃歌曲》多不可句。沈約云：「樂人以音聲相傳，訓詁不可復解。凡古樂録，皆大字是辭，細字是聲，聲辭合寫，故致然爾。」〔一〕此説卓矣。近日有好古者效之，殆可發笑〔二〕。

【箋證】

〔一〕此引沈約云云，見《樂府詩集》卷十九《宋鼓吹鐃歌》三首題解。按：今檢《宋書》，僅於卷二十二《樂志》「今鼓吹鐃歌詞」下，注有「樂人以音聲相傳，訓詁不可復解」二句，「凡古」以下數語，今本《宋書》未見。又，卷二十二《樂志》末，有南宋鄭穆校記云：「《漢鼓吹鐃歌》十八篇，按《古今樂録》，皆聲、辭、艶相雜，不可復分。」可與此説相參。

〔三〕「近日」句，嘉靖四卷本《升庵詩話》無「日」字。胡應麟《少室山房筆叢》卷二十《藝林學山》二駁升庵此説云：「此説似是而非。《鐃歌》聲文相亂處誠有之，然如『妃呼豨』、『收中吾』之類，亦不多見。其他字句嵲屼，自是一時體格如此。觀繆襲、韋昭所擬，其時去漢未遠，其體格大抵相同，即漢人本詞可知。」胡氏《詩藪》卷一復有數條論此，並嘗擬《擬大明鐃歌曲》十八首，見《少室山房集》卷一。

朱鷺

古樂府有《朱鷺曲》，解云：「因飾鼓以鷺而名曲焉。」〔一〕又云：「朱鷺咒鼓，飛於雲末。」〔二〕徐陵詩有「戺鐘鷺鼓」之句〔三〕。宋之問詩：「稍看朱鷺轉，尚識紫騮驕。」〔四〕皆用此事。蓋鷺色本白，漢初有朱鷺之瑞，故以鷺形飾鼓，又以《朱鷺》名鼓吹曲也。梁元帝《放生池碑》云：「玄龜夜夢，終見取於宋王；朱鷺晨飛，尚張羅於漢后。」〔五〕與「朱鷺飛雲末」事相叶，可以互證，補《樂府解題》之缺。

【箋證】

〔一〕《樂府詩集》卷十六《朱鷺》題解云：「孔穎達曰：『楚威王時，有朱鷺合沓飛翔而來舞，舊鼓吹《朱鷺曲》是也。』然則，漢曲蓋因飾鼓以鷺而名曲焉。」孔穎達語，見《毛詩注疏》卷七《詩·陳風·宛丘》疏引吴陸璣《毛詩草木鳥獸蟲魚疏》。

〔二〕此二句不見於《樂府詩集》，而於宋陳暘《樂書》卷一百三十八見之：「鷺，鼓精也。故《魯頌·有駜》詩曰：『振振鷺，鷺于飛。鼓咽咽，醉言歸。』古之君子仕於伶官，傷頌聲之不作，故飾鼓以鷺，欲其流風存焉。或言晉移雷鼓建康宫之端門，有雙鷺唲鼓而飛於雲末。或言孫恩破雷門鼓，見白鵠飛去。亦近乎恠，君子不道也。」

〔三〕徐陵集無「梟鐘鷺鼓」之句。「鳧鐘鷺鼓」，出《舊唐書》卷三十《音樂三》唐五郊樂章《舒和曲》：「笙歌籥舞屬年韶，鷺鼓鳧鐘展時豫。調露初迎綺春節，承雲遽踐蒼霄馭。」「鳧鐘」原誤作「梟鐘」，據改。《丹鉛》諸録及《譚苑醍醐》均不誤。

〔四〕此宋之問《魯忠王挽詞三首》第一首中句，見《宋之問集》卷下及《文苑英華》卷三百十。

〔五〕梁元帝《荆州放生亭碑》，見《藝文類聚》卷七十七。此引作「放生池」，誤，當據改。「玄龜」二句，用《莊子·外物》宋元君夢神龜，殺龜以卜事。

魚魚雅雅

古樂府《朱鷺曲》：「朱鷺，魚以烏，鷺何食，食茄下。」〔一〕「烏」古與「雅」同，叶音作「雅」。蓋古字烏也、雅也，本一字也。「雅」與「下」相叶，始得其音。「魚以雅」者，言朱鷺之威儀，魚魚雅雅也。韓文《元和聖德詩》「魚魚雅雅」之語本此〔二〕。「茄」古「荷」字〔三〕。

【箋證】

〔一〕《樂府詩集》卷十六載《朱鷺曲》，題解云：「孔穎達云：『楚威王時有朱鷺合沓飛翔而來舞，舊鼓吹《朱鷺曲》是也。』然則漢曲蓋因飾鼓以鷺而名曲焉。」《宋書·樂志》及《樂府詩集》所載，「朱鷺」下均有「路訾邪」三字。

〔二〕舊解「魚魚雅雅」者頗多，大抵爲隊列行進魚貫、儀仗整齊之意。《五百家注韓昌黎集》卷一《元和聖德詩》「魚魚雅雅」注引韓醇曰：「『雅雅』字，見《晉史·劉惔傳》：『洛中雅雅有三嘏。』『魚魚』字未詳，要亦車駕整肅之意。」則爲升庵此説所本。

〔三〕《爾雅·釋艸》：「荷，芙蕖。其莖茄，其葉蕸，其本蔤，其華菡萏，其實蓮，其根藕，其中的，的中薏。」

井公六博

古樂府「井公能六博，玉女善投壺」〔一〕，蓋因井星形如博局，而附會之，亦詩人「北斗挹酒漿」之意也〔二〕。曹子建詩：「仙人攬六著，對博泰山隅。」〔三〕齊陸瑜詩：「九仙會歡賞，六博具娛神。戲谷聞餘地，銘山憶舊秦。」〔四〕周王子淵詩：「誰能攬六著，還須訪井公。」〔五〕庾子山詩：「藏書凡幾代，看博已千年。」〔六〕陳張正見詩：「已見玉女笑投壺，復睹仙童欣六博。」〔七〕

【箋　證】

〔一〕二句陳謝燮《方諸曲》中句，見《樂府詩集》卷五十一。《穆天子傳》卷五：「天子北入于邴，與井公博，三日而決。」《楚辭章句》卷九《招魂》王逸注「六簙」曰：「投六箸行六棊，故爲六簙也。」簙、博字通。《太平御覽》卷十三引東方朔《神異經》曰：「東王公與玉女投壺梟，而脱悮不接者，天爲之笑。開口流光，今電是也。」

〔二〕井宿八星排列如井字，似棋局，與斗宿七星排列如斗勺同，故升庵如是說。《詩·小雅·大東》：「維北有斗，不可以挹酒漿。」

〔三〕此曹植《仙人篇》首二句，見《曹子建集》卷六。

〔四〕此陸瑜《仙人攬六著篇》中句，見《樂府詩集》卷六十四，「六博具娛神」作「六著且娛神」，是，當據改。

〔五〕此王褒《輕舉篇》末二句，見《樂府詩集》卷六十四，「著」作「博」，「須」作「當」。

〔六〕二句《庚子山集》不見，而見於《樂府詩集》卷五十四《登名山行》詩，未署作者，「看博已千年」作「看傳已經年」。《文苑英華》卷二百十一題《登名山篇》，署爲隋人李巨仁作，「已千年」作「已經年」。

〔七〕此張正見《神仙篇》中句，見《樂府詩集》卷六十四。

升庵此説，後人多有駁議。胡應麟《少室山房筆叢》卷七云：「井公事見《穆天子傳》，楊以井星形如棋局當之，臆説之絶可笑者。蓋未見《汲冢書》也。按《穆天子傳》第五卷，記王與隱士井公博，三日而決。一卷中凡兩見。井公必當時有道之士，致周穆以萬乘之尊，屢從博戲。亦奇矣。古博弈事，殆創見於此。王子淵『誰能攬六著，還須訪井公』，正用周穆王事。若天上井星，從何訪之？庾子山『藏書凡幾代，看博已千年』二語，亦正用周穆事。《圖經》稱『穆天子藏書於大酉山、小酉山』，庾詩本之。」吴景旭《歷代詩話》卷二十七云：「余觀《神異經》亦載井公事，愈知元瑞之説較升庵爲確。」徐文靖《管城碩記》卷二十八云：「按《穆天子傳》曰：『天子北入于邴，與井公博，三日而決。』又曰：『西升于陽□，過於靈□，井公博。』郭璞注曰：『穆王往返輒從井公博游，明其有道德人也。』梁蕭綺《拾遺録》曰：『觴瑶池而賦詩，期井伯而六博。』王褒詩：『誰能攬六著，還須訪井公。』陳謝燮《方諸曲》『井公能六著，玉女善投壺。』並用《穆傳》耳，豈井星如博局之謂乎？」

李陵詩

《修文殿御覽》載李陵詩云：「紅塵蔽天地，白日何冥冥〔一〕。微陰盛殺氣，淒風從此興。招摇西北指，天漢東南傾〔二〕。嗟爾穹廬子〔三〕，獨行如履冰。裋褐中無緒，帶斷續以繩〔四〕。寫水置瓶中，焉辨淄與澠〔五〕。巢父不洗耳，後世有何稱〔六〕。」此詩《古文苑》只載首二句〔七〕，見於《修文殿御覽》〔八〕。鍾嶸所謂「驚心動魄，一字千金」〔九〕，信不誣也。當補入之，以傳好古者。

【箋　證】

〔一〕此上二句見《文選》卷一《西都賦》李善注引李陵詩句，「蔽」作「塞」。《古文苑》卷八引此二句，下注「闕」。

〔二〕《文選》卷三十陸士衡《擬明月皎夜光》詩之三、四句與此上二句同，李善注云：「李陵詩曰：『招摇西北馳，天漢東南流。』」

〔三〕升庵《千里面譚》卷下選録此詩，「穹廬子」作「穹廬士」。

〔四〕上二句見《太平御覽》卷六百九十三，題作《古詩》，「裋」作「短」，「緒」作「絮」。

〔五〕唐張又新《煎茶水記》引二句，以爲古人所云，「焉辨淄與澠」作「焉能辨淄澠」。又，《千里面譚》「寫水置瓶中」作「瀉水置平地」。《玉臺新詠》卷三謝惠連《雜詩三首》第三首末四句：「寫酒置井中，誰能辯斗升；合如杯中水，誰能辯淄澠。」與此二句意同。

〔六〕上二句見《文選》卷五十五陸士衡《演連珠五十首》第七首末劉孝標注所引，「巢父」作「許由」，「稱」作「徵」。

〔七〕嘉靖四卷本《升庵詩話》此下作「注云原缺」四字，無「見於《修文殿御覽》」至「信不誣也」二十三字。

〔八〕《修文殿御覽》三百六十卷，北齊祖珽等撰。陳振孫《直齋書録解題》著録此書，云：「《隋志》作《聖壽堂御覽》，卷數同。聖壽者，寔齊後主所居。」蓋一書二名也。書今不存。羅振玉《鳴沙石室遺書》中有影印殘編。嚴可均《典略》叙云：「楊用修、王元美集屢引《修文殿御覽》，錢受之（謙益）《（絳雲樓）書目》亦載之。邢佺山語余云『漢中府張姓有藏本』，邢不謾語也。」盧文弨《抱經樓書目》亦有《修文御覽》一百六十三册。則清代尚有存世者，然不知是全帙否也。

〔九〕鍾嶸《詩品》卷一：「古詩，其體源出於《國風》。陸機所擬十四首，文温以麗，意悲而遠，驚心動魄，可謂幾乎一字千金。」

清馮舒《詩紀匡謬》「紅塵蔽天地篇」辨之云：「按《古文苑》止載二句，下缺。《文選》李善本《西都賦》注亦載二句，『蔽』字作『塞』。已下十二句，《升庵詩話》云出《脩文御覽》。此書亡來已久，所不敢信。

然以文義考之，首云『白日何冥冥』，何得遽接云『招揺西北指，天漢東南傾』耶？『短褐中無緒，帶斷續以繩』二句，别見《御覽》，『緒』作『絮』。又小謝詩曰『瀉酒置井中，誰能辨斗升。合如杯中水，誰能辨淄澠』，今直合作二句，無論惠連必無勦襲之病，可得謂之文理通備否？」蓋其未見《煎茶水記》，故有「小謝詩」云云之説。又，明李攀龍《古今詩删》卷六録此詩爲《李陵録别詩四首》之四，以爲無名氏擬作。

蘇李五言詩

蘇文忠公云蘇武、李陵之詩，乃六朝人擬作〔一〕。宋人遂謂在長安而言「江漢」，「盈卮酒」之句又犯惠帝諱，疑非本作〔二〕。予考之，殆不然。班固《藝文志》有《蘇武集》、《李陵集》之目。摯虞，晉初人也。其《文章流别志》云：「李陵衆作，總雜不類，殆是假託，非盡陵制。至其善篇，有足悲者。」〔三〕以此考之，其來古矣。即使假託，亦是東漢及魏人張衡、曹植之流始能之耳。杜子美云：「李陵蘇武是吾師。」〔四〕子美豈無見哉！東坡《跋黄子思詩》云：「蘇李之天成。」〔五〕尊之亦至矣。其曰「六朝擬作」者，一時鄙薄蕭統之偏辭耳。

【箋證】

〔一〕蘇軾語見《經進東坡文集事略》卷四十六《答劉沔書》：「李陵、蘇武贈别長安，而詩有『江漢』之語，及陵與武書，詞句儇淺，正齊梁間小兒所擬作，決非西漢文。而統不悟，劉子玄（知幾）獨知之。」又見《仇池筆記》卷上「擬作」條：「劉子玄辨《文選》所載《李陵與蘇武書》，並齊梁間文士擬作。予因悟陵與武五言詩亦後人擬作。」劉知幾《史通》卷十四：「《李陵集》有《與蘇武書》，詞采壯麗，音句流靡，觀其文體，不類西漢人。殆後來所爲，假稱陵作也。遷《史》缺而不載，良有以焉。編於《李集》中，斯爲謬矣。」

〔二〕《容齋隨筆》卷十四「李陵詩」條云：「《文選》編李陵、蘇武詩凡七篇，人多疑『俯觀江漢流』之語。以爲蘇武在長安所作，何爲乃及『江漢』？東坡云：『皆後人所擬也。』予觀李詩云『獨有盈觴酒，與子結綢繆』，『盈』字正惠帝諱。漢法觸諱者有罪，不應陵敢用之。益知坡公之言爲可信也。」宋人之説指此。「盈巵酒」，《文選》載陵詩作「盈觴酒」，當據改。歷來論蘇李詩之僞者甚多，明周嬰《巵林》卷四有「李陵詩」條，力辯宋人訾議之非。以爲江漢所指，原非實境；而於臨文不諱，舉證尤多。

〔三〕此非摯虞語。見《太平御覽》卷五百八十六引顏延之《庭誥》，文云：「荀爽云：詩者，古之歌章。然則雅、頌之樂篇全矣。以是後之詩者，率以歌爲名。及秦勒望岳，漢祀郊宮，辭著前史者，文變之高制也。雖雅聲未至，宏麗難追矣。逮李陵衆作，總雜不類，元是假託，非盡陵制。至其善寫，有足悲者。摯虞《文論》，足稱優洽。《柏梁》以來，繼作非一，纂所至七言而已。九言不見者，將由聲度闡誕，不協金石。至於五言流靡，則劉楨、張華。四言側密，則張衡、王粲。若夫陳思王，可謂兼之矣。」此引「非盡陵制」，「制」原作「志」，據改。

〔四〕杜甫《解悶十二首》之五，見《九家集注杜詩》卷三十。

〔五〕見《經進東坡文集事略》卷六十《書黄子思詩集後》。

古詩

「客從北方來，言欲到交趾。遠行無他貨，惟有鳳皇子。百金我不欲，千金難爲市。久在籠中居，羽儀紛不理。放之飛翱翔，何時到故里。」此漢無名氏詩也。以爲王羲之，非也〔一〕。

【箋證】

〔一〕宋葉廷珪《海録碎事》卷二十二載此詩前六句，以爲晉王獻之詩，其第三句作「遠行無他賮」。又，《藝文類聚》卷九十亦載此詩前六句，以爲晉王叔之《擬古詩》，第三句「貨」作「資」。升庵以爲漢詩，未必可信。宋高似孫《緯略》卷七亦載此，而其第五句作「百金不我鬻」。

又

古詩：「文彩雙鴛鴦，裁爲合歡被。著以長相思，緣以結不解。」著，昌慮切。鄭玄《儀禮注》：「著，充之以絮也。」緣，以絹切。鄭玄《禮記注》：「緣，飾邊也。」〔一〕長相思，謂以絲縷絡綿交互綢之，使不斷。長相思之義也。結不解，按《説文》：「結而可解曰紐，結不解曰締。」〔二〕締，謂以針縷交鎖連結，混合其縫，如古人結綢繆同心制。取結不解之義也。既取其義以著愛而結好，又美其名曰相思、曰不解云。合歡被，宋趙德麟《侯鯖録》有解〔三〕。會而觀之，可見古人詠物託意之工矣。

【箋　證】

〔一〕此《古詩十九首》第十八首之前四句。前二句，《六臣注文選》吕延濟注曰：「綺上文綵爲鴛鴦文。合歡被，以取同歡之意。」後二句，李善注曰：「鄭玄《儀禮注》曰：『著，謂充之以絮也。』著，張慮切。鄭玄《禮記注》曰：『缘，飾邊也。』缘，以絹切。」又李周翰注曰：「言被中著緜，謂長相思緜緜之意。缘，被四邊綴以絲縷，結而不解之意。」

〔二〕《説文》卷十三上：「紐，系也，一曰結而可解。」「締，結不解也。」

〔三〕《侯鯖録》卷一趙氏録此詩四句並引李周翰注後，又云：「余得一古被，四邊有缘，真此意也。著，謂充以絮。《正俗》云：『或問今以卧氈著裏施缘者，何以呼爲池氈？』答曰：『《禮》云：「魚躍拂池。」池者，缘飾之名，謂其形象水池耳。左太沖《嬌女詩》云「衣被皆重池」，即其證也。今人被頭别施帛爲缘者，猶呼爲被池。此毡亦爲有缘，故得名池耳。俗間不知根本，競爲異説。』當時已少有知者，況比來士大夫耶！獨宋子京博學，嘗用作詩云：『曉日侵簾壓，春寒到被池。』余得一古被，是唐物，四幅紅錦，外缘以青花錦，與此説正合。」又《輟耕録》卷七「鴛衾」條云：「孟蜀主一錦被，其闊猶今之三幅帛，而一梭織成。被頭作二穴，若雲板樣。蓋以扣於項下如盤領狀，兩側餘錦則擁覆於肩。此之謂鴛衾也。」所謂《正俗》，指顔真卿《匡謬正俗》也。

古詩十九首拾遺

「閨中有一婦，擣衣寄遠人。深夜不安寢，杵聲聞四鄰。夫壻從軍久，別離無冬春。欲寄向何處，邊塞多風塵。蘭茝徒芬香，無由近君身。」〔一〕此《古詩十九首》之遺也。鍾嶸云：「古詩凡四十餘首，陸機所擬十餘首。」〔二〕至梁昭明選十九首，其餘有見於《樂府》及《玉臺新詠》者，若「上山採蘼蕪」、「橘柚垂華實」、「紅塵蔽天地」、「十五從軍征」、「四坐且莫喧」、「悲與親友別」、「穆穆清風至」、「蘭若生春陽」、「步出城東門」、「白楊初生時」，凡十首，皆首尾全〔三〕。近又閱《類要》及《北堂書鈔》、《修文殿御覽》，會合叢殘得此首〔四〕。其碎句無首尾者，載之於《詩話補遺》〔五〕。

【箋　證】

〔一〕此詩首二句，見《九家集注杜詩》卷二十《擣衣》詩「寧辭擣衣倦，一寄塞垣深」下師古注引古詩。其餘未知所出。

〔二〕《詩品》卷上：「古詩，其體源出於《國風》，陸機所擬十四首，文温以麗，意悲而遠，驚心動魄，可謂幾乎一字千金。其外『去者日已疎』四十五首，雖多哀怨，頗爲總雜。舊疑是建安中曹王所製。『客從遠方來』、『橘柚垂華實』，亦爲驚絶矣。人代冥滅而清音獨遠，悲夫。」

〔三〕「上山採蘼蕪」、「四坐且莫喧」、「悲與親友别」、「穆穆清風至」見《玉臺新詠》卷一，分别爲《古詩八首》之第一、六、七、八首。「蘭若生春陽」，見《玉臺新詠》卷一，爲枚乘《雜詩九首》之六。「十五從軍征」，見《樂府詩集》卷二十五、元左克明《古樂府》卷三，爲《紫騮馬歌辭》。「橘柚垂華實」，見《太平御覽》卷九百六十六引「古詩」。「步出城東門」，見《古詩紀》卷二十，題《古詩一首》。「紅塵蔽天地」，參見本卷「李陵詩」條。「白楊初生時」，見《樂府詩集》卷三十四《豫章行》。

〔四〕《類要》一百卷，宋晏殊纂，傳本甚少。《北堂書鈔》一百六十卷，唐虞世南撰。《修文殿御覽》，已佚，參見本卷「李陵詩」條。

〔五〕見《詩話補遺》卷一。焦竑編《升庵外集》已收入《詩品》，即本卷下《漢古詩逸句》條。

漢古詩逸句

「庭中有奇樹，上有悲鳴蟬。」〔一〕

「泛泛江漢萍，飄蕩永無根。」〔二〕

「青青陵中草，傾葉晞朝日。陽春被惠澤，枝葉可攬結。」〔三〕
「餓狼食不足，饑豹食有餘。」〔四〕
「蝴蝶游西園，莫宿桑樹間。」〔五〕
「天霜木葉下，鴻雁當南飛。」古詩四十餘首，《文選》收其十九首，今其遺句見於類書，多有之，聊録其一二。
斷圭缺璧，猶勝瓦礫如山也。〔六〕
「人遠精魂近，寤寐夢容光。」無名氏。〔七〕
「初秋北風至，吹我章華臺。浮雲多暮色，似從崦嵫來。」同上。〔八〕
「石上生菖蒲，一寸八九節。仙人勸我飡，令人好顏色。」同上。〔九〕
「羈縶繫世網，進退維準繩。」江偉。〔一〇〕
「去婦不顧門，萎韭不入園。」諸葛孔明。〔一一〕
「探懷授所歡，願醉不顧身。」王仲宣。〔一二〕
「皎月垂素光，玄雲爲髣髴。」劉公幹。〔一三〕
「玄景如映璧，繁星如散錦。」庾闡。〔一四〕
「金荆持作枕，紫荆持作床。」古歌。〔一五〕
「爭先非吾事，靜照在忘求。」王右軍。〔一六〕

「來若迅風散，逝如歸雲征。」李充。〔一七〕

「翕如翔雲會，忽若驚風散。」棗腆。〔一八〕

「遥看野樹短，遠望樵人細。」虞騫。〔一九〕

「黄鳥鳴相追，交交弄好音。」古詩。〔二〇〕

「相思心既勞，相望脰亦悁。」陸彦聲。〔二一〕

「迅飆翼華蓋，飄飖若鴻飛。」石崇。〔二二〕

「玄清渺渺觀，浴景出東渟。」仙詩。〔二三〕

「逍遥玄津際，彎景落滄溟。」同上。〔二四〕

【箋　證】

〔一〕見《藝文類聚》卷九十七引「古詩」，「中」作「前」。

〔二〕見《藝文類聚》卷八十二引「古詩」。

〔三〕見《藝文類聚》卷八十一。《太平御覽》卷九百九十四引此，下多「草木爲感恩，況人含氣血」二句。〔四〕《埤雅》卷三「豹」條引云：「古詩曰：『餓狼食不足，飢豹食有餘。』言狼貪豹廉，有所程度而食。」「足」原作「多」，據改。

〔五〕《藝文類聚》卷九十七所引「古詩」，上句作「胡蝶胡高飛」。

〔六〕遍檢群書，未見此二句之所出。宋劉跂《學易集》卷一《送劉貢甫貶衡州》詩有「洞庭木葉下，衡陽鴻雁飛」之句，與此近似。

〔七〕此曹植《离别詩》句，見《文選》卷二十九张華《情詩》李善注引。「魂」原誤作「神」，據改。《詩話補遺》不誤。

〔八〕見《太平御覽》卷二十五，題作《八變歌》，首句作「北風秋初至」。案：《古詩紀》卷十七、《古樂苑》卷三十三録此詩並作十句，其後六句云：「枯桑鳴中林，緯絡響空階。翩翩飛蓬征，愴愴游子懷。故鄉不可見，長望始此回。」

〔九〕張籍有《寄菖蒲》詩，見《張司業集》卷二，全詩云：「石上生菖蒲，一寸十二節。仙人勸我食，令我頭青面如雪。逢人寄君一絳囊，書中不得傳此方。君能來作棲霞侶，與君同入丹玄鄉。」

〔一〇〕《文選》陸士衡《赴洛道中作一首》李善注引江偉《答軍司馬》詩。

〔一一〕見《太平御覽》卷九百七十六引諸葛亮《與張裔教》。

〔一二〕《文選》卷二十五謝靈運《還舊園作見顔范二中書》詩李善注引。

〔一三〕《文選》卷二十九傅玄《雜詩一首》李善注引。

〔一四〕見《太平御覽》卷七。

〔一五〕此非詩。見晉嵇含《南方草木狀》卷中：「荆，寧浦有三種：金荆可作枕，紫荆堪作牀，白荆堪作履。」

〔一六〕《文選》卷二十二鮑照《行藥至城東橋》詩李善注引王羲之《答許詢》詩。
〔一七〕《初學記》卷十八引李充《送許從》詩。
〔一八〕《初學記》卷十八引棗腆《贈石崇》詩。
〔一九〕此《藝文類聚》卷七引梁虞騫《登鍾山下峰望》詩末二句。
〔二〇〕《樂府詩集》卷三十《長歌行》古辭，原作「黄鳥飛相追，咬咬弄音聲」。
〔二一〕《文選》卷二十五謝靈運《登臨海嶠初發彊中作，與從弟惠連見羊何共和之詩》李善注引。
〔二二〕《文選》卷三十鮑照《數詩一首》李善注引，「飃」作「風」，「鴻飛」作「飛鴻」。
〔二三〕見《真誥》卷四《運象篇第四》，「浴」作「落」。
〔二四〕上句見《太平廣記》卷十二「大茅君」條，爲王母所歌。下句見《真誥》卷二《運象篇第二》，「溟」作「浪」。

佛經似詩句

佛經有云：「樂行不如苦住，富客不如貧主。」〔一〕又見《洞山語録》：「破鏡不重照，落花難上枝。」〔二〕絶似唐人樂府也。

【箋　證】

〔一〕「樂行」二句，見宋僧法應集、普會續集《禪宗頌古聯珠通集》卷十三，此正覺顯禪師頌語。

〔二〕「破鏡」二句，見《五燈會元》卷十三《洞山价禪師法嗣》，爲京兆華嚴寺休静禪師語，非洞山語。洞山，唐敬宗寶曆時高僧，有《筠州洞山悟本禪師語録》。

子書傳記語似詩者

「美色不同面，悲音不共聲。」《論衡》。〔一〕

「片玉可以琦，奚必待盈尺。」《抱朴子》。〔二〕

「兩江珥其市，九橋帶其流。」揚雄。〔三〕

「生無一日歡，死有萬世名。」《列子》。〔四〕

「善御不忘馬，善射不忘弓。」《韓詩外傳》。〔五〕

「文繡被臺榭，菽粟食凫雁。」《晏子》。〔六〕

「日日獻玉衣，旦旦進玉食。」《列子》。〔七〕

「駿馬養外廄，美人充下陳。」《戰國策》。〔八〕

「操行有常賢，仕宦無常遇。」王充。〔九〕

「觸露不掐葵，日中不剪韭。」古諺。〔一〇〕

「飛鳥號其群，鹿鳴求其友。」《楚辭注》。〔一一〕

「膏以肥自焫，翠以羽殃身。」蘇秦。〔一二〕

「薰以香自燒，膏以明自煎。」陳留父老。〔一三〕

「良將如收電，可見不可追。」《抱朴子》。〔一四〕

「高不絶山阜，跛羊升其顛。深不絶涓流，稚子浴其淵。」《牟子》。〔一五〕

「急行無善步，促柱少和聲。」王充。〔一六〕

「孔子辭廩邱，終不盜帶鈎。許由讓天下，終不利封侯。」《淮南》。〔一七〕

「高山尋雲霓，深谷肆無景。」羊祜《疏》。〔一八〕

「南游罔寞野，北息沉墨鄉。」《淮南》。〔一九〕

「日回而月周，時不與人游。」《淮南》。〔二〇〕

「百里不販樵，千里不販樵。」古諺。〔二一〕

「兩貴不可同，兩勢不可雙。」《説苑》。〔二二〕

「女愛不敝席，男歡不盡輪。」《鬼谷子》。〔二三〕

「御馬不釋策，操弓不反檠。」《家語》。〔二四〕

「鵲巢知風起，獺穴知水生。」《韓詩外傳》。〔二五〕

「豐屋知名家，喬木知舊都。」《吕覽》。〔二六〕

「井水無大魚，新要無長木。」上。〔二七〕

「餓狼守庖廚，餓虎牧牢豚。」仲長統《昌言》。〔二八〕

「代馬依北風，越鳥翔故巢。」《吴越春秋》。〔二九〕

「荆山不貴玉，鮫人不貴珠。」《韓詩外傳》。〔三〇〕

「蠹蝝仆柱梁，蚊虻走牛羊。」《新序》。〔三一〕

「青崖若點黛，素湍如委練。」羅含《湘中記》。〔三二〕

「白沙如霜雪，赤岩若朝霞。」上。〔三三〕

「洞庭對岳陽，脩眉鑒明鏡。」上。

「神邱有火穴，光景照千里。」〔三四〕

「昆侖有弱水，鵝毛不能起。」《玄中記》。〔三五〕

「日南有野女，群行不見夫。其狀皛而白，裸袒無衣襦。」唐蒙《博物記》。〔三六〕

「蟪蛄鳴於朝，寒螿鳴於夕。」《風土記》秋日。〔三七〕

「蠅成市於朝，蚊成市於夕。」夏。〔三八〕

「煦氣成虹霓，揮袖起風塵。」劉邵《趙都賦》。〔三九〕

「不寶咫尺玉，而愛寸陰旬。」《司馬法》。〔四〇〕

「鼓聲不過閶，鼙聲不過閬。」上。〔四一〕
「鐸以聲自毁，膏以明自鑠。」《淮南》。〔四二〕
「大江如索帶，舟船如鳧雁。」《郡國志》。〔四三〕
「跣跗被商鳥，重鐸吟詩書。」王充。〔四四〕
「醴泉有故源，嘉禾有舊根。」上。〔四五〕
「白璧不可爲，容容多後福。」《左雄傳》。〔四六〕
「仲尼長東魯，大禹出西羌。」《晉書·戴叔鸞傳》。〔四七〕
「明月不妄映，蘭葩豈虚鮮。」郭璞。〔四八〕
「新霽青陽升，天光入隙中。」佛經。〔四九〕
「日從蒙汜出，初樹照無影。」上。〔五〇〕
「隴阪縈九曲，不知高幾里。」《三秦記》。〔五一〕
「高樹翳朝雲，文禽蔽淥水。」應璩。〔五二〕
「平流鼓怒浪，静樹振驚飆。」《尚書正義序》。〔五三〕
「榣木不生危，松柏不處卑。」《國語》。〔五四〕
「遁關不可復，亡犴不可再。」《淮南》。〔五五〕

「一淵不兩蛟。」《淮南》。〔五六〕

「兩雄不並棲。」《三國志》。〔五七〕

【箋證】

〔一〕《論衡》卷三十《自紀》。

〔二〕《後漢書》卷七十九《仲長統傳》李賢注引，「琦」原作「奇」，據改；「待」作「俟」。

〔三〕《揚子雲集》卷五《蜀都賦》。

〔四〕《列子》卷七《楊朱》。

〔五〕《韓詩外傳》卷四。

〔六〕《晏子春秋》卷七。

〔七〕《列子》卷三《周穆王》。

〔八〕《戰國策》卷十一《齊策四》。

〔九〕《論衡》卷一《逢遇》。

〔一〇〕《埤雅》卷十六《釋草》「韭」。

〔一一〕見《楚辭章句》卷十三东方朔《七諫・哀命》。原句作「飛鳥號其群兮，鹿鳴求其友」，非詩句。

〔一二〕《太平御覽》卷九百八十三引作「蘇子曰：『蘭以芳自燒，膏以肥自焫。翠以羽殃身，蚌以珠致破。』」

〔一三〕見《漢書》卷七十二《兩龔傳》，「煎」作「銷」。所云「父老」，未言其爲「陳留」人。

〔一四〕《記纂淵海》卷二所引同。《太平御覽》卷十三及卷二百七十三並引作「良將去如收電，可見不可追。」

〔一五〕見梁僧祐《弘明集》卷一牟融《理惑論》。「升」作「淩」。

〔一六〕此非王充語，乃唐朱敬則上武后《諫除濫刑疏》中語，見《舊唐書》卷九十《朱敬則傳》。上句原作「急趨無善跡」。

〔一七〕見《淮南子》卷十三《氾論》，「帶」作「刀」，「下」作「子」。

〔一八〕見《晉書》卷三十四《羊祜傳》。

〔一九〕見《淮南子》卷十二《道應》，原文作「南游乎罔㝗之野，北息乎沉墨之鄉」，《論衡》卷七作「南游乎罔浪之野，北息乎沈薶之鄉」，皆非詩句。

〔二〇〕見《淮南子》卷一《原道》。

〔二一〕見《史記》卷一百二十九《貨殖列傳》。

〔二二〕《説苑》卷十六《説叢》，原作「兩勢不可同，兩貴不可雙」。

〔二三〕見《容齋四筆》卷二「鬼谷子書」條，「敝」作「極」，「盡」作「畢」。又，《真誥》卷十三亦有「女寵不弊席，男愛不盡輪」之語。當皆自《戰國策·楚策》「嬖女不敝席，寵臣不避軒」出。

〔二四〕見《孔子家語》卷五《子路初見》篇，「馬」前有「狂」字。《御覽》引作「狂馬不釋策」。

〔二五〕此見《淮南子》卷十《繆稱》：「鵲巢知風之所起，獺穴知水之高下。」《韓詩外傳》無之。

〔二六〕此本《論衡》卷二十《佚文》篇：「望豐屋知名家，睹喬木知舊都。」今本《吕氏春秋》無此。

〔二七〕見《吕氏春秋》卷十三《有始覽·諭大》：「井中之無大魚也，新林之無長木也。」

〔二八〕《後漢書》卷七十九《仲長統傳》引。

〔二九〕此見《鹽鐵論》卷四《未通》篇，「越」作「飛」。《吴越春秋》卷二《闔閭内傳第四》：「胡馬望北風而立，越鷰向日而熙。」爲其所本。

〔三〇〕《太平御覽》卷八百五引，出《符子》。今本《韓詩外傳》無。

〔三一〕見《説苑》卷十六《説叢》。升庵記誤。

〔三二〕見《水經注》卷六「澮水」注。案：「澮水」在晉，於《湘中記》何與。升庵記誤。

〔三三〕《水經注》卷三十八「湘水」注：「《湘中記》曰：『湘川清照五六丈，下見底石如摴蒱矢，五色鮮明，白沙如霜雪，赤崖若朝霞，是納瀟湘之名矣。』」

〔三四〕此二句見《太平御覽》卷五十三引《外國圖》，「光景」作「其光」。又，卷八百六十九引《括地圖》，無「景」字。

〔三五〕《太平御覽》卷六十五引《玄中記》曰：「天下之弱者，崑崙之弱水焉，鴻毛不能起。」

〔三六〕張華《博物志》卷二「野人」條：「日南有墅女，群行若丈夫，狀皛白，裸袒無衣襦。」此條原無，據《詩話補遺》補。

〔三七〕《太平御覽》卷九百四十九引《風土記》曰：「秋而蟪蛄鳴於朝，寒蛩鳴於夜。」

〔三八〕《埤雅》卷十一《釋蟲》：「俗云：蚊有昏市。蓋蠅成市於朝，蚊成市於暮。」

〔三九〕《文選》卷三十四曹植《七啟》李善注引劉劭《趙郡賦》。「劉劭」原誤作「劉郡」，今據改。

〔四〇〕《司馬法》無此。《藝文類聚》卷二十三引魏王修《誡子書》：「故禹不愛尺璧而愛寸陰，時過不可還，若年大不可少也。」《太平御覽》卷二百七十三引諸葛亮《兵要》亦云：「不愛尺璧而愛寸陰者，時難遭而易失也。」

〔四一〕《周禮注疏》卷二十九《大司馬》鄭玄注引《司馬法》曰：「鼓聲不過閶，鼙聲不過闒，鐸聲不過琅。」「閬」當據改作「琅」。

〔四二〕見《淮南子》卷十《繆稱》，「膏」下有「燭」字。

〔四三〕《太平御覽》卷七百七十引《郡國誌》。

〔四四〕上句出《論衡》卷十九《宣漢》篇「古之跣跗，今履商舄」句。下句出《論衡》卷十九《恢國》篇：「巴蜀、越嶲、鬱林、日南、遼東、樂浪，周時被髮椎髻，今戴皮弁；周時重譯，今吟詩書。」

〔四五〕《論衡》卷三十《自紀》：「是則澧泉有故源而嘉禾有舊根也。」

〔四六〕見《後漢書》卷九十一

〔四七〕此不見《晉書》，見《後漢書》卷一百十三《逸民・戴良傳》。戴良，字叔鸞。

〔四八〕見《晉書》卷七十二《郭璞傳》。

〔四九〕見《楞嚴經》卷一，「青阳」作「清暘」。

〔五〇〕此出《宋高僧傳》卷八《唐鄆州安國院巨方傳》，下句「初樹照無影」作「照樹全無影」。

〔五一〕《説郛》卷六十一《三秦記》「隴阪」：「隴西關，其阪九迴，不知高幾里。」

〔五二〕見《文選》卷四十二應璩《與滿公琰書》，「渌」作「緑」。

〔五三〕出處原闕，據《詩話補遺》補。《尚書正義序》云：「斯乃鼓怒浪於平流，震驚飆於靜樹。」

〔五四〕《國語》卷十四《晉語八》：「榣木不生危，松栢不生埤。」「榣」原作「摇」，據改。榣木，大木也。

〔五五〕見《淮南子》卷十七《説林》。

〔五六〕見《淮南子》卷十六《説山》。

〔五七〕《三國志·魏志》卷六《袁紹傳》：「若兩雄并力，兵交於城下，危亡可立而待也。」《朱子語類》卷七十：「如袁紹、劉馥、劉繇、劉備之事，可見『兩雄不並棲』之義。」

咄唶歌

「棗下何纂纂，榮華各有時。棗初欲赤時，人從四方來。棗適今日罄，誰當仰視之。」〔一〕

「咄唶」，《晉書》作「咄嗟」〔二〕。《魯靈光殿賦》作「窋咤」〔三〕。

【箋　證】

〔一〕《樂府詩集》卷七十四梁簡文帝《棗下何纂纂》解題云：「古《咄唶歌》曰」云云，「纂纂」作「攢攢」，二字古通，棗花盛貌。「初欲」作「欲初」，「四方」作「四邊」，「罄」作「賜」。賜，儩也，亦盡義。

〔二〕《晉書》卷三十三《石苞傳》附《石崇傳》：「崇爲客作豆粥，咄嗟便辦。」

〔三〕《文選》卷十一王文考《魯靈光殿賦》：「緑房紫的，窋咤垂珠。」

麥含金

《梁鴻傳》載鴻詩二首，「麥含含兮方秀」，刻本皆如此。《藝文類聚》引之，作「麥含金」爲是〔一〕。「金」與「含」相似而衍爲二字也，此當表出之。

【箋證】

〔一〕升庵此引《梁鴻傳》，指《後漢書》卷八十三《逸民列傳》中之《梁鴻傳》。《藝文類聚》卷三所引，出《東觀漢記》卷十八。

狄香

張衡《同聲歌》：「灑掃清枕席，鞮芬以狄香。」〔一〕鞮，履也。狄香，外國之香也。謂以香薰履也。近刻《玉臺新詠》及《樂府詩集》改「狄香」作「秋香」，大謬〔二〕。吴中近日刻古書，妄改例如此，不能一一盡彈正之。

【箋證】

〔一〕張衡《同聲歌》，見《玉臺新詠》卷一，《樂府詩集》收入卷七十六「雜曲歌辭」。

〔二〕升庵此説，後人多有引用，如周嘉胄《香乘》、董斯張《廣博物志》、陳元龍《格致鏡源》等，然亦有抵之者。吴騫《拜經樓詩話》引張誠之《蟲獲軒筆記》云：「《王制》：『西方曰狄鞮。』古詩中所謂迷迭、兜納諸香，大都出於西域，故曰鞮芬、狄香。」又云：「竊意詩蓋謂鞮之芬，由狄之香。即昔人芝焚蕙歎、松茂柏悦之意，與『同聲』義亦協，而『之』字方有著。若楊升庵『以香薰履』之解，尤足噴飯。」按：《禮記·王制》「西方曰狄鞮」鄭玄注：「鞮之言知也。今冀部有言狄鞮者。」孔穎達疏曰：「其通傳西方語官謂之狄鞮者，鞮，知也，謂通傳夷狄之語，與中國相知。」是「狄鞮」乃翻譯之意，引申爲外國所入。鞮芬、狄香，即域外之香。「以」猶「與」也。吴説亦迂。清紀容舒《玉臺新詠考異》卷一校此云：「楊用修《丹鉛録》辨此句『狄香』字訛爲『秋香』。今考宋刻正作『狄』字，知用修所説不謬。」據知當時傳本多爲「秋香」。

古歌銅雀詞

「長安城西雙員闕，上有一雙銅雀宿。一鳴五穀生，再鳴五穀熟。」此詩《文選注》所引有缺字，今考《太平御覽》足之〔一〕。劉禹錫詩：「銅雀應豐年。」〔二〕

【箋　證】

〔一〕此詩《三輔黄圖》卷二、《太平寰宇記》卷二十五均引作「古歌」，前二句皆作「長安城西有雙闕，上有雙銅雀」。《文選》卷五十六陸佐公《石闕銘》李善注引作「魏文帝歌」，云：「《三輔舊事》曰：未央宫東有蒼龍闕，北有玄武闕。魏文帝歌曰：『長安城西有雙圓闕，上有一雙銅爵，一鳴五穀生，再鳴五穀熟。』」上三書所録均缺「宿」字。《太平御覽》卷三十五、卷一百七十九兩録此詩，並有「宿」字，與此同，當爲升庵所據。《丹鉛總録》卷十八同條録此詩後云：「今《文選注》遺一『宿』字，遂不可韻，難讀。」

〔二〕此非劉禹錫詩，乃梁簡文帝《和武帝籍田詩》中句，見《藝文類聚》卷三十九。劉有「長安銅雀鳴，秋稼與雲平」之句，見《劉夢得文集》卷三《大和戊申歲大有年，詔賜百寮出城觀秋稼，謹書盛事以俟采詩者》詩。升庵或以此記誤。

曹孟德樂府

曹孟德樂府，如《苦寒行》、《猛虎行》、《短歌行》，膾炙人口久矣〔一〕。其稀僻罕傳者，如：「不戚年往，憂世不治。存亡有命，慮爲之蚩。」又云：「壯盛智慧，殊不再來。愛時進趣，將以惠誰？」〔二〕不特句法高邁，而識趣近於有道，可謂文姦也已。

【箋證】

〔一〕今傳曹操詩無《猛虎行》。然《樂府詩集》卷三十《平調曲》題解云：「《荀氏録》所載十二曲傳者五曲……武帝『吾年』、明帝『雙桐』，並《猛虎行》。」按郭氏於此，實轉引王僧虔《技録》之文。所謂《荀氏録》一書，宋時當已亡佚，故所云「武帝『吾年』」之《猛虎行》一首，郭氏書中未録。升庵於此殆據《樂府詩集》爲説，未嘗真見操《猛虎行》詩也。

〔二〕以上所引操詩，見《樂府詩集》卷三十《秋胡行》，詩共五解，此其四、五解中句，「智慧」作「智惠」。

曹子建遺詩

曹子建《棄婦篇》云：「石榴植前庭，緑葉摇縹青。丹華灼烈烈，璀彩有光榮。光好煒流離，可以處淑靈。有鳥飛來集，拊翼以悲鳴。悲鳴夫何爲，丹華實不成。拊心長歎息，無字當歸寧。有子月經天，無子若流星。天月相終始，流星没無精。棲遲失所宜，下與瓦石並。憂懷從中來，歎息通雞鳴。反側不能寐，逍遥於前庭。踟躕還入房，肅肅帷幕聲。褰帷更攝帶，撫弦彈鳴箏。慷慨有餘音，要妙悲且清。收淚長歎息，何以負神靈。招摇待霜露，何必春夏成。晚獲爲良實，願君且安寧。」此詩郭茂倩《樂府》不載，近刻《子建集》亦遺焉。幸《玉臺新詠》有之，遂録以傳〔一〕。

【箋證】

〔一〕見《玉臺新詠》卷二，題《棄婦詩一首》，「處淑靈」作「戲淑靈」、「撫弦彈鳴箏」作「撫節彈素箏」。又，《文苑英華》卷九百七十録此詩「石榴植前庭，緑葉摇縹青，翠鳥飛来集，拊翼以悲鳴」四句，題「曹植《棄妻詩》」。

甄后塘上行

「蒲生我池中，緑葉何離離。豈無蒹葭艾，與君生別離。念君去我時，獨愁常苦悲。想見君顔色，感結傷心脾。念君常苦悲，夜夜不成寐。莫以豪賢故，棄捐素所愛。莫以魚肉賤，棄捐葱與薤。莫以麻枲賤，棄捐菅與蒯。倍恩常苦枯，蹶船常苦没。教君安息定，慎莫致倉卒。與君一別離，何時復相對？出亦復苦愁，入亦復苦愁。邊地多悲風，樹木何⿰木叟⿰木叟。從君致獨樂，延年壽千秋。」此詩《樂府》亦載，而詳略不同。然詞義之善，無如此録之完美，故書於此[一]。「蹶船常苦没」，黄河中行舟常有此患，俗云「著淺」。《説文》：「艘，船著沙不行也。」《尚書大傳》云：「三艘，國名。」亦在黄河側。甄后此句，正北方之語，特表出之[二]。「⿰木叟」音「颼」，古本《楚辭》「⿰木叟⿰木叟兮木颯颯」，今本作「蕭」，而音亦叶「颼」。故此詩亦作「蕭蕭」，又作「翛翛」。揔不若「⿰木叟⿰木叟」字之古也[三]。甄后，中山無極人，爲魏文帝后，其後爲郭嬪譖，賜死，臨終作此詩。魏明帝初爲王時，納虞氏爲妃，及即位，毛氏有寵而黜虞氏。卞太后慰勉之，虞氏曰：「曹氏自好立賤，未有能以令終，殆必由此亡國矣。」〔四〕其後郭夫人有寵，毛后愛弛，亦賜死。魏之兩世家法如此，虞氏亡國之言良是。詩可以觀，不獨《三百篇》也。元人傳奇，以明帝爲「跳槽」，俗語本此。

【箋證】

〔一〕此詩諸書所録，文字各有異同。《樂府詩集》卷三十五兩録《塘上行》，以爲武帝所作。其一爲晉樂所奏者，出《宋書》卷二十一《樂志》：「蒲生我池中，蒲生我池中，其葉何離離。傍能行人儀（《宋書》作「儀儀」），莫能縷自知。衆口鑠黃金，使君生離別。一解。念君去我時：念君去我時，獨愁常苦悲。想見君顏色，感結傷心脾，今悉夜夜愁不寐。二解。莫用豪賢故：莫用豪賢故，棄捐素所愛。莫用魚肉貴，棄捐蔥與薤。莫用麻枲賤，棄捐菅與蒯。三解。倍恩者苦栝（《宋書》作「枯」下同）：倍恩者苦栝，蹶船常苦没。教君安息定，慎莫致倉卒。念與君一共離別，亦當何時，共坐復相對。四解。出亦復苦愁：出亦復苦愁，入亦復苦愁。邊地多悲風，樹木何蕭蕭。今日樂相樂，延年壽千秋。五解。」其二爲樂府古辭：「蒲生我池中，其葉何離離。傍能行仁義，莫若妾自知。衆口鑠黃金，使君生別離。念君去我時，獨愁常苦悲。想見君顏色，感結傷心脾。念君常苦悲，夜夜不能寐。莫以豪賢故，棄捐素所愛。莫以魚肉賤，棄捐蔥與薤。莫以麻枲賤，棄捐菅與蒯。出亦復苦愁，入亦復苦愁。邊地多悲風，樹木何脩脩。從君致獨樂，延年壽千秋。」此録與《玉臺新詠》卷二文字全同，而《玉臺》題爲甄皇后《塘上行》。又，《樂府詩集》此詩「題解」云：「《鄴都故事》曰：魏文帝甄皇后，中山無極人。袁紹據鄴，與中子熙娶后爲妻。後太祖破紹，文帝時爲太子，遂以后爲夫人。後爲郭皇后所譖，文帝賜死後宮。臨終爲詩曰：『蒲生我池中，緑葉何離離。豈無蒹葭艾，與君生别離。莫以賢豪故，棄捐素所愛。莫以麻枲賤，棄捐菅與蒯。莫以魚肉賤，棄捐蔥與薤。』《歌録》曰：《塘上行》古辭或云甄皇后造。《樂府解題》曰：前志云晉樂奏魏武帝《蒲生篇》，而諸集録皆言其詞文帝甄后所作。歎以讒訴見棄，猶幸得新好不遺故惡焉。若晉陸機『江蘺生幽渚』，言婦人衰老失寵，行於塘上而爲此歌，與古詞同意。」此外，《藝文類聚》卷四十一亦録魏文帝甄皇后《塘上行》曰：「蒲生我池中，蒲葉何離離。傍能行仁義，莫若妾自知。衆口爍黄金，使君生别離。莫以毫髮故，棄捐素所愛。莫以魚肉賤，棄捐蔥與薤。莫以麻枲賤，棄捐菅與蒯。」按：升庵此録，當爲綜輯各書所録編訂而成者，非原作如此也。

〔二〕《説文解字》卷八下：「艐，船著不行也。」無「沙」字。《尚書·湯誓》「遂伐三朡，俘厥寶玉」僞孔傳：「三朡，國名。桀走保之，今定陶也。」即今山東定陶縣地。「艐」、「朡」字通。

〔三〕自「『椶』音『騣』」至「字之古也」一段原無，據《詩話補遺》卷一及《藝林伐山》卷十八補。

〔四〕《三國志·魏書》卷五《明悼毛皇后傳》：「初，明帝爲王，始納河内虞氏爲妃。帝即位，虞氏不得立爲后，太皇卞太后慰勉焉。虞氏曰：『曹氏自好立賤，未有能以義舉者也。然后職内事，君聽外政，其道相由而成。苟不能以善始，未有能令終者也。殆必由此亡國喪祀矣。』虞氏遂紬還鄴宮。」

丁福保《全漢三國晉南北朝詩序》辨此詩乃魏武帝詩，非甄后所作。其論甚詳，兹録以備參。其云：「樂府《塘上行》共有四説，或曰古辭，或曰甄后作，或曰魏文帝作，或曰魏武帝作。考舊本《玉臺新詠》爲魏武帝作。余謂此篇決非甄后作，宜仍武帝爲是。檢《宋書》卷廿一《樂志》，《塘上行》爲武帝辭，沈休文作史志必有依據，其證一。《樂府詩集》卷卅五亦作武帝辭，其證二。曹子建『浮萍寄清水』一篇，即和武帝作。黄初二年，甄后賜死之時，即灌均希旨之日，文帝日以殺植爲事，敢和甄詩以速禍耶？其證三。《鄴都故事》云：甄后賜死，臨終爲詩，此事陳壽《魏志》本傳所無。裴松之注採掇極博，亦無此詩。梅鼎祚《古樂苑》疑詩意猶幸得新好不遺舊惡，非臨終詩，其證四。植詩中有『結髮辭嚴親』之句，更與甄氏先嫁袁熙，後爲文帝納不類，其證五。謝靈運《山居賦》自注：『塘上奏蒲生詩，感物自賦』，亦不云甄后作，其證六。此詩末四句，甄后居鄴，何得云邊地？又何爲有從軍之語耶？其證七。所以元左克明《古樂府》依《宋書》題爲魏武帝者，是也。」

升庵詩話新箋證卷二

横浦論詩

横浦張九成謂：「王粲《贈蔡子篤》詩大有變風之思，嵇叔夜《送秀才從軍》詩有古詩人之風，劉公幹《贈從弟詩》，有《國風》餘法。」〔一〕

【箋　證】

〔一〕張九成，字子韶，自號無垢居士。其先開封人，徙居錢塘，遂爲錢塘人。紹興二年殿試第一，授鎮東軍簽判。歷宗正少卿兼侍講，權刑部侍郎。官禮部侍郎，以忤秦檜，被謫居南安軍十四年。檜死，起知温州，丐祠。卒，贈太師，封崇國公，謚文忠。耽志著述，有《横浦集》二十卷及門人所編《横浦心傳》、《横浦日新》等書。横浦此語，見横浦門人郎曄所編之《横浦日新》。黄震《黄氏日鈔》卷四十二摘引此文，以爲「皆未必然，恐特一時誦詠而喜之耳」。所云王粲、劉楨詩並見《文選》卷二十三，嵇康詩見卷二十四。

王粲用劉歆賦語

劉歆《遂初賦》：「望亭隧之皦皦兮，飛旗幟之翩翩。」〔一〕王粲《七哀》詩：「登城望亭隧，翩翩飛羽旗。」〔二〕實用劉歆語。

【箋　證】

〔一〕見《古文苑》卷五。《藝文類聚》卷二十七引此，「隧」作「燧」，「皦皦」作「皎皎」。劉歆，字子駿，少以通詩書能屬文召見。成帝時，待詔宦者署，爲黄門郎。河平中受詔，與父向領校祕書，講六藝傳記、諸子詩賦、數術方技，無所不究。復領五經，卒父前業，撰成《七略》。

〔二〕見《古文苑》卷八，「羽」作「戍」。《文選》不載此詩。王粲，字仲宣，山陽高平人，有異才。少居長安，漢獻帝詔除黄門侍郎，不就。之荆州依劉表，表卒。曹操辟爲丞相掾，賜爵關内侯，後拜侍中。魏建安二十二年從征吴，道卒。

劉文房詩

劉文房詩：「已是洞庭人，猶看灞陵月。」〔一〕孟東野詩：「長安日下影，又落江湖中。」〔二〕語意相似，皆寓戀闕之意。然總不若王仲宣云「南登灞陵岸，回首望長安」〔三〕，涵蓄藴藉，自然不可及也。

【箋　證】

〔一〕此劉長卿《初至洞庭懷灞陵别業》詩中句，見《劉隨州集》卷五。劉長卿，字文房，唐河間人。開元末登進士第，官終隨州刺史。

〔二〕此孟郊《失意歸吴因寄東臺劉復侍御》詩中句，見《孟東野詩集》卷三。孟郊，字東野，唐武康人。少隱嵩山，貧居苦吟，性介少合，與韓愈爲忘形交。年五十第進士，調溧陽尉。

〔三〕此見《文選》卷二十三王仲宣《七哀詩二首》其一，「灞」作「霸」，是，當據改。

連綿字

左太沖《招隱》詩：「峭蒨青葱間，竹柏得其真。」〔一〕五言詩用四連綿字，前無古，後無今。

【箋　證】

〔一〕左思，字太沖，晉齊國臨淄人，爲殿中侍御史。作《三都賦》成，都下傳寫，洛陽爲之紙貴。此其《招隱詩二首》第二首中句，見《文選》卷二十二。李善注曰：「峭蒨，鮮明貌。孫卿子曰：『桃李蒨粲於一時，時至而後殺。至於松栢，經隆冬而不彫，蒙霜雪而不變。』可謂得其真矣。」「峭」，六臣本作「悄」。吕延濟注曰：「悄蒨青葱，茂盛美貌。真，謂不彫也。」

陸士衡詩

《文選》陸機詩："感別慘舒翮，思歸樂遵渚。"注："舒翮謂鵠，遵渚謂鴻，言感別之情，慘於舒翮之飛鵠；思歸之志，樂於遵渚之征鴻也。"〔一〕

【箋證】

〔一〕此《於承明作與士龍一首》詩中句，見《文選》卷二十四。其下李善注曰："『舒翮』謂鵠，『遵渚』謂鴻。言感別之情，慘於舒翮之飛鵠；思歸之志，樂於遵渚之征鴻也。蘇武詩曰：『黄鵠一遠別。』酈炎詩曰：『舒吾凌霄羽。』《毛詩》曰：『鴻飛遵渚。』"陸機，字士衡，晉吴郡人。祖遜，吴丞相；父抗，吴大司馬。機少有異才，文章冠世。吴亡歸晉，歷官至平原内史。後與弟雲並爲成都王司馬穎所殺。所著文章凡三百餘篇，並行於世。

趙李

阮籍《詠懷》詩："西游咸陽中，趙李相經過。"顔延年以爲趙飛燕、李夫人〔一〕。劉會孟謂安知非實有此人，不必求其誰何也。不詳詩意，"咸陽趙李"，謂游俠近幸之儔。《漢書·谷永傳》"小臣趙李從微賤尊寵"〔二〕，成帝常與微行者。籍用"趙李"字正出此。若如顔延年説趙飛燕、李夫人，豈可言經過？如劉會孟言當時實有此人，唐王維詩亦有「日夜經過趙李家」〔三〕，豈唐時亦實有此人乎？乃知讀書不詳考深思，雖如延年之博學，會孟之精鑒，亦不免失之，況下此者耶？「趙李」，按《漢書》，乃宣帝時趙季、李款〔四〕。

【箋證】

〔一〕阮籍《詠懷詩十七首》，見《文選》卷二十三。此其第七首中句，李善注引顔延年曰：「趙，漢成帝趙后飛燕也；李，武帝李夫人也。並以善歌妙舞幸於二帝也。」

〔二〕《漢書》卷八十五《谷永傳》：「成帝性寬而好文辭，又久無繼嗣，數爲微行，多近幸小臣，趙李從微賤專寵，皆皇太后與諸舅夙夜所常憂。」升庵此引「小臣」二字當屬上，「尊寵」當據改作「專寵」。據此，則升庵引《谷永傳》以證阮籍詩，的爲不當。陳耀文《正楊》卷三嘗指升庵此誤曰：「『小臣趙李』句讀俱差，何用笑延之乎？」

〔三〕此王維《洛陽女儿行》中句，見涵芬樓景元刊本《須溪先生校本唐王右丞集》卷一、《樂府詩集》卷九十《新樂府辭》。

〔四〕此注出《詩話補遺》卷二下「趙李」條，當爲焦氏編《外集》時補録於此。趙季、李款，見《漢書》卷七十七《何並傳》：「輕俠趙季、李款多畜賓客，以氣力漁食鄉里。」於升庵此說，陳耀文《正楊》卷三云：「謝靈運《曇隆法師誄》云：『生自豪華，家贏金帛，加以巧乘騎，解絲竹，詠絶響於康衢，弄絃管於華肆者，非徒經旬涉朔，彌歷年稔，而已諒趙李之咸陽，程鄭之臨邛矣。』又云：『生以意泰，意管生理，孰是歡慰，程鄭趙李。』據此『趙李』與『程鄭』並言，則非陽翟可殺之『趙李』也。」

舊來釋「趙李」者甚衆，除顔延年以爲趙飛燕、李夫人及升庵以爲趙季、李款外，顧炎武《日知録》卷二十七引《漢書·外戚傳》「(班)倢伃進侍者李平，平得幸，立爲倢伃」。以「趙李」爲趙飛燕、李平，皆外戚豪家也。梁章鉅《文選考異》據《漢書·佞幸傳》，以「趙李」爲文帝時宦者趙談，武帝時宦者李延年。今按《漢書》卷一百《序傳》：「會許皇后廢，班倢伃供養東宫，進侍者李平爲倢伃，而趙飛燕爲皇后……自大將軍薨後，富平、定陵侯張放、淳于長等始愛幸，出爲微行，行則同輿執轡。入侍禁中，設宴飲之會，及趙、李諸侍中，皆引滿舉白，談笑大噱。」據此，知「從微賤專寵」者，二女寵趙飛燕、李平也。「趙、李諸侍中」，二女寵之戚屬也。籍詩「趙李相經過」，謂與貴戚相交通也。

湖陰曲題誤

王敦屯于湖，帝至于湖，陰察營壘而去。此《晉紀》本文〔一〕。于湖，今之歷陽也〔二〕。「帝至于湖」爲一句，「陰察營壘」爲一句。温庭筠作《湖陰曲》，誤以「陰」字屬上句也。張耒作《于湖曲》以正之〔三〕。

【箋證】

〔一〕《晉書》卷六《明帝紀》：太寧二年六月，「敦將舉兵内向，帝密知之，乃乘巴滇駿馬，微行至于湖，陰察敦營壘而出。」

〔二〕按《晉書·地理志》，丹陽郡有于湖、蕪湖、湖熟諸縣，在長江以南。歷陽屬淮南郡，在長江以北。升庵以于湖爲歷陽，誤。

〔三〕《才調集》卷二録温庭筠《湖陰曲》，有序曰：「晉王敦舉兵至湖陰，明帝微行視其營伍。由是樂府有《湖陰曲》，而亡其詞，因作而附之。」後張耒作《于湖曲》正飛卿「陰」字屬上之誤，其序云：「蕪湖令寄示温庭筠《湖陰曲》，其序乃云『晉王敦反，屯于湖陰，帝微行至其營，敦夢日遶之，覺而追不及，故樂府有《湖陰曲》』。按《晉·地志》有于湖，而無湖陰。本紀云：『敦屯于湖。』又曰：『帝至于湖，陰察營壘而去。』頃予游蕪湖，問父老湖陰所在，皆莫之知也。然則『帝至于湖』，當斷爲句。乃作《于湖曲》以遺之，使正其是非云。」見《柯山集》卷三。「張耒」原誤作「張來」，據改。

寄梅事

寄梅事始見於《説苑》：「越使諸發云：『豈有一枝梅，可寄國君者乎？』」又《詩話》載南北朝范曄與陸凱相善，凱在江南寄梅花一枝詣長安與曄，且贈一詩云云〔一〕。按曄爲江南人。陸凱字智君，代北人。當是范寄陸耳。凱在長安，安得梅花寄曄乎？

【箋　證】

〔一〕《苕溪漁隱叢話》後集卷二十一：「《復齋漫録》云：『范蔚宗與陸抗相善，自江南折梅一枝，詣長安與蔚宗，并詩曰：『折梅逢驛使，寄與隴頭人。江南無所有，聊贈一枝春。』余見《説苑》記越使諸發執一枝梅遺梁王，梁王之臣韓子謂左右曰：『惡有以一枝梅以遺列國之君者乎？』則知遺使折梅，已具劉向《説苑》矣。范詩出《荆州記》。」升庵所云《詩話》指此。所引諸發云云，當爲韓子語。事見《説苑》卷十二《奉使》篇。《太平御覽》卷四百九、卷九百七十引《荆州記》，其文與《苕溪漁隱叢話》所引同，而「陸抗」作「陸凱」，與升庵同。按南北朝時有兩陸凱，一字智君，代北人，仕周孝文帝。其人與范曄大致同時，但所居南北相左；一字敬風，吴郡人，乃吴陸遜孫，陸抗子，仕孫皓爲相。其在世與范曄先後相距殆一二百年。今檢《御覽》卷十九別引《荆州記》此文，則「范曄」作「路曄」，「折梅逢驛使」作「折花逢秦使」，文字與此不同。不知孰是。又，范曄，南朝宋順陽（今屬湖北）人，見《宋書》、《南史》本傳，非江南人也。』

苻堅詩

「商風隕秋籜」〔一〕，苻堅詩也，何讓漢魏。

【箋　證】

〔一〕此非詩句。《晉書·苻堅載記》：太元七年，「堅南游灞上，從容謂群臣曰：『……今有勁卒百萬，文武如林，鼓行而摧遺晉，若商風之隕秋籜。朝廷内外，皆言不可，吾實未解所由。』」蓋升庵以其語似詩句而稱之也。

傅玄雜詩

傅玄《雜詩》：「攝衣步前庭，仰觀南雁翔。玄景隨形運，流響歸洞房。」五臣注：「景，雁影也，映於月光而色玄也。」〔一〕二句皆承上文説雁，其旨始白。五臣注亦不可廢〔二〕。

【箋　證】

〔一〕見《六臣注文選》卷二十九傅休奕《雜詩》注：「向曰：『景，影也。謂鴈影映於月光而色玄也。影又隨其形而動，鴈響逐風，歸於空房，謂下文述清風與微月，故此先言之也。』」向，吕向也。又，李善注引臧榮緒《晉書》曰：「傅玄，字休奕，北地人。勤學，善屬文。州舉秀才，稍遷至司隸校尉，卒。」

〔二〕五臣注多迂陋疏失，唐、宋人對之多有非議。唐人李匡乂即已指出，五臣「所注，盡從李氏注中出」（《資暇集》卷上），蘇軾更以爲「五臣者，真俚儒之荒陋者也」（《東坡志林》卷一）。故升庵有此説。

粘天

庚闡《揚都賦》：「濤聲動地，浪勢粘天。」〔一〕本自奇語。昌黎祖之曰：「洞庭漫汗，粘天無壁。」〔二〕張祜詩「草色粘天鶗鴂恨」〔三〕、黄山谷「遠山粘天吞釣舟」〔四〕。秦少游小詞「山抹微雲，天粘衰草」〔五〕，正用此字爲奇，今俗本作「天連」，非矣。

【箋證】

〔一〕此二句未見於今傳各書所載《揚都賦》。《玉海》卷二十三録此二句未題作者，其前録有庚闡《江賦》二句，或升庵據之而屬之庚氏。

〔二〕此《祭河南張署員外文》中句，見《韓昌黎文集》卷三。

〔三〕此非張祜詩，乃范成大《代聖集贈別》詩中句，見《石湖居士詩集》卷一。

〔四〕此黄庭堅《四月末天氣陡然如秋，遂御裌衣游北沙亭觀江漲》詩中句，見《山谷集》別集卷一，「山」作「水」，當據改。

〔五〕此秦觀《満庭芳》詞首句。按：各本《淮海集》、《淮海居士長短句》並作「天連」，《唐宋以來絶妙詞選》及至正本、洪武本、升庵批點本《草堂詩餘》亦作「天連」。惟沈際飛本《草堂詩餘》作「天粘」，從升庵説也。

升庵《詞品》卷三有「天粘衰草」條較此爲詳，兹録以備參：「秦少游《滿庭芳》『山抹微雲，天粘衰草』，今本改『粘』作『連』，非也。韓文：『洞庭漫汗，粘天無壁。』張祜詩：『草色粘天鶗鴂恨。』山谷詩：『遠水粘天吞釣舟。』邵博詩：『老灘聲殷地，平浪勢粘天。』趙文鼎詞：『玉關芳草粘天碧。』嚴次山詞：『粘雲江影傷千古。』葉夢得詞：『浪粘天、蒲桃漲緑。』劉行簡詞：『山翠欲粘天。』劉叔安詞：『暮煙細草粘天遠。』粘字極工，且有出處，又見《避暑録話》（卷下）可證。若作『連天』，是小兒之語也。」

慧遠詩

晉釋慧遠《游廬山》詩：「崇巖吐氣清，幽岫棲神跡。希聲奏群籟，響出山溜滴。有客獨冥游，徑然忘所適。揮手撫雲門，靈關安足闢。留心叩玄扃，感至理弗隔。孰是騰九霄，不奮冲天翮。妙同趣自均，一悟超三益。」〔一〕此詩世罕傳，《弘明集》亦不載，猶見於廬山古石刻耳。一作《東林寺志》。〔二〕「孰是騰九霄」，與陶靖節「孰是都不營」之句同調〔三〕，真晉人語也。杜子美詩：「得似廬山路，真隨慧遠游。」〔四〕正用此事，字亦不虚。千家注杜，乃不知引此。

【箋證】

〔一〕陳舜俞撰《廬山記》附《廬山略記》載慧遠此詩，題作《五言游廬山》，「氣清」作「清氣」，「留心叩玄扃」作「流心叩玄聽」。又明釋正勉、性涵同編之《古今禪藻集》卷一收此詩，題作《廬山東林雜詩》。

〔二〕「此詩世罕傳」云云，《千里面譚》卷下作「遠公有集，今不傳，此詩見《東林寺志》」。此注「一作」云云，爲焦竑編《升庵外集》時所加。「猶」原作「獨」，「廬山」二字原脱，據嘉靖四卷本《升庵詩話》改補。

〔三〕此陶潛《庚戌歲九月中於西田穫早稻》詩中句，見《陶淵明集》卷三。

〔四〕此杜甫《題玄武禪師屋壁》詩中句，見《集千家注杜工部詩集》卷九，「得似」作「似得」。

帛道猷詩

晉世釋子帛道猷，有《陵峰採藥》詩，曰：「連峰數千里，修林帶平津。茅茨隱不見，雞鳴知有人。」〔一〕此四句古今絶唱也。有石刻在沃州岩。按《弘明集》亦載此詩，本八句，其後四句不稱，獨刻此四句。道猷自删之耶？抑别有高人定之耶〔二〕？宋秦少游詩：「菰蒲深處疑無地，忽有人家笑語聲。」〔三〕道潛詩：「隔林髣髴聞機杼，知有人家在翠微。」〔四〕雖祖道猷語意而不及。庚溪作詩話，謂少游、道潛比道猷尤爲精練〔五〕。所謂「蘇糞壤以充幃，謂申椒其不芳」也〔六〕。

【箋　證】

〔一〕《高僧傳》初集卷五《竺道壹傳》：「時若耶山有帛道猷者，本姓馮，山陰人。少以篇牘著稱，性率素，好丘壑，一吟一詠，有濠上之風。與道壹經有講筵之遇，復與一書云：『始得優游山林之下，縱心孔釋之書，觸興爲詩，陵峰採藥，服餌蠲痾，樂有餘也。但不與足下同，日以此爲恨耳。因有詩曰：「連峰數千里，修林帶平津。雲過遠山翳，風至梗荒榛。茅茨隱不見，雞鳴知有人。閒步踐其逕，處處見遺薪。始知百代下，故有上皇民。」』」詩凡十句。宋孔延之《會稽掇英總集》卷七録此詩爲十四句，題《招道一上人居雲門》，「上皇民」後多「開此無事跡，以待疎俗賓。長嘯自林際，歸此保天真」四句。《唐詩紀事》卷七十六録此詩，則以爲僧曇翼作，題《招隱詩》。

〔二〕按《弘明集》不載此詩。升庵《千里面譚》卷下載此四句，即謂出《高僧傳》，殆記憶偶誤也。詩凡十句，亦非八句。又，宋張淏《會稽續志》卷六：「白道猷一詩，其『連峰數十里，修林帶平津。茅茨隱不見，雞鳴知有人』之句，膾炙古今人口，不但見稱於白樂天而已，志乃略附見於僧竺道壹事中。」《白氏長慶集》卷六十八《沃洲山禪院記》云：「道猷詩云：『連峰數千里，修林帶平津。茆茨隱不見，雞鳴知有人。』……蓋人與山相得於一時也。」所引即止此四句。據此，知升庵所謂「別有高人定之」，或即白居易也。

〔三〕此秦觀《秋日三首》第一首中句，見《淮海集》卷十。《千里面譚》卷下録帛道猷此四句，評云：「此詩絶妙。見《高僧傳》。宋王半山竊其意，云：『菰蒲深處疑無地，忽有人家笑語聲。』何其相遠也。」誤以此爲王安石詩。

〔四〕此道潛《東園三首》第二首中句，見《參寥子詩集》卷二。東坡嘗盛稱道潛「隔林髣髴聞機杼」句，以謂吾師「七字詩號」。

〔五〕「庚溪」，謂宋陳巖肖，著有《庚溪詩話》。《庚溪詩話》卷上：「晉宋間沃州山白道猷詩曰：『連峰數千里，修竹帶平津。茆茨隱不見，雞鳴知有人。』後秦少游詩曰：『菰蒲深處疑無地，忽有人家笑語聲。』僧道潛，號參寥，有云：『隔林彷彿聞機杼，知有人家在翠微。』其源乃出於道猷，而更加鍛鍊，亦可謂善奪胎者。」此升庵所指。

〔六〕二句出《離騷》。

古詩用古韻

南平王劉鑠《過歷山湛長史草堂》詩云：「兹山蘊靈詭，憑覽趣亦贍。九峰相接連，五渚逆縈浸。層阿疲且引，絶崖暢方禁。溜泉夏更寒，林交晝長蔭。伊予久緇涅，復得味苦淡。願逐安期生，於焉愜高枕。」〔一〕「贍」音「慎」。「淡」、「枕」與「浸」、「蔭」皆相叶爲韻，蓋用古韻也。又庾信《喜晴應詔敕自疏韻》詩云：「御辯誠膺籙，維皇稱有建。雷澤昔經漁，負夏時從販。柏梁驂四馬，高陵馳六傳。有序屬賓連，無私表平憲。河堤崩故柳，秋水高新堰。心齋愍昏墊，樂徹憐胥怨。禪河秉高論，法輪開勝辨。王城水鬬息，洛浦河圖獻。伏泉還習坎，陰風已回巽。桐枝長舊圍，蒲節抽新寸。山藪欣藏疾，幽棲得無悶。有慶兆民同，論年天子萬。」〔二〕亦古韻也。吳才老《韻補》，自謂博極群書，而不引此，何邪〔三〕？劉鑠，字休玄，《文選》載其《擬古》二首，其別詩惟見此首耳〔四〕。

湛長史，名茂之，其《酬休玄》詩云：「閉户守玄漠，無復車馬跡。衰廢歸邱樊，歲寒見松柏。身慙淮陽老，名忝梁園客。習隱非市朝，追賞在山澤。離離插天樹，磊磊間雲石。將此怡一生，傷哉駒過隙。」〔五〕六朝詩今罕傳，併紀於此〔六〕。

【箋證】

〔一〕劉鑠，字休玄，宋文帝第四子，元嘉六年封南平王。三十年，太子司馬劭弑立，以鑠爲征虜將軍、开府儀同三司。孝武定亂，進司空，尋賜藥死。詩見宋咸淳間史能之所撰《重修毘陵志》卷二十二、元末明初無名氏撰《無錫縣志》卷四上，「兹山」，《無錫志》作「兹岳」；「溜泉」，《重修毘陵志》作「溜衆」、《無錫縣志》作「泉溜」；「苦淡」，《重修毘陵志》作「枯淡」、《無錫縣志》作「恬淡」；「願逐」，《無錫縣志》作「願隨」。

〔二〕《庾子山集》卷四及《文苑英華》卷一百七十三載庾信此詩並作二十四句，題《喜晴應詔敕自疏韻》。今據補第三、四、七、八及十一至十四句，詩題原作「喜晴應詔」，今據補「敕自疏韻」四字；「陰風」作「歸風」。

〔三〕《韻補》五卷，宋吳棫撰。吳棫字才老，宋同安人。宣和六年第進士，召試館職不就。紹興中爲太常丞，以爲孟仁仲草表忤秦檜，斥爲通州通判以終。棫始究古韻，升庵繼之，開清人音學先路。《四庫提要》以爲:「自宋以來,著一書以明古音者,實自棫始。而程迥之《韻式》繼之。迴書以三聲通用,雙聲互轉爲説,所見較棫差的,今已不傳。棫書雖牴牾百端,而後來言古音者,皆從此而推闡加密。故闢其謬而仍存之,以不没篳路繿縷之功焉。」

〔四〕檢逯欽立《先秦漢魏晉南北朝詩》所録,劉鑠詩除《文選》所載《擬古》二首及此引一首外,《玉臺新詠》、《樂府詩集》、《藝文類聚》等書尚存其詩七首。

〔五〕《重修毘陵志》卷十八:「湛茂之,宋人,爲司徒右長史,隱於無錫之慧山,與南平王劉鑠友,更以詩章唱酬,今普利院即茂之別墅也。」又《無錫縣志》卷三上云:「宋湛茂之,嘗爲司徒右長史,隱於無錫之惠山,築草堂,讀書其中。與南平王劉鑠友善,更以詩章唱酬,留刻於石。」《重修毘陵志》卷二十二、《無錫縣志》卷四上並載湛茂之此詩,前者題《酬南平王》,後者題《過歷山草堂應教》,「淮陽」,《無錫縣志》作「睢陽」;「將」,二志並作「持」;「過」,二志並作「度」。

〔六〕升庵《千里面譚》卷下選入劉、湛二詩,於劉詩後注云:「此詩見《毘陵古志》,用韻極古。」於湛詩後又注云:「亦見《毘陵志》,方生。晉之文人,後仕於劉宋。」本書原於本條後據《千里面譚》又重出「湛方生酬南平王」一條,殊非,今删除之,並附記於此。又,湛方生,晉衛軍諮議,與湛茂之非一人也,升庵誤記。

凝笳疊鼓

謝玄暉《鼓吹曲》：「凝笳翼高蓋，疊鼓送華輈。」李善注：「徐引聲謂之凝，小擊鼓謂之疊。」〔一〕岑參《凱歌》：「鳴笳擂鼓擁回軍。」〔二〕急引聲謂之鳴，疾擊鼓謂之擂〔三〕。凝笳疊鼓，吉行之文儀也。鳴笳擂鼓，師行之武備也。詩人之用字不苟如此，觀者不可草草。

【箋證】

〔一〕謝朓，字玄暉，陳郡陽夏人。據《南齊書》本傳，朓齊明帝時以中書郎出爲宣城太守。復入爲中書郎。又出爲晉安王鎮北諮議、南東海太守，行南徐州事。遷尚書吏部郎。永元初，被始安王遥光所殺。謝朓此詩，見《文選》卷二十八，李善於句下注云：「徐引聲謂之凝……小擊鼓謂之疊。」《樂府詩集》卷二十《鼓吹曲辭》載此詩爲《齊隨王鼓吹曲》十首之第四首，題作《入朝曲》。

〔二〕岑參，荆州江陵人，登天寶三載進士第，由右内率府參軍累官右補闕、起居舍人。出爲虢州長史，太子中允。代宗時歷諸部員外、郎中。大曆元年，杜鴻漸鎮西川，表爲從事，以職方郎兼侍御史出刺嘉州。使罷流寓成都，卒。《樂府詩集》卷二十録岑參《唐凱歌六首》，此其第三首首句。《岑嘉州集》卷七所載，題作《獻封大夫破播仙凱歌六章》，「擂」並作「疊」。

〔三〕「急引聲謂之鳴」，引聲，指舒緩悠揚之聲，乃長聲也。長聲而又急促，似難成調。此或升庵臆説。「疾擊鼓謂之擂」，《資治通鑑》卷六十五《漢紀》五十六「靁鼓大震」胡三省注：「靁，盧對翻，疾擊鼓也。」靁、擂字通。

謝靈運逸詩

謝靈運有集，今亡。其詩獨《文選》及《樂府》、《藝文類聚》所載數十首耳。余見《永嘉記》所引斷章，諸選不收者，今録於此〔一〕。《温州楠溪》詩曰：「澮瀲結寒波，檀欒秀霜質。洞合水屢迷，林迴巖愈密。」〔二〕《登石室飯僧》詩曰：「迎旭凌絶巘，映弦歸椒浦。」「結架非丹楹，藉田資宿莽。」〔三〕又《泉山》詩曰：「清旦索幽異，方舟越坰郊。」「石室穿林陬，飛泉發樹梢。」〔四〕《丹山》詩曰：「遨游碧沙渚，坦蕩丹山峰。」〔五〕

【箋證】

〔一〕升庵此引四詩斷章，並見《太平寰宇記》卷九十九，當爲其所據。四詩今皆存全詩。《永嘉記》，又名《永嘉郡記》，南朝宋鄭緝之撰，早亡。《説郛》有節本，録存數條。謝靈運，小名客兒，陳郡陽夏人。晉車騎將軍謝玄孫，襲爵康樂公。入宋降爵爲侯，官太子左衛率。少帝時出爲永嘉太守。文帝時爲侍中，以游宴免官。復起爲臨川内史。後爲有司所糾，起兵叛。禽付廣州，元嘉十年被詔棄市。《宋書》有傳。

〔二〕《太平寰宇記》引此無題，記云：「楠溪在州西南一十五里，水入温江。」升庵此題殆據記文所加。《古詩紀》卷五十四題作《登永嘉緑嶂山詩》。全詩二十句，兹録爲第五至第八句，「寒波」，《古詩紀》作「寒姿」；「檀欒秀」，《太平寰宇記》作「檀欒潤」、《古詩紀》作「團欒潤」；「洞合」，《太平寰宇記》作「洞秀」、《古詩紀》作「澗委」。

〔三〕《太平寰宇記》題同，《古詩紀》卷五十八題作《過瞿溪山僧》。全詩十六句，兹録爲第一、二、五、六句。「絶巘」，《古詩紀》作「絶嶝」；「映弦」，《太平寰宇記》作「映舷」、《古詩紀》作「映泫」；「丹楹」，《太平寰宇記》作「丹檻」、《古詩紀》作「丹甍」。

〔四〕《太平寰宇記》引此無題，記云：「《漢史》朱買臣上書言『越王居泉山，一人守險，千人不得上』，謝公詩云云。」升庵此題殆據記文所加。《古詩紀》卷五十七題作《石室山詩》。全詩十六句，兹録爲第一、二、五、六句。「方舟」，《古詩紀》作「放舟」；「穿」，《古詩紀》作「冠」；「樹梢」，《古詩紀》作「山椒」。

〔五〕詩題，《太平寰宇記》作《游海口》，《古詩紀》卷五十七作《行田登海口盤嶼山》。升庵此題，當是據詩句中「丹山峰」所改。全詩八句，此末二句。「坦蕩」，《古詩紀》作「游衍」。

牽絲

謝靈運詩：「牽絲及元興，解龜在景平。」注引應璩詩：「不悟牽朱絲，三署來相尋。」李善注云：「牽絲，初仕也。解龜，去仕也。」〔一〕《文苑英華》康子元《參軍帖子判》云：「萬里牽絲，俄畢子荆之任；九流懸鏡，行披彥輔之雲。」〔二〕又似用爲孫楚事。

【箋證】

〔一〕《六臣注文選》卷二十六謝靈運《初去郡》「牽絲及元興，解龜在景平」注：「善曰：牽絲，初仕；解龜，去官也。臧榮緒《晉書》曰：『安帝即位，改元曰元興。靈運初爲琅琊王大司馬行軍參軍。』沈約《宋書》曰：『少帝即位，改元曰景平。』應璩詩曰：『不悮牽朱絲，三署來相尋。』《漢書》曰：『薛宣爲左馮翊，高陽令楊湛解印綬付吏。』又曰：『黄金印龜紐文曰章。』」「銑曰：牽絲，謂牽王如絲之言而仕也。元興，晉安帝年號。解龜，謂解去所佩龜印也。景平，宋少帝年號。言授官於元興，謝職於景平。」《文選》「不悮」，何焯、陳景雲均校改作「不悟」，則升庵所見本尚不誤也。應璩詩全詩已佚，僅存此二句，逯欽立《先秦漢魏晉南北朝詩》失收。

〔二〕此引見《文苑英華》卷五百三十五，《參軍帖子判》作《參軍鶻子判》。「子荆」，孫楚字，太原中都人。少以才陵傲，缺鄉曲之譽，年四十餘始參鎮東軍事。後遷佐著作郎，復參石苞驃騎軍事。以不敬苞得罪，湮廢積年。征西將軍、扶風王司馬駿起用爲參軍。轉梁令，遷衛將軍司馬。惠帝初，爲馮翊太守。太康三年卒。彥輔，樂廣字，拜吏部尚書，遷僕射，领選。康文此語，謂已滿參軍之任，將赴吏部之選也。

串

《文選》謝惠連詩：「聊用布親串。」注：「串，習也。」〔一〕梁簡文詩：「長顰串翠眉。」〔二〕《南史》：「宗，軍人，串噉粗食。」〔三〕

【箋證】

〔一〕此《文選》卷二十三謝惠連《秋懷詩一首》末句，李善注：「《爾雅》曰：『串，習也，古患切。』」《尓雅·釋詁》：「閑、狎、串、貫，習也。」按，習有「接近」與「習慣」二義，謝詩《六臣注文選》吕向注曰：「串，狎也。言因歌詠遂賦此詩，聊用布與親狎之人。」則謝詩之「串」，作「親狎」義，即近習之「習」。後引簡文詩及《南史》之二「串」，則習慣之「習」。

〔二〕見《玉臺新詠》卷七梁簡文帝《妾薄命篇》。《文苑英華》卷二百七作「長嚬慣翠眉」。

〔三〕《南史》卷三十七《宗慤傳》：「先是鄉人庾業家富豪侈，侯服玉食，與賓客相對，膳必方丈。而爲慤設粟飯菜葅，謂客曰：『宗，軍人，串噉麤食。』慤致飽而退，初無異辭。」「宗」字原缺，據《南史》補。

謝靈運逸句

謝靈運詩：「明月入綺窗，髣髴想蕙質。消憂非萱草，永懷寧夢寐。」〔一〕寐，叶音密。上二句乃杜工部「落月」「屋梁」之所祖〔二〕。

【箋證】

〔一〕此《文選》卷三十一江文通《雜體詩三十首》之十一《潘黄門・述哀》詩中句，非謝靈運詩。江淹《雜體詩》序曰：「然五言之興，諒非夐古。但關西鄴下，既已罕同；河外江南，頗爲異法。故玄黄經緯之辨，金碧浮沈之殊，僕以爲亦各具美兼善而已。今作三十首詩，斅其文體，雖不足品藻淵流，庶亦無乖商榷云爾。」

〔二〕杜甫《夢李白》詩：「落月滿屋梁，猶疑照顔色。」見《九家集注杜詩》卷五。

晚見朝日

謝靈運詩：「曉聞夕飆急，晚見朝日暾。」〔一〕此語殊有變互。凡風起必以夕，此云「曉聞夕飆」，即杜子美之「喬木易高風」也〔二〕。「晚見朝日」，倒景反照也。孟郊詩：「南山塞天地，日月石上生。高峰夕駐景，深谷夜先明。」〔三〕皆自謝詩翻出。

【箋證】

〔一〕此《石門新營所住四面高山迴溪石瀨修竹茂林詩》中句，見《文選》卷三十，「曉聞」作「早聞」。

〔二〕此杜甫《向夕》詩中句，見《九家集注杜詩》卷三十二。

〔三〕此孟郊《游終南山》詩首四句，見《孟東野詩集》卷四。其三、四句作「高峰夜留景，深谷晝未明」，「景」字下有注云：「太白峰西，黄昏後見餘日。」與升庵所見略異。

顔謝詩評

沈約云：「延年體裁明密，靈運興會標舉。」〔一〕

【箋證】

〔一〕此見沈约《宋書》卷六十七《謝靈運傳》。原文云：「爰逮宋氏，顔謝騰聲。靈運之興會標舉，延年之體裁明密，並方軌前秀，垂範後昆。」升庵取此以明宗尚也。

宛委山堂本《説郛》卷八十羼入《譚苑醍醐》一卷，署闕名，録文十則。其前九則均見於今本《譚苑醍醐》，惟第十則「顔謝」條不見，文云：「顔延之、謝靈運各被敕擬《北上篇》，延之受詔即成，靈運久而方就。遲速不同，不害其俱工也。」今姑録於此，校理《譚苑》者，當補録之。其文乃摘録自《詩話總龜》後集卷十一也。

陶淵明九月九日

「野人迷節候，端坐隔塵埃。忽見黄花吐，方知素節回。映崖千段發，臨浦萬株開。香氣徒盈把，無人送酒來。」〔一〕

按周麟曰：「淵明古體，蟠曲入八句中，渾然天成，唐末諸人所不能也。」〔二〕

【箋　證】

〔一〕此王績詩，三卷本《東皋子集》卷中題作《九月九日》、五卷本《王無功文集》卷二題作《九月九日贈崔使君善爲》。陶集中無此。題前加「陶淵明」三字，疑乃升庵有意所爲，非偶疏也。今姑仍之。

〔二〕周麟，宋人。《宋史》卷二百五《藝文五》著録其《竹倫經》三卷。此文録自《文獻通考》卷二百三十一《經籍考》著録「《東皋子集》五卷」後引《周氏涉筆》。其原文云：「舊傳四聲自齊梁至沈宋始定爲唐律。然沈宋體製時帶徐庾，未若王績剪裁鍛鍊，曲盡清元，真開跡唐詩也。如云『牧人驅犢返，獵馬帶禽歸』、『琴曲惟留古，書名半是經』。《九月九日》一篇云云。蓋淵明古體蟠屈入八句中，渾然天成，又唐末諸家所不能也。無功放逸傲世，而詩句如此，豈其真得於自然乎！」據此，知升庵非不知此詩爲王績之作也。

東坡評陶詩

「陶詩質而實綺，癯而實腴。」〔一〕

【箋　證】

〔一〕《欒城集》後集卷二十一《子瞻和陶淵明詩集引一首》云：「是時轍亦遷海康，書來告曰：『古之詩人有擬古之作矣，未有追和古人者也。追和古人，則始於東坡。吾於詩人無所甚好，獨好淵明之詩。淵明作詩不多，然其詩質而實綺，癯而實腴，自曹、劉、鮑、謝、李、杜諸人，皆莫及也。』」

驅雁

鮑照詩：「秋霜曉驅雁，春雨暗成虹。」〔一〕佳句也。杜子美詩「朔風驅胡雁，慘淡帶沙礫」之句本此〔二〕。又，陽衒之《洛陽伽藍記》有「北風驅雁，千里飛雪」之語〔三〕。庾信詩「秋風驅亂螢」句，亦甚奇〔四〕。

【箋證】

〔一〕《樂府詩集》卷三十九録鮑照《煌煌京洛行》二首，此其第二首中句。按此詩《藝文類聚》卷四十二、《文苑英華》卷百九十二録此詩並作梁簡文帝《京洛篇》，「暗」作「暮」。《古詩紀》卷六十七亦作簡文帝詩，並於題下注云：「《樂府》作《煌煌京洛行》，列鮑照後而逸作者之名，或以爲鮑詩，非也。」

〔二〕杜甫《遣興五首》第一首中句，見《九家集注杜詩》卷五，「驅」作「飄」。

〔三〕《洛陽伽藍記》，楊衒之撰。「楊衒之」原誤作「楊休之」，今改正。此升庵記憶偶誤耳。此引見其書卷五「城北」，文云：「葱嶺高峻，不生草木。是時八月，天氣已冷。北風驅雁，飛雪千里。」《詩話》各本「飛雪」均誤作「飛雲」，而《藝林伐山》不誤，今據原書改。楊衒之，北魏時人，其里貫未詳。按：楊休之，字子烈，乃北齊右北平人，有文集三十卷，又撰有《幽州人物志》。《北齊書》卷四十二有傳。

〔四〕此簡文帝詩，見《玉臺新詠》卷七梁簡文帝詩四十三首之《秋閨夜思》，非庾信詩。

後山詩話

「鮑明遠《行路難》，壯麗豪放，若決江河，詩中不可比擬，大似賈誼《過秦論》。」〔一〕

【箋　證】

〔一〕此非陳師道語，而見於許顗《彦周詩話》。《後山詩話》但云：「鮑照之詩，華而不弱。陶淵明之詩，切於事情，但不文耳。」乃升庵誤記。

平　楚

謝朓詩：「寒城一以眺，平楚正蒼然。」〔一〕楚，叢木也。登高望遠，見木杪如平地，故云「平楚」，猶《詩》所謂「平林」也〔二〕。陸機詩：「安轡遵平莽。」〔三〕謝語本此。唐詩「燕掠平蕪去」〔四〕，又「游絲蕩平緑」〔五〕，又因謝詩而衍之也。

【箋證】

〔一〕此《郡内登望》詩中句，見《文選》卷三十；《謝宣城集》卷三題作《宣城郡内登望》。

〔二〕「平林」，見《毛詩注疏》卷十四《小雅·甫田之什·車舝》：「依彼平林，有集維鷮。」毛傳：「平林，林木之在平地者也。」鄭箋云：「平林之木茂，則耿介之鳥往集焉。」

〔三〕此陸機《赴洛道中作》詩中句，見《文選》卷二十六，「安轡」作「案轡」。六臣注本作「安」。

〔四〕此李頻《秦原早望》詩中句，見王安石《唐百家詩選》卷十六。

〔五〕此温庭筠《故城曲》詩中句，見《温庭筠詩集》卷二。《樂府詩集》卷一百收入《新樂府》中。

謝詩

謝脁《酬王晉安》詩：「南中榮橘柚，寧知鴻雁飛。」後人不解此句之妙。晉安，即閩泉州也〔一〕。「南中榮橘柚」，即諺云「樹蠻不落葉」也〔二〕。「寧知鴻雁飛」，即諺云「雁飛不到處」也〔三〕。樹不凋，雁不到，本是瘴鄉，乃以美言之，此是隱句之妙。

【箋證】

〔一〕此詩見《文選》卷二十六，題同。題下李善注曰：「《集》曰『王晉安德元』。」王隱《晉書》曰：「晉安郡，太康三年置，即今之泉州也。」六臣張銑注曰：「晉安郡守王德元也。」《謝宣城集》卷三載此詩，題作《酬王晉安德元》，與《文選》李注所云同。

〔二〕朱彝尊《明詩綜》卷一百載《滇中諺》曰：「山巒不落葉，地巒湯自熱。」知明代的有此諺。

〔三〕「雁飛不到處」，乃舊時熟語，多指南中瘴癘之地，唐、宋、明人詩中多用之。如唐獨孤及「鴻雁飛不到，音塵何由達」（《毘陵集》卷三《代書寄上李廣州》）、宋洪芻「雁飛不到吾來此，燕亦知歸客未還」（《老圃集》卷下《和郭功父題客館韻》）、明邱濬「雁飛不到海南天，來集芹池豈偶然」（《瓊臺藁》卷十五《送符鍾秀知瀧水縣》）。

古今樂録

宋武帝出游鍾山，幸何美人墓，朱碩仙歌曰：「爲憶所歡時，緣山破芿荏。山神感儂意，磐石鋭峰動。」帝不悦曰：「小人弄我。」時朱子尚亦善歌，復爲一曲曰：「曖曖日欲暝，觀騎立踟蹰。太陽猶尚可，且願停斯須。」於是並蒙賞〔一〕。按：「荏」音「冗」，蓋方言也。

【箋證】

〔一〕《古今樂録》，陳僧智匠撰，今佚。此文録自《樂府詩集》卷四十六《吴聲歌曲·讀曲歌》題解。其原文云：「《宋書·樂志》曰：『《讀曲歌》者，民間爲彭城王義康所作也。其歌云：死罪劉領軍，誤殺劉第四是也。』《古今樂録》曰：『《讀曲歌》者，元嘉十七年，袁后崩，百官不敢作聲歌，或因酒讌，止竊聲讀曲細吟而已，以此爲名。』按：義康被徙，亦是十七年。南齊時，朱碩仙善歌吴聲《讀曲》。武帝出游鍾山，幸何美人墓，碩仙歌曰：『一憶所歡時，緣山破芿荏。山神感儂意，盤石鋭鋒動。』帝神色不悦，曰：『小人不遜，弄我。』時朱子尚亦善歌，復爲一曲云：『暖暖日欲冥，觀騎立蜘蟵。太陽猶尚可，且願停須臾。』於是俱蒙厚賚。」此引「宋武帝」當是「齊武帝」之誤。

掛胡牀

魏裴潛爲兖州太守，嘗作一胡牀，及其去，留以掛柱。梁簡文帝詩：「不學胡威絹，寧掛裴潛牀。」〔一〕太白詩：「去時無一物，東壁掛胡牀。」〔二〕

【箋證】

〔一〕此梁元帝《後臨荆州》詩，見《藝文類聚》卷五十、《古詩紀》卷八十，非簡文帝詩。裴潛事，見《三国志·魏書》卷二十三本傳裴松之注引《魏略》：「潛爲兖州時，嘗作一胡牀。及其去也，留以掛柱。」「胡威絹」，事見《世説新語·德行》劉孝標注引《晉陽秋》，文云：「胡威，字伯虎，淮南人。父質，以忠清顯。質爲荆州，威自京師往省之。及告歸，質賜威絹一匹。威跪曰：『大人清高，於何得此？』質曰：『是吾奉禄之餘，故以爲汝糧耳。』威受而去。」

〔二〕此《寄上吴王三首》第二首中句，見《李太白文集》卷十一。

夏侯湛補亡詩

夏侯湛補亡《詩》曰：「既殷斯虔，仰説洪恩。夕定晨省，奉朝侍昏。宵中告退，雞鳴在門。孳孳恭誨，夙夜是敦。」〔一〕

【箋　證】

〔一〕《世説新語·文學》「夏侯湛作周詩成」條，劉孝標注云：「《文士傳》曰：『湛字孝若，譙國人，魏征西將軍夏侯淵曾孫也。有盛才，文章巧思，善補雅詞，名亞潘岳。歷中書侍郎。』《湛集》載其《叙》曰：『《周詩》者，《南陔》、《白華》、《華黍》、《由庚》、《崇丘》、《由儀》六篇，有其義而亡其辭，湛續其亡，故云《周詩》也。』」其後即録此詩。「夕定晨省」原誤作「名定匡省」，「孳孳恭誨」原誤作「孳孳温恭」，《丹鉛總録》、《升庵文集》、《外集》及《詩話》各本並同，今據《世説新語》注改。

石城樂

《石城樂》，宋臧質作〔一〕。《碧玉歌》，一名《千金意》，晉孫綽作〔二〕。《慕容攀牆視》，慕容垂作〔三〕。《樂府》皆失其名，當表出之。胡應麟曰：「按《慕容攀牆視》三首，殊不類垂作，蓋當時童謡耳。」〔四〕

【箋　證】

〔一〕《樂府詩集》卷四十七《清商曲辭·吴聲歌曲四》録《石城曲》五曲，題解引《舊唐書·音樂志》曰：「《石城樂》者，宋臧質所作也。石城在竟陵，質嘗爲竟陵郡，於城上眺矚，見群少年歌謡通暢，因作此曲。」

〔二〕《樂府詩集》卷四十五《清商曲辭·吴聲歌曲二》録《碧玉歌》三曲，題解引《樂苑》曰：「《樂苑》曰：『《碧玉歌》者，宋汝南王所作也。碧玉，汝南王妾名，以寵愛之甚，所以歌之。』」（按：宋無汝南王，疑是晉汝南王之誤。）其第二首即《玉臺新詠》卷十孫綽《情人碧玉歌二首》之一，因其中有「感郎千金意」之句，故《碧玉歌》一名《千金意》也。其後《樂府詩集》又載同題二首，其前一首「碧玉破瓜時」，爲《玉臺新詠》孫綽《情人碧玉歌二首》之二。而其後一首「杏梁日始照」，《玉臺新詠》卷十則題作梁武帝詩。

〔三〕《慕容攀牆視》，見《樂府詩集》卷二十五《鼓吹曲辭》，題作《慕容垂歌辭》，凡三曲。其第一首第一句，即爲「慕容攀牆視」。三曲皆取效民歌，利在傳唱。郭氏不書作者之名，蓋慎之也。

〔四〕此焦竑編《外集》時附注於此者，下同。胡應麟《詩藪》雜編卷三：「《慕容垂歌》三首，諸家但注垂履歷，而此歌出處懵然。按垂與晉桓温戰於枋頭，大破之。又從苻堅破晉將桓沖，堅潰，垂衆獨全，俱未嘗少衄。惟垂攻苻丕，爲劉牢之所敗，秦人蓋因此作歌嘲之。則此歌亦出於苻秦也。楊用修謂垂自作，尤誤。」按此條所引三曲，《樂府》題解中皆已明言其作者，升庵豈能未見，而謂「《樂府》皆失其名」？蓋其所指，乃謂《樂府》當於題下直書作者之名也。陳耀文《正楊》悉引三曲題解以斥升庵，實未會升庵之意也。

估客樂

《估客樂》，齊武帝之所作也。其辭曰：「昔經樊鄧役，阻潮梅根渚。感憶追往事，意滿辭不叙。」「阻潮」，一本作「假楫」。武帝作此曲，令釋寶月被之管弦。帝遂數乘龍舟游江中，以紅越布爲帆，緑絲爲帆縴，鍮石爲篙足。篙榜者，悉著鬱林布作淡黄袴。舞此曲用十六人云〔一〕。按史稱齊武帝節儉，常自言「朕治天下十年，當使黄金與土同價」〔二〕。然其從流忘返之奢如此，貽厥孫謀，何怪乎金蓮布地也〔三〕！

【箋　證】

〔一〕《舊唐書》卷二十九《音樂志》二、《樂府詩集》卷四十八《清商曲辭・西曲歌》並載此曲。《樂府詩集》題解引《古今樂録》云：「《估客樂》者，齊武帝之所製也。帝布衣時，嘗游樊、鄧，登祚以後，追憶往事而作歌。使樂府令劉瑶管弦被之教習，卒遂無成。有人啟釋寶月善解音律，帝使奏之，旬日之中，便就諧合。敕歌者常重爲感憶之聲，猶行於世。寶月又上兩曲。帝數乘龍舟游五城，江中放觀，以紅越布爲帆，絲爲帆縴，鍮石爲篙足。篙榜者悉著鬱林布作淡黄袴，列開，使江中衣出。五城，殿猶在。齊舞十六人，梁八人。」此升庵之所本。「感憶」原作「感意」，據《舊唐書》及《樂府詩集》改，嘉靖四卷本《升庵詩話》卷三所載不誤。「篙榜」原作「篙傍」，諸本同，據《樂府詩集》改。《通典》卷一百四十五「阻潮」作「假楫」。又，《丹鉛總録》卷二十五「瑣語」第十條謂古「冶」字或借作「野」，音「渚」，並引齊武帝此詩爲證，二句「梅根野」作「梅根冶」，三句作「探懷悵往事」。

〔二〕「使我治天下十年，當使黄金與土同價」，乃齊高帝語，見《南齊書》卷二《高帝紀下》、《南史》卷四《高帝本紀》。此殆升庵記誤。

〔三〕《南史》卷五：齊廢帝東昏侯「鑿金爲蓮華以帖地，令潘妃行其上。曰：『此步步生蓮華也。』塗壁皆以麝香，錦幔珠簾，窮極綺麗。」

魏收挾瑟歌

「春風宛轉入曲房，兼送小苑百花香。白馬金鞍去未返，紅妝玉筯下成行。」〔一〕此詩緣情綺靡〔二〕，漸入唐調。李太白、王少伯、崔國輔諸家皆效法之〔三〕。

【箋證】

〔一〕魏收，字伯起，初仕北魏，典起居注兼中書舍人，與温子昇、邢邵齊名，世稱「三才」，又與邢邵並稱「邢、魏」。至齊受魏禪，拜中書令兼著作郎，後除光禄大夫、尚書右僕射。著《魏書》一百十四卷，今存。《北齊書》有傳。《樂府詩集》卷八十六《雜歌謡辭》載此詩，另有唐陸龟蒙同題五言六句詩一首，皆南方之曲也。後漢宋子侯《董嬌嬈》詩：「吾欲竟此曲，此曲愁人腸。歸來酌美酒，挾瑟上高堂。」（見《玉臺新詠》卷一）此詩蓋取之以爲題。

〔二〕「詩緣情而綺靡」，陸機《文賦》語，見《文選》卷十七。

〔三〕少伯，王昌齡字。李白《長門怨》、王昌齡《西宫春怨》、崔國輔《白紵辭》諸詩皆抒寫閨情、宫怨，與此詩相類，即升庵所謂「緣情綺靡」之作。

魏收贈裴伯茂詩

「臨風想元度，對酒思公榮。」〔一〕誠秀句也。惜不見全篇。

【箋證】

〔一〕《魏書》卷八十五《裴茂傳》：「（魏收）作論叙伯茂，其十字云：『臨風想元度，對酒思公榮。』時人以伯茂性侮傲，謂收詩頗得事實。」

王融詩

「游禽暮知返，行人獨不歸。坐銷芳草氣，空度明月輝。嚬容入朝鏡，思淚點春衣。巫山彩雲合，淇上緑條稀。待君竟不至，雙雙秋雁飛。」〔一〕

「想像巫山高，薄暮陽臺曲。煙雲乍卷舒，蘅芳時斷續。彼美如可期，晤言紛在矚。憮然

坐相望，秋風下庭緑。」〔二〕

此詩多誤字，以《樂府》及《英華》、《玉臺新詠》、《初學記》參對定之〔三〕。

【箋　證】

〔一〕詩見《玉臺新詠》卷四，爲王融《古意二首》之一。《古文苑》卷九題作《和王友德元古意二首》。「獨不歸」，《古文苑》作「獨未歸」；「明月」，《古文苑》作「月明」；「彩雲合」，《玉臺新詠》作「彩雲没」；「雙雙秋鴈飛」，《玉臺新詠》、《古文苑》並作「秋鴈雙雙飛」。

〔二〕此詩見《玉臺新詠》卷四、《樂府詩集》卷十七《鼓吹曲辭・漢鐃歌》，又附見《謝宣城集》卷二。《藝文類聚》卷四十二引此詩六句，缺「矚」韻。各書並題《巫山高》。「想像」，《謝宣城集》作「仿像」，《玉臺新詠》作「嚮像」，《藝文類聚》作「髣像」；「煙雲」，《謝宣城集》作「烟華」，《玉臺新詠》、《藝文類聚》作「煙霞」；「卷舒」，《謝宣城集》、《玉臺新詠》、《樂府詩集》並作「舒卷」；「蘅芳」，《謝宣城集》、《藝文類聚》作「行芳」、《樂府詩集》作「猨鳥」；「矚」，《謝宣城集》、《玉臺新詠》作「屬」；「憮然」，《藝文類聚》作「無忘」；「相望」，《玉臺新詠》作「相思」。

〔三〕此二詩不見於《英華》及《初學記》，殆升庵記誤。

長河既已縈

《古文苑》王融《游仙詩》：「長河既已縈，層山方可礪。」「縈」今本誤作「榮」，解者遂謬云

「榮如草木之榮華，猶言海變桑田」〔一〕，可笑。不思「縈」，縈帶也，「帶河」、「礪山」眼前事〔二〕，何必遠引！

【箋　證】

〔一〕《古文苑》卷九載王融《游仙詩》，二句作「長河且已縈，曾山方可礪」。宋章樵注云：「榮者，草木之榮華，猶言海變桑田。『曾』與『層』同。」

〔二〕《漢書》卷十六《高惠高后文功臣表》序：「誓曰：『使黄河如帶，泰山若礪，國以永存，爰及苗裔。』」

梁武白紵辭

「朱絲玉柱羅象筵，飛琯促節舞少年。短歌流目未肯前，含笑一轉私自憐。」〔一〕此喻君臣朋友相知不盡者也。《楚辭》：「私自憐兮何極。」〔二〕三字極有意。杜詩「喚人看騕褭，不嫁惜娉婷」〔三〕，亦是此意。陳後山詩：「當年不嫁惜娉婷，施朱傅粉學後生。」「不惜捲簾通一顧，怕君著眼未分明。」〔四〕尤見其意矣〔五〕。人君之聘臣，宰相之薦賢，相知必深，相信必素，而後可出。「曰黄昏以爲期兮，羌中道而改路。」〔六〕「交不終兮怨長，期不信兮告予以不閑。」〔七〕屈子所以三致意而怨歎也。還觀古今，炯戒多矣。有相知相信之深，一出而成功者，伊尹、傅説也〔八〕；有相知相信未深，確乎不拔者，嚴子陵、蘇雲卿也〔九〕。孔明感三顧而出，先主終違草廬之言，守小信不取荆州，狼狽當陽，欲奔蒼梧，非孔明求救孫將軍，是亦劉表而已〔一〇〕。後人好議論者，猶云「只合終身作卧龍」〔一一〕。下此，如苻秦之王猛、唐氏之魏徵，不思其身後之言，伐晉，伐高麗，以致敗亡〔一二〕。余謂二君之驕忿甚矣，王猛、魏徵縱不死，亦不能止其行也。又下此則范增、韓生而已〔一三〕，是女之「見金夫而不有躬者」也〔一四〕。

宋人詩話，以此詩爲古今第一，良有深見，而不著其説，余特爲衍之〔一五〕。

【箋證】

〔一〕《玉臺新詠》卷九、《樂府詩集》卷五十五《舞曲歌辭》載梁武帝《白紵辭二首》，此其一。郭茂倩《白紵舞歌詩》題解云：「《宋書·樂志》曰：『《白紵舞》，按舞辭有巾袍之言，紵本吴地所出，宜是吴舞也。』又引《樂府解題》曰：「古詞盛稱舞者之美，宜及芳時爲樂。其譽白紵曰：『質如輕雲色如銀，製以爲袍餘作巾，袍以光軀巾拂塵。』」所載武帝《梁白紵辭二首》下引《古今樂録》曰：「梁三朝樂第二十設《巾舞》并《白紵》，蓋《巾舞》以《白紵》四解送也。」《文苑英華》卷一百九十三載此詩，「瑁」作「管」，「私自憐」下注「一作自知憐」。』

〔二〕此宋玉《九辯》中句。見《楚辭章句》卷八：「私自憐兮何極，心怦怦兮諒直。」王逸注云：「哀禄命薄，常含慼也。志行中正，無所告也。」

〔三〕此杜甫《秦州見勑目，薛三璩授司議郎、畢四曜除監察，與二子有故，遠喜遷官兼述索居凡三十韻》詩中句，見《九家集注杜詩》卷二十。

〔四〕陳後山，陳師道，字無己，號後山居士。與黄庭堅同爲「江西詩派宗社圖」中领袖人物。此其《小放歌行》二首中第一首之前二句及第二首之後二句，見《後山居士集》卷四。升庵合爲一首，誤。

〔五〕此條原出自《絶句衍義》卷一，原編者採録時，以升庵另有「不嫁惜娉婷」一條，乃於此删去「杜詩」至「尤見其意矣」數句，今據《絶句衍義》補之，以存其舊。

〔六〕二句屈原《離騷》中句，見《楚辭章句》卷八。

〔七〕二句屈原《九歌·雲中君》中句，見《楚辭章句》卷二，「终」作「忠」。

〔八〕伊尹，商湯相。《史記》卷三《殷本紀》：「伊尹處士，湯使人聘迎之，五反然後肯往從湯。言素王及九主之事，湯舉任以國政。」傅説，殷高宗武丁相。《史記》卷三《殷本紀》：「武丁夜夢得聖人，名曰説。以夢所見視群臣，百吏皆非也。於是迺使百工營求之野，得説於傅險中。是時説爲胥靡，築於傅險。見於武丁，武丁曰：『是也。』得而與之語，果聖人。舉以爲相，殷國大治。故遂以傅險姓之，號曰傅説。」

〔九〕嚴子陵，名光，會稽餘姚人。漢光武帝微時嘗與游學。及登帝位，光變姓名垂釣於齊國澤中，光武屢次遣使聘之，授諫議大夫，終不受命。年八十，卒於家。《後漢書》有傳。蘇雲卿，廣漢人，少與張浚爲布衣之交。宋高宗紹興間隱於豫章東湖。張浚爲相後派人招之，雲卿卻連夜遁去。《宋史》有傳。

〔一〇〕《三國志·蜀書》載諸葛亮《隆中對》云「荆州北據漢沔，利盡南海，東連吴會，西通巴蜀，此用武之國，而其主不能守。此殆天所以資將軍，將軍豈有意乎？」後劉表死，劉備不用孔明之策，不忍乘機奪取荆州，卒遭當陽長坂之敗。後經諸葛亮赴江東，説合孫、劉，大破曹軍於赤壁。

〔一一〕唐薛能《開元觀閒游因及後溪偶成二韻》詩：「山屐經過满徑蹤，隔溪遥見夕陽舂。當時諸葛成何事，只合終身作卧龍。」言孔明不當出仕也。《王直方詩話》引李希聲云：「舒王（王安石）罷政事時，居州東劉相宅，於東院小廳題『當時諸葛成何事，只合終身作卧龍』者數十處。」亦自悔出仕之意。

〔一二〕王猛，字景略，北海劇人。仕前秦，歷官重職，權傾内外，深得苻堅寵信。及臨終，戒苻堅曰：「臣没之後，愿不以晉爲圖。」然苻堅不用其言，大舉伐晉，被晉謝安、謝玄大破於淝水之上，終致敗亡。《晉書》卷一百十四有傳。魏徵，字玄成，鉅鹿人。唐太宗相，以直言敢諫著稱。徵死後，太宗親征高麗，所費過當。太宗深悔之，嘆曰：「魏徵若在，不使我有是行也。」兩《唐書》有傳。

〔一三〕范增，居鄛人，項羽謀士。項羽尊之爲「亞父」，但並不信任他，多次拒絶其正確建議。後項羽聽信陳平反間計，疑其與漢有私，逐之，疽發背而死。事見《史記·項羽本紀》。韓生，指韓信。

信，淮陰人。初事項羽，不見用。奔劉邦，拜爲大將。將兵定齊、趙，立爲齊王。楚人武涉、齊人蒯通皆勸其擁兵自立，不聽。項羽滅，劉邦畏惡其能，奪其兵，徙爲楚王，再降淮陰侯。後誣以謀反罪被殺，滅三族。見《史記·淮陰侯列傳》。

〔一四〕《周易·蒙卦》：「六三：勿用取女，見金夫不有躬，無攸利。」魏王弼注曰：「六三在下卦之上，上九在上卦之上，男女之義也。上不求三，而三求上，女先求男者也。女之爲體，正行以待命者也，見剛夫而求之，故曰不有躬也。施之於女，行在不順，故勿用取女而無攸利。」其原意謂見了有錢的男子就不由自主地想嫁給他的女人，娶了是没有好處的。升庵於此取其「見金夫不有躬」之義，謂范、韓二人與劉、項相知不深，一見恩倖就貿然相從，竟致凶終。

〔一五〕許顗《彦周詩話》云：「梁武帝作《白紵舞辭》四句，令沈約改其辭爲《四時白紵之歌》。帝辭云云。嗟乎麗矣，古今當爲第一也。」升庵語指此。

案：此詩原意，不過描寫一位酒筵前的歌舞少女，對其屬意之人表現出的宛轉嬌羞的情態，並從而揣摩其矜持躊躕的心理。其意味是深長的。升庵借此生發，將其與才士之出處進退相互比附，引證衆多史實，以説明得君行道之不易。告知人們，應當像這位少女一樣，時刻保持矜持，不要輕易以身相許。升庵少年得志，中年廢逐，於此感觸尤深，而又非能明言，故借此一再致意焉。參本書卷八「不嫁惜娉婷」條。

瑟居

梁武帝詩：「瑟居超七淨。」〔一〕「瑟」與「索」同。「蕭索」字一作「蕭瑟」，則「索居」亦得作「瑟居」也。蓋「瑟」、「索」皆借用字，正字作「槭」〔二〕。

【箋證】

〔一〕見《藝文類聚》卷七十六《游鍾山大愛敬寺》詩：「瑟居超七淨，梵住踰八禪。」《漢魏六朝百三家集》卷八十《梁武帝集》載此詩，「瑟居」作「慧居」。《昭明太子集》卷一附載此詩亦作「慧居」。

〔二〕槭，木枝空皃。白居易《白氏長慶集》（馬元調本）卷十二《琵琶行》「楓葉荻花秋瑟瑟」句，「瑟瑟」，涵芬樓景日本翻宋本作「索索」；又作「槭槭」。元熊忠《古今韻會舉要》卷二十八「槭」字下注曰：「隕落謂之槭。《文選·潘岳賦》：『庭樹槭以灑落。』白詩：『楓葉荻花秋槭槭。』」。《文苑英華》卷三百二十四載白居易《庭松》詩，其「踈韻秋瑟瑟」句下亦注云：「一作槭槭。」

梁簡文詠楓葉詩〔一〕

「萎緑映葭青，疏紅分浪白。落葉灑行舟，仍持送遠客。」〔二〕此詩情景婉麗，本集亦不載。二十字而用彩色四字，在宋人則以爲忌矣。以爲彩色字多，不莊重，不古雅。如此詩何嘗不莊重古雅耶？

【箋　證】

〔一〕本條録自《千里面譚》卷下。「情景婉麗，本集亦不載」二句，據嘉靖四卷本《升庵詩話》及《升庵文集》卷五十四「簡文楓葉詩」條補入。

〔二〕此詩升庵録自《全芳備祖》後集卷十八，字句詩題全同。《藝文類聚》卷八十九載此詩，題作《賦得詠疏楓》，「落葉」作「花葉」。

梁簡文和蕭侍中子顯春別

「別觀蒲桃帶實垂，江南豆蔻生連枝。無情無意尚如此，有心有恨徒自知。」〔一〕《詩》云：「隰有萇楚，猗儺其枝。夭之沃沃，樂子之無知。」〔二〕此詩祖其意。

【箋　證】

〔一〕《玉臺新詠》卷九載簡文帝《和蕭侍中子顯春別》四首，此其第一首。《藝文類聚》卷四十二亦載之。「尚」，《玉臺新詠》作「猶」，《藝文類聚》作「又」；「徒自知」，《玉臺新詠》、《藝文類聚》並作「徒別離」。

〔二〕此《詩·檜風·隰有萇楚》第一章。

灧澦

《灧澦歌》云：「灧澦大如襆，瞿唐不可觸。金沙浮轉多，桂浦忌經過。」此舟人商估刺水行舟之歌。《樂府》以爲梁簡文所作，非也。蜀江有瞿唐之患，桂江有桂浦之險，故涉瞿唐者則準灧澦，涉桂浦者則準金沙〔一〕。今《樂府》「桂浦」作「桂楫」，非也〔二〕。

【箋證】

〔一〕《通志》卷四十九《樂略》云：「《淫豫歌》亦曰《灧豫歌》。其辭云：『淫豫大如服，瞿唐不可觸。金沙浮轉多，桂浦忌經過。』此舟人商客刺水行舟之歌，亦非簡文所作也。蜀江有瞿唐之患，桂江有桂浦之難，故過瞿唐者，則準灧豫；涉桂浦者，則準金沙。又有『灧豫如馬，瞿唐莫下；灧豫如象，瞿唐莫上』之語，是單言瞿唐也。」升庵本此。《樂府》，謂《樂府詩集》。《樂府詩集》卷八十六載此歌，題「梁簡文帝《淫預歌》」。「大如襆」，今傳各本《詩話》並誤作「大如樸」，唯嘉靖四卷本《升庵詩話》不誤。「則準灧澦」，嘉靖四卷本及《丹鉛總録》卷二十一作「則準灧襆」。「襆」字，《樂府詩集》與《通志》同作「服」，作「襆」乃升庵據他書改定。若《南史》卷五十六《庾域傳》：「滛預如幞本不通，瞿塘水退爲庾公。」又李肇《唐國史補》卷下：「大抵峽路峻急，故曰：『朝發白帝，暮徹江陵。』四月五月爲尤險時，故曰：『灧澦大如馬，瞿塘不可下。灧澦大如牛，瞿塘不可留。灧澦大如襆，瞿塘不可觸。』」范成大《吴船録》、王讜

《唐語林》皆引作「樸」。

〔二〕《樂府詩集》「桂浦」不作「桂楫」，陳耀文《正楊》卷四正之，是矣。其云「《樂府》所載不云簡文作」，則非。

梁簡文帝詠螢詩〔一〕

「本隨秋草并〔二〕，今與夕風清〔三〕。縈空若星隕〔四〕，拂樹似花生。屏疑神火照〔五〕，簾似夜珠明〔六〕。逢君拾光彩，不恡此身輕〔七〕。」

【箋證】

〔一〕此非梁元帝詩。詩見《文苑英華》卷三百二十九，題作梁簡文帝《詠螢》。《藝文類聚》卷九十七載此詩前六句，亦題作簡文帝《詠螢》詩，而緊隨其後，又録有梁元帝《詠螢火》詩。升庵《千里面譚》卷下録此詩，誤「簡文」爲「元帝」，《詩話》採録，乃沿其誤，而其《五言律祖》後集卷一録此詩，則作「簡文」不誤。今並詩題改正之。

〔二〕「隨」，《文苑英華》、《藝文類聚》並作「將」。

〔三〕「清」，《文苑英華》、《藝文類聚》並作「輕」。

〔四〕「縈空若星隕」，《文苑英華》、《藝文類聚》並作「騰空類星霣」。

〔五〕「屏」，《藝文類聚》作「井」。

〔六〕「似」，《文苑英華》、《藝文類聚》並作「若」。

〔七〕「恡」，《文苑英華》作「怯」。

韋應物螢火詩

「月暗竹亭幽，螢光拂席流。還如故園夜，又度一年秋。暫愜觀書興，何慙秉燭游。府中徒冉冉，明發好歸休。」〔一〕此二詩絶佳〔二〕，予愛之。比之杜子美，則杜似太露〔三〕。

【箋證】

〔一〕此韋應物《夜對流螢作》詩，見《韋蘇州集》卷八，「還如」作「還思」，「又度」作「更度」，「暫愜」作「自愜」。

〔二〕此條及前條「梁簡文帝詠螢詩」並採自《千里面譚》卷下，編次相接，「此二詩」，乃並前條簡文詩言之。

〔三〕杜甫集中以詠螢火爲題之詩二首，一題《螢火》，一題《見螢火》，此當指前者。詩云：「幸因腐草出，敢近太陽飛。未足臨書卷，時能點客衣。隨風隔幔小，帶雨傍林微。十月清霜重，飄零何處歸。」黄鶴注曰：「『幸因腐草出，敢近太陽飛』，蓋指李輔國輩以宦者近君而撓政也。」師尹注曰：「螢出於腐草，喻小人起於微賤，而侵凌大德之士。」（《杜詩補注》卷二十）升庵論詩，主含蓄藴藉，而老杜此作則刺時之意甚顯也。

梁元帝陽雲館柳詩

「楊柳非花樹，依樓自覺春。枝邊通粉色，葉底映紅巾。帶日交窗影，西風掃隙塵。入簾應有意，偏宜桃李人。」〔一〕此詩諸本所載不同，以定本正之。

【箋證】

〔一〕《藝文類聚》卷八十九、《文苑英華》卷三百二十三引此詩，並題《詠陽雲館簷柳》。「葉底」，《文苑英華》作「隙裏」；「紅巾」，《藝文類聚》作「吹綸」；「窗影」，二書並作「簾影」；「西風掃隙塵」，《文苑英華》作「因吹掃窗塵」、《藝文類聚》作「因吹掃席塵」。

梁元帝登百花亭懷荊楚此詩又以爲邵陵王綸作〔一〕。

「極目纔千里，何由望楚津。落花灑行路，垂楊拂砌塵。柳絮飄春雪，荷珠漾水銀。試酌新清酒，遥勸陽臺人。」見江州石本。〔二〕

【箋證】

〔一〕明李賢等編《明一統志》卷五十二「九江府」：「百花亭，在府城東，梁刺史邵陵王綸建。梁元帝詩云云。」升庵偶失檢點而誤注此語。

〔二〕《藝文類聚》卷二十八、《文苑英華》卷三百十五載梁元帝此詩，文字悉同。《藝文類聚》詩題「百花亭」前多「江州」二字。《文苑英華》此後並録朱超道、陰鏗和詩，注云：「以下三篇，並見江州石本。」升庵引注於此，非其真嘗見「江州石本」也。

落星遠戍

「落星依遠戍，斜日半平林。」梁元帝句也。「故鄉一水隔，風煙兩岸通。」陳後主句也。唐人高處始能及之。見《五代新説》〔一〕。

【箋證】

〔一〕《説郛》卷五十四載徐鉉《五代新説》云：「魏軍圍城，帝登城樓觀戰，爲詩曰：『落星依遠戍，斜月半平林。徵兵資琰玉，叠皷亂摐金。單醪投百米，芳餌下千尋。從軍所以樂，梁王有赤心。』俄而城陷被殺。」又云：「（陳）後主惑於張貴妃，常居内游宴，不關政事。故隋師至而莫禦。《濟江陵》詩曰：『故鄉一水隔，風烟兩岸通。望極青波裏，思盡白雲中。』」二詩逯欽立《先秦汉魏晉南北朝詩》失收，今附録於此。

蕭子顯春别

「江東大道日華春，垂楊掛柳掃輕塵。淇水昨送淚沾巾，紅妝宿昔已迎新。」昨別下淚而送舊，今已紅妝而迎新，娼樓之本色也。六朝君臣，朝梁暮陳，何異於此〔一〕。

【箋　證】

〔一〕《玉臺新詠》卷九録蕭子顯《春別》四首，此其三，詩第二句「掃」作「拂」，四句「已」作「應」。

蕭紀巫峽詩

「巫峽七百里，巴水三回曲。黄牛隱復見，清猿斷還續。」〔一〕

【箋　證】

〔一〕此詩《藝文類聚》卷四十三、《文苑英華》卷二百及《樂府詩集》卷四十《相和歌辭·瑟調曲》並題作梁簡文帝《蜀道難》。三書三、四句均作「笛聲下復高，猿啼（《英華》作「鳴」）斷還續。」蕭紀，梁武帝第八子，有文學，封武陵王。

蕭慤春庭晚望

「春庭聊縱望，春臺自相引。窗梅落晚花，池竹開新笋。泉鳴知水急，雲來覺山近。不愁花不飛，只畏花飛盡。」〔一〕二詩載入《千里面譚》，寄張禺山〔二〕。

【箋　證】

〔一〕蕭慤，字仁祖，蘭陵人，梁宗室。入齊官至齊州録事參軍，待詔文林館。後入隋。有集九卷。《初學記》卷三載此詩，題作《春晚庭望》。《文苑英華》卷一百五十七亦載此詩，題同。二書「春臺自相引」作「樓臺自相隱」，「間新笋」作「開初笋」，「只畏」作「到畏」。

〔二〕此條採自《千里面譚》卷下，其前録有宗懍《春望》一詩，此「二詩」，乃並宗詩言之。宗詩見本書卷三「宗懍春望」條。今宗詩不載於此，故致「二」字無着，焦竑編次《詩品》，採録《千里面譚》每有此誤。

江總長安九日詩〔一〕

「心逐南雲逝，身隨北雁來。故園籬下菊，今日爲誰開。」〔二〕總爲梁人，歷梁、陳、隋，至唐貞觀中，九十餘矣〔三〕。此詩在唐時作，故編之。

【箋　證】

〔一〕江總，字總持，考城人。歷仕梁、陳、隋三朝。陳後主時，以尚書令執政，世稱「江令」。總雖居宰輔，而不理政事，日與後主游宴後庭，競爲艷詩，當時號爲「狎客」。

〔二〕《初學記》卷四録江總此詩，題《九月九日至微山亭》，《太平御覽》卷三十二同。《歲時雜詠》卷三十三録此詩，題作《江令於長安歸還揚州九月九日行微山亭賦韻》，後録許敬宗擬作二首。《文苑英華》卷一百五十八、《萬首唐人絶句》五言卷二十一録此詩皆誤爲許敬宗作。「逝」，《歲時雜詠》作「游」；「身隨」，《初學記》、《文苑英華》作「影隨」，《歲時雜詠》、《太平御覽》、《萬首唐人絶句》作「形隨」。

〔三〕《陳書》卷二百二十七《江總傳》：「入隋，爲上開府。開皇十四年卒於江都，時年七十六。」《南史》所載同。史載其卒年甚明，且詳審詩題，亦非長安作者，殆升庵記誤。

江總怨詩

「採桑歸路河流深，憶昔相期柏樹林。奈許新縑傷妾意，無由故劍動君心。」〔一〕六朝之詩，多是樂府，絶句之體未純，然高妙奇麗，良不可及。泝流而不窮其源，可乎？故特取數首於卷首，庶乎免於「賣花擔上看桃李」之誚矣〔二〕。古樂府「下山逢故夫」詩曰：「新人工織縑，舊人工織素。」〔三〕故劍，用干將、莫邪雌雄二劍離而復合事〔四〕。

【箋　證】

〔一〕《樂府詩集》卷四十一《相和歌辭·楚調曲》收江總《怨詩》二首，此其第一首。

〔二〕升庵於《絶句衍義》卷一，首選録梁武帝《白紵辭》、蕭子顯《春別》及簡文帝《和蕭子顯春別》、陳江總《怨詩》、北齊魏收《挾瑟歌》五詩，以示源流。「賣花」句，語出歐陽修《六一詩話》：「京師輦轂之下，風物繁富，而士大夫牽於事役，良辰美景罕獲宴游之樂，其詩至有『賣花擔上看桃李，拍酒樓頭聽管絃』之句。西京應天禪院有祖宗神御殿，蓋在水北，去河南府十餘里，歲時朝拜官吏，常苦晨興；而留守達官簡貴，每朝罷，公酒三行，不交一言而退。故其詩曰：『正夢寐中行十里，不言語處喫三杯。』其語雖淺近，皆兩京之實事也。」升庵借此以譏人之止足於一知半解，而不窮求其本原者。

〔三〕此《玉臺新詠》卷一《古詩八首》之第一首中句。

〔四〕干將、莫邪爲吴王闔閭鑄劍事，見《吴越春秋》卷四《闔閭内傳》。二劍離而復合事，見《晉書·張華傳》。略云：張華見斗牛間有紫氣，問於豫章人雷煥。煥曰：「此寶劍之精上徹於天，在豫章豐城。」華遣煥往尋，果得雙劍。煥以一劍與華，留一自佩。或謂煥曰：「得兩送一，張公豈可欺乎？」煥曰：「本朝將亂，張公當受其禍。此劍當繫徐君墓樹耳。靈異之物，終當化去，不永爲人服也。」華得劍，報煥書曰：「詳觀劍文，乃干將也，莫邪何復不至？雖然，天生神物，終當合耳。」華誅，失劍所在。煥卒，其子雷華持劍過延平津，劍忽自躍入水。使人没水取之，但見兩龍，各長數丈。於是失劍。華歎曰：「先君化去之言，張公終合之論，此其驗乎！」升庵以詩中「故劍」用此事，恐不確。《漢書》卷九十七上《外戚列傳》：宣帝初娶嗇夫許廣漢女平君，及「立爲帝，平君爲倢伃。是時霍將軍有小女，與皇太后有親，公卿議更立皇后，皆心儀霍將軍女。亦未有言。上乃詔求微時故劍。大臣知指，白立許倢伃爲皇后。」詩蓋用此事，謂不忘故也。

劉之遴酬江總詩

「上位居崇禮，寺署鄰棲息。忌聞曉騶唱，每畏晨光赩。高談意未窮，晤對賞無極。探急共遨游，休沐忘退食。曷用消鄙吝，枉趾覯顔色。下上數千載，揚確吐胸臆。」〔一〕探急，謂其請急也。古云請急，今曰給假〔二〕。

【箋證】

〔一〕《陳書》卷二十七《江總傳》：「之遴嘗酬總詩，其略曰『上位居崇禮』云云，其爲通人所欽挹如此。」《陳書》「覯顔色」作「覯顔色」，「揚確」作「揚搉」，當據改。

〔二〕《初學記》卷二十：「休假亦曰休沐。漢律：吏五日得一下沐。言休息以洗沐也。晉令：急假者一月五急。一年之中，以六十日爲限。千里内者，疾病申延二十日，及道路解故九十五日。此其事也。書記所稱曰歸休，亦曰休急、休澣、取急、請急。又有長假、併假。」升庵《丹鉛總録》卷二十一有「請急」條，見本書後「丁福保本增輯各條」中。

升庵詩話新箋證卷三

八詠

沈約《八詠詩》云："登臺望秋月。會圃臨春風。秋至湣衰草。寒來悲落桐。夕行聞夜鶴。晨征聽曉鴻。解佩去朝市。被褐守山東。"〔一〕此詩乃唐五言律之祖也。"夕"、"夜"，"晨"、"曉"，四字似複非複，後人決難下也。東坡詩："朝與烏一作烏鵲朝，夕與牛羊夕。"〔二〕二句尤妙，亦祖沈意。

【箋證】

〔一〕沈約《八詠》詩八首，見《玉臺新詠》卷九。此引八句，分别爲八詩之題，後人約句準篇，以八句兩兩相儷，遂合而觀之。然實非一首，故升庵《五言律祖》並未以之入選也。按徐陵《玉臺新詠》原止選其前二首，題《沈約八詠二首》，後六首附於卷九之末，乃後人補入，題《沈約古詩題六首》。所載第三首首句"秋至"作"歲暮"，第四首首句"寒"作"霜"。元戴良《九靈山房集》卷一有《和沈休文雙溪八詠詩》八首，各首首句皆引沈句，文字與升庵此録全同。

〔二〕所引二句，見《東坡詩集注》卷三十一《和陶移居二首》之第一首，「朝與」作「晨與」，「夕與」作「暮與」。

於升庵此説，胡應麟《少室山房筆叢》卷二十三（《藝林學山》卷五）辨之云：「夕、夜，晨、曉疊用，自是六朝詩病。老坡二句，是文法，尤遠於詩。」又云：「八詠各爲詩題，故篇中前六句皆時令語，又：『夕行』、『晨征』、『解珮』、『朝市』皆平頭也。四聲八病，起於休文，此可爲律祖耶？」

鄉里夫妻

俗語云：「鄉里夫妻，步步相隨。」言鄉不離里，如夫不離妻也。古人稱妻曰「鄉里」。沈約「山陰柳家女」詩曰：「還家問鄉里，詎堪持作夫？」〔一〕《南史·張彪傳》曰：「我不忍令鄉里落他處。」〔二〕姚令威曰：「會稽人曰家里，其義同也。」見《西溪叢語》〔三〕。

【箋　證】

〔一〕所引沈約詩見《玉臺新詠》卷五，題作《少年新婚爲之詠》，「山陰柳家女」乃詩首句。「詎堪」句，清紀容舒《玉臺新詠考異》云：按全詩旨意，「詎」乃是「誰」之訛。

〔二〕《南史》卷六十四《張彪傳》：「彪知不免，謂妻楊，呼爲鄉里，曰：『我不忍令鄉里落佗處，今當先殺鄉里然後就死。』楊引頸受刀，曾不辭憚。」

〔三〕此條自「古人稱妻」以下升庵録自《敖器之詩話》（《説郛》卷八十一）。敖氏則引自姚寛《西溪叢語》（卷下），而姚氏乃據南唐張泌《妝樓記》（見《説郛》卷七十七）爲説。令威，姚寛字也。「會稽人曰家里」句，《詩話》各本及《丹鉛》諸録均脱「里」字，據《西溪叢語》及《敖器之詩話》補。

昔昔鹽

梁樂府《夜夜曲》，或名《昔昔鹽》〔一〕。「昔」，即「夜」也。《列子》：「昔昔夢爲君。」〔二〕「鹽」，亦曲之别名〔三〕。

【箋　證】

〔一〕《樂府詩集》卷七十七以《夜夜曲》入《雜曲歌辭》，云：「《夜夜曲》，梁沈約所作也。」引梁《樂府解題》曰：「《夜夜曲》，傷獨處也。」卷七十九又以《昔昔鹽》入《近代曲辭》，云：「隋薛吏部有《昔昔鹽》，唐趙嘏廣之爲二十章。《樂苑》曰：『《昔昔鹽》，羽調曲，唐亦爲舞曲。』昔，一作『析』。」升庵蓋合此二曲爲一而爲之説。此條《詞品》卷一亦載，題作「夜夜昔昔」。

〔二〕《列子》卷三《周穆王》篇：「有老役夫，筋力竭矣，而使之彌勤。晝則呻呼而即事，夜則昏憊而熟寐。精神荒散，昔昔夢爲國君，居人民之上，總一國之事，游燕宫觀，恣意所欲，其樂無比。覺則復役。」晉張湛注：「昔昔，夜夜也。」

〔三〕《周禮·郊特牲》：「而流示之禽，而鹽諸利，以觀其不犯命也。」鄭玄注：「流，猶行也。行，行田也。鹽，讀爲艷。行田示之以禽，使歆艷之，觀其用命不也。」吴景旭《歷代詩話》卷二十七謂：「升庵別本乃引《戴記》『示之禽而鹽諸利』，注：『與艷同，使歆艷也。鹽者，艷之轉聲也。』」

以鹽爲曲名，不始於升庵。張鷟《朝野僉載》卷一云：「麟德已來，百姓飲酒唱歌，曲終而不盡者，號爲族鹽。後閻知微從突厥領賊破趙定，後知微來，則天大怒，磔於西市……夷其九族。……其『族鹽』之言，於斯應矣。」「族鹽」，即「族𧏙」，族誅閻氏也。沈括《夢溪筆談》卷五：「頃年王師南征，得《黄帝炎》一曲于交趾，乃杖鼓曲也。唐曲有《突厥鹽》、《阿鵲鹽》。施肩吾詩云：『顛狂楚客歌成雪，嫵媚吴娘笑是鹽』，蓋當時語也。」注：「炎或作鹽。」洪邁《容齋續筆》卷七：「《昔昔鹽》，《樂苑》以爲羽調曲。《玄怪録》載：籧篨三娘工唱《阿鵲鹽》。又有《突厥鹽》、《黄帝鹽》、《白鴿鹽》、《神雀鹽》、《疎勒鹽》、《滿座鹽》、《歸國鹽》。唐詩『媚頰吴娘唱是鹽』、『更奏新聲刮骨鹽』。然則，歌詩謂之『鹽』者，如吟、行、曲、引之類云。今南嶽廟獻神樂曲有《黄帝鹽》。」此升庵之所本。後方以智《通雅》、清彭大翼《山堂肆考》、俞弁《逸老堂詩話》、沈德潛《古詩源》、阮葵生《茶餘客話》、吴景旭《歷代詩話》等人多從升庵之説，並引而廣之。今人任二北《唐聲詩》下編有「昔昔鹽」條，論之甚詳。

薛道衡和許給事善心戲場轉韻

「京洛重新年，復屬月輪圓。雲間璧猶轉〔一〕，空裏鏡孤懸。萬方皆集會，百戲盡來前。臨衢車不絕，夾道閣相連。驚鴻出洛水，翔鶴下伊川。豔質迴風雪，笙歌韻管弦。佳麗儼成行，相攜入戲場。衣類何平叔，人同張子房。高高城裏髻，峨峨樓上妝。羅裙飛孔雀，綺帶垂鴛鴦〔二〕。月映班姬扇〔三〕，風飄韓壽香。竟夕魚負燈〔四〕，徹夜龍銜燭。歡笑無窮已〔五〕，歌吹還相續〔六〕。羌笛隴頭吟，胡舞龜茲曲〔七〕。假面飾金銀，盛服摇珠玉。宵深戲木蘭〔八〕，競爲人所矚〔九〕。卧馳飛玉勒〔一〇〕，立騎轉銀鞍〔一一〕。從衡既躍劍，揮霍復跳丸。抑揚百獸舞，盤珊五禽戲。狻猊弄斑足，炬象垂長鼻〔一二〕。青羊跪復跳，白馬回旋駟〔一三〕。忽見羅浮起〔一四〕，俄看鬱島至〔一五〕。峰嶺既崔嵬，林藂亦青翠。麏麚下騰倚〔一六〕，猴猿或跂企〔一七〕。金徒列舊刻，玉律動新灰。甲荑垂陌柳，殘花散苑梅。繁星漸寥落，斜月尚徘徊。王孫猶勞戲，公子未歸來。共酌瓊酥酒，同傾鸚鵡杯。普天逢聖日，兆庶喜康哉。」按《隋・柳彧傳》有《請禁正月十五日角觝戲奏》云：「京邑内外，每以正月望夜，鳴鼓聒天，燎炬照地。人戴獸面，男爲女服，倡優雜伎，詭狀異形。高棚跨路，廣幕淩雲，肴醑肆陳，絲竹繁奏。以穢嫚爲歡娛，用鄙褻爲笑樂，淫行因此而生，盜賊由茲而起。請放行天下，並即禁斷。」〔一八〕即此時事也。

【箋　證】

〔一〕《初學記》卷十五、《文苑英華》卷二百十三録此詩，「猶轉」，二書並作「獨轉」。

〔二〕「綺帶」，《初學記》、《文苑英華》並作「綺席」。

〔三〕「月映」，《初學記》作「日映」。

〔四〕「魚負」，《文苑英華》作「漁父」。

〔五〕「歡笑」，《初學記》作「戲笑」。

〔六〕「歌吹」，《初學記》作「歌詠」。

〔七〕「胡舞」，《初學記》作「競舞」。

〔八〕「木蘭」，《初學記》、《文苑英華》並作「未闌」，是，當據改。

〔九〕「競爲人所驩」，《初學記》作「妙爲人所難」，義勝。

〔一〇〕「卧馳」，《初學記》作「卧驅」。

〔一一〕「轉銀鞍」，《文苑英華》作「前銀鞍」。

〔一二〕「炬象」，《初學記》、《文苑英華》並作「巨象」。

〔一三〕「回旋騆」，《初學記》作「迴旋騎」、《文苑英華》作「回旋駛」。

〔一四〕「忽見」，《初學記》作「忽覩」。

〔一五〕「欝島」，《初學記》作「欝昌」。

〔一六〕「麏麚」，《初學記》作「麇鹿」。

〔一七〕「跂企」，《初學記》、《文苑英華》並作「蹲跂」。

〔一八〕此升庵節引柳彧之奏文，見《隋書》卷六十二《柳彧傳》，原文云：「竊見京邑，爰及外州，每以正月望後，充街塞陌，聚戲朋游，鳴鼓聒天，燎炬照地。人戴獸面，男爲女服，倡優雜技，詭狀異形，以穢嫚爲歡娱，用鄙褻爲笑樂。内外共觀，曾不相避。高棚跨路，廣幕凌雲，袨服靚粧，車馬填噎。肴醑肆陳，絲竹繁會，竭貲破産，競此一時。盡室并孥，無問貴賤，男女混雜，緇素不分，穢行因此而生，盜賊由斯而起。浸以成俗，實有由來，因循敝風，曾無先覺。非益於化，實損於民。請頒行天下，並即禁斷。」

若光崦景

江淹詩：「屬我崦景半，賞爾若光初。」〔一〕「崦景」，崦嵫之景；「若光」，若木之光。一喻老，一喻少也〔二〕。

【箋　證】

〔一〕所引二句乃江淹《郊外望秋答殷博士》詩中句，見涵芬樓景明繙宋本《江文通文集》卷四。

〔二〕《楚辭章句》卷一《離騷》：「望崦嵫而未迫。」王逸注：「崦嵫，日所入山也。」崦景，言日暮之景，故喻老。《山海經》卷十七《大荒北經》：「大荒之中，有衡石山、九陰山、洞野之山，上有赤樹，青葉赤華，名曰若木。」郭璞注：「生崑崙西，附西極，其華光赤，下照地。」「若光」，謂初升之陽光，故喻少。

江淹詠美人春游

「江南二月春，東風轉緑蘋。不知誰家子，看花桃李津。白雪凝瓊貌，明珠點絳脣。行人咸歎息，爭擬洛川神。」〔一〕此詩見《文通外集》。「點絳脣」，後人以爲曲名，以此知是詩膾炙人口久矣。

【箋證】

〔一〕此詩涵芬樓景明繙宋本《江文通文集》不載。《玉臺新詠》卷五收録此詩。其第七句「行人咸歎息」作「行人咸息駕」，乃用《艷歌羅敷行》「觀者見羅敷，下擔捋髭鬚，少年見羅敷，脱巾著帩頭。耕者忘其耕，鋤者忘其鋤，來歸相怨怒，但坐觀羅敷」詩意，義似勝。

三雅杯

劉孝綽詩：「共摛雲氣藻，同舉雅文杯。」〔一〕于志寧詩：「俱裁七步詠，共傾三雅杯。」〔二〕句法相似。

【箋證】

〔一〕劉孝綽，彭城人，梁武帝天監初爲著作佐郎，累遷至尚書吏部郎，祕書監。大同五年卒，年五十九。世重其文，流聞絶域。有集十四卷，今不存。此其《江津寄劉之遴》詩中句，見《藝文類聚》卷二十九、《文苑英華》卷二百四十七，「雅文杯」並作「霞文杯」。

〔二〕于志寧，字仲謐，高陵人，隋末有名。高祖入關禮遇之，爲太宗天策府從事中郎，兼文學館學士，加散騎常侍，爲太子詹事。數有規諫。高宗朝拜尚書左僕射，兼太子少師。集四十卷，今僅存詩一首。《文苑英華》卷二百十四載此詩，題作《冬日宴于庶子宅各賦一字得杯》。「三雅杯」，《太平御覽》卷四百九十七引《史典論》曰：「荆州牧劉表，跨有南土，子弟驕貴，並好酒，爲三爵，大曰伯雅，次曰仲雅，小曰季雅。伯受七升，仲受六升，季受五升。」《升庵文集》卷六十七「三雅」條：「《東觀漢記》：『今日歲首，請上雅壽。』雅，酒問也。魏文帝《典論》：『荆州牧劉表子弟，以酒器名三爵，上者曰伯雅，中者曰中雅，小者曰季雅。』《隱窟雜志》：『宋時閬州有三雅池，古有修此池，得三銅器，狀如酒杯，各有篆文曰伯雅、仲雅、季雅。』當時雖以名池，而不知爲劉表物也。《廣韻》『盃』字注云：『酒器。』『盃』，即『雅』字也。吴均詩：『聊傾三雅巵。』今人語曰『雅量』，伎人送酒曰『雅酒』，蓋本此云。」「酒問」，即大酒杯。《説文解字》：卷十二上：「問，大開也，从門可聲。大杯亦爲問。」

蕭遇詩

蕭遇《春日》詩：「水堤煙報柳，山寺雪驚梅。」唐人賞之，謂不減庾子山〔一〕。

【箋　證】

〔一〕《唐詩紀事》卷五十九「蕭遇」下載此詩，題作《春詩》。《全唐詩》卷六百載作蕭遘詩，題同。蕭遘，字得聖，蘭陵人。咸通五年登進士第，僖宗中和元年入相，後賜死。《舊唐書》卷一百七十九、《新唐書》卷一百一有傳。《説文》：「遘，遇也。」《紀事》蓋以宋高宗名構，避嫌名而改「遘」爲「遇」也。細玩升庵文意，則又似誤以蕭爲梁、陳間人也。

庾肩吾燭影詩

「垂毿垂花比芳樹，隨風隨水俱難駐。秦娥軟舞隙中來，李吾夜績光中度。燭龍潛曜城烏啼，陰陰疊鼓朝天去。」一作「春枝拂岸影上來，還杯繞客光中度」〔一〕。

【箋　證】

〔一〕《藝文類聚》卷八十載此詩，題《燭影詩》，僅前四句，云：「垂毿垂花比芳樹，風吹水動俱難住。春枝拂岸影上來，還杯繞客光中度。」《歲時雜詠》卷十六、《古詩紀》卷九十所載亦止前四句，題作《三日侍宴詠曲水中燭影》，「垂毿」作「重毿」。

樹如薺

《羅浮山記》云：「望平地，樹如薺。」自是俊語。梁戴暠詩「長安樹如薺」，用其語也〔一〕。後人翻之益工，薛道衡詩：「遥原樹若薺，遠水舟如葉。」〔二〕孟浩然詩：「天邊樹若薺，江畔洲如月。」〔三〕

【箋證】

〔一〕《顔氏家訓》卷上：「《羅浮山記》云：『望平地，樹如薺。』故戴暠詩云：『長安樹如薺。』又鄴下有一人《詠樹》詩云：『遥望長安薺。』又嘗見謂『矜誕』爲『夸毗』，呼『高年』爲『富有春秋』，皆耳學之過也。」升庵語出此。《藝文類聚》卷四十二載戴暠詩，題作《度關山》。

〔二〕此薛道衡《敬酬楊僕射山齋獨坐》詩中句，見《文苑英華》卷三百十七。

〔三〕此孟浩然《秋登萬山寄張五》詩中句，見《文苑英華》卷二百五十。《能改齋漫録》卷三「孟浩然得戴嵩詩意」條引《顔氏家訓》之文後云：「余因讀孟浩然《秋登萬山》詩云：『天邊樹若薺，江畔洲如月。』乃知孟真得嵩詩意。」

庾信詩

庾信之詩，爲梁之冠絶，啟唐之先鞭。史評其詩曰「綺豔」〔一〕，杜子美稱之曰「清新」，又曰「老成」〔三〕。「綺豔」、「清新」，人皆知之，而其「老成」，獨子美能發其妙。余嘗合而衍之曰：綺多傷質，豔多無骨；清易近薄，新易近尖。子山之詩，綺而有質，豔而有骨；清而不薄，新而不尖，所以爲「老成」也。若元人之詩，非不「綺豔」，非不「清新」，而乏「老成」。宋人詩則强作老成態度，而「綺豔」、「清新」，概未之有。若子山者，可謂兼之矣。不然，則子美何以服之如此？

【箋證】

〔一〕《北史》卷八十二《庾信傳》：「父肩吾，爲梁太子中庶子，掌管記。東海徐摛，爲右衛率。摛子陵及信，並爲鈔撰學士。父子東宮，出入禁闥，恩禮莫與比隆。既文並綺豔，故世號爲『徐庾體』焉。」

〔二〕《九家集注杜詩》卷十八《春日憶李白》有「清新庾開府」之句，卷三十《詠懷古跡五首》第一首有「庾信平生最蕭瑟，暮年詩賦動江關」之句。卷二十二《戲爲六絶句》其一云：「庾信文章老更成，凌雲健筆意縱橫。今人嗤點流傳賦，不覺前賢畏後生。」

清新庾開府

杜工部稱庾開府曰「清新」。清者，流麗而不濁滯；新者，創見而不陳腐也。試舉其略，如「文昌氣似珠，太史明如鏡。」〔一〕「凱樂聞朱雁，鐃歌見白麟。」〔二〕《楊柳歌》：「落絮鵝毛下，青絲馬尾垂。」〔三〕「覆局能懸記，看碑解暗疏。」「池水朝含墨，流螢夜聚書。」〔四〕「含風搖古度，防露動林於。」古度、林於皆竹木名，自來無人用也〔五〕。「漢陰逢荷篠，緇林見杖拏。」〔六〕「濁醪非鶴髓，蘭肴異蟹胥。」〔七〕「漢帝看桃核，齊侯問棗花。」〔八〕「冬嚴日不暖，歲晚風多朔。」〔九〕「賦用王延壽，書須韋仲將。」〔一〇〕「千柱蓮花塔，由旬紫紺園。」「建始移交讓，徽音種合歡。」〔一一〕「螢排亂草出，雁拾斷蘆飛。」〔一二〕「羊腸連九阪，熊耳對雙峰。」「北梁送孫楚，西堤別葛龔。」〔一三〕「古槐時變火，枯楓乍落膠。」「香螺酌美酒，枯蚌藉蘭肴。」〔一四〕「盛丹須竹節，量藥有刀圭。」〔一五〕「京兆陳安世，成都李意期。」「山精逢照鏡，樵客值圍棋。」〔一六〕「野爐燃樹葉，山杯捧竹根。」〔一七〕「被壟文瓜熟，交塍香穗低。」〔一八〕「學異南宮敬，貧同北郭騷。」「蒙吏觀秋水，萊妻紡落毛。」〔一九〕「雪花開六出，冰珠映九光。」〔二〇〕「階下雲峰出，窗前風洞開。」〔二一〕「澗底百重花，山根一片雨。」〔二二〕「峽路沙如月，山峰石似眉。」〔二三〕「荷風驚浴鳥，橋影聚行魚。」〔二四〕「水影搖叢竹，林香動落梅。」〔二五〕「水似桃花色，山如甲煎香。」〔二六〕「路高山裏樹，雲低馬上人。」〔二七〕「酒正離杯促，歌工別曲淒。」〔二八〕「山明疑有雪，岸白不關沙。」〔二九〕《詠杏花》云：「依稀映林塢，爛熳開山城。」〔三〇〕《寄王琳》云：「玉關道路遠，金陵信使疏。獨下千行淚，開君萬里書。」〔三一〕《望渭水》云：「樹似新亭岸，沙如龍尾灣。猶言吟暝浦，應有落帆還。」〔三二〕此二絕，即一篇《哀江南賦》也。《重別周尚書》云：「陽關萬里道，不見一人歸。惟有河邊雁，年年南向飛。」〔三三〕《詠桂》云：「南中有八桂，繁華無四時。不識風霜苦，安知零落期。」〔三四〕唐人絶句，皆倣效之。

【箋　證】

〔一〕《庾子山集》卷六《周祀宗廟歌·皇夏》「皇帝獻明皇帝」，「明」作「河」。

〔二〕《庾子山集》卷六《周祀宗廟歌·皇夏》「皇帝獻高祖武皇帝」。

〔三〕《庾子山集》卷二《楊柳歌》有「獨憶飛絮鵝毛下，非復青絲馬尾垂」之句，《文苑英華》卷三百三十七作「尚憶落絮鵝毛色，無復青絲馬尾垂」。升庵改七言爲五言，此引原作「落絮鵝毛下青絲」，脱「馬尾垂」三字，各本並同，今據本集補。

〔四〕上四句見《庾子山集》卷四《奉和永豐殿下言志十首》之五。

〔五〕此二句見《庾子山集》卷四《奉和永豐殿下言志十首》之六。「古度」、「林於」，見《文選》卷五左思《吴都賦》：「古度楠榴之木。」劉淵林注引《異物志》曰：「古度，樹也，不華而實，子皆從皮中出，大如安石榴，正赤，初時可煮食也。廣州有之。」又：「其竹則篔簹箖箊。」劉淵林注引《異物志》曰：「箖箊，是袁公所與越女試劍竹者也。」「箖箊」即「林於」。

〔六〕見《庾子山集》卷四《奉和永豐殿下言志十首》之九。

〔七〕見《庾子山集》卷四《奉和永豐殿下言志十首》之十，「蟹胥」，《古詩紀》卷一百二十七作「蟹蛆」。

〔八〕見《庾子山集》卷五《道士步虚詞十首》之六。

〔九〕見《庾子山集》卷三《和張侍中述懷》詩。

〔一〇〕見《庾子山集》卷三《登州中興閣》詩。

〔一一〕上四句，見《庾子山集》卷三《奉和法筵應詔》詩，「合歡」作「合昏」，義同。明朱橚撰《救荒本草》卷五：「夜合樹，《本草》名合歡，一名合昏。」

〔一二〕見《庾子山集》卷三《和何儀同講竟述懷》詩，「雁拾」作「雁拾」。

〔一三〕上四句，見《庾子山集》卷三《任洛州酬薛文學見贈別詩》。

〔一四〕上四句，見《庾子山集》卷四《園庭》詩。

〔一五〕見《庾子山集》卷三《至老子廟應詔》詩。

〔一六〕上四句，見《庾子山集》卷四《奉和趙王游仙》詩。

〔一七〕見《庾子山集》卷三《奉報趙王惠酒》詩。

〔一八〕見《庾子山集》卷三《將命至鄴酬祖正員》詩，「壟」作「隴」，字通。

〔一九〕上四句，見《庾子山集》卷四《和裴儀同秋日》詩。

〔二〇〕見《庾子山集》卷四《郊行值雪》詩。

〔二一〕見《庾子山集》卷三《和從駕登雲居寺塔》詩，《文苑英華》卷二百三十三題作《和周趙王游雲居寺》，《藝文類聚》卷七十六「階下」作「踏下」。

〔二二〕見《庾子山集》卷三《游山》詩。《古詩紀》卷一百十五題下注：「一作《游仙》。」

〔二三〕見《庾子山集》卷三《奉和趙王途中五韻》詩。《古詩紀》卷一百二十五題下注：「《藝文》云王褒作，《庾集》載此，疑誤收也。」《藝文類聚》卷二十七收作王褒《和趙王途中》詩。

〔二四〕見《庾子山集》卷三《奉和山池》詩。

〔二五〕見《庾子山集》卷四《詠畫屏風詩二十四首》詩之二十四。《古詩紀》卷一百二十七題作「詠畫屏風詩二十五首」，其第一首《文苑英華》卷一百九十六題作《俠客行》。

〔二六〕見《庾子山集》卷四《詠畫屏風詩二十四首》詩之十六。

〔二七〕見《庾子山集》卷三《詠畫屏風詩二十四首》詩之十九。

〔二八〕見《庾子山集》卷四《對宴齊使》詩，「離杯」原作「離悲」，據改。《文苑英華》卷二百九十六、《古詩紀》卷一百二十七並作「離杯」。

〔二九〕見《庾子山集》卷四《舟中望月》詩。

〔三〇〕見《庾子山集》卷四《杏花》詩。「林塢」，本集並《藝文類聚》卷八十七、《古詩紀》卷一百二十七均作「村塢」。

〔三一〕見《庾子山集》卷四、《藝文類聚》卷二十九。

〔三二〕見《庾子山集》卷四、《文苑英華》卷一百六十三。

〔三三〕見《庾子山集》卷三《重別周尚書》二首之一。「年年」作「秋來」。《文苑英華》卷二百六十六、

〔三四〕《古詩紀》卷一百二十八並作「秋來」。

〔三四〕《古詩紀》卷七十七作范雲詩，題下注云：「外編作庾信者非。」此實范雲詩，見《藝文類聚》卷八十九，「八桂」作「八樹」。

羊腸熊耳

庾開府詩：「羊腸連九坂，熊耳對雙峰。」鮑照詩：「二崤虎口，九折羊腸。」〔一〕可謂工矣。比之杜工部「高鳳」、「聚螢」，「驥子」、「鶯歌」之句，則杜覺偏枯矣〔二〕。

【箋證】

〔一〕庾句已見前條注十三。鮑照句見《鮑明遠集》卷十《石帆銘》，原作：「二崤虎口，周王夙趨；九折羊腸，漢臣電驅。」乃駢句，非詩也。

〔二〕杜詩「高鳳」、「聚螢」，指《贈翰林張四學士》詩「無復隨高鳳，空餘泣聚螢」之語。見《集千家注杜工部詩集》卷一。「高鳳」下，孫洙舊注云：「高鳳，後漢逸民也。」後人多以舊注爲非，以爲乃是用《詩·卷阿》「鳳凰鳴矣，于彼高岡」之義。而劉辰翁則謂其「政是用人名戲筆，與桃紅、李白，驥子、鶯歌等」。「驥子」、「鶯歌」，指《憶幼子》詩中「驥子春猶隔，鶯歌暖正繁」之句。「驥子」爲杜甫子宗武小名，亦爲假對也。故升庵以爲不若庾、鮑之工。

子山詩用古韻

庾子山《喜晴》詩：「王城水鬬息，洛浦河圖獻。伏泉還習坎，陰風已回巽。桐枝長舊圍，蒲節抽新寸。山藪欣藏疾，幽棲得無悶。有慶兆民同，論年天子萬。」〔一〕「巽」音旋，「寸」音斷，「悶」音慢，皆古韻也。《韻補》失引，今著之於此。

【箋　證】

〔一〕此止引詩後五韻，全詩已見本書卷二「古詩用古韻」條，「陰風」，本集作「歸風」。

洛陽花雪

何遜《與范雲聯句》詩云：「洛陽城東西，卻作經年別。昔去雪如花，今來花似雪。」〔一〕李商隱《送王校書分司》詩云：「多少分曹掌祕文，洛陽花雪夢隨君。定知何遜緣聯句，每到城東憶范雲。」〔二〕又《漫成一絶》云：「不妨何范盡詩家，未解當年重物華。遠把龍山千里雪，將來擬並洛陽花。」〔三〕二詩皆用此事，若不究其原，不知爲何説也。

【箋　證】

〔一〕《何水部集》載此，題作《范廣州宅聯句》。此引四句實爲范作，另有四句方爲何作，云：「濛濛夕烟起，奄奄殘暉滅。非君愛滿堂，寧我安車轍。」《藝文類聚》卷二十九亦以此爲范作，題爲《别詩》，二句作「長作經時别」。

〔二〕見《李義山詩集》卷中，題作《送王十三校書分司》。

〔三〕見《李義山詩集》卷上《漫成三首》之一。

任希古和七月七日臨昆明池

「秋風始搖落，秋水正澄鮮。飛眺牽牛渚，激賞鏤鯨川。岸珠淪曉魄，池灰斂曙煙。泛槎分寫漢，儀星别構天。雲光波處動，日影浪中懸。驚鴻結蒲弋，游鯉入莊筌。萍葉疑江上，菱花似鏡前。長林代輕幄，細艸即芳筵。文華開翠潋，筆海控清漣。不挹蘭罇聖，空仰桂舟仙。」〔一〕此詩工致嚴密，杜詩「石鯨鱗甲」之句實祖之〔二〕，結句尤工。

【箋　證】

〔一〕任希古，字敬臣，棣州人。舉孝廉，虞世南重其爲人。高宗永徽初，爲弘文館學士，終太子舍人。此引詩見《文苑英華》卷一百六十四，「寫漢」作「瀉漢」。《歲時雜詠》卷二十五、《唐詩紀事》卷六載此詩，並題《和東觀群賢七夕臨泛昆明池》，「别構天」，《唐詩紀事》作「别架天」；「結蒲弋」，《雜詠》、《紀事》並作「絓蒲弋」，「結」當是「絓」字形近之訛。

〔二〕此出杜甫《秋興八首》第七首，見《九家集注杜詩》卷三十。本書卷八「波漂菰米」條，有論杜甫

「織女機絲虛夜月，石鯨鱗甲動秋風」之語，可參看。

梁宮人前溪歌

「當曙與未曙，百鳥啼前窗。獨眠抱被歎，憶我懷中儂，單情何時雙。」〔一〕用韻甚古，「窗」，粗叢切，「雙」，疎工切。今《樂府》刻倒其字，作「窗前」，失其音矣。

【箋　證】

〔一〕《樂府詩集》卷四十五《清商曲辭》載此，屬吴聲歌，題包明月作，「前窗」作「窗前」。升庵《千里面譚》選入此詩，題梁宫人包明月。《樂府詩集》題解引《宋書・樂志》云：「《前溪歌》者，晉車騎將軍沈玩所製。」又引郗昂《樂府解題》云：「《前溪》，舞曲也。」唐無名氏《大唐傳載》：「湖州德清縣南前溪村，前朝教樂舞之地，今尚有數百家，盡習音樂。江南聲妓，多自此出，所謂『舞出前溪』者也。」

古鏡詩

「我有古時鏡，初自壞陵得。蛟龍猶泥塗，鬼魅幸月蝕。」〔一〕無名氏作，見《梁書》〔二〕。

【箋　證】

〔一〕此唐人朱晝《贈友人古鏡》詩，詩凡八句，其後四句云：「磨久見菱蘂，青於藍水色。贈君將照心，無使心受惑。」見《唐文粹》卷十七上。朱晝，廣陵人。元和間進士。

〔二〕升庵此引出宋葛立方《韻語陽秋》卷二十。其稱「朱晝《古鏡詩》」，舊本誤「朱晝」作「朱書」或「米書」，或升庵所見亦爲誤本，遂臆定爲「梁書」也。今影宋刊本不誤。

晨雞鳴高樹〔一〕

「晨雞振翮鳴，出洞擅奇聲〔二〕。蜀道隨金馬〔三〕，天津應玉衡。摧冠驗遠石，繫火出連營。爭棲斜揭暮，解翼横飛度。試飲淮南藥，翻上仙都樹。枝低且候潮，葉淺還承露。枝低觸嚴霜，葉淺伺朝陽〔四〕。不見猜群怯寶劍〔五〕，勇戰出花場。當損黄金距〔六〕，誰論白玉璫。豈知長鳴逢漢帝〔七〕，恃氣遇周王，流名説魯國，分影入陳倉。不復愁苻朗，猶能感孟嘗。」金馬碧雞，無中生有，妙句也。緯書：「玉衡星精散爲雞。」〔八〕

【箋　證】

〔一〕詩題，《文苑英華》卷二百六、《樂府詩集》卷二十八並作《晨雞高樹鳴》，張正見作。正見字見賾，陳河東武城人，《陳書·文學傳》稱其「五言詩尤善，大行於世」。有集十四卷，今存詩九十餘首。

〔二〕「出洞」，《文苑英華》作「迴出」、《樂府詩集》作「出迴」。

〔三〕「蜀道」，《文苑英華》、《樂府詩集》並作「蜀郡」。

〔四〕「伺朝陽」，《文苑英華》作「向朝陽」。

〔五〕《文苑英華》無「不見」二字。

〔六〕「當損」，《文苑英華》作「尚損」。

〔七〕《文苑英華》無「豈知」二字。「漢帝」，《文苑英華》、《樂府詩集》並作「晉帝」。

〔八〕「散」字原脱，據《藝文類聚》卷九十一引《春秋運斗樞》補。本卷「張正見詠雞」條所引不誤。

梔子同心

梁徐悱妻劉三娘詩：「兩葉雖爲贈，交情永未因。同心何處切，梔子最關人。」〔一〕唐施肩吾《雜曲》：「憐時魚得水，怨罷商與參。不如山梔子，卻解結同心。」〔二〕結句又與劉三娘《光宅寺詩》同。

【箋證】

〔一〕《玉臺新詠》卷十載徐悱婦詩三首，此其第三首，題作《摘同心梔子贈謝娘因附此詩》，「何處切」作「何處恨」。此詩又見本卷後「劉三娘光宅寺見少年頭陀有感」條，升庵將其與另一首《光宅寺詩》並爲八句一首。徐悱妻劉氏，名令嫻，劉孝綽之妹，稱三娘。盛有才名。《舊唐書·經籍志》録《徐悱妻劉氏集》六卷，今存詩八首。

〔二〕此施肩吾《古曲五首》之第四首，見《樂府詩集》卷七十七。《萬首唐人絶句》五言卷十題爲《雜古詞五首》，此其四，「卻解」作「能解」。施肩吾，字希聖，睦州分水人。早歲好道，嘗學仙四明山中。元和十五年登第，不仕東歸。晚居洪州西山，自號棲真子、華陽真人。

沈氏竹火籠詩

梁范靖妻沈滿願《竹火籠》詩曰：「剖出楚山筠，織成湘水紋。寒消九微火，香傳百和薰。氤氳擁翠被，出入隨緗裙。徒悲今麗質，豈念昔凌雲。」〔一〕此詩言外之意，以諷士之以富貴改節者。即孟子所云「鄉爲身死而不受，今爲宫室之美、妻妾之奉而爲之」者〔二〕，而含蓄醖藉如此。「徒悲」、「豈念」四字，尤見其意。上薄《風》、《雅》，下掩唐人矣。宋人稱李易安「所以嵇中散，至死薄殷周」之句，以爲婦人有此大議論〔三〕。然太淺露，比之沈氏此詩，當在門牆之外矣。

【箋　證】

〔一〕《玉臺新詠》卷五載范靖婦《詠五彩竹火籠》詩，與此文字有異，詩云：「可憐潤霜質，纖剖復毫分。織作回風苣，製爲縈綺文。含芳出珠被，曜彩接緗裠。徒嗟今麗飾，豈念昔凌雲。」《藝文類聚》卷七十、《太平御覽》卷七百十一同。升庵《五言律祖》所載亦與諸書同。此疑升庵改定或别見異本。又，「梁范靖」，原作「陳范静」，今據諸書改。《隋書·經籍志》著録有《梁征西記室范靖妻沈滿願集》三卷。

〔二〕《孟子·告子上》：「鄉爲身死而不受，今爲宫室之美爲之；鄉爲身死而不受，今爲妻妾之奉爲之；鄉爲身死而不受，今爲所識窮乏者得我而爲之，是亦不可以已乎。」

〔三〕「宋人」指朱熹。《朱子語類》卷一百四十云：「本朝婦人，能文只有李易安與魏夫人。李有詩，大略云：『兩漢本繼紹，新室如贅疣』云云。『所以嵇中散，至死薄殷周。』中散非湯武得國，引之以比王莽。如此等語，豈女子所能！」

太白用徐陵詩

徐陵詩：「竹密山齋冷，荷開水殿香。」〔一〕太白詩「風動荷花水殿香」〔二〕，全用其語。

【箋證】

〔一〕見《藝文類聚》卷六十四，題作《奉和簡文帝山齋》。

〔二〕見《李太白文集》卷二十三，題作《口號吴王舞人半醉》。

碑生金

陰鏗詩曰：「表柱應堪燭，碑書欲有金。」〔一〕上句用張華燃燭化狐事〔二〕。下句碑生金事，人鮮知之。考《水經注》：「《魏受禪碑》六字生金，論者以爲司馬金行，故曹氏六世而晉代之也。」〔三〕又，《符子》曰：「木生蝎，石生金。」〔四〕又賈逵祠前碑石生金，干寶以爲晉中興之瑞〔五〕。《郭璞傳》：「碑生金，庾氏禍至矣。」〔六〕陰所用，蓋出此。

【箋證】

〔一〕此陳陰鏗《行經古墓》詩中句，見《藝文類聚》卷四十。

〔二〕張華燃燭化狐事，見干寶《搜神記》卷十八。略云：晉惠帝時，張華爲司空。燕昭王墓前有千年老狐及千年華表。老狐自恃其能，欲變形見張華。華表勸之，以謂：「張公智度，恐難籠絡，出必遇辱，殆不得返。非但喪子千歲之質，亦當深誤老表。」狐不聽，化爲書生以見張華。張華識其爲千年之妖，需千歲古木燭照其形，乃遣人伐華表。使人至墓前，華表嘆曰：「老狐不智，不聽我言，今日禍已及我，其可逃乎？」使人遂伐其木。華燃之以照書生，乃一斑狐。

〔三〕《水經注》卷二十二《潁水》引《魏書國志》曰：「文帝以漢獻帝延康元年行至曲蠡，登壇受禪於是地，改元黃初。其年以潁陰之繁陽亭爲繁昌縣。城内有三臺，時人謂之繁昌臺。壇前有二碑，昔魏文帝受禪於此，自壇而降，曰：『舜禹之事，吾知之矣。』故其石銘曰：『遂於繁昌，築靈壇也。』於後其碑六字生金，論者以爲司馬金行，故曹氏六世遷魏而事晉也。」

〔四〕《太平御覽》卷引《符子》曰：「木生蝎，蝎盛而木枯；石生金，金曜而石流。」

〔五〕《水經注》卷二十二《潁水》：「（賈逵）廟前有碑，碑石金生。干寶曰：『黃金可採，爲晉中興之瑞。』」

〔六〕《晉書》卷七十二《郭璞傳》：「（庾）冰又令（郭璞）筮其後嗣。卦成，曰：『卿諸子並當貴盛，然有白龍者，凶徵至矣。若墓碑生金，庾氏之大忌也。』」

張正見詠雞

張正見《詠雞》詩曰：「蜀郡隨金馬，天津應玉衡。」上句用「金馬碧雞」事，下句用緯書「玉衡星精散爲雞」事也〔一〕。以無爲有，以虚爲實，影略之句，伐材之語，非深於詩者，孰能爲之！嚴滄浪乃云：張正見之詩，「雖多，亦奚以爲。」〔二〕豈知言哉！

【箋　證】

〔一〕此引張正見詩及緯書事，見本卷前「晨雞鳴高樹」條。「金馬碧雞」，見《漢書》卷二十五下《郊祀志下》：「或言益州有金馬碧雞之神，可醮祭而致。於是遣諫大夫王褒使持節而求之。」

〔二〕嚴羽《滄浪詩話・考證》：「南北朝人，惟張正見詩最多，而最無足省發，所謂『雖多，亦奚以爲』！」「雖多，亦奚以爲」，孔子語，出《論語・子路》篇。

鄰舍詩

陳張正見《鄰舍》詩曰：「簷高同落照，巷小共飛花。」〔一〕符載詩：「緑迸穿籬笋，紅飄隔户花。」〔二〕于鵠詩：「蒸藜嘗共竈，澆薤亦同渠。傳屐朝尋藥，分燈夜讀書。」〔三〕劉長卿：

「雞聲共林巷，燭影隔茅茨。」〔四〕徐鉉詩：「井泉分地脉，碪杵共秋聲。」梅聖俞詩：「壁隙透燈光，籬根分井口。」〔五〕總不如杜工部《贈朱山人》云：「相近竹參差，相過人不知。幽花欹滿樹，曲水細通池。歸客村非遠，殘樽席更移。看君多道氣，從此數相隨。」〔六〕渾成不見剞劂，而句句切題。

【箋證】

〔一〕《樂府詩集》卷三十五載此，題《長安有狹斜行》，詩云：「少年重游俠，長安有狹斜。路窄時容馬，枝高易度車。簷高同落照，巷小共飛花。相逢夾繡轂，借問是誰家。」此題「鄰舍」，或升庵所見之本如此。

〔二〕此符載詩佚句，《全唐詩》據此録入卷四百七十二。白居易《春末夏初閒游江郭二首》其一，有「林迸穿籬笋，藤飄落水花」之句，與此雷同。

〔三〕于鵠此詩，《唐百家詩選》卷十五題作《題鄰居》，乃五律，此録其二、三聯。于鵠，大曆、建中中居長安，久不第，退隱漢陽山中。貞元中累佐戎幕，卒於元和間。鵠與張籍交善。張爲《詩人主客圖》以其入清奇雅正主李益之室。

〔四〕此非劉長卿詩，乃錢起《贈鄰居齊六司倉》詩中句，見《錢仲文集》卷四。

〔五〕《臨漢隱居詩話》云：「梅堯臣《贈韓集院隣居》詩云：『壁隙透燈光，籬根分井口。』徐鉉亦有《喜李少保卜隣》云：『井泉分地脈，砧杵共秋聲。』此句尤閒遠矣。」宋祝穆《古今事文類聚》續集卷七引之，誤「徐鉉」作「徐鍇」，梅詩二句誤倒。升庵復據《事文類聚》引録此文，因承其誤，今據《臨漢隱居詩話》改乙。徐詩二句，《騎省集》不載，諸書所載皆出《臨漢隱居詩話》。梅詩，《宛陵先生集》卷六題作《南隣蕭寺丞夜訪》，所引二句作「壁裏射燈光，籬根分井口」。

〔六〕詩見《九家集注杜詩》卷二十一，題作《過南鄰朱山人水亭》，「曲水」作「小水」，「相隨」作「追隨」。

顧野王芳樹詩

「上林通建章，雜樹徧林芳。日影桃蹊色，風吹梅逕香。幽山桂葉落，馳道柳條長。折榮疑路遠，用表莫相忘。」〔一〕詠芳樹，而中四句用桃、梅、桂、柳，不覺其冗。若宋人則以爲忌矣，在古人則多多益善，與宗懔《春望》詩相似〔二〕。

【箋　證】

〔一〕《文苑英華》卷二百八、《樂府詩集》卷十七並載此詩。「疑」，《文苑英華》作「遺」。顧野王，字希馮，吴郡吴人也。初爲梁黄門侍郎兼太學博士，撰有《玉篇》。後仕陳，官國子博士，掌東宫管記，遷黄門侍郎、光禄卿，知五禮事。與江總、陸瓊等人並以才學爲時論所推重。

〔二〕宗懔《春望》詩，見本卷「宗懔春望」條。

複裙詩

陳蕭鄰《詠複裙》詩：「皛皛金沙淨，離離寶縫分。纖腰非學楚，寬帶爲思君。」〔一〕

【箋　證】

〔一〕《初學記》卷二十六載此詩，題作《詠裙複》，「沙」作「紗」，「分」作「裙」，「纖腰非學楚」作「腰非學楚舞」。《玉臺新詠》卷十載此，爲蕭驎作，題《詠袙複》，「皛皛金沙」作「的的金弦」，「寶縫」作「寶襵」。按《廣雅》卷七：「裲襠謂之袙腹，繞領帔帬也。」

孔欣詩

南朝孔欣樂府云〔一〕：「相逢狹路間，道狹正踟躕〔二〕。輟步相與言，君行欲焉如？淳樸久已散〔三〕，榮利迭相驅。流落尚風波，人情多遷渝。勢集堂必滿，運去庭亦虚。競趨嘗不暇，誰肯顧桑樞〔四〕。未若及初九，攜手歸田廬，躬耕東山畔，樂道讀玄書〔五〕。狹路安足游，方外可寄娱。」此詩高趣，可並淵明。欣早歲辭榮，不負其言矣。

【箋　證】

〔一〕詩見《樂府詩集》卷三十四《相和歌辭》，題作《相逢狹路間》。孔欣，會稽山陰人。仕晉，入宋爲國子博士。景平二年，會稽太守褚淡之以爲參軍。後去職歸山陰。有集九卷。

〔二〕《樂府詩集》下有「如何不群士，行吟戲路衢」二句。

〔三〕《樂府詩集》「久已散」作「久已凋」。

〔四〕《樂府詩集》「顧桑樞」作「眷桑樞」。句下有「無爲肆獨往，只將困淪胥」二句。

〔五〕《樂府詩集》「讀玄書」作「詠玄書」。

宗懍荆州泊〔一〕

「南樓西下時，月裏聞來棹。桂水舳艫回，荆州津濟鬧。移帷向星漢〔二〕，引帶思容貌。今夜一江人，惟應妾身覺。」有《國風》之意，怨而不怒，豔而不淫。

【箋　證】

〔一〕此條見《千里面譚》卷下。此詩《樂府詩集》卷七十二《雜曲歌辭》作李端詩。明銅活字《唐五十家詩集》本《李端集》收此詩，《全唐詩》同。爲李作無疑，當據改。

〔二〕《樂府詩集》「向星漢」作「望星漢」，《李端集》作「掩星漢」。

宗懍春望

「日暮春臺望，徙倚愛餘光。都尉新移棗，司空始種楊。一枝猶桂馥，十步有蘭香。望望無萱草，沉憂竟不忘。」[一]此詩用事奇崛工緻。漢人尹都尉著書，名《種楊法》，中有云「棗，鼠耳；槐，兔目」之語[二]。《淮南子》：「正月之官司空，其樹楊。」[三]用事頗僻，故須略釋。棗、楊、桂、蘭，所見也，興也。萱草，所懷也，比也。八句之中，草木居其五焉。在後人，不勝其堆垛矣。用之不覺者，以意勝也。與顧野王《芳樹》詩相似[四]。

【箋證】

[一]《初學記》卷三、《文苑英華》卷一百五十七並録此詩，「望」，《初學記》作「傍」，《文苑英華》作「倚」。末句「沉憂」，二書並作「忘憂」。《文苑英華》作者署「宗懷」，誤。宗懍，字元懍，南陽涅陽人，居江陵。懍少聰敏好學，鄉里號爲童子學士。梁武帝普通中爲湘東王府兼記室，掌書記。梁元帝即位，以爲尚書郎，累遷吏部郎中、五兵尚書、吏部尚書。入周，孝閔帝踐阼，拜車騎大將軍、儀同三司。有集十二卷。

[二]《漢書》卷三十《藝文志》著録農家「《尹都尉》十四篇」。《太平御覽》録劉向《別録》曰：「《尹都尉書》有種芥、葵、蓼、韭、葱諸篇。」（卷八十）又有「種蓼篇」（卷七十九）、「種瓜篇」（卷七十八）。書今不存。賈思勰《齊民要術》卷四：「凡栽樹，正月爲上時，二月爲中時，三月爲下時。棗雞口、槐兔目、桑蝦蟇眼、榆負瘤散。自餘雜木，鼠耳、蝱翅各其時。諺曰『正月可栽樹』，言得時易生也。」注：「此等名目，皆是葉生形容之所象似。」

[三]《淮南子》卷五《時則》篇：「正月官司空，其樹楊。」「正月」原作「二月」，據改。又，《淮南子》

同篇有：「十一月官都尉，其樹棗。」則「都尉新移棗」句之所出，升庵失引。

〔四〕顧野王詩已見前。

劉三娘光宅寺見少年頭陀有感

「長廊欣目送，廣殿悦逢迎。何當曲房裏，幽隱無人聲。」「兩葉雖爲贈，交情永未因。同心何處切，梔子最關人。」〔一〕韓翃「檳榔滿把能消酒，梔子同心好贈人」〔二〕，正用此事。

【箋　證】

〔一〕此上八句爲二詩，前四句題作《光宅寺詩》，後四句題作《摘同心梔子贈謝娘因附此詩》，升庵併二詩爲一詩，説已見前「梔子同心」條。

〔二〕韓翃此詩，明銅活字《唐五十家詩集》本《韓君平集》題爲《送王少府歸杭州》，《全唐詩》卷二百四十五同。

楚妃吟〔一〕

「窗中曙〔二〕，花早飛。林中明，鳥早歸。庭前日，暖中閨，香氣亦霏霏。香氣飄，當軒清唱調。獨顧慕，含怨復含嬌。蝶飛蘭復薰〔三〕，嫋嫋輕風入翠裙〔四〕。春可游，歌聲梁上浮。春游方有樂，沉沉下羅幕。」句法極異〔五〕。

【箋證】

〔一〕此王筠詩，見《樂府詩集》卷二十九。王筠，字元禮，一字德柔，琅琊臨沂人。起家中軍臨川王行參軍。累遷至雲騎將軍、司徒左長史。簡文帝即位，爲太子詹事。遇盜墜井而死，年六十九。有集百卷。《梁書》有傳。

〔二〕「窗中曙」三字，《樂府詩集》無。

〔三〕「薰」，《樂府詩集》無。

〔四〕「翠」，《樂府詩集》無。

〔五〕《詞品》卷一收此詩，云：「王筠《楚妃吟》句法極異，其辭云云。大率六朝人詩，風華情致，若作長短句，即是辭也。宋人長短句雖盛，而其下者，有『曲詩』『曲論』之弊，終非辭之本色。予論填詞必泝六朝，亦昔人窮探黄河源之意也。」

蘇子卿梅花詩 後周人。〔一〕

「中庭一樹梅，寒多葉未開。只言花是雪，不悟有香來。上郡春恒晚，高樓年易催。織書偏有意，教逐錦文回。」

【箋證】

〔一〕升庵《五言律祖》後集卷六收此詩，以蘇子卿爲後周人，不知何據。後周，謂北周也。《樂府詩集》卷二十四編次此詩于陳後主、徐陵、張正見、江總之間。馮惟訥《古詩紀》卷一百七歸入陳詩，蓋子卿非北人也。《樂府詩集》「花是雪」下注「一作似雪」。

《王荆公詩注》卷四十《梅花》詩：「牆角數枝梅，凌寒獨自開。遥知不是雪，爲有暗香來。」李壁注云：「《古樂府》：『庭前一樹梅，寒多未覺開。秪言花似雪，不悟有香來。』荆公略轉换耳，或偶同也。」楊萬里《誠齋集》卷一百十五「詩話」云：「南朝蘇子卿《梅詩》云：『秪言花是雪，不悟有香來。』介甫云：『遥知不是雪，爲有暗香來。』述者不及作者。」《瀛奎律髓》卷二十僧齊己《早梅詩》批注云：「予考楊誠齋所言，則謂『秪言花似雪，不悟有香來』爲蘇子卿作，雖未必然，而『花是雪』與『花似雪』，一字之間，大有逕庭。知花之似雪，而云不悟香來，則拙矣。不知其爲花，而視以爲雪，所以香來而不知悟也。荆公詩似更高妙。」

王褒渡河〔一〕

「秋風吹木葉，還似洞庭波。常山臨代郡，亭障繞黄河。心悲異方樂，腸斷隴頭歌。薄暮疲征馬〔二〕，失道北山阿〔三〕。」首二句警絶。

【箋　證】

〔一〕《北堂書鈔》卷一百六十、《初學記》卷五、《文苑英華》卷一百六十三並載此詩。《北堂書鈔》無題，後二書題作《渡河北》。王褒，字子淵，琅邪臨沂人。仕梁，歷官至吏部尚書、右僕射。入周，授車騎大將軍。明帝即位，加開府儀同三司。武帝時爲太子少保，遷小司空，出爲宣州刺史，卒。有集二十一卷。

〔二〕「薄暮疲征馬」，三書並作「薄暮臨征馬」。句末《文苑英華》注：「『暮臨』一作『暮驅』。」

〔三〕「北山阿」，《文苑英華》作「北山河」。

隋煬帝野望詩

「寒鴉飛數點，流水繞孤村。斜陽欲落處，一望黯銷魂。」此詩見《鐵圍山叢譚》，秦少游改爲小詞〔一〕。

【箋證】

〔一〕此條采自《千里面譚》。煬帝此詩，今見以升庵此録爲最早。逯欽立《先秦漢魏晉南北朝詩》録此詩自明莫龍《筆塵》，晚於升庵。然今存宋蔡絛《鐵圍山叢譚》，惟載范温自稱「山抹微雲女婿」事，疑升庵記誤。秦觀《滿庭芳》「山抹微雲」詞上片「斜陽外、寒鴉萬點，流水繞孤村」數句，由此詩化出。謂秦詞用煬帝詩事，見葉夢得《避暑録話》卷下。《苕溪漁隱叢話》後集卷三十三引《藝苑雌黄》云煬帝詩出《平江梅知録》，所引煬帝詩二句，「寒鴉飛數點」作「寒鴉千萬點」。

遠水如岸

海濱之人曰：「遠望海水，似高於地，有如岸焉。」蓋水氣也。煬帝《望海》詩曰：「遠水翻如岸，遥山倒似雲。」〔一〕

【箋　證】

〔一〕煬帝此詩見《初學記》卷六、《文苑英華》卷一百六十二。全詩十句，此引爲三、四句。

煬帝曲名

《玉女行觴》，《神仙留客》，皆煬帝曲名〔一〕。

【箋　證】

〔一〕《隋書》卷十五《樂志下》：「煬帝不解音律，略不關懷。後大製豔篇，辭極淫綺，令樂正白明達造新聲，剏《萬歲樂》、《藏鈎樂》、《七夕相逢樂》、《投壺樂》、《舞席同心髻》、《玉女行觴》、《神仙留客》、《擲磚續命》、《鬭雞子》、《鬭百草》、《汎龍舟》、《還舊宫》、《長樂花》及《十二時》等曲。掩抑摧藏，哀音斷絶。帝悦之無已。」據知諸曲實白明達所創，而非煬帝所製也。「神仙」原作「仙人」，據改。《升庵文集》卷六十一所録不誤。

隋後主詩

隋後主越王侗《楊叛兒歌》云〔一〕：「青春正陽月〔二〕，結伴戲京華。龍媒玉珂馬，鳳軫繡香車。水映臨橋柳〔三〕，風吹夾路花。日昏歡宴罷，相將歸狹斜。」越王嗣位，史稱其眉目如畫，温厚仁愛，風格儼然。後爲王世充所弒。臨命禮佛曰：「願自今以往，不復生帝王家。」〔四〕噫！亦可憐矣。觀其辭藻如此，若不生帝王家，豈不爲文人學士耶！

隋越王謚恭帝，李淵立代王侑，亦謚恭帝〔五〕。二主同謚，蓋東西不相聞也。

【箋證】

〔一〕馮惟訥《古詩紀》卷一百八録此詩爲陳後主詩。又於卷一百三十一録此詩爲越王侗《京洛行》，並注云：「《樂府》此詩乃陳後主《楊叛兒曲》也。《選詩拾遺》（楊慎編）作隋越王，不知何據。」再於一百五十一引升庵此條後云：「今按：此詩《樂府》以爲陳後主作，而升庵乃以爲隋後主詩，必別有據也。」馮氏兩注所見《樂府詩集》録此詩爲陳後主詩，然檢《樂府詩集》卷四十九，此詩實題隋後主作，不知馮氏所見爲何本。逯欽立《先秦漢魏晉南北朝詩》據《詩紀》録此詩爲陳後主詩。馮舒《詩紀匡謬》「陳後主楊叛兒曲」條云：「按《樂府》作隋後主，唐人每稱煬帝爲後主，則此曲意亦煬帝所著。改隋作陳，非也。楊升庵遂以越王侗當之。《選詩拾遺》並改題爲《京洛行》，更妄而可怪。」

〔二〕「正陽」，《樂府詩集》作「上陽」。

〔三〕「臨橋柳」，《樂府詩集》作「臨橋樹」。

〔四〕越王侗，字仁謹，煬帝元德太子第三子。美姿儀，性寬厚，大業二年立爲越王。宇文化及弑煬帝，段達、元文都等尊立侗爲帝，改元皇泰。後王世充篡位，被害，僞謚曰「恭」。臨刑「布席焚香禮佛，呪曰：『從今以去，願不生帝王尊貴之家。』」見《隋書》卷五十九本傳。

〔五〕代王侑，元德太子子。大業三年立爲陳王，後數載徙爲代王。煬帝死，唐王李淵尊立爲帝，改元義寧。越七月，遜位於李淵，封酅國公。武德二年，崩，時年十五。見《隋書》卷五《恭帝紀》。

錦衣夜不襞

王子安《臨高臺》云：「錦衣夜不襞〔一〕，羅帷晝未空。歌屏朝掩翠，妝鏡晚窺紅。」「錦衣夜不襞」應「妝鏡晚窺紅」，「羅帷晝未空」應「歌屏朝掩翠」，形容富室豪家，恣情極樂，反易晝夜，最有深意。今本爲妄人改竄，作「錦衣晝不襞，羅帷夕未空」〔二〕。此乃常事，不足詠也。

【箋　證】

〔一〕此詩見《王子安集》卷二，「錦衣」作「錦衾」。王勃，字子安，絳州龍門人。六歲善文詞，麟德初，對策高第，授朝散郎。沛王聞其名，召署府修撰。與楊炯、盧照隣、駱賓王皆以文章齊名，天下稱「王楊盧駱」，號四傑。

〔三〕項家達本《初唐四杰集》作「錦衣夜不襞，羅帷晝未空」，與升庵所見本同。《王子安集》則如升庵所云，作「晝不襞」、「夕未空」。今檢《文苑英華》卷二百十、《樂府詩集》卷十八、《唐音》卷一及《唐詩品彙》卷二十五諸書，並同《王子安集》。

石苔可踐

隋王無功詩：「石苔應可踐，叢枝幸易攀。清溪歸路直，乘月醉歌還。」〔一〕閑詠此詩，有疑難者曰：「石苔之滑，踐之豈不顛？」余曰：「非也，觀詩中一幸字，便得其解。蓋言石苔本難踐，幸有叢枝可攀援耳。」古人用意，須三思乃得之。謝靈運詩：「苔滑誰能步，葛弱豈可捫？」〔二〕此反其意。唐杜審言詩：「攀崖踐苔易，迷路出花難。」〔三〕又順用無功詩意也。章後齋聞予此言，所見略同，因成一絶：「哲匠應機成美錦，東風隨處點春功。若求巧出天然處，正在時人話柄中。」〔四〕

【箋證】

〔一〕此詩見《王無功文集》卷二，題作《夜還東溪中口號》，末句「醉歌」作「夜歌」。王績，字無功，絳州龍門人。隋煬帝大業末舉孝廉，授祕書省正字。不樂在朝，求爲六合丞，嗜酒不任事，因解去，居河渚間。唐高祖武德間，以前官待詔門下省，除太樂丞。後棄官歸東皋，自號東皋子。有集五卷，今存。

〔二〕見《文選》卷三十，題作《石門新營所住四面高山迴溪石瀨修竹茂林詩一首》。

〔三〕見《文苑英華》卷二百十四，題作《春日宴宇主簿山亭得寒字》，「攀崖」作「攀巖」。

〔四〕章懋，號後齋，瀘州人，明嘉靖二十九年進士。與升庵友善，迭相唱酬。其集今已不傳。見近代《瀘州志》及《明清進士題名碑録》。「因成一絶」下原作「見本集」三字，無詩，今據《升庵文集》卷六十及《詩話補遺》卷三補録章詩。

古行路難〔一〕

「千門皆閉夜何央，百憂俱集斷人腸。探揣箱中取刀尺，拂拭機上斷流黃。情人逐情雖可恨，傷畏邊遠乏衣裳〔二〕。已繰一繭催衣縷〔三〕，復擣百和熏衣香〔四〕。猶悵舊時腰大小〔五〕，不知今日身短長。裲襠雙心共一抹，袙複兩邊作八撮〔六〕。襻帶雖安不忍縫〔七〕，開孔才穿猶未達〔八〕。胸前卻月兩相連，本照君心不照天。願君分明得此意，勿復流蕩不如先。含悲蓄怨判不死〔九〕，封情忍思待明年。」此詩叙寄衣而細微曲折，如出縫婦之口。詩至此，可謂細密矣〔一〇〕。

【箋證】

〔一〕此王筠《行路難》詩，見《玉臺新詠》卷九、《文苑英華》卷二百、《樂府詩集》卷七十。

〔二〕「傷畏邊遠」，《樂府詩集》同；《玉臺新詠》作「復畏邊遠」，《文苑英華》作「復畏道遠」。

〔三〕「已繅」，《文苑英華》作「已繩」。「催衣縷」，《玉臺新詠》作「摧衣縷」。

〔四〕「熏衣」，《玉臺新詠》、《文苑英華》作「裹衣」。

〔五〕「猶悵舊時」，《玉臺新詠》、《文苑英華》、《樂府詩集》作「猶憶去時」。

〔六〕「袙複」，《玉臺新詠》作「袓複」，《文苑英華》作「帕複」。

〔七〕「不忍縫」，《文苑英華》作「不忍繫」。

〔八〕「才穿」，《玉臺新詠》、《文苑英華》、《樂府詩集》作「裁穿」。

〔九〕「蓄怨」，《玉臺新詠》、《文苑英華》、《樂府詩集》作「含怨」。

〔一〇〕《升庵外集》卷七十五有「王筠詠邊衣」一條，云：「王筠詠征婦裁衣《行路難》，其略云：『裲襠雙心共一抹，袙複兩邊作八撮。襻帶雖安不忍縫，開孔纔穿猶未達。胸前卻月兩相連，本照君心不照天。』數句叙裁衣，曲折纖微，如出縫婦之口。詩至此，可謂細密矣。」與本條意同。《函海》本收入《詩話》卷九，今録附於此。

升庵詩話新箋證卷四

頌聲寢變風息

「成康没而頌聲寢，陳靈興而變風息。」〔一〕

【箋證】

〔一〕語出孔穎達《毛詩正義序》（見《毛詩注疏》）。班固《兩都賦序》：「成康没而《頌》聲寢，王澤竭而《詩》不作。」（見《文選》卷一）鄭玄《詩譜序》：「孔子録懿王、夷王時詩，訖於陳靈公淫亂之事，謂之變風變雅。」（見《毛詩注疏》）蓋《詩經》三百五篇，時代下限終於陳靈公之世，升庵録此以明《詩》之正變也。

賦比興

李仲蒙曰：「叙物以言情，謂之賦，情物盡也；索物以托情，謂之比，情附物也；觸物以起情，謂之興，物動情也。」〔一〕

【箋　證】

〔一〕李仲蒙，名育，吳人。皇祐元年馮當世榜第四人登第。以司封郎直史館，爲岐王府記室參軍。與蘇洵、文同等爲友。所引文見胡寅《斐然集》卷十八《致李叔易書》引：「大人嘗言，學詩者必分其義。如賦比興，古今論者多矣，惟河南李仲蒙之説最善。其言曰：『叙物以言情，謂之賦，情物盡也；索物以託情，謂之比，情附物者也；觸物以起情，謂之興，物動情者也。故物有剛柔緩急，榮悴得失之不齊，則詩人之情性，亦各有所寓。非先辨乎物，則不足以考情性，情性可考，然後可以明禮義，而觀乎《詩》矣。』」王應麟《困學紀聞》卷三亦引此，文同。

摯虞論詩賦四過

「假象太過，則與類相遠；命辭過壯，則與事相違；辯言過理，則與義相失；麗靡過美，則與情相悖。」〔一〕

【箋　證】

〔一〕《藝文類聚》卷五十六引摯虞《文章流别論》云：「夫假象過大，則與類相遠；逸辭過壯，則與事相違；辯言過理，則與義相失；麗靡過美，則與情相悖。此四過者，所以背大體，而害政教。是以司馬遷割相如之浮説，揚雄疾辭人之賦麗以淫。」升庵此引，字辭小異。

李太白論詩

李太白論詩云：「興寄深微，五言不如四言，七言又其靡也。況使束於聲調俳優哉？」故其贈杜甫詩有「飯顆」之句，蓋譏其拘束也〔一〕。余觀李太白七言律絶少，以此言之，「未窺六甲，先製七言」者〔二〕，視此可省矣〔三〕。

【箋證】

〔一〕太白論詩語，見孟棨《本事詩·高逸第三》：「白才逸氣高，與陳拾遺齊名，先後合德。其論詩云：『梁、陳以來，艷薄斯極，沈休文又尚以聲律。將復古道，非我而誰與！』故陳、李二集，律詩殊少。嘗言：『興寄深微，五言不如四言，七言又其靡也，況使束於聲調俳優哉。』故戲杜曰：『飯顆山頭逢杜甫，頭戴笠子日卓午。借問別來太瘦生，總爲從前作詩苦。』蓋譏其拘束也。」太白戲杜之作，孟棨外，《舊唐書·杜甫傳》、葛立方《韻語陽秋》、羅大經《鶴林玉露》並記其説。而洪邁以爲不然，其《容齋四筆》卷三云：「太白與子美詩略不見一句，或謂《堯祠亭别杜補闕》者是已，乃殊不然。杜但爲右拾遺，不曾任補闕，兼自諫省出爲華州司功，迤邐避難入蜀，未嘗復至東州。所謂『飯顆山頭』之嘲，亦好事者所撰耳。」

〔二〕李諤《上隋文帝革文華書》有「未窺六甲，先製五言」（《隋書》卷六十六《李諤傳》）之語，升庵襲用，而略變其語。

〔三〕「束於聲調俳優哉」以下文字原無，據嘉靖四卷本《升庵詩話》卷二、《丹鉛總録》卷二十補。

唐詩主情

唐人詩主情，去《三百篇》近；宋人詩主理，去《三百篇》卻遠矣。匪惟作詩也，其解詩亦然。且舉唐人閨情詩云：「褭褭庭前柳，青青陌上桑。提籠忘採葉，昨夜夢漁陽。」〔一〕即《卷耳》詩首章之意也。又曰：「鶯啼緑樹深，燕語雕梁晚。不省出門行，沙場知近遠。」〔二〕又曰：「漁陽千里道，近於中門限。中門踰有時，漁陽常在眼。」〔三〕又云：「夢裏分明見關塞，不知何路向金微。」〔四〕又云：「妾夢不離江上水，人傳郎在鳳凰山。」〔五〕即《卷耳》詩後章之意也。若如今《詩傳》解爲「託言」，而不以爲寄望之詞，則《卷耳》之詩，乃不若唐人作閨情詩之正矣。若知其爲思望之詞，則詩之寄興深，而唐人淺矣。若使詩人九原可作，必蒙印可此説耳〔六〕。

【箋　證】

〔一〕此張仲素《春閨三首》之二，見《萬首唐人絶句》五言卷十二，「庭前」作「城邊」。

〔二〕此王涯《閨人贈遠五首》之三，見《萬首唐人絶句》五言卷十二，「燕語」作「語燕」。

〔三〕此孟郊《征婦怨三首》之二，見《萬首唐人絶句》五言卷二十，「近於」作「近如」，「常在」作「長在」。

〔四〕此張仲素《秋閨思》中句，見《唐詩紀事》卷四十二。

〔五〕此張潮《江南行》中句，見《文苑英華》卷二百一。

〔六〕本條舉唐人詩以證宋人解詩「主理」之非。所謂《詩傳》，指朱熹《詩經集傳》。朱熹解《詩·卷耳》首章「采采卷耳，不盈頃筐。嗟我懷人，寘彼周行」云：「后妃以君子不在而思念之，故賦此詩。託言方采卷耳，未滿頃筐，而心適念其君子，故不能復采，而寘之大道之旁也。」解《卷耳》次章「陟彼崔嵬，我馬虺隤，我姑酌彼金罍，維以不永懷」云：「此又託言欲登此崔嵬之山，以望所懷之人而往從之，則馬罷病而不能進，於是且酌金罍之酒，而欲其不至於長以爲念也。」此詩本婦女於采卷耳時思念行人，想象其道路跋涉之苦，情境真切，若以爲「託言」如此，則情與境俱隔矣。

唐詩翻三百篇意

唐劉采春詩：「那年離別日，只道往桐廬。桐廬人不見，今得廣州書。」〔一〕此本《詩疏》「何斯違斯」一句。其疏云：「君子既行王命於彼遠方，謂適居此一處，今復乃去此，更轉遠於餘方。」〔二〕韋蘇州詩：「春潮帶雨晚來急，野渡無人舟自横。」〔三〕此本於《詩》「汎彼柏舟」一句。其箋云：「舟載渡物者，今不用而與衆物汎汎然俱流水中，喻仁人之不見用。」〔四〕其餘尚多類是。《三百篇》爲後世詩人之祖，信矣。

【箋　證】

〔一〕此引劉采春詩，乃《雲溪友議》卷下「艷陽詞」條中所載劉采春所唱《羅嗊曲》七首之四。即元稹贈劉采春詩「更有惱人腸斷處，選詞能唱望夫歌」者也。望夫歌者，即囉嗊之曲也。《花草粹編》即徑題《望夫歌》。《雲溪友議》又云：「采春所唱一百二十曲，皆當代才子所作，其詞五六七言皆可和者。」據此，知是詩實非劉采春所製也。

〔二〕《詩疏》，指《毛詩注疏》。此引《詩·召南·殷其雷》中句，見《毛詩注疏》卷一，孔穎達正義曰：「何乎我此君子，既行王命於彼遠方，謂適居此一處，今復乃去此，更轉遠於餘方，而無敢或閒暇之時，何爲勤勞如此？既閔念之，又因勸之。」此詩句「何」字上原衍「疏」字，據上下文義刪。

〔三〕此韋應物《滁州西澗》詩，見《韋蘇州集》卷八。

〔四〕此《詩·邶風·柏舟》中句，見《毛詩注疏》卷二，鄭玄箋云：「舟載渡物者，今不用，而與衆物汎汎然俱流水中。興者，喻仁人之不見用，而與群小人並列，亦猶是也。」「其箋云」原作「其疏云」，據改。

珊瑚鉤詩話〔一〕

張表臣云：「刺美風化，緩而不迫，謂之風；采摭事物，摛華布體，謂之賦；推明政治，莊語得失，謂之雅；形容盛德，揚厲休功〔二〕，謂之頌；幽憂憤悱，寓之比興，謂之騷；感觸事物，託於文章，謂之辭；程事較功，考實定名，謂之銘；援古刺今，箴戒得失，謂之箴；猗遷抑揚〔三〕，永言謂之歌；非鼓非鐘，徒歌謂之謡；步驟馳騁，斐然成章，謂之行；品秩先後，叙而推之，謂之引；聲音雜比，高下短長，謂之曲；吁嗟慨歎，悲憂深思，謂之吟；吟詠性情，總合而言志，謂之詩；蘇李而上，高古簡淡〔四〕，謂之古；沈宋而下，法律精切，謂之律。此詩之語衆體也。」

【箋　證】

〔一〕此全引自張表臣《珊瑚鉤詩話》卷三「示客」篇中論詩體之一段。張表臣，字正民，右承議郎，通判常州。與晁以道游。紹興中爲司農丞。有《珊瑚鉤詩話》三卷，今存。

〔二〕「揚厲」，各本俱誤作「揚勵」，據《珊瑚鉤詩話》改。

〔三〕「猗遷抑揚」，原作「猗裁遷抑以揚」，據《珊瑚鉤詩話》删改。又，「遷」或爲「違」字之訛。猗違，猶依違也。

〔四〕「高古簡淡」，《珊瑚鈎詩話》作「高簡古澹」。

杜少陵論詩

「杜少陵詩曰：『不及前人更勿疑，遞相祖述竟先誰？別裁僞體親風雅，轉益多師是汝師。』此少陵示後人以學詩之法。前二句，戒後人之愈趨愈下；後二句，勉後人之學乎其上也。蓋謂後人不及前人者，以遞相祖述，日趨日下也。必也，區別裁正浮僞之體，而上親《風》、《雅》，則諸公之上，轉益多師，而汝師端在是矣。」〔一〕此説精妙。杜公復生，必蒙印可。然非予之説也，須溪語羅履泰之説，而予衍之耳。

【箋　證】

〔一〕此引文見劉辰翁《須溪集》卷六「語羅履泰」條。所引詩爲杜甫《戲爲六絶句》之六，今傳《杜集》各本，「不及前人」、「竟先誰」均作「未及前賢」、「復先誰」。

韻語陽秋〔一〕

書生作文，務强此弱彼，謂之尊題。至於品藻高下，亦略存公論可也。白樂天在江州聞商婦琵琶，則曰：「豈無山歌與村曲，嘔啞嘲哳難爲聽。今夜聞君琵琶語，如聽仙樂耳暫明。」〔二〕在巴峽聞琵琶云：「絃清撥利語錚錚，背卻殘燈就月明。賴是無心惆悵事，不然爭奈子絃聲。」〔三〕至其後作《霓裳羽衣歌》，乃曰：「湓城但聽山魈語，巴峽唯聞杜鵑哭。」〔四〕乍賢乍佞，何至如此之甚乎？韓昌黎美石鼓之篆〔五〕，至有「羲之俗書逞娬媚」〔六〕，亦强此弱彼之過也。

【箋證】

〔一〕此條全録自宋葛立方《韻語陽秋》卷十五。

〔二〕此白居易《琵琶行》中句，「村曲」，《韻語陽秋》作「村笛」，《白氏長慶集》卷十二同。

〔三〕此《琵琶》詩中句，「無心」，《韻語陽秋》同，《白氏長慶集》卷十九作「心無」。

〔四〕見《白氏長慶集》卷二十一。

〔五〕「昌黎」，《韻語陽秋》作「退之」。

〔六〕此韓愈《石鼓歌》中句，「娬媚」，《韻語陽秋》同，《韓昌黎集》卷五作「姿媚」。「娬媚」下，《韻語陽秋》有「之語」二字。

鍾常侍詩品〔一〕

劉繪，字士章〔二〕。

「抱玉者聯肩，握珠者踵武。」言文士之多。

「骨氣奇高，詞彩華茂，情兼雅怨，體被文質。」曹子建詩

「陶性靈，發幽思。言在耳目之内，寄情八荒之表」〔三〕。評阮籍

「咀嚼英華，厭飫膏澤，文章之淵泉也。」陸機

「詞彩葱蒨，音韻鏗鏘。」張協

「名章迥句，處處間起；麗典新聲〔四〕，絡繹奔會。」謝靈運

「托諭高遠〔五〕，良有鑿裁〔六〕。」嵇康　「鑿」音「蔟」。

「善爲悽悷之詞〔七〕，自有清拔之氣。」劉越石

「得景陽之詭諔〔八〕，含茂先之靡嫚。骨節强於謝混，驅邁疾於顔延。總四家而擅美，跨兩代而孤出。」鮑照

「奇章秀句，往往警遒。足使叔源失步，明遠變色。」謝朓

「詩體總雜，善於摹擬，筋力于王微，成就於謝朓。」江淹

范雲「清便宛轉，如流風回雪」。

邱遲「點綴映媚，似落花依草」。

孔稚圭「生於封谿，而文爲彫飾」。封谿，今之廣東出猩猩處〔九〕。

【箋證】

〔一〕此乃升庵摘録鍾嶸《詩品》中爲己所崇尚者之评語。鍾嶸，字仲偉，潁川長社人。好學有思理，齊永明中爲國子生，建武初爲南康王侍郎，永元末除司徒行參軍。梁初，衡陽王元簡出守會稽，引爲寧朔記室，專掌文翰，遷西中郎晉安王記室。卒。著有《詩品》三卷，今存。

〔二〕此五字似與此後所引《詩品》之文不相連屬，然檢《詩品·總論》云：「近彭城劉士章，俊賞之士，疾其淆亂，欲爲當世詩品。」以其「口陳標榜，其文未遂」，故鍾嶸有「感而作焉」。升庵或以此，記劉繪名字於引録鍾嶸《詩品》之前，蓋窮泝其源之意也。

〔三〕「寄情」，今本《詩品》作「情寄」。

〔四〕「典」原誤作「興」，各本並同，據《詩品》改。

〔五〕「高遠」，《詩品》作「清遠」。

〔六〕「鑿裁」，《説郛》卷七十九上引《詩品》同，今本《詩品》作「鑒裁」。

〔七〕「悽惏」，《詩品》作「悽戾」。

〔八〕「詭諔」，《詩品》作「諔詭」。

〔九〕《太平寰宇記》卷一百七十《嶺南道》十四：「交州界内有吴武平郡封溪縣，有獸名猩猩，能言，嗜酒。形如狗，人面，聲如小兒啼。」

敖器之評詩

敖陶孫器之評詩曰〔一〕：「魏武帝如幽燕老將，氣韻沉雄。曹子建如三河少年，風流自賞。鮑明遠如飢鷹獨出，奇矯無前。謝康樂如東海揚帆，風日流麗。陶彭澤如絳雲在霄，舒卷自如。王右丞如秋水芙蓉，倚風自笑。韋蘇州如園客獨繭，暗合音徽。孟浩然如洞庭始波，木葉微脱〔二〕。杜牧之如銅丸走坂，駿馬注坡。白樂天如山東父老課農桑，事事言言皆著實〔三〕。元微之如李龜年説天寶遺事，貌悴而神不傷。劉夢得如鏤冰雕瓊，流光自照。李太白如劉安雞犬，遺響白雲，覈其歸存，恍無定處。韓退之如囊沙背水，惟韓信獨能。李長吉如武帝食露盤，無補多欲。孟東野如埋泉斷劍，卧壑寒松。張籍如優工行鄉飲，醻獻秩如，時有詼氣。柳子厚如高秋獨眺，霽晚孤吹。李義山如百寶流蘇，千絲鐵網，綺密瓌妍，要非適用。本朝蘇東坡如屈注天潢〔四〕，倒連滄海，變眩百怪，終歸雄渾。歐公如四瑚八璉，正可施之宗廟〔五〕。荆公如鄧艾縋兵入蜀，要以險絶爲功。山谷如陶弘景入官〔六〕，析理譚玄，而松風之夢故在。梅聖俞如關河放溜，瞬息無聲。秦少游如時女步春，終傷婉弱。後山如九皋獨唳，深林孤芳，沖寂自妍，不求識賞。韓子蒼如梨園按樂，排比得倫。吕居仁如散聖安禪，自能奇逸。其他作者，未易殫陳。獨唐杜工部，如周公製作，後世莫能擬議。」

【箋　證】

〔一〕本條録自宋王應麟《玉海》卷五十九，文前有「敖陶孫器之评詩曰」一句，升庵取之爲題。宋魏慶之《詩人玉屑》卷二亦載此文，標題曰《臞翁詩評》，其前無「敖陶孫器之评詩曰」，而有「因暇日與弟姪輩評古今諸名人詩」一句，爲《玉海》所無。敖陶孫，字器之，號臞翁，福建長樂人，慶元五年曾從龍榜及第。有詩名，嘗以詩忤韓侂胄，幾不免。終奉議郎、泉州簽判。此條標題原作「孫器之評詩」，殆因編者誤以「敖陶」爲地名而致誤。《函海》本《升庵詩話》逕改文中「敖陶」作「定陶」，亦同此誤。今改正。

〔二〕「脱」原作「落」，此語本謝莊《月賦》「木葉微脱」，據改。《玉海》及《詩人玉屑》並作「木葉微脱」，不誤。

〔三〕「事事言言皆著實」，《玉海》同，《詩人玉屑》作「言言皆實」。

〔四〕「本朝」原作「宋朝」，據《玉海》及《詩人玉屑》改。

〔五〕「正可」，《玉海》及《詩人玉屑》並作「止可」，當據改。

〔六〕「官」，《詩人玉屑》作「宫」。

蜀詩人

唐時蜀之詩人，陳子昂、于季子〔一〕、閭丘均、李白、苑咸〔二〕、雍陶、劉灣、何兆、李餘、劉猛〔三〕，人皆知之。《北夢瑣言》云：符載、楊衡、宋濟、張仁寶，皆蜀人，棲隱青城山。符載字厚之，文學武藝雙絶，文見《唐文粹》〔四〕。楊衡詩，見《唐音》〔五〕。宋濟詩，止有《東陵美女歌》一首〔六〕。張仁寶，閬中人，見劉後村《千家詩》〔七〕。

【箋　證】

〔一〕于季子，咸亨中進士及第，武后聖曆中嘗預撰《三教珠英》。《元和姓纂》卷二「東海郡」下記云：「唐中書舍人于季子，今居齊郡歷城。」則于季子乃山東東海人，非蜀人也。

〔二〕《唐詩紀事》卷十七：「苑咸，成都人，舉進士登第，爲李林甫書記。開元末上書，拜司經校書，中書舍人。」「苑咸」原誤作「阮咸」，《詩話》各本及《升庵文集》、《升庵外集》同，據《唐詩紀事》改。又，《新唐書》卷六十《藝文志》記其爲京兆人。

〔三〕《元氏長慶集》卷二十三《樂府詩序》云：「昨梁州見進士劉猛、李餘各賦古樂府詩數十首。」李餘爲成都人，升庵乃據元氏之説連類而及之，遂以劉猛亦屬之成都。猛郡望彭城，籍貫何處，俟考。

〔四〕《北夢瑣言》卷五「符載侯翮歸隱」條：「唐武都符載，字厚之，本蜀人，有奇才。始與楊衡、宋濟棲青城山以習業，楊衡擢進士第，宋濟老死無成，唯符公以王霸自許，恥於常調懷會之望。」其中未言及張仁寶。《唐文粹》卷九十七載有符載《江陵陸侍御宅讌集觀張員外畫松石序》一篇。

〔五〕《唐音》卷十載楊衡詩三首。然衡實非蜀人。《文苑英華》卷九百五十九符載《犀浦縣令楊府君墓誌銘》云：「有才子衡，進士擢第，官曰左金吾衛倉曹參軍，爲桂陽部從事。以貞元十五年十月某日，啟護於成都。以十六年春二月某日，歸葬於鳳翔之陳倉某鄉某原，從先塋也。」據知楊衡乃陝西鳳翔人。

〔六〕「東鄰美女歌」原作「東陵美女」，《才調集》卷一、《唐音》卷十載宋濟此詩，並題作《東鄰美女歌》，據改。

〔七〕劉克莊編《分門纂類唐宋時賢千家詩》卷三載張仁寶《寒食》詩一首。其事見《太平廣記》卷三百五十四引《述異記》：「校書郎張仁寶，素有才學，年少而逝。自成都歸葬閬中，權殯東津寺中。其家寒食日，聞扣門甚急，出視無人，唯見門上有芭蕉葉，上有題曰：『寒食家家盡禁烟，野棠風墜小花鈿。如今空有孤魂夢，半在嘉陵半錦川。』」《全唐詩》卷八百六十六收入鬼詩。

又

唐世蜀之詩人，陳子昂射洪〔一〕、李白彰明〔二〕、李餘成都〔三〕、雍陶成都〔四〕、裴廷裕成都〔五〕、劉蛻射洪〔六〕、唐球嘉州〔七〕、陳詠青神〔八〕、岑倫成都〔九〕、符載成都、雍裕之成都〔一〇〕、王嚴綿州布衣〔一一〕、劉暌綿州鄉貢進士、李渥綿州、田章綿州〔一二〕、柳震雙流〔一三〕、苑咸成都〔一四〕、劉灣蜀人〔一五〕、張曙巴州〔一六〕、僧可朋丹稜〔一七〕、鹿虔扆蜀人〔一八〕、毛文錫蜀人〔一九〕、朱桃椎蜀人〔二〇〕、杜光庭青城〔二一〕。若張蠙〔二二〕、韋莊〔二三〕、牛嶠〔二四〕、歐陽炯〔二五〕，皆他方流寓而老於蜀者。嘗欲裒集其詩爲一帙，而未暇焉。

【箋證】

〔一〕陳子昂，字伯玉，梓州射洪人，文明元年登進士第，獻書闕下，武后召見金華殿，授麟臺正字。歷官至左拾遺。聖曆元年，以父老歸侍，爲縣令段簡所害。有《陳伯玉文集》十卷。

〔二〕李白，字太白，祖籍隴西成紀，先代流徙西域，其父神龍初潛回廣漢，居綿州彰明縣青蓮鄉。白生於蜀中，是爲蜀人。有天下大名，天寶元年應玄宗詔，入長安，供奉翰林。爲權貴讒毀，被賜金放還。出京後浪跡天下，以詩酒自適。安史亂，入永王李璘幕。至德二載，以「從璘」罪，坐長流夜郎。中途遇赦東還，依族叔李陽冰，寶應初卒。有文集傳世。

〔三〕李餘，成都人，應試十年，長慶三年始登進士第，旋即返蜀。張籍、賈島、姚合、朱慶餘均有送李餘歸蜀詩。

〔四〕雍陶，字國鈞，成都人。大和八年登進士第，曾任監察御史。大中八年，以國子毛詩博士出爲簡州刺史。後辭官閒居。

〔五〕裴廷裕，一作庭裕，字膺餘，《新唐書》卷七十一上《宰相世系表一》記其出東眷裴氏，乃山西聞喜人。僖宗中和二年，歸仁澤榜蜀中登第，李搏有《賀裴廷裕蜀中登第》詩。昭宗時官右補闕，後貶湖南，卒。撰有《東觀奏記》，爲史家所重。升庵以其登第於蜀，而誤以其爲蜀人也。

〔六〕劉蛻，字復愚，咸通中書舍人。有《文泉子》十卷。《文苑英華》卷七百九十載其《梓州兜率寺文塚銘》曰：「文塚者，長沙劉蛻復愚，爲文不忍棄其草，聚而封之也。」又《北夢瑣言》卷四「破天荒解」條：「唐荆州衣冠藪澤，每歲解送舉人，多不成名，號曰天荒解。劉蛻舍人以荆解及第，號爲破天荒。」據知其爲長沙人，非蜀人也。

〔七〕唐球，一作唐求，唐末蜀州青城縣味江山人，至性純慤，篤好雅道，放曠疎逸，方外士也。見《茅亭客話》卷三。

〔八〕陳詠，蜀人，大中中舉進士。《北夢瑣言》卷七：「唐前朝進士陳詠，眉州青神人，有詩名，善弈棊。昭宗刧遷，駐蹕陜郊，是歲策名歸蜀。韋書記莊以詩賀之。」

〔九〕岑倫，開元間人，與李白爲友，白有《禪房懷友人岑倫》詩一首。

〔一〇〕雍裕之，有詩名。貞元後數舉進士不第。《唐才子傳》卷五以爲蜀人。

〔一一〕王嚴，《唐詩紀事》卷五十三記其爲「大中時布衣」。

〔一二〕劉睽，生平鄉里不詳。李渥，隴西姑臧人，宰相李蔚子，咸通十四年進士，累遷至中書舍人。田章，平州盧龍人，田弘正子，開成四年進士第，官洛陽令。《唐詩紀事》卷五十三載大中中于興宗爲綿州刺史，作《夏杪登越王樓，臨涪江望雪山，寄朝中知友》詩，三人並有和作。時劉睽、李渥皆爲綿州鄉貢進士。升庵乃據此定三人爲綿州人。

〔一三〕柳震，司空曙有《送柳震歸蜀》詩，有句云：「白日雙流静，西看蜀國春。」升庵據之。

〔一四〕「苑咸」原誤作「阮咸」，據《唐詩紀事》卷十七改。見上條。

〔一五〕劉灣，字靈源，西蜀人，天寶進士。天寶之亂以侍御史居衡陽，建中中以職方郎中爲黜陟使。《唐詩紀事》卷二十五以其爲彭城人，乃其郡望也。《中興間氣集》卷下：「灣，蜀人也，性率多直，屬文比事，尤得邊塞之思。」

〔一六〕張曙，小字阿灰，大順二年登進士第，官左拾遺。《北夢瑣言》卷四：「唐右補闕張曙，吏部侍郎褑之子，禕之姪。」據《舊唐書》卷一百六十二，張禕，正甫孫，南陽人。升庵誤。又，本書卷十「李餘臨邛怨」條升庵以張曙爲「蜀士在唐居首選者九人」之一，更於史無徵。

〔一七〕僧可朋，丹稜人，好酒，自號醉髡。有詩集，名《玉壘集》。

〔一八〕鹿虔扆，不知里籍，仕王蜀，天復中爲永泰軍節度使，歷官至檢校太尉，加太保。與歐陽炯、韓琮、閻選、毛文錫等，以工小詞供奉後主，時人忌之者，號曰「五鬼」。《十國春秋》卷五十六有傳。「鹿虔扆」原誤作「扈處扆」，《詩話》各本及《升庵外集》、《升庵文集》同，據《十國春秋》及《花間集》卷九改。

〔一九〕毛文錫，字平珪，高陽人，年十四登進士第。後入蜀從王建，官翰林學士承旨。永平四年遷禮部尚書、判樞密院事。通正元年進文思殿大學士，再拜司徒。以爭權爲宦者所陷，貶茂州司馬。王蜀亡復事孟蜀，與歐陽炯等五人以小辭爲後蜀主所賞。《十國春秋》卷四十一有傳。

〔二〇〕朱桃椎，益州成都人，爲道士。見《新唐書》卷一百九十六《隱逸傳》。

〔二一〕杜光庭，字賓聖，號東瀛子，京兆杜陵人。咸通中入天台山爲道士。中和中，僖宗召見，賜號「廣成先生」。光啟二年入蜀，附王建，甚被器用，通正二年拜户部侍郎，封蔡國公。後主王衍繼位，再封傳真天師，崇真殿大學士。後解官隱青城山。有《廣成集》。《十國春秋》卷四十七有傳。

〔二二〕張蠙，字象文，清河人，乾寧二年進士，歷任校書郎、櫟陽縣尉，遷犀浦令。王建開國，拜膳部員外郎，出爲金堂令。《十國春秋》卷四十四有傳。

〔二三〕韋莊，字端己，杜陵人。玄宗時宰相韋見素之後，應舉時，遇黃巢破長安，著《秦婦吟》，時人號「秦婦吟秀才」。以中原多故，依蜀王建，爲掌書記。建立前蜀，以韋莊爲相。莊嘗集詩人一百五十人，得詩三百章，編成《又玄集》，今存。

〔二四〕牛嶠，字松卿，一字延峰，隴西人。博學有文，以歌詩著名。乾符五年進士，歷官拾遺、補闕、尚書郎。王建鎮蜀，辟爲判官。及蜀立國，拜給事中。

〔二五〕歐陽炯，益州華陽人。少事王衍，爲中書舍人。前蜀亡，入洛。後歸蜀，孟昶時拜翰林學士，歷門下侍郎，平章事。後歸宋，仕翰林學士、左散騎常侍，分司西京。升庵以其爲流寓，非。

司空圖論詩

「陳、杜濫觴之餘，沈、宋始興之後，傑出於江寧，宏思於李、杜，極矣。右丞、蘇州趣味澄夐，若清沇之貫達。大曆十數公，抑又其次。元、白力勍而氣孱，乃都市豪估耳。劉公夢得、楊公巨源，亦各有勝。劉德仁時得佳致，亦足滌煩。」〔一〕又曰：「王右丞、韋蘇州，澄澹精緻，格在其中，豈妨於遒舉哉？賈浪仙誠有警句，觀其全篇，意思殊餒，大抵附於蹇澀，方可致才，亦爲體之不備也。」〔二〕其論皆是。而推尊右丞、蘇州，尤見卓識，宜其一鳴於晚唐也。其文集罕傳，余家有之，特標其論詩一節。又有韻語云：「知非詩詩，未爲奇奇。研昏練爽，戞魄淒肌。神而不知，知而難狀。揮之八垠，卷之萬象。河渾沇清，放恣從橫。濤怒霆蹴，掀鰲倒鯨。鑱空擢壁，琤冰擲戟。鼓煦呵春，霞溶露滴。鄰女自嬉，補袖而舞。色絲屢空，續以麻絇。鼠革丁丁，焮之則穴。蟻聚汲汲，積而隤凸。上有日星，下有《風》《雅》。歷詆自是，非吾心也。」其目曰《詩賦》〔三〕。首句言自「知非詩」，乃是詩也；謂「未爲奇」，乃是奇也。句法亦險怪。胡致堂評其清節高致，爲晚唐第一流人物，信矣。圖字表聖，避亂居王官谷〔四〕。

【箋證】

〔一〕《司空表聖文集》卷一《與王駕評詩書》：「國初上好文章，雅風特盛。沈、宋始興之後，傑出於江寧，宏思於李、杜，極矣。右丞、蘇州，趣味澄夐，若清沇之貫達。大曆十數公，抑又其次。元、白力勍而氣孱，乃都市豪估耳。劉公夢得、楊公巨源，亦各有勝會。浪仙而下，劉德仁輩時得佳致，亦足滌煩。厥後所聞，徒褊淺耳。」「力勍」原作「力就」，據改。「陳杜濫觴之餘」六字，當爲升庵所加。又，《唐文粹》卷八十五、《唐詩紀事》卷六十三並載此文，「宏思」作「宏肆」、無「元白」二字、「劉德仁時得佳致」作「閬仙無可劉得仁輩時得佳致」。

〔二〕《司空表聖文集》卷二《與李生論詩書》：「王右丞、韋蘇州，澄澹精緻，格在其中，豈妨於遒舉哉？賈浪仙誠有警句，視其全篇，意思殊餒，大抵附於寒澀，方可致才，亦爲體之不備也，矧其下者哉。噫！近而不浮，遠而不盡，然後可以言韻外之致耳。」

〔三〕此見《司空表聖文集》卷八，題作《謝詩賦》。此引首四句原作「自知非詩，詩未爲奇。奇研昏練，爽戞魄凄」，乃衍「自」字，脱「肌」字而致誤，今據《文集》改。《詩話補遺》所録不誤。「積而隤凸」，《文集》作「積而成垤」。

〔四〕司空圖，字表聖，自號知非子，河中虞鄉人。咸通十年進士及第。歷官光禄寺主簿、禮部郎中。光啟元年，拜知制誥、中書舍人。僖宗出幸寶雞，圖歸隱於中條山王官谷。後梁開平二年，不食而卒。圖爲晚唐著名詩人，尤善論詩，著《二十四詩品》，爲後世詩家所重。有集，今存。胡寅，字明仲，號致堂，宋崇安人。登宣和三年進士第，歷官至禮部侍郎。後忤秦檜，責授果州團練副使，新州安置。

晚唐兩詩派

晚唐之詩分爲二派：一派學張籍，則朱慶餘、陳標、任蕃、章孝標、司空圖、項斯其人也；一派學賈島，則李洞、姚合、方干、喻鳬、周賀、「九僧」其人也。其間雖多，不越此二派。學乎其中，日趨於下。其詩不過五言律，更無古體。五言律起結皆平平，前聯俗語十字，一串帶過。後聯謂之頸聯，極其用工。又忌用事，謂之「點鬼簿」，惟搜眼前景而深刻思之，所謂「吟成五箇字，撚斷數莖鬚」也〔一〕。余嘗笑之。彼之視詩道也，狹矣。《三百篇》皆民間士女所作，何嘗撚鬚？今不讀書而徒事苦吟，撚斷肋骨亦何益哉！晚唐惟韓、柳爲大家。韓、柳之外，元、白皆自成家。餘如李賀、孟郊，祖《騷》宗謝；李義山、杜牧之學杜甫；温庭筠、權德輿學六朝；馬戴、李益不墜盛唐風格，不可以晚唐目之。數君子真豪傑之士哉！彼學張籍、賈島者，真處裩中之蝨也。

二派見《張洎集》序項斯詩，非余之臆説也〔二〕。

【箋　證】

〔一〕此晚唐盧延讓《苦吟》詩句，見《鑑誡録》卷五「容易格」條，原詩云：「莫話詩中事，詩中難更無。吟安一箇字，撚斷數莖鬚。險覓天應悶，狂搜海亦枯。不同文賦易，爲著者之乎。」

〔二〕張洎《項斯詩集序》，見《唐文拾遺》卷四十七，然其中並無論及賈島一派之文。

吴喬《圍爐詩話》卷三引賀黄公（裳）云：升庵此説「以矯空疏之病則可，但兩家詩自分」。張籍、賈島各具其長，「兩派中有善學不善學之分，不可概輕之」。又，潘德輿《養一齋詩話》卷十云：「楊升庵援《張洎集》序項斯詩，謂晚唐詩止兩派，一派學張籍，一派學賈島，持論已不堅緻。至謂『晚唐唯韓、柳爲大家』、『元、白各自成家』、『温庭筠、權德輿學六朝』、『馬戴、李益不墜盛唐風格』，尤不可解。初、盛、中、晚，原屬後人拘執之見，然沿之者多，亦可借覘時代風會。今以權德輿、李益及韓、柳、元、白爲晚唐，則中唐又屬何等人乎？況以温庭筠置權德輿上，以馬戴置李益之上，先後倒置矣。豈博雅者所宜出乎？」二家之論，録以備參。

宋人論詩

宋人論詩云：「今人論詩，往往要出處，『關關雎鳩』出在何處？」〔一〕此語似高而實卑也。何以言之？聖人之心如化工，然後矢口成文，吐辭爲經。自聖人以下，必須則古昔，稱先王矣。若以無出處之語皆可爲詩，則凡道聽塗説，街談巷語，酗徒之駡坐，里媪之詈雞，皆詩也。亦何必讀書哉？此論既立，而村學究從而演之曰：「尋常言語口頭話，便是詩家絶妙辭。」〔二〕噫！《三百篇》中，如《國風》之微婉，二《雅》之委蛇，三《頌》之簡奥，豈尋常語口頭話哉？或舉宋人語問予曰：「『關關雎鳩』，出在何處？」予答曰：「『在河之洲』，便是出處。」此言雖戲，亦自有理。蓋詩之爲教，「多識於鳥獸草木之名」〔三〕。關關，狀鳥之聲；雎鳩，舉鳥之名。河洲，指鳥之地，即是出處也。豈必祖述前言，而後爲出處乎？然古詩祖述前言者，亦多矣。如云「先民有言」，又云「人亦有言」，或稱「先民有作」，或稱「我思古人」。《五子之歌》述「皇祖有訓」〔四〕；《禮》引逸詩，稱「昔吾有先正，其言明且清」〔五〕；《小旻》刺厲王，而錯舉《洪範》之五事〔六〕；《大東》傷賦斂，而歷陳《保章》之諸星〔七〕。此即古詩述前言，援引典故之實也。豈可謂無出處哉？必以無出處之言爲詩，是杜子美所謂僞體也〔八〕。

【箋證】

〔一〕此「宋人」，實指朱熹。《朱子語類》卷一百四十「論文」上：「或言今人作詩多要有出處，曰：『關關雎鳩』出在何處？」升庵本此。

〔二〕明邱濬《重編瓊臺藁》卷四《戲答友人論詩》：「吐語操詞不用奇，風行水上繭抽絲。眼前景物口頭語，便是詩家絶妙詞。」

〔三〕此孔子語，見《論語·陽貨》篇。

〔四〕「皇祖有訓」，見《僞古文尚書·夏書·五子之歌》。

〔五〕見《禮記·緇衣》。

〔六〕《詩·小雅·節南山之什·小旻》「小序」云：「刺幽王也。」毛傳：「當爲刺厲王。」升庵乃據毛傳爲説。詩第六章云：「國雖靡止，或聖或否。民雖靡膴，或哲或謀，或肅或艾。」鄭玄箋云：「言天下諸侯今雖無禮，其心性猶有通聖者，有賢者。民雖無法，其心性猶有知者，有謀者，有肅者，有艾者。王何不擇焉，置之於位而任之爲治乎。言曰：『睿作聖，明作哲，聰作謀，恭作肅，從作乂。』詩人之意，欲王敬用五事，以明天道，故云然。」鄭箋所云「五事」，即升庵所指，見《尚書·洪範》：「五事：一曰貌，二曰言，三曰視，四曰聽，五曰思。貌曰恭，言曰從，視曰明，聽曰聰，思曰睿。恭作肅，從作乂，明作哲，聰作謀，睿作聖。」

〔七〕《詩·小雅·谷風之什·大東》「小序」：「《大東》，刺亂也。東國困於役，而傷於財。譚大夫作是詩以告病焉。」《周禮·春官·保章氏》：「保章氏掌天星，以志星辰日月之變動，以觀天下之遷，辨其吉凶。」故詩中列舉織女、牛郎、啟明、長庚及南箕、北斗諸星，訴其災變。

〔八〕升庵此論即針對朱熹此論而發。然自鍾嶸《詩品》即已有言，曰：「吟詠情性，亦何貴於用事。『思君如流水』，既是即目，『高臺多悲風』，亦惟所見。『清晨登隴首』，羌無故實，『明月照積雪』，詎出經史？」以無出處之詩爲僞體，實乃升庵一時偏見。

詩史〔一〕

宋人以杜子美能以韻語紀時事，謂之「詩史」。鄙哉！宋人之見，不足以論詩也。夫六經各有體，《易》以道陰陽，《書》以道政事，《詩》以道性情，《春秋》以道名分。後世之所謂史者，左記言，右記事，古之《尚書》、《春秋》也。若《詩》者，其體其旨，與《易》、《書》、《春秋》判然矣。《三百篇》皆約情合性而歸之道德也，然未嘗有道德字也〔二〕，未嘗有道德性情句也。二《南》者，修身齊家其旨也，然其言「琴瑟」「鐘鼓」，「荇菜」「芣苡」，「夭桃」「穠李」，「雀角」「鼠牙」，何嘗有修身齊家字耶？皆意在言外，使人自悟。至於變風變雅，尤其含蓄，言之者無罪，聞之者足以戒。如刺淫亂，則曰「雝雝鳴雁，旭日始旦」〔三〕，不必曰「慎莫近前丞相嗔」也〔四〕；憫流民，則曰「鴻雁於飛，哀鳴嗷嗷」〔五〕，不必曰「千家今有百家存」也〔六〕；傷暴斂，則曰「維南有箕，載翕其舌」〔七〕，不必曰「哀哀寡婦誅求盡」也〔八〕；叙饑荒，則曰「牂羊羵首，三星在罶」〔九〕，不必曰「但有牙齒存，可堪皮骨乾」也〔一〇〕。杜詩之含蓄藴藉者，蓋亦多矣，宋人不能學之。至於直陳時事，類於訐訕，乃其下乘末腳，而宋人拾以爲己寶，又撰出「詩史」二字以誤後人。如詩可兼史，則《尚書》、《春秋》可以併省。又如今俗《卦氣歌》、《納甲歌》，兼陰陽而道之，謂之「詩《易》」，可乎？胡應麟曰：「按『詩史』，其説出孟棨《本事》。」〔一一〕

【箋證】

〔一〕嘉靖四卷本《升庵詩話》卷三、《丹鉛總録》卷二十一載此，條目作「詩史誤人」。

〔二〕《外集》本「未嘗有道德字也」七字原脱，據嘉靖四卷本、《丹鉛總録》補。

〔三〕此《詩·邶風·匏有苦葉》第三章首句。

〔四〕此杜甫《麗人行》中句，見《九家集注杜詩》卷二。

〔五〕此《詩·小雅·鴻雁之什·鴻雁》第三章首二句。

〔六〕此杜甫《白帝》詩中句，見《九家集注杜詩》卷三十。

〔七〕此《詩·小雅·谷風之什·大東》第七章中句。

〔八〕此杜甫《白帝》詩中句，見《九家集注杜詩》卷三十。

〔九〕此《詩·小雅·魚藻之什·苕之華》第三章首二句。

〔一〇〕此杜甫《垂老别》中句，見《九家集注杜詩》卷三，「但有」作「幸有」。

〔一一〕孟棨《本事詩》「高逸第三」：「杜逢禄山之難，流離隴蜀，畢陳於詩。推見至隱，殆無遺事，故當時號爲『詩史』。」宋人論此者，如魏泰《臨漢隱居詩話》、劉攽《中山詩話》、黄徹《䂬溪詩話》、陳巖肖《庚溪詩話》、孫僅《杜工部詩集序》以及《苕溪漁隱叢話》、《詩人玉屑》引録甚多。

自升庵此論一出，王世貞首倡駁議，《藝苑卮言》卷四云：「楊用修駁宋人『詩史』之説，而譏少陵云云，其言甚辯而覈，然不知嚮所稱皆興比耳。詩固有賦，以述情切事爲快，不盡含蓄也。語荒而曰『周餘黎民，靡有孑遺』，勸樂而曰『宛其死矣，他人入室』，譏失儀而曰『人而無禮，胡不遄死』，怨讒而曰『豺虎不受，投畀有北』，若使出少陵口，不知用修何如貶剥也。且『慎莫近前承相嗔』，樂府雅語，用修烏足知之。」胡應麟以下，非之者尤多。先父仲鏞先生嘗論之曰：「尋升庵之意，乃在針貶宋人學杜之偏。蓋其詩旨，主於含蓄蘊藉，宋詩發露較多，往往情隨言盡，而又標榜出於少陵，故不免爲此過論。所舉諸例，亦不盡當，世貞駁之是也。然升庵亦非不知詩之有賦，《詩話》中即有『賦比興』一條，且亦每用『詩史』之名評詩，如『苏堤始末』條之稱所舉蘇詩曰『此詩史也』、『元微之唐憲宗挽詞』條之言其『斯亦近詩史矣』。至其《杜詩選》，於老杜紀時事、感亂離之作，昔人所謂『杜陵詩史』者，尤三致意焉。不能意其一出少陵之口，而加以貶剥也。」

胡唐論詩

胡子厚與余論詩曰〔一〕：「人有恒言曰：唐以詩取士，故詩盛；今代以經義選舉，故詩衰〔二〕。此論非也。詩之盛衰，係於人之才與學，不因上之所取也。漢以射策取士，而蘇、李之詩，班、馬之賦出焉，此豈係於上乎？屈原之《騷》，爭光日月，楚豈以《騷》取人耶？

況唐人所取五言八韻之律，今所傳省題詩，多不工。今傳世者，非省題詩也。姑以畫論，晉有顧愷之〔三〕，唐有吴道玄，晉唐未嘗以畫取士也。至宋則馬遠、夏珪，不足爲顧、吴之衙官。近代吴小仙、林良，又不足爲馬、夏之奴僕。畫既有之，詩亦宜然，謂之時代可也。」余深服其言。唐子元薦與余書，論本朝之詩：「洪武初，高季迪、袁可潛，一變元風，首開大雅，卓乎冠矣。二公而下，又有林子羽、劉子高、孫炎、孫蕡、黄元之、楊孟載輩羽翼之。近日好高論者曰：『沿習元體。』其失也瞽。又曰：『國初無詩。』其失也聾。一代之文，曷可誣哉！永樂之末至成化之初，則微乎藐矣。弘治間，文明中天，古學焕日。藝苑則李懷麓、張滄洲爲赤幟，而和之者多失於流易；山林則陳白沙、莊定山稱白眉，而識者皆以爲傍門。至李、何二子一出，變而學杜，壯乎偉矣。然正變雲擾，而剽襲雷同；比興漸微，而風騷稍遠。唐子應德，箴其偏焉。嘉靖初，稍稍厭棄，更爲六朝之調、初唐之體，蔚乎盛矣，而纖豔不逞，闡緩無當，作非神解，傳同耳食。陳子約之，議其後焉。」〔四〕張子愈光，滇之詩人也，以二子之論爲的，故著之。〔五〕

【箋證】

〔一〕胡子厚，名廷禄，號在軒，雲南昆明人，正德十二年進士。歷官南京户部郎中，河南按察副使。歸田後與唐錡同爲升庵居滇時友人，爲「楊門六學士」之一。

〔二〕此所謂「人有恒言」者，謂嚴羽。《滄浪詩話·詩評》云：「或問：『唐詩何以勝我朝？』唐以詩取士，故多專門之學，我朝之詩，所以不及也。」

〔三〕「顧愷之」原誤作「顧凱之」，據《晉書·文苑傳》改。

〔四〕元薦所論明詩諸家，略考其名字爵里如下：高季迪，名啟，長洲人，洪武時官户部侍郎，以魏觀獄株連死，有《青邱集》。袁可潛，一名凱，字景文，松江華亭人，洪武時爲監察御史，有《海叟集》。林子羽，名鴻，福清人，洪武時爲禮部員外郎，有《鳴盛集》。劉子高，名崧，泰和人，洪武時署吏部尚書，致仕歸，復徵爲國子司業，有《槎翁詩選》。孫炎，字伯融，句容人，有《左司集》。孫蕡，字仲衍，南海人，有《西庵集》。黄元之，名玄，侯官人，官泉州訓導。楊孟載，名基，其先嘉州人，家於吴，爲張士誠記室。明初，累官至山西按察使，奪官輸作，卒於工所，有《眉庵集》。李懷麓，指李東陽。張滄洲，指張亨父。陳白沙，指陳獻章。莊定山，指莊昶。李、何，謂李攀龍、何大復。以上諸人已見本書中。唐應德，名順之，武進人，嘉靖時官至僉都御史，巡撫淮陽，有《荆川先生集》。陳約之，名束，鄞人，嘉靖時官福建參政，選河南提學副使，有《后岡集》。

〔五〕明俞弁《逸老堂詩話》卷下有「唐子元薦論本朝之詩」一則，節録本條自「洪武初」至「而風騷稍遠」一段，不言其出元薦與升庵書。唯易「袁可潛」作「袁景文」；「李懷麓」、「張滄洲」，爲「李西涯、張亨父」；「李、何」爲「李空同、何景明」數字而已。於此亦可見明人著書有展轉鈔襲之習矣。

范季隨評詩

宋范季隨云：「唐末詩人，雖格致卑淺，然謂其非詩，則不可。今人作詩，雖句語軒昂，但可遠聽，其理則不可究。」〔一〕

【箋證】

〔一〕范季隨，南宋初人，嘗學詩于韓駒，撰《陵陽室中語》一卷，記其師韓駒論詩之語。《説郛》卷二十七存《陵陽室中語》一卷，中録有此文。魏慶之《詩人玉屑》卷十六「晚唐」亦引此，標題作「陵陽論晚唐詩格卑淺」。據知，此乃韓駒語，而非范氏語也，升庵誤記矣。

蘭亭杜詩

近有士人熟讀杜詩，余聞之曰：「此人詩必不佳，所記是棋勢殘著，元無金鵬變起手局也。」因記宋章子厚日臨《蘭亭》一本，東坡曰：「章七終不高。」〔一〕「從門入者非寶」也〔二〕，此可與知者道。

【箋證】

〔一〕宋曾敏行《獨醒雜志》：「客有謂東坡曰：『章子厚日臨《蘭亭》一本。』坡笑云：『工摹臨者非自得，章七終不高爾。』予嘗見子厚在三司北軒所寫《蘭亭》兩本，誠如坡公之言。」

〔三〕「從門入者非寶」，此佛家常言。《五燈會元》卷七「福州雪峰義存禪師」：「頭喝曰：『你不聞道，從門入者不是家珍？』師曰：『他後如何即是？』頭曰：『他後若欲播揚大教，一一從自己胸襟流出將來，與我蓋天蓋地去。』」

高棅選唐詩正聲〔一〕

「五言古詩，漢魏而下，其響絶矣。六朝至初唐，止可謂之『半格』〔二〕。」又曰：「近體，作者本自分曉，品者亦能區別。」高棅選《唐詩正聲》，首以五言古詩，而其所取，如陳子昂「故人江北去，楊柳春風生」〔三〕、李太白「去國登茲樓，懷歸傷暮秋」〔四〕、劉昚虛「滄溟千萬里，日夜一孤舟」〔五〕、崔曙「空色不映水，秋聲多在山」〔六〕，皆律也。而謂之古詩，可乎？譬之新寡之文君，屢醮之夏姬，美則美矣，謂之初笄室女，則不可。於此有盲妁，取損罐而充完璧，以白練而爲黄花，苟有孱婿，必售其欺。高棅之選，誠盲妁也。近見蘇刻本某公之序，乃謂《正聲》其格渾，其選嚴。噫！是其孱壻乎！

【箋　證】

〔一〕高棅，字彦恢，更名廷禮，别號漫士，長樂人。永樂初，以布衣召入翰林，爲待詔，遷典籍。性善飲，工書畫，尤專於詩。其所選《唐詩品彙》、《唐詩正聲》，終明之世，館閣宗之。前、後七子之標榜唐詩，實兆於此。《唐詩品彙》收詩五千七百六十九首，棅慮其博而寡要，雜而不純，又拔其尤者一千十首彙爲《唐詩正聲》，其自序，謂之爲「聲律純完，世外自然之奇寶」。

〔二〕「半格」，指半格詩，乃詩之一體，即半古半律，與今律相諧的歌行體詩。白居易《白氏長慶集》卷三十六即爲半格詩，卷二十一爲格詩歌行雜體卷二十二格詩雜體，卷三十爲格詩。格詩，即今所謂古體詩也，與律詩相對而言。

〔三〕此陳子昂《送客》詩中句，《唐詩品彙》卷三選入五古正宗。

〔四〕此李白《登新平樓》詩中句，《唐詩品彙》卷六選入五古正宗。

〔五〕此劉眘虛《海上詩送薛文學歸海東》詩中句，《唐詩品彙》卷十六選入五古羽翼。

〔六〕此崔曙《潁陽東溪懷古》詩中句，《唐詩品彙》卷十六選入五古羽翼。

高棅編選《唐詩品彙》、《唐詩正聲》，區别唐詩之初、盛、中、晚；提出大家、名家，正變、餘響之説，後世學者多沿用之。雖其瑕疵不掩，大體言之，其編選之功，實不可没。此公論也。升庵沈浸漢魏六朝，以爲五言古詩，盛於八代；唐人近體，源溯齊梁。良有見地。至所選陳、李、劉、崔之作，實由六朝短古而來，近體而不盡合於律，介乎古、近體之間，入之近體可，入之古詩亦無不可。後之選家，謂六朝短古之近於律者爲新體，升庵《五言律祖》即選入此類詩多首。

五言律起句

五言律起句最難。六朝人稱謝朓工於發端，如「大江流日夜，客心悲未央」〔一〕，雄壓千古矣。唐人多以對偶起，雖森嚴，而乏高古。宋周伯弜選唐三體詩〔二〕，取起句之工者二，「酒渴愛江清，餘酣漱晚汀」，又「江天清更愁，風柳入江樓」是也〔三〕。語誠工，而氣衰颯。余愛柳惲「汀洲采白蘋，日落江南春」〔四〕、吴均「咸陽春草芳，秦帝捲衣裳」，又「春從何處來，拂水復驚梅」〔五〕、梁元帝「山高巫峽長，垂柳復垂楊」〔六〕、唐蘇頲「北風吹早雁，日日渡河飛」〔七〕、張柬之「淮南有小山，嬴女隱其間」〔八〕、王維「風勁角弓鳴，將軍獵渭城」〔九〕、杜子美「將軍膽氣雄，臂懸兩角弓」〔一〇〕、孟浩然「八月湖水平，涵虚混太清」〔一一〕。雖律也，而含古意。皆起句之妙可以爲法，何必效晚唐哉？伯弜之見，誠小兒也。

【箋證】

〔一〕鍾嶸評謝朓詩：「善自發詩端，而末篇多躓，此意鋭而才弱也。」見《詩品》卷二。引詩見《謝宣城集》卷三，題作《暫使下都夜發新林至京邑贈西府同僚》。《中興間氣集》卷下郎士元贊語：「『暮蟬不可聽，落葉豈堪聞。』古謂謝朓工於發端，比之於今，有慙沮矣。」

〔二〕《三體唐詩》，宋周弼撰。弼字伯弜，汶陽人。所謂「三體」，謂七絶、七律、五律也。

〔三〕《三體唐詩選例》云：「起句發首兩句，平穩者多，奇健者少。然發句太重，後聯難稱，必全篇停匀乃佳。」其卷六選五律，立「起句」一格，選詩四首。此引二聯，即四首中前二首之首聯。前者屬暢當《軍中醉飲寄沈八劉叟》詩，後者屬司空曙《題江陵臨沙驛樓》詩，乃所謂「起句奇健」者也。其後二首爲周賀《送耿山人游湖南》、僧棲蟾《宿巴江》。楊士奇注云：「四首分而爲二者，以前兩首起句太重爲一例，後兩首起句稍輕，終篇匀停爲一例。具如卷首所評，其意最爲明白。以此觀之，他可觸類而知矣。」

〔四〕見《玉臺新詠》卷五，題《江南春》。

〔五〕此二聯並見《玉臺新詠》卷六，一題《秦王卷衣》，一題《春詠》。

〔六〕見《藝文類聚》卷八十九，題《折楊柳》，「山高」作「巫山」。《樂府詩集》卷二十二《横吹曲辭》作「山高」，與此引同。

〔七〕見《文苑英華》卷一百七十七，題《奉和幸望春宫送朔方軍大總管張仁亶》，「日日」作「日夕」。

〔八〕此張昌宗《過太平公主山亭侍宴應制》詩句，《文苑英華》卷一百六十九、卷一百七十六兩載之。非張柬之詩，升庵記誤。

〔九〕此《觀獵》詩中句，見《王右丞集》卷五。

〔一〇〕《九家集注杜詩》卷二十一，題《寄贈王十將軍承俊》。

〔一一〕此孟浩然《臨洞庭》詩中句，見《孟浩然集》卷三。

范晞文《對牀夜語》卷二：「周伯弜選唐人家法，以四實爲第一格，四虛次之，虛實相半又次之。其説四實，謂中四句皆景物而實也，於華麗典重之間，有雍容寬厚之態，此其妙也。昧者爲之，則堆積窒塞，而寡於意味矣。是編一出，不爲無補，後學有識高見卓，不爲時習熏染者，往往于此解悟。間有過于實，而句未飛健者，得以起或者窒塞之譏。然刻鵠不成，猶類于鶩，豈不勝于空疎輕薄之爲？使稍加探討，何患不古人之我同也。」《四庫提要》謂其「申明其四虛之説，及前實後虛、前虛後實之説，頗爲明白。乃知弜撰是書，蓋以救江湖末派油腔滑調之弊，與《滄浪詩話》各明一義，均所謂有爲言之者也。」然《三體唐詩》所標舉者，不出晚宋江湖派中遞相授受之法程，多涉淺陋，升庵議其所見不廣，亦是也。又，胡應麟《詩藪》外篇卷二云：「楊用修論發端，以玄暉『大江流日夜』爲妙絶。余謂此未足當也。千古發端之妙，無出少卿三起語，如『嘉會難再遇，三載爲千秋』、『攜手上河梁，游子暮何之』。尋常兒女，可泣鬼神。」其舉李陵以抑謝朓，而不知升庵所論乃五言律，謝詩是齊梁新體，升庵以爲五言律祖而稱之，而蘇、李古詩，固當升庵之論所不及。

玉華仙子歌

李康成《玉華仙子歌》：「璇階霓綺閣，碧題霜羅幕。」〔一〕蔡孚《打毬篇》：「紅鬣錦鬉風騄驥，黄絡青絲電紫騮。」〔二〕以霓、霜、風、電實字爲眼，工不可言。惟初唐有此句法。

【箋　證】

〔一〕李康成，生開元、天寶間，曾官浙中。劉長卿有《嚴陵釣臺送李康成赴江東使》詩。嘗續徐陵《玉臺新詠》，編成《玉臺後集》十卷，收録陳、隋至唐初二百九人詩作，並附以己作。其書明初已亡，今人有輯本。《玉華仙子歌》，見《文苑英華》卷三百三十二，「霓綺閣」原作「電綺閣」，據《文苑英華》改。

〔二〕蔡孚，開元初任左拾遺，開元八年，遷起居舍人。所引詩句，「風騄驥」原作「風騍驥」，「黄絡青絲」原作「黄駱絲鞭」，據《文苑英華》卷三百四十八改。本書卷五另有「蔡孚打毬篇」條，載其全篇，作「黄絡青絲」不誤。

采蓮曲

「錦帶雜花鈿，羅衣垂緑川。問子今何去，出采江南蓮。遼西三千里，欲寄無因緣。願君早旋反，及此荷花鮮。」〔一〕八句不對。太白、浩然，皆有此體。

【箋　證】

〔一〕此吴均《采蓮》詩，見《玉臺新詠》卷六。

五言律八句不對

五言律八句不對，太白、浩然集有之，乃是平仄穩貼古詩也〔一〕。僧皎然有《尋陸鴻漸不遇》一首，云：「移家雖帶郭，野徑入桑麻。近種籬邊菊，秋來未著花。到門無犬吠，欲去問西家。報到山中去，歸來每日斜。」〔二〕雖不及李白之雄麗，亦清致可喜。

【箋證】

〔一〕《李太白文集》卷十四《送楊山人歸嵩山》：「我有萬古宅，嵩陽玉女峰。長留一片月，挂在東溪松。爾去掇仙草，昌蒲花紫茸。歲晚或相訪，青天騎白龍。」又，卷十九《夜泊牛渚懷古》：「牛渚西江夜，青天無片雲。登舟望秋月，空憶謝將軍。余亦能高詠，斯人不可聞。明朝挂帆席，楓葉落紛紛。」《孟浩然集》卷一《晚泊潯陽望香鑪峰》：「挂席幾千里，名山都未逢。泊舟潯陽郭，始見香鑪峰。嘗讀遠公傳，永懷塵外蹤。東林精舍近，日暮空聞鐘。」如上所引李白、孟浩然詩，皆所謂平仄穩貼，八句不對者也。

〔二〕見《杼山集》卷一，題「尋」作「訪」，「到門」作「扣門」，「山中去」作「山中出」，「歸來」作「歸時」。《才調集》卷九同。皎然，字清晝，唐吴興人。謝靈運十世孫，居杼山。顔真卿爲刺史，集文士撰《韻海》，皎然預其論著。貞元中，集賢院取其集藏之，于頔爲之序。著有《詩式》，行於世。

六朝七言律其體不純《寄張禺山》〔一〕

「蝶黄花紫燕相追，楊低柳合路塵飛。已見垂鈎掛緑樹，誠知淇水沾羅衣。兩童夾車問不已，五馬城南猶未歸。鶯啼春欲駛，無爲空掩扉。」右梁簡文《春情曲》，後二句又作五言也。〔二〕「長安城中秋夜長，佳人錦石擣流黄。香杵紋砧知近遠，傳聲遞響何淒涼。七夕長河爛，中秋明月光。蠮螉塞邊絶候雁，鴛鴦樓上望天狼。」右後魏温子升《擣衣》，第五、六句，又作五言。「文窗玳瑁影嬋娟，香帷翡翠出神仙。促柱點脣鶯欲語，調絃繫爪雁相連。秦聲本自楊家解，吴歈那知謝傅憐。祗愁芳夜促，蘭膏無那煎。」右陳後主《聽箏》，後二句五言。〔三〕「舊知山裏絶氛埃，登高日暮心悠哉。子平一去何時返，仲叔長游遂不來。幽蘭獨夜清琴曲，桂樹閉雪濁酒杯。槁項同枯木，丹心等死灰。」右隋王無功《北山》，後二句五言。〔四〕此四首聲調相類，七言律之濫觴也。往年欲選七言律爲一集，而以此先之，老倦不能，聊書以呈一覽〔五〕。

【箋證】

〔一〕此條采自《千里面譚》卷一，《詩話補遺》卷一亦載之。「寄張禺山」四字，乃編者據《千里面譚》所加。

〔二〕《玉臺新詠》卷九載此，題作《雜句春情》。《千里面譚》此詩末有升庵評語云：「此七言律之始，猶未能也。而格調高古，當知其濫觴。」

〔三〕此上所録温子昇、陳後主二首，逯欽立《先秦漢魏晉南北詩》均輯自《古詩紀》，而《古詩紀》實出升庵《詩話補遺》也。

〔四〕此詩見三卷本《東皋子集》卷中，而不見於五卷本《王無功文集》。按王績《游北山賦》中有句云：「舊知山裏絶塵埃，登高日暮心悠哉。子平一去何時返，仲叔長游遂不來。幽蘭獨夜之琴曲，桂樹凌晨之酒杯。丘園散誕，窟室徘徊，坐等枯木，心如死灰。」與此詩文字略同。疑此詩乃升庵故弄狡獪，取賦文稍加改易，以爲七言律濫觴之作。明人編三卷本，乃據《詩話補遺》輯入集中也。

〔五〕此上乃《千里面譚》第四首末之識語。按《千里面譚》乃升庵與永昌張含論詩之作，凡上下二卷，選詩五十餘首。皆考鏡源流，示人軌轍者，故《詩話》亦取之。胡應麟《詩藪》内編卷五云：「楊用修取梁簡文、隋王勱、温子昇、陳後主四章爲『七言律祖』，而中皆雜五言，體殊不合。余遍閲六朝，得庾子山『促柱調絃』、陳子良『我家吴會』二首，雖音節未甚諧，體實七言律也。而楊不及收。」又云：「隋煬帝《江都樂》前一首尤近，楊亦未收。」

黄鶴樓詩

宋嚴滄浪取崔顥《黄鶴樓》詩爲唐人七言律第一〔一〕。近日何仲默、薛君采〔二〕，取沈佺期「盧家少婦鬱金堂」一首爲第一。二詩未易憂劣，或以問予。予曰：「崔詩賦體多，沈詩比興多。以畫家法論之：沈詩披麻皴，崔詩大斧劈皴也。」

【箋　證】

〔一〕嚴羽，字儀卿，自號滄浪逋客，邵武人。與嚴仁、戴復古交。有《滄浪詩話》，詩論名著也。《滄浪詩話·詩评》云：「唐人七言律詩，當以崔灝《黄鶴樓》爲第一。」

〔二〕何景明，字仲默，號大復山人，信陽人。明孝宗弘治十五年進士，官至陜西提學副使。薛蕙，字君采，亳州人。明武宗正德九年進士，官吏部員外郎。以議大禮下獄，尋復職，未幾罷歸。

升庵此語，於二詩之優劣乃持兩可之論，而王世貞則皆否之。《藝苑卮言》卷四云：「沈、崔二詩固甚勝，百尺無枝，亭亭獨上。在厥體中，要不得爲第一也。沈末句是齊梁樂府語，崔起法是盛唐歌行語，如織官錦間一尺繡，錦則錦矣，如全幅何？」蓋所嗜不同，好尚各異，持論固難一致也。

同能不如獨勝

孫位畫水、張南本畫火〔一〕，吴道玄畫、楊繪塑〔二〕，陳簡齋詩、辛稼軒詞〔三〕，同能不如獨勝也。太白見崔顥《黄鶴樓》詩，去而賦《金陵鳳凰臺》〔四〕。

【箋　證】

〔一〕孫遇，初名位，自稱會稽人。唐末避亂入蜀，居成都，善畫龍水，兼長天王鬼神。同時張南本，善畫火，亦工佛道鬼神。宋李廌《德隅齋畫品》：「世之畫史，但能寫物之定形，故水火之狀難盡其變。始，張南本與孫位並學畫水，皆得其法。南本以爲同能不如獨勝，遂專意畫火，獨得其妙。」

〔二〕吴道玄，唐人，即吴道子。宋劉道醇《五代名畫補遺》：「楊惠之，不知何處人。唐開元中，與吴道子同師張僧繇筆跡，號爲畫友，巧藝並著，而道子聲光獨顯。惠之遂都焚筆硯，毅然發忿，專肆塑作，能奪僧繇畫相，乃與道子爭衡。時人語曰：『道子畫，惠之塑，奪得僧繇神筆路。』其爲人稱歎也如此！」升庵所云「楊繪」，乃是「楊惠之」之誤，當據改。

〔三〕陳與義，字去非，號簡齋。辛棄疾，字幼安，號稼軒。二人同時，陳以詩，辛以詞，各爲當世所宗。

〔四〕《後村詩話》卷一：「古人服善。太白過黄鶴樓，有『眼前有景道不得，崔顥題詩在上頭』之句。

至金陵，遂爲《鳳凰臺》詩以擬之。今觀二詩，真敵手棋也。若他人，必次顥韻，或於詩版之傍別著語矣。」

葉晦叔論詩

晦叔云：「七言律大抵多引韻起，若以側句入，尤峻健。如老杜『幽棲地僻』是也。然猶是對偶，若以散句起，又佳。如『苦憶荆州醉司馬』是也。」晦叔送洪容齋詩：「此地相從驚歲晚，登臨況是客歸時。卻將襟抱向誰可，正爾艱難惟子知。情到中年工作惡，别於生世易爲悲。梅花盡醉清江上，黯淡西風凍雨垂。」〔一〕正用此體。予謂絶句如劉長卿「天書遠召滄浪客」一詩〔二〕，尤奇。

七言律，自初唐至開元，名家如太白、浩然、韋、儲集中，不過數首，惟少陵獨多至二百首。其雄壯鏗鏘，過於一時，而古意亦少衰矣。譬之後世舉業，時文盛而古文衰廢，自然之理。

【箋　證】

〔一〕《容齋三筆》卷九「葉晦叔詩」條：「亡友葉黯晦叔……嘗云：『五十六言大抵多引韻起，若以側句入，尤峻健。如老杜「幽棲地僻經過少，老病人扶再拜難」是也。然此猶是作對，若以散句起，又佳。如「苦憶荆州醉司馬，謫官樽俎定常開」是也。故予自福倅滿歸，晦叔以二詩送别，正用此體。一章云：『一門伯仲知誰似，四海文章正數君。何事與予如舊識，由來於世兩相聞。閒官各喜光陰賸，勝地空多物色分。忽復翩然從此去，便應變化上青雲。』二章云：『此地相從驚歲晚，登臨況是客歸時。卻將襟抱向誰可，正爾艱難惟子知。情到中年工作惡，别於生世易爲悲。梅花盡醉清江上，黯澹西風凍雨垂。』可謂奇作。」據此，知升庵此引洪邁詩，實晦叔送容齋詩，乃升庵記憶偶誤耳。「晦叔送洪容齋詩」原作「洪容齋送晦叔詩」，今據乙正。「驚歲晚」原作「今歲晚」，「清江」原作「沾江」，據改。其中所引杜詩，一爲《有客》詩中句，一爲《所思》詩中句，並見《九家集注杜詩》卷二十一。

〔三〕劉長卿《寄别朱拾遺》詩：「天書遠召滄浪客，幾度臨歧病未能。江海茫茫春欲遍，行人一騎發金陵。」見《劉隨州集》卷八。

升庵詩話新箋證卷五

律詩當句對

王維詩：「門外青山如屋裏，東家流水入西鄰。」〔一〕嚴維詩：「木奴花映桐廬縣，青雀舟隨白鷺濤。」〔二〕謂之當句對。

【箋證】

〔一〕此王維《春日與裴迪過新昌里訪吕逸人不遇》詩中句，見《王右丞集》卷四，「門外」作「城外」。

〔二〕此嚴維《送崔峒使往睦州寄薛司户》詩中句，見《文苑英華》卷二百七十三，「花映」作「花發」，注「一作映」。

沈君攸薄暮動絃歌〔一〕

「柳谷向晚沉餘日〔二〕，蕙樓臨暝徙斜光〔三〕。金户半入叢林影，蘭徑時移落蕊香。絲繩玉壺傳綺席，秦箏趙瑟響高堂。舞裙拂履喧珠珮，歌音出扇繞塵梁〔四〕。雲邊雪飛絃柱促，留賓但須羅袖長。日暮遨歡恒不倦〔五〕，處處行樂爲時康。」

【箋證】

〔一〕沈君攸，後梁人，官散騎常侍。《隋書》卷三十五《經籍志》著録有《沈君攸集》十三卷。此詩及下《桂檝泛中河》並載《樂府詩集》卷七十四《雜曲歌辭》。

〔二〕「向晚」，《樂府詩集》作「向夕」。

〔三〕「臨暝」，《樂府詩集》作「臨砌」。

〔四〕「歌音」，《樂府詩集》作「歌響」。

〔五〕「遨歡」，《樂府詩集》作「歌鐘」。

君攸桂檝泛中河〔一〕

「黄河曲渚通千里，濁水分流引八川。仙槎逐源終未返〔二〕，蘇亭遺跡尚依然〔三〕。眇眇雲根侵遠樹，蒼蒼水氣合遥天〔四〕。波影雜霞無定色，湍文觸岸不成圓。赤馬青龍交出浦，飛雲蓋海遠淩煙。蓮舟渡沙轉不礙，桂櫂距浪弱難前〔五〕。風重金烏翅自轉〔六〕，汀長錦纜影微懸。榜人欲歌先扣枻，津吏猶醉强持船。河堤極望今如此，行杯落葉詎虚傳。」此六朝詩也。七言律未成而先有七言排律矣。雄渾工緻，固盛唐老杜之先鞭也。

【箋證】

〔一〕詩題「泛中河」，《樂府詩集》作「泛河中」。

〔二〕《樂府詩集》「仙槎」作「仙查」；「未返」作「未極」。

〔三〕「依然」，《樂府詩集》作「難遷」。「蘇亭」下注「一作漢帝」。

〔四〕「合遥天」，《樂府詩集》作「雜遥天」。

〔五〕「桂櫂」，《樂府詩集》作「桂檝」。

〔六〕「風重」，《樂府詩集》作「風急」。

謝偃新曲〔一〕

「青樓綺閣已含春，凝妝豔粉復如神。細細香裙全漏影〔二〕，離離薄扇詎障塵？樽中酒色恒宜滿，曲裏歌聲不厭新。紫燕欲飛先繞棟，黄鶯始弄即嬌人。撩亂絲垂昏柳陌，參差濃葉暗桑津。上客莫畏斜光晚，自有西園明月輪。」

【箋證】

〔一〕謝偃，衛州衛縣人，仕隋爲散從正員郎。貞觀初對策高第，授高陵主簿。十一年，以上書稱旨，引爲弘文館直學士，拜魏王府功曹參軍。後出爲湘潭令，卒。新、舊《唐書》有傳。此詩見《樂府詩集》卷九十《新樂府辭》，題同。《全唐詩》卷三十八題作《樂府新歌應教》。

〔二〕「香裙」，《樂府詩集》作「輕裾」，《全唐詩》作「輕裙」。

崔融從軍行〔一〕

「穹廬雜種亂金方，武將神兵下玉堂。天子旌旗過細柳，匈奴運數盡枯楊。關頭月落横西裔〔二〕，塞下凝雲斷北荒〔三〕。漠漠邊塵飛衆鳥，昏昏朔氣聚群羊。依稀蜀杖迷新竹，髣髴胡床識故桑〔四〕。臨海舊來聞驃騎，巡河本自有中郎。坐看戰壁爲平土，近待軍營作破羌〔五〕。」

【箋證】

〔一〕崔融，字安成，齊州全節人。初應八科舉擢第，累補宫門丞兼直崇文館學士。歷官鳳閣舍人、春官郎中知制誥、國子司業。預修《則天實録》。此詩見《文苑英華》卷一百九十九。

〔二〕「月落横西裔」，《文苑英華》作「落月横西夜」。

〔三〕「斷北荒」，《文苑英華》作「斷地荒」。

〔四〕「胡床」，《文苑英華》作「胡麻」。

〔五〕「近待」，《文苑英華》作「近侍」。

蔡孚打毬篇〔一〕

「德陽宫北苑東陬〔二〕，雲作高臺月作樓。金錘玉鑾千金地，寶杖琱紋七寶毬。竇融一家三尚主，梁冀頻封萬户侯。容色從來荷恩顧，意氣平生事俠游。共道用兵如斷蔗〔三〕，俱能走馬入長楸。紅鬣錦鬉風騄驥〔四〕，黄絡青絲電紫騮。奔星亂下花場裏，初月飛來畫杖頭。自有長鳴須決勝，能馳迅足滿先籌。曹王漫説彈棋妙，劇孟休矜六博投〔五〕。薄暮漢宫愉樂罷，還歸堯室曉垂旒。」

七言排律，唐人亦不多見。初唐有此首及謝偃《新曲》、崔融《從軍行》，可謂絶唱。其後則杜工部《清明二首》〔六〕。此外何其寥寥乎？楊伯謙選《唐音》〔七〕，乃取王建二首〔八〕，醜惡之甚。觀者自能識之。中唐則僧清江一首，温庭筠一首，皆雋永可誦。伯謙縱不能取初唐三首，獨不可取清江、庭筠之二首乎？何所見之不同也。清江、庭筠詩，《品彙》已收〔九〕，兹不書。

【箋　證】

〔一〕《文苑英華》卷三百四十八載此詩，並録詩前序云：「臣謹按：打毬者，往之蹴踘古戲也。黄帝所作兵勢，以練武士、知有材也。竊美其事，謹奏《打毬篇》一章，凡七言九韻。」

〔二〕「東陬」，《文苑英華》作「東頭」。

〔三〕「用兵」，《文苑英華》作「甲兵」。

〔四〕「騄驥」原作「騾驥」，據《文苑英華》改。

〔五〕「曹王漫説彈棋妙，劇孟休矜六博投」二句，《文苑英華》無。《唐詩品彙》拾遺卷三、《全唐詩》卷七十五並無二句。按：據詩序所云，詩爲九韻，若加此二句，則十韻矣。二句當爲後人所加。

〔六〕杜甫《清明二首》，見《杜工部詩集》卷十九。

〔七〕《唐音》十四卷，元楊士弘編。士弘，字伯謙，襄城人。《元史》有傳。

〔八〕《唐音》卷五「七言排律」下只録王建二首，一題《寄賀田侍中功成》，一題《送裴相公上太原》。

〔九〕《唐詩品彙》卷九十「排律」下有注云：「七言排律，唐人不多見。如太白《别山僧》、高適《宿田家》等作，雖聯對精密，而律調未純，終是古詩音調。」下録七言排律詩四首，僧清江《月夜有懷王端公兼簡朱孫二判官》、温庭筠《祕書省有賀監知章草題詩，筆力遒健風尚高遠，拂塵尋玩因有此作》二首外，還有崔融《從軍行》及王建《送裴相公上太原》二首。

絶句

絶句者，一句一絶，起於《四時詠》，「春水滿四澤，夏雲多奇峰，秋月揚明輝，冬嶺秀孤松」

是也。或以爲陶淵明詩，非〔一〕。杜詩「兩箇黄鸝鳴翠柳」實祖之〔二〕。王維詩：「柳條拂地不忍折，松柏梢雲從更長。藤花欲暗藏猱子，柏葉初齊養麝香。」〔三〕宋六一翁亦有一首云：「夜涼吹笛千山月，路暗迷人百種花，棋散不知人换世，酒闌無奈客思家。」〔四〕皆此體也。《樂府》有「打起黄鶯兒」一首，意連句圓，未嘗間斷，當參此意，便有神聖工巧〔五〕。

【箋證】

〔一〕宋許顗《彦周詩話》録此詩，並云：「此顧長康詩，誤編入陶彭澤集中。」《藝文類聚》卷三載此爲晉顧愷之詩，題作《神情詩》，並於詩末注「摘句」二字。《陶淵明集》卷三收此詩，題作《四時》，宋湯漢於題下注云：「此顧愷之《神情詩》，《類文》有全篇，然顧詩首尾不類，獨此警絶。」宋劉跂復云：「當是愷之用此足成全篇，篇中惟此警策，居然可知。或雖顧作，淵明摘出四句，可謂善擇矣。」顧氏原詩已佚。

〔二〕此杜甫《絶句四首》之三：「兩箇黄鸝鳴翠柳，一行白鷺上青天。牕含西嶺千秋雪，門泊東吴萬里船。」見《九家集注杜詩》卷二十六。

〔三〕見《王右丞集》卷四，題作《戲題輞川别業》，「不忍折」作「不須折」，「松柏」作「松樹」。

〔四〕見《歐陽文忠集》卷十二，題作《夢中作》，「棋散」作「棋罷」。

〔五〕《貴耳集》卷上：「『春水滿四澤，夏雲多奇峰，秋月揚明輝，冬嶺秀孤松。』淵明詩，絶句之祖，一句一絶也。作詩有句法，意連句圓。有云：『打起黄鶯兒，莫教枝上啼。幾回驚妾夢，不得到遼西。』一句一接，未嘗間斷。作詩當參此意，便有神聖工巧。」此升庵之所本。

胡應麟《詩藪》雜編卷三：「宋劉昶入魏，作斷句詩云：『白雲滿鄣來，黄塵半天起，關山四面絶，故鄉幾千里。』按此即今絶句也，絶句之名當始此。以倉卒信口而成，止於四句，而篇足意完，取斷絶之義，因相沿爲絶句耳。或謂漢、魏已有絶句者，不然。蓋漢、魏自有小詩四句者，後人集詩，以其體相類，故以此名之，非本名絶句也。」又，内編卷六：「五七言絶句，蓋五言短古，七言短歌之變也。五言短古，雜見漢、魏詩中，不可勝數。唐人絶體，實所從來。七言短歌，始於垓下，梁、陳以降，作者坌然。」

絶句四句皆對

絶句四句皆對，杜工部「兩箇黄鸝」一首是也。然不相連屬，即是律中四句也。唐絶萬首，惟韋蘇州「踏閣攀林恨不同」及劉長卿「寂寂孤鶯啼杏園」二首絶妙〔一〕。蓋字句雖對，而意則一貫也。其餘如李嶠《送司馬承禎還山》云：「蓬閣桃源兩地分，人間海上不相聞。一朝琴裏悲黄鶴，何日山頭望白雲。」〔二〕柳中庸《征人怨》云：「歲歲金河復玉關，朝朝馬策與刀鐶。三春白雪歸青塚，萬里黄河繞黑山。」〔三〕周樸《邊塞曲》云：「一隊風來一隊沙，有人行處没人家。黄河九曲冰先合，紫塞三春不見花。」〔四〕亦其次也。

【箋　證】

〔一〕韋詩見《萬首唐人絶句》七言卷四，題作《登樓寄王卿》，云：「踏閣攀林恨不同，楚雲滄海思無窮。數家砧杵秋山下，一郡荆榛寒雨中。」劉詩見《萬首唐人絶句》七言卷六，題作《過鄭山人所居》，云：「寂寂孤鶯啼杏園，寥寥一犬吠桃源。落花芳草無尋處，萬壑千峰獨閉門。」

〔二〕見唐芮挺章《國秀集》卷上，題作《送司馬先生》，「兩地分」作「兩處分」。

〔三〕見唐令狐楚《御覽詩》，題作《征怨》。

〔四〕《樂府詩集》卷九十二《新樂府辭》載此詩，詩題「邊塞曲」作「塞上曲」，首句作「一墜風來一墜砂」。

袁伯文詩

「玉墀滴清露，羅幌已依霜。逢春每先絶，爭秋欲幾芳。」袁伯文《楚妃引》也〔一〕。「風閨晚翻靄，月殿夜凝明。願君早流盼，無令春草生。」徐孝嗣《白雪曲》也〔二〕。「淚滴珠難盡，容殘玉易消。倘隨明月去，莫道夢魂遥。」張文收《酺樂》也〔三〕。「羅敷初總髻，蕙芳正嬌小。月落始歸船，春眠恒著曉。」又：「別前花照露，別後露垂葉。歌舞須及時，如何坐悲妾。」李暇《怨詩》也〔四〕。數詩，少時愛而誦之。然諸選皆不收，何見耶？

【箋　證】

〔一〕袁伯文，南朝宋人。引詩見《樂府詩集》五言卷二十九《相和歌辭》，題作《楚妃歎》，「清露」作「凄露」。

〔二〕徐孝嗣，字始昌，東海郯人。尚宋康樂公主，拜駙馬都尉。入齊爲晉陵太守，累官至中書令。永元元年被誅。詩見《樂府詩集》卷五十七《琴曲歌辭》，「早流盼」作「蚤留眄」。

〔三〕張文收，貝州武城人。善音律，貞觀初，授協律郎，咸亨元年，遷太子率更令，卒。撰《新樂書》十二卷。引詩見《樂府詩集》卷八十《近代曲辭》，題《大酺樂》，未署作者。題下郭茂倩引《樂苑》曰：「《大酺樂》，商調曲，唐張文收造。」升庵據之，乃以爲張文收作。《萬首唐人絶句》五言卷二十一亦未署作者。

〔四〕李暇，天寶初人。此引二詩，見《樂府詩集》卷四十二《相和歌辭》，乃其《怨詩三首》之第一及第三首，「别前花照露」作「别來花照露」。「暇」原誤作「蝦」，據《樂府詩集》改。

宋人絶句

宋詩信不及唐，然其中豈無可匹體者？在選者之眼力耳。如蘇舜欽《吴江》詩：「月從洞庭來，光映寒湖凸。」「四顧無纖塵，魚躍明鏡裂。」〔一〕王半山《雨》詩云：「山中十日雨，雨晴門始開。坐看蒼苔紋，欲上人衣來。」〔二〕孔文仲《早行》云：「客行謂已旦，出視見落月。瘦馬入荒陂，霜花重如雪。」〔三〕崔鶠《春日》云：「落日不可盡，丹林紫谷開。明明遠色裏，歷歷暝鴉回。」〔四〕寇平仲《南浦》云：「春風入垂楊，煙波漲南浦。落日動離魂，江花泣微雨。」〔五〕郭功甫《水車嶺》云：「千丈水車嶺，懸空九疊屏。北風來不斷，六月亦生冰。」〔六〕蘇子由《中秋夕》云：「巧轉上人衣，徐行度樓角。河漢冷無雲，冥冥獨飛鵲。」《旅行》云：「猿狖號枯木，魚龍泣夜潭。行人已天北，思婦隔江南。」〔七〕朱文公《雨》詩云：「孤燈耿寒焰，照此九窗幽。卧聽簷前雨，浪浪殊未休。」〔八〕張南軒《題南城》云：「坡頭望西山，秋意已如許。雲影渡江來，霏霏半空雨。」《東渚》云：「團團陵風桂，宛在水之東。月色穿林影，卻下碧波中。」《麗澤》云：「長吟《伐木》詩，停立以望子。日暮飛鳥歸，門前長春水。」《西嶼》云：「繫舟西岸邊，幅巾自來去。島嶼花木深，蟬鳴不知處。」《采菱舟》云：「散策下舸亭，水清魚可數。卻上采菱舟，乘風過南浦。」五詩有王維輞川遺意〔九〕，誰謂宋無詩乎？

【箋　證】

〔一〕此引梅堯臣《送裴如晦宰吴江》詩中二聯，見《宛陵集》卷四十九。詩乃五言古詩：「吴江田有秔，秔香春作雪。吴江下有鱸，鱸肥膾堪切。炊秔調橙虀，飽食不爲饕。月從洞庭來，光映寒湖凸。長橋坐虹背，衣濕霜未結。四顧無纖雲，魚跳明鏡裂。誰能與子同，去若秋鷹掣。」非蘇舜欽詩也，升庵記誤。

〔二〕見《臨川文集》卷二十六，題作《春晴》，「山中」作「新春」，「坐看」作「靜看」。

〔三〕《清江三孔集》卷二十一載此作孔平仲《早行》詩，非孔文仲之作。郭祥正《青山續集》卷三亦載此詩，題下注云：「此篇《文鑑》所載稱經父詩，據《孔氏遺稿》乃毅父作。《遺稿》毅父親筆，當以爲是。」又，詩乃十韻五言古詩，非絶句也。「客行」作「客興」。「清江三孔」，新喻孔文仲（經父）及弟武仲（常父）、平仲（毅父）也。嘉祐間與蘇軾兄弟齊名，時有「二蘇聯璧，三孔分鼎」之語。毅父治平二年進士，官金部郎中。

〔四〕見《宋文鑑》卷二十六。

〔五〕《寇忠愍集》卷上，「春風」作「春色」。

〔六〕此《青山集》卷七，《追和李白秋浦歌十七首》之九，「懸空」作「還如」。

〔七〕《欒城集》卷三《中秋夜八絶》，共「月、明、星、稀、烏、鵲、南、飛」八韻八首，此其第六「鵲」韻、第七「南」韻二首，此二題當爲升庵所擬。

〔八〕此詩見羅大經《鶴林玉露》卷十六，云：朱文公「嘗誦其詩示學者云云，曰：『此雖眼前語，然非心源澄靜者不能道。』」所引詩「九窗」作「一窗」。

〔九〕《鶴林玉露》卷十三載張南軒詩六首，此引録五首，其《東渚》詩「陵風桂」作「凌風桂」。《麗澤》詩「長吟」作「長哦」，「停立」作「佇立」。五首外，尚有《濯清》一首，云：「芙蓉豈不好，濯濯清漣漪。采去不盈把，惆悵暮忘饑。」其末云：「六詩平淡簡遠，德人之言也。」

王士禛《池北偶談》卷十九「宋人絶句」條云：「偶爲朱錫鬯（彝尊）太史舉宋人絶句可追蹤唐賢者，得數十首，聊記於此：『亭亭畫舸繫春潭，只待行人酒半酣。不管煙波與風雨，載將離恨過江南。』（鄭文寶《絶句》）『春陰垂野草青青，時有幽花一樹明。晚泊孤舟古祠下，滿川風雨看潮生。』（蘇舜欽《淮中晚泊犢頭》）『冷於陂水淡於秋，遠陌初窮見渡頭。賴是丹青無畫處，畫成應遣一生愁。』（司馬池《行色》）『竹外桃花三兩枝，春江水暖鴨先知。蔞蒿滿地蘆芽短，正是河豚欲上時。』（蘇軾《惠崇春江晚景》）『黄葉西陂水漫流，籧篨風急滯扁舟。夕陽暝色來千里，人語鷄聲共一丘。』（寇國寶《題閶門外小寺壁》）『露白霜紅郭外田，山濃水淡欲寒天。參軍抱病陪清賞，一檄呼歸亦可憐。』（楊道孚《遺滎陽公吕希哲》）『斷腸聲裏無形影，畫出無聲亦斷腸。想得陽關更西路，北風低草見牛羊。』（黄庭堅《題陽關圖》和陳君儀）『梁州一曲當時事，記得曾拈玉笛吹。端正樓空春晝永，小桃猶學澹燕支。』（黄庭堅《和陳君儀讀太真外傳》）『斷雲一葉洞庭帆，玉破鱸魚霜破柑。好作新詩寄桑苧，垂虹秋色滿東南。』（米黻《吴江垂虹亭》）『投荒萬死鬢毛斑，生入瞿唐灩澦關。未到江南先一笑，岳陽樓上對君山。』（黄庭堅《雨中登岳陽樓望君山》）『江上荒城猿鳥悲，隔江便是屈原祠。一千五百年間事，只有灘聲似舊時。』（陸游《楚城》）『夜雨連明春水生，嬌雲濃暖弄微晴。簾虚日薄花竹静，時有乳鳩相對鳴。』（蘇舜欽《初晴游滄浪亭》）『目盡孤鴻落照邊，遥知風雨不同川。此中有句無人見，送與襄陽孟浩然。』（蘇軾《郭熙秋山平遠》）『獨凭危堞望蒼梧，落日君山似畫圖。無數柳花飛滿岸，晚風吹過洞庭湖。』（陳與義《城上晚思》）『來時秋雨滿江樓，歸日春風度客舟。回首荆南天一角，月明吹笛下揚州。』（鄭震《荆南別賈制書東歸》）『梨花淡白柳深青，柳絮飛時花滿城。惆悵西闌一株雪，人生看得幾清明。』（蘇軾《東闌梨花》）『到處相逢是偶然，夢中相對兩華顛。還來共醉西湖雨，不見跳珠十五年。』（蘇軾《與莫同年飲湖上》）『烏塘渺渺路平堤，堤上行人各有攜。試問春風何處好，辛夷如雪柘岡西。』（王安石《烏塘》）『掃地焚香閉閤眠，簟紋如水帳如煙。客來夢覺知何處，挂起西牕浪接天。』（蘇軾《南堂》）『曾作金陵爛漫游，北歸塵土變衣裘。芰荷聲裏孤舟雨，卧入江南第一州。』（張耒《懷金陵》）『皂莢村南三四里，春江不隔一程遥。雙堤鬬起如牛角，知是隋家萬里橋。』（晁補之《揚州雜詠》）『去年此日泊瓜洲，衰柳蕭蕭客繫舟。白髮天涯歎流落，今宵聽雨古宣州。』（張耒《雨中題壁》）『山驛蕭條酒倦傾，嘉陵相背去無情。臨流未忍輕相别，吟聽潺湲坐到明。』（石介《泥溪驛中作》）『照江丹葉一林霜，折得黄花更斷腸。商略此時須痛飲，細腰宮畔過重陽。』（陸游《重陽》）『洞庭木落萬波秋，説與南人亦自愁。欲指吴淞何處是，一行征雁海山頭。』（晁補之《題周文翰郭熙山水》）『陌上花開蝴蝶飛，江山猶是昔人非。遺民幾度垂垂老，游女還歌緩緩歸。』（蘇軾《陌上花》）『白髮先朝舊史官，風爐煮茗暮江寒。蒼龍不復從天下，拭淚看君小鳳團。』（韓駒《謝人送鳳凰及建茶》）『濯錦江邊憶舊游，纏頭百萬醉青樓。而今莫索梅花笑，古驛燈前各自愁。』（陸游《梅花》）『濟南春好雪初晴，行到龍山馬足輕。使君莫忘霅溪女，時作陽關腸斷聲。』（蘇軾《陽關詞》）『琵琶絃急滾梁州，羯鼓聲高舞臂韝。破費八姨三百萬，大唐天子要纏頭。』（蘇軾《讀開元天寶遺事》）『逍遥堂後千章木，常送中宵風雨聲。誤喜對牀尋舊約，不知漂泊在彭城。』（蘇轍《逍遥堂會宿二首》之一）『秋來東閣涼如水，客去山公醉似泥。困卧北牕呼不醒，風吹松竹雨淒淒。』（蘇轍《逍遥堂會宿二首》之二）『千詩織就迴文錦，如此陽臺暮雨何。只有聰明蘇蕙子，更無悔過竇連波。』（黄庭堅《題蘇若蘭迴文錦詩圖》）『落日同騎款段游，倦依松石弄清流。蓬萊漢殿春分手，一笑相逢太華秋。』（韓駒《行至華陰呈舊同舍》）『舟中一雨掃飛蠅，半脱綸巾卧翠藤。殘夢未醒牕日晚，數聲柔櫓下巴陵。』（陸游《小雨極涼舟中熟睡至夕》）『何人把酒慰深幽，開自無聊落更愁。幸有清溪三百曲，不辭相送到黄州。』（蘇軾《梅花》）『向來松檜欣無恙，坐久復聞南磵鐘。隱隱修廊人語絶，四山滴瀝雪鳴風。』（宋齊愈《絶句》）『自愛新詞韻最嬌，小紅低唱我吹簫。曲終過盡松陵路，回首煙波十四橋。』（姜夔《過垂虹亭作》）『夜暗歸雲遶柁牙，江涵星影雁團沙。行人悵望蘇臺柳，曾與吴王掃落花。』（姜夔《姑蘇懷古》）『征帆一似白鷗輕，起揭船篷看晚晴。梅子著花霜壓岸，自披風帽過臨平。』（高翥《過臨平》）」所選皆七絶，意欲補升庵所未備也。今一一録之，以便諷誦。

唐詩不厭同

唐人詩句，不厭雷同，絶句尤多。試舉其略：如「忽見陌頭楊柳色，悔教夫婿覓封侯」，王昌齡《春閨怨》也〔一〕；而李頻《春閨怨》亦云「紅粉女兒窗下羞，畫眉夫壻隴西頭。自怨愁（一作冶）容長照鏡，悔教征戍覓封侯」〔二〕。王勃《九日》詩云「九月九日望鄉臺，他席他鄉送客杯。人今已厭南中苦，鴻雁那從北地來」〔三〕；而盧照隣《九日》詩亦云「九月九日眺山川，歸心歸望積風煙。他鄉共酌金花酒，萬里同悲鴻雁天」〔四〕。杜牧《邊上聞胡笳》詩云「何處吹笳薄暮天，塞垣高鳥没狼煙。游人一聽頭堪白，蘇武爭禁十九年」〔五〕；胡曾詩云「漠漠黄沙際碧天，問人云此是居延。停驂一顧猶魂斷，蘇武爭消十九年」〔六〕。戎昱《湘浦曲》云「虞帝南巡不復還，翠娥幽怨水雲間。昨夜月明湘浦宿，閨中環珮度空山」〔七〕；高駢云「帝舜南巡不復還，二妃幽怨水雲間。當時珠淚垂多少，只到一作道而今竹尚斑」〔八〕。白樂天詩「緑浪東西南北水，紅闌三百九十橋」〔九〕；劉禹錫云「春城三百九十橋，夾岸朱樓隔柳條」〔一〇〕。杜工部詩「新春看又過，何日是歸年」〔一一〕；李太白云「萬里關塞斷，何日是歸年」〔一二〕。鶯鶯詩「自從銷瘦減容光，萬轉千回嬾下床。不爲傍人羞不起，因郎憔悴卻羞郎」〔一三〕；歐陽詹《太原妓》詩「自從銷瘦減容光，半是思郎半恨郎。欲識舊時雲髻樣，開奴床上鏤金箱」〔一四〕。李賀《詠竹》云「無情有恨何人見，露壓煙籠千萬枝」〔一五〕；皮日休《詠白蓮》云「無情有恨何人見，月曉風清欲墮時〔一六〕」。陸龜蒙《送棋客》詩云「滿目山川似弈棋，況當秋雁正斜飛。金門若召羊玄保，賭取江東太守歸」〔一七〕；段成式《觀棋》詩云「閑對弈秋傾一壺，黄羊枰上幾成都。他時謁帝銅池水，便賭宣城太守無」〔一八〕。

【箋證】

〔一〕王昌齡此詩，《才調集》卷八題作《閨怨》。《唐百家詩選》卷五、《萬首唐人絶句》七言卷十七並同。

〔二〕「李頻」原作「李頎」，此詩見李頻《黎嶽詩集》及《萬首唐人絶句》七言卷四十四，而李頎集無之，當爲頻詩無疑，今據改。「紅粉女兒」，《黎嶽詩集》作「紅粧兒女」。

〔三〕見《王子安集》卷三，題作《蜀中九日登玄武山旅眺》。

〔四〕見《幽憂子集》卷三，題作《九月九日登玄武山旅眺》。

〔五〕此杜牧《邊上鳴胡笳三首》第一首，見《樊川文集》别集卷一、《萬首唐人絶句》七言卷二十六。

〔六〕見胡曾《詠史詩》卷下，題作《居延》，「黄沙」作「平沙」，「爭消」作「爭禁」。

〔七〕見《萬首唐人絶句》七言卷十六，題作《湘南曲》，「南巡」作「南游」，「環珮」作「珂珮」。

〔八〕見《唐詩紀事》卷六十三，題作《二妃廟》，「不復還」作「去不還」，「只到而今」作「直到如今」。

〔九〕見《白氏長慶集》卷二十四，題作《正月三日閒行》，句下自注云：「蘇之官橋之數。」

〔一〇〕見《劉夢得文集》外集卷二，題作《樂天寄憶舊游因作報白君以答》，「三百九十」作「三百七十」。

〔一一〕見《杜工部詩集》卷十一，爲《絶句二首》之二，「新春」作「今春」。

〔一二〕見《李太白文集》卷十九，題作《奔亡道中五首》，此其一，「萬里」作「萬重」。

〔一三〕見《元氏長慶集》補遺卷六《鶯鶯傳》，「因郎」作「爲郎」。

〔一四〕見《太平廣記》卷二百七十四「歐陽詹」條，據文所載，此乃太原妓贈歐陽詹詩，而非歐陽詹作也。「销瘦」作「别後」，「開奴牀上」作「爲奴開取」。

〔一五〕見李賀《昌谷集》卷二，此《昌谷北園新筍四首》之一，「煙籠」作「烟啼」。

〔一六〕此陸龜蒙奉和皮日休《木蘭後池三詠》詩中的《白蓮》一首，非皮日休詩。見《松陵集》卷七。然誤陸詩爲皮作，非始自升庵。《東坡志林》卷十：「皮日休《白蓮》詩云『無情有恨何人見，月曉風清欲墜時』，決非紅蓮詩。」知東坡已誤於前矣。本書卷九「李賀昌谷北園新筍」條及「白蓮詩」條兩引此詩，則均作陸詩不誤。又，《能改齋漫録》卷八「皮日休白蓮詩」條云：「東坡嘗喜皮日休《白蓮》詩『無情有恨何人見，月曉風清欲墜時』，謂決非紅蓮詩。然李賀《新笋》云『無情有恨何人見，露壓烟啼千萬枝』，乃知皮取此。」升庵蓋據此爲説。《松陵集》所載，「無情有恨何人見」作「還應有恨無人覺」。

〔一七〕見《唐甫里先生文集》卷十二，題同，「似弈棋」作「勢似棊」；「羊玄保」，《詩話》各本原俱誤作「楊玄保」，據《唐甫里先生文集》改。按此詩及下温庭筠詩皆用羊玄保事，《宋書》卷五十四《羊玄保傳》：「善弈棋，棋品第三，太祖與賭郡，戲勝，以補宣城太守。」

〔一八〕「段成式」原作「温庭筠」，升庵記憶之疏也，據《萬首唐人絶句》七言卷四十四改。所載詩題作《觀碁》，「銅池水」作「銅池曉」。又，「黄羊枰」，《詩話》各本及《萬首唐人絶句》並同，然據梁武帝《圍棋賦》「枰則廣羊文犀，子則白瑶玄玉」語，則「黄羊」乃「廣羊」之誤，當據改。

昔人論唐詩語近意同者頗多，升庵之前，如唐末五代時何光遠《鑑誡録》卷八「作者同」條云：「劉禹錫尚書有《望洞庭》之句，雍使君陶有《詠君山》之詩。其如作者之才，往往暗合。劉《望洞庭》詩曰：『湖光秋月兩相和，潭面無風鏡未磨。遥望洞庭山水翠，白銀盤裏一青螺。』雍《詠君山》詩曰：『煙波不動影沈沈，碧色全無翠色深。疑是山仙梳洗處，一螺青黛鏡中心。』李山甫有《詠貧女》，天下稱奇；秦侍郎韜玉繼之，意轉殊絶。李原詩曰：『平生不識繡衣裳，閒把荆簪益自傷。鏡裏只應諳素貌，人間多是信紅粧。當年未嫁還憂老，終日求媒即道狂。兩意定知無處説，暗垂珠淚滴蠶筐。』秦侍郎繼曰：『蓬門未識綺羅香，擬託良媒益自傷。誰愛風流高格調，共憐時世儉梳粧。敢將十指誇纖巧，不把雙眉鬬畫長。最恨年年壓金綫，爲他人作嫁衣裳。』李君又有《石頭故事》，韋莊有《詠南國英雄》。較量其才，意同語合。李君詩曰：『南朝天子愛風流，盡守江山不到頭。總是戰爭收拾得，卻因歌舞破除休。堯將道德終無敵，秦把金湯可自由。試問繁華何處在，雨苔煙草石城秋。』韋莊詩曰：『南朝三十六英雄，想像興亡盡此中。有國有家皆是夢，爲龍爲虎亦成空。殘花廢宅悲江令，落日青山弔謝公。止竟霸圖何物在，石麟埋没卧秋風。』王右丞維有《題雲母障子》，胡令能有《題繡障子》，雖異代殊名，而才調相繼。右丞詩曰：『君家雲母障，持向野庭開。自有山泉入，非關彩畫来。』胡生詩曰：『日暮堂前花蘂驕，爭拈小筆上牀描。繡成按向春園裏，引得黄鸝下柳條。』又許渾有《過台州李郎中舊居》，盧延讓有

《哭李郢端公終越州從事》，至今吟者無不愴然。許君詩曰：『政成身没共興衰，鄉路兵戈旅櫬迴。城上暮雲凝鼓角，海邊春草閉池臺。經年未葬佳人散，昨日因齋故吏来。南北相逢皆掩泣，白蘋洲暖一花開。』盧公詩曰：『車門半掩槐花宅，每過猶聞哭臨聲。北固暴亡兼在路，東京孰作未歸塋。漸窮老僕慵看馬，著慘佳人暗理笙。詩侶酒徒銷散盡，一場春夢越州城。』又李相公紳有《傷農》之什，鄭徵君雲叟繼之，名公不敢優劣。李公詩曰：『鋤禾日當午，汗滴禾下土。豈知盤中飡，粒粒皆辛苦。』鄭君詩曰：『一粒紅黍飯，幾滴牛領血。珊瑚樹下人，銜杯吐不歇。』」升庵之後，明人郎瑛《七修類稿》卷二十有「詩非蹈襲」條、卷二十二有「詩句偶同」條，舉證尤多，可參閲。

奪胎换骨

漢賈捐之《議罷珠崖疏》云：「父戰死於前，子鬬傷於後，女子乘亭鄣，孤兒號於道。老母寡婦，飲泣巷哭，遥設虚祭，想魂乎萬里之外。」〔一〕《後漢・南匈奴傳》〔二〕、唐李華《弔古戰場文》全用其語〔三〕。意總不若陳陶詩云：「誓掃匈奴不顧身，五千貂錦喪胡塵。可憐無定河邊骨，猶是春閨夢裏人。」〔四〕一變而妙，真奪胎换骨矣〔五〕！

【箋　證】

〔一〕賈捐之，字君房，賈誼之曾孫。漢元帝初上書言事，待詔金馬門。後爲石顯所誣，坐棄市。《漢書》卷六十四下有傳。其傳中收録此文。

〔二〕《後漢書》卷一百十九《南匈奴傳》引肅宗詔曰：「父戰於前，子死於後，弱女乘於亭障，孤兒號於道路。老母寡妻，設虚祭，飲泣淚，想望歸魂於沙漠之表，豈不哀哉？」

〔三〕李華，字遐叔，趙州贊皇人。唐玄宗天寶間官監察御史。安禄山入長安，受僞職，亂平，貶杭州司户參軍。新、舊《唐書》以入《文苑傳》，有《李遐叔文集》。《文苑英華》卷一千載其《弔古戰場文》，有云：「誰無兄弟，如足如手；誰無夫婦，如賓如友。生也何恩？殺之何咎？其存其殁，家莫聞知，人或有言，將信將疑。悁悁心目，寤寐見之。」

〔四〕陳陶，字嵩伯，嶺南人。精通天文律曆，唐大中中曾游學長安，舉進士，不第。歸隱洪州西山，自號「三教布衣」。《文苑英華》卷一百九十八載陳陶《隴西行》四首，此其二。

〔五〕惠洪《冷齋夜話》卷一「换骨奪胎法」條：「山谷云：『詩意無窮，而人之才有限。以有限之才，追無窮之意，雖淵明、少陵，不得工也。然不易其意而造其語，謂之换骨法，窺入其意而形容之，謂之奪胎法。』」其後即引《後漢書》及李華《弔古戰場文》。蓋升庵此説所本也。又，本書卷十一「陳陶隴西行」條及「丁福保本增輯各條」中「詩文奪胎」條可與此條互參。

烏夜啼

「芳草二三月，草與水同色。攀條摘香花，言是歡氣息。」〔一〕唐劉禹錫詩：「煙波與春草，千里同一色。」〔二〕温飛卿詩：「鑾水揚光色如草。」〔三〕楊孟載詩：「春草春江相妒

緑。」〔四〕

【箋證】

〔一〕《樂府詩集》卷四十七《清商曲辭·吴聲歌曲》所載《烏夜啼》八首中無此，而見於卷四十九《清商曲辭·西曲歌》，爲《孟珠》十首之二，「芳草」作「陽春」，末二句作「道逢游冶郎，恨不早相識」。《玉臺新詠》卷十載作《丹陽孟珠歌》。

〔二〕《劉夢得文集》卷八，題作《淮陰行五首》，此其三。

〔三〕見《樂府詩集》卷四十九《清商曲辭·西曲歌》，題《常林歡》。

〔四〕楊基，字孟載，其先蜀嘉州人，祖宦吴，遂家焉。元末遭亂，隱吴之赤山，張士誠辟爲丞相府記室。洪武初，起爲滎陽縣知縣。歷官兵部員外郎，山西副使，進按察使。被讒奪職輸作，卒於工所。有《眉庵集》十二卷。此詩見《眉庵集》卷八，爲《寓江寧村居病起寫懷》十首之五。

怪石詩〔一〕

黄庶，字亞夫，嘗有《怪石》一絶傳於世，云：「山鬼水怪著薜荔，天禄辟邪眠莓苔。鈎簾坐對心語口，曾見漢家池館來。」〔二〕人士膾炙，以爲奇作。唐張碧詩，亦不多見，嘗有《池上怪石》詩云：「寒姿數片奇突兀，曾作秋江秋水骨。先生應是厭風雷，著向池邊塞龍窟。我來池上傾酒樽，半酣書破青煙痕。參差翠縷擺不落，筆頭驚怪黏秋雲。我聞吴中項容水墨有高價，邀得將來倚松下。鋪卻雙繒直道難，掉首空歸不成畫。」〔三〕二詩殆未易甲乙也。

【箋證】

〔一〕此條全録自宋葛立方《韻語陽秋》卷三。《升庵外集》卷七十一條目徑題「韻語陽秋」，今從《函海》本。

〔二〕黄庶，字亞夫，黄庭堅之父，分寧人。慶曆二年進士，歷佐一府三州，皆爲從事。後以攝知康州終。有《伐檀集》二卷，今存。陳師道《後山詩話》云：「唐人不學杜詩，惟唐彦謙與今黄亞夫庶、謝師厚景初學之。魯直，黄之子，謝之婿也。其於二父，猶子美之於審言也。然過於出奇，不如杜之遇物而奇也。三江五湖，平漫千里，因風石而奇爾。」又，劉克莊《後村詩話》卷三：「黄庶亞夫，山谷之父也。所誦怪石絶句之外，如『書對聖賢爲客主，竹兼風雨似咸韶』（《山居獨酌》），如『史解戮人惟戮古，地能埋死只埋愚』（《次韻和言懷》），皆奇崛不蹈襲。如《大孤山》：『不知天星何時落，春秋不書不可尋。』如《宿趙屯》云：『蘆花一股水，弭棹日已暮。山間聞鷄犬，無人見烟樹。行逐羊豕跡，始識入市路。菱芡與魚蟹，居人足來去。』『漁家無鄉縣，滿船載稚乳。鞭笞公私急，醉眠聽秋雨。』雜之谷集中不能辨。谷常手書此二詩，刻於星子灣，跋云：『先君平生刻意於詩。』與子美『吾祖詩冠古』之評何異。亞夫真黄氏之審言矣。」江西詩派奉庭堅爲初祖，而庭堅之學韓愈，實自庶先倡。「眠莓苔」，《詩話》各本均誤作「昵莓苔」，今據《韻語陽秋》改。又，此詩《伐檀集》卷上所載作「山阿有人著薜荔，廷下縛虎眠莓苔。手摩心語知許事，曾見漢唐池館來」，與此録異。

〔三〕張碧，字太碧，貞元間舉進士，累試不第。有《張碧歌詩集》一卷，今不存。此引詩見《唐百家詩選》卷十四，題作《祖山人池上怪石》。「壓風雷」原作「厭風雷」、「有高價」原作「有高賈」，據《韻語陽秋》及《唐百家詩選》改。

華山畿

「相送勞勞渚，長江不應滿，是儂淚成許」〔一〕，與《讀曲歌》「明月不應停，特爲相思苦」同調〔二〕。

【箋證】

〔一〕此引詩見於《樂府詩集》卷四十六《清商曲辭・吴聲歌曲》所載之《華山畿》二十五首中，題解引《古今樂録》曰：「《華山畿》者，宋少帝時《懊惱》一曲，亦變曲也。」

〔二〕此引詩見於《樂府詩集》卷四十六《清商曲辭・吴聲歌曲》所載之《讀曲歌》八十九首中，題解引《宋書・樂志》曰：「《讀曲歌》者，民間爲彭城王義康所作也。其歌云『死罪劉領軍，誤殺劉第四』是也。」又引《古今樂録》曰：「《讀曲歌》者，元嘉十七年，袁后崩，百官不敢作聲歌，或因酒讌，止竊聲讀曲，細吟而已，以此爲名。按：義康被徙，亦是十七年。」

神絃曲

「中庭有樹自語，梧桐推枝布葉。」〔一〕陳後山詩「庭梧盡黄隕，風過自成語」〔二〕、又「衝風窗自語，涴壁蝸成字」〔三〕，皆用此事〔四〕。

【箋證】

〔一〕《樂府詩集》卷四十七《清商曲辭》録晉樂《神絃歌十一曲》，其第二首《道君曲》即此二句，「推枝布葉」原作「摧枝布葉」，據改。

〔二〕見陳師道《後山集》卷一，題作《和黄預感秋》，「盡」作「自」，「自成語」作「成夜語」。

〔三〕見《後山集》卷一，爲《和鄭户部寳集丈室二首》之二，「蝸」作「蟲」。

〔四〕《錦繡萬花谷》前集卷三「梧桐自語」條：「古樂府《神絃歌》云：『中庭有樹自語，梧桐推枝布葉。』後山詩云『庭梧自黄殞，風過成自語』、『衝風牕自語，涴壁蟲成字』。」升庵語出此。

古書不可妄改

古書不可妄改，聊舉二端：如曹子建《名都篇》：「膾鯉臇胎蝦，寒鱉炙熊膰。」此舊本也，五臣妄改作「炰鱉」〔一〕。蓋「炰鱉膾鯉」，《毛詩》舊句〔二〕，淺識者孰不以爲「寒」字誤而從「炰」字邪？不思「寒」與「炰」字形相遠，音呼又別，何得誤至於此？《文選》李善注云：

「今之時餉謂之寒。」〔三〕蓋韓國饌用此法。《鹽鐵論》「羊淹雞寒」〔四〕，《崔駰傳》亦有「雞寒」〔五〕，曹植文「寒鵠蒸麑」〔六〕，劉熙《釋名》「韓雞爲正」〔七〕。古字「寒」與「韓」通也〔八〕。王維《老將行》：「恥令越甲鳴吾君。」此舊本也，近刊本爲不知者改作「吴軍」〔九〕。蓋「越甲」、「吴軍」〔一〇〕，似是連對，不思前韻已有「詔書五道出將軍」，五言古詩有用重韻，未聞七言有重韻也。維豈謬至此邪！按劉向《説苑》：「越甲至齊，雍門子狄請死之，曰：『昔者王田於囿，左轂鳴，車右請死之，曰：「吾見其鳴吾君也。」今越甲至，其鳴君，豈左轂之下哉！』」〔一一〕正其事也。見其事與字之所出，始知改者之妄。

【箋證】

〔一〕此詩見《文選》卷二十七，李善注本作「寒鱉」，五臣注本作「炰鱉」。

〔二〕此《詩·小雅·六月》中句。

〔三〕李善於此二句下注云：「《毛詩》曰：『炮鼈膾鯉。』《蒼頡解詁》曰：『臇，少汁臛也。子兖切。』《鹽鐵論》曰：『煎魚切肝，羊淹雞寒。』劉熙《釋名》曰：『韓羊韓雞，本出韓國所爲。』寒與韓古字通也。《左氏傳》曰：『宰夫胹熊蹯不熟。』」升庵此引善注云云，非善原文。

〔四〕《鹽鐵論》卷七：「煎魚切肝，羊淹雞寒。」

〔五〕《北堂書鈔》卷一百四十二《酒食部》「雞寒狗熱」下引崔駰《博徒論》云：「牛臛羊膾，炙鴈煮鳧。雞寒狗熱，重案滿盈。」《後漢書·崔駰傳》無此，蓋升庵誤記也。

〔六〕《北堂書鈔》卷一百四十五《酒食部》「寒食二十三」下引此，以爲「曹植詩」。詩今不存，此斷句，逯欽立《先秦漢魏晉南北朝詩》失收。

〔七〕《釋名》卷四：「韓羊、韓兔、韓雞，本法出韓國所爲也。猶酒言『宜成醪』、『蒼梧清』之屬也。」

〔八〕升庵此上所云，乃出唐李匡乂《資暇集》卷上「非五臣」條：「（五臣）又輕改前賢文旨，若李氏注云『某字或作某字』，便隨而改之。其有李氏不解而自不曉，輒復移易。今不能繁駮，亦略指其所改字。曹植樂府云：『寒鱉炙熊蹯。』李氏云：『今之腊肉謂之寒』蓋韓國事饌尚此法。復引《鹽鐵論》『羊淹雞寒』、劉熙《釋名》『韓羊韓雞』爲證。『寒』與『韓』同。又李以上句云『膾鯉臇胎鰕』，因注《詩》曰：『炰鼈膾鯉。』五臣兼見上句有『膾』遂改『寒鼈』爲『炰鼈』，以就《毛詩》之句。」

〔九〕「嗚吾君」，《文苑英華》卷三百三十三、《唐文粹》卷十二同。《樂府詩集》卷九十、《唐音》卷三、《唐詩品彙》卷三十皆作「嗚吴軍」。

〔一〇〕「吴軍」原誤作「吾君」，《丹鉛》諸録不誤，據改。

〔一一〕劉向《説苑》卷四：「越甲至齊，雍門子狄請死之。齊王曰：『鼓鐸之聲未聞，矢石未交，長兵未接，子何務死之？爲人臣之禮邪？』雍門子狄對曰：『臣聞之，昔者王田於囿，左轂鳴，車右請死之。而王曰：「子何爲死？」車右對曰：「爲其鳴吾君也。」王曰：「左轂鳴者，工師之罪也，子何事之有焉。」車右曰：「臣不見工師之乘，而見其鳴吾君也。」遂刎頸而死。知有之乎？』齊王曰：『有之。』雍門子狄曰：『今越甲至，其鳴吾君也，豈左轂之下哉！車右可以死左轂，而臣獨不可以死越甲也？』遂刎頸而死。」

軍門曰和

《孫子兵法》：「兩軍相對曰和。」《戰國策》：「章子爲齊將，與秦軍交和而舍。」又《楚策》：「開西和門。」注：「軍門曰和。」〔一〕唐鄭愔詩「戎壘三和夕」，《文苑英華》改作「秋」，誤矣〔二〕。

【箋　證】

〔一〕今本《孫子兵法》無「兩君相對曰和」之文，升庵此説，實據宋鮑彪《鮑氏戰國策注》爲説。《鮑氏戰國策注》卷四《齊策》：「秦假道韓魏以攻齊，齊威王使章子將而應之，與秦交和而舍。」鮑彪注：「《孫子》：『兩軍相對曰交和。』」《楚記》注：『軍門曰和。』」此引「開西和門」，見《戰國策》高誘注本卷八《燕策三》、《鮑氏戰國策注》卷五《楚策》，其下均無注。按：鮑氏所謂「楚記」，乃指《史記·楚世家》，「注」，則指裴駰《集解》。《史記》卷四十《楚世家》：「楚使柱國昭陽將兵而攻魏，破之於襄陵，得八邑。又移兵而攻齊，齊王患之。」裴駰《集解》：「徐廣曰：懷王六年，昭陽移和而攻齊。軍門曰和。」升庵於此改「楚記」爲「楚策」，又引「開西和門」四字以實之，無異於郢書燕説，向壁臆構也。

〔三〕《文苑英華》卷二百九十九、《唐詩紀事》卷十一載鄭愔《塞外三首》第二首，起句並作「荒壘三秋夕」。《搜玉小集》所載此詩亦同。《文苑英華》卷一百九十七復載此詩，則作「三軍夕」。鄭愔，字文靖，滄州人，年十七登進士第，張易之、張昌宗薦爲殿中侍御史内供奉。中宗神龍時爲許州司功，歷遷中書舍人、太常少卿、修文館學士。景龍三年檢校吏部侍郎，同中書門下平章事。坐貶江州司馬。景雲元年以從逆，被誅。

松下

古人詩句，不知其用意用事，妄改一字，便不佳。孟蜀牛嶠《楊柳枝》詞：「吴王宫裏色偏深，一簇煙條萬縷金。不忿錢唐蘇小小，引郎松下結同心。」〔一〕按古樂府《蘇小小歌》有云：「妾乘油壁車，郎乘青驄馬。何處結同心，西陵松栢下。」〔二〕牛詩用此意詠柳而貶松，唐人所謂「尊題格」也。後人改「松下」作「枝下」，語意索然矣。

【箋證】

〔一〕《花間集》卷三、《樂府詩集》卷八十一《近代曲辭》並載此詞，「煙條」並作「纖條」，「不忿」並作「不憤」。「松下」，《花間集》同，《樂府詩集》作「枝下」。

〔二〕見《玉臺新詠》卷十、《樂府詩集》卷八十五《雜歌謠辭》，「妾乘」，《玉臺新詠》作「我乘」，「郎乘」，《樂府詩集》作「郎騎」。

書貴舊本

觀樂生愛收古書，嘗言：「古書有一種古香可愛。」〔一〕余謂此言末矣。古書無訛字，轉刻轉訛，莫可考證。余於滇南見故家收《唐詩紀事》鈔本甚多，近見杭州刻本，則十分去其九矣〔二〕。刻《陶淵明集》，遺《季札贊》〔三〕。《草堂詩餘》舊本，書坊射利，欲速售，減去九十餘首，兼多訛字。余鈔爲《拾遺辯誤》一卷〔四〕。先太師收《唐百家詩》，皆全集，近蘇州刻則每本減去十之一。如《張籍集》本十二卷，今只三四卷，又傍取他人之作入之。《王維詩》取王涯絶句一卷入之，詫於人曰：「此維之全集。」以圖速售。今王涯絶句一卷，在《三舍人集》之中〔五〕，將誰欺乎？此其大關繫者。若一句一字之誤尤多。略舉數條：如王涣《李夫人歌》「修嫮穠華銷歇盡」，「修嫮」訛作「得所」〔六〕。武元衡詩「劉琨坐嘯風清塞」，訛作「生苑」〔七〕。現在邊城，則「清塞」字爲是，焉得有「苑」乎？杜牧詩「長空澹澹没孤鴻」，今妄改作「孤鳥没」〔八〕，平仄亦拗矣。杜詩「七月六日苦炎蒸」，俗本「蒸」字作「熱」〔九〕。「紛紛戲蝶過開幔」，俗本「開」作「閒」，不知子美父名閒，詩中無「閒」字。「邀歡上夜關」，今俗本作「卜夜間」；「曾閃朱旗北斗殷」，妄改「殷」作「閒」，成何文理？前人已辯之矣〔一〇〕。劉巨濟收許渾詩「湘潭雲盡暮煙出」，今俗本「煙」作「山」，亦是淺人妄改。湘水多煙，唐詩「中流欲暮見湘煙」是也，「煙」字大勝「山」字〔一一〕。李義山詩：「瑤池宴罷留王母，金屋妝成貯阿嬌。」俗本作「玉桃偷得憐方朔」〔一二〕，直似小兒語耳。陸龜蒙《宮人斜》詩「草著愁煙似不春」，俗本作「草樹如煙似不春」〔一三〕，尤謬。小詞如周美成「愔愔坊曲人家」，「坊曲」，妓女所居，俗改「曲」作「陌」〔一四〕。張仲宗詞「東風如許惡」，俗改「如許」作「妬花」，平仄亦失貼〔一五〕。孫夫人詞「日邊消息空沉沉」，俗改「日」作「耳」〔一六〕。東坡「玉如纖手嗅梅花」，俗改「玉如」作「玉奴」〔一七〕。其餘不可勝數也。書所以貴舊本者，可以訂訛，不獨古香可愛而已。

【箋　證】

〔一〕許繼，字士修，寧海人。洪武中台州儒學訓導。有《觀樂生詩集》，方孝孺爲之序。

〔二〕此升庵所云杭州刻本十去其九之《唐詩紀事》，或乃《全唐詩話》。按《全唐詩話》原本題宋尤袤撰，《四庫提要》云：「其文皆與計有功《唐詩紀事》相同……周密《齊東野語》載賈似道所著諸書，此居其一。蓋似道假手廖瑩中，而瑩中又剽竊舊文，塗飾塞責。後人惡似道之姦，改題袤名以便行世，遂致僞書之中，又增一僞撰人耳。」其説良是。

〔三〕今傳《陶淵明集》無《季札贊》，嚴可均《全上古三代秦漢三國六朝文》中亦未見。檢《藝文類聚》卷三十六載宋范泰《張長公贊》、《吴季子札贊》，其前有陶潛《張長公贊》、《魯二儒贊》，前後排列相接，或升庵以此疏誤。

〔四〕升庵此書，未見諸家著録，待考。

〔五〕《唐詩紀事》卷四十二：「王涯、令狐楚、張仲素五言七言絶句，共作一集，號《三舍人集》今盡録於此。」其中所録王涯五七言絶句，皆見於顧元緯本、凌初成本《王右丞集》。洪邁《萬首唐人絶句詩序》云：「王涯在翰林，同學士令狐楚、張仲素所賦宫詞諸章，乃誤入於《王維集》。」則王涯詩宋時即已羼入《王維集》中矣。

〔六〕此王涣《惆悵詞》十二首之二「詠李夫人」一首中句。「修嫮穠華」，《才調集》卷七、《萬首唐人絶句》七言卷八作「得所穠華」；《唐詩紀事》卷六十六、《全唐詩》卷六百九十作「得所濃華」。唯《全唐詩》於句下注「一作修嫮」，當是從升庵此説也。「得所」原作「德所」，據改。參見卷六「王涣惆悵詞」條。

〔七〕此武元衡《酬嚴司空荆南見寄》詩中句，見《唐詩紀事》卷三十三。金元好問選《唐詩鼓吹》卷八録此詩，「風清塞」作「風生苑」。

〔八〕此杜牧《登樂游原》詩中句，《樊川文集》卷二及《唐詩紀事》卷五十六、《萬首唐人絶句》七言卷二十五、《唐音》、《唐詩品彙》所載並作「孤鳥没」，未見他本有作「没孤鴻」者。唯見元劉秉忠《藏春集》卷五《木蘭花慢》词中有「長空淡淡没孤鴻」之句，似從杜牧詩化出。胡震亨《唐音戊籤》云：「『孤鳥没』，楊用修改爲『没孤鴻』，趁韻，誤。」蓋絶句詩首句可不必入韻也。參見本書卷十「杜牧登樂游原」條。

〔九〕此杜甫《早秋苦熱堆案相仍》詩首句，《九家集注杜詩》卷四作「蒸」，《集千家注杜工部詩集》卷四作「熱」。

〔一〇〕宋趙令畤《侯鯖録》卷七：「王立之云：『老杜家諱閑，而詩中有「翩翩戲蝶過閑幔」。或云恐傳者謬。又有「泛愛憐霜鬢，留歡半夜閑」，余以爲皆當以「閑」爲正，臨文恐不自諱也。』迂叟李國老云：『余讀《新唐書》，方知杜甫父名閑。檢杜詩，果無「閑」字。唯蜀本舊杜詩二十卷内《寒食詩》云：「隣家閑不違」，後見王琪本，作「問不違」。又云「曾閃朱旗北斗閑」，後見趙仁約説，薛向家本作「北斗殷」。』由是言之，甫不用『閑』字明矣。」又，宋周必大《二老堂詩話》「辨杜詩閱殷闌韻」條：「世言杜子美詩兩押閑字，不避家諱，故《留夜宴》詩『臨懽卜夜閑』，七言詩『曾閃朱旗北斗閑』。雖俗傳孫覿杜詩押韻亦用二字，其實非也。卞圜杜詩本云『留懽上夜關』，蓋有投轄之意。『卜』字似『上』字，『關』字似『閑』字，而不知者或改作『夜閑』，又不在韻。卞氏本妙不可言。『北斗閑』者，蓋《漢書》有『朱旗絳天』。今杜詩既云『曾閃朱旗』，則是因『朱旗絳天』，斗色亦赤。本是殷字於斤切，盛也；殷字於顔切，紅也。故音雖不同，而字則一體。是時宣祖正諱殷字，故改作閑，全無義理。今既祧廟不諱，所謂『曾閃朱旗北斗殷』，又何疑焉。」

〔一一〕「湘潭雲盡暮煙出」，許渾《凌歊臺》詩中句，《才調集》卷七所載同。岳珂《寶真齋法書贊》卷六所收許渾《烏丝欄真跡》、《續古逸叢書》景宋本《許用晦文集》卷一並作「暮山」。是宋時即傳有異文矣。劉涇，字巨山，宋簡州人，見知於王安石，爲當時收藏名家。《宋史・文苑》有傳。「中流欲暮見湘煙」，唐李頻《湖口送友人》詩中句也。參本卷「湘煙」條。

〔一二〕清朱鶴齡《李義山詩集注》卷二《茂陵》詩於此句下注曰：「楊慎曰：『本是「瑤池宴罷留王母」，俗作「玉桃偷得憐方朔」，直似小兒語耳。』愚按：《漢武内傳》：『王母降承華之宫，嚴車欲去，帝叩頭殷勤，乃留。』若瑤池西宴，自是穆王事，如何可合？偏撿宋本，俱無之。不可以語出用修，而不覈其實。」「瑤池西宴」事，見《穆天子傳》卷三：「天子觴西王母于瑤池之上。」

〔一三〕所引詩句，陸龜蒙《唐甫里先生文集》卷十二作「草著愁煙」，《萬首唐人絶句》七言卷四十五同。未見如升庵所云「草樹如煙」者。參本卷後「唐詩絶句誤字」條。

〔一四〕此周邦彦《瑞龍吟》詞中句，《片玉詞》卷上、曾慥《樂府雅詞》卷中、黄昇《唐宋諸賢絶妙詞選》卷七所載並作「坊陌」。又，雙照樓彙刻《草堂詩餘》卷上、升庵批點本《草堂詩餘》卷五作「坊陌」，沈際飛六卷本《草堂詩餘》卷四作「坊曲」。

〔一五〕此張元幹《蘭陵王》詞句，《蘆川歸來集》卷五、《蘆川詞》及黄昇《中興以來絶妙詞選》卷一並作「妬花」。雙照樓彙刻《草堂詩餘》卷上、升庵批點本《草堂詩餘》卷五、顧從敬《類編草堂詩餘》卷四作「如許」。

〔一六〕《説郛》卷四十七下《古杭雜記》記此爲鄭文妻《憶秦娥》詞。元至正泰宇書堂本、雙照樓影明洪武刊本《草堂詩餘》卷上未署作者，以其前一首爲孫夫人《南鄉子》，明顧從敬類編《草堂詩餘》，因並題此詞爲孫夫人作。升庵批點本《草堂詩餘》卷一亦題孫夫人，並於詞末注云：「《玉林詞選》云李嬰之作，今以爲孫夫人，非。」然遍檢黄昇《花庵》二選，並不載此詞。《花草粹編》卷七録此，以鄭文妻即孫夫人。「日邊」，諸本所載並作「耳邊」。

〔一七〕此東坡《四時詞四首》之四「詠冬詞」中句，《集注分類東坡先生詩》卷六、《施注蘇詩》卷十九並作「玉奴」。宋張邦基《墨莊漫録》卷七云：「東坡《四時冬詞》云：『真態生香誰畫得，玉奴纖手嗅梅花。』每疑『玉奴』字殊無意味，若以爲潘淑妃小字，則當爲玉兒，亦非故實。劉延仲嘗見東坡手書本，乃作『玉如纖手』，方知上下之意相貫，愈覺此聯之妙也。」此升庵説所據也。

樂府誤字

陝西近刻左克明《樂府》〔一〕，本節郭茂倩《樂府詩集》，誤字尤多。略舉一二：如《讀曲歌》云：「逋髮不可料，憔悴爲誰覩。欲知相憶時，但看裙帶寛幾許。」「逋髮」，謂髮之散亂未料理也。「逋」字下得妙。今改作「通髮」，何解也〔二〕。今據郭本正之。又《烏棲曲》云：「宜城酘酒今行熟。」酘酒，重釀酒也。不知何人妄改作「投泊」。「酘酒」熟則有理，「投泊」豈能熟也？雖郭本亦誤。按《北堂書鈔》云：「宜城九醖酒曰酘酒。」並引此句〔三〕。《晉白紵舞詞》「羅袿徐轉紅袖揚」、何承天《芳樹曲》「微飆揚羅袿」，皆誤「袿」作「鞋」〔四〕。

【箋證】

〔一〕左克明，字德昭，元順帝時豫章道士，住南昌鐵柱觀，其始末未詳。編《古樂府》十卷，今存。

〔二〕「逋髮」，《樂府詩集》卷四十六作同，《古樂府》卷六作「通髮」。「寬幾許」，二書均作「緩幾許」。

〔三〕《樂府詩集》卷四十八、《古樂府》卷七並作「投泊」，《玉臺新詠》卷九作「醞酒」。《舊唐書》卷二十九《音樂志二》、《藝文類聚》卷四十二所載皆作「投酒」。酘、投字通。《北堂書鈔》卷一百四十八有「宜城九醞」酒，注引張華《輕薄篇》：「蒼梧竹葉酒，宜城九醞醝。」然升庵所引未見，待查。

〔四〕「羅袿徐轉紅袖揚」句，見《宋書》卷二十二《音樂志四》、《樂府詩集》卷五十五、《古樂府》卷八，爲《晉白紵舞詞三首》第三首中句，三書並作「羅袿」，不誤。「微飆揚羅袿」句，見《宋書》卷二十二《音樂志四》、《樂府詩集》卷十九、《古樂府》卷二，爲何承天私造《鼓吹鐃歌十五篇》第九首《芳草篇》中句。前二書並作「羅袿」，不誤。惟《古樂府》所録作「羅鞋」，誤。

康浪

寧戚《飯牛歌》：「康浪之水白石爛。」〔一〕康浪水在今山東，見《一統志》〔二〕，可考。今《樂府》誤作滄浪之水。滄浪在楚，與齊何干涉也〔三〕。駱賓王文云：「觀梁父之曲，識卧龍於孔明，聽康浪之歌，得飯牛於寧戚。」此可以證。近書坊刻駱集，又妄改「康浪」作「康衢」，自是堯時事〔四〕，與寧戚何干涉也。

【箋證】

〔一〕《樂府詩集》卷八十三《雜歌謡辭》載寧戚《商歌》二首。其第一首，録自《史記》卷八十三《魯仲連鄒陽列傳》裴駰《集解》引應劭曰：「齊桓公夜出迎客，而寧戚疾擊其牛角，《商歌》曰：『南山矸，白石爛，生不遭堯與舜禪。短布單衣適至骭，從昏飯牛薄夜半，長夜曼曼何時旦。』公召與語，説之，以爲大夫。」其第二首，録自《藝文類聚》卷四十三：「齊寧戚《扣牛角歌》曰：『滄浪之水白石粲，中有鯉魚長尺半。轂布單衣裁至骭，清朝飯牛至夜半。黄犢上坂且休息，吾將捨汝相齊國。』」升庵此云「白石爛」乃「白石粲」之誤，當據改。

〔二〕《明一統志》卷二十四「青州府」：「康浪水，源出臨淄縣西一十里，平地北流，與系水合。」

〔三〕《樂府詩集》所録第二首，又見《北堂書鈔》卷一百六「寧戚飯牛」條引《三齊記》，所録寧戚《扣牛角歌》，「滄浪之水」作「康浪之水」，則唐時已「滄浪」、「康浪」並見，郭氏非無據也。

〔四〕此見駱賓王《上吏部侍郎帝京篇啟》，《駱賓王文集》卷六及《文苑英華》卷六百五十七載之，「康浪」均作「康衢」。按《漢書》卷一百《序傳》載班固《答賓戲》云：「齊寧激聲於康衢，漢良受書於邳沂。」注：「鄭氏曰：『五達曰康，四達曰衢。』師古曰：『齊寧，寧戚也。聲激，謂叩角所歌也。』」作「康衢」不誤。又，《列子》卷四：「堯治天下，五十年不知天下治歟？不治歟？不知億兆之願戴己歟？不願戴己歟？顧問左右，左右不知。問外朝，外朝不知。問在野，在野不知。堯乃微服游於康衢，聞兒童謡曰：『立我蒸民，莫匪爾極。不識不知，順帝之則。』堯喜，問曰：『誰教爾爲此言？』兒童曰：『我聞之大夫。』問大夫，大夫曰：『古詩也。』堯還宫，召舜，因禪以天下。」此升庵所謂堯時事也。

薰風啜茗

杜子美《何將軍山林》詩：「薰風啜茗時。」今本作「春風」，非。此詩十首，皆一時作。其曰「千章夏木清」，又曰「紅綻雨肥梅」，皆是夏景可證〔一〕。

【箋　證】

〔一〕升庵説誤。杜甫兩過何氏山林，初游在夏，復游則次年春矣。「薰風啜茗時」乃《重過何氏五首》第一首中句。「千章夏木清」、「紅綻雨肥梅」，則分别爲初游詩《陪鄭廣文游何將軍山林十首》第二首、第四首中句。升庵將二游所作混而爲一，故此致誤也。宋黄鶴《補注杜詩》卷十八於《重過何氏五首》題下注云：「前詩云『千章夏木清』，又云『緑垂風折笋』、『紅綻雨肥梅』，皆是言夏初景物。今詩云『花妥鶯捎蝶』、『溪喧獺趁魚』，又云『春風啜茗時』則是春作。前既以爲天寶十二載作，則此當是十三載春也。」所説良是。

屏風牒

梁蕭子雲上飛白書屏風十二牒〔一〕。李白詩：「屏風九叠雲錦張。」〔二〕牒，即叠也。唐詩「山屏六叠郎歸夜」〔三〕、宋詞「屏風叠叠開紅牙」〔四〕。今改「叠」作「曲」，非。

【箋證】

〔一〕蕭子雲，字景喬，梁晉陵人。善書，諸體兼備，尤工於小篆飛白書，意趣飄然，有若輕舉。著有《飛白書勢》。《梁書》、《南史》有傳。《藝文類聚》卷六十九《梁簡文帝答蕭子雲上飛白書屏風書》曰：「得所送飛白書縑屏風十牒，冠六書而獨美，超二篆而擅奇。乍寫星區，時圖鳥翅；非觀觸石，已覺雲飛。豈待金鐺，便覩蟬翼。間諸衣帛，前哲未巧；懸彼帳中，昔賢掩色。」據知蕭子雲所上屏風乃十牒，升庵所云「十二牒」誤。

〔二〕見《李太白文集》卷十一《廬山謡寄盧侍御虚舟》。

〔三〕此引句非唐詩，見《西崑酬唱集》卷上，爲錢惟演《無題》三首之二中句，原作「山屏六曲歸來夜」。

〔四〕此秦觀《浣溪沙五首》之五中句，《淮海長短句》卷中作「屏風曲曲鬬紅牙」。《草堂詩餘》卷一題作張先詞，誤。

王季友詩

王季友《觀于舍人壁山水畫》云：「野人宿在人家少。」《唐音》誤「人家」作「山家」〔一〕。既云野人，何得少宿山家邪？

【箋　證】

〔一〕王季友，河南人，寶應中，爲華陰尉，歷官江西觀察副使。與杜甫、岑參、元結等人友善。「人家」，《唐文粹》卷十七上、《唐詩紀事》卷二十七同，《河嶽英靈集》卷上、《唐音》卷三作「山家」。詩題，《河嶽英靈集》作《觀于舍人西亭壁畫山水》，餘三書並作《觀于舍人壁畫山水》。

唐詩絶句誤字

唐詩絶句，今本多誤字，試舉一二：如杜牧之《江南春》云「十里鶯啼緑映紅」，今本誤作「千里」〔一〕。若依俗本，「千里鶯啼」，誰人聽得？「千里緑映紅」，誰人見得？若作「十里」，則鶯啼緑紅之景，村郭樓臺，僧寺酒旗，皆在其中矣。又《寄揚州韓綽判官》云「秋盡江南草未凋」，俗本作「草木凋」〔二〕。秋盡而草木凋，自是常事，不必説也，況江南地暖，草本不凋乎！此詩杜牧在淮南而寄揚州人者，蓋厭淮南之摇落，而羡江南之繁華。若作

「草木凋」，則與青山明月、玉人吹簫不是一套事矣。余戲謂此二詩絕妙，「十里鶯啼」，俗人添一撇壞了；「草未凋」，俗人減一畫壞了。甚矣，士俗不可醫也。又如，陸龜蒙《宫人斜》詩云「草著愁煙似不春」，只一句，便見墳墓淒惻之意。今本作「草樹如煙似不春」，「草樹如煙」，正是春景，如何下得「不春」字〔三〕。讀者往往忽之，亦食不知味者也。

【箋證】

〔一〕杜牧《樊川文集》卷三《江南春絕句》：「千里鶯啼緑映紅，水村山郭酒旗風。南朝四百八十寺，多少樓臺烟雨中。」《才調集》卷四、《三體唐詩》卷一、《萬首唐人絕句》七言卷二十五所載並同。

〔二〕《樊川文集》卷四《寄楊州韓綽判官》：「青山隱隱水遥遥，秋盡江南草木凋。二十四橋明月夜，玉人何處教吹簫。」《才調集》卷四、《萬首唐人絕句》七言卷二十五、《唐詩紀事》卷五十六所載並同。宋周應合《景定建康志》卷十六注、宋李劉《四六標準》卷三十六注引此詩，「草木凋」則作「草未凋」。元盛如梓《庶齋老學叢談》卷中云：「杜牧官於金陵，《寄揚州韓綽判官》詩云云，『草未凋』今作『草木凋』，不見江南草木經寒之意。『教吹簫』作『不吹簫』。《金陵志》謂此詩説金陵二十四航也。揚州二十四橋之名，備載《夢溪筆談》。『教』字，見寄揚州之意。」

〔三〕《唐甫里先生文集》卷十二《宫人斜》：「草著愁烟似不春，晚鶯哀怨問行人。須知一種埋香骨，猶勝昭君作虜塵。」《萬首唐人絶句》七言卷四十五所載同。《古今事文類聚》前集卷五十八作「草樹愁煙」，《文苑英華》卷三百六同。

賤妾亦何爲

古詩：「君亮執高節，賤妾亦何爲。」《文選》范雲《古意》詩注引之，作「擬何爲」〔一〕。「擬」字勝「亦」字。

【箋證】

〔一〕此引古詩，出《文選》卷二十九《古詩十九首》「冉冉孤生竹」中，「亦何爲」，《玉臺新詠》卷一、《樂府詩集》卷七十四所載並同。《文選》卷二十六范雲《古意贈王中書一首》「可棲復可食，此外亦何爲」句下，李善注引古詩則同升庵所云，作「賤妾擬何爲」。

王融詩

王融《巫山高》：「煙華乍卷舒，行芳時斷續。」今本「行芳」作「猿鳥」〔一〕。「猿鳥」字遠不如「行芳」也。

【箋證】

〔一〕此詩《樂府詩集》卷十七所載，「行芳」作「猨鳥」。本書卷二同名條録載全詩，可參。

杜詩訛字

《燕子》詩「穿花落水益沾巾」，范德機善本作「帖水」〔一〕。「一笑正墜雙飛翼」，黄山谷云：「『一笑』俗作『一箭』，非〔二〕。」「紛紛戲蝶過閑幔」〔三〕，張文潛本作「開幔」。

【箋證】

〔一〕此杜甫《燕子來舟中作》詩中句，仇兆鰲《杜詩詳注》作「穿花貼水」，下注云：「范德機云：『善本作貼，一作落。』」范梈，字亨父，一字德機，元清江人。躭詩工文，以薦爲左衛教授，遷翰林編修官，出爲嶺海廉訪使。照磨歷轉江西、湖東。後選充翰林應奉。又改閩海道知事。移疾歸。天歷二年，授湖南嶺北道廉訪使經歷，未赴，卒。

〔二〕此《哀江頭》詩中句，見《九家集注杜詩》卷二，所載「一笑」作「一箭」，下引王洙注曰：「一作『一笑』。」《分門集注杜工部詩》卷三及《補注杜詩》並同。山谷云云，説參本卷「一笑」條。

〔三〕此杜甫《小寒食舟中作》詩中句，見《九家集注杜詩》卷三十六，「紛紛」作「娟娟」。

古詩文宜改定字〔一〕

顔延年《赭白馬賦》：「戒出豕之敗駕，惕飛鳥之跱衡。」〔二〕「出」字不如「突」字。杜子美詩：「大家東征逐子回。」「逐」字不如「將」字〔三〕。白居易詩：「千呼萬喚始出來。」〔四〕

「始」字不如「才」字。詩文有作者未工而後人改定者勝，如此類多有之。使作者復生，亦必心服也。

【箋證】

〔一〕此條《丹鉛總録》卷十八作「詩賦用字」，丁本《升庵詩話》卷十一同。

〔二〕顔延之，字延年，琅邪臨沂人。晉義熙中，爲吴國内史劉柳行參軍、劉裕世子參軍。宋受禪，補太子舍人，出爲始安太守。元嘉初徵爲中書侍郎，未幾復出守永嘉。孝武即位，以爲金紫光禄大夫，湘東王師，卒。此引《赭白馬賦》二句，見《文選》卷十四，「敗駕」作「敗御」。

〔三〕此上「杜子美詩」云云十七字，《外集》本焦竑以其與下「逐子」條意重删之，今據《丹鉛總録》，仍復其舊。參下條。

〔四〕此白居易《琵琶行》中句，見《白氏長慶集》卷十二。

逐子

杜詩：「大家東征逐子回。」〔一〕劉須溪云「逐字不佳」。予思之，杜詩無一字無來處，所以佳，此「逐」字無來處，所以不佳也。今稱人之母隨子就養曰「逐子」，可乎？然亦未有他好字易之。近有語予以「將」字易之，《詩》云「不遑將母」〔二〕，蓋反言見義。若春秋杞伯姬以其子來朝，而書「杞伯姬來朝其子」之例也〔三〕。爲文富於萬篇，貧於一字，其難如此。

古樂府有「一母將九雛」之句〔四〕，則「將」字甚愜。當試與知音訂之。

【箋證】

〔一〕此《送王十五判官扶侍還黔中得開字》中句，見《九家集注杜詩》卷二十四。

〔二〕「不遑將母」，見《詩·小雅·四牡》。

〔三〕《左傳·僖公五年》：「杞伯姬來朝其子。」杜預注：「朝其子者，時子年在十歲左右，因有諸侯子，得行朝義，而卒不成朝禮，故繫於母而曰朝其子。」

〔四〕見《玉臺新詠》卷一《古樂府詩六首》之三，題作《隴西行》。

升庵此説，後人從之者不少，而非之者亦夥。明李贄《疑耀》卷三「楊用修妄改杜詩」條云：「楊用修謂顔延年《赭白馬賦》『驍出豖之敗駕』，後人改出爲突乃佳；杜子美詩『大家東征逐子回』，後人改逐爲將乃佳；白居易詩『千呼萬喚始出来』，後人改始爲才乃佳，此癡笨人前説風流也。突字拙，出字巧；才字俚，始字文，惟作者自知之耳。獨以逐爲將，雖《詩》有『不遑將母』及古樂府『一母將九雛』，杜豈不知者？其用逐字原有深意，婦人三從，其一從子，逐即從義也。意不在將而在從，語不以從而以逐，此正詩家三昧，以將字易之，不亦淺乎。」蓋見景生情，即景用事，詩人自知耳。後人因詩造境，各有會心，不當自出己意，而定其是非也。

一笑

杜詩「一箭正墜雙飛翼」，黄山谷注作「一笑」，蓋用賈大夫妻射雉事也〔一〕。

【箋證】

〔一〕《山谷集》别集卷四《杜詩箋》云：「『一箭正墜雙飛翼』，『箭』一作『笑』，蓋用賈大夫射雉事。」胡震亨《唐音癸籤》卷二十二：「《哀江頭》『一箭正墜雙飛翼』，諸家不得其解。如黄山谷、楊用修『射雉』等説，皆可笑之極。不知『雙飛翼』正指上第一人之同輦者而言，謂貴妃也。本繇軍士逼縊，而托之隨輦才人箭射而墮，總不敢斥言其事而爲之辭。詩爲君父詠，應如是也。讀下句即接『明眸皓齒今何在』云云，其義自明，何假多説乎！《唐制》巡幸宫人扈從者，騎而挾弓矢。見武宗朝《王才人傳》。想明皇時蚤已然，蓋實有其事而借用之。」按胡氏謂「雙飛翼」指貴妃，近是。此乃暗用比興，遥照馬嵬兵變事。於明皇、貴妃同輦游樂之時，預示二人之歡愛不終。此詩人微婉之筆也。託喻則與實指其人不同，以爲不敢斥言其事而曲爲之辭，亦覺迂曲矣。山谷、升庵之説，意在指明其用事出處，以訂正文字。潘岳《射雉賦》云：「昔賈氏之如皋，始解顔於一箭。」「一笑」二字乃從「解顔」化出，蓋用《文選》也。賈氏事，則出《左傳·昭公二十八年》：「昔賈大夫惡，娶妻而美，三年不言不笑。御以如皋，射雉獲之，其妻始笑而言。」清人注杜諸家，亦皆用此説。

飛霜殿

《范元實詩話》：「白樂天《長恨歌》，工矣，而用事猶誤。『峨眉山下少人行』，明皇幸蜀，不行峨眉山也。當改云劍門山。『七月七日長生殿，夜半無人私語時』，長生殿乃齋戒之所，非私語地也。華清宮自有飛霜殿，乃寢殿也。當改『長生』爲『飛霜』，則盡矣。」〔一〕按鄭嵎《津陽門》詩〔二〕：「金沙洞口長生殿，玉蕊峰頭王母祠。」則長生殿乃在驪山之上，夜半亦非上山時也。又云：「飛霜殿前月悄悄，迎風亭下風飃飃。」據此，元實之所評，信矣。

【箋　證】

〔一〕范温，一作仲温，字元實，成都人。范祖禹之子，秦觀之壻，嘗自稱「山抹微雲女壻」。學詩於黃山谷，所著《潛溪詩眼》，一作《范元實詩話》，其中多述山谷論詩之語。

〔二〕鄭嵎《津陽門》詩，參本書卷十「津陽門詩」條。

按，吕本中《紫薇詩話》云：「表叔范元實既從山谷學詩，要字字有來處。嘗有詩云：『夷甫雌黄須倚閣，君卿唇舌要施行。』」此言「峨眉山」當改「劍門山」，「長生殿」當改「飛霜殿」，亦猶字字有來處之意也。然唐之寢殿皆曰長生，並非專名，求之過實，則適得其反矣。清閻若璩《潛邱札記》卷二考之曰：「白詩：『七月七日長生殿，夜半無人私語時。』范元實謂長生殿乃齋戒之所，非私語地，若改作飛霜殿，則脗合矣。蓋《長安志》：『天寶六載，改温泉爲華清宫，殿曰九龍，以待上浴；曰飛霜，以奉御寢；曰長生，以備齋祀。』楊升庵又引《津陽門詩》『金沙洞口長生殿，玉蕋峰頭王母祠』以實其駁正。余謂胡三省《通鑑》卷二百七『長生院』注云：『院即長生殿，明年五王誅，二張進至太后所寢長生殿，同此處也。蓋唐寢殿皆謂之長生殿，此武后寢疾之長生殿，洛陽宫寢殿也。肅宗大漸，越王係授甲長生殿，長安大明宫之寢殿也。白居易《長恨歌》所謂長生殿，則華清宫之寢殿也。』此殿本名飛霜，蓋同一長生殿也。學者讀顧況《宿昭應》詩『武帝祈靈太乙壇，新豐樹色繞千官。那知今夜長生殿，獨閉空山月影寒』，當知爲齋宿之殿。李義山《驪山有感》詩『驪岫飛泉泛暖香，九龍呵護玉蓮房。平明每幸長生殿，不從金輿惟壽王』，當知爲寢宿之殿。」

湘煙

許渾詩，劉巨濟涇曾得其手書「湘潭雲盡暮煙出」。「煙」字極妙，兼是許之手筆，無疑也〔一〕。後人改「煙」作「山」，無味。大抵湘中煙色與他方異，張泌詩：「中流欲暮見湘煙。」〔二〕翠微《湘中》詩：「魚躍浪花翻水面，雁拖煙練束林腰。」〔三〕頗中湘中晚景。朱慶餘詩亦云：「浦迴湘煙暮，林香嶽氣春。」〔四〕

【箋證】

〔一〕宋米芾《書史》：「劉涇收許渾《烏絲欄手寫詩》一百篇，字法極不俗。第一篇『湘潭雲盡暮煙出，巴蜀雪銷春水來』，竟是面覩西南世界一段物色，自有識者知之。」然胡應麟以「煙」字爲贅。其《少室山房筆叢》卷二十三《藝林學山》五云：「山字勝，煙字非也。雲盡而山出，語意自然。易以煙，不贅乎？觀下句對『巴蜀雪消春水來』，氣脈可見。即煙字果渾手書，吾弗許也。」

〔二〕此引乃李頻《湖口送友人》詩中句，非張泌作，見《黎嶽集》及《才調集》卷七、《唐詩紀事》卷六十。升庵誤記，當據改。李頻，字德新，睦州人。大中八年進士，調祕書郎，擢都官員外郎，除建州刺史。卒於官。有《黎嶽集》一卷，今存。

〔三〕此華岳《建安暮秋次劉子嚴韻》詩，見《翠微南征録》卷六。華岳，字子西，别號翠微，宋貴池人。爲武學生，開禧元年上書請誅韓侂胄、蘇師旦，下大理寺鞫治，編管建寧。侂胄誅放還，登嘉定武科第一，爲殿前司官屬。又謀去丞相史彌遠，事覺下臨安獄，杖死。有《翠微南征録》十一卷。「翠微」前原衍「沈」字，據删。

〔四〕此朱慶餘《湖中閒夜》詩中句，見周弼《三體唐詩》卷五。

古蜡祝丁零威歌遺句

《禮記》「蜡祝辭」云：「土反其宅，水歸其壑，昆蟲毋作，草木歸其澤。」而蔡邕《獨斷》又有「豐年若土，歲取千百」〔一〕。增此二句，義始足。《丁零威歌》：「城郭是，人民非，何不學仙塚累累？」而《修文御覽》所引云：「何不學仙去，空伴塚累累。」增此三字，文義始明。書所以貴乎博考也〔二〕。

【箋證】

〔一〕「蜡祝辭」，見《禮記·郊特牲》，「毋」原作「無」，據《禮記注疏》卷二十六改。《獨斷》卷上所載作「土反其宅，水歸其壑，昆蟲毋作，豐年若土，歲取千百」，多「豐年若土，歲取千百」二句，而無「草木歸其澤」一句。

〔二〕晉陶潛《搜神後記》卷一：「丁令威，本遼東人，學道于靈虚山。後化鶴歸遼，集城門華表柱。時有少年舉弓欲射之，鶴乃飛，徘徊空中而言曰：『有鳥有鳥丁令威，去家千年今始歸，城郭如故人民非，何不學仙冢纍纍。』遂高上冲天。」而《藝文類聚》卷九十引《續搜神記》曰：「遼東城門有華表柱，忽有一白鶴集，徘徊空中，言曰：『有鳥有鳥丁令威，去家千歲今來歸，城郭如故人民非。何不學仙去，空伴冢纍纍。』遂上冲天。」所載與升庵所見《修文御覽》合。《修文殿御覽》北齊祖珽等編，明以後已亡，參本書卷一「李陵詩」條。

所　欽《韻語陽秋》〔一〕

嵇康《贈弟秀才》四言詩云「感悟馳情，思我所欽」〔二〕，則以「所欽」爲弟。陸機《贈從兄車騎》詩云「寤寐靡安豫，願言思所欽」〔三〕，則以「所欽」爲兄。又《贈馮文羆》詩云「慷慨爲誰感，願言懷所欽」〔四〕，則以所欽爲友。

【箋證】

〔一〕此條全録自宋葛立方《韻語陽秋》卷十。此條之前，葛氏另有一條云：「《文選》載嵇叔夜《贈秀才入軍》詩，李善注謂『兄喜秀才入軍』。而張銑謂『叔夜弟，不知其名』。考五詩，或曰『攜我好仇』，或曰『思我良朋』，或曰『佳人不在』，皆非兄弟之稱。善、銑所注，恐未必然爾。」升庵録後條不録前條者，乃以爲「所欽」一語，兄弟朋友，皆可通用爾。

〔二〕此嵇康《贈秀才入軍五首》之二中句，見《文選》卷二十四。

〔三〕陸機《贈從兄車騎》詩，見《文選》卷二十四。

〔四〕陸機《贈馮文羆》詩，見《文選》卷二十四，「馮文羆」原脱「馮」字，據補。

詩用兒字

古詩有用近俗字而不俗者，如孫光憲《採蓮》詩曰：「菡萏香連十頃陂，小姑貪戲採蓮遲。晚來弄水船頭濕，更脱紅裙裹鴨兒。」〔一〕李群玉《釣魚》詩曰：「七尺青竿一丈絲，菰蒲葉裹逐風吹。幾回舉手抛芳餌，驚起沙灘水鴨兒。」〔二〕又《贈琵琶妓》詩，有曰：「我見鴛鴦飛水去，君還望月苦相思。一雙裙帶同心結，早寄黄鶯孤雁兒。」〔三〕盧仝《新年》亦有詩云：「新年何事最堪悲，病客還聽百舌兒。太歲只游桃李徑，青風肯換歲寒枝。」〔四〕

【箋　證】

〔一〕此詞見《花間集》卷二，題皇甫松作。又題張耒作，見於《張右史文集》卷四。以爲孫光憲作，則始於升庵。詩固當屬之皇甫松爲近於實。皇甫松，字子奇，自號檀欒子，睦州新安人。古文家皇甫湜之子，工詩文詞，終生未第。

〔二〕見《李群玉詩集》後集卷四，「菰蒲」作「菰蔣」。李群玉，字文山，澧州人。不樂仕進，大中八年詣闕獻詩，授弘文館校書郎。

〔三〕見《李群玉詩集》後集卷四，題作《贈琵琶》，無「妓」字。「飛水去」作「飛水上」。

〔四〕見王安石《唐百家詩選》卷十五，題作《悲新年》，「還聽」作「遥聞」，「青風肯换」作「春風肯管」。盧仝，自號玉川子。居洛陽，家貧不能自給，韓愈嘗分俸以賑之。有詩名，朝廷徵辟不就。大和九年甘露之變，仝適宿宰相王涯府中，遂同被害。仝詩以險怪恢詭，爲時所稱。今有《玉川子詩集》行於世。

尹式詩

尹式和宋之問詩：「愁髮含霜白，衰顔寄酒紅。」〔一〕杜子美云：「髮短何須白，顔衰肯再紅。」〔二〕宋陳後山云：「短髮愁催白，衰顔酒借紅。」〔三〕皆互相取用，各不失爲佳。

【箋證】

〔一〕尹式，河間人，仕隋，官至隋王府記室。此引詩見《文苑英華》卷二百六十六，題作《別宋常侍》，二句原作「秋鬢含霜白，衰顔倚酒紅」。

〔二〕此見《九家集注杜詩》卷二十六，題作《寄司馬山人十二韻》，原句作「髮少何勞白，顔衰肯更紅」。

〔三〕此《除夜對酒贈少章》詩中句，見《後山集》卷五，「衰顔」作「顔衰」。

《詩話總龜》後集卷九引《王直方詩話》云：「樂天有詩云：『醉貌如霜葉，雖紅不是春。』東坡有詩云：『兒童誤喜朱顔在，一笑那知是酒紅。』鄭谷有詩云：『衰鬓霜供白，愁顔酒借紅。』老杜有詩云：『髮少何勞白，顔衰肯更紅。』無己詩云：『髮短愁催白，顔衰酒借紅。』皆相類也。然無己初出此一聯，大爲當時諸公所稱賞。」

詩用惹字

王右丞詩：「楊花惹暮春。」〔一〕李長吉詩：「古竹老梢惹碧雲。」〔二〕温庭筠：「暖香惹夢鴛鴦錦。」〔三〕孫光憲：「六宫眉黛惹春愁。」〔四〕用「惹」字凡四，皆絶妙。

【箋　證】

〔一〕王維此詩句，見《文苑英華》卷二百六十八《送丘爲往唐州》。

〔二〕見《昌谷集》卷二《昌谷北園新筍四首》之四。

〔三〕見《花間集》卷一《菩薩蠻》。

〔四〕此非孫光憲詞，乃温庭筠《楊柳枝八首》之四中句，見《花間集》卷一。

側　寒

唐詩「春寒側側掩重門」〔一〕，王介甫「側側輕寒剪剪風」〔二〕，許奕小詞「玉樓十二春寒側」〔三〕，吕聖求詞「側寒斜雨」〔四〕，「側寒」字詞人相承用之，不知所出，大意側不正也。「側寒」字甚新，特拈出之。

【箋　證】

〔一〕此非唐人詩，見於趙孟頫《松雪齋集》卷五，題作《絶句》：「春寒惻惻掩重門，金鴨香殘火尚温。燕子不來花又落，一庭風雨自黄昏。」

〔二〕此韓偓《寒食夜》詩首句，見《歲時雜詠》卷十二，「側側」作「惻惻」。李壁引此以注王安石《夜直》詩「剪剪輕風陣陣寒」（見《王荆文公詩箋注》卷四十五），升庵以此誤記爲安石詩。

〔三〕以「玉樓十二春寒側」爲許奕作，僅見升庵此説，《全宋詞》已定其非。升庵《詞林萬選》卷二復録此全詞云：「玉樓十二春寒惻，樓角暮寒吹玊笛。天津橋上舊曾聽，三十六宫秋草碧。昭華人去無消息。江上青山空晚色。一聲落盡短亭花，無數行人歸未得。」題《玉樓春》「聞笛」，以爲杜安世作，而《壽域詞》不載。又於《詞品》卷二「側寒」條，再録此句，以爲無名氏作。三處不同，見其無所適從也。《花草粹編》卷十一載此詞，則録以爲王子武「聞笛」《木蘭花》詞，其首句作「紅樓十二闌干側」。《全宋詞》則據《花草粹編》定其作者爲王武子。

〔四〕此吕濱老《望海潮》詞首句，見《聖求詞》。吕聖求，名濱老，或云渭老，檇李人。宋徽宗宣和間有文名。

亞枝花

白居易集有「亞枝」，謂臨水低枝也〔一〕。孟東野詩：「南浦桃花亞水紅，水邊柳絮由春風。」〔二〕白詩又云「亞竹亂藤多照岸」〔三〕，亦佳句也。

【箋　證】

〔一〕《白氏長慶集》卷十四《亞枝花》：「山郵花木似平陽，愁殺多情驄馬郎。還似昇平池畔坐，低頭向水自看妝。」《説文》：「亞，醜也，象人局背之形。」人駝背，彎曲不能直，俯身向下，故曰醜。詩人用以形容樹枝彎曲低俯下垂之狀。

〔二〕見《孟東野詩集》卷一，題作《南浦篇》，「由春風」原作「颺春風」，據改。嘉靖四卷本《升庵詩話》不誤。

〔三〕《白氏長慶集》卷二十三《汎小艑二首》之二中句。

弔月

錢起詩：「月弔啼烏寒鵶起。」〔一〕李賀詩：「蟪蛄弔月曲欄下。」〔二〕

【箋證】

〔一〕見《錢仲文集》卷一，題作《效古秋夜長》，句作「月弔棲烏啼鳥起」。

〔二〕見《昌谷集》卷二，題作《宫娃歌》，句作「啼蛄弔月鈎欄下」。

坡詩

東坡「春事闌珊芳草歇」〔一〕，或疑「歇」字似趁韻，非也。唐劉瑶詩「瑶草歇芳心耿耿」〔二〕、《傳奇》女郎王麗真詩「燕折鶯離芳草歇」〔三〕，皆有出處，一字不苟如此。謝康樂「芳草今未歇」〔四〕。

【箋證】

〔一〕此東坡《蝶戀花》「離别」詞中句見《東坡詞》，詞押「月」韻。

〔二〕見《才調集》卷三，題作《暗别離》。

〔三〕見《太平廣記》卷三百四十七「曾季衡」條，記出裴鉶《傳奇》，「王麗真」原作「王真」，據補。

〔四〕見《文選》卷二十二謝靈運《游赤石進帆海》詩：「首夏猶清和，芳草亦未歇。」李善注：「《楚辭》曰：『芳以歇而不比。』杜預《左氏傳注》曰：『歇，盡也。』」謂花期過盡。謝詩本此。

悠字單用

《詩》「悠悠蒼天」，注：「眇邈無期貌。」〔一〕後人押韻，罕有單用者，惟《莊子》有「荒唐謬悠」〔二〕，《後漢書》「任重道悠」〔三〕，張平子《東京賦》「建辰旅之太常，紛焱悠以空裔」〔四〕，佛經「道性天悠」〔五〕，可以單押。

【箋證】

〔一〕見《詩·王風·黍離》，此注「悠悠」，各《詩》注未見，未知所出。檢《御批通鑑綱目》卷四十三上，元王幼學釋朱子所云「磧砂悠然」曰：「悠然，眇邈無期貌。」或升庵誤記耶？

〔二〕《莊子·天下篇》：「莊周聞其風而悦之，以謬悠之説，荒唐之言，無端崖之辭，時恣縱而不儻，不以觭見之也。」

〔三〕見《後漢書》卷十上《后紀序》。

〔四〕見《文選》卷三張平子《東京賦》。「東京賦」原誤作「西京賦」，據改。

〔五〕見《廣弘明集》卷十九蕭子良《與南郡太守劉景蕤書》，非佛經也。

悠字押韻

《説文》「攸，行水也。」〔一〕字本從水，省作攸，借爲所字。《古文苑·西嶽碑》：「靈則有攸。」〔二〕秦嘉《述婚》詩：「神啟其吉，果獲令攸。」〔三〕《文選》：「紛焱悠以容裔。」注：「旌旗摇動貌。」〔四〕悠字，詩中除「悠悠」之外，只有「焱悠」與《莊子》「謬悠」、内典「道性天悠」可押。

攸，所也。韓文：「壺儀之攸。」〔五〕《左傳》：「湫乎攸乎。」注：「乘危貌。」又，「欝攸，火氣也。」〔六〕《五行傳》：「御於怵攸。」〔七〕言人君遇災，以憂爲所，則可免也。「怵攸」，猶言敬作所也。《前漢書·叙傳》：「攸攸外寓。」〔八〕《支遁傳》：「嘗游外國，歲數囊悠。」〔九〕

按此條與前條小異，故兩存之。

【箋證】

〔一〕見《説文解字》卷三下：「攸，行水也。从攴，从人、水省。」

〔二〕見《古文苑》卷十八《漢樊毅修西嶽廟記》，題下注「一作碑」。

〔三〕見《古文苑》卷八秦嘉四言《述婚》詩。

〔四〕此引文已見前，《東京賦》原句下薛綜注云：「悠，從風貌。容裔，高低之貌。焱，火花也。言風鼓動旌旗，紛紜盛亂，如火花之飛起。」升庵所引「注」文，實非原注，乃綜薛氏之説而概言之也。

〔五〕韓集中未見「壺儀之攸」語。《昌黎先生文集》卷二十八《扶風郡夫人墓誌銘》中有「壺彝是收」語，疑升庵誤記。

〔六〕《左傳·昭公十二年》傳：「恤恤乎！湫乎！攸乎！」杜預注曰：「恤恤，憂患。湫，愁隘。攸，懸危之貌。」又，《哀公三年》傳：「濟濡帷幕，鬱攸從之。」杜注：「鬱攸，火氣也。」

〔七〕《尚書大傳》卷二《洪範五行傳》：「乃從禦聽於怵攸，以其月從其禮祭之參。」

〔八〕《漢書》卷一百下《叙傳下》：「攸攸外寓，閩越東甌。」師古曰：「攸攸，遠貌。」

〔九〕此引《支遁傳》文未知所出。

詩押徊字

宋賞花釣魚和詩，「徘徊」無别押者，優人有「徘徊太多」之謔〔一〕。余思《漢書·相如傳》有「安翔徐徊」〔二〕，昭帝廟號「從徊」〔三〕，揚雄賦有「徊徊徨徨」〔四〕，唐松陵詩有「遲徊」〔五〕，庾信文有「徠徊」〔六〕。當時諸公未之精思耳，何可謂無〔七〕。

【箋證】

〔一〕賞花釣魚和詩，宋仁宗時事。宋邵博《邵氏聞見後録》卷十七：「嘉祐六年三月，仁皇帝幸後苑，召宰執、侍從、臺諫、館閣以下賞花釣魚。中觴，上賦詩：『晴旭暉暉苑籞開，氤氳花氣好風來。游絲罥絮縈行仗，墮蘂飄香入酒杯。魚躍紋波時潑剌，鶯流深樹久徘徊。青春朝野方無事，故許歡游近侍陪。』宰相韓琦、樞密曾公亮、參政張昇、孫抃、副樞歐陽修、陳旭以下皆和。」又，《古今事文類聚》續集卷十三「伶人譏和詩難」條引《韓魏公語録》云：「仁宗賞花釣魚宴錫詩，執政諸公洎禁從館閣皆屬和，而『徘徊』二字無他義，諸公進和篇，皆押『徘徊』。再坐，教坊雜戲：爲數人尋訪税第，至一宅，觀之至前堂之後，問所以，曰：『徘徊也。』又至後堂、東西序，亦問之，皆曰：『徘徊也。』一人笑曰：『可則可矣，徘徊太多。』」

〔二〕見《漢書》卷五十七上《司相如傳上》所載《上林賦》。

〔三〕《三輔黄圖》卷五「宗廟」：「昭帝廟號徘徊。」《海録碎事》卷十三下、《玉海》卷九十七所載並作「徘徊」。吕祖謙《大事記解題》卷十亦謂「昭帝廟號徘徊」。升庵云此作「從徊」，不知所見何書誤本也。

〔四〕《文選》卷七揚雄《甘泉賦》：「徒徊徊以徨徨兮，魂眇眇而昏亂。」《漢書》卷八十七《揚雄傳》「徊徊」作「回回」，胡應麟《少室山房筆叢》卷十九《藝林學山》一云：「『徒回回以徨徨兮』，見《漢書》、《文選》，俱非此『徊』字。」因以升庵爲誤。實則「回」、「徊」字通，且《文選》亦不作

「回」。孫志祖《文選考異》云：「胡蓋有意詆楊。《選》、《漢》字異者多，不必執此以難彼也。」

〔五〕「唐松陵詩」，當指唐皮日休、陸龜蒙「松陵唱和詩」。《松陵唱和集》卷六，皮日休《行次野梅》詩有「玉妃無侶獨徘徊」之句，陸龜蒙和之云「强欺寒色尚低徊」。「低徊」即「彽徊」。《玉篇》：「彽徊，猶徘徊也。」按《集韻》「遲」或作「趆」，即「彽」也。彽，直尼切，音墀。或升庵所見本《松陵唱和集》作「遲徊」也。

〔六〕庾信集中未見有「徠徊」一詞，疑升庵有所記誤也。

〔七〕《升庵文集》卷六十三另有「徘徊」一條，録此備參。文云：「『徘徊』二字，始於漢人。《高后紀》『徘徊往来』、《思玄賦》『馬倚輈而徘徊』、息夫躬《辭》『鸞徘徊兮』注『徘徊，不得其所也』、茂陵書屋『皆徘徊重屬，行之移晷不能偏』，是也。徐鉉注《説文》，乃云『徘徊』，寬衣之貌，字當作『裴回』。誤矣。」

凝音佞

《詩》：「膚如凝脂。」「凝」音「佞」〔一〕。唐詩：「日照凝紅香。」白樂天詩：「落絮無風凝不飛。」又：「舞繁紅袖凝，歌切翠眉愁。」又：「舞急紅腰凝，歌遲翠黛低。」〔二〕徐幹臣詞：「重省別時，淚漬羅巾猶凝。」〔三〕張子野詞：「蓮臺香燭殘痕凝。」〔四〕高賓王詞：「想蘋汀水雲愁凝，閒蕙帳猿鶴悲吟。」〔五〕柳耆卿詞：「愛把歌喉當筵逞，遏天邊亂雲愁凝。」〔六〕今多作平音，失之，音律亦不協也。

【箋證】

〔一〕見《詩·鄘風·碩人》。「凝脂」，宋釋適之《金壺字考》云：「凝音佞。」

〔二〕此上所引白居易三詩句，分别見《白氏長慶集》卷三十一《酬李二十侍郎》、卷二十七《想東游五十韻》、卷三十三《三月三日祓禊於洛濱》。

〔三〕徐伸，字幹臣，三衢人。政和初，以知音律爲太常典樂，出知常州。此引其自製《轉調二郎神》詞中句。「淚漬羅巾」，王明清《揮麈餘話》卷二録作「淚滴羅襟」，黄昇《唐宋諸賢絶妙詞選》卷八作「泪溼羅衣」，《增修箋注妙選草堂詩餘》前集卷下作「淚漬羅襟」。

〔四〕此張先《歸朝歡》詞，《升庵批點草堂詩餘》卷五録之，升庵於此句下批注云：「叶去聲。《毛詩》：『膚如凝脂。』『凝』叶作『佞』，同此。」

〔五〕見高觀國《竹屋癡語》，題《玉蝴蝶·秋思》。高觀國，字賓王，山陰人。南宋詞人，與陳造、史達祖同時唱和。

〔六〕見柳永《樂章集》，題作《晝夜樂·贈妓》。

《少室山房筆叢》卷四十八《藝林學山》一：「楊所引唐宋人用者十餘，然俱落何遜《梅花》詩後也。」按《藝文類聚》卷八十六載何遜《早梅》詩，有「銜霜當路發，映雪擬寒開」之句，宋人類書所録「凝寒」亦多作「擬寒」，惟趙與旹《賓退録》録作「凝寒」。

夭邪

唐詩：「錢唐蘇小小，人道最夭邪。」〔一〕又：「長安女兒雙髻鴉，隨風趁蝶學夭邪。」〔二〕夭音歪。

【箋證】

〔一〕見《白氏長慶集》卷二十六《和春深二十首》之末一首，「錢塘」作「杭州」。景宋本《白氏文集》於「夭」字下注「伊耶切」，則升庵所云「夭音歪」，似無據。宋王楙《野客叢書》卷十六云：「今言不正者爲『夭邪』，夭，讀爲幺。而樂天詩曰：『莫言蘇小小，人道最夭邪。』夭，伊邪反，非幺字。東坡《梅詩》祖此用夭邪語，今人多讀爲幺邪，而不知爲非也。」

〔二〕此陳與義《清明二首》第一首中句，見《簡齋詩集》卷十，原作「街頭女兒雙髻鴉，隨蜂趁蝶學夭邪」。升庵以爲唐人詩，非。

北走

李文正嘗與門人論詩曰：「杜子美詩『北走關山開雨雪』與『胡騎中宵堪北走』〔一〕，兩『北走』字同乎？」慎對曰：「按字書，疾趨曰走，上聲；驅之走曰奏，去聲。『北走關山』，疾走之走也，如《漢書》『北走邯鄲道』之走〔二〕。『胡騎北走』，驅而走之也，如《漢書》『季布北走胡』之走〔三〕。是疑不同。」先生曰：「爾言甚辯，然吾初無此意。」盧師邵侍御在側，曰：「恐杜公亦未必有此意。」蓋如此解詩，似涉於太鑿耳〔四〕。

【箋證】

〔一〕此引前句，見《九家集注杜詩》卷三十六，爲《贈韋七贊善》詩中句；後句，見卷三十，爲《吹笛》詩中句。

〔二〕《漢書》卷五十《張釋之傳》：「此走邯鄲道也。」注引如淳曰：「走音奏，趣也。」「此走」，升庵引作「北走」，誤。

〔三〕《漢書》卷三十七《季布傳》：「以季布之賢，漢求之急如此，此不北走胡，即南走越耳。」

〔四〕升庵論詩，偶亦失之過鑿。此記師友講貫，雖有自砭之意，實亦自矜也。李東陽，字賓之，號西涯，茶陵人。明孝宗時，官文淵閣大學士，受顧命輔武宗，立朝五十年，卒，謚文正。其文主沈博偉麗，始倡唐詩，影響一代詩風。升庵嘗從其學詩。有《懷麓堂集》。盧雍，字師邵，吴縣人，正德進士，授御史。武宗北狩宣府，欲建行宫，上書力諫，罷之。後出爲四川按察使，有惠政。有《古園集》。

陸機太白詩音

陸機《招隱》詩：「哀音附靈波，頹響赴曾曲。」〔一〕「附」音「拊」。太白詩：「羌笛横吹《阿嚲迴》，向月樓中吹《落梅》。」〔二〕下「吹」字音去聲，不惟便於讀，亦義宜爾也。

【箋　證】

〔一〕見《陸士衡文集》卷五。

〔二〕見《李太白文集》卷四《司馬將軍歌》，「阿嚲迴」原作「阿濫迴」，乃涉「阿濫堆」而誤，今據本集改。參本書卷七「阿嚲迴」條。

文選生煙字

宋人小説謂劉禹錫《竹枝詞》「瀼西春水縠文一作紋生」，乃生熟之「生」〔一〕，信是。《文選》謝朓詩「遠樹曖芊芊，生煙紛漠漠」亦然〔二〕。小謝之句，實本靈運。靈運《撰征賦》云：「披宿莽以迷徑，覩生煙而知墟。」〔三〕

【箋　證】

〔一〕此劉禹錫《竹枝詞九首》之三中句，見《劉夢得文集》卷九。《宋景文筆記》卷上：「晏丞相嘗問曾明仲云：『劉禹錫詩有「瀼西春水縠紋生」，「生」字作何意？』明仲曰：『作「生育」之「生」。』丞相曰：『非也，作「生熟」之「生」語乃健。』」

〔二〕謝朓《游東田》詩句，見《文選》卷二十二。

〔三〕見《宋書》卷六十七《謝靈運傳》，「披」作「被」。

十字平音

唐詩：「三十六所春宫殿，一一香風透管弦。」〔一〕又：「緑波東西南北水，紅闌三百九十橋。」〔二〕又：「春城三百九十橋，夾岸朱樓隔柳條。」〔三〕又：「煩君一日殷勤意，示我十年感遇詩。」〔四〕陳郁云：「『十』音當爲『諶』也，謂之『長安語音』〔五〕。律詩不如此，則不叶矣。

【箋　證】

〔一〕此見於宋本《十家宫詞》宋白《宋文安公宫詞》，非唐詩，「春宫殿」作「春宫館」，「透管弦」作「送管弦」。宋白，字太素，大名人。宋太祖建隆二年舉進士甲科。歷官集賢殿直學士、翰林學士，終吏部尚書。預修《太祖實録》、《文苑英華》、《續通典》等書。

〔二〕此白居易《正月三日閒行》中句，見《白氏長慶集》卷二十四。

〔三〕《劉夢得文集》外集卷二《樂天寄憶舊游因作報白君以答》，「三百九十橋」作「三百七十橋」。

〔四〕此晁説之詩，見陸游《老學庵筆記》卷五，全詩今佚，僅存此一聯。

〔五〕陳郁，字仲文，號藏一，宋臨川人。理宗朝充緝熙殿應制，又充東宮講堂掌書。有《藏一話腴》，今存《四庫全書》本及涵芬樓《説郛》輯本。陳郁此語見涵芬樓本《説郛》卷六十所載《藏一話腴》，云：「唐人都長安，語音非東南比。於詩句考之，如『緑浪東西南北路，紅欄三百九十橋』，『十』當爲『諶』也。『爲問長安月，如何不相離。恰似春風相欺得，夜來吹折數枝花』，『相』當爲『廝』也。『晚來幽獨恐傷神』，『恐』當爲『共』也。後人皆倣而爲之，如『三十六所春風館，一一香風送管絃』、『煩君一日殷勤意，示我十年感遇詩』。」然陳氏之説，實本之於陸游。《老學庵筆記》卷五云：「故都里巷間人言利之小者曰『八文十二』。謂『十』爲『諶』，蓋語急，故以平聲呼之。白傅詩曰：『緑浪東西南北路，紅欄三百九十橋。』《宋文安公宫詞》曰：『三十六所春宫館，一一香風送管絃。』晁以道詩亦云：『煩君一日殷勤意，示我十年感遇詩。』則詩家亦以『十』爲『諶』矣。」

七平七仄詩句

「吐舌萬里唾四海。」宋玉《大言賦》〔一〕「七變入臼米出甲。」緯書〔二〕「一月普見一切水，一切水月一月攝。」佛經〔三〕「離袿飛髾垂纖羅。」《文選》〔四〕「梨花梅花參差開。」崔魯〔五〕「有客有客字子美。」杜〔六〕

【箋證】

〔一〕宋玉《大言賦》，見《古文苑》卷二，「唾四海」作「唾一世」。

〔二〕《古微書》卷九《春秋運斗樞》：「粟五變而以陽，化生爲苗秀爲禾，三變而粲謂之粟，四變入臼米出甲，五變而蒸飯可食。」又，卷十一《春秋説題辭》曰：「孔子言曰：『七變入臼米出甲。』」

〔三〕此乃唐代高僧永嘉玄覺禪師所作，「玄覺」又作「真覺」。宋釋惠洪撰《禪林僧寶傳》卷十二《薦福古禪師傳》引之云：「真覺云：『一月普現一切水，一切水月一月攝。』」又引三祖釋之云：「一即一切，一切即一，故曰萬法本無，攬真成立，真性無量，理不可分。故知無邊法界之理，全體偏在一法一塵之中。」此偈後世禪林多有引用。

〔四〕見《文選》卷十七傅武仲《舞賦》，原文作「華袿飛髾而雜纖羅」，非七言詩也。《古文苑》卷二所載同，惟以《舞賦》作者爲宋玉。

〔五〕見《唐百家詩選》卷十九，題崔魯《春日長安即事》。

〔六〕此見《九家集注杜詩》卷六，爲《乾元中寓居同谷縣作七首》第一首中句。

王世貞《藝苑卮言》云：「楊用修所載『七仄』，如宋玉『吐舌萬里唾四海』、緯書『七變入臼米出甲』、佛偈『一切水月一月攝』；『七平』，如《文選》『離袿飛綃垂纖羅』，俱不如老杜『梨花梅花參差開』、『有客有客字子美』和美易讀，而楊不之及。」按王氏所舉老杜「梨花梅花參差開」、「有客有客字子美」二句，升庵已引，而以爲「不之及」何也？「梨花」句乃崔魯詩，升庵亦已注明，而王氏以爲老杜詩，亦誤矣。又，周嬰《巵林》卷五曰：「宋玉《大言賦》『吐舌萬里唾一世』，此於長短句中偶出七言耳。《春秋運斗樞》『三變而粲謂之粟，四變入臼米出甲，五變而蒸飯可食』，此句與詞詠益不相關，不當以混《風》、《雅》。《文選》、《古文苑》、《舞賦》乃作『華袿飛綃而雜纖羅』，不獨非七平，亦且八字矣。」所云良是。

升庵詩話新箋證卷六

劍門明皇詩

予往年過劍門關，絶壁上見有唐明皇詩云：「劍閣横空峻，鑾輿出狩回。翠屏千仞合，丹嶂五丁開。灌木縈旗轉，仙雲拂馬來。乘時方在德，嗟爾勒銘才。」〔一〕是詩《英華》及諸唐詩皆不載，故記於此〔二〕。

【箋證】

〔一〕唐鄭綮《開天傳信記》：「上幸蜀，車駕次劍門，門左右巖壁峭絶，上謂侍臣曰：『劍門天險若此，自古及今敗亡相繼，豈非在德不在險耶？』因駐蹕題詩曰云云。其詩至德二年，普安郡太守賈深勒於石壁，今存焉。」《唐詩紀事》卷二亦載此詩，云：「帝幸蜀，西至劍門，題詩曰云云。」「横空峻」，《唐詩紀事》作「横雲峻」。按，《唐詩紀事校箋》云：「『帝幸蜀，西至劍門』，據詩『出狩回』意，當作『帝幸蜀回，至劍門』。」所云極是。

〔二〕明陳耀文《正楊》卷四云：「此詩《品彙》、本集等多載，『横空峻』一本作『盤空度』，今云諸唐詩皆不載，何耶？」檢《唐詩品彙》卷五十九載此詩，題作《幸蜀西至劍門》，乃據《唐詩紀事》録入，「横空峻」亦作「横雲峻」。

猶唱猶吹〔一〕

《後庭花》，陳後主之所作也。主與倖臣各製歌詞，極於輕蕩，男女唱和，其音甚哀。故杜牧之詩云：「煙籠寒水月籠沙，夜泊秦淮近酒家。商女不知亡國恨，隔江猶唱《後庭花》。」〔二〕《阿濫堆》，唐明皇之所作也。驪山有禽名阿濫堆，明皇御玉笛，將其聲翻爲曲，左右皆能傳唱。故張祜詩曰：「紅葉蕭蕭閣半開，玉皇曾幸此宫來。至今風俗驪山下，村笛猶吹《阿濫堆》。」〔三〕二君驕淫侈靡，躭嗜歌曲，以至於亡亂。世代雖異，聲音猶存。故詩人懷古，皆有「猶唱」「猶吹」之句。嗚呼！聲音之入人深矣。

【箋證】

〔一〕此條全録自《韻語陽秋》卷十五。《升庵外集》卷七十二逕題作「韻語陽秋」，《函海》本改作此題，今從之。

〔二〕五代後蜀何光遠《鑑誡録》卷七：「内臣嚴凝月等競唱《後庭花》、《思越人》，及搜求名公艷麗絶句，編爲《柳枝詞》。君臣同座，悉去朝衣，以晝連宵，絃管喉舌相應，酒酣則嬪御執卮，后妃堪亂，令手相招，醉眼相盼。以至履舄交錯，狼籍杯盤。是時淫風大行，遂亡其國。《後庭花》

者，亡陳之曲，故杜牧舍人宿秦淮，有詩曰云云。」杜牧詩《才調集》卷四題作《泊秦淮》。

〔三〕南唐尉遲偓《中朝故事》卷上：「驪山多飛禽，名阿濫堆。明皇帝御玉笛，採其聲翻爲曲子名焉。左右皆傳唱之，播於遠近，人競以笛效吹。故詞人張祜詩曰云云。」張祜詩乃《華清宮四首》之三，《張承吉文集》卷四、《萬首唐人絶句》七言卷四十三所載，「玉皇」作「上皇」。

高宗過温湯

「温渚停仙蹕，豐郊駐曉旍。路曲迴輪影，岩虚傳漏聲。暖溜驚湍駛，寒空碧霧輕。林黄疏葉下，野白曙霜明。眺聽良無已，煙霞斷續生。」此篇《文苑英華》作太宗〔一〕。按驪山石刻，年紀「麟德十月朔日」，爲高宗無疑。應制和者，王德真、楊思玄、鄭義真，又皆高宗朝士也〔二〕。

【箋　證】

〔一〕《文苑英華》卷一百七十載此詩，題太宗作。

〔二〕《唐詩紀事》卷一於「高宗」下載録此詩。又於卷三載越王貞，卷五載王德真、楊思玄、鄭義真等人《和過温湯》詩，諸人皆高宗從臣也。「王德真」、「鄭義真」原誤作「王德貞」、「鄭義真」，今據《唐詩紀事》改。

武后如意曲

「看朱成碧思紛紛，憔悴支離爲憶君。不信比來長下淚，開箱驗取石榴裙。」〔一〕張君房《脞説》云：「千金公主進洛陽男子，淫毒異常，武后愛幸之，改明年爲如意元年。是年，淫毒男子亦以情殫疾死。后思之作此曲，被於管絃。」〔二〕嗚呼！武后之淫虐極矣，殺唐子孫殆盡。其後武三思之亂，武氏無少長，皆誅斬絶焉。雖武攸緒之賢，而不能免也。使其不入宫闈，恣其情慾於北里教坊，豈不爲才色一名伎，與劉采春、薛洪度相輝映乎〔三〕？魯三江《詠史》詩云：「唐代宗風本雜夷，周家又見結龍漦。不如放配《河間傳》，免使摧殘仙李枝。」〔四〕

【箋　證】

〔一〕見《樂府詩集》卷八十，題作《如意娘》，題解引《樂苑》云：「《如意娘》，商調曲，唐則天皇后所作也。」

〔二〕張君房，岳州安陸人，宋真宗景德中進士及第，官尚書度支員外郎，充集賢校理，祥符中自御史臺謫官寧海。著有《雲笈七籤》一百二十卷，及小説《乘異記》、《麗情集》、《科名分定録》、《縉紳脞説》等。此引《脞説》，當指《縉紳脞説》，其書今佚。此引「洛陽男子」事，明人徐昌齡據之敷衍而成小説《如意君傳》，謂薛敖曹以淫行得幸，而終諫武后歸政於唐。其序曰：「《如意君傳》者何？則天武后中冓之言也。雖則言之醜也，亦足監乎！昔者四皓翼太子，漢祚以安，實賴留侯之力。如留侯，可謂社稷忠矣（此上「侯之力如留侯可謂社稷」十字，原在下文「實敖曹氏之力也」句中「之」字之下，今傳各本並同，當爲鈔手舛錯所致，今據文意乙正）。則天武后强暴無紀，荒淫日盛，雖乃至廢太子而自立，衆莫之能正焉。而中宗之復也，實敖曹氏之力也。此雖以淫行得進，亦非社稷忠乎？當此之時，留侯慮之，四皓翼之，且焉能乎？《易》曰：『納約自牖。』敖曹氏用之。由是觀之，雖則言之醜也，亦足監乎！」

〔三〕劉采春、薛洪度，皆唐名妓。劉采春事，參本書卷十一。薛洪度，即薛濤也。

〔四〕魯交，字叔達，別號三江，四川梓桐人。宋仁宗時，官虞部員外郎。有《三江集》。其詩中「龍漦」，指褒姒事，見《史記·周本紀》。「河間傳」，此指娼寮也。柳宗元《柳河東集》外集卷上《河間傳》云：「河間，淫婦人也，不欲言其姓，故以邑稱。」

景龍文館學士長寧公主宅流杯

「憑高瞰迥足怡心，菌閣桃源不暇尋。餘雪依林成玉樹，殘英點岫即瑶岑。」〔一〕此詩非絶句體，然以半律視之，則極工矣。

【箋　證】

〔一〕此非景龍文館學士詩，乃上官婉兒詩。《唐詩紀事》卷三載上官婉兒《長寧公主流杯池》詩六首，其後接七言三首、五言九首、四言五首、三言二首。此七言三首之三。上官婉兒，陝州陝縣人，高宗西臺侍郎上官儀孫女。上官儀被誅，隨母没入内廷。通曉文辭，明於吏事，十四歲，爲則天掌詔命，百司章奏，多令參決。代朝廷品評天下詩文，游宴賦詩，多爲帝、后代作。中宗即位，爲婕妤，進拜昭容。臨淄王李隆基起兵誅韦氏，被斬首旗下。

楊素詩文

楊素作《柳弘誄》云：「山陽王弼，風流長逝；潁川荀粲，零落無時。修竹夾池，永絶梁園之賦；長楊映沼，無復洛川之文。」〔一〕又嘗「以五言詩七百字贈播州刺史薛道衡，詞氣潁拔，風韻秀出，爲一時盛作」。見《文苑英華》〔二〕。素本以武功顯，而文藻若此。

【箋　證】

〔一〕楊素，字處道，弘農華陰人。仕周，歷官至徐州總管，進柱國，封清河縣公。隋受禪，加上柱國，拜荊州總管，封越國公。煬帝即位，遷尚書令，拜太子太師，楚國公。此引文見《周書》卷二十二《柳慶傳附子弘傳》。「潁川荀粲」原作「潁川荀爽」，據史文改。

〔二〕此前數語，引自《隋書》卷四十八《楊素傳》。《文苑英華》卷二百四十八載楊素《贈薛播州十四首》，每首五韻十句，共七百字。

陳子昂詩

陳子昂《送客》詩云：「故人洞庭去，楊柳春風生。相送河洲晚，蒼茫别思盈。白蘋已堪採，緑芷復含榮。江南多桂樹，歸客贈生平。」今本作「平生」，非。書所以貴舊本也。余見新本，疑其誤而思之未得，一見舊本，釋然〔一〕。

【箋　證】

〔一〕涵芬樓影明弘治刊本《陳伯玉文集》卷二及《文苑英華》卷二百六十七、《唐文粹》卷十五上載此詩，並與升庵所見舊本同，惟諸本所録「堪採」皆作「堪把」。明銅活字本《唐五十家集》本《陳子昂集》卷下所載，「生平」作「平生」，或即升庵所見新本也。

幽州臺詩

陳子昂《登幽州臺歌》云：「前不見古人，後不見來者。念天地之悠悠，獨愴然而涕下。」其辭簡直，有漢魏之風，而文集不載〔一〕。

【箋　證】

〔一〕此詩見於《文苑英華》卷七百九十三盧藏用《陳子昂别傳》中。涵芬樓影明弘治刊本《陳伯玉文集》及《四庫全書》本《陳伯玉集》正文皆無，然附録有《陳子昂別傳》。

岑參簇拍六州歌頭

「西去輪臺萬里餘，也知音信日應疎。隴山鸚鵡能言語，爲報家人數寄書。」〔一〕伊州、渭州、梁州、氐州、甘州、涼州，謂之六州〔二〕。宋時大喪以《六州歌頭》引之〔三〕，本朝用《應天長》。

【箋　證】

〔一〕此詩《樂府詩集》卷七十九收入《近代曲辭》，《萬首唐人絶句》七言卷五十八《樂府辭二十五首》中，録入此首。二書並題作《簇拍陸州》，不著撰人，「也知音信」作「故鄉音耗」，「家人」作「閨人」。又，岑參《岑嘉州集》卷七、《唐詩品彙》卷四十八「岑參」下並載此詩，題作《赴北庭度隴思家》，「西去」並作「西向」，「音信」並作「鄉信」，「能言語」《唐詩品彙》作「能知語」。

〔二〕升庵《詞品》卷一有「六州歌頭」條，云：「六州得名，蓋唐人西邊之州：伊州、梁州、甘州、石州、渭州、氐州也。」所云六州，較此多「石州」而少「涼州」。升庵之説，明清以來，學者多沿其説。而近人任半塘力辨其非，《唐聲詩》下編「簇拍陸州」條云：「凡興於地方之聲樂，代表相鄰之某一地區則可，代表不同之若干地區則不可。」「此六州各有地區，且亦各有歌曲，如何又合有一《六州》總曲？唐樂未聞有此制。」又云：「唐六胡州在宥州，今陝西之靖邊、横山等縣，李益詩中之無定河亦在焉。六胡州所安置之胡部，稱『六州胡』。」按：唐六胡州，乃專爲内附九姓鐵勒而設，其地當在今甘肅靈武一帶，《唐會要》卷七十三「靈州都督府」所謂「河曲六州」是也。任氏所云「唐六胡州在宥州，今陝西之靖邊、横山等縣」，地域稍誤，而其以《六州》曲出六胡州，則是矣。

〔三〕程大昌《演繁露》卷十六「六州歌頭」條：「《六州歌頭》，本鼓吹曲也，近世好事者倚其聲爲弔古詞，如「秦亡草昧劉項起吞併」者是也。音調悲壯，又以古興亡事實之，聞其歌使人悵慨，良不與艷辭同科，誠可喜也。本朝鼓吹止有四曲：《十二時》、《導引》、《降仙臺》并《六州》爲曲，每大禮宿齋，或行幸遇夜，每更三奏，名爲警場。……政和七年詔《六州》改名《崇明祀》，然天下仍謂之《六州》，其稱謂已熟也。今前輩集中，大祀大卹皆有此詞。」此或升庵説之所據。

杜審言詩

杜審言《早春游望》詩〔一〕，《唐三體》選爲第一首〔二〕，是也。首句「獨有宦游人」，第七句「忽聞歌古調」，妙在「獨有」、「忽聞」四虚字。《文選》殷仲文詩「獨有清秋日」〔三〕，審言祖之。蓋雖二字，亦不苟也。詩家言「子美無一字無來處」〔四〕，其祖家法也。

【箋證】

〔一〕杜審言《和晉陵陸丞早春游望》：「獨有宦游人，偏驚物候新。雲霞出海曙，梅柳渡江春。淑氣催黄鳥，晴光轉緑蘋。忽聞歌古調，歸思欲沾巾。」見《文苑英華》卷二百四十一。

〔二〕周弼《三體唐詩》卷五録杜審言此詩爲五律詩「四實」第一首，題作《早春游望》。所謂「三體」，七言絶句、七言律詩、五言律詩也。范晞文《對牀夜語》卷二曰：「周伯弜選唐人家法，以四實爲第一格，四虚次之，虚實相半又次之。其説四實，謂中四句皆景物而實也。於華麗典重之間，有雍容寬厚之態，此其妙也。」

〔三〕此殷仲文《南州桓公九井作》詩中句，見《文選》卷二十二。

〔四〕黄庭堅《答洪駒父書》：「老杜作詩，退之作文，無一字無來處。」見《山谷集》卷十九。

京師易春晚

杜審言詩：「始出鳳凰池，京師易春晚。」〔一〕奇句也。蓋言繁華之地，流景易邁。李頎詩：「好在長安行樂地，空令歲月易蹉跎。」〔二〕亦此意耳。近刻本改作「陽春晚」，非也。幸《唐詩品彙》可證。余嘗言古書重刻一番，差訛一番：一苦於人之妄改，二苦於匠之刀誤。書所以貴舊本，以此〔三〕。

【箋　證】

〔一〕此杜審言《送和西蕃使》詩句，見明銅活字《唐人五十家集》本《杜審言集》卷上、《唐詩品彙》卷一，「始」並作「使」，當據改。「易春晚」，《杜審言集》作「陽春晚」，與升庵説近刻同；《唐詩品彙》作「易春晚」，「易」、「陽」字同，與升庵説「易」字形近而已。疑「使」改作「始」，亦升庵所爲，以證成其下文「流景易邁」之説也。

〔二〕此李頎七律詩《送魏萬之京》尾聯，《唐音》卷五、《唐詩品彙》卷八十三所載，「好在長安行樂地」，並作「莫是長安行樂處」。

〔三〕「幸《唐詩品彙》可證」以下數句，《升庵外集》本、《函海》本無，據嘉靖四卷本《升庵詩話》補。

儲光羲七言律

儲光羲詩五卷，五言古詩過半，七言律止《田家即事》一首而已：「桑柘悠悠水蘸堤，晚風晴景不妨犂。高機猶織卧蠶子，下阪飢逢餉饁妻。杏色滿林羊酪熟，麥涼浮隴雉媒低。生時樂死皆由命，事在旻天迴不迷。」〔一〕

【箋　證】

〔一〕《儲光羲詩集》五卷，前四卷皆五言古詩，第五卷爲近體詩，其中七律只此。集中所載，「旻天」作「皇天」。儲光羲，潤州延陵人。開元十四年進士及第，釋褐馮翊縣佐，歷安宜、下邽諸縣尉。

後歸隱終南。天寶間出任太祝，遷監察御史。安史亂起，陷賊中，受僞職。亂平繫獄。寶應元年遇赦，尋卒於貶所。

選詩補注

劉履作《選詩補注》，效朱子注《三百篇》，其意良勤矣。然曲説强解，殊非作者之意〔一〕。如郭璞《游仙詩》附會於君臣治道，此何理耶〔二〕？且所見寡陋，如儲光羲詩：「格澤爲君駕。」〔三〕格澤，星名。《大人賦》「建格澤之長竿」是也〔四〕。履乃云：「獅子名曰白澤。『白』與『格』相近，白澤即格澤也。」〔五〕此何異村學究之欺小童耶？《甘氏星經》彼未點目〔六〕，諸史《天文志》亦當觸手，臆説若此，何以註爲？又以唐、宋詩續《選》，唐詩選未盡善，宋詩尤駁。如王安石《雲山》詩：「子今此去來無時，予有不可誰予規。」此乃宋之極下者。而履乃取之，且云「宋諸家未有過之者」〔七〕。此何異背瞳眯目人語乎！

【箋　證】

〔一〕「朱子注《三百篇》」，指朱熹《詩集傳》。劉履，字坦之，元上虞人。入明不仕，自號草澤閒民。著有《風雅翼》十四卷，其中《選詩補注》八卷、《選詩補遺》二卷、《選詩續編》四卷。《四庫全書總目》卷一百八十八《風雅翼提要》云：「是編首爲《選詩補注》八卷，取《文選》各詩删補訓釋，大抵本之五臣舊注，曾原演義，而各斷以己意。……其去取大旨，本於真德秀《文章正宗》，其銓釋體例，則悉以朱子《詩集傳》爲準。……至於以漢魏篇章强分比興，尤未免刻舟求劍，附合支離。朱子以是注《楚詞》尚有異議，況又效西子之顰乎！」對其書之評價與升庵同。

〔二〕《文選》載郭璞《游仙詩》七首，《風雅翼》卷四選録五首。

〔三〕此《田家雜興二首》之一中句，見《風雅翼》卷十一。《儲光羲詩集》卷一載此題作《雜詩二首》。

〔四〕《漢書》卷五十七《司馬相如傳》司馬相如《大人賦》「建格澤之修竿兮」，張揖注曰：「格澤之氣如炎火狀，黄白色，起地上至天，下大上鋭。修，長也。建此氣爲長竿也。」司馬光《類篇》卷十七：「格澤，星名，一曰妖氣。」《史記》卷二十七《天官書》：「格澤星者，如炎火之狀，黄白起地而上，下大上兑。其見也，不種而穫，不有土功，必有大害。」

〔五〕《風雅翼》卷十一《選詩續編》一選儲光羲《田家雜興二首》，其第二首末劉履原注「格澤」云：「按《説文》，師子一名白澤，疑即此也。」其以「師子」釋「格澤」誠誤，然所注並無「『白』與『格』相近，白澤即格澤」斷然之語也。

〔六〕自《甘氏星經》以下原無，據《丹鉛餘録》卷十五補。殆焦竑編録《升庵外集》時所删去者。

〔七〕《風雅翼》卷十四《選詩續編》四選王安石《雲山詩送孫正之》。其末劉履評語云：「此詩詞調近古而意思簡淡，較之宋諸家語，似亦未有能過之者，故録之。」

崔塗王維詩

崔塗《旅中》詩：「漸與骨肉遠，轉於僮僕親。」〔一〕詩話亟稱之。然王維《鄭州》詩：「他鄉絶儔侶，孤客親僮僕。」〔二〕已先道之矣。但王語渾含勝崔。

【箋證】

〔一〕《歲時雜詠》卷四十一、《文苑英華》卷二百九十五載此詩，題崔塗《巴山道中除夜書懷》，爲五言律詩。詩又見於《四部叢刊》影明本《孟浩然集》卷四，題作《除夜》，然宋刻本無，當爲崔詩無疑。《全唐詩》卷一百六十、卷六百七十九則孟、崔兩家並載之。崔塗，字禮山，江南人。光啟四年登進士第。

〔二〕此見王維《王右丞集》卷六《宿鄭州》詩，五言古詩也。

王世貞《弇州四部稿》卷一百四十七云：「昔人謂崔塗『漸與骨肉遠，轉於僮僕親』，遠不及王維『孤客親僮僕』，固然。然王語雖極簡切，入選尚未。崔語雖覺支離，近體差可。要在自得之。」以爲王詩雖好，卻於律未醇，崔語支離，卻律體已備，要在各有會心，不可强爲軒輊。吴景旭《歷代詩話》卷五十三則云：「詩有涉履所至，吻喉筋節，以直以促，發人酸楚，着不得些子文辭。如蘇子卿之『生當復來歸，死當長相思』，傅休奕之『志士惜日短，愁人知夜長』，曹顔遠之『富貴他人合，貧賤親戚離』皆此類也。

何處下『渾含』二字？亦誰能以體律之？昔人謂崔塗此聯，與鄭谷『在處有芳草，滿城無故人』一聯，可謂委曲形容旅況，非富貴安逸，不出户庭者口中所能道。此謂知言。」於楊、王二説並非之。

右丞詩用字

王右丞詩：「暢以沙際鶴，兼之雲外山。」〔一〕孟浩然云：「重以觀魚樂，因之鼓枻歌。」〔二〕雖用助語辭，而無頭巾氣。宋人黄、陳輩效之，如：「且然聊爾耳，得也自知之。」〔三〕又如：「命也豈終否，時乎不暫留。」〔四〕豈止學步邯鄲，效顰西子，乃是醜婦生瘡，雪上再霜也。

【箋　證】

〔一〕此王維《汎前陂》詩中句，見《王右丞集》卷五。

〔二〕此孟浩然《尋梅道士》詩中句，見《孟浩然集》卷三。

〔三〕此黄山谷《德孺五丈和之字詩韻，難而愈工，輒復和成，可發一笑》詩首聯，見《山谷集》卷十一。

〔四〕《説郛》卷四十三張耒《明道雜志》：「王中父，名介，衢州人，以制舉登第。性聰悟絶人，所嘗讀書皆成誦。而任氣多忤物，以故不達，終於館職、知州。其作詩多用助語足句，有《送人應舉》詩，落句云：『上林春色好，攜手去來兮。』又《贈人落第》詩云：『命也豈終否，時乎不暫留。勉哉藏素業，以待歲之秋。』此前古未有也。」

王摩詰遺詩

王摩詰詩，今所傳僅六卷〔一〕。如「輕陰閣小雨，深院晝慵開。坐看蒼苔色，欲上人衣來」一首，見於洪覺範《天廚禁臠》〔二〕；「人家在仙掌，雲氣欲生衣」二句，見於《董逌畫跋》〔三〕。而本集不載，則知其詩遺落多矣。

【箋證】

〔一〕涵芬樓景元刊本《須溪先生校本唐王右丞集》、明銅活字《唐五十家集》本《王摩詰集》皆六卷。另有嘉靖中顧起經《類箋王右丞集》十四卷，外編、附録若干卷，升庵未之見也。

〔二〕釋惠洪，字覺範，江西新昌人，工詩能文，與蘇軾、黄庭堅爲方外交。有《冷齋夜話》十卷。又《天厨禁臠》三卷，乃其專論詩格之書。此引詩題作《書事》，見《天厨禁臠》卷中。

〔三〕董逌《廣川畫跋》卷五「書王摩詰山水後」條云：「世言摩詰筆蹤措思，參於造化，而刱意經圖，即有所缺。如山水平遠，雲峰石色，絶跡天機，非繪者所及。觀此圖，便知古人之論爲得正。使後之評者，不能加此。余見世以畫名者，無復生動氣象，不過聚石爲山，分畫寫水，又豈可以與論『人家在仙掌，雲氣欲生衣』者耶？」此升庵所據。董逌，字彦遠，宋東平人。政和中，官徽猷閣待制。南渡靖康末，官國子司業。後受張邦昌僞命，爲世所不齒。有《廣川書跋》十卷、

《廣川畫跋》六卷。

仇池筆記

《陽關三疊》，每句皆再唱，而首句不疊〔一〕。

【箋證】

〔一〕此見蘇軾《仇池筆記》卷上「陽關三疊」條。十二卷本《東坡志林》亦載而文字加詳，今録於後。《東坡志林》卷七：「舊傳《陽關》三疊，然今世歌者，每句再疊而已。若通一首，言之又是四疊，皆非是。或每句三唱，已應三疊之説，則叢然無復節奏。余在密州，有文勛長官以事至密，自云得古本《陽關》，其聲宛轉凄斷不類，乃知唐本三疊蓋如此。及在黄州，偶得樂天《對酒》云：『相逢且莫推辭醉，聽唱《陽關》第四聲。』注云：『第四聲：勸君更盡一盃酒。』以此驗之，若一句再疊，則此句爲第五聲，今爲第四聲，則一句不疊審矣。」蘇軾所引白居易詩，爲《對酒五首》之四，句末有白氏自注云：「第四聲：『勸君更盡一杯酒，西出陽關無故人。』」即蘇軾所據。

裴迪詩

湖廣景陵縣西塔寺，有陸羽茶泉。裴迪有詩云：「景陵西塔寺，蹤跡尚空虛。不獨支公住，曾經陸羽居。草堂荒産蛤，茶井冷生魚。一汲清泠水，高風味有餘。」迪與王維同時，其詩自輞川倡和外無傳。此詩，予見之石刻云〔一〕。

【箋　證】

〔一〕裴迪，關中人，初居長安，與王維輞川倡和。天寶後，爲蜀州刺史，杜甫流寓成都，嘗相過從。陸羽，字鴻漸，一名疾，字季疵，號桑苧翁，唐復州竟陵人。上元初，隱於苕溪，徵拜太子文學，又徙太常寺太祝，並不就職。貞元末卒。羽嗜茶，著《茶經》三篇。事跡見《新唐書·隱逸傳》。二人一盛唐，一中唐，前後時代不同，況此詩又爲憑弔陸羽舊居，則所作當更在貞元後，顯然非裴迪詩也。按，此詩升庵當録自天順時李賢等奉敕撰修之《明一統志》卷六十。其文云：「陸子泉，在沔陽州治西廣教院，一名文學泉。唐陸羽嗜茶，得井泉以試茶味，故名。唐裴迪詩云云。」「景陵」作「竟陵」，是，當據改。唐復州竟陵縣，五代石晉改景陵縣，若詩作「景陵」，則爲五代以後之人作矣。

此詩非裴迪作，明李維楨《陸鴻漸祠碑記》已辨之矣。其云：「余覽《一統志》載裴迪《茶泉詩》，『竟陵西塔寺，曾經陸羽居』。羽天寶中爲縣伶師，其時名未著。至與皇甫曾、權德輿、李季卿游，是大曆、元和時人。王摩詰與迪酧倡，爲盛唐時人。迪即年少，晚或及締交，今其詩似詠鴻漸故居，則不相應。豈名氏偶同，或後人僞撰邪？《志》又言『陸子泉，在沔陽州治西廣教院』，竟陵故沔屬邑，鴻漸所往來人，或慕而爲之名，或誤以縣爲州。二事無足深辨，然論世亦不可不審也。」所論良是。胡應麟《少室山房筆叢》卷四十六《藝林學山》一亦辨之云：「陸鴻漸與皇甫曾、權德輿、李季卿輩游往，是大曆元和人。《唐書》及《紀事》並同。傳雖稱羽天寶中爲州伶師，然其時固未嘗以茗荈著也。而裴迪、右丞輞川酬倡，自當爲盛唐人，去陸頗遠。即迪視維稍晚出，後或及羽周旋，亦當年行懸絶。今此詩乃似羽爲前輩，而迪咏其故居者，必非裴作甚明。蓋用修誤記，或後人僞撰，若李赤之題姑熟耳。」李赤，謂冒名作僞者。見柳宗元《李赤傳》。

七夕曝衣

沈佺期《七夕曝衣篇》云：「君不見昔日宜春太液邊，披香畫閣與天連。燈火灼爍九衢映，香氣氛氲百和然。此夜星繁河正白，人傳織女牽牛客。宮中擾擾曝衣樓，天上娥娥紅粉席。舒羅散綵雲霧開，綴玉垂珠星漢迴。朝霞散彩羞衣架，晚月分光劣鏡臺。上有仙人長命綹，中看寶媛迎歡繡。琫璏筵中別作春，琅玕窗裏翻成晝。椒房金屋寵新流，意氣嬌奢不自由。漢文宜惜露臺費，晉武須焚前殿裘。」〔一〕佺期此詩，首以藻繪，終歸諷戒，深可欽玩。近刻沈集，不載此詩，蓋本類書鈔合，非當日全集也。

【箋證】

〔一〕沈佺期，字雲卿，相州内黄人。擢進士第，長安中累遷通事舍人。預修《三教珠英》，轉考功郎、給事中。坐交張易之，流驩州。稍遷台州録事參軍。神龍中，拜起居郎，修文館直學士。歷中書舍人、太子少詹事。開元初卒。此詩明銅活字《唐五十家詩集》本《沈佺期集》不載。《歲時雜詠》卷二十六載之，有序云：「按王子陽《園苑疏》，太液池邊有武帝曝衣閣，帝至七月七日夜，宫女出后衣登樓曝之。因賦《曝衣篇》。」所録此詩較此多七句，且文字亦有異同，今全録以備參。詩云：「君不見昔日宜春太液邊，披香畫閣與天連。燈光灼爍九微映，香氣氛氲百和然。此夜星繁河正白，人傳織女牽牛客。宫中擾擾曝衣樓，天上娥娥紅粉席。曝衣何許曛半黄，宫中綵衣提玉箱。珠履奔騰上蘭砌，金梯宛轉出梅梁。絳河裏，碧煙上，雙花伏兔斂屏風，七子盤龍擎斗帳。舒羅散縠雲霧開，綴玉垂珠星漢迴。朝霞散綵著衣架，曉月分光劣鏡臺。上有仙人長命綹，中有玉女迎歡繡。玳瑁簾中別作春，珊瑚窗裏翻成晝。椒房金屋寵新流，意氣驕奢不自由。漢文宜惜露臺費，晉武須焚前殿裘。」《唐詩紀事》卷十一亦載此詩，無序。

芬　月

沈佺期詩「芬月期來過」，又稱「芳月」〔一〕。

【箋　證】

〔一〕此沈佺期《辛丑歲十月上幸長安，時扈從出西嶽作》詩中句，見《文苑英華》卷一百五十九、《古今事文類聚》前集卷十三所載，並作「芳月期再來」，《文苑英華》「芳」字下注云：「集作

『芬』。」明銅活字《唐五十家詩集》本《沈佺期集》卷一、《唐詩品彙》拾遺卷一並作「芬月」。

五字

郭頒《世語》曰：「司馬景王命中書郎虞松作表，再呈不可意。鍾會取草，爲定五字，松悦服，以呈景王。景王曰：『不當爾耶？』松曰：『鍾會也。』景王曰：『如此可大用。』」〔一〕沈佺期詩「五字擢英才」，用此事也〔二〕。解者以「五字」爲詩，誤矣。

【箋證】

〔一〕郭頒，《升庵文集》卷五十七、《丹鉛總録》卷二十及《詩話》各本並作「郭頌」。按：此引文出《三國志·魏書》卷二十八《鍾會傳》，裴松之注引《世語》曰：「司馬景王命中書令虞松作表，再呈輒不可意，命松更定。以經時，松思竭不能改，心苦之，形於顔色。會察其有憂，問松。松以實答。會取視，爲定五字。松悦服，以呈景王。王曰：『不當爾邪，誰所定也？』松曰：『鍾會。向亦欲啟之，會公見問，不敢饗其能。』王曰：『如此可大用，可令来。』會問松王所能，松曰：『博學明識，無所不貫。』會乃絶賓客，精思十日，平旦入見，至鼓二乃出。出後，王獨拊手歎息曰：『此真王佐材也。』」《世語》，《三國志·魏書》卷一《武帝紀》裴松之注引作者爲「郭頒」。《隋書·經籍志》：「《魏晉世語》，晉襄陽令郭頒撰。」即此書也。《世説新語·方正第五》劉孝標注：「郭頒，西晉人，時世相近，爲《晉魏世語》，事多詳覈，孫盛之徒，皆采以著書。」

作「郭頌」誤，今據諸書改正。

〔二〕《文苑英華》卷一百九十載此詩，題作《早朝》，注「集作《同韋舍人早朝》」；「擢」作「選」，注「集作擢」。《唐音》、《唐詩品彙》所載皆作「擢」，題並作《同韋舍人早朝》。《唐詩紀事》卷十一所載，題同《英華》。

劉希夷江南曲〔一〕

「暮宿南州草〔二〕，晨行北岸林。日懸滄海闊，水隔洞庭深。煙景無留意，風波有異潯。歲游難極目，春戲易爲心。朝夕無榮遇，芳菲已滿襟。」

「豔唱潮初落，江花露未晞。春洲驚翡翠，朱服弄芳菲。畫舫煙中淺，青陽日際微。錦帆衝浪濕，羅袖拂行衣。含情罷所采，相歎惜流輝。」

「君爲隴西客，妾遇江南春。朝游含靈果，夕采弄風蘋。果氣時不歇，蘋花日以新〔三〕。以此江南物，持贈隴西人。空盈萬里懷，欲贈竟無因。」

「皓如楚江月，靄若吴岫雲。波中自皎潔〔四〕，山上亦煙熅〔五〕。明月留照妾，輕雲持贈君。山川各離散，光氣乃殊分。天涯一爲别，江北不相聞〔六〕。」

「艤舟乘潮去，風帆振早涼。潮平見楚甸，天際望維揚。洄泝各千里〔七〕，煙波接兩鄉。雲明江嶼出，日照海流長。此中逢歲晏，浦樹落花芳。」「暮春三月晴，維揚吴楚城。城臨大江汜，迴映洞浦清。晴雲曲金閣，珠箔碧雲裹〔八〕。月明芳樹群鳥飛，風過長林雜花起。可憐離别誰家子，一至於此情何已〔九〕。」「北堂紅草盛豐茸，南湖碧水照芙蓉。朝游暮起金花盡，漸覺羅裳珠露濃。自惜鉛華三五歲〔一〇〕，已歎關山千萬重。情人一去無還日〔一一〕，欲贈懷芳恨不逢〔一二〕。」「憶昔江南全盛時〔一三〕，平生怨在長洲曲。冠蓋星繁江水上〔一四〕，衝風飄落洞庭緑。落花罥袖紅紛紛〔一五〕，朝霞高閣洗晴雲。誰言此處嬋娟子，珠玉爲心以奉君。」

希夷八詩，柔情綺語，絶妙一時，宜乎招宋延清之妒也〔一六〕。

【箋　證】

〔一〕劉希夷，一名庭芝，字延之，唐汝州人，上元二年進士及第。其《江南曲》八首，見《樂府詩集》卷二十六《相和歌辭》。

〔二〕「南州」，《樂府詩集》作「南洲」。

〔三〕「日以新」，《樂府詩集》作「日自新」。

〔四〕「皎潔」，《樂府詩集》作「皎鏡」。

〔五〕「煙熅」，《樂府詩集》作「氛氲」。

〔六〕「不相聞」，《樂府詩集》作「自相聞」。

〔七〕「各千里」，《樂府詩集》作「經千里」。

〔八〕「珠箔碧雲裏」，《樂府詩集》作「珠樓碧烟裏」。

〔九〕「一至於此」，《樂府詩集》作「于此一至」。

〔一〇〕「鉛華」，《樂府詩集》作「妍華」。

〔一一〕「情人」，《樂府詩集》作「人情」。

〔一二〕「恨不逢」，《樂府詩集》作「怨不逢」。

〔一三〕「全盛時」，《樂府詩集》作「年盛時」。

〔一四〕「江水」，《樂府詩集》作「湘水」。

〔一五〕「罥袖」，《樂府詩集》作「舞袖」。

〔一六〕宋之問，一名少連，字延清，虢州弘農人。高宗上元二年進士。武周時，官左奉宸内供奉。神龍中，以諂事張易之，貶瀧州參軍。後以告發張仲之謀殺武三思事，遷鴻臚主簿。士林恥之。景龍中，歷官至考功員外郎。以知貢舉貪賄，貶越州长史。睿宗立，流欽州，旋賜死。《劉賓客嘉話録》：「劉希夷曰：『年年歲歲花相似，歲歲年年人不同。』其舅宋之問苦愛此兩句，懇乞，許而不與。之問怒，以土袋壓殺之。宋生不得其死，天報之也。」此事人多以爲小説家言，不足徵信。《舊唐書》卷一百九十中《文苑中》：「汝州人劉希夷，善爲從軍閨情之詩，詞調哀苦，爲時所重。志行不修，爲姦人所殺。」不取此説，宋魏泰《臨漢隱居詩話》嘗辨之云：「吾觀之問集中，儘有好處。而希夷之句，殊無可采，不知何至壓殺而奪之？真枉死也！」

宋之問嵩山歌

「登天門兮，坐磐石之嶙峋。前漎漎兮未半，下漠漠兮無垠。紛窈窕兮，岩倚披以鵬翅；洞膠葛兮，峰稜層以龍鱗。松移岫轉，左變而右易；風生雲起，出鬼而入神。吾不知其若此靈怪，願游杳冥兮見羽人。重曰：天門兮穹崇，迴合兮攢藂。松萬仞兮拄日，石千尋兮倚空。晚陰兮足風，夕陽兮赩紅。試一望兮奪魄，況衆妙之無窮。下嵩山兮多所思，攜佳人兮步遲遲。松間明月常如此，君再游兮復何時。」此詩本集不收，嵩山有石刻，今但傳後四句耳〔一〕。

【箋　證】

〔一〕《文苑英華》卷三百四十二、涵芬樓景明本《宋之問集》載此詩至「況衆妙之無窮」止，題作《嵩山天門歌》，「吾不知其若此靈怪」句作「吾亦不知其靈怪如此」。末四句，另載《萬首唐人絶句》七言卷四、《唐詩紀事》卷八，題作《下嵩山歌》，並載王無競和詩。知其自來單傳，乃另一首也。升庵云「嵩山石刻」以二詩合刻爲一首，未必足信。

王丘東山詩

「高潔非養正，盛名亦險艱。智哉謝安石，攜妓入東山。雲岩響金奏，空水灩朱顔。蘭露滋香澤，松風鳴珮環。歌聲入空盡，舞影到池閑。杳眇同天上，繁華非世間。卷舒混名跡，縱誕無憂患。何必蘇門嘯，冥然閉清關。」〔一〕王丘，初唐人，《雀鼠谷應制》詩出沈、宋上〔二〕。此詩清新俊逸，太白之先鞭也。

【箋證】

〔一〕《唐詩品彙》卷二、《全唐詩》卷一百十一載王丘此詩，題作《詠史》，「智哉」作「偉哉」，「世間」作「代間」，「蘇門嘯」作「蘇門子」。

〔二〕《唐詩紀事》卷十四「王丘」下載其《奉和明皇答張説南出雀鼠谷》詩，並云：「丘字仲山，擢童子科，能屬文。爲吏部侍郎，典選，其獎用如孫逖、張晉明、王泠然，皆一時茂秀。蕭嵩引與當國，丘盛推韓休，休秉政，薦爲御史大夫。」丘官終禮部尚書。張説《南出雀鼠谷詩》，當時和者，玄宗、宋璟、蘇頲、王丘、袁暉、崔翹、張九齡、王光庭、席豫、梁昇卿、趙冬曦十一人，無沈佺期、宋之問。升庵記憶有誤。《韻語陽秋》卷十三云：「扈從明皇南出雀鼠谷，張説作詩，和章甚衆，皆不若王丘之作爲工。如『花縟前茅仗，霜嚴後殿戈。戍雲開晉嶺，江鴈入汾河。北土分堯俗，南風動舜歌』之句，未有及之者。唐朝推燕、許，而王丘不以詩名。觀燕、許之作，慙於丘多矣。」據此，則當云「出燕、許上」也。

王績贈學仙者

「采藥層城遠，尋師海路賒。玉壺横日月，金闕斷煙霞。仙人何處在，道士未還家。誰知彭澤也，更覓步兵邪？春釀煎松葉，秋杯泛菊花。相逢寧可醉，定不學丹砂。」〔一〕此詩深有風諭於世之妄意長生者，比之朱子「脱屣非難」，殊爲正論〔二〕。無愧文中子之友于矣。

【箋　證】

〔一〕三卷本《東皋子集》卷中、五卷本《王無功文集》卷二及《文苑英華》卷二百二十七並載此詩，「誰知彭澤也，更覓步兵邪」，《東皋子集》作「誰知彭澤意，更覓步兵那」；《王無功文集》作「誰知彭澤意，更道步兵那」；《文苑英華》作「誰知彭澤意，更覓步兵家」，「覓」下注「一作道」，「家」下注「一作那」。

〔二〕「脱屣非難」，乃朱熹《齋居感興》二十首之第十四首中句，詩云：「飄飖學仙侣，遺世在雲山。盗啟元命祕，竊當生死關。金鼎蟠龍虎，三年養神丹。刀圭一入口，白日生羽翰。我欲往從之，脱屣諒非難。但恐逆天道，偷生詎能安？」升庵以爲其論近酸腐，不若王績之通脱曠達，超然自放於生死之外也。

邢象玉古意

「家中酒新熟，園裏木初榮。佇杯欲取醉，悒然思友生。忽聞有奇客，何姓復何名？嗜酒陶彭澤，能琴阮步兵。何須問寒暑，逕坐共山亭。舉袂袪飛鳥，持巾掃落英。心神無俗累，歌詠有新聲。新聲是何曲？滄浪之水清。」〔一〕象玉，初唐人，與王無功爲友〔二〕。此詩脱灑而含古意。

【箋　證】

〔一〕《文苑英華》卷二百五、《唐詩品彙》卷二載此詩，題作《古意》，「逕坐共山亭」作「徑共坐山亭」，「飛鳥」作「啼鳥」，「持巾」作「揚巾」。

〔二〕邢象玉，生平爵里無可考，《唐詩品彙》卷二載此詩入五言古詩「正始」之下，屬之初唐。升庵從之，而云其「與王無功爲友」，則未知其所據也。

西　施

劉長卿《題西施障子》曰：「窗風不舉袖，但覺羅衣輕。」〔一〕二語雖太白可頡頏也。

【箋　證】

〔一〕此引詩，乃劉長卿《觀李湊畫美人障子》詩中句，見《劉隨州集》卷五，詩云：「愛爾含天姿，丹青有殊智。無間已得象，象外更生意。西子不可見，千秋無重還。空憐浣紗態，猶在含毫間。一笑豈易得，雙蛾如有情。窗風不舉袖，但覺羅衣輕。華堂翠幕春風來，内閣金屏曙色開。此中一見亂人目，只疑行到雲陽臺。」詩中有「西子不可見」云云，故升庵以其爲詠「西施幛子」詩也。

虞世南織錦曲

「寒閨織素錦，含怨歛雙蛾。綜新交縷澀，經脆斷絲多。衣香逐舉袖，釧動應鳴梭。還恐裁縫罷，無信往交河。」〔一〕此虞世南《織錦曲》也，分明是一幅織錦圖。「綜」音「縱」。「經」音「逕」。非深知織作者，不知此二句之妙。

【箋證】

〔一〕此引虞世南詩，《樂府詩集》卷三十五收入《相和歌辭》，題作《中婦織流黄》，「往交河」作「達交河」。

閭丘均

成都閭丘均，在唐初與杜審言齊名。杜子美贈其孫閭丘師詩云：「鳳藏丹霄暮，龍去白水渾。」蓋稱均之文也〔一〕。均亦曾至雲南，有《刺史王仁求碑文》、《爨王墓碑文》，皆均筆也。《爨墓碑》，洛陽賈餘絢書。予修《雲南志》，以均與餘絢入《流寓志》中〔二〕。

【箋　證】

〔一〕閭丘均，成都人。景龍初，因安樂公主薦，拜太常博士。安樂公主被誅，坐貶循州司倉，卒。《舊唐書》卷一百九十《文苑》有傳。此引詩，題作《贈蜀僧閭丘師兄》，下有杜甫自注云：「太常博士均之孫。」有句云：「世傳閭丘筆，峻極逾崑崙。鳳藏丹霄暮，龍去白水渾。青熒雪嶺東，碑碣舊製存。斯文散都邑，高價越璵璠。晚看作者意，妙絶與誰論。吾祖詩冠古，同年蒙主恩。」《唐詩紀事》卷六「杜審言」條引「世傳閭丘筆，峻極逾崑崙」云：「謂審言以詩，丘均以字，同侍武后也。」按，計氏以「筆」爲「字」，誤。王應麟《困學紀聞》卷十八引此詩「鳳藏丹霄暮，龍去白水渾」，云：「蓋稱均之文也。」升庵於此，亦以「筆」指丘均之文。

〔二〕明李賢等撰《明一統志》卷八十六《雲南府》：「《爨王墓碑》，在昆明縣東一十五里，題曰《大周昆明隋西爨王之碑》，成都閭丘均撰，洛陽賈餘絢書。」又，「葱蒙卧山，在三泊縣舊治北一十五里，上有漢人舊城及《王仁求碑》。」《明一統志》，成於英宗天順間，升庵當得見其書。升庵所修之《雲南志》，今不存。

王適詩

「忽見寒梅樹，開花漢水濱。不知春色早，疑是弄珠人。」此王適《梅花》詩也。《唐音》選之，一首足傳矣〔一〕。適，初唐人。《陳子昂别傳》云：「幽人王適見《感遇》詩，曰：『是必爲海内文宗矣。』」〔二〕即其人也。余見《蜀志》載王適《蜀中旅懷》一首，云：「有時須問影，無事則書空。棄置如天外，平生似夢中。别離同夜月，愁思隔秋風。老少悲顔駟，盈虚悟翟公。」〔三〕蓋因旅游入蜀而見子昂也。近注《唐音》，以王適爲韓退之銘其墓者，不知開元以後，安得此句法哉！不惟胸中無書，又且目中無珠，妄淺如此，何以注爲〔四〕？

【箋證】

〔一〕王適，幽州人，終雍州司功參軍。此詩見《唐百家詩選》卷一、《唐音》卷八，題作《詠江濱梅》。

〔二〕《陳子昂别傳》，唐盧藏用撰，《升庵詩話》各本「别傳」皆誤作「列傳」，今改正。此引《陳子昂别傳》文，出《唐詩紀事》卷六。據《文苑英華》卷七百九十三所録《陳子昂别傳》，其原文作：「初爲詩，幽人王適見而驚曰：『此子必爲文宗矣。』」知王適所見，乃子昂少作。今傳陳子昂《感遇詩》三十八首，非一時之作，亦多非少作，王適所見，自當以其少作爲是。然此説非始自《唐詩紀事》，《新唐書》一百九十《陳子昂傳》即云：「初爲《感遇詩》三十首，京兆司功王適見而驚曰：『此子必爲天下文宗矣。』」

〔三〕《唐詩紀事》卷六載王適《蜀中言懷》詩，云：「獨坐年將暮，常懷志不通。有時須問影，無事則書空。棄置如天外，平生似夢中。蓬心猶是客，華髪欲成翁。跡滯魂逾窘，情乖路轉窮。别離同夜月，愁思隔秋風。老少悲顔叟，盈虚悟翟公。時來不可問，何用求童蒙。」升庵所見《蜀志》，殆方志之屬，所載非全詩也。

〔四〕《韓昌黎先生集》卷二十八有《試大理評事王君墓誌銘》。《唐摭言》卷十二云：「王適侍郎元和初舉賢良方正直言極諫科，太直見黜。故韓文公誌適墓云：『上初即位，以四科募天下士，君笑曰：「此非吾時耶？」即提所作書，緣路歌趨直言試，既至，對語驚衆。不中第，益久困矣。』」據此，知韓愈爲誌其墓者，乃別一王適無疑。今傳《唐音》，有題張震輯注者。張震，字文亮，新淦人。《四庫全書總目》卷一百八十八《唐音提要》云：「其仕履始末及朝代先後皆未詳。注極弇陋，明唐覲《延州筆記》嘗摘其注李商隱《咸陽》詩『自是當時天帝醉』一條、李頎《贈從弟》詩『第五之名齊驃騎』一條、盧照鄰《送趙司倉入蜀》詩『潘年三十外』一條。他如楊炯《劉生》一首，乃樂府古題，而震曰：『劉生不知何許人，後篇亦有劉生，要皆從軍之士也。』又炯《夜送趙縱》一首，其詩作於初唐，而震曰：『趙縱，郭子儀之婿也，仕至侍郎。』如斯之類，不可毛舉。」《唐音》卷八「王適」下注謂「適，幽州人」，下引韓公《墓誌》，然未言其即嘗見子昂者也。升庵以其爲「近注」，則張震其人，或生當弘治、正德間也。

劉綺莊揚州送人

「桂楫木蘭舟，楓江竹箭流。故人從此去，遠望不勝愁。落日低帆影，歸風引櫂謳。思君折楊柳，淚盡武昌樓。」〔一〕

龔明之《中吴紀聞》云：「唐人劉綺莊爲崑山尉，研窮古今緗帙，所積甚富，嘗分類應用事，注釋於下，如《六帖》之狀，號《崑山編》，今其書尚存。」〔二〕

【箋　證】

〔一〕劉綺莊，唐常州人。官崑山尉，聚書甚豐，嘗撰《崑山編》一百卷。大中初，累官至州刺史。有《劉綺莊歌詩》十卷，已佚。綺莊詩今存二首，並見《唐詩紀事》卷五十四「劉綺莊」下。本條所引，即其第一首，「遠望」作「望遠」。又，升庵《丹鉛總録》卷二十一有「劉綺莊詩」條，云：「《續南部烟花録》有劉綺莊《揚州送人》詩云云。綺莊不知何時人，詳詩之聲調，必初唐也。」其云綺莊爲「初唐人」，所據《續南部烟花録》，今未見傳本。按《南部煙花録》，即《大業拾遺記》，題顔師古撰，乃傳奇小説，其續書似不當爲筆記雜録也。檢晁公武《郡齋讀書志》卷十八著録有《劉綺莊歌詩》四卷，並云：「唐《四庫書目》有《綺莊集》十卷，今所餘止四卷，詩三十二，啟狀四十四而已，惜其散落大半。其本乃南唐故物，紙墨甚精，後題曰『昇平四年重題』，印其文云『建鄴文房』。本内『密』字皆缺其畫，而『超』字不缺，蓋吴時所繕寫也。其詩如《置酒》、《揚州送人》皆不凡，而樂府格調尤高。然史逸其行事，詩中亦不可考。獨啟事内有白、韋、崔三相公狀，白乃敏中，崔乃元式，韋乃琮也。三人同相於宣宗初載。其末云『限守藩服』，則知綺莊時已任刺史矣。」《唐詩紀事》卷五十四「劉綺莊」下亦云：綺莊「尤善樂府，嘗守藩服，與白敏中、崔元式、韋琮相知，宣宗時人也。」則綺莊爲宣宗時人無疑。

〔三〕龔明之，字希仲，號五休居士，宋崑山人。紹興間，以鄉貢廷試，授高州文學。淳熙初，舉經明行修，授宣教郎，致仕。有《中吴紀聞》六卷，乃「採吴中故老嘉言懿行及其風土人文爲圖經所未載者」編帙而成。此引文見該書卷一，文字悉同。「中吴紀聞」，《升庵詩話》各本均誤作「中興紀聞」，今據原書改正。

清人王士禛亟稱此詩，以爲其「妙處不減謝（朓）、李（白）」（《香祖筆記》卷五）。又云：「其詩果不減太白……而所傳止此一首，可惜也。」（《池北偶談》卷十四）

衛象吴宫怨

「吴王宫闕臨江起，不捲珠簾見江水。曉氣晴來雙闕間，潮聲夜落千門裏。句踐城中非舊春，姑蘇臺上起黄塵。只今惟有西江月，曾照越王宫裏人。」此詩與王子安《滕王閣》詩相似，少誦之，知爲初唐人無疑〔一〕。而未有明證，偶閲《李嶠集》，有《詠衛象餳絲結》，知爲巨山同時。高棅選唐詩，乃收之晚唐，不考之甚矣〔二〕。

【箋證】

〔一〕李康成《玉臺後集》、《樂府詩集》卷九十一、《唐詩品彙》卷三十七、《吴都文粹》續集卷十一載此，並作衛萬詩。升庵《詞品》卷「詞名多取詩句」條，引「只今惟有西江月，曾照越王宫裏人」

二句，亦以爲衛萬之作。按此詩末二句，乃用李白《蘇臺覽古》成句，則其作者，顯非初唐人也。何升庵昏耄至此邪？各書首句前均有「君不見」三字，當據補。衛萬其人，爵里不詳，其詩見於《玉臺後集》，《後集》成書在大曆、貞元間，則其人在世至遲不當晚於貞元也。

〔二〕升庵所云《詠衛象錫絲結》詩，明銅活字《唐五十家詩集》本《李嶠集》及《全唐詩》「李嶠」下未見此詩。而明銅活字《唐五十家詩集》本《司空曙集》卷上有《長林令衛象錫絲結歌》，《全唐詩》卷二百九十三「司空曙」下亦載之。疑升庵記誤。衛象，河東安邑人，大歷間居荆州。建中、貞元初官長林令，與司空曙、李端過從。貞元中官侍御史。

王奐惆悵詞〔一〕

「夢裏分明入漢宫，覺來燈背錦屏空。紫臺月落關山曉，腸斷君王信畫工。」〔二〕「李夫人病已經秋，武帝來看不舉頭。修嫮穠華消歇盡，玉墀羅袂一生愁。」〔三〕漢武帝《思李夫人賦》曰：「美連娟以修嫮兮，命勦絶而不長。」〔四〕《西京雜記》：武帝《落葉哀蟬曲》云：「羅袂兮無聲，玉墀兮塵生。」亦思李夫人所作也〔五〕。剪裁之妙，可謂佳絶。舊本「德所穠華」，誤謬不通。劉珥江見元人刻本，定爲「修嫮」字，誠一快也〔六〕。余又見陳子高演此詩爲《太平時》填詞，易舊句「楚魂湘血」爲「玉墀羅袂」，始爲全美，今從之〔七〕。

【箋　證】

〔一〕王奐《惆悵詞》十二首，見《才調集》卷七、《萬首唐人絶句》七言卷八，二書並題爲王之涣詩。按：考其詩中有詠「鶯鶯」、「霍小玉」之作，王之涣，天寶間人，何得言此？明其作者非王之涣無疑。《唐詩紀事》卷六十六載作王奐詩，是。王奐，字群吉，太原人。大順二年侍郎裴贄下登進士第，景福元年授祕書省校書郎，歷官至考功員外郎。光化三年，授考功郎中、兼御史中丞，清海軍節度掌書記。

〔二〕此首詠「昭君」，爲《惆悵詞》第十二首，「君王」，《才調集》、《萬首唐人絶句》、《唐詩紀事》並作「君恩」。

〔三〕此首詠「武帝李夫人」，爲《惆悵詞》第二首，《才調集》、《萬首唐人絶句》、《唐詩紀事》「武帝來看」並作「漢武看來」，「修嫮穠華」並作「得所穠華」，末句並作「楚魂湘血一生休」。

〔四〕《漢書》卷六十七上《外戚傳》載武帝此賦，「勦絶」作「樔絶」，「勦」、「樔」字通。

〔五〕武帝《落葉哀蟬曲》不見於《西京雜記》，而晉王嘉《拾遺記》卷五載之云：「漢武帝思懷往者李夫人，不可復得。時始穿昆靈之池，泛翔禽之舟。帝自造歌曲，使女伶歌之。時日已西傾，凉風激水，女伶歌聲甚遒，因賦《落葉哀蟬》之曲曰云云。」升庵或誤記也。

〔六〕「修嫮」，今見舊本，皆作「得所」，未見作「德所」者。「得所穠華」，謂其託身得所，方蒙恩倖之時，一旦如桃李穠華，消歇零落，意亦可通。元人妄改作「修嫮」，未必可從也。劉珥江，即劉大昌，成都雙流人。嘉靖戊子鄉薦，不樂仕進，日惟詩賦自娱。與升庵相倡和。升庵著作多由其訂正。

〔七〕陳克，字子高，臨海人，生當宋徽宗時，自號赤城居士。有《赤城詞》一卷，已佚。今存詞中無作《太平時》者，亦無「玉墀羅袂」之句。

王績野望詩

「東皋薄暮望，徙倚欲何依？樹樹皆秋色，山山惟落暉。牧人驅犢返，獵馬帶禽歸。相顧無相識，長歌懷采薇。」王無功，隋人。入唐，隱節既高，詩律又盛，蓋王、楊、盧、駱之濫觴，陳、杜、沈、宋之先鞭也。而人罕知之，況文中子之道德乎？乃知名亦有幸不幸！古云：「蓋棺事乃定。」若此者，千年猶未定也〔一〕。

【箋　證】

〔一〕此詩首二句，五卷本《王無功文集》卷二作「薄暮望東皋，徙倚將何依」。王績此詩，義兼比興，韻律調新，而宋元以前，選家注意甚少。自升庵以後，沈德潛《唐詩别裁集》即云：「五言律前此失嚴者，多應以此章爲首。」姚鼐編《今體詩鈔》，乃以此爲壓卷矣。

余延壽折楊柳

「大道連國門，東西種楊柳。葳蕤君不見，裊嫋垂來久。緑枝棲暝禽，雄去雌獨吟。餘花怨春盡，微月起秋陰。坐望窗中蝶，起攀枝上葉。好風吹長枝，婀娜何如妾。妾見柳園新，高樓四五春。莫吹胡塞曲，愁殺隴頭人。」〔一〕

【箋證】

〔一〕本條原編卷十「牧之屏風美人」條之後，今移併於此，説詳下「南州行」條箋注。《樂府詩集》卷二十二《横吹曲辭》、《唐詩品彙》卷十八收録此詩，作者題余延壽，首句「大道」，二書並作「天道」；四句「裊嫋」，二書並作「裊娜」；十一句「長枝」，《樂府詩集》作「長條」。《全唐詩》卷十八據《樂府詩集》録此詩爲余延壽作，又於卷一百十四録此詩於徐延壽名下，並注云「徐一作余」。

南州行

「摇艇至南國，國門連大江。中洲兩邊岸，數步一垂楊。金釧越溪女，羅衣胡粉香。織縑春卷幔，采蕨暝提筐。弄瑟嬌垂幌，迎人笑下堂。河頭浣衣處，無數紫鴛鴦。」〔一〕此二詩，一見《英華》，一見《樂府》，蓋初唐人作也〔二〕。所謂暗中摸索，亦可知者。高棅乃編之於中唐，真無見哉〔三〕。

【箋證】

〔一〕此詩見《文苑英華》卷二百九十三、《唐詩品彙》卷十八，並題余延壽作，「摇艇」原作「挺艇」，據改。

〔二〕升庵此云「二詩」，乃並前條《折楊柳》詩言之。此二詩升庵乃據《唐詩品彙》録入，《品彙》原排列相接，後條《南州行》未署作者名，《外集》編者不察，誤將二詩分置二卷之中。今移「余延壽《折楊柳》」條於前，復其舊也。丁福保編《歷代詩話續編》本《升庵詩話》，因見此條引詩僅止一條，乃逕删「二」字及「一見《英華》，一見《樂府》」二語，尤爲疏謬。

〔三〕《唐詩品彙》卷十八録此二詩於「五言古詩接武上」中，屬之中唐，誤。升庵於此因予駁正，是也。按，今存余延壽詩尚有《人日剪綵》一首，唐人所編《搜玉小集》載之。該書所收詩人，皆初唐至開元間人，則延壽爲初唐人無疑。

延壽之姓，有一作「徐」者，《新唐書》卷六十《藝文志》四著録《包融詩》一卷，其下注録殷璠《丹陽集》所收詩人三十七人，其中有「江寧處士徐延壽」。洪楩本《唐詩紀事》卷十七、《嘉定镇江志》卷十八、《至順镇江志》卷十九及《全唐詩》卷一百十四因之作「徐」。《搜玉小集》、《文苑英華》、《樂府詩集》、

《古今歲時雜詠》卷五、汲古閣本《唐詩紀事》、《吟窗雜録》卷二十六及《盛唐詩紀》卷一百二並録作「余」。今檢《儲光羲詩集》卷四有《貽余處士》一詩，光羲，開元間丹陽人，亦《丹陽集》三十七人之一，所貽當即延壽也。據此並作「余」諸書，疑其姓當以作「余」爲近是。

升庵詩話新箋證卷七

太白用古樂府

古樂府：「暫出白門前，楊柳可藏烏。歡作沉水香，儂作博山爐。」〔一〕李白用其意，衍爲《楊叛兒歌》，曰：「君歌楊叛兒，妾勸新豐酒。何許最關情，烏啼白門柳。烏啼隱楊花，君醉留妾家。博山鑪中沉香火，雙煙一氣淩紫霞。」〔二〕古樂府：「朝見黄牛，暮見黄牛。三朝三暮，黄牛如故。」〔三〕李白則云：「三朝見黄牛，三暮行太遲。三朝又三暮，不覺鬢成絲。」〔四〕古樂府云：「郎今欲渡畏風波。」〔五〕李白則云：「郎今欲渡緣何事？如此風波不可行。」〔六〕古樂府云：「春風復多情，吹我羅裳開。」〔七〕李反其意云：「春風復無情，吹我夢魂散。」〔八〕古人謂李詩出自樂府古選，信矣。其《楊叛兒》一篇，即「暫出白門前」之鄭箋也。因其拈用，而古樂府之意益顯，其妙益見。如李光弼將子儀軍，旗幟益精明〔九〕。又如神僧拈佛祖語，信口無非妙道。豈生吞義山、拆洗杜詩者比乎？

【箋證】

〔一〕《樂府詩集》卷四十六以此詩爲《清商曲辭·吴聲歌曲》，載於《讀曲歌八十九首》中。其卷四十九又據《玉臺新詠》卷十《近代西曲歌五首》收此詩入《清商曲辭·西曲歌》，題作《楊叛兒》。《舊唐書》卷二十九《音樂志二》云：「《楊伴》，本童謡歌也。齊隆昌時，女巫之子曰楊旻，旻隨母入内，及長爲后所寵。童謡云：『楊婆兒，共戲來。』而歌語訛，遂成《楊伴兒》。歌云：『暫出白門前，楊柳可藏烏。歡作沉水香，儂作博山爐。』」

〔二〕見《李太白文集》卷四，題作《陽叛兒》，「君歌楊叛兒」句中「楊」亦作「陽」。

〔三〕此出《水經注》卷三十四《江水注》，云：「江水又東逕黄牛山，下有灘名曰黄牛灘。南岸重嶺疊起，最外高崖間有石，色如人負刀牽牛。人黑牛黄，成就分明，既人跡所絶，莫得究焉。此巖既高，加以江湍紆迴，雖途逕信宿，猶望見此物。故行者謡曰：『朝發黄牛，暮宿黄牛。三朝三暮，黄牛如故。』」

〔四〕此李白《上三峽》詩後四句，見《李太白文集》卷二十，「三朝見黄牛」作「三朝上黄牛」。

〔五〕《玉臺新詠》卷九《梁簡文雜題二十一首》之一：「芙蓉作船絲作絆，北斗横天月將落。采蓮渡頭礙黄河，郎今欲渡畏風波。」《樂府詩集》卷四十二收入《清商曲辭·西曲歌》，題作《烏棲曲》。

〔六〕二句見李白《横江詞六首》之五。

〔七〕此見《樂府詩集》卷四十四《清商曲辭·子夜四時歌》之《春歌二十首》第十首。

〔八〕此二句，李白詩中兩用之，一見《李太白文集》卷五《大堤曲》：「漢水臨襄陽，花開大堤暖。佳期大堤下，淚向南雲滿。春風復無情，吹我夢魂散。不見眼中人，天長音信斷。」一見《李太白文集》卷二十四《寄遠十二首》第五首：「遠憶巫山陽，花明淥江暖。躊躇未得往，淚向南雲滿。春風復無情，吹我夢魂斷。不見眼中人，天長音信短。」

〔九〕「李光弼將郭子儀軍」，事見《新唐書》卷一百三十六《李光弼傳》。宋葉夢得嘗用之以贊王維詩用雙字之妙，《石林詩話》云：「唐人記『水田飛白鷺，夏木囀黄鸝』爲李嘉祐詩，王摩詰竊取之。非也。此兩句好處，正在添『漠漠』、『陰陰』四字，此乃摩詰爲嘉祐點化以自見其妙。如李光弼將郭子儀軍，一號令之，精彩數倍。不然如嘉祐本句，但是詠景耳。」王維《積雨輞川莊作》有「漠漠水田飛白鷺，陰陰夏木囀黄鸝」之句，《唐國史補》卷上云：「維有詩名，然好取人文章嘉句：『行到水窮處，坐看雲起時』，《英華集》中詩也。『漠漠水田飛白鷺，陰陰夏木囀黄鸝』，李嘉祐詩也。」

升庵《丹鉛總録》卷十二有「太白楊叛兒曲」條論此加詳，今附録於此：「古樂府《楊叛兒曲》云：『暫出白門前，楊柳可藏烏。歡作沉水香，儂作博山鑪。』李太白擬之，其詞曰：『君歌楊叛兒，妾勸新豐酒。何許最關人，烏啼白門柳。烏啼隱楊花，君醉留妾家。博山爐中沉香火，雙烟一氣凌紫霞。』樂府二十字，太白衍之爲四十四字，而樂府之妙思益顯，隱語益彰。其筆力似烏獲扛龍文之鼎，其精明似光弼領子儀之軍矣。《書》曰『葛伯仇餉』，非孟子解之，後人不知『仇餉』爲何語。『沉水博山』之句，非太白以『雙烟一氣』解之，樂府之妙亦隱矣。因識古之詩人用前人語，有翻案法，有伐材法，有奪胎法，有換骨法。翻案者，反其意而用之，東坡特妙此法。伐材者，因其語而新之矣，益加瑩澤。奪胎、換骨，則宋人詩話詳之矣。如梁元帝詩『郎今欲渡畏風波』，太白衍爲兩句，云『郎今欲渡緣何事，如此風波不可行』；鮑照詩『春風復多情』，而太白反之曰『春風復無情』是也。又如曹孟德詩云『對酒當歌』，而杜子美云『玊珮仍當歌』。非杜子美一闡明之，讀者皆以『當歌』爲當該之『當』矣。杜子美詩『黄門飛鞚不動塵』，而東坡云『走馬來看不動塵』，而杜之語意益妙。又如杜子美『石出倒聽楓葉下』，而包何云『波影倒江楓』。子美《桃花詩》云『影遭碧水相勾引』，而孟郊云『南浦桃花亞水紅』。江總詩『不悟倡園花，遥同葱嶺雪』，而張説云『欲持梅嶺花，遠競榆關雪』。白樂天詩『人家半在船，野水多於地』，而姚合云『驛路多臨水，人家半在雲』、趙師秀曰『野水多於地，春山半是雲』。徐鉉《隣舍》詩『壁隙透燈光，籬根分井口』，而梅聖俞云『井泉分地脉，砧杵共秋聲』。古樂府云『新人工織縑，舊人工織素。持縑來比素，新人不如故』，而無名氏效之云『野鷄毛羽好，不如家鷄能報曉。新人雖如花，不如舊人能績麻』。此皆所謂『披朝華而啟夕秀，有雙美而無兩傷』者乎。若夫宋人之生吞義山，元人之活剥李賀，近日之拆洗杜陵者，豈可同日而語。」

阿䞃迴

太白詩：「羌笛横吹《阿䞃迴》。」〔一〕番曲名。張祜集有《阿濫堆》，蓋飛禽名。明皇御玉笛，采其聲翻爲曲子，即此也〔二〕。番人無字，止以聲傳，故隨中國所書，人各不同耳，難以意求也〔三〕。

【箋　證】

〔一〕此李白《司馬將軍歌》中句，見《李太白文集》卷四。

〔二〕南唐尉遲偓《中朝故事》卷上：「驪山多飛禽，名阿濫堆。明皇帝御玉笛，採其聲翻爲曲子名焉。左右皆傳唱之，播於遠近，人競以笛效吹。故詞人張祜詩曰：『紅樹蕭蕭閣半開，上皇曾幸此宫來。至今風俗驪山下，村笛猶吹《阿濫堆》。』」

〔三〕此條又見《詞品》卷一。升庵此説，胡震亨《唐音癸籤》卷十三非之曰：「《阿䞃迴》，本北魏《阿那瓌曲》。阿那瓌者，蠕蠕國主名。用爲曲，後訛爲《阿䞃迴》，唐沿之爲名。那，乃可切；䞃，典可切；瓌即『瑰』，姑回切。以音相近，故訛。顔真卿詩：『莫唱《阿䞃迴》，應云《夜半樂》』是也。楊用修以爲即笛曲之《阿濫堆》，此自明皇時曲，失之遠矣。」

古胡無人行

「望胡地，何險側。斷胡頭，脯胡臆。」〔一〕此古詞，雖不全，然李太白作《胡無人》，尾句全效，而注不知引。又郭氏《樂府》亦不載，蓋止此四句，而餘亡矣〔二〕。

【箋證】

〔一〕此殘句見《太平御覽》卷八百，題《古胡無人行》，「險側」作「嶮岨」。

〔二〕李白《胡無人》詩有云：「雲龍風虎盡交迴，太白入月敵可摧。敵可摧，旄頭滅，履胡之腸涉胡血。懸胡青天上，埋胡紫塞旁。胡無人，漢道昌。」見《李太白文集》卷三。其後尚有「陛下之壽三千霜，但歌大風雲飛揚，安用猛士兮守四方」三句，元蕭士贇删補《李太白集分類補注》，以爲乃唐末齊己等人妄增，徑删去之。升庵此云「尾句全效」，則其所見，乃删去末三句之蕭本也。

李太白相逢行

太白《相逢行》云〔一〕：「朝騎五花馬，謁帝出銀臺。秀色誰家子，雲中珠箔開〔二〕。金鞭遥指點，玉勒乍遲回〔三〕。夾轂相借問，知從天上來〔四〕。憐腸愁欲斷，斜日復相催。下車何輕盈，飄飄似落梅〔五〕。嬌羞初解佩，語笑共銜杯〔六〕。銜杯映歌扇，似月雲中見。相見不相親〔七〕，不如不相見。相見情已深，未語可知心。胡爲守空閨，孤眠愁錦衾。錦衾與羅幃，纏綿會有時。春風正澹蕩，暮雨來何遲〔八〕。願言三青鳥，卻寄長相思〔九〕。光景不待人，須臾髮成絲。壯年不行樂〔一〇〕，老大徒傷悲〔一一〕。持此道密意，無令曠佳期。」此詩余家藏樂史本最善，今本無「憐腸愁欲斷」四句，他句亦不同數字，故備録之〔一二〕。太白號斗酒百篇，而其詩精練若此，所以不可及也。

【箋證】

〔一〕宋蜀本《李太白文集》卷五載此詩，題下注「一云《有贈》」。

〔二〕「中」，《李太白文集》作「車」，下注「一作中」。

〔三〕「乍遲回」，《李太白文集》作「近遲回」。

〔四〕「知」，《李太白文集》作「疑」，下注「一作知」。

〔五〕「憐腸愁欲斷」四句，《李太白文集》無，於上句「天上來」下注云：「一本更添『憐腸愁欲斷，斜日復相催。下車何輕盈，飄然似落梅』。」

〔六〕上二句，《李太白文集》作「邀入青綺門，當歌共銜盃」，注云：「一作『嬌羞初解珮，語笑共銜盃』。」

〔七〕「相」，《李太白文集》作「得」，下注「一作相」。

〔八〕上二句，《李太白文集》同，下注云：「一作『春風正糾結，青鳥來何遲』。」

〔九〕「願言三青鳥，卻寄長相思」，《李太白文集》作「願因三青鳥，更報長相思」。
〔一〇〕「壯年不行樂」，《李太白文集》作「當年失行樂」。
〔一一〕「老大」，《李太白文集》作「老去」。
〔一二〕宋樂史《李翰林集》今已不存，今傳李白詩集，以宋蜀本《李太白文集》爲最早。升庵所云今本，或指元蕭士贇《分類補注李太白集》，不載「憐腸愁欲斷」四句也。《才調集》卷六、《唐文粹》卷十三所録亦無此四句。各本文字俱有異同，兹不備校。

太白懷鄉句

太白《渡荆門》詩：「仍憐故鄉水，萬里送行舟。」〔一〕《送人之羅浮》詩：「爾去之羅浮，余還憩峨眉。」〔二〕又《淮南卧病書懷寄蜀中趙徵君蕤》詩云：「國門遥天外，鄉路遠山隔。朝憶相如臺，夜夢子雲宅。」〔三〕皆寓懷鄉之意。趙蕤，梓州人，字雲卿。精於數學，李白齊名。蘇頲《薦西蜀人才疏》云：「趙蕤術數，李白文章。」宋人注李詩遺其事，併附見焉。《圖經》云：「蕤，漢儒趙賓之後，鹽亭人，屢徵不就，所著有《長短經》。」〔四〕

【箋　證】

〔一〕見《李太白文集》卷十三，題作《渡荆門送別》。「渡荆門」，詩話各本均誤作「渡金門」，據改。
〔二〕見《李太白文集》卷十六，題作《江西送友人之羅浮》。

〔三〕見《李太白文集》卷十一，題中「卧病書懷」原脱「書」字，據補。

〔四〕《北夢瑣言》卷五：「趙蕤者，梓州鹽亭縣人也。博學韜鈐，長於經世。夫婦俱有節操，不受交辟。撰《長短經》十卷，王霸之道，見行於世。」《新唐書》卷四十九《藝文志》：「趙蕤《長短要術》十卷。」注云：「字太賓，梓州人，開元中召之不赴。」《唐詩紀事》卷十八引東蜀楊天惠《彰明逸事》云：「隱居戴天大匡山，往來旁郡，依潼江趙徵君蕤。蕤亦節士，任俠有氣，善爲縱横學，著書號《長短經》。太白從學歲餘，去游成都。賦《春感》詩云云，益州刺史蘇頲見而奇之。」則太白與趙蕤，在於師友之間也。又，升庵此言「蕤字雲卿」，不知其何據。其引《圖經》云云，亦不知所指何書也。趙賓，見《漢書》卷八十八《儒林・孟嘉傳》中。

太白句法

太白詩：「天山三丈雪，豈是遠行時。」〔一〕又云：「水國秋風夜，殊非遠别時。」〔二〕「豈是」、「殊非」，變幻二字，愈出愈奇。孟蜀韓琮詩：「晚日低霞綺，晴山遠畫眉。青青河畔草，不是望鄉時。」〔三〕亦祖太白句法。

【箋　證】

〔一〕此李白《獨不見》詩中句，見《李太白文集》卷四。

〔二〕此李白《送陸判官往琵琶峽》詩首二句，見《李太白文集》卷十六。

〔三〕《萬首唐人絶句》五言卷十四載韓琮此詩，題作《晚春别》。《文苑英華》卷二百六十五亦載此詩，題作《晚春江晴寄友人》，「青青」作「春青」。韓琮，字代封，長慶四年進士，非孟蜀時人也。

泉明

李太白詩：「昔日繡衣何足榮，今朝貰酒與君傾。且就東山賒月色，酣歌一夜送泉明。」〔一〕泉明即淵明，唐人避高祖諱，改淵爲泉也〔二〕。今人不知，改泉明作泉聲，可笑。

【箋證】

〔一〕此李白《送韓侍御之廣德令》詩，見《李太白文集》卷十五，「今朝」作「今宵」，「且就」作「暫就」。

〔二〕唐人避高祖諱，改「淵」作「泉」。《海録碎事》卷七下：「『躍踶東籬下，泉明不足群。』淵明一字泉明，李白詩多用之。」宋王楙《野客叢書》卷二十八云：「《海録碎事》謂淵明一字泉明，李白詩多用之。不知稱淵明爲泉明者，蓋避唐高祖諱耳，猶楊淵之稱楊泉，非一字泉明也。」周密《齊東野語》卷四「避諱」條云：「高祖諱淵，趙文淵爲文深，淵字盡改爲泉。劉淵爲元海、戴淵爲戴若思。」清吴景旭《歷代詩話》卷三十一云：「《陶潛集》、《唐志》作《陶泉明集》。……余觀耿湋詩『何事學泉明』、李白詩『酣歌一夜送泉明』、韓翃詩『聞道泉明居止近，籃輿相訪會淹留』皆爲此也。宋玉《釣賦》『宋玉與登徒子偕受釣於玄淵』，王伯厚云：『唐人改淵爲泉，《古文苑》又誤爲洲。』屈子《天問》『洪泉極深，何以寘之』，朱晦翁云：『泉當作淵，唐本避諱而改之。』」

柳花香

李太白詩：「風吹柳花滿店香。」〔一〕温庭筠《詠柳》詩：「香隨靜婉歌塵起，影伴嬌嬈舞袖垂。」〔二〕傳奇詩：「莫唱踏春陽，令人離腸結。郎行久不歸，柳自飄香雪。」〔三〕其實柳花亦有微香，詩人之言非誣也。李又有「瑶臺雪花數千點，片片吹落春風香」之句〔四〕。

【箋證】

〔一〕此《金陵酒肆留別》詩首句，見《李太白文集》卷十三，「風吹」作「白門」。

〔二〕此温庭筠《題柳》詩中句，見《才調集》卷二。

〔三〕《詩話總龜》卷四十四引《詩史》云：「殷七七有異術，過潤州與客飲，云：『某有一藝侑歡。』即顧屏上畫婦人曰：『可歌《陽春曲》。』婦人應聲遂歌，其音清亮，似從屏中出。歌曰：『愁見唱陽春，令人離腸結。郎去未歸家，柳自飄香雪。』如此者十餘曲。」《葆光録》亦記此事。與升庵所引傳奇詩，字句小異。

〔四〕此《酬殷佐明見贈五雲裘歌》中句，見《李太白文集》卷七。

香雲香雨

雨，未嘗有香也，而李賀詩「衣微香雨青氛氳」[一]，元微之詩「雨香雲淡覺微和」[二]。雲，未嘗有香，而盧象詩云：「雲氣香流水。」[三]

【箋　證】

〔一〕此李賀《河南府試十二月樂詞》之「四月」詩中句，見《昌谷集》卷一。

〔二〕此元稹《和樂天早春見寄》詩首句，見《元氏長慶集》卷二十二。

〔三〕此盧象《家叔徵君東谿草堂二首》之一中句，見《唐文粹》卷十六下。「香流水」，《河嶽英靈集》卷下、《唐詩紀事》卷二十六並作「杳流水」。《四庫全書》卷一百九十六《詩話補遺提要》謂升庵所引誤「杳」爲「香」，而升庵乃引《唐文粹》爲説，非無據也。

升庵此條，明陳耀文《正楊》卷三辨之云：「《拾遺記》云：『員嶠之山，名環丘，有雲石，廣五百里，或四五十，或十數里，駁駱如錦川，扣之片片，則蓊蓊然雲出，俄而遍潤天下。西有星池，周千里，水色隨四時變化，有神龜出爛石之上。此石常浮於水邊，方數百里，其色多紅，質虚似肺，燒有煙，香聞數百里，煙氣升天，則成香雲；遍潤，則成香雨。』此謂雲、雨無香，誤。」陳氏所引，見《拾遺記》卷十，文字有異。案：其所指「香雲」、「香雨」之出典，是矣。然詩人體物，未必盡徵於故實，不可拘於宋人之無一字無來歷也。胡震亨《唐音癸籤》卷十六駁之曰：「詩人寫物，正不必問其有出處與否。若以員嶠有『香雲』、『香雨』方敢用之，則詩亦大拙鈍矣。晦伯何足以難用修乎！」

李白横江詞

「横江館前津吏迎，向余東指海雲生。郎今欲渡緣何事？如此風波不可行。」〔一〕古樂府《烏棲曲》：「採菱渡頭擬黄河，郎今欲渡畏風波。」〔二〕太白以一句衍作二句，絶妙〔三〕。

【箋證】

〔一〕李白《横江詞六首》此其第五首，見《李太白文集》卷七。

〔二〕《玉臺新詠》卷九、《樂府詩集》卷四十八《清商曲辭》載梁簡文帝《烏棲曲》曰：「芙蓉作船絲作筰，北斗横天月將落。採蓮渡頭礙黄河，郎今欲渡畏風波。」《藝文類聚》卷四十二所載，作「採蓮渡頭擬黄河」。

〔三〕升庵《李詩選》全録《横江詞六首》，並云：「太白《横江詞六首》，章雖分，意如貫珠。俗本以第一首編入長短句（五言四句），後五首編入七言絶，首尾衡決，殊失作者之意，如杜詩《秋興八首》之分二處。余特正之。凡古人詩歌不可分，類如此。」此則以其衍《古樂府》，示人以途轍，故升庵特録出之。元范梈云：「絶句一句一絶，乃其大本。其次句少意多，極四詠而反覆議論。此篇氣格，合歌行之風，使人嗟嘆有無窮之思。此唐人所長也。諸家詩非不佳，然視李

杜，氣格、音調特異，熟讀當見。」（見《唐詩品彙》卷四十七）

陪族叔侍郎曄及賈舍人至游洞庭〔一〕

「洞庭西望楚江分，水盡南天不見雲。日落長沙秋色遠，不知何處弔湘君。」此詩之妙不待贊，前句云「不見」，後句「不知」，讀之不覺其複。此二「不」字，決不可易。大抵盛唐大家、正宗作詩，取其流暢，不似後人之拘拘耳。聊發此議。

又

「帝子瀟湘去不還，空餘秋草洞庭間。淡掃明湖開玉鏡，丹青畫出是君山。」洞庭爲楚之巨浸大觀，近日士夫崇尚別號，楚人以洞庭取號者，比比是。曰洞野，曰洞澤，曰洞湖、洞陽、洞陰、洞濱。唐池南侍御云：「太白詩中『明湖』二字奇甚，無人拈出爲別號及亭扁者。」

【箋　證】

〔一〕此詩共五首，此選録第一、第五兩首。李曄，爲刑部侍郎。乾元二年，「鳳翔七馬坊押官先頗爲盜，刼掠平人，州縣不能制。天興縣令知捕賊謝夷甫擒獲決殺之。其妻進狀訴夫冤。輔國先爲飛龍使，黨其人，爲之上訴。詔監察御史孫鎣推之，鎣初直其事。其妻又訴。詔御史中丞崔伯陽、刑部侍郎李曄、大理卿權獻爲三司，與鑾同」。忤肅宗意，乃貶伯陽瑞州高要尉、權獻郴州桂陽尉、鳳翔尹嚴向及李曄皆貶嶺下一尉。鑾除名，長流播州（見《舊唐書》卷一百十二）。曄過岳陽，適賈至、李白俱在，遂同游洞庭。詩中弔湘君、悲帝子，與賈至《初至巴陵與李十二裴九同泛洞庭湖》所云「湘山永望不勝愁」、「白雲明月弔湘娥」之語，皆可與李白《遠别離》等詩同讀，蓋其於玄、肅内禪之事，俱有所託諷也。賈至之謫岳州，在乾元二年（説見下條），則太白此詩，當作於是時也。

巴陵贈賈至舍人

「賈生西望憶京華，湘浦南遷莫怨嗟。聖主恩深漢文帝，憐君不遣到長沙。」〔一〕賈至，中書省舍人，左遷巴陵，有詩云：「極浦三春草，高樓萬里心。楚山晴靄碧，湘水暮流深。忽與朝中舊，同爲澤畔吟。感時還北望。不覺淚沾襟。」〔二〕太白此詩解其怨嗟也，得温柔敦厚之旨矣。

【箋　證】

〔一〕賈至，字幼幾，洛陽人，賈曾之孫。天寶十載以明經及第，從玄宗入蜀，爲起居舍人，知制誥。天寶末爲中書舍人。肅宗至德中嘗官汝州刺史，坐法貶岳州司馬。復起爲尚書左丞，轉禮部侍郎，待制集賢院。代宗大曆初，徙兵部侍郎，進京兆尹，以右散騎常侍卒。《新唐書》卷一百十九《賈至傳》云：「至德中，坐小法貶岳州司馬。」按《新唐書》卷六《肅宗紀》：乾元二年三月「壬申，九節度之師潰於滏水……東京留守崔圓、河南尹蘇震、汝州刺史賈至奔於襄鄧。」又，卷一百二十五《張震傳》：「九節度兵敗相州，震與留守崔圓奔襄鄧，貶濟王府長史。」卷一百四十《崔圓傳》：「王師之敗相州也，軍所過皆縱剽。圓懼，委東都奔襄陽，詔削階封。」則賈至之棄汝州，亦當與崔、張同「坐小法」，其「貶岳州」，當在乾元二年也。《賈至傳》失載其嘗官汝州刺史及坐小法貶岳州之由，今姑記於此。時李白方於流放夜郎途中遇赦得釋，還憩江夏、岳陽，與賈至相遇，同游洞庭。賈至有《初至巴陵與李十二白、裴九同泛洞庭湖三首》，時乾元二年之秋也。李白此詩亦作於其時。

〔三〕《唐詩紀事》卷二十二載賈至此詩，題作《岳陽樓宴王員外貶長沙》，末二句作「停杯試北望，還欲淚沾襟」。

杜鵑花

「蜀國曾聞子規鳥，宣城還見杜鵑花。一叫一迴腸一斷，三春三月憶三巴。」〔一〕此太白寓宣州懷西蜀故鄉之詩也。太白爲蜀人，見於劉全白《誌銘》、曾南豐《集序》、魏、楊遂《故宅祠記》及自叙書，不一而足〔二〕。此詩又一證也。

近日吾鄉一士夫，爲山東人作詩序，云太白非蜀人，乃山東人也。余以前所引證詰之，答

曰：「且謟山東人。祈綽楔貲，何暇核實！」〔三〕

【箋證】

〔二〕此詩見《李太白文集》卷二十三，題作《宣城見杜鵑花》。

〔三〕劉全白《誌銘》指其所作《唐故翰林學士李君碣記》，見《文苑英華》卷八百三十四、《全蜀藝文志》卷四十。曾南豐，即曾巩，字子固，學者稱南豐先生，宋神宗元豐間人。其所作《李白詩集後序》，見《元豐類藁》卷十二、《李太白文集》卷末附録。楊遂，宋淳化中爲彰明縣令，所作《李太白故宅記》，見《全蜀藝文志》卷三十九。「楊遂」前「魏」字，或爲衍文，或爲「魏顥《集序》」之脱文。魏顥《李翰林集序》有「蜀之人無聞則已，聞則傑出，是生相如、君平、王褒、揚雄，降有陳子昂、李白，皆五百年矣」（見《李太白文集》卷一）之語，與楊遂文「僕嘗論蜀中自古多出名人才士，其尤者漢則司馬長卿、王子淵、揚子雲，唐則陳子昂暨先生耳」，義相一貫，故升庵連類及之。「自叙書」，指李白《上安州裴長史書》，見《李太白文集》卷二十六。文中有云：「白少長江漢……見鄉人相如大誇雲夢之事，云楚有七澤，遂來觀焉。……又昔與逸人東巖子隱於岷山之陽，白巢居數年，不跡城市。……廣漢太守聞而異之，詣廬親覩，因舉二人以有道。並不起。」是李白亦自稱蜀人。升庵集中論李白爲蜀人者，尚有數事，其《李詩選題辭》論之尤詳，見《升庵文集》卷三。李白寓居宣州已是暮年，猶復聞子規而思蜀不已，升庵舉之以證其爲蜀人，有以也。

〔三〕「綽楔」，旌表之具。此言搜求諂言諛辭以旌表取悦于人，無暇顧及其是否屬實也。

太白梁甫吟

李太白《梁甫吟》：「手接飛猱搏彫虎，側足焦原未言苦。」〔一〕蓋用《尸子》載中黄伯及莒國勇夫事。而楊子見、蕭粹可，皆不能注，今録其全文於此。《尸子》曰：「中黄伯曰：『余左執太行之猱，而右搏彫虎。夫貧窮者，太行之猱也；疏賤者，義之彫虎也。而吾日遇之，亦足以試矣。』」又曰：「莒國有石焦原者，廣五十步，臨百仞之谿，莒國莫敢近也。有以勇見莒子者，獨卻行齊踵焉，所以稱於世。夫義之爲焦原也，亦高矣。賢者之於義，必且齊踵，所以服一時也。」〔二〕

【箋證】

〔一〕太白《梁甫吟》，見《李太白文集》卷三。

〔二〕《漢書》卷三十《藝文志》著録《尸子》二十篇，注云：尸子「名佼，魯人，秦相商君師之。鞅死，佼逃入蜀。」其書南宋時已亡佚。升庵此文，出《文選》卷十五張衡《思玄賦》「願竭力以守義兮，雖貧窮而不改。執彫虎而試象兮，阽焦原而跟趾」下李善所引舊注。其前段節引未全，今全録於後：「《尸子》：中黄伯曰：『余左執太行之獿而右搏彫虎，惟象之未與，吾心試焉。有力者則又願爲牛，欲與象鬭以自試。今二三子以爲義矣，將惡乎試之？夫貧窮，太行之獿也；

疏踐，義之彫虎也。而吾日遇之，亦足以試矣。』」後段「又曰」云云，文字全同。《後漢書》卷八十九《張衡傳》李賢注亦引《尸子》此文。宋楊齊賢，字子見，有《李太白集注》。元蕭士贇，字粹可，删補楊書，成《李太白集分類補注》三十卷，今存。

下落花〔一〕

「李太白詩：『玉窗青青下落花。』花已落，又曰下，增之不覺綴，而語益奇。」〔二〕李白前後三擬《文選》，不如意，悉焚之，惟留《恨》、《别》二賦〔三〕。

【箋　證】

〔一〕此條《升庵外集》卷七十三原題作「後山詩話」，誤。《函海》本改作「下落花」，今從之。

〔二〕此語録自宋許顗《彦周詩話》，末句原作「增之不贅語益奇」。所引詩爲李白《寄遠十二首》之第八首，原句作「碧窗紛紛下落花」，見《李太白文集》卷二十四。

〔三〕事見《酉陽雜俎》前集卷十二《語資》：「白前後三擬《詞選》，不如意，悉焚之，唯留《恨》、《别》賦。」記李白所擬爲《詞選》，不言《文選》也。曾慥《類説》卷五十六所記亦作「詞選」。李白《擬恨賦》見《李太白文集》卷二十五，其《擬别賦》則已亡矣。

東山李白

杜子美詩：「近來海内爲長句，汝與東山李白好。」流俗本妄改作「山東李白」〔一〕。按樂史序《李白集》云：「白客游天下，以聲妓自隨，效謝安石風流，自號東山，時人遂以『東山李白』稱之。」〔二〕子美詩句，正因其自號而稱之耳。流俗不知而妄改，近世作《大明一統志》，遂以李白入山東人物類，而引杜詩爲證〔三〕。近於郢書燕説矣。噫，寡陋一至此哉！

【箋　證】

〔一〕此引詩爲杜甫《蘇端薛復筵簡薛華醉歌》中句，見《九家集注杜詩》卷四，「東山」作「山東」。

〔二〕樂史有《李翰林別集序》，見《李太白文集》卷一，其中無升庵所引之文。按李陽冰《草堂集序》云：「公乃浪跡縱酒，以自昏穢，詠歌之際，屢稱東山。」魏顥《李翰林集序》亦云：「間攜昭陽、金陵之妓，跡類謝康樂，世號爲『李東山』。」以太白嘗有「東山」之號，故升庵據之爲説。升庵長處謫戍，著書每憑腹笥，其誤記爲樂史，乃一時偶疏，不足多怪也。

〔三〕《明一統志》卷二十二《濟南府》録李白入「流寓」，云：白「蜀人，唐宗室……客游任城，與孔巢父、韓凖、裴政、張叔明、陶沔居徂徠山，日沉飲，號『竹溪六逸』」，而未引杜詩。陳耀文《正楊》卷四已據以辨之矣。

王世貞《弇州四部稿》卷一百六十三引升庵此文，後云：「唐范傳正誌其墓曰：『白，涼武昭王九世孫。昭王隴西人，隋末，子孫以罪徙西域。神龍時，其父客自西域逃居綿之巴西，而白生焉。』唐魏顥、李陽冰序其文，劉全白撰其墓碣，皆曰廣漢人。故論白者或曰隴西，或曰山東，或曰蜀。李陽冰云『李翰林浪跡縱酒，以自昏穢，詠歌之際，屢稱山東李白』。亦云『以張垍讒逐，游海岱間』。子美所謂『汝與山東李白好』，蓋白自號也。然則白本隴西人，産於蜀，嘗流寓山東。子美從游，時在山東，故稱山東也。此山東乃關東，非今之山東也。《一統志》固已俗，然用修亦所謂得其一未得其二者也。」胡震亨《唐音癸籤》卷二十九亦云：「李白蜀人，非今山東人也。山東李白之説，出於杜詩。云山東者，乃當時關東海稱，意白時正寓關東故耳。舊史傳白，不書郡望，援杜句直書爲山東人，史例之變，然實非以其嘗家任城而云山東也。齊魯之稱山東，自元始。於唐此地尚隸河南，未有今山東稱。今《東省通志》據杜詩，徑收白爲山東人，而蜀楊用修起爭之，以白嘗自比謝安，稱『東山李白』，并欲改杜詩之『山東』爲『東山』，用概絶東省借白之疑端。抑知白『東山』、『山東』兩稱，原各不相蒙者乎。」

學選詩

李太白終始學《選》詩。杜子美好者亦多是效《選》詩，後漸放手，初年甚精細，晚年横逸不可當〔一〕。

【箋　證】

〔一〕《朱子語類》卷一百四十：「李太白終始學《選》詩，所以好。杜子美詩，好者亦多是效《選》詩，漸放手，夔州諸詩則不然也。」又，黄震《黄氏日鈔》卷三十八：「陶淵明詩平淡，自豪放。李太白豪放，亦有雍容和緩處，終始學《選》詩。杜子美詩，好者亦多是效《選》詩，漸放手，初年甚精細，晚年横逆不可當。」升庵乃據二氏之語爲説。

豎子

阮籍登廣武而歎曰：「時無英雄，使豎子成名。」〔一〕豈謂沛公爲豎子乎？傷時無劉、項也。豎子指晉、魏間人耳。李太白詩：「沉醉呼豎子，狂言非至公。」亦誤認嗣宗語也。東坡詩：「聊興廣武歎，不待雍門彈。」〔二〕

【箋　證】

〔一〕《晉書》卷四十九《阮籍傳》：「時率意獨駕，不由徑路，車跡所窮，輒慟哭而反。嘗登廣武，觀楚、漢戰處，歎曰：『時無英雄，使豎子成名。』」

〔二〕《東坡志林》卷四：「昔先友史經臣彦輔謂余：『阮籍登廣武而歎曰：時無英雄，使豎子成其名。豈謂沛公豎子乎？』余曰：『非也，傷時無劉、項也。豎子指魏、晉間人耳。』其後余游潤州甘露寺，有孔明、孫權、梁武、李德裕之遺跡，余感之賦詩，其略曰：『四雄皆龍虎，遺跡儼未刓。方其盛壯時，爭奪肯少安。廢興屬造物，遷逝誰控摶？況彼妄庸子，而欲事所難。聊興廣武歎，不待雍門彈。』則猶此意也。今日讀李太白《登廣武古戰場》詩云：『沈湎呼豎子，狂言非至公。』乃知太白亦誤認嗣宗語，與先友之意無異也。嗣宗雖放蕩，本有志於世，以魏、晉間多故，故一放於酒，何至以沛公爲豎子乎！」升庵即本東坡之意爲説。「雍門彈」，事見劉向《説苑》卷十一《善説篇》，言雍門子周見孟嘗君，説以微言大義，繼而引琴鼓之以動其情。孟嘗君乃「涕浪汙增欷而就之曰：『先生之鼓琴，令文若破國忘邑之人也。』」東坡詩意爲登廣武而懷古，感時而泣下，不待雍門子之善説也。李白《登廣武古戰場懷古》詩，見《李太白文集》卷十九，「沉醉」作「沉湎」。引東坡詩，爲其《甘露寺》詩末二句，見《集注分類東坡先生詩》卷五。

搥碎黄鶴樓

李太白過武昌，見崔顥《黄鶴樓》詩，歎服之，遂不復作，去而賦《金陵鳳凰臺》也〔一〕。其事本如此。其後禪僧用此事作一偈云：「一拳搥碎黄鶴樓，一腳踢翻鸚鵡洲。眼前有景道不得，崔顥題詩在上頭。」傍一游僧，亦舉前二句而綴之曰：「有意氣時消意氣，不風流處也風流。」〔二〕又一僧云：「酒逢知己，藝壓當行。」元是借此事設辭，非太白詩也。流傳之久，信以爲真。宋初有人僞作太白《醉後答丁十八》詩云「黄鶴高樓已搥碎」一首，樂史編太白遺詩，遂收入之〔三〕。近日解學士縉作《弔太白》詩云：「也曾搥碎黄鶴樓，也曾踢翻鸚鵡洲。」〔四〕殆類優伶副淨滑稽之語。噫，太白一何不幸耶！

【箋證】

〔一〕升庵此説，本劉克莊語。《後村詩話》卷一云：「古人服善。太白過黄鶴樓，有『眼前有景道不得，崔顥題詩在上頭』之句，至金陵，遂爲《鳳皇臺》詩以擬之。今觀二詩，真敵手棋也。若他人，必次顥韻，或於詩版之傍别著語矣。」崔顥《黄鶴樓》詩，見《河嶽英靈集》卷中。李白「賦《金陵鳳凰臺》」，指其《登金陵鳳凰臺》詩，見《李太白文集》卷十九。

〔二〕《續傳燈録》卷二十五《彭州大隨南堂元靜禪師傳》引白雲端和尚頌云：「一拳拳倒黄鶴樓，一趯趯翻鸚鵡洲。有意氣時添意氣，不風流處也風流。」與升庵此引偈語略同。《李太白文集》卷十《江夏贈韋南陵冰》詩中有「我且爲君搥碎黄鶴樓，君亦爲吾倒却鸚鵡洲」語，禪僧偈語所從出也。皆詩人想象，設詞狂言，非真有搥碎之事也。

〔三〕見《李太白文集》卷十七，題作《醉後答丁十八以詩譏予搥碎黄鶴樓》。詩云：「黄鶴高樓已搥碎，黄鶴仙人無所依。黄鶴上天訴玉帝，卻放黄鶴江南歸。神明太守再雕飾，新圖粉壁還芳菲。一州笑我爲狂客，少年往往來相譏。君平簾下誰家子，云是遼東丁令威。作詩掉我驚逸興，白雲遶筆窗前飛。待取明朝酒醒罷，與君爛漫尋春暉。」玩詩意，亦爲設言之辭，而詞意頗涉淺俗，升庵以爲僞作，非無見也。胡震亨即取升庵之説，其《李詩通》編此詩於附録之中。而王琦《李太白集注》卷十九注此詩，乃云：「按太白《江夏贈韋南陵》詩，原有『我且爲君搥碎黄鶴樓，君亦爲吾倒卻鸚鵡洲』之句，要是設言之辭。而玩此詩，則真有搥碎一事矣。要之禪僧偈語，本用《贈韋》詩中語，非《醉答丁十八》一詩本禪僧之偈而僞撰也。升庵因彼而疑此，殆亦目睫之見也夫。」王氏斥升庵之説，而以爲「真有搥碎一事」，亦迂迂也！

〔四〕所引詩，見解縉《文毅集》卷四，題爲《采石弔李太白》。詩附録於此：「吾聞學士真風流，豪氣直與元氣侔。金鑾殿上拜天子，叱呼寵幸如蒼頭。貴妃捧硯恬不怪，力士脱靴慚復羞。平生落魄嬴得虚名留。也曾椎碎黄鶴樓，也曾踢翻鸚鵡洲，也曾棄卻五花馬，也曾不惜千金裘。呼兒挽取采石酒，花間滿泛黄金甌。醉來問明月，月映金波流。大呼陽侯出江海，騎鯨直向北極游。我來采石日已暮，潮生牛渚聊艤舟。白浪一江雪滚滚，黄蘆兩岸風颼颼。我欲起學士，相與更唱酬。恐驚水底魚龍眠不得，上天星斗散亂難爲收。草草留題弔學士，學士不須笑吾儔，磊落與爾同千秋。」解縉，字大紳，明江西吉水人，洪武戊辰進士。永樂初，官翰林學士兼右春坊大學士，出爲江西參議，改交阯。以立嗣事忤漢王高煦，被譖下獄死。事蹟具《明史》本傳。有《文毅集》十六卷，今存。

評李杜

楊誠齋云：「李太白之詩，列子之御風也；杜少陵之詩，靈均之乘桂舟駕玉車也。無待者，神於詩者歟？有待而未嘗有待者，聖於詩者歟？宋則東坡似太白，山谷似少陵。」〔一〕徐仲車云：「太白之詩，神鷹瞥漢；少陵之詩，駿馬絶塵。」〔二〕二公之評，意同而語亦相近。余謂太白詩，仙翁劍客之語；少陵詩，雅士騷人之詞。比之文，太白則《史記》，少陵則《漢書》也。

【箋　證】

〔一〕楊誠齋語，見《誠齋集》卷八十《江西宗派詩序》，原文云：「蓋嘗觀夫列禦寇、楚靈均之所以行天下者乎？行地以輿，行波以舟，古也。而子列子獨御風而行，十有五日而後反，彼其於舟車，且烏乎待哉！然則舟車可廢乎？靈均則不然，飲蘭之露，餐菊之英，去食乎哉？芙蓉其裳，寶璐其佩，去飾乎哉？乘吾桂舟，駕吾玉車，去器乎哉？然朝閬風，夕不周，出入乎宇宙之忽然耳。蓋有待乎舟車，而未始有待乎舟車者也！今夫四家者流，蘇似李，黄似杜。李、蘇之詩，子列子之御風也；杜、黄之詩，靈均之乘桂舟、駕玉車也。無待，神於詩者歟？有待而未嘗有待者，聖於詩者歟！」楊萬里，字廷秀，自號誠齋，江西吉水人。官至寶謨閣學士致仕。開禧間聞北伐釁起，憂憤不食而卒。

〔二〕徐積，字仲車，山陽人，少受業於安定胡瑗，門人逾千，與黄山谷、張文潛爲友。元祐初，以薦授揚州司户參軍，爲楚州教授。歷和州防禦推官改宣德郎，監中岳廟，卒，賜謚節孝處士。有《節孝先生集》。其卷一《李太白雜言》詩中有「人生胡用自縲紲，當須犖犖不可羈。乃知公是真英物，萬叠秋山聳清骨。當時杜甫亦能詩，恰如老驥追霜鶻」等論李、杜之語。而升庵此引，不見其集中。「神鷹」，仇兆鰲《杜詩詳注》卷一《春日憶李白》詩注引作「飢鷹」。

劉須溪

世以劉須溪爲能賞音，爲其於《選》詩、李、杜諸家皆有批點也。予以爲須溪元不知詩，其批《選》詩首云：「詩至《文選》爲一厄。五言盛於建安，而勃窣爲甚。」此言大本已迷矣。須溪徒知尊李、杜，而不知《選》詩又李、杜之所自出。予嘗謂須溪乃開剪截羅緞鋪客人，元不曾到蘇杭南京機坊也〔一〕。

【箋　證】

〔一〕劉辰翁，字會孟，號須溪，廬陵人。少登陸象山之門，補太學生。景定三年，廷試對策，忤賈似道，置下等，請爲濂溪書院山長。宋亡，不復出。有《須溪集》。升庵另有「劉須溪」一條，云其「於唐人諸詩集，及李、杜、蘇、黄大家皆有批點，又有《批評三子口義》及《世説新語》。士林服其賞鑒之精博，然不知其節行之高也」云云（見本書後「丁福保本增輯各條」中「劉須溪」條）。《四庫全書總目》卷一百六十五《須溪集題要》云：「其所批點，如《杜甫集》、《世説新語》及《班馬異同》諸書，今尚有傳本，大率破碎纖仄，無裨來學。」説與升庵同。

許彦周詩話

《許彦周詩話》云：「客言李、杜詩中説馬如相馬經，有能過之者乎？僕曰：《毛詩》過之。曰：六經固不可擬，然亦未嘗仔細説馬相態行步也。僕曰：願熟讀之。『兩驂如舞』，此騶語所謂『花踏羊行』是也。『兩驂如手』，此騶語所謂『熟使喚』是也〔一〕。思之便覺『走過掣電傾城知』與『神行電邁涉恍惚』，爲難騎耳。」〔二〕

【箋　證】

〔一〕許顗，字彦周，北宋末期人，與詩僧惠洪交。《詩話》作於南宋初。此條全採其文，兩「騶語」原書並作「駔語」。「兩驂如舞」、「兩驂如手」，《詩·鄭風·太叔于田》中句。「駔語」，謂馬市牙儈之行話也。駔、騶義同。

〔二〕所引二詩句，前句「走過掣電傾城知」出杜甫《高都護驄馬行》，見《九家集注杜詩》卷一。後句「神行電邁涉恍惚」出李白《天馬歌》，見《李太白文集》卷三，「涉」作「躡」。

巫峽江陵

盛弘之《荆州記》巫峽江水之迅云：「朝發白帝，暮到江陵，其間千二百里，雖乘奔御風，不以疾也。」〔一〕杜子美詩：「朝發白帝暮江陵，頃來目擊信有徵。」〔二〕李太白：「朝辭白帝彩雲間，千里江陵一日還。兩岸猿聲啼不盡，扁舟已過萬重山。」〔三〕雖同用盛弘之語，而優劣自別。今人謂李、杜不可以優劣論，此語亦太憒憒。白帝至江陵，春水盛時行舟，朝發夕至，雲飛鳥逝，不是過也。太白述之爲韻語，驚風雨而泣鬼神矣。太白娶江陵許氏，以江陵爲還，蓋室家所在〔四〕。

【箋證】

〔一〕盛弘之《荆州記》早佚，此引文出《太平御覽》卷五十三。酈道元《水經注》卷三十四《江水注》亦見此文，則未署盛氏之名。

〔二〕此杜甫《最能行》詩中句，見《九家集注杜詩》卷十三。

〔三〕李白《早發白帝城》詩，見《李太白文集》卷二十，「扁舟」作「輕舟」。

〔四〕李白娶江陵許氏，見其自述。《李太白文集》卷二十六《上安州裴長史書》云：「見鄉人相如大誇雲夢之事，云楚有七澤，遂來觀焉。而許相公家見招，妻以孫女，便憩於此，至移三霜焉。」

王世貞《藝苑卮言》卷四：「李、杜光燄千古，人人知之。滄浪竝極推尊，而不能致辨。元微之獨重子美，宋人以爲談柄。近時楊用修爲李左袒，輕俊之士，往往傳耳。要其所得，俱影響之間。五言古、選體及七言歌行，太白以氣爲主，以自然爲宗，以俊逸高暢爲貴；子美以意爲主，以獨造爲宗，以奇拔沈雄爲貴。其歌行之妙，詠之使人飄揚欲僊者，太白也。使人慷慨激烈，歔欷欲絶者，子美也。選體太白多露語率語，子美多穉語累語，置之陶、謝間，便覺傖父面目，乃欲使之奪曹氏父子位耶？五言律、七言歌行，子美神矣，七言律聖矣！五、七言絶，太白神矣；七言歌行聖矣，五言次之。太白之七言律、子美之七言絶，皆變體，間爲之可耳，不足多法也。」

胡應麟《詩藪》外編卷下：「古大家有齊名合德者，必欲究竟，當熟讀二家全集，洞悉根源，徹見底裏，然後虛心易氣，各舉所長，乃可定其優劣。若偏重一隅，便非篤論。況以甲所獨工，形乙所不經意，何異寸木岑樓，鈎金輿羽哉。正如『朝辭白帝』，乃太白絶句中之絶出者，而用修舉杜歌行中常語以當之。然則《秋興》八篇，求之《李集》，可盡得乎？他日又舉薛濤絶句，謂李白亦當叩首。則杜在李下，李又在薛下矣。甚矣，可笑也。」按升庵於此不過偶然興到，借此對當時李夢陽諸人之崇杜太過者，稍下針砭。若其大旨，自謂李、杜二公，各有千秋，不當强爲軒輊也。詳本卷「評李杜」、「許彦周詩話」及卷四「敖器之評詩」諸條，可知也。

中國文學研究典籍叢刊

升庵詩話新箋證（增訂本）

中册

〔明〕楊　慎　撰
王大厚　箋證

中　華　書　局

升庵詩話新箋證卷八

稱許有乃祖之風〔一〕

老杜高自稱許，有乃祖之風。上書明皇云：「臣之述作，沈鬱頓挫，揚雄枚臯，可企及也。」〔二〕《壯游》詩則自比於崔、魏、班、揚〔三〕。又云：「氣劘屈賈壘，目短蕭劉牆。」〔四〕《贈韋左丞》則曰：「賦料揚雄敵，詩看子建親。」〔五〕甫以詩雄於世，自比諸人，誠未爲過。至「竊比稷與契」〔六〕，則過矣。史稱甫「好論天下大事，高而不切」〔七〕，豈自比稷、契而然邪？至云「上感九廟焚，下憫萬民瘡。斯時伏青蒲，廷爭守御床」〔八〕，其忠藎亦可嘉矣。

【箋證】

〔一〕此條全録自《韻語陽秋》卷八。

〔二〕《文苑英華》卷一百三十六載杜甫《進雕賦表》，云：「倘使執先祖之故事，拔泥塗之久辱，則臣之述作，雖不能鼓吹六經，先鳴數子，至於沉鬱頓挫，隨時敏捷，而揚雄、枚臯之徒，庶可企及也。」此節引之。《九家集注杜詩》卷一《醉時歌》「先生有才過屈宋」句下趙注云：「杜審言嘗云：『吾文當得屈、宋作衙官也。』」此可見子美述其祖風如此。

〔三〕杜甫《壯游》詩見《九家集注杜詩》卷十二。詩中有「斯文崔魏徒，以我似班揚」之句，謂時人崔尚、魏啟心贊己之才，有如班固、揚雄也。此云「自比於崔魏班揚」，誤。

〔四〕此二句亦《壯游》詩中句，「蕭劉」作「曹劉」。

〔五〕此《奉贈韋左丞丈二十二韻》詩中句，見《九家集注杜詩》卷一。

〔六〕杜甫《自京赴奉先縣詠懷五百字》詩首云：「杜陵有布衣，老大意轉拙。許身一何愚，竊比稷與契。居然成濩落，白首甘契闊。蓋棺事則已，此志常覬豁。」明王嗣奭云：「人多疑自許稷契之語，不知稷契元無他奇，只是己溺己飢之念而已。伊尹得之而念廑納溝，孔子得之而欲立欲達，聖賢皆同此心。」（見《杜臆》卷一）此可釋升庵之疑矣。

〔七〕《新唐書》卷二百一《杜甫傳》：「甫曠放不自檢，好論天下大事，高而不切。」

〔八〕此引亦《壯游》詩中句。

不嫁惜娉婷〔一〕

杜子美詩「不嫁惜娉婷」，此句有妙理，讀者忽之耳。陳後山衍之云：「當年不嫁惜娉婷，傅粉施朱學後生。」「不惜捲簾通一顧，怕君著眼未分明。」深得其解矣。蓋士之仕也，猶女之嫁也，士不可輕於從仕，女不可輕於許人也。「著眼未分明」，相知之不深也。古人有相知之深，審而始出，以成其功者，伊尹、孔明是也。有相知不深，確乎不出，以全其名者，嚴光、蘇雲卿是也。有相知不深，闖然以出，身名俱失者，劉歆、荀彧是也〔二〕。白樂天詩：「寄言癡小人家女，慎勿將身輕許人。」〔三〕亦子美之意乎？

【箋證】

〔一〕此條與本書卷二「梁武白紵辭」條内容略同，可互參。

〔二〕劉歆，字子駿，後更名秀，字穎叔，與其父劉向同領校祕書，集六藝群書爲《七略》。歆好古文，欲立《左氏春秋》、《毛詩》、逸《禮》及《古文尚書》於學官，爲今文諸儒所詘，忤執政，出爲五原太守。王莽少時與歆俱爲黄門郎，甚重歆，表爲中壘校尉、羲和京兆尹，典儒林。及莽篡位，引歆爲國師。歆怨莽殺其三子，又以劉秀兵起南陽，懼大禍將至，乃謀誅莽，事泄自殺。事見《漢書》本傳及《王莽傳》。荀彧，字文若，潁川潁陰人，初依袁紹，不見用，去而投曹操，操以爲「吾之子房也」，以師友待之。建安元年，勸操迎獻帝都許，「挾天子以令諸侯」。操拜大將軍，以彧爲侍中、尚書令，與軍國重事。建安十七年，董昭勸操加九錫，進位魏王。彧以爲不可，失操意。彧託病留壽春，以憂病卒。升庵以爲王莽、曹操，篡漢之賊也，而劉歆、荀彧二人負當世重名，而託身於漢賊，皆以凶終，是不識去就，而託身非人也。

〔三〕此白居易新樂府《井底引銀瓶》「止淫奔也」詩末二句，見《白氏長慶集》卷四。

數回細寫愁仍破

杜詩："數回細寫愁仍破。"〔一〕寫，洗野切。《禮記》："器之溉者不寫，其餘皆寫。"注："謂傳之器中。"〔二〕《史記》始皇二十六年："每破諸侯，寫放其宮室，作之咸陽。"三十五年："寫蜀荆地材，皆至關中。"〔三〕《左傳》注："寫器令空。"〔四〕《東觀漢記》："封車載貨，寫之權門。"〔五〕晉郗夫人語二弟云："傾筐倒寫。"〔六〕又四夜切。《石鼓》文："宫車其寫。"〔七〕義與"卸"通。舍車解馬曰寫，舟車出載亦曰寫〔八〕。

【箋　證】

〔一〕此杜甫《野人送朱櫻》詩中句，見《九家集注杜詩》卷二十二。

〔二〕《禮記》卷二《曲禮上》："御食於君，君賜餘。器之溉者不寫，其餘皆寫。"注："寫者，傳己器中乃食之也。"此引注作"傳之器中"，稍誤。

〔三〕此引文見《史記》卷六《秦始皇本紀》。然升庵實乃轉引自胡三省《通鑑釋文辨誤》卷一。胡氏引《通鑑》始皇"三十五年，寫蜀荆地材，皆至關中"，辨史炤《通鑑釋文》之誤云："史炤《釋文》曰：『寫，四夜切。舍車解馬爲寫，或作卸。』余謂此非『舍車解馬』之卸，乃前『寫放宫室』之寫。（胡氏原注："《通鑑》二十六年云：『每破諸侯，寫放其宫室，作之咸陽北阪上。』"）『寫』讀如字。『寫』之爲義，除也，盡也，晉時人多説寫字。杜預注《左傳》云：『寫器令空。』

郗夫人語二弟云：『傾筐倒寫。』皆除盡之義。」按：升庵此引「二十六年」云云，乃胡氏所云「前寫放宫室」之注文，升庵引之而列於「三十五年」云云之後。《外集》編者不曉，以爲「二十六年」反列「三十五年」之後，於理不合，遂徑改「二十六」爲「三十六」。《詩話》各本皆從之而誤。今據胡氏原文改正，並依時序，移「二十六年」云云於「三十五年」之前。

〔四〕《左傳·昭公四年》傳：「牛弗進，則置虚命徹。」杜預注：「寫器令空，示若叔孫已食，命去之。」

〔五〕此文不見於《東觀漢紀》，而見於《後漢書》卷九十五《皇甫規傳》，「封車載貨」作「旋車完封」。

〔六〕《世説新語·賢媛第十九》：「王右軍郗夫人謂二弟司空、中郎曰：『王家見二謝，傾筐倒庋，見汝輩來，平平爾。汝可無煩復往。』」作「傾筐倒庋」，不作「傾筐倒寫」。

〔七〕此見《古文苑》卷一，爲第三枚石鼓之文。

〔八〕明焦竑《俗書刊誤》卷十一云：「脱衣解甲、折屋下瓦、舟車出載皆曰卸。音瀉，去聲。」

杜詩奪胎之妙

陳僧慧標《詠水》詩：「舟如空裏泛，人似鏡中行。」〔一〕沈佺期《釣竿篇》：「人如天上坐，魚似鏡中懸。」〔二〕杜詩：「春水船如天上坐，老年花似霧中看。」〔三〕雖用二子之句，而壯麗倍之。可謂得奪胎之妙矣〔四〕。

【箋證】

〔一〕僧慧標，陳宣帝時人，陳寶應反，以預謀罪被誅。引詩見《文苑英華》卷一百六十三。

〔二〕沈佺期此詩收入《樂府詩集》卷十八《鼓吹曲辭》，「人如」作「人疑」。

〔三〕此杜甫《小寒食舟中作》詩，見《九家集注杜詩》卷三十六。

〔四〕《苕溪漁隱叢話》後集卷五引《復齋漫録》云：「山谷言：『「船如天上坐，人似鏡中行」，又云「船如天上坐，魚似鏡中懸」，沈雲卿詩也。老杜云「春水船如天上坐」，祖述佺期之語也。繼之以「老年花似霧中看」，蓋觸類而長之。』予以雲卿之詩，原於王逸少《鏡湖》詩所謂『山陰路上行，如在鏡中游』之句。然李太白《入青溪山》亦云『人行明鏡中，鳥度屏風裹』，雖有所襲，然語益工也。」升庵蓋本此爲説。

子美贈花卿

「錦城絲管日紛紛，半入江風半入雲。此曲只應天上有，人間能得幾回聞。」〔一〕花卿名敬定，丹稜人，蜀之勇將也，恃功驕恣〔二〕。杜公此詩，譏其僭用天子禮樂也。而含蓄不露，有風人「言之無罪，聞之者足以戒」之旨〔三〕。公之絶句百餘首，此爲之冠〔四〕。唐世樂府，多取當時名人之詩唱之，而音調名題各異。杜公此詩，在樂府爲「入破第二疊」〔五〕。王維「秦川一半夕陽開」，在樂府名《相府蓮》，訛爲《想夫憐》〔六〕。「秋風明月獨離居」，爲《伊州歌》〔七〕。岑參「西去輪臺萬里餘」，爲《簇拍六州》〔八〕。盛小叢「雁門山上雁初飛」，爲《突厥三臺》〔九〕。王昌齡「秦時明月漢時關」，爲《蓋羅縫》〔一〇〕。張仲素「亭亭孤月照行舟」，爲《胡渭州》〔一一〕。王之奂「黄河遠上白雲間」，爲《梁州歌》〔一二〕。張祜「十指纖纖似筍紅」，爲《氐州第一》〔一三〕。符載「月裏嫦娥不畫眉」，爲《甘州歌》〔一四〕。無名氏「千年一遇聖明朝」，爲《水調歌》〔一五〕、「雕弓白羽獵初回」，爲《水鼓子》，後轉爲《漁家傲》云〔一六〕。其餘有詩而無名氏者尚多，不盡書焉。

唐人樂府多唱詩人絶句，王少伯、李太白爲多。杜子美七言絶近百，錦城妓女獨唱其《贈花卿》一首。蓋花卿在蜀頗僭用天子禮樂，子美作此諷之，而意在言外，最得詩人之旨。當時妓女獨以此詩入歌，亦有見哉。杜子美詩，諸體皆有絶妙者，獨絶句本無所解，而近世乃效之而廢諸家，是其真識冥契，猶在唐世妓人之下乎〔一七〕？

【箋證】

〔一〕此詩見《九家集注杜詩》卷二十二。趙彦材注云：「《古歌辭》所載林鍾宫《水調·入破第二》云：『錦庭絲管曉紛紛，半入靈山半入雲。此曲多應天上去，人間那得幾回聞。』莫能考所以，當俟博聞。」則宋時已有異文矣。

〔二〕《舊唐書》卷一百十一《高適傳》：「梓州副使段子璋反，以兵攻東川節度使李奐。適率州兵從西川節度使崔光遠攻子璋，斬之。西川牙將花驚定者，恃勇，既誅子璋，大掠東蜀。天子怒光遠不能戢軍，乃罷之。」《山谷集》外集卷九《書花卿歌後》云：「花卿家在丹稜之東館鎮，至今有英氣，血食其鄉云。」

〔三〕《詩大序》：「上以風化下，下以風刺上，主文而譎諫，言之者無罪，聞之者足以戒，故曰風。」

〔四〕升庵《唐絶增奇》取杜甫此詩入妙品。序云：「予嘗品唐人之詩，樂府本效古體，而意反近；絶句本自近體，而意實遠。欲求《風》、《雅》之彷佛者，莫如絶句。唐人之所偏長獨至，而後人力追莫嗣者也。擅場則王江寧，驂乘則李彰明，偏美則劉中山，遺響則杜樊川。少陵雖號大家，不能兼善。一則拘乎對偶，二則汩于典故。拘則未成之律詩，而非絶體；汩則儒生之書袋，而乏性情。故觀其全集，自『錦城絲管』之外，咸無譏焉。近世有愛而忘其醜者，專取而效之，惑矣！」升庵此論，後世訾議者頗多。而胡應麟獨亟稱之，以爲「用修平生論詩，惟此精確」。又云：「『近世學杜』，謂獻吉（夢陽）也。」（見《詩藪》内編卷六。）升庵此論雖語含譏刺，而實乃有爲而發。其時王世貞亦謂杜絶爲「變體」，以爲「間爲之可耳，不必多法也」（《藝苑巵言》卷四）。足見當時持此論者，初非升庵一人。蓋絶句重情韻，貴含蓄，而杜絶過於發露；絶句近樂歌，工唱歎，而杜絶時出拗峭。故升庵此論，亦不爲無見也。

〔五〕《樂府詩集》卷七十九《水調歌》題解云：「按唐曲凡十一疊，前五疊爲歌，後六疊爲入破。」杜甫此詩爲「入破第二疊」。

〔六〕此王維《和太常韋主簿五郎温湯寓目之作》詩中句，爲七言律，見《文苑英華》卷二百四十二。《樂府詩集》卷八十《相府蓮》題解云：「古解題曰：《相府蓮》者，王儉爲南齊相，一時所辟皆才名之士，時人以入儉府爲蓮花池，謂如『紅蓮映緑水』。今號蓮幕者，自儉始。其後語訛爲《想夫憐》，亦名之醜爾。」又引《樂苑》曰：「《想夫憐》，羽調曲也。白居易詩曰：『玉管朱弦莫急催，客聽歌送十分杯。長愛《夫憐》第二句，倩君重唱夕陽開。』王維右丞詞云『秦川一半夕陽開』是也。」《白氏長慶集》卷三十五《想夫憐》詩下自注云：「王維右丞詞云『秦川一半夕陽開』，此句尤佳。」

〔七〕《唐詩紀事》卷十六「王維」下載云：禄山之亂，李龜年奔於江潭，曾於湘中採訪使筵上唱此詩，並云：「此皆維所製，而梨園唱焉。」詩失題，《樂府詩集》卷七十九録爲《伊州歌》第一疊。《萬首唐人絶句》七言卷五十八、卷七十兩載此詩。

〔八〕此岑參《赴北庭度隴思家》詩中句，見《岑嘉州集》卷七，「西去」作「西向」。《樂府詩集》卷七十九録爲《簇拍陸州》。《萬首唐人絶句》七言卷五十八録《樂府辭二十五首》中有此詩，題作《捉拍陸州》。

〔九〕《雲溪友議》卷上「餞歌序」條載：「李尚書訥夜登越城樓，聞歌曰『雁門山上雁初飛』，其聲激切。召至。曰：『在籍之妓盛小叢也。』曰：『汝歌何善乎？』曰：『小叢是梨園供奉南不嫌女甥也，所唱之音，乃不嫌之授也。』」詩見《樂府詩集》卷七十五《雜曲歌辭》，題《突厥三臺》。

《萬首唐人絶句》七言卷五十八録《樂府辭二十五首》中有此詩。明銅活字《唐五十家詩集》本《韋蘇州集》卷十載此詩，題作《突厥臺》。

〔一〇〕王昌齡此詩見《才調集》卷九，題作《塞上行》。《樂府詩集》卷八十《近代曲辭》以爲《蓋羅縫》二首之一。《萬首唐人絶句》七言卷五十八録《樂府辭二十五首》中有此詩。《詩話》各本「蓋羅縫」均誤作「蓋羅縱」，今據《樂府詩集》改。

〔一一〕此《樂府詩集》卷八十所載《胡渭州》二首之一，未署作者姓名。《萬首唐人絶句》七言卷五十八録《樂府辭二十五首》中有此詩，題作《渭州》。《唐詩紀事》卷四十二《三舍人集》張仲素詩中無此首。《唐詩品彙》卷五十二以爲張祜詩，升庵《詞品》卷一「六州歌頭」條亦注云「《胡渭州》，見張祜詩」，但今傳《張承吉文集》不載。

〔一二〕王之涣此詩《國秀集》卷下、《文苑英華》卷二百九十九、《萬首唐人絶句》七言卷八並題《涼州》。又，《文苑英華》卷一百九十七、《樂府詩集》卷二十二題作《出塞》。諸書無作《梁州》者。按，唐梁州屬山南西道，涼州屬隴右道。玉門關在肅州，出涼州而西，亦屬隴右。是升庵作「梁州」爲誤。

〔一三〕《張承吉文集》卷五載此詩，題作《題宋州田大夫家樂丘家箏》，「似」作「玉」。《樂府詩集》不載此詩。按《氏州第一》，唐曲未見，今見最早者爲周邦彦《片玉詞》中「波落寒汀」一首。升庵此云「唐世樂府」，不當舉宋曲也。或别有所據。

〔一四〕此詩《全唐詩》卷七百八十六收入無名氏之作，題爲《豔歌》，當出《禪宗頌古聯珠通集》卷三。又卷四百七十二收入符載詩，題作《甘州歌》，則録自升庵《絶句衍義》卷一。《樂府詩集》卷八十《近代曲辭》有《甘州》曲，爲五言絶句。

〔一五〕此詩見《樂府詩集》卷七十九《近代曲辭》，爲《水調》十一疊之「入破第五」。《萬首唐人絶句》七言卷五十八録《樂府辭二十五首》，此爲《水調歌七首》之七。

〔一六〕《樂府詩集》卷八十「近代曲辭」録此詩，不題作者。《萬首唐人絶句》七言卷五十八録《樂府辭二十五首》中有此詩。按《水鼓子》，胡震亨《唐音癸籤》卷十三列爲唐曲中「題義無考」者。唐崔令欽《教坊記》有《水沽子》一曲，或當即此。然本調爲平韻，而《漁家傲》爲仄韻，似難轉成。

〔一七〕此段《丹鉛總録》卷二十、《升庵文集》卷五十七皆另作「錦城絲管」一條，丁本《升庵詩話》同。焦竑編《升庵外集》以與「子美贈花卿」條合，《函海》本從之。

胡應麟《少室山房筆叢》卷十九《藝林伐山一》「錦城絲管」條云：「『花卿蜀小將耳，雖恃功驕横，然非有韋皋、嚴武之權，王建、孟昶之力，即欲僭用天子禮樂，惡得而僭之？用修以子美贈詩爲諷，真兒童之見也！凡詞人贊歎聲色，不曰傾城，則曰絶代。子美蓋贈歌者，偶姓字相合，亦云花卿，實何戡、薛濤輩。用修便以破段子璋者當之，然求其説不得也，故有僭用禮樂之解。匡衡解頤，阿平絶倒，斯兼之哉。李群玉《贈歌妓》詩：『貌態只應天上有，歌聲豈合世間聞。』與杜合，豈亦有所諷耶？工部諸絶，非漫興則拗體，以入歌曲不宜，獨此首風致翩翩，音節調美，故諸妓女習之。其爲贈歌者益明。信如楊説，則一老頭巾詠史耳，風致音節何在？用修以後世真識在唐妓人之下，不惟誣後世，並誣妓人矣。」胡氏此説，清人多非之，如仇兆鰲、楊倫、王奭嗣諸家，皆贊成升庵之説。吴景旭《歷代詩話》卷三十七曰：「升庵此解甚得，元瑞强欲折之，然宋人已發其旨，不自升庵始也。杜有《戲作花卿歌》，《漁隱叢話》云：『花卿雖有平賊之功，驕恣不法，子美不欲顯言，但云「人道我卿絶世無，既稱絶世無，天子何不唤取守京都」，語句含蓄。』《鶴林玉露》云：『全篇形容其勇鋭有餘，而忠義不足。故雖可以守京都，而天子終不敢信用之。語意涵蓄不迫切，使人咀嚼而自得之。』觀此，則花卿豈何戡、薛濤輩乎？」

袁紹盃

《後漢·鄭玄傳》：「袁紹總兵冀州，遣使要玄，大會賓客。玄最後至，乃延升上坐，飲酒一斛。紹客多豪俊，並有才説，玄依方辨對，咸出問表。莫不嗟服。」〔一〕杜詩：「江上徒逢袁紹盃。」公以玄自比，爲儒而逢世亂也〔二〕。須溪批云：「如此引袁紹事，不曉。」噫！須溪眯目之言，『不曉』，真不曉也。王洙注引河朔飲事，尤無干涉〔三〕。不讀萬卷書，不能解讀杜詩。信哉！

【箋　證】

〔一〕《後漢書》卷六十五《鄭玄傳》云：「時大將軍袁紹總兵冀州，遣使要玄，大會賓客。玄最後至，乃延升上坐。身長八尺，飲酒一斛。秀眉明目，容儀温偉。紹客多豪俊，並有才說，見玄儒者，未以通人許之。競設異端，百家互起。玄依方辯對，咸出問表。皆得所未聞，莫不嗟服。」

〔二〕引杜甫《秋盡》詩，見《九家集注杜詩》卷二十六。錢謙益注此詩即用升庵說，見《錢注杜詩》卷十二。

〔三〕王洙注，見《九家集注杜詩》卷二十六。其典出《藝文類聚》卷五：「《典略》曰：『光禄劉松北鎮，而袁紹夜酣酒，以盛夏三伏之際，晝夜與松飲酒，至於無知。』云『以避一時之暑』。故河朔有『避暑飲』。」

西郊詩

《韻語陽秋》：「杜子美《西郊》詩云：『無人競來往。』或云『無人與來往』，或云『無人覺來往』。『競』、『與』皆常談，『覺』字非子美不能道也。蓋煬者辟竈，有道之所驚；舍者爭席，隱居者之所貴也。」〔一〕

【箋證】

〔一〕今本《韻語陽秋》未見此語，而見於《詩話總龜》後集卷二十四，云出《丹陽集》。升庵以爲出《韻語陽秋》，記憶偶誤也。引杜《西郊》詩句，見《九家集注杜詩》卷二十一。「煬者辟竈」、「舍者爭席」，用陽子居遇老聃事。《莊子·寓言》：「其往也，舍者迎將，其家公執席，妻執巾櫛，舍者避席，煬者避竈（郭象注：尊形自異，故憚而避之也）。其反也，舍者與之爭席矣（郭象注：去其夸矜故也）。」

以「覺」字爲好，王安石亦有此説。《詩話總龜》卷六引王安石《金陵語録》云：「『暝色赴春愁』，下得

『赴』字好，若下『起』字，便是小兒語也。『無人覺往來，疎懶興何長』，下得『覺』字大好。足見吟詩要一字兩字工夫。」

劉貢父

「青袍也自公。」貢父《詩話》云：「『也』字作『夜』音，不可如字讀也。白公云『也向慈恩寺裏游』是也。」〔一〕

【箋　證】

〔一〕劉攽，字貢父，號公非，宋新喻人，慶曆六年，與兄敞同舉進士，預修《資治通鑑》，歷官祕書少監，出知蔡州。官終中書舍人。著有《公非先生集》、《中山詩話》。《宋史》有傳。《中山詩話》云：「詞人以『也』字作『夜』音，杜云『青袍也自公』、白公云『也向慈恩寺裏游』，不可如字讀也。」升庵即據之爲説。《詩話總龜》卷二十九引《古今詩話》引此説云：「詩家用『也』字，本皆音『夜』，杜詩云『青袍也自公』、元稹云『也向慈恩寺裏游』，今人讀爲如字，非也。」易「白

公」爲「元稹」，是也。按「也向慈恩寺裏游」，元稹《使東川》紀行絶句二十二首中《梁州夢》詩中句，見《元氏長慶集》卷十七，「寺裏」作「院院」。孟棨《本事詩·徵異第五》記其事云：「元相公稹爲御史，鞫獄梓潼。時白尚書在京，與名輩游慈恩，小酌花下。爲詩寄元曰：『花時同醉破春愁，醉折花枝當酒籌。忽憶故人天際去，計程今日到梁州。』時元果及褒城，亦寄《夢游》詩曰：『夢君兄弟曲江頭，也向慈恩院院游。驛吏唤人排馬去，忽驚身在古梁州。』千里神交，合若符契，友朋之道，不期至歟！」

書堂飲散復邀李尚書下馬賦

杜云：「湖月林風相與清，殘樽下馬復同傾。久拚野鶴如雙鬢，遮莫鄰鷄下五更。」〔一〕湖上林中，地已清矣；湖有月，林有風，景益清矣，故着「相與清」字。俗本作「湖上」，或作「湖水」，皆淺。既有湖，不須着「水」字；若云「湖上林風」，不得着「相與清」字。此工緻細潤，味之自知。「遮莫」，猶言儘教也，當時諺語〔二〕。

【箋　證】

〔一〕《九家集注杜詩》卷三十三載此詩，題作《書堂飲既夜復邀李尚書下馬月下賦絶句》，「湖月」作「湖水」；《集千家注杜工部詩集》卷十八作「湖上」。

〔二〕《苕溪漁隱叢話》後集卷八引嚴有翼《藝苑雌黄》云：「遮莫，俚語，猶言儘教也。自唐以來有之，故當時有『遮莫你古時五帝，何如我今日三郎』之説。然詞人亦稍有用之者。杜詩云：『久拚野鶴同雙鬢，遮莫鄰雞唱五更。』李太白詩：『遮莫枝根長百丈，不如當代多還往。』『遮莫親姻連帝城，不如當身自簪纓。』元微之詩：『從兹罷馳騖，遮莫寸陰斜。』東坡詩：『芒鞋竹杖布行纏，遮莫千山更萬山。』洪駒父詩：『圍碁爭道未得去，遮莫城頭日西沉。』皆用此語。」

止觀之義

杜詩：「白首重聞止觀經。」〔一〕佛經云：「止能舍樂，觀能離苦。」又云：「止能修心，能斷貪愛。觀能修慧，能斷無明。」〔二〕止如「定而後能靜」，觀則「慮而後能得」也〔三〕。

【箋　證】

〔一〕此引詩見《九家集注杜詩》卷十三，爲《别李祕書始興寺所居》詩中句，原句作「重聞西方止觀經」。

〔二〕升庵此引佛經，見後秦鳩摩羅什譯《成實論》卷十五《止觀品第一百八十七》。又，後秦僧肇注《維摩詰經》卷第五《文殊師利問疾品第五》曰：「係心於緣謂之止，分别深達謂之觀。止、觀，助涅槃之要法，菩薩因之而行。」天台山修禪寺沙門智顗述《修習止觀坐禪法要》云：「若夫泥洹之法，入乃多途，論其急要，不出止、觀二法。所以然者，止乃伏結之初門，觀是斷惑之正要。」蓋天台宗重「止、觀」雙修，而杜公學佛，則取徑天台也。今人吕澂論此甚詳。

〔三〕《大學》第一章：「知止而後有定，定而後能靜，靜而後能安，安而後能慮，慮而後能得。」

彫菰

《說文》：「彫菰，亦名蔣。」徐鉉曰：「『彫菰』，《西京雜記》及古詩皆作『雕胡』。」《內則》注作「雕胡」。亦作「安胡」，枚乘《七發》：「安胡之飯。」注：「今所食茭苗米也。」〔一〕宋玉賦：「主人之女炊雕胡之飯。」〔二〕《爾雅》：「齧雕蓬。」孫炎云：「米茭也。」〔三〕米可作飯，古人以爲五飯之一。《周禮》：「魚宜菰。」干寶云：「菰米飯，膳以魚，同水物也。其米色黑。」〔四〕杜詩「波漂菰米沉雲黑」〔五〕，言人不收取而雁亦不啄，但爲波漂雲沉而已，見長安兵火之慘，極矣。

【箋證】

〔一〕徐鍇《說文解字繫傳》卷二《艸部》「菰」字下注云：「雕菰，一名蔣。從艸瓜聲。臣鍇曰：『雕菰，《西京雜記》及古詩多作雕胡。枚乘云：「雕胡之飯。」按，即今所食茭苗米也。』」《禮記注疏》卷二十七《內則》篇：「蝸醢而菰食、雉羹。」鄭玄注：「菰，彫胡也。」升庵此引小徐本《說文》，而改「徐鍇」作「徐鉉」，誤。又，《文選》卷三十四枚乘《七發》：「安胡之飯。」李善注云：「安胡未詳。一曰安胡，雕胡也。宋玉《風賦》曰：『爲臣炊彫胡之飯。』」「今所食茭苗米也」乃小徐氏解「雕菰」之語，而升庵以爲《七發》之注，亦誤。

〔二〕《藝文類聚》卷二十四載楚宋玉《諷賦》云：「主人之女翳承日之華，披翠雲之裘，更被白縠之單衫，垂珠步摇，來排臣户。爲臣炊彫胡之飯，烹露葵之羹。」

〔三〕魏孫炎《爾雅注》早佚，升庵所見，疑爲鄭樵所注。鄭氏《爾雅注》卷下注「齧彫蓬，薦黍蓬」云：「彫蓬，米茭也，其米謂之彫胡。」

〔四〕《魏書》卷五十五《劉芳傳》記「《周官儀禮音》，干寶所注」，新、舊《唐書》多有引録，而原書早佚，唐已後未見著録。升庵此引，未知所出。

〔五〕此杜甫《秋興八首》第七首中句，全詩云：「昆明池水漢時功，武帝旌旗在眼中。織女機絲虚夜月，石鯨鱗甲動秋風。波漂菰米沉雲黑，露冷蓮房墜粉紅。關塞極天唯鳥道，江湖滿地一漁翁。」見《九家集注杜詩》卷三十。

波漂菰米〔一〕

客有見予，拈「波漂苽米」之句而問曰：「杜詩此首中四句，亦有所本乎？」予曰：「有本，但變化之極其妙耳。隋任希古《昆明池應制》詩曰『回眺牽牛渚，激賞鏤鯨川』〔二〕，便見太平宴樂氣象。今一變云『織女機絲虚夜月，石鯨鱗甲動秋風』，讀之則荒煙野草之悲，見於言外矣。《西京雜記》云『太液池中有雕菰，紫籜緑節，鳧雛鴈子，唼喋其間』〔三〕、《三輔黄圖》云『宫人泛舟採蓮，爲巴人櫂歌』〔四〕，便見人物游嬉，宫沼富貴。今一變云『波漂菰米沉雲黑，露冷蓮房墜粉紅』，讀之則菰米不收而任其沉，蓮房不採而任其墜，兵戈亂離之狀具見矣。」杜詩之妙，在翻古語。千家注無有引此者，雖萬家注何用哉！因悟杜詩之妙，如此四句，直上與《三百篇》「牂羊羵首，三星在罶」同〔五〕。比之晚唐「亂殺平人不怕天」〔六〕、「抽旗亂插死人堆」〔七〕，豈但天壤之隔。

【箋證】

〔一〕此條與前條，《升庵外集》卷七十四原合作「雕菰」一條，《函海》本《升庵詩話》同。按：嘉靖四卷本《升庵詩話》卷二、《丹鉛總録》卷二十此條與前條皆分爲前後二條，今據補第二條條目。丁本《詩話》亦作二條，而分載之卷六、卷九，非。

〔二〕任希古，字敬臣，棣州人。舉孝廉，太宗時爲弘文學士，終太子舍人。升庵以爲隋人，誤。此引詩，見《唐詩紀事》卷六，題爲《和東觀群賢七夕臨泛昆明》，「回眺」作「飛眺」。

〔三〕《西京雜記》卷一：「太液池邊皆是彫胡、紫蘀、緑節之類。菰之有米者，長安人謂爲彫胡。葭蘆之未解葉者，謂之紫蘀。菰之有首者，謂之緑節。其間鳧雛鴈子，布滿充積。又多紫龜緑鼈。池邊多平沙，沙上鵜鶘、鷓鴣、鵁鶄、鴻鶂，動輒成群。」

〔四〕《三輔黄圖》卷四：「池中有龍首船，常令宫女泛舟池中，張鳳蓋，建華旗，作櫂歌。」

〔五〕此《小雅·苕之華》第三章中句。

〔六〕杜荀鶴《唐風集》卷二《旅泊遇郡中叛亂示同志》：「握手相看誰敢言，軍家刀劍在腰邊。遍搜寶貨無藏處，亂殺平人不怕天。古寺拆爲修寨木，荒墳開作甃城塼。郡侯逐出渾閒事，正是鑾輿幸蜀年。」

〔七〕王建《王建詩集》卷七《贈索暹將軍》：「渾身着箭瘢猶在，萬槊千刀總過來。輪劍直衝生馬隊，抽旗旋踏死人堆。聞休鬭戰心還癢，見説烟塵眼即開。淚滴先皇堦下土，南衙班裏趁朝迴。」

日抱黿鼉

韓石溪廷延語余曰：「杜子美《登白帝最高樓》詩云：『峽坼雲霾龍虎卧，江清日抱黿鼉游。』此乃登高臨深，形容疑似之狀耳。雲霾坼峽，山木蟠拏，有似龍虎之卧；日抱清江，灘石波蕩，有若黿鼉之游。」余因悟舊注之非，其云：「雲氣陰黯，龍虎所伏；日光圓抱，黿鼉出曝。」真以爲四物矣〔一〕。即以杜證杜，如「江光隱映黿鼉窟，石勢參差烏鵲橋」〔二〕，同一句法，同一解也。蘇子《赤壁賦》云：「踞虎豹，登虬龍，攀棲鶻之危巢，俯馮夷之幽宮。」〔三〕亦是此意。豈真有烏鵲、黿鼉、虬龍、虎豹哉？

【箋證】

〔一〕韓士英，字廷延，號石溪，南充人，正德進士。嘉靖初，以南京户部郎中知岳州府，後官至户部尚書。此引杜詩見《九家集注杜詩》卷三十一，「龍虎卧」作「龍虎睡」。趙次公注云：「此頷聯言峽壁開坼，而雲氣黿龍虎之睡；江水澄清，而日光抱黿鼉之游。」與升庵所引舊注文字稍異。

〔二〕見《九家集注杜詩》卷二十五，爲《玉臺觀二首》之一中句，「隱映」作「隱見」。

〔三〕此蘇軾《後赤壁賦》中句，見《經進東坡文集事略》卷一。

升庵此説，胡應麟非之云：「峽坼黿鼉，作形似之狀，亦詩家當行，未爲無見。然下云『扶桑西枝封斷石』，則上當作實景，不然冗矣。」（見《少室山房筆叢》卷十九《藝林學山》一）按：此類句法，於杜集中常見，如《北征》之「猛虎立我前，蒼崖吼時裂」、《石龕》之「熊羆咆我東，虎豹號我西，我後鬼長嘯，我前狨又啼」等，皆以形容疑似之狀，刻繪驚奇險惡之境，非必實景也。至律詩中兩聯當虛實相間，乃後世講究詩法者之説，杜甫當日，未必處處求合於此也。胡氏好駁升庵，其故爲異議，不足徵也。

杜詩步檐字〔一〕

杜子美詩：「步檐倚杖看牛斗。」檐，古簷字。《楚辭・大招》：「曲屋步櫩。」注：「曲屋，周閣也。步櫩，長砌也。」司馬相如賦：「步櫩周流，長途中宿。」櫩，亦古簷字也〔二〕。又梁陸倕《鍾山寺詩》：「步簷時中宿，飛階或上征。」〔三〕沈氏滿願詩：「步簷隨新月，挑燈惜落花。」〔四〕杜公蓋襲用其字，後人不知，妄改作「步蟾」。且前聯有「新月」字，而結句又云「步蟾」，複矣。況「步蟾」乃舉子坊牌字，杜公詩寧有此惡字耶？甚矣，士俗不可不醫也。

【箋　證】

〔一〕嘉靖本《升庵詩話》卷二原有「杜詩用檐字」條云：「杜『步檐倚杖看牛斗』，『檐』即『簷』字也。蓋用相如《上林賦》『步檐周流』之語。俗子不知古字，乃改『檐』爲『蟾』。且上句有『新月猶懸』，而此又云『步蟾』，太重複。況『步蟾』乃時俗舉子坊牌腐語，杜公詩寧有此惡字面邪？」《外集》卷七十四採之而改條目作「步檐」，《函海》本從之。嘉靖本《詩話補遺》卷二上另有「杜詩步檐字」一條，文字加詳，今取《詩話補遺》之文。

〔二〕「步檐倚杖看牛斗」，此杜甫《夜》詩中句，見《九家集注杜詩》卷三十一。趙彦材注云：「步簷，舊作步蟾，當以步簷爲正。而字又作櫚、檐。《上林賦》云：『步檐周流。』李善注曰：『步檐，步廊也。』謝惠連詩：『房櫳引傾月，步櫚結清風。』劉孝綽《望月》詩云：『微光垂步檐。』庾信詩：『步櫚朝未歸。』互用此也。」此引《楚辭·大招》並注，見王逸《楚辭章句》卷十。「相如賦」，指司馬相如《上林賦》，見《文選》卷一，句下李善注曰：「步櫚，步廊也。周流，周徧流行也。《楚辭》曰：『曲屋步櫚。』」升庵所論，蓋據趙注及李注爲説也。

〔三〕此引陸倕《鍾山寺詩》二句，原題作《和昭明太子鍾山解講詩》，見《廣弘明集》卷三十，「梁陸倕」原誤作「陸梁倕」，今據改。

〔四〕此引沈氏二句，不知所出，逯欽立《先秦漢魏晉南北朝詩》亦未收。

吴景旭《歷代詩話》卷三十八引升庵此説，並云：「田子藝謂：『俗本作步蟾，夫以月而爲步蟾，又易之以蹋兔、走蜍可乎？蓋步檐以混成而言，如今之飛檐、步廊也。屋之半間亦曰一步，非言行步於檐下也。古者六尺爲步，今之廊檐大率廣六尺，即步檐之明證也。』余以升庵證『蟾』爲『檐』，出於卓識，直令子美此詩重開生面，爲録子藝語以廣之。」

入衡州

《入衡州》詩云：「悠悠委薄俗，鬱鬱回剛腸。」此語甚悲。《許彦周詩話》云：「昔蒯通讀《樂毅傳》而涕泣，後之人亦當有味此而泣者也。」〔一〕

【箋　證】

〔一〕此條全録許顗《彦周詩話》，詩題中「入」字，許書及《詩話》各本原俱缺，據《九家集注杜詩》卷十六補。又，《詩話》各本「涕」下「泣」字原脱，據《彦周詩話》補。

落月屋梁

「落月滿屋梁，猶疑照顔色。」〔一〕言夢中見之，而覺其猶在，即所謂「夢中魂魄猶言是，覺後精神尚未回」也〔二〕。詩本淺，宋人看得太深，反晦矣。「傳神」之説非是〔三〕。

【箋　證】

〔一〕此杜甫《夢李白二首》之一中句，見《九家集注杜詩》卷五。

〔二〕此王諲《後庭怨》詩中句，見《文苑英華》卷三百四十六。王諲，舉開元進士第，官右補闕。

〔三〕升庵所云「傳神之説」，出蔡絛《西清詩話》。其文云：「李太白歷見司馬子微、謝自然、賀知章，或以爲可與神游八極之外，或以爲謫仙人。其風神超邁英爽可知。後世詞人狀者多矣，亦間於丹青見之。俱不若少陵云『落月滿屋梁，猶疑照顔色』。熟味之，百世之下想見風采。此與李太白傳神詩也。」

杜詩本選

謝宣遠詩：「離會雖相雜。」〔一〕杜子美「忽漫相逢是别筵」之句〔二〕，實祖之。顔延年詩：「春江壯風濤。」〔三〕杜子美「春江不可渡，二月已風濤」之句〔四〕，實衍之。故子美諭兒詩曰：「熟精《文選》理。」〔五〕

【箋　證】

〔一〕謝瞻，字宣遠，六朝時陳郡陽夏人。與從叔混、族弟靈運俱有盛名。晉義熙中爲安城太守，宋初除中書侍郎，後出爲豫章太守，卒。此引詩見《文選》卷二十，題作《王撫軍庾西陽集别時爲豫章太守庾被徵還東》，「雜」，《文選》六臣注本同，李善注本作「親」，並於下句「逝川豈往復」

後注云：「言離而復會，雖有相親之理，但逝川之流，豈有往復之義。嗟年命之速而會難也。」

〔二〕見《九家集注杜詩》卷二十四，題作《送路六侍御入朝》。詩首四句云：「童稚情親四十年，中間消息兩茫然。更爲後會知何地，忽漫相逢是别筵。」

〔三〕此《文選》卷二十二顔延之《車駕幸京口侍游蒜山作》詩中句。

〔四〕見《九家集注杜詩》卷二十五，題作《渡江》。

〔五〕「諭兒詩」，指杜甫《宗武生日》詩，見《九家集注杜詩》卷三十一。宗武，甫次子也。

五雲太甲〔一〕

杜詩：「五雲高太甲，六月曠摶扶。」〔二〕注不解「五雲」之義。嘗觀王勃《益州夫子廟碑》云：「帝車南指，遁七曜於中階；華蓋西臨，藏五雲於太甲。」〔三〕《酉陽雜俎》謂燕公讀碑，「自『帝車』至『太甲』四句，悉不解，訪之一公。一公言：『北斗建午，七曜在南方，有是之祥，無位聖人當出。』華蓋以下，卒不可悉。」〔四〕愚謂老杜讀書破萬卷，自有所據，或入蜀見此碑而用此語也。《晉·天文志》：「華蓋杠旁六星，曰六甲，分陰陽而配節候。」太甲恐是六甲一星之名，然未有考證。以一行之邃於星曆，張燕公、段柯古之殫見洽聞，而猶未知焉。姑闕疑以俟博識〔五〕。

【箋　證】

〔一〕此條全録自宋王應麟《困學紀聞》卷十八，唯易原首句「出瞿塘峽詩」五字作「杜詩」二字。

〔二〕所引乃杜甫《大曆三年春，白帝城放船出瞿唐峽。久居夔府，將適江陵，漂泊有詩凡四十韻》詩中句也，見《九家集注杜詩》卷三十三。

〔三〕見《王子安集》卷十三。

〔四〕此引見《酉陽雜俎》卷十二。

〔五〕按：「愚謂」以上，爲王氏節引張邦基《墨莊漫録》卷四之語，以下則王氏自説。升庵於此録之，蓋有取於王氏多聞闕疑之説，未必如清翁元圻注《困學紀聞》，謂升庵「全襲爲己説」也。

「五雲太甲」，舊注衆説紛紜，莫衷一是。錢謙益《草堂詩箋》即取王應麟此説。而嚴羽《滄浪詩話》又以爲「太甲」或即「太乙」，以星對風（太乙，星名；「風」，指下句「六月曠摶扶」也）。胡震亨《唐音癸籤》卷二十二則云：「黄帝象五色雲作華蓋。星之有華蓋，以象華蓋名之。其杠旁六星，曰六甲，文人筆藻，尊名之爲太甲。凡雲西行不雨，言西臨，言藏者，勃以華蓋當雲，言雲之不雨，喻夫子道之不行也。杜用此，蓋即借爲蜀中故事。若云回望西蜀，五雲空高，況己之不得志於蜀而去耳。下句是言此去南徙，未有摶扶風力可借。一言蜀，一言出蜀後。用事雖實，而調故靈活，此其所以爲老杜歟。按勃『華蓋』二語，段成式以爲張燕公嘗問僧一行，不能解。王伯厚雖有杠旁之解，而不敢决太甲之即六甲。

皆緣從星象中生解，不悟其雖言星，實言雲也。通讀勃碑下文『雷雨』句，意義自明。而杜所以引用之旨，亦豁然矣。」其説可從。

東閣官梅

杜工部《和裴迪登蜀州東亭送客逢早梅相憶見寄》詩云：「東閣官梅動詩興，還如何遜在揚州。」按《遜傳》無揚州事，而《遜集》亦無揚州梅花詩，但有《早梅》詩云：「菟園標節序，驚時最是梅。銜霜當路發，映雪凝寒開。枝横卻月觀，花繞凌風臺。應知早飄落，故逐上春來。」杜公以裴迪逢早梅而作詩，故用何遜比之。又以卻月、凌風，皆揚州臺觀名耳。所謂東閣官梅者，乃新津之地也，非揚州有東閣也。宋世有妄人，假東坡名，作《杜詩注》一卷刻之，一時爭尚杜詩，而坡公名重天下，人爭傳之，而不知其僞也。其注此詩云：「遜作揚州法曹，廨舍有梅一株，遜吟詠其下。後居洛思之，因請再任，及抵揚州，梅花盛開，相對彷彿終日。」按何遜未嘗爲揚州法曹。是時南北分裂，遜爲梁臣，何得復居洛陽？洛陽，乃魏地也。既居魏，何得又請再任？請於梁乎？請於魏乎？其説之脱空無稽如此。略曉史册者，知其僞矣〔一〕。近日邵文莊寶乃手鈔其注，入杜詩七言律刻行，豈不誤後學耶〔二〕？僞蘇注之謬，宋世洪容齋、嚴滄浪、劉須溪父子、馬端臨《經籍考》皆力辨其謬〔三〕。

而文章鉅公如邵文莊者，乃獨信之，亦尺有所短也。僞蘇注中，如謂「不分桃花紅勝錦」爲李夫人之語〔四〕、「十年厭見旌旗紅」爲四皓語〔五〕，皆架空妄説，如盲人風漢之言。然猶借古人名也。又謂「碧山學士」爲梁張褒〔六〕，又「昏黑應須到上頭」爲隋常琮語〔七〕，併人名亦杜撰之。又妄撰景差五言律一聯，尤可笑。蘇、李始有五言古詩，而楚襄王時乃有五言律詩乎〔八〕？其人信白丁也。而讀者不之悟，其奈之何！

【箋　證】

〔一〕宋葛立方《韻語陽秋》卷十六：「老杜詩云：『東閣官梅動詩興，還如何遜在揚州。』按《遜傳》無揚州事，而《遜集》亦無揚州梅花詩，但有《早梅》詩云云。杜公前詩，乃逢早梅而作詩，故用何遜事，又意卻月、凌風，皆揚州臺觀名爾。近時有妄人假東坡名，作《老杜事實》一編，無一事有據，至謂遜作揚州法曹，廨舍有梅一株，遜吟詠其下。豈不誤學者！」升庵蓋引申其説。所引杜詩題，《升庵文集》、《外集》及《詩話》各本均脱「蜀」字，據《九家集注杜詩》卷二十一補。又，何遜《早梅》詩「花繞凌風臺」下，《初學記》卷二十八、《文苑英華》卷三百二十二所載並有「朝灑長門淚，夕駐臨邛杯」二句，而《藝文類聚》卷八十六、《韻語陽秋》所引則無。

〔二〕邵寶，字國賢，號二泉，明無錫人，成化甲辰進士。正德、嘉靖間以詩文名一時，官至南京禮部尚書，卒謚文莊。有《邵二泉先生分類注杜詩》七卷。事蹟具《明史·儒林傳》。

〔三〕《容齋隨筆》卷一「淺妄書」條云：「俗間所傳淺妄之書，如所謂《雲仙散録》、《老杜事實》、《開元天寶遺事》之屬，皆絶可笑。然士大夫或信之，至以《老杜事實》爲東坡所作者，今蜀本刻杜集，遂以入注。」所指他人皆有類此之説，文繁不録。

〔四〕《補注杜詩》卷二十四《送路六侍御入朝》「不分桃花紅似錦」注：「蘇曰：李夫人病起。南園桃花盛開，李不悦。武帝問其故。李曰：『不分桃花如錦，惱人病眼。』帝感其言，遂去其花，爲一國笑。」

〔五〕《補注杜詩》卷八《冬狩行》「十年厭見旌旗紅」注：「蘇曰：甪里先生語薪者曰：『子十年厭見干戈旌旗，只非今日耶？』」

〔六〕《補注杜詩》卷三十二《柏學士茅屋》「碧山學士焚銀魚」注：「蘇曰：張褒梁天監中不供學士職，御史欲弹劾。褒曰：『碧山不負吾。』乃焚章長嘯而去。」「張褒」，原誤作「章褒」，今據改。

〔七〕《補注杜詩》卷二十四《涪城縣香積寺官閣》「昏黑應須到上頭」注：「蘇曰：常琮侍煬帝游寶山，帝曰：『幾時到上方？』琮曰：『昏暗應須到上頭。』左右失笑。帝曰：『淳古君子也。』」

〔八〕《補注杜詩》卷三十五《千秋節有感二首》之二「楚岫千峰翠」注：「蘇曰：景差《蘭臺春望》：『千峰楚岫碧，萬木郢城陰。』」嚴羽《滄浪詩話》云：「杜集注中『坡曰』者，皆是托名假僞，漁隱雖嘗辨之，而人尚疑者，蓋無至當之説以指其僞也。今舉一端，將不辨而自明矣。如『楚岫入峰翠』注云云。五言始於李陵、蘇武，或云枚乘。漢以前五言古詩尚未有之，寧有戰國時已有五言律句耶？觀此可以一笑而悟矣。」

升庵引葛立方「何遜在揚州」之説，似是而非，宋張邦基《墨莊漫録》已辨明其事，而升庵未之見也。其卷一云：「杜甫詩『東閣官梅動詩興，還如何遜在揚州』，多不詳遜在揚州之説。以本傳考之，但言：遜天監中爲尚書水部郎，南平王引爲賓客，掌書記室。薦之武帝，與吴均俱進倖。後稍失意，帝曰：『吴均不均，何遜不遜。』遜卒於廬陵王記室，亦不言在揚州也。及觀遜有《梅花》詩見於《藝文類聚》、《初學記》云云。余後見别本遜文集，乃有此詩。而集首有梁王僧孺所作序，乃云：『遜東海郯人，舉本州秀才，射策爲當時之魁，歷官奉朝請。時南平王殿下爲中權將軍、揚州刺史，望高右戚，曰賢主。擁篲分庭，愛客接士。東閣一開，競收揚馬；左席暫起，爭趨鄒枚。君以詞藝早聞，故深親禮，引爲水部，行參軍事，仍掌文記室云云。』乃知遜嘗在揚州也。蓋本傳但言南平引爲記室，略去揚州耳。然東晉、宋、齊、梁、陳皆以建業爲揚州，則遜之所在揚州，乃建業耳，非今之廣陵也。隋以後始以廣陵名州。」錢謙益《草堂詩箋》即從其説。

緑沉

杜少陵《游何將軍山林》詩：「雨抛金鎖甲，苔卧緑沉槍。」[一]竹坡周少隱《詩話》云：「甲抛於雨，爲金所鎖；槍卧於苔，爲緑所沉。有『將軍不好武』之意。」此瞽者之言也。薛氏

《補遺》云：「緑沉，精鐵也。」引《隋書》文帝賜張奫緑沉之甲。趙德麟《侯鯖録》謂緑沉爲竹。引陸龜蒙詩：「一架三百竿，緑沉森杳冥。」雖少有據，然亦非也〔二〕。予考「緑沉」乃畫工設色之名。《鄴中記》云：「石虎造象牙桃枝扇，或緑沉色，或木難色，或紫紺色，或鬱金色。」王羲之《筆經》云：「有人以緑沉漆竹管見遺。」《南史》：梁武帝「西園食緑沉瓜。」是緑沉即西瓜皮色也。梁簡文詩：「吴戈夏服箭，驥馬緑沉弓。」虞世南詩：「緑沉明月弦。」劉邵一作劭《趙都賦》：「弩有黄間、緑沉。」若如薛與趙之説，鐵與竹豈可爲弓弦耶？楊巨源詩：「吟詩白羽扇，校獵緑沉槍。」與杜少陵之句同，皆謂以緑沉色爲漆，飾槍柄〔三〕。

【箋證】

〔一〕此杜詩二句，見《九家集注杜詩》卷十八《重過何氏五首》之三。

〔二〕周紫芝，字少隱，宋宣城人。紹興中登第，歷官樞密院編修，出知興國軍，自號竹坡居士。《竹坡詩話》云：「杜少陵《游何將軍山林》詩有『雨抛金鎖甲，苔卧緑沉鎗』之句，言甲抛於雨，爲金所鎖；鎗卧於苔，爲緑所沉。有『將軍不好武』之意。余讀薛氏《補遺》，乃以緑沉爲精鐵，謂『隋文帝賜張奫以緑沉之甲』是也。……又讀趙德麟《侯鯖録》，謂緑沉爲竹，乃引陸龜蒙詩：『一架三百竿，緑沉森杳冥。』此尤可笑。」所引陸龜蒙詩，實乃皮日休《新竹》詩，見《松陵集》卷三，「竿」作「本」，「杳冥」作「冥冥」。升庵此斥其非，而引之未察，從其所誤。又，「奫」

原誤作「淵」，據《隋書》改。

〔三〕宋人注杜詩，於「緑沉」之義，多有辨説。升庵於此，蓋綜諸家之注而爲説。《九家集注杜詩》卷十八句下注云：「薛云：右按車頻《秦書》曰：『苻堅使熊邈造金銀細鎧，金爲綖以緤之。緑沉，精鐵也。』《北史》：『隋文帝賜張奫緑沉槍甲，獸文具裝。』《武庫賦》曰：『緑沉之槍。』杜補遺嘗博考緑沉之義，或以爲漆，或以爲用緑爲飾。羲之《筆經》云：『有人以緑沉漆竹及鏤管見遺，藏之多年，寶有愛玩，詎必金寶雕琢，然後爲乎？』此以緑貴沈，爲漆也。又《廣志》曰：『緑沉，古弓名。』劉邵《趙都賦》曰：『其器用則六弓四弩：緑沉、黄間、堂溪、魚腸、丁令、角端。』古樂府《結客少年場行》云：『緑沉明月弦，金絡浮雲轡。』此言緑沉，皆謂弓也。弩名黄間，以黄飾之也；弓謂之緑沉，其亦以緑爲飾乎？緑沉槍，疑亦以緑而爲飾。趙云：『甲言金鎖，以金綫連鎖之也。苻堅所造，乃其類也。槍言緑沉，以緑色之物沈抹其柄也，苻萇創所引是。至引《北史》隋文帝所賜張奫，妄意解爲精鐵，非也。杜田所引則可，以見弓也，甲也，筆也，槍也，或緑漆之，或緑塗之，皆謂之緑沉。』師云：梁簡文帝詩：『吴戈夏服箭，冀馬緑沉弓。』」又《補注杜詩》卷十八句下注：「鶴曰：《唐詩選》楊巨源《上劉侍中》詩云：『吟詩白羽扇，校獵緑沉槍。』」

泥人嬌

俗謂柔言索物曰泥，乃計切，諺所謂軟纏也。杜子美詩：「忽忽窮愁泥殺人。」〔一〕元微之憶内詩：「顧我無衣搜畫匣，泥他沽酒拔金釵。」〔二〕《非煙傳》詩曰：「郎心應似琴心怨，脉脉春情更泥誰。」〔三〕楊乘詩：「畫泥琴聲夜泥書。」〔四〕元鄧文原《贈妓》詩：「銀燈影裏泥人嬌。」〔五〕柳耆卿詞：「泥歡邀寵最難禁。」〔六〕字又作詎，《花間集》：「黄鶯嬌囀詎芳妍。」〔七〕又：「記得詎人微斂黛。」〔八〕字又作妮，王通叟詩：「十三妮子緑窗中。」〔九〕今山東目婢曰小妮子，其語亦古矣〔一〇〕。

【箋　證】

〔一〕《九家集注杜詩》卷三十二《冬至》：「年年至日長爲客，忽忽窮愁泥殺人。」

〔二〕此《元氏長慶集》卷九《遣悲懷三首》之一中句，「畫匣」作「藎篋」。詩乃悼亡，非憶内也。

〔三〕《非煙傳》，見《太平廣記》卷四百九十一，出唐皇甫枚《山水小牘》，記咸通中河南府功曹參軍武公業愛妾非煙步氏與其鄰子趙象情事。詩爲非煙答趙象之作，「泥」作「擬」，《唐詩記事》卷七十九引作「付」。唯《萬首唐人絶句》七言卷六十五載作「泥」。

〔四〕此引句見《唐詩紀事》卷四十七「楊乘」詩中，題作《牓句》。

〔五〕鄧文原，字善之，一字匪石，元綿州人，遷寓浙江杭州。以綿州古屬巴西郡，人又稱鄧巴西。歷官江浙儒學提舉、江南浙西道肅政廉訪司事。至治二年，召爲集賢直學士兼國子監祭酒，卒謚文肅。《元史》有傳。明顧元慶《元詩選二集》卷七録其詩《素履齋稿》中，未見升庵此引。

〔六〕此柳永《夏雲峰》詞句，見《樂章集》，「寵」下無「最」字，「泥」作「昵」。升庵批點本《草堂詩餘》卷三作「泥」。

〔七〕此顧敻《虞美人》詞句，見《花間集》卷六，「黄鶯」作「黄鸝」。

〔八〕此顧敻《浣溪沙》詞句，「昵」原誤作「泥」，據《花間集》卷七改。

〔九〕王觀，字通叟，宋海陵人。嘉祐二年進士。熙寧中嘗以將仕郎守大理寺丞、知揚州江都縣事。今《全宋詩》載其詩六首，中無此句。

〔一〇〕此條另見《詞品》卷一，其元微之詩後，多「杜牧之《登九華樓》詩：『爲郡異鄉徒泥酒。』」一句。

杜工部荔枝詩

杜子美詩：「側生野岸及江蒲，不熟丹宫滿玉壺。雲壑布衣鮐背死，勞生害馬翠眉須。」〔一〕杜公此詩，蓋紀明皇爲貴妃取荔枝事也。其用「側生」字，蓋爲廋文隱語，以避時忌。《春秋》「定、哀多微辭」之意，非如西崑用僻事也〔二〕。末二句蓋昌黎《感二鳥》之意〔三〕，言布衣抱道，有老死雲壑而不徵者，乃勞生害馬以給翠眉之須，何爲者耶？其旨可謂隱而彰矣。山谷謂「雲壑布衣」，指後漢臨武長唐羌諫止荔枝貢者〔四〕。此俗所謂厚皮饅頭、夾紙燈籠矣〔五〕。山谷尚如此，又何以責黄鶴、蔡夢弼輩乎〔六〕？

【箋　證】

〔一〕此杜甫《解悶十二首》之第十二首，見《九家集注杜詩》卷三十。「勞生害馬」作「勞一生重馬」，「一生」下注「讀作人字」，詩末注云：「武后所撰字，『一生』爲人，當作『勞人』。」

〔二〕「定、哀多微辭」，見《春秋公羊傳》定公元年傳。「西崑用僻事」，李商隱詩喜用僻事，下奇字，晚唐人多效之，號「西崑體」。

〔三〕韓愈《感二鳥賦》，見《昌黎先生文集》卷一。

〔四〕《集千家注杜工部詩集》卷十五引山谷注云：「『側生荔枝』，見左太沖《蜀都賦》。『雲壑布衣』，臨武長唐羌上書諫荔枝也。見《後漢·和帝紀》。」

〔五〕「厚皮饅頭」，謂其俗。《歐陽文忠集》卷一百二十九《筆説》「世人作肥字説」條：「世之人有喜作肥字者，正如厚皮饅頭，食之未必不佳，而視其爲狀，已可知其俗物。」「夾紙燈籠」，謂其未得確解，終隔一層也。又，或爲「蠟紙燈籠」之誤，言其酸腐。《苕溪詩話》卷三：「子瞻云：『推門入室書縱横，蠟紙燈籠晃雲母。』慣親燈火儒生酸態盡矣。」

〔六〕黄鶴，字叔似，宋宜黄人，與其父黄希合撰《補注杜詩》，今存。蔡夢弼，宋建安人，撰《杜工部草堂詩箋》四十卷，並輯有《杜工部草堂詩話》二卷。

補稻畦水詩

「芊芊炯翠羽，剡剡生銀漢。鷗鳥鏡裏來，關山雲邊看。秋菰成黑米，精鑿傳白粲。玉粒足晨炊，紅鮮任霞散。」〔一〕陸龜蒙《引泉》詩：「曾聞瑶池溜，亦灌朱草田。皛伯弄翠蕤，鸞雛舞丹煙。淩風捩桂舵，隔霧馳犀船。」〔二〕二詩曲盡農田之景，然而詞語且宕落〔三〕。

【箋證】

〔一〕此見《九家集注杜詩》卷十一，題作《行官張望補稻畦水歸》，「白粲」原誤作「白餐」，據改。此引非全詩，其前有十二句，其後有四句。

〔二〕陸龜蒙《引泉》詩，見《笠澤叢書》卷五，題下自注云「睦州龍興觀老君院作」，「犀船」原誤作「西船」，據改。此引亦非全詩，其前有四十句，其後有十四句。

〔三〕升庵此録杜、陸詩，本爲摘句而云「二詩」，其鑒賞雖精，實啟明人割裂古書之習。

鶯啼修竹

杜子美《滕王亭子》詩：「春日鶯啼修竹裏，仙家犬吠白雲間。」〔一〕修竹用梁孝王事，犬吠雲中用淮南王事〔二〕，人皆知之矣。予嘗怪修竹本無鶯啼字也，後見孫綽《蘭亭》詩「啼鶯吟修竹，游鱗戲瀾濤」〔三〕，乃知杜老用此也。讀書不多，未可輕議古人。

【箋證】

〔一〕此詩見《九家集注杜詩》卷二十五，詩題中「子」字原脱，據補。

〔二〕《史記》卷五十八《梁孝王世家》：「大治宮室，爲複道，自宮連屬於平臺五十餘里。」司馬貞《索隱》：「如淳曰：『在梁東北離宮所在也。』按，今城東二十里臨新河有故臺址，不甚高，俗云平臺，又一名修竹院。」詩以「修竹院」比「滕王亭」也。「犬吠雲中」，用淮南王劉安得道，雞犬昇天事。《太平廣記》卷八「劉安」條《神仙傳》云：「時人傳八公、安臨去時，餘藥器置在中庭，雞犬舐啄之，盡得昇天。故雞鳴天上，犬吠雲中也。」

〔三〕晉穆帝永和三年上巳日，孫綽於王羲之蘭亭集會上賦五言、四言詩各一首。此五言詩中句，見《會稽掇英總集》卷三，「啼鶯」作「鶯羽」。

鐵馬汗常趨

安禄山之亂，哥舒翰與賊將崔乾祐戰，見黄旗軍數百隊，官軍以爲賊，賊以爲官軍，相持久之，忽不見。是日昭陵内石馬皆汗流。杜詩：「玉衣晨自舉，鐵馬汗長趨。」李義山亦云：「天教李令心如日，可待昭陵石馬來。」〔一〕

【箋　證】

〔一〕《苕溪漁隱叢話》前集卷七引宋蔡居厚《蔡寬夫詩話》云：「安禄山之亂，哥舒翰與賊將權（崔）乾祐戰潼關，見黄旗軍數百隊，官軍以爲賊，賊以爲官軍，相持久之，忽不知所在。是日昭陵奏陵内前石馬皆汗流。子美詩所謂『玉衣晨自舉，鐵馬汗常趍』，蓋記此事也。李晟平朱泚，李義山作詩復引用之，云：『天教李令心如日，可待昭陵石馬來。』此雖一等用事，然義山但知推美西平，不知於昭陵似不當耳。乃知詩家使事難。若子美，所謂不爲事使者也。」此升庵之所本。所引杜詩，題作《行次昭陵》，見《九家集注杜詩》卷十七。所引義山詩，題作《復京》，見《李義山詩集》卷上，「可待」作「可要」。

「石馬汗出」事，蔡氏乃據唐姚汝能《安禄山事蹟》卷下，云：潼關之戰，我軍既敗，「賊將崔乾祐領白旗，引左右馳突往來，我軍視之，狀若神鬼。又見黄旗軍數百隊，官軍潛謂是賊，不敢逼之。須臾，又見與乾祐鬭，黄旗軍不勝，退而又戰者不一。俄然不知所在。後昭陵奏，是日靈宫石人馬汗流。」

升庵詩話新箋證卷九

民歌出牧〔一〕

杜子美《滕王亭子》詩：「民到於今歌出牧，來游此地不知還。」〔二〕後人因子美之詩，注者遂謂滕王賢而有遺愛於民。今《郡志》亦以滕王爲名宦〔三〕。予考新、舊《唐書》，並云元嬰爲金州刺史，驕佚失度。太宗崩，集宦屬燕飲歌舞，狎昵廝養。巡省部内，從民借狗求罝，所過爲害。以丸彈人，觀其走避則樂。及遷洪州都督，以貪聞。高宗給麻二車，助爲錢緡。小説又載其召屬宦妻於宫中而淫之〔四〕。其惡如此，而少陵老子乃稱之，所謂「詩史」者，蓋亦不足信乎？未有暴於金、洪兩州而仁於閬州者也。

【箋　證】

〔一〕本條原題作「滕王」，與下條題重，據《升庵文集》卷五十八所載條目改。

〔二〕《九家集注杜詩》卷二十五載《滕王亭子》詩，題下有自注云：「亭在雲臺觀内，王曾典此州。」蔡夢弼注曰：「滕王元嬰，高祖之子也，調露年間任閬州刺史。」

〔三〕《方輿勝覽》卷六十七《閬州》記元嬰爲名宦。《明一統志》卷六十八《保寧府·閬中郡》：「唐滕王元嬰、魯王靈夔：二王相繼爲閬州刺史，務行寬大，民甚懷之。」

〔四〕升庵此引元嬰諸事，並見《新唐書》卷七十九《滕王元嬰傳》。傳謂元嬰：「爲金州刺史，驕縱失度。在太宗喪，集官屬燕飲歌舞，狎昵廝養。巡省部内，從民借狗求罝，所過爲害。以丸彈人，觀其走避則樂。城門夜開，不復有節。……遷洪州都督，官屬妻美者，紿爲妃，召逼私之。……謫置滁州。起授壽州刺史，徙隆州，復不循法。……帝嘗賜諸王綵五百，以元嬰及蔣王貪黷，但下書曰：『滕叔、蔣弟不須賜，給麻二車，助爲錢緡。』二王大慙。」「金州」原誤作「荆州」，據《新唐書》改。又，「隆州」，以避玄宗諱，後改「閬州」。

升庵此説，言之過激，人多不取。王嗣奭《杜臆》卷五云：「『游此地』謂滕王，而『不知還』，語有刺。」仇兆鰲《杜詩詳注》卷云：「今按，末二句一氣讀下，正刺其荒游，非頌其遺澤也。」

滕王

此與前《民歌出牧》條説異。

杜工部有《滕王亭子》詩，王建詩「揭得滕王《蛺蝶圖》」〔一〕，皆稱滕王湛然，非元嬰也。王勃記滕王閣，則是元嬰耳〔二〕。

【箋　證】

〔一〕此王建《宫詞百首》之第六十首中句，見《唐詩紀事》卷四十四。

〔二〕滕王湛然，元嬰少子脩信孫，嗣長樂王，開元中從玄宗至蜀，擢左金吾將軍。錢謙益《草堂詩箋》卷十三《滕王亭子》詩下注云：「元嬰，高祖第二十二子，都督洪州，數犯憲章，徙授隆州刺史。《方輿勝覽》：『滕王以隆州衙宇卑陋，遂修飾宏大之，擬於宫苑。後以明皇諱，改曰閬苑。滕王亭即元嬰所建，在玉臺觀。』成都楊慎以爲嗣滕王湛然，誤也。」

江平不流

杜詩「江平不肯流」〔一〕，意求工而語反拙。所謂鑿混沌而畫蛇足，必夭性命而失卮酒也。不若李端樂府云「人老自多愁，水深難急流」也〔二〕。又不若巴渝《竹枝詞》云：「大河水長漫悠悠，小河水長似箭流。」詞愈俗愈工，意愈淺愈深。

【箋　證】

〔一〕《九家集注杜詩》卷二十五《陪王使君晦日泛江就黄家亭子二首》之一：「山豁何時斷，江平不肯流。」

〔二〕「李端」原誤作「李群玉」，按此引詩，乃李端《古别離》詩中句，見《樂府詩集》卷七十一、《唐百家詩選》卷九，今據改。本書卷十「李端古别離詩」條升庵亦自不誤。李端，字正己，趙郡人。

大曆五年進士。與盧綸、吉中孚、韓翃、錢起、司空曙、苗發、崔峒、耿湋、夏侯審唱和，號十才子。

明張萱《疑耀》卷三「楊用修妄改杜詩」條：「用修又以杜詩『江平不肯流』謂意求工而句反拙，不及李群玉『水深難急流』、《巴渝竹枝詞》『大河水長漫悠悠』爲勝於杜。余謂《竹枝詞》此何等語，可以擬杜！即『難急流』，不亦淺而俚乎？杜之妙處，全在『不肯』二字，蓋本陶淵明『日月不肯遲』、『晨雞不肯鳴』来。故『不肯』二字，杜嘗四用之，『秋天不肯明』、『干戈不肯休』、『王室不肯微』，而惟『江平不肯流』最佳。余家有小樓臨長江，每於夏漲時，憑闌輒思杜之『不肯流』句，乃詩中畫也。」清仇兆鰲《杜詩詳注》卷十三於此詩末引升庵此語後亦云：「今按，杜詩《晚登瀼上堂》云『春氣晚更生，江流靜猶湧』，是即『江平不肯流』之轉注也。豈可輕下軒輊語耶？」

伏毒寺詩

杜詩：「鄭南伏毒寺，瀟灑在江心。」〔一〕劉禹錫詩：「曾作關中客，頻經伏毒岩。晴煙沙苑樹，曉日渭川帆。」〔二〕

【箋　證】

〔一〕此《憶鄭南玭》詩中句，見《九家集注杜詩》卷二十九，趙彦材注云：「舊本『伏毒守』難解，師民瞻作『手』，亦無義。一作『寺』，卻似有理。蓋寺名伏毒，而在江心。」宋張邦基《墨莊漫録》卷五云：「杜子美有《憶鄭南玭》詩，云：『鄭南伏毒守，瀟灑到江心。』殊不曉『伏毒守』之義。『守』當作『寺』。按《華州圖經》有伏毒寺。劉禹錫外集有《貞元中侍郎舅氏牧華州時予再忝科第前後由華覲謁陪登伏毒嵓》。今世行本皆作『守』，誤也。」鄭，華州縣名。「鄭南」，《詩話》各本俱誤作「鄭國」，今據《九家集注杜詩》改。

〔二〕此劉禹錫《貞元中，侍郎舅氏牧華州。時余再忝科第，前後由華覲謁，陪登伏毒寺屢焉，亦曾賦詩題於梁棟。今典馮翊，暇日登樓，南望三峰，浩然生思。追想昔年之事，因成篇，題舊寺》詩句，見《劉夢得文集》外集卷三，「曉日」作「晚日」。

杜詩與包佶同意

包佶詩「波影倒江楓」〔一〕，與杜詩「石出倒聽楓葉下」同意〔二〕。二句並工，未易優劣也。

【箋證】

〔一〕包佶，字幼正，潤州人。父包融，集賢院學士，與賀知章、張旭、張若虛有名當時，號「吴中四士」。佶登進士第，後官至祕書少監，封丹陽郡公。此其《酬于侍郎湖南見寄十四韻》詩中句，見《文苑英華》卷二百四十三。

〔二〕此杜甫《送李八祕書赴杜相公幕》詩中句，見《九家集注杜詩》卷二十九。

天闕象緯逼

杜工部《龍門奉先寺》詩「天闕象緯逼」，或作「天閲」〔一〕，殊爲牽强。張表臣《詩話》據舊本作「天闚」，引《史記》「以管闚天」之語，其見卓矣〔二〕。余又案：《文選》潘岳《閒居賦》「闚天文之祕奥」，注引陸賈《新語》「楚王作乾谿之臺闚天文」〔三〕。杜子美精熟《文選》者也，其用「天闚」字，正本此。况天文即象緯也，不但用其字，亦用其義矣。子美復生，必以余爲知言。天闚，闚天也；雲卧，卧雲也。此倒字法也。言闚天則星河垂地，卧雲則空翠濕衣，見山中之殊於人境也。

【箋　證】

〔一〕杜集諸本載此詩，題並作《游龍門奉先寺》，「天闚」皆作「天闕」。《西清詩話》卷下：「杜子美《宿龍門》詩：『天闕象緯逼，雲卧衣裳冷。』黄魯直校本云：『王荆公言「天闕」當作「天閲」，對「雲卧」爲親切耳。余嘗讀韋述《東都記》，龍門號雙闕，以與大内對峙，若大闕焉。此宿龍門詩也，用「闕」字何疑。』二公言詩固不同，於同處乃復爾耶？」

〔二〕按升庵之説，實本蔡興宗《杜詩正異》。《詩話總龜》後集卷十八載其文云：「『天闕象緯逼，雲卧衣裳冷』，世傳古本作『天闚』，今從之。《莊子》『以管闚天』正用此字。舊集以作『闕』，又或作『關』，今不取。」張表臣《珊瑚鉤詩話》卷三則僅云：「《游龍門奉先寺》云：『天闕象緯逼，雲卧衣裳冷。』予曰：『星河垂地，空翠濕衣。』」無「據舊本作『天闕』」之説，升庵或記誤。「張表臣」原誤作「章表臣」，今據改。「以管闚天」，《莊子・秋水》作「用管闚天」，《史記・扁鵲倉公列傳》則作「以管闚天」，故升庵用之。

〔三〕「閒居賦」，原作「秋興賦」，升庵記誤也，今據《文選》卷十六改。下條引此亦同。句下李善注所引陸賈《新語》，原文作：「作乾谿之臺，立百仞之高，欲登浮雲窺天文。」

老杜此句，自宋以來，説者甚多。宋人吴曾《能改齋漫録》、陳大昌《演繁露》、曾慥《類説》、陳巖肖《庚溪詩話》等皆以爲當作「天闕」，不煩改作。升庵此説，當時議者若陳耀文《正楊》、王世貞《藝苑卮言》、胡應麟《少室山房筆叢》皆嗤之。按「天闕」，用伊闕龍門故事，清人注杜者，亦多不取改字之説也。

古字窺作闚

古字「窺」作「闚」。《論語》：「闚見室家之好。」〔一〕《易》：「闚觀，利女貞。」〔二〕《史記》：「以管闚天。」《莊子》：「上闚青天。」〔三〕陸賈《新語》：「楚王作乾谿之臺闚天文。」潘岳《閒居賦》：「闚天文之祕奥。」杜詩：「天闕象緯逼」，正用上數語，不識古字者，改爲「天闕」。王安石云「天閲」，黄山谷亟贊其是，東坡云：「只是怕他。」〔四〕

【箋　證】

〔一〕《論語・子張》：「賜之牆也及肩，窺見室家之好。」

〔二〕《易・觀卦》：「六二，闚觀，利女貞。」

〔三〕《莊子・田子方》：「夫至人者，上闚青天，下潛黄泉，揮斥八極，神氣不變。」

〔四〕本條再證「天闚」之説。《道山清話》云：「杜少陵《宿龍門》詩有云『天闚象緯逼』，王介甫改『闚』爲『閲』，黄魯直對衆極言其是。貢父聞之曰：『直是怕他！』」則云「只是怕他」者乃劉攽，而非東坡也。胡應麟駁升庵，謂此是「張文潛語」（《少室山房筆叢》卷二十《藝林學山》二），則又誤據謬説也。

社南社北

韋述《開元譜》云：「倡優之人取媚酒食，居於社南者，呼之謂社南氏；居於北者，呼之謂社北氏。」〔一〕杜子美詩「社南社北皆春水」，正用此事，後人不知，乃改「社」作「舍」〔二〕。

【箋　證】

〔一〕韋述，京兆萬年人，景龍二年舉進士。開元中官至國子司業、集賢院學士，知史官事。天寶初歷左、右庶子，遷工部侍郎。安史亂中陷賊授僞官，至德二年流渝州，卒。述以史才博識，稱名當時。生平著述甚豐。《新唐書・藝文志》著録多種，其中有《開元譜》二十卷，今皆亡佚。升庵所引文，今見於《通志》卷二十五《氏族略氏族序》，曰：「優倡之人取媚酒食，居於社南者，呼之爲社南氏；居於社北者，呼之爲社北氏，所以爲賤也。」

〔三〕此引爲杜甫《客至》詩中句，見《九家集注杜詩》卷二十一。升庵此説，後人多非之。錢謙益《草堂詩箋》云：「『舍南舍北』，公之所居也。若云『社南社北』，則倡優之所居，安得取以自況乎？楊氏引據穿鑿，其文義舛誤若此。」按杜甫草堂，在浣花溪上江流曲屈處，所謂「田舍清江曲，柴門古道旁」（《田舍》）、「錦里煙塵外，江村八九家」（《爲農》），清遠之境，與「取媚酒食」大異其趣。升庵蓋緣好奇而忽其説之悖於理也。

杜詩野艇字

杜詩古本「野艇恰受兩三人」，淺者不知「艇」字有平音，乃妄改作「航」字，以便於讀，謬矣〔一〕。古樂府云：「沿江有百丈，一濡多一艇。上水郎擔篙，何時至江陵。」〔二〕艇音廷，杜詩蓋用此音也。故曰：胸中無國子監，不可讀杜詩。彼胸中無杜學，乃欲訂改杜詩乎？

【箋　證】

〔一〕此引詩乃杜甫《南鄰》詩句，見《九家集注杜詩》卷二十一。「野航」當作「野艇」，升庵之前，黄山谷即有是説。《山谷集》别集卷四云：「『改作『航』殊無理，此特吴體，不必盡律。白公《同韓侍郎游鄭家池》詩云：『野艇容三人。』正用此語。」而錢謙益《草堂詩箋》卷十一非之云：「山谷云：『航，方舟也。當以艇爲正，音平聲。《方言》云：小舟也。』近時楊慎云云。按《方言》云：『舟自關而西謂之船，自關而東或謂之舟，或謂之航。』又云『小艒䑪謂之艇。』《釋名》云：『二百斛以上（當作「下」）謂之艇。』魯直之改，用修之證，皆臆説也。」清人何焯又不取錢氏之説，其《義門讀書記》卷五十四「野航恰受兩三人」注云：「『航』魯直作『艇』，音平聲。《方言》云：『小舟也。』按《淮南子》『越舲蜀艇』注：『艇，一版之舟。』魯直惜不據此，故明人疑爲臆説。杜更有《進艇》篇，可知當作艇也。《釋名》：『二百斛以下曰艇，其形徑挺，一人二人所乘行也。』兩三人亦惟艇字爲穩。」

〔三〕此見《樂府詩集》卷四十九《清商曲辭》，爲《那呵灘》六曲之二。

關山一點

杜詩「關山同一點」，「點」字絶妙〔一〕。東坡亦極愛之，作《洞仙歌》云「一點明月窺人」，用其語也；《赤壁賦》云「山高月小」，用其意也。今書坊本改「點」作「照」，語意索然。且「關山同一照」，小兒亦能之，何必杜公也。幸《草堂詩餘》注可證〔二〕。

【箋　證】

〔一〕《九家集注杜詩》卷二十三《翫月呈漢中王》：「關山同一照。」趙彦材注云：「『照』字舊一本作『點』，非也。『照』字乃出《月賦》『千里共明月』之意。」

〔二〕東坡《洞仙歌》詞，《增修箋注妙選群英草堂詩餘》前集卷下録之，題「夏夜」，句下注云：「杜《月詩》『關山同一點』。」

胡應麟《詩藪》卷四：「論詩最忌穿鑿。『朝廷燒棧北，鼓角滿天東』，『燒』與『滿』氣勢相應，而元晦以爲『漏天』；『關山同一照，烏鵲自多驚』，『照』與『驚』相應，而用修以爲『一點』。二君非不知詩者，朱乃偶爾失忘，楊則好尚新僻。」又於《少室山房筆叢》卷六中謂坡詞乃「繡簾開一點」，當於「點」字句絶。吴景旭《歷代詩話》卷三十七曰：「『點』字較勝，工詩者自知。楊何必引坡詞，即據《嘯餘譜》所載，《洞仙歌》凡四體，而前段皆同，後段小變，坡詞乃第一體也，『繡簾開一點明月窺人』九字爲一句。元瑞謂點字句絶，是未按本調，妄自爲説也。九字連讀，則一點非月而何？」又引田藝蘅云：「岑嘉州『巖灘一點舟中月』，又《赤驃馬歌》『草頭一點疾如飛』，又『西看一點是關樓』，朱灣《白鳥翔翠微》詩『淨中雲一點』，宋張安國詞『洞庭青草近中秋，更無一點風色』。夫月、雲、風也、馬也、樓也，皆謂之一點，甚奇。」（見《留青日札》卷六）吴氏辨坡詞不當於「點」字句絶，的是。然作「關山同一照」，則有「隔千里兮共明月」之意，且下句爲「烏鵲自多驚」，關山同照，烏鵲自驚，抒羈旅之感也，作「照」似勝。

禿節

「晁以道家有宋子京手書杜少陵詩一卷，『握節漢臣歸』，乃是『禿節』，『新炊間黄粱』，乃是『聞黄粱』。以道跋云：『前輩見書自多，不似晚生，但以印本爲正也。』」〔一〕愼按：《後漢書·張衡傳》云：「蘇武以禿節效貞。」〔二〕杜公正用此語，後人不知，改「禿」爲「握」。晁以道徒知宋子京之舊本，亦不知「禿節」之字所出也，況今之淺學乎？

【箋證】

〔一〕升庵此引「晁以道家」云云，出宋周紫芝《竹坡詩話》，「晚生」下，脱「少年」二字。「握節漢臣歸」，乃杜甫《鄭駙馬池臺喜遇鄭廣文同飲》詩中句，見《九家集注杜詩》卷十九，「歸」作「回」。「新炊間黄粱」，乃《贈衛八處士》詩中句，見《九家集注杜詩》卷一。

〔二〕「貫高以端辭顯義，蘇武以禿節效貞」，張衡《應間》中語，見《後漢書》卷八十九《張衡傳》。

焦竑《焦氏筆乘》卷一云：「杜『禿節漢臣歸』，今本作『握節漢臣歸』。右丞『節旄禿盡海西頭』，今本作『空盡』。俗士無知，妄肆改竄每如此。」即據升庵爲説。

避賢

杜詩「銜杯樂聖稱避賢」，用李適之「避賢初罷相，樂聖且銜盃」句也。今本作「世賢」，非[一]。「更取楸花媚遠天」，今本作「椒花」，非。椒花色緑，與葉無辨，不可言媚[二]。

【箋證】

〔一〕此引詩，乃杜甫《飲中八仙歌》中句，《九家集注杜詩》卷二、《補注杜詩》卷二「避賢」並作「世賢」。吴曾《能改齋漫録》卷三「銜杯樂聖稱世賢」條云：「韓子蒼言，杜子美《八仙歌》：『左相日興費萬錢，銜杯樂聖稱世賢。』『世』字無義，當作『避』字，傳寫誤耳。按：李適之代牛仙客拜左丞相，爲李林甫陰中，罷政事。賦詩曰：『避賢初罷相，樂聖且銜杯。爲問門前客，今朝幾箇來。』」邵博《邵氏聞見後録》卷十八、洪邁《容齋三筆》卷六皆録此説。升庵之説亦當據之。洪氏又云：「『世』字是太宗諱，豈敢用哉！」故《集千家注杜工部詩集》及其後諸本，已據邵氏、洪氏之説，改「世」作「避」矣。

〔二〕此杜甫《十二月一日三首》第一首中句，《九家集注杜詩》、《補注杜詩》、吴若本《杜工部集》及宋人筆記、詩話所引多作「楸花」，如《容齋隨筆》、《苕溪漁隱叢話》、《韻語陽秋》、《草堂詩話》、《竹莊詩話》等。然宋人書亦有作「椒花」者，如《集千家注杜工部集》及《歲時雜詠》。《苕溪漁隱叢話》引《詩眼》云：「『未將梅蕊驚愁眼，要取楸花媚遠天。』梅望春而已花，楸將夏而乃繁。言滯留之勢，當自冬過春。始終見梅、楸，則百花之開落，皆在其中矣。」椒花細小，無可取媚，升庵説是。

裋褐

杜少陵《冬日懷李白》詩「裋褐風霜入」，惟宋元本仍作「裋」，今本皆作「短褐」〔一〕。「裋」音「豎」。二字見《列子》〔二〕。

【箋證】

〔一〕《九家集注杜詩》卷十八題作《冬日有懷李白》。《史記》卷六《秦始皇本紀》：「夫寒者利裋褐。」《集解》引徐廣曰：「一作短，小襦也，音豎。」《索隱》引趙岐曰：「褐以毛毳織之，若馬衣。或以褐，編衣也。裋，一音豎，蓋謂褐布豎裁，爲勞役之衣，短而且狹，故謂之短褐，亦曰豎褐。」據此，則作「短褐」亦通。吳曾《能改齋漫録》卷七「短褐裋褕」條引洪興祖辨曰：「按《列子》云：『衣則裋褐，食則粢糲。』《音義》引《方言》：『裋，複襦。』許慎注《淮南子》云：『楚人謂袍爲裋。』《説文》云：『粗衣。』又『敝布襦也。』又，襜褕短者，謂之裋褕。《荀子》作『豎褐』，注云：『童豎之褐。』《漢書》云：『裋褐不全。』注云：『裋，童豎所著布長襦也。褐，毛布之衣也。』杜子美云『賜浴皆長纓，與宴非短褐』及『短褐風霜入，還丹日月遲』，皆作長短之短。蓋襜褕短者謂之裋褕，則短義亦通。」又《東雅堂昌黎集注》卷二《馬猒穀》「士無裋褐」句，廖瑩中注亦辨之云：「『裋』或作『短』。《前漢·貨殖傳》實用『裋』字。董彦遠、洪慶善皆嘗辨古無『短褐』字。按『裋褐』字，兩《漢》如《賈誼》、《貢禹》、《貨殖傳》，《班彪》、《劉平》、《張衡傳》，凡六見，無有作『短』字者。班彪《王命論》『短褐之襲』，《漢書》作『裋』，《文選》則用『丁管切』，是唐儒方兩用之。故少陵詩『賜浴皆長纓，與宴非短褐』，又云『短褐風霜入，還丹日月遲』，皆作長短之『短』。而《史記·孟嘗君傳》與《戰國策》、《墨子》語，蓋皆傳寫之訛。公好古最深，當以『裋』爲正。今按《戰國策》『鄰有短褐』一作『裋』。《史記》『士不得短褐』，司馬貞曰：『短亦音竪。』班彪《王命論》『短褐之襲』，韋昭曰：『短當作裋。』裋，襦也。字皆正作短。注中乃云『裋』字竪音。又《淮南子》亦云『巫馬期纔衣短褐』，而高誘無説，則亦未必皆傳寫之誤也。又柳子厚亦嘗用之，則安知韓公之必不然乎。今兩存之，以俟知者。」於升庵之説，明陳耀文《正楊》卷四曰：「《列·力命篇》：『衣則裋褐，食則粢糲。』注：『楚人謂袍爲裋，有作短褐者誤。』公『今本』之説，豈假此以愚衆耶？」陳氏據《列子》注以嗤升庵，不知升庵於此僅示舊本、今本之異，實未辨「裋」、「短」之是非也。

〔二〕《列子》卷六《力命篇》：「衣則裋褐，食則粢糲。」注：「《方言》『裋，複襦也。』許慎注《淮南子》云：『楚人謂袍爲裋。』《説文》云：『粗衣也。』又，『敝布襦也。』又云：『襜褕短者曰裋褕。』有作『短褐』者誤。《荀子》作『豎褐』，楊倞注云『僮豎之褐』，於義亦通。」

罷人行逸句

松江陸三汀深語余〔一〕：「杜詩《罷人行》，古本『珠壓腰衱穩稱身』下，有『足下何所著，紅渠羅襪穿鐙銀』二句，今本無之。」〔二〕淮南蔡衡仲昂聞之〔三〕，擊節曰：「非惟樂府鼓吹，兼是周昉美人畫譜也。」

【箋　證】

〔一〕明陸深，字子淵，號三汀，晚號儼山，上海人。弘治乙丑進士。正德時，以不附逆瑾黜。瑾誅，官至詹事府詹事，兼翰林院學士。謚文裕。有《儼山集》。其詩與書法皆擅名一時。事跡具《明史》本傳。

〔二〕錢謙益《草堂詩箋》卷一云：「偏考宋刻本俱無，疑楊氏僞託也。」閻若璩《潛邱札記》卷一亦云：「近朱錫鬯偏考宋刻本並無，知係楊氏假託。余家有宋本，檢之亦無。因思『紅蕖羅襪』，即用杜詩『羅襪紅蕖艷』；『穿鐙銀』，用韓偓《馬上見》詩『和裙穿玉鐙』。杜詩無一字無来處，故作杜詩者，亦須字字有本也。疑淮南擊節之言，亦係楊氏假託以自重，特爲辨之。」仇兆鰲《杜詩詳注》曰：「（前）兩段各十句爲界限，添此反贅。」

〔三〕蔡昂，字衡仲，淮安衛籍，嘉定人。正德九年第三人及第，授編修。累官翰林侍講學士，禮部左右侍郎。卒贈尚書。有《頤貞堂稿》。

按：陸、蔡二人，皆當時名士顯宦，且與升庵爲友，恐難言僞託也。王世貞《弇州四部稿》卷一百四十七《藝苑巵言》四舉「杜詩善本勝者」，亦有此二句，並謂其「泓渟有妙趣」。其卷一百三十八「尤子求畫華清上馬圖」條亦云：「楊太真《華清上馬圖》舊有粉本，而寂寥不甚稱。尤子求善白描，會余得蜀箋，乃乞子求作圖，而以意增損之，遂妙。其太眞上馬時態，與三郎停鞭顧盻之狀，儼有生色。太真及諸姨應俱善騎，觀《麗人行》所稱『足下何所著，紅蕖羅襪穿蹬銀』、又『當軒下馬入錦茵』，故自可想也。」錢氏止斥升庵作僞，豈未見世貞之説歟？而仇注律以時文之法，尤不足論。姑存疑可也。

坐猿坐鶯

杜詩「楓樹坐猿深」[一]，又「黄鶯並坐交愁濕」[二]，「坐」字奇崛。張説詩：「樹坐參猿嘯，沙行入鷺群。」[三]前人已云矣。

【箋證】

〔一〕此杜甫《峽口二首》之二中句，見《九家集注杜詩》卷三十。

〔二〕此杜甫《遣悶戲呈路十九曹長》詩中句，見《集千家注杜工部詩集》卷十四。「黄鶯」，《杜詩詳注》卷十八作「黄鸝」。

〔三〕見《張燕公集》卷八《游洞庭湖湘二首》之一。

焦竑《焦氏筆乘》卷一曰：「北齊劉逖詩『無由似玄豹，縱意坐山中』，坐字甚奇。張説『樹坐參猿嘯』、杜甫『楓樹坐猿猱』、『黄鶯並坐交愁濕』，又『巫山秋夜螢火飛，疎簾巧入坐人衣』、薛能『花欄鳥坐低』，蓋皆出逖。然『黄鶯』、『螢火』二語，風致较逖遠勝，可謂青出於藍矣。」蓋本升庵之説而廣之。周嬰《巵林》卷六「詩用坐字」條云：「豹本能蹲，猿更解坐，此原物性，何足爲奇！且潛坐山中，逖以自況，非指文豹而言。張説之『樹坐參猿嘯，沙行入鷺群。』『坐參』『行入』亦寫人游，非爲猿鳥詠也。至『黄鸝』『丹鳥』，用之雖曰清新，亦涉纖巧。劉逖既非作者，子美曷爲相師？予案古樂府『烏生八九子，端坐秦氏桂樹間』，漢人所唱，杜、薛蓋祖之耳。」其説良是。

杜逸詩

《合璧事類》載杜工部詩云：「三月雪連夜，未應傷物華。只緣春欲盡，留着伴梨花。」〔一〕此詩舊集不載。又：「寒食少天氣，春風多柳花。」〔二〕又：「小桃知客意，春盡始開花。」〔三〕則今之全集遺逸多矣。

【箋　證】

〔一〕《古今合璧事類備要》别集卷二十八「梨花」下、宋陳景沂《全芳備祖》前集卷九《花部》「梨花」下並引此作杜甫詩。然《歲時雜詠》卷四十三、《萬首唐人絶句》五言卷二十一並録此作温庭筠詩，題作《嘲三月十八日雪》。按此詩不見於《杜集》，而温另有同時所作《三月十八日雪中作》詩見於《歲時雜詠》卷四十三、《萬首唐人絶句》七言卷四十四及《温庭筠詩集》卷五，是此詩當屬之飛卿無疑。清仇兆鰲《杜詩補注》卷上據升庵此説，並下二聯輯爲杜逸詩，《全唐詩》卷二百三十四因之，皆誤。

〔二〕《古今合璧事類備要》别集卷三十三引此二句爲杜甫作。《全芳備祖》前集卷十八《花部》「柳花」下五言絶句中録此全首，題作《春陰》，詩云：「寒食少天色，春風多柳花。倚樓心目亂，不覺見棲鴉。」亦謂少陵作。然此實宋人石延年詩，見宋陳思編《兩宋名賢小集》卷七十九。《宋詩紀事》卷十亦以爲石詩。

〔三〕見《古今合璧事類備要》别集卷二十六、《全芳備祖》前集卷八。

薄音婆

王昌齡《塞上》詩：「胡瓶落膊紫薄寒，碎葉城西秋月圓。明敕星馳封寶劍，辭君一夜斬樓蘭。」〔一〕

【箋證】

〔一〕此王昌齡《從軍行二首》之一，見《萬首唐人絶句》七言卷六十七，「薄寒」作「薄汗」、「秋月圓」作「秋月團」，「斬樓蘭」作「取樓蘭」。又，「胡瓶」，《詩話》各本俱誤作「故瓶」，據《萬首唐人絶句》改。按，「薄汗」即「薄寒」，蕃中駿馬之名。《唐音癸籤》卷二十「詁箋五」云：「《廣韻》

曰：『駃䮃，蕃大馬也。』音薄寒，亦有直作薄寒者。」

王昌齡長信秋詞

「芙蓉不及美人粧，水殿風來珠翠香。卻恨含情掩秋扇，空懸明月待君王。」〔一〕司馬相如《長門賦》：「懸明月以自照兮，徂清夜於洞房。」〔二〕此用其語，如李光弼將子儀之師，精神十倍矣〔三〕。作詩者，其可不熟《文選》乎？

【箋　證】

〔一〕此詩《萬首唐人絶句》七言卷十七、《唐詩紀事》卷二十四所載，並題作《西宫秋怨》。昌齡另有《長信秋詞》五首，此誤題也。然此或非因升庵疏誤所致。檢中華書局影印本《文苑英華》卷二百四載此詩，亦題作《西宫秋怨》。而其前五詩，除崔國輔一首題《長信宫》外，緊隨之王昌齡二首、田氏一首、劉方平一首，並題「同前」。故此誤，殆因承前而致。今查《四庫全書》本此詩即漏鈔詩題，而僅題「同前」二字。據《四庫提要》所云，《四庫》本係採萬曆刊本，則知其明時已誤。升庵所見殆誤本歟？

〔二〕司馬相如《長門賦》，見《文選》卷十六。司馬相如，字長卿，蜀郡人。漢武帝武騎常侍，拜文園令。武帝陳皇后失寵，相如爲作《長門賦》而得復幸。

〔三〕李光弼，營州柳城人，唐玄、肅兩朝名將。官至太尉兼侍中，天下兵馬副元帥等職，封鄭國公。

平定安、史之亂，其戰功當時「推爲中興第一」。《新唐書·李光弼傳》云：「其代子儀朔方也，營壘士卒麾幟無所更，而光弼一號令之，氣色乃益精明云。」宋葛立方《韻語陽秋》引葉夢得云：「詩人點化前作，正如李光弼將郭子儀之軍，重經號令，精彩數倍。」劉克莊《後村先生大全集》卷一百九《陳祕書集句詩跋》亦云：「唐人評昌黎公之文，雄偉不常，比之武事……若李臨淮因郭汾陽之營屯壁壘，一號令之，而精采變。」此宋人論詩常典也。

王昌齡殿前曲

「昨夜風開露井桃，未央前殿月輪高。平陽歌舞新承寵，簾外春寒賜錦袍。」此詠趙飛燕事，亦開元末納玉環事。借漢爲喻也〔一〕。

【箋證】

〔一〕《萬首唐人絶句》七言卷十七載王昌齡《殿前曲三首》，此其第一首。《唐詩品彙》卷四十七亦載此詩，題作《春宫曲》。詩中「平陽歌舞」，用漢武帝衛皇后事。《漢書》卷九十七上《外戚列傳》上：「孝武衛皇后，字子夫，生微也。其家號曰衛氏，出平陽侯邑。子夫爲平陽主謳者。武帝即位，數年無子，平陽主求良家女十餘人，飾置家。帝祓霸上還，過平陽主。主見所侍美人，帝不說。既飲，謳者進，帝獨説子夫。帝起更衣，子夫侍尚衣軒中，得幸。還坐驩甚，賜平陽主金千斤。主因奏子夫送入宫。」此即所謂「新承寵」也。升庵「借漢爲喻」之説，近之。

王昌齡從軍行

「秦時明月漢時關，萬里長征人未還。但得龍庭飛將在，不教胡馬度陰山。」〔一〕此詩可入神品。「秦時明月」四字，「横空盤硬語」也〔二〕，人所難解。李中溪侍御嘗問余〔三〕，余曰：揚子雲賦「欃槍爲闉，明月爲堠」〔四〕，此詩借用其字，而用意深矣。蓋言秦時雖遠征，而未設關，但在明月之地，猶有行役不逾時之意。漢則設關而戍守之，征人無有還期矣。所賴飛將禦邊而已。雖然，亦異乎「守在四夷」之世矣〔五〕。

【箋　證】

〔一〕《萬首唐人絶句》七言卷十七録王昌齡《從軍行五首》，此其四，「但得龍庭」作「但使龍城」，「胡馬」作「邊馬」。《才調集》卷九、《文苑英華》卷一百九十七載此詩，並題《塞上行》。而《樂府詩集》卷二十一《横吹曲辭》則以爲《出塞》曲。

〔二〕「横空盤硬語，妥帖力排奡」，韓愈《薦士》詩中句，見《昌黎先生文集》卷二。

〔三〕李元陽，字仁甫，號中溪，明雲南太和人。嘉靖五年進士，選庶吉士，除户部主事，擢江西道御史，出知荆州府。尋罷歸。家居四十年，爲楊門六學士之一。

〔四〕此揚雄《羽獵賦》中語，見《文選》卷八。李善引孟康舊注曰：「闉，戰鬭自障蔽，如城門外女垣也。」並云：「杜預《左傳注》曰：『候，望敵者。』」又，六臣吕向注曰：「欃槍，星名。闉，營曲門也。候，亭候也。」

〔五〕《春秋左氏傳》昭公二十三年傳：「古者天子，守在四夷。」謂上古唐堯、虞舜之世也。

李攀龍撰《詩刪》，附和升庵此説，以此詩爲唐詩七絶之冠，世人多不許之。王世懋《藝圃擷餘》云：「于鱗選唐七言絶句，取王龍標『秦時明月漢時關』爲第一，以語人，多不服。于鱗意止擊節『秦時明月』四字耳。必欲壓卷，還當於王翰『葡萄美酒』、王之涣『黄河遠上』二詩求之。」胡應麟《詩藪》内編卷六云：「初唐絶，『蒲桃美酒』爲冠；盛唐絶，『渭城朝雨』爲冠；中唐絶，『迴雁峰前』爲冠；晚唐絶，『清江一曲』爲冠。『秦時明月』，在少伯自爲常調，用修以諸家不選，故《唐絶增奇》首録之。所謂前人遺珠，兹則掇拾。于麟不察而和之，非定論也。」胡震亨《唐音癸籤》卷十亦云：「『秦時明月』一絶，發端句雖奇，而後勁尚屬中駟。于鱗遽取壓卷，尚須商榷。」

王之涣梁州歌

「黄河遠上白雲間，一片孤城萬仞山。羌笛何須怨楊柳，春光不渡玉門關。」〔一〕此詩言恩澤不及於邊塞，所謂君門遠於萬里也〔二〕。薛能《柳枝詞》「和花香雪九重城」〔三〕，亦此意。

【箋證】

〔一〕唐芮挺章《國秀集》卷下載此詩，題作《涼州詞》，首二句作「一片孤城萬仞山，黄河直上白雲間」。《文苑英華》卷二百九十九所載同《國秀集》，惟「黄河」作「黄沙」。《文苑英華》卷一百九十七、《樂府詩集》卷二十二《横吹曲辭》所載，則題作《出塞》，「黄河」亦並作「黄沙」。《萬首唐人絶句》七言卷八載此詩亦題《涼州》，首句作「黄河遠上」，則升庵之所據也。胡震亨《唐音癸籤》卷十三云：「洪容齋曰：『今樂府所傳大曲，皆出於唐。而以州名者五：伊、涼、熙、石、渭也。《涼州》今轉爲《梁州》，唐人已多誤用。』按：《唐・地理志》涼州屬隴右道，盡古雍、梁二州之境，用之非誤。」此詩因唐長慶間薛用弱《集異記》所載「旗亭貰酒」故事而廣泛流傳，記中雙鬟所唱，亦「黄河遠上」。然黄河去玉門甚遠，且不在涼州。「黄沙直上」，更見荒涼之境，春風所不到。或當以作「沙」爲近於原作。之渙，并州人，與兄之咸、之賁皆有文名，天寶間人也。《國秀集》同卷又載高適《和王七度玉門關上吹笛》：「胡人吹笛戍樓間，樓上蕭條海月閑。借問落梅凡幾曲，從風一夜滿關山。」即和之渙此詩者。

〔二〕宋玉《九辯》：「豈不鬱陶而思君兮，君之門以九重。」即君門遠於萬里之意。

〔三〕薛能《柳枝詞》，見《唐百家詩選》卷十八。參本書卷十「薛能柳枝詞」條。薛能，字大拙，汾州人。會昌六年進士。大中八年，平判入等，補盩厔尉。辟太原、陜、虢、河陽從事。李福鎮滑州，表觀察判官。歷侍御史、都官、刑部員外郎。福徙西川，取爲節度副使。咸通中，攝嘉州刺史。歸朝，遷主客、度支、刑部郎中。俄刺同州。京兆尹温璋貶，命權知尹州。出領感化節度。入授工書。復節度徐州，徙忠武。廣明元年，徐兵赴溵水，經許。能以前帥徐，軍吏懷恩，館之。州内許軍懼徐人見襲。大將周岌，因衆怒逐能，自稱留後。能全家遇害。

韓翃贈李冀

「王孫别舍擁朱輪，不羨空名樂此身。户外碧潭春洗馬，樓前紅燭夜迎人。」今本「别舍」作「别上」，「空名」作「名公」，皆謬。此據善本改之〔一〕。

【箋　證】

〔一〕明銅活字《唐五十家詩集》本《韓君平集》卷下載此詩與升庵同，「户外」作「門外」。《樂府詩集》卷七十九録作《水調歌》第三，「别舍」作「别上」，「空名」作「名公」。

繁知一 繁音婆。

繁知一，蜀之巫山人。《贈白樂天》詩云：「忠州刺史今才子，行過巫山必有詩。爲報高唐神女道，速排雲雨候清辭。」樂天見之，邀繁生同舟。且曰：巫山有王無競、沈佺期、皇甫冉、李端四詩。竟不肯作〔一〕。古人之服善無我如此。沈與皇甫、李端詩，人多知之。

王無競一首罕傳，今録於此：「神女下高唐，巫山正夕陽。徘徊作行雨，婉孌逐襄王。電影江前落，雷聲峽外長。朝雲無處所，臺殿鬱蒼蒼。」〔二〕樂天取此在佺期三子之上，信哉。

【箋　證】

〔一〕事見《雲溪友議》卷上「巫詠難」條。

〔二〕此詩見《雲溪友議》及《唐詩紀事》卷八，首二句作「神女向高唐，巫山下夕陽」，四句作「婉孌逐荆王」，末句作「臺館曉蒼蒼」。二書所載樂天所吟四人詩，以沈、王、李、皇甫爲序，不言首選王詩也。王無競，字仲烈，性豪縱，下筆成章。武后時，爲殿中侍御史，後貶廣州，爲仇家所殺。

寄衣曲

唐長孫左輔《寄衣曲》云：「征人去年戍遼水，夜得邊書字盈紙。揮刀就燭裁紅綺，結作同心達千里。君寄邊書書莫絶，妾答同心心自結。同心再解心不離，書字頻開字愁滅。結成一夜和淚封，貯書只在懷袖中。莫如書字固難久，願學同心長可同。」〔一〕左輔，盛唐人，詩集亡逸〔二〕。此詩《英華》亦不載，故謹録之。

【箋　證】

〔一〕王安石《唐百家詩選》卷十一録此詩，題作《答邊信》。今詳詩語，無寄衣之意也，當以《唐百家詩選》所題爲是。「達千里」，《唐百家詩選》作「答千里」。「頻開」，《唐百家詩選》作「頻看」。

〔三〕「長孫左輔」，《唐百家詩選》作「長孫佐輔」，並謂其「德宗時人」。升庵此云其「盛唐人」，於本書卷十「山行經村徑」條又謂其「開元以前人」。其説不一，辯詳該條箋證。

崔道融梅詩〔一〕

楊誠齋愛唐人崔道融《詠梅》云：「香中别有韻，清極不知寒。」方虚谷云：「惜不見全篇。」〔二〕余近見雜鈔唐詩册子，此首適全，今載之：「數萼初含雪，孤標畫本難。香中别有韻，清極不知寒。横笛和愁聽，斜枝倚病看。朔風如解意，容易莫摧殘。」〔三〕因思古人詩文，前代不傳，或又出於後，未可知也。如蒲城縣李邕書《雲麾將軍碑》，已爲人擊斷。正德中，劉東皐謫居蒲城，乃爲鐵擴束之，復完〔四〕。饒州《薦福寺碑》，宋代爲雷所轟，近日商人取其三段合爲一，尚可印摹。吁，亦奇事矣〔五〕！

【箋證】

〔一〕《升庵外集》卷七十五卷末有「崔道融梅」一條，引此二句後云：「此詩楊誠齋盛稱其首聯，而全篇未見，余以宋人小説所收補之。」《函海》本、丁本《詩話》皆以與本條重複不取，今姑記於此。

〔二〕方回《瀛奎律髓》卷二十載僧齊己《早梅》詩，方回批注云：「楊誠齋喜唐人崔道融十字，云：

『香中别有韻，清極不知寒。』未見全篇。」此升庵之所據。楊萬里《誠齋集》卷八十《洮湖和梅詩序》云：「予嘗愛陰鏗詩云『花舒雪尚飄，照日不俱消』、蘇子卿云『只言花是雪，不悟有香來』、唐人崔道融云『香中别有韻，清極不知寒』。」則又方回之所據也。崔道融，荆州人，自號東甌散人，與司空圖爲詩友。以徵辟爲永嘉令，累官右補闕。後避世亂入閩，病卒。

〔三〕此宋釋則之詩，見《中吴紀聞》卷六「之彝老」條：「之彝老，外岡楊氏子，名則之，字彝老。嘗學詩於西湖順老，學禪於大覺璉禪師。詩號《禪外集》，禪學有《十玄談》、《參同契》，俱行於世。嘗作《早梅》詩云：『數蕚初含雪，孤清畫本難。有香終是别，雖瘦亦勝寒。横笛和愁聽，斜枝倚病看。朔風如解意，容易莫吹殘。』」《宋詩紀事》卷九十一據以録入「釋氏」詩中。升庵易「有香終是别，雖瘦亦勝寒」二句爲「香中别有韻，清極不知寒」，以爲崔道融詩。《全唐詩》乃據之收入崔詩中，今唐詩輯佚辨僞者皆未之見，姑記於此。

〔四〕世稱《雲麾將軍碑》者有二，一名《李思訓碑》，在蒲城；一名《李秀碑》，在良鄉。明趙崡撰《石墨鐫華》卷三題《唐雲麾將軍碑》云：「北海書逸而遒，米元章謂其屈强生踈，似爲未當。此碑是其得意者，雖剥蝕過半，而存者其鋩鍛凛然。碑在蒲城，楊用修謂已斷，正德中，劉遠夫御史以銕束之。又謂已亡。朱秉器又謂良鄉亦有此碑，蒲城者爲趙文敏臨書。今蒲城碑尚在未斷，無有鐵束事。且蒲城李思訓葬處，北海真蹟的非文敏所能。良鄉本肥媚，文敏書無疑。楊、朱二公未嘗至蒲城，而朱公尤爲瞽斷。」劉大謨，字遠夫，號東阜，儀封人。正德三年進士，授户部主事，改御史，巡按遼東。後被誣謫陝西隆德縣典史。歷遷四川布政司參政。以平亂功，超拜右僉都御史，巡撫山西，致仕。復起巡撫四川，卒於官。按：升庵與大謨交游頗深，其説不當無據，趙崡所見，或爲後人翻刻者也。

〔五〕《薦福寺碑》，唐歐陽詢書，在江西饒州。「雷轟薦福碑」事，見宋釋惠洪《冷齋夜話》卷二「雷轟薦福碑」條：「范文正公鎮鄱陽，有書生獻詩甚工，文正禮之。書生自言：『天下之至寒餓者，無在某右。』時盛行歐陽率更書《薦福寺碑》，墨本直千錢。文正爲具紙墨打千本，使售於京師。紙墨已具，一夕雷擊碎其碑。故時人爲之語曰：『有客打碑來薦福，無人騎鶴上揚州。』東坡作《窮措大》詩曰：『一夕雷轟薦福碑。』」宋王明清則疑無此碑，其《玉照新志》卷五云：「雷轟薦福碑事，見楚僧惠洪《冷齋夜話》。去歲婁彦發機自饒州通判歸，詢之。云：『薦福寺雖號番陽巨刹，元無此碑，乃惠洪僞爲是説。』然東坡已有詩曰『有客打碑來薦福』之句。」陳耀文《正楊》卷四亦詆之云：「《金石録》云『《雲麾將軍李琇碑》，李邕撰并行書，天寶元年正月立蒲城』，或當有之，不敢强所不知。其薦福寺，則余與姚江張汝宗岳所同游者。訪碑遺址若罔聞知，稽之《郡志》，文亦不載。而其説若此？」

韋應物蘇州郡齋燕集詩

詩話稱韋蘇州《郡齋燕集》詩首句「兵衛森畫戟，燕寢凝清香。海上風雨至，逍遥池閣涼」

爲一代絶倡〔一〕。余讀其全篇，每恨其結句云「吴中盛文史，群彦今汪洋。方知大藩地，豈曰財賦」，乃類張打油、胡釘鉸之語，雖村教督食死牛肉燒酒，亦不至是繆戾也〔二〕。後見宋人《麗澤編》無後四句。又閱《韋集》，此詩止十六句，附顧況和篇，亦止十六句。乃知後四句乃吴中淺學所增，以美其風土。而不知釋迦佛腳下，不可著糞也〔三〕。三十年之疑，一旦釋之。是日中秋，與弘山楊從龍飲，讀之以爲千古之一快，幾欲如貫休之撞鐘矣〔四〕。

【箋　證】

〔一〕《詩話總龜》卷二十九引《王直方詩話》云：「劉太真與韋蘇州書云：『顧著作來，以足下《郡齋燕集》相示，云：何情致暢茂遒逸之如此？宋齊間沈、謝、吴、何始精於理意，緣情體物，備詩人指。後之傳者，甚失其源。惟足下制其横流。師摯之始，《關雎》之亂，於足下之文見之矣。』則知蘇州詩爲當時所貴如此。燕集所作，乃『兵衛森畫戟，燕寢凝清香』也。」計有功《唐詩紀事》卷二十六亦引據此文。此升庵之所本。

〔二〕「村教督食死牛肉燒酒」，用東坡嘲杜默粗豪之語。蘇軾《仇池筆記》卷上：「默豪氣，正是京東學究飲私酒，食瘴死牛肉，醉飽後所發也。作詩狂怪，至盧仝、馬異極矣，若更求奇，便作杜默矣。」「乃類張打油……繆戾也」三句，《升庵外集》卷七十五及函海本《詩話》原作「深爲未稱」四字，據《丹鉛總録》卷十八增補。

〔三〕韋應物此詩，見《韋蘇州集》卷一，題作《郡齋雨中與諸文士燕集》。全詩二十句，各本並同，未見有作十六句者。《文苑英華》卷二百十五所載此詩，亦與今各本《韋集》同。至所附顧況詩，則十六句也。古詩和作，不求句數相同，固未足爲憑證也。《麗澤編》，吕祖謙所撰，今已不傳，升庵所見，莫詳其所自。詳詩意，實以有此四句，方爲完具，末章多躓，亦不得不爾。「又閲韋集……不可著糞也」，《升庵外集》卷七十五及函海本《詩話》亦無，據《丹鉛總録》卷十八增補。

〔四〕宋鄭文寶《江南餘載》卷下：「僧謙明嗜酒，好爲詩，獨居一室。每日鐺中煮肉數斤，醇酒一壺，不俟爛熟，旋割旋飲，以此爲常。嘗中秋詠月云：『迢迢東海出，漸漸入雲衢。此夜一輪滿，清光何處無。』乘興遂子夜鳴鐘。烈祖聞之，不罪也。」《苕溪漁隱叢話》前集卷二十六引《漫叟詩話》亦云：「南唐僧謙明中秋得句云：『此夜一輪滿，清光何處無。』先得上句，次年秋方得下句。」然此詩宋黄徹《䂬溪詩話》卷三則以爲貫休之作，宋人《釣磯立談》又以爲頭陀范志嵩所作。皆傳聞異詞也。楊從龍，名士雲，自號九龍山人。雲南大理人。正德丁丑進士，改翰林院庶吉士，授給事中。以養母乞歸，不復出。爲楊門六學士之一，有《弘山集》。

韋應物浣紗女

「錢塘江畔是誰家，江上女兒全勝花。吴王在時不得出，今日公然來浣紗。」〔一〕有風調。

【箋　證】

〔一〕此詩《韋集》不載。《萬首唐人絶句》七言卷十七，載作王昌齡詩，「全」作「金」。明銅活字《唐五十家詩集》本《王昌齡詩集》、《全唐詩》卷一百四十三「王昌齡」下並載此詩。

殘燈詩

韋蘇州《對殘燈》詩云：「獨照碧窗久，欲隨寒燼滅。幽人將遽眠，解帶翻成結。」〔一〕梁沈氏滿願《殘燈》詩云：「殘燈猶未滅，將盡更揚輝。惟餘一兩焰，猶得解羅衣。」〔二〕韋詩實出於沈，然韋有幽意，而沈淫矣。

【箋　證】

〔一〕此詩見《韋蘇州集》卷八。

〔二〕此梁紀少瑜詩，題作《詠殘鐙》，《玉臺新詠》卷十、《藝文類聚》卷八十、《初學記》卷二十五並載。「猶得」《玉臺新詠》作「纔得」，《藝文類聚》、《初學記》作「裁得」。《初學記》所録，此詩前即「梁范靖妻沈氏《詠燈》詩」，升庵或乃承前而誤記，抑或有意爲之，以成其「沈淫」之説也。

韋詩誤字

韋蘇州詩：「獨憐幽草澗邊生。」古本「生」作「行」，「行」字勝「生」字十倍〔一〕。

【箋證】

〔一〕此韋應物《滁州西澗》詩首句，唐人選本如令狐楚《御覽詩》、韋莊《又玄集》卷中、韋縠《才調集》卷一及《文苑英》卷一百六十四、《唐人萬首絶句》卷四所載並作「生」字。今傳《韋集》各本亦皆作「生」字。宋祝穆《方輿勝覽》卷四十五「真州永定寺」下載此詩「生」作「行」，題作《過永定寺》；同書卷四十七「滁州西澗」下復載此詩，「生」亦作「行」。《古今事文類聚》前集卷十七、《苕溪漁隱叢話》前集卷四十八所引並作「行」。明何良俊《四友齋叢説》卷三十六「考文」云：「韋蘇州《滁州西澗》詩，有手書刻在《太清樓帖》中，本作『獨憐幽草澗邊行，尚有黄鸝深樹鳴。春潮帶雨晚來急，野渡無人舟自横。』蓋憐幽草而行於澗邊。當春深之時，黄鸝尚鳴，始於情性有關。今集本與選詩中『行』作『生』，『尚』作『上』，則於我了無與矣。其爲傳刻之訛無疑。」吴景旭《歷代詩話》卷四十九「字訛」條引此詩與何良俊同，並云：「此《太清樓帖》所刻手書也，係蔡元長校鑒，自屬真本。」

韋應物寄淮上綦毋三

「滿城憐傲吏，終日賦新詩。請報淮南客，春帆浪作期。」「請」字當作去聲〔一〕。白樂天詩：「當時綺季不請錢。」自注：「請，平聲。」〔二〕

【箋證】

〔一〕《韋蘇州集》卷三載此詩，題作《和李二主簿寄淮上綦毋三》，「請」下注「去聲」二字。《萬首唐人絶句》七言卷七亦載此詩，題作《寄淮上綦母三》，下注云：「請，去聲；作，音佐。」二書「淮南」俱作「淮陰」。

〔二〕此白居易《自詠》詩，見《白香山詩集》卷三十二，「請」下注「平聲」二字。

李育飛騎橋詩

《吴志》：孫權征合淝，爲魏將張遼所襲，乘駿馬上津橋，板撤丈餘，超度得免，故以名橋。在今廬州境中。詩本逸去，略追記之，附於此：「魏人野戰如鷹揚，吴人水戰如龍驤。氣吞魏王惟吴王，建旗敢到新城傍。霸主心當萬夫敵，麾下蒼黄無羽翼。塗窮事變接短兵，生死之間不容息。馬犇津橋橋半撤，洶洶有聲如地裂。蛟駭横飛秋水空，鶚鷩徑度秋雲缺。奮迅金羈汗霑臆，濟主艱難天借力。艱難始是報主時，平日主君誰愛惜。」此詩五七歲時，先君口授，小子識之〔一〕。

張飛當陽阪，曹操不敢逼。而逍遥津甘寧、凌統不能禦張遼。則寧、統之將略，下張飛遠甚矣。

【箋　證】

〔一〕此段全出葉夢得《避暑録話》卷下，其前尚有「李育字仲蒙，吴人。馮當世(京)牓第四人登第。能爲詩，性高簡，故官不甚顯，亦少知之者。與外大父晁公善，尤愛其詩。先君嘗得其親書《飛騎橋》一篇於晁公，字畫亦清麗，以爲珍玩」一段，知李育蓋北宋元豐間人也。《避暑録話》「詩本逸去」作「詩本後亡去」，「蒼黄」作「倉皇」，「誰愛惜」作「須愛惜」。又，《詩話》編者編次此條於唐人諸家間，蓋未知李育爲宋人也，殊誤。

李益詩

《李益集》有樂府雜體一首云：「藍葉鬱重重，藍花若榴色。少女歸少年，光華自相得。」「愛如寒爐火，棄若秋風扇。山岳起面前，相看不相見。」「春至草亦生，誰能無别情。殷勤展心素，見新莫忘故。遥望孟門山，殷勤報君子。既爲隨陽雁，勿學西流水。」此詩比興有古樂府之風，唐人鮮及。或云非益詩，乃無名氏代霍小玉寄益之詩也〔一〕。尤延之《詩話》云〔二〕：「《會真記》『隔牆花影動，疑是玉人來』〔三〕，本于李益『開門風動竹，疑是故人來』。」然古樂府「風吹窗簾動，疑是所歡來」〔四〕，其詞乃齊梁人語，又在益先矣。近世刻《李益集》，不見此詩。惟曾慥《詩囿》載其全篇，今録於此：「微風驚暮坐，臨牖思悠哉。開門復動竹，疑是故人來。時滴枝上露，稍沾階下苔。幸當一入幌，爲拂緑琴埃。」題云《竹窗聞風寄苗發司空曙》〔五〕。今南方所刻唐詩，皆非全帙。先公在翰苑日，裒集唐詩極爲精備，較近日所傳，大有不同。緣吴人射利，刻各家唐詩，取其卷帙齊均，厚薄如一，以便於售。極爲可惡！如《顧況集》，其中「遠寺吐朱閣，春潮浮緑煙」最爲警策，乃在削去之卷。張籍本十二卷，乃削減爲四卷，而《弔韓昌黎》一詩最奇，亦在減數。若楊炯詩不多，乃取楊巨源詩妄入之。《王維集》，又取王涯詩妄入之。陋者驟觀，競相語以爲新奇未見，而争市之。是重不幸也。聊書以傳賞鑒者〔六〕。

【箋　證】

〔一〕此詩明銅活字《唐五十家詩集》本《李益集》卷上題作《雜曲》，乃五十八句二百九十字長詩。升庵節録三段十六句，亦自成篇，甚見才學。謂爲「無名氏代霍小玉寄益之詩」，則乃其故弄狡猾之病也。霍小玉事，見唐蔣防《霍小玉傳》，載《太平廣記》卷四百八十七。

〔二〕尤延之《詩話》，當指《全唐詩話》。然今本《全唐詩話》不見此文。按：《全唐詩話》乃賈似道少時纂録計有功《唐詩紀事》而成，因其書末有跋，署「遂初堂主人」，而尤袤堂名爲「遂初」，至誤以爲尤作。清繆荃孫《藝風堂藏書記》卷七嘗辨之。

〔三〕《會真記》，唐元稹撰，又名《鶯鶯傳》，叙張生、崔鶯鶯故事，載《太平廣記》卷四百八十八。所引詩句，爲鶯鶯答張生詩語，題作《明月三五夜》。

〔四〕此《華山畿》二十五首之第二十三首，其前尚有「夜相思」三字。見《樂府詩集》卷四十六《清商曲辭》。

〔五〕《文苑英華》卷一百五十六、《唐文粹》卷十七下及《李益集》各本均載此詩。曾慥《詩囿》，今未見傳本。按吴幵《優古堂詩話》「開簾風動竹」條與升庵此説相類而全録其詩，惟詩題小異：「唐李益《竹窗聞風早發寄司空曙》詩云云，《異聞集·霍小玉傳》爲『開簾風動竹』。改一『風』字，遂失詩意。然此句乃襲樂府《華山畿》詞耳。詞云：『夜相思，風吹窗簾動，言是所歡來。』《通典》云：『江南以情人爲歡。』」。

〔六〕此段《詩話》各本無，據《丹鉛總録》卷十八同名條補。

韓翃詩

唐人評韓翃詩，謂：「比興深於劉長卿，筋節減於皇甫冉。」〔一〕比興，景也。筋節，情也〔二〕。

【箋　證】

〔一〕唐高仲武《中興間氣集》卷上：「韓員外詩，匠意近於史，興致繁富。一篇一詠，朝士珍之。多士之選也。如『星河秋一雁，砧杵夜千家』；又『客衣筒布潤，山舍荔枝繁』；又『疎簾看雪捲，深户暎花關』。方之前載『芙蓉出水』，未足多也。其比興深於劉員外，筋節成於皇甫冉也。」「筋節成於」升庵引作「筋節減於」，是也。韓翃，字君平，南陽人。玄宗天寶十三年進士及第，入侯希逸幕。仕途蹭蹬，至德宗建中初，方以《寒食》詩得進，擢駕部郎中，知制誥，遷中書舍人。卒。

〔二〕胡應麟《少室山房筆叢》卷十九《藝林學山》一論此説云：「比興，情也。筋節，骨也。楊解殊誤。然高評亦未當。余謂君平之詩，比興不深於長卿，筋節不減於皇甫也。」

戎昱霽雪詩

「風捲殘雲暮雪晴，江煙洗盡柳條青。簷前數片無人掃，又得書窗一夜明。」〔一〕暗用孫康事，妙〔二〕。

【箋　證】

〔一〕此詩見《才調集》卷八，「數片」作「幾片」。《文苑英華》卷一百五十五所載，題作《韓舍人書齋殘雪》，「殘雲」作「黄雲」，「柳條青」作「柳枝輕」，「又得」作「更得」。戎昱，荆南人，少舉進士不第，乃遍游名都，歷佐戎幕。德宗建中、貞元間，嘗任辰、虔二州刺史。後客劍南，寄家隴西，卒。

〔三〕孫康，晉人。《初學記》卷二引《宋齊語》曰：「孫康貧，嘗映雪讀書。清淡，交游不雜。」

陸希聲梅花塢

「凍蕊凝香色豔新，小山深塢伴幽人。知君有意淩寒雪，羞共千花一樣春。」〔一〕唐詩梅花詩甚少，絶句尤少，此首「凍蕊凝香」，乃「疏影暗香」之先鞭也〔二〕。

【箋證】

〔一〕陸希聲，吴人，博學善屬文，尤工書。初隱義興，後召爲右拾遺，累遷歙州刺史。昭宗聞其名，徵拜給事中，尋除户部侍郎，同中書門下平章事。在位無所輕重，以太子少師罷，卒。有《頤山詩》，今佚。《全唐詩》卷六百八十九存其詩二十二首。希聲善書，所謂撥鐙法「擫、押、鉤、格、抵」五字訣，即其所傳。希聲嘗自言：昔二王皆傳此法，至陽冰亦得之。越僧䛒光以書名於世，自謂希聲所授，見《葆光録》卷一。《唐詩紀事》卷四十八亦載其事。

〔二〕「疏影暗香」，宋林逋《山園小梅》詩有「疏影横斜水清淺，暗香浮動月黄昏」之句，爲歐陽修所激賞（見《山谷題跋》卷二）。後姜夔採其句意創《暗香》、《疏影》新詞二闋（見《白石道人歌曲》卷四）。皆詠梅名作也。《絶句衍義》此條末有焦竑評語云：「稱梅爲『君』，亦猶竹爲『此君』、牡丹爲『花王』也。二語不但意新，亦大見骨氣。」

金山寺詩

「靈山一峰秀，岌然殊衆山。盤根大江底，插影浮雲間。雷霆常間作，風雨時往還。象外懸清景，千載長躋攀。」此唐人韓垂《題金山寺》詩也，當爲第一〔一〕。張祜詩雖佳，而結句「終日醉醺醺」，已入張打油、胡釘鉸矣〔二〕。

【箋　證】

〔一〕韓垂，南唐人，以《題金山寺》詩，名噪一時。《唐詩紀事》卷六十三「韓垂」條云：「垂，唐之詩人也，《題金山》云云。其詩偶爲庸僧所毁。江南時，李鍾山留一絶云：『不嗟白髮曾游此，不嘆征帆無了期。盡日憑欄誰會我，只悲不見韓垂詩。』」鍾山，南唐宰相李建勳也。其爲當時所賞如此。

〔二〕此指張祜《題潤州金山寺》詩，見《張承吉文集》卷三。詩云：「一宿金山寺，超然離世群。僧歸夜船月，龍出曉堂雲。樹色中流見，鍾聲兩岸聞。翻思在朝市，終日醉醺醺。」結句稍涉淺俗，升庵不取也。

劉言史樂府雜詞

「蟬翼紅冠粉黛輕，雲和新教羽衣成。月光如雪金階上，迸卻玻璃義甲聲。」〔一〕義甲，妓女彈箏護甲也。替指，或以銀，或以玻璃。杜詩「銀甲彈箏卸」是也〔二〕。其曰「義甲」者，甲外有甲曰義。如假髻曰「義髻」〔三〕、樂有「義嘴笛」〔四〕、衣服有義襴，皆外也。項羽目所立楚王爲義帝，以義男義女視之，其無道而猾賊甚矣。身死東城，詎非兆於此乎〔五〕？

【箋證】

〔一〕《萬首唐人絶句》七言卷七十五載劉言史《樂府雜詞》三首，此其第二首。言史，德宗貞元間人，嘗與孟郊爲友。冀州刺史王武俊奏請授棗强令，不就。李夷簡節度漢南，尊禮之，卒。皮日休有《劉棗强碑》，見《皮子文藪》卷四。

〔二〕「銀甲彈箏卸」，杜甫《陪鄭廣文游何將軍山林》詩有「銀甲彈箏用」之句，李商隱《無題》詩有「十二學彈箏，銀甲不曾卸」之句，疑升庵混記一字。

〔三〕「假髻曰義髻」，《新唐書》卷三十四《五行志》：「楊貴妃常以假鬢爲首飾，而好服黄裙，近服妖也。時人爲之語曰：『義髻抛河裏，黄裙逐水流。』」

〔四〕「義嘴笛」，《舊唐書》卷二十九《音樂志二》：「篪，吹孔有觜，如酸棗。横笛，小篪也。……今横笛皆去觜，其加觜者，謂之義觜笛。」

〔五〕項羽初起，立楚王孫心爲楚王。後項羽入咸陽，徙都彭城，自號「西楚霸王」。尊所立楚王爲義帝，其後又使人殺之於江中。《史記》卷七《項羽本紀》太史公贊曰：「及羽背關懷楚，放逐義帝而自立，怨王侯叛己，難矣！自矜功伐，奮其私智而不師古，謂霸王之業，欲以力征經營天下，五年卒亡其國。身死東城，尚不覺寤，而不自責，過矣！乃引『天亡我，非用兵之罪也』，豈不謬哉？」義帝之「義」，本衆所尊戴之義，故司馬遷以項羽弑義帝爲首罪，以其犯衆怒之故也。

《容齋隨筆》卷八「人物以義爲名」條：「人物以義爲名者，其別最多。仗正道曰義，義師、義戰是也。衆所尊戴者曰義，義帝是也。與衆共之曰義，義倉、義社、義田、義學、義役、義井之類是也。至行過人曰義，義士、義俠、義姑、義夫、義婦之類是也。自外入而非正者曰義，義父、義兒、義兄弟、義服之類是也。衣裳器物亦然。在首曰義髻，在衣曰義襴、義領，合中小合子曰義子之類是也。合衆物爲之，則有義漿、義墨、義酒。禽畜之賢，則有義犬、義烏、義鷹、義鶻。」升庵此條實出此，今録以備參。升庵《丹鉛總録》卷十二「義帝」條亦據之爲説：「《樂器圖》有義嘴笛，謂笛上別安嘴也。《深衣圖》有義襴，謂衣外別安襴也。唐人稱假髻曰義髻。又，妓女彈箏銀甲曰義甲。項羽立楚王孫心爲帝，以從民望。不曰楚帝而曰義帝，猶義父義子之稱，其放弑之謀，不待如約之言而後萌矣。」

劉言史詩

劉言史《蕭湘舟中聽夷女唱曖迺歌》云：「夷女采山蕉，緝紗浸江水。野花滿髻粧粉紅，閒歌曖迺深峽裏。曖迺知從何處生？當年泣舜斷腸聲。翠華寂寞嬋娟没，緑篠空餘紅淚情。青煙冥冥覆杉桂，崖壁凌天風雨細。昔人怨恨此地遺，碧杜紃蘺含怨姿。清猿未盡鼯鼠切，汨水流到湘妃祠。北人莫作蕭湘游，九疑雲入蒼梧愁。」「曖迺」，楚人歌也。《元結集》作「欸乃」，字不同而義一〔一〕。此詩世亦罕傳，且録之。

【箋證】

〔一〕《唐詩紀事》卷四十六載此詩，題作《瀟湘游》，「粉紅」作「花新」，「怨恨」作「幽恨」，「碧杜紃蘺」作「緑芳紅豔」。宋姚寬《西溪叢語》卷上：「柳子厚詩云：『漁翁夜傍西巖宿，曉汲清湘燃楚竹。烟消日出不見人，欸乃一聲山水緑。』欸音襖，乃音靄，相應之聲也。今人誤以二字合爲一。劉言史《瀟湘游》云：『夷女采山蕉，緝紗浸江水。野花滿鬢妝色新，閒歌曖迺深峽裏。曖迺知從何處生，當時泣舜斷腸聲。』此聲同而字異也，曖迺即欸乃字。」元結有《欸乃曲》，見《元次山集》卷三，題下有注云：「欸音襖，乃音靄，棹船之聲。」《丹鉛總録》卷十四有「欸乃」條可參，見本書附録一。

驚瀧

唐張泌詩：「溪風送雨過秋寺，澗石驚瀧落夜潭。」瀧，奔湍也。今本作「龍」，非〔一〕。

【箋證】

〔一〕此張泌七律《秋晚過洞庭》詩，《才調集》卷四所載「瀧」作「龍」。《全唐詩》卷七百四十二同。《唐詩品彙》卷九十所載「瀧」作「泉」。

韓退之别盈上人

「山人愛山出無期，俗士牽俗來何遲。祝融峰下一迴首，便是此生長别離。」〔一〕宋人詩話取韓退之「一間茅屋祭昭王」一首，以爲唐人萬首之冠。今觀其詩只平平，豈能冠唐人萬首？而高棅《唐詩品彙》取其説〔二〕。甚矣，世人之有耳而無目也〔三〕！

【箋證】

〔一〕《昌黎先生文集》卷九載此詩，「山人」作「山僧」，「遲」作「時」，「便是」作「即是」。方崧卿《韓集舉正》云：「柳文有誠盈，住衡山中院。」

〔二〕韓愈《題楚昭王廟》詩：「丘園滿目衣冠盡，城闕連雲草樹荒。猶有國人懷舊德，一間茅屋祭昭王。」《唐詩品彙》卷五十二此詩末引劉辰翁云：「比人評韓《曲江寄樂天絶句》勝白全集，此獨謂唱酬可爾。若韓絶句，正在《楚昭王廟》一首，盡壓晚唐。」明蔣之翹注韓集，全用此説。

〔三〕《絶句衍義》此條末有焦竑評語云：「《河東集》有『誠盈，住衡山中院』者，是也。退之故不耐險，登華悸不能下，輒慟哭，投書與家人訣。篇中『迴首祝融』、『此生長别』之嘆，亦猶此耳。」唐李肇《國史補》卷中：「韓愈好奇，與客登華山絶峰，度不可返，乃作遺書，發狂慟哭。華陰令百計取之，乃下。」焦氏即據之爲説。

韓退之同張水部籍游曲江寄白二十二舍人

「漠漠輕陰晚自開，青天白日映樓臺。曲江水滿花千樹，有底忙時不肯來。」〔一〕「城中車馬應無數，能解閒行有幾人。」〔二〕亦是此意。

【箋　證】

〔一〕此詩見魏懷中《五百家注昌黎文集》卷十，「青天」作「青春」。王伯大《别本韓文考異》卷十所載，題作《同水部張員外曲江春游寄白二十二舍人》。按《白居易年譜》，居易於長慶元年授中書舍人，二年十月，自中書舍人出守杭州。則此詩當作於長慶二年春。時張籍新自國子博士遷升水部員外郎。《白氏長慶集》卷十九有《酬韓侍郎張博士雨後游曲江見寄》詩云：「小園新種紅櫻樹，閒遶花行便當游。何必更隨鞍馬隊，衝泥蹋雨曲江頭。」即奉答此詩之作，自言閒園幽賞之樂，而爲其畏「衝泥踘雨」之苦作解也。

〔三〕張籍《與賈島閒游》詩云：「水北原南草色新，雪消風暖不生塵。城中車馬應無數，能解閒行有幾人？」見《張司業集》卷七。似亦游曲江詩也。

韓退之詩

韓文公《贈張曙》詩云：「久欽江總文才妙，自歎虞翻骨相屯。」以忠直自比，而以奸佞待人，豈聖賢謙己恕人之意哉！考曙之爲人，亦無奸佞似江總者。若曰以文才論，何不以鮑照、何遜爲比，而必曰江總乎〔一〕？此乃韓公平生之病處，而宋人多學之，謂之佔地步。心術先壞矣，何地步之有〔二〕？

【箋　證】

〔一〕此韓愈《韶州留别張使君》詩中句，見《昌黎先生文集》卷十。黄徹《䂬溪詩話》卷九云：「退之《韶州留别張使君》云：『久欽江總文才妙，自嘆虞翻骨相屯。』翻放棄南方，自恨疏節，骨鯁不媚，犯上獲罪，當長没海隅。其剛褊方拙，凌突權勢，出於天性，雅宜文公喜用。江總乃敗國奸回，特引之何故？」其意與升庵説意同。然此論實近穿鑿。陳景雲《韓集點勘》嘗釋之云：「始興即韶州（《南史·江總傳》：「梁元帝平侯景，徵爲始興内史。」），以江總比張，蓋用當州故事。」意亦可通。然唐人用事，多取一節，不如後世之動滋忌諱。如杜甫《晚行口號》「遠愧梁江總，還家尚黑頭」、李商隱《贈司勳杜十三員外》「前身應是梁江總，名總還曾字總持」，於己於人，皆可用以爲比而無所嫌也。至於宋人作詩，則用事務求精密，若非意涉譏刺，其以忠直自比，奸佞待人者，殆無所見。

〔三〕佔地步，謂無論有理無理，先搶佔優勢地位，爭得話語主動權也。朱熹《晦庵集》續集卷三：「講究此道，近方覺有脱然處。潛味之久，益覺日前所聞於西林而未之契者，皆不我欺矣。幸甚幸甚，恨未得質之高明也。元來此事與禪學十分相似，所争毫末耳。然此毫末却甚占地位，今學者既不知禪，而禪者又不知學，互相排擊，絶不劄著痛處，亦可笑耳。」

長頸高結

韓文《石鼎聯句序》：「長頸高結，喉中作楚語。」結字斷句，結音髻，義亦同。西漢書「髻」皆作「結」，文公正用此。今多作「結喉」，誤矣。且「中作楚語」，成何文理〔一〕。

【箋　證】

〔一〕韓愈《石鼎聯句序》，見《昌黎先生文集》卷二十一，原文作「貌極醜，白鬚黑面，長頸而高結，喉中又作楚語。」宋曾季貍《艇齋詩話》：「韓文《石鼎聯句序》云『長頸而高結，喉中又作楚語』，『結』字斷句。結音髻，西漢『髻』字皆作『結』字寫，退之正用此也。今人讀作『結喉』，非也。東坡云『長頸高結喉』，蓋承誤也。」此升庵所據。元韋居安《梅磵詩話》卷上：「《唐子西文録》云：『東坡隔句對云：「著意尋彌明，長頸高結喉。無心逐定遠，燕頷飛虎頭。」或云「結」字古「髻」字。按《東漢・馬廖傳》：「長安語云：城中好高結讀作髻。」而退之序是「長頸高結句斷，喉中又作楚語」。』余謂如此點句方是。近世劉後村《老道士》詩云：『老於蒙叟仍黄馘，配以彌明亦結喉。』此又因坡詩而承襲其誤也。」吴曾《能改齋漫録》卷五有「長頸高結喉」條，辨「結」、「髻」二字相通甚明。《永樂大典》卷八百二十一載宋袁文《甕牖閒評》云：「蘇東坡詩云：『有意尋彌明，長頸高結喉。』若據韓文出處，乃『長頸高結』，下方云『喉中更作楚聲』。今東坡乃借下句『喉』字押韻，却與誤讀《莊子》『三緘其口』破句而點者相類。然東坡高材，豈不知此！而故云耳者，以文爲戲也邪？」

李賀昌谷北園新笋

「斫取青光寫《楚辭》，膩香春粉黑離離。無情有恨何人見，露壓煙啼千萬枝。」〔一〕汗青寫《楚辭》，既是奇事，「膩香春粉」，形容竹尤妙。結句以情恨詠竹，似是不類。然觀孟郊詩「竹嬋娟，籠曉煙」〔二〕，竹可言嬋娟，情恨亦可言矣〔三〕。然終不若詠白蓮之妙。李長吉在前，陸魯望詩句非相蹈襲，蓋著題不得避耳〔四〕。勝棋所用，敗棋之著也；良庖所宰，族庖之刀也〔五〕。而工拙則相遠矣。

【箋證】

〔一〕《李長吉文集》卷二載《昌谷北園新笋》詩四首，此其第二首。《萬首唐人絶句》七言卷七載此詩，「黑」作「墨」，「露壓」作「露染」。昌谷，李賀所居，在河南宜陽縣西。

〔二〕此孟郊《嬋娟篇》句，見《孟東野詩集》卷一。詩云：「花嬋娟，泛春泉。竹嬋娟，籠曉烟。妓嬋娟，不長妍。月嬋娟，真可憐。夜半姮娥朝太乙，人間本自無靈匹。漢宮承寵不多時，飛燕婕好相妬嫉。」

〔三〕《李長吉歌詩王琦彙解》卷二王琦注云：「刮去竹上青皮而寫《楚辭》於其上。所謂《楚辭》者，乃長吉自作之辭，莫錯認屈、宋所作《楚辭》解。『膩香春粉』，詠新竹之美；『黑離離』，言所寫字跡之形。『無情有恨』，即謂所寫之《楚辭》。其句或出於無心，或出於有意，雖俱題竹上，無人肯尋覓觀之，千枝萬幹，惟有『露壓煙啼』而已。慨世上無人能知之也。《南園》詩有『舍南有竹堪書字』之句，是長吉好於竹上書寫，與此詩可互相引證。」其説可備參考。

〔四〕魯望，謂陸龜蒙，有《白蓮》詩一首，第三句亦作「無情有恨何人見」。參本卷「白蓮詩」條。

〔五〕《莊子·養生主》：「良庖歲更刀，割也；族庖月更刀，折也。」《釋文》引崔譔云：「族，衆也。」即一般之意。

黑雲

唐李賀《雁門太守行》首句云：「黑雲壓城城欲摧，甲光向日金鱗開。」〔一〕《摭言》謂：「賀以詩卷謁韓退之，韓暑卧方倦，欲使閽人辭之。開其詩卷，首乃《雁門太守行》。讀而奇之，乃束帶出見。」〔二〕宋王介甫云：「此兒誤矣。方黑雲壓城時，豈有向日之甲光也。」〔三〕或問：「此詩韓、王二公去取不同，誰爲是？」予曰：「宋老頭巾不知詩。凡兵圍城，必有怪雲變氣，昔人賦鴻門，有『東龍白日西龍雨』之句〔四〕，解此意矣。予在滇，值安、鳳之變，居圍城中，見日暈兩重，黑雲如蛟在其側，始信賀之詩善狀物也。」〔五〕

【箋證】

〔一〕詩見《李長吉文集》卷一。

〔二〕王讜《唐語林》卷三：「李賀以歌詩謁韓愈。愈時爲國子博士分司，送客歸，極困。門人呈卷，解帶旋讀之。首篇《鴈門太守行》云：『黑雲壓城城欲摧，甲光向日金鱗開』，卻緩帶命迎之。」張固《幽閒鼓吹》亦載其事。惟《摭言》無此，蓋升庵記憶偶誤也。

〔三〕王安石語，見宋王得臣《麈史》卷中：「慶歷間，宋景文諸公在館，嘗評唐人之詩云：『太白仙才，長吉鬼才。』其餘不盡記也。然長吉才力奔放，不驚衆絶俗不下筆。有《鴈門太守》詩曰：『黑雲壓城城欲摧，甲光向日金鱗開。』王安石曰：『是兒言不相副也。方黑雲如此，安得向日之甲光乎？』」

〔四〕「東龍白日西龍雨」，元楊維楨《鴻門會》詩句，見《鐵崖古樂府》卷一。

〔五〕安、鳳之變，指嘉靖七年雲南尋甸土舍安銓、武安府土舍鳳朝文以怨改流，起兵合攻雲南府事。時升庵聞變，嘗親率僮奴及步卒百餘，馳赴木密所，與守臣擊敗賊。見《明史》卷三百十四。

席箕

李賀《塞上》詩：「天遠席箕愁。」劉會孟注：「席箕，如箕踞坐。」〔一〕予按秦韜玉《塞上曲》云：「席箕風緊馬㲝豪。」〔二〕此豈箕踞義哉？「席箕」恐是塞上地名〔三〕。書之以俟知者。李本寧太史云：「席箕是草名，出《太平廣記》。」〔四〕㲝音延。

【箋證】

〔一〕《李長吉文集》卷四載此詩，題作《塞下曲》，「席箕」作「席羈」。宋吴正子《李長吉歌詩箋注》云：「『席羈愁』一本作『席箕愁』爲是。蓋卧沙中，以豆箕爲席也。劉須溪曰：『如箕踞坐也。』」

〔二〕秦韜玉此句，清江標景宋本《秦韜玉詩集》同，《樂府詩集》卷九十二《新樂府辭》作「麾旗風緊馬蹄勞」。

〔三〕胡震亨《唐音癸籤》卷二十「席萁」條：「王建詩『單于不向南牧馬，席萁遍滿天山下』、顧非熊詩『席萁草斷城池外，護柳花開帳幕前』、李長吉『秋淨見旄頭，沙遠席萁秋』、秦韜玉『席萁風緊馬蹄豪』，唐人屢用之。《酉陽雜俎》云：『席萁一名塞蘆，生北胡地。蓋可爲簾，亦可充馬食者。』《五代史》云：『契丹地有息雞草，尤美而本大，馬食不過十本而飽。』意『席萁』即『息雞』，一物而音訛耳。」據此，則「席箕」似又作「席萁」，塞上草名也。

〔四〕李維楨，字本寧，明京山人。舉隆慶二年進士，由庶吉士授編修，萬曆中進修撰。尋出爲陝西右參議，遷提學副使。天啟四年召爲南京禮部侍郎，進尚書。卒。所云見《太平廣記》卷四百八「席箕草」條：「席箕，一名塞蘆，生北胡地。古詩云：『千里席箕草。』」注出《述異記》。

朱慶餘仙游寺

「雲抱龍堂蘚石乾，山遮白日寺門寒。長松瀑布饒奇狀，曾有仙人駐鶴看。」〔一〕末句切題，不然，是寺皆可用。

【箋　證】

〔一〕《萬首唐人絶句》七言卷八載此詩，題作《題仙游寺》，「雲抱」作「石抱」。朱慶餘，名可久，以字行，越州人。寶曆二年進士及第，授祕閣校書。

朱慶餘閨意上張水部

「洞房昨夜停紅燭，待曉堂前拜舅姑。粧罷低聲問夫壻，畫眉深淺入時無。」〔一〕詩人多以美人自喻，薛能《吴姬》之詩，亦其一也〔二〕。宋人詩話云：「東坡如毛嬙、西子，洗粧與天下婦人鬭巧。」〔三〕亦此意。洪容齋云：「此詩不言美麗，而味其詞意，非絶色第一，不足以當之。」其評良是〔四〕。

【箋　證】

〔一〕《雲溪友議》卷下「閨婦歌」條：「朱慶餘校書既遇水部郎中張籍知音，遍索慶餘新製篇什，數通吟改後，只留二十六章。水部置於懷抱而推贊焉。清列以張公重名，無不繕録而諷詠之，遂登科第。朱君尚爲謙退，作《閨意》一篇以獻張公。張公明其進退，尋亦和焉。詩曰『洞房昨夜停紅燭』云云。張籍郎中酬曰：『越女新粧出鏡心』云云。朱公才學，因張公一詩，名流於海内矣。」

〔二〕薛能有《吴姬十首》，見《萬首唐人絶句》七言卷四十八。其第十首云：「自是三千第一名，内家叢裏獨分明。芙蓉殿上中元日，水拍銀盤弄化生。」宋周弼《三體唐詩》高士奇注曰：「薛能《吴姬》詞凡八首，皆以女自喻。古詩多有此體，如《妾薄命》之類是也。蓋能早負才名，自謂當作文字官，及爲將，常怏怏不平，數賦詩以見意。此詩乃矜其少日才望之盛，而不平之意，隱然言外。」

〔三〕朱弁《曲洧舊聞》卷五：「章楶質夫作《水龍吟》詠楊花，其命意用事，清麗可喜。東坡和之，若豪放不入律吕，徐而視之，聲韻諧婉，便覺質夫詞有織繡工夫。晁叔用云：『東坡如毛嬙、西施，淨洗卻面，而與天下婦人鬭好。質夫豈可比耶？』」

〔四〕《容齋五筆》卷四「作詩旨意」條：「余獨愛朱慶餘《閨意》一絶句上張籍水部者，曰：『洞房昨夜停紅燭，待曉堂前拜舅姑。粧罷低聲問夫壻，畫眉深淺入時無。』細味此章，元不談量女之容貌，而其華艷韶好，體態温柔，風流醖藉，非第一人不足當也。歐陽公所謂『狀難寫之景，如在目前，含不盡之意，見於言外，然後爲工』，斯之謂也。」

張籍答朱慶餘

「越女新粧出鏡心，自知明豔更沉吟。齊紈未是人間貴，一曲菱歌直萬金。」〔一〕此詩蓋深許之。朱慶餘詩，王荆公《百家選》多取之〔二〕。

【箋　證】

〔一〕此詩見《萬首唐人絶句》七言卷四十八，詩題「答朱慶餘」作「酬朱慶餘」，「直」作「敵」。朱慶餘詩已見上條。

〔二〕王安石《唐百家詩選》卷十五僅載朱慶餘《題薔薇花》五律一首，升庵殆誤記。

金潾

張籍《蠻中》詩：「銅柱南邊毒草春，行人幾日到金潾。」〔一〕金潾，交趾地名。《水經注》所謂「金潾清逕，象渚澄源」也〔二〕。今刻本作「麟」，非。

【箋證】

〔一〕《張司業集》卷七、《萬首唐人絶句》七言卷二十三及《全唐詩》卷三百八十六所載，「金潾」並作「金麟」。

〔二〕「金潾清逕，象渚澄源」，原作「金潾清渚」，文義有闕。按《水經注》卷三十六「温水」注云：「又兼象浦之名。《晉功臣表》所謂『金潾清逕，象渚澄源』者也。」今據補。金潾，一作金鄰，交趾地名。《文選》卷五左思《吴都賦》：「金鄰象郡之渠。」李善注：「夫南之外，有金鄰國，去夫南可二千餘里，土地出銀。」胡震亨《唐音癸籤》卷十六、王士禛《香祖筆記》卷五均引升庵此條，其《水經注》文並作「金潾清渚」，殆承升庵之誤也。

張説蘇摩遮

「臘月凝寒積帝臺，齊歌急鼓送寒來。油囊取得天河水，上壽將添萬歲杯。」《蘇摩遮》，當時曲名，宋詞作《蘇幕遮》。説詩凡四首，第一首云：「《摩遮》本出海西胡，琉璃寶眼紫髯鬚。」〔一〕以此考之，即今之舞回回也〔二〕。

【箋　證】

〔一〕張説，字道濟，一字説之，唐洛陽人。開元中官至集賢院學士，尚書左丞相，封燕國公。事蹟具《唐書》本傳。其文章典麗宏贍，當時與蘇頲並稱，號「燕許大手筆」。《蘇摩遮》，一作《蘇莫遮》。曲名，爲南吕調，時號水調。《唐會要》卷三十四：「（神龍）二年三月，并州清源縣尉吕元泰上疏曰：『比見都邑城市，相率爲渾脱，駿馬戎服，名爲《蘇幕遮》。』」即此。《蘇幕遮》乃舞曲名，本印度語。其舞傳自中亞，持油囊盛水，相潑爲戲，故又稱「潑胡乞寒」之戲，殆與今傣家潑水節之俗相近。《萬首唐人絶句》七言卷七載張説《蘇摩遮》四首，與升庵説同。然説詩實五首，見《張説之文集》卷十。升庵此引乃其第三首，「凝寒」作「凝陰」，末句作「將添萬壽萬年杯」；《萬首唐人絶句》所載作「將添上壽萬年杯」。又，所引第一首二句中「琉璃寶眼紫髯鬚」，《萬首唐人絶句》同；《張説之文集》作「琉璃百服紫髯鬚」。張説此詩，頗能盡「潑胡乞寒」之情狀，第三首外，其餘四首，姑據《張説之文集》録於此，以備參考。

摩遮本出海西胡，琉璃百服紫髯鬚。聞道皇恩遍宇宙，來將歌舞助歡娱。

繡裝帕額寶花冠，夷歌騎舞借人看。自能激水成陰氣，不慮今年寒不寒。

寒氣宜人最可憐，故將寒水散庭前。惟願聖君無限壽，長取新年續舊年。

昭成皇后之家親，榮樂諸人不比人。往日霜前花委地，今年雪後樹逢春。

〔二〕「舞回回」，即「回回舞」。《明會典》卷九十五「教坊承應樂舞」：「撫安四夷之舞，引舞樂工二人，歌工四人，樂工十七人。高麗舞、琉球舞、北番舞、回回舞，各四人。」

詩句用意

張説《送客》詩曰：「同居洛陽陌，經日嬾相求。及爾江湖去，念別思悠悠。」〔一〕又一首云：「常時好閒獨，朋舊少相過。及爾宣風去，方嗟別日多。」〔二〕二首一意。余又記羽士吴筠《別章叟》一首云：「平昔同邑里，經年不相思。今日成遠別，相對心悽其。」〔三〕能道人情，亦前人未説破也。

【箋證】

〔一〕此張説《送王光庭》詩前四句，見《張燕公集》卷六，「念別」作「言別」。後四句云：「楚雲眇羈翼，海月倦行舟。愛而不可見，徒嗟芳歲流。」

〔二〕此張説《送高唐州》詩前四句，見《張燕公集》卷六，後四句作：「淮流春婉晚，江海路蹉跎。百歲屢分散，歡言復幾何。」

〔三〕見《萬首唐人絶句》五言卷十八。按：本條所録三詩，皆命意相同，遣詞相近，疑條目當作「詩句同意」。

張説詩

江總《折楊柳》云：「塞北寒膠拆，江南楊柳結。不悟倡園花，遥同葱嶺雪。春心既駘蕩，春樹聊攀折。共此依依情，無奈年年别。」〔一〕唐張説詩亦云：「塞上綿應拆，江南草可結。欲持梅嶺花，遠競榆關雪。」〔二〕微變數字，不妨雙美。沈滿願詩：「征人久離别，故國音塵絶。夢裏洛陽花，覺来葱嶺雪。」〔三〕劉方平《梅》詩：「歲晚芳梅樹，繁苞四面同。春風吹漸落，一夜幾枝空。小婦今如此，長城恨不同。莫將遼海雪，来此後庭中。」〔四〕

【箋　證】

〔一〕《文苑英華》卷二百八、《樂府詩集》卷二十二《折楊柳》下並録此詩，首二句皆作「萬里音書絶，千條楊柳結」；四句「葱嶺」，《文苑英華》作「故里」，《樂府詩集》作「天嶺」；五句「既駘蕩」二書並作「自浩蕩」。

〔二〕此張説《冬日見牧牛人擔青草歸》前四句，見《張燕公集》卷九，其後四句云：「日月無私照，山川何頓别。苟齊兩地心，天問將何設。」

〔三〕自「沈滿願詩」以下，《丹鉛總録》無；丁本《升庵詩話》另作「沈滿願詩」一條，未當。《升庵文集》卷五十四、《外集》卷七十六皆作一條。沈滿願此詩不見於逯欽立《先秦漢魏晉南北朝詩》，俟考。

〔四〕此詩見《文苑英華》卷二百八，題作《梅花落》。首句「歲晚芳梅樹」作「新歲梅芳盡」，「繁花」作「繁苞」，「恨不同」作「恨不窮」。《樂府詩集》卷二十四「横吹曲辭」亦收此詩，題同《英華》，「歲晚」作「新歲」。

白蓮詩〔一〕

陸魯望《白蓮詩》：「素蘤多蒙别豔欺，此花端合在瑶池。無情有恨何人見，月曉風清欲墮時。」〔二〕此詩爲白蓮傳神〔三〕。觀東坡與子帖，則此詩之妙可見〔四〕。然陸此詩祖李長吉，長吉《詠竹》詩云：「斫取青光寫《楚辭》，膩香春粉黑離離。無情有恨何人見，露壓煙籠千萬枝。」或疑無情有恨不可詠竹，非也，竹亦自嫵媚。孟東野詩云：「竹嬋娟，籠曉煙。」左太沖《吴都賦》詠竹云：「嬋娟檀欒，玉潤碧鮮。」〔五〕合而觀之，始知長吉之詩之工也。

【箋證】

〔一〕此條據《丹鉛總録》卷二十録入。《升庵外集》卷七十五及《函海》本《詩話》題作「陸龜蒙白蓮」，文字與此小異。

〔二〕此詩見《松陵集》卷七，「端合」作「真合」，「無情有恨何人見」作「還應有恨無人覺」。陸龜蒙，字魯望，蘇州吴縣人。咸通中舉進士，不第，遂隱松江甫里。自號江湖散人、甫里先生，又號天隨子。後朝廷擬徵授左拾遺，詔未及下，即病卒於家。有《笠澤叢書》。

〔三〕此上七字原無，據《升庵外集》補。

〔四〕《稗海》本《東坡志林》卷十：「詩人有寫物之功，『桑之未落，其葉沃若』，他木殆不可以當此。林逋《梅花》詩云『疎影横斜水清淺，暗香浮動月黄昏』，决非桃李詩；皮日休《白蓮》詩云『無情有恨何人見，月曉風清欲墜時』，决非紅蓮詩。此乃寫物之功。若石曼卿《紅梅》詩云『認桃無緑葉，辨杏有青枝』，此至陋語，蓋村學究體也。元祐三年十月十六日付過。」此升庵所謂「東坡與子帖」也。皮日休另有七律《詠白蓮》一首，東坡記憶偶誤。

〔五〕《文選》卷五左太沖《吴都賦》：「檀欒蟬蜎，玉潤碧鮮。」李善注曰：「枚乘《兔園賦》：『修竹檀欒，夾水碧鮮。』言竹似之也。」

詠蟬詩

陸龜蒙《蟬》詩云：「伴貂金置影，映雀畫成圖。」〔一〕按《梁書》，武帝賜吴興太守何戢蟬雀畫扇，陸詩用此事也〔二〕。

【箋　證】

〔一〕《笠澤叢書》卷二、《甫里集》卷五載此二句，並作「伴貂金换酒，并雀畫成圖」。

〔三〕《南齊書》卷三十二《何戢傳》：「出爲左將軍，吴興太守。上（齊高帝）頗好畫扇。宋孝武賜戢蟬雀扇，善畫者顧景秀所畫。時陸探微、顧彦先皆能畫，歎其巧絶。戢因王晏獻之，上令晏厚酬其意。」陸詩用此，升庵誤記爲梁事也。

湓浦衣帶

陸魯望《寄江州司馬》詩：「湓浦嘗聞似衣帶，廬峰見説似香爐。」〔一〕此二句極工，蓋用何遜詩：「湓城俯湓水，湓水縈如帶。日夕望高樓，耿耿青雲外。」〔二〕而注不知引。

【箋證】

〔一〕此楊巨源《寄江州白司馬》詩中句，見《唐百家詩選》卷十二，「嘗聞」作「曾聞」，「似香爐」作「勝香爐」。此殆升庵記誤，當據改。陸晚唐人，與白居易不同時也。

〔二〕此何遜《日夕望江贈魚司馬》詩，見《玉臺新詠》卷五，「俯」作「帶」，「高樓」作「高城」。

星橋

蘇味道詩「星橋鐵鎖開」〔一〕，本陳張正見詩「天路横秋水，星橋轉夜流」之句〔二〕。

【箋證】

〔一〕蘇味道此詩，《搜玉小集》題作《觀燈》，《藝文類聚》卷四題作《望日夜游》，《文苑英華》卷一百五十七題作《正月十五夜》，乃初唐名作也。詩云：「火樹銀花合，星橋鐵鎖開。暗塵隨馬去，明月逐人來。游妓皆穠李，行歌盡落梅。金吾不禁夜，玉漏莫相催。」

〔三〕此陳張正見《賦得秋河曙耿耿》詩中句，見《文苑英華》卷一百五十六。《初學記》卷一所載，「星橋」作「星衡」。

望行人

「自從江樹秋，日日望江樓。夢見離珠浦，書來在桂州。不同魚比目，終恨水分流。久不開明鏡，多應是白頭。」〔一〕王建詩多俗，此詩卻有初唐之風，當表出之。

【箋證】

〔一〕此詩見《樂府詩集》卷二十三《横吹曲辭》，「望江樓」作「上江樓」，五句注：一作「願同比目魚」。

王建宫詞

王建《宫詞》一百首，至宋南渡後失去七首，好事者妄取唐人絶句補入之。「淚盡羅巾夢不成」，白樂天詩也〔一〕。「鴛鴦瓦上忽然聲」，花蕊夫人詩也〔二〕。「寶帳平明金殿開」，王少伯詩也〔三〕。「日晚長秋簾外報」，又「日映西陵松柏枝」二首，乃樂府《銅雀臺》詩也〔四〕。「銀燭秋光冷畫屏」及「閒吹玉殿昭華管」二首，杜牧之詩也〔五〕。余在滇南見一古本，七首特全，今録於左〔六〕：

「忽地金輿向月陂，内人接著便相隨。卻回龍武軍前過，當殿教看卧鴨兒。」〔七〕唐著作佐郎崔令欽《教坊記》云：「左右兩教坊，左多善歌，右多工舞。外有水泊，俗號月陂，形如偃月也。」又云：「妓女入宜春苑，謂之内人。亦曰前頭人，言常在駕前也。其家在教坊，四季給米。得幸者，謂之十家。」

「畫作天河刻作牛，玉梭金鑷采橋頭。每年宮女穿針夜，敕賜新恩乞巧樓。」〔八〕

「春來嬾困不梳頭，嬾逐君王苑北游。暫向玉階花下立，簸錢贏得兩三籌。」〔九〕

「彈棋玉指兩參差，背局臨虚鬭著危。先打角頭紅子落，上三金子半邊垂。」〔一〇〕

「宛轉黄金白柄長，青荷葉子畫鴛鴦。把來不是呈新樣，欲進微風到御牀。」

「供御香方加減頻，水沉山麝每回新。内中不許相傳出，已被醫家寫與人。」

「藥童食後進雲漿，高殿無風扇小涼。每到日中重掠鬌，衩衣騎馬繞宮廊。」〔一一〕

【箋證】

〔一〕「淚盡羅巾夢不成」，白居易《後宮詞》，見《白氏長慶集》卷十八。

〔二〕「鴛鴦瓦上忽然聲」，《花蕊夫人宮詞》有此詩。然升庵《詞品》卷二「李珣」條云：「李珣，蜀之梓州人，事王宗衍。詞名《瓊瑶集》。其妹事王衍，爲昭儀，亦有詞藻。有『鴛鴦枕上忽然聲』一首，誤入《花蘂夫人集》。」則又以此詩爲李珣妹李舜玄作。未知孰是。

〔三〕「寶帳平明金殿開」，王昌齡此詩，《河嶽英靈集》卷下題作《長信秋》，《又玄集》題作《長信宫秋詞》，「寶帳」二本並作「奉帚」。

〔四〕「日晚長秋簾外報」、「日映西陵松柏枝」，二句分别爲劉禹錫《魏宫詞》二首首句，見《劉夢得文集》卷八。二詩不見於《樂府詩集》。

〔五〕「銀燭秋光冷畫屏」，此杜牧《秋夕》詩首句，《萬首唐人絶句》七言卷二十六所載，「银燭」作「紅燭」。「閒吹玉殿昭華管」，杜牧《出宫人二首》之一，見《萬首唐人絶句》七言卷二十五。

〔六〕《唐詩紀事》卷四十四載王建《宫詞百首》，除本條以上所舉七首外，尚有「新鷹初放兔方肥」、「黄金桿撥紫檀槽」二首，乃張籍《宫詞二首》，見《萬首唐人絶句》七言卷二十三。皆升庵所謂好事者取唐人絶句補入者，宋趙與時《賓退録》卷一已一一辨之。升庵所録滇南古本之七首，《賓退録》卷八亦一一録出，並謂其「見於洪文敏所録《唐人絶句》中，然不知其所自得」。今傳明嘉靖刻本《萬首唐人絶句》七言卷三十一所載《宫詞百首》第二十八、三十、四十五、八十三、九十一、九十二及第一百首即是也。

〔七〕「向月陂」，《賓退録》作「下月陂」。「當殿教看卧鴨兒」，《萬首唐人絶句》、《賓退録》並作「當處教開卧鴨池」。

〔八〕「新恩」，《萬首唐人絶句》作「諸親」、《賓退録》作「親來」。

〔九〕「嬾困」，《萬首唐人絶句》作「睡困」、《賓退録》作「曉困」。「玉階花下立」，二書並作「玉花階上坐」。

〔一〇〕「堦局」，《萬首唐人絶句》作「背局」、《賓退録》作「對局」。「金子」，二書並作「金字」。

〔一一〕「小涼」，《萬首唐人絶句》、《賓退録》作「少涼」。

韓愈酬王舍人雪中見寄〔一〕

「三日柴門擁不開，階庭平滿白皚皚。今朝踏作瓊瑤跡，爲有詩從鳳沼來。」〔二〕後人或妄改「詩從」作「詩仙」，語意索然〔三〕。

【箋　證】

〔一〕本條採自《絶句衍義》卷三。原書選韓愈詩三首，僅於第一首《別盈上人》下署名，後二首承前未署作者。焦竑編《升庵外集》，誤此詩作李郢詩，《詩話》編者從之亦誤。今改正。

〔三〕此詩見魏懷中本《五百家注昌黎文集》卷九，題作《酬王二十舍人雪中見寄》，注引樊汝霖曰：「王二十舍人，王涯也。公赴江陵，途中寄王二十補闕，即其人。涯，公之同年友，至是爲中書舍人，以詩來寄。」末句「詩從」，魏懷忠本、廖瑩中本、王伯大本並同；祝充本作「詩仙」；文讜本亦作「詩仙」，有注云：「一作從。」

〔三〕胡仔《苕溪漁隱叢話》前集卷十八引《漫叟詩話》云：「詩中有一字，人以私意竄易，遂失古人一篇之意。若『相公親破蔡州來』，今『親』字改作『新』字是也。」並云：「《酬王二十舍人雪中見寄》云云，今『從』字改作『仙』字，則失詩題見寄之意也。」其説與升庵意合。

李郢宿杭州虚白堂

「秋月斜明虚白堂，寒蛩唧唧樹蒼蒼。江風徹曉不得寐，二十五聲秋點長。」《唐語林》盛稱此詩〔一〕。

【箋　證】

〔一〕《唐語林》卷二：「李郢有詩名，鄭尚書顥門生也。居杭州，不務進取，終□下郎官。……兄子咸通初守杭州，郢至，宿虚白堂云云。」所引詩「秋月」作「闕月」，「徹曉不得寐」作「徹曙不得睡」。《唐詩紀事》卷五十八：「郢有詩云『江風徹曉不得寐，二十五聲秋點長』，最爲警絶。劉崇遠載於《金華子》。」《唐語林》蓋本於《金華子》。虚白堂，杭州衙中閒堂也。白居易爲杭州刺史，有《虚白堂》詩曰：「虚白堂前衙退後，更無一事到中心。移牀就日簷前卧，卧詠閒詩側枕琴。」

升庵詩話新箋證卷十

劉禹錫詩

元和以後，詩人之全集可觀者數家，當以劉禹錫爲第一〔一〕。其詩入選及人所膾炙，不下百首矣。其未經選，全篇如《棼絲瀑》云：「飛流透嵌隙，噴灑如絲棼。含暈迎初旭，翻光破夕曛。餘波繞石去，碎響隔溪聞。卻望瓊沙際，逶迤見脈分。」〔二〕樂府絶句云：「大艑高帆一百尺，新聲促柱十三弦。揚州市里商人女，來占西江明月天。」〔三〕《詠硯》云：「煙嵐餘斐亹，水墨兩氤氲。好與陶貞白，松窗寫紫文。」〔四〕《詠鶯雜體》云：「鶯，能語，多情。春將半，天欲明。始逢南陌，復集東城。林疏時見影，花密但聞聲。營中緩催短笛，樓上欲定哀箏。千門萬户垂楊裏，百囀如簧煙景晴。」〔五〕五言摘句，如：「桃花迷隱跡，楼葉慰忠魂。」〔六〕又：「殘兵疑鶴唳，空壘辨烏聲。」〔七〕又：「路塵高出樹，山火遠連霞。」〔八〕又：「登臺吸瑞景，飛步翼神飆。」〔九〕《詠花》云：「香歸荀令宅，豔入孝王家。」〔一〇〕《園景》云：「傅粉琅玕節，薰香菡萏莖。榴花裙色好，桐子藥丸成。」〔一一〕《妓席》

云：「容華本南國，粧束學西京。月落方收鼓，天寒更炙笙。」〔一二〕七言，如：「中國書流讓皇象，北朝文士重徐陵。」〔一三〕又：「桂嶺雨餘多鶴跡，茗園晴望似龍鱗。」〔一四〕又：「連檣估客吹羌笛，蕩槳巴童歌《竹枝》。」〔一五〕又：「眼前名利同春夢，醉裏風情敵少年。」〔一六〕又：「野草芳菲紅錦地，游絲撩亂碧羅天。」〔一七〕又：「春城三百九十橋，夾岸朱樓隔柳條。」〔一八〕又：「三花秀色通春幌，十字清波繞宅牆。」〔一九〕又：「海嶠新辭永嘉守，夷門重見信陵君。」〔二〇〕又：「水底遠山雲似雪，橋邊平岸草如煙。」〔二一〕又《外集》有《觀舞》一首云：「山雞臨清鏡，石燕赴遥津。何如上客會，長袖入華裀。體輕若無骨，觀者皆聳神。曲盡回身去，層波猶注人。」〔二二〕宛有六朝風致，尤可喜也。劉全集今多不傳，予舊選之爲句圖，今録其尤著者於兹云。

【箋　證】

〔一〕劉禹錫，字夢得，洛陽人。貞元九年登進士第。順宗時，歷官至屯田員外郎，爲王叔文革新核心人物。叔文敗，貶朗州司馬。元和十年召回，又貶連州刺史。歷夔、和二州。文宗初，爲主客、禮部郎中，兼集賢殿學士。再出刺蘇、汝、同州。開成元年，以太子賓客分司東都。武宗初，加檢校禮部尚書。卒。禹錫以詩名世，與柳宗元並稱「劉柳」，又與白居易並稱「劉白」。

〔二〕見《劉夢得文集》外集卷八。

〔三〕見《劉夢得文集》外集卷八，題作《夜聞商人舡中筝》，「高帆」作「高舡」。

〔四〕此詩見《劉夢得文集》外集卷八，題作《謝柳子厚寄疊石硯》，乃五言律。升庵此節引後四句以爲絶句。其前四句云：「常時同硯席，寄此感離群。清越敲寒玉，參差疊碧雲。」

〔五〕見《劉夢得文集》外集卷四，題作《同留守王僕射各賦春中一物從一韻至七》，「緩催」作「緣催」，「欲定」作「來定」。

〔六〕此《武陵書懷五十韻》中句，見《劉夢得文集》卷三，「椶葉」作「楝葉」。

〔七〕此《贈澧州高大夫司馬霞寓》中句，見《劉夢得文集》卷三。

〔八〕此《晚歲登武陵城顧望水陸悵然有作》中句，見《劉夢得文集》卷五。

〔九〕此《奉送家兄歸王屋山隱居二首》之二中句，見《劉夢得文集》卷六。

〔一〇〕此詩見《劉夢得文集》外集卷三，題作《和令狐相公郡齋對紫微花》，「香歸陶令」作「香聞荀令」。

〔一一〕此《和樂天閒園獨賞八韻。前以蜂鶴拙句寄呈，今辱蝸蟻妍詞見答，因成小巧以取大咍》詩中句，見《劉夢得文集》外集卷四。

〔一二〕此《歷陽書事七十韻》中句，見《劉夢得文集》外集卷八，「粧束」作「粧梳」，「月落」作「日落」。

〔一三〕此《洛中寺北樓見賀監草書題詩》中句，見《劉夢得文集》卷四。

〔一四〕此《寄楊八壽州》中句，見《劉夢得文集》卷四。

〔一五〕此《洞庭秋月行》中句，見《劉夢得文集》卷八，升庵此引二句與原詩次序相左。

〔一六〕此《春日書懷寄東洛白二十二學士楊八二庶子》中句，見《劉夢得文集》外集卷一。

〔一七〕此二句與上二句爲同一詩中句。

〔一八〕此《樂天寄憶舊游因作報白君以答》中句，見《劉夢得文集》外集卷二，「九十」作「七十」。白居易《正月三日閑行》詩中有「紅欄三百九十橋」之句，升庵以「詩不厭同」爲説，故以意改爲「九十」，以證其説。見前「唐詩不厭同」條。又，「春城」，《詩話》各本原誤作「青城」，今據本集改正。

〔一九〕此《訓令狐相公寄賀遷拜之什》中句，見《劉夢得文集》外集卷三。「清波」，《詩話》各本原誤作「春波」，據本集改。

〔二〇〕此《訓令狐相公贈别》中句，見《劉夢得文集》外集卷三。

〔二一〕此《和牛相公游南莊醉後寓言戲贈樂天兼見示》中句，見《劉夢得文集》外集卷四。

〔二二〕此《觀舞柘枝二首》之二，見《劉夢得文集》卷五，「若無」作「似無」。

浮渲梳頭

《本事詩》載劉禹錫《杜司空席上贈妓詩》云：「浮渲梳頭宮樣妝，春風一曲《杜韋娘》。」〔一〕今本「浮渲梳頭」作「高髻雲鬟」。又以爲韋應物詩者，誤也。蓋韋與劉皆嘗爲蘇州刺史，是以傳疑〔二〕。「浮渲」字妙，畫家以墨飾美人鬢髮，謂之渲染。渲，音眩。

【箋　證】

〔一〕此詩劉禹錫集不載。《雲溪友議》卷中「中山悔」條記劉禹錫誡子弟曰：「夫人游尊貴之門，常須慎酒。昔赴吳臺，揚州大司馬杜公鴻漸爲余開宴，沉醉歸驛亭，稍醒，見二女子在旁，驚非我有也。乃曰：『郎中席上與司空詩，特令二樂伎侍寢。』且醉中之作，都不記憶。明旦修狀啟陳謝，杜公亦優容之。何施面目也。余以郎署州牧，輕忤三司，豈不過哉！詩曰：『高髻雲鬟宮樣妝，春風一曲《杜韋娘》，司空見慣尋常事，斷盡蘇州刺史腸。』」《本事詩》：「劉尚書禹錫罷和州，爲主客郎中、集賢學士。李司空（《太平廣記》卷一百七十七引作李紳）罷鎮在京，慕劉名，嘗邀至第中，厚設飲饌。酒酣，命妙妓歌以送之。劉於席上賦詩曰：鬖鬌梳頭宮樣粧，春風一曲《杜韋娘》。司空見慣渾閒事，斷盡江南刺史腸。』李因以妓贈之。」升庵此引《本事詩》而云「杜司空」，殆混記二書矣。按：劉禹錫與杜鴻漸不同時，其入京爲主客郎中，李紳方謫居在外，是事與詩皆不可信。然詩則廣泛流傳，「司空見慣」已爲成語。《杜韋娘》，唐曲名，見《教坊記》。二書所載首句皆不作「浮渲梳頭」。

〔二〕《絶句衍義》卷一載劉禹錫《贈李司空妓》詩，升庵評云：「此詩見劉禹錫集中，以爲韋應物詩者，非也。蓋二公皆蘇州刺史，是以相涉而傳訛也。《韋集》作『高髻雲鬟』，蓋傳聞異詞。」按此詩今存宋刻本《韋蘇州集》不載，明銅活字本《韋集》卷十載之，首句作「高髻雲鬟」。以爲韋詩者，多見於宋人筆記。

螢詩

唐劉禹錫《秋螢引》云：「漢陵秦苑遥蒼蒼，陳根腐葉秋螢光。夜空寂寥金氣淨，千門九陌飛悠揚。紛綸輝映半明滅〔一〕，金爐星噴燈花發。露華洗濯清風吹，攢茅不定招摇垂。高麗罘罳過蛛網，斜曆璿題舞羅幌。曝衣樓上拂香裙，承露臺前轉仙掌。槐市諸生夜對書，北窗分明辨魯魚。行子東山起征思，中郎騎省悲秋氣。銅雀人歸自入簾，長門帳空來照淚〔二〕。誰言向晦常自明，兒童走步嬌女爭。天生有光非自衒，遠近低昂暗中偏〔三〕。撮蚊妖鳥亦夜飛〔四〕，翅如車輪人不見。」宋張文潛《熠熠行》云〔五〕：「碧梧含風夏夜清，林塘五月初飛螢。翠屏玉簟起涼意〔六〕，一點秋心從此生。方池水深涼雨集〔七〕，上下輝輝亂凝碧。幸因簾卷到華堂，不畏人驚照涼夕〔八〕。漢宫千門連萬户，夜夜熒煌暗中度。光流太液池上波，影落金盤月中露。銀闕茫茫玉漏遲〔九〕，年年爲爾足愁思。長門怨妾不成寐，團扇美人還賦詩。避暑風廊人語悄〔一〇〕，闌下撲來羅扇小。已投幽室夜分明〔一一〕，更伴殘星天未曉〔一二〕。君不見建章宫殿洛陽西〔一三〕，破瓦頽垣今古悲。荒榛蕪草無人跡〔一四〕，只有秋來熠燿飛。」劉禹錫、張文潛二集今不傳，余家有之，兼愛二詩之工，故録之於此。昔年余寓居大理三塔寺，榛莽滿目，飛螢數萬如白晝。余戲相從諸生曰：「車胤見此，不必囊螢。隋煬帝見此，不必下詔搜索矣。」因作《流螢篇》〔一五〕。何仲默枕藉杜詩，不觀餘家，其於六朝初唐未數數然也。與予及薛君采言及六朝初唐〔一六〕，始恍然自失，乃作《明月》、《流螢》二篇擬之〔一七〕，然終不若其效杜諸作也。如仲默此篇，「明珠按劍」及「鯤鵬斥鷃」〔一八〕，皆與流螢無交涉，可以知詩之難矣。

【箋證】

〔一〕此詩見《劉夢得文集》卷二，「半」作「平」。

〔二〕「帳空」，《劉夢得文集》作「悵望」。

〔三〕「暗中偏」，《劉夢得文集》作「暗中見」。

〔四〕「妖鳥」，《劉夢得文集》作「祆鳥」。

〔五〕此詩見《柯山集》卷四，題作《飛螢詞》。

〔六〕「起涼意」，《柯山集》作「起涼思」。

〔七〕「涼雨集」，《柯山集》作「溪雨積」。

〔八〕「涼夕」，《柯山集》作「瑤席」。

〔九〕「茫茫」，《柯山集》作「蒼蒼」。

〔一〇〕「人語悄」，《柯山集》作「人語笑」。

〔一一〕「夜分明」，《柯山集》作「自分明」。

〔一二〕「天未曉」，《柯山集》作「碧天曉」。

〔一三〕「建章宫」，《柯山集》作「連昌宫」，是，當據改。

〔一四〕「蕪草」，《柯山集》作「腐草」。

〔一五〕升庵《流螢篇》見《升庵文集》卷五十七，有序云：「癸巳之夏，卧痾三塔寺，地多榛莽，螢飛緯夕，感《東山》之詩，及唐人之賦，率爾操觚，爲《流螢篇》。」詩云：「沉沉雁沼鬱栖連，隱隱龍宫熠燿然。濛晴零雨東山下，颯轉薰風南陸邊。可憐合暈輝玄夜，可惜紛華簇絳天。絳天玄夜景微茫，冰簟銀牀漏未央。誰家院落非天燭，何處園林不夜光。夜光瀼露洒，天燭凉氛瀉。陰火遥穿翡翠簾，流星近度鴛鴦瓦。此時蟋蟀罷宵征，此際蜩螗停沸聲。長門團扇班姬闥，阿房捲衣秦后屏。蘇婦下機妝不理，卓女當壚酒半醒。爲見流螢思遠道，爲感流年惜芳草。暝看雙星炯不眠，曉望長河白如掃。蕩子從軍向月支，閨人對影滯秋期。蠶書宛轉連環字，雁帛殷勤織錦詩。願得逢君拾光彩，不教賤妾斂愁眉。」

〔一六〕薛蕙，字君采，亳州人。正德九年進士，授刑部主事，改吏部。歷員外、郎中。以議大禮下獄，尋復職，未幾復罷歸。有《考功集》。

〔一七〕何景明《明月篇》序云：「僕讀杜子七言詩歌，愛其陳事切實，布辭沉著。鄙心竊效之，以爲長篇聖於子美矣。既而讀漢魏以來歌詩，及唐初四子者之所爲，而反復之。則知漢魏固承《三百篇》之後，流風猶可徵焉。而四子者雖工富麗，去古遠甚，至其音節，往往可歌。乃知子美辭固沉著，而調失流轉，雖成一家語，實則詩歌之變體也。夫詩本性情之發者也，其切而易見者，莫如夫婦之間，是以《三百篇》首乎『雎鳩』，『六義』首乎『風』。而漢魏作者，義關君臣朋友，辭必託諸夫婦，以宣鬱而達情焉。其旨遠矣。由是觀之，子美之詩，博涉世故，出於夫婦者常少；致兼《雅》《頌》，而風人之義或缺。此其調反在四子之下與？暇日爲此篇，意調若髣髴四子，而才質猥弱，思致庸陋，故摛詞蕪紊，無復統飭。姑録之，以俟審聲者裁割焉。」見《大復集》卷十四。其《流螢篇》云：「廣儲六月清無暑，流螢暗逐薰風舉。始見昏連萬户星，更看夜照千門雨。千門萬户競高低，拂檻縈廊亂復齊。碧莎映水光初迴，緑柳棲烟影乍迷。水光烟影飛還歇，肯使炎精易淪滅。帶火終須避太陽，含輝卻自親流月。長信宫中一葉秋，玉堦金閣見螢流。貴嬪羅扇開香匣，侍女珠簾捲畫樓。誰家怨婦縫縑素，當窗忽見流螢度。蟋蟀牀空寶瑟寒，鴛鴦機暗孤燈莫。螢飛螢度自年年，卻笑明珠按劍前。莫言腐草無生意，莫道寒灰不再然。還將斥鷃鵾鵬語，三復莊生第一篇。」見《大復集》卷十一。

〔一八〕本條出《升庵文集》卷五十七「螢詩」條，其「因作《流螢篇》」下原全引升庵、仲默《流螢篇》二詩，《詩話》編者轉録時因文長删之。「如仲默此篇」，《詩話》各本原均作「如余此篇」，而《升庵文集》，則作「如此篇」。「此篇」蓋指何詩，「明珠按劍」、「斥鷃鵾鵬」之語，見於其詩末四句也。此乃後之《詩話》翻刻者未見二人原詩，誤謂升庵自言其詩，乃於「此篇」上妄加一「余」字。今據《升庵文集》原意，改「余」作「仲默」。

明月可中

劉禹錫《生公講堂》詩：「高坐寂寥塵漠漠，一方明月可中庭。」〔一〕山谷、須溪皆稱其「可」字之妙〔二〕。按《佛祖統紀》載：「宋文帝大會沙門，親御地筵。食至良久，衆疑日過中，僧律不當食。帝曰：『始可中耳。』生公乃曰：『白日麗天，天言可中，何得非中。』遂舉箸而食。」〔三〕禹錫用「可中」字本此。蓋即以生公事詠生公堂，非杜撰也。彼言「白日可中」，變言「明月可中」，尤見其妙。

【箋　證】

〔一〕此詩見《劉夢得文集》卷四，詩云：「生公説法鬼神聽，身後空堂夜不扃。高坐寂寥塵漠漠，一方明月可中庭？」爲其《金陵五題》之四。

〔二〕《苕溪漁隱叢話》前集卷二十引《洪駒父詩話》云：「山谷至廬山一寺，與群僧圍爐，因舉《生公講堂》詩，末云『一方明月可中庭』。一僧率爾云：『何不曰「一方明月滿中庭」？』山谷笑去。」此升庵所謂山谷稱「可字妙」之所本。而《須溪集》未見有稱此「可」字之文。今檢陈师道《後山詩話》有云：「黄詞云：『斷送一生惟有，破除萬事無過。』蓋韓詩有云『斷送一生惟有酒』、『破除萬事無過酒』，才去一字，遂爲切對，而語益峻。又云：『杯行到手更留殘，不道月明人散。』謂思相離之憂，則不得不盡。而俗士改爲『留連』，遂使兩句相失。正如論詩云『一方明月可中庭』，『可』不如『滿』也。」或升庵記憶有誤。

〔三〕宋咸淳沙門志磐撰《佛祖統紀》，其卷二十《法師道生傳》云：「宋文帝大會沙門，親御地筵。食至良久，衆疑過中。帝曰：『始可中耳。』生乃曰：『白日麗天，天言始中，何得非中？』遂舉箸而食。一衆從之，莫不歎其機辯。」此升庵語之所本，而文字小異。《佛祖統紀》之文，則出梁僧慧皎《高僧傳》卷七。

唐彦謙垂柳〔一〕

「絆惹東風别有情〔二〕，世間誰敢鬬輕盈。楚王宫裏三千女〔三〕，飢損蠻腰學不成〔四〕。」「蠻腰」或作「纖腰」，非。詠柳而貶美人，詠美人而貶柳，唐人所謂尊題格也〔五〕。詩家常例。

【箋　證】

〔一〕唐彦謙，字茂業，自號鹿門先生，并州人。咸通末，舉進士不第。中和時，王重榮鎮河中，辟爲從事，歷節度副使，晉、絳二州刺史。重榮遇害，貶漢中掾。興元節度使楊守亮留署判官，遷副使，再歷閬、壁二州刺史，卒。

〔二〕「絆惹東風」，《才調集》卷六作「惹絆春光」、《萬首唐人絶句》七言卷五十九作「絆惹春風」、《唐詩紀事》卷六十八作「惹絆風光」。

〔三〕此句《才調集》、《萬首唐人絶句》、《唐詩紀事》並作「楚王江畔無端種」。

〔四〕「蠻腰」，《才調集》作「宫娥」、《萬首唐人絶句》作「纖腰」、《唐詩紀事》作「宫腰」。

〔五〕本條可與本書卷四「韻語陽秋」條參讀。

唐彦謙詩

唐彦謙絶句，用事隱僻，而諷諭悠遠，似李義山〔一〕。如《奏捷西蜀題沱江驛》云：「野客乘軺非所宜，况將儒服報戎機。錦江不識臨邛酒，幸免相如渴病歸。」〔二〕即李義山「相如未是真消渴，猶放沱江過錦城」之意也〔三〕。餘如《登興元城觀烽火》云：「漢川城上角三呼，護蹕防邊列萬夫。褒姒冢前烽火起，不知泉下破顔無？」《鄧艾廟》云：「昭烈遺黎死尚羞，揮刀斫石恨譙周。如何千載留遺廟，血食巴山伴武侯。」〔四〕此即唐人《題吴中范蠡廟》云「千年宗國無窮恨，只合江邊祀子胥」之句也〔五〕。《漢殿》云：「烏去雲飛意不通，夜壇斜月轉桐風。君王寂慮無消息，卻就真人覓鉅公。」〔六〕首首有醖藉，堪吟詠。比之貫休、胡曾輩，天壤矣。考其世，蓋僖宗時人也。

【箋　證】

〔一〕唐彦謙詩學李商隱，爲宋初西崑諸子所重。宋江少虞《宋朝事實類苑》卷三十四記楊億喜唐彦謙詩，嘗云：「鹿門先生唐彦謙慕玉溪，得其清峭感愴，蓋聖人之一體也。然警拔之句亦多。」

並江西派詩人亦有影響。《苕溪漁隱叢話》前集卷二十二引《洪駒父詩話》云：「山谷言唐彦謙詩，最善用事。其《過長陵》詩云：『耳聞明主提三尺，眼見愚民盜一抔。千古腐儒騎瘦馬，灞陵斜日重回頭。』又《題溝津河亭》云：『煙横博望乘槎水，月上文王避雨陵。』皆佳句。」

〔二〕《萬首唐人絶句》七言卷五十九載此詩，「儒服」作「儒儒」，「幸免」作「且免」。

〔三〕此李商隱《病中早訪招國李十將軍遇挈家游曲江》詩中句，見《李義山詩集》卷中。

〔四〕上引二詩，並見《萬首唐人絶句》七言卷五十九。

〔五〕宋周密《齊東野語》卷七「鴟夷子見黜」條：「吴江三高亭祠鴟夷子皮、張季鷹、陸魯望。而議者以爲子皮爲吴大仇，法不當祀。前輩有詩云：『可笑吴癡忘越憾，卻誇范蠡作三高。』又云：『千年家國無窮恨，只合江邊祀子胥。』蓋深非之。」明錢穀《吴都文粹續集》卷十五載劉寅《題三高祠》詩云：「人謂吴癡信不虚，建崇越相果何如。千年亡國無窮恨，只合江邊祀子胥。」按：劉寅，北宋寧宗嘉泰二年進士，升庵以詩爲唐人作，非。

〔六〕《萬首唐人絶句》七言卷五十九載此詩，「桐風」作「松風」，「真人」作「閒人」。

蘇頲公主宅夜宴〔一〕

「車如流水馬如龍，仙史高臺十二重。天上初移衡漢匹，可憐歌舞夜相從。」〔二〕初唐絶句多爲對偶所累，成半律詩，此首獨脱灑可誦。

【箋　證】

〔一〕蘇頲，字廷碩，擢進士第，調烏程尉。舉賢良方正，歷監察御史。神龍中，遷給事中、修文館學士、中書舍人。明皇愛其文，由工部侍郎進紫微侍郎，知政事。與李乂對掌書命。襲父爵，封許國公。後罷爲益州長史，復入知吏部選事。卒，謚文憲。頲以文章顯，與燕國公張説並稱「燕許大手筆」。

〔二〕《萬首唐人絶句》七言卷七十一所載與此同。《唐詩紀事》卷十亦載此詩，題作《宴安樂公主新宅》，「馬如龍」作「馬如風」，「高臺」作「高樓」，末句作「中憐歌舞夜相逢」。

長安貧兒鏤臂文

「昔日已前家未貧，苦將錢物結交親。如今失路尋知己，行盡關山無一人。」鏤臂，或謂之劄青，狹斜游人與倡狎，多爲此態〔一〕。

【箋　證】

〔一〕《酉陽雜俎》卷八：「高陵縣捉得鏤身者宋元素，刺七十一處。」其左臂所刺即此詩。高陵縣，唐屬京兆府，故曰長安也。又載：「蜀小將韋少卿，韋表微堂兄也。少不喜書，嗜好劄青。其季父嘗令解衣視之，胸上刺一樹，樹杪集鳥數十。其下懸鏡，鏡鼻繫索，有人止側牽之。叔不解，問焉。少卿笑曰：『叔不曾讀張燕公詩否？』『挽鏡寒鴉集』耳。」又云：「上都街肆惡少，率髡而膚劄，備衆物形狀。」《酉陽雜俎》同卷載劄青事二十餘事，蓋當時民間好尚如此，而都邑惡少爲多，不盡游人狹斜倡狎爲然也。劄青，宋元又稱「雕青」，見《宣和遺事》。

桃花詩

唐自貞觀至景龍，詩人之作，盡是應制。命題既同，體制復一。其綺繪有餘，而微乏韻度。獨蘇頲「東望望春春可憐」一篇〔一〕，迥出群英矣。予又見中宗賞桃花，應制凡十餘人。最後一小臣一絶云：「源水叢花無數開，丹桁紅萼間青梅。從今結子三千歲，預喜僊游復摘來。」此詩一出，群作皆廢。中宗令宫女唱之，號《桃花行》，惜不知作者名〔二〕。然宋、元、近時選唐詩者將百家，無有選此者，未之見耶？不之識耶？

【箋　證】

〔一〕蘇頲此詩，載《文苑英華》卷一百七十四，題作《奉和春日幸望春宫》，全詩云：「東望望春春可憐，更逢晴日柳含烟。宫中下見南山盡，城上平臨北斗懸。細草偏承迴輦處，輕花微落捧觴前。宸游對此歡無極，鳥哢聲聲入管絃。」

〔二〕《唐詩紀事》卷九「李適」下云：「中宗景龍四年二月「二十一日，張仁亶至自朔方，宴于桃花園，賦七言詩。」」卷十「李嶠」下云：「『張仁亶自朔方入朝，中宗於西苑迎之，從臣宴于桃花園。嶠歌曰云云。又一從臣歌曰：『源水叢花無數開』云云。」《文苑英華》卷一百六十九載此詩，署爲徐彦伯作，「丹柎」作「丹跗」，「摘來」作「再來」。又，《太平御覽》卷九百六十七引《唐景龍文館記》云：「四年春，上宴于桃花園，群臣畢從。學士李嶠等各獻桃花詩，上令宫女歌之。辭既清婉，歌仍妙絶。獻詩者舞蹈，稱萬歲。上敕太常簡二十篇入樂府，號曰《桃花行》。」據知，「號《桃花行》」之詩，非止一首。徐彦伯，名洪，以字行，兖州瑕丘人，以文學擅名。中宗景龍中，官至右散騎常侍、太子賓客，兼昭文館學士。乃中宗文學侍臣也。升庵此謂其「小臣」，是不知彦伯也。

崔魯華清宫詩

崔魯《華清宫》詩四首，每各精練奇麗，遠出李義山、杜牧之上，而散見於《唐音》及《品彙》、《漁隱叢話》、《長安古志》中，各載其一而已〔一〕。今並録於此。其一曰：「門横金瑣闃無人，落日秋聲渭水濱。紅葉下山寒寂寂，濕雲如夢雨如塵。」〔二〕其二曰：「銀河漾漾月輝輝，樓礙星邊織女機。横玉叫雲天似水，滿空霜霰不停飛。」〔三〕其三曰：「障掩金雞蓄禍機，翠華西拂蜀雲飛。珠簾一閉朝元閣，不見人歸見燕歸。」〔四〕其四曰：「草遮回磴絶鳴鑾，雲樹深深碧殿寒。明月自來還自去，更無人倚玉欄干。」

【箋　證】

〔一〕崔魯，「魯」一作「櫓」，僖宗廣明間進士，有《無機集》，今不存。《唐音》卷十四載此第四、第一兩首；《唐詩品彙》卷五十四載此第四、第三、第一共三首。《苕溪漁隱叢話》後集卷十四云：「苕溪漁隱曰：義山詩，楊大年諸公皆深喜之，然淺近者亦多。如《華清宮》詩云：『華清恩幸古無倫，猶恐蛾眉不勝人。未免被他褒女笑，只教天子暫蒙塵。』用事失體，在當時非所宜言也。豈若崔魯《華清宮》詩云云，語意既精深，用事亦隱而顯也。」所引即此第三首。至「長安古志」，則未知其所指何書也。此四詩，實則《唐百家詩選》卷十九、《唐詩紀事》卷五十八並載，其次第與此相較，爲第二、第三、第四、第一。又，「漁隱叢話」，《詩話》各本均誤作「漁隱叢語」，今改正。

〔二〕「闃無人」，《唐百家詩選》、《唐詩紀事》作「悄無人」。

〔三〕《唐百家詩選》、《唐詩紀事》所載，「天似水」作「清似水」，「滿空霜霰不停飛」作「滿空霜逐一聲飛」。

〔四〕《唐百家詩選》、《唐詩紀事》「翠華」並作「翠環」。

柳公綽梓州牛頭寺詩

「纔出城西第一橋，兩邊山木晚蕭蕭。井花莫洗行人耳，留聽溪聲入夜潮。」〔一〕此詩今刻於樂至縣湧泉寺。

【箋　證】

〔一〕《太平寰宇記》卷八十二「梓州」云：「牛頭山，在(郪)縣西南二里，高一里，形似牛頭。四面孤絶，俯臨州郭。下有長樂寺，樓閣烟花，爲一方之勝概。」《蜀中廣記》卷二十九《名勝記·川北道·潼川州一》云：「《圖經》云：牛頭山，永福寺據其頂，廣化寺據其岡，羅漢院據其麓。本志云：永福寺，梁武賜名長樂，唐名靈瑞，宋名永福也。」其下引杜甫《上牛頭寺》、李洞《秋宿梓州牛頭寺》及柳公綽此詩。本書後「《函海》本《詩話補遺》」中「洪容齋唐人絶句」條復載此詩，首句作「一出西城第二橋」，「莫洗」作「淨洗」，蓋記憶偶差，非另有別本也。《蜀中廣記》、《全唐詩》卷三百一十八所載，與《詩話補遺》同。柳公綽，字寬，小字起之，京兆華原人。舉賢良方正直言極諫科。武元衡節度劍南，與裴度俱爲判官。召爲吏部郎中。元和初，進《太醫箴》，遷御史中丞。歷六鎮，大和中，終兵部尚書。

張旭詩

張旭以能書名，世人罕見其詩。近日吴中人有收其《春草》帖一詩，陸子淵爲余誦之。所謂：「春草青青萬里餘，邊城落日見離居。情知海上三年別，不寄雲間一紙書。」〔一〕可謂絶倡。余又見崔鴻臚所藏有旭書石刻三詩，其一《桃花磯》云：「隱隱飛橋隔野煙，石磯西畔問漁船。桃花盡日隨流水，洞在青溪何處邊？」其二《山行留客》云：「山光物態弄春暉，莫爲輕陰便擬歸。縱使晴明無雨色，入雲深處亦沾衣。」其三《春游值雨》云：「欲尋軒檻列清樽，江上煙雲向晚昏。須倩東風吹散雨，明朝卻待入華園。」〔二〕字畫奇怪，擺雲捩風，而詩亦清逸可愛。好事者模爲四首縣之。《春草》一首真跡，藏江南人家。

【箋證】

〔一〕唐張旭，字伯高，蘇州吳人。以草書稱名於世。開元中官左率府長史。宋岳珂《寶真齋法書贊》卷五載有内府藏本張旭《春草》詩帖，「萬里」作「千里」，「一紙書」作「一雁書」。並記其題跋印鑒甚詳。

〔二〕此上三首，見《萬首唐人絶句》七言卷七十二，作張旭詩。然三詩皆見於蔡襄《端明集》卷七。清閻若璩《潛邱札記》卷六《與趙秋谷書》云：「南北盛傳阮亭先生《唐賢三昧集》，專以盛唐爲宗，某亦購而熟讀。其盛唐宜收而不收，及非盛唐如張旭四絶句，本屬蔡忠惠者，亦誤收。」閻氏爲考據大家，説或可信。然檢《唐賢三昧集》所載張旭四詩，除《春草》、《桃花磯》、《山行留客》三首外，另有《柳》詩一首，云：「濯濯烟條拂地垂，城邊樓畔結春思。請君細看風流意，未減靈和殿裏時。」該詩明汪砢《珊瑚網》卷二録作張旭詩，並汪砢識語，記其所鈐印章甚詳。此詩並岳珂所録《春草》詩帖，皆未可輕定其非，今並記於此，存疑可也。

孫逖詩

「漁父歌金洞，江妃舞翠房」，最爲秀句，今本作「漁火」，非〔一〕。

【箋證】

〔一〕《文苑英華》卷一百六十四載孫逖《尋龍湍》詩：「仙穴尋遺跡，輕舟愛水鄉。溪流一曲盡，山路九峰長。漁父歌金洞，江妃舞翠房。遥憐葛仙宅，真氣共微茫。」《唐詩品彙》卷五十九所載同。檢他書所載亦均作「漁父」，未見作「漁火」者。劉威《送元秀才入道》詩亦有「只攜仙籍還金洞，便與時流隔翠微」之句。此二句緊扣題意，且字字相對，若作「火」，則人皆見其不叶矣。孫逖，河南人。開元中登進士第，歷官至中書舍人，典詔誥，判刑部侍郎。終太子詹事。

張祜上方寺詩

「寶殿依山險，淩虚勢欲吞。畫欄齊木末，香砌壓雲根。遠景窗中岫，孤煙海上村。憑高聊一望，歸思隔吴門。」〔一〕此詩張祜集不載，見於石刻，真絶唱也。祜以《金山詩》得名〔二〕，此詩相伯仲，惜其無傳，故書。

【箋證】

〔一〕此詩今傳《張承吉文集》不載。宋周必大《文忠集》卷一百八十三《記崑山登覽》云：「紹興戊寅正月一日，予在平江府崑山縣，挈家同邑宰程沂詠之游山寺。寺名慧聚，負山爲屋，小院星列，而氣象粗闊麗。唐朝塑像，間有存者。舊傳陸探微壁畫，今漫滅不可辨。寺有山王堂，上人奉事甚至。故歲時游者輻輳，而僧輩亦有所賴云。上月華閣，涉中峰，訪古上方，下視陂田，蓋其佳處也。張祐嘗題詩：『寶殿依山險，淩虚勢欲吞』云云。王荆公安石通判舒州日，被檄來視水滂，游覽竟日，夜讀此詩，至『淩虚勢欲吞』，大喜曰：『好與一吞！』遂次祜韻：『峰嶺互出没，江湖相吐吞。園林浮海角，臺殿擁山根。百里見漁艇，萬家藏水村。地偏來客少，幽興祇桑門。』」宋龔明之《中吴紀聞》卷二亦記此事。《吴都文粹》卷九載此詩，題作《慧聚寺聖跡》，《全唐詩》卷五百十所載，題作《禪智寺》。

〔二〕張祜《題潤州金山寺》詩中有「樹色中流見，鐘聲兩岸聞」之句，當時有名。見本書卷九「金山寺詩」條。唐范攄《雲溪友議》卷中「錢塘論」條載白居易論定張祜、徐凝二人詩優劣，張自舉佳句即此聯。

張祜氏州第一

「十指纖纖玉筍紅，雁行輕度翠絃中。分明自説長城苦，水咽雲寒一夜風。」按張祜集題本作《邱家箏》〔一〕。

【箋　證】

〔一〕《張承吉文集》卷五載此詩，題作《題宋州田大夫家樂邱家箏》，「輕度」作「輕過」，「自說」作「似説」。《萬首唐人絶句》七言卷四十三題作《聽箏》，文字同本集。此題作《氏州第一》，蓋謂其詩可以此調歌之也。《氏州第一》，唐時無此調，乃宋曲也。

水寺鐘

「夜入霜林火，寒生水寺鐘。」張祜詩也〔一〕。「芳草漁家路，斜陽水寺鐘。」李咸用句也〔二〕。「夜靜沙堤月，天寒水寺鐘」，唐求句也〔三〕。

【箋　證】

〔一〕此張祜《江西道中作三首》之一中句，見《張承吉文集》卷二。

〔二〕此唐李咸用《送曹税》詩中句，見《李推官披沙集》卷三。升庵原引作「李國用詩」，誤，今據改。李咸用，晚唐詩人，與來鵬、范攄同時。赴試不第，嘗入幕爲推官。今傳世有《李推官披沙集》。李國用乃元初羽士，善相面，與趙孟頫、陶穀等相交。

〔三〕此唐求《舟行夜泊夔州》詩中句，見《全蜀藝文志》卷十六。《全唐詩》收入卷七百二十四。「夜靜沙堤月天寒水寺鐘唐求句也」十四字，《詩話》各本皆闕，據《藝林伐山》卷十九補。

張李詩

張子容詩：「海氣朝成雨，江天晚作霞。」〔一〕李嘉祐詩：「朝霞晴作雨，濕氣晚生寒。」〔二〕二詩語極相似，然盛唐、中唐分焉，試辨之。

【箋　證】

〔一〕此張子容《永嘉即事寄贛縣袁少府瓘》詩中句，見《文苑英華》卷二百五十。張子容，襄陽人。先天二年擢進士第，爲樂城尉。與孟浩然爲詩文之友。

〔二〕此李嘉祐《仲夏江陰官舍寄裴明府》詩中句，見《中興間氣集》卷上。高仲武《中興間氣集》謂其詩「綺靡婉麗，有齊梁之風」，蓋「吴均、何遜之敌」也。李嘉祐，字從一，趙州人。天寶七年進士，仕至台、袁二州刺史。

元微之第三歲日詠春風憑楊員外寄長安柳〔一〕

「三日春風已有情，拂人頭面稍輕盈。殷勤爲報長安柳，莫惜枝條動軟聲。」〔二〕第三歲日，正月初三日也。楊員外，名汝士，亦詩人〔三〕。此詩題甚奇，可作詩家故事。

【箋　證】

〔一〕元稹，字微之，河南河内人。幼孤，母鄭賢而文，親授書傳。舉明經，書判入等，補校書郎。元和初，對策第一，除左拾遺。歷監察御史，數上書言事，忤宦官仇士良，坐事貶江陵士曹參軍。長慶中，因宦官崔潭峻進獻其歌詩於穆宗，擢祠部郎中、知制誥。召入翰林，爲中書舍人、承旨學士。復進工部侍郎，同平章事。未幾罷相，出爲同州刺史，改越州刺史，兼御史大夫、浙東觀察使。大和初，入爲尚書左丞，檢校户部尚書，兼鄂州刺史，武昌軍節度使。年五十三，卒，贈尚書右僕射。稹自少與白居易倡和，當時言詩者稱「元白」號爲「元和體」。有《元氏長慶集》。

〔二〕此詩見《元氏長慶集》卷二十一，「稍輕盈」作「稍憐輕」。

〔三〕楊汝士，字慕巢，虢州人。開成中，爲户部侍郎，檢校尚書，鎮東川，終刑部侍郎。卞孝萱《元稹年譜》云：元稹長慶三年在同州刺史任，春，楊巨源來同州，與元稹相會。時楊爲虞部員外郎。謂升庵「誤以楊巨源爲楊汝士」。元集上詩之次即《贈别楊員外巨源》詩，中有「結識蕭娘只在詩」之句。卞説可信。

唐人爲詩，每喜以花柳喻人，元、白詩中尤多。如《本事詩·事感第二》云：「白尚書姬人樊素善歌，妓人小蠻善舞，嘗爲詩曰：『櫻桃樊素口，楊柳小蠻腰。』年既高邁，而小蠻方豐艷，因爲《楊柳枝》詞以託意曰：『一樹春風萬萬枝，嫩於金色軟於絲。永豐坊裏東南角，盡日無人屬阿誰。』」「永豐柳」，亦猶此詩之「長安柳」也。

元微之唐憲宗挽詞

「天寶遺餘事，元和盛聖功。二兇梟帳下，三叛斬都中。始服沙陀虜，方吞邏逤戎。狼星如要射，猶有鼎湖弓。」「『二兇』，謂楊惠琳、李師道，傳首京師；『三叛』，謂劉辟、李錡、吴元濟，斬於都市。」〔一〕斯亦近詩史矣〔二〕。

【箋 證】

〔一〕此《憲宗章武孝皇帝挽歌詞》三首之一，見《元氏長慶集》卷八。「二兇」、「三叛」之注，乃元稹自注。〔二〕本書卷四「詩史」條力詆宋人「詩史」之説，而此反以「詩史」稱許元詩，見其立論主旨，只在反對過事標榜直陳，有失含蓄藴藉之致。王世貞譏其「只知有比興而不知有賦」（見《藝苑巵言》），非篤論也。

白樂天酬嚴給事玉蘂花

「羸女偷乘鳳去時，洞中潛歇弄瓊枝。不緣啼鳥春饒舌，青瑣仙郎可得知？」〔一〕此豈老姥能解者〔二〕？

【箋　證】

〔一〕《白氏長慶集》卷二十五載此詩，題作《酬嚴給事》。題下自注云：「聞玉蘂花下有游仙絶句。」嚴給事，即嚴休復。詳本卷「何兆玉蘂花」條。

〔二〕「老姥能解」，宋彭乘《墨客揮犀》云：「白樂天每作詩，令一老嫗解之。問曰：『解否？』嫗曰『解』，則録之；『不解』，則又復易之。故唐末之詩，近於鄙俚也。」

白樂天暮江吟

「一道殘陽鋪水中，半江瑟瑟半江紅。可憐九月初三夜，露似真珠月似弓。」〔一〕詩有丰韻。言殘陽鋪水，半江之碧，如瑟瑟之色；半江紅，日所映也。可謂工緻入畫〔二〕。

【箋　證】

〔一〕此詩見《白氏長慶集》卷十九。

〔二〕升庵另有「瑟瑟」一條，見本書「丁福保本增輯各條」中。此詩寫夕陽西下，新月初上之景，清婉動人，而明記日月，繫以「誰憐」二字，則此月此夜，必有堪憐之事，堪憐之人，卻不説出，更耐人尋味。升庵嘗用其語入詞，有《鷓鴣天》一首，託名李煜，其上闋云：「塘水初澄似玉容，所思常在別離中。誰憐九月初三夜，露是真珠月是弓。」況周頤《蕙风詞話》卷五亟稱之。

姑蘇臺

「無端春色上蘇臺，鬱鬱芊芊草不開。無風自偃君知否？西子裙裾拂過來。」此初唐人詩也〔一〕。白樂天詩「草緑裙腰一道斜」〔二〕，祖其意也。

【箋　證】

〔一〕升庵此説非。此非初唐人作，乃劉禹錫《憶春草》詩末四句，見《劉夢得文集》外集卷二，文字小異。詩云：「憶春草，處處多情洛陽道。金谷園中見日遲，銅駞陌上迎風早。河南大尹頻出難，只得池塘十步看。府門閉後滿街月，幾處游人草頭歇。館娃宫外姑蘇臺，鬱鬱芊芊撥不開。無風自偃君知否，西子裙裾曾拂來。」春草，白居易歌姬也。劉另有《寄贈小樊》云：「花面丫頭十三四，春來綽約向人時。終須買取名春草，處處將來步步隨。」

〔二〕此白居易《杭州春望》詩中句，見《白氏長慶集》卷二十。

黄夾纈林

「黄夾纈林寒有葉」，白居易詩也，集中不收〔一〕。「夾纈」，錦之别名。「黄夾纈林」句甚工，杜詩所謂「霜凋碧樹作錦樹」同意〔二〕。

【箋證】

〔一〕此白居易《泛太湖書事寄微之》詩中句，《白氏長慶集》卷二十四載之，其下句爲「碧琉璃水淨無風」。

〔二〕此杜甫《錦樹行》詩句，見《九家集注杜詩》卷十三。

津陽門詩全見《詩林振秀》〔一〕

曾子固云：「白樂天《長恨歌》、元微之《連昌宮詞》、鄭嵎《津陽門》詩，皆以韻語紀常事。」〔二〕鄭嵎詩世多不傳，余因子固言，訪求得之。其詩長句七言，凡一千四百字，一百韻，止以門題爲名，其實叙開元陳跡也〔三〕。其叙五王游獵云：「五王扈游夾城路，轉聲校獵渭水湄。羽林六軍各出射，籠山絡野張罝維。彫弓繡韔不知數，翻身滅没皆蛾眉。赤鷹黄鶻雲中來，妖狐狡兔無所依。人煩馬殆禽獸盡，百里腥膻禾黍稀。」〔四〕自注：「申王有高麗赤鷹，岐王有北山黄鶻，逸翮奇姿特異。」〔五〕其叙賜浴云：「暖山度臘東風微，宫娃賜浴長湯池。刻成玉蓮噴香液，漱回煙浪深逶迤。犀屏象薦雜羅列，錦鳧繡雁相追隨。」注與王建「池底鋪錦」事相合〔六〕。其叙三國姣滛云：「上皇寬容易承事，十家三國爭光輝。」「鳴鞭後騎何躞蹀，宫妝禁袖皆仙姿。」其叙教坊歌舞云：「瑶光樓南皆紫禁，梨園仙宴臨花枝。迎娘歌喉玉窈窱，鑾兒舞帶金葳蕤。」自注：「迎娘、鑾兒，乃梨園子弟之聞名者。」其叙離宫之盛云：「飲鹿泉邊春露晞，粉梅檀杏飄朱墀。金沙洞口長生殿，玉蕊峰頭王母祠。」「蓬萊池上望秋月，無雲萬里懸清輝。上皇夜半月中去，三十六宫愁不歸。」末四句，則世所傳游月宫事也[七]。其叙幸蜀歸，復至華清云：「鑾輿卻入華清宫，滿山紅實垂相思。飛霜殿前霜悄悄，迎風亭下風飀飀[八]。雪衣女失玉籠在，長生鹿瘦銅牌垂。象床塵凝罨颯被，畫簷蟲網玻瓈碑。」「煙中劈破摩詰畫，雲間自失玄宗詩[九]。孔雀松殘赤琥珀，鴛鴦瓦碎青瑠璃。」其叙舞馬羽裳云：「馬知舞徹下珠榻，人惜曲終更羽衣。」自注：「宫妓梳九枝仙髻[一〇]，衣孔雀翠羽，七寶纓絡，爲霓裳羽衣之舞。舞罷，珠翠可掃焉。」其事皆與雜録小説符合。然其詩，則警策清越不及元、白多矣。聊舉其略云。

【箋證】

〔一〕《詩林振秀》十一卷，升庵所選五七言詩選集。

〔二〕《苕溪漁隱叢話》前集卷二十三引《潘子真詩話》云：「南豐先生曾子固言：『《津陽門詩》、《長恨歌》、《連昌宫词》俱載開元間事。微之詞不獨富艷……叙事遠過二子。』」此升庵所據也。

〔三〕唐鄭嵎，字賓先，大中五年進士。開成中過華清宫舊址，作《津陽門》詩，自注甚詳。《唐詩紀事》卷六十二録其全詩並序。其序云：「津陽門，華清宫之外闕，南局禁闈，北走京道。開元中，嵎常得群書，下帷於石甕僧觀，而甚聞宫中陳跡焉。今年冬，自號而來，暮及山下，因解鞍謀飡，求客旅邸。而主公年且艾，自言世事明皇，夜闌酒餘，復爲嵎道承平故實。翌日，於馬上輒裁刻俚叟之話爲長句，七言詩凡一千四百字，成一百韻，止以門題爲之目云耳。」

〔四〕「羽林六軍各出射，籠山絡野張罝維」、「人煩馬殆禽獸盡，百里腥膻禾黍稀」四句原失引，叙五王游獵而不完，今據《唐詩紀事》補。又，《唐詩紀事》「扈游」作「扈駕」，「繡韘」作「繡韈」。

〔五〕此自注「特異」後尚有「他等。上愛之，每弋獵必置於駕前，目爲決勝兒」十八字，當補。

〔六〕王建《宫詞》有「魚藻宫中鎖翠娥，先皇行處不曾過。如今池底休鋪錦，菱角鷄頭積漸多」一首，即升庵所謂王建「池底鋪錦」也。鄭嵎自注：「宫内除供奉兩湯池，内外更有湯十六所。長湯每賜諸嬪御。其修廣與諸湯不侔，甃以文瑶、寶石。中央有玉蓮捧湯泉，噴以成池。又縫綴綺繡爲鳧雁於水中，上時於其間泛鈒鏤小舟以嬉游焉。」無「錦繡鋪池」之語。

〔七〕所謂「世所傳游月宫事」四句，升庵未引，今録於此：「月中祕樂天半間，丁璫玉石和塤箎。宸聰聽覽未終曲，卻到人間迷是非。」此緊承上「三十六宫」句，非詩末四句也。

〔八〕上二句中「霜悄悄」、「迎风亭」，《唐詩紀事》作「月悄悄」、「迎春亭」。

〔九〕上二句中「劈破」、「自失」，《唐詩紀事》作「壁碎」、「字失」。

〔一〇〕「九枝」，《唐詩紀事》作「九綺」。

王少伯贈張荆州

「祝融之峰紫翠銜，歲如何其雪嶃岩。邑西有路緣石壁，我欲從之愁窸嵚。魚有心兮脱網罟，江無人兮鳴楓杉。」〔一〕王君飛舄仍未去，蘇躭宅中意遥緘。險韻奇句，韓文公所謂「横空盤硬語，妥帖力排奡」也〔二〕。

【箋證】

〔一〕《唐文粹》卷十六上載此詩，題作《奉贈張荆州》，「紫翠銜」作「紫雲銜」，「歲如何其」作「翠如何其」，「愁窸嵚」作「卧穹嵚」，「飛舄」作「飛鳥」。張九齡於開元二十五年四月貶荆州都督府長史，王昌齡南遷嶺南，過荆州，贈以此詩。

〔二〕此韓愈《薦士》詩中句，見《昌黎先生文集》卷二。

聶夷中公子行

「花枝滿牆頭，花裏誰家樓。美人樓上歌，不是古《梁州》。」〔一〕傷新聲日繁，古調日微也。

【箋證】

〔一〕此聶夷中《公子行》二首之二，原詩六句，三、四句作「一行書不讀，身封萬户侯」。蓋作者之意，本在諷刺其人也。首句，《文苑英華》卷一百九十四、《樂府詩集》卷九十並作「花樹出牆頭」。末句，《文苑英華》作「不見古涼州」、《樂府詩集》作「不是古涼州」。聶夷中，字坦之，河南人。咸通十二年進士，官華陰尉。

元次山好奇

文章好奇，自是一病。好奇之過，反不奇矣。《元次山集》凡十一卷，《大唐中興頌》一篇，足名世矣。詩如《欸乃》一絶，已入選。《春陵行》及《賊退示官吏》雖爲杜公所稱，取其志，非取其辭也〔一〕。其餘如《洄溪》詩：「松膏乳水田肥良，稻苗如蒲米粒長。糜色如珈玉液酒，酒熟猶聞松節香。」〔二〕又：「修竹多夾路，扁舟皆到門。」〔三〕東坡常書之。然此外亦無留良矣。

【箋證】

〔一〕元結，字次山，河南人。初舉制科，以討安、史之功，授監察御史。代宗時，爲道州刺史，爲民營舍給田，免徭役，流亡者歸萬餘，進容管經略使。卒年五十。有《元次山集》。《大唐中興頌》、《春陵行》、《賊退示官吏》皆關係時事之作，爲世所稱。杜甫嘗作《同元使君春陵行》詩云：「粲粲元道州，前聖畏後生。觀乎《春陵》作，欻見俊哲情。復覽《賊退篇》，結也實國楨。賈誼昔流慟，匡衡常引經。道州憂黎庶，詞氣浩縱橫。」見《九家集注杜詩》卷十一。又有《欸乃曲》

五首，乃官道州時作。升庵《唐絶增奇》選載其第三首。

〔二〕此《説洄溪招退者》詩中句，見《元次山集》卷四，詩題下自注：「在州南江華縣。」

〔三〕此《與瀼溪鄰里》詩中句，見《元次山集》卷三。陸游嘗取此詩四句各作詩一首，見《劍南詩稿》卷三十九。

元洪二子題山詩

元遺山《天涯山》詩：「東州死愛華不注，向在陋邦何足數。敬亭不著謝宣城，斷岸何緣比天姥。」〔一〕言山水在通都，易得名也。洪震老，元人，《淳安東泉山》詩：「通都大邑人爭馳，一泉一石小亦奇。雲深路絶無人處，縱有佳山誰得知？」〔二〕言山水在僻遠，人不知也。二詩意絶相類，亦名言也。

【箋　證】

〔一〕元好問，字裕之，太原秀容人。金宣宗興定五年進士，歷内鄉、南陽令。天興中，除左司都事，轉行尚書省左司員外郎。金亡不仕。好問才雄學贍，高古沈鬱，爲金元之際文章大宗。其詩興寄深遠，風格遒上，爲金詩第一人。有《元遺山集》。又編金詩總集《中州集》，有金一代詩作，多賴是書以存。此引詩，原題作《北嶽》，乃升庵誤將《元遺山集》中此詩之前一首之題誤植於此詩，此引實乃七言古《天涯山》詩中句也。見《元遺山集》卷四，今據改。

〔二〕洪震老，字復翁，淳安人。私淑楊簡之學。元仁宗延祐初，領鄉薦，官州學正。後棄官歸隱，著有《觀光集》。《明一統志》卷四十一「嚴州府」：「東泉山，在淳安縣東北一百三十里，舊名覆船。其一支南出曰紫瑞峰，當龍池之上，望之如青芙蓉，出泉三派，並東注，故唐改今名。元洪震老詩：『青蓮浴秋水，浮出龍王宮。平生閲山亦多矣，未有如此奇哉峰。金焦靈鷲等培塿，詞客詩談不容口。恨君不上千仞岡，一見天台與廬阜。通都大邑人爭馳，一泉一石小亦奇。雲深路絶無人處，大有佳山誰得知。』」

道林岳麓二寺詩

長沙道林、岳麓二寺之勝，聞於天下，蓋因杜工部之一詩也〔一〕。杜公之後，有沈傳師二詩，崔珏一詩，韋蟾一詩，皆效工部之體。余舊見家藏石刻有之。近閲《長沙志》，已失其半。今具録於此。沈傳師《道林岳麓寺詩》云：「道林岳麓仲與昆，卓犖請從先後論。松根踏雲二千步，始見大屋開三門。泉清或戲蛟龍窟，殿豁數盡高帆掀。即今異鳥聲不斷，聞道看花春更繁。從容一衲分若有，蕭瑟兩鬢吾能髡。逢迎侯伯轉覺貴，膜拜佛像心加尊。稍揖英皇頮濃淚，試與屈賈招清魂。荒唐大樹悉楠桂，細碎枯草多蘭蓀。沙彌去學五印字，靜女來懸千尺幡。主人念我塵眼昏，半夜號令期至暾。遲回雖得上白舫，羈紲不敢言緑樽。兩祠物色採拾盡，壁間杜甫原少恩。晚來光彩更騰射，筆鋒正健如可吞。」〔二〕

又《岳麓寺》一篇云：「承明年老輒自論，乞得湘守東南奔。爲聞兹國富山水，青嶂逶迤僧家園。含香珥筆皆耆舊，謙抑自忘臺省尊。不令執簡候亭館，直許攜手游山樊。忽驚列岫晚來逼，朔雲洗盡煙嵐昏。碧波迴嶼三山轉，丹檻遶郭千艘屯。華鑣蹀躞狗沙步，大旆彩錯輝松門。樛枝競擎龍蛇勢，折幹不減風霆痕。相重古殿倚巖腹，別引新徑縈雲根。目傷平楚虞帝魂，情多思遠聊開樽。危絃細管逐歌飈，畫鼓繡靴隨節翻。鏘金七言淩老杜，入木八法蟠高軒。嗟予潦倒久不利，忍復感激論元元。」〔三〕崔珏《道林寺詩》曰：「臨湘之濱岳之麓，西有松寺東岸無。松風十里擺不斷，竹泉瀉入千僧廚。宏梁大棟何足貴，山寺難有山泉俱。四時惟夏不敢入，燭龍安敢停斯須。遠公池上種何物，碧羅扇底紅鱗魚。香閣朝鳴大法鼓，天宮夜轉三乘書。野花市井栽不著，山雞飲啄聲相呼。金檻僧迴步步影，石盆水濺聯聯珠。北臨高處日正午，舉手欲摸黄金烏。遥江大船小於葉，遠村雜樹齊如蔬。潭州城郭在何處？東邊一片青模糊。」〔四〕韋蟾《道林寺詩》曰：「石門道接蒼梧野，愁色陰深二妃寡。廣殿崔嵬萬壑間，長廊詰曲千巖下。靜聽林飛念佛鳥，細看壁畫馱經馬。暖日斜明螮蝀梁，濕煙散冪鴛鴦瓦。北方部落檀香塑，西國文書貝葉寫。壞欄迸竹醉好題，窄路垂藤困堪把。沈裴筆力鬬雄壯，宋杜詞源兩風雅。他方居士來施齋，彼岸上人投結夏。悲我未離擾擾徒，勸我休學悠悠者。何時得與劉遺民，同入東林白蓮社。」〔五〕四詩佳句層出，而體制一揆。所稱沈、裴、宋、杜，裴乃裴休，宋乃宋之問也。二詩失傳，杜詩見本集。

【箋　證】

〔一〕杜甫《岳麓山道林二寺行》詩，見《九家集注杜詩》卷十六。詩云：「玉泉之南麓山殊，道林林壑爭盤紆。寺門高開洞庭野，殿腳插入赤沙湖。五月寒風冷佛骨，六時天樂朝香爐。地靈步步雪山草，僧寶人人海滄珠。塔劫宫牆壯麗敵，香厨松道清涼俱。蓮花交響共命鳥，金榜雙迴三足烏。方丈涉海費時節，玄圃尋河知有無？暮年且喜經行近，春日兼蒙暄暖扶。飄然斑白身奚適，旁此煙霞茅可誅。桃源人家易制度，橘洲田土仍膏腴。潭府邑中甚淳古，太守庭内不喧呼。昔遭衰世皆晦跡，今幸樂國養微軀。依止老宿亦未晚，富貴功名焉足圖。久爲野客尋幽慣，細學何顒免興孤。一重一掩吾肺腑，山鳥山花吾友于。宋公放逐曾題壁，物色分留與老夫。」

〔二〕宋趙德麟《侯鯖録》卷一：「長沙道林嶽麓寺，老杜所賦詩者，沈傳師有詩碑見於世。其序云：『奉酬唐侍御、姚員外道林寺題示。』姚員外詩不復見之，今得唐侍御詩，題云『儒林郎監察御史唐扶』。」其後即載此詩。《苕溪漁隱叢話》前集卷十四亦引《蔡寬夫詩話》云：「子美《題道林岳麓寺詩》云：『宋公放逐登臨後，物色分留與老夫。』宋公，之問也。此語句法清新，故爲傑出。其後唐扶題詩，復云：『兩祠物色採拾盡，壁間杜甫真少恩。』意雖相反，而語亦秀拔。乃知文章變態，初無窮盡，惟能者得之。扶，即沈傳師所謂唐侍御者也。其詩他語亦稱，此如『泉清或戲蛟龍窟，殿豁數盡高帆掀。即今異鳥聲不斷，聞道看花春更煩』之類，與子美『寺門高開洞庭野，殿腳插入赤沙湖。五月寒風冷佛骨，六時天樂朝香爐』之句，幾不相上下。」朱弁《風月堂詩話》卷上云：「道林嶽麓寺，老杜詩云：『宋公放逐曾題此，物色分留遺老夫。』監察御史唐扶詩云：『兩祠物色採拾盡，壁間杜甫真少恩。』宋考功以詩在天后時與沈詹事齊名，唐扶詩亦有聞於世。今觀甫所自述，及扶詩之語，則是宋之問猶有未道盡處，扶雖冥搜，不能出其右。」則此詩非沈傳師詩，當爲唐扶之作無疑。《劉夢得文集》外集卷六載《唐侍御寄游道林、嶽麓二寺詩并沈中丞、姚員外所和，見徵繼作》，即和唐扶此詩之作。《侯鯖録》「英皇」作「皇英」，「原少恩」作「真少恩」。唐扶，字雲翔，晉陽人。元和五年進士，爲監察御史，終福州團練觀察使。

〔三〕沈傳師此詩見《文苑英華》卷三百四十二，「茲國」作「楚國」，「逶迤」作「邐迤」，「耆舊」作「眷舊」，「朔雲」作「朔雪」，「繞郭」作「繚郭」，「競擊」作「競鶩」，「不減」作「不滅」。沈傳師，字子言，吴人。治《春秋》，工書。貞元末，舉進士，復登制科。累拜尚書右丞，爲河南、江西觀察使，徙宣州。終吏部侍郎。

〔四〕崔珏此詩，見《文苑英華》卷三百四十二，「岳之麓」作「麓之隅」，「十里」作「千里」。又，《文苑英華》所載此句下尚有「今來古往人滿地，勞生未了歸丘墟。長卿之門久寂寞，五言七字誇規模。我吟杜詩清入骨，灌頂何必須醍醐。白日不照耒陽縣，黄天厄死飢寒軀。明珠大貝採欲盡，蚌蛤空滿赤沙湖。今我題詩亦無味，懷賢覽古成長吁。不如興罷過江去，已有好月明歸途」十四句，當據補。崔珏，字夢之，登大中進士第。

〔五〕韋蟾此詩見《文苑英華》，與崔珏詩同卷。「道接」作「迴接」，「鬬雄壯」作「鬭雄壯」，「白蓮社」作「遠公社」。韋蟾，字隱珪，下杜人。大中七年進士登第。初爲徐商掌書記，終尚書左丞。

吾猶昔人

柳子厚《戲題石門長老東軒》詩曰：「坐來念念非昔人，萬偏《蓮花》爲誰用？」〔一〕《法苑珠林》：「梵志出家，白首而歸，鄰人見之曰：『昔人尚存乎？』梵志曰：『吾猶昔人，非昔人也。』」〔二〕子厚正用此事。而注者不知引。

【箋　證】

〔一〕此詩見《唐柳先生集》卷四十三。柳宗元，字子厚，河東人。登進士第，舉宏辭，授校書郎，調藍田尉。貞元十九年，入爲監察御史裏行。時相王叔文、韋執誼甚重其人，擢尚書禮部員外郎。叔文敗，貶永州司馬。元和十年，移柳州刺史。世號柳柳州。元和十四年卒。

〔二〕《法苑珠林》不見此文。《法苑珠林》，唐釋道世撰。此文見後秦僧肇《肇論·物不遷論第一》：「然則莊生之所以藏山，仲尼之所以臨川，斯皆感往者之難留，豈曰排今而可往。是以觀聖人心者，不同人之所見得也。何者？人則謂少壯同體，百齡一質，徒知年往，不覺形隨。是以梵志出家，白首而歸。隣人見之曰：『昔人尚存乎？』梵志曰：『吾猶昔人，非昔人也。』隣人皆愕然，非其言也。所謂有力者負之而趨，昧者不覺。其斯之謂歟！」僧肇，後秦京兆人。學通三藏。後秦主姚興命入逍遥園，與僧叡等助鳩摩羅什詳定經論。羅什之撰譯，僧肇常執筆定諸辭義。注《維摩經》又著數論，皆有妙理，學者宗之。晉義熙十年，爲姚興所害，卒於長安。

司空圖狂歌

「昨日流鶯今日蟬，起來又是夕陽天。六龍飛轡長相窘，何忍臨岐更著鞭。」〔一〕此戒人之嗜欲傷生者也。申包胥曰：「人生實難，有不獲其死者乎？」〔二〕蔡洪曰：「六龍非我馬，白日非我燭。」〔三〕亦是此意。

【箋　證】

〔一〕此司空圖《狂題十八首》之十五，見《司空表聖詩集》卷三，末句「臨岐更著鞭」作「乘危自着鞭」。

〔二〕此語出《左傳·成公二年》，原句作「人生實難，其有不獲死乎」，乃申公巫臣語，非申包胥之言也。升庵記誤。

〔三〕《太平御覽》卷八百七十：「《蔡氏化清論》曰：『伏龍非我馬，白日非我燭。藏之默之，保此小朴。』」升庵《千里面譚》卷下載《化清經》一首，此四句前尚有「將飛者翼伏，將奮者足跼。將噬者爪缩，將文者且朴」四句。而此四句實取自馬總《意林》，「將噬者爪缩」下，尚多「將言者口默」一句。升庵殆合二爲一也。《晉書》卷三十四《經籍三》著録有蔡洪《蔡氏化清經》十卷，當時已亡。蔡洪，字叔開，晉吴郡人。初仕吴，晉太康中爲本州從事，舉秀才。仕至松滋令。

王建聽雨

「半夜思家睡裏愁，雨聲落落屋簷頭。照泥星出依前黑，淹爛庭花不肯休。」〔一〕古諺云：「乾星照濕土，來日依舊雨。」〔二〕

【箋　證】

〔一〕此條語全出宋姚寬《西溪叢語》卷下。原題「王建」作「司空圖」，據《西溪叢語》改。升庵《古今諺》「諺語有文理」條亦引此，作「王建」詩不誤（見本書後「丁福保本增輯各條」中）。此詩《王建詩集》卷九、《萬首唐人絶句》七言卷五十八並載作王建詩，而今存《司空表聖詩集》不載。《全唐詩》卷三百一載此詩，題下注「一作司空圖詩」，則據升庵此説而然也。

〔二〕「乾星照濕土，明日依舊雨」，見《説郛》卷七十四引漢崔寔《農家諺》。

司空圖重陽阻雨

「重陽阻雨獨銜杯，移得山家菊未開。猶勝登高閒望斷，孤煙殘照馬嘶回。」〔一〕亦得閉户靜中之趣。

【箋證】

〔一〕此詩見《司空表聖詩集》卷四、《萬首唐人絶句》七言卷五十六，「山家」並作「家山」。

司空圖馮燕歌

「魏中義士有馮燕，游俠幽并最少年。避讎偶作滑臺客，嘶風躍馬來翩翩。此時恰遇鶯花月，堤上軒車晝不絶。兩面高樓笑語聲〔一〕，指點行人情暗結。擲果潘郎誰不慕，朱門别見紅妝露。故故推門掩不開，似教歐軋傳言語。馮生敲鐙袖籠鞭，半拂垂楊半惹煙。樹間青鳥知人意，的的心期暗與傳。傳道張嬰偏嗜酒，從此春閨爲我有〔二〕。梁間客燕正相欺，屋上鳴鳩空自鬭。嬰歸醉卧非讎汝，豈知負過人懷懼。燕依户扇欲潛逃，巾在枕傍指令取。誰言狼戾心能忍〔三〕，待我情深情不隱。迴身本爲取巾難〔四〕，倒柄方知授霜刃。馮君拊劍即持疑〔五〕，自顧平生心不欺。爾能負彼必相負，假手他人復在誰。窗間紅豔猶可掬，熟視花鈿情不足。唯將大義斷胸襟，粉頸初迴如切玉〔六〕。鳳皇釵碎各分飛，怨魄嬌魂何處歸〔七〕？凌波若喚游金谷〔八〕，羞被揶揄淚滿衣。新人藏匿舊人起，白晝喧呼駭鄰里。誣執張嬰不自明，貴免生前遭栲捶〔九〕。官將赴市擁紅塵，掉臂人來擗看人。傳聲莫遣有寃濫，盜殺嬰家即我身。初聞僚吏翻憂歎〔一〇〕，呵叱風狂詞不變。縲囚解縛自猶疑〔一一〕，疑是夢中方脱免〔一二〕。未死勸君莫浪言，臨危不顧始知難。已爲不平能割愛，更將身命救深寃。白馬賢侯賈相公，長懸金帛募才雄〔一三〕。拜章朗讀馮燕罪〔一四〕，千古三河激義風。黄河東注無時歇，注盡波瀾名不滅。爲感詞人沈下賢，長歌更與分明説。此君精爽知猶在，長與人間留炯戒。鑄作金燕香作堆，焚香酹酒聽歌來〔一五〕。」《麗情集》作沈亞之，歌中亦云「爲感詞人」云云。下賢，亞之字也〔一六〕。

【箋證】

〔一〕《文苑英華》卷三百四十九載此詩，「笑語」作「語笑」。

〔二〕「春」，《文苑英華》注「一作香」。

〔三〕《文苑英華》「狼戾」作「很戾」，「能」下注「集作難」。

〔四〕「爲」，《文苑英華》注「集作謂」。

〔五〕「持」，《文苑英華》注「集作遲」。

〔六〕「迴」，《文苑英華》注「集作過」。

〔七〕「歸」，《文苑英華》作「追」，注「集作歸」。

〔八〕「淩波若唤」，《文苑英華》作「陵波如唤」。

〔九〕「栲」，《文苑英華》作「考」。

〔一〇〕「憂歎」下，《文苑英華》注「集作憂翻，疑」。

〔一一〕「自猶」，《文苑英華》注「集作猶自」。

〔一二〕「方」，《文苑英華》注「集作云」。

〔一三〕「慕」，《文苑英華》作「募」。

〔一四〕「朗讀」，《文苑英華》注「集作清讀」，並誤；《全唐詩》卷六百三十四作「請贖」，是，當據改。

〔一五〕「酹」，《文苑英華》作「酧」。

〔一六〕《文苑英華》此詩題下有注云：「《麗情集》作沈亞之，歌中亦云『爲感詞人沈下賢，良歌更與分明說』。下賢，沈亞之字也。」升庵蓋本此。宋彭叔夏《文苑英華辨證》卷五云：「按《麗情集》，乃沈亞之作。其歌云：『爲感詞人沈下賢，長歌更與分明説。』下賢，亞之字也。嘗作《馮燕傳》，併作此歌。而《司空圖集》無之，則非圖作也。」今傳明繙宋本《沈下賢集》亦不載此歌。明胡震亨《唐音統籤》卷七百四據《文苑英華》收入司空圖詩。並云：「《麗情集》以此歌爲沈下賢作，注《文苑英華》者誤採之。下賢有其傳，未嘗作歌也。《集》可考。」沈亞之，字下賢，吴興人。登元和十年進士第，爲祕書省正字。長慶元年，復登直言極諫科，調櫟陽尉。大和三年，柏耆宣慰德州，辟爲判官。耆罷，亞之亦坐貶南康尉，量移郢州司户，卒。

馮燕事，《沈下賢文集》卷四《馮燕傳》記之甚詳，今備録於此：「馮燕者，魏豪人，父祖無聞名。燕少以意氣任，專爲擊毬鬬雞戲。魏市有爭財鬬者，燕聞之往，搏殺不平，遂沉匿田間。官捕急，遂亡滑，益與滑軍中少年鷄毬相得。相國賈公耽在滑，能燕材，留屬中軍。他日出行里中，見户傍婦人翳袖而望者，色甚冶。使人熟其意，遂室之。其夫滑將張嬰者也。嬰聞其故，累毆妻，妻黨皆望嬰。會嬰從其類飲，燕伺得間，復偃寢中，拒寢户。嬰還，妻開户納嬰，以裾蔽燕。燕卑脊步就蔽，轉匿户扇後，而巾墮枕下，與佩刀近。嬰醉且暝，燕指巾，令其妻取。妻取刀授燕，燕熟視，斷其妻頸，遂巾。明旦嬰起，見妻毀死，愕然，欲出自白。嬰鄰以爲真嬰殺，留縛之，趨告。妻黨皆來，曰：『常嫉毆吾女，迺誣以過失，今復賊殺之矣。安得他殺事？即其他殺，而安得獨存耶？』共持嬰，且百餘笞，遂不能言。官家收繫，殺人罪莫有辨者，强伏其辜。司法官小吏持朴者數十人，將嬰就市。看者圍面千餘人，有一人排看者來，呼曰：『且無令不幸死者！吾竊其妻而又殺之，當繫我。』吏執自言人，乃燕也。司法官與俱見賈公，盡以狀對。賈公以狀聞，請歸其印以贖燕死。上誼之，下詔：凡滑城死罪，皆免。贊曰：余尚太史言，而又好叙誼事，其賓黨耳目之所聞見而爲余道。元和中外郎劉元鼎語余以馮燕事，得傳焉。嗚呼，淫惑之心，有甚水火，可不畏哉！然而燕殺不誼，白不辜，真古豪矣。」

李餘寒食詩

「玉輪江上雨絲絲，公子游春醉不知。翦渡歸來風正急，水濺鞍帕嫩鵝兒。」元微之稱蜀士李餘、劉猛工爲新樂府〔一〕。餘詩傳者，僅此二首〔二〕。

【箋證】

〔一〕元稹《元氏長慶集》卷二十三《樂府古題序》云：「昨梁州見進士劉猛、李餘各賦古樂府詩數十首。中一二十章，咸有新意，予因選而和之。其有雖用古題，全無古義者。若《出門行》不言離別，《將進酒》特書列女之類是也。其或頗同古義，全創新詞者。則《田家》止述軍輸，《捉捕》詞先螻蟻之類是也。劉、李二子方將極意於斯文，因爲粗明古今歌詩同異之旨焉。」

〔二〕此所云「二首」，乃連下條中《臨邛怨》一首言之。李餘詩他書不見，惟見升庵此録，《全唐詩》卷五百八據之。按：張爲作《詩人主客圖》，以孟雲卿爲高古奥逸主，以李餘爲入室，摘取「長安東門別，立馬生白髮」、「霽後軒蓋繁，南山瑞烟發」、「嘗憂車馬繁，土薄聞水聲」入圖。則餘詩除此引二詩外，尚存摘句三聯也。又，元稹嘗和餘樂府古題九首：《君莫非》、《田野狐兔行》、《當來日大難行》、《人道短》、《苦樂相倚曲》、《出門行》、《捉捕歌》、《古築城曲》、《估客樂》，則餘當有此九詩之作，今姑存目於此。

李餘臨邛怨

「藕花衫子柳花裙，多著沉香慢火薰。惆悵粧成君不見，空教緑綺伴文君。」〔一〕李餘，成都人，文宗大和八年狀元〔二〕。蜀士在唐居首選者八人〔三〕：射洪陳伯玉、内江范金卿〔四〕、閬州尹樞、樞弟尹極〔五〕、夔州李遠〔六〕、巴州張曙〔七〕、綿州于瓌〔八〕。

【箋　證】

〔一〕《才調集》卷五載元稹《白衣裳二首》，其第二首云：「藕絲衫子柳花帬，空著沈香慢火熏。閒倚屏風笑周昉，枉抛心力畫朝雲。」首二句與此同。又《萬首唐人絶句》七言卷二十八載權德輿《雜興五首》，其第五首第三句與此第三句亦全同。一詩而三用時人成句，蹈襲何至於此？豈其有僞作之嫌耶？俟考。

〔二〕據《唐詩紀事》卷四十六，李餘「登長慶三年進士第」，張籍、賈島、姚合、朱慶餘皆有送餘及第歸蜀詩。清徐松《登科記考》於「長慶三年」李餘下並録諸人之作，復於「文宗大和七年」進士科復出李餘第一，並云：「《玉芝堂談薈》：『大和八年狀元，李餘，成都人。』按八年狀元爲陳寬，則李餘當在此年。」此實有誤。蓋《玉芝堂談薈》乃明萬曆間徐應秋所撰，其「李餘大和八年狀元」及「尹極元和八年」、「李遠大和五年」、「張曙龍紀元年」狀元之説，實皆本之於升庵。而升庵好誇蜀士，本條所舉諸人，除范金卿、尹樞、于瓌進士第一於史有徵外，其餘陳子昂、尹極、張曙、李遠皆不足信也。

〔三〕「八人」原作「九人」，《升庵文集》卷四十八「蜀士在唐居首選者」條云：「吾蜀士在唐居首選者八人。垂拱三年，射洪陳伯玉；開元四年，内江范金卿；貞元七年，閬州尹樞；元和八年，樞弟尹極；大中七年，綿州于瓌；大和五年，夔州李遠；八年，成都李餘；龍紀元年，巴州張曙。」今據改。

〔四〕范崇凱，字金卿，内江人。善屬文，玄宗開元四年，獻《華蕚樓賦》，擢第一。見《方輿勝覽》卷六十三。

〔五〕尹樞，閬州人。德宗貞元七年進士第一，時年七十。見《唐摭言》卷八「自放狀頭」條。「其弟尹極，憲宗元和八年進士第一」之説，於史無徵，惟見升庵此説。《太平廣記》卷一百八十有「尹極」條，所記則與《唐摭言》所記尹樞事同，當是誤「樞」爲「極」。

〔六〕李遠，字求古，夔州雲陽人。大和五年杜陟榜進士及第，歷杭、建二州刺史。見《唐才子傳》卷七、《蜀中廣記》卷四十五。

〔七〕張曙里籍，已見本書卷四，非巴州人也。大順二年裴贄榜下及第。事見《唐摭言》卷十一。

〔八〕《唐詩紀事》卷五十三「于瓌」條云：「瓌字正德，敖之子也。大中七年進士第一人，時爲校書郎。」按：于敖，高陵人，則于瓌非綿州人也。

劉允濟詩

近覽《廬山舊志》，見唐人劉允濟《經廬嶽迴望江州想洛陽有作》云〔一〕：「龜山帝始營，龍門禹初鑿。出入經變化，俯仰憑寥廓〔二〕。未若茲山功，連延並巫霍。東北流艮象〔三〕，西南距坤絡。宏阜自鬱盤，高標復迴薄〔四〕。勢入紫桑渚，陰開彭蠡壑。九江杳無際，七澤紛相錯。雲霞散吴會〔五〕，風波騰鄢鄀〔六〕。跡隨造化久，利與乾坤博。肸蠁積氣通〔七〕，紛綸潛怪作〔八〕。石渠忽見踐，金房安可託。地入天子都，巖有仙人藥。二門幾迢遞，三宫何儵爚。咫尺窮杳冥，跬步皆恬漠。才鶩羽翰幽，居靜龍蛇蠖。明牧振雄詞，棣華殊灼爍〔九〕。盛業匡西夏，深謀贊禹亳。黄雲拂鼎飛〔一〇〕，絳氣横川躍。佐曆符賢運，人期夢天爵〔一一〕。禮樂富垂髫，詩書成舞勺。清輝靖邑電，利器騰霜鍔。游聖挹衢樽，鄰幾恭木鐸〔一二〕。牆仞包武侯，波瀾控文若。旋聞刈翹薪〔一三〕，遽覩折葵藿〔一四〕。稷卨序揆圖〔一五〕，良平公輔略。重臣資出守，英藩諒求瘼。豫章觀偉材〔一六〕，江州訪靈崿〔一七〕。陽岫晚氛氳，陰崖暮蕭索。雌伏屢鯨奔，雄飛更鸞搏。鶩玃透煙霞〔一八〕，騰猿亂枝格。故園有歸夢，他山非行樂〔一九〕。帝鄉徒可游〔二〇〕，湟澗終旋泊〔二一〕。景物觀淮海，雲霄望河洛。城闕紫微星，圖書玄扈閣。神功多粉繪，元氣猶斟酌。丞相下南宫，將軍趨北洛。横簪並附蟬〔二二〕，列鼎俱調鶴。四野時迷路，五月先投龠。池榭宣瓊管，風花亂珠箔。舊游勞寤寐〔二三〕，新知無悦樂。天寒欲贈言，歲暮期交約。夜琴清玉柱，秋灰變緹幙。風雲動翰林，宫徵調文籥。言泉激爲浪，思緒飛成繳。千里揮珠璣〔二四〕，五采含丹雘。鐘鼓旋鶩鷃，瑾瑜俄抵鵲。竊價慚庸怠，叨聲逾寂寞。長望恨南溟〔二五〕，居然翳東郭。」此詩綺繪焕發，比興温然。雖王、楊、盧、駱，未能先也。然不甚流傳，而王周、李山甫、林寬、盧延遜、周曇、胡曾之徒，鄙猥俚賤，優人羞道者，乃有集行世。噫！「至言不出，俗言勝也」〔二六〕，文亦有幸不幸哉。

【箋證】

〔一〕劉允濟，字允濟，河南人。少與王勃齊名。舉進士，補下邽尉，累遷著作佐郎。武后垂拱四年，明堂成，奏賦述功德，除著作郎，遷鳳閣舍人。坐與二張昵狎，除青州長史。以内憂去官。服除，召爲修文館學士。既久斥，喜甚，與家人樂飲數日，卒。兩《唐書》有傳。「允濟」，《詩話》各本及《升庵文集》卷五十五、《丹鉛總録》卷二十並作「元濟」，按劉允濟名、字相同，見兩《唐書》及《唐詩紀事》卷十，今據改。《唐詩紀事》「劉允濟」下載此詩，題作《經廬岳迴望江州想洛川有作》。

〔二〕「寥廓」原作「寥郭」，據《唐詩紀事》改。

〔三〕「流艮象」，《唐詩紀事》作「疏艮象」。

〔四〕「高標」原作「高煙」，據《唐詩紀事》改。

〔五〕「雲霞」，《唐詩紀事》作「雲雨」。

〔六〕「鄢都」，《唐詩紀事》作「鄢鄂」。

〔七〕「肸蠁精氣通」原作「肹蠁積氣通」。按：《唐詩紀事》作「肹蠁精氣通」，「肹」乃「肸」之訛。「肸蠁」，神靈相感也，杜甫《朝獻太清宫賦》：「若肸蠁而有憑，肅風颸而乍起。」今據《唐詩紀事》改。

〔八〕「作」，《唐詩紀事》作「錯」。

〔九〕「灼爍」，《唐詩紀事》作「灼灼」。

〔一〇〕「拂鼎」，《唐詩紀事》作「覆鼎」。

〔一一〕「人期」，《唐詩紀事》作「人其」。

〔一二〕「隣幾」原作「隣畿」，據《唐詩紀事》改。

〔一三〕「翹薪」，《唐詩紀事》作「薪楚」。

〔一四〕「遽覩折」，《唐詩紀事》作「遽都升」。

〔一五〕「序揆圖」，用《尚書·舜典》「納於百揆，百揆時序」之典也，《唐詩紀事》宋洪楩本作「郭□圖」，明毛晉校改作「郛郭圖」，皆誤。

〔一六〕「豫章」原作「豫樟」，據《唐詩紀事》改。

〔一七〕「江州」原作「江洲」，據《唐詩紀事》改。

〔一八〕「鷩獝」原作「鷩壘」，據《唐詩紀事》改。
〔一九〕「非行樂」，《唐詩紀事》作「飛賞樂」。
〔二〇〕「帝鄉」原作「他鄉」，據《唐詩紀事》改。
〔二一〕「湟澗終旋泊」，《唐詩紀事》作「湟溪終旅泊」。
〔二二〕「附蟬」，《唐詩紀事》作「輝蟬」。
〔二三〕「寤寐」，《唐詩紀事》作「夢寐」。
〔二四〕「揮珠璣」，《唐詩紀事》作「輝珠璣」。
〔二五〕「恨南溟」，《唐詩紀事》作「限南溟」。
〔二六〕此《莊子·天地篇》中語也。

李端古別離詩

李端《古別離》詩云：「水國葉黄時，洞庭霜落夜。行舟聞商賈〔一〕，宿在楓林下。此地送君還，茫茫似夢間。後期知幾日，前路轉多艱一作山〔二〕。巫峽通湘浦，迢迢隔雲雨。天晴見海檣，月落聞鐘一作津鼓〔三〕。人老自多愁，水深難急流。清宵歌一曲，白首對汀洲。與君桂陽別，令君岳陽待。後事忽差池，前期日空在。水落雁嗷嗷，洞庭波浪高。遠山雲似蓋，極浦樹如毫。朝發能幾里？暮來風又起。如何兩處愁，皆在孤舟裏。昨夜天月明，長川寒且清。菊花開欲盡，薺菜泊來生。下江帆勢速，五兩遥相逐。欲問去時人，知投何處宿。空令猿嘯時[四]，泣對湘潭竹。」此詩端集不載，《古樂府》有之，然題曰「二首」，非也[五]，本一首耳。其詩真景實情，婉轉惆悵，求之徐、庾之間且罕，況晚唐乎？大曆以後，五言古詩可選者，惟端此篇與劉禹錫《擣衣曲》[六]、陸龜蒙「茱萸匣中鏡」[七]、温飛卿「悠悠復悠悠」四首耳[八]。

【箋證】

〔一〕「商賈」，《樂府詩集》卷七十一《雜曲歌辭》、《唐百家詩選》卷九作「商估」。

〔二〕「多艱」，《樂府詩集》、《唐百家詩選》、《唐文粹》卷十三、《唐詩紀事》卷三十作「多山」。

〔三〕「鐘鼓」，《樂府詩集》、《唐百家詩選》、《唐文粹》、《唐詩紀事》作「津鼓」。

〔四〕「空令」原作「空冷」，據《樂府詩集》、《唐百家詩選》改。

〔五〕《古樂府》十卷，元左克明編，中無李端詩。升庵此云「古樂府」，當指郭茂倩《樂府詩集》。所載此詩，自「與君桂陽别」以下分爲二首。《唐百家詩選》同。《唐文粹》、《唐詩紀事》所載只一首，皆至「白首對汀洲」止。據知自宋以來，此詩原作一首也。

〔六〕劉禹錫《擣衣曲》，見《劉夢得文集》卷九。

〔七〕此陸龜蒙《贈遠》詩中句，見《甫里先生文集》卷三。

〔八〕此温庭筠《西州詞》中句，見《温庭筠詩集》卷三。

胡應麟《詩藪》内篇卷二論升庵此説云：「楊用修謂中唐無古詩，唯李端『水國葉黄時』、温庭筠『昨日下西洲』及劉禹錫、陸龜蒙四首。然温、李所得，六朝緒餘耳；劉、陸更遠。惟顧況《棄婦詞》末六句頗佳。」其務爲高論，實則無當。

端硯詩

唐李咸用《端溪硯》詩：「媧天補剩石，昆劍切來泥。著指痕猶濕，經旬水未低。呵雲潤柱礎，筆彩飲虹霓。鴝眼工諳謬，羊肝士乍刲。連澌光比鏡，囚墨膩於毉。」「捧受同交印，矜持過秉珪。」「宜從方袋挈，枉把短行批。淺小金爲斗，泓澄玉作堤。」〔一〕此詩不特句佳，亦具賞鑒，可補《硯譜》之遺。

【箋證】

〔一〕李咸用此詩原題作《謝友生遺端溪硯瓦》，全詩二十韻，此節引八韻。見《李推官披沙集》卷四，「經旬」作「停旬」。「淺小」原作「淺水」，據本集改。

山行經村徑

「一徑有人跡，到來惟數家。依稀聽機杼，寂歷看桑麻。雨濕渡頭草，風吹墳上花。卻驅贏馬去，數點歸林鴉。」〔一〕長孫左輔，開元以前人。其詩與李適齊名。今刻本「左」作「佐」，非〔二〕。

【箋　證】

〔一〕此詩見《唐詩品彙》卷十九。

〔二〕「長孫左輔」，題王安石編《唐百家詩選》卷十一作「長孫佐輔」，注云：「德宗時人。弟公輔爲吉州刺史，佐輔往依焉。」録其詩十三首。《唐詩紀事》卷四十據以入録。張爲《詩人主客圖》取爲「瓌奇美麗主武元衡」下「入室」。陳振孫《直齋書録解題》著録《長孫佐輔集》一卷，引《唐百家詩選》此注並云：「當必有所據也。其詩號《古調集》。」《才調集》卷九選其詩二首，列於劉商之後，其爲中唐人無疑也。《唐才子傳》卷四謂其「朔方人，舉進士下第，放懷不羈」。元吴師道《吴禮部詩話》引時天彝語，謂佐輔「貞元前人」。升庵於本書卷九「寄衣曲」條云「左輔，盛唐人」，於本條又謂其「開元以前人」。諸書並作「佐輔」，無作「左輔」者，且詳此詩亦不類開元以前人之作，疑升庵失考。

沈彬吊邊人

「殺聲沉後野風悲，漢月高時望不歸。白骨已枯沙上草，佳人猶自寄寒衣。」〔一〕此詩亦陳陶之意，仁人君子觀此，何忍開邊以流毒萬姓乎！

【箋證】

〔一〕沈彬，字子文，高安人。唐末游湖湘間，隱雲陽山十年餘，與虚中、齊己、貫休以詩名相吹嘘。又與韋莊、杜光庭唱和。爲南唐吏部郎中。馬令、陸游《南唐書》並有傳。此詩見《萬首唐人絶句》七言卷七十三。升庵《絶句衍義》收此詩列於陳陶《隴西行》之後。陳陶，見本書卷五。

沈彬入塞詩

唐沈彬有詩二卷，舊藏有之。其《入塞》詩云：「年少辭鄉事冠軍〔一〕，戍樓閒上望星文。生希沙漠擒驕虜〔二〕，死奪河源答聖君。鳶覷敗兵眠血草〔三〕，馬驚冤鬼哭愁雲〔四〕。功多地廣無人紀〔五〕，漢南笙歌日又曛。」〔六〕此言盡邊塞之苦。郭茂倩《樂府》亦載之，而句字不同，其本集所載爲勝，特具録之。

【箋證】

〔一〕《樂府詩集》卷二十二載此詩，首句作「苦戰沙間卧箭痕」。

〔二〕此句《樂府詩集》作「生希國澤分偏將」。

〔三〕「眠血草」，《樂府詩集》作「眠白日」。

〔四〕「冤鬼哭愁雲」，《樂府詩集》作「邊鬼哭陰雲」。

〔五〕「地廣」，《樂府詩集》作「地遠」。

〔六〕「漢南」，《樂府詩集》作「漢閣」。

薛能柳枝詞

「和花香雪九重城，夾路春陰十萬營。惟向邊頭不堪望，一株憔悴少人行。」〔一〕此詩意言粉飾太平於京都，而廢弛防守於邊塞也。本集作「和花煙絮」，趙松雪作「和花香雪」。《唐詩三體》作「和風煙雨」，非也。當從本集及松雪所書始有味〔二〕。

【箋　證】

〔一〕《唐百家詩選》卷十八載薛能此詩，題作《折楊柳》，首句「和花香雪」作「和花煙樹」。《樂府詩集》卷八十一「近代曲辭」及《萬首唐人絶句》七言卷四十八所載同。《三體唐詩》卷二所載作「和風煙雨」，末有注云：「邊事日弛而有憂思。」

〔二〕升庵《絶句衍義》卷二亦收録此詩，評云：「此詩諷刺，敖東谷解得之。首句諸本不同，或作『和風煙樹』。頃見趙松雪書作『和花香雪』，語意爲長。」趙孟頫，字子昂，自號松雪道人，湖州人。宋宗室。入元，累官至翰林學士承旨。英宗至治初卒。追封魏國公，謚文敏。子昂以書法稱雄一世，畫入神品。敖英，字子發，號東谷。明武宗正德十一年進士，歷官陝西、四川布政使。詩名甚著，有《心遠堂詩》、《緑雪堂雜言》、《東谷贅言》。

許渾

唐詩至許渾，淺陋極矣。而俗喜傳之，至今不廢。高棅編《唐詩品彙》，取至百餘首。甚矣，棅之無目也。棅不足言，而楊士弘選《唐音》，自謂詳於盛唐而略於晚唐。不知渾乃晚唐之尤下者，而取之極多。士弘之賞鑒，亦羊質而虎皮乎〔一〕？陳後山云：「近世無高學，舉俗愛許渾。」〔二〕斯卓識矣。孫光憲云：「許渾詩，李遠賦，不如不做。」〔三〕當時已有公論。惜乎，伯謙輩之懵於此也！

【箋證】

〔一〕楊士弘，字伯謙，元襄城人。其選《唐音》十四卷，分「始音」、「正音」、「遺音」。唐詩初、盛、中、晚之分，蓋自士弘始。後來高棅選《唐詩品彙》，即因其例而稍變之。其選詩亦頗精當，嘗爲李東陽所稱（見《懷麓堂詩話》）。「士弘」，《詩話》各本皆誤作「仲弘」，升庵記憶之疏也，今改正。「仲弘」，元詩人楊載字也。「羊質而虎皮，見草而説，見豺而戰」，語出《揚子法言》卷二。升庵引之，以謂士弘徒有選家之名，而無真知灼識也。

〔二〕此陳後山《次韻蘇公西湖觀月聽琴》詩中句，見《陳後山集》卷二，「近世」作「後世」。

〔三〕孫光憲《北夢瑣言》卷五「李遠譏曹唐」條：「唐進士曹唐《游仙詩》，才情縹緲。岳陽李遠員外，每吟其詩而思其人。一日曹往謁之，李倒屣而迎。曹生人質充偉，李戲之曰：『昔者未睹標儀，將謂可乘鸞鶴。此際拜見，安知壯水牛亦恐不勝其載。』時人聞而笑之。世謂『渾詩遠賦，不如不做』，非言其無才藻，鄙其無教化也。」

宋末范晞文《對牀夜語》云：「七言律詩極不易，李杜之後，當學者許渾而已。周伯弜以唐詩自鳴，亦惟以《許集》諄諄教人。」按：周弼，字伯弜，所選《三體唐詩》，七律多選許渾詩。又云：「人知許渾七言，不知許五言亦自成一家。」又云：「許絶句亦佳。」其稱許甚高。然許渾詩圓熟流轉，但求聲色儷偶之工，而措意每病空泛，故升庵以爲淺陋。實則陳後山《後山詩話》、孫光憲《北夢瑣言》外，葛立方《韻語陽秋》亦言其不讀書，嘗舉其以「庾樓」對「蕭寺」，以「楊柳」對「蒹葭」，以「揚子渡」對「越王臺」者甚多，以爲「其源不長，其流不遠，則波瀾不至於汪洋浩渺，宜哉」。其中已寓「淺陋」之意矣。

三千歌舞

許渾《凌歊臺》詩曰：「宋祖凌歊樂未回，三千歌舞宿層臺。」〔一〕此宋祖乃劉裕也。《南史》稱宋祖清簡寡欲，儉於布素，嬪御至少。嘗得姚興從女，有盛寵，頗廢事，謝晦微諫，即時遣出。安得有「三千歌舞」之事也。審如此，則是石勒之節宫，煬帝之江都矣。渾非有意於誣前代，但胸中無學，目不觀書，徒弄聲律以僥倖一第，機關用之既熟，不覺於懷古之作亦發之。而後之淺學如楊士弘、高棅、郝天挺之徒，選以爲警策。而村學究又誦以教蒙童，是以流傳，至此不廢耳〔二〕。

【箋證】

〔一〕許渾《凌歊臺》，見宋岳珂撰《寶真齋法書贊》卷六《唐許渾烏絲欄詩真蹟》，題下注云：「臺在當塗縣北五里，宋高祖所築。」《方輿勝覽》卷十五「太平州」：「凌歊臺，在城北黄山上。宋武帝南游嘗登此臺，且建離宫焉。」

〔二〕譏許渾無學，見方回《瀛奎律髓》卷三：「劉裕起於布衣，節儉之主，『三千歌舞』之句，不近誣否？第四句最玄，上一句似牽强。至如『有基』『無主』一聯，近乎熟套，而格卑。許丁卯詩，俗所甚喜，予輒抑之以救俗。其集懷古數詩爲最。」然胡震亨《唐音癸籤》卷二十三以爲此詩宋祖實指孝武帝，云：「用修襲方回之説，以宋祖節儉，渾『三千歌舞』句爲誣，譏渾無史學。不知宋二武皆稱祖。地志稱孝武登此臺置離宫，而《本紀》亦載其幸南豫州者再，校獵姑孰者一，與地志合。是嘗弔高祖裕爲田舍翁者，三千歌舞宜有之。無史學者竟屬何人耶？」若此，則渾詩亦非無據。楊士弘《唐音》、高棅《唐詩品彙》及題元好問選、郝天挺注《唐詩鼓吹》（實皆郝所爲）皆選此詩。

晚唐絶唱

許渾《蓮塘》詩：「爲憶蓮塘秉燭游，葉殘花敗尚維舟。煙開翠扇清風曉，水泛紅衣白露秋。神女暫來雲易散，仙娥終去月難留。空懷遠道難持贈，醉倚西闌盡日愁。」〔一〕此爲《許丁卯集》中第一詩，而選者不之取也。他如韋莊「昔年曾向五陵游」一首〔二〕，羅隱《梅花》「吴王醉處十餘里」一首〔三〕，李郢《上裴晉公》「四朝憂國鬢成絲」一首〔四〕，皆晚唐之絶唱，可與盛唐峥嶸。惟具眼者知之。

【箋證】

〔一〕此詩見《丁卯集》卷一，題作《秋晚雲陽驛西亭蓮池》，「爲憶」作「心憶」，「終去」作「初去」，「難持贈」作「無持贈」，「西闌」作「欄干」。

〔二〕韋莊《浣花集》卷二《憶昔》：「昔年曾向五陵游，子夜歌清月滿樓。銀燭樹前長似晝，露桃華裏不知秋。西園公子名無忌，南國佳人號莫愁。今日亂離俱是夢，夕陽唯見水東流。」

〔三〕羅隱《甲乙集》卷三《梅花》：「吴王醉處十餘里，照野拂衣今正煩。經雨不隨山鳥散，倚風疑共路人言。愁憐粉艷飄歌席，静愛寒香撲酒罇。欲寄所思無好信，爲君惆悵又黄昏。」

〔四〕李郢此詩見《唐詩紀事》卷五十八，詩云：「四朝憂國鬢如絲，龍馬精神海鶴姿。天上玉書傳詔夜，陣前金甲受降時。曾經庾亮三秋月，下盡羊曇兩路碁。惆悵舊堂扃緑野，夕陽無限鳥飛遲。」

鷓鴣歌詞〔一〕

許渾《韶州夜讌》詩云：「鵁鶄未知狂客醉，《鷓鴣》先聽美人歌。」〔二〕《聽歌鷓鴣詞》云：「南國多情多豔詞，《鷓鴣》清怨繞梁飛。」〔三〕又有《聽吹鷓鴣》一絶〔四〕，知其爲當時新聲，而未知其所以。及觀李白雲詩云：「客有桂陽至，能吹《山鷓鴣》。清風動窗竹，越鳥起相呼。」〔五〕鄭谷亦有「佳人才唱翠眉低」之句，而繼之以「相呼相應湘江闊」〔六〕，則知《鷓鴣曲》效鷓鴣之聲，故能使鳥相呼矣。

【箋　證】

〔一〕此條全録自宋葛立方《韻語陽秋》卷十五。

〔二〕此詩題作《韶州韶陽樓夜讌》，見《丁卯集》卷一，「先聽」作「先讓」。

〔三〕此詩見《丁卯集》卷一，詩前有序云：「余過陝州，夜讌將罷，妓人善歌《鷓鴣》者，詞調清怨，往往在耳，因題是詩。」

〔四〕此詩見《丁卯集》卷一，云：「金谷歌傳第一流，鷓鴣清怨碧雲愁。夜來省得曾聞處，萬里月明湘水秋。」

〔五〕此李白《秋浦清溪雪夜對酒，客有唱鷓鴣者》詩中句，見《李太白文集》卷十八。升庵此作「雲詩」，或乃「雪詩」之誤。

〔六〕此鄭谷七律《鷓鴣》詩第六、七兩句，見《鄭守愚文集》卷一。

杜牧之

律詩至晚唐，李義山而下，惟杜牧之爲最。宋人評其詩豪而豔，宕而麗，於律詩中特寓拗峭，以矯時弊。信然〔一〕。

【箋證】

〔一〕《後村詩話》卷一：「杜牧、許渾同時，然各爲體。牧於唐律中常寓少拗峭，以矯時弊。渾則不然，如『荆樹有花兄弟樂，橘林無實子孫忙』之類，律切麗密或過牧，而抑揚頓挫不及也。」升庵所謂「宋人評」，殆指此。

杜牧邊上聞胡笳

「何處吹笳薄暮天，塞垣高鳥没狼煙。游人一聽頭先白，蘇武爭禁十九年。」〔一〕蘇武之苦節如此，而歸來只爲典屬國，漢之寡恩，霍光之罪也〔二〕。王維詩：「蘇武才爲典屬國，節旄空盡海西頭。」〔三〕

【箋證】

〔一〕杜牧《樊川文集》别集卷一載此詩，「頭先白」作「頭堪白」。

〔二〕《漢書》卷七《昭帝紀》：「栘中監蘇武前使匈奴，留單于庭十九歲迺還，奉使全節，以武爲典屬國。」時昭帝年幼，霍光輔政，故以爲恩賞太薄，霍光之罪也。

〔三〕此王維《隴頭吟》詩中句，見《王右丞集》卷一。

杜牧登樂游原

「長空澹澹没孤鴻，萬古消沉在此中。看取漢家何事業，五陵無樹起秋風。」〔一〕此詩諸家皆選，而首句誤作「孤鳥没」，不成句，今據善本正之。

【箋證】

〔一〕《樊川文集》卷二、《萬首唐人絶句》七言卷二十五所載此詩，「没孤鴻」皆作「孤鳥没」。胡震亨《唐音統籤》卷五百六十二「杜牧之九」云：「楊用修欲改作『没孤鴻』，趁韻，誤。」蓋絶句詩首句可不必入韻也。又，二書「在此中」俱作「向此中」，「何事」俱作「何似」。升庵《絶句衍義》卷四亦作「何似」。唯《唐詩紀事》卷五十六所載作「何事」，與此同。胡震亨云：「一作事，非。」

元載韓侂冑

杜牧之《河湟》詩曰：「元載相公曾下筯，憲宗皇帝亦留神。旋見衣冠就東市，忽遺弓劍不西巡。」〔一〕觀此，則載曾謀復河湟，史亦不言其事〔二〕。愚謂元載欲復河湟，韓侂胄欲伐金虜，近日夏言欲取河套，其事則是，其時則非，其人尤非也。「力小任重，鮮不仆」〔三〕，信哉！況三人者，取死之罪多矣，一節烏足掩之。

【箋　證】

〔一〕此杜牧《河湟》詩七律前四句，見《樊川文集》卷二，「下節」作「借節」。

〔二〕《舊唐書》卷一百十八《元載傳》記元載上築原州以禦吐蕃之議甚詳，升庵此謂「史亦不言其事」，何也？

〔三〕《周易·繫辭下》：「子曰：『德薄而位尊，知小而謀大，力小而任重，鮮不及矣。』」

杜牧柳詩

「嫩樹新開翠影齊，倚風情態被春迷。依依故國樊川恨，半掩村橋半拂溪。」〔一〕杜牧之，樊川人，集名《樊川集》。

【箋　證】

〔一〕此詩見《樊川文集》卷三，「嫩樹」作「數樹」。

荳蔻

杜牧之詩：「娉娉嫋嫋十三餘，荳蔻梢頭二月初。」〔一〕劉孟熙謂：「《本草》云：『荳蔻未開者，謂之含胎花。』言少而娠也。」〔二〕其所引《本草》是，言「少而娠」，非也。且牧之詩，本詠娼女，言其美而且少，未經事人，如荳蔻花之未開耳。此爲風情言，非爲求嗣言也。若娼而娠，人方厭之，以爲緑葉成陰矣，何事入詠乎？

【箋證】

〔一〕此杜牧《贈別》詩二首之一中句，見《樊川文集》卷四。

〔二〕劉（一作鎦）績，字孟熙，先世洛陽人，徙於山陰。其父涣，通《毛詩》，元時嘗爲三茅書院山長。績承其家學，有才名。所著《霏雪録》，記述頗有依據。其書卷二云：「詩人多用『荳蔻梢頭』事，蓋比少女也。《本草》：『荳蔻未開者，謂之含胎花，言少而娠也。』」其文本出宋姚寬《西溪叢語》卷上，原文作：「杜牧之詩云：『娉娉嫋嫋十三餘，荳蔻梢頭二月初。』不解荳蔻之義。閲《本草》：『荳蔻花作穗，嫩葉卷之而生。初如芙蓉，穗頭深紅色，葉漸展，花漸出，而色微淡。亦有黄白色似山薑花，花生葉間。南人取其未大開者，謂之含胎花，言尚小如姙身也。』」其引《本草》，僅解「荳蔻」之義，非以「少而娠」言少女也。

杜牧詩

「盡道青山歸去好，青山能有幾人歸。」〔一〕比之「林下何曾見一人」〔二〕之句，殊有含蓄。

【箋　證】

〔一〕此杜牧《懷紫閣山》詩尾聯，見《文苑英華》卷一百五十九，「盡道」作「人道」，「能有」作「曾有」。

〔二〕此唐僧靈澈與刺史韋丹唱和詩中句，見唐范攄《雲溪友議》卷中「思歸隱」條。宋李龏《弘秀集》卷二載此，題作《東林寺酬韋丹刺史》。《唐詩紀事》卷七十二「僧靈澈」下載此，題《東林寺寄陳丘二侍郎》。

杜詩數目字

「漢宮一百四十五，多下珠簾閉鎖窗。何處營巢夏將半，茅簷煙寺語雙雙。」此杜牧《燕子》詩也〔一〕。「一百四十五」，見《文選》注〔二〕。大抵牧之詩，好用數目垛積，如「南朝四百八十寺」〔三〕、「二十四橋明月夜」〔四〕、「故鄉七十五長亭」是也〔五〕。

【箋　證】

〔一〕此杜牧《村舍燕》詩中句，見《樊川文集》卷三，「煙寺」作「煙裏」，義勝。

〔二〕《文選》卷二張衡《西京賦》：「郡國宫館，百四十五。」李善注云：「《三輔故事》曰：『秦時殿觀，百四十五所。』」

〔三〕此杜牧《江南春絶句》中句，見《樊川文集》卷三。

〔四〕此杜牧《寄揚州韓綽判官》詩中句，見《樊川文集》卷四。

〔五〕此杜牧《題齊安城樓》詩中句，見《樊川文集》卷三。

鷺鷥謎

杜牧之詠《鷺鷥》詩：「霜衣雪髮青玉嘴，群捕魚兒溪影中。驚飛遠映碧山去，一樹梨花落晚風。」〔一〕分明鷺鷥謎也。

【箋　證】

〔一〕杜牧此詩，見《樊川文集》卷三，「霜衣雪髮」作「雪衣雪髮」；詩題「鷺鷥」原誤作「鷺絲」，據改。此條目及下「鷺鷥」亦同改。

杜牧池州别孟遲先輩〔一〕

「昔子來陵陽，時當苦炎熱〔二〕。」「寺樓最騫軒〔三〕，坐見飛鳥没。一樽中夜酒，半破前峰月。」「煙院松飄蕭，風廊竹交戛。」「好鳥響丁丁，小溪光汃汃。」「離袖颭應勞，恨粉啼還咽。」「慵憂長者來，病怯長街喝〔四〕。」「呼兒旋供衫，走門空踏襪。手把一枝物，桂花香帶雪。喜極至無言，笑餘翻不悦。人生直作百歲翁，亦是萬古一瞬中。我欲東召龍伯翁。」「水盡到底看海空。」「酌君一杯酒，與君狂且歌。離别豈足更關意，衰老相隨可奈何。」二詩奇崛，而用韻古〔五〕。舊見石刻多磨滅，節而書之。

【箋證】

〔一〕此詩見《樊川文集》卷一，原詩乃五百餘字雜言古詩，此節引二十八句。詩題「别」，《樊川文集》作「送」。

〔二〕「當苦」原誤作「常苦」，據《樊川文集》改。

〔三〕「騫軒」原誤作「褰軒」，據《樊川文集》改。

〔四〕「長街」原誤作「長術」，據《樊川文集》改。

〔五〕《詩話》本條乃據《藝林伐山》卷十八録入，此前尚有「杜牧弄水亭詩」一條，升庵總評之，故曰「二詩奇崛」也。《詩話補遺》卷三所載二條亦相連。焦竑《升庵外集》卷七十六、《函海》本《升庵詩話》卷十皆止録此條，致「二詩」之評無着，皆失之。今據《藝林伐山》補録「杜牧《弄水亭》詩」一條於下：「弄水亭前溪，颭灧翠綃舞。綺席草芊芊，紫嵐峰伍伍。」「檻前燕鴈棲，枕上巴帆去。」「停樽遲晚月，咽咽上幽渚。」「斷霓天帔垂，狂燒漢旗怒。」「滕泉落環珮，畦苗差纂組。」「不能自勉去，但媿來何暮。」此詩題原作《題池州弄水亭》，亦二百六十字五言古詩也。

以《樊川文集》所載二詩全篇與此節録者相較，蓋十去其五六也。

牧之屏風美人

「屏風周昉畫纖腰，歲久丹青色漸凋。斜倚玉窗鸞髮女，拂塵猶自妒嬌嬈。」〔一〕

【箋　證】

〔一〕此杜牧《屏風絶句》詩，見《樊川文集》卷三，「色漸凋」作「色半銷」。

公治長通鳥音

世傳公冶長通鳥語，不見於書。惟沈佺期《燕》詩云：「不如黄雀語，能免冶長災。」〔一〕白樂天《鳥雀贈答詩序》云：「余非冶長，不能通其意。」〔二〕似實有其事。或在亡逸書中，如《衝波傳》、《魯定公記》之類，今無所考耳。

【箋　證】

〔一〕此沈佺期《同獄者嘆獄中無燕》詩中句，見明銅活字《唐五十家詩集》本《沈佺期集》卷二。

〔二〕此白居易《池鶴八絶句》詩序中語，見《白氏長慶集》卷三十六。

梁皇侃《論語集解義疏》卷三《公冶長》篇云：「范寧曰：『公冶長行正獲罪，罪非其罪，孔子以女妻之。將以大明衰世用刑之枉濫，勸將來實守正之人也。』别有一書名爲《論釋》云：『公冶長從衛還魯，行至二界上，聞鳥相呼往清溪食死人肉。須臾，見一老嫗當道而哭。冶長問之。嫗曰：「兒前日出行，於今不反，當是已死亡，不知所在。」冶長曰：「向聞鳥相呼往清溪食肉，恐是嫗兒也。」嫗往看即得兒也，已死，即告村司。村司問嫗：「從何得知之？」嫗曰：「見冶長道如此。」村官曰：「冶長不殺人，何緣知之？」囚録冶長付獄。獄主問：「冶長何以殺人？」冶長曰：「解鳥語，不殺人。」主曰：「當試之，若必能解鳥語，便相放也；若不解，當令償死。」駐冶長在獄六十日。卒日，有雀子缘獄栅上，相呼嘖嘖嗺嗺。冶長含笑，吏啟主：「冶長笑雀語，是似解鳥語。」主放問冶長：「雀何所道而笑之？」冶長曰：「雀鳴嘖嘖嗺嗺，白蓮水邊有車翻官黍粟，牡牛折角，收斂不盡，相呼往啄。」獄主不信，遣人往看，果如其言。後又解豬及燕語屢驗，然後得放』云云。此書記之可見者。」皇侃《疏》早亡，清代始復得於日本，故升庵未之見也。

何兆玉蘂花

「羽車潛下玉龜山，塵世何緣睹蕣顔。惟有多情天上雪，好風吹上緑雲鬟。」〔一〕兆，蜀人。〔二〕

【箋證】

〔一〕此詩《唐詩紀事》四十六、《萬首唐人絶句》七言卷八、《全芳備祖》前集卷六並題作嚴休復詩。按唐康騈《劇談録》記長安唐昌觀玉蘂花事云：「上都安業坊唐昌觀，舊有玉蘂花甚繁，每發若瑶林瓊樹。元和中，春物方盛，車馬尋玩者相繼。忽一日，有女子年可十七八，衣繡緑衣，乘馬，峩髻雙鬟，無簪珥之飾。容色婉約，迥出於衆。從以二女冠，三女僕。僕者皆丱頭黄衫，端麗無比。既下馬，以白角扇障面，直造花所。異香芬馥，聞於數十步之外。觀者以爲出自宫掖，莫敢逼而視之。佇立良久，令小僕取花數枝而出。將乘馬，迴謂黄冠者曰：『曩者玉峰之約，自此可以行矣。』時觀者如堵，咸覺煙霏鶴唳，景物輝焕。舉轡百步，有輕風擁塵，隨之而去。須臾塵滅，望之已在半天，方悟神仙之游。餘香不散者，經月餘日。」時嚴休復、元稹、劉禹錫、白居易俱有《聞玉蘂院真人降》詩。一時傳聞籍籍，張籍、王建、楊凝諸人皆有和作。白居易詩，升庵已選入《絶句衍義》卷二（見本卷「白樂天酬嚴給事玉蘂花」條），則此詩自當屬之嚴休復爲是。不知升庵何以又録爲何兆之作。豈偶失檢照耶？《全唐詩》於嚴休復、何兆下兩載此詩，蓋據升庵而誤。《劇談録》並《唐詩紀事》、《萬首唐人絶句》、《全芳備祖》諸書所載，二句「何由」皆作「無由」，三句「多情天上雪」皆作「無情枝上雪」，四句「吹上」皆作「吹綴」。

〔二〕何兆，蜀人，事跡不詳，盧綸、李端均有送何兆下第歸蜀詩。

何兆章仇公席上詠真珠姬

「神女初離碧玉階，彤一作彩雲猶擁牡丹鞋。應知子建憐羅襪，顧步徘徊拾翠釵。」〔一〕章仇兼瓊時爲成都節度使。

【箋證】

〔一〕升庵《譚苑醍醐》卷三「弓足」條引張君房《麗情集》云：「章仇公鎮成都，有真珠之惑。或上詩以諷。」所賦即此詩，末句作「顧步褰衣拾墜釵」，未署作者姓氏。《全唐詩》何兆下不載此詩，而於卷三百十一載此詩爲范元凱之作，所據《唐音己籤》，胡震亨注云：「見楊升庵《蜀志》。」其題下有注云：「章仇公大曆中蜀州刺史。」檢《舊唐書·玄宗紀》，章仇兼瓊開元二十七年權劍南節度，歷官八年。其去大曆，尚有二十餘年。此説顯然爲非。按：《唐詩紀事》卷五十五「盧肇」下云：「肇初計偕至襄陽，奇章公（牛僧孺）方有真珠之惑。肇賦詩曰：『神女初離碧玉堦，彤雲猶擁牡丹鞋。知道相公憐玉腕，强將纖手整金釵。』」字句雖與此小異，卻更近乎事實。牛僧孺開成四年以左僕射兼襄州刺史，時肇自袁州赴京，過此投謁，遂有是詩之作。升庵好推蜀士，疑其改「奇章」爲「章仇」、「襄陽」爲「成都」，更改易詩句而屬之蜀人何兆。遂致事與實乖，飄渺難稽矣。盧肇，字子發，袁州人。會昌三年狀元及第。歷官祕書省著作郎、倉部員外，充集賢院直學士。咸通中歷歙、宣、池、吉四州刺史，有治聲。

孟浩然詩句

孟集有「到得重陽日，還來就菊花」之句〔一〕，刻本脱一「就」字。有擬補者，或作「醉」，或作「賞」，或作「泛」，或作「對」，皆不同。後得善本是「就」字，乃知其妙。唐詩亦有之：崔顥「玉壺清酒就君家」〔二〕、李郢詩「聞説故園香稻熟，片帆歸去就鱸魚」〔三〕。杜工部詩題有《秋日泛江就黄家亭子》〔四〕。而古樂府「馮子都詩」有「就我求清酒，青絲係玉壺；就我求珍肴，金盤鱠鯉魚」〔五〕，則前人已道破矣。

【箋　證】

〔一〕此孟浩然《過故人庄》詩中句，見《孟浩然集》卷四，「到得」作「待到」。

〔二〕此崔顥《渭城少年行二首》之二中句，見《唐百家詩選》卷四。

〔三〕此李郢《江亭晚秋》詩中句，見《唐百家詩選》卷十八。

〔四〕《九家集注杜詩》卷二十五載此詩，原題作《陪王使君晦日泛江就黄家亭子二首》。題下黄鶴注曰：「唐以正月晦日爲令節。」升庵引作「秋日」，誤。參本書卷十一「韓滉晦日呈諸判官」。

〔五〕此漢辛延年《羽林郎》詩，見《玉臺新詠》卷一、《樂府詩集》卷六十三《雜曲歌辭》。其首二句作「昔有霍家奴，姓馮名子都」，故升庵謂爲「馮子都詩」，所引第二句「青絲係玉壺」，《玉臺新詠》、《樂府詩集》並作「絲繩提玉壺」。

偃曝

孟浩然：「草堂時偃曝，蘭枻日周旋。」〔一〕偃曝，謂偃卧曝背也。用《文選》王僧達「寒榮共偃曝」之句〔二〕。今刻孟詩，不知其出處，改作「掩曝」，可笑！而謬者猶曰：「詩刻必去注釋，從容咀嚼，真味自長。」此近日强作解事小兒之通弊也。蓋頤中有物，乃可言咀嚼而出真味，若空腸作雷鳴，而强爲戛齒之狀，但垂飢涎耳，真味何由出哉？

【箋　證】

〔一〕此《冬至後過吴張二子檀溪别業》詩中句，見《孟浩然集》卷二。

〔二〕此南朝宋王僧達《答顔延年》詩中句，見《文選》卷二十六。

孟東野感懷

「晨登洛陽坂，目極天茫茫。群物歸大化，六龍頹西荒。豺狼日已多，草木日已霜。饑年無遺粟，衆鳥去空場。路傍誰家子，白首離故鄉。含酸望松柏，仰面訴穹蒼。去去勿復道，苦飢形貌傷。」〔一〕此詩似阮嗣宗。

【箋　證】

〔一〕此孟郊《感懷八首》第二首，見《孟東野詩集》卷二，「洛陽坂」原作「洛陽陌」，「西荒」原作「西羌」，「形貌傷」原作「離故鄉」，今據改。

四嬋娟

孟東野詩：「花嬋娟，泛春泉。竹嬋娟，籠曉煙。雪嬋娟，不長妍。月嬋娟，真可憐。」其辭風華秀豔，有古樂府之意。「雪嬋娟」，今本或作「妓嬋娟」，非也〔一〕。余嘗令繪工繪此爲《四時嬋娟圖》，以花當春，以竹當夏，以月當秋，以雪當冬也。

【箋　證】

〔一〕此孟郊《嬋娟篇》詩中句，原詩云：「花嬋娟，泛春泉。竹嬋娟，籠曉烟。妓嬋娟，不長妍。月嬋娟，真可憐。夜半姮娥朝太一，人間本自無靈匹。漢宮承寵不多時，飛鸞婕妤相妬嫉。」見《孟東野詩集》卷一。據詩意，「雪嬋娟」與全詩不侔。升庵於此，乃止取原詩前段，而改「妓」作「雪」，以成其「四時嬋娟」之説也。

蘭草

古樂府：「蘭草自然香，生於大道傍。腰鎌八九月，俱在束薪中。」〔一〕孟郊詩「昧者理芳草，蒿蘭同一鋤」〔二〕，實本古樂府意。

【箋　證】

〔一〕唐顔師古《匡謬正俗》卷七：「中：《古艷歌》曰：『蘭草自生香，生於大道傍。十月鉤鐮起，并在東薪中。』中，之當反，音張，謂中央也。」

〔二〕此孟郊《湘絃怨》詩中句，見《孟東野詩集》卷一。

賈島佳句

賈島詩：「長江風送客，孤館雨留人。」二句爲平生之冠，而其全集不載，僅見於坡詩注所引〔一〕。

【箋　證】

〔一〕賈島此詩全首已佚，此二句出蘇軾《游竇雲寺，得唐彦猷爲杭州日送客舟中手書一絶句，云：「山雨霏微不滿空，畫船來往疾輕鴻。誰知獨卧朱簾裏，一榻無塵四面風。」明日送彦猷之子坰赴鄂州，舟中遇微雨，感歎前事，因和其韻，作兩首送之，且歸其書唐氏》第二首詩末句趙堯卿注。見《集注分類東坡先生詩》卷十八。宋張戒《歲寒堂詩話》卷下：「『長江風送客，孤館雨留人』，此晚唐佳句也。然子美『塞門風落木，客舍雨連山』（《秦州雜詩》），則留人送客，不待言矣。」是此二句不僅見於東坡詩注也。又，《杜詩詳注》卷二十二杜《發潭州》詩末，仇兆鰲注引升庵此條後云：「今按：杜詩『岸花飛送客，檣燕語留人』（《發潭州》）實賈句所本，而何仲言詩：『岸花臨水發，江燕遶檣飛』（《贈諸游舊》）則又杜句所本。固知詩學遞有源流也。」

劉駕絶句

劉駕，晚唐人，詩一卷，余家舊有之，今逸其本。嘗記其四首，其一《春夜》云：「一别杜陵歸未期，祇憑魂夢接親知。近來欲睡渾難睡，夜夜夜深聞子規。」其二《秋懷》云：「歲歲干戈阻路歧，望山心切與心違。秋來何處開懷抱，日日日斜空醉歸。」〔一〕《望月》云：「清秋新霽與君同，江上高樓倚碧空。酒盡露零賓客散，更更更漏月明中。」〔二〕《曉登成都迎春閣》云：「朱櫛憑闌眺錦城，煙籠萬井二江明。香風滿閣花滿樹，樹樹樹頭啼曉鶯。」〔三〕詩頗新異，聊爲筆之。近閲司馬才仲《無題二首》云：「香夢依稀逐斷雲，桃根渡口惜離分。春愁滿紙無多句，句句句中多爲君。」其二：「肌生香雪步生蓮，一撚腰肢一撚年。頻見樽前渾不語，心心心在阿誰邊。」〔四〕蓋效之也。

【箋　證】

〔一〕此上二詩，《萬首唐人絶句》七言卷六十題作《春夜二首》。《才調集》卷九所載亦題《春夜二首》，次序與此相反，而以爲劉象之作。第一首第三句「渾難睡」，二書並作「兼難睡」。第二首第一句「歲歲干戈」,《才調集》作「幾歲兵戈」,《萬首唐人絶句》作「歲歲兵戈」;二句「望山心切與心違」,《才調集》作「憶山心切與山違」,《萬首唐人絶句》作「憶山心切與心違」;三句「秋來何處開懷抱」,《才調集》作「時難何處披懷抱」,《萬首唐人絶句》作「時難何處披衷抱」。升庵蓋據《萬首絶句》,而改題第二首曰「秋懷」,更其第三句「時難」作「秋懷」以就之。按:劉駕,字司南,江東人。唐宣宗大中六年進士,官國子博士。劉象,京兆人。天復元年及第,爲太子校書。此二詩,前首云「一别杜陵歸未期,衹憑魂夢接親知」,後首又云「望山心切與心違」「日日日斜空醉歸」,所思者「家山杜陵」,則詩當爲劉象之作也。

〔二〕此詩見《全唐詩》卷五百八十五,所據當是升庵此説也。

〔三〕此詩《才調集》卷九、《萬首唐人絶句》七言卷六十所載,題中無「成都」二字,「朱櫛」,《才調集》同,《萬首唐人絶句》作「末櫛」,是,當據改;「花滿閣」,《萬首唐人絶句》同,《才調集》作「花盈户」;「樹頭」,二書並作「樹梢」。又,《才調集》亦以此詩爲劉象之作。

〔四〕司馬槱,字才仲,司馬光之姪孫。元祐初中賢良科,官錢塘尉。有《陽夏集》,今佚。《全宋詩》卷一千二百七十四收其詩十二首,無此二首。

劉駕詩

劉駕詩體近卑,無可采者。獨「馬上續殘夢」一句〔一〕,千古絶唱也。東坡改之作「瘦馬兀殘夢」〔二〕，便覺無味矣。

【箋　證】

〔一〕此劉駕《早行》詩：「馬上續殘夢，馬嘶時復驚。」蓋五言律起句也，見《文苑英華》卷二百九十五。升庵《征人早行圖》詩有「不待鷄鳴度關去，夢中征馬尚聞嘶」之句，即從劉駕詩化出，而情韻差勝。

〔二〕此蘇軾《除夜大雪留濰州，元日早晴遂行，中途雪復作》詩中句，見《集注分類東坡先生詩》卷七。王世貞亦論劉駕此詩，與升庵所見同。《藝苑巵言》卷四云：「劉駕『馬上續殘夢』，境頗佳。下云『馬嘶而復驚』，遂不成語矣。蘇子瞻用其語，下云『不知朝日昇』，亦未是。至復改作『瘦馬兀殘夢』，愈墜惡道。」王世貞所謂「用其語」，指蘇詩《太白山下早行至横渠鎮書崇壽院壁》首句徑用其語云「馬上續殘夢，不知朝日昇」。

三羅詩

晚唐江東三羅，羅隱、羅鄴、羅虬也。皆有集行世，當以鄴爲首〔一〕。如《閨怨》云：「夢斷南窗啼曉烏，新霜昨夜下庭梧。不知簾外如珪月，還照邊庭到曉無。」〔二〕《南行》云：「臘晴江暖鸊鵜飛，梅雪香沾越女衣。魚市酒村相識遍，短船歌月醉方歸。」〔三〕此二詩，隱與虬皆不及也。

【箋　證】

〔一〕《唐才子傳》卷七：「羅鄴，餘杭人也。家貲鉅萬，父則爲鹽鐵吏，子二人，俱以文學干進。鄴尤長律詩。時宗人隱、虬俱以聲格著稱，遂齊名，號三羅。隱雄麗而坦率，鄴清緻而聯綿，虬則區區而已。」

〔二〕《萬首唐人絶句》七言卷五十一載此詩，題作《秋怨》。升庵選入《絶句衍義》卷四。

〔三〕此詩升庵選入《唐絶增奇》卷三「能品」，評云：「新語新調。」

羅鄴嘉陵江

「嘉陵南岸雨初收，江似秋嵐不煞流。此地終朝有行客，無人一爲棹扁舟。」〔一〕不煞流，不甚流也。「煞」音近「廈」，今京中諺猶然，謂癡曰煞瓜，肥曰煞大。宋孝宗見《容齋隨筆》云「煞有好處」是也〔二〕。

【箋　證】

〔一〕此詩見《萬首唐人絶句》七言卷五十一，升庵選入《絶句衍義》卷三

〔二〕升庵《丹鉛總録》卷十九「白樂天詩」條亦論及此云：「白樂天《半開花》詩：『西日憑輕照，東風莫殺吹。』自注：『殺，去聲，音廈。』俗語太甚曰殺。《容齋隨筆》序：『殺有好處。』元人傳奇：『忒風流，忒殺思。』今京師語猶然，大曰殺大，高曰殺高。此假借字，俗書作傻。《平水

韻》『傻俏不仁，一曰不慧』也。」《容齋續筆》卷一洪邁序云：「是書先已成十六卷，淳熙十四年八月在禁林日，入侍至尊壽皇聖帝清閒之燕。聖語忽云：『近見甚齋隨筆？』邁竦而對曰：『是臣所著《容齋隨筆》，無足采者。』上曰：『喲有好議論。』」「喲」通「煞」，甚也。「煞」有殺義，「殺」習寫作「煞」。

巫山曲

「下壓重泉上千仞，香雲結夢西風緊。縱有英靈得往來，猊軛䴥軒亦顛隕。嵐光㟼㟼雷隱隱，愁爲衣裳恨爲鬢。暮灑朝行何所之，江邊日月情無盡。珠零冷露丹墮楓，細腰長臉愁滿宮。人生對面猶異同，何況千巖萬壑中。」〔一〕羅隱詩多鄙俗，此詩不類其平生。見《固陵文類》〔二〕，其集不收。

【箋　證】

〔一〕《甲乙集》不載此詩。《文苑英華》卷二百一載此詩，題作《巫山高》，三句「英靈」作「精靈」；四句「猊軛」作「狖軛」；五句「㟼㟼」作「雙雙」，誤；末句「何況」作「況在」。升庵《全蜀藝文志》卷九亦載此詩，九句「丹墮楓」作「墮丹楓」，五句作「㟼㟼」不誤。㟼㟼，山高峻也。

〔二〕《固陵文類》，升庵《全蜀藝文志序》謂爲宋李光所編，書今不存。固陵，巴東也，含今雲陽、奉節等地。

羅隱紅梅詩

羅隱《詠紅梅》詩云：「天賜燕脂一抹腮，盤中風味笛中哀。雖然未得和羹用，曾與將軍止渴來。」〔一〕此卻似軍官宿娼謎也。

【箋　證】

〔一〕羅隱《甲乙集》卷二載此詩，題作《梅》，「燕脂一抹腮」作「烟脂一䏞腮」，「風味」作「磊落」，「和羹用」作「和羹便」。此詩用曹操望梅止渴事，升庵之評，卻涉鄙俗也。

馬戴詩

嚴儀卿云：「馬戴之詩，爲晚唐之冠。」〔一〕信哉！其《薊門懷古》云：「荆卿西去不復返，易水東流無盡時。日暮蕭條薊城北，黄沙白草任風吹。」〔二〕雅有古調。至如「猿啼洞庭樹，人在木蘭舟」，雖柳吳興，無以過也〔三〕。

【箋　證】

〔一〕馬戴，字虞臣，會昌四年進士。宣宗大中初，爲龍陽尉。懿宗咸通末，佐大同軍幕，終太學博士。嚴羽《滄浪詩話》云：「馬戴在晚唐諸人之上。」此升庵所據。嚴羽，字儀卿，一字丹邱，邵武人，自號滄浪逋客。其論詩以盛唐爲宗，主於妙悟，甚爲後世學者所推重。「嚴儀卿」原誤作「嚴羽卿」，今改正。

〔二〕《唐百家詩選》卷十七載此詩，題作《易水懷古》，「無盡時」作「無盡期」，「日暮」作「落日」。

〔三〕參下條。

馬戴楚江懷古

「露氣寒光集，微陽下楚邱。猿啼洞庭樹，人在木蘭舟。廣澤生明月，蒼山夾亂流。雲中君不見，竟夕自悲秋。」〔一〕前聯雖柳惲，不足過遜也〔二〕。晚唐有此，亦希聲乎！嚴儀卿稱戴詩爲晚唐第一，信非溢美〔三〕。

【箋證】

〔一〕馬戴《楚江懷古》三首，此第一首，見《文苑英華》卷三百八，「蒼山」作「蒼葭」，下注「《又玄集》作蒼山」；「不見」作「不降」。

〔二〕「不足過遜也」，原作「不是過也」，據《千里面譚》卷下改。柳惲，字文暢，河東解人，梁天監中爲吴興太守。《梁書》有傳。其詩以工於發端，爲世所稱。其《江南曲》云：「汀州采白蘋，日落江南春。洞庭有歸客，瀟湘逢故人。故人何不返，春華復應晚。不道新知樂，且言行路遠。」風調與馬戴此詩相近。

〔三〕嚴羽，字儀卿，其《滄浪詩話》評馬戴詩曰：「馬戴在晚唐諸人之上。」

馬戴喻鳧詩句

「積靄沉斜月，孤燈照落泉。」〔一〕喻鳧詩也。「積翠含微月，遥泉韻細風。」〔二〕馬戴詩也。二詩幽思同而句法亦相似。

【箋　證】

〔一〕此周賀《宿甄山南溪書公院》詩中句，見《文苑英華》卷二百三十七，「積靄」作「餘霧」。方回《瀛奎律髓》卷四十七録此，亦爲周賀詩，題作《宿杼山晝公禪堂》，前句作「積靄」。其評此二句云：「試於山寺夜宿，崖有落泉，壁有孤燈，而思此句，則見其有味矣。」周賀，字南卿，東洛人。初爲僧，名清塞。杭州太守姚合愛其詩，命其還俗，爲更名曰賀。

〔二〕此馬戴《宿翠微寺》詩中句，見《文苑英華》卷二百三十九。

喻鳧詩

喻鳧詩：「雁天霞脚雨，漁夜葦條風。」〔一〕上句絶妙，下句大不稱。此所以爲晚唐也。

【箋　證】

〔一〕喻鳧，毘陵人，登開成五年進士第，終烏程尉。此《得子姪書》詩中句，見《全唐詩》卷五百四十三。

多景樓周繇

「盤江上幾層，峭壁半垂藤。殿鎖南朝像，龕禪外國僧。海濤舂砌檻，山雨灑窗燈。日暮疏鐘起，聲聲徹廣陵。」又：「每日憐晴眺，閒吟只自娱。山從平地有，水到遠天無。老樹多封楚，輕煙暗染吴。雖居此廊下，入户亦踟蹰。」〔一〕此二詩勝張祜《金山》詩〔二〕，而人罕稱之。

【箋證】

〔一〕周繇，字爲憲，池州人。咸通十二年進士，調建德令。後辟襄陽徐商幕府，檢校御史中丞。此二詩《文苑英華》卷二百三十九所載，前首題作《登甘露寺》，後首題作《甘露寺東軒》，其後尚載《甘露寺北軒》一首。多景樓在甘露寺内，故升庵改其題曰「多景樓」也。宋張邦基《墨莊漫録》卷四：「鎮江府甘露寺，在北固山上，江山之勝，煙雲顯晦，萃於目前。舊有多景樓，尤爲登覽之最。蓋取李贊皇（德裕）《題臨江亭》詩有『多景懸窗牖』之句，以是命名。樓即臨江故基也。」

〔二〕指張祜《題潤州金山寺》詩，見本書卷九「金山寺詩」條。

唐求送人之邛州

「鶴鳴山下客，滿篋荷瑶琨。放馬荒田草，看碑古寺門。漸寒沙上路，欲暝水邊村。莫忘分襟處，梅花撲酒樽。」〔一〕唐求，嘉州沫江人，所謂「詩瓢唐山人」也〔二〕。此詩爲集中第一。

【箋證】

〔一〕《全蜀藝文志》卷二十載此詩，題作《送友人歸邛州》，「山下客」作「山下去」，「沙上路」作「沙上雨」。

〔二〕宋黄休復《茅亭客話》卷三「味江山人」條：「唐末蜀州青城縣味江山人唐求，至性純慤，篤好雅道，放曠疎逸，幾乎方外之士也。每入市，騎一青牛，至暮醺酣而歸。非其類不與之交。或吟或詠，有所得，則將稿撚爲丸，内於大瓢中。二十餘年，莫知其數，亦不復吟詠。其贈送寄別之詩，布於人口。暮年因卧病，索瓢致于江中，曰：『斯文苟不沈没于水，後之人得者，方知我苦心耳。』漂至新渠江口，有識者云：『唐山人詩瓢也。』探得之，已遭漂潤損壞，十得其二三，凡三十餘篇，行于世。」據《太平寰宇記》卷七十三：「味江水源出青城縣西長樂山下。」則味江在今都江堰東南，地近成都。或升庵所見之本「味」作「沫」，故以求爲嘉州人。沫水，今大渡河也。唐求，《唐詩紀事》卷五十作「唐球」，本書卷四「蜀詩人」條，亦作「唐球」。

升庵詩話新箋證卷十一

含笑花謎

施宜生《含笑花》詩〔一〕：「百步清香透玉肌，滿堂皓齒轉明眉。褰帷跛客相迎處，射雉春風得意時。」〔二〕

【箋證】

〔一〕詩見《中州集》卷七。施宜生，字明望，浦城人。宣和末，爲潁州教官，以從范汝爲罪，竄奔劉豫。豫敗入金，官至翰林侍講學士，充賀宋正旦使。自號三住老人。《金史》卷七十九有傳。《詩藪·雜編》卷六：「楊用修《詩話》載施宜生《含笑花》詩云云。讀者多不知宜生何人。按《桯史》：宜生，福州人，少游鄉校不利，有僧鑑其相當大貴，然毛皆逆生，法必合此乃驗。因從范汝爲。范敗，亡命入金。金主亮校獵國中，一日獲熊三十六，宜生獻賦，有『雲屯八百萬騎，日射三十六熊』之語。亮大喜，擢第一。驟拔至禮部尚書。來使宋，漏亮南侵策，歸而被烹。其爲人蹤跡奇甚，且於宋世事有關，而史逸之，故節録於左。此詩亦頗佳。」岳珂《桯史》卷一載其事甚詳，文繁不録。

〔二〕「褰帷跛客」，《左傳・宣公十七年》：「春，晉侯使郤克徵會于齊，欲爲斷道會。齊頃公帷婦人使觀之。郤子登，婦人笑于房。獻子怒，出而誓曰：『所不此報，無能涉河。』」注：「跛而登階，故笑之。」「射雉春風」，用《左傳・昭公二十八年》賈大夫妻射雉事，參本書卷五「一笑」條。

顧況詩句

顧況詩：「遠寺吐朱閣，春潮浮緑煙。」〔一〕二句情景絶妙，雖入《文選》可也，然況集不載。因知古人詩文，雖全集亦有遺者。如張文昌《白鼉行》〔二〕，有漢魏歌謡之風；《長干行》〔三〕，有《國風・河廣》之意，集中不載。李德裕《鴛鴦篇》，有目無詩，而《唐詩紀事》幸載之〔四〕。

【箋　證】

〔一〕此顧況《寄上兵部侍郎奉呈李户部盧刑部杜三侍郎》詩中句，見《文苑英華》卷二百五十八。

〔二〕《樂府詩集》卷八十八《雜歌謡辭》載張籍《白鼉鳴》詩一首，云：「天欲雨，有東風，南谿白鼉鳴窟中。六月人家井無水，夜聞白鼉人盡起。」

〔三〕張籍詩中無題作《長干行》者，《樂府詩集》卷七十七《雜曲歌辭》有《春江曲》一首，云：「春江無冰潮水平，滿江啒啒皛雛鳴。長干夫壻愛遠行，自染春衣縫已成。妾身生長金陵側，去年隨夫住江北。春來未到父母家，舟小風多渡不得。欲辭舅姑先問人，私向江頭祭水神。」或即升庵所謂《長干行》也。上二詩並見今傳明刊本《張司業集》卷二。

〔四〕李德裕《會昌一品集》别集卷四有《歌篇》三首，其一爲《鴛鴦篇》，其二爲《霜夜對月聽小童薛陽陶吹笛》，其三爲《南梁行》。前二首如升庵所云，有目無文。然《唐詩紀事》亦不見之，而見於《古今事文類聚》後集卷四十六。

唐詩人鄭仲賢〔一〕

余弟姚安太守未庵（慥，字用能）。酒邊誦一絶句云：「『亭亭畫舸繫春潭，只待行人酒半酣。不管煙波與風雨，載將離恨過江南。』兄以爲何人詩？」余曰：「按《宋文鑑》，則張文潛詩也。」〔二〕未庵取《草堂詩餘》周美成《尉遲杯》注云：「唐鄭仲賢詩。」〔三〕余因歎唐之詩人，姓名隱而不傳者何限。或張文潛愛而書之，遂以爲文潛之作耳。

【箋　證】

〔一〕鄭文寶，字仲賢，寧化人，仕南唐，爲校書郎。入宋，舉進士，官至陝西轉運使。以事忤太宗，以擅議鹽禁及建營田、以積石廢壘築爲清遠軍三過，貶彬州藍山令，再移枝江、長壽二縣令，累年方復工部員外郎。仲賢工詩擅書，爲徐鉉、歐陽修所稱。以其爲唐人者，蓋其嘗仕南唐，亦猶徐鉉、徐鍇之由南唐入宋，《全唐詩》仍收取其作也。

〔二〕《宋文鑑》不載此詩。《能改齋漫録》卷十六「載將離恨過江南」條：「東坡長短句云：『無情汴水自東流，只載一船離恨向西州。』張文潛用其意以爲詩，云：『亭亭畫舸繫春潭，只待行人酒半酣。不管烟波與風雨，載將離恨過江南。』王平甫嘗愛而誦之，彼不知其出於東坡也。」胡仔《苕溪漁隱叢話》前集卷二十四「唐人雜記」條引《蔡寛夫詩話》：「『亭亭畫舸』云云，嘗有人客舍壁間見此詩，莫知誰作，或云『鄭兵部仲賢』也。然集中無有好事者或填入樂府。仲賢當前輩未貴杜詩，獨知愛尚，往往造語警拔。但體小弱，多一律，可恨耳。」又引《西清詩話》：「緱氏王子晉昇仙之地，有祠在焉。鄭工部文寶嘗題一絶云云。後晏元獻守洛，過見之，取白樂天語書其後云：『此詩在在處處有神物護持。』」末云：「鄭兵部仲賢、鄭工部文寶，不知此果一人邪？果二人邪？當俟知者問之。」按，歐陽修《六一詩話》、文瑩《湘山野録》皆作「鄭工部文寶」，是當以作「工部」爲是。然此詩《蔡寛夫詩話》已明言鄭文寶集中無之，今檢《張右史集》亦無之。宋何汶《竹莊詩話》卷十七録此詩以爲張耒詩，題作《柳枝詞》。而又引《詩事》云：「古今柳詞，惟鄭文寶一篇有餘意也云云。終篇了不道著柳，惟一繫字是工夫，而學者思之。」宋人且已自相矛盾如此，則是詩屬之誰人，今實遽難定論也。《古今事文類聚》别集卷二十五載此，又題作孫冕詩。清厲鶚《宋詩紀事》、陳衍《宋詩精華録》載此詩，則皆題鄭文寶作。《苕溪漁隱叢話》所引，「春潭」作「寒潭」，「只待」作「直到」。

〔三〕見《妙選羣英草堂詩餘》後集卷下。

于蔿

晁叔用詩：「不擬伊優陪殿下，相隨《于蔿》過樓前。」〔一〕劉後村曰：「晁氏家世貴顯，而叔用不肯於此時陪伊優之列，而甘隨《于蔿》之後，可謂賢矣。」〔二〕「伊優」事見《東方朔傳》〔三〕，人皆知之。《于蔿》事，博學者或不知也。按《明皇雜録》：「玄宗御五鳳樓觀酺宴，時命三百里内刺史、縣令各以聲樂集樓下。時多以車載樂工數百，皆衣文繡，服箱之牛，皆爲虎豹犀象之狀。魯山令元德秀，惟遣樂工數十人，連袂歌《于蔿》而已。《于蔿》者，德秀所爲歌也。帝聞異之，歎曰：『賢人之言哉！』」此事亦見《唐書》列傳。〔四〕宋時聖壽日，州縣皆集僧道誦經，唯陸象山令儒生講《洪範》「皇極錫福」一章，時議韙之〔五〕。事與此同。

【箋　證】

〔一〕晁冲之，字叔用，初字用道，鉅野人。舉進士，授承務郎。紹聖初黨禍起，晁氏多在黨中，被謫逐，遂棲遁于具茨之下，世號具茨先生。此引詩，見《晁具茨先生詩集》卷十，題作《次二十一兄季此韻》。

〔二〕此《後村集》卷二十四《江西詩派小序》中序「晁叔用」之語，其前有云：「余讀叔用詩，見其意度宏闊，氣力寬餘，一洗詩人窮餓酸辛之態。其律詩云：『不擬伊優陪殿下，相隨《于蔿》過樓前。』亂離後追書承平事，未有悲哀警策於此句者。」

〔三〕《漢書》卷六十五《東方朔傳》：「伊優亞者，辭未定也。」乃東方朔於武帝前解優人郭舍人隱語之辭。

〔四〕唐鄭處誨《明皇雜録》卷下：「唐玄宗在東洛，大酺於五鳳樓下，命三百里内縣令、刺史率其聲樂來赴闕者。或謂令較其勝負而賞罰焉。時河内郡守令樂工數百人，於車上皆衣以錦繡，伏廂之牛蒙以虎皮，及爲犀象形狀，觀者駭目。時元魯山遣樂工數十人，聯袂歌《于蔿》。《于蔿》，魯山之文也。玄宗聞而異之，徵其詞，乃歎曰：『賢人之言也。』」兩《唐書·元德秀傳》及《資治通鑑》卷二百十四《唐紀》玄宗開元二十三年均載此事。其中「遣樂工數十人」，並作「遣樂工數人」。或當以「數人」爲近實，若「數十人」，則無足稱矣。

〔五〕羅大經《鶴林玉露》乙編卷三云：「陸象山在荆門，上元不設醮，但合士民於公廳前，聽講《洪範》『皇極斂時五福』一段，謂此即爲民祈福也。今世聖節，令僧陞座説法祝聖壽，而郡守以下，環坐而聽之，殊無義理。」升庵語本此。

徐凝宮詞

「水色簾前流玉霜，漢家飛燕在昭陽。掌中舞罷簫聲絶，三十六宮秋夜長。」〔一〕徐凝詩多淺俗，《瀑布詩》爲東坡所鄙，獨此詩有盛唐風格〔二〕。

【箋證】

〔一〕《萬首唐人絶句》七言卷三十九載此詩，「漢家飛燕在昭陽」作「趙家飛燕侍昭陽」。

〔二〕徐凝，睦州人，唐貞元、元和間有詩名，爲白居易、元稹所稱許。游京師，不得意，以詩辭韓愈曰：「一生所遇唯元白，天下無人重布衣。欲别朱門淚先盡，白頭游子白身歸。」竟以布衣終。《雲溪友議》卷中「錢塘論」條記其見知於元、白事。《集注分類東坡先生詩》卷八：「世傳徐凝瀑布詩云『一條界破青山色』，至爲塵陋。又僞作樂天詩稱美此句，有『賽不得』之語。樂天雖涉淺易，然豈至是哉！乃戲作一絶：『帝遣銀河一派垂，古來惟有謫仙詞。飛流濺沫知多少，不與徐凝洗惡詩。』」《容齋隨筆》卷十「徐凝詩」條：「徐凝以『瀑布界破青山』之句，東坡指爲惡詩，故不爲詩人所稱説。予家有凝集，觀其餘篇，亦自有佳處，今漫紀數絶云云。皆有情致，宜其見知於微之、樂天也。但俗子妄作樂天詩，繆爲賞激，以起東坡之誚耳。」《冷齋夜話》卷四載「元章瀑布詩」云：「米芾元章豪放，戲謔有味，士大夫多能言其作止。有書名，嘗大字書曰：『吾有瀑布詩，古今賽不得。最好是一條，界破青山色。』人固以怪之。其後題云：『蘇子瞻曰：此是白樂天奴子詩。』見者莫不大笑。」

張仲素塞下曲〔一〕

「陰磧茫茫塞草腓，桔槔烽上暮煙飛。交河北望天連海，蘇武曾將漢節歸。」令狐楚與王涯、張仲素同時爲中書省舍人，其詩長於絶句，號「三舍人詩」，同爲一集〔二〕。

【箋　證】

〔一〕此條目「張仲素塞下曲」原作「令狐楚塞上曲」，明鈔本《元和三舍人集》、《樂府詩集》卷九十三、《唐音》卷十、《唐詩品彙》卷五十二並載此詩爲張仲素《塞下曲》，則此當爲張仲素詩無疑，今據改。蓋《唐詩紀事》以三人詩「同爲一集」，升庵記憶偶疏也。《唐詩紀事》卷四十二又録作王涯詩，亦誤。

〔二〕《唐詩紀事》卷四十二録三人詩，並於卷末云：「右王涯、令狐楚、張仲素五言、七言絶句，共作一集，號《三舍人集》，今盡録於此。」此升庵之所據也。按《元和三舍人集》向無刻本，宋人所見即多爲傳鈔殘缺之本。故計有功《唐詩紀事》所録《三舍人集》，順序淆亂，主名訛誤者不少。今人陳尚君發見明鈔本《元和三舍人集》，尚存其舊觀，可正《紀事》之訛誤也。王涯，字廣津，太原人。博學工屬文，貞元中擢進士，又舉宏辭。歷官自左拾遺，爲翰林學士，進起居舍人。憲宗朝再爲翰林學士，拜中書侍郎，同中書門下平章事。文宗時以吏部尚書總鹽鐵，進尚書右僕射，代郡公。甘露之變被殺。令狐楚，字愨士，宜州華原人。貞元七年及第。由太原掌書記至判官，德宗召授右拾遺。憲宗時累擢翰林學士、中書舍人，進中書侍郎、同平章事。穆宗即位，進門下侍郎。長慶二年，擢陝虢觀察使。敬宗拜左僕射，彭陽郡公。開成中卒，贈司空，謚曰文。張仲素，字繪之，河間人，建封之子。憲宗時爲翰林學士。終中書舍人。

李約觀祈雨

「桑條無葉土生煙，簫管迎龍水廟前。朱門幾處躭歌舞，猶恨春陰咽管弦。」〔一〕與聶夷中「二絲」、「五穀」之詩並觀〔二〕，有《三百篇》意。

【箋證】

〔一〕《唐百家詩選》卷十一載李約此詩，「躭歌舞」作「看歌舞」，「猶恨」作「猶恐」。李約，字存博，汧國公李勉之子，自稱蕭齋。元和中，官尚書兵部員外郎。

〔二〕「二絲」、「五穀」，指聶夷中《觀田家》詩。詩云：「二月賣新絲，五月糶新穀。醫得眼前瘡，剜卻心頭肉。我願君王心，化爲光明燭。不照綺羅筵，但照逃亡屋。」見《北夢瑣言》卷二「放孤寒三人及第」條。升庵《丹鉛總録》卷十二有「二絲五穀」條云：「聶夷中詩：『二月賣新絲，五月糶新穀。』言唐末徵斂之急也。宋李諮奏言新法之弊云：『稻苗未生而和糴，桑葉未吐而和買。』抑又甚於唐末矣。」

錢珝詠史珝，音許。

「負罪將軍在北朝，秦淮芳草緑迢迢。高臺愛妾魂應斷，始擬丘遲一爲招。」〔一〕此詠梁將軍陳伯之之事。伯之負罪，自梁奔魏〔二〕。其後丘遲以書招之，有云：「江南三月，草長鶯啼，雜花亂開。」又曰：「高臺未傾，愛妾猶在。」〔三〕詩皆用書中語。括書詠史如此，射雕手也〔四〕。如胡曾、汪遵，不堪爲奴僕矣〔五〕。

【箋　證】

〔一〕《才調集》卷一載錢珝《春恨三首》，此第一首，三句「魂應斷」作「魂銷盡」，末句作「始得丘遲爲一招」。《唐詩紀事》卷六十六同。《萬首唐人絶句》七言卷五十五所載亦同，惟末句「始擬」作「始倚」。

〔二〕「負罪將軍」，謂陳伯之。伯之初爲梁江州刺史，武帝天監元年降北魏，爲散騎常侍，都督淮南諸軍事。天監四年，梁臨川王蕭宏率師北伐，伯之領兵相抗。时丘遲爲臨川王記室，受命作書相招。伯之得書，率衆歸梁。事見《梁書》卷二十《陳伯之傳》。「陳伯之」原誤作「陳伯玉」，今據改。

〔三〕此引《丘遲與陳伯之書》，升庵記憶稍誤，原文作：「暮春三月，江南草長，雜花生樹，群鶯亂飛」、「高臺未傾，愛妾尚在」。

〔四〕姚合《極玄集》序云：「此皆詩家射雕手也。」「射雕手」，典出《史記》卷一百九《李將軍列傳》：「中貴人將騎數十縱，見匈奴三人，與戰。三人還射，傷中貴人，殺其騎且盡。中貴人走廣，廣曰：『是必射雕者也。』」

〔五〕胡曾、汪遵，皆晚唐詩人。胡曾，邵陽人。咸通末，爲漢南從事。高駢鎮蜀，辟爲掌書記。以幕僚終。有《詠史詩》三卷。汪遵，宣城人，咸通七年進士。

後朝光越溪怨

「越王宫裏如花人，越水溪頭采白蘋。白蘋未盡人先盡，誰見江南春復春。」〔一〕朝光詩僅此一首，亦奇作也。

【箋證】

〔一〕後朝光此詩，見宋孔延之《會稽掇英總集》卷十三，又見宋洪邁《萬首唐人絶句》七言卷三十六。明吴琯《盛唐詩紀》卷一百七載此詩爲泠朝光作，注云：「出《玉臺後集》。」明曹學佺《石倉歷代詩選》卷四十六、陸時雍《唐詩鏡》卷二十八同。陸書注云：「《萬首唐絶》作『後朝光』。」《全唐詩》從之。丁福保本《升庵詩話》據《全唐詩》改「後」作「泠」。

蚌盤

「金翠絲簧略不舒，蚌盤清宴意何如？豈知三閣繁華主，解爲君王妙破除。」〔一〕孫元晏有《詠史百首》，胡曾、汪遵之比也。惟此一首，差强人意。

【箋　證】

〔一〕《萬首唐人絶句》七言卷六十載孫元晏《六朝詠史》詩七十五首，此第六十四首，題作《武帝蚌盤》。「蚌盤」事，見《陳書》卷二《高祖紀下》：「（帝）以儉素自率，常膳不過數品。私饗曲宴，皆瓦器蚌盤。肴核庶羞，裁令充足而已，不爲虚費。」「三閣繁華主」，謂陳後主也。後主起臨春、結綺、望仙三閣，各高數十丈，備極奢麗。見《陳書》卷七末史臣魏徵所記。

冷朝陽送紅綫酒

「採菱歌怨木蘭舟，送客魂銷百尺樓。還似宓妃乘霧去，碧天無際水東流。」紅綫，薛嵩之青衣也。有劍術，夜飛入横海軍解圍。嵩留之，不得，會幕下詩人送之，冷朝陽此詩爲冠。酒闌，託以更衣，倏忽不見〔一〕。亦異哉！

【箋　證】

〔一〕薛嵩，潞州節度使。時魏博節度使田承嗣將圖潞州，紅綫夜入魏州，取田承嗣枕邊金合而歸。

田驚，遂解兵修好。升庵以爲「入横海軍」，誤。見《太平廣記》卷一百九十五「紅綫」條，末注：「出《甘澤謡》。」其所載詩，「宓妃」作「洛妃」，「東流」作「空流」。按：《甘澤謡》，唐袁郊撰。其書久佚，今存《説郛》本一卷，乃自《太平廣記》中輯出。冷朝陽，金陵人。登大曆四年進士第，爲薛嵩從事。爲大曆才子，與錢起、李嘉祐諸人交。

韓滉晦日呈諸判官

「晦日新晴春意饒，萬家攀折度長橋。年年老向江城寺，不覺東風換柳條。」〔一〕唐人以正月三十日爲晦日，君臣宴飲，應制賦詩。此詩在池州作也。滉又有《病中遣妓》一首，見《三體》，姓名誤作司空圖。圖，王屋山隱士，豈有妓可遣乎〔二〕？

【箋　證】

〔一〕韓滉，字太沖，京兆萬年人。天寶中以蔭入仕。貞元元年，加同中書門下平章事、江淮轉運使。二年封晉國公。滉工詩文，幕中皆能文之士。此引詩，見《歲時雜詠》卷九，「春意繞」作「春日嬌」，「度長橋」作「渡長橋」。《萬首唐人絶句》七言卷六十八同。《唐詩紀事》卷二十四所載，「東風」作「春風」。

〔二〕《三體唐詩》卷一載《病中遣妓》詩云：「萬事傷心在目前，一身憔悴對花眠。黄金用盡教歌舞，留與他人樂少年。」所題作者爲司空曙，非司空圖。詩末注云：「此詩《文苑》爲韓滉作。」

升庵誤記爲「司空圖」，乃有「隱士」之議也。按：此詩《才調集》卷四所載題同《三體唐詩》，《萬首唐人絶句》七言卷二十八所載題作《病中嫁女妓》，二書並以爲司空曙作。《文苑英華》卷二百十三、《唐詩紀事》卷二十四並題作《聽樂悵然自述》，以爲韓滉作。

成文幹中秋月

「王母粧成鏡未收，倚闌人在水精樓。笙歌莫占清光盡，留與溪翁下釣舟。」〔一〕此厭繁華而樂清静之意。鄭谷《春草》詩：「香輪莫碾青青破，留與游人一醉眠。」〔二〕亦此意也。

【箋證】

〔一〕成彦雄，字文幹，南唐進士。有《梅嶺集》五卷，今佚。此詩見《萬首唐人絶句》七言卷七十二，「下釣舟」作「一釣舟」。

〔二〕此詩《才調集》卷五題作《曲江春草》，《萬首唐人絶句》卷五十四、《唐詩紀事》卷七十同，《鄭守愚文集》卷一誤刻作《曲江春事》，而其書目録不誤。「游人」各書並作「愁人」。

詠被中繡鞋

「雲裏蟾鉤落鳳窩，玉郎沉醉也摩挲。陳王當日風流減，只向波心見襪羅。」〔一〕夏侯審爲大曆十才子之一，而詩集不傳，惟此一絶及《織錦圖》「君承皇詔安邊戍」一歌而已〔二〕。

往年劉潤之在蜀刻大曆十子詩，無夏侯審集。余以二詩訊之，潤之笑曰：「兩枚棗子如何泡茶？」余笑曰：「子誠晉人也。」〔三〕

【箋證】

〔一〕夏侯審詩，僅此一首。《全唐詩》卷二百九十五所載，「波心」，作「波間」。夏侯審，生卒里第不詳。貞元間歷侍御史、主客員外郎、祠部郎中。唐姚合《極玄集》卷上「李端」下注云：「（端）字正己，趙郡人。大曆五年進士。與盧綸、吉中孚、韓翃、錢起、司空曙、苗發、崔峒、耿湋、夏侯審唱和，號十才子。」「大曆十才子」之名，傳聞不一，或無夏侯審。王士禛《分甘餘話》嘗辨之。

〔二〕「君承皇詔安邊戍」，爲宋孫復所作迴文詩首句，見宋桑世昌《回文類聚》卷二，題《擬織錦圖》，附有回文圖。升庵以爲「夏侯審」詩，未知何據。孫復，字明復，宋平陽人。歷官祕書省校書郎，國子監直講。終御史中丞。

〔三〕劉成德，字潤之，明河中人。正德進士，嘗官四川按察司僉事。編《二皇甫集》七卷，又選《漢詩》七卷、《魏詩》六卷。

陳陶隴西行

「誓掃匈奴不顧身，五千貂錦喪胡塵。可憐無定河邊骨，猶是春閨夢裏人。」〔一〕此詩弔李陵也。李陵以步卒五千，敗於浚稽山下〔二〕。

楊誠齋深取此詩。漢賈捐之《罷珠崖疏》云：「父戰死於前，子鬭傷於後，女子乘亭鄣，孤兒號於道。老母寡婦，飲泣巷哭，遥設虚祭，想魂乎萬里之外。」〔三〕唐李華《弔古戰場文》：「其存其没，家莫聞知；人亦有言，將信將疑。悁悁心目，夢寐見之。」〔四〕陳陶此詩，與賈、李之文意同，而入於二十八字之間，尤爲精婉矣。言之精者爲文，文之精當者爲詩。絶句，又詩之精者也。詎不信哉？陶又有《關山月》樂府云：「青塚曾無尺寸功，錦書多寄窮荒骨。」〔五〕又此詩之餘意。

【箋證】

〔一〕此陳陶《隴西行》四首之二，見《文苑英華》卷一百九十八

〔二〕「浚稽山」原作「峻稽山」，據《漢書》卷五十四《李陵傳》改。

〔三〕此引文見《漢書》卷六十四下《賈捐之傳》。

〔四〕李華此文，見《文苑英華》卷一千、《唐文粹》卷三十三，「悁悁」原作「狷狷」，據改。

〔五〕陳陶此詩見《文苑英華》卷一百九十八，「尺寸功」作「尺寸歸」。

王世貞《藝苑巵言》卷四論此詩云：「『可憐無定河邊骨，猶是春閨夢裏人。』用意工妙至此，可謂絶唱矣。惜爲前二句所累，筋骨畢露。『蒲桃美酒』一絶，便是無瑕之璧。盛唐地位不凡乃爾。」其偏袒盛唐，不如升庵深衍詩意，許其精婉之爲得也。然以爲弔李陵而作，則嫌稍鑿。本書卷五「奪胎换骨」條

及「丁福保本增輯各條」中「詩文奪胎」條可與此條互參。

杜常華清宮

「行盡江南數十程，曉星殘月入華清。朝元閣上西風急，都入長楊作雨聲。」宋周伯弜《唐詩三體》以此首爲壓卷第一。《詩話》云：「杜常、方澤姓名不顯，而詩句驚人如此。」〔一〕按杜常乃宋人，杜太后之姪，《宋史·文苑》有傳〔二〕。《孫公談圃》亦以爲宋人〔三〕。《范太史集》有《手記》一卷，紀時賢姓名，而杜常在其列，下注「詩學」二字，其爲宋人無疑〔四〕。周伯弜誤矣，然詩極佳。

「曉星」，今本作「曉風」，重下句「西風」字，或改作「曉乘」，亦不佳〔五〕。余見宋敏求《長安志》，乃是「星」字。敏求又云：「長楊非宫名，朝元閣去長楊五百餘里，此乃風入長楊，樹葉似雨聲也。」〔六〕深得作者之意。

此詩姓名時代誤，「曉風」字誤，「長楊」意誤，特爲正之。

【箋　證】

〔一〕元楊士弘《唐音》卷十四「杜常」下載此詩，「曉星」作「曉風」。其題下注云：「《三體詩》注謂新舊《史》及唐諸家小説並無杜常姓名，惟《孫公談圃》以杜常爲宋人。《西清詩話》亦曰：『世有才藻標名而詞不逮者，有不以文藝稱而語驚人者。如近傳《華清宫》一絶，乃杜常；《武昌阻風》乃方澤也。』按三説，則杜常、方澤皆宋人。伯弼詩學傳家，列之於唐，必有所據，更俟傳聞者是之。」升庵此條，即就《唐音》此注爲辨説也。所謂「詩話」即《西清詩話》也。其文云：「世間有才藻擅名，而辭間不工者；有不以文藝稱，而語或驚人者。近傳《留題華清宫》一絶：『行盡江南數十程，曉風殘月入華清。朝元閣上西風急，都入長楊作雨聲。』乃杜常也。又《武昌阻風》一絶：『江上春風留客舟，無窮歸思滿東流。與君盡日閑臨水，貪却飛花忘卻愁。』乃方澤也。此殆不可知矣。」所載詩「曉星」作「曉乘」。

〔二〕杜常傳見《宋史》卷三百三十，不在《文苑》之中。杜常，字正甫，衛州人。宋神宗昭憲皇后族孫。元豐中，知鄆州，權發遣秦鳳等路提刑。崇寧中官工部尚書。升庵此云「杜太后姪」，誤。

〔三〕《孫公談圃》記杜常夢兆登第事，見該書卷三。《孫公談圃》，宋劉延世録所聞於孫升之語。孫升，字君孚，高郵人。元祐中官中書舍人。

〔四〕《范太史集》原作《范蜀公文集》。《范蜀公文集》，宋范鎮撰。范鎮，名景仁，益州華陽人。歷官端明殿學士，提舉崇福宫，封蜀郡公，世稱范蜀公。然所謂杜常「詩學」之語，不見於其集，而見於范祖禹《范太史集》卷五十五《手記》之中。升庵乃偶然記誤也，今改正。又，「手記」原誤作「笏記」，《丹鉛總録》卷十八所録不誤，今據改。

〔五〕元吴師道《吴禮部詩話》云：「『曉風』，以陳仁《詩統》作『曉乘』爲是，下有『西風』字，不應重用也。『長楊』止以樹言爾。」明瞿佑《歸田詩話》亦云：「曏見一善本作『曉乘殘月入華清』，疑作『曉乘』者爲是。」

〔六〕元李好文《長安志圖》卷中：「長楊，關中人家園圃池沼多植白楊，今景龍池尤多，皆大合抱，長數丈，葉厚多風，恒如有雨。因憶唐人詩：『朝元閣上西風急，都入長楊作雨聲。』正謂此樹，以見故宫悲涼之意也。説者以『長楊』爲漢宫，今宫在盩厔，去驪山百餘里，殊無相涉。且漢以木名宫，如桂宫、棠梨、豫章、五柞者非一，又安知長楊不以是木名耶！」升庵此語當據此爲説。明西安知府李經以此書附刻於宋敏求《長安志》之前，故升庵誤以爲宋敏求語也。又升庵所謂「《長安志》作『星』字」云云，《四庫全書總目提要》云：「楊慎《丹鉛録》謂杜常《華清宫》詩見《長安志》，詩中『曉風』乃作『曉星』。檢今本實無此詩。蓋慎喜僞托古書，不足爲據，非此志有所殘缺。」蓋亦未知升庵所見乃《志圖》也。

明朱孟震《河上楮談》云：「臨潼驪山華清宫，温泉在焉。中有萃玉屏，皆宋元及今人詩刻。内杜常詩四篇云云，前題『權發遣秦鳳等路提點刑獄公事太常寺杜常』，後跋云：『正甫大寺自河北移使秦鳳，元豐三年九月二十七日過華清，有詩四首，詞意高遠，氣格清古。邑人曹端儀，既親且舊，因請副本，勒諸方石，以垂不朽。閏九月初一日，潁州杜詡記。』所記此詩，首二句作『東别家山十六程，曉來和月到華清』，石刻異文，蓋初本也。」

温庭筠觀棋

「閑對楸枰傾一壺，黄華坪上幾成都。他時謁帝銅池水，便賭宣城太守無。」〔一〕晉羊玄保云：「金溝清泚，銅池摇颺。既佳光景，當得劇棋。」以棋賭，勝，爲宣城太守〔二〕。

【箋　證】

〔一〕此詩涵芬樓景宋本《温飛卿詩集》不載。《萬首唐人絶句》七言卷四十四載作段成式詩，其前爲温庭筠詩，升庵殆承前而記誤，當改正。清顧嗣立《温飛卿詩集箋注》雜採諸書編《集外詩》一卷，列此詩於末。所據即升庵此説，而於題下注云：「一作段成式詩。」《全唐詩》遂因之而兩載，非是。《萬首唐人絶句》首句「楸枰」作「弈秋」，二句「黄華坪」作「黄羊枰」，三句「銅池水」作「銅池曉」。本書卷五「唐詩不厭同」條引此詩，亦作「弈秋」、「黄羊枰」。疑當以《萬首唐人絶句》所載爲是。又，「黄羊枰」當是「廣羊枰」之誤，蓋用梁武帝《圍棋賦》「枰則廣羊文犀，子則白瑶玄玉」也。

〔二〕《宋書》卷五十四《羊玄保傳》云：「羊玄保，太山南城人也。……善奕棊，棊品第三。太祖與賭郡，戲勝，以補宣城太守。」《南史・羊玄保傳》：「子戎，少有才氣，而輕薄少行檢。語好爲雙聲。江夏王義恭嘗設齋，使戎布牀。須臾王出，以牀狹，乃自開牀。戎曰：『官家恨狹，更廣八分。』王笑曰：『卿豈唯善雙聲，乃辯士也。』文帝好與玄保棋，嘗中使至，玄保曰：『今日上何召我邪？』戎曰：『金溝清泚，銅池摇颺，既佳光景，當得劇棋。』」則此乃玄保之子羊戎所作雙聲語也。《詩話》各本「羊玄保」俱脱「玄」字，今據史文改正。

皮日休館娃宫懷古

「響屧廊中金玉步，採香徑裏綺羅身。不知水葬歸何處，溪月彎彎欲效顰。」〔一〕杜牧之詩：「西子下姑蘇，一舸逐鴟夷。」〔二〕後人遂謂范蠡載西施以去，然不見其所據。余按：《墨子》云「西施之沉，其美也」〔三〕。蓋勾踐平吴後，沉之於江也。又兼此詩可證。李義山《景陽井》一首〔四〕，亦叶此意。

【箋　證】

〔一〕此皮日休《館娃宫懷古五絶》之五，見《松陵唱和集》卷七，「採香徑裏」作「採蘭山上」，「歸何處」作「今何處」。《萬首唐人絶句》七言卷四十六同。

〔二〕此杜牧《杜秋娘詩》中句，見《樊川文集》卷一。

〔三〕《墨子》卷一《親士》篇：「是以甘井近竭，喬木近伐，靈龜近灼，神蛇近暴。是故比干之殪，其抗也；孟賁之殺，其勇也；西施之沈，其美也；吴起之裂，其事也。」

〔四〕此詩見《李義山詩集》卷六。參本卷「李義山景陽井」條。

《丹鉛總録》卷十三「西施」條論吴亡越沈西施於江事猶詳，今備録於左：「世傳西施隨范蠡去，不知所出，只因杜牧『西子下姑蘇，一舸逐鴟夷』之句而附會也。予竊疑之，未有可證以折其是非。一日讀《墨子》曰：『吴起之裂，其功也；西施之沈，其美也。』喜曰：『此吴亡之後，西施亦死於水，不從范蠡去之一證。』墨子去吴越之世甚近，所書得其真。然猶恐牧之别有見，後檢《修文御覽》，見引《吴越春秋》逸篇云：『吴亡後，越浮西施於江，令隨鴟夷以終。』乃嗟曰：『此事正與《墨子》合。杜牧未精審，一時趁筆之過也。』蓋吴既滅，即沈西施於江。浮，沈也，反言耳。隨鴟夷者，子胥之譖死，西施有力焉。胥死盛以鴟夷，今沈西施，所以報子胥之忠，故云隨鴟夷以終。范蠡去越，亦號鴟夷子。杜牧遂以子胥鴟夷爲范蠡之鴟夷，乃影撰此事，以墮後人於疑網也。既又自笑曰：『范蠡不幸遇杜牧，受誣千載。又何幸遇予而雪之，亦一快哉。』」升庵此論出，陳耀文《正楊》、胡應麟《少室山房筆叢》俱起而駁之。然宋人姚寬《西溪叢語》所引《吴越春秋》亦曰：「吴亡，西子被殺。」與《墨子》合。今以皮日休、李商隱二詩觀之，知唐時即有兩説矣。而宋之問《浣紗篇》復云「一朝還舊都，靚粧尋若耶」，則又别是一説也。

孟遲旅望　闡幽

「青山歷歷水悠悠，望遠傷離獨倚樓。日暮風吹官渡柳，白鴉飛出古城頭。」此詩題又作《蕪城》，或作「孟簡」，未知孰是〔一〕。

【箋　證】

〔一〕孟遲，字遲之，平昌人，會昌五年進士。有詩名，尤工絶句。孟簡，字幾道，德州平昌人，工詩，尚節義。舉進士、宏詞，連中。元和中，累官至諫議大夫。以事出爲常州刺史。入爲户部侍郎。穆宗朝，官終太子賓客，分司東都。卒。此詩《萬首唐人絶句》、《全唐詩》不載，諸唐詩選集亦未見。其作者升庵未遑遽定，而於題下注「闡幽」二字，不知何意也。按：此詩首句，見於張籍《别客》詩：「青山歷歷水悠悠，今日相逢明日秋。繫馬橋邊楊柳樹，爲君沽酒暫淹留。」（《張司業集》卷七）《唐詩紀事》卷四十一「張蕭遠」下又載此詩後二句「日暮風吹官渡柳，白鵶飛出石頭牆」，謂張爲取作《詩人主客圖》，並於句下注其題云：「《廢城》句。」張蕭遠，和州烏江人，爲張籍同胞弟。登元和八年進士第。與舒元輿聲價俱美。

韓琮楊柳枝

「梁苑隋堤事已空，萬條猶舞舊春風。那堪更想千年後，誰見楊花入漢宫。」〔一〕韓琮在蜀作此，以諷王宗衍〔二〕。亦有古意。

【箋　證】

〔一〕韓琮此詩，見《樂府詩集》卷八十一「近代曲辭」、《唐詩紀事》卷四十九「滕邁」下、《萬首唐人絶句》七言卷十。宋張唐英《蜀檮杌》卷上載此詩，後二句作「何須思想千年事，誰見楊花入漢宫」。《唐詩紀事》卷七十一「胡曾」下復載此詩，同《蜀檮杌》。

〔三〕王衍，前蜀王建幼子，原名宗衍，登位後去「宗」字。宋張唐英《蜀檮杌》卷上云：王衍乾德五年，「宴群臣於宣華苑，夜分未罷，衍自唱韓琮《柳枝詞》曰云云，内侍宋光溥詠胡曾詩曰：『吴王恃霸棄雄才，貪向姑蘇醉緑醅。不覺錢塘江上月，一宵西送越兵來。』衍聞之不樂，於是罷宴。」韓琮，字代封，長慶四年進士。《唐詩紀事》卷五十八云：「大中中爲湖南觀察使，待將士不以禮。宣宗時，爲都檢石載順等所逐。」宣宗大中下距王衍乾德尚有六七十年，則韓琮生年，不可能得事王衍也。升庵殆因王衍唱其詞，而誤以二人爲同時人。

魚米

唐田澄《蜀城》詩：「地富魚爲米，山芳桂是樵。」〔一〕俗名沃土爲魚米之地，本此。

【箋證】

〔一〕此田澄《成都爲客作》詩：「蜀郡將知遠，城南萬里橋。衣緣鄉淚濕，貌以客愁銷。地富魚爲米，山芳桂是樵。旅游唯得酒，今日過明朝。」見《唐詩紀事》卷三十九。田澄，天寶十三載，以起居舍人兼獻納使，知匭事。肅宗時，嘗奉使入蜀。

李嘉祐王舍人竹樓

「傲吏身閒笑五侯，西江取竹起高樓。南風不用蒲葵扇，紗帽閒眠對水鷗。」〔一〕長夏之景，清麗瀟灑，讀之使人神爽。鏡川楊文懿公愛此詩，嘗以「對鷗」名其閣，先師李文正公爲作賦云〔二〕。趙松雪有鷗波亭〔三〕。

【箋證】

〔一〕此詩見《萬首唐人絶句》七言卷十。李嘉祐，字從一，趙州人。天寶七年擢第，授祕書省正字。肅宗時歷官台州、袁州刺史。與嚴維、劉長卿、冷朝陽諸人友善，爲大曆十才子之一。

〔二〕「鏡川楊文懿公」，即楊守陳。守陳，字維新，鄞縣人。明景泰進士，官吏部右侍郎。倡精思實踐之學，卒謚文懿，有《楊文懿公集》。「李文正公」，即李東陽，字賓之，號西涯，茶陵人。官至文淵閣大學士。爲明詩大家，升庵嘗從其學詩。有《懷麓堂集》。《對鷗閣賦》見《懷麓堂集》卷二十一。其序云：「對鷗閣者，侍講學士鏡川楊先生繼父志而作也。楊之隩故有閣，家徙而閣亦廢。先生之父梅溪公從祖父避地而歸，漸復故宅。嘗游川上，誦李嘉祐『南風不用蒲葵扇，紗帽閒眠對水鷗』之句，蓋其志欲復玆閣，至先生而成焉。」據此，知愛李詩者，自其父始也。

〔三〕此條録自《絶句衍義》卷二，其條末原有此句，今據補。

吕温題陽人城

「忠驅義感即風雷，誰道南方乏武才。天下起兵誅董卓，長沙子弟最先來。」[一]吕東萊《麗澤編》取此詩[二]。《伍子胥兵法》云：「天無陰陽，地無險易。人無勇怯，將有智愚。算有多少，政有賞罰。」[三]此言當矣。孔明屯五丈，魏人畏之如虎，所用蜀兵也。虞允文采石之戰，殪逆亮於頃刻，所用者吴兵也[四]。

【箋證】

〔一〕吕温，字和叔，順宗時爲左拾遺。與王叔文、劉禹錫、柳宗元等共議改革。叔文敗，劉、柳等皆坐貶，温獨以使吐蕃得免。後以衡州刺史終。有《吕衡州集》。此詩見本集卷二。陽人，故城在今河南臨汝縣西。董卓廢少帝，脅獻帝遷都長安，關東州郡起兵討之。長沙太守孫堅大破卓將胡軫於陽人城下。事在獻帝初平二年。見《資治通鑑》卷六十《漢紀》五十二。

〔二〕吕祖謙，字伯恭，婺州金華人。宋孝宗隆興元年進士，復中博學宏詞科，累除直祕閣、著作郎、國史院編修。爲南宋著名理學家，與朱熹、張栻齊名，學者稱東萊先生。所著《麗澤編》今佚。

〔三〕《漢書·藝文志》兵家有《伍子胥》十篇，《舊唐書·經籍志》、《新唐書·藝文志》載有《伍子胥兵法》一卷。自後即再不見著録。宋王應麟《漢書藝文志考證》已言只見《文選》李善注中所引《越絶書》伍子胥水戰兵法，未見其書。升庵此引，不知何據。

〔四〕此詩以爲成事在人，甚具卓識。升庵引古語古事以闡發其深義，見其論詩亦非專主風調也。虞允文大敗金主完顔亮於采石磯，亮爲其下所殺，致金遣使請和，事在南宋高宗紹興三十一年。虞允文，字彬甫，隆州仁壽人。《宋史》有傳。

唐盧中讀庾信集

「四朝十帝盡風流，建業長安兩醉游。惟有一篇《楊柳曲》，江南江北爲君愁。」〔一〕庾信，字子山，本梁之臣，後入東魏，又西魏，歷後周，凡四朝十帝〔二〕。其《楊柳曲》云〔三〕：「君言丈夫無意氣，試問燕山那得碑？」蓋欲自比班固從竇憲〔四〕。又云：「定是懷王作計誤，無事翻覆用張儀。」蓋指朱异釀成侯景之亂也〔五〕。後之議者，悲其失節，而愍其非當事權，此詩云「爲君愁」是也。庾信不足責，若馮道身爲宰相，而視改朝易姓若弈棋〔六〕，王安石以爲合於「伊尹五就桀」之意〔七〕。嗚呼！爲此言，其心可知矣。使其老壽不死，遇靖康之亂，其有不捨殘骸事兀朮、斡離卜乎〔八〕？而宋之大儒，編之名臣之列〔九〕，吾不知其何見也。

【箋　證】

〔一〕此崔塗詩，見《才調集》卷七。江標景刊宋本《崔塗詩集》亦載此詩。《萬首唐人絶句》七言卷三十八於崔塗詩後載《江雨望花》等八詩，署「盧中」，有注云：「八首集名《蘆中》，不載姓名。」而此詩即在其中。升庵此録，所據即《萬首唐人絶句》。疑《蘆中集》，乃崔塗在江南時所作詩集之名也。王士禛《唐人萬首絶句選》卷七採此詩，徑題《蘆中集》，置於卷末無名氏詩中，不與崔塗詩相次。《全唐詩》卷六百七十九於崔塗詩中全收「盧中」八首，復於卷七百八十五無名氏詩中重出此詩。殆皆未檢《才調集》也。崔塗。字禮仙，僖宗光啟四年進士。今存詩一卷。

〔二〕庾信，字子山，南陽新野人。父肩吾爲梁武帝太子中庶子，掌管記。時信爲鈔撰學士，與徐摛、徐陵父子並在東宫，出入禁闥，備受優寵。文章並皆綺艷，時號「徐庾體」。信嘗出使東魏，播譽鄴中。後又出使西魏，被强留不還。入北周官至驃騎大將軍，開府儀同三司，以隋文帝開皇元年卒。凡歷四朝十帝（梁武帝、簡文帝、元帝；魏恭帝；周孝閔帝、明帝、武帝、宣帝、静帝；隋文帝），皆備受禮遇。然其以梁元帝爲西魏所殺，己則屈身事敵，内心矛盾重重，因而常思故土，嘆悲身世，終身不怡。

〔三〕此下引庾信詩句，皆其《楊柳歌》中句，見《庾子山集》卷二。其詩首段云：「河邊楊柳百丈枝，别有長條踠地垂。河水衝激根株危，倏忽河中風浪吹。可憐巢裏鳳凰兒，無故當年生别離。流槎一去上天池，織女支機當見隨。誰言從來蔭數國，直用東南一小枝。」蓋以楊柳喻梁室，詠其盛衰，以悲家國傾覆，自己流離不歸之作。

〔四〕漢和帝永元元年，車騎將軍竇憲引兵北伐，大破匈奴單于，登燕然山。乃令班固作銘，勒石紀功。班固，字孟堅，北地人，以蘭臺令史修《漢書》一百卷。後竇憲敗，連坐被殺。

〔五〕朱异，字彦和，梁武帝時獨掌朝政軍務。《南史·朱异傳》云：异「居權要三十餘年，善承上旨，故特被寵任，歷官自員外、常侍至侍中四官，皆珥貂；自右衛率至領軍四職，並驅鹵簿，近代未之有也。」侯景，字萬景，初爲魏將，後歸高歡。歡卒，又歸附於梁，封河南王。後舉兵叛，攻入建康，圍臺城，餓殺梁武帝，自立爲漢帝。史稱「侯景之亂」。初，侯景背魏歸梁，人皆諫不納，獨朱异勸武帝納之。後魏請和，异又許之，致景恐，乃叛。景將叛時，有啟帖入報，异並抑而不奏，又不爲設備，致使景奸謀得果。故此言朱异釀成其亂也。

〔六〕馮道，字可道，瀛州景城人，善以矯行盜名於世。歷仕梁、唐、晉、漢、周五代，皆位居將相。契丹滅晉，復降受太傅之職，持禄保位，自號「長樂老」。《五代史·馮道傳》謂其「視喪君亡國亦未嘗以屑意。」

〔七〕宋魏泰《東軒筆録》卷九：「王荆公與唐質肅公介同爲參知政事，議論未嘗少合。荆公雅愛馮道，嘗謂其能屈身以安人，如諸佛菩薩之行。一日，於上前語及此事，介曰：『道爲宰相，使天下易四姓，身事十主，此得爲純臣乎？』荆公曰：『伊尹五就湯，五就桀者，正在安人而已。豈可亦謂之非純臣也？』質肅曰：『有伊尹之志則可。』荆公爲之變色。」「伊尹五就桀」，語出《孟子·告子下》：「五就湯、五就桀者，伊尹也。」

〔八〕兀术，金太祖完顔旻第四子，名宗弼。金兵寇宋，屢爲先鋒。略河南、陝西地，與宋划淮河爲界。累官太師都元帥，領行臺尚書。斡離卜，金太祖第二子，名宗望。嘗從太祖滅遼。又與粘罕率兵攻陷汴京，俘徽、欽二帝北去。二人《金史》有傳。

〔九〕宋之大儒，升庵此指朱熹。朱以王安石入《宋朝名臣言行録》，升庵此斥其非，《四庫提要》亦取其説，然實有未當。原其所以，當與當時議禮之爭有關。蓋升庵父廷和，爲武宗朝元老，親受顧命，迎立世宗。嘉靖初政，廷和實主之。而張璁、桂萼諸人以理學進，舊臣罷斥，先政盡癈。其形式上，與北宋新舊黨爭頗相類似。其醜詆安石，或乃借古諷今之意乎？

胡曾詠史

「漠漠黄沙際碧天，問人云此是居延。停驂一顧猶魂斷，蘇武爭銷十九年。」〔一〕此詩全用杜牧之句。慎少侍先師李文正公，公曰：「近日兒童村學教以胡曾《詠史詩》，入門先壞了聲口矣。」慎曰：「如詠蘇武一首，亦好。」公曰：「全是偷杜牧之《聞胡笳》詩。」〔二〕退而閲之，誠然。曾之詩，此外無留良者。

【箋　證】

〔一〕此詩題作《居延》，見胡曾《詠史詩》卷一，「黄沙」作「平沙」，「爭銷」作「爭禁」。《萬首唐人絶句》七言卷五十三同。

〔三〕杜牧《邊上聞胡笳》詩，已見本書卷十。李文正公，謂李東陽也。胡曾《詠史詩》三卷，録其詩一百五十首，皆雜詠史事，各以地名爲題。其詩意主勸戒，而少興寄，故升庵師弟以爲可取無多也。

雍陶哀蜀人爲南詔所俘

「雲南路出洱河西，毒草長青瘴霧低。漸近蠻城誰敢哭，一時收淚羨猿啼。」〔一〕雲南在唐爲南詔，其蠻王閣羅鳳及酋龍三犯成都，俘其巧匠美女而歸，至今大理有巧匠三十六行。近嘉靖中取雕漆工二十餘人，挈家北上，供應内府，皆蜀俘人之後也。去鄉離家，俘於犬羊，苦已極矣。又畏死吞聲而不敢哭，所以羨猿聲之啼也。一「羨」字妙。或改作「聽」〔二〕，非知詩者。

【箋　證】

〔一〕雍陶，字國鈞，蜀人。嘗任國子《毛詩》博士、簡州刺史。有詩名，與賈島、姚合相唱合。《唐詩紀事》卷五十六「雍陶」下記云：「杜元穎爲西川節度使，治無狀。文宗大和三年，南詔蠻嵯巔乃悉衆掩邛、戎、嶲三州，陷之。入成都，止西郛十日，掠子女工技數萬而南。至大渡河，謂華人曰：『此吾南境，爾去國當哭。』衆號慟，赴水死者十三。故陶賦《蜀人爲南蠻俘虜》詩云云，又賦《過大渡泣望鄉國》詩云云，《别嶲州一時慟哭雲日爲之變色》詩云云，《蠻界不許有悲泣之聲》詩云云』」此即《蠻界不許有悲泣之聲》詩，故云「一時收淚羨猿啼」也。王安石《唐百家詩選》卷十七載雍陶《哀蜀人爲南蠻俘虜五章》，此詩前尚有《出青溪關有遲留之意》一首。南詔入成都事，《資治通鑑》卷二百四十四《唐紀》文宗大和三年載之甚詳。《唐詩紀事》所載此詩，「洱河」作「陷河」，「瘴霧」作「瘴色」。《唐百家詩選》同。

〔三〕《雲南通志》卷二十九之十四録此詩，末二句作「但漸攀躋漸披豁，一時收淚聽猿啼」。

崔道融讀杜紫微集

「紫微才調復知兵，常覺風雷筆下生。猶有枉抛心力處，多於五柳賦《閒情》。」〔一〕梁昭明太子序《陶淵明集》云：「白璧微瑕，惟在《閒情》一賦。」〔二〕杜牧嘗著《孫武子》，又作《守論》、《戰論》、《原十六衛》〔三〕，皆有經濟之略，故道融以此絶句少之。杜牧嘗譏元白云：「淫詞媟語，入人肌膚，吾恨不在位，不得以法治之。」〔四〕而牧之詩淫媟者，與元白等耳！豈所謂「睫在眼前猶不見」乎〔五〕？

【箋證】

〔一〕此詩題作《讀杜紫微集》，見《萬首唐人絶句》七言卷四十七，「常覺」作「長遺」，「猶有」作「還有」。崔道融，荆州人，自號東甌散人。與司空圖爲詩友。以徵辟爲永嘉令，累官右補闕。避地入閩，未幾病卒。

〔二〕《陶淵明集》，梁昭明太子蕭統所編，其序云：「余素愛其文，不能釋手，尚想其德，恨不同時。故更加搜求，粗爲區目。白璧微瑕，惟在《閒情》一賦，揚雄所謂『勸百而諷一』者，卒無諷諫，何足摇其筆端？惜哉，亡是可也！」

〔三〕杜牧嘗注曹操所定《孫武兵法》十三篇，《新唐書》卷五十九《藝文志》著録「杜牧注《孫子》三卷」。此云「著」當是「注」字之誤。所云《守論》等三文，並見《樊川文集》卷二。

〔四〕此杜牧《樊川文集》卷九《唐故平盧軍節度巡官隴西李府君墓誌銘》中記墓主李戡之語，非杜牧語。其文云：「嘗曰詩者可以歌，可以流於竹，鼓於絲，婦人小兒皆欲諷誦。國俗薄厚，扇之於詩，如風之疾速。嘗痛自元和已來，有元白詩者，纖艷不逞，非莊士雅人，多爲其所破壞，流於民間，疏於屏壁，子父女母，交口教授，淫言媟語，冬寒夏熱，入人肌骨，不可除去。吾無位，不得用法以治之。」然《新唐書·白居易傳論》引此，已視爲杜牧之語矣。

〔五〕此杜牧《登池州九峰樓寄張祜》詩中句，見《樊川文集》卷三，「猶不見」作「長不見」。杜牧此詩，本譏元白之暗於自見也，升庵則贊同崔意，而轉以譏之。

符載甘州歌

「月裏嫦娥不畫眉，只將雲霧作羅衣。不知夢逐青鸞去，猶把花枝蓋面歸。」此詩飄飄欲仙，樂府以爲《甘州歌》〔一〕，而《禪宗頌古》引之〔二〕。蓋名作衆所膾炙也。符載，成都人。

見《唐文粹》〔三〕。

【箋　證】

〔一〕符載（岑仲勉《跋唐摭言》謂「符」當作「苻」），字厚之，蜀人。初與楊衡等棲青城山。建中初隱居廬山。貞元中歷干諸鎮。貞元末歸蜀，依西川節度使韋皋，以協律郎攝監察御史，爲節度支使。皋卒，劉闢總留務，符載亦在幕中。闢誅，載免官。元和中嘗爲荆南節度趙宗儒記室。後不知所終。此引詩，《全唐詩》卷四百七十二題作《甘州歌》，乃録自升庵也。《全唐詩》卷七百八十六復載此詩，題作《艷歌》。《樂府詩集》卷八十「近代曲辭」有《甘州》，屬羽調曲，然其中不載此詩。升庵所云「樂府」，不知其所指，俟考。

〔二〕《禪宗頌古》，全稱《禪宗頌古聯珠通集》，四十卷，南宋淳熙時池州報恩寺傳法寶鑑大師法應集，元僧普會續集。是書集佛世尊以至古今宗師機緣三百二十五則並偈頌二千一百首。此詩見其書卷三，題「鼓山珪」所頌。

〔三〕《唐文粹》卷九十八有崔群《送符載歸蜀省覲序》。升庵蓋據此也。

青樓曲

「白馬金鞍從武皇，旌旗十萬宿長楊。樓頭小婦鳴筝坐，遥見飛塵入建章。」〔一〕此詠游俠恩倖，有如此之夫，有如此之婦，含諷感時，意在言表。

【箋　證】

〔一〕《樂府詩集》卷九十一載王昌齡《青樓曲二首》，此第一首。其第二首云：「馳道楊花滿御溝，紅妝縵綰上青樓。金章紫綬千餘騎，夫壻朝回初拜侯。」若以二首合讀，則更能見其含諷感時之旨。清潘德輿《養一齋詩話》卷二評云：「此國風之遺也。『彼其之子，三百赤芾』（《詩·曹風·候人》），其此之謂歟？」又云：「極寫富貴景色，絕無貶詞，而均從樓頭小婦眼中看出。而一種佻達之狀，躍躍紙上，而彼時奢淫之失，武事之輕，田獵之荒，爵賞之濫，無不一一從言外會得，真絕調也。」其論可與升庵此説互參。又，王闓運嘗舉此詩，以爲七言絕句標式。並云：「此即事寫景，與太白《白馬驕行篇》同。彼云『美人一笑搴珠簾，遥指紅樓是妾家』，則不及鳴箏者之驕貴也。故詩須有品，艷體猶宜名貴。」（見《王志》）其説亦可資參考。

寄明州于駙馬

「平陽音樂隨都尉，留滯三年在浙東。吴越聲邪無法曲，莫教偷入管絃中。」〔一〕南方歌詞，不入管絃，亦無腔調，如今之弋陽腔也。蓋自唐宋已如此。謬音相傳，不可詰也。東坡《贈王定國歌姬》云：「好把鸞黄記宫樣，莫教絃管作蠻聲。」〔二〕亦是此意。

【箋　證】

〔一〕此白居易《寄明州于駙馬使君三絕句》之二，見《白氏長慶集》卷三十二，「無法曲」作「無法用」。按白集各本皆作「法用」,「法曲」當爲升庵所改。于駙馬,于季友也。《舊唐書》卷一百五十六《于頔傳》:「以第四子季友求尚主,憲宗以長女永昌公主降焉。」後元和中于頔得罪,詔「殿中少監、駙馬都尉季友追奪兩任官階,令其家循省」。其至明州,於史無徵。按:此詩作於大和七年居易病免河南尹,再授太子賓客分司東都以後。先有《同諸客題于家公主舊宅》詩,收句云:「聞道至今簫史在,髭鬚雪白向明州。」此三詩第一首又云:「近海饒風春足雨,白鬚太守悶時多。」則季友乃爲明州刺史也。清朱彝尊《曝書亭集》卷五十《唐阿育王寺常住田碑跋》云:「右唐《阿育王寺常住田碑》,祕書監正字郎萬齊融撰。其初趙州刺史徐嶠之書,既隳於寇,明州刺史于季友於僧惠印所覩舊文,邀處士范的重書。大和七年冬事也。」檢《金石萃編》卷一百八有《育王寺碑後記》,末題「大和七年十二月一日,明州刺史于季友記」。則白詩中于明州即于季友,確定無疑也。平陽公主,漢武帝姊,武帝皇后衛子夫即其家謳者,故稱其音樂。衛青貴後尚平陽公主。都尉,駙馬都尉也。

〔三〕此《和王鞏六首並次韻》第六首中句,見《集注分類東坡先生詩》卷十八,「好把鸞黃」作「勤把鉛黃」,「一作鑾聲」作「學鑾聲」。

張祜和杜牧之九華見寄

「孤城高柳鳴曉鴉,風簾半鈎清露華。九峰聚翠宿危檻,一夜孤光懸冷沙。出岸遠暉帆欲

落，入溪寒影雁差斜。杜陵歸去春應早，莫厭青山謝朓家。」〔一〕

【箋　證】

〔一〕此詩見《張承吉文集》卷七，題作《和池州杜員外題九峰樓》，首句作「秋城高柳啼晚鴉」，三句「聚翠」作「叢翠」，五句「帆欲落」作「帆斷續」，七句「歸去春應早」作「春日歸應早」。此詩採自《藝林伐山》卷十八，其前尚有杜牧《登九華山》一首，云：「晴江灧灧含淺沙，高低繞郭滯秋花。牛浦漁村山月上，鷺渚鴦梁漢日斜。爲郡異鄉徒泥酒，杜陵芳草豈無家。白頭搔首倚柱遍，歸棹何時軋軋鴉。」編《詩話》者漏收杜詩，似當補入也。按《樊川文集》外集卷一，其詩題作《登九峰樓》，九峰樓在池州，杜集中尚有《登池州九峰樓寄張祜》七律一首。且《張承吉文集》亦作「九峰」，則「九華樓」應是「九峰樓」之訛，當據改。

張繼詩

《國語》：「室無懸耜，野無奥草。」〔一〕《尉繚子》兵法：「耕有春懸耜，織有日斷機。」〔二〕言用兵之妨於耕織也。唐張繼詩：「女停襄邑杼，農廢汶陽耕。」〔三〕蓋祖《尉繚子》之語。

【箋　證】

〔一〕語見《國語·周語》，「室」作「民」。

〔二〕此語見《尉繚子》卷三《治本》篇，原文前一句作「耕有不終畝」。

〔三〕此張繼《送判官往陳留》詩中句，見唐高仲武《中興間氣集》卷下，「杵」作「杼」。高氏贊云：「張繼員外，累代詞伯，積襲弓裘。其於爲文，不雕不飾。及爾登第，秀發當時。詩體清迥，有道者風。如『女停襄邑杼，農廢汶陽畊』，可謂事理雙切。」

曹松警句

「華嶽影寒清露掌，海門風急白潮頭。」〔一〕松詩多淺俗，此二句差有中唐之意。

【箋　證】

〔一〕此殷文圭《八月十五夜》七律頸聯，見江標刊宋本《殷文珪詩集》。《全唐詩》卷七百七同。《藝林伐山》取以作曹松句，《全唐詩》卷七百十七從之，誤。殷文圭，池州人，昭宗乾寧中及第，爲裴樞宣諭判官。後事楊行密，終左千牛衛將軍。

韋莊古別離

「晴煙漠漠柳毵毵，不那離情酒半酣。遥把玉鞭雲外指，斷腸春色在江南。」〔一〕韋端己送別詩多佳，經諸家選者不載。

《贈進士》詩：「新馬杏花色，緑袍春草香。」〔二〕

【箋　證】

〔一〕韋莊《浣花集》卷一載此詩，「毵毵」作「鬖鬖」，「遥把玉鞭」作「更把馬鞭」。《萬首唐人絶句》七言卷六十二、《樂府詩集》卷七十二所載同。

〔二〕此韋莊《送崔郎中往使西川行在》詩中句，見《浣花集》卷四。

韋莊江行西望寄友

「西望長安白日遥，半年無事駐蘭橈。欲將張翰松江雨，畫作屏風寄鮑昭。」〔一〕用事新奇可愛。鮑照，唐人避武后諱，改曰昭〔二〕。

【箋　證】

〔一〕此詩見《浣花集》卷六，題「江行西望」下無「寄友」二字，三句「松江」作「秋江」。

〔二〕宋張淏《雲谷雜紀》卷二：「字有因諱易以他音，而尋復從元稱，亦有終不能易者。……鮑昭本名照，避武后諱，唐人書之去火，只用昭字。後遂以鮑昭、鮑照爲二人。」

皓月蘆花

楊徽之詩：「新霜染楓葉，皓月借蘆花。」自云：「此句有神助。」〔一〕

【箋　證】

〔一〕楊徽之，字仲猷，建州浦城人。後周顯德二年進士。入宋，仕至翰林侍讀學士。宋太宗知其名，索其所著。徽之獻詩百篇。太宗自選十聯書於御屏風，此聯其一也，詩題作《湘江舟行》。見宋王闢之《澠水燕談録》卷八。全詩今不存。明彭大翼《山堂肆考》卷一百二十七「寫入御屏」條亦記楊徽之「自注此句有神助」之語。

羅鄴螢詩〔一〕

「水殿風清玉户開〔二〕，飛光千點去還來。無風無月長門夜，偏到階前點緑苔。」似是螢謎，不書題可知也。

【箋　證】

〔一〕「羅鄴」原作「李義山」。按此詩《李義山詩集》不載，《萬首唐人絶句》七言卷五十一、《古今事文類聚》後集卷四十八並作羅鄴詩，《全唐詩》卷六百五十四同，今據改。

〔二〕「風清」，《古今事文類聚》作「清秋」，《萬首唐人絶句》、《全唐詩》作「清風」。

人日梅詩

李群玉《人日梅花》詩〔一〕：「半落半開臨野岸〔二〕，團情團思媚韶光〔三〕。玉鱗寂寂飛斜月，素手亭亭對夕陽〔四〕。」亦有思致。「玉鱗寂寂飛斜月」，真奇句也，「暗香浮動」恐未可比〔五〕。

【箋證】

〔一〕李群玉此作乃七言古詩，題作《人日梅花病中作》。原作十二句，此引其第五至八句。見《李群玉詩集》後集卷三、《歲時雜詠》卷五。

〔二〕「半落半開」，《李群玉詩集》、《歲時雜詠》作「半開半落」。

〔三〕「媚韶光」，《李群玉詩集》、《歲時雜詠》作「醉韶光」。

〔四〕「素手」，《唐詩品彙》後集卷三同，《李群玉詩集》、《歲時雜詠》作「素艷」。

〔五〕林逋《山園小梅》二首之一中句，見《林和靖集》卷二。

此詩「玉鱗寂寂飛斜月」句，造景奇麗，篇中警策。然實未若林逋《山園小梅》詩「疏影橫斜水清淺，暗香浮動月黄昏」二句之風神閒遠，屬對精切，曲盡梅之體態也。蓋林詩二句大得聲稱於世，好事者亦每議其短。周紫芝《竹坡詩話》云：「林和靖賦梅花詩，有『疎影橫斜水清淺，暗香浮動月黄昏』之語，膾炙天下殆二百年。東坡晚年在惠州，作梅花詩云：『紛紛初疑月掛樹，耿耿獨與參橫昏。』此語一出，和靖之氣，遂索然矣。張文潛云：『調鼎當年終有實，論花天下更無香。』此雖未及東坡高妙，然猶可使和靖作衙官。政和間，余見胡份司業和曾公衮梅詩云：『絶艷更無花得似，暗香唯有月明知。』亦自奇絶，使醉翁見之，未必專賞和靖也。」黄山谷亦云：「歐陽文忠公極賞林和靖『疎影横斜水清淺，暗香浮動月黄昏』之句，而不知和靖别有《詠梅》一聯云：『雪後園林纔半樹，水邊籬落忽横枝。』似勝前句。不知文忠公何緣棄此而賞彼。文章大概亦如女色，好惡止繫於人。」（見《山谷集》卷二十六「書林和靖詩」。）升庵此論，亦猶是也。

李義山柳詩

「曾逐東風拂舞筵，樂游春苑斷腸天。如何肯到清秋日，已帶斜陽又帶蟬。」〔一〕宋廬陵陳模《詩話》云：「前日春風舞筵，何其富盛，今日斜陽蟬聲，何其淒涼，不如望秋先零也。形容先榮後悴之意。」〔二〕

【箋證】

〔一〕此見《李義山詩集》卷六。

〔二〕宋陳模《懷古録》卷上：「若『帶斜陽』人能言之，『帶蟬』則無人能言矣。此盡言前日逐春風舞筵，如此可樂，後日乃帶斜陽、蟬聲之淒悲，則宜不肯到秋日，不如望秋先零也。此比興先榮後悴難爲情之意，足以盡之矣。」陳模，字子宏，南宋末廬陵布衣也。著《懷古録》三卷，一論詩，一論樂府，一論文章。升庵所謂「陳模詩話」，指此。

李義山景陽井

「景陽宮井剩堪悲，不盡龍鸞誓死期。惆悵吴王宫外水，濁泥猶得葬西施。」〔一〕觀此，西施之沉，信矣。杜牧所云「逐鴟夷」者〔二〕，安知不謂沉江而殉子胥乎？「鴟革浮胥骸」，亦子胥事也〔三〕。

【箋 證】

〔一〕此詩見《李義山詩集》卷六，「惆悵」作「腸斷」；《萬首唐人絶句》七言卷四十一所載同。

〔二〕「西子下姑蘇，一舸逐鴟夷」，杜牧《杜秋娘》詩中句也，見《樊川文集》卷一。

〔三〕「鴟革浮胥骸」事，見《史記》卷六十六《伍子胥列傳》：伍子胥自刎前謂人曰：「『必樹吾墓上以梓，令可以爲器，而抉吾眼縣吴東門之上，以觀越寇之入滅吴也。』乃自剄死。吴王聞之，大怒，乃取子胥尸，盛以鴟夷革，浮之江中。」應劭曰：「取馬革爲鴟夷，鴟夷，榼形。」《漢書·食貨志》：范蠡「乃乘扁舟，浮江湖，變姓名適齊，爲鴟夷子皮。之陶，爲朱公。」顔師古注曰：「自號鴟夷者，言若盛酒之鴟夷，多所容受，而可卷懷，與時張弛也。鴟夷，皮之所爲，故曰子皮。」

小姑無郎

古樂府《清溪小姑曲》云：「開門白水，側近橋梁。小姑所居，獨處無郎。」〔一〕唐李義山詩：「神女生涯元是夢，小姑居處本無郎。」〔二〕小姑，蔣子文第三妹也。楊炯《少姨廟碑》云：「虞帝二妃，湘水之波瀾未歇；蔣侯三妹，青溪之軌跡可尋。」〔三〕

【箋　證】

〔一〕《樂府詩集》卷四十七載《青溪小姑曲》即此。其題解引吴均《續齊諧記》曰：「會稽趙文韶，宋元嘉中爲東扶侍，廨在青溪中橋。秋夜步月，悵然思歸。乃倚門唱《烏飛曲》。忽有青衣，年可十五六許，詣門曰：『女郎聞歌聲有悦人者，逐月游戲，故遣相問。』文韶都不之疑，遂邀暫過。須臾女郎至，年可十八九許，容色絶妙。謂文韶曰：『聞君善歌，能爲作一曲否？』文韶即爲歌『草生盤石下』，聲甚清美。女郎顧青衣，取箜篌鼓之，泠泠似楚曲。又令侍婢歌《繁霜》，自脱金簪扣箜篌和之。婢乃歌曰：『歌繁霜，繁霜侵曉幕。何意空相守，坐待繁霜落。』留連宴寢，將旦别去，以金簪遺文韶。文韶亦贈以銀盌及瑠璃匕。明日於青溪廟中得之，乃知昨所見，青溪神女也。」又引干寶《搜神記》曰：「廣陵蔣子文，嘗爲秣陵尉，因擊賊傷而死。吴孫權時，封中都侯，立廟鍾山。」又引《異苑》曰：「青溪小姑，蔣侯第三妹也。」

〔二〕此李商隱《無題二首》之第二首，見《李義山詩集》卷五，句末原注云：「古詩有『小姑無郎』

之句。」

〔三〕此楊炯《少室山少姨廟碑》中文句，見《楊盈川集》卷五，原文作「蔣侯三妹，青溪之軌跡可尋；虞帝二妃，湘水之波瀾未歇」，前後適反。楊炯，華陰人。博學善屬文，六歲舉神童，授校書郎。高宗永隆二年，充崇文館學士，後爲盈川令。與王勃、盧照隣、駱賓王以文辭齊名海内，稱「初唐四傑」。

明駝使

《木蘭辭》：「願借明駝千里足，送兒還故鄉。」〔一〕今本或改「明」作「鳴」，非也。駝卧，腹不貼地，屈足漏明，則走千里，故曰明駝〔二〕。唐制：驛置有明駝使，非邊塞軍機，不得擅發。楊妃私發明駝使賜安禄山荔枝，見小説〔三〕。

【箋　證】

〔一〕《木蘭辭》，見《古文苑》卷九。

〔二〕唐段成式《酉陽雜俎》卷十六：「駞性羞，《木蘭篇》『明駞千里脚』多誤作『鳴』字。駞卧腹不貼地，屈足漏明，則行千里。」此升庵之所據。

〔三〕《説郛》卷一百十一《楊太真外傳》：「交趾貢龍腦香，有蟬蠶之狀，五十枚，波斯言老龍腦樹節方有，禁中呼爲瑞龍腦。上賜妃十枚，妃私發明駞使，持三枚遺禄山。」後注云：「明駞使，腹下有毛，夜能明，日馳五百里。」升庵所云「小説」當指此，則太真賜禄山乃瑞龍腦，非荔枝也。

王周嘉陵江

「嘉陵江水色，一帶柔藍碧。天女瑟瑟衣，風梭晚來織。」〔一〕晚唐絶句，此殆爲冠，而洪氏《唐絶》不收〔二〕。

【箋證】

〔一〕王周此詩，見景宋書棚本《唐人五十家集》中《王周詩集》，題爲《巴江》，原詩作：「巴江江水色，一帶濃藍碧。仙女瑟瑟衣，風梭晚来織。」明胡震亨《唐音統籤》卷八百十六「王周詩」下所載同。

〔二〕王周舊多以爲唐末人，席啟寓景宋刊《唐詩百名家全集》、江標景宋《唐人五十家集》均收其集。胡震亨辨之云：「周詩唐、宋《藝文志》並無，惟《文獻通考》載入唐人集目中。今考《峽船詩》序内引陸魯望《茶具詩》，其人蓋在魯望之後。而詩題紀年，有戊寅、己卯兩歲，近則梁之貞明，遠則宋之太平興國也。而自注地名，又有漢陽軍、興國軍，爲宋郡號。周殆爲宋人無疑。」今按：王周，明州奉化人。宋真宗大中祥符五年進士，歷知明州、撫州。皇祐中致仕，歸荆南。「洪氏《唐絶》」，指洪邁《萬首唐人絶句》。其不録王周，是也。

王周此詩本詠巴江，而升庵以李商隱《望喜驛别嘉陵江水二絶》第二首有「千里嘉陵江水色，含煙帶月碧於藍」之句，易「巴江」作「嘉陵江」，更見其用典工切。其第三句「仙女瑟瑟衣」，亦自貫休《禪月集》卷一《夢游仙》四首第二首中「三四仙女兒，身著瑟瑟衣」二句化出也。

卵色天

唐詩：「殘霞蹙水魚鱗浪，薄日烘雲卵色天。」〔一〕東坡詩：「笑把鴟夷一樽酒，相逢卵色五湖天。」〔二〕正用其語。《花間詞》「一方卵色楚南天」，注以卵爲泖，非也〔三〕。注東坡詩者，亦改卵色爲柳色，王龜齡亦不及此邪？

【箋證】

〔一〕此陸游詩句，其集中凡兩用之。一見《劍南詩稿》卷八《東門外遍歷諸園及僧院觀游人之盛》詩，原作「微風蹙水魚鱗浪，薄日烘雲卵色天」。一見卷七十九《初冬雜詠》詩，作「微風蹙水靴紋浪，薄日烘雲卵色天」。《太平廣記》卷三百四十三引唐人張讀《宣室志》，記進士陸喬夢沈約子青箱賦《過臺城感舊》詩，中有「夜月琉璃水，春風卵色天」之句。升庵未之及，而誤以陸游詩句屬之唐人。

〔二〕此蘇軾《和林子中待制》詩中句，見王十朋《集注分類東坡先生詩》卷十九，「卵色」作「卯色」。

〔三〕此孫光憲《河瀆神》詞中句，見《花間集》卷八。宋晁謙之本《花間集》此句「卵」作「夘」，注云：「作『夘』。夘，古柳字。作『泖』。泖，水名。」升庵乃據此爲説，故其《詞品》卷五「蓦山溪」條末引東坡「相逢卯色五湖天」句並云：「今刻蘇詩不知出處，改卯色爲柳色，非也。《花間》詞『一方卯色楚南天』，注以『卯』爲『泖』，亦非。」按：宋祁《宋景文筆記》卷中亦云：「古文『夘』本『柳』字。後借爲辰卯之卯。」然古書中亦有借「夘」作「卯」者，如《太平御覽》卷九百二十五引《南越志》曰：「江鷗，一名海鷗，在漲海中，隨潮上下。常以三月風至，乃還洲嶼。生夘似鷄夘，色青。」即以「夘」作「卯」也。

無名氏水鼓子

「彫弓白羽獵初回，薄夜牛羊復下來。青塚路邊芳草合，黑山峰外陣雲開。」〔一〕《水鼓子》，後轉爲《漁家傲》〔二〕。

【箋　證】

〔一〕《樂府詩集》卷八十《近代曲辭》録此詩，三句作「夢水河邊秋草合」。

〔二〕《升庵外集》卷八十二「鼓子詞」條云：「宋歐陽六一作《十二月鼓子詞》，即今之《漁家傲》也。」歐陽修《近體樂府》卷二《漁家傲》十二首，末有無名氏跋語云：「荆公嘗對客誦永叔小闋云：『五綵新絲纏角粽。金盤送。生綃畫扇盤雙鳳。』曰：『三十年前見其全篇，今才記三句，乃永叔在李太尉端愿席上所作《十二月鼓子詞》。數問人求之，不可得。』嗚呼！荆公之没二紀，余自永平幕召還，過武陵，始得於州將李君誼。追恨荆公之不獲見也。誼太尉猶子也。」升庵所據即此。然據趙令時《侯鯖録》卷五所録其所作《會真記鼓子詞》十二章，乃用《商調蝶戀花》爲調。則知《鼓子詞》乃當時之説唱文體，並非詞調。至其所云「《水鼓子》後轉爲《漁家傲》」，當更不足信矣。

無名氏水調歌

「千年一遇聖明朝，願對君王舞細腰。乍可當熊任生死，誰能伴鳳上雲霄。」〔一〕此詩借宫詞以諷。盧照隣詩：「得成比目何辭死，願作鴛鴦不羨仙。」〔二〕許棠詩：「導引何如鴝鴿舞，步虚爭似鷓鴣詞。」〔三〕高季迪詩：「酒醒金屋曙河流，願賜銅盤一滴秋。他日君王上仙去，瑶池猶幸得同游。」〔四〕妙得此意。

【箋證】

〔一〕《樂府詩集》卷七十九《近代曲辭》録《水調歌》十一疊，此其「入破第五」。郭茂倩解題曰：「《樂苑》曰：『《水調》，商調曲也。』舊説《水調》、《河傳》，隋煬帝幸江都時所製。曲成奏之，聲韻怨切。王令言聞而謂其弟子曰：『但有去聲而無回韻，帝不返矣。』後竟如其言。按唐曲凡十一疊，前五疊爲歌，後六疊爲入破。」「當熊」，用漢元帝馮婕妤事，見《漢書·外戚傳》。

〔二〕此盧照隣《長安古意》詩中句，見《幽憂子集》卷二。盧照隣，字昇之，范陽人。嘗官新都尉。

以風疾病廢，不堪其苦，自沈潁水而死。爲「初唐四傑」之一。

〔三〕此引詩句，《全唐詩》許棠詩下不載，陳尚君《全唐詩續拾》亦不取，未知何人之作，俟考。許棠，字文化，宣州涇縣人。咸通十二年進士，官涇縣尉。

〔四〕高啟，字季迪，長洲人，自號青丘子。明太祖洪武初詔修《元史》，授翰林院國史編修，擢户部侍郎，放還。後以爲魏觀作《上梁文》，連坐死。啟詩出入漢魏、盛唐以至宋元間，當時稱爲大作手。《明史》有傳。此詩見《高太史大全集》卷十七，爲其《十宫詞》中之《漢宫》詞，第三句「上仙去」作「作仙去」。

無名氏楊柳枝

「萬里長江一帶開，岸邊楊柳是誰栽？錦帆未落西風起，惆悵龍舟更不迴。」〔一〕此弔隋煬帝也。俯仰感慨，蓋初唐之詩。後世《柳枝詞》皆祖之。

【箋　證】

〔一〕胡曾《詠史詩》卷下有《汴水》詩，云：「千里長河一旦開，亡隋波浪九天來。錦帆未落干戈起，惆悵龍舟更不迴。」《萬首唐人絶句》七言卷五十三同。何光遠《鑑誡録》卷七「亡國音」條亦引胡曾詩云：「《柳枝》者，亡隋之曲。煬帝將幸江都，開汴河種柳，至今號曰隋堤，有是曲也。胡曾《詠史詩》曰：『萬里長江一旦開，岸邊楊柳幾千栽。錦帆未落干戈起，惆悵龍舟更不迴。』」二書所録與本條文句皆有小異，蓋先有胡曾此詩，歌者傳唱，展轉改易而如此。升庵以爲初唐人作，不足信也。

《升庵外集》卷八十三「柳枝詞」條云：「唐人《柳枝詞》，劉禹錫、白樂天而下，凡數十首，予獨愛無名氏『萬里長江一帶開』云云。此詞詠史詠物，兩極其妙。首句見隋開汴通江。次句『是誰栽』三字作問詞，尤含蓄。不言煬帝，而譏弔之意在其中。末二句俯仰今古，悲感溢於言外。」又，王士禛《五代詩話》卷二「和凝」下，鄭方坤補録《稗史彙編》一條，因升庵「初唐人詩」之語，乃以此詩爲陳子昂作，則其謬妄，不待辨矣。

楊柳枝壽杯詞

「曉晴樓上捲珠簾，往往長條拂枕函。恰直小蠻初學舞，擬偷金縷押春衫。」「池邊影動散鴛鴦，更引微風亂繡牀。只待玉窗塵不起，始應金雁得成行。」〔一〕此無名氏《柳枝詞》也，郭茂倩《樂府》所遺。今以未盡者，並爲録之。姚合《柳枝詞》云：「黄金絲掛粉牆頭，動似顛狂靜似愁。游客見時心自醉，無因得見玉搔頭。」〔二〕「勾踐初迎西子年，琉璃爲帚掃溪煙。至今不改當時色，留與王孫繫酒船。」〔三〕羅隱《柳枝詞》云：「灞岸晴來送别頻，相偎相倚不勝春。自家飛絮猶無定，爭解垂絲絆路人？」〔四〕「一簇青煙鎖玉樓，半垂欄畔半

垂溝。明年更有新條在，惱亂春風卒未休。」〔五〕

【箋證】

〔一〕《萬首唐人絶句》七言卷五十七載司空圖《楊柳枝壽杯詞十八首》，此其第六、七兩首，前首「曉晴」作「偶然」，「恰直小蠻」作「恰值小娥」；後首「只待」作「直待」。升庵以爲無名氏之作，非也。

〔二〕此姚合《楊柳枝詞五首》第一首，見《姚少監詩集》卷十，「玉搔頭」作「謝家樓」。

〔三〕此見《萬首唐人絶句》七言卷七十二，爲成文幹《柳枝辭九首》之第四首。

〔四〕此見羅隱《甲乙集》卷三，題作《柳》。《文苑英華》卷三百二十三所載，首句「晴來」作「晴時」，末句作「爭把長條絆得人」。

〔五〕此見羅隱《甲乙集》卷九，亦題作《柳》，「惱亂」作「繞亂」。

無名氏詩

唐無名氏詩：「江上送行人，千山生暮氛。謝安團扇上，爲畫敬亭雲。」〔一〕僧皎然《送邢台州》云：「海上仙人屬使君，石橋琪樹古來聞。他時畫出白團扇，乞取天台一片雲。」〔二〕二詩命意用事相類。晉人重扇題畫，謂之便面〔三〕。又曰方麴〔四〕，如「羊孚《雪讚》」〔五〕、「右軍蒲葵」〔六〕，是其事也。

【箋證】

〔一〕此潘佐《送人往宣城》詩，見《萬首唐人絶句》五言卷二十四，「江上」作「江畔」。潘佐，生平里籍無考，或以爲潘佑之誤。潘佑，幽州人。南唐時累官虞部員外郎，内史舍人。

〔二〕見《晝上人集》卷四，題作《送邢台州濟》。《文苑英華》卷二百七十四亦載此詩，題誤作《送獨孤使君赴岳州》，「古來」作「此来」。

〔三〕《漢書》卷七十六《張敞傳》：「使御吏驅，自以便面拊馬。」師古注曰：「便面，所以障面，蓋扇之類也。不欲見人，以此自障面，則得其便，故曰便面。亦曰屏面。今之沙門所持竹扇，上袤平而下圜，即古之便面也。」後也稱團扇、摺扇爲便面。

〔四〕《北齊書》卷三十四《楊愔傳》：「其聰記强識，半面不忘。每有所召，問或單稱姓，或單稱名，無有誤者。後有選人魯漫漢，自言猥賤，獨不見識。愔曰：『卿前在元子思坊，騎秃尾草驢，經見我不下，以方麴鄣面。我何不識卿！』漫漢驚服。」「麴」與「麯」通。升庵《丹鉛總録》卷八「方麯」條云：「《北史·楊愔傳》：『以方麯障面。』讀者不解『方麯』爲何語。按《説文》作『筁』，蠶薄也。通作『曲』。《禮記》曰『薄』。《漢書·周勃傳》：『織薄曲爲業。』《方言》：『薄謂之曲。』此云『方麯障面』，蓋竹織方扇也。」

〔五〕《世説新語·文學》：「羊孚作《雪讚》云：『資清以化，乘氣以霏。遇象能鮮，即潔成輝。』桓胤遂以書扇。」

〔六〕《晉書》卷八十《王羲之傳》：「嘗在蕺山見一老姥，持六角竹扇賣之。羲之書其扇，各爲五字。姥初有愠色，因謂姥曰：『但言是王右軍書，以求百錢邪。』姥如其言，人競買之。他日姥又持扇来，羲之笑而不答。」又卷七十九《謝安傳》：「安少有盛名，時多愛慕。鄉人有罷中宿縣者，還詣安。安問其歸資，答曰：『有蒲葵扇五萬。』安乃取其中者捉之。京師士庶競市，價增數倍。」羲之書扇，不言蒲葵，而升庵以謝安捉蒲葵扇實之，混二爲一矣。捉，手持之也。

衢州斷碑詩

衢州爛柯橋斷碑詩不全，中有句云：「薄煙冪遠郊，遥峰没歸翼。」可謂奇絶。蓋六朝人語，唐人罕及也。又傳爲古仙句〔一〕。

【箋　證】

〔一〕此二句，乃唐太宗第三子吴王恪孫信安郡王李禕所題《石橋》詩中句，《全唐詩》卷六録其全詩，題下注云：「在衢之爛柯山，即王質看仙人弈棊處也。詩有貞元二年嚴綬石刻記。詩内缺二十一字。」朱彝尊《曝書亭集》卷四十九《跋唐衢州刺史嗣江王禕石橋寺詩》云：「石橋寺，在衢州府西安縣南三十里，道書第八青霞洞天也。康熙壬申冬，知縣事鹿君祐邀予往游。從寺登山，尋仙人對弈所，前後洞豁。有碑峙其右，則唐嗣江王禕所題五言詩，以貞元三年正月上石。末書朝散大夫、使持節衢州諸軍事、守衢州刺史、賜紫金魚袋韋光輔建。文稱：刺史韋公於石橋寺橋下，以外祖信安郡王詩刻石。按《新唐書表》，太宗第三子吴王恪，恪第三子琨，琨子褘。《舊唐書傳》：褘少繼江王囂，後封爲嗣江王，改封信安郡王。景雲、開元中，兩爲衢州刺史。詩題嗣江王，當是景雲間初爲刺史作也。成都楊用修不知『薄烟羃遠郊，遥峰没歸翼』二語係王詩，疑爲仙人遺句，誤矣。」

江南行〔一〕

「江煙濕雨鮫綃軟，漠漠遠山眉黛淺〔二〕。水國多愁又有情，夜槽壓酒銀船滿。細柳摇煙凝曉空〔三〕，吴王臺榭春夢中。鴛鴦㶉鶒唤不起，平鋪渌水眠東風。西陵路遠月悄悄〔四〕，油壁輕車蘇小小〔五〕。」「細柳摇煙」一作「繃絲採怨」。

【箋證】

〔一〕此羅隱詩，《甲乙集》不載，見《文苑英華》卷二百一、《樂府詩集》卷二十六《相和歌辭》。

〔二〕「遠山」，《文苑英華》作「小山」。

〔三〕「細柳摇煙」，《文苑英華》作「細絲摇柳」；《樂府詩集》作「綳絲採怨」。

〔四〕「路遠」，二書並作「路邊」。

〔五〕「輕車蘇小小」，《文苑英華》作「車輕蘇小小」；《樂府詩集》作「輕車嫁蘇小」。

江烏海燕

余最愛樂府「桂殿江烏對，彫屏海燕重」之句，不知何人作也〔一〕。

【箋　證】

〔一〕此見《樂府詩集》卷七十九《近代曲辭》，爲《伊州歌》第五曲中句，詩云：「桂殿江烏對，彫屏海燕重。祇應多釀酒，醉罷樂高鍾。」乃西京節度蓋嘉運所進也。《萬首唐人絶句》五言卷二十録作《伊州歌五首》之第三首。

阮何雙

唐詩：「雲仍王謝並，風貌阮何雙。」《南史》：「宋孝武選侍中四人，並以風貌。王彧、謝莊爲一雙；阮韜、何偃爲一雙。」〔一〕

【箋　證】

〔一〕此條引詩，未知所本。所引《南史》，見於卷二十四《王延之傳》。

仙女湘妃廟

「碧杜紅蘅縹緲香，冰絲彈月弄新涼。峰巒到曉渾相似，九處堪疑九斷腸。」〔一〕此詩出塵絶俗，信非食煙火人語也〔二〕。

【箋　證】

〔一〕許顗《彦周詩話》：「有客泊湘妃廟前，夜半偶不寐，見輿衛入廟中，置酒鼓琴。心悸不敢窺。殆明方散，隱隱絶水浮空去。因入廟中，見詩四句，墨色猶未乾。云：『碧杜紅蘅縹緲香，冰絲彈月弄新涼。峰巒向曉渾相似。九處堪疑九斷腸。』神怪不足言，但詩殊佳，故録之。」又，《萬首唐人絶句》七言卷六十六録「湘妃廟女子」詩四首，其第二首云：「碧杜紅蘅縹緲香，水絲彈月夢清涼。峰巒一一俱相似，九處堪疑百斷腸。」與此文字稍異。

〔二〕《詩話總龜》卷九引《王直方詩話》：「文潛先與李公擇輩來余家，作長句。後再同東坡來。坡讀其詩，歎息云：『此不是吃烟火食人道底言語。』」謂其超凡脱俗，意境高妙也。

僧皎然冬日送客

「平明走馬上村橋，花落梅溪雪未消。日短天寒愁送客，楚山無限路迢迢。」〔一〕無酸餡氣，佳甚〔二〕。

【箋　證】

〔一〕此詩見《萬首唐人絶句》七言卷六十三，題作《冬夜送人》。《唐詩品彙》卷五十五所載同而歸之無本，誤。《晝上人集》卷四載此，題作《冬日梅谿送裴方舟之宣州》，「走馬」作「匹馬」，「花落」作「花發」，「路迢迢」作「路遥遥」。

〔二〕葉夢得《石林詩話》卷中云：「唐詩僧，中葉以後，其名字班班爲時所稱者甚多，然詩皆不傳。如『經來白馬寺，僧到赤烏年』數聯，僅見文士所録而已。陵遲至貫休、齊己之徒，其詩雖存，然無足言矣。中間惟皎然最爲傑出，故其詩十卷獨全。亦無甚過人處。近世僧學詩者極多，皆無超然自得之氣，往往反拾掇模傚士大夫所殘棄。又自作一種僧體，格律尤凡俗，世謂之酸餡氣。子瞻有《贈惠通詩》云：『語帶煙霞從古少，氣含蔬筍到公無。』嘗語人曰：『頗解蔬筍語否？爲無酸餡氣也。』聞者無不皆笑。」此升庵説之所本。

貫休古意

「憶在山中時，丹桂花葳蕤。紅泉浸瑶草，日夕生華滋。箬屋開地爐，翠牆掛藤衣。經行竹窗邊，白猿三四枝。東峰有老人，眼碧頭骨奇。月上來打門，月落方始歸。授我微妙訣，恬淡無所爲。别來六七年，只恐日月飛。」〔一〕中多新句，超出晚唐。貫休又有「霜月夜徘徊，樓中羌笛催。晚風吹不盡，江上落殘梅」一首〔二〕。貫休在晚唐有名，然無可取，獨此首有樂府聲調〔三〕，雖非僧家本色，亦猶惠休之「碧雲」也〔四〕。「習家池沼草萋萋，嵐樹光中信馬蹄。漢主廟前襄水碧，一聲風角夕陽低。」僧無本詩也，亦佳〔五〕。

【箋證】

〔一〕宋陶岳《五代史補》「僧貫休入蜀」條：「僧貫休，婺州蘭溪人。有逸才，長於歌詩。嘗游荆南，時成汭爲荆南節度使，生日有獻歌詩頌德者，僅百餘人，而貫休在焉。汭不能親覽，命幕史鄭準定其高下。準害其能，輒以貫休爲第三。貫休怒曰：『藻鑑如此，其可久乎！』遂入蜀。及至，值王建稱藩，因獻之詩云：『一瓶一鉢垂垂老，萬水千山得得來。』建大悦，遽加禮待。洎僭大號，以國師賜號，曰禪月。」有《禪月集》。此貫休《古意九首》之第九首，題作《憶在山中時》，見《禪月集》卷二，七句「經行」作「看經」，「眼碧頭骨奇」下，多「種薤煮白石，旨趣如嬰兒」二句，末句「日月飛」作「白日飛」，當據改補。

〔二〕此詩見《禪月集》卷二十六，題作《月夕》，「晚風」作「曉風」。

〔三〕「然無可取獨」五字，《詩話》各本皆闕，《升庵文集》卷五十五所載此條，多此五字，文意乃足，今據補。

〔四〕《文選》卷三十一江淹《雜體詩三十首》中有《休上人·怨别》一首，中有句云：「西北秋風至，楚客心悠哉。日暮碧雲合，佳人殊未來。」此江淹擬作，非惠休詩也。惠休，姓湯，南朝宋僧人。後還俗，官至揚州從事。

〔五〕無本，賈島初爲僧，有此名，韓愈爲河南尹，有《送無本師歸范陽》詩，見《昌黎先生文集》卷五。然此詩《才調集》卷九、《萬首唐人絶句》七言卷六十四皆題僧無本《行次漢上》，不入賈島詩。

按：賈島，幽都人，早歲爲僧，不過數年，且方當年少，其足跡不致及於漢南也。疑此無本，别是一人。鄭谷《鄭守愚文集》卷一有《題無本上人小齋》詩云：「寒寺唯應我訪師，人稀境静雪銷遲。竹西落照侵窗好，堪惜歸時落照時。」又有《别修覺寺無本上人》詩。據《方輿勝覽》卷五十二《崇慶府》所記，「修覺寺，在新津縣南五里」。鄭谷廣明元年避亂蜀中，二詩當作於此時，則此無本乃唐末蜀僧也。今《全唐詩》卷五百七十四徑録此詩入賈島名下，而失無本之名，當補。此詩首句「池沼」原作「池碧」，據《才調集》卷九、《萬首唐人絶句》卷六十四改。三句「襄水」原作「湘水」，各本所載此詩亦皆作「湘水」。然據《水經注·沔水》「又東過襄陽縣北」注：襄水原名檀溪，即劉備乘的盧馬所躍之溪。其水西去襄陽城里許，北注於沔。復引應劭注曰：「城在襄水之陽，故曰襄陽，是水當即襄水也。」《水經注》又云：「漢元帝以長沙卑溼，分白水、上唐二鄉爲春陵縣。光武即帝位，改爲章陵縣，置園廟焉。」又曰：「（白）水北有白水陂，其陽有漢光武故宅基址存焉，所謂白水鄉也。」白水，即沔水也。則襄陽自有「漢主廟」在焉。而「湘水」自在湖南衡陽，與襄陽無涉。且此詩題作《行次漢上》，漢即沔水也。今又稱漢水襄陽以下曰「襄水」。故知此處「湘水」必「襄水」之訛，今因是改正之。元楊士弘《唐音》卷十四載此詩即已疑之云：「習家池，在襄陽……漢主廟未詳所在。又襄陽有光武舊宅，廟或在焉。然湘水不經襄陽，未必可也。」

靈澈詩

僧靈澈有詩名於中唐。《古墓詩》云：「松樹有死枝，塚墓惟莓苔。石門無人入，古木花不開。」《天台山》云：「天台衆山外，歲晚當寒空。有時半不見，崔嵬在雲中。」《九日》云：「山僧不記重陽節，因見茱萸憶去年。」諸篇爲劉長卿、皇甫曾所稱〔一〕。予獨取《天台山》一絶，真絶唱也。

【箋　證】

〔一〕「靈澈」原作「靈徹」，據嘉靖四卷本《升庵詩話》卷三改。劉禹錫《劉夢得文集》卷二十三《澈上人文集紀》云：「上人生於會稽，本湯氏子。聰察嗜學，不肯爲凡夫。因辭父兄出家，號靈澈，字源澄。雖受經論，一心好篇章，從越客嚴維學爲詩，遂籍籍有聞。維卒，乃抵吴興，與長老詩僧皎然游。講藝益至，皎然以書薦於詞人包侍郎佶。包得之大喜，又以書致于李侍郎紓。是時以文章風韻主盟于世者曰『包李』，以是上人之名，由二公而飈。」皎然《晝上人集》卷一《贈包中丞書》云：「有會稽沙門靈澈，年三十有六，知其有文十餘年，而未識之。比則聞於故祕書郎嚴維、隨州劉使君長卿、前殿中皇甫侍御曾，常所稱耳。及上人自浙右来湖上見存，并示製作。觀其風裁，味其情致，不下古手，不傍古人，則向之嚴、劉、皇甫所許。疇今所覯，三君之言，猶未盡上人之美矣。讀其《道邊古墳詩》則有：『松樹有死枝，塚上唯莓苔。石門無人入,古木花不開。』《答范祕書作》則有:『綠竹歲寒在,故人衰老多。』《雲門雪夜》則有:『天寒猛虎叫巖雪,松下無人空有月。千年像教人不聞,燒香獨爲鬼神説。』《石帆山作》則有:『月色靜中見,泉聲深處聞。』《題李尊師堂》則有:『古觀茅山下,諸峰欲曙時。真人是黄子,玉堂生紫芝。』《題曹溪能大師蔣山居》則有:『禪門至六祖,衣鉢無人待。』《登天姥岑望天台山作》則有:『天台衆山外,歲晚當寒空。有時半不見,崔嵬在雲中。』《傷古墓作》則有:『古墓碑表折,荒隴松栢稀。』《福建還登黎嶺望越中作》則有:『秋深知氣正,家近覺山寒。』《九日》則有:『山僧不記重陽日,因見茱萸憶去年。』《宿延平懷古》則有:『今非古獄下,莫向斗邊看。』又有歸湖南詩,則有:『山邊水邊待月明,暫向人間借路行。如今還向山邊去,唯有湖水無路行。』此僧諸作皆紗,獨此一篇,使老僧見欲棄筆研。伏惟中丞,高鑒弘量,其進諸乎?其捨諸乎?方今天下有故,大賢勤王,輒以非急干請視聽,亦昭愚老不達時也。然上人秉心立節,不可多得,其道行空惠,無慙安遠。嘗著《律宗引源》二十一卷,爲緇流所歸。至於玄言道理,應接靡滯。風月之間,亦足以助君子高興也。」「中丞」,包佶也。升庵乃據此爲説。「皇甫曾」原作「皇甫冉」,乃偶然疏誤也,今據改。

貫休題蘭江言上人院

「只是危吟坐翠屏,門前歧路自崩騰。青雲名士時相訪,茶煮西峰瀑布冰。」〔一〕結句清妙,取之。

【箋　證】

〔一〕此貫休《題蘭江言上人院二首》之二，見《禪月集》卷二十一，題下有注云：「時王藹先輩有詩二首題其院，因和題之。」首句「翠屏」作「翠層」。《萬首唐人絶句》卷六十四所載，「相訪」作「相問」。

僧無可落葉詩〔一〕

「遶巷夾溪紅，蕭條逐北風。別林遺宿鳥，浮水載鳴蟲。石小埋初盡，枝長落未終。帶霜書麗什，閒讀白雲中。」〔二〕句雖太巧，亦尋常思量不到也。

【箋　證】

〔一〕此詩見《文苑英華》卷三百二十七、《唐僧弘秀集》卷三，爲僧無可《隕葉》詩。「無可」原作「無鄴」，唐僧無此人，當是升庵誤記也，今據二書改。無可，長安僧，賈島從弟。工五言詩，與馬戴、姚合等人唱酬。

〔二〕「浮水載鳴蟲」原作「浮水感鳴蛩」、「枝長落未終」原作「枝長葉未終」，據二書改。

海魚空鳥

「大海從魚躍，長空任鳥飛。」唐荆州陟屺寺僧玄覽詩也。朱文公嘗書之，且跋之曰：「大丈夫處世，不可無此氣象。」蓋亦取之。玄覽齋壁有張璪畫松，符載贊之，衛象詩之，覽悉加堊焉。曰：「無事疥吾壁也。」[一]異哉，此髡奴能知魚鳥任其飛躍，又何必介意於三才子之筆乎？

【箋　證】

〔一〕《酉陽雜俎》卷十二：「大曆末，禪師玄覽住荆州陟屺寺，道高有風韻，人不可得而親。張璪常畫古松於齋壁，符載讚之，衛象詩之，亦一時三絶。覽悉加堊焉。人問其故，曰：『無事疥吾壁也！』僧那即其甥，爲寺之患。發瓦探鷇，壞牆薰鼠，覽未嘗責。有弟子義詮，布衣一食，覽亦不稱。或怪之，乃題詩於竹曰：『大海從魚躍，長空任鳥飛。欲知吾道廓，不與物情違。』忽一夕，有梵僧撥户而進，曰：『和尚速作道場。』覽言：『有爲之事，吾未嘗作。』僧熟視而出，反手闔户，門扃如舊。覽笑謂左右：『吾將歸歟。』遂遽浴訖，隱几而化。」

薛濤詩

「聞説邊城苦，如今到始知。好將筵上曲，唱與隴頭兒。」此薛濤在高駢宴上聞邊報樂府也。有諷諭而不露，得詩人之妙。使李白見之，亦當叩首。元白流紛紛停筆，不亦宜乎？濤有詩集，此首不載〔一〕。

【箋　證】

〔一〕韋莊《又玄集》卷下載此詩，題作《罰赴邊有懷上韋相公》。韋相公，西川節度使韋皋也。濤生元和間，高駢鎮蜀在唐末，時代遠不相及。韋皋欲奏濤爲校書，《唐詩紀事》卷七十九記其事，所載此詩，題亦與《又玄集》同。唐人小説有以事附會高駢者，如宋祝穆《古今事文類聚》續集卷十五引唐丁用晦《芝田録》曰：「高駢鎮成都，命酒佐薛濤改一字令曰：『須得一字象形，又須逐韻。』公曰：『口，有似没梁斗。』濤曰：『川，有似三條椽。』公曰：『柰何一條曲？』濤曰：『相公爲西川節度，尚使一没梁斗，至於窮酒佐有三條椽，内一條曲，又何足恠？』」《唐才子傳》亦載之。然當以《又玄集》爲可信也。《又玄集》、《唐詩紀事》首句「聞説」作「聞道」，二句「如今」作「而今」，三句並作「卻將門下曲」。《萬首唐人絶句》五言卷二十亦載此詩，題作《陳情上韋令公》，首句「聞説」作「聞道」，二句「如今」作「今來」，第三句則作「羞將門下唱」。

女郎秦玉鸞憶所歡

「蘭幕蟲聲切，椒庭月影斜。可憐秦館女，不及洛陽花。」〔一〕唐人「玉顔不及寒鴉色」〔二〕，蓋祖此意。

【箋　證】

〔一〕秦玉鸞事未詳，明張之象《古詩類苑》卷九十五收此詩，馮惟訥《古詩紀》卷一百二十八以入隋詩，題作《憶情人》，逯欽立《先秦漢魏晉南北朝詩》據之。

〔二〕「玉顔不及寒鴉色，猶帶朝陽日影來」，王昌齡《長信秋詞》也。

盛小叢突厥三臺

「鴈門山上鴈初飛，馬邑闌中馬正肥。昨夜陰山逢驛使，殷勤南北寄征衣。」盛小叢，鴈門妓女也。此詩甚佳，樂府歌之〔一〕。《三臺》，曲名，自漢有之，而調之長短，隨時變易。韋應物集有《上皇三臺》〔二〕。元曲有《鬼三臺》，訛爲《三台》云〔三〕。

【箋　證】

〔一〕升庵以此詩爲盛小叢之作，實非。唐范攄《雲溪友議》卷上「餞歌序」條云：「李尚書訥夜登越城樓，聞歌曰：『雁門山上雁初飛。』其聲激切，召至，曰：『在籍之妓盛小叢也。』曰：『汝歌何善乎？』曰：『小叢是梨園供奉南不嫌女甥也，所唱之音，乃不嫌之授也。今色將衰，歌當廢矣。』時察院崔侍御元範自府幕而拜，即赴闕庭，李公連夕餞崔君於鏡湖光候亭，屢命小叢歌餞。在座各爲一絶句贈送之。」李訥詩曰：「繡衣奔命去情多，南國佳人斂翠蛾。曾向教坊聽國樂，爲君重唱盛叢歌。」據此，知此詩乃樂府舊辭，取自詩人篇什，亦如王維「清風明月獨離居」之傳爲「李龟年所歌」也。盛小叢非「鴈門妓女」亦甚明。郭茂倩《樂府詩集》卷七十五《雜曲歌辭》載此詩，不題撰人，第三句「昨夜陰山」作「日旰山西」，末句「寄征衣」作「送征衣」。《萬首唐人絶句》七言卷五十八收此詩爲《樂府辭二十五首》之一，三句「昨夜」作「日昨」。

〔二〕郭茂倩《樂府詩集》引《後漢書》、馮鑑《續事始》、劉禹錫《嘉話録》、李匡乂《資暇集》、《鄴都故事》、及《北史》諸書釋「三臺」之説，謂「未知孰是」。並按云：「《樂苑》：唐天寶中羽調曲有《三臺》，又有《急三臺》。」所録韋應物《三臺二首》之後，有不著名氏《上皇三臺》、《突厥三臺》及王建《宮中三臺二首》、《江南三臺四首》。洪邁編《萬首唐人絶句》，以《樂府詩集》載韋應物《三臺二首》兩首六言詩相連，誤以爲一首，遂以緊接其後的《上皇三臺》爲第二首，收入五言第七卷韋應物五絶詩中。《全唐詩》卷二十六、卷一百九十五並從之。升庵此條亦以爲韋作。明人編《唐五十家詩集》，更收《突厥三臺》入《韋蘇州集》。然檢宋人所編《韋集》，此二首皆不在集中。《歷代詩餘》卷一百十一「詞話」引《古今詞話》云：「以五七言之别見者彙較之……如《三臺令》，已收六言四句矣，兹考李後主之《三臺令》云：『不寐倦長更，披衣出户行。月寒秋竹冷，風切夜窗聲。』」此所録李後主詞，即樂府《上皇三臺》也。

〔三〕元周德清《中原音韻》卷下謂「重叠對」有《鬼三臺》；又記《越調》三十五章，中有《三臺印》，注云：「即《鬼三台》。」又有《耍三台》。升庵以「三臺」訛作「三台」，指此。

柳枝詞

《麗情集》載湖州妓周德華者，劉采春女也。唱劉禹錫《柳枝詞》云：「春江一曲柳千條，二十年前舊板橋。曾與美人橋上别，恨無消息到今朝。」此詩甚佳，而《劉集》不載。然此詩隱括白香山古詩爲一絶，而其妙如此〔一〕。

【箋證】

〔一〕周德華、劉采春事，見范攄《雲溪友議》卷下「豔陽詞」、「温裴黜」二條。王士禛《香祖筆記》卷五引升庵此條云：「按此乃白樂天詩，詩本六句，非絶句。題乃《板橋》非《柳枝》。蓋唐樂部所歌，多剪截四句歌之。如高達夫『開篋淚沾臆』，本古詩，止取前四句；李巨山『山川滿目淚沾衣』，本《汾陰行》，止取末四句是也。白詩云：『梁苑城西三十里，一渠春水柳千條。若爲此路今重過，二十年前舊板橋。曾與美人橋上别，更無消息到今朝。』板橋在今汴梁城西三十里，中牟之東。唐人小説載『板橋三孃子』事即此。與謝宣城之『新林浦板橋』異地而同名也。升庵博極群書，豈未睹《長慶集》者，而亦有此誤耶？」白詩見《白氏長慶集》卷十九，題作《板橋路》，末二句作「曾共玉顔橋上別，不知消息到今朝」。漁洋所辨是也。然《雲溪友議》即已言德華所唱爲劉禹錫《柳枝詞》，則其誤不始於升庵。且升庵已言「此詩隱括白香山古詩爲一絶」矣，漁洋何須詆之也！此詩《劉賓客文集》不載，《全唐詩》卷三百六十五以入劉禹錫詩中，蓋據《雲溪友議》而誤。升庵《絶句衍義》卷二載此詩以爲周德華作，題作《楊柳枝》，首句「春江」作「清江」，「二十年」作「十五年」，「美人」作「情人」。評曰：「其妙思如此，真花月之妖也。」

渚宫妓高使君别宴

「悲莫悲兮生别離，登山臨水送將歸。武昌無限新栽柳，不見楊花似雪飛。」高駢自渚宫移鎮揚州，别宴口占楚詞二句，使幕下續之。久未有應，有一妓進曰：「賤妾感相公之恩，續貂可乎？」即收淚吟曰云云。合座大加賞歎，駢厚贈之〔一〕。其詩絶佳，雖使温、李爲之，不過如此。「飛」一作「時」。

【箋　證】

〔一〕《太平廣記》卷二百七十三「武昌妓」條引《抒情詩》云：「韋蟾廉問鄂州，及罷任，賓僚盛陳祖席。蟾遂書《文選》句云：『悲莫悲兮生別離，登山臨水送將歸。』以牋毫授賓從，請續其句。座中悵望，皆思不屬。逡巡，女妓泫然起曰：『某不才，不敢染翰，欲口占兩句。』韋大驚異，令隨口寫之：『武昌無限新栽柳，不見楊花撲面飛。』座客無不嘉歎。韋令唱作《楊柳枝》詞，極歡而散。贈數十箋，納之。翌日共載而發。」《唐詩紀事》卷五十八「韋蟾」下亦記此事。升庵改「韋蟾」爲「高駢」，不知何據。《萬首唐人絶句》七言卷六十五載此詩，題作《續韋蟾句》，作者題「武昌妓」，末句亦作「撲面飛」。《全唐詩》卷八百二同。

兩女郎詩

女郎李月素《贈情人》詩云：「感郎千金意，含嬌抱郎宿。試作帳中音，羞開燈前目。」張碧蘭《寄阮郎》云：「君似洛陽花，妾似武昌柳。兩地惜春風，何時一攜手。」〔一〕真花月之妖也。

【箋　證】

〔一〕李月素、張若蘭事皆不詳。二詩並見張之象《古詩類苑》卷九十五。馮惟訥《古詩紀》卷一百二十八以入隋詩，逯欽立《先秦漢魏晉南北朝詩》從之。李詩第三句「帳」，二書並作「帷」；張詩首句「君似」，二書並作「郎如」。

唐人傳奇小詩

詩盛於唐，其作者往往托於傳奇小説神仙幽怪以傳於後，而其詩大有絶妙今古，一字千金者。試舉一二：「卜得上峽日，秋來風浪多。巴陵一夜雨，腸斷木蘭歌。」〔一〕又：「雨滴空堦曉，無心換夕香。井梧花落盡，一半在銀床。」〔二〕又：「舊日聞簫處，高樓當月宫。梨花寒食夜，深閉翠微中。」〔三〕又：「人事無人笑，含嬌何處嬌。徘徊花上月，空度可憐宵。」〔四〕

【箋證】

〔一〕《太平廣記》卷三百四十六「臧夏」條：「上都安邑坊十字街東有陸氏宅，制度古醜，人常謂凶宅。後有進士臧夏僦居其中，與其兄咸嘗晝寢，忽夢魘，良久方寤。曰：始見一女人緑裙紅袖，自東街而下，弱質纖腰，如霧濛花。收泣而云：『聽妾一篇幽恨之句。』其辭曰：『卜得上峽日，秋天風浪多。江陵一夜雨，腸斷木蘭歌。』」注「出《河東記》」。

〔二〕《苕溪漁隱叢話》前集卷七引《冷齋夜話》云：「謁玄元廟詩云：『風箏吹玉柱，露井凍銀牀。』許彦周云：嘉祐中河濱漁者網得一小石，石上刻一小詩云：『雨滴空堦曉，無心换夕香。井桐花落盡，一半在銀牀。』銀牀，井欄也。不知誰作。」

〔三〕沈亞之《秦夢記》記其嘗客槖泉邸舍，春時晝夢入秦王宫，時弄玉壻簫史死，遂召亞之爲壻，居甚歡。無何弄玉無疾終，亞之作《輓弄玉詩》五律一首云：「泣葬一枝紅，生同死不同。金鈿墜芳草，香繡滿春風。舊日聞簫處，高樓當月中。梨花寒食夜，深閉翠微宫。」見《沈下賢文集》卷二。升庵録其後半首。

〔四〕《太平廣記》卷三百二十六「沈警」條略云：沈警字元機，吴興武康人，美風調，善吟詠，爲梁東宫常侍。後荆楚陷没，入周爲上柱國，奉使秦隴。途過張女郎廟，作《鳳將雛含嬌曲》，即此詩也。注「出《異聞録》」。

吕用之〔一〕

唐吕用之在維揚日，佐高駢，專權擅政。有商人劉損妻裴氏，有國色，用之以陰事搆取。損憤惋，因成詩三首。曰：「寶釵分股合無緣，魚在深淵日在天。得意紫鸞休舞鏡，斷蹤青鳥罷銜錢〔二〕。金杯倒覆難收水，玉軫傾欹嬾續絃。從此蘼蕪山下過〔三〕，只應將淚比流泉〔四〕。」「鸞辭舊伴知何止，鳳得新梧想稱心。紅粉尚殘休羃羃〔五〕，白雲將散信沉沉。已休磨琢投期玉〔六〕，嬾更經營買笑金。願作山頭似人石，丈夫衣上淚痕深。」「舊嘗游處徧尋看，覩物傷情死一般〔七〕。買笑樓前花已謝，畫眉窗下月空殘。雲歸巫峽音容斷，路隔星河去住難。莫道詩成無淚下，淚如泉湧亦須乾〔八〕。」詩成，吟詠不輟。一日晚，見一虬髯老叟，行步迅疾，眸光射人。揖損曰：「子哀，心有何不平之事？」損具對之。叟夜果入用之家，化形於斗拱之上，叱用之曰：「所取劉氏之妻併其寶貨，速還之，否則隨刃落矣。」用之驚惶，夜遺幹事齎金併裴氏還損。損夜從舟去，虬髯亦無蹤跡。

【箋證】

〔一〕此條所録三詩，並見《劉夢得文集》外集卷七，爲《懷妓四首》之前三首。《太平廣記》卷二百七十三「李逢吉」條：「李丞相逢吉性彊愎而沉猜多忌，好危人，略無怍色。既爲居守，劉禹錫有妓甚麗，爲衆所知，李恃夙望，恣行威福，分務朝官取容不暇，一旦陰以計奪之。約曰：某日皇城中堂前致宴，應朝賢寵嬖，並請早赴境會。稍可觀者，如期雲集。敕閽吏先放劉家妓從門入，傾都驚異，無敢言者。劉計無所出，惶惑吞聲。又翌日，與相善數人謁之，但相見如常，從容久之，並不言境會之所以然者。座中默然，相目而已。既罷，一揖而退。劉歎咤而歸，無可奈何，遂憤懣而作四章，以擬《四愁》云爾。」文末有注，云出《本事詩》，而今本《本事詩》不見此文。宋人編夢得外集，乃據《太平廣記》收此四詩。《苕溪漁隱叢話》前集卷六十引《古今詩話》云：「大和初，有爲御史分務洛京者，有妓善歌。時太尉李逢吉留守，求一見，既不敢辭，盛粧以往。李命與衆姬相見，李姬四十餘輩皆出其下。既入，不復出。頃之，李亦辭以疾，遂罷坐。信宿耗絶，但怨歎不能已已，爲詩兩篇投獻。明日，李但含笑曰：『大好詩。』遂絶。詩曰：『三山不見海沉沉，豈有仙踪尚可尋？青鳥去時雲路斷，姮娥歸去月宫深。紗窻暗想春相憶，書幌誰令夜獨吟？料得此時天上月，只應偏照兩人心。』一篇亡。」胡仔云：「余觀《劉賓客外集》有《憶妓四首》，内有一首即前詩也。其餘三首，亦是前詩之意也。《古今詩話》中既不云御史姓名，則此詩豈非夢得爲之假手乎？」按：《古今詩話》所據，乃孟棨《本事詩》「情感第一」也。然唐韋縠《才調集》卷十收四詩中之第一、第二兩首入無名氏《雜詩十首》中，則四詩之所屬，唐時已有異説矣。今人瞿蜕園箋證劉集，以爲此四詩詞淺意卑，不類夢得之作。升庵不取《太平廣記》之説，而以詩屬之劉損，非無見也。其所據，則宋江洵《燈下閒談》，見《説郛》卷三十七，引録略有删節。《全唐詩》卷五百九十七據之載入劉損名下，題作《憤惋詩三首》，並有注云：「一作劉禹錫詩，題作《懷妓》。」升庵於此引録三詩，文字略有改易，今僅據《燈下閒談》及《全唐詩》卷五百九十七校其異同。夢得外集所據不同，文字之異，校記則從略。

〔二〕「銜錢」，《説郛》作「銜牋」。

〔三〕「山下過」，《説郛》作「山下遇」。

〔四〕「流泉」，《全唐詩》作「黄泉」。

〔五〕「休冪冪」，《説郛》作「香漠漠」，《全唐詩》作「香幕幕」。

〔六〕「投期玉」，《説郛》作「投歡玉」，《全唐詩》作「投泥玉」。

〔七〕「覩物」，《説郛》作「覯物」。

〔八〕「泉湧」，《説郛》、《全唐詩》皆作「泉滴」。

劣唐詩

學詩者動輒言唐詩，便以爲好，不思唐人有極惡劣者。如薛逢、戎昱，乃盛唐之晚唐〔一〕。晚唐亦有數等，如羅隱、杜荀鶴，晚唐之下者。李山甫、盧延遜，又其下下者，望羅、杜又不及矣。其詩如「一箇禰衡容不得」〔二〕，又「一領青衫消不得」之句〔三〕。其他如「我有心中事，不向韋三説。昨夜洛陽城，明月照張八」〔四〕；又如「餓貓窺鼠穴，飢犬舐魚砧」〔五〕；又如「莫將閒話當閒話，往往事從閒話生」〔六〕；又如「水牛浮鼻渡，沙鳥點頭行」〔七〕。此類皆下淨優人口中語，而宋人方採以爲詩法，入《全唐詩話》。使觀者曰，是亦唐詩之一體也，如今稱「燕趙多佳人」〔八〕，其間有跛者、眇者、羝氳者、疥且痔者，乃專房寵之，曰：「是亦燕趙佳人之一種。」可乎？

【箋證】

〔一〕嚴羽《滄浪詩話》云：「戎昱在盛唐爲最下，已濫觴晚唐矣。戎昱之詩，有絶似晚唐者。」又云：「薛逢最淺俗。」此升庵之所本。按：薛逢，字陶臣，蒲州河東人，武宗會昌元年進士。當屬晚唐。升庵以入盛唐，誤矣。嚴滄浪次之陳陶之後，不誤。

〔二〕此羅隱《夏口》詩中句，原詩已佚。二句見《吴越備史》卷二：「隱本名横，凡十上不中第，遂更名。初從事湖南，歷淮、潤皆不得意，乃歸新登。及來謁王，懼不見納，遂以所爲《夏口》詩標於卷末，云『一箇禰衡容不得，思量黄祖漫英雄』之句。王覽之大笑，因加殊遇。」

〔三〕此白居易《哭從弟》詩中句，原詩云：「傷心一尉便終身，叔母年高新婦貧。一片緑衫消不得，腰金拖紫是何人？」見《白氏長慶集》卷十六。

〔四〕《唐詩紀事》卷三十一「李約」下云：「李約，汧公勉之子也，爲兵部外郎，與主客外郎張諗同官，每單床靜言，連旦不寐。故約《贈韋徵君況》詩曰：『我有心中事，不向韋三說。秋夜洛陽城，明月照張八。』」又見《全唐詩話》卷二。升庵蓋據此。其文實出唐李綽《尚書故實》，文字略異，今附記於此云：「兵部李員外約言，汧公之子也。識度清曠，迥出塵表。與主客張員外諗同棄官，并韋徵君況牆東遯世，不婚娶，不治生業。李尤厚於張，每與張匡牀靜言，達旦不寢，人莫得知。贈張詩曰：『我有心中事，不向韋三說。秋夜洛陽城，明月照張八。』」「李約」作「李約言」。

〔五〕《唐詩紀事》卷六十五録此二句，題作《懷江上》。《北夢瑣言》卷七「盧詩三遇」條：「唐盧延讓業詩，二十五舉方登一第。卷中有句云：『狐衝官道過，狗觸店門開。』租庸張濬親見此事，每稱賞之。又有『餓貓臨鼠穴，饞犬舐魚砧』之句，爲成中令汭見賞。又有『栗爆燒氈破，貓跳觸鼎翻』句，爲王先主建所賞。嘗謂人曰：『平生投謁公卿，不意得力於貓兒狗子也。』人聞而笑之。盧嘗有詩云：『不同文賦易，爲是者之乎。』復入翰林，閣筆而已。同列戲之曰：『不同文賦易，爲是者之乎。竟以不稱職，數日而罷也。』」

〔六〕《唐詩紀事》卷六十三「衛準」下，記張爲取衛準「莫言閑話是閑話，往往事從閑話來」句作《主客圖》。衛準，大曆五年登進士第。又見《全唐詩話》卷五。

〔七〕《北夢瑣言》卷七「鄭準譏陳詠」條：「唐前朝進士陳詠，眉州青神人，有詩名，善奕棊。昭宗刼遷，駐蹕陝郊，是歲策名歸蜀，韋書記莊以詩賀之。又有鄉人妬善者屬和韋詩，其略云：『讓德已聞多士伏，沽名還得世人聞。』譏其比滌器當壚也。謬稱馮副使涓詩，以涓多諧戲故也。或云蜀之妬善者作此詩，假馮公之名也。潁川嘗以詩道自負，謁荆幕鄭準，準亦自負雄筆，謂潁川曰：『今日多故，不暇操染，有三數處回緘，祈爲假手。』潁川自旦及暮，起草不就，蓋欲以高之。其詩卷首有一對語云：『隔岸水牛浮鼻渡，傍溪沙鳥點頭行。』京兆杜光庭先生謂曰：『先輩佳句甚多，何必以此爲卷首？』潁川曰：『曾爲朝貴見賞，所以刻於首章。』都是假譽求售使然也。」

〔八〕此《古詩十九首》第十二首「東城高且長」中句，見《文選》卷二十九。

覆窠俳體打油釘鉸

《太平廣記》有仙人伊用昌，號伊風子，有《題茶陵縣詩》云：「茶陵一道好長街，兩邊栽柳不栽槐。夜後不聞更漏鼓，只聽鎚芒織草鞋。」時謂之「覆窠體」。江南呼淺俗之詞曰「覆窠」，猶今云「打油」也〔一〕。杜公謂之「俳諧體」〔二〕。唐人有張打油作《雪》詩云：「江山一籠統，井上黑窟籠。黄狗身上白，白狗身上腫。」〔三〕《北夢瑣言》有胡釘鉸詩〔四〕。

【箋證】

〔一〕《太平廣記》卷五十五：「熊皦補闕説，頃年有伊用昌者，不知何許人也。其妻甚少，有殊色，音律、女工之事，皆曲盡其妙。夫雖飢寒丐食，終無愧意。或有豪富子弟以言笑戲調，常有不可犯之色。其夫能飲，多狂逸，時人皆呼爲伊風子。多游江左、廬陵、宜春等諸郡，出語輕忽，多爲衆所毆擊。愛作《望江南》詞，夫妻唱和。或宿於古寺廢廟間，遇物即有所詠。其詞皆有旨，熊只記得《詠鼓詞》云：『江南鼓，梭肚兩頭欒。釘着不知侵骨髓，打來只是没心肝。空腹被人漫。』餘多不記。江南有芒草，貧民採之織屨，缘地土卑濕，此草耐水，而貧民多着之。伊風子至茶陵縣門，大題云：『茶陵一道好長街，兩畔栽柳不栽槐。夜後不聞更漏鼓，只聽鎚芒織草鞋。』時縣官及胥吏大爲不可，遭衆人亂毆，逐出界。江南人呼輕薄之詞爲覆窠，其妻告曰：『常言小處不要覆窠，而君須要覆窠之。譬如騎惡馬落馬，足穿鐙，非理傷墮一等，君不用苦之。』如是夫妻俱有輕薄之態。」升庵蓋據此，「伊用昌」原作「伊周昌」，據改。

〔二〕杜甫有《戲作俳諧體遣悶二首》，見《九家集注杜詩》卷三十二。

〔三〕謂「張打油」爲唐人，不見於宋前書。《辭源》「打油詩」條云：「《中原音韻》『作詞十法』謂張爲元人，汴行省掾。」元周德清《中原音韻》卷下「作詞十法」中有「張打油語」條云：「吉安龍泉縣水滰米倉有于志能號無心者，欲縣官利塞其口，作《水仙子》示人，自謂得意，末句云：『早難道水米無交。』觀其全集，自名之曰『樂府』，悉皆類此。士大夫評之曰：『此乃張打油乞化出門語也，敢曰樂府？』作者當以爲戒。」其中並無「張打油爲元人」之語。檢其所據，實出明李開先《詞謔》。其云：「《中原音韻》『作詞十法』：『造語不可作張打油語。』士夫不知所謂，多有問予者：乃汴之行省掾。一參知政事後廳作一粉壁，雪中陞廳，見有題詩於壁上者：『六出飄飄降九霄，街前街後盡瓊瑶。有朝一日天晴了，使掃箒的使掃箒，使鍬的使鍬。』參政大怒曰：『何人大膽，敢污吾壁？』左右以張打油對。簇擁至前，答以：『某雖不才，素頗知詩，豈至如此亂道？如不信，試别命一題如何？』時南陽被圍，請禁兵出救，即以爲題。打油應聲曰：『天兵百萬下南陽。』參政曰：『有氣概！壁上定非汝作。』急令成下三句。云：『也無救援也無糧。有朝一日城破了，哭爺的哭爺，哭娘的哭娘。』依然前作腔範。參政大笑而捨之。以是遠邇聞名，詩詞但涉鄙俗者，謂之『張打油語』，用以垂戒。」然《詞謔》所記，實謔語戲言，未可信據。按：俗語中「張打油」、「李打油」之語，多泛稱，與「阿張」、「阿李」意略同。宋洪适《盤洲文集》卷六有《和景嚴送方蒂柿》詩云：「萬株紅葉詠光華，嘉實堆盤走紺車。方蒂寧同牛妳柿，朱脣應笑鳩盤茶。園官急送須足繭，童子爭觀多眼花。羅列林珍生飲興，詎思辟穀更飧霞。」自注云：「《談苑》：鬻粟子詩：『既似柿牛妳，又如鈴馬兜。』《笑林》：有鄰夫自外歸，見婦吹火，贈詩曰：『吹火朱脣動，添薪玉腕斜。遥看煙裏面，一似霧中花。』鄰之醜婦亦求夫作詩，遂改作：『吹火青脣動，添薪黑腕斜。遥看煙裏面，一似鳩盤茶。』柹有青者，但堪打油，故借用。」後世以「打油」喻俳諧體詩，其典或出於此。而此《雪》詩，僅見於升庵所引，《全唐詩》亦未採録。

〔四〕「胡釘鉸」，見唐范攄《雲溪友議》卷下「祝墳應」條：「列子終於鄭，今墓在郊藪，謂賢者之跡，而或禁其樵採焉。里有胡生者，性落拓，家貧，少爲洗鏡、鉸釘之業。倏遇甘菓名茶美醞，輒祭於列禦寇之祠壟，以求聰慧，而思學道。歷稔，忽夢一人刀劃其腹開，以一卷書置之於心腑。及睡覺，而吟詠之句皆綺美之詞，所得不由於師友也。既成卷軸，尚不棄於猥賤之事，真隱者之風，遠近號爲胡釘鉸。」其後載其絶句詩三首。《唐詩紀事》卷二十八據之録其事與詩於「胡令能」之下。宋初錢易《南部新書》卷九載此外，復另記一説云：「胡生者，失其名，以釘鉸爲業。居霅溪，而近白蘋洲。去厥居十餘步，有古墳，胡生若每茶飲，必奠酹之。嘗夢一人謂之曰：『吾姓柳，平生善爲詩而嗜茗。及死，葬室乃子今居之側，常銜子之惠，無以爲報，欲教子爲詩。』胡生辭以不能。柳强之曰：『但率子言之，當有致矣。』既寤，試搆思，果有冥助者。厥後遂工焉。」胡釘鉸事，《北夢瑣言》不載，升庵記誤也。

險諢句

吴均詩：「秋風瀧白水，雁足印黄沙。」爲沈約所笑〔一〕。唐人以此句爲險諢句，傳奇詩多有之，沈青箱「夜月琉璃水，春風卯色天」是也〔二〕。韓退之：「水作青羅帶，山如碧玉篸。」〔三〕杜牧詩：「錢塘鸚鵡緑，吴岫鷓鴣斑。」〔四〕東坡詩：「山爲翠浪湧，水作玉虹流。」〔五〕大家亦時有之也。

【箋　證】

〔一〕《太平廣記》卷一百九十八「沈約」條：「梁奉朝請吴均，有才器，常爲《劍騎》詩云：『何當見天子，畫地取關西。』高祖謂曰：『天子今見，關西安在焉?』均默然無答。均又爲詩曰：『秋風瀧白水，鴈足印黄沙。』沈隱侯約語之曰：『印黄沙，語太險。』均曰：『亦見公詩云：「山櫻發欲然。」』約曰：『我始欲然，即以印訖。』」注云：「出《談藪》。」按，《談藪》十卷，隋陽玠松（又作松玠）撰，見《直齋書録解題》卷七。

〔二〕唐張讀《宣室志》卷四記陸喬夢見沈約、范雲事，略云：元和初進士陸喬，夢沈約來訪，命酒，遂邀范雲並約子青箱至。青箱年可十歲，約指謂喬曰：「此子好爲詩，近從吾與范同過臺城，有感舊詩，甚可觀也。」詩云：「六代舊江川，興亡幾百年。繁華今寂寞，朝市昔諠闐。夜月琉璃水，春風柳色天。傷時與懷古，垂淚國門前。」升庵所謂「唐人傳奇」指此。「柳色天」，《太平廣記》卷三百四十三所引作「卯色天」。

〔三〕此韓愈《送桂州嚴大夫》詩中句，見《昌黎先生文集》卷十，「水作」作「江作」。

〔四〕今傳各本杜牧集不見此詩，不知升庵所見何本也。

〔五〕此蘇軾《鬱孤臺》詩中句，見《集注分類東坡先生詩》卷二一。

假詩

黄鄮山評翁靈舒、戴式之詩云：「近世有江湖詩者，曲心苦思，既與造化迥隔，朝推暮敲，又未有以溉其本根，而詩於是乎始卑。」〔一〕然予以爲其卑非自江湖始，宋初九僧已爲許洞所困〔二〕。又上泝於唐，則大曆而下，如許渾輩，皆空吟不學，平生鏤心嘔血，不過五七言短律而已。其自狀云：「吟安一箇字，撚斷數行鬚。」〔三〕不知李、杜長篇數千首，安得許多髭鬚撏扯也。苦哉！又云：「詩思在灞橋風雪中驢子背上。」〔四〕不思周人《清廟》〔五〕、漢代《柏梁》〔六〕，何必爾耶？又曰：「尋常言語口頭話，便是詩家絶妙詞。」〔七〕又云：「詩從亂道得。」又自云：「我平生作詩，得貓兒狗子力。」噫！此等空空，知萬卷爲何物哉！然猶是形月露而狀風雲，詠山水而寫花木。今之作贋詩者異此，謂詩必用語録之話，於是「無極」、「先天」、「行窩」、「弄丸」，叠出層見。又云須夾帶禪和子語，於是「打乖」、「打睡」、「打坐」、「様子」、「撇子」句子，朗誦之有矜色，疾書之無怍顔。而詩也掃地矣〔八〕。

【箋　證】

〔一〕翁卷，字續古，一字靈舒，永嘉人，與同里徐璣，號靈淵、趙師秀，號靈秀、徐照，號靈暉，四人皆有詩名，號「永嘉四靈」。「四靈」標榜晚唐，宗尚姚合、賈島，開「江湖詩派」以對抗「江西詩派」。戴復古亦「江湖派」中人。其詩專攻五律，才力短薄，意象枯窘，故升庵以爲假詩。黄震，字東發，慈溪人，爲朱熹再傳弟子。歷官州府，終浙東提舉，多善政。其居鄞山，近慈溪，故因以稱之。此引見其所著《黄氏日鈔》卷九十一《書劉拙逸詩後》，文云：「一太極之妙，流行發見於萬物，而人得其至精以爲心。其機一觸，森然胥會，發於聲音，自然而然，其名曰詩。後世之爲詩者，雖不必皆然，亦未有不涵泳古今，沉潛義理，以養其所自出。近有所謂江湖詩者，曲心苦思，既與造化迴隔，朝推暮吟，又未有以溉其本根，而詩於是始卑。」

〔二〕歐陽修《六一詩話》：「國朝浮圖，以詩名於世者九人，故時有集，號《九僧詩》……當時有進士許洞者，善爲辭章，俊逸之士也。因會諸詩僧，分題，出一紙約曰：『不得犯此一字。』其字乃山、水、風、雲、竹、石、花、草、雪、霜、星、月、禽、鳥之類。於是諸僧皆閣筆。洞，咸平三年進士及第。」司馬光《續詩話》云：「歐陽公云《九僧詩集》已亡，元豐元年秋，余游萬安山玉泉寺，於進士閔交如舍得之。所謂九詩僧者，劍南希晝、金華保暹、南越文兆、天台行肇、沃州簡長、貴城惟鳳、淮南惠崇、江南宇昭、峩眉懷古也。」

〔三〕後蜀何光遠《鑑誡録》卷五「容易格」條：「王蜀盧侍郎延讓，吟詩多著尋常容易言語，時輩稱之爲高格。至如《送周太保赴浙西》云：『臂鷹健卒懸氈帽，騎馬佳人著畫衫。』又《寄友人》云：『每過私第邀看鶴，長著公裳送上驢。』此容易之甚矣。然于數篇見境尤妙，有《松門寺》

云：『山寺取涼當夏夜，共僧蹲坐石階前。兩三條電欲爲雨，七八箇星猶在天。衣汗稍停牀上扇，茶香時潑澗中泉。通宵聽論蓮華義，不藉松牕半覺眠。』又《苦吟》云：『莫話詩中事，詩中難更無。吟安一箇字，撚斷數莖鬚。險覓天應悶，狂搜海亦枯。不同文賦易，爲著者之乎。』又《贈僧》云：『浮世浮華一段空，偶拋煩惱到蓮宮。高僧解語牙無水，老鶴能飛骨有風。野色吟餘生竹外，山陰坐久入池中。禪師莫問求名苦，滋味過于食蓼蟲。』盧曾獻太祖卷，中有『栗爆燒氊破，貓跳觸鼎翻』。後太祖冬夜與潘樞密峭在内殿平章邊事，旋令宮人于火爐中煨栗子，俄有數栗爆出，燒損繡褥子。時太祖多疑，常于爐中燒金鼎子，命徐妃二姊妹親侍茶湯，而已是夜宮貓相戲，誤觸鼎翻。太祖良久曰：『「栗爆燒氊破，貓跳觸鼎翻」，憶得盧延讓卷有此一聯。乃知先輩裁詩，信無虚境。』來日遂有六行之科。議者以傳説棲巖，自應武丁之夢；太公釣渭，俄遇周文之知，君子窮通，實由命分。如盧所吟『容易』之句，發境于一人之前，可謂道合矣。」

〔四〕黄徹《䂬溪詩話》卷二：「或問鄭綮相國：『近有詩否？』答云：『詩思在灞橋風雪中驢背上，此處那得之！』《北梦瑣言》載綮本有詩名，本無廊廟之望，及登庸，中外驚駭。太原兵至渭北，天子震恐，渴于攘卻，綮請于文宣王謚中加一哲字。其不究時病，率如此類。愚謂似此人，只可置之風雪中作詩也。」

〔五〕《詩·周頌·清廟之什》序云：「《清廟》，祀文王也。」凡十篇十章九十五句。

［六］《藝文類聚》卷五十六：「漢孝武帝元封三年作柏梁臺，詔群臣二千石有能爲七言者，乃得上坐。」帝及群臣各賦詩一句，成詩二十六句。

［七］此明邱濬《戲答友人論詩》中句，已見本書卷四「宋人論詩」條。

［八］升庵此論「贋詩」，實乃針對宋明以來道學諸人而發。蓋當時陳獻章、莊昶諸人好以俚語禪偈入詩，世俗爭效其體。升庵雖重其人，而於此類詩作則不取，斥之爲假詩，所以正詩風也。

打油詩

小市水漲，妓居北巖寺［一］。黠少年作詩曰：「水漲倡家住得高，北巖和尚得鬆腰。丢開般若經千卷，且説風流話幾條。最喜枕邊添耍笑，由他岸上湧波濤。師徒大小齊聲祝，願得明年又一遭。」亦可笑。

【箋　證】

［一］《四川通志》卷二十八下「直隸瀘州」：「北巖寺，在州北，明楊慎有詩。」升庵晚居瀘州，所謂北巖寺或指此。

升庵詩話新箋證卷十二

濂溪詩

《濂溪集·和費令游山》詩云:「是處塵勞皆可息,時清終未忍辭官。」〔一〕此乃由衷之語,有道之言,所以不可及也。今之人,口爲懷山之言,暗行媚竈之計〔二〕,良可惡也。唐僧曇秀云:「住山人少説山多。」〔三〕杜牧云:「盡道青山歸去好,青山曾有幾人歸?」〔四〕

【箋 證】

〔一〕周敦頤,字茂叔,道州營道人。熙寧初,累官至廣東轉運判官、提點刑獄。因疾求知南康軍,築室廬山下,號曰濂溪,講學其中。《宋史》卷四百二十七列其爲《道學傳》之首。此詩見《周敦頤集》卷三,題作《游山上一道觀三佛寺》,一作《經古寺》。詩前二句作「琳宫金刹接峰巒,一徑潛通竹樹寒」。其所和費令原詩云:「巖扉相望路紆盤,杉檜風高夏亦寒。游徧陡忘名宦意,恨無生計可休官。」

〔二〕「懷山」,謂歸隱山林。「媚竈之計」,謂阿附權臣以求進身也。朱熹《論語集注》卷二《八佾篇》：「王孫賈問曰：『與其媚於奧，寧媚於竈，何謂也？』」注曰：「竈者，五祀之一，夏所祭也。凡祭五祀，皆先設主而祭於其所，然後迎尸而祭於奧。略如祭宗廟之儀。如祀竈，則設主於竈陘，祭畢而更設饌於奥，以迎尸也。故時俗之語，因以奥有常尊，而非祭之主；竈雖卑賤，而當時用事。喻自結於君，不如阿附權臣也。」

〔三〕此沈括詩，題作《歸計》，見宋吕祖謙《宋文鑑》卷二十八，詩云：「住山人少説山多，空只年年憶薜蘿。不是自心應不信，眼前歸計又蹉跎。」《宋詩紀事》卷二十二即據之採入。宋祝穆《古今事文類聚》别集卷二十五所載，亦作沈括詩。升庵以爲唐僧曇秀詩，不知何據。唐范攄《雲溪友議》卷中「思歸隱」條，載僧靈澈《東林寺酬韋丹刺史》詩曰：「年老身閒無外事，麻衣草座亦容身。相逢盡道休官去，林下何曾見一人。」其意與杜、沈詩同，或升庵因此記誤也。沈括，字存中，錢唐人。嘉祐八年進士，編校昭文館書籍，爲館閣校勘。熙寧中，遷翰林學士、龍圖閣待制。坐事謫均州團練副使，徙秀州，復光禄少卿分司南京。居潤州，有《長興集》、《夢溪筆談》。

〔四〕此杜牧《懷紫閣山》詩中句，見《文苑英華》卷一百五十九，「盡道」作「人道」。

陳白沙詩

白沙之詩，五言沖淡，有陶靖節遺意，然賞者少。徒見其七言近體，效簡齋、康節之渣滓。

至於筋斗、樣子、打乖、個裏，如禪家呵佛罵祖之語，殆是《傳燈録》偈子，非詩也。若其古詩之美，何可掩哉？然謬解者，篇篇皆附於心學性理，則是癡人説夢矣〔一〕。

【箋　證】

〔一〕陳獻章，字公甫，别號石齋，廣東新會人。明英宗正統十二年，舉廣東鄉試，明年會試中乙榜。成化十八年以薦授翰林院檢討。乞歸，居新會之白沙里。其門人甚衆，稱白沙先生。有《陳白沙集》十卷。《明史》入《儒林傳》。白沙好用俗語口語入詩，如《陳白沙集》卷九《早飲輒醉示一之》有「我若扶衰出門去，可能筋斗打虚空」、卷八《寄定山》有「定山樣子從來别，詩變堯夫酒變陶」、卷八《次韻張侍御叔亨至白沙》二首之二有「蘇子瞻家真一酒，邵堯夫樣打乖詩」，論者頗以質直少之。《四庫全書總目》卷一百七十《陳白沙集提要》云：「其詩文偶然有合，或高妙不可思議；偶然率意，或粗野不可嚮邇。」即本升庵此論爲説。屈大均《廣東新語》云：「粤人以道爲詩，自白沙始。」則其詩固多言心學性理者，亦當分别觀之。

龍衮羊裘

宋人《題釣臺》詩曰：「龍衮新天子，羊裘老故人。」〔一〕陳白沙竊爲己句，云：「七尺羊裘幾銖兩，千秋龍衮共低昂。」〔二〕子陵豈有意與龍衮較低昂乎？句法亦贅，不及宋人。

【箋證】

〔一〕此宋吴栻詩。栻，字顧道，歐寧人。宋神宗熙寧六年進士。徽宗朝爲開封府推官，累官龍圖閣直學士，再鎮成都，後知鄆州，卒。明楊束《釣臺集》卷下録此詩，題作《嚴陵懷古》，「老故人」作「古野人」。《宋詩紀事》卷二十六所載同。朱熹《朱子語類》卷一百四十引録楊道夫語云：「『龍衮新天子，羊裘老故人』，意味好。」所引與升庵同。

〔二〕陳白沙此詩，題作《子陵》，詩云：「誰將此筆點行藏，真有乾坤日月光。三尺羊裘幾銖兩，千秋龍衮共低昂。客星天上何須急，老腳人間不浪長。留得先生在台輔，不知東漢可陶唐？」見《陳白沙集》卷七。

慈湖撫琴行

「蕭蕭指下生秋風，漸漸幽響颼寒空。月明夜氣清入骨，何處仙珮摇丁東？野鶴驚起舞，流水咽復鳴。一唱三歎意未已，幽幽話出太古情。龍吟虎嘯遞神怪，千山萬壑風雨晦。海濤震盪林木響，亂撒金盤冰雹碎。和氣回春陽，縹渺孤鸞翔。三江五湖煙水闊，波聲颸颸鳴漁榔。悲猿臨澗欲渡不敢渡，但聞澗下蕭瑟松風長。閑雲洩碧落，勢去還迴薄。神仙恍惚無定所，微泠似欲止所作。馭風一笑歸蓬瀛，猶有餘音繞寥廓。」〔一〕慈湖此詩，不減盛唐。亦嘗苦辛，非苟作者。又何必指李杜爲癡，笑昌黎，薄逸少，空萬古爲無人耶〔二〕？

【箋　證】

〔一〕楊簡，字敬仲，慈谿人。宋孝宗乾道五年進士，寧宗朝，累官將作少監，出知温州。以寶謨閣學士、太中大夫致仕。居近普濟湖，改其名曰慈湖。學者稱慈湖先生。有《慈湖遺書》。此詩見《慈湖遺書》卷六，題作《乾道撫琴有作》。

〔二〕《慈湖遺書》卷六《偶作》十九首第十五首：「勿學唐人李杜癡，作詩須作古人詩。世傳李杜文章伯，問著《關雎》恐不知。」其卷十五「家記九」有云：「孔子曰『辭達而已矣』，《書》曰『辭尚體要而已』，後世之爲辭者大異。冥心苦思，鍊意磨字，爲麗服靚粧，爲孤峯絶岸，爲瓊杯玉斝，爲大羹玄酒，夫子之文章，不如是也；夫子之所以教誨其子弟，亦不聞有是説也。」以爲韓愈之文，羲之之字，「如婦人焉，清神麗色，雅服妙粧，美則美矣，而非公庭之所當言，非若子之所好樂。施之於晉宋以來則善，施之於三五之上則悖。何者？無淳古質厚之體也，無莊敬中正之容也。書，心畫也。使逸少之書盛行而不少衰，則人心風俗，終不返樸，終不可以庶幾三代。」升庵以爲慈湖是詩文辭華美可媲盛唐，而持此道學迂執之論，其自相矛盾，斥人實自斥也。

莊定山詩

莊定山早有詩名，詩集刻於生前〔一〕。淺學者相與效其「太極圈兒大，先生帽子高」〔二〕，以爲奇絶。又有絶可笑者，如「贈我一壺陶靖節，還他兩首邵堯夫」〔三〕，本不是佳語，有滑稽者，改作外官答京宦苞苴詩云：「贈我兩包陳福建，還他一疋好南京。」聞者捧腹。然定山晚年詩入細，有可並唐人者。古詩如《題竹》及《養庵》兩篇；七言如《題玉川畫》。五言律如：「野暝微孤樹，江清著數鷗。與君真自厚，不是雨相留。」〔四〕七言律如《游琅琊寺》：「偶上蓬萊第一峰，道人今夜宿芙蓉。塵埋下界三千丈，月在西巖七十峰。」〔五〕《羅漢寺》云：「溪聲夢醒偏隨枕，山色樓高不礙牆。」〔六〕又如：「狂搔短髮孤鴻外，病卧高樓細雨中。」〔七〕《病眼》云：「殘書漢楚燈前壘，草閣江山霧裏詩。」〔八〕《舟中》云：「千家小聚村村暝，萬里河流岸岸同。」〔九〕又：「秋燈小榻留孤艇，疏雨寒城打二更。」〔一〇〕又：「北海風回帆腹飽，長河霜冷岸痕高。」〔一一〕《和沈仲律原字韻》云：「心無牛口干秦穆，跡繼龍頭愧邴原。」又云：「藜羹莫道無萊婦，蘭畹應知負屈原。」〔一二〕《寄劉東山》云：「塵外有人占紫氣，鏡中疑我尚朱顏。」〔一三〕《次東嶠韻》云：「電懸雙眼疑秋水，髩擁三花御野風。」〔一四〕又：「豈無湖水甘神瀵，更有溪毛當紫芝。」〔一五〕《書東山草堂扁》云：「封題雲卧東山扁，歌詠司空表聖詩。天闕星辰遺舊履，橘洲歲月有殘棋。石横流潦潛虬角，梅迸垂蘿屈鐵枝。自笑野人閑袖手，雲煙濃淡忽交馳。」次首云：「沙苑草非騏驥秣，瀟湘竹是鳳凰枝。紫虛有約千回醉，笑指僧趺亦坐馳。」〔一六〕又：「招隱誰甘同寂寞，著書不獨爲窮愁。」〔一七〕《木昌道中》云：「行客自知無歲暮，賓鴻不記有家歸。」〔一八〕《寄鄧五羊》云：「後時自許甘邱壑，前席將無問鬼神。浮世虛名非得已，出山小草卻悲人。別時笑語風吹斷，會處迷離夢寫真。四十餘年一回首，乾旋坤轉有冬春。」〔一九〕此數首若隱其姓名，觀者決不謂定山作也。

【箋證】

〔一〕莊昶，字孔暘，江浦人。成化二年進士，官至南京吏部郎中。晚歲卜居定山，學者稱定山先生。有《定山集》十卷。事蹟具《明史》本傳。李東陽《懷麓堂詩話》云：「莊定山孔暘，未第時已有詩名，苦思精鍊，累日不成一章。如『江穩得秋天』、『露冕春停江上樹』，往往爲人傳誦。晚年益豪縱，出入規格，如『開闢以來原有此，蓬萊之外更無山』之類。陳公甫有曰：『百鍊不如莊定山。』有以也。」王世貞《弇州四部稿》卷一百四十八有云：「莊孔暘佳處不必言，惡處如村巫降神，里老罵坐。」亦升庵之意也。

〔二〕見《定山集》卷四，題作《游茅山》，原句作：「山教太極圈中闊，天放先生帽頂高。」

〔三〕見《定山集》卷四《與王汝昌魏仲瞻雨夜小酌》，原句作：「贈我一杯陶靖節，答君幾首邵堯夫。」

〔四〕此《次孤鶴老人觀物亭坐雨》二首之二，見《定山集》卷三。

〔五〕此詩見《定山集》卷四，「第一峰」作「第一重」，當據改。

〔六〕見《定山集》卷四，題作《雨宿羅漢寺和蓋鄉員外》，此其二，「不碍牆」作「不得牆」。

〔七〕此詩見《定山集》卷四，題作《用韻寄黄提學》。

〔八〕見《定山集》卷四。

〔九〕見《定山集》卷五，題作《濟寧舟中》。

〔一〇〕見《定山集》卷五，題作《舟中》。

〔一一〕見《定山集》卷五，題作《直沽》。

〔一二〕上引二聯，見《定山集》卷五，分别爲《沈公見寄次韻奉答》其一、其二中句。

〔一三〕見《定山集》卷五，題作《聞華容劉東山先生致仕》，「占紫氣」作「瞻紫氣」。

〔一四〕見《定山集》卷五，題作《謝天與改官汴臬幕東嶠兄有詩次韻并寄》，「疑秋水」作「欺秋水」。

〔一五〕見《定山集》卷五，題作《贈通山葉秀才相》。

〔一六〕上引《書東山草堂扁》二首，見《定山集》卷五。

〔一七〕見《定山集》卷五，題作《喜諸生夜讀》，「不獨」作「獨不」。

〔一八〕見《定山集》卷五，爲《木昌道中》之二，「賓鴻」作「飛鴻」。

〔一九〕見《定山集》卷五，題作《五羊寄鄧先生俊》。

老泉詩

蘇老泉詩：「佳節每從愁裏過，壯心偶傍醉中來。」〔一〕白樂天詩有「百年愁裏過，萬感醉中來」之句〔二〕，老泉未必祖襲，蓋偶同耳。

【箋證】

〔一〕蘇洵，字明允，號老泉，眉州眉山人。蘇軾、蘇轍之父也。宋仁宗至和中，因歐陽修薦，除校書郎，以霸州文安縣主簿與姚闢同修《太常因革禮》，書成而卒。有《嘉祐集》。此引詩乃《九日和韓魏公》中句，見宋陳思編《兩宋名賢小集》卷七十，「每從」作「已從」。《石林詩話》卷下引此二句，「每從」作「屢從」，「偶傍」作「時傍」。

〔二〕《白氏長慶集》卷十三《别韋蘇州》：「百年愁裏過，萬感醉中來。惆悵城西别，愁眉兩不開。」

瑞香花詩

瑞香花，即《楚辭》所謂「露申」也〔一〕。一名錦薰籠，又名錦被堆〔二〕。韓魏公詩云：「不管鶯聲向曉催，錦衾春曉尚成堆。香紅若解知人意，睡取東君莫放回。」〔三〕張圖之改「瑞香」爲「睡香」，詩云：「曾向廬山睡裏聞，香風占斷世間春。採花莫撲枝頭蝶，驚覺陽臺夢裏人。」〔四〕陳子高詩：「宣和殿裏春風早，紅錦薰籠二月時。流落人間真詑事，九秋風露卻相宜。」〔五〕蓋詠九日瑞香也。又唐人詩云：「誰將玉膽薔薇水，新濯瓊肌錦繡襌音單。」體物既工，用韻又奇，可謂絶唱矣〔六〕。余亦有一章〔七〕。

【箋證】

〔一〕「露申」，見《楚辭章句·九章·涉江》：「露申辛夷死林薄兮。」王逸注云：「露，暴也；申，重也。叢木曰林，草木交錯曰薄。言重積辛夷，露而暴之，使死林薄之中。」朱熹《楚辭集注》云：「露申未詳。」清蔣驥《山帶閣注楚辭》卷四云「或曰即瑞香花」，蓋據升庵爲説。

〔二〕明高濂《遵生八牋》卷十六：「瑞香花四種：有紫花，名紫丁香；有粉紅者，名瑞香；有白瑞香；有緑葉黄邊者，名金邊瑞香。惟紫花葉厚者，香甚。」宋吴自牧《夢粱録》卷十八：「瑞香種頗多，大者名錦薰籠。」宋祁《益部方物略記》：「錦被堆花出彭州，其色一似薔薇，有刺，不可玩。俗謂薔薇爲錦被堆花。」

〔三〕此韓琦《錦被堆二闋》之二，見《安陽集》卷五。

〔四〕《苕溪漁隱叢話》後集卷三十五：「《復齋漫録》云：『廬山瑞香花，古所未有，亦不産他處，天聖中始稱傳，東坡諸公繼有詩詠。豈靈草異芳俟時乃出，故記序篇什，悉作瑞字』。訥禪師云：『山中瑞采一朝出，天下名香獨見知。』張祠部圖之，强名佳客，以『瑞』爲『睡』焉。其詩曰：『曾向廬山睡裏聞，香風占斷世間春。竊花莫撲枝頭蝶，驚覺南柯午夢人。』」張祠部，張景修也。字敏叔，常州人。治平四年進士。大觀中爲祠部郎中。升庵以其名「張圖之」，非。按宋陶穀《清異録》：「廬山瑞香花，始緣一比丘晝寢磐石上，夢中聞花香烈酷，不可名。既覺，尋香求之，因名睡香。四方奇之，謂乃花中祥瑞，遂以『瑞』易『睡』。」張景修詩正用此事，非其改「瑞香」爲「睡香」也。

〔五〕《苕溪漁隱叢話》後集卷三十五：「苕溪漁隱曰：陳子高九日瑞香盛開，有詩云云。俚俗因此詩，遂號瑞香爲錦薰籠。」所載詩，「詫事」作「善事」，「風露」作「霜露」。

〔六〕此非唐人詩，乃楊萬里《瑞香花開呈益國公二首》之一，詩云：「近看丁香萬粒攢，遠看卻與紫毬般。誰將玉膽薔薇水，新濯瓊膚錦繡襌。淨界薰修爾芬馥，無人剪剔自團欒。下元前至上元後，省得龍沉與麝蘭。」

〔七〕《升庵遺集》卷十九載其《瑞香花》詩云：「小屏殘夢暖香中，花氣撩人怯曉風。鴛被堆春胡蝶散，開簾忽見錦薰籠。」

半山用王右丞詩

王維《書事》詩：「輕陰閣小雨，深院晝慵開。坐看蒼苔色，欲上人衣來。」洪覺範《天廚禁臠》云：「此詩含不盡之意，子由所謂不帶聲色者也。王半山亦有絶句，詩意頗相類。」〔一〕按半山詩云：「山中十日雨，雨晴門始開。坐看蒼苔文，欲上人衣來。」〔二〕蔡正孫編《詩林廣記》，乃以「若耶溪上踏莓苔」一首當之，謬矣〔三〕。

【箋　證】

〔一〕此前升庵全引宋蔡正孫《詩林廣記》卷五，文字悉同，惟於「禁臠」前加「洪覺範天廚」五字，並易「王荆公」爲「王半山」而已。

〔二〕此詩見《臨川文集》卷二十六，題作《春情》，「山中」作「新春」，「坐看」作「静看」，「欲上」作「莫上」。

〔三〕「若耶溪上踏莓苔」一首，見《臨川文集》卷三十，題作《若耶溪歸興》。檢宋惠洪《天廚禁臠》卷中「比物句法」，其原文作：「《書事》：『輕陰閣小雨，深院晝慵開。坐看蒼苔色，欲上人衣來。』又：『若耶溪上踏莓苔，興盡張帆載酒回。汀草岸花渾不見，青山無數逐人來。』前詩王維作，後詩舒王作。兩詩皆含其不盡之意，子由謂之不帶聲色。」據知以「若耶溪上踏莓苔」與王維詩相對者非蔡正孫，實惠洪原意。升庵未見《禁臠》，而更以「山中十日雨」當之，乃自出己意而已。按：惠洪之意，蓋就二詩各「含其不盡之意」言之。若謂「詩意相類」，則自當以升庵所舉爲是也。

坡詩月明看露上

蘇《東坡》詩八首，大率皆田中語，其第四首云：「種稻清明前，樂事我能數。毛空暗春澤，鍼水聞好語。分秧及初夏，漸喜風葉舉。月明看露上，一一珠垂縷。秋來霜穗重，顛倒相撐拄。但聞畦壠間，蚱蜢如風雨。新春便入甑，玉粒照筐筥」云云。此詩叙田家自清明至成熟，曲盡其趣〔一〕。注未能盡發其妙，今補之於後：「漸喜風葉舉」，秧初立苗後，得風則長。《呂氏春秋》所謂「央心中央，帥爲泠風」是也〔二〕。「月明看露上」，農夫云：「秧苗得露，皆先潤其根。由根上節至葉，稍垂一點，月明窺見其上。」洪舜俞《平齋集》有《魏城晚涼倚窗觀稼二絶》云：「晚風不動稻苗平，葉葉頭邊沆瀣明。井養不窮功用在，誰將易象細推評。」其二云：「飛明一點上苗端，難作尋常露雨看。碧眼道人參解得，黄河夜半泝崑崙。」〔三〕以此補坡詩注，真妙也。此事奇，坡詩詠之奇，平齋二詩注之又奇。特表出之。

【箋證】

〔一〕蘇軾《東坡八首》，見《集注分類東坡先生詩》卷四，有叙曰：「余至黄二年，日以困匱。故人馬正卿哀余乏食，爲於郡中請故營地數十畝，使得躬耕其中。地既久荒，爲茨棘瓦礫之場，而歲又大旱，墾闢之勞，筋力殆盡。釋耒而歎，乃作是詩，自愍其勤。庶幾來歲之入，以忘其勞焉。」此引乃其第四首。原詩尚有末四句曰：「我久食官倉，紅腐等泥土。行當知此味，口腹吾已許。」又「鍼水聞好語」下自注云：「蜀人以細雨爲雨毛。稻初生時，農夫相語：『稻鍼水矣！』」「蚱蜢如風雨」句下自注云：「蜀中稻熟時，蚱蜢群飛田間，如小蝗狀，而不害稻。」蓋以親事農作，故體物最真。末四句言自食其力，滋味更美，其用意尤爲真切也。

〔二〕「夬心中央，帥爲泠風」原作「禾心中央，疏爲泠風」。按《吕氏春秋》卷二十六《士容論·辨土篇》：「夬心中央，帥爲泠風。」高誘注云：「夬，决也。心，於苗中央。帥，率也。嘯泠風以摇長之也。」今據改。

〔三〕洪咨夔，字舜俞，號平齋，浙江於潛人。南宋嘉泰二年進士，授如皋主簿，試饒州教授。歷官監察御史，進刑部尚書、翰林學士、知制誥。卒，謚忠文。此引二詩見《平齋文集》卷三，題作《幽芳晚凉倚窗觀稼》，第二首末句「崑崙」作「崑崙」。

梅谿注東坡詩

王梅谿注東坡詩，世稱其博〔一〕。予偶信手繙一册，《除夜大雪留濰州》詩云：「敢怨行役勞，助爾歌飯甕。」山東民謡云：「霜淞打霧淞，貧兒備飯甕。」「淞」音宋，稷雪也，以爲豐年之兆。坡詩正用此。而注云：「山東人以肉埋飯下，謂之飯甕。」〔二〕何異小兒語耶？又《祈雪霧豬泉》云：「歲宴風日暖，人牛相對閒。」〔三〕「人牛」字用東方朔《占書》「春與歲齊，人牛並立」之語〔四〕，而注亦失引。

【箋證】

〔一〕王十朋，字龟齡，號梅溪，浙江樂清人。高宗紹興二十七年狀元，孝宗時累遷起居舍人、侍御史，改吏部侍郎，歷四郡，以龍圖閣學士致仕。卒，謚忠文。有《梅溪集》。《集注分類東坡先生詩》，舊題王十朋撰，蓋依託也。《四庫提要》云：是書「以《畫魚歌》入『書畫』，爲查慎行《東坡詩補注》所譏。其注爲邵長蘅所掊擊者，凡三十八條，至作《正譌》一卷，冠所校《施注》之首。」「稷雪」原誤作「積雪」，據《丹鉛總録》卷十八改。《説文》：「霰，稷雪也。」

〔二〕此詩見《集注分類東坡先生詩》卷七，題作《除夜大雪留濰州元日早晴遂行中塗雪復作》。詩末注云：「援山東人埋肉於飯下而食之，謂之飯甕。」升庵所引「山東民謡」，出宋張邦基《墨莊漫録》卷四：「東北冬月寒甚，夜氣塞空如霧，著於林木，凝結如珠玉。旦起視之，真薄雪也。見日乃消釋，因風飄落。齊魯人謂之霧淞。諺云：『霧淞重霧淞，窮漢置飯甕。』蓋歲穰之兆也。」

〔三〕見《集注分類東坡先生詩》卷七，題作《祈雪霧豬泉出城馬上有作贈舒堯文》。

〔四〕今傳舊題東方朔著《靈棋經》，乃雜占之書，中無此文。宛委山堂本《説郛》卷一百九載宋向孟《土牛經》「釋策牛人前後第三」云：「凡春在歲前，則人在牛後；若春在歲後，則人在牛前；春與歲齊，則人牛竝立。假令立春在十二月内，則是春在歲前，即人在牛後。立春在正月内，則是春在歲後，即人在牛前。若立春在歲日同，即是春與歲齊，人牛竝立。」

東坡梅詩

《禪宗頌古》唐僧《古梅》詩云：「雪虐風饕水浸根，石邊尚有古苔痕。天公未肯隨寒暑，又孽清香與返魂。」〔一〕東坡《梅花》詩：「蕙死蘭枯菊已摧，返魂香入隴頭梅。」〔二〕正用此事，而注者亦不之知也。

【箋　證】

〔一〕此詩爲五代後唐時虎丘閒極雲禪師所作，見《禪宗頌古聯珠通集》卷五，原詩無題，「雪虐」作「火虐」，「水浸根」作「水漬根」，「古苔痕」作「舊苔痕」，「天公」作「化工」。明釋正勉編《古今禪藻集》卷七載此詩，題作「無名釋《古梅》」詩，即據升庵之説。其第三句「寒暑」作「寒主」，亦從升庵《丹鉛總録》卷十九之誤。

〔二〕此詩見《集注分類東坡先生詩》卷十四，原題作《岐亭道上見梅花戲贈季常》，「已摧」作「亦摧」，「隴頭」作「嶺頭」。

百東坡

東坡《泛潁》詩「散爲百東坡，頃刻復在兹」，劉須溪謂本《傳燈録》。按《傳燈録》，良價禪師因過水睹影而悟，有偈云：「切忌從他覓，迢迢與我疏。我今獨自往，處處得逢渠。渠

今正是我，我今不是渠。」〔一〕

【箋　證】

〔一〕此引詩句，見《集注分類東坡先生詩》卷一，句下注引沈敦謨語云：「《傳燈録》：良价禪師遇水觀影，大悟。有偈曰：『我今獨自往，處處得逢渠。渠今正是我，我今不是渠。』」升庵以此注爲劉須溪語，不知何據。沈敦謨，王十朋同時人。《梅溪集》後集卷七載王十朋《寄沈敦謨》詩，題下有注云：「名希皋，瑞安人。」又，《五燈會元》卷十三「雲巖晟禪師法嗣」下載良价此偈，尚有末二句云：「應須恁麼會，方得契如如。」

蘇子由四絶句

「泉流逢石缺，脉散成寶綱。水作瓔珞看，山是如來想。」《瓔珞巖》「巖花不可攀，翔蕊久未墮。忽墜幽人前，知子觀空坐。」《雨花巖》「白龍晝飲潭，修尾掛石壁。幽人欲下看，雨雹晴相射。」《白龍潭》「蒼壁立積鐵，懸泉瀉天紳。行山見已久，指與未來人。」《陳鼓漈》此四詩，泉既奇，詩亦稱，何異王右丞〔一〕。

蘇子由《題李龍眠山莊圖》四絶句，奇景奇句，可誦可想。放翁謂「子由詩勝子瞻」〔二〕，亦有見也。漈，閩中水名，鄭樵號「夾漈」可證〔三〕。

【箋　證】

〔一〕蘇轍，字子由，四川眉山人。蘇洵次子，蘇軾胞弟也。與兄軾同登進士，舉制科。哲宗朝代兄軾爲翰林學士。累拜尚書右丞，進門下侍郎。自紹聖初至崇寧再被謫貶，晚罷祠居許州，復太中大夫致仕。自號潁濱遺老。卒，追復端明殿學士。淳熙中，謚文定。有《欒城集》。《欒城集》卷二十載《題李公麟山莊圖》並序云：「伯時作《龍眠山莊圖》，由建德館至垂雲沜，著録者十六處。自西而東凡數里，巖崿隱見，泉源相屬，山行者路窮於此。道南溪山清深，秀峙可游者有四，曰勝金巖、寶華巖、陳彭漈、鵲源。以其不可緒見也，故特著於後。子瞻既爲之記，又屬轍賦小詩，凡二十章，以繼摩詰輞川之作云。」此引四詩，其第七、十二、十四、十九首也。《欒城集》所載，《雨花巖》第三句「忽墜」作「忽下」；《白龍潭》作《玉龍峽》；《陳鼓漈》作《陳彭漈》，第一句「積鐵」作「精鐵」，第三句「行山」作「山行」。

〔二〕方回《瀛奎律髓》卷八録周必大《上巳訪楊廷秀，賞牡丹於御書扁榜之齋。其東圃僅一畝，爲街者九，名曰三三徑》詩，有評云：「此益公老筆。公常問詩法於放翁。對云：『當法子由。』此言深有旨。子由詩勝子瞻，不工不博，不深於其間，字用力而有幽味。」據知，言「子由詩勝子瞻」者方回，非陸游也。此升庵記憶之疏。

〔三〕自「蘇子由《題李龍眠山莊圖》四絶句」至「夾漈可證」一段《詩話》本原無，據嘉靖本《詩話補遺》卷一補入。

曾子固詩

曾子固《享祀軍山廟歌》云〔一〕：「土膏起兮，流泉駛兮〔二〕。我祖於田〔三〕，偕婦子兮。既耕且蓺，芸且耔兮。一歲之工〔四〕，在勤始兮。野無螟蝝〔五〕，田有水兮〔六〕。非神之力，其誰使兮。我苞盈兮，我實成兮。揮鐮掇掇〔七〕，風雨聲兮。囷藏露積〔八〕，如坻京兮。遺秉滯穗，富鰥煢兮。酒食勸酬〔九〕，消忿爭兮。非神之助〔一〇〕，歲莫登兮。我有室家，神所祐兮。我有旄倪，神所壽兮。神之惠我，惟其舊兮。上之報神，亦云厚兮。釃酒刑牲，肴核豐兮。吹簫考鼓，聲逢逢兮。我民歲獻〔一一〕，無終窮兮。千秋萬歲，保斯宫兮。」此詩王荆公稱賞，以爲有《雅》、《頌》之意。當表出之。昧者言子固不能詩〔一二〕，豈其然乎？

【箋證】

〔一〕此非曾鞏詩，乃其弟曾肇詩也。曾肇《曲阜集》卷三載《南豐軍山廟碑》，文後附綴此詩，並署「大宋建中靖國元年歲在辛巳春三月既望，翰林學士、朝請大夫、知制誥、護軍，曲阜縣開國侯，食邑一千户，賜紫金魚袋，里人曾肇譔。」真德秀《續文章正宗》卷十六載曾肇《軍山廟碑》，文後亦附此詩。曾肇，字子開，南豐人，曾鞏、曾布之弟。治平四年進士，官至中書舍人、龍圖閣學士。以元祐黨歷貶濮州團練副使，汀州安置。崇寧中復朝散郎，歸潤州而卒。紹興初謚文昭。事跡具《宋史》本傳。

〔二〕「駛」，《曲阜集》同，《續文章正宗》作「駃」。

〔三〕「我」，《續文章正宗》同，《曲阜集》作「牧」。

〔四〕「工」，《曲阜集》、《續文章正宗》並作「功」，是，當據改。

〔五〕「螟蟓」，《曲阜集》作「蟊螟」，《續文章正宗》作「螽螟」。

〔六〕「田」，《曲阜集》、《續文章正宗》並作「塘」

〔七〕「揿揿」，《曲阜集》作「銍銍」，《續文章正宗》作「挃挃」。

〔八〕「藏」，《續文章正宗》同，《曲阜集》作「倉」。

〔九〕「酒」，《續文章正宗》同，《曲阜集》作「飲」。

〔一〇〕「非神之助」，《續文章正宗》同，《曲阜集》作「儻非神功」。

〔一一〕「歲」，《曲阜集》、《續文章正宗》並作「薦」。

〔一二〕惠洪《冷齋夜話》卷九「劉淵材迂闊好怪」條云：「嘗曰：『吾平生無所恨，所恨者五事耳。』人問其故，淵材斂目不言，久之，曰：『吾論不入時聽，恐汝曹輕易之。』問者力請説。乃答曰：『第一恨鰣魚多骨；第二恨金橘太酸；第三恨蓴菜性冷；第四恨海棠無香；第五恨曾子固不能作詩。』聞者大笑。而淵材瞠目曰：『諸子果輕易吾論也。』」

蓮花詩

張文潛《蓮花》詩：「平池碧玉秋波瑩，綠雲擁扇青摇柄。水宫仙子鬬紅粧，輕步淩波踏明鏡。」〔一〕杜衍《雨中荷花》詩：「翠蓋佳人臨水立，檀粉不匀香汗濕。一陣風來碧浪翻，真珠零落難收拾。」〔二〕此二詩絶妙。又劉美中《夜度娘歌》：「菱花炯炯垂鸞結，爛學宫粧匀膩雪。風吹涼鬢影蕭蕭，一抹疏雲對斜月。」〔三〕寇平仲《江南曲》：「煙波渺渺一千里，白蘋香散東風起。惆悵汀洲日暮時，柔情不斷如春水。」〔四〕亡友何仲默嘗言：「宋人書不必收，宋人詩不必觀。」〔五〕余一日書此四詩訊之曰：「此何人詩？」答曰：「唐詩也。」余笑曰：「此乃吾子所不觀宋人之詩也。」仲默沉吟久之，曰：「細看亦不佳。」可謂倔强矣。

【箋　證】

〔一〕張耒，字文潛，淮陰人。神宗熙寧六年登進士甲科，元祐中官至起居舍人。紹聖中，謫監黄州酒税。徽宗召爲太常寺少卿。坐元祐黨復貶房州别駕，黄州安置。尋得自便，居於陳州，主管崇福宫，卒。耒爲蘇門四學士之一，有《柯山集》。此詩見《柯山集》卷十，題作《對蓮花戲寄晁應之》，乃十六句古詩。此引前八句，第三句「仙子鬬紅粧」作「仙女鬬新粧」。其後八句作：

「彩橋下有雙鴛戲，曾託鴛鴦問深意。半開微斂竟無言，裛露微微洒秋淚。晁郎神仙好風格，須遣仙娥伴仙客。人間萬事苦參差，吹盡清香不來摘。」

〔二〕杜衍，字世昌，山陰人。登進士甲科，歷官至集賢殿大學士，兼樞密使。仁宗時，進太子太師，同中書門下平章事，封祁國公。卒，年八十。此詩見《兩宋名賢小集》卷六十九。《錦繡萬花谷》後集卷三十七、《全芳備祖》前集卷十一録此詩，首句下多「寂寞雨中相對泣，温泉洗出玉肌寒」二句。

〔三〕劉才邵，字美中，廬陵人，自號㰘溪居士。大觀二年上舍釋褐。宣和二年，又中宏詞科。累遷校書郎，以養親歸家。居十年，紹興初起爲祕書丞。再掌制誥，官至工部侍郎，權吏部尚書，加顯謨閣直學士。有《㰘溪居士集》十二卷。此引詩，見本集卷二，題作《相思曲》。詩爲樂府雜言歌行，此摘引中四句，「爛學宫粧」作「懶學宫梅」。

〔四〕寇準，字平仲，華州下邽人。太宗太平興國中舉進士，淳化五年參知政事。真宗朝，累官尚書右僕射、集賢殿大學士，同中書門下平章事，封萊國公。乾興初，貶雷州司户，徙衡州司馬，卒。仁宗時贈中書令，追謚忠愍。有《忠愍集》。此寇準《追思柳渾汀洲之詠，尚有遺妍，因書一絶》詩，見《忠愍集》卷上，首句「煙波渺渺一千里」作「杳杳烟波隔千里」，三句「惆悵汀洲日暮時」作「日落汀洲一望時」，末句「柔情」作「愁情」。

〔五〕何景明，字仲默，信陽人。弘治十五年進士，累授中書舍人，遷吏部員外郎，出爲陝西提學副使。有《大復集》。《明史·文苑傳》云：「李夢陽、何景明倡言復古，文自西京，詩自中唐而下，一切吐棄。」升庵此言，蓋詆其復古，頑而不化也。

劉原父喜雨詩

劉原父《喜雨》詩云：「涼風響高樹，清露墜明河。雖復夏夜短，已覺秋氣多。豔膚麗華燭，皓齒揚清歌。臨觴不肯醉，奈此粲者何。」〔一〕此詩無愧唐人，不可云宋無詩也。

【箋證】

〔一〕劉敞，字原父，臨江新喻人。慶曆六年進士第二。累遷知制誥，拜翰林學士。改集賢院學士，判南京御史臺。卒，門人私謚曰公是先生。有《公是集》。此詩見《公是集》卷六，題《永興軍作》，「不肯醉」作「不作意」。吴曾《能改齋漫録》卷十一「劉原父惑官妓得病」條載此詩，並云：「翰林侍讀學士劉敞原父，在永興軍所作詩也。葉少藴《避暑録話》嘗載之，且云：『恨原父此病未除也。』予後讀國史，原父本傳載原父在永興惑官妓，得驚瞀病。乃知前詩故不徒作也。」

月黄昏

林和靖《梅》詩：「疏影横斜水清淺，暗香浮動月黄昏。」〔一〕《葦航紀談》云：「黄昏以對清淺，乃兩字，非一字也。月黃昏，謂夜深香動，月爲之黃而昏，非謂人定時也。蓋晝午後陰氣用事，花房斂藏；夜半後陽氣用事，而花敷蕊散香。凡花皆然，不獨梅也。」〔二〕坡詩：「只恐夜深花睡去，高燒銀燭照紅粧。」〔三〕宋人《梔子花》詞：「惱人惟是夜深時。」〔四〕是此理。余嘗有詩云：「曉屏睡夢暖香中，花氣薰人怯曉風。」〔五〕亦與此意同，蓋物理然耳。

【箋　證】

〔一〕宋林逋，字君復，錢塘人。隱西湖之孤山。真宗聞其名，詔長吏歲時勞問。卒，賜謚和靖。有《林和靖集》。此引二句出其《山園小梅》七律二首之一，見本集卷二，林逋名句也。

〔二〕《葦航紀談》，宋蔣津撰。升庵此乃節引之。宛委山堂本《説郛》卷二十《葦航紀談》：「孔天瑞《西資詩話》云：『疎影横斜水清淺，暗香浮動月黃昏。』不知和靖意偶到，爲復愛。其句中有『黃昏』二字，議詩者謂：『日斜爲黃昏。』非也。此二字蓋亦兩字耳。若謂日斜，而詩不曰昏黃，而曰黃昏，亦有源矣。余嘗宿於月湖外家，而其家有堂，植梅竹，月白雙清，余至每宿于此。而花盛開，其香發於四皷後，起視月已西下，而月色比當午時黃，而更昏。正此時，已五更矣。非獨此花爲然，凡有香之花，皆然。『薝蔔』，古有賦：『惱人惟是，夜深時梔子香濃。』非云夜淺，而云夜深，亦此意也。蓋謂晝午後陰氣用事，而花斂黇藏香；夜午後陽氣用事，而花敷蕋散香耳。以此知黃昏乃夜深也。」

〔三〕東坡《海棠》詩：「東風嫋嫋泛崇光，香霧霏霏月轉廊。只恐夜深花睡去，高燒銀燭照紅粧。」

見《集注分類東坡先生詩》卷十四。

〔四〕「惱人惟是夜深時」，此乃升庵引《葦航紀談》「『薝蔔』，古有賦：『惱人惟是，夜深時梔子香濃』」之節文。其文不知所出，而升庵以爲宋人，當亦臆定之説。薝蔔，梔子花也。

〔五〕此升庵詠瑞香花詩也，已見本卷前「瑞香花詩」條。

升庵此説，胡應麟《少室山房筆叢》卷十九《藝林學山一》「月黄昏」條駁之云：「疏影横斜於水波清淺之處，暗香浮動於月色黄昏之時。二語於梅之真趣，頗自曲盡。故宋人一代尚之。然其格卑，其調澀，其語苦，未足大方也。」又云：「花之香於晚者，惟梅、蓮、茉莉爲甚。若蘭蕙之屬則不然矣。『高燒銀燭照紅粧』，自言花色，非言香也。且海棠世謂無香，而楊引之以證花之香於夜者，尤可絶倒。」按：林逋詩「黄昏」之義，似仍以狀月色爲長。

洛春謡

劉須溪所選《古今詩統》，亡其《辛集》一册，諸藏書家皆然。予於滇南偶得其全集，然其所選，多不愜人意。可傳者，止十之一耳。《辛集》中皆宋人詩，無足採取。獨司馬才仲《洛春謡》、曹元寵《夜歸曲》，尚有長吉、義山之遺意〔一〕。今録於此：

《洛春謡》云：「洛陽碧水揚春風，銅駞陌上桃花紅。高樓叠柳緑相向，綃帳金鸞香霧濃。

龍裘公子五陵客，拳毛赤兔雙蹄白。金鈎寳玦逐飛香，醉入花叢惱花魄。青蛾皓齒别吴倡，梅粉粧成半額黄。羅屏繡幙圍寒玉，帳裏吹笙學鳳皇。細緑圍紅曉煙濕，車馬騑騑雲櫛櫛。瓊蕊杯深琥珀濃，鴛鴦枕鏤珊瑚澁。吹龍笛，歌《白紵》，蘭席淋漓日將暮。君不見灞陵岸上楊柳枝，青青送别傷南浦。」〔二〕《夜歸曲》云：「飢烏啞啞啼暮寒，回風急雪飄朱闌。鎖窻繡閣豔紅獸，畫幙金泥摇彩鸞。吴粧秀色攢眉緑，能唱襄陽《大堤曲》。酒酣横管咽孤吹，吹裂柯亭傲霜竹。遠空寒雲渾不動，老狐應渡黄河凍。暗回微暖入江梅，何處荒榛掛幺鳳。歸來穩跨青連錢，貂茸擁鼻行翩翩。籠紗蜜炬照飛霰，十二玉樓人未眠。」〔三〕

【箋　證】

〔一〕清黄虞稷《千頃堂書目》卷三十一著録有劉會孟《古今詩統》，僅六卷，蓋升庵所見之本清時當已早佚。《宋詩紀事》録此二詩，云出《古今詩統》，所據實升庵此説也。胡應麟《詩藪》内篇卷二云：「楊用修《詩話》所載《洛春謡》、《夜歸曲》，皆宋人七言古可觀者。」

〔二〕司馬槱，字才仲，司馬光姪孫。元祐中，中賢良科，調錢塘尉而卒。有《夏陽集》。晁公武《郡齋讀書志》卷四下言其「喜爲宫體詩，故世傳其爲鬼物所祟。」殆以其喜效李賀詩而然也。明李蓘編《宋藝圃集》卷十四載此詩，「别吴倡」作「列吴倡」，是，當據改。《宋詩紀事》卷三十二載此詩，「龍裘」作「錦裘」，「鴛鴦枕鏤」作「鴛鴦枕冷」，義似勝。

〔三〕曹組，字元寵，潁昌人。宣和三年進士。召試中書，換武階，兼閤門宣贊舍人，仍給事殿中。官止副使。有《箕潁集》。《宋藝圃集》卷十八載此詩，「孤吹」作「孤吟」，「穩跨」作「祇跨」。

劉後村三詩

劉後村集中，三樂府效李長吉體，人罕知之，今録於此〔一〕。其一，《李夫人招魂歌》云：「秦王女兒吹鳳簫，淚入星河翻鵲橋。素娥剗襪踏玉兔〔二〕，回望桂宮一點霧。粉紅小堞没柳煙〔三〕，白茅老仙方睡圓〔四〕。尋愁不見入香髓，露花點衣碧成水。」其二，《趙昭儀春浴行》：「花奴一雙髻垂耳，緑繩夜汲露桃蘂。青桂寒煙濕不飛，玉龍呵暖紅薇水。翠靴踏雲雲帖妥，燕釵微卸香絲鬌。小蓮夾擁真天人，紅梅犯雪欹一朵。鸞錦屏風畫水月，鵁鶄抱頸唼蘭葉。劉郎散卻金餅歸〔五〕，笑引香綃護癡蝶。」其三，《東阿王紀夢行》：「月青露紫翠衾白，相思一夜貫地脈。帝遣纖阿控紫鸞，崑崙低下海如席〔六〕。曲房小幄雙杏坡，玉鳧吐麝薰錦窠。軟香蕙雨衩釵濕〔七〕，裔雲三尺生紅韡〔八〕。金蟾吞漏不入咽，柔情一點薔薇雪。海山重結千年期，碧桃小核生孫枝，精移神駭屏山知〔九〕。」三詩皆佳，不可云宋無詩也。

【箋　證】

〔一〕此三詩《後村大全集》不載。見於《詩人玉屑》卷十九「劉後村」條，云：「劉後村嘗言『古樂府惟李賀最工』。余觀後村有《齊人少翁招魂歌》云云，又《趙昭儀春浴行》云云，又《東阿王紀夢行》云云。此三篇絶類長吉，其間精妙處，恐《賀集》中亦不多見也。」此升庵之所據。惟其第一首《齊人少翁招魂歌》，升庵删去詩前「夜月抱秋衾，支枕玉鸞小。艷骨泣紅蕪，茂陵三十老。卧聞」二十二字，易其題曰《李夫人招魂歌》。亦其好炫奇之過也。

〔二〕「踏玉兔」，《詩人玉屑》作「跨玉兔」。

〔三〕「小堞」，《詩人玉屑》作「小蝶」。

〔四〕「方睡圓」，《詩人玉屑》作「方瞳圓」，是，當據改。

〔五〕「散卻」，《詩人玉屑》作「散盡」。

〔六〕「低下」，《詩人玉屑》作「低小」。

〔七〕「釵衩」，《詩人玉屑》作「裙釵」，是，當據改。

〔八〕「喬雲」，《詩人玉屑》作「紫雲」。

〔九〕「精移神駭」，《詩人玉屑》作「陳王此恨」。

不借軍持

陸放翁詩：「游山雙不借，取水一軍持。」〔一〕不借，草鞋也，言其價賤不須借也。《古今注》：「漢文帝履不藉以臨朝。」漢時已有此名矣〔二〕。軍持，淨瓶也，出佛經〔三〕。賈島《送僧》詩云：「我有軍持憑弟子，岳陽江裏汲寒流。」〔四〕

【箋證】

〔一〕陸游，字務觀，號放翁，宋山陰人。初以蔭補登仕郎。隆興初賜進士出身。嘉泰初，官至寶謨閣待制。事蹟具《宋史》本傳。此引詩，乃《巢山二首》第二首中句，見《劍南詩稿》卷三十二，「游山」作「穿林」。

〔二〕晉崔豹《古今注》卷上：「不借者，草履也。以其輕賤易得，故人人自有，不假借於人，故名不借也。又，漢文帝履不借視朝。」另有一說，則謂凶屨於禮不借。見《儀禮注疏》卷二十九：「公士大夫之衆臣，爲其君布帶繩屨。」傳：「繩屨者，繩菲也。」鄭玄注：「繩菲，今時不借也。」賈公彦疏：「『繩菲，今時不借也』者，周時人謂之屨子，夏時人謂之菲。漢時謂之不借者，此凶荁屨，不得從人借，亦不得借人。皆是異時而別名也。」

〔三〕「軍持」，梵語，佛經中多見。唐玄奘《大唐西域記》卷十「伊爛拏鉢伐多國」云：「次南石上則有佛置捃稚迦跡，深寸餘，作八出花文。」注「捃稚迦」曰：「即澡瓶也。舊曰軍持，訛略也。」

〔四〕此詩見賈島《長江集》卷九，題作《訪鑒玄師姪》，「岳陽江」作「岳陽溪」。

文與可

坡公亟稱文與可之詩，而世罕傳〔一〕。《丹淵集》余家有之，其五言律，有韋蘇州、孟襄陽之風，信坡公不虛賞也。今録其數首於此。詠《閑樂》云：「晝睡欲過午，好風吹竹床。溪雲生薄暮，山雨送微涼。粉裛衣裳潤，蘭薰枕席香。歸來閑且樂，多謝墨君堂。」〔二〕《過友人谿居》云：「籬巷隔菰蒲，閑扉掩自娛。水蟲行插岸，林鳥過提壺。白浪摇秋艇，青煙蓋晚廚。主人誇野飯，爲我煮秋鱸。」〔三〕《晚次江上》云：「宛轉下江岸，霜風繞人衣。翩翩渚鴻壓，閃閃林鴉歸。前壑已重靄，遠峰猶落暉。孤舟欲何向，擘浪去如飛。」〔四〕《玉峰園避暑值雨》云：「南園避中伏，意適晚忘歸。牆外谷雲起，簷前山雨飛。興饒思秉燭，坐久欲添衣。爲愛東岩下，泉聲通翠微。」〔五〕《極寒》云：「燈火宜冬杪，圖書稱夜長。簾鈎掛新月，窗紙漏飛霜。酒醴慚孤宦，氈裘逐異鄉。誰知舊山下，梅豔滿東牆。」〔六〕《江上主人》云：「客路逢江國，人家占畫圖。青林隨遠岸，白水滿平湖。魚小猶論尺，鷗輕欲問銖。何時遂休去，來此伴潛夫。」〔七〕詠《梨花》云：「素質靜相依，清香暖更飛。笑從風外歇，啼向雨中歸。江令歌瓊樹，甄妃夢玉衣。畫堂明月地，常此惜芳菲。」〔八〕詠《杏花》

云：「仙杏一番新，妖嬈洗露晨。待粧嫌粉重，欲點要酥勻。月淡斜分影，池清倒寫真。君須憐舊物，曾伴曲江春。」〔九〕此八詩置之開元諸公集中，殆不可别。今曰「宋無詩」，豈其然乎？

【箋證】

〔一〕文同，字與可，梓州人。蘇軾中表兄也。皇祐元年舉進士，解褐爲邛州軍事判官，遷太常博士、集賢校理。熙寧中，以議新法不合，出知陵州、洋州。元豐初，改湖州，未至而卒。文同能詩善畫，其墨竹尤爲當世所重。有《丹淵集》，今存。

〔二〕見《丹淵集》卷四，「欲」作「忽」，「枕席」作「簟席」。

〔三〕見《丹淵集》卷五，「隔」作「接」，「秋鱸」作「新蘆」。

〔四〕見《丹淵集》卷八。

〔五〕見《丹淵集》卷七，題作《六月十日中伏玉峰園避暑值雨》，「興饒」作「興餘」。

〔六〕見《丹淵集》卷六，「氈裘」作「皮毛」。

〔七〕見《丹淵集》卷五。

〔八〕見《丹淵集》卷六，題作《和梨花》。

〔九〕見《丹淵集》卷六，「嫌粉重」作「憂粉重」。

梅聖俞詩

梅聖俞詩：「南隴鳥過北隴叫，高田水入低田流。」〔一〕山谷詩：「野水自添田水滿，晴鳩卻喚雨鳩來。」〔二〕李若水詩：「近村得雨遠村同，上圳波流下圳通。」〔三〕其句法，皆自杜子美「桃花細逐楊花落，黄鳥時兼白鳥飛」之句來〔四〕。

【箋　證】

〔一〕梅堯臣，字聖俞，宛陵人。少以蔭補齋郎。累舉進士輒抑於有司。嘉祐初召試，賜進士。擢國子直講。歷尚書都官員外郎，卒。有《宛陵集》。此引二句見本集卷三十七，題作《春日拜壟經田家》，「南隴鳥過北隴叫」作「南嶺禽過北嶺叫」。

〔二〕此見《山谷集》卷十一，題作《自巴陵界平江臨湘入通城，無日不雨。至黄龍奉謁清禪師，繼而晚晴，邂逅禪客戴道純欵語，作長句呈道純》，「來」作「歸」。

〔三〕李若水，本名若冰，欽宗爲改今名，字清卿，曲周人。靖康初以上舍登第，由太學博士歷官吏部侍郎。靖康之難，從欽宗入金，不屈死。建炎初，贈觀文殿學士，謚忠愍。有《李忠愍集》。事跡具《宋史》本傳。此引二句，《李忠愍集》不見，而見於《錦繡萬花谷》後集卷二十六，注出《錦囊》，未署作者。

〔四〕《九家集注杜詩》卷十九載此詩，題作《曲江對酒》，此二句下有趙彦材注云：「黄魯直詩云：

『野水漸添田水滿，晴鳩卻喚雨鳩歸』，用此格也。」此升庵説之所本。

小兒拳

黄山谷詩：「蕨牙初長小兒拳。」〔一〕以爲奇句。然太白詩已有「不知行徑下，初拳幾枝蕨」之句〔二〕，已落第二義矣。

【箋證】

〔一〕黄庭堅，字魯直，洪州分寧人。自號山谷老人，又號涪翁。英宗治平四年進士，授葉縣尉。哲宗立，召爲校書郎、《神宗實録》檢討官。遷著作佐郎、集賢校理。歷祕書丞。紹聖初，坐修《神宗實録》失實，貶涪州别駕，黔州安置。徽宗建中靖國初召還，知太平州。復除名，編管宜州，卒。有《山谷集》。此引詩見《山谷集》外集卷十三，爲《觀化十五首》之十一，詩云：「竹笋初生黄犢角，蕨芽已作小兒拳。試尋野菜炊香飯，便是江南二月天。」

〔二〕此李白《憶秋浦桃花舊游，時竄夜郎》詩句，見《李太白文集》卷二十一，「不知行徑下」作「不知舊行徑」。

山谷詩

黄山谷詩，可嗤鄙處極多。其尤無義理者，莫如「雙鬟女弟如桃李，早年歸我第二雛」之句〔一〕。稱子婦之顏色於詩句，以贈其兄，何哉？朱文公謂其詩多信筆亂道，信矣〔二〕。

【箋　證】

〔一〕《山谷集》外集卷一，題作《送薛樂道知郎鄉》，「早年歸我第二雛」作「早許歸我舍中雛」。

〔二〕《朱子語類》卷一百三十：「黄山谷慈祥之意甚佳，然殊不嚴重。書簡皆及其婢妮，艷詞小詩，先已定以悦人。忠信孝弟之言，不入矣。」又云：「山谷使事多錯本旨，如作人墓誌，云：『敬授來使，病于夏畦。』本欲言皇恐之意，卻不知與『夏畦』相去關甚事？」此即所謂「信筆亂道」之意，不必實有此言。又按：《朱子語類》卷一百四十有「東坡晚年詩固好，只文字也多是信筆胡説，全不看道理」之語，或升庵將之誤植於山谷也。

晁　詩

晁元忠詩：「安得龍湖潮，駕回安河水。水從樓前來，中有美人淚。」「人生高唐觀，有情何能已。」〔一〕晏小山《留春令》云：「別浦高樓曾漫倚，對江南千里。樓下分流水聲中，有當日，憑高淚。」全用其語〔二〕。

【箋　證】

〔一〕晁元忠，未知里第，與黄庭堅相唱酬，蓋元祐時人也。《山谷集》外集卷二《次韻晁元忠西歸十首》之六：「熱避惡木陰，渴辭盜泉水。曾回勝母車，不落抱玉淚。晁氏猛虎行，皦皦壯士意。

人生高唐觀，有情何能已。」詩末有注云：「晁詩云：『安得龍山潮，駕回賓河水。』水從樓前來，中有美人淚。」據知「人生高唐觀，有情何能已」二句，乃山谷和晁詩末二句，非晁詩也。升庵誤讀「晁氏猛虎行」句作「晁氏《猛虎行》」，遂誤以此二句爲晁詩句。而《宋詩紀事》卷三十一不查，徑從升庵之誤。今按：詳山谷詩意，所和實非此詩。疑此乃史容誤注，詩實另有所主，説詳後。

〔二〕此詞見《小山詞》。晏幾道，字叔原，號小山，撫州臨川人。爲太常寺太祝。熙寧中以鄭俠事入獄，旋被釋。元豐五年爲潁昌許田鎮監官。徽宗崇寧間爲開封府推官。小山工詞，與父晏殊並稱「二晏」。按晏幾道與黄庭堅同時而稍長，此引晏詞與晁詩意雖相近，未必襲用其語也。

此引詩，實晁端中字元升者所作。宋周行己《浮沚集》卷四有《晁元升集序》，云：「元祐丁卯，行己與王文玉璪同在太學，每見文玉誦元升『安得龍山潮，駕迴馬河水。水從樓前來，中有美人淚』之句。每想其高趣，恨不得即見。嘗識其姓字簡册。後三年，行己應舉開封，幸中有司之選，而无咎實主文事。是歲元升亦自濟來赴禮部，因得相親，遂同登辛未進士第。今行己、元升爲同年，于无咎爲同第子。使行己其初不聞文玉之誦，則行己雖出无咎之門，而亦不知有元升。使行己終不出无咎之門，則元升雖與行己同年，而亦不知有行己。固知人之相知，非偶然也。將與元升别，求元升近文。元升出此編，因使予跋，遂以此書。明日元升遂行，實元祐六年五月四日也。」周行己與元升同年相知，其説當非虚言。

又，張表臣《珊瑚鈎詩話》卷二：「晁元升作《田直孺墓表》云：『故承議郎田君，既葬八年，其連姻宣德郎晁端智來治兹城。拜君墓下，感松檟就荒，阡陌蕭然。謂其里人曰：君有德於爾鄉，而不加敬，其流風餘烈，尚接人耳目，而封域遽至此。况歷世之久，拱木盡矣，宜無有知者，奈何。乃屬其族兄晁端中爲文以表之。』將託於金石，未刻也。无咎見之，意若未快，曰：『敢以一字易叔父之未安者乎？』曰：『云何？』曰：『欲换連姻二字爲婭，可否？』蓋姊妹之夫曰婭也。」則晁元升，名端中，晁无咎族叔也。

蕃馬胡兒

宋柳如京《塞上》詩：「鳴骹直上一千丈，天静無風聲正乾。碧眼胡兒三百騎，盡提金勒向雲看。」〔一〕其詩宋人盛稱之，好事者多圖於屏障，今猶有其稿本。唐人好畫蕃馬於屏，《花間》詞云「細草平沙，蕃馬小屏風」是也〔二〕。又曲有《伊州》、《涼州》、《氐州》，後卒有禄山、吐蕃之變。宋人愛圖鳴骹胡兒，卒有金、元之禍。元人曲有「入破」「急煞」之名，未幾而亂。

【箋　證】

〔一〕柳開，字仲塗，大名人。宋太祖開寶六年登進士第，補宋州司寇參軍。太平興國中擢右贊善大夫，選知常州。雍熙二年貶上蔡令。以上書言邊事稱旨，擢崇儀使，知寧邊軍。徙全州，再歷桂、潤、貝、全、曹、邢諸州。真宗即位，加如京使，知代州。徙知忻州、再徙滄州，未至卒。宋江少虞《宋朝事實類苑》卷三十五「馮太傅」條云：「馮太傅端嘗書一絶云云，顧坐客曰：『此可畫於屏障。』乃柳如京塞上之作。」末注云：「見《倦游雜録》。」所書即此詩，首句「鳴骹直上一千丈」作「鳴鶻直上一千尺」，「聲正乾」作「聲更乾」。

〔二〕此薛昭藴《相見歡》詞中句，見《花間集》卷三。

游景仁黄鶴樓詩

游景仁《黄鶴樓》詩〔一〕：「長江巨浪拍天浮〔二〕，城郭相望萬景收〔三〕。漢水北吞雲夢入，蜀江西帶洞庭流〔四〕。角聲交送千家月，帆影中分兩岸秋〔五〕。黄鶴樓高人不見〔六〕，卻隨鸚鵡過汀洲〔七〕。」景仁名似，廣安人，南渡四賢相之一〔八〕。有文集，今不傳，獨此詩見《楚志》。

【箋　證】

〔一〕此詩非游景仁詩。宋魏慶之《詩人玉屑》卷十九「游伯莊」條云：「游儀伯莊，長平之勝士。早游京師，自北方縱覽名山，已而浮洞庭，歸隱武溪之上。過武昌時，有《題黄鶴樓》詩，膾炙人口。游默齋嘗書寘南樓。游受齋漕湖北日，復爲之刻石。其詩云云。」即此詩。宋無名氏《詩家鼎臠》卷下亦載此詩，題作《題鄂州黄鶴樓》，爲游儀之作。據魏氏所云，游儀當爲北宋末人也。游默齋，閩人，名九言，字誠之。寧宗開禧中知光化軍充荆鄂宣撫參謀官。游受齋，名九功，字勉之。九言之弟。寧宗嘉定中爲河北運判知鄂州。

〔二〕「長江」，《詩人玉屑》作「長川」。

〔三〕「萬景收」，《詩人玉屑》、《詩家鼎臠》並作「萬景投」。

〔四〕「蜀江」，《詩家鼎臠》作「蜀川」。

〔五〕「帆影」，《詩人玉屑》、《詩家鼎臠》並作「野色」。

〔六〕「黄鶴樓高」，《詩人玉屑》、《詩家鼎臠》並作「黄鶴樓前」。

〔七〕「過汀洲」，《詩家鼎臠》作「下汀洲」。

〔八〕游景仁，名似，四川南充人。嘉定十四年進士。理宗時，官至右丞相兼樞密使。卒，謚清獻。《宋史》有傳。《詩話》各本「似」俱誤作「佀」，今據《宋史》改。

石屏奇句

宋人詩話載戴石屏「春水渡傍渡，夕陽山外山」，以爲奇句〔一〕。余觀唐韓君平「夕陽山向背，春草水東西」〔二〕，意同而語尤工。

【箋證】

〔一〕戴復古，字式之，天台人。嘗登陸游之門，以詩鳴江湖間。所居有石屏山，因自號石屏居士。有《石屏詩集》。此引詩，《石屏詩集》卷四題作《世事》。宋陳思編《江湖小集》卷八十《戴復古石屏續集》載此詩，以石屏自序爲題，云：「三山宗院趙用父問近詩，因舉『今古一憑欄』、『夕陽山外山』，兩句未得對。用父以『利名雙轉轂』對上句，劉叔安以『浮世夢中夢』對下句，遂足成篇。和者頗多，僕終未愜意。都下會李好謙、王深道、范鳴道，相與談詩。僕舉此話，鳴道以『春水渡旁渡』爲對。當時未覺此語爲奇。江東夏潦，無行路，逐處打渡而行，深山界上，一渡復一渡。時夕陽在山，分明寫出此一聯詩景，恨不得與鳴道共賞之。」全詩云：「世事真如夢，人生不肯閒。利名雙轉轂，今古一憑欄。春水渡旁渡，夕陽山外山。吟邊思小范，共把此詩看。」升庵或誤以此爲宋人詩話矣。

〔三〕此劉長卿《奉陪鄭中丞自宣州解印，與諸姪宴餘于後谿》詩中句，見《劉隨州集》卷四。《中興間氣集》卷下、《文苑英華》卷一百六十六並載之。此升庵記憶之誤也，當據改。

古梅

蕭東夫《古梅二絶》云〔一〕：「湘妃危立凍蛟背〔二〕，海月冷掛珊瑚枝。醜怪驚人能嫵媚，斷魂只有曉寒知。」其二云：「百千年蘚著枯樹，一兩點春供老枝〔三〕。絶壁笛聲那得到，只愁斜日凍蜂知〔四〕。」甚有風裁。

【箋證】

〔一〕蕭德藻，字東夫，福建長樂人。紹興二十一年進士，嘗令烏程，後遂家焉。所居屏山，自號千巖老人。有《千巖擇稿》。「東夫」，《詩話》各本均誤作「東之」，今改正。楊萬里《誠齋集》卷八十二《千巖摘藁序》云：「余嘗論近世之詩人，若范石湖之清新，尤梁溪之平淡，陸放翁之敷腴，蕭千巖之工致，皆予之所畏者。」劉克莊《後村詩話》卷二載此二詩，則云：「蕭千巖機杼與誠齋同，但才慳於誠齋，而思加苦，亦一生屯蹇之驗。同時獨誠齋獎重，以配范石湖、尤遂初、陸放翁。而放翁絶無一字及之。」

〔二〕「凍蛟背」，《宋詩紀事》卷五十作「凍蛟脊」。

〔三〕「一兩點」，《宋詩紀事》作「三兩點」。

〔四〕「只愁」，《後村詩話》作「直愁」。

張邵張祁

張邵字才彦，簡池人。其子孝祥，狀元及第。秦檜羅織下獄。檜死，乃仕。後寓烏江，遂家焉。祁字晉彦，有詩名〔一〕。《渡湘江》詩曰：「春過瀟湘渡，真觀八景圖。雲藏岳麓寺，江入洞庭湖。晴日花爭發，豐年酒易沽。長沙十萬户，游女似京都。」〔二〕

【箋　證】

〔一〕張孝祥爲張祁子，被秦檜羅織下獄者，亦張祁。《宋史》卷三百八十九《張孝祥傳》言之甚明。升庵此蓋據《瀛奎律髓》爲説，而《律髓》所云實不誤。《律髓》卷三十四云：「總得居士張公祁，字晉彦，兄邵，字才彦，和州烏江人。才彦宣和三年上舍，建炎初，自衢州曹官借禮書使金。紹興十三年，同朱弁、洪浩還，有《輶軒唱和集》。晉彦有子，是爲中書舍人于湖居士孝祥，字安國。以安國魁多士，羅織下獄，官至淮漕，號總得居士。此詩壯浪，所以子有父風。」升庵蓋僅憑腹笥，不查之誤也。以孝祥爲簡池人，則不知其何據。據《于湖居士文集》附録陸世良紹熙五年所撰《宣城張氏信譜傳》所述，張孝祥「本貫和州烏江縣，唐司業張籍七世孫」，「紹興初年金人逼和州，隨父渡江居蕪湖昇仙橋西」。《宋史》本傳即採其説。復檢《新唐書》卷一百七十六《張籍傳》所載，張籍亦和州烏江人。則知升庵此説實誤。

〔三〕此詩見於宋祁《景文集》卷十二、宋陳思《兩宋名賢小集》卷二十四、明李蓘《宋藝圃集》卷二諸書，其爲宋祁之作無疑。而以爲張祁之作，肇其端者《瀛奎律髓》，升庵乃承其誤，而《宋詩紀事》卷四十八不考，亦録作張祁詩。

近水樓臺

范文正公鎮錢塘，兵官皆被薦，獨巡檢蘇麟不遇，乃上詩曰：「近水樓臺先得月，向陽花木易爲春。」公即薦之〔一〕。

【箋　證】

〔一〕本條録自俞文豹《清夜録》，「不遇」作「不見録」，「上詩」作「獻詩」。此事亦見宋祝穆《古今事文類聚》前集卷三十「近水向陽」條：「范文正知杭州，蘇麟爲屬縣巡檢。城中兵官往往皆獲薦書，獨麟在外邑，未見收録。因公事入府，獻詩曰：『近水樓臺先得月，向陽花木易爲春。』文正薦之。」

南浦詩

寇準《南浦》：「春風入垂楊，煙波漲南浦。落日動離魂，江花泣微雨。」〔一〕妙處不減唐人。

【箋　證】

〔一〕此詩見《忠愍集》卷上、《兩宋名賢小集》卷十，「春風」並作「春色」。

鄰舟詩

括蒼鮑欽止詩集，余舊見之。其中《與榮子陽鄭公華自朐山鄰舟行》一首，頗得鄰舟江行之趣，余愛而誦之。今録於此：「舟行有後先，相去能幾許？鏗轟金鼓聲，見面不得語。水花來幽香，岸柳過疏雨。登艫各乘流，解帆會聯浦。擕我小龍團，睡起就君煮。」〔一〕

【箋　證】

〔一〕鮑慎由，字欽止，處州龍泉人。哲宗元祐六年進士。嘗從王安石、蘇軾游。徽宗朝，除工部員外郎。後責監泗州轉般倉。歷河東、福建路常平、廣西、淮南轉運判官。復召爲考功員外郎，崇寧五年以言者罷，提點元封觀。歷知明、海二州，卒。有集，今佚。此引詩，見《宋詩紀事》卷三十二，云出升庵《清暑録》。

陳文惠公詩

陳文惠公堯佐《吴江》詩云：「平波渺渺煙蒼蒼，菰蒲纔熟楊柳黄。扁舟繫岸不忍去，西風斜日鱸魚香。」〔一〕後人於其地立鱸魚亭，和者計百餘人，皆不及也。噫，此詩尚敢和耶！又《碧瀾堂》詩云：「苕溪清淺霅溪斜，碧玉光涵一萬家。誰向月明中夜聽，洞庭漁笛隔蘆花。」〔二〕二詩曲盡東南之景，後之作者，無復措手。

【箋證】

〔一〕陳堯佐，字希元，閬中人。端拱二年進士，歷官同中書門下平章事。卒，贈司徒兼侍中，謚文惠。司馬光《續詩話》云：「陳文惠公堯佐能爲詩，世稱其《吴江》詩云云。」則其詩當時已爲人所重。「鱸魚香」，劉攽《中山詩話》所引作「鱸魚鄉」。吴曾《能改齋漫録》卷五「鱸魚鄉」條辨之云：「陳文惠有《題松江》詩，落句云：『西風斜日鱸魚鄉。』言惟松江有鱸魚耳。當用此『鄉』字，而數處見皆作『香』字。魚未爲羹胾，雖嘉魚直腥耳，安得香哉！以上張右史耒説。然仁宗朝治平丙午所編《松江集》有《鱸鄉亭》等詩，其亭尚書屯田郎中林肇所立也。其叙云：『肇頃過松陵，讀陳丞相留題，有「秋風斜日鱸魚鄉」之句，嘗諷味之。去年秋，作亭江上，差有雅致。因取其句中「鱸鄉」二字爲亭名焉。詩云「鱠鱸珍琢是吴鄉，丞相嘗留刻琰章」云云。』張先子野詩云：『霓舟忽艤鱸魚鄉，槎閣欲陵雲漢域。』又云：『但怪鱸鄉一旦成，分卻松江半秋色。』乃知標亭以『鱸鄉』久矣。以『鄉』爲『香』，其誤甚明。」所引張耒語，見《柯山集》卷四十四「題陳文惠公松江詩」條。

〔二〕《湘山野録》卷中録此詩，題作《湖州碧瀾堂》，「中夜」作「終夜」。

開梅山

宋章惇《開梅山》詩云〔一〕：「開梅山〔二〕，梅山萬仞摩星躔。捫蘿鳥道十步九曲折，時有僵木橫崖顛。負麻直上視南嶽〔三〕，迴首蜀道猶平川。人家迤邐列板屋〔四〕，火耕磽确名畬田〔五〕。穿堂之鼓堂穿壁〔六〕，兩頭擊鼓歌聲傳。長藤弔酒跪而飲〔七〕，何物爽口鹽爲先。馬郎酣歌苗女和，不待媒妁自相牽〔八〕。白巾纏髻衣繞頸〔九〕，野花山果青垂肩。如今丁口漸蕃息〔一〇〕，世界雖異非桃源〔一一〕。熙寧天子廑聖慮〔一二〕，命將傳檄令開邊。給牛貸種使耕墾〔一三〕，植桑插稻輸緡錢〔一四〕。人人歡呼願歸順，裹頭異語淳風旋〔一五〕。不特得地一千里〔一六〕，王道蕩蕩堯爲天。漢皇黷武竟何益，性命百萬塗戈鋋。李廣自殺馬援死，寂寞銅柱並燕然。伊溪之源最沃壤，擇地作邑民爭先〔一七〕。大開庠序明禮樂〔一八〕，撫柔新俗威無專。小臣作詩諧樂府〔一九〕，梅山之崖石可鐫〔二〇〕。此詩可勒不可泯，頌聲萬古長潺湲〔二一〕。」惇之此詩，專頌開梅山之利。又按濟北晁无咎《開梅山》一篇云〔二二〕：「開梅山，梅山開自熙寧之五年。其初連峰上參天，巒崖盤嶮閡群巒。南北之帝鑿混元，此山不圮藏雲煙。躋攀鳥道出薈蔚，下視蛇脊相夤緣〔二三〕。窮南山，南山石室大如屋，黄閔之記盤瓠行跡今依然。高辛氏時北有犬戎寇，國中下令購頭首。妻以少女金盈斗，遍國無人有畜狗。厥初得之病耳婦，以盤覆瓠化而走。堪嗟吴將軍，屈死狺狺口。帝皇下令萬國同，事成違信道不容。竟以女妻之，狗乃負走逃山中。山崖幽絶不復人跡通，帝雖悲思深，往來輒遇雨與風。更爲獨力之衣短後裙〔二四〕，六男六女相婚姻。木皮草實五色文，武溪赤髀皆子孫。侏離其聲異言語，情黠貌癡喜安土。自以吾父有功母帝女，凌夷夏商間，稍稍病侵侮。周宣昔中興，方叔幾振旅。春秋絶筆逮戰國，一負一勝安可數。邇來梅山恃險阻，黄茅竹箭霪露雨。南人顛踣襞溪弩，據關守隘類穴鼠。一夫當其阨，萬衆莫能武。欲知梅山開，誰施神禹斧。大使身服儒，賓客盈幕府。檄傳徭初疑，叩馬卒歡舞。坦然無障礙〔二五〕，土石填溪渚。伊川被髪祭，一變卒爲虜〔二六〕。今雖關梁通，失制後誰禦。開梅山，開山易，防僚難，不如昔人閉玉關。」則言不必開。蓋因章惇小人專其事，爲清議所不與也。然梅山地今爲長沙府之安化縣五寨，自熙寧至今永無蠻僚之患，則惇之此舉，一秦之長城也。不然，則爲長沙之害，豈減於廣西之傜僮哉？

【箋　證】

〔一〕《宋詩紀事》卷二十二據《湖廣總志》録此詩，並引《湖廣總志》云：「長沙國，漢高帝始王吴芮。芮將梅鋗時以益陽梅林爲家，號梅山。後爲蠻王扶氏據之。至宋熙寧六年，章惇諭平五寨，分其地爲二，始以下梅山地安化縣屬武安軍。惇有《梅山歌》云云。」詩題作《梅山歌》。章惇，字子厚，浦城人。嘉祐四年進士。元豐中歷門下侍郎。哲宗即位，遷知樞密院事、左僕射，兼門下侍郎。徽宗朝廢黜，居湖州。惇初與東坡善，後贊王安石新法，爲宰相，遂交惡。坡謫海南，即其在位時也。升庵録此詩，稱其開梅山之舉，有功於後世，乃持平之論。

〔二〕首句，《宋詩紀事》重「開梅山」三字。

〔三〕「負麻直上」，《宋詩紀事》作「肩摩直下」。

〔四〕「列板屋」，《宋詩紀事》作「見板屋」。

〔五〕「名畬田」，《宋詩紀事》作「多畬田」。

〔六〕「堂穿壁」，《宋詩紀事》作「堂壁懸」。

〔七〕「弔酒」，《宋詩紀事》作「酌酒」。

〔八〕「馬郎酣歌苗女和，不待媒妁自相牽」二句，《宋詩紀事》無。

〔九〕「衣繞顛」，《宋詩紀事》作「衣錯結」。

〔一〇〕「蕃息」,《宋詩紀事》作「繁息」。

〔一一〕「非桃源」,《宋詩紀事》作「如桃源」。

〔一二〕「廑聖慮」,《宋詩紀事》作「聖慮遠」。

〔一三〕「耕墾」,《宋詩紀事》作「開墾」。

〔一四〕「插稻」,《宋詩紀事》作「種稻」。

〔一五〕「人人歡呼願歸順,裹頭異語淳風旋」二句,《宋詩紀事》無。

〔一六〕「不特」二字,《宋詩紀事》作「不持寸刃」。

〔一七〕上六句《宋詩紀事》無。

〔一八〕「禮樂」,《宋詩紀事》作「禮教」。

〔一九〕「諧樂府」,《宋詩紀事》作「備雅樂」。

〔二〇〕「石可鐫」,《宋詩紀事》作「詩可鐫」。

〔二一〕「萬古長潺湲」,《宋詩紀事》作「千古長潺潺」。

〔二二〕晁補之,字无咎,鉅野人。元豐間舉進士,試開封及禮部别院,皆第一。元祐中,除校書郎。紹聖末落職,監信州酒税。大觀中起知泗州,卒。有《雞肋集》,今存。此詩見《雞肋集》卷九。

〔二三〕「相賓緣」,《雞肋集》所載三字重。

〔二四〕「短後裙」,《雞肋集》作「短後裾」。

〔二五〕「障礙」，《雞肋集》作「障塞」。

〔二六〕「卒爲虜」，《雞肋集》作「歎非古」。

《湖廣通志》卷一百十八「梅山亭」下云：「章惇《梅山亭》二詩，筆甚遒勁，似不可以人廢言。但首章稱熙寧天子之聖，追神堯而陋漢武；次章自序其績，一則曰『臣惇入奏陳地圖』再則曰『臣惇專持使令車』，小人面目和盤托出。舊志列於藝文，不知與濂溪説作何分別也。按惇開梅山，即今安化縣五寨，自宋熙寧至今無蠻僚患，亦秦之長城也。舊不特書，以惇爲小人故耳。立身一敗，功不足録，可不戒哉！」按：此詩升庵所引及《宋詩纪事》所録異文頗多，且《湖廣通志》所舉「臣惇入奏陳地圖」、「臣惇專持使令車」之句並無，知此詩實已經後人各持己見而删改，非其原貌也。

陶弼

陶弼，宋仁宗時人，有詩名。仕於兩廣，詩絶似晚唐〔一〕。《宋文鑑》選其二首，《虔化縣》云：「暖雪梅花樹，晴雷贛石溪。」〔二〕《出嶺》云：「天文離卷石，人影背含沙。」〔三〕其他如《僧寺》云：「花露生瓶水，松風落架書。」〔四〕《早行》云：「照枕殘雞月，吹燈落葉風。」〔五〕李洞、喻鳧，可相伯仲。

【箋證】

〔一〕陶弼，字商翁，永州人。慶曆中隨楊畋討湖南，以軍功補陽朔縣主簿，兩知邕州。四遷爲東上閤門使、康州團練使。其詩善言風土蠻茶，爲黄山谷所稱許。有《邕州小集》。

〔二〕見《宋文鑑》卷二十三，爲《送趙樞寺丞宰虔化縣》詩中句。

〔三〕見《宋文鑑》卷二十三，題同，「離卷石」作「離卷舌」。

〔四〕見《邕州小集》，題作《羅秀山》。

〔五〕見《邕州小集》，題作《過思明》。又《兩宋名賢小集》卷九十六兩載此詩，其一題與集同，另一題《思明府明江》。

落梅詩

冰崖蕭立等《落梅》詩云：「玉龍戰退鹿胎乾，好在晴沙野水看。舞翠夢回仙袂遠，射鵰人去露簷寒。連環骨冷香猶暖，如意痕輕補未完。誰在高樓吹笛處，輕衫當户獨憑欄。」〔一〕此詩工緻似李義山。後六句皆用美人事，甚奇。不類晚宋之作，當表出之。唐詩：「新柳園林鵝毳色，落梅田地鹿胎斑。」〔二〕

【箋證】

〔一〕蕭立之，原名立等，字斯立，號冰崖，寧都人。宋理宗淳祐十年進士，知南城縣。歷南昌推官、辰州判官。遭世亂歸隱蕭田，有集。次子蕭士贇，爲《李白詩分類補注》，行於世。此詩題作《溪行見落梅爲賦》，見《蕭冰厓詩集拾遺》卷下，首句作「玉龍輕軟雪能乾」，末二句作「花自年年人自老，春風滿袖獨凭闌」。《宋詩紀事》卷六十六據明吴從先《小窗清記》所録，與升庵同。吴從先，明萬曆間人，里籍無考。

〔三〕《駢字類編》卷二百十三「鹿」字下、《佩文韻府》卷十五之二「斑」字下並以此二句爲蕭丘詩，不知是唐人否也。

蜀詩人王謙

王謙，蜀人，有詩一卷。中有《約趙冰壺賞海棠》一篇云：「湘羅壓繡華春風，瑶姬慢舞香裀紅。細腰百轉弓靴穩，銀鵝金鳳花成叢。《六幺》换手調絃索，一串妖聲穿繡幙。沉翠飛香天正樂，寒玉團團帖天角。」〔一〕其詩絶如李賀，嘗一臠可知鼎味也。

【箋　證】

〔一〕王謙事跡待考，據詩題，其生當與趙溍同時。趙溍，字元晉，號冰壺。宋咸淳中官沿江制置使、知建寧府。元兵至，棄家南徙，死葬海上。此詩明徐應秋《玉芝堂談薈》卷二十八「金鳳衣」條亦引之，文字悉同。

忠簡武穆詩句

宗、岳二公，以忠節戰功，冠於南宋〔一〕。戎馬倥偬，筆硯想無暇也。余嘗見宗忠簡石刻《華陰道二絶》云：「煙遮晃白初疑雪，日映斕斑卻是花。馬渡急流行小崦，柳絲如織映人家。」又云：「菅茅作屋幾家居，雲碓風簾路不紆。坡側杏花溪畔柳，分明摩詰《輞川圖》。」〔二〕岳公湖南僧寺詩，有「潭水寒生月，松風夜帶秋」之句〔三〕。唐之名家，不過如此。嗚呼，二公其可謂全才乎！

【箋證】

〔一〕宗澤，字汝霖，婺州義烏人。元祐六年進士。靖康元年，知磁州。勤王兵起，康王以澤爲副元帥。建炎間，累遷延康殿學士，京城留守兼開封尹。連結諸路義兵，方尅日渡河，力請高宗還京，爲黄潛善、汪伯彦所沮，憂憤，疽發背卒。贈觀文殿學士，謚忠簡。有《宗忠簡集》。岳飛，字鵬舉，相州湯陰人。宋徽宗宣和間，應真定宣撫幕，累立戰功。南渡後歷少保，河南北諸路招討使，進樞密副使，封武昌郡開國公。罷爲萬壽觀使。爲秦檜所陷，殞大理寺獄。孝宗淳熙六年，賜謚武穆。寧宗嘉定四年，追封鄂王。理宗淳祐六年，改謚忠武。有《岳武穆集》。

〔二〕此宗澤《華陰道三絶》第一、第二首，見《兩宋名賢小集》卷一百四十三、《宗忠簡集》卷五。今補録其第三首於此：「寧王畫作金盆鴿，韓愈詩誇玉井蓮。瓦缶泥泓村落小，亂茅群雀不堪傳。」

〔三〕《兩宋名賢小集》卷一百四十七載岳飛此詩，題作《巍石山龍居寺》，詩云：「巍石山前寺，林泉勝復幽。紫金諸佛像，白雪老僧頭。潭水寒生月，松風夜帶秋。我來屬龍語，爲雨濟民憂。」《焦氏筆乘》卷一有「岳武穆詩」條記石刻此詩云：「鄱陽巍石山有龍居寺，岳武穆嘗過之，留題云云。近有集武穆詩文者，不載之，因筆記之。」

朱滔括兵《麗情集》〔一〕

朱滔括兵，不擇士族，悉令赴軍，自閲於球場。有士子容止可觀，進趨純雅。滔問曰：「所業者何？」曰：「學爲詩。」曰：「有妻否？」曰：「有。」即令作寄内詩，援筆立成。詞曰：「握筆題詩易，荷戈征戍難。慣從鴛被暖，怯向雁門寒。瘦盡寬衣帶，啼多漬枕檀。試留青黛著，回日畫眉看。」又令代妻作詩答曰：「蓬鬢荆釵世所稀，布裙猶是嫁時衣。胡麻好種無人種，合是歸時底不歸？」〔二〕滔遺以束帛，放歸。

【箋證】

〔一〕此條全録自孟棨《本事詩》「情感第一」。《唐詩紀事》卷八十「河北士人」條取之，云出《本事詩》，是也。本條標題下所注「《麗情集》」，指升庵所編小説集，非宋張君房《麗情集》也。其書今存，文同。焦竑編《升庵外集》，選於《麗情集》者多條，此其初選所注出處，當删。此乃其删而未盡者。《詩話》編者不知，一仍其舊。

〔三〕此詩韋莊《又玄集》卷下、韋縠《才調集》卷十並以爲「女郎葛鵶兒」所作，當另有所據。《唐詩紀事》卷七十九又復取於「葛鵶兒」之下。「底不歸」，《又玄集》作「君不歸」。

米元章

米元章之書法，人皆知之，其詩律之妙，人或不盡知也〔一〕。予愛其《望海樓》一詩云：「雲間鐵甕近青天，縹緲飛樓百尺連。三峽江聲流筆底，六朝帆影落樽前。幾番畫角催紅日，無事滄洲起白煙。忽憶賞心何處是，春風秋月兩茫然。」〔二〕又《詠潮》云：「怒氣號聲迸海門，州人傳是子胥魂。天排雲陣千家吼，地擁銀山萬馬奔。勢與月輪齊朔望，信如壺漏報朝昏。吴亡越霸成何事，一唱漁歌過遠村。」〔三〕又《垂虹亭》一絶云：「斷雲一葉洞庭帆，玉破鱸魚霜破柑。好作新詩繼桑苧，垂虹秋色滿東南。」〔四〕

【箋　證】

〔一〕米芾，字元章，襄陽人。以母侍英宗宣仁后藩邸舊恩，補浛光尉，歷知雍丘縣、漣水、無爲軍。徽宗時召爲書畫學博士，擢禮部員外郎。大觀二年，罷知淮陽軍。卒，年四十九。有《寶晉英光集》。芾妙於翰墨，其書法與蘇軾、黄庭堅、蔡襄並稱宋四家。

〔二〕此詩《寶晉英光集》不見。明李蓘《宋藝圃集》卷十四、曹學佺《石倉歷代詩選》卷一百四十六所載同。此詩乃步韻奉和孫侔《潤州望海樓》詩。同時沈遘亦有《次韻和孫少述潤州望海樓》之作，見《西溪集》卷二。又，《記纂淵海》卷九載此詩第一、二、四、五句，《錦繡萬花谷》前集卷五載此詩第三、四句，並以爲楊蟠詩。楊蟠，字公濟，章安人。慶曆六年進士，爲密、和二州推官。歐陽修稱其詩。蘇軾知杭州，蟠通判州事，與軾倡酬居多。平生爲詩數千篇，後知壽州，卒。

〔三〕此詩見《寶晉英光集》卷四，題作《紹聖二年□月十八日觀潮于淛江亭書》，「號聲」作「豪聲」，「千家吼」作「千雷震」，「地擁」作「地捲」，「勢與月輪齊朔望」作「高與月輪參朔望」，「吴亡越霸」作「吴爭越戰」，「一唱漁歌」作「一曲漁陽」。《石倉歷代詩選》所載與升庵同，惟「朝昏」作「晨昏」。

〔四〕此詩《寶晉英光集》卷四所載，「一葉」作「一片」，「霜破柑」作「金破柑」，「繼桑苧」作「吟景物」，「東南」作「江南」。《石倉歷代詩選》卷一百四十六「一葉」作「一片」，「繼桑苧」作「寄桑苧」。又，此詩米芾手書墨跡猶存，題爲《吴江垂虹亭作》，首句「一葉」作「一片」，次句「霜」字旁注一「金」字，似待改定之初本也。

張方詩

「二水谿頭車馬行，靈龜背後玉龍横。漲瀧往日矜河伯，砥柱千年要石兄。潴水右旋江會合，天台曲直卦文明。吾心怵惕便施手，事所當爲不問名。」紹定辛卯三月[一]。

【箋　證】

[一] 張方，字義立，南宋資陽人。登慶元五年進士，授簡州教授，累知眉州、果州，提點利、夔、成都路刑獄兼西川制置參議，官終刑部郎官，直祕閣。自號亨泉子，有《亨泉遺藁》一百卷。此詩載《資州直隸州志》，題作《資水橋》。首句「二水谿」作「二里橋」，三句「矜河伯」作「驚河伯」，五句「潽水」作「資水」，六句「曲直」作「西直」。疑升庵所見爲石刻原本，記有年月爲勝也。「辛卯」，紹定四年也，其「曲直」則當爲「西直」之訛。

周捨還田舍詩

「薄游久已倦，歸來多暇日。未鑿武陵嵓，先開仲長室。松篁日月長，蓬麻歲時密。心存野人趣，貴使容吾膝。況兹薄暮情，高秋正蕭瑟。」[一]真得田家之意。

【箋　證】

[一] 周捨，字昇逸，汝南安成人。父顒，齊中書侍郎，有名於時。捨起家齊太學博士。梁武帝即位，因范雲薦，拜尚書部郎，遷吏部郎、太子詹事，卒。《梁書》卷二十五有傳。《詩話》各本「周捨」均作「周舍」，今據《梁書》改正。此詩見《文苑英華》卷三百十九，「薄暮情」原誤作「薄春晴」，今據改。按：周捨不當次於宋元人間，此《詩話》編者不考其時代所致。

金人詠物詩

《中州集》金羽士王予可《詠西瓜》云：「一片冷沉潭底月，半灣斜捲隴頭雲。」〔一〕孫鐸《詠玉簪花》云：「披拂西風如有待，徘徊涼月更多情。」〔二〕鄭子聃《詠酴醾》詩云：「玉斧無人解修月，珠裙有意欲留仙。」〔三〕皆極體物之工。

【箋　證】

〔一〕王予可，字南雲，金河東吉州人。元好問《中州集》卷九王予可小傳中引此二句，「冷沉」作「冷截」，「半灣」作「六彎」。

〔二〕孫鐸，字振之，恩州人。金世宗大定十三年進士。章宗明昌中擢户部尚書。以事爲御史所劾，降授同知河南府事。後入政府，遷尚書右丞，卒。《中州集》卷九孫鐸小傳中引此，題作《賦玉簪》，「西風」作「秋風」。

〔三〕鄭子聃，字景純，大定人。金海陵王正隆二年狀元，累官吏部侍郎，改侍講學士，卒。此引詩見《中州集》卷九鄭子聃小傳所引，題作《賦酴醾》。

侯夫人梅詩

侯夫人《看梅》詩云：「砌雪無消日，捲簾時自顰。庭梅對我有嬌意，先露枝頭一點春。」

「香清寒豔好，誰惜是天真。玉梅謝後青陽至，散與群芳自在春。」〔一〕亦是一體。

【箋　證】

〔一〕此出唐人傳奇《迷樓記》，見宛委山堂本《説郛》卷一百十。記云：煬帝後宫「宫女無數，不得進御者亦極衆。後宫侯夫人有美色，一日自經於棟下，臂懸錦囊，中有文。左右取以進帝，乃詩也。」此引即其中二首。第一首「有嬌意」作「有憐意」，第二首「青陽至」作「陽和至」。

朱玄晦真人詩

「郭外西郊柳已芽，中流極目浩無涯。江明白白紅紅樹，春在三三兩兩家。幾度來游同社燕，一樽相屬到昏鴉。此邦物色吟幾盡，爲謝山中好物華。」真跡在内江〔一〕。

【箋　證】

〔一〕明曹學佺《蜀中廣記》卷八「内江縣」：「城西二里化龍山麓，舊縣址也。有長生觀、凌風龕及泠然洞。咸淳中，郢有朱真人者，棲其中修煉，有吐納之術。其《泠然洞記》略曰：『予落跡安夷，有長生池、丹臺、泠然洞，青眼不逢，揭籃而去，因有「容跡安夷尋達者，無緣寄語共乘風」之句也。咸淳癸酉九月五日記。』又《留題化龍山》云：『郭外郊西柳已芽，東流注目浩無涯。江明白白紅紅樹，春在三三兩兩家。幾度來臨逢社燕，一樽相對到昏鴉。此邦物色吟成畫，高謝山中景致嘉。』刊碑在長生觀中。」所載詩與升庵所見，文字稍異。

周燾詩

周燾有《觀天竺寺激水》詩云：「拳石耆婆色兩青，竹龍驅水轉山鳴。夜深不見跳珠碎，疑是簷間滴雨聲。」〔一〕

【箋證】

〔一〕周燾，字通老，後改次元，春陵人，周敦頤次子。元祐三年李常寧榜登第。政和六年，以寶文閣待制知成都。此詩見宋王十朋《集注分類東坡先生詩》卷五載蘇軾《次周燾韻》詩序所引。序云：「周燾游天竺觀，激水作詩云云，東坡和之。」詩云：「道眼轉丹青，常於寂處鳴。早知雨是水，不作兩般聲。」此詩並東坡和詩，又見於《咸淳臨安志》卷八十「下竺靈山教寺」題詠中。

感遇詩

或語予曰：「朱文公《感興》詩比陳子昂《感遇》詩有理致。」予曰：「譬之青裙白髮之節婦，乃與靚粧袨服之宮娥爭妍取憐，埒材角妙。不惟取笑旁觀，亦且自失所守。要之，不可同日而語也。彼以《擬招》續《楚辭》，《感興》續《文選》，無見於此矣。故曰：『離之則雙美，合之則兩傷。』」〔一〕要有契予言者。

【箋證】

〔一〕朱熹，字元晦，婺源人。父松宦游建陽之考亭，遂家焉。紹興十八年舉進士。寧宗時，歷官至寶文閣待制。僞學禁起，落職家居，於建陽蘆峰結廬，榜曰「晦庵」。學者稱晦庵先生。《朱文公文集》卷四《齋居感興二十首》，序云：「余讀陳子昂《感遇》詩，愛其詞旨幽邃，音節豪宕，非當世詞人所及。如丹砂、空青、金膏、水碧，雖近乏世用，而實物外難得，自然之奇寶。欲效其體，作十數篇。顧以思致平凡，筆力萎弱，竟不能就。然亦恨其不精於理，而自託於僊、佛之間，以爲高也。齋居無事，偶書所見，得二十篇。雖不能探索微眇，追跡前言，然皆切於日用之實。故言亦近而易知，既以自警，且以貽諸同志云。」蓋其所謂切於實用，旨在明心見性，翼教傳道，言理唯求其精，於緣情綺靡之義，有所不近焉。升庵之喻雖謔，其所見則是也。

東丹王千角鹿圖〔一〕

遼太祖阿保機二子，長曰突欲，《遼史》名倍。次曰堯骨。後改名德光。唐明宗天成元年丙戌，遼主滅渤海，渤海，北海之地，今哈密、扶餘也。中國之滄州、景州名渤海者，蓋僑稱以張休盛〔二〕。改爲東丹國，以倍爲東丹王。其後述律后立次子德光，東丹王曰：「我其危哉，不如適他國以成泰伯之名。」遂立石海上，刻詩曰：「小山壓大山，大山全無力。羞見故鄉人，從此投外國。」遂越海歸中國。唐明宗長興元年也〔三〕。明宗賜予甚厚，賜姓李，名贊華，以莊宗妃夏氏妻之，拜懷化軍節度使。東丹王有文才，博古今，其泛海歸華，載書數千卷。尤好畫，世傳東丹王《千角鹿圖》，李伯時臨之〔四〕，董北苑有跋〔五〕，《宣和畫譜》列其目焉〔六〕。東丹王事，見《遼志》及《宣和畫譜》、董逌《畫跋》、陳桱《通鑑續編》〔七〕，粹之以便覽考。

【箋證】

〔一〕升庵此條述東丹王事及詩，據《遼史》卷七十二《義宗倍傳》、《宣和畫譜》卷八、《通鑑續編》卷二。

〔二〕於升庵此注，《四庫全書總目》卷一百九十六《詩話補遺提要》云：「哈密在西，扶餘在東，絶不相及。滄、景一帶，地皆瀕海，故又有瀛州、瀛海之名。謂曰『僑置』，殊非事實。」按：升庵此注之意，在於明滄州、景州之「渤海」，非哈密、扶餘之「渤海」。所謂「僑稱」，非實指之謂也。僑、喬字通，虚假之義。然升庵之説，實有差誤。哈密遠在西域，即今新疆哈密市也；扶餘縣，唐渤海國置，遼改通遠縣，在今吉林省四平市。兩地相去萬里，了無關涉。「哈密」二字當删。滄州，今河北省滄州市。景州，明時含今河北省衡水、滄州及山東德州相鄰數縣地。二州皆瀕渤海。

〔三〕據《遼史》，耶律倍歸唐在遼太宗天顯五年，相當唐明宗長興元年，升庵此原誤「元年」作「六年」，今據《遼史》改正。《舊五代史》卷六《唐明宗紀》：「長興元年十一月，契丹東丹王突欲來奔。」

〔四〕李公麟，字伯時，廬州舒城人，自號龍眠居士。登元祐進士第，元豐中爲無爲軍司户參軍。紹聖中官御史臺檢法官。以善畫稱名於世。

〔五〕董源，字叔達，鍾陵人。官南唐中主後苑副使。人稱「董北苑」。董源善畫山水，水墨類王維，著色如李思訓。兼工畫牛虎。然升庵此云「董北苑有跋」，蓋誤以「董北苑」爲「董逌」。董逌，字彦遠，宋東平人。徽宗政和中，官徽猷閣待制。欽宗靖康末，官國子司業。逌以受張邦昌僞命，爲世人所不齒。然其書畫賞鑒，則至今推重之。有《廣川書跋》、《廣川畫跋》。董逌有跋《書東丹王千角鹿》文，見《廣川畫跋》卷一。

〔六〕宋郭若虚《圖畫聞見志》卷二：「東丹王，契丹天皇王之弟，號人皇王，名突欲。後唐長興二年，投歸中國。明宗賜姓李，名贊華。善畫本國人物鞍馬，多寫貴人酋長，胡服鞍勒，率皆珍華。然而馬尚豐肥，筆乏壯氣。」《宣和畫譜》卷八云：李贊華「尤好畫，多寫貴人、酋長。至於袖戈挾彈，牽黄臂蒼。服用皆縵胡之纓，鞍勒率皆瓌奇，不作中國衣冠，亦安於所習者也。然議者以謂『馬尚豐肥，筆乏壯氣』，其確論歟。今御府所藏十有五。」《千角鹿圖》即其中之一。

〔七〕《通鑑續編》二十四卷，元末陳桱撰。桱字子經，奉化人，流寓長洲。後入明，官至翰林待制。

竹枝詞

元楊廉夫《竹枝詞》，〔一〕一時和者五十餘人，詩百十餘首。余獨愛徐延徽一首云：〔二〕「盡説盧家好莫愁，不知天上有牽牛。賸抛萬斛胭脂水，溜向銀河一色秋。」

【箋　證】

〔一〕楊維楨，字廉夫，號東維子，會稽人。元泰定五年進士，署天台尹，改錢清場鹽司令。久之，轉建德路總管府推官。擢江西儒學提舉，未上，會兵亂，避地富春山。明初以安車徵，留都百二十日，放還。卒。因嘗居吴山鐵冶嶺，自號鐵崖。善笛，又號鐵笛道人。有《東維子集》、《鐵崖古樂府》諸集。楊維楨晚居杭州西湖，作《西湖竹枝詞》九首，一時和者百餘人。編爲《西湖竹枝集》一卷。和維序之云：「前元楊維楨氏，寓居湖上，日與郯韶輩留連詩酒，乃賦《西湖竹枝詞》。一時從而和者數百家，雖婦人女子之作，亦爲收録。其山水之勝，人物之庶，風俗之富，時代之殊，一寓於詞，各見其意。集成，維楨既加評點，仍於諸家姓氏之下，注其平昔出處之詳。版行海内，而《竹枝》之音，過於瞿塘、東吴遠矣。」《西湖竹枝集》收詩一百八十九首，計一百二十人。王世貞《藝苑巵言》云：元時「法網寬，人不必仕宦。浙中每歲有詩社，聘一二名宿如廉夫輩主之，刻其尤者爲式。」此《西湖竹枝詞》所由作也。

〔二〕徐哲，字延徽，元萊州陽縣人。以茂才薦，授長陽縣教諭，不就。《西湖竹枝集》收其詩五首，「盧家」作「西湖」。

陳孚詩

元陳孚《遠歸帆》絶句云：「日落牛羊歸，渡頭動津鼓。煙昏不見人，隱隱數聲櫓。」〔一〕識者以爲不減王維。

【箋　證】

〔一〕陳孚，字剛中，天台臨海人。元成宗大德中，爲翰林院國史編修官，擢禮部郎中。嘗出使安南，不辱命，歸除翰林待制。歷官奉直大夫、台州路總管府治中。卒，謚文惠。有《陳剛中詩集》。此引詩見本集卷二「交州藁」中，題作《遠浦歸帆》，乃其《瀟湘八景》第五首，五言古詩，非絶句。其後四句云：「水波忽驚摇，大魚亂跳舞。北風一何勁，帆飛過南浦。」本條標題原作「陳孚遠詩」，衍一「遠」字，蓋誤以詩題爲「歸帆」二字也，今删。本條採自《藝林伐山》，其題不誤。

張昱輦下曲

元張昱作《輦下曲》，皆詠胡元國俗〔一〕。其一首云：「守内番僧日念吽，御厨酒肉按時供。組鈴扇鼓諸天樂〔二〕，知在龍宫第幾重？」又云：「似嫌皎日破愚昏〔三〕，白晝尋常一鈞軒〔四〕。男女傾城求受戒，法中祕密不能言。」前首言僧亂宫闈，後首言僧亂民闈也。夷俗猾夏，奸宄如此。非我太祖一洗之，天柱折，地維絶矣！釣軒，今俗云釣闔。僧房下釣闔，而置婦女受戒於其中也。

【箋　證】

〔一〕張昱，字光弼，自號一笑居士，元廬陵人。入杭帥左丞楊旺扎勒幕，官至左右司員外郎，行樞密院判官。元末棄官。明太祖徵至京，召見憫其老，曰：「可閒矣！」因更號可閒老人。有集四卷，今存。張昱《輦下曲》共一百二首，見《張光弼詩集》卷三。有序云：「昱備員宣政院判官，以僧省事簡，搜索舊文藁於囊中。曩在京師時，有所聞見，輒賦詩，有《宫中詞》、《塞上謡》共若干首，合而目之曰《輦下曲》。其據事直書，辭句鄙近，雖不足以上繼《風》、《雅》，然一代之典禮存焉。」

〔二〕「絙」，《張光弼詩集》作「組」。

〔三〕「嫌」，《張光弼詩集》作「將」。

〔四〕「白晝尋常」，《張光弼詩集》作「向日如常」。

《升庵文集》卷七十、《升庵外集》卷七十八皆見此條。而《函海》本《升庵詩話》因避時諱而删除，移卷末「弓硐」條於此。丁福保《歷代詩話續編》本從之，仍無此條。《四庫全書》本《升庵文集》卷七十此條僅録前詩，而云：「此詩蓋指當時實事而言。有元先世敬佛，至混一天下，梵宫琳宇之盛，甲于都城。

其詳見陶宗儀《輟耕録》等書。至今古跡已多不可問，而細玩此詩，猶想見當日營建之盛云。」此顯係四庫館臣改作之文。四庫館臣於其所謂有違時禁者，或删或改，往往不留痕跡。此一例證也。又，《四庫》本《可閒老人集》卷二載《輦下曲》爲一百一首，本條所録第二首獨無，當亦爲四庫館臣所删。前人謂《四庫》本不可輕用，信矣乎！此使用《四庫》書當時時留意之者。

燭剪詩

元武伯英詠《燭剪》詩：「啼殘瘦玉蘭心吐，蹴落春紅燕尾香。」爲一時所賞〔一〕。國朝古廉李公時勉詠《剪刀》詩：「吴綾剪處魚吞浪，蜀錦裁時燕掠霞。深院響傳春晝静，小樓工罷夕陽斜。」公之直節清聲，而詩嫵媚如此〔二〕！信乎賦梅花者，不獨宋廣平也〔三〕。

【箋證】

〔一〕武伯英，山西崞縣人。元好問《元遺山集》卷四《雲巘》詩序云：「覯州倅武伯英，崞縣人。少日舉進士，有詩名。其賦《剪燭刀》有『啼殘瘦玉蘭心吐，蹴落春紅燕尾香』之句，甚爲時輩所稱。家故饒財，第宅園亭爲河東之冠。貯書有萬卷樓，嘉花珍果悉自他州移植。爲人多伎巧，山水雜畫，斲琴和墨，皆極其工……興定末，伯英殁於關中。」據此，則武伯英乃金人，非元人也。

〔二〕李時勉，本名懋，以字行。明安福人。永樂二年進士，官至國子監祭酒。卒謚文毅。成化中改諡宗文。事蹟具《明史》本傳。時勉學術剛正，初以三殿灾，條上時務，忤成祖；繼以奏上六事，忤仁宗；終以不附王振，爲所搆陷，枷國子監前，監生千餘人詣闕乞貸乃得釋。前後瀕死者三，而其勁直之節，始終如一。有《古廉文集》十一卷，《附録》一卷。

〔三〕皮日休《皮子文藪》卷一《桃花賦》序云：「余常慕宋廣平之爲相，貞姿勁質，剛態毅狀。疑其鐵腸石心，不解吐婉媚辭。然覩其文，而有《梅花賦》，清便富艷，得南朝徐庾體，殊不類其爲人也。後蘇相公味道得而稱之，廣平之名遂振。嗚呼，以廣平之才，未爲是賦，則蘇公果暇知其人哉？」又，許顗《彦周詩話》：「韓退之詩云：『銀燭未銷窻送曙，金釵欲醉座添春。』殊不類其爲人，乃知能賦梅花不獨宋廣平。」此升庵語之所本。宋璟，唐开元名相，其先世居廣平，故稱。東坡《章質夫寄惠崔徽真》詩有句云：「爲君援筆賦梅花，不害廣平心似鐵。」

岳陽樓詩

余昔過岳陽樓，見一詩云：「樓上元龍氣不除，湖中范蠡意何如。西風萬里一黄鵠，秋水半江雙白魚。鼓瑟至今悲二女，沉沙何處弔三閭。朗吟仙子無人識，騎鶴吹簫上碧虚。」乃視其姓名，則元人張翔，字雄飛，不知何地人也。雄飛在元，不著詩名，然此詩實可傳〔一〕。同時虞伯生、范德機皆有《岳陽樓》詩〔二〕，遠不及也。故特表出之。

【箋證】

〔一〕張翔，字雄飛，明西河人。官至湖南廉訪使僉事。元許有壬《至正集》卷三十三《張雄飛詩集序》云：「延祐首科，國人暨諸部列右榜者十六人，幸獲魚兔，委其筌蹄，與夫不以一得爲足，汲汲所未至者，亦各播人耳目，有不得而揜者焉。唐兀氏張君雄飛，首科右榜有聞者也。不以一得爲足，益礪其學，尤工於詩，往往膾炙人口。佳章奇句，不可悉舉。拜御史西臺，按巴蜀越嶲，足跡殆盡西南。履少陵之躅黔，有契焉。移南臺，行嶺海，窮極幽險。僉浙東憲，過錢塘，登會稽，探禹穴，天台、鴈蕩之勝，舉在心目。得江山之助，故其詩益昌而多也。夫言之精絶者爲詩，然昔人有文章妙一世，詩句不逮古人之言。亦有文章不傳，獨以詩顯者。工部三賦，他無聞焉。非無文也，以其所長揜之也。雄飛既礪其學，而詩又其尤長者乎。移僉湖南，過余琅璨山中，出其藁，古律詩共若干首，屬序其端。」觀此，則張翔其人，亦非不著於詩名者也。

〔二〕虞集，字伯生，有《道園學古録》、《道園遺稿》；范梈，字德機，有《范德機詩》。二人皆元詩大家。

謝皋羽詩

謝皋羽《晞髮集》，詩皆精緻奇峭，有唐人風，未可例於宋視之也〔一〕。予尤愛其《鴻門讌》一篇：「天雲屬地汗流宇，杯影龍蛇分漢楚。楚人起舞本爲楚，中有楚人爲漢舞。鵩鵜淬光雎不語，楚國孤臣泣俘虜。君看楚舞如楚何，楚舞未終聞楚歌。」〔二〕此詩雖使李賀復生，亦當心服。《李賀集》中亦有《鴻門讌》一篇〔三〕，不及此遠甚。可謂青出於藍矣。元楊廉夫樂府〔四〕，力追李賀，亦有此篇，愈不及皋羽矣。其他如《短歌行》：「秦淮没日如没鶻，白波漾空涇弦月。舟人倚棹商聲發，洞庭脱木如脱髮。」〔五〕《建業水》云：「太白入月魚腦減，武昌城頭鼓紞紞。」〔六〕《海上曲》云：「水花生雲起如葑，神龍下宿藕絲孔。」〔七〕《明河篇》云：「牽牛夜入明河道，淚滴相思作秋草。婺女城頭玩月華，星君冢上無啼鳥。」〔八〕《俠客歌》云：「潮動西風吹牡荆，離歌入夜斗西傾。佽飛廟下蛇含草，青拭吴鈎入匣鳴。」〔九〕《效孟郊體》云：「牽牛秋正中，海白夜疑曙。野風吹空巢，波濤在孤樹。」〔一〇〕律詩如「驛花殘楚水，烽火到交州」〔一一〕、「夜氣浮秋井，陰花冷碧田」〔一二〕、「山鬼下茅屋，野雞啼苧蘿」〔一三〕、「戍近鳳鳴柝，江空雨送船」〔一四〕、「鄰逋燈下索，鄉夢戍邊回」〔一五〕、「柴關當太白，藥氣近樵青」〔一六〕、「暗光珠母徙，秋影石花消」〔一七〕、「下方聞夕磬，南斗掛秋河」〔一八〕。雖未足望開元、天寶之蕭牆，而可以據長慶、寶曆之上座矣〔一九〕。《集》多皋羽手抄，「濕」字多作「溼」，蓋从古文「溼」之省。史子堅《隸格》載漢碑有此。觀者弗識，或改爲「泫」，非〔二〇〕。

【箋證】

〔一〕謝翱，字皋羽，一字皋父，南宋長溪人，後徙浦城。咸淳中試進士，不第。文天祥開府延平，署爲咨議參軍。天祥兵敗，避地浙東。後以元貞元年卒於杭州。事跡具《宋史》本傳。有《晞髮集》十卷，《遺集》二卷。

〔二〕見《晞髮集》卷五，「楚國孤臣泣俘虜」句下尚有「他年疽背怒發此，砼碭雲歸作風雨」二句，疑升庵以其語贅而删之。

〔三〕李賀《李長吉文集》卷二有《公莫舞歌》，序云：「《公莫舞歌》者，詠項伯翼蔽劉沛公也。」當即升庵所指。

〔四〕楊維楨《鐵崖古樂府》卷一有《鴻門會》一首，即升庵所指。

〔五〕見《晞髮集》卷三，「溼弦月」作「濕弦月」，是，當據改。

〔六〕見《晞髮集》卷三，題作《賦得建業水》。

〔七〕見《晞髮集》卷三，題作《秋風海上曲》。

〔八〕見《晞髮集》卷三，「月華」作「明月」。

〔九〕見《晞髮集》卷四，題作《俠客吴歌立秋日海上作》，「西風吹杜荆」作「秋風吹牡荆」。

〔一〇〕《效孟郊體》共七首，此其第三首，見《晞髮集》卷六。

〔一一〕見《晞髮集》卷七，題作《至日憶山中客》。

〔一三〕見《晞髮集》卷七，題作《送道士歸赤松》。

〔一三〕見《晞髮集》卷八，題作《憶過徐偃王祠下作》。

〔一四〕見《晞髮集》卷七，題作《江上别友》。

〔一五〕見《晞髮集》卷八，題作《己丑除夜》。

〔一六〕見《晞髮集》卷八，題作《萬松道中望南太白》。

〔一七〕見《晞髮集》卷八，題作《採藥候潮山宿山頂精藍夜中望海》。

〔一八〕見《晞髮集》卷八，題作《夜宿雪竇上方》。

〔一九〕「開元、天寶」，謂盛唐；「長慶、寶曆」，則中唐也。升庵《丹鉛總録》卷二十一同名條云：「謝皋羽爲宋末詩人之冠，其學李賀歌詩，入其室，而不蹈其語，比之楊鐵崖，蓋十倍矣。小絶句如『牽牛秋正中，海白夜疑曙。野風吹空巢，波濤在孤樹』，絶妙可傳，郊、島不能過也。」

〔二〇〕自「《集》多」至條末，原無，據《丹鉛總録》卷十一另一同名條補。

半江

近傳邵文敬「半江帆影落樽前」之句，以爲奇絶，遂號爲邵半江〔一〕。然唐趙嘏詩「半江帆盡見分流」之句〔二〕，宋米元章亦云「六朝山色落樽前」〔三〕，已落前人第二矣。

【箋證】

〔一〕李東陽《懷麓堂詩話》:「邵文敬善書工棋,詩亦有新意。如『江流如白龍,金焦雙角短』之類。又有『半江帆影落尊前』之句,人稱爲邵半江。」文敬,名珪,宜興人。成化五年進士,官至嚴州知府。有《半江集》。

〔二〕見《文苑英華》卷二百八十一,題作《送令狐郎中赴郢州》。

〔三〕此米芾《望海樓》詩中句。《宋藝圃集》卷十四、《宋詩鈔》卷二十七所載,「山色」並作「帆影」,是。本卷前「米元章」條所載,亦作「帆影」。此升庵偶然記誤也。

芳梅詩

「新歲芳梅樹,繁苞四面同。春風吹漸落,一夜幾枝空。小婦今如此,長城恨不窮。莫將遼海雪,來比後庭中。」此劉方平《梅花》詩也。既不用事,又不拘對偶,而工緻天然,雖太白未易先後也。梅花詩被宋人作壞,令人見梅枝條可憎,而香影無味。安得誦此詩及梁元帝、徐陵、陰鏗、江總諸詠,一洗梅花之辱乎〔一〕!

【箋證】

〔一〕《文苑英華》卷二百八載劉方平此詩,題《梅花落》,「芳梅樹」作「梅芳盡」,「繁苞」作「繁花」,「小婦」作「少婦」。《樂府詩集》卷二十四收入「横吹曲辭」,題與《英華》同。同卷同題並收有徐陵、江總之作。另梁元帝有《詠梅》詩、陰鏗有《詠雪裏梅》詩，並見《藝文類聚》卷八十六。劉方平，河南人，生開元、天寶間。與元德秀善。隱居潁陽大谷中，終身不仕。

嵐彩飛瓊

劉伯温《憶山中》篇：「四時嵐彩飛瓊雪，百道泉流湛玉霜。」〔一〕上句本种放詩「嵐沉玉膏冷」〔二〕，下句嵇含《山居賦》「渧滒湲之膏玉」〔三〕。

【箋　證】

〔一〕劉基，字伯温，青田人。元順帝至順中舉進士，歷官總管府判官。棄官還里。明初聘入禮賢館，參預機密，拜御史中丞兼太史令，又授弘文館學士，叙功封誠意伯。有《郁離子》、《覆瓿集》、《寫情集》、《春秋明經》、《犁眉集》，合刊爲《誠意伯文集》二十卷。此《次韻和劉彦箕憶山中篇》詩中句，見本集卷六，「飛瓊雪」作「霏瓊雪」。

〔二〕种放，字明逸，宋洛陽人，少舉進士不第，隱終南山之豹林谷。以詩聞於真宗，召授左司諫，累遷諫議大夫，終工部侍郎。此其《夏日山居詩》中句，見《宋文鑑》卷十四。

〔三〕嵇含，字有道，晉惠帝時拜中書侍郎，後爲廣州刺史。有《南方草木狀》。按：嵇含無《山居賦》，此引句出江總《貞女峽賦》，見《藝文類聚》卷六。「渧滒湲之膏玉」原作「渧潺之膏玉」，此手民刊刻之誤，今據《藝文類聚》改。此條又見《升庵文集》卷五十六，引作「滒湲之膏玉」，不誤。

集句

亡友安公石，嘉州人〔一〕。妙於集句，以「鱸魚正美不歸去」〔二〕對「瘦馬獨吟真可哀」〔三〕。又「請君酌我一斗酒」蘇轍句〔四〕；「與爾共消萬古愁」李白句〔五〕。又「梁間燕子聞長歎」李義山句〔六〕；「樓上花枝笑獨眠」劉長卿〔七〕。「水國蓮花府」韓翃〔八〕；「雲帆楓樹林」杜工部〔九〕。又集杜句弔葉叔晦，讀者爲之泣下。其詩云：「臨江把臂難再得〔一〇〕，便與先生成永訣〔一一〕。文章曹植波浪闊〔一二〕，死爲星辰亦不滅〔一三〕。老去新詩誰與傳〔一四〕，男兒性命絕可憐〔一五〕。出門轉盼已陳跡〔一六〕，妻子山中哭向天〔一七〕。中夜起坐萬感集〔一八〕，人生有情淚沾臆〔一九〕。鳳凰麒麟安在哉〔二〇〕？石田茅屋荒蒼苔〔二一〕。君不見空牆日色晚〔二二〕，悲風爲我從天來〔二三〕。」

【箋證】

〔一〕安磐，字公石，號頤山，嘉州人。弘治十八年進士，官至兵科給事中。嘉靖初，以爭大禮與升庵同被廷杖，除名。有《游峨集》、《頤山集》。事跡具《明史》本傳。升庵《周受庵詩選序》云：「嘉州楊孟載、青城王汝玉、成都袁可潛、徐遵晦、富順晏振之，近得宜賓牟君倫、長寧侯汝弼、嘉州安公石、程以道，卓然名家。往年慎修《全蜀藝文志》，載之不能盡也。」（見《升庵文集》卷三）王士禛《池北偶談》卷十一云：「其詩風神獨絶，而世罕知之。」朱彝尊《靜志居詩話》云：「楊用修述公石論詩之旨云：『唐之名家，自立機軸，譬猶群花各有丰韻，乃或剪綵以像生，或繪畫而傍影，終非真也。』又云：『論詩如品花木，牡丹芍藥，下逮苦楝刺桐，皆有天然風韻，今之學杜者，紙牡丹芍藥爾。』」其爲後世詩家所稱如此。

〔二〕此唐趙嘏《長安秋望》中句，見《才調集》卷七。

〔三〕此唐崔櫓《春日長安即事》中句，見《唐百家詩選》卷十九。

〔四〕「請君酌我一斗酒」，蘇轍《題南都留守妙峰亭》詩中有「酌我一斗酒」之句，見《欒城集》卷十四。「蘇轍句」三字原闕，據補。

〔五〕此李白《將進酒》中句，見《李太白文集》卷一。「李白句」三字原闕，據補。

〔六〕此李商隱《無題四首》之四中句，見《李義山詩集》卷上。

〔七〕此劉長卿《賦得》中句，見《劉隨州集》卷九。

〔八〕此韓翃《送萬臣》中句，見《唐詩品彙》卷三十二。

〔九〕此杜甫《南征》詩中句，見《九家集注杜詩》卷二十五。

〔一〇〕此《苦戰行》中句，見《九家集注杜詩》卷九。

〔一一〕此《送鄭十八虔貶台州司户傷其臨老陷賊之故闕爲面情見於詩》中句，見《九家集注杜詩》卷十九，「成」作「應」。

〔一二〕此《追酬故高蜀州人日見寄》中句，見《九家集注杜詩》卷十五，「波浪」作「波瀾」。

〔一三〕此《可歎》詩中句，見《九家集注杜詩》卷十三。

〔一四〕此《因許八奉寄江寧旻上人》中句，見《九家集注杜詩》卷十九。

〔一五〕此《偪仄行》中句，見《九家集注杜詩》卷三。

〔一六〕此《曉發公安數月憩自此縣》中句，見《九家集注杜詩》卷三十五。

〔一七〕此《徒步歸行》中句，見《九家集注杜詩》卷三。

〔一八〕此《乾元中寓居同谷縣作七首》之四中句，見《九家集注杜詩》卷六。

〔一九〕此《哀江頭》中句，見《九家集注杜詩》卷二。

〔二〇〕此《又觀打魚》中句，見《九家集注杜詩》卷十。

〔二一〕此《醉時歌》中句，見《九家集注杜詩》卷一。

〔二二〕此《投簡成華兩縣諸子》中句，見《九家集注杜詩》卷七。

〔二三〕此《乾元中寓居同谷縣作七首》之一中句，見《九家集注杜詩》卷六。

河州王司馬詩

司馬王公竑，陝西河州人。其直節英名，人皆知之，而不知其文藻也〔一〕。余同年太史玉疊王公元正〔二〕，爲余誦其八詩，今記其五。《回瀾閣》云：「不成亭館不成樓，矮屋重棚立水頭。非擬金梁橫巨海，也爲砥柱屹中流。座中爽氣消三伏，檻外飛湍肅九秋。幾度登臨仰前哲，昌黎古作邈難儔。」《醒心亭》云：「鑒池池上結茅亭，卸卻煩襟任獨醒。雲影散來無外物，天光澄處是虛靈。青青草色開窗見，颯颯松聲隔座聽。塵慮不干真境絶，焚香兀坐理《黄庭》。」《秋香徑》云：「歸老溪園徑未荒，徑邊黄菊有餘芳。芒鞋踏處濡朝露，藜杖攜來帶晚香。清景且宜供笑傲，高年何必問行藏。淵明把酒來籬下，我亦隨緣醉此傍。」《丹霞塢》云：「不學逋仙學董仙，杏花開徧石牆邊。渾疑日下朝雲界，半是人間也老天。晚景催人雖潦倒，春光在眼且留連。村翁攜酒來相訪，憩此徜徉共醉眠。」《水竹居》云：「水繞柴門竹繞闌，歸來寓此足盤桓。一溪冰玉涵春意，萬箇琅玕耐歲寒。對景只求詩興好，臨流肯放酒杯乾。衰遲幸入康莊境，一任紅塵蜀道難。」〔三〕王公詩，人罕傳，今特録之。

【箋證】

〔一〕王竑，字公度，河州人。正統四年進士，十一年授户科給事中。以劾宦官王振，率衆官於午門擊殺振黨羽錦衣指揮馬順而名震天下。累官至兵部尚書，致仕。居家二十年，弘治初卒。所舉諸詩，蓋其晚年家居時作。

〔二〕王元正，字舜卿，陝西盩厔人。武宗正德六年，與慎同登進士，由庶吉士授檢討。以爭大禮，謫戍茂州，卒。

〔三〕此五詩又見元顧瑛編《草堂雅集》卷十三，蓋後人重刻羼入其中者。説見後「滇中詩人」條。《丹霞塢》第四句「也老天」，《草堂雅集》作「大赤天」。

王陽明紀夢詩

慎嘗反復《晉書》，目王導爲叛臣，頗爲世所駭異。後見崔後渠《松窗雜録》〔一〕，亦同余見。近讀陽明《紀夢》詩，尤爲卓識真見〔二〕。自信鄙説之有稽而非謬也。其自序曰〔三〕：「正德庚辰八月廿八夕，卧小閣，忽夢晉忠臣郭景純氏以詩示予，且極言王導之姦，謂世之人徒知王敦之逆，而不知王導實陰主之。其言甚長，不能盡録。覺而書其所示詩於壁，復爲詩以紀其略。嗟乎！今距景純若干年矣，非有實惡深冤，鬱結而未暴，寧有數千載之下，尚懷憤不平若是者耶！」詩云：「秋夜卧小閣，夢游滄海濱。海上神仙不可到，金銀宮闕尚嶙峋〔四〕。中有仙人芙蓉巾，顧我宛若平生親。欣然就語下煙霧，自言姓名郭景純。攜手歷歷訴衷曲，義憤感激難具陳。切齒尤深怨王導，深姦老猾長欺人。當年王敦覬神器，導實陰主相緣夤。不然三問三不答，胡忍使敦殺伯仁。寄書欲拔大真舌，不相爲謀敢爾云？敦病已篤事已去，臨哭嫁禍復賣敦。事成同享帝王貴，事敗仍爲顧命臣。幾微隱約亦可見，世史掩覆多失真。袖出長篇再三説〔五〕，覺來字字能書紳。開窗試抽晉史閲，中間事蹟頗有因。因思景純有道者，世移事往千餘春。若非精誠果有激，豈得到今猶憤嗔？不成之語以箴戒，敦實氣沮竟殞身。人生生死亦不易，誰能視死如輕塵。燭微先幾炳《易》道，多能餘事非所論。取義成仁忠晉室，龍逢龔勝心可倫。是非顛倒古多有，吁嗟景純終見伸。御風騎氣游八垠，彼敦之徒草木糞土臭腐同沉淪。」《郭景純夢中詩》：「我昔明《易》道，故知未來事。時人不我識，遂傳躭一技。一思王導徒，神器良久覬。諸謝豈不力，伯仁見其底。所以敦者仇〔六〕，罔顧天經與地義。不然百口未負託，何忍置之於死地〔七〕？我於斯時知有分，日中斬柴市。我死何足悲，我生良有以。九天一人拊膺悲〔八〕，晉室諸公亦可恥。舉目山河徒歎非，攜手登亭空灑淚。王導真姦雄，千載人未議。偶感君子談中及，重與寫真記。固知倉卒不成文，自今當與頻謔戲。儻其爲我一表揚，萬世萬世萬萬世。」

【箋　證】

〔一〕崔銑，字仲鳧，一字子鍾，安陽人。弘治十八年進士，選庶吉士，授編修。忤劉瑾，改南京吏部主事。瑾誅，進南祭酒，以劾張璁、桂萼致仕。後起復，擢南京禮部侍郎。卒，謚文敏。有《崔後渠集》，學者稱後渠先生。升庵此云《松窗雜録》，疑乃《松窗寤言》之誤。崔銑有《松窗寤言》一卷八十一章，然其中未見論及王導之語。後渠力排陽明之學，所論不當與陽明同也。《松窗雜録》，題唐李濬撰，筆記小説也。

〔二〕王守仁，字伯安，餘姚人。登弘治十二年進士第，授刑部主事。以忤權閹劉瑾，謫貴州龍場驛丞。瑾誅，量移廬陵知縣。入覲，遷南京刑部主事。歷官至南京兵部尚書。正德十一年八月，擢右僉都御史，巡撫南贛。以平寧王朱宸濠之亂功，封新建伯。卒，謚文成。王守仁推崇陸九淵，主張「致良知」，創立心學，反對程、朱理學，學者稱陽明先生。有《王文成公全書》。

〔三〕此引二詩並序，見《王文成公全書》外集卷二十。《郭景純夢中詩》詩末有自注云：「右晉忠臣郭景純自述詩，蓋予夢中所得者。因表而出之。」

〔四〕「尚」，《王文成公全書》作「高」。

〔五〕「説」，《王文成公全書》作「讀」。

〔六〕「仇」，《王文成公全書》作「傭」。

〔七〕「置之於死地」，《王文成公全書》作「置之死」。

〔八〕「悲」，《王文成公全書》作「哭」。

張亨父詩

張泰字亨父，姑蘇人。詩句清拔，名於一時。其《正月十六日》詩云：「長安元夕少燈光，此夜歡娱覺更忙。十里東風吹翠袖，九門銀燭照紅粧。虹橋御陌爭春步，雲閣誰家閟晚香。醉著吟鞭急歸去，老夫當避少年狂。」〔一〕其手書稿，慎於先師李文正公處見之。

【箋　證】

〔一〕張泰，字亨父，英宗天順八年進士，選庶吉士，授檢討，遷修撰。與陸鼎儀、陸文量號「吴中三鳳」。有《滄洲集》。李東陽《懷麓堂詩話》云：「張滄洲亨父、陸靜逸鼎儀，少同筆硯，未第時，皆有詩名。亨父天才敏絶，而好爲精鍊，奇思硬語，間見叠出，人莫攖其鋒。鼎儀稍後作，而意識超詣，凌高徑趨，擺落塵俗，筆力所至，有不可形容之妙，雖或矯枉過正，弗卹也。二人者，若天假之年，其所成就，不知到古人何等地步。而皆不壽以死，豈不重可惜哉！」蓋惜二人天才而早逝也。此詩又見元顧瑛編《草堂雅集》卷十三，蓋後人重刻時羼入其中者，説見後「滇中詩人」條。

胡琴婢勝兒〔一〕

吴泰伯祠，在閶門之東。每春秋，市人相率牲醴，多圖善馬、彩輿、美女以獻之。時金銀行以輕綃畫侍婢捧胡琴以從，其貌勝於舊繪者，名爲勝兒，蓋他獻者無以匹也。女巫方舞，有進士劉景復送客之金陵，置酒於廟東通波館。忽欠伸思寢，夢紫衣冠者，言讓王奉屈〔二〕。劉生隨至廟，周旋揖讓而坐。王語劉生曰：「適納一胡琴妓，藝精而色麗，知吾子善歌，故奉邀作胡琴一曲以寵之。」生初頗不酣，命酌人間酒一杯。已醉，乃作歌曰：「繁絃已停雜吹歇，勝兒調弄邏娑撥〔三〕。四弦攏撚三五聲，喚起邊風駞明月〔四〕。大聲嘈嘈奔淈淈，浪蹙波間倒溟渤〔五〕。小弦切切怨飀飀，鬼哭神悲秋悉窣〔六〕。倒腕斜挑掣流電〔七〕，春雷直戛騰秋鶻〔八〕。漢妃徒得端正名，秦女虚誇有仙骨。我聞天寶十年前〔九〕，涼州未作西戎窟。麻衣右衽皆漢民，不省胡塵暫蓬勃。太平之末狂胡亂，犬豕奔騰恣唐突〔一〇〕。玄宗未到萬里橋，東洛西京一時没。海内漢民皆入虜〔一一〕，飲恨吞聲空咽嗢。時看漢月望漢天，怨氣衝星成彗孛。國門之西八九鎮，高城深壘閉閑卒。河湟咫尺不能收，輓粟推車徒兀兀〔一二〕。今朝聞撥《涼州曲》〔一三〕，使我心神暗超忽〔一四〕。勝兒若向邊塞彈，征人淚血應闌干〔一五〕。」吟畢以獻。王召勝兒授之。王之侍兒有妒者，以金如意擊勝兒，劉生驚而寤。歌傳於吴中。

【箋　證】

〔一〕元宋無《啽囈集》有《胡琴婢勝兒》詩云：「吴俗祈恩泰伯祠，爭圖輿馬獻新奇。文王三讓周天下，翻愛胡琴寵勝兒。」《四庫全書總目》卷一百七十四《噞礹集提要》云：「是集始於禹鼎，終於鎦夢炎，每事爲七言絶句一章，凡一百一首，各叙其始末於詩後，如自注然。」升庵此條，即全録此詩後注文。而此文實出《太平廣記》卷二百八十「劉景復」條：「吴泰伯廟，在東閶門之西。每春秋季，市肆皆率其黨，合牢醴，祈福於三讓王。多圖善馬、綵輿、女子以獻之。非其月亦無虚日。乙丑春，有金銀行首，糾合其徒，以綃畫美人捧胡琴以從，其貌出於舊，繪者名美人爲勝兒。蓋户牖牆壁，會前後所獻者，無以匹也。女巫方舞，有進士劉景復送客之金陵，置酒於廟之東通波館。忽欠伸思寢，乃就榻。方寢，見紫衣冠者言曰：『讓王奉屈。』劉生隨而至廟，周旋揖讓而坐。王語劉生曰：『適納一胡琴，藝甚精而色殊麗。吾知子善歌，故奉邀作《胡琴》一章以寵其藝。』初，生頗不甘，命酌人間酒一盃與飲。逡巡酒至，并獻酒物，視之，乃適館中祖筵者也。生飲數盃，醉而作歌曰云云。歌既成，劉生乘醉落筆，草札而獻。王尋繹數四，召勝兒以授之。王之侍兒有不樂者，妬色形於坐中。侍酒，以金如意擊勝兒首，血淋襟袖。生乃驚起。明日視繪素，果有損痕。歌今傳於吴中。」注出《纂異記》。宋無（一作无），字子虚，舊以晞顔字行，晉陵人，避亂遷吴，冒朱姓。元順帝至元末，代父領征東萬户案牘，尋歸家不仕。有《翠寒集》、《噞礹集》等。《兩宋名賢小集》卷三百七十六記宋無事甚詳。按：《石倉歷代詩選》卷二百七十八録「朱希顔《鯨背吟》」，有作者自序並跋。顧嗣立編《元詩選》，據趙孟頫《翠寒集序》有「子虚姓宋，舊以晞顔字行，世居晉陵，家值兵難，遷吴，冒朱姓」之説，以爲

「晞顔即子虚無疑也。曹石倉《十二代詩選》别載朱晞顔《鯨背吟》，正子虚從事征東幕府時所作，石倉蓋未知晞顔、子虚之爲一人耳」。

〔二〕吴太伯，周古公亶父長子，其三弟季歷賢而有聖子昌，太王欲立之。太伯遂與次弟仲雍亡犇荆蠻，文身斷髮，示不可用。荆蠻義之，從而歸之千餘家，立爲吴太伯。見《史記》卷三十一《吴太伯世家》。《論語·泰伯》：「子曰：『泰伯其可謂至德也已矣，三以天下讓，民無得而稱焉。』」後世以其讓賢之義，立祠祀之，尊爲三讓王。「讓王」原作「襄王」，時、地、人皆誤，今據《啽囈集》改正。

〔三〕「邏娑撥」原作「邏婆撥」，據《啽囈集》改。《太平廣記》作「邏沙發」。

〔四〕「騑明月」，《太平廣記》作「駐寒月」。

〔五〕「波間」，《太平廣記》作「波翻」。

〔六〕「鬼哭神悲秋悉窣」，《太平廣記》作「鬼泣神悲低悉率」。

〔七〕「倒腕」，《太平廣記》作「側腕」。

〔八〕「春雷」，《太平廣記》作「當秋」。

〔九〕「十年前」，《太平廣記》作「年前事」。

〔一〇〕「奔騰」，《太平廣記》作「崩騰」。

〔一一〕「海内漢民皆入虜」，《太平廣記》作「一朝漢民没爲虜」。

〔一三〕「徒兀兀」，《太平廣記》作「徒矻矻」。

〔一三〕「聞撥」，《太平廣記》作「聞奏」。「涼州曲」，《噱噻集》作「梁州曲」。

〔一四〕「心神」，《太平廣記》作「心魂」。

〔一五〕「淚血」，《噱噻集》作「血淚」。

沐繼軒荔枝詩

國朝武將能詩者，洪武中孫炎，其後湯東谷胤績、廣帥王一清、定襄郭登，人皆知之。雲南都督繼軒沐璘，字學皇象，畫學米元章，詩學六朝盛唐，以僻遠，人罕知之〔一〕。余嘗選其數絶句於《皇明詩鈔》。其《詠臨安荔枝》長篇云：「建水夫何如，厥土早而熱。蠻花開佛桑，候禽罷鶗鴂。莽雲覆溟濛，梅雨滋黯翳。接地茂緗枝，遮空舒黛葉。翠葆霞焜煌，錦幄風掀揭。香麝忌經過，飛鼯防盜竊。勁雛赤膚脱，肥脅瓊穰凸。明璫怪可飱，冰丸訝許嚙。真珠堆緑雲，瑇瑁乘彩纈。鳳爪天下奇，龍牙衆中傑。飽食慙素飱，長吟望林樾。」〔二〕脅，獻、歇二音，盛貌，又肥大意〔三〕。

【箋　證】

〔一〕沐璘，字廷章，鳳陽定遠人。定遠伯沐英之後。英明初征雲南，留鎮，子孫世代守滇。璘祖昂，以武將而擅文學，有《素軒集》。璘襲祖蔭，爲指揮僉事，復以功封雲南都指揮僉事。景泰元年陞右軍都督同知，鎮雲南。天順初，陞右軍都督，卒。有《繼軒集》。詩極有風致。

〔二〕明盧之頤《本草乘雅半偈》卷十「荔枝」下録此詩，文字悉同。《廣群芳譜》卷六十二引此詩，「乘彩纈」作「垂彩纈」，是，當據改。

〔三〕此條原採自《藝林伐山》卷五，無此注，疑爲《詩話》編者所加。

武侯祠詩

正德戊寅，予訪余方池編修于武侯祠，見壁間有詩云：「劍江春水緑沄沄，五丈原頭日又曛。舊業未能歸後主，大星先已落前軍。南陽祠宇空秋草，西蜀關山隔暮雲。正統不慙傳萬古，莫將成敗論三分。」後有題云：「此詩始終皆武侯事，子美或未過之。」方池不以爲然。予曰：「此亦微顯闡幽，不隨人觀場者也。」惜不知其名氏〔一〕。

【箋證】

〔一〕明初人編《元音》卷十載此詩，以爲「吴漳字楚望」者作，題作《題南陽諸葛廟》，「祠宇空秋草」作「祠廟荒秋草」。《元詩體要》卷十一亦以爲吴漳作。仇兆鰲《杜詩詳注》卷九《蜀相》詩後附論此詩云：「今按杜詩先祠廟而後弔古，此詩先弔古而後祠廟。其云『春水』，指當時出師之時。又云『秋草』，乃後人謁祠之日。結用『萬古』、『三分』，亦本杜詠懷諸葛詩。但杜是以虛對實，此則以實對虛，尤爲斟酌耳。此詩升庵闕其姓名，後閲《七修類稿》載戴天錫集句，知是元人吳漳作也。」然張邦伸《雲棧紀程》卷四載此詩，則云爲元人貢師泰所作，題於沔縣武侯祠壁間；《石倉歷代詩選》卷二百八十又録作元人周伯琦詩。不知孰是也。

滇中詩人

滇中詩人，永樂間稱平、居、陳、郭。郭名文，號舟屋。其詩有唐風，三子遠不及也〔一〕。如《竹枝詞》云：「金馬何曾半步行，碧雞那解五更鳴。儂家夫婿久離别，恰似兩山空得名。」〔二〕又《登碧雞山太華寺》一聯云：「湖勢欲浮雙塔去，山形如擁五華來。」〔三〕一時閣筆。信佳句也，但全篇未稱耳。其全集予嘗見之，如此二詩，亦僅有也。

【箋證】

〔一〕謝肇淛《滇略》卷六：「郭文，字仲炳，昆明人。浮家泛宅，以詩自娱。常往來滇洱間，自號舟屋。」乾隆《雲南通志》卷二十一之二《雲南府》：「明郭文，昆明人，買舟青草湖，嘯詠自得，自號舟屋。都督沐璘聞而造之，避蘆中不見。一日揮去侍從，攜小童，幅巾斗酒，移棹物色，相與論詩。文縱談古今，訂爲布衣交，著有《舟屋集》。」

〔二〕此詩又載元顧瑛《草堂雅集》卷十三，乃後人翻刻時誤入者。説見後。

〔三〕乾隆《雲南通志》卷二十九之十四載郭文此詩，題作《太華寺》，詩云：「晚晴獨倚栴檀閣，煙景蒼蒼一望開。湖勢欲浮雙塔去，山形如擁五華來。仙游應有飛空舄，僧去寧無渡水杯。不爲平生仙骨在，安能得上妙高臺。」

按：朱彝尊《静志居詩話》卷五以爲升庵所云「永樂間人」之郭文，與此詩作者非是一人。其論云：「舟屋《竹枝詞》，顧仲瑛編入《玉山雅集》，則是詩元季已流播矣。用修稱是永樂間人，其集既不可得，無由臆决。偶閲柯暹《東崗集》，附録《滇南别意》詩，則平、居、陳、郭四人之作皆存焉。平名宣，武林人；居名廣，海昌人；陳名謙，吴人。東崗跋云：『郭、居皆武士中賢者，郭善詩文，征南將軍、都督沐繼軒璘師之。居精吏事，總府辟掌簿書數十年，得官。陳官鎮撫，有詩名。宣則松雨先生子也，黔府西塾，薦升廣南府通判。』所云松雨先生者，知藤縣事顯，字仲微。考東崗引疾去滇，在景泰二年七月，《别意》詩即是年之作。郭於元時撰《竹枝》，入明八十四年，未必尚存。用修雖稱見其全集，竊疑《竹枝》非集中詩。《玉山雅集》所載，當别是一人也。」元顧瑛編《草堂雅集》，即朱氏所云《玉山雅集》，今存。檢《四庫全書》本《草堂雅集》卷十三、陶湘刻本《草堂雅集》卷十五，並見郭文此詩。且《草堂雅集》同卷與此詩相隣並録有明人張泰《正月十六日作》、張含《龍池春游曲》、王竑《迴瀾閣》、《醒心亭》、《秋香徑》、《丹霞塢》、《水竹居》及郭文此詩共八首，皆見於《升庵詩話》，顯係後人編刻《草堂雅集》羼入者。四人年里可考，皆明人無疑。陶湘刻本較《四庫》後出，已削去王竑之詩五首，而其餘三人詩，則仍在集中。

龍池春游曲

「紅心草茁紅桃開，龍池淼淼春水來。春鳥啼不歇，春燕語更切。少婦踏青游，傷春無限愁。紅蕖蹀躞曳羅襪，羅襪塵生暗香發。密意難傳陌上郎，含羞折花空斷腸。踟佇路側盼斜陽。」〔一〕永昌張含詩也。

【箋證】

〔一〕此詩録自楊慎《千里面譚》卷下之末。卷末附升庵致張含識語云：「吾兄《龍池春游》詩，豔而有諷，與江淹《春游美人》同調。请並刻之。詩有出於率意而神妙者，如西子洗粧、巫娥卸服，固勝於羅紈綺繢也。」此詩誤羼入顧璘《草堂雅集》，説已見前條。

蜀棧古壁詩

余於蜀棧古壁見無名氏號硯沼者，書古樂府一首云：「休洗紅，洗多紅在水。新紅裁作衣，舊紅番作裏。迴黄轉緑無定期，世事反覆君所知。」〔一〕此詩古雅，元郭茂倩《樂府》亦不載〔二〕。李賀詩云：「休洗紅，洗多顏色淡。卿卿騁少年，昨夜殷橋見。封侯早歸來，莫作弦上箭。」〔三〕視前詩何啻千里乎？

【箋證】

〔一〕馮惟訥《古詩紀》卷五十三録《休洗紅二首》，以爲「晉雜曲古辭」，此其第二首。

〔二〕《樂府詩集》，題「宋郭茂倩撰」。郭氏生平仕履不詳。據《四庫全書總目提要》稱：「《建炎以來繫年要録》載茂倩爲侍讀學士郭褒之孫，源中之子。其仕履未詳。本渾州須城人，此本題曰太原，蓋署郡望也。」按：是書晁公武《郡齋讀書志》卷二已經著録，題「皇朝郭茂倩編次」。晁氏之歿在孝宗淳熙間，則茂倩絶無入元之可能。升庵以其爲元人，實妄言也。

〔三〕李賀詩，見《李長吉文集》卷四，「顔色淡」作「紅色淺」，「昨夜」作「昨日」。

顧非熊

非熊《天河閣到啼猿閣即事》詩〔一〕：「萬壑褒中路，何曾不架虚〔二〕？濕雲和棧起〔三〕，燋枿帶餘畬〔四〕。巖狖牽垂果〔五〕，湍禽接迸魚。每逢維艇處，塢裏有人居。」

【箋證】

〔一〕顧非熊，蘇州海鹽人，顧況之子。困舉場三十年，武宗會昌五年登進士第。累佐使府。大中間，爲盱眙尉。以慕父風，棄官隱居於茅山。此詩見《文苑英華》卷三百十四，詩題中「天河閣」，《詩話》各本原俱誤作「天洞閣」，今據《文苑英華》改。

〔二〕「何曾」，《文苑英華》同，曹學佺《蜀中廣記》卷二十四所載作「何層」，似義勝。《全唐詩》卷五百九從之。

〔三〕「和棧起」原作「和我起」，據《文苑英華》改。

〔四〕「餘畬」原作「餘坌」，據《文苑英華》改。《文苑英華》於二字下注云：「疑作畬餘。」

〔五〕「牽」原作「啼」，據《文苑英華》改。

石湖妙句

范石湖《初夏》詩：「雪白茶蘼紅寶相，尚攜春色見薰風。」〔一〕《靈岩》詩：「雪浪長風三萬頃，蒼煙古木二千秋。」〔二〕《白玉樓步虛詩序》甚工〔三〕，類《畫記》〔四〕。

【箋證】

〔一〕此《初夏三絶呈游子明王仲顯》之二中句，見《石湖居士詩集》卷二十六。

〔二〕此《王仲行尚書録示近詩，聞今日勸農靈岩，次韻紀事》詩中句，見《石湖居士詩集》卷二十八。

〔三〕《白玉樓步虛詞六首》，有序，見《石湖居士詩集》卷三十二。

〔四〕《畫記》，韓愈文，見《昌黎先生文集》卷十三。

鴻嘶猿唳

周賀詩：「鴻嘶荒壘閉。」〔一〕鴻未聞嘶也。近日一士夫詩：「枕上聞猿唳。」余弟叙庵戲之曰：「猿變爲鶴矣。」〔二〕

【箋　證】

〔一〕此非周賀詩，乃僧無可《送人罷舉東游》詩中句，見《文苑英華》卷二百七十九。無可，范陽人，賈島從弟。能詩，與賈島齊名。周賀，字南卿，東洛人。居廬嶽爲僧，法名清塞。文宗大和中，姚合守杭州，爱其詩，命還俗。

〔二〕升庵二弟楊惇，號叙庵。嘉靖二年進士，官兵部職方郎中。

箕仙詩〔一〕

宋元小説載箕仙詩多矣，近日一事尤異。正德庚辰，有方士運箕賦詩，隨所限韻，敏若夙構，而語不凡。其爲喬塚宰賦《白巖行》曰：「六丁持斧施神工，鑿開西南萬仞之崆峒。芙蓉一朵插天表，勢壓天下群山雄。冰壺倒月色澄澈，瑶臺倚斗光玲瓏。百丈虹霓望吞吐，八埏霖雨瞻空濛〔二〕。虚空不受一塵染〔三〕，靈光直與銀河通。乳泉掛壁噴晴雪，玉梅懸谷搖香風。上有神仙玉虛子，淩風出没游太空。發虬伐蛟下入海底水晶窟〔四〕，朝真謁帝獨步天上瓊瑶宫。頭角崢嶸自卓立〔五〕，胸襟磊落誰磨礱〔六〕。商家傳説作良弼，宋室張浚多奇功〔七〕。憶昔江樓吹鐵笛，明月一醉三人同。邇來一别世間甲子不知數，但見幾度玉洞桃花紅。金龜老，黄鶴翁，各分一諱貽此公〔八〕。天然意趣自相合，芳稱長在塵寰中。好將大手整頓乾坤了，歸來一笑，拂雲看劍重會滄溟東。」此詩成一卷，箕仙運筆所書。詩既跌宕，字又飛舞，豈術士能贋作者？吁，異哉！

【箋證】

〔一〕明何孟春《餘冬序録》外篇第四十記此事云：「正德庚辰，有方士者，挾巫史之術，遨游江湖。人扣以未然事，輒召古名仙運箕賦詩以答。隨所限韻，敏若夙搆。是年秋至吴，吴中諸生梁廷用往問，箕答曰：『吾回道人也。欲賦詩出十韻來。』又曰：『君乞《白巖詩》，吾當邀李謫仙同賦，用十七韻。』梁蓋留都大司馬喬公白巖門下士也。其十韻詩曰：『吾家住在蓬萊山之陽，隔斷三千弱水萬頃之汪洋。曾珮劍以化龍，亦叱石以爲羊。經千秋黄塵變滄海，歷幾度冬檜爲春陽。青山不改色，白雲空悠揚。自樂烟霞深處有佳趣，不將功名心旆隨風颺。璚樓玉宇水晶殿，日與猿鶴同徜徉。飢飡霞，渴飲澗，養得中黄一氣絶凡慾，那能有病求醫瘍。神游八極涵動静，不管天地暮雨而朝陽。我來登壇爲君發狂句，山靈驚倒，星斗散亂飛群鵜。』其用十七韻詩曰云云。嘉靖壬午，春以吏侍赴召，時公位冢宰矣。暇日出此卷視春，春爲之跋曰：『東坡記在黄時，神降汪若谷家，自稱天人，姓李名全，爲其篆字，併訊坐中張炳曾識劉苞事。以爲全之爲鬼爲仙不可知，若疑其所托，則漢之神君尤陋。世人所見常少，所不見常多，世外事，固非區區耳目能量也。坡他日爲《韓文公碑》，有「幽則爲鬼神，明則復爲人」語，蓋無怪于此理矣。吕洞賓之爲仙，從唐迨宋，事跡甚夥。嘗謁滕宗諒于岳陽，稱回道人，高策爲之傳。近世好事者，又梓其詩若干，爲《純陽子集》。春末暇考，大抵其事跡，在宋或親接其變幻之形，南渡暨勝國來，或挾術求之，輒憑物以應。此卷二詩，梁生得之邂逅，而獻于喬公白巖者也。詩跌蕩不凡，字妙有飛動勢。嘻，亦異矣！汪家神不聞能詩，篆字衆莫識，東坡且寶愛。而生所獻乃如此，世果有仙能久而不亡者，在視聽之外耶？吾于此乎驗矣。其賦《白巖篇》末云云，使東坡而聞之，其弗信矣乎？張炳、劉苞事，不足言已。秦楚材之積金峰、蘇養直之羅浮山，所遇所談，皆三生兩塵，涉恍惚事。以春所聞諸記載家，如此類未易枚舉，學士大夫率置疑信間弗論。今自公觀之，是詩尚何疑！坡稱范文正公、歐陽公，皆曰：「公，天人也。」吾于此質諸鬼神，又知世有謫仙存焉，何疑回道人？賦詩後二年七月二十又七日識。』」升庵此録，即其十七韻詩也。王世貞《弇山堂别集》卷二十七「史乘考誤」引録何氏此文，並云：「按此方士者王姓，無錫人，余猶及見之，一禿瘦老翁也。吟百韻可頃刻而就，蓋借仙鬼售其術耳。梁廷用，後名宏，字裕夫，亦余中表戚也。二人實相與謬爲之，以欺白巖公。家伯父談其事極詳。」《餘冬序録》六十五卷，明何孟春撰。孟春字子元，郴州人，弘治癸丑進士，授兵部主事，累官右副都御史，巡撫雲南。入爲吏部左侍郎。以爭大禮，左遷南京工部左侍郎，尋削籍。隆慶初，贈禮部尚書，謚文簡。胡應麟《少室山房筆叢》正集卷二十一亦引《餘冬序録》此事。並云：「按，此詩王長公《野史考誤》謂方士謬作以欺喬公，且以爲親見其人矣，則《餘冬》之誤可知。第詩亦跌宕可觀，因芟其語之近俗者而録於此。」升庵與孟春同議大禮，同遭貶謫，好尚所同，信據其事，當不足爲怪也。

〔二〕「八埏」，《弇山堂别集》作「八荒」。

〔三〕「虚空」，《弇山堂别集》作「虚室」。

〔四〕「發虬」，《弇山堂别集》作「登虬」。

〔五〕「崢嶸」，《餘冬序録》、《弇山堂别集》作「嵯峨」。

〔六〕「磊落」，《餘冬序録》、《弇山堂别集》作「磥砢」。

〔七〕「商家傳説作良弼，宋室張浚多奇功」二句《弇山堂别集》所引無。

〔八〕「各分一諱」，《弇山堂别集》作「各分一席」。

弓　琱

天順初，英廟大獵，從官皆戎服弓矢以護蹕，應制賦詩。有祭酒劉某詩，以「琱弓」爲「弓琱」。大學生輕薄者，帖詩於監門云：「獵羽楊長共友僚，琱弓詩倒作弓琱。祭酒如今爲酒祭，銜官何以達廷朝。」廣東舉人王佐復上詩於劉云：「樂羊終是愧巴西〔一〕，許下惟聞哭習脂〔二〕。豈是先生無好句，弓琱何愧古人詩。」本爲能得司成之喜，劉覽愈怒。後王佐刻其桐鄉詩，載此首，遂大傳其事。

【箋證】

〔一〕「啜羹不如放麑，樂羊終愧巴西」，黄庭堅《有懷半山老人再次韻二首》其二中句。見《黄山谷集》卷十二。《韓非子·説林上》：「樂羊爲魏將而攻中山。其子在中山，中山之君烹其子而遺之羹。樂羊坐於幕下而啜之，盡一杯。文侯謂堵師贊曰：『樂羊以我故而食其子之肉！』答曰：『其子而食之，且誰不食？』樂羊罷中山，文侯賞其功而疑其心。孟孫獵，得麑，使秦西巴載之持歸。其母隨之而啼，秦西巴弗忍而與之。孟孫歸至而求麑，答曰：『余弗忍而與其母。』孟孫大怒，逐之。居三月，復召以爲其子傅。其御曰：『曩將罪之，今召以爲子傅，何也？』孟孫曰：『夫不忍麑，又且忍吾子乎？』故曰：『巧詐不如拙誠。樂羊以有功見疑，秦西巴以有罪益信。』」山谷此詩誤以「巴西」稱「秦西巴」。

〔二〕「虚云坐上客常滿，許下惟聞哭習脂」，此宋王令《書孔融傳》詩中句，見《廣陵集》卷十七。王令，字逢原，廣陵人。少不檢，既而折節力學。王安石以妻吴氏之妹妻之。年二十八卒。有《廣陵集》。按《後漢書》卷一百《孔融傳》：「京兆人脂習元升，與融相善，每戒融剛直。及被害，許下莫敢收者。習往撫尸曰：『文舉捨我死，吾何用生爲！』操聞大怒，將收習殺之，後得赦出。」王令倒「脂習」爲「習脂」，爲後人所笑。宋費衮《梁谿漫志》卷七「王逢原孔融詩」條：「王逢原《孔融詩》云：『虛云坐上客常滿，許下惟聞哭習脂。』按《漢書》，融被害，莫敢收者，惟京兆脂習哭之。而逢原乃作習脂，讀書鹵莽不自點檢，顧點檢孔文舉。又嘗作《嚴子陵》詩，譏切其隱。文舉一世豪傑，姦雄所憚而不敢動，而顧使之歸；子陵傲睨萬物，帝王所不能臣，而顧使之仕。逢原之顛倒類如此，可發後世君子之一笑。」

《函海》本《詩話補遺》

嘉靖本《詩話補遺》三卷，卷二分上下，實爲四卷，共一百一條。李調元《函海》本《詩話補遺》二卷，共六十八條，與嘉靖本卷一及卷二上同。今删汰重複，共得二十七條，箋注於此。嘉靖本卷二下及卷三各條，皆另見於《詩話》正編及「丁福保增輯各條」、「中華書局《歷代詩話續編》本附録各條」中。

洞　宫《函海》本《詩話補遺》卷一

《仙傳》：燕昭王得洞光之珠以飾宫，王母三降其地，名曰洞宫〔一〕。劉滄有《宿洞宫》詩：「沐髮清齋宿洞宫。」〔二〕又，唐人稱道院曰「洞宫」。楊巨源詩：「洞宫曾向龍邊宿，雲徑應從鳥外還。」〔三〕

【箋　證】

〔一〕《太平廣記》卷二「燕昭王」條：「燕昭王者，王噲之子也。及即位，好神仙之道。仙人甘需臣事之，爲王述昆臺登真之事，去嗜欲，撤聲色，無思無爲，可以致道。王行之既久，谷將子乘虚而集，告於王曰：『西王母將降，觀爾之所修，示爾以靈玄之要。』後一年王母果至，與王游燧林之下，説炎皇鑽火之術，燃緑桂膏以照夜，忽有飛蛾銜火集王之宫，得圓丘硃砂，結而爲佩。王登握日之臺，得神鳥所銜洞光之珠，以消煩暑。自是王母三降於燕宫。而昭王狥於攻取，不能遵甘需澄靜之旨，王母亦不復至。」注出《仙傳拾遺》。此升庵所本。

〔二〕《唐詩品彙》卷八十八劉滄《宿天壇觀》：「沐髮清齋宿洞宫，桂花松韻滿巖風。紫霞曉色秋山霽，碧落寒光夜月空。華表鶴聲天外迴，蓬萊仙界海門通。冥心一悟虛無理，寂寞玄珠象罔中。」

〔三〕《文苑英華》卷二百二十一楊巨源《送澹公歸嵩山龍潭寺葬本師》：「野煙秋水蒼茫遠，禪境真機去住閑。雙樹爲家思舊壑，千花成塔禮寒山。洞宫曾向龍邊宿，雲徑應從鳥外還。莫戀本師金骨地，空門無處復無關。」

雯華《函海》本《詩話補遺》卷一

金國仙人王予可詩詞，多用「雯華」字，見《中州集》〔一〕。元好問詩：「剥裂雯華漬月秋。」〔二〕又《寶宫寺》聯云：「七重寶樹圍金界，十色雯華擁畫梁。」〔三〕「雯」，雲文也。又石文似雲，亦曰雯華。古《三墳書》：「日雲赤曇，月雲素雯。」〔四〕劉因《登寺閣》詩：「雯華寶樹忽當眼。」〔五〕

【箋證】

〔一〕金元好問《中州集》卷九「王先生予可」條云：「予可，字南雲，吉州人。……年三十許大病後忽發狂，久之，能把筆作詩文，及説世外恍惚事。南渡後居上蔡、遂平、郾城之閒，在郾城爲最久。……爲人軀幹雄偉貌亦奇古，戴青葛巾，項後垂雙帶，狀若牛耳，一金鏤環在頂額之閒，兩頰以青涅之，指爲翠靨。衣長不能掩脛，故時人有『哨腿王』之目。落魄嗜酒，每入城市，人爭以酒食遺之。夜宿土室，中夏月或尸穢在旁，蛆虫狼籍，不卹也。人與之紙，落紙數百言，或詩或文，散漫碎雜，無句讀，無首尾，多六經中語，及韻學家古文奇字。字畫峭勁，遇宋諱亦時避之。人或問以故事，其應如響，諸所引書，皆世所未見，談説之際，稍若有條貫，則又以誕幻語亂之。……其所詩，以百分爲率，可曉者才二三耳。題《崧山石淙》云：『石裂雯華漬月秋。』蓋石淙之石，皆狀若湖玉，其高有五六十尺者。石之文如蟲蝕木，如太古篆籀，奇峭秀潤，一一在潭水中。親到其處，知詩爲工也。」

〔二〕此元好問七言古詩《雲峽》中句，乃用王予可《崧山石淙》詩成句也。見景明弘治刊本《遺山先生文集》卷四。詩末元好問自注云：「仙人王予可賦石淙，有『石裂雯華漬秋風』之句。」故升庵於此直稱「仙人王予可」。

〔三〕此《應州寶宮寺大殿》詩中句，見《遺山先生文集》卷九。

〔四〕此二語見於《説郛》卷五《三墳書・形墳》「地皇軒轅氏・乾坤易」中。

〔五〕劉因，字夢吉，容城人。元世祖至元十九年用薦爲右贊善大夫，教宮學近侍子弟。未幾辭歸。

後復以集賢學士徵，固辭不就，卒，謚文靖。愛諸葛亮「靜以修身」之語，自名其廬曰「靜修」。有《靜修集》。此引詩，見景元宋文堂刊本《靜修先生文集》卷四，題作《登鎮州隆興寺閣》。

黄　雲《函海》本《詩話補遺》卷一

《春秋運斗樞》曰：「黄雲四合，女訛驚邦。」《感精符》曰：「妻黨翔，則黄雲入國。」妻黨翔，謂女謁盛也[一]。《淮南子》曰：黄天之氣，上爲黄雲，下爲黄埃[二]。江淹詩：「河洲多沙塵，風吹黄雲起。」[三]李太白詩：「黄雲城南烏欲棲。」[四]補《文選》注之未備。

【箋　證】

〔一〕《太平御覽》卷八百七十七引《春秋運斗樞》曰：「勢集於后族，群妃之黨僭，黄雲四合，女訛驚邦。」又引《春秋感精符》曰：「妻黨翔，則黄雲入國候。今冬至日見黑雲，有水雲黄白如人頭懸鏡之狀，禍流。」

〔二〕「下爲黄埃」句，《函海》本、丁本《詩話》並誤作「下爲黄泥」，惟嘉靖本不誤。按：《淮南子》卷四《墬形訓》「黄泉之埃，上爲黄雲」，則升庵原文，自當以作「埃」字爲是。升庵此用《淮南》，引其意未引其辭也。

〔三〕此謝靈運《擬魏太子鄴中集詩八首》之第七首《韻阮瑀》詩中句，見《文選》卷三十，「風吹」作「風悲」。升庵以爲江淹詩，誤。

〔四〕此李白《烏夜啼》詩中句，見《李太白文集》卷三，「城南」作「城邊」。

樂些城《函海》本《詩話補遺》卷一

《唐書》：驃國之地，南盡溟海，即今滇海。北通南詔樂些城，東北距陽苴咩城六千八百里〔一〕。樂些，即杜詩所謂「和親邏些城」是也〔二〕。今作「摩些」〔三〕。其字雖異，地一也，音一也。

【箋證】

〔一〕《舊唐書》卷一百九十七《西南蠻傳》：「驃國在永昌故郡南二千餘里，去上都一萬四千里。其國境東西三千里，南北三千五百里。東隣真臘國，西接東天竺國，南盡溟海，北通南詔些樂城界。東北距陽苴咩城六千八百里。」「樂些」，《詩話》各本並同，皆「些樂」之誤。此乃升庵爲證成其「樂些」、「邏些」、「摩些」字異音同之説，而誤改史文也。三地了不相屬，升庵説誤。

〔二〕此杜詩《柳司馬至》詩中句，見《九家集注杜詩》卷三十二。「邏些」，吐蕃都城，《舊唐書》卷一百九十六上《吐蕃傳上》云「其人或隨畜牧而不常厥居，然頗有城郭，其國都城號爲邏些城」是也。邏些，今西藏拉薩市也。杜詩指此，非南詔之些樂城也。些樂城，唐茫施蠻地，屬金齒部，隸劍南道，今雲南省德宏州潞西市。

〔三〕「摩些」，納西舊稱，地在今雲南省麗江市境。

塞北江南《函海》本《詩話補遺》卷一

杜氏《通典》論涼州云：「地勢之險，可以自保於一隅；財富之殷，可以無求於中國。故五涼相繼與五胡角立，中州人士避難者多往依之。蓋其氣土之可樂如此。」〔一〕唐韋蟾詩曰：「賀蘭山下果園成，塞北江南舊有名。」〔二〕稱其爲塞北之江南，以此。

【箋　證】

〔一〕馬端臨《文獻通考》卷三百二十二「論河西」云：「按：杜氏《通典》言，唐之土宇，南北如漢之盛時，東不及而西則過之。《唐史》取其說以序《地理志》。此蓋開元、天寶時事也。然愚嘗考之，河西在漢本匈奴休屠王所居，武帝始取其地置郡縣。自東漢以来，民物富庶，與中州不殊。竇融、張軌乘時多難，保有其地。融值光武中興，亟歸版圖，而軌遂割據累世。其後又有呂光、禿髮、沮渠之徒，迭據其土，小者稱王，大者僭號。蓋其地勢險僻，可以自保於一隅；貨賄殷富，可以無求於中土。故五涼相繼，雖夷夏不同，而其所以爲國者，經制文物，俱能倣效中華，與五胡角立。中州人士之避難流徙者，多往依之，蓋其風土可樂如此。」據此，則升庵所引，乃馬端臨語，非杜佑之説也。嘉靖本《升庵詩話》卷四另有「塞北江南」一條，文與此異，附録於此。其文云：「甘州本月支國，漢匈奴轉得，上所居。後魏爲張掖郡，改爲甘州，以甘峻山名之。山有松柏五木，美水茂草，冬温夏涼。又有僊人樹，人行山中，飢即食之，飽不得持去。平居時，亦不得見也。唐韋蟾詩云：『塞北江南舊有名。』言其土地美沃，塞之江南也。」

〔二〕韋蟾，字隱珪，下杜人。大中七年進士登第。初爲徐商掌書記，終尚書左丞。此引詩見《唐詩紀事》卷五十八，題作《送盧潘尚書之靈武》。

顛當《函海》本《詩話補遺》卷一

「顛當窩深如蚓穴，網絲其中，土蓋與地平，大如榆莢。常仰捍其蓋，伺蠅蠖過，輒翻蓋捕之。纔入復閉，與地一色，並無絲障可尋也。其形似蜘蛛。《爾雅》謂之王蛈蝪，《鬼谷子》謂之蛈母。秦中兒童戲曰：『顛當顛當牢守門，蠮螉寇汝無處奔。』」〔一〕范成大六言詩曰：「恐妨胡蝶同夢，笑倩顛當守門。」〔二〕唐劉崇遠《金華子》云：「京師兒童以草臨此蟲穴呼之，謂之釣駱駝。須臾此蟲出穴。有明經劉寡辭曰：『此即《爾雅》王蛈蝪也。』時人服其博識。」〔三〕浙中謂之駝背蟲，其形酷似駱駝也。「蛈母」一作「蛈鬼」〔四〕。

【箋證】

〔一〕此上全引唐段成式《酉陽雜俎》卷十七「顛當」條，「其形似蜘蛛」五字原脱，據補。

〔二〕此見《石湖居士詩集》卷二十四，爲《題請息齋六言十首》第六首後二句。詩前二句云：「稅駕今吾將老，結廬此地不喧。」

〔三〕《金華子雜編》卷下：「長安閭里中小兒，常以纖草刺地穴間，共邀勝負。戲以手撫地曰：『顛當出來。』既見草動，則釣出赤色小虫子，形似蜘蛛。北人見之尋常，固不屈意。南人偶見，因有異之者。蓋江南小兒亦謂之『釣駱駞』，其虫子之背，有若駞峰然也。搢紳會同時有此質疑，衆皆默然，客有前明經劉寡辭曰：『此《爾雅》所謂王蛈蝪也。景純之注可校焉。』證之於書，皆信，衆皆歎伏。」《爾雅注疏》卷九：「王蛈蝪。」郭璞注：「即螲蟷，似鼅鼄在穴中，有蓋。今河北人呼蛈蝪。」陸德明《音義》：「蛈，大結反，《字林》音秩。蝪，《字林》音湯，或音蕩，又音唐。螲，丁結反。蟷，丁郎反。」升庵《譚苑醍醐》卷七又有「王蛈蝪」條云：「《爾雅》『王蛈蝪』，郭景純注云：『即螲蟷，似蜘蛛在穴中，有蓋。』邢昺疏曰：『此蜘蛛之一種也』。穴居，布網穴口。……慎按：小兒呼顛當，即蛈蝪音之反也。螲蟷也，蛈蝪，顛當也，字不同耳。此可補《爾雅疏》之遺。」按《譚苑醍醐》「蛈蝪」誤作「跌踼」，當據《爾雅》改正。

〔四〕此注乃校刻《詩話補遺》者所加，蓋《丹鉛總録》卷十六「顛當」條引《鬼谷子》，「蛈母」作「蛈鬼」，附注於此以備參考也。

紫濛《函海》本《詩話補遺》卷一

慕容氏自云軒轅之後，徙於紫濛之野〔一〕。《晉書·慕容氏》贊曰：「紫濛徙構，玄塞分疆。角端偃月，步摇翻霜。乘危蝟起，怙險鴟張。守不以德，終致餘殃。」〔二〕宋人《送虜使》詩云：「風急紫濛催玉勒，日長青瑣聽薰絃。」〔三〕正用此事。

【箋證】

〔一〕《晉書》卷一百八《慕容廆載記》云：「其先有熊氏之苗裔，世居北夷，邑於紫濛之野，號曰東胡。」此升庵之所據。紫濛，遼東地名，據《遼史》卷三十八《地理志》，爲遼東京道東京遼陽府下轄縣之一。《宋史》卷三百一《章頻傳》記宋仁宗明道二年，章頻奉使契丹賀永壽節，至紫濛館而卒事。

〔二〕此《晉書》卷一百十一《慕容暐載記》卷末總贊，「紫濛徙構」作「青山徙構」；「玄塞分疆」下有「蠢兹雜種，奕世彌昌」二句、「步摇翻霜」下有「假竊神器，憑陵帝鄉」二句，升庵未引，當補。「守不以德」原作「守以不德」，據改。

〔三〕此宋鄭獬《送程公闢給事出守會稽兼集賢殿修撰》詩中句，見《鄖溪集》卷二十七，「風急」作「雪急」。句末自注云：「公奉使方歸。紫濛，虜中館名也。」升庵此引題作《送虜使》，誤。方回《瀛奎律髓》卷五引此詩，《升庵外集》卷三另有「紫濛」條論之云：「宋人《送中國使臣使契丹》詩以『青瑣』對『紫濛』，人多不知其出處。按《晉書》，慕容氏自云：『有熊氏之裔，邑於紫濛之野。』蓋以慕容比遼，是時宋遼方結好，故雖送别紀行之詩，略不涉譏刺之言。此用『紫濛』字，亦隱而妙矣。方虚谷注云：『紫濛，虜中館名。』蓋隔壁妄猜之言爾！」據知升庵蓋僅據《律髓》而言，未見鄭獬《鄖溪集》也。

銅虹曉虹《函海》本《詩話補遺》卷一

器物欵識有「王氏銅虹燭錠」〔一〕。「虹」與「缸」同，如漢賦「金缸銜壁」〔二〕、唐詩「銀缸斜背解明璫」之類也〔三〕。李賀詩：「飛燕上簾鈎，曉虹屏中碧。」〔四〕亦謂貴人晏眠而曉燈猶在缸也。

【箋證】

〔一〕王黼撰《重修宣和博古圖》卷十八著録「漢虹燭錠」，並圖其形制描其銘文。其銘云：「王氏銅虹燭錠，兩辟並重廿二斤四兩，第一。」有注云：「右高五寸四分，深四寸五分，口徑三寸，容四升八合，重四斤八兩，三足，銘一十八字。自三代至秦，器無斤兩之識。此器顯其斤重，又字畫與漢五鳳鑪款識相類，實漢物也。《説文》以『錠』爲『鐙』。鐙，則登而有用者。銘曰『虹燭』者，取其氣運如虹之義。殆薦熟食之器，但闕其蓋而不完。曰『王氏』者，未審其爲誰也。曰『第一』，則知爲虹燭者，數不特此耳。」其記述完備，信其所見爲實，然以其爲「薦食之器」則非。按：《西清古鑑》卷三十著録「周素錠一」，所畫器形完備無缺，有注云：「右通高一尺五分。燈蓋連管高四寸，口徑三寸四分。燈盤高一寸五分，柄長三寸三分，中有仰錐長三分。燈隱二圍，各高二寸九分，其一有環。燈座連管高七寸四分，口徑二寸二分，腹圍一尺六寸。通重九十一兩。三足，按《説文》以『錠』爲『鐙』，古『燈』字皆作『鐙』，非即豆、登之謂。《博古圖》載有『王氏銅虹燭錠』，止有鐙座而無盤、蓋。云『薦熟食之器，銘曰虹燭者，取其氣運如虹之義』。此器盤、蓋俱全，盤有仰錐，有圓影，其爲燃燭者無疑。蓋作雙管，下垂接於座。其取制之法不可知，然以爲薦熟食如豆登之登，固可按器而決其非也。」升庵此條謂「虹」與「缸」同，其説雖迂曲難通，然以此器爲燈，亦爲卓識也。今《辭源》「虹燭錠」條及「錠」字下均釋爲「蒸煮薦食之器」，乃並從《博古圖》之誤，當改。

〔二〕此班固《西都賦》中語，見《文選》卷一，「缸」作「釭」。

〔三〕此裴思謙《及第後宿平康里》詩中句，見《萬首唐人絶句》七言卷五十四。

〔四〕此李賀《賈公閭貴婿曲》中句，今傳各本李賀詩集均作「燕語踏簾鉤，日虹屏中碧」。清人王琦注云：「日虹者，謂日光透入室中，晃成白氣，有如虹狀，映射屏中，遂成碧色。」（見《李長吉歌詩王琦彙解》卷三）與升庵説異。

瓠蘆河苜蓿烽《函海》本《詩話補遺》卷一

岑參《塞上》詩：「苜蓿烽邊逢立春，瓠蘆河上淚沾巾。」〔一〕《西域記》云：塞外無驛郵，往往以烽代驛。玉門關外有五烽，苜蓿烽其一也。又云：「瓠蘆河下廣上狹，洄波甚急，深不可渡。上置玉門關，即西境之咽喉也。」〔二〕

【箋證】

〔一〕此詩見明銅活字《唐五十家詩集》本《岑嘉州集》卷八，題作《題苜蓿峰寄家人》，詩云：「苜蓿峰邊逢立春，胡蘆河上淚沾巾。閨中只是空思想，不見沙場愁殺人。」《才調集》卷七所載同，「烽」並作「峰」。涵汾樓景明正德刊本《岑嘉州集》則作「烽」。

〔二〕《西域記》，指唐玄奘所撰《大唐西域記》。然此文不見於其書。唐釋慧立撰《大唐慈恩寺三藏法師傳》云：「法師因訪西路。或有報云：『從此北行五十餘里，有瓠蘆河，下廣上狹，洄波甚急，深不可渡。上置玉門關，路必由之，即西境之襟喉也。關外西北，又有五烽，候望者居之。各相去百里，中無水草。五烽之外，即莫賀延磧伊吾國境。』」此升庵之所據。而其「苜蓿烽爲五烽之一」之説，則當爲據岑參詩臆測之辭也。《升庵文集》卷六另有「苜蓿烽」條云：「岑參《塞上》詩：『苜蓿烽邊逢立春，葫蘆河上淚沾巾。』塞外無州郡城驛，沙漠無際，望中惟有烽堠，故以烽計程，五烽而當一驛。如苜蓿烽、白龍烽、狼居烽是也。《三藏西域記》：『葫蘆河上狹下寬，以形名之。』亦見《西域記》。」與此説稍異。

竹　香《函海》本《詩話補遺》卷一

杜子美《竹》詩：「雨洗娟娟淨，風吹細細香。」〔一〕李長吉《新笋》詩：「斫取青光寫《楚辭》，膩香春粉黑離離。」〔二〕又《昌谷詩》：「竹香滿凄寂，粉節塗生翠。」〔三〕竹亦有香，細嗅之乃知。

【箋　證】

〔一〕此杜甫《嚴鄭公宅同詠竹得香字》詩中句，《九家集注杜詩》卷二十六「娟娟」作「涓涓」，義同。《韻語陽秋》卷四：「竹未嘗香也，而杜子美詩云：『雨洗娟娟靜，風吹細細香。』」

〔二〕此李賀《昌谷北園新笋》詩四首之二，已見本書卷九。

〔三〕此詩見景宋本《李長吉文集》卷三。

屠蘇爲草名《函海》本《詩話補遺》卷一

周王褒詩：「飛甍彫翡翠，繡桷畫屠蘇。」〔一〕屠蘇本草名，畫於屋上，因草名以名屋。杜詩云：「願隨金騕褭，走置錦屠蘇。」〔二〕屋名也。後人又借屋名以名酒，「元日屠蘇酒」是也。孫思邈有屠蘇酒方〔三〕。又，大帽形類屋，亦名屠蘇，《南史》謠云「屠蘇障日覆兩耳」是也〔四〕。

【箋　證】

〔一〕此王褒《日出東南隅行》詩中句，見《樂府詩集》卷二十八《相和歌辭》。

〔二〕此杜甫《槐葉冷淘》詩中句，見《九家集注杜詩》卷十一。注：「杜田《補遺》云：屠蘇，屋名，或作廜廯。《玉篇》：『廜廯，庵也。』《通俗文》：『屋下曰廜廯。』《廣韻》：『廜廯，草庵。』又：

『屠酥酒，元日飲之可除温氣。』則屠酥有二義。是詩『走置錦屠酥』，乃屋也，非酒。古樂府劉孝威《結客少年場行》：『插腰銅匕首，障日錦屠酥。』」升庵乃本此注爲説。

〔三〕「孫思邈有屠蘇酒方」八字原闕，據《唐音癸籤》卷十九所引《詩話補遺》補。

〔四〕此謡不見於《南史》，而見於《晉書》卷二十八《五行志中》。文云：「元康中，天下商農通著大鄣日。時童謡曰：『屠蘇鄣日覆兩耳，當見瞎兒作天子。』及趙王倫簒位，其目實眇焉。」

《升庵文集》卷七十二另有「屠蘇」條，較此加詳，今録以備參：「蕭子雲《雪賦》曰：『韜罜罳之飛棟，没屠蘇之高影。』始飄舞於圓池，終亭華於芳井。』杜工部《冷淘》詩曰：『願憑金騕褭，走置錦屠蘇。』屠蘇，庵也。《廣雅》云：『屠蘇，平屋也。』《通俗文》曰：『屋平曰屠蘇。』《魏略》云：『李勝爲河南太守，郡廳事前屠蘇壞。』唐孫思邈有屠蘇酒方，蓋取庵名以名酒，後人遂以屠蘇爲酒名矣。何遜詩：『郊郭勤二頃，形體憩一蘇。』又，大冠亦曰屠蘇。《禮》曰：『童子幘無屋。』凡冠有屋者曰屠蘇。《晉志》：元康中，商人皆著大鄣。諺曰：『屠蘇鄣日覆兩耳，會見瞎兒作天子。』」「瞎」即「瞎」也。

詠王安石《函海》本《詩話補遺》卷一

劉文靖公因《書事絶句》云：「當年一綫魏瓠穿，直到横流破國年。草滿金陵誰種下，天津橋上聽啼鵑。」〔一〕宋子虚《詠王安石》亦云：「投老歸耕白下田，青苗猶未罷民錢。半山春色多桃李，無奈花飛怨杜鵑。」〔二〕二詩皆言宋祚之亡由於安石，而含蓄不露，可謂詩史矣。

【箋證】

〔一〕此劉因《書事絶句》五首第一首，見《静修先生文集》卷十四。

〔二〕宋無此詩見《唫嘯集》，題作《王介甫》，無自注。

以杜鵑繫王安石事，典出邵伯温《邵氏聞見録》。該書卷十九記其父邵雍事云：「治平間，與客散步天津橋上，聞杜鵑聲，慘然不樂。客問其故，則曰：『洛陽舊無杜鵑，今始至，有所主。』客曰：『何也？』康節先公曰：『不三二年，上用南士爲相，多引南人，專務變更，天下自此多事矣。』客曰：『聞杜鵑何以知此？』康節先公曰：『天下將治，地氣自北而南；將亂，自南而北。今南方地氣至矣。禽鳥飛類，得氣之先者也。《春秋》書「六鷁退飛」、「鸜鵒來巢」，氣使之也。自此南方草木皆可移，南方疾病瘴瘧之類，北人皆苦之矣。』至熙寧初，其言乃驗，異哉！故康節先公嘗有詩曰：『流鶯啼處春猶在，杜宇来時春已非。』又曰：『幾家大第横斜照，一片殘春啼子規。』其旨深矣。」其託機祥以攻訐新法，未必可信也。

宋子虛詠史《函海》本《詩話補遺》卷一

宋子虛詠史凡三百餘首，其佳者如詠《甘羅》云：「函谷關中富列侯，黄童亦僭上卿謀。此時園綺猶年少，甘隱商山到白頭。」〔一〕詠《緑珠》云：「紅粉捐軀爲主家，明珠一斛委泥沙。年年金谷園中燕，銜取香泥葬落花。」〔二〕詠《張果》云：「滄溟幾度見揚塵，曾醉堯家丙子春。近日喜無天使逼，蹇驢留得載閑身。」〔三〕《徐佐卿化鶴》云：「化作遼東羽翼回，適逢沙苑獵弦開。寧知萬里青城客，直待他年箭主來。」〔四〕《詠陸贄》云：「詔下山東感泣來，謫歸門巷鎖蒼苔。奉天以後誰持筆，不用當時陸九才。」〔五〕《詠宋宫人王婉容》云：「貞烈那堪點虜求，玉顔甘没塞垣秋。孤墳若是鄰青塚，地下昭君見亦羞。」王婉容隨徽欽北去，粘罕見之，求爲子婦，婉容自刎車中，虜人葬之道旁，可謂英烈矣〔六〕。

【箋證】

〔一〕見宋無《啽囈集》，無自注，「此時」原作「當年」，據改。甘羅年十二，秦始皇用爲上卿。見《史記・樗里子甘茂列傳》。

〔二〕見《啽囈集》，無自注。石崇量珠以聘緑珠，孫秀索之，緑珠墜樓而死。見《晉書・石崇傳》。

〔三〕見《啽囈集》，題作《張果老》，無自注，「天使逼」原作「天使至」，據改。張果，唐恒州人，玄宗曾召至長安，多奇跡，自稱「余是堯時丙子年人」。世以爲「八仙」之一。事見唐鄭處誨《明皇雜録》、張讀《宣室志》及南唐沈汾《續神仙傳》。

〔四〕見《唫囈集》，題作《徐佐卿》。自注云：「唐天寶十三載九日，明皇獵于沙苑，雲間有孤鶴回翔，上親御弧矢，一發而中。鶴帶箭徐墜，將至地丈許，矯然而起，望西南而逝。萬衆極目，良久乃滅。益州負郭十五里，有明月觀，依山臨水，松竹深邃。東廊第一院境界幽絶，有青城道士徐佐卿者，至則棲焉。觀中道流，常傾仰之。一日忽自外至，神彩不怡。謂院中人曰：『吾行山中，爲飛矢所中，尋已無恙。此箭非人間所有，吾留之壁上，後年箭主當來，此可宜付之，慎無墜失。』仍援毫記壁云：『時天寶十三載九月九日也。』玄宗避狄幸蜀，暇日偶游此觀。入堂見掛箭，命侍臣取觀，則御箭也。驚異詢之。道士以實對。視其題，乃前載沙苑游畋之日也。佐卿，蓋中箭孤鶴耳。」徐佐卿本事，原出唐薛用弱《集異記》。

〔五〕見《唫囈集》，無自注，「門巷鎖蒼苔」作「門竇鎖莓苔」。朱泚之亂，德宗幸奉天，興元元年，陸贄草改元大赦詔，山東將士，聞之感泣。後爲裴延齡所讒，罷相。陸贄行九，時稱「陸九」。兩《唐書》有傳。

〔六〕見《唫囈集》，「甘没」作「乾没」。自注云：「金人遷二聖北去，王婉容隨駕。粘罕見之，求爲子婦。婉容車中自刎死。虜爲葬之道旁。」按：王婉容，宋徽宗妃。宋俞文豹《吹劍續録》云：「徽宗北狩，四太子請王婉容爲粘罕子婦。上遣之，曰：『好事新主。』及行，大哭曰：『何忍以一身事兩主！』就輿中以匳刀自刎。太子曰：『南宋大臣，未有如此者。』擇地葬之，立碑曰『貞婦冢』。」世所傳王婉容事皆出此，然曹勛《北狩見聞録》所記不同。其云：「二太子面請王婉容位下帝姬與粘罕次子作婦，許之。」宋徽、欽二帝北狩，曹勛親從，所記當得其真。據《大金國志》卷三十二，王婉容位下帝姬，徽宗女令福帝姬也。《宋史》卷二百四十八《公主列傳》：「徽宗三十四女。政和三年，改公主號爲帝姬。」

九字梅花詩《函海》本《詩話補遺》卷一

元天目山釋明本中峰有《九字梅花詩》云：「昨夜西風吹折千林梢，渡口小艇滾入沙灘坳。野樹古梅獨卧寒屋角，疏影横斜暗上書窗敲。半枯半活幾箇擫蓓蕾，欲開未開數點含香苞。縱使畫工奇妙也縮手，我愛清香故把新詩嘲。」〔一〕池南唐元薦錡謂余曰：「此詩不佳。影不可言敲。又，後四句有齋飯酸餡氣。」〔二〕屬予作一首。乃口占云：「玄冬小春十月微陽回，緑萼梅蕊早傍南枝開。折贈未寄陸凱隴頭去，相思忽到盧仝窗下來。歌殘《水調》沉珠明月浦，舞破山香碎玉凌風臺。錯恨高樓三弄叫雲笛，無奈二十四番花信催。」〔三〕近觀盧贊元《酴醾花詩》云：「天將花王國豔殿春色，酴醾洗粧素頰相追陪。絶勝穠英綴枝不韻李，堪友横斜照水攙先梅。瑶池董雙成浴香肌露，竹林嵇叔夜醉玉山頹。

風流何事不入錦囊句，清和天氣直挽青陽回。」〔四〕亦九字律也。詩亦有思致，以李花爲不韻，甚切體物，前人亦未道破者。

【箋　證】

〔一〕明本，號中峰，元錢塘人。出家吴山聖水寺，後爲天目僧。有《中峰廣録》、《梅花百詠》行世。明姜南《風月堂雜識》録此詩並云：「此天目山釋明本中峰《九字梅花詩》也。松雪趙文敏公與之爲方外交，同院學士馮海粟子振甚輕之。一日，松雪强扯中峰同訪海粟。海粟出暇日所爲《梅花百詠》詩示之。中峰一覽，走筆亦成一百首。海粟猶未爲然。復出此詩求和，海粟竦然久之，致禮而定交焉。」明汪砢玉《珊瑚網》卷十二「法書題跋」録明本手書此詩，「攧蓓蕾」作「壓雪榦」。

〔二〕唐錡，字元薦，《詩話補遺》卷一原誤作「文薦」，《函海》本從之，而本書卷三「胡唐論詩」條作「元薦」不誤，今據改。葉夢得《石林詩話》云：「近世僧學詩者極多，皆無超然自得之氣，往往反拾掇模倣士大夫所殘棄。又自作一種僧體，格律尤凡俗，世謂之酸餡氣。子瞻有《贈惠通詩》云：『語帶烟霞從古少，氣含蔬筍到公無。』嘗語人曰：『頗解蔬筍語否？爲無酸餡氣也。』聞者無不皆笑。」

〔三〕此詩《升庵文集》卷三十八載之，題作《詠梅九言》，首句「玄冬」作「昨夜」。題下注云：「元僧高峰有此詩而不佳，特賦一首。」其「高峰」當是「中峰」之訛。

〔四〕《錦繡萬花谷》前集卷七「酴醾」下録盧元贊詩二首，其一云：「天將花王國艷殿春色，欲令酴醾洗粧素頰相追陪。絶勝濃英綴枝不韻李，可友横斜照水攙先梅。」與升庵此引盧贊元詩相較，二句多「欲令」二字，四句「堪友」作「可友」，而無後四句。其二云：「初疑廣寒修月手，釀此欲作長春酒。又疑青女未歸家，摶香弄粉爲此花。要知風韻太超絶，清影亭亭半遮月。微風不動香更繁，沉水未灰金博山。我來已落春去後，尚覺有香棲鼻端。年年獨占餘春住，早開卻被嫣紅妬。從今著意問春工，借與姮娥奔月路。」則七言古詩也。清厲鶚《宋詩紀事》卷三十八據升庵《詩話補遺》録此詩於盧襄名下，並云：「盧襄，三衢人，舊名天驥，字駿元，徽宗朝避天字，改名襄，字贊元。大觀元年進士。政和六年，以朝散郎出爲浙東提刑，捕盜入剡。靖康閒拜吏部侍郎，推册張邦昌。建炎初，安置衡州。」然「盧元贊」是否即「盧贊元」，姑存疑俟考。

洪容齋唐人絶句《函海》本《詩話補遺》卷一

洪容齋集録《唐人絶句》五十餘卷，詩近萬首。然余觀之，猶有不盡，隨即書於簡端二十餘首。近又得二首：其一，無名氏《詠姑蘇臺》云：「無端春色上蘇臺，鬱鬱芊芊草不開。無風自偃君知否？西子裙裾拂過來。」〔一〕其二，柳公綽《題梓州牛頭寺》云：「一出西城第二橋，兩邊山木晚蕭蕭。井花淨洗行人耳，留聽溪聲入夜潮。」〔二〕

【箋　證】

〔一〕此劉禹錫《憶春草》詩末四句，非絶句詩，見《劉夢得文集》外集卷二。參本書卷十「姑蘇臺」條。

〔二〕此詩已見本書卷十「柳公綽梓州牛頭寺詩」條。

艛　艒《函海》本《詩話補遺》卷二

艛艒，小船名，音「樓構」，見《吕蒙傳》〔一〕。白樂天詩：「兩片紅旗數聲鼓，使君艛艓上巴東。」〔二〕又：「篺篁州乘送，艛艓驛船迎。」〔三〕又：「還乘小艛艓，卻到古湓城。」〔四〕「艓」當作「艒」，字之誤也。

【箋　證】

〔一〕《三國志·吴書》卷九《吕蒙傳》作「盡伏其精兵艑艒中」，無「艛艒」字。《類篇》卷二十四「舸艒」：「居侯切。《博雅》：『舸艒，舟也。』或从冓。」《集韻》：「艒同舸。舸艒，大艑也。」《北堂書鈔》卷一百三十八云：「《豫章記》曰：舸艒洲，在城之西南，去城百步，可二里，是作舸艒大艑之處也。」

〔二〕此白居易《入峽次巴東》詩中句，見《白氏長慶集》卷十七，「紅旗」作「紅旌」。

〔三〕此白居易《江州赴忠州，至江陵已來，舟中示舍弟五十韻》詩中句，見《白氏長慶集》卷十七。

〔四〕此白居易《重到江州感舊游，題郡樓十一韻》詩中句，見《白氏長慶集》卷二十。

吴二娘《函海》本《詩話補遺》卷二

吴二娘，杭州名妓也。有《長相思》一詞云：「深花枝，淺花枝，深淺花枝相間時，花枝難似伊。　巫山高，巫山低，暮雨瀟瀟郎不歸，空房獨守時。」〔一〕白樂天詩：「吴娘暮雨瀟瀟曲，自别江南久不聞。」又：「夜舞吴娘袖，春歌蠻子詞。」自注：「吴二娘歌詞有『暮雨瀟瀟郎不歸』之句。」〔二〕《絶妙詞選》以此爲白樂天詞，誤矣〔三〕。吴二娘亦杜公之黄四娘也〔四〕。聊表出之。

【箋　證】

〔一〕吴二娘，江南名妓，善歌。白居易守蘇時，嘗與相交。題宋陳應行編《吟窗雜録》卷五十載吴二娘詞題作《長相思令》，詞云：「深黛眉，淺黛眉，十指蘢葱雲染衣，巫山行雨歸。　巫山高，巫山低，暮暮朝朝良不歸，空房獨守誰。」升庵此引，上片則實歐陽修詞，見《醉翁琴趣外篇》卷六《長相思》四首之四。升庵拼合二詞爲一首，仍覺其天衣無縫，風致彌佳，或其一時興之所至而爲之也。

〔二〕上引二聯，前者爲《寄殷協律》詩尾聯，見《白氏長慶集》卷二十五，「瀟瀟」作「蕭蕭」，「久不聞」作「更不聞」。詩末自注云：「江南吴二娘曲詞云：『暮雨蕭蕭郎不歸。』」後者爲《對酒自勉》詩中句，見《白氏長慶集》卷二十。

〔三〕黄昇《花庵詞選》卷一載白居易《長相思》二首，其一云：「深畫眉，淺畫眉，蟬鬢鬅鬙雲滿衣，陽臺行雨迴。巫山高，巫山低，暮雨瀟瀟郎不歸，空房獨守時。」據前引白詩自注，此詞之所屬，自當以升庵所斷爲是。白詞當是據吴二娘詞加工而成者。

〔四〕杜甫《江畔獨步尋花七絶句》之五有「黄四娘家花滿蹊」之句（見《九家集注杜詩》卷二十三），故云。

謝自然升仙《函海》本《詩話補遺》卷二

謝自然女仙白日飛昇，當時盛傳其事至長安。韓昌黎作《謝自然詩》，紀其跡甚著，蓋亦得於傳聞也〔一〕。予近見唐詩人劉商集有《謝自然卻還舊居》一詩云：「仙侣招邀自有期，九天升降五雲隨。不知辭罷虚皇日，更向人間住幾時？」〔二〕觀此詩，其事可知矣。蓋謝氏爲妖道士所惑，以幻術貿遷他所而淫之，久而厭之，又反舊居。觀商詩中所云「仙侣招邀」，意在言外，惜乎昌黎不聞也。然則，世之所謂女仙者，皆此類耳。

【箋　證】

〔一〕謝自然白日飛昇事，見《太平廣記》卷六十六「謝自然」條，注出《集仙録》。韓愈《謝自然詩》，見《韓昌黎文集》卷一。

〔二〕劉商，字子夏，彭城人。少好學，工文，善畫。登大曆進士第，官至檢校禮部郎中，汴州觀察判官。集十卷，今佚。此引詩，見《萬首唐人絶句》七言卷四十二。

《升庵文集》卷七十三另有「謝自然」一條，論之加詳，今録以備參：「韓文公不信神仙，而《謝自然》一詩，亦信以爲有。蓋當時有人的見，而公亦的聞也。薛能亦有一首云：『漫道神仙事渺然，珠宫咫尺在人天。花顔雲髩一女子，獨騎白鶴冲紫煙。』是信有其事也。予觀劉商詩集有《謝自然返卻舊居》一絶云云。以此觀之，謝爲道士所惑，染其妖術，飛昇之事，如今時術人騎草龍上天之類耳。是昌黎亦爲所欺也。世又有病風顛者，即能乘危升高，疾愈即不能矣。謝自然寧非此流耶？近代天順中，有南京後府經歷卜馬益，本山後人，有一全真道士謁之曰：『吾有小術，子盍觀之？』即抽刀斬府庭大槐，淩空而去；黄白點化，頃刻而成。益以爲真仙，縱其出入。益妻妾多麗，道士取其髮呪之，夜從門隙迭奔臥所。初喜之，後苦其術，涕泣以告。益不勝憤，始白於守備。急塗以犬血擒之，囚送京師伏誅。噫！以古準今，謝自然得非妖道士挑之以奔乎？是以聖人不語怪，而士君子深惡而痛絶之。亦以避禍而遠辱也。」

石蛣御亭《函海》本《詩話補遺》卷二

唐人《送元中丞江淮轉運》詩一首，王維、錢起集皆有之。其云：「去問珠官俗，來經石蛣春。東南御亭上，莫使使或作問有風塵。」〔一〕用事頗隱僻。石蛄，用《荀子》「紫蛄魚鹽」及《文選》「石蛄應節而揚葩」事也〔二〕。御亭，吴大帝駐蹕所憩，後人建御亭，在晉陵。庾信詩：「御亭一回望，風塵千里昏。」是也〔三〕。今刻本或改「石蛄」作「右卻」，「御亭」或改作「衍亭」。轉刻轉誤，漫一正之。

【箋證】

〔一〕《送元中丞江淮轉運》，見《王右丞集》卷五，題作《送元中丞轉運江淮》，「石蛄」作「石刼」，「御亭」作「高亭」；又見明銅活字《唐五十家詩集》本《錢考功集》卷五，題同，「珠官」作「殊官」，「石蛄」作「幾刼」，「御亭」作「卸亭」，「莫使」作「莫問」。按：元中丞，元載也，上元二年爲御史中丞兼江淮轉運使。時錢起在藍田爲尉，當不及賦詩爲送。而王維雖已衰朽，仍在尚書右丞任上，自當賦詩作賀。則此詩似當屬之王維爲是。此條「御亭」原皆誤作「卸亭」，按：《升庵外集》卷九此條末焦竑原有注，爲李調元編《詩話補遺》時所删。其云：「今按《輿地記》不載，郡人詢之亦多不知。然稱吴帝駐蹕，『卸』當作『御』。」是，《丹鉛總録》卷十八所載作「御」不誤，今據改。

〔二〕「紫蛄魚鹽」，見《荀子·王制篇》。「石蛄應節而揚葩」，見《文選》卷十二，乃郭璞《江賦》中語。句下李善注曰：「《異物志》曰：『蛄，似車螯，潔白如玉，晞曜向日也。』」揚雄《蜀都賦》曰：『蚌含珠而擘裂。』《南越志》曰：『石蛄形如龜腳，得春雨則生花，花似草華。』《廣雅》

曰：『葩，花也。』蛣音刼。」

〔三〕《太平寰宇記》卷九十二「常州」：「御亭驛，在州東南百三十八里。《輿地志》云：御亭在吳縣西六十里，吳大帝所立。梁庾肩吾詩云：『御亭一回望，風塵千里昏。』即此也。開皇九年置爲驛，十八年，改爲御亭驛，李襲譽改爲望亭驛。」晉陵，常州轄縣也。庾肩吾詩，《藝文類聚》卷三十四、《文苑英華》卷三百一十五載之，題皆作《亂後經吳郵亭》，「御亭」並作「郵亭」。升庵此引以其爲庾信之作，非。

罨　畫《函海》本《詩話補遺》卷二

畫家稱罨畫，雜彩色畫也。吳興有罨畫溪。然其字當用「𩇯」，「罨」乃魚網，非其訓也〔一〕。張泌詩「罨岸春濤打船尾」〔二〕，謂魚網遮岸也。此用字最得字義。左思《蜀都賦》：「罨翡翠，釣鰋鮋。」〔三〕

【箋　證】

〔一〕《太平寰宇記》卷九十二「常州宜興縣」：「圻溪今俗呼爲罨畫溪，在縣南三十六里。」《廣韻》卷五：「𩇯，調色畫繒。出郭調《字指》。」《集韻》卷六：「罨，罜也，所以罔魚。」

〔二〕此張泌《春江雨》詩中句，見《才調集》卷四。

〔三〕見《文選》卷四。

元朝番書《函海》本《詩話補遺》卷二

元朝主中國日，用羊皮寫詔，謂之「羊皮聖旨」。其字用蒙古書，中國人亦習之。張孟浩詩云：「鴻濛再剖一天地，書契復見科斗文。」〔一〕張光弼《輦下曲》云：「和寧沙中撲遬筆，史臣以代鉛槧事。百司譯寫高昌書，龍蛇復見古文字。」〔二〕侏儺犬羊之俗，而以科斗龍蛇稱之，蓋《春秋》多微辭之義也。

【箋　證】

〔一〕張孟浩，宋末元初人，與劉須溪爲詩友，嘗贈劉詩稱其不仕元朝之節，「蓋亦同時合志者」也（見本書「丁福保本增輯各條」中「劉須溪」條）。

〔二〕張昱《輦下曲》一百二首，此其第四十四首，見《張光弼詩集》卷三，「撲遬」作「撲摗」。

唐舞妓著靴《函海》本《詩話補遺》卷二

舒元輿《詠妓女從良》詩云：「湘江舞罷卻成悲，便脱蠻靴出鳳幃。誰是蔡邕琴酒客，曹公懷舊嫁文姬。」〔一〕可考唐時妓女舞飾也。按《説文》：「鞮，四夷舞人所著屨也。」《周禮》有「鞮鞻氏」，亦是四夷之舞〔二〕。今之樂部，舞妝皆出四夷。唐人舞妓皆著靴，猶有此意。盧肇《枯枝舞賦》：「靴瑞錦以雲匝，袍蹙金而雁欹。」〔三〕樂府歌：「錦靴玉帶舞回雲。」〔四〕杜牧之《贈妓》詩曰：「舞靴應任傍人看，笑臉還須待我開。」〔五〕黄山谷《贈妓詞》云：「風流，賢太守，能籠翠羽，宜醉金釵。且留取垂楊，掩映庭階。直待朱輪去後，便從伊、窄襪弓鞋。」〔六〕則汴宋猶似唐制。至南渡後，妓女窄襪弓鞋如良人矣。故當時有「蘇州頭，杭州脚」之諺云。「蠻靴」一本作「鸞靴」。盧肇賦，一本云「靴瑞錦以鸞匝，袍蹙金而雁欹」，以「鸞」對「雁」，當是。併識於此〔七〕。

【箋證】

〔一〕舒元輿詩，見《雲溪友議》卷上「舞娥異」條，略云：李翺在潭州，席上有舞柘枝者，匪疾而顔色憂悴。詰其事，乃故蘇臺韋中丞愛姬所生之女也。遂於賓榻中選士而嫁之。舒元輿聞之，自京馳詩贈翺云云。其首句「卻成悲」作「忽成悲」，次句「鳳幃」作「絳幃」，末句「曹公」作「魏公」。《唐詩紀事》卷四十三亦載其事，次句「蠻靴」作「鸞靴」，與本條末升庵自注同。《全唐詩》卷四百八十九「舒元輿」下收録此詩，題作《贈李翺》。

〔二〕《説文》卷三下：「鞮，革履也。」升庵所引，實出《周禮注疏》卷二十四「鞮鞻氏」，鄭玄注曰：「鞻，讀如屨也。鞮屨，四夷舞者所扉也。」

〔三〕盧肇賦，見《文苑英華》卷七十九，題作《湖南觀雙柘枝舞賦》。

〔四〕此毛滂詠妓女「灼灼」《調笑令》之詞前詩中句，見《東堂詞》，原句「舞回雲」作「舞回雪」。

〔五〕此杜牧《留贈》詩中句，見《樊川文集》外集卷一，「傍人」作「閒人」。

〔六〕此黄庭堅詠「妓女」《滿庭芳》詞下闋中句，見《山谷琴趣外篇》卷一，「垂楊」作「垂柳」，「便從伊」作「從伊便」；《詩話》各本「賢」字原脱，「朱幡」誤作「朱輪」，據補改。

〔七〕此升庵自注，《函海》本、丁本《詩話》「盧肇賦」下皆脱「一本云」三字，「以鸞對雁」皆脱「對雁」二字，今據嘉靖本《詩話補遺》卷二上補。

華不注《函海》本《詩話補遺》卷二

《左傳》：成公二年，晉郤克戰於搴，「齊師敗績，逐之，三周華不注」。相傳讀「不」字但作「蔔」音。伏琛《齊記》引摯虞《畿服經》：「『不』音『跗』，如《詩》『蕚不韡韡』之『不』，謂花蒂也。言此山孤秀，如華跗之注於水。」〔一〕其説甚異而有徵。又按《水經注》云：「華不注山，單椒秀澤，孤峰刺天。青崖翠發，望同點黛。」〔二〕《九域志》云：「大明湖望華不注山，如在水中。」〔三〕李太白詩：「昔我游齊都，登華不注峰。兹山何峻秀，彩翠如芙蓉。」〔四〕比之芙蓉，蓋因「華不」之名也。以數説互證之，伏氏音「不」爲「跗」，信矣。

【箋　證】

〔一〕晉伏琛《三齊略記》，佚，有《説郛》節本及清王仁俊《玉函山房輯佚書補編》、民國葉昌熾《轂淡廬叢藁》輯本，葉氏本所輯較備。晉摯虞《畿服經》，佚，有清王謨《重訂漢唐地理書鈔》輯本。

〔二〕《水經注》卷八「濟水」注云：「華不注山，單椒秀澤，不連丘陵以自高；虎牙桀立，孤峰特拔以刺天。青崖翠發，望同點黛。山下有華泉，故京相璠。」升庵殆節引之。

〔三〕《九域志》宋李昕撰，今佚，《説郛》有節本一卷，僅十餘條，無此文。元好問《遺山先生文集》卷三十四《濟南行記》云：「華不注，太白詩云：『昔歲游歷下，登華不注峰。兹山何峻秀，青翠如芙蓉。』此真華峰寫照詩也。大明湖由北水門出，與濟水合，瀰漫無際，遥望此山，如在水中，蓋歷下城絶勝處也。」

〔四〕此爲李白《古風》第二十首前四句，見《李太白文集》卷一。

天風海濤《函海》本《詩話補遺》卷二

趙汝愚詩：「江月不隨流水去，天風常送海濤來。」〔一〕朱文公愛之，遂書「天風海濤」字於石，今人不知爲趙公詩也〔二〕。

【箋　證】

〔一〕趙汝愚，字子直，宋宗室，乾道二年進士。官至吏部尚書，知樞密院事。孝宗崩，光宗疾，汝愚請立寧宗，進右丞相。爲韓侂胄所陷，謫寧遠軍節度副使，卒。此詩《宋詩紀事》卷八十五題作《同林擇之姚宏甫游鼓山》，爲七律詩，此引第二聯。其前二句爲「幾年奔走厭塵埃，此日登臨亦快哉」，後四句爲：「故人契闊情何厚，禪客飄零事已灰。堪歎人生只如此，虚闌獨倚更徘徊。」詩中「故人」謂朱熹。鼓山在福建福州，石刻今存。

〔三〕升庵《詞品》卷五亦有「天風海濤」一條，此後復引嚴仁《水龍吟》「題天風海濤呈潘料院」詞一首：「颷車飛上蓬萊，不須更跨琴高鯉。剨然長嘯，天風澒洞，雲濤無際。我欲乘桴，從兹浮海，約任翁起。辦虹竿千丈，轄鈎五十，親點對，連鼇餌。誰榜佳名空翠，紫陽仙去騎箕尾。銀鈎鐵畫，龍拏鳳翥，留人間世。更憶東山，一曲沾襟淚。到而今，幸有高亭遺愛，寓甘棠意。」並云：「趙詩、朱字、嚴詞，可謂三絶。特記於此。」

蘭廷瑞詩《函海》本《詩話補遺》卷二

滇中詩人蘭廷瑞，楊林人也。予過其家，訪其稿，僅得數十首。如《夏日》云：「終日憑闌對水鷗，園林長夏似深秋。槐龍細灑鵝黄雪，涼意蕭蕭風滿樓。」《冬夜》云：「枕上詩成喜不勝，起尋筆硯旋呼燈。銀瓶取浸梅花水，已被霜風凍作冰。」《題嫦娥奔月圖》曰：「竊藥私奔計已窮，藁砧應恨洞房空。當時射日弓猶在，何事無能近月中？」三詩皆可喜〔一〕。

【箋　證】

〔一〕清袁文典《滇南詩略》載升庵《贈賈東晦》詩云：「『蘭叟和光卧白雲，賈生東晦挹清芬。何人爲續嵇康傳，題作楊林兩隱君。』和光，止庵别號；東晦，名惟孝，亦能詩。」又云：「廷瑞，廷秀弟也，絶句殊有風致。」按：蘭茂，字廷秀，字止庵，明初雲南著名學者，著有《韻略易通》、《滇南本草》、《止庵吟稿》、《山堂雜稿》等。其弟廷瑞，有詩名。升庵戍滇，其人已死，慕其名而訪其詩。今僅存其所録數首而已。

蘇堤始末《函海》本《詩話補遺》卷二

東坡先生在杭州、潁州、許州皆開西湖，而杭湖之功尤偉。其詩云：「我在錢塘拓湖渌，大堤士女爭昌豐。六橋横絶天漢上，北山始與南山通。忽驚二十五萬丈，老葑席捲蒼雲空。」〔一〕此詩史也，而注殊略。今按《宋長編》云：「杭本江海之地，水泉鹹苦。唐刺史李泌始引西湖水作六井，故井邑日富。及白居易復浚西湖，所溉千餘頃。然湖多葑，近歲廢而不理，湖中葑田積二十五萬餘丈，而水無幾矣。運河失湖水之利，則取給於江潮。潮渾濁多淤，河行闤闠中，三年一淘，爲市井大患，而六井亦幾廢。公始至，浚茅山、鹽橋二河，以茅山一河專受江潮，以鹽橋一河專受湖水。復造堰閘以爲湖水蓄泄之限，然後潮不入市間。至湖上周視良久，曰：『今願去葑，葑田如雲，將安所置之？湖南北三十里，環湖往來，終日不達。若取葑田，積之湖中，爲長堤以通南北，則葑田去而行者便矣。』堤成，杭人名之曰蘇公堤云。」〔二〕合是觀之，則公之有功於杭人大矣。予昔在京日，問之杭之士夫，亦不知；今閲公詩注，亦略，故詳注之。嗚呼！治水之難久矣。宋之世，修六塔河、三股河，安石以范子淵、李仲昌專其事，聽小人李公義、宦官黄懷忠之言，用鐵龍爪、濬川杷，天下皆笑其兒戲。積以數年，糜費百十萬之錢穀，漂没數十萬之丁夫，迄無成功，而猶不肯止〔三〕。其績敗功圮，而姦臣李清臣爲考官，猶以修河問策，欲掩護之〔四〕。甚矣，宋之君臣愚且戇也。視東坡杭湖、潁湖之役，不數月之間，無糜百金而成百世之功，其政事之才，豈止十倍時流乎？公又欲鑿石門山運河以避浮山之險，當時妬者盡力排之。又欲於蘇州以東鑿挽路爲千橋，以迅江勢，亦不果用。人皆恨之〔五〕。噫！難平者事，古今同一慨矣！

【箋證】

〔一〕東坡治潁州西湖，未成而移守揚州，有《軾在潁州與趙德麟同治西湖，未成改揚州。三月十六日湖成，德麟有詩見懷，次其韻》詩。此引即詩中句也，見《集注分類東坡先生詩》卷八。而治許州西湖者乃宋庠，非東坡。《石林詩話》云：「許昌西湖與子城密相附，緣城而下，可策杖往來，不涉城市。……初但有其東之半耳。其西廣於東增倍，而水不甚深。宋莒公爲守時，因起黄河春夫浚治之，始與西相通。則其詩所謂『鑿開魚鳥忘情地，展盡江湖極目天』者也。」東坡有《許州西湖》詩，於浚治之役，頗有微辭。其云：「使君欲春游，浚沼役千掌。紛紜具畚鍤，鬧若蟻運壤。……池臺信宏麗，貴與民同賞。但恐城市歡，不知田野愴。潁川七不登，野氣長蒼莽。誰知萬里客，湖上獨長想。」

〔二〕《宋長編》，謂李燾《續資治通鑑長編》。此引文見該書卷四百四十二「元祐五年五月」，文字略有删節。而李燾此文，實轉引自蘇轍《亡兄子瞻端明墓誌銘》，見《欒城集》後集卷二十二。

〔三〕《宋史》卷九十二《河渠志》：「熙寧六年四月，始置疏濬六河司。先是有選人李公義者，獻鐵龍爪、揚泥車法以濬河。其法用鐵數斤，爲爪形，以繩繫舟尾，而沈之水。篙工急櫂，乘流相繼而下。一再過水，已深數尺。宦官黄懷信以爲可用，而患其太輕。王安石請令懷信、公義同議增損，乃别制濬川杷。其法以巨木，長八尺，齒長二尺，列於木下，如杷狀，以石壓之。兩旁繫大繩，兩端矴大船，相距八十步，各用滑車絞之，去來撓蕩泥沙，已又移船而濬。或謂水深則杷不能及底，雖數往來無益；水淺則齒礙沙泥，曳之不動。卒乃反齒向上而曳之。人皆知不可用，惟安石善其法。」此升庵説之所據也。

〔四〕《宋史》卷三百二十八《李清臣傳》：「紹聖元年，廷試進士，清臣發策曰：『今復詞賦之選而士不知勸，罷常平之官而農不加富，可差可募之説紛而役法病，或東或北之論異而河患滋，賜土以柔遠也而羌夷之患未弭，弛利以便民也而商賈之路不通。夫可則因，否則革，惟當之爲貴，聖人亦何有心焉。』主意皆絀元祐之政，策言悟其指，於是紹述之論大興，國是遂變。」升庵説本此。

〔五〕東坡有《乞相度開石門河狀》，「奏聞，有惡軾者力沮之，功以故不成」。又議「自慶曆以來，松江大築捥路，建長橋以扼塞江路，故今三吴多水，欲鑿捥路爲十橋以迅江勢。亦不果用，人皆以爲恨。」見《宋史》卷三百三十八《蘇軾傳》。《宋史》乃據蘇轍《亡兄子瞻端明墓誌銘》爲説，見《欒城集》後集卷二十二，「十橋」作「千橋」。

杜詩左擔之句《函海》本《詩話補遺》卷二

杜子美《愁坐》詩曰：「高齋常見野，愁坐更臨門。十月山寒重，孤城水氣昏。葭萌氏種迥，左擔犬戎存。終日憂奔走，歸期未敢論。」〔一〕「葭萌」、「左擔」，皆地名也。葭萌，人知之；左擔，人罕知也。注者不知，或改作「武擔」，又改作「立擔」，皆可笑。按《太平御覽》引李充《蜀記》云：「蜀山自綿谷、葭萌，道徑險窄，北來擔負者，不容易肩，謂之左擔道。」〔二〕又李公胤《益州記》云：「陰平縣有左肩道，其路至險，自北來者，擔在左肩，不得度右肩。」〔三〕常璩《南中志》云：「自僰道至朱提，有水、步道。水道有黑水及羊官水，至險難行；步道渡三津，亦艱阻。故行人爲語曰：『楢溪赤木，盤蛇七曲；盤羊烏櫳，氣與天通。看都濩泚，住柱乎尹。庲降賈子，左儋七里。』又有牛叩頭、馬搏頰坂，其嶮如此。」〔四〕據此三書，左擔道有三：綿谷一也，陰平二也，朱提三也。義則一而已。朱提今之烏撒，雲貴往來之西路也。

【箋證】

〔一〕杜甫《愁坐》見《九家集注杜詩》卷二十五，「犬羊存」作「犬戎屯」。鮑彪注曰：「『左擔』當作『武擔』，見《成都記》。」

〔二〕《新唐書》卷五十八《藝文志》著録李充《益州記》三卷，當即此升庵所謂「蜀記」也。然《太平御覽》未引其書，升庵此引不知所出。

〔三〕《太平御覽》卷一百九十五：「任豫《益州記》曰：『江油左擔道，案圖在陰平縣北，於成都爲西。』」下有小字注曰：「其道至阻，自北來者，擔在左肩，不得度擔也。」此注即升庵所引，而以爲李公胤《益州記》，其是耶非耶，尚待考查。

〔四〕升庵此引《華陽國志》，原作「自僰道至朱提有水步道九道有黑水及羊官水道度三津至險難行故行者謡曰楢溪赤水盤蛇七曲盤羊烏櫳氣與天通庲降賈子左擔七里又有牛叩頭馬搏坂其險如此」，中多舛誤，今據《華陽國志》卷四《南中志》原文校改。

中國文學研究典籍叢刊

升庵詩話新箋證（增訂本）

下册

〔明〕楊　慎　撰
王大厚　箋證

中　華　書　局

丁福保本增輯各條

丁福保於《升庵外集》並《函海》本《詩話補遺》之外增輯凡一百三十七條，删除其誤收重輯之文，共得凡一百三十三條，皆出於《丹鉛總録》卷十八至卷二十一「詩話類」，蓋焦竑所不取者。然其本流傳既廣，影響亦大，今併箋證於左，以飨讀者。

十樣鸞牋《丹鉛總録》卷二十一

韓浦詩云：「十樣鸞牋出益州。」〔一〕《成都古今記》載其目，曰深紅，曰粉紅，曰杏紅，曰明黄，曰深青，曰淺青，曰深緑，曰淺緑，曰銅緑，曰淺雲，凡十樣。又有松花、金沙、流沙、彩霞、金粉、桃花、冷金之别，即其異名。又《蜀志》載，王衍以霞光牋五百幅賜金堂令張蠙，霞光即深紅牋也。又有百韻牋，以其幅長可寫百韻詩爲名。其次學士牋，則短於百韻焉〔二〕。

【箋證】

〔一〕此引韓浦詩句，出《楊文公谈苑》「造五鳳樓手」條：「韓浦、韓洎，晉公滉之後，咸有辭學。浦善聲律，洎爲古文，意常輕浦，語人曰：『吾兄爲文，譬如繩樞草舍，聊庇風雨。予之爲文，是造五鳳樓手。』浦性滑稽，竊聞其言，因有親知遺蜀牋，浦題作一篇，以其牋貽洎曰：『十樣蠻牋出益州，寄來新自浣溪頭。老兄得此全無用，助爾添修五鳳樓。』」此引「鸞牋」乃「蠻牋」之誤，當據改。

〔二〕《成都古今記》，宋趙抃撰，今全書已佚，僅《説郛》中選録數條。升庵此説，全出元費著《歲華紀麗譜・牋紙譜》，其文云：「謝公有十色牋：深紅、粉紅、杏紅、明黄、深青、淺青、深緑、淺緑、銅緑、淺雲，即十色也。楊文公億《談苑》載韓浦《寄弟詩》云：『十樣蠻牋出益州，寄來新自浣花頭。』謝公牋出於此乎？濤所製牋，特深紅一色爾。僞蜀王衍賜金堂縣令張蠙霞光牋五百幅，霞光牋疑即今之彤霞牋，亦深紅色也。」又云：「近年有百韻牋，則合以兩色材爲之，其横視常紙長三之二，可以寫詩百韻，故云。人便其縱闊，可以放筆快書。……學士牋長不滿尺，小學士牋又半之。」曹學佺《蜀中廣記》卷六十七「牋」目下亦有引録。《郡齋讀書志》：「張蠙，字象文，清河人。唐乾寧中進士，爲校書郎、櫟陽尉、犀浦令。建開國，拜膳部員外郎，後爲金堂令。王衍與徐后游大慈寺，見壁間『牆頭細雨垂纖草，水面回風聚落花』，愛之。問之，云：『蠙句。』給札，令以詩進。蠙以二百首獻，衍重之。」

八角磨盤《丹鉛總録》卷十八

《朱子語録》云：「人謂楊億通禪學者，以其有『八角磨盤』之句耳。」〔一〕按北澗禪師偈云：「六月一日前，萬象森羅替説禪。六月一日後，八角磨盤空裏走。今朝正當六月一，無位真人赤骨律。金毛獅子解翻身，無角鐵牛眠少室。十聖三賢總不知，笑倒寒山並拾得。」〔二〕楊億因演而爲頌曰：「八角磨盤空裏走，金毛獅子變作狗。擬欲藏身北斗中，應須合掌南辰後。」〔三〕

【箋證】

〔一〕《朱文公文集》卷四十三《答李伯諫書》：「楊億工於纖麗浮巧之文，已非知道者所爲。然資禀清介，立朝獻替，略有可觀。而釋子特以爲知道者，以其有『八角磨盤』之句耳。然既謂之知釋氏之道，則於死生之際，宜亦有過人者。而方丁謂之逐萊公也，以他事召億至中書。億乃恐懼至於便液俱下，面無人色。當此時也，八角磨盤果安在哉！」

〔二〕宋釋居簡，俗姓王氏，字敬叟，潼川人。宋理宗嘉熙中，敕住淨慈光孝寺。因寓北磵日久，故以名集。其《北磵集》十卷，今存。此引詩偈，不見於其集中，而見於僧文琇所編《增續傳燈録》卷五，以爲育王頑極彌禪師法嗣應天府天界覺原慧曇禪師所作，乃元末明初人也。

〔三〕此引楊億詩偈，見《五燈會元》卷十二「廣慧璉禪師法嗣文公楊億居士」名下。按：升庵此説，以楊億演北磵偈而爲頌，不知楊億在前，乃北宋太宗雍熙時人，而北磵在後，爲南宋理宗嘉熙時人。其前後顛倒，差謬亦太甚矣。

丁屈朋斜《丹鉛總録》卷十八

姜平子，天水人，仕於苻堅。堅宴群臣，賦詩，平子詩内丁字直而不屈。堅問其故，答曰：「屈下者，不正之物，未足以獻也。」堅悦，擢上第〔一〕。此與劉晏「朋字未正」之對相似〔二〕。

【箋證】

〔一〕姜平子事，《晉書》卷一百十四《苻堅下》：「太元七年，堅饗群臣于前殿。樂奏賦詩，秦州别駕天水姜平子詩有丁字，直而不曲。堅問其故，平子曰：『臣丁至剛，不可以屈。且曲下者，不正之物，未足獻也。』堅笑曰：『名不虚行。』因擢爲上第。」

〔二〕唐鄭處晦《明皇雜録》卷上：「劉晏以神童爲祕書正字，年十歲，形狀獰劣，而聰悟過人。玄宗召于楼上簾下，貴妃置于膝上，爲施粉黛，與之巾櫛。玄宗問晏曰：『卿爲正字，正得幾字？』晏曰：『天下字皆正，唯朋字未正得。』」

上　番《丹鉛總録》卷二十一

杜工部竹詩：「會須上番看成竹。」〔一〕獨孤及詩：「舊日霜毛一番新，別時芳草兩回春。不堪花落花開處，況是江南江北人。」〔二〕番，去聲。但杜公竹詩，「番」字於義不叶。韓石溪都憲家，有蔡夢弼《杜詩注》：「上番音上筤。蜀名竹叢曰林筤。」〔三〕《易·説卦》：「爲蒼筤竹。」古注音浪〔四〕。

【箋　證】

〔一〕此杜甫《三絶句》之二中句，見《九家集注杜詩》卷二十一。

〔二〕此李幼卿《前年春與獨孤常州兄花時爲別，倏已三年矣。今鶯花又爾，覩物增懷，因之抒情，聊以奉寄》詩前四句，非獨孤及詩也。其後四句爲：「薄宦龍鍾心懶慢，故山寥落水奫淪。缘君愛我疵瑕少，願竊仁風寄老身。」見《唐詩紀事》卷二十七「李幼卿」條。《紀事》又云：「幼卿字長夫，隴西人。大曆中以右庶子領滁州，別業在常州義興，曰玉潭莊。在滁州時，以書託獨孤至之，獨孤以詩寄云：『日日思瓊樹，書書話玉潭。知同百口累，曷日辦抽簪。』又至之《題玉潭》云：『碧玉徒强名，冰壺難比德。唯當寂照心，可並奫淪色。』幼卿所謂『故山寥落水奫淪』者也。」《毘陵集》卷三此詩題作《得李滁州書，以玉潭莊見託，因書春思以詩代答》。《毘陵集》此前附載幼卿詩，升庵因疏而致誤。獨孤及，字至之，洛陽人。天寶末以對策高第，補華陰尉。代宗廣德元年徵爲左拾遺，俄改太常博士，歷禮部、吏部員外郎。大曆中歷濠、舒二州刺史。再徙常州，卒。

〔三〕《古逸叢書》本蔡夢弼《杜工部草堂詩箋》補逸卷一此詩下，蔡氏注云：「番音去聲。上番，蜀人之語也。」無升庵所云「上番音上筤」之説。高濂《遵生八牋》卷十六《燕閒清賞牋》下引《竹譜》云：「竹有上番下番，即今言大番小番也。番去聲。謂大年生笋多，小年生笋少也。杜詩『會須上番看成竹』，蔡夢弼注不知此義，乃云：『上番音上筤。蜀名竹叢曰林筤。』誤之甚矣。既不識竹，又不識詩，真瞎子也！何以注爲？」其引蔡注，實出升庵也。何焯《義門讀書記》卷四則云：「上番猶言頭潑。凡二三潑笋多蛀折，不能成竹。」

〔四〕《周易》卷九《説卦》王弼注：「筤音郎。」此或升庵所謂古注也。

上林賦連綿字《丹鉛總録》卷十九

《上林賦》「垂條扶疎，落英幡纚。紛溶箾蔘，猗狔從風，瀏莅芔歙」數句，皆言草木從風之形與聲也。但其用字既古，其音又與俗音不同，今略解之：「紛溶」，猶「豐茸」也。「箾蔘」，即「蕭森」。「猗狔」，猶「猗那」也，字一作「旖旎」，又作「猗儺」。「瀏莅」，即「流麗」。「芔歙」，即「欻吸」。「欻」字古作「㷻」，見《石鼓文》，省寫作芔，五臣注遂誤以爲「卉」字〔一〕。按《長門賦》「列丰茸之游樹」〔二〕，謝靈運詩「升長皆丰茸」〔三〕，則「紛溶」、

「丰茸」，一也。杜詩「巫山巫峽氣蕭森」〔四〕，則「箾蔘」、「蕭森」，一也。《毛詩》「猗儺其枝」〔五〕，《楚辭》「紛旖旎乎都房」〔六〕，阮籍詩「猗靡情歡愛」〔七〕，則「猗狔」也，「猗儺」也，「旖旎」也，「猗靡」也，一也。陶弘景詩「悽切嘹唳傷夜情」〔八〕，趙彦昭詩「流麗鳴春鳥」〔九〕，則「瀏蒞」與「嘹唳」及「流麗」，一也。杜詩「秋風欻吸吹南國」〔一〇〕，則「㕲歙」與「欻吸」，一也。字有古今，音有楚夏，類如此。聊舉其略爾。

【箋　證】

〔一〕此引司馬相如《上林賦》，見《六臣注文選》卷八，李善注引司馬彪曰：「瀏莅卉歙，衆聲貌也。㕲，古卉字。」張銑注曰：「瀏莅卉歙，風吹衆木之聲也。」

〔二〕此引《長門賦》，見《文選》卷十六，「列」作「羅」。

〔三〕此謝靈運《於南山往北山經湖中瞻眺》詩中句，見《文選》卷二十二，「丰茸」作「丰容」。

〔四〕此杜甫《秋興八首》第一首中句，見《九家集注杜詩》卷三十。

〔五〕《詩·檜風·隰有萇楚》：「隰有萇楚，猗儺其枝。」

〔六〕此宋玉《九辯》中句，見王逸《楚辭章句》卷八。

〔七〕此阮籍《詠懷詩十七首》之二中句，見《文選》卷二十三。

〔八〕此陶弘景《寒夜怨》詩中句，見《樂府詩集》卷七十六。

〔九〕趙彦昭此句未見所出。

〔一〇〕此杜甫《虎牙行》詩中句，見《九家集注杜詩》卷十三。

女狀元《丹鉛總録》卷二十一

女侍中，魏元乂妻也〔一〕。女學士，孔貴嬪也〔二〕。女校書，唐薛濤也〔三〕。女進士，宋女娘林妙玉也〔四〕。女狀元，王蜀黄崇嘏也。崇嘏，臨邛人。作詩上蜀相周庠，庠首薦之，屢攝府縣，吏事精敏，胥徒畏服。庠欲妻以女，嘏以詩辭之曰：「一辭拾翠碧江湄，貧守蓬茅但賦詩。自服藍衫居郡掾，永抛鸞鏡畫蛾眉。立身卓爾青松操，挺志堅然白璧姿。幕府若容爲坦腹，願天速變作男兒。」庠大驚。具述本末，乃嫁之〔五〕。傳奇有《女狀元春桃記》〔六〕，蓋黄氏也。

【箋　證】

〔一〕元乂，北魏侍中、領軍將軍，魏宣武帝權臣，嘗與衛將軍劉騰共謀，殺輔政王元懌，幽禁太后胡氏。「元乂妻拜爲女侍中，封新平郡君」，見《魏書》卷八十三下《胡國珍傳》。女侍中，北魏女官名。《魏書》卷十三《皇后列傳》：「高祖改定内官……置女職以典内事。内司，視尚書令、僕；作司、大監、女侍中三官，視二品。」

〔二〕《陳書》卷七《後主張貴妃傳》：「後主自居臨春閣，張貴妃居結綺閣，龔、孔二貴嬪居望仙閣……以宫人有文學者袁大捨等爲女學士。後主每引賓客，對貴妃等游宴，則使諸貴人及女學士與狎客共賦新詩，互相贈答。」按：貴嬪、女學士，皆女官名，品級不同。孔貴嬪已爲貴嬪，則不當復爲女學士也。

〔三〕《唐才子傳》卷八《薛濤傳》：「武元衡入相，奏授校書郎。蜀人呼妓爲校書，自濤始也。後胡曾贈詩曰：『萬里橋邊女校書，枇杷花下閉門居。掃眉才子知多少，管領春風總不如。』」

〔四〕《建炎以來朝野雜記》乙集卷十五「女神童」條：「自置童子科以來，未有女童應試者。淳熙元年夏，女童林幼玉求試。中書後省挑試，所誦經書四十三件並通。四月辛酉，詔特封孺人。」升庵此引「林妙玉」當即「林幼玉」之誤。胡應麟《少室山房委叢》甲部《丹鉛新録》四云：「妙玉，宋女童，應試封孺人。楊説未確。」王世貞《增補藝苑卮言》卷十三則云：「《楊升庵詩話》又有女校書薛濤、女進士林妙玉，此稱謂之詞耳，非真也。」

〔五〕宛委山堂本《説郛》卷十九謝枋得《碧湖雜記》：「女子作男兒，其事甚怪。五代王蜀時，有崇嘏者，本臨邛女子黄氏。蜀相周庠初在臨邛，嘏以詩上謁，庠稱之，薦攝府掾。吏事明敏，胥吏畏服。逾一載，欲妻以女。嘏以詩辭之曰：『一辭拾翠碧江涯，貧守蓬茅但賦詩。自服藍衫居郡掾，永拋鸞鏡畫蛾眉。立身卓矣青松操，挺志堅然白璧姿。幕府若容爲胆腹，願天速變作男兒。』庠大驚，召問。具述本末，乃黄使君之女。」

〔六〕《升庵外集》卷十四同名條下焦竑注引胡應麟曰：「元人《春桃記》今不傳，僅《輟耕録》有其目，大概如《琵琶》等劇。」陶宗儀《南村輟耕録》卷二十五「院本名目」記有《女狀元春桃記》，乃金院本也。

後蜀金利用《玉溪編事》「參軍」條記黄崇嘏事甚詳，謝氏所本也，今備録於此：「王蜀相周庠者，初在邛南幕中，留司府事。時臨邛縣送失火人黄崇嘏，纔下獄便貢詩一章曰：『偶離幽隱住臨邛，行止堅貞比澗松。何事政清如水鏡，絆他野鶴向深籠？』周覽詩，遂召見。稱鄉貢進士，年三十許，祗對詳敏。即命釋放。後數日獻諢，周極奇之，召於學院，與諸子姪相伴。善棊琴，妙書畫。翌日，薦攝府司户參軍。頗有三語之稱，胥吏畏伏，案牘麗明。周既重其英聰，又美其風采，在任將逾一載，遂欲以女妻之。崇嘏又袖封狀謝，仍貢詩一篇曰云云。周覽詩，驚駭不已。遂召見詰問，乃黄使君之幼女，幼失覆廕，唯與老娘同居，元未從人。周益仰貞潔，郡内咸皆歎異。旋乞罷，歸臨邛之舊隱，竟莫知亡焉。」王世貞亦記數女扮男裝事，並録於此：「女子詐爲男子而有官位者：齊揚州議曹録事婁逞；唐昭義軍兵馬使、國子祭酒石氏；朔方兵馬使、御史大夫孟氏；蜀司户參軍黄崇嘏。楊升庵《詩話》又有女校書薛濤、女進士林妙玉。濤乃稱謂之詞。妙玉，宋女童，應試封孺人。」見《弇州四部稿》卷一百六十四。

口　脂《丹鉛總録》卷二十一

杜子美《臘日》詩：「口脂面藥隨恩澤，翠管銀罌下九霄。」唐制：「臘日宣賜脂藥。」〔一〕李嶠有《賜口脂表》云：「青牛帳裏，未輟爐香；朱鳥牕前，新調鉛粉。揉之以辛夷甲煎，然之以桂火蘭蘇。」〔二〕令狐楚《表》云：「雪散凝紅紫之名，香膏蘊蘭蕙之氣。合自金鼎，貯於雕奩。」〔三〕劉禹賜有《代謝賜表》云：「宣奉聖旨，賜臣臘日口脂、面脂、紫雪、紅雪。雕奩既開，珍藥斯見，膏凝雪瑩，合液騰芳。」〔四〕可補杜詩注之遺。

【箋證】

〔一〕此杜甫《臘日》詩中句，見《九家集注杜詩》卷十九。句末王洙注曰「唐制：『臘日宣賜口脂面藥及賜宴。』」

〔二〕此李嶠《謝臘日賜臘脂口脂表》中句，見《文苑英華》卷五百九十六，「新調鉛粉」下有「因三冬之吉慶，造六宫之脂澤」二句，「揉」作「糅」，當據補改。

〔三〕令狐楚此句，《文苑英華》卷五百九十六題作《謝勑書賜臘日口脂等表》，「凝」作「擁」，「蘭蕙」作「蘭薰」。

〔四〕此劉禹錫《代謝曆日面脂口脂等》中句，見《劉夢得文集》卷十六，原文作「奉宣聖旨，存問臣及將佐官吏、僧道耆壽、百姓等，兼賜臣墨詔及貞元十七年新曆一軸、臘日面脂口脂、紅雪紫雪……雕奩既開，珍藥斯見，膏凝雪瑩，含液騰芳」。升庵節引之。又，《升庵文集》卷六十「口脂面藥」條引令狐楚文在劉禹錫文之後，其下尚有：「其子令狐綯《謝紫雪表》云：『靈膏有瓊液之名，仙散擬雪花之狀。職當喉舌，匪效魯廟之三緘；任在燮調，請獻謝莊之六出』」一段，當據改補。

六赤打葉子《丹鉛總録》卷二十一

《李洞集》有《贈龍州李郎中先夢六赤，後因打葉子，因以詩上》。其詩云：「紅蠟香煙撲畫楹，梅花落盡庾樓清。光輝圓魄銜山冷，彩鏤方牙著腕輕。寶帖牽來獅子鎮，金盆引出鳳凰傾。徵黄喜兆莊周夢，六赤重新擲印成。」〔一〕「六赤」者，古之瓊畟，今之骰子也。「葉子」，如今之紙牌酒令。鄭氏書目有南唐李後主妃周氏《偏金葉子格》〔二〕。此戲今少傳。

【箋證】

〔一〕邵雍輯《夢林懸解》卷六「術技類」解「擲骰」占後注曰：「《贈龍州李郎中先夢六赤後因打葉子因以詩上》云：『紅蠟香烟撲畫楹，梅花落盡吏樓清。光輝圓魄啣山冷，彩鏤方牙着腕輕。寶帖臺來獅子鎮，金盆引出鳳凰傾。徵黄喜兆莊周夢，六赤重新擲印成。』六赤者，古之瓊畟，今之骰子也。葉子，如今之紙牌酒令。」與此録文字全同，當爲升庵之所出，而不言爲李洞詩。「李洞」之名，或升庵所臆補也。李洞，字才江，京兆人，唐宗室子。凡數舉，皆不第，失意游蜀而終。洞工詩，有集三卷，今不傳。

〔二〕「鄭氏書目」，指鄭樵《通志·藝文略》。其卷六十九《藝文略》載「葉子格四部四卷」，計有《偏金葉子格》一卷、《新定偏金葉子格》一卷、《擊蒙小葉子格》一卷、《小葉子例》一卷。《擊蒙小葉子格》下有注云：「僞唐李煜妃周氏撰。」則周氏所撰，非《偏金葉子格》也。升庵此引「偏金」原誤作「編金」，據改。

姚鉉《唐文粹》卷九十四載房千里《骰子選格序》云：「開成三年春，予自海上北徙，舟行次洞庭之陽，有風甚急，繫船野浦下三日，遇二三子，號進士者，以穴骼雙雙爲戲。更投局上，以數多少爲進身職官之差數，豐貴而約賤。卒局，座客有爲尉掾而止者，有貴爲相臣將臣者，有連得美名而後不振者，有始甚微而欻升于上位者。大凡得失，酷似前所謂『不繫賢不肖，但卜其偶不偶』耳。」歐陽修《歸田録》云：「《葉子格》者，自唐中世以後有之。説者云：『因人有姓葉，號葉子青者撰此格，因以爲名。』此説非也。唐人藏書，皆作卷軸，其後有葉子。其制似今策子。凡文字有備檢用者，卷軸難數卷舒，故以葉子寫之。如吴彩鸞《唐韻》、李郃《彩選》之類是也。骰子格，本備檢用，故亦以葉子寫之，因以爲名耳。唐世士人宴聚，盛行葉子格，五代、國初猶然，後漸廢不傳。」

木綿《丹鉛總録》卷二十一

唐李商隱詩：「木綿花暖鷓鴣飛。」〔一〕又王叡詩：「紙錢飛出木綿花。」〔二〕南中木綿樹，大如抱，花紅，似山茶而蕊黄。花片極厚，非江南所藝者。張勃《吴録》云：「交趾安定縣有木綿樹，實如酒杯，口有綿，可作布。」〔三〕按：此即今之斑枝花，雲南阿迷州有之，嶺南尤多。汪廣洋有《斑枝花曲》〔四〕。

【箋證】

〔一〕此李商隱《李衛公》詩中句，見《李義山詩集》卷中。

〔二〕此王叡《祠神歌》二首中《送神曲》中句，見《樂府詩集》卷四十七《清商曲》，爲吴聲歌曲。王叡，元和後詩人，自號炙轂子。《説郛》卷二十三有《炙轂子録》一卷。

〔三〕北魏賈思勰《齊民要術》卷十「木緜」條：「《吴録·地理志》曰：『交趾定安縣有木緜樹，高丈，實如酒杯，口有緜，如蠶之緜也。又可作布，名曰白緤，一名毛布。』」張勃，晉人，所撰《吴録》三十卷，《新唐書》卷五十八《藝文志》有著録，今不存。

〔四〕汪廣洋，字朝宗，高郵人，流寓太平。元末舉進士。太祖渡江，召爲元帥府令史。官至右丞相，封忠勤伯。洪武十二年，坐胡惟庸事貶廣南，於中途賜死。《斑枝花曲》，見其《鳳池吟稿》卷二。「汪廣洋」，嘉靖本《升庵詩話》及《升庵文集》卷七十九皆誤作「注廣洋」，今據改。按：斑枝花即攀枝花，今四川攀枝花市即以此得名。

文思遲速《丹鉛總録》卷二十

「相如含筆而腐毫」，「枚皋應詔而奏賦」，言文思遲速之異也〔一〕。唐人云：「潘緯十年吟古鏡，何涓一夕賦瀟湘。」〔二〕畫家亦云：「思訓經年之力，道玄一日之功。」〔三〕

【箋證】

〔一〕「相如含筆而腐毫」、「枚皋應詔而奏賦」，二句皆劉勰《文心雕龍·神思》中語，「奏賦」作「成賦」，當據改。

〔二〕《唐摭言》卷十：「何涓，湘南人也。業詞，嘗爲《瀟湘賦》，天下傳寫。少游國學。同時潘緯者，以《古鏡詩》著名。或曰：『潘緯十年吟古鏡，何涓一夜賦瀟湘。』」

〔三〕唐朱景玄《唐朝名畫録》：「明皇天寶中，忽思蜀道嘉陵江水，遂假吴生驛駟，令往寫貌。及回日，帝問其狀。奏曰：『臣無粉本，並記在心。』後宣令於大同殿圖之，嘉陵江三百餘里山水，一日而畢。時有李思訓將軍，山水擅名。帝亦宣於大同殿圖，累月方畢。明皇云：『李思訓數月之功，吴道子一日之跡，皆極其妙也。』」

記文思遲速，《詩話總龜》後集卷十一亦有一條云：「顔延之、謝靈運各被旨擬《北上篇》，延之受詔即成，靈運久而方就。梁元帝云：『詩多而能者沈約，少而能者謝眺。雖有能速多寡之不同，不害其俱工也。』」

王雪山論詩《丹鉛總録》卷十八

王雪山云：「詩人偶見鵲有空巢，而鳩來居，談詩者便謂鳩性拙不能爲巢，而恒居鵲之巢。

此談詩之病也。」〔一〕今按，詩人興況之言，鳩居鵲巢，猶時曲云「烏鴉奪鳳巢」耳，非實事也。今便謂鳥性惡，能奪鳳巢，可乎？「食我桑葚，懷我好音」，亦美其地也，而注者便謂桑葚美味，鴞食之而變其音〔二〕。鴞不食葚，試養一鴞，經年以葚食之，亦豈能變其音哉！今俗諺云「螞蟻戴籠頭」，例此言，亦可言蟻著轡可駕乎！宋人不知比興，遂謬解若此〔三〕。儒生白首誦之，而不敢非，可怪也。王雪山，南宋人。

【箋　證】

〔一〕王質，字景文，號雪山，興國人。博通經史，善屬文。紹興三十年進士，孝宗時官樞密院編修，出判荆南府，奉祠山居。有《詩總聞》、《雪山集》，並傳於世。升庵此引，見《詩總聞》卷一釋《召南·鵲巢》云：「聞物曰：鵲巢外圓中深，頗縝密，如小甕。鳩巢外平中淺，如盤，極疎拙，未聞其居鵲巢。當是詩人偶見鵲有空巢而鳩來居，後人附會，必欲以爲常。然此談《詩》之病也。」

〔二〕「食我桑葚，懷我好音」，此《詩·魯頌·泮水》中句，鄭玄箋云：「言鴞恒惡鳴，今來止於泮水之木上，食其桑葚。爲此之故，故改其鳴，歸就我以善音，喻人感於恩則化也。」

〔三〕蘇轍《詩集傳》卷十九注云：「鴞，惡聲鳥也，食泮林之黮，而猶以好音歸之。況於人，安有不化服者哉！」

方澤杜常〔一〕《丹鉛總録》卷十八

《詩話》云：「杜常、方澤，在唐詩人中，名姓不顯，而詩句驚人。今惟存《華清宫》一首。」《孫公談圃》亦以爲宋人。近注《唐詩三體》者，亦引《談圃》，而不正指其非唐人，蓋不欲顯選者之失耳。予又見《范太史集》中有《手記》一卷〔二〕，記其一時交游名流，中有杜常名姓，下注曰：「詩學。」又《宋史》有《杜常傳》云：「杜常，太后之姪，能詩。」〔三〕以史與《談圃》、《手記》參之，爲宋人無疑矣。如《唐詩鼓吹》以宋胡宿詩入唐選。宿在《宋史》有傳，文集今行於世，所選諸詩在焉。觀者不知其誤，何耶？《鼓吹》之選，皆晚唐之最下者，或疑非遺山，觀此，益知其僞也〔四〕。

【箋證】

〔一〕此條與本書卷十一「杜常華清宫」條可互參。所云「《詩話》」，指《西清詩話》，原文已見前。

〔二〕《范太史集》原誤作《范蜀公文集》，今改正，説已見前「杜常華清宫」條。

〔三〕杜常傳見《宋史》卷三百三十，中無「能詩」之語。

〔四〕《唐詩鼓吹》十卷，不著撰人，趙孟頫序以爲金元好問編。舊説謂其書實元氏門人郝天挺所編，清錢謙益嘗辨之。其第八卷選胡宿詩二十三首，今並見《胡文恭集》中。胡宿，字武平，常州晉陵人。宋仁宗天聖二年進士，歷官兩浙轉運使。召修《起居注》，知制誥，由翰林學士拜樞密副使。以太子少保致仕。卒，謚文恭。

丹的《丹鉛總録》卷二十一

潘岳《芙蓉賦》：「丹輝拂紅，飛鬚垂的。斐披艴嚇，散焕熠爚。」〔一〕的，子藥切，婦人以丹注面也〔二〕。吴才老解爲「指的」，非〔三〕。

【箋證】

〔一〕潘岳《芙蓉賦》，見《藝文類聚》卷八十二。

〔二〕漢劉熙《釋名》卷四：「以丹注面曰勺。勺，灼也。此本天子諸侯群妾當以次進御，其有月事者，止而不御，重以口説，故注此於面，灼然爲識。女史見之，則不書其名於第録也。」升庵説本此。「勺」，畢沅《釋名疏證補》曰：「今本作『勺』，《北堂書鈔》、《御覽》皆引作『旳』，據改。」「的」、「旳」，古今字。

〔三〕吴棫《韻補》卷五「旳」字下注云：「子藥切，指旳也。」下即引潘岳《芙蓉賦》以爲證。

升庵《丹鉛總録》卷七有「丹的」、「玄的」二條，亦釋「的」字，可與此條互參，今並録於此：「丹的」條云：「《釋名》曰：『以丹注面曰的子。本天子諸侯有羣妾，以次進御。有月事者止不御，難於口陳，故注此於面，灼然而識也。』王粲《神女賦》曰：『施玄的，結羽釵。』傅玄《鏡賦》曰：『珥明璫之雙照，點雙的以發姿。』張景陽《扇賦》：『皎質皦鮮，玄的點絳。』漢律『姅變』，亦謂月事也。」「玄的」條云：「《史記・五宗世家》：『程姬有所避，不願進。』注引《釋名》云：『天子諸侯羣妾，以次進御，有月事者，更不口說，故以丹注面的爲識，令女史見之。』王粲《神女賦》『脱袿裳，免簪笄，施玄的，結羽釵』，即《釋名》所云也。玄的，《藝文類聚》作『華的』。又繁欽《弭愁賦》：『點圜的之熒熒，暎雙輔而相望。』潘岳《芙蓉賦》：『飛鬚垂的，丹輝拂紅。』皆指此。又馬之當額亦曰『的』。《易・説卦》『爲的顙』。《三國志》有『的盧』。陳琳《武庫賦》『駮龍』、『紫鹿』、『文的』、『躙魚』，並是馬名也。又烏脰亦曰『的』。《南史》侯景陷臺城，童謡云：『的脰烏，拂朱雀，還與吳。』字一作䵠，《博雅》云：『龍須謂之䵠。』婦人面飾亦曰『龍䵠』，蓋以龍女況之。又曰『星的』。陸雲詩：『棄置北辰星，問此玄龍煥。』」

玉瑕錦纇《丹鉛總録》卷十八

杜詩七言律，如《玉臺觀》第三句「遂有馮夷來擊鼓」，第七句「更有紅顏生羽翼」〔一〕；《寄馬巴州》首句「勳業終歸馬伏波」，第五句「獨把漁竿終遠去」〔二〕，猶王右軍書帖多誤字，皆玉瑕錦纇，不可效尤也。今之臨文荒率者，動以二公爲口實，是壽陵學邯鄲之步〔三〕，良可笑哉。

【箋證】

〔一〕此上二句爲《玉臺觀二首》第一首中句，見《九家集注杜詩》卷二十五，「翼」作「翰」，注云：「翰作去聲，今人以爲訝，未必敢用也。」

〔二〕此上二句爲《奉寄别馬巴州》詩中句，見《九家集注杜詩》卷二十五。

〔三〕《莊子·秋水篇》：「子獨不聞夫壽陵餘子之學行於邯鄲與？未得國能，又失其故行也，直匍匐而歸耳。」

半山用字《丹鉛總録》卷二十一

王半山文：「梁王墜馬，賈傅自傷；門人泔魚，曾子垂涕。」〔一〕又詩曰：「泔魚已悔當年事，搏虎方驚此日身。」〔二〕泔魚事出《荀子》，云：「曾子食魚，有餘，曰：『泔之。』門人曰：『泔之傷人，不若奥之。』曾子泣涕曰：『有異心乎哉！』傷其聞之晚也。」〔三〕《左傳》：「林楚怒馬，及衢而騁。」〔四〕《莊子》：「草木怒生。」〔五〕又説大鵬：「怒而飛，其翼若垂天之雲。」〔六〕林希逸曰《莊子》好用一「怒」字〔七〕。王介甫詩：「山木悲鳴水怒流。」〔八〕此老善用古人好字面。

【箋證】

〔一〕王半山，指王安石。《臨川文集》卷七十四《與劉原父書》：「昔梁王墮馬，賈生悲哀；泔魚傷人，曾子涕泣。今勞人費財於前，而利不遂於後，此某所以愧恨無窮也。」

〔二〕此《欲往淨因寄涇州韓持國》詩中句，見《臨川文集》卷二十二，「當年」作「他年」，「方驚此日身」作「方收末路身」。

〔三〕此引文見《荀子》卷十九《大略篇》。

〔四〕此引文見《左傳・定公八年》。

〔五〕此《莊子・外物篇》中句。

〔六〕此《莊子・逍遥游篇》中句。

〔七〕林希逸，字肅翁，福清人。宋理宗端平二年進士。景定間，官司農少卿，終中書舍人。著有《莊子口議》等。《莊子口議》卷一有「鳥之飛也必以氣，下一怒字，便自奇特」，或即升庵所指。

〔八〕此《寄育王大覺禪師》詩首句，見《臨川文集》卷三十四。

半豹 《丹鉛總録》卷十八

郭頒《世語》云：「殷仲文讀書若半袁豹，則筆端不減陸士衡。」〔一〕蓋惜其有才而寡學也。李商隱《四六啟》云：「學殊半豹，藝愧全牛。」〔二〕

【箋證】

〔一〕郭頒，西晉人，撰《晉魏世語》，事多詳覈，孫盛之徒皆採以著書。書今已佚。《晉書》卷九十九

《殷仲文傳》云：「仲文善屬文，爲世所重。謝靈運嘗云：『若殷仲文讀書半袁豹，則文才不減班固。』言其文多而見書少也。」而《世説新語・文學》以此語爲傅亮語。

〔二〕李商隱有《四六甲乙集》四十卷，今不存。明鄧伯羔《藝彀》卷下「誤標人詩文」條：「『學殊半豹，藝媿全牛』，此顧雲《投户部鄭員外啟》也，楊用修《丹鉛總録》謂是李商隱《四六》。」顧雲《投户部鄭員外啟》，見《文苑英華》卷六百六十四。升庵誤。

石碣陽鐫額《丹鉛總録》卷二十一

《東皋雜録》云：「漢碑，額多篆，身多隸。隸多凹，篆多凸。惟《張平子碑》，則額與身皆篆也。」〔一〕慎按：三代鍾鼎文有款識，隱起而凸曰款，以象陽；中陷而凹曰識，以象陰。刻之印章，則陽文曰朱文，陰文曰白文。蓋古今金石同一例也。劉禹錫《宜城歌》云：「花臺側生樹，石碣陽鐫額。」〔二〕不見漢碑，不知此句爲何説也。

【箋　證】

〔一〕此文見《説郛》卷四十所輯宋孫宗鑑《東皋雜録》，其全書今已佚。

〔二〕刘禹錫《宜城歌》，見《劉夢得文集》卷八。

石尤風《丹鉛總録》卷二十

郎士元《留盧秦卿》詩云：「知有前期在，難分此夜中。無將故人酒，不及石尤風。」〔一〕石尤風，打頭逆風也，行舟遇之，則不行〔二〕。此詩意謂行舟遇逆風，則住。故人置酒，而以前期爲辭，是故人酒不及石尤風矣。語意甚工。近人吴中刻唐詩，不解「石尤風」爲何語，遂改作「古淳風」，可笑，又可恨也〔三〕。

【箋證】

〔一〕此詩見於《司空文明詩集》，集中尚有《過盧秦卿舊居》詩。《萬首唐人絶句》五言卷七亦載作司空曙詩。司空曙，字文明，廣平人。登進士第，從韋皋於劍南。貞元中，爲水部郎中，終虞部郎中。爲大曆十才子之一。明銅活字《唐五十家詩集》本《郎士元集》無此詩。

〔二〕《江湖紀聞》曰：「石尤風者，傳聞石氏女嫁爲尤郎婦，情好甚篤，尤爲商遠行，妻阻之不從。尤出不歸，妻憶之病，臨亡長歎曰：『吾恨不能阻其行，以至于此。今凡有商旅遠行，吾當作大風，爲天下婦人阻之。』自後商旅發船，值打頭逆風，則曰此石尤風日，遂止不行。」《容齋五筆》卷三「石尤風」條：「石尤風，不知其義，意其爲打頭逆風也。唐人詩好用之。」下引陳子昂《入峽苦風》、戴叔倫《送裴明州》及此司空曙《留盧秦卿》詩。升庵語本此。

〔三〕《全唐詩》卷二百九十二録此詩爲司空曙作，復於卷二百四十八載此詩爲郎士元詩，「难分」作

「歡如」,「石尤風」作「古淳風」。

焦竑於《升庵外集》卷二此條末注云：「陳晦伯云：『古樂府《宋武帝歌》：「願作石尤風，四面斷行旅。」似非打頭風也。』胡元瑞曰：『用修解本洪氏《隨筆》云：「石尤風不知其義，意打頭逆風也。唐人好用之。」陳子昂《苦風》云：「寧知巴陵路，辛苦石尤風。」戴叔倫《送人》云：「知君未得去，慚愧石尤風。」據唐人諸詩，則以爲「打頭」似無不可。律以晦伯所引，當是巨颶、狂飈之類。今江湖間飄風驟起，揚沙折檣，則往來之舟俱繫纜不行，舟人所謂大風三，小風七。余過淮徐間，往往遇之。唐人語咸出六朝，當以宋武歌爲據。其云「四面斷行旅」，正指此也。若以爲打頭風，則固有可行者，尚何四面斷行旅之有哉？』又案：『石尤』，李義山、郎士元輩俱作『石郵』。」明周嬰《卮林》卷四「石尤」條論此尤詳，其末云：「宋孝武帝《丁督護歌》曰：『督護初征時，儂亦惡聞許。願作石尤風，四面斷行旅。』按此則所謂巨颶。言颶者良是，非打頭也。但奔飈之來，自然四面，胡元瑞云『四面石尤』，則意疊詞複耳。予又讀元稹《洞庭遭風》詩曰：『罔象睢盱頻逞怪，石尤翻動忽成災。』以罔象取媲，而且云『翻動』，則石尤乃飛廉、孟婆之精，奇相、馬銜之族也。義山《古意》詩：『去夢隨川後，來風竚石郵。』以『石郵』對『川後』，益信其爲怪族幽妖矣。元、李之解蓋同。」則此又一解。《卮林》補遺「石尤」條復云：「楊用修《外集》：『石尤，江中蟲名。此蟲出必有惡風。舟人目打頭風曰石尤，猶嶺南人曰颶母、黃河人曰孟婆也。』按用修此解似得之。但亦未見所出，且以爲水蟲，太么麽矣！」

白頭烏《丹鉛總録》卷二十一

《三國典略》曰：「侯景篡位，令飾朱雀門，其日有白頭烏萬計，集於門樓。童謡曰：『白頭烏，拂朱雀，還與吴。』」〔一〕杜工部詩：「長安城頭頭白烏，夜上延秋門上呼。」〔二〕蓋用其事，以侯景比禄山也。而《千家注》不知引此。

【箋證】

〔一〕此見宋吴淑《事類賦》卷十九「應讖則群飛集樓」句下注引。

〔二〕此杜甫《哀王孫》詩中句，見《九家集注杜詩》卷二，「夜上」作「夜飛」。

古賦形容麗情《丹鉛總録》卷十八

《九歌》：「滿堂兮美人，忽獨與予兮目成。」〔一〕宋玉《招魂》：「娭光眇視目曾波。」〔二〕相如賦：「色授魂與，心愉於側。」〔三〕枚乘《菟園賦》：「神連未結，已諾不分。」〔四〕陶淵明《閒情賦》：「瞬美目以流眄，含言笑而不分。」〔五〕曲盡麗情，深入冶態。裴鉶《傳奇》〔六〕、元氏《會真》，又瞠乎其後矣，所謂「詞人之賦麗以淫」也〔七〕。

【箋證】

〔一〕此引文出《九歌·大司命》，見王逸《楚辭章句》卷二。

〔二〕宋玉《招魂》，見王逸《楚辭章句》卷九。

〔三〕此引句出司馬相如《上林賦》，見《文選》卷八。

〔四〕枚乘《菟園賦》，見《古文苑》卷三。

〔五〕見《陶淵明集》卷六，「昐」作「眄」。

〔六〕「裴鉶」，原作「裴硎」，《新唐書·藝文志》著録「裴鉶《傳奇》三卷」，今據改。其書今佚。

〔七〕「詩人之賦麗以則，辭人之賦麗以淫」，此揚雄語，見《揚子法言》卷二《吾子篇》。

汃月杇月《丹鉛總録》卷二十一

蜀西南多雨，名曰漏天。杜子美詩「鼓角漏天東」〔一〕，又「徑欲誅雲師，疇能補天漏」是也〔二〕。自秋分後遇壬，謂之入霑，吴下曰入液。宋黄人傑《夔州苦雨》詩：「九月不虚爲杇月，今年賴得是豐年。」〔三〕汃，音讀爲怕，平聲。《東方朔傳》諧語云：「令壺齟，老柏塗。」「塗」與「汃」同，注云：「丈加切。」其下解云：「塗者，漸洳徑也。」〔四〕亦雨濕泥濘之義。《爾雅》：「十二月爲塗月。」〔五〕汃月之諺雖俗，其音義字形，亦遐而尚矣。

【箋證】

〔一〕此杜甫《陪章留後侍御宴南樓得風字》詩中句，見《九家集注杜詩》卷二十四，「漏」作「滿」。趙彦材注云：「漏天在黎州，蜀之西蕃地多雨，故名漏天。則梓州當在其東，所以形容其地也。蔡伯世《正異》：『漏天乃地名，在雅州，以其地多雨也。居梓州之西。』正文訛作滿。」明唐元竑《杜詩攟》卷二云：「『朝廷燒棧北，鼓角滿天東』，初無誤字，倘因蜀有漏天之説，遂改『滿』爲『漏』，則『燒棧』字對『漏天』，亦須爲之説始得。豈可使杜句偏枯至此耶？」

〔二〕此《九日寄岑參》詩中句，見《九家集注杜詩》卷一，「徑欲」作「安得」。

〔三〕黄人傑，字叔萬，自號魯齋居士，南城人。宋孝宗乾道二年進士。嘉泰二年自隆州守除夔路提刑。有詩名，有《可軒曲林》一卷，今佚。此引詩句，見《全蜀藝文志》卷十七，題作《官舍苦雨》，「九月」作「七月」，「朽月」作「巧月」。又，「黄人傑」原誤作「黄仁傑」，今據《全蜀藝文志》改。

〔四〕所引爲郭舍人詰難東方朔所妄言之諧語，見《漢書》卷六十五《東方朔傳》。東方朔解「塗」字云：「塗者，漸洳徑也，」師古注云：「涂音丈加反。」「漸洳，浸濕也。」

〔五〕《爾雅注疏》卷六《釋天》：「十二月爲涂。」陸德明云：「涂音徒。」邢昺疏云：「十一月得甲，則曰畢辜；十二月得乙，則曰橘涂。」升庵此引原作「十二月爲畢涂月」，誤衍「畢」字，今删。

行道遲遲《丹鉛總録》卷二十一

詩「行道遲遲，中心有違」〔一〕，思致微婉。《紫玉歌》所謂「身遠心邇」〔二〕，《洛神賦》所謂「足往神留」〔三〕，皆祖其意。

【箋　證】

〔一〕此《詩·邶風·谷風》第二章中句。

〔二〕《紫玉歌》，見《樂府詩集》卷八十三。晉干寶《搜神記》卷十六「紫玉」條記吴王夫差小女紫玉事，略云：夫差小女紫玉悦童子韓重，欲嫁之不得，乃結氣而死。重游學歸，知之，往弔於墓側。玉形見，顧重延頸而歌。其歌末句云：「身遠心近，何曾暫忘。」

〔三〕此曹植《洛神賦》中句，見《曹子建集》卷三。《文選》卷十九所載同。

托物起興《丹鉛總録》卷十八

昔崔延伯每臨陣，則令田僧超爲《壯士歌》，然後單馬入陣，所向無前。至僧超死，則不復能戰〔一〕。宋子京修《唐書》，爇二椽燭，妾媵夾侍，望之如神仙〔二〕。吴元中居翰苑，每草制誥，則使婢遠山磨墨，運筆措詞，宛若畫〔三〕。此所謂託物起興，仗境生法也。

【箋證】

〔一〕按崔延伯事，見《洛陽伽藍記》：「田僧超者，善吹笳，能爲《壯士歌》、《項羽吟》。征西將軍崔延伯甚愛之。正光末，高平失據……延伯總步騎五萬討之。延伯出師於洛陽城西張方橋，即漢之夕陽亭也。時公卿祖道，車騎成列。延伯危冠長劍，耀武於前。僧超吹壯士笛，歌曲於後。聞之者懦夫成勇，劍客思奮。……延伯每臨陣，令僧超爲壯士聲，甲冑之士踴躍。延伯單馬入陣，旁若無人。……僧超亡，延伯悲惜哀慟。左右謂：『伯牙之失鍾子期，不能過也。』後延伯爲流矢所中，卒於軍中。」此引「田僧超」原誤作「田僧起」，今據改。

〔二〕宋祁，字子京，雍邱人。天聖二年進士，官至翰林學士承旨。謚景文。元費著《歲華紀麗譜》：「宋公祁宰相先奉詔修《唐書》，因以書局自隨。至成都，每宴罷盥漱，闢寢門垂簾，燃二椽燭，媵婢夾侍，和墨伸紙，望之者知公修《唐書》，若神仙焉。」

〔三〕吴敏，字元中，真州人。大觀二年，辟雍私試，蔡京愛其文，薦充館職。中書侍郎劉正夫以敏未嘗過省，不可。京請御筆特召上殿，除左司郎官。以薦李綱建言徽宗内禪事，遷知樞密院事。紹興元年，以觀文殿大學士爲廣西湖南宣撫使，卒。

竹筍江魚《丹鉛總録》卷二十一

杜子美送人迎養詩：「青青竹筍迎船出，白白江魚入饌來。」用孟宗、姜詩事〔一〕。韋蘇州送人省覲，亦云：「沃野收紅稻，長江釣白魚。」〔二〕又云：「洞庭摘朱果，松江獻白鱗。」〔三〕然杜不如韋多矣。「青青」字自好，「白白」近俗，有似兒童「白白一群鵝，被人趕下河」之謡也，豈大家語哉！

【箋證】

〔一〕此《送王十五判官扶侍還黔中》詩中句，見《分門集注杜工部詩》卷二十一。注引修可曰：「《楚國先賢傳》：『孟宗字恭武，至孝。母好食筍，冬月無之，宗入林中哀號，筍爲之生。』《後漢·烈女傳》：『姜詩及妻龐氏並至孝，母好飲江水，嗜魚鱠，又不能獨食。夫婦嘗力作鱠，呼鄰母共之。舍側忽有泉湧，味如江水，每日輒出雙鯉，常供二母之膳。』王判官侍母回黔，故有此句。」其下王洙復引《邵氏聞見録》云：「子美『日日江魚入饌來』，後得古本，『日日』作『白白』，不但撿句甚偶，其思致亦不同。」

〔二〕此韋應物《送張侍御祕書江左覲省》中句，見《韋蘇州集》卷四。

〔三〕此韋應物《送劉評事》詩中句，見《韋蘇州集》卷四，「朱果」作「朱實」。

帆字音《丹鉛總録》卷二十

帆字，符咸切，舟上幔也；又扶泛切，使風也〔一〕。舟幔則平聲，使風則去聲，蓋動靜之異也。劉熙《釋名》曰：「隨風張幔曰帆。」〔二〕注：去聲。《廣韻》曰：「張布障風曰帆。」〔三〕

音與梵同。《左傳・宣十二年》注：「拔旆投衡上，使不帆風。」謂車旆之受風，若舟帆之帆風也。舟帆之帆平聲，帆風之帆去聲。《疏》云：「帆是扇風之名。」〔四〕《孫綽子》曰：「動不中理，若帆風而無柁。」〔五〕《南史》：「因風帆上，前後連咽。」〔六〕《荆州記》云：「宮亭湖廟神，能使湖中分風而帆南北。」〔七〕晉湛方生有《帆入南湖》詩，又有《還都帆》詩。謝靈運有《游赤石進帆海》詩。劉孝威有《帆渡吉陽洲》詩〔八〕。《選》詩：「無因下征帆。」〔九〕徐陵詩：「南茨大麓，北帆清湘。」〔一〇〕劉删詩：「迴艫乘派水，舉帆逐分風。」〔一一〕張曲江詩：「征鞍稅北渚，歸帆指南陲。」〔一二〕張燕公詩：「離魂似征帆，常往帝鄉飛。」〔一三〕趙冬曦詩：「帝城馳夢想，歸帆滿風飆。」〔一四〕杜詩：「浦帆晨初發。」〔一五〕韓退之詩：「無因帆江水。」〔一六〕包佶詩：「錦帆乘風轉，金裝照地新。」〔一七〕孟浩然詩：「嶺北迴征帆，巴東問故人。」〔一八〕徐安貞詩：「暮雨衣猶濕，春風帆正開。」〔一九〕近蘇州刻孟詩，改「征帆」爲「征棹」，何仲默笑曰：「『征帆』改『征棹』，『錦帆』亦改曰『錦棹』可乎？」蓋淺學妄改，非刀誤也。

【箋證】

〔一〕《廣韻》卷二上平聲「凡」韻：「凡，符咸切。」「帆，船上幔也。亦作颿，又扶汎切。」又，卷四去聲「梵」韻：「梵，扶泛切。」「帆，船使風。又音凡。」此升庵音注所據。

〔二〕《釋名》卷七《釋船》：「帆，泛也。隨風張幔曰帆。使舟疾汎汎然也。」

〔三〕「張布障風曰帆」，非《廣韻》中語，而出於《左傳》疏，見下。升庵記誤。

〔四〕《左傳·宣公十二年》：「拔旆投衡乃出。」注：「旆，大旗也。拔旗投衡上，使不帆風，差輕。」疏引郭璞注云：「旆能扇風使重，令馬不能進，則其制必大矣，故云『旆，大旗也』。城濮之役亡大旆之左旃，此之類也。旆縣於竿，插之車上。衡是馬頸上横木。故拔取旗竿投於衡上卧之，使不帆風，則於車差輕，故得出坑也。帆是扇風之名，今人舡上張布以鄣風，名之曰帆。」「宣十二年」原誤作「宣十三年」，據《左傳》改。

〔五〕《太平御覽》卷七百七十一引《孫綽子》語作：「動而不乘不理，若汎舟而無柂。」

〔六〕「因風帆上，前後連咽」，不見於《南史》，見《宋書》卷四十四《謝晦傳》。《資治通鑑》胡三省注云：「連，謂沿江戰艦連接不斷；咽，謂戰艦塞江前後填咽。」升庵此引原誤「連咽」作「連煙」，今據改。

〔七〕《太平御覽》卷六十六引盛弘之《荆州記》曰：「宫亭湖廟神甚有靈驗，塗旅經過，無不祈禱，能使湖中分風而帆南北。」

〔八〕湛方生《帆入南湖》、《還都帆》二詩，並見《藝文類聚》卷二十七。謝靈運《游赤石進帆海》詩，見《藝文類聚》卷八。劉孝威《帆渡吉陽洲》詩，見《藝文類聚》卷二十七。

〔九〕此何遜《贈諸游舊》詩中句，《文選》未載，見《何水部集》，「無因」作「無由」。

〔一〇〕此徐陵《廣州刺史歐陽頠德政碑》中句，非詩，見《藝文類聚》卷五十二，「北帆」作「北眺」。

〔一一〕此劉删《汎宮亭湖》詩中句，見《藝文類聚》卷九。

〔一二〕此張九齡《南還以詩代書贈京都舊寮》詩中句，見《張曲江集》卷四。

〔一三〕此張説《岳州別王十一趙公入朝》詩中句，見《張説之文集》卷六。

〔一四〕此王琚《奉別燕公》詩中句，乃和張説《岳州別王十一趙公入朝》之作，附載於《張説之文集》卷六。題下注「趙國公王琚」，即張詩題中「王十一趙公」也。《唐詩紀事》卷二十「王琚」下載張説詩，題中「王十一」下多一「及」字，詩末有注云：「趙公，冬曦也。」升庵以此，屬之趙冬曦。然檢《新唐書》卷一百二十一《王琚傳》，王琚嘗以誅太平功封趙國公。則「王十一趙公」實謂王琚一人，《紀事》注誤，升庵從之亦誤，當據改。

〔一五〕此杜甫《朝二首》第一首中句，見《九家集注杜詩》卷三十二。

〔一六〕此韓愈《除官赴闕至江州寄鄂岳李大夫》詩中句，見《韓昌黎集》卷六。

〔一七〕「包佶」原作「包何」，而此句《包何集》不載。按此包佶《送日本國聘賀使晁巨卿東歸》詩中句，明銅活字《唐五十家集》本《包佶集》載之，又見於《文苑英華》卷二百九十六、《唐詩品彙》卷七十八，今據改。

〔一八〕此孟浩然《南還舟中寄袁太祝》詩中句，見《孟浩然集》卷三，「迴征帆」作「迴征棹」。

〔一九〕此引二句，見《雲溪友議》卷中「衡陽遁」條，全詩今不存。「徐安貞」原誤作「徐安身」，據《雲溪友議》改。

元熊忠《古今韻會舉要》卷二十四：「帆，舟幔也。《廣韻》：『船使風也。』杜詩：『浦帆晨初發。』去聲。韓文《除官赴闕》詩：『無因帆江水。』《左傳·宣十三年》注：『拔斾投衡上，使不帆風。』謂斾之受風，若帆之帆風也。疏云：『帆是扇風之名，今人船上張布鄣風曰帆。』」升庵此條，蓋即據此文而廣之也，其「宣十三年」之誤亦同。

朱萬初墨《丹鉛總録》卷二十一

元有朱萬初，善製墨，純用松煙。蓋取三百年摧朽之餘，精英之不可泯者用之，非常松也。「天曆己巳開奎章閣，揀儒臣親侍翰墨，榮公存初、康里公子山皆侍閣下，以朱萬初所製墨進，大稱旨。得禄食藝文館。」〔一〕虞文靖公贈之詩曰：「霜雪摧殘澗壑非，深根千歲斧斤違。寸心不逐飛煙化，還作玄雲繞紫微。」蓋紀兹事也。又跋其後曰：「近世墨，以油煙易松煙，姿媚而不深重。萬初既以墨顯，又得真定劉法《造墨法》於石刻中，以爲劉之精藝深心，盡在於此，必無誤後世。因覃思而得之。」〔二〕虞文靖又稱：「朱萬初之墨，沉著而無留跡，輕清而有餘潤，其品在郭圯父子間。」〔三〕余嘗謂松煙墨深重而不姿媚，油煙墨姿媚而不深重，若以松脂爲炬取煙，二者兼之矣。若「宋徽宗嘗以蘇合油搜煙爲墨，至金章宗購之，一兩墨價，黄金一斤」〔四〕。欲仿爲之不能。此謂之墨妖可也。

【箋證】

〔一〕朱萬初，豫章人，善製墨。與虞集爲友，蓋元文宗時人也。虞集《道園學古録》卷二十九《贈朱萬初四首》。其第二首云：「珥貂鳴珮入明光，新墨初成進御牀。草野小臣春夢短，猶懷染翰侍君王。」自注云：「天曆己巳，天下大定，中外乂安，天子始作奎章之閣于宮庭之西，日親御翰墨。時榮公存初、康里公子山皆近侍閣下，以朱萬初所製墨進，大稱旨。得禄食藝文之館。」「己巳」原作「乙巳」，據改。蓋文宗元年爲戊辰，在位九年中無乙巳之年也。

〔二〕此虞集《贈朱萬初四首》第一首，其下自注：「近世墨以油烟易松，滋媚而不深重。萬初既以墨顯，得真定劉法石刻墨法。以爲劉之精藝深心，盡在於此，必無誤後世。因覃思而得之。蓋取千百年摧朽之餘，精英之不可泯者乃用之，非常松也。」元陸友撰《墨史》三卷，其卷下記金代製墨名家有劉法，云：「劉法，字彦矩，常山人。善博物，自製墨數品，銘曰『棲神岩造』者，佳品也。楊邦基爲畫《墨史圖》。」

〔三〕自「虞文靖又稱」至「郭圯父子間」，《丹鉛總録》於卷八另作一條，《升庵文集》卷六十六合爲一條，今依其例併入。《道園學古録》卷三十四載《朱萬初製墨序》云：「豫章朱萬初，世儒家，敏文而善藝。得古墨法，至京師頗試作之。相知者一二君子耳。余嘗用之，愛其沉著而無留蹟，輕清而有餘潤，其品在郭坦父子間。」

〔四〕此元無名氏《下黄私記》所記之文，見《説郛》卷三十一。

江蒲《丹鉛總録》卷二十一

《周禮》「汧浦」作「弦蒲」〔一〕、《左傳》「萑浦」作「萑蒲」〔二〕。杜詩：「側生野岸及江蒲。」〔三〕江蒲，江浦也。

【箋證】

〔一〕《周禮·職方氏》：「其澤藪曰弦蒲。」注引鄭司農云：「弦或爲汧，蒲或爲浦。」

〔二〕《左傳·昭公二十年》傳：「澤之萑蒲，舟鮫守之。」

〔三〕此杜甫《解悶十二首》第十一首首句，見《九家集注杜詩》卷三十，趙彦材注云：「江蒲，則自戎僰而下以畝爲蒲，今官私契約皆然，因以押韻。師民瞻本作『江浦』，非是。」

沙海《丹鉛總録》卷二十一

《戰國策》「暉臺之下，沙海之上。」《九域志》有沙海〔一〕。孟浩然《和張三自穰縣還，途中遇雪》詩：「風吹沙海雪，來作柳園春。」〔二〕正是梁地事。

【箋　證】

〔一〕「暉臺之下，沙海之上」，見《戰國策》卷二《東周》。宋鮑彪注曰：「《九域圖》：開封有沙海。」《元豐九域志》卷一「東京開封府」：「赤，開封：六鄉。赤倉一鎮。有汴河、惠民河、通濟渠、浚溝、逢澤、沙海、蓼堤、吹臺。」

〔二〕此引孟浩然詩，見《孟浩然集》卷三。

仲尼登泰山《丹鉛總録》卷十九

《宋景文公筆記》云：「仲尼登泰山，見七十二家字，各不同。」〔一〕其事甚新，但未詳其所出〔二〕。

【箋　證】

〔一〕見《宋景文公筆記》卷中：「學者不讀《説文》，余以爲非是。古者有六書，安得不習？《春秋》『止戈爲武』、『反正爲乏』、『亥二首六身』；《韓子》『八厶爲公』；子夏辨『三豕度河』。仲尼登太山，見七十二家字，皆不同。聖賢尚爾，何必爲固陋哉。」

〔二〕殘宋本董正功《續家訓》卷七：「倉頡有四目，古聖人也。觀鳥跡而爲書，形若科斗，名曰古文。一變而爲奇字。奇字，古文之捷也。奇字又變而爲篆，篆乃奇字之捷也。以至於隸，乃篆之捷也。草乃隸之捷也。自奇字以來，皆因欲捷，擅以私意省添改革，次第變易。其所由來者漸矣，非一人頓能創作。如史籀、程邈，但纂定之而已，不復得倉頡之本旨。篆又有秦篆，强名《倉頡篇》，乃李斯等增改史籀而爲之。至許慎作《說文》，用篆爲正。昔仲尼登泰山見七十二家字，各各不同。許慎《自序》亦曰：『蒼頡之初作書，蓋依類象形，故謂之文，形聲相益，即謂之字。字者，言孳乳而滋多也。迄于五帝三王改易殊體，封於泰山者，七十有二家，靡有同焉。』」蓋孔子所見七十二家字，乃七十二家古帝封禪泰山之文。以古字書未同文，故各各不同也。

吹　蠱《丹鉛總録》卷二十

鮑照《苦熱行》：「含沙射流影，吹蠱痛行暉。」南中畜蠱之家，蠱昏夜飛出飲水，光如曳彗，所謂行暉也。《文選》注：「行暉，行旅之暉。」〔一〕非也。

【箋　證】

〔一〕鮑照《苦熱行》，見《文選》卷二十八。句下李善注曰：「行暉，行旅之光暉也。」

《升庵文集》卷七十有「畜蠱」一條，可與本條互參：「《隋書志》云：『江南之地多蠱，以五月五日聚百種蟲，大者至蛇，小者至蝨，合置器中，令自相啖。因食入人腹内，食其五臟，死則其産移蠱主之家。若盈月不殺人，則畜者自踵其害。累世相傳不絶。自侯景之亂，殺戮殆盡，蠱家多絶。既無主人，故飛游道路之中則殞焉。』今此俗移於滇中，每遇亥夜，則蟲飛出飲水，其光如星，鮑照詩所謂『吹蠱痛行暉』也。予親見之。」

耳衣《丹鉛總録》卷二十

唐人邊塞曲：「金裝腰帶重，錦縫耳衣寒。」〔一〕耳衣，今之暖耳也。

【箋證】

〔一〕此引李廓《送振武將軍》詩中句，見《文苑英華》卷三百。《才調集》卷一所載，「錦縫」作「鐵縫」。李廓，隴西成紀人，唐宗室子。元和十三年登進士第。大和中，歷官至刑部侍郎。出爲武寧軍節度使，軍亂被逐。大中末，復爲觀察使，卒。

余知古論退之文《丹鉛總録》卷十八

唐人余知古《與歐陽生論文書》云：「韓退之作《原道》，則崔豹《答牛亭書》；作《諱辯》，則張昭《論舊名》；作《毛穎傳》，則袁淑《大蘭王九錫》；作《送窮文》，則揚子雲《逐貧賦》。」〔一〕

【箋證】

〔一〕此條全録自宋釋契嵩《鐔津文集》卷十九《非韓下》第二十一。其後尚有「作《論佛骨表》，則劉書《諍齊王疏》」一段。「牛亨」，《鐔津文集》作「牛享」，檢崔豹《古今注》卷下「問答釋義第八」有牛亨、崔豹問答多條，則當以作「牛亨」爲是。「張昭」原作「張詔」，據《鐔津文集》改。《三國志》卷五十二《張昭傳》裴松之注録張昭「論舊君名諱」之文，當即此所謂《論舊名》也。

老子論性《丹鉛總録》卷十八

《文子》引《老子》曰：「人生而靜，天之性也。感物而動，性之欲也。」〔一〕漢儒取入《禮記》，遂爲經矣。若知其出於老氏，宋儒必洗垢索瘢，曲爲譏評。但知其出於經，則護持交讚，此亦矮人之觀場也。文如「澹泊明志，寧靜致遠」，本出於《淮南子》，而諸葛稱之〔二〕。若儒者知其劉安語，將坐睡唾去也。

【箋　證】

〔一〕今本《老子》無此四句，見於《禮記·樂記》，又見《文子·原道篇》。

〔二〕諸葛亮《誡子書》「非淡泊無以明志，非寧靜無以致遠」，出《淮南子·主術訓》，原文作：「非澹薄無以明德，非寧靜無以致遠。」明鄧伯羔《藝彀》卷中「淮南子語」條云：「《淮南子》『非澹漠無以明德，非寧静無以致遠』，孔明用之，更『明德』爲『明志』，殊勝。心欲小而志欲大，智欲員而行欲方，能欲多而事欲鮮。」

邵公批語《丹鉛總録》卷十九

先太師戊戌試卷，出舉子蹊逕之外。考官邵公名暉批云：「奇寓於純粹之中，巧藏於和易之内。」當時以爲名言。後觀《龍川集》，乃知是陳同甫作論法也〔一〕。先輩讀書博且精，不似後生之束書不觀，游談無根也。因書之家乘。

【箋　證】

〔一〕陳亮《龍川集》卷十六《書作論法》：「大凡論不必作好語言，意與理勝，則文字自然超衆。故大手之文，不爲詭異之體，而自然宏富；不爲險怪之辭，而自然典麗。奇寓於純粹之中，巧藏於和易之内。不善學文者，不求高於理與意，而務求於文彩辭句之間，則亦陋矣。」明陳霆《兩山墨談》卷十一亦取陳亮此論，敷衍作文以理順意達勝，而不必巧飾文辭之説。此足見「當時以爲名言」，的非虚語也。

角妓垂螺《丹鉛總録》卷十九

張子野詞：「垂螺近額，走上紅裀初趁拍。」〔一〕晏小山詞：「雙螺未學同心綰，已占歌名。月白風清，長倚昭華笛裏聲。」又云：「紅窗碧玉新名舊，猶綰雙螺。一寸秋波，千斛明珠覺未多。」〔二〕「垂螺」、「雙螺」，蓋當時角妓未破瓜時額飾，今搬演旦色，猶有此制〔三〕。

【箋　證】

〔一〕此張先《減字木蘭花》詞中句，見曾慥《樂府雅詞》卷上。

〔二〕此引晏幾道二詞，均《採桑子》上闋，見《小山詞》。第二首「千斛」作「一斛」。

〔三〕《詞品》卷二有「角妓垂螺」條，與此略同，「旦色」原作「淡色」，據改。

明張萱《疑耀》卷五「女兒把子」條：「今江南女兒未破瓜者，額前髮縛一把子，即張子野詞『垂螺近額』、晏小山詞『雙螺未學同心結』。垂螺、雙螺，即把子也。」此可備一説。

回飆撾《丹鉛總録》卷十八

《語林》云：「王敦嘗坐武昌釣臺，聞行船打鼓，嗟稱其能。俄而一槌小異，敦以扇柄撞几曰：『可恨。』時王應侍側，曰：『不然，此是回飆撾。』使視之，云：『船人入夾口。』應知鼓又善於敦也。」〔一〕予舊有《江行》詩云：「回飆移鼓摻，策杖送拏音。」蓋用此事。下句用《莊子·漁父》事〔二〕。

【箋　證】

〔一〕此見《世説新語·豪爽第十三》「王大將軍年少」一段段末注，原文云：「或曰敦嘗坐武昌釣臺，聞行船打鼓，嗟稱其能。俄而一槌小異，敦以扇柄撞几，曰：『可恨！』應侍側曰：『不然，此是回颿撾。』使視之，云：『船人入夾口。』應知鼓又善於敦也。」注未云所出，升庵以爲劉孝標注多引晉裴啓《語林》，故於文加「《語林》云」三字。然余嘉錫《世説新語箋疏》據宋汪藻《世説新語序録》之「考異」，謂此注乃宋人取唐人敬胤之注羼入者，非劉孝標原注。其説甚是，「《語林》云」三字當删。明周嬰《巵林》卷一「深公」條亦云：「孝標注多爲敬胤者所淆，敬胤蓋唐人。」明何良俊《何氏語林》卷二十三「術解」下録此文，則無「《語林》云」三字，其文末何氏注云：「世云敦善識鼓節，則應識鼓，又善於敦也。《晉陽秋》曰：『王應字安期，含子也。敦無子，養爲嗣，以爲武衛將軍，用爲副貳。伏誅。』」

〔三〕《莊子・漁父》：孔子問道於漁父，漁父「方将杖拏而引其船，顧見孔子，還鄉而立。」拏，船篙。

宋人多議論可厭《丹鉛總録》卷十九

宋人議論多而成功少，元人評之當矣〔一〕。且以一事言之。張君房謂「藝祖受禪，歲在庚申。庚者金也，申亦金位，當爲金德」。謝絳謂「作京於汴，天下中樞，當爲土德」〔二〕。程伊川謂「唐爲土德，故無河患，宋爲火德，故多水患」〔三〕。甚矣宋人之饒舌也，其君之厭聽也宜哉。

【箋證】

〔一〕《宋史》卷一百七十三《食貨上》：「宋臣於一事之行，初議不審，行之未幾，即區區然較其失得，尋議廢格。後之所議，未有以瘉於前，其後數人者，又復訾之如前。使上之爲君者，莫之適從，下之爲民者，無自信守。因革紛紜，是非貿亂，而事弊日益以甚矣。世謂儒者論議多於事功，若宋人之言食貨，大率然也。」此升庵所謂元人之評。

〔二〕《宋史》卷七十《律曆志三》：大中祥符三年，開封府功曹參軍張君房上言曰：「太祖禪周之歲，歲在庚申。夫庚者金也，申亦金位。納音是木。蓋周氏稱木，爲二金所勝之象也。太宗登極之後，詔開金明池於金方之上，此誰啟之？乃天之靈符也。」天禧四年，光禄寺丞謝絳上書曰：「夫五行定位，土德居中。國家飛運于宋，作京于汴，誠萬國之中區矣。」

〔三〕程伊川語，見宋朱熹編《二程遺書》卷十九：「五德之運，卻有這道理。……唐是土德，便少河患。本朝火德，多水災，蓋亦有此理。」

批　頰《丹鉛總録》卷二十

唐盧延遜詩：「樹上諮諏批頰鳥，窗間壁剥叩頭蟲。」〔一〕王半山詩：「翳林窺摶黍，藉草聽批頰。」〔二〕元人送春詩：「批頰穿林叫新緑。」〔三〕韓致光《春恨》詩云：「殘夢依依酒力餘，城頭批頰伴啼烏。平明乍捲西樓幕，院靜初聞放轆轤。」〔四〕批頰，蓋鳥名，但不詳爲何形狀耳。或曰即鵯鵊也。催明之鳥，一名夏雞，俗名隔蹬雞〔五〕。

【箋證】

〔一〕此盧延讓詩殘句，見宋楊億《楊文公談苑》。《唐詩紀事》卷六十五「盧延讓」下亦引之，題作《冬夜》，「壁剥」作「壁駮」。「延遜」即「延讓」，宋避英宗父濮安懿王允讓諱，改「讓」作「遜」。

〔二〕此王安石《再用前韻寄蔡天啟》詩中句，見《臨川先生文集》卷二。摶黍，即黄鳥。《爾雅·釋鳥》注：「黄鳥，俗呼黄離留，亦名摶黍。」

〔三〕此元杜瑛《留春曲》詩中句，見元蘇天爵《元文類·國朝文類》卷四，「穿林」作「深林」。清顧嗣立編《元詩選二集》，則收入甲集「神川遯士劉祁」名下。

〔四〕韓偓，字致光，京兆萬年人。登龍紀元年進士第。昭宗時官至兵部侍郎，翰林學士承旨。《唐書》有傳。此詩見《韓内翰别集》，「批頰」作「鞞頰」。《唐詩紀事》卷六十五「韓偓」下載此詩，「批頰」作「畫角」。

〔五〕《本草綱目》卷四十九「伯勞」條附録「鵧鳩」云：「時珍曰：鵧鳩，《爾雅》名鵧鷑，音批及；又曰鵖鴔，音匹汲，戴勝也。一曰鵯鵊，訛作批鵊鳥。羅願曰：即祝鳩也。江東謂之烏臼，音匊；又曰鴉鵯，小于烏，能逐烏。三月即鳴，今俗謂之駕犁，農人以爲候。五更輒鳴，曰架架格格，至曙乃止，故滇人呼爲榨油郎。亦曰鐵鸚鵡，能啄鷹鶻烏鵲，乃隼屬也。南人呼爲鳳凰皂隸，汴人呼爲夏雞。古有催明之鳥，名唤起者，蓋即此也。其鳥大如燕，黑色，長尾有歧，頭上戴勝。所巢之處，其類不得再巢，必相鬭不已。楊氏指此爲伯勞，乃謂批頰爲鵰雞，俱誤矣。」

李白帖《丹鉛總録》卷十八

眉州象耳山有李白留題云：「夜來月下卧醒，花影零亂，滿人襟袖，疑如濯魄於冰壺也。李白書。」今有石刻存〔一〕。又見《甲秀堂帖》〔二〕。

【箋證】

〔一〕宋祝穆《方輿勝覽》卷五十三「眉州」：「象耳山，在彭山縣。有楊祐甫《十事記》：一曰象耳山；二曰彭祖宅；三曰大悲道場；四曰寶現、磨鍼二溪；五曰太白書臺，有石刻太白留題云『夜来月下卧醒，花影零亂，滿人襟袖，疑如濯魄於冰壺也』；六曰師俉、志栖二大士會昌寺；七曰薛、范二詩；八曰龍池、蝌泉；九曰千歲松柏；十曰石恪畫護法身。」

〔二〕明吴寬《家藏集》卷五十四《跋甲秀堂帖》云：「此《甲秀堂帖》也，舊刻於廬山陳氏。内有周《石鼓文譜》、秦《泰山詔譜》并《權銘》《量銘》、漢鄧隲《討羌竹簡》、隋煬帝《序曹子建帖》、晉王右軍《荀侯帖》、唐歐陽率更、顔魯公《倣右軍帖》、魯公《祭稿》、懷素帖、李太白《醉稿》、白文公詩、宋司馬文正公銘、蘇東坡手簡、黄山谷詩諸刻。」所云「李太白《醉稿》」，當即此也。

李耆卿評文《丹鉛總録》卷十八

李耆卿評文云：「韓如海，柳如泉，歐如瀾，蘇如潮。」〔一〕余謂此評極當，但謂「柳如泉」未允，易「泉」以「江」可也。耆卿名塗，臨川人，朱子門人之門人也。所著有《古今文章精義》，與陳騤《文則》識趣相仿佛云〔二〕。

【箋證】

〔一〕此引文見元至順三年于欽刊本李耆卿《文章精義》。《四庫全書總目提要》云：「是書世無傳本，諸家書目亦皆不載。惟《永樂大典》有之，但題曰李耆卿，而不著時代，亦不知耆卿何許人。考焦竑《經籍志》，有李塗《文章精義》二卷，書名及李姓皆與此本相合，則耆卿或塗之字歟？載籍無徵，其爲一爲二，蓋莫之詳矣。」升庵此說，當可解《四庫提要》撰者之疑。《四庫提要》又云：「世傳『韓文如海』、『蘇文如潮』、及『春蠶作繭』之説，皆習用而昧其出處，今檢核斯語，亦具見於是書。」則可見是書於後世之影響亦復不小。

〔二〕陳騤，字叔進，宋台州臨海人。紹興二十四年進士第一，官至知樞密院事，參知政事。著有《文則》一卷。專論文法修辭之書，自劉勰《文心雕龍》之後，此書當推爲第一。

抛堶擊壤《丹鉛總録》卷十八

宋世寒食有抛堶之戲，兒童飛瓦石之戲，若今之打瓦也。梅都官《禁煙》詩：「窈窕踏歌相把袂，輕浮賭勝各飛堶。」〔一〕堶，七禾切。或云起於堯民之擊壤〔二〕。

【箋　證】

〔一〕此梅聖俞《依韻和禁煙近事之什》詩中句，見《宛陵先生集》卷四十六。又梅集卷六又有《奉陪覽秀亭抛堶》詩云：「聊爲飛礫戲，愈切愈紛如。自是取勢闊，非關用意疎。悞驚花鳥起，亂破錦苔初。童指拾將秃，多慙賈勇餘。」

〔二〕《太平御覽》卷五百八十四引周處《風土記》曰：「壤者，以木作之，前廣後鋭，長一寸餘。其形如履節，僮少以爲戲也。堯時有八九十老人，擊而歌曰：『日出而作，日入而息。鑿井而飲，耕田而食。帝力何有於我哉！』」升庵説蓋據此。《太平御覽》卷七百五十五又引《藝經》曰：「擊壤，古戲也。」「壤以木爲之，前廣後鋭，長尺四，闊三寸，其形如履。將戲，先側一壤於地，遥於四十三步，以手中壤敲之，中者爲上。」

杜詩天棘《丹鉛總録》卷二十一

杜詩：「江蓮摇白羽，天棘蔓青絲。」〔一〕鄭樵云：「天棘，柳也。」〔二〕此無所據，杜撰欺人耳。且柳可言絲，只在初春。若荼瓜留客之日，江蓮白羽之辰，必是深夏，柳已老葉濃陰，不可言絲矣。若夫蔓云者，可言兔絲、王瓜，不可言柳。此俗所易知。天棘非柳明矣。按《本草索隱》云：「天門冬，在東嶽名淫羊藿，在南嶽名百部，在西嶽名管松，在北嶽名顛棘。『顛』與『天』，聲相近而互名也。」〔三〕此解近之。

【箋證】

〔一〕此杜甫《巳上人茅齋》詩中句，見《九家集注杜詩》卷十八，「蔓」字或作「夢」字。羅大經《鶴林玉露》卷十云：「譚浚明嘗爲余言：『此出佛書：終南長老入定，夢天帝賜以青棘之香。蓋言江蓮之香，如所夢天棘之香爾。此詩爲僧齊己賦，故引此事。』余甚喜其說，然終未知果出何經。近閲葉石林《過庭録》，亦言此句出佛書，則浚明之言宜可信。」按：宋人注杜，解「天棘」者衆，或以天棘爲柳；或以天棘爲顛棘，即天門冬；或以爲天棘出佛書。故升庵於此辨之。升庵《杜詩選》録此詩亦云：「《學林新編》云：『天門冬，一名天棘。其苗蔓生，好纏竹木上，葉細如青絲。』鄭樵以爲柳，妄說無據也。」

〔二〕鄭樵《通志》卷七十六《昆蟲草木略第二》「木類」：「柳之類亦多。柳曰天棘，南人呼爲楊柳。楊與柳實兩種，《說文》：楊，蒲柳也。柳，小楊也。」按：惠洪《冷齋夜話》云：「王仲至言老杜詩『江蓮搖白羽，天棘蔓青絲』，天棘非烟雨，自是一種物，曾見于一小說，今忘之。高秀實曰：『天棘，天門冬也，一名顛棘，非天棘也。』王元之詩：『曰水芝卧玉腕，天棘舞金絲。』則天棘蓋柳也。」則以「天棘」爲柳，不始於鄭樵也。

〔三〕晉葛洪《抱朴子内篇》「仙藥」云：「天門冬，或名地門冬，或名莚門冬，或名巔棘，或名淫羊食，或名管松。」唐孫思邈《備急千金要方》卷八十二：「天門冬，生奉高山谷，在東嶽名淫羊食，在中嶽名天門冬，在西嶽名管松，在南嶽名百部，在北嶽名無不愈，在原陸山阜名顛棘。雖然處處有之異名，其實一也。」升庵引「淫羊藿」，當爲「淫羊食」之誤。淫羊藿，又名仙靈脾，别是一藥也。然此誤非自升庵，《通志》卷七十五《昆蟲草木略二》「草類」即誤作「淫羊藿」矣。

門外猧兒《丹鉛總録》卷二十

「門外猧兒吠，知是蕭郎至。剗襪下香階，冤家今夜醉。扶得入羅幃，不肯脱羅衣。醉則從他醉，猶勝獨睡時。」〔一〕此唐人小辭。前輩言觀此可知詩法，或以問蒼山，曰：「只是轉折多。」蓋八句而四轉折也〔二〕。

【箋證】

〔一〕此詩録自宋陳模《懷古録》卷中，「知是蕭郎至」作「知蕭郎來至」，「香階」作「芳階」，「羅帷」作「羅幃」，「獨睡」作「獨眠」。原書無題，升庵《詞品》卷一以爲唐人《醉公子》詞。《百琲明珠》卷一録之，「剗襪」作「含笑」。

〔二〕升庵此説全出《懷古録》。「蒼山」原作「子蒼」，據明《説集》鈔本《懷古録》校改。升庵此云

「八句而四轉折」，而原書實云「五轉」，其於此詞後云：「此唐人詞也，前輩謂此可以悟詩法。或以問蒼山，蒼山曰：『此只是轉多。且如喜其至，剗襪下階，是一轉矣。而苦其今夜醉，又是一轉；喜其入羅幃，又是一轉；不肯脱羅衣，又是一轉；後兩句自開釋，又是一轉。』」升庵實非不知此，蓋其謂「此詞又名《四换頭》，因其詞意四换也」（見《詞品》），若云「五轉」，則不合矣。陳模，字子宏，號月庭，宋江西廬陵人，生平仕履無考。所著《懷古録》三卷，成於宋理宗寶祐二年。曾原一爲之序，有云：「予少時嘗與南塘趙公論詩，公云：『在顓意者，詩不博取他書，間取之，得片語，躍然喜而成篇。養之未及熟，鍊之未及精，終氣味淺薄，由發用太匆爾。』原一佩師訓，自力三十年，雖未造精熟，每於摛丈厲事，必以發用匆卒戒。余期宏者大，用以南塘告原一者爲宏告：『百步一尺，子弁矣。』宏曰：『唯。是又吾録所未及者，請以是説冠其首。』」據此，知曾原一年輩長於陳模，模師事之，故每稱其號。曾原一，字子實，號蒼山，宋江西寧都人，紹定四年領鄉薦，爲戴復古江湖吟社中人，有《蒼山詩集》。升庵此引，改「蒼山」作「子蒼」，誤以所論者爲韓駒。蓋以《懷古録》作者陳模，爲宋慶元中另一陳模字中行者。以其人年輩長於原一，不應敬呼「蒼山」，故改「蒼山」爲「子蒼」也。其人字中行，泉州永春人，慶元二年進士。歷官秘書省正字、國史院編修兼實録院檢討官，嘉定二年除校書郎。著有《東宫備覽》六卷，今存。又：子蒼，韓駒字，四川仙井人，徽宗政和中召賜進士出身。升庵好標舉川人，改「蒼山」爲「子蒼」，或其故弄玄虚，亦未可知也。

雨粟鬼哭《丹鉛總録》卷十八

王充嘗辯「雨粟鬼哭」之妄云：「河圖洛書，聖明之瑞應也。倉頡之制文字，天地之出圖書，何非何惡，而令天雨粟、鬼夜哭哉？使天地鬼神惡人有書，則其出圖書非也。」〔一〕此乃正論。《漢書》、緯書又云：「兔夜哭，謂憂其毫將爲筆也。」〔二〕堪一笑。

【箋　證】

〔一〕「雨粟鬼哭」，《論衡》卷五《感虚篇》：「夫河出圖，洛出書，聖帝明王之瑞應也。圖書文章，與倉頡所作字畫何以異？天地爲圖書、倉頡作文字，業與天地同，指與鬼神合。何非何惡，而致雨粟神哭之怪？使天地鬼神惡人有書，則其出圖書非也。天不惡人有書，作書何非，而致此怪？」

〔二〕《淮南子》卷八《本經訓》云：「昔者蒼頡作書，而天雨粟，鬼夜哭。」高誘注云：「蒼頡始視鳥跡之文，造書契，則詐僞萌生。詐僞萌生，則去本趨末，棄耕作之業，而務錐刀之利。天知其將餓，故爲雨粟；鬼恐爲書文所劾，故夜哭也。『鬼』或作『兔』。兔恐見取毫作筆，害及其軀，故夜哭。」《漢書》及注皆無此。

軋軋鴉《丹鉛總録》卷二十一

杜牧《登九峰樓》詩：「白頭搔殺倚柱遍，歸棹何時軋軋鴉。」[一]軋軋鴉，棹聲也。按《樊川集》，「歸棹」句實作「歸棹何時聞軋鴉。」[二]

【箋　證】

[一]杜牧《登九峰樓》詩，見《樊川文集》外集，「搔殺」作「搔屑」，「軋軋鴉」作「聞軋鴉」。

[二]此注乃丁福保所加，非升庵原注。

青精飯《丹鉛總録》卷二十一

杜詩：「豈無青精飯，使我顏色好。」[一]青精，一名南天燭，又曰墨飯草，以其可染黑飯也，道家謂之青精飯。故《仙經》云：「服草木之王，氣與神通；食青燭之津，命不復隕。」[二]謂此也。

【箋　證】

[一]此杜甫《贈李白》詩中句，見《九家集注杜詩》卷一。

[二]諸家注杜，皆引《陶隱居登真隱訣》以釋「青精飯」。《登真隱訣》之文，今見《太平御覽》卷六百七十一。其中所謂「太極真人神方」，即《雲笈七籤》卷七十四所載《青精乾石䭀飯上仙靈方》

也。鄭樵《通志》卷七十六《昆蟲草木略第二》云：「南燭，曰烏草，曰猴藥，曰男續，曰後草，曰維那木，曰黑飯草，以其可染黑飯也，道家謂之青精飯。亦曰牛筋，言食其飯，則健如牛筋也。吳越名猴菽，又名染菽，亦名文燭，經冬不凋，春夏採枝莖，秋冬採根。此木類而叢生，高三五尺，亦似草，故號爲南燭。《草木圖經》云：人家多植於庭院間，俗謂之南天燭。其實如梧桐子，勻圓黑色，九月熟，兒童食之極美。今茅山道士採其嫩葉染飯，謂之烏飯，甚甘香，可以寄遠。杜詩云：『豈無青精飯，使我顏色好。』謂食此能變白駐顏。故《仙經》云：『子服草木之王，氣與神通；子食青燭之津，命不復殞。』並謂此也。」升庵蓋據此爲説。「王」原作「正」，據《雲笈七籤》、《太平御覽》及《通志》改。「青精一名南天燭」句，「精」下原衍一「飯」字，據《升庵文集》卷六十九删。

青嵐帚《丹鉛總録》卷十九

陳陶《詠竹》詩：「青嵐帚亞思君祖，緑潤偏多憶蔡邕。」〔一〕陳張君祖《竹賦》：「青嵐運帚，碧空掃煙。」蔡邕《竹贊》云：「緑潤碧鮮，紺文紫錢。」

【箋　證】

〔一〕此陳陶《竹》詩五首之第四首中句，見《文苑英華》卷三百二十五，「君祖」作「吾祖」。所引張君祖、蔡邕文未知所出，待查。

妾魚《丹鉛總録》卷二十一

古者一國嫁女，同姓二國媵之〔一〕。《儀禮》有媵爵，謂先飲一爵，後二爵從之也〔二〕。《楚辭》：「魚鱗鱗兮媵予。」〔三〕江海間有魚，游必三，如媵隨妻，先一後二，人號爲婢妾魚。唐詩：「江魚群從稱妻妾，塞雁聯行號弟兄。」〔四〕

【箋證】

〔一〕《詩·召南·江有汜》序：「江有汜，美媵也。」陸德明《音義》云：「古者諸侯娶夫人，則同姓二國媵之。」

〔二〕媵爵，諸侯宴賓，主人行酒畢，命二大夫再獻，謂之媵爵。見《儀禮·燕禮》。媵，陪送也。

〔三〕「波滔滔兮來迎，魚鱗鱗兮媵予」，見《楚辭·九歌·河伯》。

〔四〕宋羅願《尔雅翼》卷二十九：「鱖歸似鯽而小，黑色而揚赤，今人謂之旁皮鯽，又謂之婢妾魚。蓋其行以三爲率，一頭在前，兩頭從之，若媵妾之狀，故以爲名。」此引詩句，乃白居易《禽蟲十二章》詩中句。見《白氏長慶集》卷三十七，詩末注云：「江沱間有魚，每游輒三，如媵隨妻，一先二後，土人號爲婢妾魚。」

清吴景旭《歷代詩話》卷八云：「吴旦生曰：詞人率多影略字，升庵鑿鑿引據，便多事。如比目曰鰈、比翼曰鷁，比肩曰鰜，義形配偶，取其意可也。『鱗鱗媵予』，魚之取象於人也；貫魚以寵，人之取象於魚也。其義一也，惡得泥跡以求之哉。」

金雌詩《丹鉛總録》卷十八

晉末桓玄之亂，有《金雌詩讖》曰：「雲出而雨漸欲舉，短如之何乃相阻。交哉亂也當何所，惟有隱巖植禾黍，西南之朋困桓父。」雨雲者，玄字也。短者，祚短也。蓋桓玄滅亡之兆。又云：「大火有心水抱之，悠悠百年是其時。」「火，宋之分野；水，宋之德也。」〔一〕「金雌」不知何語，亦如「赤伏符」之類耳〔二〕。後考《隋書·經籍志》，郭文著《金雄記》、《金雌詩》。〔三〕

【箋　證】

〔一〕《宋書》卷二十七《符瑞志上》：「《金雌詩》云：『大火有心水抱之，悠悠百年是其時。』火，宋之分野；水，宋之德也。《金雌》詩又曰：『云出而兩漸欲舉，短如之何乃相岨。交哉亂也當何所？唯有隐巖殖禾黍，西南之朋困桓父。』『兩云』，玄字也；『短』者，云祚短也。巖隱不見，唯應見谷，殖禾谷邊，則聖諱炳明也。《易》曰『西南得朋』，故能困桓父也。」此引文改「兩」、「兩云」作「雨」、「雨雲」，或升庵所爲。

〔二〕「赤伏符」，劉秀受命之讖。《後漢書》卷一上《光武帝紀上》：「光武先在長安時，同舍生彊華自關中奉《赤伏符》曰：『劉秀發兵捕不道，四夷雲集龍鬭野，四七之際火爲主。』」

〔三〕《隋書》卷三十二《經籍志一》記亡佚之書有「郭文《金雄記》一卷」，無《金雌記》之記載。宋鄧牧《洞霄圖志》卷五《人物門·晉靈曜郭真君》云：「郭文，字文舉，河内軹人。……《吴地記》載先生嘗坎木書之，上曰《金雄記》，下曰《金雌記》，蓋讖晉祚也。」此上爲升庵自注。

金魚金龜《丹鉛總録》卷二十一

佩魚，始於唐永徽二年，以「鯉」爲「李」也。武后天授元年，改佩龜，以「玄武」爲「龜」也〔一〕。杜詩「金魚换酒來」〔二〕，蓋開元中復佩魚也。李白《憶賀知章》詩「金龜换酒處」〔三〕，蓋白弱冠遇賀知章，尚在中宗朝，未改武后之制。

【箋　證】

〔一〕升庵此説，所據《舊唐書·五行志》也。《舊唐書》卷三十七《五行志》：「上元中爲服令，九品已上佩刀礪等袋，紛帨爲魚形，結帛作之。爲魚，像鯉强之意也。則天時，此制遂絶。景雲後，又佩之。」又，卷六《則天皇后紀》：睿宗載初元年「九月九日壬午，革唐命，改國號爲周，改元爲天授。……改内外官所佩魚並作龜。」又，卷四十五《輿服志》：「神龍元年二月，内外官五品已上依舊佩魚袋。」

〔二〕此《陪鄭廣文游何將軍山林》十首之第五首中句，見《九家集注杜詩》卷十八。

〔三〕此李白《對酒憶賀監二首》第一首中句，見《李太白文集》卷二十一。

季札墓碑《丹鉛總録》卷十八

陶潛《季札贊》曰：「夫子戾止，爰詔作銘。」〔一〕謂題季子有《吴延陵君碑》也。此可證其爲古無疑。秦觀疑其出於唐人，未考《陶集》乎〔二〕？

【箋證】

〔一〕《季札贊》，今《陶淵明集》未見。《藝文類聚》卷三十六載劉宋范泰《吴季子札贊》，文云：「延州高遠，棄國帥誠。優游大邑，觀風上京。仁懷邦壤，道暢聖明。鑒徹昔代，樂察未形。嬴博遠死，解劍在生。夫子戾止，爰詔作名。」或升庵記誤。

〔二〕秦觀《淮海集》卷三十五《仲尼書》：「魯司寇仲尼書者，吴季子墓銘也。銘在季子墓上，其字皆徑尺餘。唐張從紳記云：『舊本湮滅，開元中玄宗命殷仲容摹榻其書以傳。至大曆中，蕭定又刻於石。』此小字者，蓋後人依効爲之者也。歐陽文忠公謂孔子平生未嘗至吴，以《史記世家》考之，其歷聘諸侯，南不逾楚。推其歲月，蹤跡未嘗過吴，不得親銘季子之墓。又其字特大，非古簡牘所容。然則，季子墓銘，其真者猶疑非仲尼書，又況依倣爲之者歟！」秦觀此論，乃疑其非孔子書，未言其出唐人也。

季　隨《丹鉛總録》卷二十一

蕭穎士《蒙山》詩：「子尚捐俗紛，季隨躡遐軌。」〔一〕季隨，即周八士中一人也〔二〕。蒙山有季隨隱跡事，未知所出，亦奇聞也。

【箋　證】

〔一〕《唐詩品彙》卷十七載蕭穎士此詩，題作《蒙山作》。「子尚」，丁福保本《升庵詩話》改作「予尚」，誤。

〔二〕《論語·微子》：「周有八士：伯達、伯适、仲突、仲忽、叔夜、叔夏、季隨、季騧。」陸德明《經典釋文》卷二十四《論語音義》云：「周有八士，鄭云成王時，劉向、馬融皆以爲宣王時。」升庵《丹鉛總録》卷十有「八士考」，以八士爲南宫氏，成王時人。

桂　子《丹鉛總録》卷二十一

劉績《霏雪録》載杭州靈隱寺月中墜桂子事〔一〕，似涉怪異。余按《本草圖經》云：「江東諸處，多於衢路間拾得桂子，破之辛香。古老相傳，是月中下也。不知北地何以獨無焉，寧非月路耶？餘杭靈隱寺僧云種得一株，近代詩人多所論述。《漢武洞冥記》云：『有遠飛雞，朝往夕還，常銜桂實，歸於南土。』所以北方無之。南方月路，固宜有也。」〔二〕月路之説尤怪異，漫志之。白樂天詩：「偃蹇月中桂，結根依青天。天風繞月起，吹子下人間。」〔三〕自注云：「杭州天竺寺有月中桂子。」〔四〕

【箋　證】

〔一〕月中墜桂子事，《霏雪録》卷上記云：「杭州天竺寺，人傳每歲秋中，嘗有月桂子墮。」升庵此引作「靈隱寺」，蓋偶然記誤。

〔二〕宋唐慎微《證類本草》卷十三云：「今江東諸處，每至四五月後晦，多於衢路間得之，大如狸豆，破之辛香。古老相傳，是月中下也。……今江東處處有，不知北地何意獨無？爲當非月路耶？月感之矣。餘杭靈隱寺僧云種得一株，近代詩人多所論述。《漢武洞冥記》云：『有遠飛雞，朝往夕還，常銜桂實，歸於南土。』所以北方無。南方月路，所以有也。」「不知北地何意獨無」句，「北地」原誤作「當地」，今據《證類本草》改。

〔三〕此白居易《潯陽三題》中《廬山桂》詩首四句，見《白氏長慶集》卷一。

〔四〕此「自注」非本條所引白氏詩之注，乃其《東城桂三首》第一首詩末注，見宋本《白氏長慶集》卷二十四。其詩云：「子墮本從天竺寺，根盤今在闔閭城。」下注云：「舊説杭州天竺寺，每歲秋中有月桂子墮。」

郝仙女廟詞《丹鉛總録》卷二十

博陵縣有郝仙女廟。仙女，魏青龍中山人，年及笄，姿色姝麗，採蘋水中，蒼煙白霧，俄失其所在。母哀求水濱，願言一見。良久，異香襲人，隱約於波渚間曰：「兒以靈契，托跡綃宫，陰主是水府。世緣已斷，毋用悲悒。而今而後，使鄉梓田疇歲宜，有感而通，乃爲吾驗。」後人立廟焉〔一〕。而有題《喜遷鶯》詞於壁云：「汀州蘋滿。記翠籠采采，相將鄰媛。蒼渚煙生，金支光爛，人在霧綃鮫館。小鬟頓成雲散。羅襪淩波不見。翠鸞遠，但清溪如鏡，野花留靨。　情睠。驚變現。身後神功，緣就吴疇繭〔二〕。漢女菱歌，湘妃瑶瑟，春動倚雲層殿。彤車載花一色，醉盡碧桃清宴。故山晚，歎流年一笑，人間飛電。」

【箋　證】

〔一〕元王惲《秋澗集》卷七十五載《喜遷鶯》三首，其第二首「題聖姑廟」有序云：「仙姓郝氏，博陵縣會渦里人。里去滱水甚邇，水多蘋蘩蘭茝。仙年方笄，姿態殊麗，嘗同女郎輩採蘋溪中，樂而忘返。一日欻蒼煙盛起，白晝異色，龍淵鮫室，金支光爛，飄飄然有波神泝流而上。衆姝驚散，仙獨留不去。遥見與神顧語，乘碧茵同逝。俄煙開日晶，遂失所在。其母哀求水濱，願言一見。良久，覺異香襲人，仙霧鬟風馭，隱約於波渚間，若有以謝曰：『兒以靈契，託跡綃宫，陰主是水。塵緣已斷，毋庸悲悒。今而後，使鄉梓田蠶歲宜，有感而通，乃爲吾驗。』時魏青龍二年也。後人相與館仙於博陵城，臺制甚宏麗。縣教諭李曜告余如此。今燕趙間合竈日，香火趨祀者，所至風動，以孝感聖姑稱云。至元庚辰夏四月，按部至縣，喜其事甚異，爲民禱蠶祠下，以仙吕命曲，庶爲迎送神辭，俾邦人歲時歌以祀焉。」其辭即下引《喜遷鶯》詞。此升庵所本。

〔二〕「緣就」，《秋澗先生集》作「緑滿」。

郝經論書《丹鉛總録》卷十八

郝陵川論書云：「太嚴則傷意，太放則傷法。」又云：「心正則氣定，氣定則腕活，腕活則筆端，筆端則墨注，墨注則神凝，神凝則象滋。無意而皆意，不法而皆法。」〔一〕皆名言也。凡元人評書畫皆精當，遠勝宋人。

【箋　證】

〔一〕郝經，字伯常，元陵川人。官至翰林侍讀學士，贈昭文館大學士、榮禄大夫。追封冀國公，謚文忠。著《續後漢書》，爲學人所重。事跡具《元史》本傳。有《陵川集》四十卷，今存。此引文見《陵川集》卷二十《叙書》。

幽　陽《丹鉛總録》卷二十

陳子昂詩：「微月生西海，幽陽始化昇。」〔一〕月本陰也，而謂之幽陽。三五，陽也，而平明已缺。此語亦道家説「坎爲月，而中滿」〔二〕、「女本陰也，而爲嬰兒」之理也。《國語》亦云：「女，陽物而晦時。」〔三〕

【箋　證】

〔一〕此陳子昂《感遇詩》三十八首之第一首，詩云：「微月生西海，幽陽始化昇。圓光正東滿，陰魄已朝凝。太極生天地，三元更廢興。至精諒斯在，三五誰能徵。」

〔二〕「離爲日，坎爲月」、「離中虛，坎中滿」，此言《易》者之常言。

〔三〕《左傳·昭公元年》傳：「女，陽物而晦時。淫，則生内熱惑蠱之疾。」杜預注：「女常隨男，故言陽物。家道常在夜，故言晦時。」升庵以爲出《國語》，誤。

神　瀵《丹鉛總録》卷二十

陳希夷詩：「倏爾火輪煎地脈，愕然神瀵湧山椒。」「神瀵」出《列子》，即《易》所謂「山澤通氣」、《參同契》所謂「山澤氣相蒸，興雲而爲雨」是也〔一〕。地理書「沃焦」、「尾閭」〔二〕，皆此理耳。

【箋　證】

〔一〕《列子》卷五《湯問》：「當國之中有山，山名壺領，狀若甔甀。頂有口，狀若員環，名曰滋穴。有水涌出，名曰神瀵。臭過蘭椒，味過醪醴，一源分爲四埒，注於山下。」元俞琰《易外别傳》：「《易》曰：『山澤通氣。』又曰：『二氣感應以相與。』」愚按：《參同契》云：『自然之所爲兮，非有邪僞；道若山澤氣相烝兮，興雲而爲雨。』蓋人身之陰陽絪緼，交結於丹田，則升於泥丸，滃然如雲，化爲甘澤。陳希夷詩云：『倏爾火輪煎地脈，愕然神瀵涌山椒。』與此同旨。『神瀵』出《列子》。嘗謂山澤之氣相通，由其虛也。唯虛也，故二氣感應以相與，不虛則窒而不通，安能相與。」此升庵之所據。陳摶，字圖南，自號扶摇子，亳州真源人。後唐莊宗時舉進士，不第，遂隱跡少華山。周世宗召之，賜號白雲先生。宋太祖太平興國時再召朝京，賜號希夷先生。有詩數百首，今多散佚。《全宋詩》録其詩十四首並斷句二聯。此引二句，可補其闕。

〔二〕《藝文類聚》卷八引《玄中記》曰：「天下之强者，東海之惡燋焉，水灌而不已。惡燋者，山名也。在東海南方三萬里，海水灌之而即消。」《太平御覽》卷五十二亦引此文，「惡燋」作「沃燋」。《莊子·秋水篇》：「天下之水，莫大於海，萬川歸之，不知何時止，而不盈；尾閭泄之，不知何時已，而不虛。」陸德明《釋文》注：「尾閭：崔云：『海東川名。』司馬云：『泄海水出外者也。』」成玄英疏：「尾閭者，泄海水之所也，在碧海之東。其處有石，闊四萬里，厚四萬里，居百川之下尾，而爲閭族，故曰尾閭。海水沃著即焦，亦名沃焦也。」

爲善最樂《丹鉛總録》卷十八

《書》云：「民訖自若是多盤。」注云：「『民之行已，盡用善道，是多樂也。』東平王蒼曰：『爲善最樂。』」〔一〕周公曰：「心逸日休。」〔二〕内典云：「爲善若熟，種種快樂。」〔三〕亦是此意。

【箋證】

〔一〕此語出《尚書·秦誓》，孔傳：「言民之行已，盡用順道，是多樂。」孔穎達疏云：「昔漢明帝問東平王劉蒼云：『在家何者爲樂？』對曰：『爲善最樂。』是其用順道則多樂。」「善道」當作「順道」。

〔二〕此出《尚書·周官》，原文作「作德心逸日休」。

〔三〕「内典」，謂佛經也。此引文未知出何經。

香毬金縷《丹鉛總録》卷二十一

白樂天詩：「《柘枝》隨畫鼓，《調笑》從香毬。」〔一〕又云：「香毬趁拍迴環匼，花盞拋巡取次飛。」〔二〕皆紀管弦酒席中事，但不知「香毬」何用〔三〕。如今人詞中用「金縷」字，亦竟不知「金縷」於歌何關？

【箋　證】

〔一〕此白居易《想東游五十韻》詩中句，見《白氏長慶集》卷二十七。

〔二〕此白居易《醉後贈人》詩中句。見《白氏長慶集》卷十八，「迴環匝」作「迴環俉」。「俉」字下明馬元調本注「遏合切」，則字讀若「庵」入聲。作「匝」字誤，當據改。

〔三〕唐馮贄《雲仙雜記》卷二「酒器九品」條：「李適之有酒器九品：蓬萊盞、海川螺、舞仙盞、瓠子巵、幔捲荷、金蕉葉、玉蟾兒、醉劉伶、東溟樣。蓬萊盞上有山，象三島，注酒以山没爲限。舞仙盞有關捩，酒滿則仙人出舞，瑞香毬子落盞外。」白詩「香毬」，或即此「瑞香毬子」之類也。

風箏詩《丹鉛總録》卷二十

古人殿閣簷棱間，有風琴、風箏，皆因風動成音，自諧宫商。元微之詩：「烏啄風箏碎珠玉。」〔一〕高駢有《夜聽風箏》詩云：「夜静弦聲響碧空，宫商信任往來風。依稀似曲纔堪聽，又被風吹别調中。」〔二〕僧齊己有《風琴引》云：「按吴絲，雕楚竹，高託天風拂爲曲。一一宫商在素空，鸞鳴鳳語翹梧桐。夜深天碧松風多，孤窗寒夢驚流波。愁魂傍枕不肯去，翻疑住處鄰湘娥。金風聲盡薰風發，冷泛虚堂韻難歇。常恐聽多耳漸煩，清音不絶知音絶。」〔三〕王半山有《風琴》詩云：「風鐵相敲固可鳴，朔兵行夜響行營。如何清世容高枕，翻作幽窗枕上聲。」〔四〕此乃簷下鐵馬也〔五〕。今名紙鳶曰風箏，亦非也。

【箋證】

〔一〕此元稹《連昌宫詞》中句，見《元氏長慶集》卷二十四。

〔二〕高駢此詩，《才調集》卷七、《唐詩紀事》卷六十三等均題作《風箏》。

〔三〕齊己，晚唐著名詩僧，俗姓胡，名得生，長沙人。有《白蓮集》十卷，今存。此引詩見《白蓮集》卷十，「按吴絲」作「挼吴絲」。

〔四〕王安石此詩見《臨川文集》卷三十一，詩題作《和崔公度家風琴》，「高枕」作「高卧」，是，當據改。

〔五〕《説郛》卷三十一引唐陳芬《芸窗私志》云：「元帝時，臨池觀竹。既枯後，每思其響，夜不能寢。帝爲作薄玉龍數十枚，以縷綫懸於簷外，夜中因風相擊，聽之與竹無異。民間效之，不敢用龍，以什駿代。今之鐵馬，是其遺制。」

南雲《丹鉛總録》卷二十

詩人多用「南雲」字，不知所出。或以江總「心逐南雲去，身隨北雁來」爲始，非也〔一〕。陸機《思親賦》云：「指南雲以寄欽，望歸風而效誠。」〔二〕陸雲《九湣》云：「眷南雲以興悲，蒙東雨而涕零。」〔三〕蓋又先于江總矣。

【箋　證】

〔一〕此引江總《九月九日至微山亭》詩，見本書卷二「江總長安九日詩」條。陳巖肖《庚溪詩話》卷上：「詩詞中多用南雲，晏元獻公《寄遠》詩曰：『一紙短書無寄處，數行征雁入南雲。』紹興庚午歲，余爲臨安秋赴考試官，同舍有舉歐陽公長短句詩曰『雁過南雲，行人回淚眼』，因問曰：『南雲其義安在？』余答曰：『嘗見江總詩曰：「心逐南雲去，身隨北雁來。故園籬下菊，今日幾花開。」恐出於此耳。』」則知升庵所非者，庚溪之説也。

〔二〕陸機《思親賦》，見《陸士衡文集》卷一。《藝文類聚》卷二十引之，「寄欽」作「寄欸」。

〔三〕此陸雲《九愍·感逝》中句，見《陸士龍集》卷七。

庭珪贗墨《丹鉛總録》卷二十一

「庭珪贗墨出蘇家，麝煤添澤紋烏靴。柳枝瘦龍印香字，十襲一日三摩挲。」此山谷《題庭珪贗墨》詩〔一〕。然其制可見，今贗者亦希見矣。

【箋　證】

〔一〕此黄山谷《謝景文惠浩然所作廷珪墨》詩首四句，見《山谷集》外集卷四。任淵注云：「東坡嘗云：予蓄墨數丸，云是李廷珪墨。雖形色異衆，然歲久，墨之亂真者多矣，疑而未决。今時多貴蘇浩然墨，浩然本用高麗煤雜遠煙作之。」元陸友《墨史》卷中：「蘇澥，字浩然，武功人，度支郎中舜元之子。爲祕閣校理，自號支離居士。喜造墨，所製皆作松紋縐皮，而堅緻如玉石。……黄魯直所謂『廷珪賸墨出蘇家』者，是浩然所作也。」

李庭珪墨，李後主在江南所製，宋人以爲至寶。《苕溪漁隱叢話》後集卷二十九録陳正敏《遯齋閑覽》記庭珪事云：「唐末墨工李超，與其子庭珪，自易水渡江遷居歙州。本姓奚，江南賜姓李氏。庭珪始名庭邽，其後改之，故世有奚庭珪墨，又有李庭珪墨。或有作李廷邽字者，僞也，墨亦不精。庭珪之弟庭寬，庭寬之子承晏，承晏之子文用，文用之長子爾明、次子爾光，爾光之子丕基皆能世其業，然皆不及庭珪。」

胡　燕《丹鉛總録》卷二十一

《玄中記》：「胡燕斑胸，聲小；越燕紅襟，聲大。」〔一〕李賀詩：「勞勞胡燕怨酣春。」〔二〕《吴越春秋》：「越燕向日而熙。」〔三〕丁仙芝詩：「曉幙紅襟燕。」〔四〕

【箋　證】

〔一〕宋羅願《爾雅翼》卷十五：「燕有兩種，越燕小而多聲，頷下紫，巢於門楣上，謂之紫燕，亦謂之漢燕。胡燕比越燕而大，臆前白質黑章，其聲亦大，巢懸於大屋兩椽間。其長有容匹素者，謂之蛇燕，古皆謂之玄鳥。」其説稍與升庵此引《玄中記》相左。《玄中記》，舊題《郭氏玄中記》，魏晉間人所撰，今佚。今有各種輯本，魯迅《古小説鈎沈》輯七十一條，中無升庵此引。

〔二〕此李賀《河南府試十二月樂詞·二月》詩中句，見《李長吉文集》卷一。

〔三〕《吴越春秋》卷二《闔閭内傳》載伍子胥引《河上歌》曰：「同病相憐，同憂相救。驚翔之鳥，相隨而集。瀨下之水，因復俱流。胡馬望北風而立，越鷰向日而熙。誰不愛其所近，悲其所思者乎。」

〔四〕此丁仙芝《餘杭醉歌贈吴山人》詩中句，見《文苑英華》卷三百三十六。

音韻之原《丹鉛總録》卷十九

或問余音韻之原，余曰：唐虞之世已有之矣。《舜典》曰「聲依永，律和聲」是也〔一〕。「元首喜哉，股肱起哉，百工熙哉。」又：「元首明哉，股肱良哉，庶事康哉。」〔二〕「熙」之叶「喜」、「起」，「明」之叶「良」、「康」，即吴才老韻之祖也〔三〕。「日出而作，日入而息，鑿井而飲，耕田而食，帝於我有何力哉」，即沈約韻之祖也。王充《論衡》作「帝於我有何力哉」，力與上文「息」、「食」爲韻。《列子》作「帝力於我何有哉」，恐是傳寫之倒。〔四〕大凡作古文賦頌，當用吴才老古韻，作近代詩詞，當用沈約韻。近世有倔强好異者，既不用古韻，又不屑用今韻，惟取口吻之便，鄉音之叶，而著之詩焉，良爲後人一笑資爾。

【箋證】

〔一〕「聲依永，律和聲」，見《尚書·舜典》。

〔二〕上引二段，皆《尚書·益稷》之文，前段「元首喜哉，股肱起哉」原文作「股肱喜哉，元首起哉」，當據乙正。

〔三〕宋吴棫，字才老，所作《韻補》五卷，即升庵所指。

〔四〕「帝於我有何力哉」句，《論衡》卷五《感虚篇》、卷八《藝增篇》所載並作「堯何等力」四字。《太平御覽》卷一百八十九引《帝王世紀》作「帝力何有於我哉」。宋陳仁子《文選補遺》卷三十五引《逸士傳》作「帝力於我何有哉」。明徐𤊹《徐氏筆精》卷二「帝力」條云：「古本作『帝於我有何力哉』，力字合韻。」當是從升庵之説。今傳《列子》無此文，或升庵記誤。

洵美且都《丹鉛總録》卷十八

《詩》：「有女同車，顔如舜華。將翺將翔，佩玉瓊琚。彼美孟姜，洵美且都。」〔一〕孟姜，世族貴女也。美，質之佳麗也。都，飾之閒雅也。「顔如舜華」，可以言美矣。「佩玉瓊琚」，可以言都矣。蓋冶容豔態，多出於膏腴甲族薰醲含浸之下。彼山姬野婦，雖美而不都，縱有舜華之顔，加以瓊琚之佩，所謂婢作夫人，鼠披荷葉。故曰：「三代仕宦，方會穿衣喫飯。」〔二〕苟非習慣，則舉止羞澀，烏有閒雅乎？漢宫尹夫人之見邢夫人〔三〕，賈充家郭氏之見李氏〔四〕，亦可證也。譬則士之有所卓立，必藉國家教養，父兄淵源，師友講習。三者備而後可。采薪之女，教之容止，七日而傾吴宫；釣渭之夫，立之尚父，三年而集周統，豈理之常也哉〔五〕。

【箋證】

〔一〕此《詩·鄭風·有女同車》第一章。

〔二〕劉績《霏雪録》卷上：「魏文帝嘗言：『三世長者知被服，五世長者知飲食。』諺曰：『三世仕宦，方會着衣喫飯。』本此。」

〔三〕尹夫人見邢夫人事，見《史記·外戚世家》：「尹夫人與邢夫人同時並幸，有詔不得相見。尹夫人自請武帝，願望見邢夫人。帝許之，即令他夫人飾從御者數十人爲邢夫人來前。尹夫人前見之，曰：『此非邢夫人身也。』帝曰：『何以言之？』對曰：『視其身貌形狀，不足以當人主矣。』於是帝乃詔，使邢夫人衣故衣獨身來前。尹夫人望見之，曰：『此真是也。』於是乃低頭俛而泣，自痛其不如也。諺曰：『美女入室，惡女之仇。』」

〔四〕賈充妻郭氏名槐，其見李氏事，見《晉書·賈充傳》：「初，槐欲省李氏，充曰：『彼有才氣，卿往不如不往。』及女爲妃，槐乃盛威儀而去。既入户，李氏出迎，槐不覺腳屈，因遂再拜。自是充每出行，槐輒使人尋之，恐其過李也。」

〔五〕「采薪之女」，指西施。「釣渭之夫」，謂姜尚也。

陳同甫與朱子書《丹鉛總録》卷十八

同甫《與朱子書》，略云：「因吾眼之偶開，便以爲得不傳之絶學。三三兩兩，附耳而語，有同告密；畫界而立，一似結壇。盡絶一世之人於門外，而謂二千年之君子，皆盲眼不可點洗；二千年之天地日月，若有若無，世界皆是利欲。亦過矣。」〔一〕予喜其言有切於士病，故書之以自警。劉安世嘗云：「願士夫有此名節，不願士夫立此門户。」此元祐之士病。黄履翁云：「願士夫務道學之實，不願士夫立道學之名。」〔二〕則淳熙以後之士病也。黨籍僞學之禁，雖小人無忌憚，亦君子有以招之也。

【箋證】

〔一〕陈亮，字同甫，宋婺州永康人。紹熙四年進士第一，官至建康軍節度判官。事跡具《宋史》本傳。《龍川集》卷二十載其《與朱晦庵祕書》三書，此第二書中語。

〔二〕宋林駉《古今源流至論》後集卷一《道學論》末云：「元城、了翁曰：『願士大夫立此名節，不願士大夫立此門户。』愚亦曰：『願士大夫傳道學之實，不願士大夫唱道學之名。』」此書前集、後集、續集爲林駉所撰，别集爲黄履翁所撰。升庵此所謂「黄履翁云云」，實林駉語也。劉安世，字器之，號讀易老人，學者稱元城先生，魏人。登進士第不就，往從司馬光學。元祐中，司馬光入相，薦爲祕書省正字，歷官至中書舍人、樞密院都承旨。後以事屢謫至峽州羈管。晚居宋都，卒。《宋史》有傳。

荀子解詩《丹鉛總録》卷十八

予嘗愛荀子解《詩・卷耳》云：「卷耳，易得也；頃筐，易盈也，而不可貳以周行。」〔一〕深得詩人之心矣。《小序》以爲「求賢審官」〔二〕，似戾於荀旨。朱子直以爲「文王朝會征伐，而后妃思之」，是也。但「陟彼崔嵬」下三章，以爲託言，亦有病。婦人思夫，而卻陟岡飲酒，攜僕望砠，雖託言之，亦傷於大義矣〔三〕。原詩人之旨，以后妃思文王之行役而云也。「陟岡」者，文王陟之也。「馬玄黄」者，文王之馬也。「僕痡」者，文王之僕也。「金罍」、「兕觥」者，冀文王酌以消憂也。蓋身在閨門，而思在道途，若後世詩詞所謂「計程應説到梁州」〔四〕、「計程應説到常山」之意耳〔五〕。曾與何仲默説及此，仲默大稱賞，以爲千古之奇。又語予曰：「宋人尚不能解唐人詩，以之解《三百篇》，真是枉事。不若直從毛、鄭可也。」

【箋　證】

〔一〕《荀子・解蔽篇》：「《詩》云：『采采卷耳，不盈頃筐。嗟我懷人，寘彼周行。』頃筐，易滿也；卷耳，易得也，然而不可以貳周行。」

〔二〕《詩小序》：「《卷耳》，后妃之志也。又當輔佐君子，求賢審官，知臣下之勤勞。内有進賢之志，而無險詖私謁之心，朝夕思念，至於憂勤也。」

〔三〕朱熹《詩集傳》卷一：《卷耳》四章題注曰：「此亦后妃所自作，可以見其貞静專一之至矣。豈當文王朝會征伐之時，羑里拘幽之日而作歟？然不可考矣。」第一章末曰：「后妃以君子不在，而思念之，故賦此詩。託言方採卷耳，未滿頃筐，而心適念其君子，故不能復採，而置之大道之旁也。」第二章末又曰：「又託言欲登此崔嵬之山，以望所懷之人，而往從之，則馬罷病而不能進。於是且酌金罍之酒，而欲其不至於長以爲念也。」

〔四〕白居易有《同李十一醉憶元九》詩，末句作「計程今日到涼州」，見《白氏長慶集》卷十四。

〔五〕此宋鄭會《邸間壁》詩中句，見宋無名氏輯《詩家鼎臠》卷上。

酒　龍《丹鉛總録》卷十九

陸龜蒙詩：「花匠礙寒應束手，酒龍多病尚垂頭。」〔一〕又《詠茶》詩：「思量北海徐劉輩，枉向人間號酒龍。」〔二〕「北海」謂孔融。徐邈及劉伶也。

【箋　證】

〔一〕此陸龜蒙《正月十五日惜春寄襲美》詩中句，見《唐甫里先生文集》卷十一。

〔二〕此陸龜蒙《自遣》詩三十首之第八首中句，見《唐甫里先生文集》卷八。原詩作：「醞得秋泉似玉容，比於雲液更應濃。思量北海徐劉輩，枉向人間號酒龍。」詩當是言酒，不知升庵何以題作《詠茶》詩。

海紅《丹鉛總録》卷二十一

劉長卿集有《夏中崔中丞宅見海紅摇落一花獨開》詩〔一〕，海紅未詳爲何花。後見李白詩注云：「新羅國多海紅。」〔二〕唐人多尚之，亦「戎王子」之類也〔三〕。又柑有名海紅者，見《橘譜》〔四〕。

【箋證】

〔一〕詩見《劉隨州集》卷二：「何事一花殘，閒庭百草闌。緑滋經雨發，紅艷隔林看。竟日餘香在，過時獨秀難。共憐芳意晚，秋露未須團。」此詩所謂海紅，山茶花也。宋陶弼《邕州小集》有詠《山茶二首》，其一曰：「淺爲玉茗深都勝，大曰山茶小海紅。名譽漫多朋援少，年年身在雪霜中。」升庵《藝林伐山》卷六「海紅花」條云：「菊莊劉士亨詠《山茶》詩云：『小院猶寒未暖時，海紅花發景遲遲。半深半淺東風裏，好是徐熙帶雪枝。』蓋海紅即山茶也。」

〔二〕元蕭士贇《李太白集分類補注》卷二十四《詠鄰女東牕海石榴》詩末引楊齊賢注云：「新羅多海紅并海石榴。」按此注所謂之「海紅」，與劉詩不同，乃「棠梨子」也。李時珍《本草綱目》卷三十《果二》「海紅」下注云：「《飲膳正要》：『果類有海紅，不知出處。此即海棠梨之實也，狀如木瓜而小，二月開紅花，實至八月乃熟。』鄭樵《通志》云：『海棠子名海紅，即《爾雅》赤棠也。』」

〔三〕《九家集注杜詩》卷十八《陪鄭廣文游何將軍山林》詩：「萬里戎王子，何年別月支。異花開絶域，滋蔓匝清池。漢使徒空到，神農竟不知。」趙彦材注云：「『戎王子』，説者以爲花名，義固然也，下句云『異花』，自分明矣。言『萬里』則其來遠；言『月支』是必月支之物。」《朱子語類》卷一百四十：「杜詩『萬里戎王子，何年別月支』，後説花云云。今人只説道戎王子自月支帶得花来。此中嘗有一人，在都下見一蜀人，遍舖買戎王子，皆無。曰：是蜀中一藥，爲《本草》不曾收，今遂無人蓄。方曉杜詩所言。」

〔四〕宋韓彦直《橘録》卷上「海紅柑」云：「海紅柑，顆極大，有及尺以上圍者。皮厚而色紅，藏之久而味愈甘。木高二三尺，有生數十顆者，枝重委地，亦可愛。是柑可以致遠，今都下堆積道旁者，多此種。初因近海，故以海紅得名。」

凍　洛《丹鉛總録》卷二十

《集韻》：「淞，凍洛也。」〔一〕《三蒼解詁》：「液雨也。」〔二〕其字音送，俗曰霧淞。《漢書·五行志》：「雨木冰。」〔三〕亦曰樹介，又曰木稼，稼即介之訛耳。寒甚而木冰，如樹著介胄也。《曾南豐集》云：「齊地寒甚，夜如霧凝於木上，日出飄滿庭階，尤爲可愛，遂作詩云：『園林初日淨無風，霧淞花開樹樹同。記得集英深殿裏，舞人齊插玉籠鬆」。』齊地以爲豐年之兆。諺云：『霜淞如霧淞，窮漢備飯甕。』」〔四〕然淞之極，則以爲樹介、木冰。諺云：「木若稼，達官怕。」蓋寒淺則爲霧淞，寒極則爲木冰。霧淞召豐，而木冰召凶也〔五〕。李獻吉詩：「大寒冰雨何紛紛，曉行日臨江吐雲。」〔六〕蓋詠木冰也。又云：「今朝走白露，南枝參差開。紫宫散花女，騎龍下瑶陔。」〔七〕蓋詠霧淞也。各極體物之妙云。

【箋　證】

〔一〕見《集韻》卷一。

〔二〕《三蒼解詁》，晉郭璞著，佚，今有輯本。

〔三〕《漢書・五行志》：「《春秋》成公十六年正月，雨木冰。」又，「或曰，今之長老名木冰爲木介。介者甲，甲兵象也。是歲晋有鄢陵之戰，楚王傷目而敗。」顔師古注：「『雨木冰』者，氣著樹木結爲冰也，今俗呼爲閇樹。」

〔四〕宋曾鞏《元豐類藁》卷七《冬夜即事》詩末自注云：「齊寒甚，夜氣如霧，凝於木上。旦起視之如雪，日出飄滿堦庭，尤爲可愛。齊人謂之霜淞，諺曰：『霜淞重霜淞，窮漢置飯甕。』以爲豐年之兆。」升庵引之，稍易其説，又插入「遂作詩云」之語。而所引詩乃南豐另一題作《霧淞》之詩，非《冬夜即事》原詩也。《霧淞》詩，見《元豐類藁》卷七，首句「淨」作「静」，二句「樹樹」作「處處」，末句「玉瓏鬆」作「玉瓏鬆」。《詩話補遺》卷三「洛澤」條引此詩，「玉籠鬆」作「玉瓏鬆」。

〔五〕《舊唐書》卷九十五《李憲傳》云：開元「二十九年冬，京城寒甚，凝霜封樹。時學者以爲《春秋》『雨木冰』即此。是亦名樹介，言其象介胄也。憲見而歎曰：『此俗謂樹稼者也。諺曰：「樹稼，達官怕。」必有大臣當之。吾其死矣！』十一月薨。」升庵乃據此爲説。宋趙與時《賓退録》卷三：「熙寧中，華山圮，雨木冰，已而韓魏公薨。王荆公挽詞云：『木稼曾聞達官怕，山頽果見哲人萎。』……余謂『稼』字義不可通，特介聲之訛耳。劉向曰：冰者，陰之盛；木者，少陽，貴臣卿大夫象也。此人將有害，則陰氣脅木，木先寒，故得雨而冰也。『達官怕』之諺本此。」

〔六〕此李夢陽《發南浦贈人》詩中句，見《空同集》卷三十。李夢陽，字獻吉，慶陽人。弘治六年進士，官至江西提學副使。事跡具《明史·文苑傳》。夢陽倡言復古，爲明七子之首。

〔七〕此李夢陽《白霧樹纍纍作花》詩中句，見《空同集》卷十二。

茸母孟婆《丹鉛總録》卷二十一

宋徽宗在北虜，清明日詩曰：「茸母初生認禁煙，茸母，草名，北地寒食茸母生。無家對景倍凄然。帝城春色誰爲主，遥指鄉關涕淚連。」又戲作小詞云：「孟婆孟婆，你做些方便，吹箇船兒倒轉。」〔一〕孟婆，宋汴京勾欄語，謂風也。茸母、孟婆，正是的對。邵桂子《甕天解語》引《天會録》。

【箋證】

〔一〕涵芬樓本《説郛》卷五十七引宋邵桂子《雪舟脞語》（題下注：先名《甕天脞語》）：「徽宗亦工長短句，方北狩，在舟中作小詞云：『孟婆孟婆，你做些方便，吹箇船兒倒轉。』後在汧州，有二絶云：『國破山河在，人非殿宇空。中興何日是，搔首賦《車攻》。』又云：『國破山河在，宫庭荆棘春。衣冠今左衽，忍作北朝臣。』又云：『投袂汧城北，西風又是秋。中原心耿耿，南淚思悠悠。嘗膽思賢佐，顒情憶舊游。故宫禾黍徧，行役閔宗周。』又云：『杳杳神京路八千，宗祊隔越幾經年。衰殘病渴那能久，茹苦窮荒敢怨天。』又《清明日作》云：『茸母初生忍禁煙，無家對景倍凄然。帝城春色誰爲主，遥指鄉關涕淚漣。』以上詩並見《天會録》。」宛委山堂本《説郛》卷二十九亦載此文，惟其作者題「元王仲暉」。升庵蓋據此爲説。又，升庵《詞品》卷五有「宋徽宗詞」、「孟婆」二條，可參見。

素足女《丹鉛總録》卷十八

李白詩：「東陽素足女，會稽素舸郎。相看月未墮，白地斷肝腸。」〔一〕按：謝靈運有《東陽江中贈答二首》，云：「可憐誰家婦，緣流洗素足。明月在雲間，迢迢不可得。」答詩云：「可憐誰家郎，緣流乘素舸。但問情若爲，月就雲中墮。」〔二〕太白蓋全祖之也，而注不知引。

【箋證】

〔一〕此李白《越女詞》五首之第四首，見《李太白文集》卷二十四。

〔二〕此引謝靈運二詩，見《玉臺新詠》卷十，題「東陽江」作「東陽谿」。胡應麟《少室山房筆叢》卷十二《丹鉛新録》八云：「按謝、李之題素足，又皆本陶『願在絲而爲履，附素足以周旋』也。即此知晉唐婦人不纏足無疑。夫足素則不纖，纖則不素，未有既纏之足，濯諸淥流者也。」

升庵《丹鉛總録》卷十七另有「素足女」、「張禺山戲語」二條，皆言太白詠「素足」詩，今附此備參。「素足女」條云：「太白《浣紗女》詩：『一雙金屐齒，兩足白如霜。』又《越女詞》云：『屐上足如霜，不著鴉頭襪。』又云：『東陽素足女，會稽素舸郎。』予嘗戲謂：『太白何致情，迴盼此素足女再三？』張愈光戲答云：『太白可謂能書不擇筆矣！』聊記以餉一笑。予嘗《題浣女圖》詩，純用太白語意：『紅顏素足女，兩足白如霜。不著鴉頭襪，山花屐齒香。天然去雕飾，梅岑水月粧。肯學邯鄲步，匍匐壽陵傍。』蓋竊病近日學詩者，拘束蹈襲，取妍反拙，不若質任自然耳。」「張禺山戲語」條云：「張禺山晚年好縱筆作草書，不師法帖，而殊自珍詫。嘗自書一紙寄余，且戲題其書後曰：『野花艷目，不必牡丹；村酒酣人，何須蟻緑。太白詩：「越女濯素足，行人解金裝。」漸近自然，奚事金蓮玉弓乎！』亦可謂善謔矣。」升庵反復引此，意實在倡順適自然，反雕飾模擬。胡應麟乃譏升庵不知「晉唐婦人不纏足」，説與升庵之意相左矣。

梁武帝父子詩讖《丹鉛總録》卷十九

梁武帝《冬日》詩：「雪花無著蔕，冰鏡不安臺。」梁簡文《詠月》詩：「飛輪了無轍，明鏡不安臺。」竟成二讖〔一〕。

【箋　證】

〔一〕《南史》卷八十《賊臣・侯景傳》：「初，簡文《寒夕》詩云：『雪花無有蔕，冰鏡不安臺。』又《詠月》云：『飛輪了無轍，明鏡不安臺。』後人以爲詩讖。謂無蔕者，是無帝；不安臺者，臺城不安；輪無轍者，以邵陵名綸，空有赴援名也。」所引皆簡文帝詩，前首《藝文類聚》卷三題作《玄圃寒夕》。升庵以爲「梁武帝父子詩讖」，誤。

書　雲《丹鉛總録》卷二十一

詩人冬至用書雲事〔一〕。宋人小説以爲「分至啟閉，必書雲物，獨以爲冬至事，非也。」〔二〕余按《春秋感精符》云：「冬至，有雲迎送日者，來歲美。」宋忠注曰：「雲迎日出，雲送日没也。」〔三〕冬至獨用書雲事，指此，未爲偏失也。

【箋證】

〔一〕《左傳・僖公五年》傳：「凡分至啟閉，必書雲物。重申周典，不言公者，日官掌其職，爲備故也。」杜預注：「分，春、秋分也；至，冬、夏至也；啟，立春、立夏；閉，立秋、立冬。雲物，氣色災變也。素察妖祥，逆爲之備。」

〔二〕宋王觀國《學林》卷八「冬至」條云：「文士用書雲爲冬至事。案《春秋》僖五年左氏傳曰云云。書雲物在八節之日，不特冬至而已。冬至雖亦預書雲之日，然獨言書雲而不言冬至，則泛而不切。當先叙冬至之日，然後用書雲，始得事之實。」升庵所謂「宋人小説」云云，指此。

〔三〕明孫瑴《古微書》卷十《春秋感精符》：「冬至陰雲祁寒，有雲迎日者，來歲大美。」無注。按，《春秋感精符》早佚，升庵當未見全書。又，《新唐書》卷五十七《藝文志》著録宋均注《春秋緯》三十八卷。「宋忠」或當是「宋均」之誤。宋均，東漢末荆州人。

䀎眠《丹鉛總録》卷二十

《楚辭》：「遠望兮阡眠。」〔一〕陸機詩：「林薄杳阡眠。」呂延濟曰：「阡眠，原野之色。」〔二〕按《説文》：「䀎，山谷䀎䀎青也。」〔三〕則「阡眠」字當作「䀎眠」。又《列子》云：「鬱鬱芊芊。」注：「芊芊，茂盛之貌。」〔四〕李白賦：「彩翠兮芊眠。」〔五〕「䀎眠」作「芊眠」亦通。《文選》別作「盰眠」，字皆從目〔六〕。

【箋證】

〔一〕此王褒《九懷·匡機》中語，見《楚辭章句》卷十五，「阡」作「仟」。王逸注：「遥視楚國，闇未明也。一作芊瞑，一作晦昏。」洪興祖《補注》曰：「《集韻》云：盱瞑，遥視。」

〔二〕此陸機《赴洛道中作》詩中句，見《六臣注文選》卷二十六。

〔三〕「硲硲青」原作「青硲硲」，據《説文解字》卷十一下《谷部》改。

〔四〕此見《列子·力命篇》，唐殷敬順《釋文》曰：「《廣雅》云：芊芊，茂盛之貌。」

〔五〕李白《愁陽春賦》中句，見《李太白文集》卷二十五，原句作「野彩翠兮芊綿」。

〔六〕《文選》卷四張衡《南都賦》：「青冥盱瞑。」注：「言林木攢羅，衆色幽昧也。《楚辭》曰：『遠望兮芊眠。』王逸曰『芊眠，遥視闇未明』也。『芊眠』與『盱瞑』音義同。」

《升庵文集》卷五十二另有「千眠」一條，附記於此：「陸機《文賦》『清麗千眠』注：『光色盛貌。』一作『硲綿』，『望山谷青硲硲也』，見《説文》。轉作『芊綿』，韋莊詩：『可憐芳草更芊綿。』」

唐詩葳蕤《丹鉛總録》卷二十一

唐詩：「春樓不閉葳蕤鎖。」〔一〕又：「望見葳蕤舉翠華。」〔二〕「葳蕤」，旗名，鹵簿中有之〔三〕。《孫氏瑞應圖》云：「葳蕤，瑞草，王者禮備至則生。」〔四〕今之字書，例解爲草木之狀，未得其原也。

【箋證】

〔一〕此韓翃《江南行》詩：「長樂花枝雨滴銷，江城日暮好相邀。春樓不閉葳蕤鎖，緑水迴通宛轉橋。」見《文苑英華》卷二百一。

〔二〕此劉禹錫《阿嬌怨》：「望見葳蕤舉翠華，試開金屋掃庭花。須臾宮女傳來信，言幸平陽公主家。」見《劉夢得文集》卷八。

〔三〕後漢蔡邕《獨斷》：「天子出，車駕次第謂之鹵簿，有大駕，有小駕，有法駕。大駕則公卿奉引，大將軍參乘，太僕御，屬車八十一乘，備千乘萬騎。」唐封演《封氏聞見記》卷五「鹵簿」條：「輿駕行幸，羽儀導從謂之鹵簿。」按：葳蕤，叢雜貌。鹵簿備千乘萬騎，旌旗叢雜，故詩人以葳蕤形容之，非專有一旗名葳蕤也。

〔四〕葳蕤，草名，一名玉竹，入藥。宋陳敬《香譜》卷一「威香」條：「《孫氏瑞應圖》云：『瑞草。一名威蕤，王者禮備則生於殿前。』又云：『王者愛人命則生。』」《孫氏瑞應圖》，梁孫柔之撰，早佚，《説郛》存一卷，清人有輯本。

莊子解《丹鉛總録》卷十八

「《莊子》爲書，雖恢譎佚宕於六經外，譬猶天地日月，固有常經常運，而風雲開闔，神鬼變幻，要自不可闕。古今文士每奇之。顧其字面，自是周末時語，非後世所能悉曉。然尚有可徵者，如『正獲之問於監市履狶』，乃《大射》有司正、司獲。見《儀禮》。『解之以牛之白顙者，與豚之亢鼻者，與人之有痔病者，不可以適河』，乃古天子春有解祠。見《漢·郊祀志》。『唐子』乃掌堂塗之子，猶周王侯之子稱門子。『義臺』乃儀臺。鄭司農云：『故書儀爲義。』『其脰肩肩』，乃見《考工記》『梓人爲簨虡』：『數目顅脛。』『肩』即『顅』字。如此類不一，而士無古學，不足以知之。諸家解者，或敷演清談，或牽聯禪語，或强附儒家，漫曰：『此文字奇處妙絶。』又惡識所謂奇妙？千八百載，作者之意鬱而未伸，剽竊之用，轉而多誤。」羅勉道《莊子循本序》。〔一〕

《内則》「卵醬，讀作鯤」，《國語》亦云「魚禁鯤鮞」，皆以鯤爲魚子。《莊子》乃以至小爲至大，便是滑稽之開端〔二〕。《南史·吉玢傳》：「鯤鮞螻蟻，尚貪其生。」鷽音渥。蛁蟟音刀料。鶻鵃音嘲。〔三〕

「西蜀范無隱云：『未成心，則真性混融，太虚同量。成心，則已離乎性，有善有惡矣。人處世間，應酬之際，有不免乎成心，即當思而求之於未成之前，則善惡不萌，是非無朕，何所不齊哉？』其論精當，足以盡祛前惑。」〔四〕

「夢而爲蝶，不知有周；覺而爲周，不知有蝶。其勢不能合，必有時而分矣。萬物之化亦

如此。」林疑獨〔五〕

「《逍遥游》，盡性也。《齊物論》，窮理也。《養生主》，修身也。」碧虚陳景元〔六〕

「聖人成焉，以身徇道而成功。聖人生焉，以道徇身而全生也。」陳詳道注。〔七〕

「儵、忽生而渾沌死，以喻外王之功成，而内聖之道虧也。」〔八〕

陳碧虚曰：「好生者以世事爲樂，趣死者以人世爲勞，唯超生死者，可以論其大概矣。」「髑髏」注。〔九〕

【箋證】

〔一〕此上所引爲明羅勉道《南華真經循本》之「解題」。羅勉道，明廬陵人，撰《南華真經循本》三十卷，今存，見《正統道藏·洞神部·玉玦類》。「顧其字面」原作「顧其句法」，「猶周王侯之子」原作「猶周王族之適子」，「或强附儒家」下原有「正理多非本文指義」八字，當據改補。又，『梓人爲簴虡』，《詩話》各本均作「梓人爲磬文」、《南華真經循本》原作「梓人爲磬虡」，皆誤，據《周禮·考工記》正之。

〔二〕《禮記注疏》卷二十七《内則》「濡魚卵醬」鄭注：「卵讀爲鯤。鯤，魚子。」《國語·魯語上》：「魚禁鯤鮞。」韋昭注：「鯤，魚子也；鮞，未成魚也。」升庵《異魚圖贊》卷一「鯤」贊末自注云：「《莊子》：『北溟有魚，其名爲鯤，鯤之大，不知其幾千里。』此寓言也。按《内則》「卵醬，卵音鯤」、《國語》「魚禁鯤鮞」，皆以鯤爲魚子。至小之物，《莊子》乃以至小爲至大，便是滑稽之開端。後人不得其意……雖郭象之玄奥沉思，亦誤，況司馬彪輩乎？後世禪宗衲子，卻得其意，故有『龜毛兔角』、『石女懷胎』、『一口吸盡西江水』、『新羅日午打三更』之偈，亦可信以爲實事耶？余嘗謂天地乃一大戲場，典籍乃古今大劇本，千載而下，不得其解，皆矮人觀場也。元儒南充范無隱有是説，而余推衍之。」

〔三〕此注見《南史》卷七十四《吉翂傳》。其下數字，注《莊子・逍遥游》「蜩與鷽鳩」句也，「蛁蟟乃釋蜩，鶻鵃乃釋鷽。

〔四〕此文引自宋褚伯秀《南華真經義海纂微》卷二《齊物論第一》，「當思而求之」作「當師而求之」。褚伯秀，杭州道士，其書成於南宋咸淳中。范無隱，名元應，蜀中道士，伯秀之師也。

〔五〕此見《南華真經義海纂微》卷四《齊物論第三》所引林疑獨《莊子注》。「林疑獨」，《丹鉛》諸録並《詩話》各本均誤作「休疑獨」，今據改。《譚苑醍醐》卷一及《升庵文集》卷四十六所録不誤。

〔六〕《南華真經義海纂微》卷五《内篇・養生主第一》：「《褚氏管見》云：『《内篇》始於《逍遥游》，盡性之學，所以明道。次以《齊物論》，窮理之談，所以應化。又次以《養生主》，至命之要，所以修身也。』」此褚伯秀自記所論，非陳景元之語也。陳景元，别號碧虚子，北宋高真，神宗時知名於世，有《南華真經章句音義》。升庵此注「陳景元」原誤作「陳景允」，今改正。

〔七〕此見《南華真經義海纂微》卷十《人間世第四》所引。陳祥道，字用之，宋福州人。

〔八〕此褚伯秀語，見《南華真經義海纂微》卷二十二《應帝王第三》。

〔九〕此陳景元注「髑髏」語，見《南華真經義海纂微》卷五十七《至樂第二》。「莊子之楚，見空髑髏」事，見《莊子·至樂篇》。

榔 櫪《丹鉛總録》卷二十一

李屏山《達摩贊》所謂「榔櫪」者，稱杖也〔一〕。范石湖詩：「病憐榔櫪隨身慣，老覺屠蘇到手遲。」〔二〕

【箋 證】

〔一〕元王惲《玉堂嘉話》卷五：「李屏山《釋迦贊》蓋出王勃《成道記序》，但約散文而爲韻語耳。其《達摩贊》曰『榔櫪』者，稱杖也。」升庵説出此。李純甫，字之純，號屏山，宏州人。金章宗時進士，官至尚書右司都事。有集稱《内稿》、《外稿》，元好問編《中州集》，選載其詩二十九首。

〔二〕此范成大《丙午新正書懷十首》第二首中句，見《石湖居士詩集》卷二十六，「榔櫪」作「榔栗」。《荆楚歲時記》：新正進屠蘇酒，「凡飲酒次第從小起。」故范詩云「老覺屠蘇到手遲」也。

魚若乘空《丹鉛總録》卷十八

柳子厚《小石潭記》：「潭中魚可百許頭，皆若空游無所依。」〔一〕此語本之酈道元《水經注》：「淥水平潭，清潔澄深，俯視游魚，類若乘空。」〔二〕沈佺期詩「魚似鏡中懸」〔三〕，亦用

鄙語意也。又古詩：「水真緑淨不可唾，魚若空行無所依。」〔四〕

【箋證】

〔一〕此柳宗元《至小丘西小石潭記》中語，爲其《永州八記》之一，見《唐柳先生集》卷二十九。

〔二〕《水經注》卷二十二《洧水》：「其瀆中濊泉南注，東轉爲淵，緑水平潭，清潔澄深，俯視游魚，類若乘空矣。所謂淵無潛鱗也。」

〔三〕此沈佺期《釣竿篇》詩中句，見《樂府詩集》卷十八《鼓吹曲辭》。

〔四〕此樓鑰《頃游龍井得一聯，王伯齊同兒輩游，因足成之》詩中句，見《攻媿集》卷十一。升庵以爲「古詩」，非也。樓鑰，字大防，鄞縣人。宋孝宗隆興元年進士，官至參知政事，除資政殿大學士，提舉萬壽觀。卒謚宣獻。事具《宋史》本傳。有《攻媿集》一百一十二卷。

隋末詩識《丹鉛總録》卷二十一

江都迷樓宫人杭静夜半歌云：「河南楊柳謝，河北李花榮。楊柳飛綿何處去，李花結果自然成。」又煬帝作《鳳艒歌》云：「三月三日到江頭，正見鯉魚波上游。意欲持鈎往撩取，恐是蛟龍還復休。」皆唐興之兆。又煬帝《索酒歌》云：「宫木陰濃燕子飛，興衰自古漫成悲。他日迷樓更好景，宫中吐焰變紅輝。」其後迷樓爲唐兵所焚，竟叶詩識〔一〕。出《海山記》。〔二〕

【箋證】

〔一〕《說郛》卷一百十唐闕名《迷樓記》：「大業九年，帝將再幸江都。有迷樓宮人抗聲夜歌云：『河南楊柳謝，河北李花榮。楊花飛去落何處，李花結果自然成。』帝聞其歌，披衣起聽，召宮女問之云：『孰使汝歌也？汝自爲之邪？』宮女曰：『臣有弟在民間，因得此歌，曰道途兒童多唱此歌。』帝默然久之曰：『天啟之也！天啟之也！』帝因索酒自歌云：『宮木陰濃燕子飛，興衰自古漫成悲。他日迷樓更好景，宮中吐艷變紅輝。』歌竟不勝其悲。……後帝幸江都，唐帝提兵號令，入京見迷樓。太宗曰：『此皆民膏血所爲。』乃命焚之，經月火不滅。前謡、前詩皆見矣。」又，《太平御覽》卷九百三十六引《廣五行記》曰：「隋煬帝大業初爲詩，令宮人唱之，曰：『三月三日向江頭，正見鯉魚江上游。意欲垂鈎往撩取，意是蛟龍還復休。』鯉魚即唐之國姓，俄而唐有天下。」升庵此録，杭靜所歌「楊柳謝」原誤作「楊柳樹」，「河北李花榮」原誤作「江北李花營」；煬帝《索酒歌》「變紅輝」原誤作「奕紅輝」，今據《迷樓記》改。又，「杭靜夜半歌」，《迷樓記》作「抗聲夜歌」，「杭靜」實「抗聲」形近之誤讀。後世好奇者，則多從升庵，名此迷樓宮人曰「杭靜」矣。

〔二〕此升庵自注，然《海山記》無此文，當是偶然記誤也。

陸賈素馨《丹鉛總録》卷二十

陸賈《南中行紀》：「雲南中有花，惟素馨香特酷烈。彼中女子以綵絲穿花心，繞髻爲飾。」〔一〕梁章隱《詠素馨花》詩云：「細花穿弱縷，盤向緑雲鬟。」〔二〕用陸語也。貫花繞髻之飾，至今猶然。予嘗有詩云：「金碧佳人墮馬粧，鷓鴣林裏採秋芳。穿花貫縷盤香雪，曾把風流惱陸郎。」〔三〕姜夢賓笑謂予曰：「不意陸賈風流之案，千年而始發耶？」〔四〕

【箋　證】

〔一〕晉嵇含《南方草木狀》卷上：「耶悉茗花、末利花，皆胡人自西國移植於南海。南人憐其芳香，競植之。陸賈《南越行紀》曰：『南越之境，五穀無味，百花不香。此二花特芳香者，緣自胡國移至。不隨水土而變，與夫橘北爲枳，異矣。彼之女子，以綵絲穿花心以爲首飾。』」

〔二〕此梁章隱《詠素馨花》詩中句，全詩不存，見《全芳備祖》前集卷二十五「素馨花」。

〔三〕此詩見《升庵文集》卷三十四，題作《素馨花》，「採秋芳」作「鬬芬芳」。詩末自注云：「陸賈《南中行紀》云：『南中游女以綵絲貫素馨爲飾。』事載《南方草木狀》。貫花繞髻，今猶然。」

〔四〕姜夢賓，明正德中官禮部，嘗以疏諫武宗東巡岱嶽而獲罪下獄。

張仲舉詞用唐詩語《丹鉛總録》卷十九

張仲舉《踏莎行》云：「芳草平沙，斜陽遠樹，無情桃葉江頭渡。醉來扶上木蘭舟，將愁不去將人去。」〔一〕唐李群玉詩：「江上晴樓翠靄間，滿闌春水滿窗山。青楓緑草將愁去，遠入吴雲暝不還。」〔二〕張詞全用李詩語，若不知其出處，亦不見其工緻也。

【箋　證】

〔一〕張翥，字仲舉，晉寧人。至正初以薦爲國子助教，累官河南行省平章政事、兼翰林學士。有《蜕巖樂府》三卷。此引《踏莎行》上闋，《蜕巖詞》題作「江上送客」。又，此詞又見張元幹《蘆川歸來集》卷七及《蘆川詞》中，題作「别意」，有注云：「見《草堂别選》。」則當爲後人誤輯入者。

〔二〕此李群玉詩，見《李群玉詩集》卷中，題作《漢陽太白樓》，「滿闌」作「滿簾」。《文苑英華》卷三百十三、《萬首唐人絶句》七言卷二十七所載並同。「李群玉」原誤作「李端」，今據改。

張飛書《丹鉛總録》卷二十一

涪陵有張飛《刁斗銘》，其文字甚工，飛所書也。張士環詩云：「天下英雄只豫州，阿瞞不共戴天仇。山河割據三分國，宇宙威名丈八矛。江上祠堂嚴劍珮，人間刁斗見銀鈎。空餘諸葛秦州表，左袒何人復爲劉。」〔一〕

【箋　證】

〔一〕張士環此詩，載《全蜀藝文志》卷十九，題作《張飛刁斗》。《補續全蜀藝文志》卷五十五補録云：「長壽張飛廟有桓侯珮鈎刁斗，上鐫飛名，又有三印。張士環有詩云云。蓋指此也。」張士環，宋人，生平里第不詳。存詩一首，僅賴升庵此録傳名於世。按，張飛《刁斗銘》世無傳本，唯據士環此詩而知之。

張諲《丹鉛總録》卷二十

王右丞《贈張諲》詩云：「屏風誤點惑孫郎，團扇草書輕内史。」李頎亦贈諲云：「小王破體閑支策，落月梨花空滿壁。詩堪記室妬風流，畫與將軍作勍敵。」〔一〕其爲名流所重如此。記室，左思也。將軍，顧愷之也。諲之畫有《神鷹圖》，予猶及一見之於京肆，以索價太厚，未之購也。

【箋　證】

〔一〕此引王維詩句，題作《故人張諲工詩，善易卜，兼能丹青草隸。頃以詩見贈，聊獲酬之》，見《王右丞集》卷二。李頎詩，失題，唐張彦遠《歷代名畫記》卷十云：「張諲，官至刑部員外郎，明易象，善草隸，工丹青。與王維、李頎等爲詩酒丹青之友，尤善畫山水。」其後所引即此條所録王維詩句及李頎詩。宋陳思《書小史》卷十所載同，「閑支策」作「閑文策」；《唐詩紀事》卷二十、《唐才子傳》卷二所載，作「閑支策」，與此同，「支」當是「文」字之訛。「破體」原誤作「疲體」，據諸書改。升庵《墨池瑣録》卷二釋「破體」云：「唐僧貫休工篆隸，荆州守問其筆法。休曰：『此事須登壇而援，詎可草草言之。』此言最中理：登壇而援，言如人之登高，已至，壇上之人一舉手援之而已。未加苦功而欲求捷法，譬如坐井中而求援壇上，焉有此理耶！李頎《贈張諲詩》『小王破體閑支策』，人皆不解『破體』爲何語。按徐浩云：『鍾善真書，張稱草聖。右軍行法，小王破體，皆一時之妙。』破體，謂行書小縱繩墨，破右軍之體也。夫以小王去右軍不大相遠，已號破體，今世解學士之畫圈如鎮宅之符，張東海之顫筆如風癱之手，蓋王氏家奴所不爲，一世嚚然稱之，字學至此掃地矣。」升庵此解，後世誤讀，以爲「破體」，專謂「行草書」。錢鍾書先生於《管錐編》三《全漢文》卷十六中嘗細加辨證，歷舉「破體」非謂「行草書」之例，以爲：「藝事之體，隨時代而異，顧同時風氣所扇、一人手筆所出，復因題因類而異，詩、文、書、畫莫不然。『古文』之別於『今體』，是時異其體也。」「『破體』，乃破『今體』，即破當時通行之體之謂。不僅可施之詩、文、書、畫，復可以施之於人。謂『破體』必是行草書，見之未廣也」。

僞書誤人《丹鉛總録》卷十九

劉子玄曰：「郭子横《洞冥記》、王子年《拾遺記》，全構虚辭，用驚愚俗。」〔一〕卓哉，子玄之見也。余推其餘，如任昉《述異記》、殷芸《小説》、沈約《梁四公子記》、唐人《杜陽雜編》、《天寶遺事》，宋人《雲仙散録》、《清異録》、《杜詩僞蘇注》，盛行於時，殊誤學者。司馬公作《通鑑》，亦誤取《天寶遺事》〔二〕，況下此者乎！

【箋　證】

〔一〕「劉子玄曰」云云，見唐劉知幾《史通》卷十《内篇·雜述第三十四》。劉知幾，後名子玄，彭城人。幼以詞學知名，永隆元年登進士第，授獲嘉縣主簿。累遷左史，擢鳳閣舍人。景龍初，轉太子中允，仍修國史。景雲中，遷太子左庶子兼崇文館學士。開元初，爲左散騎常侍。後坐事貶安州別駕，卒。著《史通》二十卷。

〔三〕《資治通鑑》卷二百十六《唐紀》玄宗天寶十一載：「或勸陝郡進士張彖謁國忠，曰：『見之富貴立可圖。』彖曰：『君輩倚楊右相如泰山，吾以爲冰山耳！若皎日既出，君輩得無失所恃乎？』」即取五代王仁裕《開元天寶遺事》「依冰山」條之説。又，司馬光《資治通鑑考異》卷十四並取《禄山事跡》、温畬《天寶亂離西幸記》、王仁裕《開元天寶遺事》三書所記安禄山事，以爲「禄山穢亂後宮」之異文。

崇山《丹鉛總録》卷二十

驩兜崇山，今以爲湖廣之慈利縣，非也。《沈佺期集》有《從崇山向越裳》詩，其序云：「按《九真圖》，崇山至越裳四十里。杉谷起古崇山，竹谿從道明國來，於崇山北二十五里合水，欹缺藤竹明昧。有三十峰，夾水直上千餘仞，諸仙窟宅在焉。」其詩云：「朝發崇山下，暮坐越裳陰。西從杉谷度，北上竹谿深。竹谿道明水，杉谷古崇岑。」〔一〕以此證之，崇山乃在交廣之域爲是〔二〕。

【箋證】

〔一〕「崇山至越裳四十里」句原脱「至」字、「杉谷起古崇山」句原脱「起」字，據明銅活字本《唐五十家詩集》本《沈佺期集》校補。

〔二〕升庵此説，清閻若璩《四書釋地》「崇山」條嘗力辨其非。其以爲：「越裳，古國名，重九譯者。在秦爲象郡，兩漢爲九真郡，吴分置九德郡，梁曰德州。隋開皇十八年，改驩州。煬帝改日南郡。唐兩因之，理九德縣。佺期又有《移驩州廨》詩云：『古來堯禪舜，何必罪驩兜。』是真以州得名由驩兜也者。不知漢九真郡治胥浦縣，莽曰驩成，又領有咸驩縣。開皇十八年，改州名實本此。合之唐武德曾於咸驩縣置驩州，則『驩』與『歡』同，乃驩喜之驩，于驩兜了不相涉。佺期文人，多不契勘。」其辨甚是。王鳴盛《蛾術編》卷四十六「崇山」條云：「其地與交阯、東京衹隔一水，宋元並屬安南。明初嘗爲乂安府，後復委之安南，迤西接占城、林邑。」

黄眉墨妝《丹鉛總録》卷十八

「後周静帝令宫人黄眉墨妝」〔一〕，至唐猶然。觀唐人詩詞，如「蘂黄無限當山額」〔二〕，又「額黄無限夕陽山」〔三〕，又「學畫鴉黄半未成」〔四〕，又「鴉黄粉白車中出」〔五〕，又「寫月圖黄罷」〔六〕，其證也。然温飛卿詩有「豹尾車前趙飛燕，柳風吹散額間黄」之句〔七〕，王荆公詩亦云「漢宫嬌額半塗黄」〔八〕。事已起於漢，特未見所出耳。又《幽怪録》：「神女智瓊額黄。」〔九〕

【箋　證】

〔一〕此語見《説郛》卷七十七所載唐宇文士及《妝臺記》。《隋書》卷二十二《五行志》：「後周（静帝）大象元年……令天下車以大木爲輪，不施輻；朝士不得佩綬；婦人墨粧黄眉。」

〔二〕此温庭筠《菩薩蠻》詞中句，見《花間集》卷一。

〔三〕此温庭筠《偶游》詩中句，見《温飛卿詩集》卷四。

〔四〕此虞世南《應詔嘲司花女》詩中句，見《唐詩紀事》卷四「虞世南」下。

〔五〕此盧照隣《長安古意》詩中句，見《幽憂子集》卷二。

〔六〕此駱賓王《棹歌行》詩中句，見《駱賓王文集》卷五。

〔七〕此温庭筠《漢皇迎春辭》詩中句，《温飛卿詩集》卷二「車」作「竿」，「散」作「盡」，「額」作「眉」。

〔八〕此王安石《與微之同賦梅花得香字三首》第一首首句，見《臨川先生文集》卷二十。

〔九〕《太平廣記》卷四十《巴邛人》條云：有巴邛人家橘園，有二大橘，剖開每橘有二老叟，相對象戲。但與決賭，賭訖叟曰：「君輸我……智瓊額黄十二枚……」又有一叟曰：「……橘中之樂，不減商山，但不得深根固蒂，爲摘下耳。」後四人共乘龍去。末注「出《玄怪録》」。按《玄怪録》即《幽怪録》，檢宛委山堂本《説郛》卷一百十七所録牛僧孺《幽怪録》，中有「橘中之樂不減商山」條，即此文之節録。則升庵之説，當即據此。陳與義《陳簡齋集》卷七《蠟梅》詩，亦有「智瓊額黄且勿詩」之句。

黄鷩留《丹鉛總録》卷二十一

諺云：「黄鷩留，看我麥黄葚黑否。」見陸璣《草木疏》〔一〕。今作「黄栗留」。

【箋　證】

〔一〕陸璣《毛詩草木鳥獸蟲魚疏》卷下「黄鳥于飛」條：「黄鳥，黄鸝鶹也，或謂之黄栗留。……當葚熟時，來在桑間。故里語曰：『黄栗留，看我麥黄葚熟。』」陸璣，字元恪，吴郡人。吴太子中庶子，烏程令。

黄　蝶《丹鉛總録》卷十九

蝴蝶或白或黑，或五彩皆具，惟黄色一種，至秋乃多，蓋感金氣也。李白詩「八月蝴蝶黄」，深中物理。今本改「黄」爲「來」，何其淺也〔一〕？白樂天詩亦云：「秋花紫濛濛，秋蝶黄茸茸。」〔二〕

【箋　證】

〔一〕此李白《長干行》二首之第一首中句。宋本《李太白文集》卷四、《文苑英華》卷二百十一皆作「蝴蝶來」，注「一作黄」；宋祝穆《古今事文類聚》後集卷十三作「胡蝶黄」。則宋時即「來」、

「黄」並見矣。

〔二〕此白居易《秋蝶》詩中句，見《白氏長慶集》卷八。

菩薩鬘《丹鉛總録》卷十九

唐詞有《菩薩蠻》，不知其義。按小説：開元中，南詔入貢，危髻金冠，瓔珞被體，故號菩薩鬘。因以製曲〔一〕。佛經戒律云「香油塗身，華鬘被首」是也〔二〕。白樂天《蠻子朝》詩曰：「花鬘抖擻龍蛇動。」〔三〕是其證也。今曲名「鬘」作「蠻」，非也。

【箋證】

〔一〕《杜陽雜編》卷下：「大中初，女蠻國入貢……其國人危髻金冠，瓔珞被體，故謂之菩薩蠻。當時倡優遂製《菩薩蠻》曲，文士亦往往聲其詞也。」據此，「開元中南詔入貢」，當爲「大中初女蠻國入貢」也。升庵記誤。

〔二〕《菩薩本生鬘論》卷三：「其八戒者：一不殺生，二不偷盜，三不邪婬，四不妄語，五不飲酒，六者不得過日中食，七者不坐高廣大床，八者不得歌舞作樂、香油塗身。」又，《佛説觀無量壽佛經疏》：「八戒者，加不上高床，不著華鬘瓔珞，香塗身熏衣，不得歌舞作樂及往觀聽也。」

〔三〕此白居易新樂府《驃國樂》詩中句，見《白氏長慶集》卷三，其前一首爲《蠻子朝》，升庵蓋承前而偶誤。

揭　調《丹鉛總録》卷二十

樂府家謂揭調者，高調也。高駢詩：「公子邀歡月滿樓，佳人揭調唱《伊州》。便從席上西風起，直到蕭關水盡頭。」〔一〕

【箋　證】

〔一〕《太平廣記》卷二百「高駢」條載此詩，題作《聽歌》，「西風」作「秋風」。《萬首唐人絶句》七言卷四十七載此詩爲《贈歌者二首》之二，「佳人」作「雙成」，「西風」作「風沙」，「蕭關」作「陽關」。高駢，字千里。僖宗廣明初，官檢校太尉、東面都繞京、西京、北神策軍諸道兵馬等使，封渤海郡王。後爲部將畢師鐸所害。

斑　璘《丹鉛總録》卷十九

何晏《景福殿賦》：「光明熠爚，文彩璘斑。」〔一〕皇甫士安《勸志》：「青紫之璘斑。」〔二〕「璘斑」即「斕斑」也。「斕」字俗書，到溉《餉任昉杖》詩「文彩既斑爛」〔三〕，「爛」即俗「斕」字。韓文公詩「華燭光爛爛」，注亦作平音〔四〕。「斑斕」字古，勝俗用「斕」字〔五〕。

【箋　證】

〔一〕何晏《景福殿賦》，見《文選》卷十一。句下李善注引《埤蒼》曰：「璘班，文貌。」何晏，字平叔，南陽人。尚魏武帝金鄉公主。明帝時爲散騎常侍，遷尚書主選。附曹爽，爽敗伏誅。

〔二〕此皇甫謐《釋勸論》中語，原句作「忽金白之輝曜，忘青紫之斑瞵」。見《晉書》卷五十一《皇甫謐傳》，升庵誤記作「勸志」，當據改。皇甫謐，字士安，自號元晏先生，晉安定朝那人。嘗舉孝廉，不行。鄉親勸令應命，乃撰《釋勸論》以通其志。事跡具《晉書》本傳。

〔三〕此到溉《餉任新安班竹杖因贈》詩中句，見《藝文類聚》卷六十九。到溉，字茂灌，梁彭城武原人。武帝時官至散騎常侍、侍中、國子祭酒。

〔四〕此韓愈《江漢一首答孟郊》詩中句，見《昌黎先生文集》卷一。句下朱熹注引云：「或作炎炎。方云：『《楚辭》爛字叶平声。』」

〔五〕「勝」原作「體」，轉刻之訛，今據《丹鉛續録》卷九校改。

解紅《丹鉛總録》卷十八

曲名有《解紅》者，今俗傳爲吕洞賓作，見《物外清音》。其名未曉。近閲《和凝集》，有《解紅歌》云：「百戲罷，五音清，《解紅》一曲新教成。兩箇瑶池小仙子，此時奪卻《柘枝》名。」《樂書》云：「優童解紅舞，衣紫緋繡襦，銀帶，花鳳冠。」〔一〕蓋五代時人也。焉有吕洞賓在唐世預填此腔耶〔二〕？

【箋證】

〔一〕宋陳暘《樂書》卷一百八十四「兒童解紅」條云：「兒童《解紅舞》，衣紫緋繡襦，銀帶，花鳳冠綬帶。唐和凝《解紅歌》曰云云。則童兒《解紅》、《柘枝》之類也，其始於唐乎。」

〔二〕按清乾隆《御選歷代詩餘》卷一百十二《詞話》引《物外清音》云：「《解紅》相傳爲吕仙作。余考解紅爲和魯公歌童，其詞曰：『百戲罷，五音清，《解紅》一曲新教成。兩箇瑶池小仙子，此時奪卻《柘枝》名。』魯公自製曲也。按《解紅舞》，衣紫緋繡襦，銀帶，戴花鳳冠。五代時飾，焉有吕仙在唐季預爲此腔耶？」沈辰垣等人此録與升庵稍異，未知果係録自《物外清音》否？若果是，則升庵當見之而摘取其説也。和凝字成績，鄆州須昌人，舉進士，唐天成中歷翰林學士，知貢舉，所取皆一時之秀。後晉天福五年，拜中書侍郎同平章事。入漢，拜太子太傅，封魯國公。終於周。

解音賈《丹鉛總録》卷二十一

僧皎然《題周昉畫毗沙天王歌》：「憶昔胡兵圍未解，感得此神天上下。」〔一〕「解」讀如道家「尸解」之「解」，與「下」相叶。吴氏《韻補》，亦失此一字不收云。

【箋證】

〔一〕唐僧皎然此詩，見《杼山集》卷七，原題作《周長史昉畫毗沙天王歌》。「天上下」，《弘秀集》卷一所載同，涵芬樓景宋寫本《晝上人集》卷七作「天上擺」。

稱讚文章之妙《丹鉛總録》卷十八

王半山評歐文云：「積於中者，浩如江河之停蓄；發於外者，爛如日星之光輝。其清音幽韻，淒如飄風急雨之驟至；其雄辭閎辯，快如輕車駿馬之奔馳。」〔一〕又稱老泉文云：「其光芒燦爛，若引星辰而上也；其逸馳奔放，若決江河而下也。」〔二〕葉水心稱李巽巖之文曰：「風霆怒而江河流，六驥調而八音和，春暉秋明而海澄嶽靜也。」「曾點之瑟方希，化人之酒欲清。」〔三〕

【箋　證】

〔一〕見宋王安石《臨川先生文集》卷八十六《祭歐陽文忠公文》。

〔二〕此非王安石語，乃宋曾鞏《元豐類藁》卷四十一《蘇明允哀詞》中句，原作「其雄壯俊偉，若決江河而下也；其輝光明白，若引星辰而上也。」與升庵所引異，或其別有所本歟？

〔三〕此宋葉適《水心集》卷十二《巽巖集序》中句，「六驥調」原誤作「六驥飼」，據改。《升庵文集》卷五十二所載不誤。

路盈訪璽《丹鉛總録》卷十九

北魏段承根《贈李寶》詩：「世道衰陵，淳風殆緬。衢交問鼎，路盈訪壐。狗競爭馳，天機莫踐。」〔一〕「壐」，按《玉篇》與「彌」同。而此詩與「緬」、「踐」同韻，又以對「問鼎」，則音義皆不同，亦不知指何也。後考他本，乃是璽字，古文「爾」，從「璽」。見《說文》。

【箋證】

〔一〕段承根《贈李寶》詩凡七首，此第一首前六句，見《魏書》卷五十二《段承根傳》。「段承根」原脫「段」字，據補。按「壐」字，《魏書》即作「璽」，乃俗寫簡化而已，非另是一字也。段承根，武威姑臧人。魏太武帝拓拔燾時，太尉崔浩引爲著作郎。浩敗被殺。

瑟瑟《丹鉛總録》卷二十

白樂天《琵琶行》：「楓葉荻花秋瑟瑟。」〔一〕此句絶妙。楓葉紅，荻花白，映秋色碧也。瑟瑟，珍寶名，其色碧，故以「瑟瑟」影指「碧」字。讀者草草，不知其解也。今以問人，輒答曰：「瑟瑟者，蕭瑟也。」此解非是。何以證之？樂天又有《暮江吟》云：「一道殘陽照水中，半江瑟瑟半江紅。」〔二〕此「瑟瑟」豈蕭瑟哉？正言殘陽照江，半紅半碧耳。樂天有靈，必驚予爲千哉知音矣。

【箋　證】

〔一〕白居易《琵琶行》，見《白氏長慶集》卷十二，詩題「琵琶行」作「琵琶引」。

〔二〕「暮江吟」原誤作「暮江曲」，據《白氏長慶集》卷十九改。本書卷十「白樂天暮江吟」條不誤。

《升庵外集》卷二十另有「瑟瑟」一條，引證至詳，今録以備參：「白樂天《琵琶行》：『楓葉荻花秋瑟瑟。』今解者多以爲蕭瑟，非也。瑟瑟本是寶名，其色碧。此句言楓葉赤，荻花白，秋色碧也。或者咸怪今説之異。余曰：『曷不以樂天他詩證之。其《出府歸吾廬》詩曰：「嵩碧伊瑟瑟，重修香山寺。」排律云：「兩面蒼蒼岸，心中瑟瑟流。」《薔薇》云：「猩猩凝血點，瑟瑟蹙金匡。」《閒游即事》云：「寒食青青草，春風瑟瑟波。」《太湖石》云：「未秋已瑟瑟，欲雨先沉沉。」又云：「隱起磷磷狀，凝成瑟瑟胚。」亦狀太湖石也。《早春懷微之》云：「沙頭雨染斑斑草，水面風驅瑟瑟波。」《暮江曲》云：「一道殘陽照水中，半江瑟瑟半江紅。」諸詩以「瑟瑟」對「斑斑」，對「蒼蒼」，對「猩猩」，豈是蕭瑟乎？』唐詩惟白公用瑟瑟字多。其他則王周《嘉陵》詩云：『嘉陵江水色，一帶柔藍碧。天女瑟瑟衣，風梭曉來織。』亦玅。元鄧文原詩：『楚江秋瑟瑟，吴苑曉蒼蒼。』王庭筠詩：『帝遺名山護此邦，千家瑟瑟嵌西窗。山僧乞與堦前地，招客先開四十雙。』詩亦工。併此蕭遘《成都》詩曰：『月曉已開花市合，江平偏見竹簰多。好教載取芳菲樹，剩照岷天瑟瑟波。』魯交《野果》詩：『碧如瑟瑟紅靺鞨。』因解瑟瑟，併及之。」條末焦竑引陳懋仁按云：「《博雅》云：『瑟瑟，碧珠。』杜工部《石笋行》云：『雨多往往得瑟瑟。』」

詩用熨字《丹鉛總録》卷十八

《説文》：「熨，持火申繒也。」〔一〕一曰火斗，柳文所謂「鈷鉧」也〔二〕。古音「鬱」，今轉音「暈」。杜工部詩：「美人細意熨帖平。」〔三〕白樂天詩：「金斗熨波刀剪文。」〔四〕温庭筠詩：「緑波如熨割愁腸。」〔五〕陸魯望詩：「波平熨不如。」〔六〕又：「天如重熨皺。」〔七〕王君玉詞：「金斗熨秋江。」〔八〕晁次膺詞：「去日玉刀封斷恨，見時金斗熨愁眉。」〔九〕

【箋證】

〔一〕《説文解字》卷十上「熨」字：「从𡰥、又，持火，以尉申繒也。」與升庵所引稍異。

〔二〕《柳河東集》卷二十九有《鈷鉧潭記》、《鈷鉧潭西小丘記》，即升庵所指。

〔三〕此杜甫《白絲行》詩中句，見《九家集注杜詩》卷一。

〔四〕此白居易新樂府《繚綾》詩中句，見《白氏長慶集》卷四。

〔五〕「緑波如熨割愁腸」，此句今温集中不見，未知所出。

〔六〕「波平熨不如」，此句今陸集中未見。

〔七〕此皮日休和陸龜蒙詩，詩題爲《陸魯望讀襄陽耆舊傳，見贈五百言，過褒庸材，靡有稱是。然襄陽耆舊事歷歷在目，夫耆舊傳所未載者，漢陽王則宗社元勳，孟浩然則文章大匠，予次而贊之，因而寄答，亦詩人無言不酬之義也。次韻》，見《松陵集》卷一。升庵以爲陸詩，誤。

〔八〕《宋文鑑》卷十五載此爲《秋日白鷺亭向夕風晦有作》詩中句，題王琪作。《兩宋名賢小集》卷五十七所載同。王珪《華陽集》卷一亦載此，題作《白鷺亭詩》。按今本《華陽集》乃據《宋文鑑》等書輯出，此詩或爲誤録。王珪，字君玉。王琪，珪從弟，字禹玉。升庵此作「君玉」，誤，當據改。

〔九〕晁端禮此詩見《侯鯖録》卷二，詩云：「去日玉刀封斷恨，見來金斗熨愁眉。黄昏飲散歌闌後，懊惱水邊樓上時。」端禮字次膺，熙寧六年進士。晚以承事郎爲大晟府協律。有《閒適集》。

宋龔頤正《芥隱筆記》「金斗熨波」條云：「白樂天：『金斗熨波刀剪紋。』陸龜蒙：『波平熨不如。』又：『天如重熨皺。』温庭筠：『緑波如熨豁愁腸。』王君玉：『金斗熨沉香。』又：『金斗熨秋江。』」升庵此條蓋據此説而衍之。又，《升庵文集》卷六十三另有「尉斗」條，較此加詳，兹録以備參：「《隋書》：李穆奉尉斗於楊堅，曰：『願公執威柄以尉安天下。』史炤《通鑑釋文》：『尉斗，火斗。篆文从𡰥、从又、从火。又，偏傍手字，持火所以申繒也。俗加火作熨。』按《説文》尉與熨本一字，昌志切，從上按下也。又持火申繒也。字從𡰥。𡰥，音夷，平也。後世軍官曰校尉，刑官曰廷尉，皆取從上按下使平之義。尉斗申繒，亦使之平，加火作熨，贅矣。古音熾，轉音紆胃切。《王莽傳》有威斗，即尉斗也。威與尉音相近，轉音鬱。字一作㷉，省文作㷉。今俗言平曰㷉帖，杜詩『美人細意熨帖平』是也。《畫譜》

有《唐宫熨帛圖》。東坡詩：『象牀玉手熨寒衣。』白樂天詩：『金斗熨波刀剪文。』陸魯望詩：『波平熨不如。』温庭筠詩：『緑波如熨割愁腸。』又：『天如重熨皺。』王君玉詩：『金斗熨秋江。』諸公非不知字學，而字皆從俗，以便於觀者耳。」嘉靖本《升庵詩話》卷一亦有「詩用熨字」條：「《説文》：『熨，持火申繒也。』考詩人用熨字極少。杜工部詩：『美人細意熨帖平。』此乃正用也。白樂天詩：『金斗熨波刀剪文。』温庭筠詩：『緑波如熨割愁腸。』陸龜蒙詩：『波平熨不如。』又：『天如重熨皺。』王君玉詞：『金斗熨秋江。』此借用也。熨本謂火而云『熨江』、『熨波』，尤爲奇特，詩人翻案之妙如此。」

詩小序《丹鉛總録》卷十八

朱子作《詩傳》，盡去小序，蓋矯吕東萊之弊，一時氣信之偏，非公心也。馬端臨及姚牧庵諸家辯之悉矣〔一〕。有一條可發一笑，併記於此。小序云：「菁莪，樂育人才也。」〔二〕「子衿，學校廢也。」〔三〕《傳》皆以爲非。及作《白鹿洞賦》，有曰：「廣青衿之疑問。」又曰：「樂菁莪之長育。」〔四〕或舉以爲問，先生曰：「舊説亦不可廢。」此何異俗諺所謂「玉波去四點，依舊是王皮」乎？

【箋　證】

〔一〕「矯吕東萊之弊」，《四庫全書總目》卷十五《詩集傳提要》：「注詩亦兩易稿，凡吕祖謙《讀詩記》所稱『朱氏曰』者，皆其初稿，其説全宗小序，後乃改從鄭樵之説，是爲今本。……楊慎《丹鉛録》謂文公因吕成公大尊小序，遂盡變其説。雖臆度之詞，或亦不無所因歟。」又，同卷《詩序提要》云：「詩序之説紛如聚訟……以爲村野妄人所作，昌言排擊而不顧者，則倡之者鄭樵、王質，和之者朱子也。……馬端臨作《經籍考》，於他書無所考辨，惟《詩序》一事，反覆攻詰至數千言。」姚燧，字端甫，號牧庵，以薦爲秦王府文學，歷官至翰林學士承旨，集賢殿大學士。爲元世文章大家。然其《詩序》之説未見。「一時氣信之偏」句，「氣信」當爲「氣性」之誤。

〔二〕此《詩・小雅・菁菁者莪》小序，原作「菁菁者莪，樂育人才也」。

〔三〕此《詩・鄭風・子衿》小序，原作「子衿，刺學校廢也」。

〔四〕朱熹《白鹿洞賦》，見《朱文公文集》卷一。

詩文用字須有來歷《丹鉛總録》卷十九

先輩言杜詩、韓文無一字無來歷。予謂自古名家皆然，不獨杜、韓兩公耳。劉勰云：「『灼灼』狀桃花之鮮，『依依』盡楊柳之貌，『喈喈』逐黄鳥之聲，『嗷嗷』學鴻雁之響，雖復思經千載，將何易奪？」〔一〕信哉其言。試以「灼灼」舍桃而移之他花，「依依」去楊柳而著之别樹，則不通矣。近日詩流，試舉其一二：不曰「鶯啼」，而乃曰「鶯呼」；不曰「猿嘯」，而曰「猿唳」。蛇未嘗吟，而曰蛇吟〔二〕；蛩未嘗嘶，而曰蛩嘶〔三〕；厭「桃葉蓁蓁」，而改云「桃葉抑抑」〔四〕，桃葉可言「抑抑」乎？厭「鴻雁嗷嗷」，而强云「鴻雁嘈嘈」〔五〕，鴻雁可言「嘈嘈」乎？油然者，作雲之貌，未聞淚可言油然〔六〕。薦者，祭之名，「士無田則薦」是也，未聞送人省親而曰「好薦北堂親」也〔七〕。夜郎在貴州，而今送人官廣西恒用之〔八〕。孟諸在齊東，而送人之荆楚襲用之。泄瀉者，穢言也，寫懷而改曰泄懷，是口中暴痢也〔九〕。館甥，女婿也，上母舅詩，而自稱館甥，是欲亂其女也〔一〇〕。真如、諸天，禪家語也，而用之道觀〔一一〕。遠公、大顛，禪者也，而以贈道人。送人屢下第，而曰「批鱗書幾上」〔一二〕。本不用兵，而曰「戎馬」、「貔虎」〔一三〕。本不年邁，而曰「白髮衰遲」〔一四〕。未有興亡之感，而曰「麋鹿姑蘇」〔一五〕。寄雲南官府，而曰「百粵伏波」〔一六〕。試問之，曰：「不如此不似杜。」是可笑也。此皆近日號爲作手，偏刻廣傳者。後生效之，益趨益下矣。謂近日詩勝國初，吾不信也。而且互相標榜，不慚大言，造作名字，掩滅前輩，是可以世道慨，豈獨文藝之末乎？又有以騷人、墨客，而合之曰「騷墨」；見《雲南志》詩文。以汗牛充棟，而合之曰「汗充」，見《雲南甲午試録序》。皆文理不通，足以發後世一笑。

【箋證】

〔一〕升庵此引文見劉勰《文心雕龍·物色篇》，文字有所改易。原文作：「灼灼狀桃花之鮮，依依盡楊柳之貌，杲杲爲出日之容，瀌瀌擬雨雪之狀，喈喈逐黃鳥之聲，喓喓學草蟲之韻，皎日嘒星，一言窮理，參差沃若，兩字窮形。並以少總多，情貌無遺矣。雖復思經千載，將何易奪？」

〔二〕明李夢陽《空同集》卷二十一《太華山人歌》：「猿啼蛇吟萬壑靜，山人歸來淚交墮。」

〔三〕元王逢《梧溪集》卷一《寄王率初》：「笛樓雁過林滿霜，織户蛩嘶月涵水。」

〔四〕《空同集》卷十六《長干行》：「桃葉何柳柳，不謂君行久。」柳，聚也。柳柳，叢繁貌。升庵引作「抑抑」，誤，或别有所本。

〔五〕《空同集》卷三十二《再約陂泛屬風雨阻》：「朝來霧雨細細動，時有鴻鴈嘈嘈鳴。」

〔六〕《空同集》卷二十三《始謁徐祠》：「亦知遺像誤，瞻拜淚油然。」

〔七〕《禮記·王制》：「天子社稷皆大牢。諸侯社稷皆少牢。大夫士宗廟之祭，有田則祭，無田則薦。」《空同集》卷二十五《送鮑光雄南歸》：「山中采芳杜，好薦北堂親。」

〔八〕《空同集》卷二十五《顧子謫全州贈二首》之二：「山連夜郎密，瘴入桂林收。」

〔九〕明皇甫涍《皇甫少玄集》卷九《紫薇花行答子循》詩序云：「作《紫薇花行》以泄懷舊之思。」按：「寫」同「瀉」，與「泄」通。

〔一〇〕《空同集》卷三十一《甥嘉謫官過汴僦舍而居以時炎熱》：「萬里嚴程此一州，問親娱舅爾須留。……館甥舊地花仍好，得暇頻來看海榴。」

〔一一〕《空同集》卷二十四《初春飲大道觀因題》：「白頭風物裏，爛醉是真如。」又，同卷《大道觀會飲》：「丹青半磨滅，何處問諸天。」

〔一二〕《空同集》卷二十六《送張生還金齒》二首之二：「批鱗書幾上，埸翅首頻回。」

〔三〕《空同集》卷三十二《己巳守歲》：「傷心蜀漢新戎馬，觸目中原半草萊。」又，卷二十九《晚晴步園》：「幸有桑麻供暮景，苦聞豺虎徧中原。」

〔四〕《空同集》卷十八《明星篇》：「明星曉落宵還見，白髮黄金愁殺人。」有序云：「正德間，早起聞内教場砲喊之聲，作此篇也。」時夢陽四十餘。又，卷二十三《庚午除日》：「于今將四十，始悟昔年非。白髮誰能那，紅顔我漸違。」時夢陽三十七歲。

〔五〕《空同集》卷三十《追舊寄徐子》：「日黑魚龍悠夢澤，草青麋鹿上姑蘇。」

〔六〕《空同集》卷二十《龍州歌送沈編修使安南》：「烏蠻灘頭苦竹密，伏波廟前春日西。」

詩文奪胎《丹鉛總録》卷十九

後漢肅宗詔曰：「父戰於前，子死於後。弱女乘於亭障，孤兒號於道路。老母寡妻，設虚祭，飲泣淚，想望歸魂於沙漠之表，豈不哀哉！」李華《弔古戰場文》祖之。陳陶《隴西行》云：「可憐無定河邊骨，猶是春閨夢裏人。」可謂得奪胎之妙〔一〕。

【箋證】

〔一〕參本書卷五「奪胎换骨」條、卷十一「陳陶隴西行」條。

鳳林《丹鉛總録》卷二十一

《水經》：「河水又東，歷鳳林北。」注：「鳳林，山名，五巒俱峙。」[一]杜詩：「鳳林戈不息，魚海路常難。」[二]張籍詩：「鳳林關裏水長流，白草黄榆六十秋。邊將皆承主恩澤，無人解道取涼州。」[三]

【箋證】

〔一〕此句並注，均見《水經注·河水》，「河水又東」原誤作「河水必東」，「五巒」原誤作「五蠻」，據改。按所引注文下尚有「耆彦云『昔有鳳鳥飛游五峰，故山有斯目矣』」之語，知作「蠻」必誤矣。

〔二〕此杜甫《秦州雜詩二十首》第十九首中句，見《九家集注杜詩》卷二十。

〔三〕此張籍《涼州詞三首》第三首中句，見《張司業集》卷七，「水長流」作「水東流」。

擣衣《丹鉛總録》卷二十

《字林》云：「直舂曰擣。」古人擣衣，兩女子對立，執一杵，如舂米然。今易作卧杵，對坐擣之，取其便也。嘗見六朝人畫《擣衣圖》，其制如此。圖後有行書魏璀賦云〔一〕：「夜如何其，秋兮已半〔二〕。拽魯縞〔三〕，攘皓腕。始於摇揚，終於凌亂。驚飛燕之兩行，遏彩雲而一斷〔四〕。隱高樓而如動，度遥城而如散。夜有露兮秋有風，杵有聲兮衣可縫，佳人聽兮意何窮。步逍遥於涼景，暢容與於晴空。黄金釵兮碧雲髮，白綸巾兮青女月〔五〕，佳人聽兮良未歇。臂長虹兮乍開〔六〕，凌倒景而將越。但見餘韻未畢〔七〕，微影方流。逶迤洞房，半入宵夢；窈窕閒館，方增客愁。李都尉以胡笳動泣，向子期以鄰笛增憂。古人獨感於聽，今者況兼乎秋〔八〕。願君無按龍泉色，誰道明珠不可投。」賦雖非偶，自是齊梁風流之習也。

【箋證】

〔一〕元王禎《王氏農書》卷二十一有《砧杵圖》，並云：「砧杵，擣練具也……古之女子對立，各執一杵上下擣練於砧，其丁東之聲，互相應答。今易作卧杵，對坐擣之，又便且速，易成帛也。」其下即載魏璀此賦。「魏璀」原誤作「魏瓘」，據《王氏農書》卷二十一改。《文苑英華》卷一百九亦載此賦，題《擣練賦》，作者亦作「魏璀」。魏璀，生卒年里不詳，唐天寶十年李巨卿下與錢起等人同時登第。《文苑英華》卷一百八十四並載諸人《省試湘靈鼓瑟詩》。據知，升庵所謂「六朝人」所畫之《擣衣圖》，實《王氏農書》之圖；其説之所據，亦即此書也。

〔二〕「夜如何其秋兮已半」，《王氏農書》同，《文苑英華》作「夜如何其秋未半」。二書所載，此句前均有「細腰杵兮木一枝，女郎砧兮石五彩。聞後響而已續，聽前聲而猶在」四句。

〔三〕「拽魯縞」前，二書並有「於是」二字。

〔四〕二書「驚飛燕之兩行」前並有「四振五振」四字，「遏彩雲而一斷」前並有「六舉七舉」四字。「飛燕」，二書並作「飛鴈」。

〔五〕「白綸巾」，二書並作「白素巾」。

〔六〕「臂長虹」，二書並作「擘長虹」。

〔七〕「但見」，二書並作「是時也」。

〔八〕此句下《文苑英華》有「屬南昌舊福，東魯前丘。昇黄綬之堂，論文謝賈；入素王之廟，捧瑟齊由」。《王氏農書》則云：「此下尚有二聯，此本節去。」升庵所録亦略此數句，其所見爲《王氏農書》，此又一證也。

銀燭《丹鉛總録》卷二十

《穆天子傳》：「天子之寶，璿珠燭銀。」郭璞曰：「銀有精光如燭也。」〔一〕梁簡文詩：「燭銀踰漢女，寶鐸邁昆吾。」〔二〕江總《貞女峽賦》：「含照曜之燭銀，泝潺湲之膏玉。」〔三〕唐人詩用「銀燭」字本此。

【箋證】

〔一〕《穆天子傳》卷一：「天子之珤，玉果、璿珠、燭銀、黄金之膏。」郭璞注「燭銀」曰：「銀有精光如燭。」「琡」即「寶」字。

〔二〕此梁簡文帝《望同泰寺浮圖》詩中句，見《藝文類聚》卷七十六，「漢女」作「漢汝」。

〔三〕江總《貞女峽賦》見《藝文類聚》卷六，「泝」作「渧」。「渧」即「滴」也。《漢魏六朝百三家集》卷一百五《江總集》所載作「滴」。

爾公爾侯《丹鉛總録》卷二十

宋人經義云：「以爾爲公，則夙夜在公；以爾爲侯，則謹爾侯度。勞於王事，逸無期矣；職思其憂，豫無期矣。何如怡然處順，慎哉爾之優游，確乎不拔，勉哉爾之遁思乎？蓋爲國家計，則深惜賢者之去；爲賢者計，則又深體其情之不容不去也。」〔一〕此深得詩人之旨，可補《詩傳》之未備，故特録之。

【箋　證】

〔一〕《詩・小雅・祈父之什・白駒》第二章：「皎皎白駒，賁然來思。爾公爾侯，逸豫無期。慎爾優游，勉爾遁思。」詩言箕子將去，武王留餞之。《詩傳大全》卷十一解之曰：「言此乘白駒者，若其肯來，則以爾爲公、以爾爲侯，而逸樂無期矣。猶言：横來大者王，小者侯也。豈可以過於優游，決於遁思，而終不我顧哉。蓋愛之切，而不知好爵之不足縻；留之苦，而不恤其志之不得遂也。」升庵進而發明之。明何楷《詩經世本古義》卷九引録升庵此説，略去「何如怡然」

至「遁思乎」四句，稱之曰：「此深得詩人微旨。」

褥𦆔芙蓉《丹鉛總録》卷二十一

《集韻》：「縫衣曰𦆔。」〔一〕今俗云「穿針𦆔綫」是也。杜詩「褥𦆔繡芙蓉」，而字借「隱」〔二〕。

【箋證】

〔一〕此見《集韻》卷五，原文「𦆔」字下注：「《博雅》：紩也。一曰縫衣相合。」釋義與升庵説不盡合。

〔二〕此杜甫《李監宅》詩中句。見黄鶴《補注杜詩》卷十七，「褥𦆔」作「褥隱」，下引師尹注曰：「隱如隱几之隱，倚也。」仇兆鰲《杜詩詳注》則取升庵之説。

朅來《丹鉛總録》卷二十一

今文語辭「朅來」、「聿來」，不知所始。按《楚辭》：「車既駕兮朅而歸，不得見兮心傷悲。」舊注：「朅，去也。」〔一〕又按《吕氏春秋》：「膠鬲見武王于鮪水，曰：『西伯朅去？無欺我也。』武王曰：『不子欺，將伐殷也。』膠鬲曰：『朅至？』武王曰：『將以甲子日至。』」注：「朅，何也。」〔二〕若然，則「朅」之爲言「盍」也。若以解《楚辭》，則謂「車既駕矣，盍而歸乎」，以不得見而心傷悲也。意尤婉至。則今文所襲用「朅來」者，亦謂「盍來」也。非是發語之辭矣。《文選》注劉向《七言》曰：「朅來歸耕永自疏。」顔延年《秋胡妻》詩曰：「朅來空復辭。」〔三〕義皆謂「盍來」始通。

【箋證】

〔一〕此宋玉《九辯》中語，宋洪興祖《楚辭補注》卷八補注曰：「朅，丘傑切，去也。」

〔二〕「武王至鮪水，殷使膠鬲候周師。武王見之，膠鬲曰：『西伯將何之？無欺我也。』武王曰：『不子欺，將之殷也。』膠鬲曰：『朅至？』武王曰：『將以甲子至殷郊，子以是報矣。』膠鬲行。」高誘注：「朅，何也。」

〔三〕《文選》卷二十一顔延年《秋胡詩》：「高節難久淹，朅來空復辭。」李善注云：「劉向《七言》曰：『朅來歸耕永自疎。』王逸《楚辭》注曰：『朅，去也。』」

靺鞨《丹鉛總録》卷二十一

靺鞨，國名，古肅慎地也。其地産寶石，大如巨栗，中國謂之「靺鞨」〔一〕。文與可《朱櫻歌》云：「金衣珍禽弄深樾，禁籞朱櫻斑若纈。上幸離宮促薦新，藤籃寶籠貂璫發。凝霞作丸珠尚軟，油露成津蜜初割。君王午坐鼓《猗蘭》，翡翠一盤紅靺鞨。」〔二〕葛魯卿《西江月》詞云：「韎鞨斜紅帶柳，琉璃漲緑平橋。人間花月見新妖，不數江南蘇小。恨寄飛花蔌蔌，情隨流水迢迢。鯉魚風送木蘭橈，回棹荒鷄報曉。」〔三〕二公詩詞，皆用韎鞨事，人罕知者，故特疏之。

【箋證】

〔一〕《隋書》卷八十一《韎鞨列傳》：「韎鞨，在高麗之北，邑落俱有酋長，不相總一。凡有七種……其六曰黑水部，在安車骨西北。……黑水部尤爲勁健，自拂涅以東，矢皆石鏃，即古之肅慎氏也。」《新唐書》卷二百十九：「黑水韎鞨，居肅慎地，亦曰挹婁，元魏時曰勿吉。」皆不言其國産紅韎鞨。又《舊唐書》卷十《肅宗紀》：「楚州刺史崔侁獻定國寶玉十三枚……七曰紅韎鞨，大如巨栗，赤如櫻桃。」曾慥《類説》卷七《唐寶記》記云：「肅宗元年建子月，(尼)真如爲神人召往化城，見天帝，授以八寶，俾獻于朝，以消沴氣。真如乃并前五物皆獻之，諸寶置之日中，光氣連天。肅宗被疾，召代宗曰：『汝自楚王爲太子，今天賜寶于楚州，天祚汝也。宜謹保之。』代宗受賜，改元寶應。自是兵革少息，海内小康。」其八寶之六曰「紅韎鞨，大如巨栗，赤爛如朱櫻桃，視之疑不可觸，擊之至堅，不可破」。升庵蓋據此而聯及文同之《朱櫻歌》。而文詩並葛詞，所詠實僅止櫻桃而已。

〔二〕宋高似孫《緯略》卷十「紅韎鞨」條引文同此詩，評云：「此歌最稱奇絶。然『韎鞨』二字人少用。按《唐寶記》曰：『紅韎鞨，大如巨栗，赤爛如朱櫻，視之如不可觸，觸之甚堅，不可破。』施此事於櫻桃，尤爲奇切。不讀《寶記》，未知文公用事之妙也。」此詩汲古閣本《丹淵集》卷三所載，「凝霜」作「凝霞」、「午坐鼓」作「日午坐」。文同，字與可，宋梓州梓潼人。蘇軾姑表兄弟也。以學名世，操韻高潔，自號笑笑先生。皇祐元年進士，解褐爲邛州軍事判官，初官太常博士、集賢校理。後歷知陵州、洋州。元豐初，改知湖州，卒。有《丹淵集》。文同擅墨竹，爲世所寶。

〔三〕此引詞汲古閣本《丹陽詞》題作《泛舟》，「花月」作「風月」。葛勝仲，字魯卿，宋江陰人。哲宗紹聖四年進士，授杭州司禮參軍。元符中薦試學官及詞科，俱第一，除兗州教授，入爲太學正。遷禮部員外郎，徙太常少卿。出知汝州，改湖州。紹興元年丐祠歸，卒，謚文康。《宋史·文苑》有傳。

盤渦《丹鉛總録》卷二十一

蜀江三峽中，水波圓折者，名曰盤渦〔一〕。「盤」音「漩」。杜詩：「盤渦鷺浴底心性。」〔二〕張𧄼《黄牛峽》詩：「盤渦逆入嵌崆地，斷壁高分繚繞天。」〔三〕

【箋證】

〔一〕「盤渦」原脱「渦」字，據《丹鉛續録》卷九、《升庵文集》卷七十七補。

〔二〕此杜甫《愁》詩中句，見《九家集注杜詩》卷二十七。

〔三〕張蠙，字象文，唐清河人。早有詩名，與許棠、張喬、周繇號「九華四俊」。登乾寧二年進士第，爲校書郎，調櫟陽尉，遷犀浦令。入蜀拜膳部員外郎，終金堂令。有詩一卷。此引詩見《張象文詩集》卷二，題作《過黄牛峽》。《輿地紀勝》卷七十三以此詩爲李白作，「盤渦逆入嵌崆地」作「盤渦迸入空虚地」。

請　急《丹鉛總録》卷二十一

杜工部《偪側行》：「已令請急會通籍。」〔一〕黄山谷云：「晉令：急假者，五日一急，一歲則六十日。」《晉書》「車武子早急出，詣子敬，盡急而還」是也〔二〕。

【箋　證】

〔一〕見《九家集注杜詩》卷三。

〔二〕《山谷集》别集卷四：「杜詩《偪仄行》：『已令請急會通籍。』《晉令》：急假者，五日一急，一歲以六十日爲限。書記所稱急、取急，皆謂假也。『車武子早急出，詣子敬，盡急而還』是也。」山谷所謂《晋令》，見《初學記》卷二十「政理部」。其後引劉義慶《世説》云：「車武子爲侍中，與東亭諸人期共游集。車早急出，過詣王子敬。車求去，王問：『何以匆匆？』車答曰：『與東亭諸人期共行。』王曰：『卿何乃作此不急行？』車遂不敢去，盡急而還。」「詣子敬」原誤作「謁子敬」，據改。升庵謂出《晉書》，臆測之辭。

劉須溪《丹鉛總録》卷十九

廬陵劉辰翁會孟，號須溪，於唐人諸詩集及李、杜、蘇、黄大家，皆有批點。又有《批評三字口義》及《世説新語》。士林服其賞鑒之精博，然不知其節行之高也。余見元人張孟浩贈須溪詩云：「首陽餓夫甘一死，叩馬何曾罪辛巳？淵明頭上漉酒巾，義熙以後爲全人。」〔一〕蓋宋亡之後，劉公竟不出仕也。噫，是與伯夷、陶潛何異哉！須溪私印，古篆「三代人物」四字自許〔二〕，良不爲過。張孟浩蓋亦同時合志者。他如閩中之謝皋羽、徽州之胡餘學、慈溪之黄東發、峨眉之家鉉翁〔三〕，自以中國遺人，不屈夷狄者，不知其幾。宋朝待士之厚，其效可驗矣。

【箋　證】

〔一〕張孟浩，宋末元初人，生平里第無考。

〔三〕明宋濂《宋學士文集》卷十七「題王羲之真跡後」條云：「昔年危内翰太樸出示羲之《野皃帖》，且云別有《喜色帖》在江右，出自丞相周益公家。傳授次第，一一有據。須溪劉會孟評之，謂如蘭亭裹鮓，尤爲佳絶。濂恨未見之。近豫章人士來求墓文，忽持此帖爲贄，須溪題識宛然居後。因驚喜曰：『此殆太樸所言者。』徧示中朝善書者，咸定爲真跡無疑。或取唐臨者比之，神氣復然不侔。鄱陽劉彥炳，最號精鑒法書，日閱此而不厭，狂欲起舞。真僞之辨，固自有異哉！須溪所書，名中藏『三代人物』字，僞署者輒易別。謾并及之。」升庵或據此爲説也。

〔三〕《升庵文集》卷四十九所載此條，「黄東發」下有此六字，今據補。

劉靜修跋王子端書《丹鉛總録》卷十九

「『子端振衣起遼海，後學一變爭奇新。黄山驚歎竹谿泣，鍾鼎騷雅潛精神。』默翁語也。『雪溪仙人詩骨清，畫筆尚餘詩典刑。』『聲光舊塞天壤破，議論今著兒曹輕。』遺山語也。二公之言，必有能辨之者。東坡謂書至於顔柳，而鍾王之法益微；詩至於李杜，而魏晉以來高風絶塵亦少衰矣。朱文公亦以爲然。默翁蓋知此者，是以不取於子端矣。」〔一〕子端名庭筠，號雪溪〔二〕。黄山，趙秉文也〔三〕。竹谿，黨學士也〔四〕。默翁，徒單修撰也〔五〕。

【箋證】

〔一〕此上全引劉因《書王子端草書後》之文，見《靜修先生文集》卷二十二。默翁，謂楊宏道；遺山，謂元好問也。所引默翁詩，爲《王子端溪橋濛雨圖》詩中句，見《四庫》輯本《小亨集》卷二。所引遺山詩二聯，乃其《王黄華墨竹爲郭輔之賦》詩中句，見《遺山先生集》卷五。

〔二〕王庭筠，字子端，遼東熊岳人。金大定十六年進士，任恩州軍事判官、館陶主簿。明昌元年以言事罷選，乃退居彰德，讀書黄華山寺，自號黄華山主。明昌三年召爲應奉翰林文字。有《黄華集》。

〔三〕趙秉文，字周臣，號閑閑，磁州滏陽人。金大定二十五年進士。歷仕世宗、章宗、衛紹王、宣宗、哀宗五朝。官終禮部尚書兼侍讀、修國史、知集賢院。有《滏水集》。然以「黄山」爲趙秉文則誤。黄山，趙渢自號也。渢字文孺，東平人。金大定二十二年進士，仕至禮部郎中。工書，趙秉文云：「渢之正書，體兼顔蘇；行草備諸家體，其超放又似楊凝式，當處蘇黄伯仲間。」與党懷英齊名，號「党趙」。有《黄山集》行於世。

〔四〕党懷英，字世傑，號竹溪，同州馮翊人。金大定十年進士。歷官莒州軍事判官、國史院編修、翰林學士、泰定軍節度使，終翰林學士承旨。卒謚文獻。懷英善屬文，明昌間主文壇，學者宗之。

〔五〕楊宏道，字叔能，號素庵，又號默翁，淄川人。興定五年，與元好問定交於汴。正大元年，監麟游酒税。後避亂入宋，任襄陽府學教諭。理宗瑞平二年，任唐州司户。元兵南下，北歸濟源，以詩酒自娱，終於家。有《小亨集》十五卷，佚，今存《四庫》輯本六卷。升庵謂「默庵」爲「徒單修撰」，誤。按：徒單，金姓，又作圖克坦。「徒單修撰」，未知所指，或謂徒單鎰，《金史》卷九十九有傳。

劉勰論文《丹鉛總録》卷十九

劉勰云：「鉛黛所以飾貌，而盼倩生於淑姿；文采所以飾言，而辯麗本於情性。」予嘗戲

云：「美人未嘗不粉黛，粉黛未必皆美人。奇才未嘗不讀書，讀書未必皆奇才。」〔一〕

【箋　證】

〔一〕劉勰此文及升庵之評，見《升庵批點文心雕龍》卷七。下文云：「故情者文之經，辭者理之緯；經正而後緯成，理定而後辭暢，此立文之本源也。昔詩人什篇，爲情而造文；辭人賦頌，爲文而造情。何以明其然？蓋《風》《雅》之興，志思蓄憤，而吟詠情性，以諷其上，此爲情而造文也；諸子之徒，心非鬱陶，茍馳夸飾，鬻聲釣世，此爲文而造情也。」升庵復評曰：「屈原《楚辭》，有疾痛而自呻吟也。東方朔以下擬《楚辭》，强呻吟而無疾痛者也。」

鋃　鐺《丹鉛總録》卷二十一

《後漢書》：「崔烈以鋃鐺鏁。」上音狼，下音當。鋃鐺，大鏁也。今多訛作金銀之「銀」，至有「銀鏁三公脚，刀撞僕射頭」之句。其傳訛習舛如此〔一〕。

【箋　證】

〔一〕《後漢書》卷八十二《崔駰傳》附《崔寔傳》：漢獻帝初，崔鈞與袁紹俱起兵山東，董卓乃收崔鈞父崔烈「付郿獄，錮之鋃鐺鐵鎖」。唐李賢注云：「《説文》曰：『鋃鐺，鎖也。』鋃音郎，鐺音當。」升庵此條，則出顔之推《顔氏家訓》卷上：「《後漢書》『囚司徒崔烈以鋃鐺鏁。』鋃鐺，大鏁也，世間多誤作金銀字。武烈太子亦是數千卷學士，嘗作詩云：『銀鏁三公脚，刀撞僕射頭。』爲俗所誤。」顏氏原注云：「上音狼，下音當。」

蝦蟆陵《丹鉛總録》卷二十

白樂天詩：「自言本是京城女，家在蝦蟆陵下住。」〔一〕蝦蟆陵在長安〔二〕。謝良輔詩：「取酒蝦蟆陵下，家家守歲傳巵。」〔三〕齊己詩：「翠樓春酒蝦蟆陵，長安少年皆共矜。」〔四〕

【箋證】

〔一〕此白居易《琵琶引》中句，見《白氏長慶集》卷十二。

〔二〕宋敏求《長安志》卷十一：「蝦蟇陵，在縣南六里。韋述《西京記》：『本董仲舒墓。』李肇《國史補》曰：『昔漢武帝幸芙蓉園，即秦之宜春苑也，每至此墓下馬，時人謂之下馬陵。歲月深遠，誤爲蝦蟇爾。』」

〔三〕謝良輔《憶長安十二詠》：「憶長安，臘月時，温泉綵仗初移。瑞氣遥迎鳳輦，日光先暖龍池。取酒蝦蟇陵下，家家守歲傳巵。」見《唐詩紀事》卷四十七。《歲時雜詠》卷四十六亦載之。謝良輔，天寶十一年進士。德宗時，刺商州，爲團練所殺。

〔四〕此僧皎然《長安少年行》中句，見《晝上人集》卷七。《文苑英華》卷一百九十四、《樂府詩集》卷六十六、《萬首唐人絶句》七言卷六十三並同。升庵以爲齊己，誤。

論詩畫《丹鉛總録》卷二十一

東坡先生詩曰：「論畫以形似，見與兒童鄰。作詩必此詩，定知非詩人。」〔一〕言畫貴神，詩貴韻也。然其言有偏，非至論也。晁无咎和公詩云：「畫寫物外形，要物形不改。詩傳畫外意，貴有畫中態。」〔二〕其論始爲定。蓋欲以補坡公之未備也。

【箋證】

〔一〕此東坡《書鄢陵王主簿所畫折枝二首》第一首中句，見《集注分類東坡先生詩》卷十一。

〔二〕此晁補之《和蘇翰林題李甲畫雁二首》第一首中句，見《雞肋集》卷八。升庵以爲晁以道，非，今據改。晁補之，字无咎，鉅野人。元豐間進士。元祐中除校書郎。紹聖初落職，監信州酒税。大觀中知泗州，卒於官。與黄庭堅、張耒、秦觀齊名，稱「蘇門四學士」。晁以道，名説之，號景迂，補之族弟也。有《景迂生集》二十卷。

澀浪《丹鉛總録》卷二十一

蔡衡仲一日舉温庭筠《華清宫》詩「澀浪浮瓊砌，晴陽上綵斿」之句〔一〕，問予曰：「澀浪，何語也？」予曰：「子不觀《營造法式》乎？宫牆基，自地上一丈餘，叠石凹入如崖隒狀，謂之叠澀。石多作水文，謂之澀浪。」衡仲歎曰：「不通《木經》，知『澀浪』爲何等語耶！」〔二〕因語予曰：「古人賦景福、靈光、含元者〔三〕，一一皆通《木經》，以郭熙界畫樓閣知之耳。」〔四〕

【箋證】

〔一〕蔡昂，字衡仲，明嘉定人。嘉靖中官翰林侍講學士，歷禮部左右侍郎。此詩《温飛卿詩集》卷六所載題作《過華清宫二十二韻》，「澀浪浮瓊砌」作「細浪涵瑶甃」，「細」下注「一作澁」。《才調集》卷二作「澁浪涵瑶甃」。

〔二〕宋晁公武《郡齋讀書志》後志卷一著録《將作營造法式》三十四卷。云：「皇朝李誡撰。熙寧初，敕將作監編修營造法式。誡以爲未備，乃考究經史，詢訪匠氏以成此書，頒于列郡。世謂喻皓《木經》極爲精詳，此書蓋過之。」喻皓，五代吴越杭州人。《夢溪筆談》卷十八云：「營舍之法，謂之《木經》，或云喻皓所撰。」按《營造法式》今存，其卷三「石作制度」中多述叠澀之法。叠澀，古代建築術語，謂磚石壘砌時層層内收或外延，以加固牆基柱腳，亦可拼砌花紋以裝飾之。

〔三〕魏何晏有《景福殿賦》，後漢王延壽有《魯靈光殿賦》，皆見《文選》卷十一。唐李華有《含元殿賦》，見《文苑英華》卷四十八。

〔四〕郭熙，字淳夫。宋郭若虚《圖畫見聞誌》卷四云：「郭熙，河陽温人。今爲御書院藝學，工畫山水寒林。」又，宋劉道醇《宋朝名畫評》卷三「屋木門」云：「郭忠恕，字恕先，無棣清河人。有藝文，善篆籀隸書。周時爲國子博士，兼宗正左丞。太祖有天下，忠恕忤旨，流嶺南，道死。……忠恕尤能丹青，爲屋木樓觀，一時之絶也。上折下算，一斜百隨，咸取磚木諸匠本法，略不相背。其氣勢高爽，户牖深祕，盡合唐格，尤有可觀。」據此，則以「界畫樓閣」稱者乃五代郭忠恕，非宋郭熙也。蔡昂此説誤。

雙鯉《丹鉛總録》卷十八

古樂府詩：「尺素如殘雪，結成雙鯉魚。要知心裏事，看取腹中書。」〔一〕據此詩古人尺素結爲鯉魚形即緘也，非如今人用蠟。《文選》：「客從遠方來，遺我雙鯉魚。」即此事也。下云「烹魚得書」，亦譬況之言耳，非真烹也。五臣及劉履謂古人多於魚腹寄書，引陳涉「罩魚倡禍」事證之〔二〕，何異癡人説夢邪！

【箋證】

〔一〕此唐李季蘭《結素魚贈友人》詩，宋葉廷珪《海録碎事》卷九、《唐詩紀事》卷七十八皆載之。李冶，字季蘭，吴興人，女道士，與劉長卿、陸羽、僧皎然同時。

〔二〕所引詩句，見六臣本《文選》卷二十七，乃古樂府詩《飲馬長城窟行》中句。其下二句云：「呼兒烹鯉魚，中有尺素書。」五臣吕向注曰：「相思之甚，精誠感通，若夢寐之間，似有所使自夫所來者，遺我雙鯉魚。魚者，深隱之物，不令漏洩之意耳。命家童殺而開之，中遂得夫書也。尺素，絹也。古人爲書，多書於絹。」元劉履有《風雅翼》十四卷，其卷一選入此詩，然其下無注。檢宋陳仁子《文選補遺》，其卷八載桓譚《言信讖譸賞疏》，題下引宋戴溪語云：「陳涉起事，念鬼以威衆，取帛書置魚腹中，世之姦人始假文書以惑衆矣。」或升庵誤記此語邪？

莪　草《丹鉛總録》卷二十一

杜工部有《除莪草》詩云：「草有害於人。」〔一〕莪，音燖，蜀名莪麻，或作「蕁」，非。

【箋　證】

〔一〕此杜甫《除草》詩首句，見《九家集注杜詩》卷十一，詩題無「莪」字。題下注云：「去藙草。藙，徐鹽反，或音潛。蘇東坡云：『藙草，蜀中謂之毛藙。毛芒可畏，觸之如蜂蠆。治風疹，以此點之，一身失去。葉背紫者入藥。藙，山韭。』」所引「蘇東坡曰」云云，見《仇池筆記》卷下。按：《仇池筆記》「藙」各本皆作「莪」，注杜者引其説，以字書無莪字，皆改作藙。而升庵見《仇池筆記》作「莪」，乃特出此條，據其説以辨杜注「藙（蕁）」字之非。然據《集千家注杜工部詩集》卷十四所注，「去藙也」三字，乃杜甫自注。如此，則《仇池筆記》作「莪」，乃東坡記述之疏（《正字通》亦有「《蘇集》『藙』訛作『莪』」之説）。而升庵據東坡之誤爲説，實不足取也。宋張邦基《墨莊漫録》卷七云：「川峽間有一種惡草，羅生於野，雖人家庭砌亦有之，如此間之蒿蓬也。

土人呼爲藙麻。其枝葉，拂人肌肉即成瘡疱，浸淫潰爛，久不能愈。杜子美《除草》詩所謂『草有害於人，曾何生阻修。其毒甚蜂蠆，其多彌道周』，蓋謂此也。」亦可證杜注「藙」字不誤也。

諺語有文理《丹鉛總録》卷十九

諺語云：「三九二十七，籬頭吹觱栗。」〔一〕言冬至後寒風吹籬落，有聲如觱栗也。合於《莊子》「萬竅怒號」之説〔二〕，而可以爲《豳風》「一之日觱發」之解矣〔三〕。賈人之鐸，可以諧黄鍾；田夫之諺，而契周公之詩。信乎六律之音出於天籟，五性之文發於天章，有不待思索勉强者。此非自然之詩乎？余嘗戲集諺語爲古人詩詞中所引者數條，今附於此。

「月如彎弓，少雨多風。月如仰瓦，不求自下。」羅景綸詩用之〔四〕。

「朝霞不出市，暮霞走千里。」范石湖詩用之〔五〕。

「乾星照濕土，來日依舊雨」，王建詩用之：「照泥星出依然黑，淹爛庭花不肯休。」〔六〕

「礮車雲」，東坡詩用之：「今日江頭風勢惡，礮車雲起雨欲作。」〔七〕

「風花雲起，下散四野，如煙霧也」，晁无咎詩用之：「明日揚帆應復駛，蒸雲散亂作風花。」〔八〕

「日没胭脂紅，無雨也有風」，梅聖俞詩用之：「日脚射空金鏤直，西望千山萬山赤。野老

先知雨又風，明日望此重雲黑。」〔九〕

「東鱟晴，西鱟雨」，則《詩》所謂「朝隮于西，崇朝其雨」也〔一〇〕。

「霜淞打霧淞，貧兒備飯甕」，則東坡詩所謂「敢怨行役勞，助爾歌飯甕」也〔一一〕。

「日暈主雨，月暈主風」，則梅聖俞所謂「月暈每多風，燈花先作喜。明日掛歸帆，春湖能幾里」也〔一二〕。

「天河中有黑雲，謂之黑豬渡河，主雨」，則蕭冰崖所謂「黑豬渡河天不風，蒼龍啣燭不敢紅」也〔一三〕。

「秋甲子雨，禾頭生耳」，則杜工部所謂「禾頭生耳黍穗黑」也〔一四〕。

他如：「雨灑上元燈，雲掩中秋月。」〔一五〕又：「黃梅寒，井底乾。」〔一六〕又云：「河射角，好夜作。犁星没，水生骨。」〔一七〕又云：「春寒四十五，貧兒市上舞。貧兒且莫誇，且過桐子花。」〔一八〕又云：「黃梅雨未過，冬青花未破。冬青花已開，黃梅再不來。」〔一九〕又云：「舶䑲風雲起，旱魃深歡喜。」〔二〇〕又云：「商陸子熟，杜鵑不哭。」〔二一〕皆爲唐、宋詩人引用。

若陸璣《詩疏》引諺云「黃栗留，看我麥黃椹黑否。」〔二二〕；《毛詩注疏》引「蜻蛚鳴，衣裘成」〔二三〕、「蟋蟀鳴，懶婦驚」〔二四〕；《夏小正》注引「天河東西，漿洗寒衣」〔二五〕；《國語》注引古語「土長冒橛，陳根可拔，耕者急發」〔二六〕；《四民月令》引農謠「三月昏，參星夕。杏葉盛，桑葉白」，又云「杏子開花，可耕白沙」〔二七〕，又「貸我東疇，償我白粱」〔二八〕，先儒皆以解經，不但詩詞之資而已。《詩》詢芻蕘，舜察邇言，良有以哉！

【箋證】

〔一〕此諺見《説郛》卷七十五元陸泳《吴下田家志》：「一九二九，相唤弗出手。三九二十七，籬頭吹篳篥。四九三十六，夜眠如鷺宿。五九四十五，太陽開門户。六九五十四，貧兒爭意氣。七九六十三，布衲兩頭担。八九七十二，貓狗尋陰地。九九八十一，犁鈀一齊出。一日脱膊，三日齷齪。」

〔二〕《莊子·齊物論》：「夫大塊噫氣，其名爲風。是唯無作，作則萬竅怒號。」

〔三〕《詩·豳風·七月》：「一之日觱發，二之日栗烈。」毛注云：「一之日，周正月也。觱發，風寒也。二之日，殷正月也。栗烈，氣寒也。」升庵《丹鉛總録》卷十六「觱發」條解之甚詳，可參。

〔四〕羅大經《鶴林玉露》丙編卷三「占雨」條，引范成大詩「朝霞不出門」後云：「此詩援引占雨事甚詳，可喜。諺有云：『日出早，雨淋腦；日出晏，曬殺鴈。』又云：『月如懸弓，少雨多風。月如仰瓦，不求自下。』二説尚遺，何也？余欲增補二句，云：『日占出海時，月驗仰瓦體。』」升庵所謂「羅景綸詩用之」者，即此二句。羅氏實欲爲范詩增二句，非自作詩也。羅大經，字景綸，廬陵人。少就讀太學，嘉定中舉鄉薦，寶慶元年登進士第。歷容州法曹掾、撫州軍事推官。以事去職返里。淳祐末卒於家。

〔五〕此北宋時吴諺也，宋孔平仲《談苑》卷二云：「大理少卿杜純云：京東人言：『朝霞不出門，暮霞行千里。』言雨後朝晴尚有雨也，須晚晴乃真晴耳。」范成大用之爲詩句，見《石湖居士詩集》卷十六，題作《曉發，飛烏晨霞滿天，少頃大雨。吴諺云『朝霞不出門，暮霞行千里』，驗之信然，戲紀其事》，詩曰「朝霞不出門，暮霞行千里。今晨日未出，曉氣散如綺。心疑雨再作，眼轉雲四起」云云。《鶴林玉露》亦引之（見前注）。

〔六〕漢崔寔《農家諺》載此諺，見《説郛》卷七十四。王建詩，已見本書卷十「王建聽雨」條。

〔七〕宋曾慥《類説》卷五十七「礮車雲」條云：「舟人占雲，若礮車雲起，輒急避之，大風倏至也。東坡有云：『今日江頭天色惡，礮車雲起風欲作。』張文潛有云：『喜連山色開眉黛，愁對江雲起礮車。』」東坡詩，見《集注分類東坡先生詩》卷一，題作《六月七日泊金陵阻風，待鍾山泉公書，寄詩爲謝》，「風勢」作「天色」。

〔八〕明戚繼光《紀效新書》卷十八「行船觀日月星雲占風濤」：「雲起下散四野，滿目如煙如霧，名曰風花，主風起。」晁无咎詩，見《雞肋集》卷二十一，題作《祝家墩阻水，旦起舟人云『天上風花順矣』》，作一絶》。

〔九〕《説郛》卷七十四引漢崔寔《農家諺》：「日没臙脂紅，無雨也有風。」梅聖俞詩見《宛陵先生集》卷三十六，題作《夕陽巖》，第二句作「下映壁間梭未織」，四句「明日」作「明朝」。

〔一〇〕明徐光啟《農政全書》卷十一「農事占候」：「虹俗呼曰鱟。諺云：『東鱟晴，西鱟雨。』」所引乃

《詩·鄘風·蝃蝀》首句。

〔一一〕參見本書卷十二「梅溪注東坡詩」條，「霧淞」原誤作「雪淞」，據改。

〔一二〕《農政全書》卷十一「農事占候」：「日暈則雨。諺云：『月暈主風，日暈主雨。』」梅聖俞詩，見《宛陵先生集》卷十，題作《月暈》，「每多」作「已知」。

〔一三〕《農政全書》卷十一「農事占候」：「天河中有黑雲生，謂之河作堰，又謂之黑豬渡河；黑雲對起，一路相接亘天，謂之女作橋；雨下闊，則又謂之合羅陣，皆主大雨立至。」蕭冰崖詩，見《蕭冰崖詩集拾遺》卷一，題作《雲心遺示雨涼古句，用舊韻再次奉答》。蕭立之，原名立等，號冰崖，寧都蕭田人。宋理宗淳祐十年進士，歷知南城縣，南昌推官，通判辰州。宋亡歸隱。有集已佚，今存《拾遺》三卷。

〔一四〕唐張鷟《朝野僉載》卷一：「諺云：『春雨甲子，赤地千里。夏雨甲子，垂船入市。秋雨甲子，禾頭生耳。冬雨甲子，鵲巢下地。』」杜甫詩，見《九家集注杜詩》卷一，題作《秋雨歎》。此其第二首中句，「禾頭」作「木頭」，注云：「『木頭生耳』出《朝野僉載》，一本作『禾頭』，非是。蓋禾粟無生耳者。」（按：今本《朝野僉載》皆作「禾頭」。）然《苕溪漁隱叢話》前集卷十三引《漫叟詩話》云：「今所行印本皆作『木』字，事見《齊民要術》，云『秋雨甲子，禾頭生耳』。『木』當作『禾』。」《升庵外集》卷八十《古今諺》云此諺出《四民月令》。

〔一五〕《月令輯要》卷五「上元日占」下注：「《通考》：上元日晴，主一春少雨。又宜百果諺云：上元無雨三春旱。又云：雨打上元燈，雲罩中秋月。」《通考》，明盧翰《月令通考》也。明凌雲翰《浪淘沙》「賦元夕遇雨次俞紫芝韻」詞有「雨打上元燈」之句。

〔一六〕《説郛》卷七十四崔寔《農家諺》：「黄梅寒，井底乾。」

〔一七〕《説郛》卷七十四崔寔《農家諺》：「河射角，堪夜作。犁星没，水生骨。」

〔一八〕《升庵外集》卷八十《古今諺》「吴諺楚諺蜀諺滇諺」條録此諺，二句作「窮漢出來舞」，三句「貧兒」亦作「窮漢」。

〔一九〕《説郛》卷七十四崔寔《農家諺》：「黄梅雨未過，冬青花未破。冬青花已開，黄梅雨不來。」

〔二〇〕《説郛》卷七十四崔寔《農家諺》：「舶䑨風雲起，旱魃深歡喜。」

〔二一〕明徐應秋《玉芝堂談薈》卷二十一：「杏子開花，可耕白沙。商陸子熟，杜鵑不哭。」

〔二二〕《毛詩草木鳥獸蟲魚疏》卷下「黄鳥于飛」條：「黄鳥，黄鸝鶹也，或謂之黄栗留。……當葚熟時，來在桑間，故里語曰：『黄栗留，看我麥黄葚熟不。』亦是應節趨時之鳥。」

〔二三〕《毛詩注疏》無此語，而見於《鹽鐵論》卷十一《論菑篇》所引：「《月令》：『涼風至，殺氣動。蜻蛚鳴，衣裘成。天子行微刑，始貙膢，以順天令。』」

〔二四〕《毛詩注疏》卷六《唐風・蟋蟀》孔穎達疏引陸璣《疏》云：「蟋蟀，似蝗而小，正黑，有光澤如漆，有角翅。一名蛬，一名蜻蛚。楚人謂之王孫，幽州人謂之趨織，里語曰『趨織鳴，嬾婦驚』是也。」

〔二五〕此諺待查。

〔二六〕《國語》注中無此文。見《禮記注疏》卷十四《月令》：「是月也，天氣下降，地氣上騰，天地和同，草木萌動。」鄭玄注曰：「此陽氣蒸達，可耕之候也。《農書》曰：『土長冒橛，陳根可拔，耕者急發。』」「土」原作「上」，據改。

〔二七〕宋羅願《爾雅翼》卷十「杏」：「五果爲五穀之祥，而杏華又候農時。《四民月令》曰：『三月杏花盛，可菑白沙輕土之田。』又曰：『三月昏參夕，杏花盛，桑椹赤，可種大豆，謂之上時。』《氾勝之書》曰：『杏花如何，可耕白沙。』」所引與升庵稍異。

〔二八〕後魏賈思勰《齊民要術》卷十「東牆」條：「《廣志》曰：『東牆，色青黑，粒如葵子，似蓬草，十一月熟。出幽、涼、并、烏丸地。』河西語曰：『貸我東牆，償我田粱。』」司馬貞《史記索隱》卷二十六引之，「東牆」作「東薔」，「田粱」作「白粱」，則升庵所據也。「牆」、「薔」字通。

擂　鼓《丹鉛總録》卷二十一

岑參《凱歌》：「鳴笳擂鼓擁回軍。」今本「擂」作「疊」，非〔一〕。近制「啟明、定昏，鼓三通」，曰「發擂」〔二〕。當用此字。俗作「擂」，非。「擂」亦俗字，然差善於「擂」。古樂府：「官家出游雷大鼓。」〔三〕「雷」轉作去聲用。

【箋　證】

〔一〕《樂府詩集》卷二十録岑參《唐凱歌六首》，此其第三首首句。《岑嘉州集》卷七所載，題作《獻封大夫破播仙凱歌》。二書「擂」皆作「叠」。

〔二〕明朱載堉《樂律全書》卷二十五：「凡軍之夜，三鼜皆鼓之，守鼜亦如之。」注曰：「出征曰軍，不出曰守。每夜發擂，則皆然也。『三鼜』，謂晨、昏及夜半。」鼜，擊鼓警夜也。

〔三〕《樂府詩集》卷二十五《横吹曲辭》載《鉅鹿公主歌辭》三曲，其第一曲：「官家出游雷大鼓，細乘犢車開後户。」

⿹風⿺辶音⿹風⿺辶侖《丹鉛總録》卷二十一

沈佺期有《夜泊越州》詩云：「⿹風⿺辶音⿹風⿺辶侖縈海若，霹靂耿天吴。」〔一〕⿹風⿺辶音⿹風⿺辶侖，蓋指颶風也。字書不載此二字。

【箋　證】

〔一〕此詩見明銅活字《唐五十家詩集》本《沈佺期集》卷一，題作《夜泊越州逢北使》。

儲　詩《丹鉛總録》卷二十一

儲光羲詩：「落日燒霞明，農夫知雨止。」〔一〕耿湋詩：「向人微月在，報雨早霞生。」〔二〕此即諺所謂「朝霞不出市，暮霞走千里」也。劉禹錫《武陵》詩：「積陰春暗度，將霽霧先昏。」〔三〕耿湋詩：「晚雷期稔歲，重霧報晴天。」〔四〕皆用老農占驗語。予舊日《秋成》詩云：「草頭占月暈，米價問天河。」〔五〕亦用諺語「日暈長江水，月暈草頭空」，又「七月七夕，視天河顯晦，卜米價豐歉」。蓋老農有驗之占云。

【箋證】

〔一〕此《晚霽中園喜赦作》中句，見《儲光羲詩集》卷三。

〔二〕此耿湋《華州客舍奉和崔端公春城曉望》詩中句，見明銅活字《唐五十家詩集》本《耿湋集》卷上。耿湋，字洪源，河東人。登寶應元年進士第，官右拾遺。工詩，爲「大曆十才子」之一。

〔三〕此劉禹錫《武陵書懷五十韻》詩中句，見《劉夢得文集》卷三。

〔四〕此耿湋《東郊別業》詩中句，見明銅活字《唐五十家詩集》本《耿湋集》卷上。

〔五〕此見《升庵文集》卷十八，題作《觀刈稻紀諺》，詩共二首，此其第二首中句。

篚簌《丹鉛總録》卷十九

唐李郢詩：「薄雪燕蓊紫燕釵，釵垂篚簌抱香懷。一聲歌罷劉郎醉，脱取明金壓繡鞋。」〔一〕篚簌，下垂之貌。又作「麗㲚」。李賀《春坊正字劍子歌》：「挼絲團金懸麗㲚。」〔二〕其義一也。薛君采語予云。

【箋　證】

〔一〕此詩見《萬首唐人絶句》七言卷三十六，「燕蓊」作「燕翁」。

〔二〕李賀此詩，見《李長吉文集》卷一。

簡文楓葉詩《丹鉛總録》卷二十

梁簡文帝《楓葉》詩云：「萎緑映葭青，疏紅分浪白。落葉灑行舟，仍持送遠客。」〔一〕此詩情景婉麗，本集亦不載。

【箋　證】

〔一〕此條已見卷二「梁簡文帝詠楓葉詩」條，爲丁氏誤録者，當删。

騙與涴同《丹鉛總録》卷二十一

韋莊《應天長》詞云：「想得此時情切，淚沾紅袖騙。」〔一〕「騙」字義與「涴」同，而字則讀如「涴」字入聲，始得其叶。然《説文》、《玉篇》俱無「騙」字，惟元詞中「馬驟騙，人語喧」，北音作平聲，四轉作入聲，正叶。

【箋　證】

〔一〕韋莊此詞見《花間集》卷二、《花草稡編》卷六，「騙」並作「黦」。

升庵此說，明方以智《通雅》卷一「因于黦黦、因于涴涴、因于宛宛，有鬱音」條辨之云：「韋莊《應天長》詞云：『想得此時情更切，淚沾紅袖黦。』字書並無此字，惟元詞中『馬驟黦，人語喧』，北音作平。韋詞意，則涴而叶韻必轉入。智按：乃『黦』字耳。『黦』見《唐韻》，於月切。蓋以古宛有菀音，从鬱轉越。《詩》『菀柳』、『菀結』，《荀子》『宛暍』是也。此等字，正無所事用之。然升庵提出，又未正其源流，故及之。古以涴爲污，《古今文詁》云『三染絳爲黦』，亦謂其污也。污、勿、鬱，亦此一聲相轉耳。」其說是。

濾水羅詩《丹鉛總録》卷二十一

唐人白行簡以《濾水羅賦》得名。其警句云：「焦螟之生必全，有以小爲貴者；江漢之流雖大，蓋可一以貫之。」〔一〕靈一詩曰：「濾泉侵月起，掃徑避蟲行。」〔二〕濾水，蓋僧家戒律有此，欲全水蟲之命，故濾而後飲〔三〕。今蜀中深山古寺猶有此規。白居易《送文暢》詩：「山宿馴溪虎，江行濾水蟲。」〔四〕

【箋　證】

〔一〕白行簡，字知退，元和二年登第，爲度支郎中。寶曆二年卒。《文苑英華》一百十載其《濾水羅賦》，題下有注云：「以『濾彼水蟲，疎而無漏』爲韻。」《唐詩紀事》卷四十一「白行簡」下云：「行簡以《濾水羅賦》得名，其警句云：『焦螟之生必全，有以小爲貴者；江漢之流雖大，盡可以一貫之。』」升庵説蓋據此。二書「蓋可」並作「盡可」。

〔二〕此非靈一詩，乃馬戴《題興善寺英律師院》詩中句，見《文苑英華》卷二百三十九。升庵記誤。

〔三〕佛徒放生儀規有此，如《佛説沙彌十戒儀則經》云：「水蟲有大小，志心恒觀照。以羅淨濾水，審觀而可用。食飲懷慈愍，勿令殺害蟲。」又，唐僧義淨《護命放生軌儀法》云：「觀蟲濾水，是出家之要儀；見危存護，乃悲中之拯急。」

〔四〕此見《白氏長慶集》卷十三，題作《送文暢上人東游》。

魏文帝蒲桃詔東坡橄欖詩《丹鉛總録》卷十八

魏文帝《示群臣詔》曰：「中國珍果甚多。蒲桃，當其末夏涉秋，尚有餘暑，醉酒宿醒，掩露而食，甘而不餶，脆而不酸，冷而不寒，味厚汁多，除煩解倦。釀以爲酒，甘於麴蘗，善醉而易醒。道之固已流涎咽嗌，況親食之耶！南方有橘，醋正裂人牙，時有甜耳。他方之果，寧有匹者？」〔一〕東坡《橄欖詩》：「待得微甘回齒頰，已輸崖蜜十分甜。」俗諺傳：南人説「橄欖回味清甘」，北人云：「待他回味時，我棗兒已甜了半日矣！」〔二〕坡詩蓋用此意。今觀魏文帝以蒲桃壓橘，亦相類，可入《笑林》也。

【箋　證】

〔一〕《太平御覽》卷九百七十二：「魏文帝詔群臣曰：『中國珍果甚多，且復爲説蒲萄奇味。自夏涉秋，尚有餘暑，醉酒宿酲，掩露而食。甘而不餶，脆而不酸，冷而不寒，味長汁多，除煩解饑。又以爲酒，甘於麴糵，善醉而易醒。道之固已流涎咽唾，況親食之耶？他方之果，寧有匹之者？』」卷九百六十六又云：「《吴歷》曰：吴王饋魏文帝大橘。魏文帝詔群臣曰：『南方有橘，酢正裂人牙，時有甜耳。』」《藝文類聚》卷八十七、八十六載此，亦作二條，文字稍異。按：《古今事文類聚》後集所載，亦作二條。其卷二十五所載，題與升庵同，「末夏」作「朱夏」，「宿酲」作「宿醒」，「咽嗌」作「咽唾」；無「南方有橘」數語。卷二十七所載「南方有橘」一條，末注「魏文詔」三字。升庵即據此，合二條爲一條。又：《漢魏六朝百三家集·魏文帝集》載此文亦作一條，題作《與吴監書》，其文字與升庵此引稍異。

〔三〕此蘇軾《橄欖》詩中句，《施顧注蘇詩》卷二十顧禧注云：「記得小説，南人誇橄欖於河東人云：『此有回味。』河東人云：『不若我棗，比至你回味，我已甜久矣。』」

鏡聽《丹鉛總録》卷二十

李廓、王建皆有《鏡聽詞》〔一〕。鏡聽，今之響卜也〔二〕。

【箋證】

〔一〕《才調集》卷一載李廓《鏡聽詞》，前四句云：「匣中取鏡辭竈王，羅衣掩盡明月光。昔時長著照容色，今夜潛將聽消息。」又，《王建詩集》卷二載王建《鏡聽詞》，其前四句云：「重重摩娑嫁時鏡，夫壻遠行憑鏡聽。迴身不遺别人知，人意丁寧鏡神聖。」

〔二〕宋朱弁《曲洧舊聞》卷九：「《王建集》有《鏡聽詞》，謂懷鏡於通衢間，聽往来之言以卜休咎。近世人懷杓以聽，亦猶是也。又有無所懷而直以耳聽之者，謂之響卜。蓋以有心聽無心耳，然往往而驗。曾叔夏尚書應舉時，方待省榜，元夕與友生偕出聽響卜，至御街，有士人緩步大言，誦東坡謝表曰：『彈冠結綬，共欣千載之逢。』曾聞之喜，遂疾行。其友生後至，則聞曰：『掩面向隅，不忍一夫之泣。』是歲曾登科，而友生果被黜。」

寶袜腰綵《丹鉛總録》卷二十一

袜，女人脅衣也。隋煬帝詩「錦袖淮南舞，寶袜楚宫腰」〔一〕、盧照鄰詩「倡家寶袜蛟龍被」是也〔二〕。或謂起自楊妃，出於小説僞書，不可信也。崔豹《古今注》謂之「腰綵」，注引《左傳》「衵服」，謂日日近身衣也〔三〕。是春秋之世已有之，豈始於唐乎？沈約詩：「領上蒲桃繡，腰中合歡綺。」〔四〕謝偃詩：「細風吹寶袜，輕露顯紅紗。」〔五〕

【箋證】

〔一〕此隋煬帝《喜春游歌二首》之二中句，見《樂府詩集》卷七十七《雜曲歌辭》。

〔二〕此盧照鄰《行路難》詩中句，見《盧照鄰集》卷二，「被」作「帔」。

〔三〕崔豹《古今注》，無「腰綵」之説。檢五代馬縞《中華古今注》卷中「袜肚」注云：「蓋文王所制也，謂之腰巾，但以繒爲之。宫女以綵爲之，名曰腰綵。至漢武帝，增以四帶，名曰袜肚。至靈帝，賜宫人蹙金絲合勝袜肚，亦名齊襠。」升庵所謂之「古今注」，當是《中華古今注》之訛，當據改。又其書無注，升庵所引「衵服」注，出《左傳·宣公九年》傳：「陳靈公與孔寧儀行父通於夏姬，皆衷其衵服以戲于朝。」杜預注：「衵服，近身衣。」陸德明《音義》引《説文》云：「日日所衣裳也。」又引《字林》云：「婦人近身内衣也。」

〔四〕此沈約《洛陽道》詩中句，見《樂府詩集》卷二十三《横吹曲辭》。

〔五〕此謝偃《踏歌詞三首》第三首中句，見《樂府詩集》卷八十二《近代曲辭》。

明顧起元《説略》卷二十一據升庵説而衍之曰：「今之袜胸，一名襴裙。隋煬帝詩：『錦袖淮南舞，寶袜楚宫腰。』謝偃詩：『細風吹寶袜，輕露濕紅紗。』盧照鄰詩：『倡家寶袜蛟龍被。』袜，女人脇衣也。崔豹謂之腰綵，引《左傳》『衵服』：『陳靈公衷衵服而戲於朝。』『衵，日日近身衣也。』按：寶袜乃在外以束裙腰者，觀圖畫古美人妝可見。故曰『楚宫腰』，曰『細風吹』者，此也。若貼身之衵，則風不能吹矣。自後而圍向前，故又名合歡襴裙。沈約詩『領上蒲桃繡，腰中合歡綺』是也。其繡帶亦名帓帶。今襴裙在内，有袖者曰主腰。領襟之緣上繡蒲桃花，言其花朵朵，圓如蒲桃也。又觀《胡侍墅談》云：『《建炎以來朝野雜記》云乾道邸報，臨安府浙漕司所進成恭后御衣之目，有粉紅紗抹胸、真紅羅裹肚。』乃知抹胸、裹肚之制，其來不近。世紀楊太真私安禄山，爲禄山爪傷胸乳，爲訶子束胸者，或妄傳矣。」其説可參，今備録之。

勸農詩《丹鉛總録》卷十九

「仕宦之身，南州北縣。商賈之人，天涯海岸。爭如農夫，六親對面。門無官府，身即强健。夏絹新衣，秋米白飯。不知金貴，惟聞粟賤。鵝鴨成群，豬羊滿圈。官税早了，逍遥用誕。安眠穩睡，直千直萬。」此詩詞旨平易，足以諭俗。程沙隨跋云：「不知何人作。汪聖錫書於進賢，其門人程迥授邑得之，高季安刻於石。」〔一〕近蜀中亦刻之，竟不知其名氏。余按：此乃謝艮齋《勸農詩》也，《鶴林玉露》亦載之，而缺數句〔二〕。今據其《集》録之。艮齋，新喻人，與朱子友，所著有《古今孝子傳》〔三〕。

【箋證】

〔一〕宋張世南《游宦紀聞》卷八：「德興邑廨，有石刻二詩云：『仕宦之身，天涯海畔。行商之身，南州北縣。不如田舍，長相見面。門無官府，身即彊健。麻麥遍地，豬羊滿圈。不知金貴，唯聞粟賤。夏新絹衣，秋新米飯。安穩眠睡，直千直萬。』『我田我地，我桑我梓。只知百里，不知千里。我飢有糧，我渴有水。百里之官，得人生死。孤兒寡婦，一張白紙。入著縣門，寃者有理。上官不嗔，民即歡欣；上官不富，民免辛苦。生我父母，養我明府。苗稼萋萋，曷東曷西。父母之鄉，天子馬蹄。』沙隨先生跋云：『右二詩，不知何人作。上饒公端殿汪先生，過豫章之進賢，手書於旅舍。後三十年，門人程迥授邑於兹。既受代，始於郡中得之，而真蹟不復存矣。友人高季安，會丞是邑。季安，先生姻戚也，因託刻於石。先生下世七年矣。噫！迥跋。』此詩始刻於進賢，再刻於德興。丙子巨浸，出於泥滓中，石斷字漫。邑宰潘傳重刻之。世南愛其言近而意切，懼其碑之復淪，故紀於此。」升庵乃據此爲説。程迥，字可久，寧陵人，家于沙隨。隆興元年進士，仕爲德興丞，調上饒令。迥深于經學，學者稱沙隨先生。有《南齋小集》。

〔二〕宋羅大經《鶴林玉露》卷十六云：謝艮齋「又作《勸農詩》云：『莫入州衙與縣衙，勸君勤理舊生涯。池塘多放聊添税，田地深耕足養家。教子教孫須教義，栽桑栽柘勝栽花。閑非閑是都休管，渴飲清泉困飲茶。』又云：『仕宦之人，南州北縣。商賈之人，天涯海岸。爭如農夫，六親對面。夏絹新衣，秋米白飯。鵝鴨成群，豬羊滿圈。官税早輸，逍遥散誕。似此之人，直金千萬。』詞旨平易，足以諭俗。然其言農夫之樂，想乾淳間有之，今則甚於聶夷中之詩矣，寧復有此氣象哉！」謝諤，字昌國，臨江軍新喻人。紹興二十七年第進士，調峽州夷陵縣主簿，除御史中丞，權工部尚書。請祠，以焕章閣直學士知泉州。又辭，提舉太平興國宫而歸。紹熙五年卒。初居縣南之竹坡，名其燕坐曰艮齋，人稱艮齋先生。

〔三〕《丹鉛總録》原無此注，據《升庵文集》卷五十八補。

讀書萬卷《丹鉛總録》卷十九

杜子美云：「讀書破萬卷，下筆如有神。」〔一〕此子美自言其所得也。讀書雖不爲作詩設，然胸中有萬卷書，則筆下自無一點塵矣。近日士夫，爭學杜詩，不知讀書果曾破萬卷乎？如其未也，不過拾《離騷》之香草，丐杜陵之殘膏而已。又嘗記宋宣政間，文人稱翟汝文、葉夢得、汪藻、孫覿四人。孫嘗自評曰：「吾之視浮溪，浮溪之視石林，各少十年書。石林視翟忠惠亦然。」識者以爲確論〔二〕。今之學文者，果有十年書乎？不過鈔《玉篇》之難字，效紅勒之軋辭而已〔三〕，乃反峻其門牆，高自標榜，必欲晚古人而薄前輩，何異「蚍蜉撼大樹」乎〔四〕！

【箋　證】

〔一〕此杜甫《奉贈韋左丞丈二十二韻》詩中句，見《九家集注杜詩》卷一。

〔二〕龔明之《中吴紀聞》卷五「翟忠惠」條：「翟汝文，字公巽，其先本南徐人，後徙居常熟。紹興初爲參知政事，卒。門人謚爲忠惠先生。公文章甚古，所作制誥，皆用尚書體，天下至今稱之。自宣政以来，文人有聲者，唯公與葉石林、汪浮溪、孫蘭陵四人耳。孫嘗自評云：『某之視浮溪，浮溪之視石林，各少十年書；石林視忠惠亦然。』識者以爲確論。」

〔三〕沈括《夢溪筆談》卷九：「嘉祐中，士人劉幾累爲國學第一人，驟爲怪嶮之語。學者翕然効之，遂成風俗。歐陽公深惡之。會公主文，決意痛懲，凡爲新文者，一切棄黜。時體爲之一變，歐陽之功也。有一舉人論曰：『天地軋，萬物茁，聖人發。』公曰：『此必劉幾也。』戲續之曰：『秀才刺，試官刷。』乃以大朱筆横抹之，自首至尾，謂之紅勒帛，判『大紕繆』字榜之。既而果幾也。復數年，公爲御試考官，而幾在庭。公曰：『除惡務本，今必痛斥輕薄子，以除文章之害。』有一士人論曰：『主上收精藏明於冕旒之下。』公曰：『吾已得劉幾矣。』既黜，乃吴人蕭稷也。是時試《堯舜性仁賦》，有曰：『故得静而延年，獨高五帝之壽；動而有勇，形爲四罪之誅。』公大稱賞，擢爲第一人。及唱名，乃劉煇。人有識之者，曰：『此劉幾也，易名矣。』公愕然久之。因欲成就其名，小賦有『内積安行之德，蓋稟於天』，公以謂『積』近於學，改爲『藴』。人莫不以公爲知言。」宋孫奕《示兒編》卷八「賦以一字見工夫」條：「嘗記前輩説，歐公柄文衡，出《堯舜性仁賦》，取劉煇天下第一。首聯句曰：『世陶極治之風，雖稽於古；内積安行之德，蓋稟於天。』劉來謁謝，頗自矜。公雖喜之，而嫌其『積』字不是性，爲改作『藴』。劉頓駭服。」

〔四〕此韓愈《調張籍》詩中句，見《韓昌黎先生文集》卷五。

黮　雪《丹鉛總録》卷十八

韋應物《答徐秀才》詩云：「清詩舞黮雪，孤抱瑩玄冰。」〔一〕極其工緻，而「黮雪」二字尤新。又《五弦行》云：「如伴流風縈豔雪，更逐落花飄御園。」〔二〕又《樂燕行》云：「豔雪凌空散，舞羅起徘徊。」〔三〕屢用「豔雪」字，而不厭其複也。或問予：「雪可言豔乎？」予曰：「曹子建《洛神賦》以『流風迴雪』比美人之飄摇，雪固自有豔也。然雪之豔，非韋不能道；柳花之香，非太白不能道；竹之香，非子美不能道也。」〔四〕

【箋　證】

〔一〕見《韋蘇州集》卷五。

〔二〕見《韋蘇州集》卷十，「流風」作「風流」。

〔三〕見《韋蘇州集》卷十。

〔四〕《李太白文集》卷十三《金陵酒肆留别》：「白門柳花滿店香。」又，《九家集注杜詩》卷二十六《嚴鄭公宅同詠竹》：「雨洗涓涓淨，風吹細細香。」

中華書局《歷代詩話續編》本附録各條

中華書局《歷代詩話續編》本原附録十八條，其中「杜工部詩」條即本書卷五「杜詩訛字」條，「杜牧弄水亭詩」條已見卷十「杜牧別池州孟遲先輩」條箋證，「子山詩用古韻」條已見卷三，「古詩文宜改定字」條已見卷五，「唐盧中讀庾信集」條已見卷十一。今删棄重複，共得十三條，併箋證於左。

王霞卿〔一〕嘉靖本《詩話補遺》卷二下

進士鄭殷彝旅游會稽，寓唐安寺，見粉壁有題云：「瑯琊王氏霞卿，光啟三年陽春二月，登於是閣。臨軒轉恨，覩物增悲，雖看焕爛之花，但比凄涼之色。時有輕綃捧硯，小玉觀題。」詩曰：「春來引步暫尋幽，愁見風光倚寺樓。正好開懷對煙月，雙眉不展自如鈎。」霞鄭生和曰：「題詩仙子此曾游，應是尋春別鳳樓。賴得從來未相識，免教錦帳對銀鈎。」霞卿乃邑宰韓嵩妾，自京師挈之任所，嵩遇暴寇而卒。鄭生欣然謁之，時霞卿竟辭以疾而不見焉。但令總角婢子輕綃持詩答曰：「君是烟霄折桂身，聖朝方切用儒珍。正堪西上文場戰，空向途中泥婦人。」鄭得詩大慙而退。唐會昌中，三鄉有女子題詩於壁曰：「昔逐良人西入關，良人身殁妾空還。謝娘衛女不相待，爲雨爲雲過此山。」進士陸真洞、王祝、劉谷、王條、李昌鄴、王碩、李倘、張綺、高衢、韋冰、賈馳十一人和之，曰「三鄉略」，未聞謁之而不内，恧而退者也〔二〕。

【箋　證】

〔一〕此條全録元宋無《啽囈集》中《王霞卿》詩自注。宋無詩云：「佳人柔翰吐瓊瑰，冰雪襟懷此處開。試問三鄉和詩者，含羞誰似鄭生來？」《説郛》卷七十七宋温豫《侍兒小名録》「輕綃」條亦記王霞卿事。

〔二〕「三鄉女子」事，本出《雲溪友議》卷中「三鄉略」條，「昔逐」原誤作「西逐」，據《雲溪友議》改。所記十一人，《雲溪友議》「王條」作「王滌」，「李倘」作「李縞」。

李芳儀〔一〕

嘉靖本《詩話補遺》卷二下

芳儀，江南國主李景女也。納土後住京師，初嫁供奉官孫某，爲武疆都監，妻女皆爲遼中聖宗所獲，封芳儀，生公主一人。趙至忠虞部自北虜歸朝，嘗仕遼爲翰林學士，修國史，著《虜庭雜記》，載其事。時晁補之爲北都教官，覽其書而悲之，與顔復長道作《芳儀曲》

云：「金陵宫殿春霏微，江南花發鷓鴣飛。風流國主家千口，十五吹簫粉黛稀。滿堂詩酒皆詞客〔二〕，奪錦揮毫在瑶席〔三〕。後庭一曲風景改〔四〕，收淚臨江悲故國〔五〕。令公獻籍朝未央，敕書築第優降王。魏俘曾不輸織室，供奉一官奔武疆。秦淮潮水鍾山樹，塞北江南易懷土。雙燕清秋夢栢梁，吹落天涯猶並羽。相隨未是斷腸悲，黄河應有卻還時。寧知翻手明朝事，咫尺山河不可期〔六〕。倉皇三鼓滹沱岸，良人白馬今誰見〔七〕。國亡家破一身存，薄命如雲信流轉。芳儀加我名字新，教歌遺舞不由人〔八〕。採珠拾翠衣裳好，深紅暗盡驚胡塵〔九〕。陰山射虎邊風急，嘈雜琵琶酒闌泣。無言數遍天河星〔一〇〕，只有南箕近鄉邑。當年十指渡江來，十指不知身獨哀〔一一〕。中原骨肉又零落，黄鵠寄意何當回〔一二〕。生男自有四方志，女子那知出門事。君不見，李陵椎髻泣窮邊〔一三〕，丈夫漂泊猶堪憐。」江州廬山真風觀，李主有國日施財修之，刊姓氏於石，有太寧公主、永嘉公主，皆李景女，不知芳儀者孰是也〔一四〕。

【箋證】

〔一〕此條全録宋無《啽囈集》中《李芳儀》詩自注。宋無詩云：「破瓜年紀國除時，下嫁寧論供奉卑？女子那知如許事，大遼官又册芳儀。」宋無此注，實出宋王銍《默記》卷下。其文云：「趙至忠虞部自北廷歸朝，常仕遼中，爲翰林學士，修國史，著《虜廷雜記》之類甚多。雜記言：聖宗芳儀李氏，江南李景女，初嫁供奉官孫某，爲武疆都監。妻女皆爲聖宗所獲，封芳儀，生公主一人。晁補之爲北都教官，因覽此書而悲之，與顔復長道作《芳儀曲》云云。予常游廬山，見李主有國時修真風觀，皆宫人施財，刊姓氏于碑，有太寧公主、永嘉公主，二人皆景女。不知芳儀者，孰是也。」王銍，字性之，汝陰人，自稱汝陰老民。南渡寓居剡中。建炎初，爲樞密院編修官。所著有《雪溪集》。陸游《避暑漫鈔》亦全録其文，見《説郛》卷三十九。「妻女皆爲遼中聖宗所獲」句「女」字前原衍「生」字，今據《默記》删。《避暑漫鈔》此句無「妻女皆」三字。

〔二〕此詩《雞肋集》卷十題作《芳儀怨》，題下注云：「事見《虜廷雜記》。」「詩酒」，《雞肋集》作「侍酒」。

〔三〕「奪錦揮毫在瑶席」句，《雞肋集》、《默記》作「拭汗爭看平叔白」。

〔四〕「風景改」，《雞肋集》、《默記》作「時事新」。

〔五〕「收淚」，《雞肋集》、《默記》作「揮淚」。

〔六〕「山河」，《雞肋集》作「人生」，《默記》作「千山」。

〔七〕「今誰見」原作「人誰見」，據《唫囈集》、《避暑漫鈔》、《雞肋集》、《默記》改。

〔八〕「教歌遺舞」，《默記》作「教頭遺舞」。

〔九〕「暗盡驚胡塵」，《避暑漫鈔》作「暗盡驚沙塵」，《雞肋集》作「退盡驚胡塵」，《默記》作「暗起驚沙塵」。

〔一〇〕「數遍」，《雞肋集》、《默記》作「徧數」。

〔一一〕此上二「十指」，《避暑漫鈔》、《默記》皆作「千指」，《雞肋集》上「十指」作「千指」，下「十指」作「同苦」。

〔一二〕「黄鵠寄意」，《雞肋集》作「寄詩黄鵠」。

〔一三〕「李陵椎髻泣窮邊」句，《默記》、《雞肋集》作「李君椎髻泣窮年」。

〔一四〕「永嘉公主」，《避暑漫鈔》作「永禧公主」。厲鶚《遼史拾遺》卷十九據《默記》補聖宗李芳儀事，並云：「《史·公主表》聖宗十三女賽格，封金鄉公主，李氏生。當即是芳儀。」

秦少游女〔一〕嘉靖本《詩話補遺》卷二下

靖康間，有女子爲金虜所掠，自稱秦學士女。道中題詩云：「眼前雖有還鄉路，馬上曾無放我情。」讀者悽然。曾裘父爲作《秦女行》云：「妾家家世居淮海，淮海文名喧宇内〔二〕。自從貶死古藤州〔三〕，門户凋零三十載。可憐生長深閨裹，耳濡目染知文字。亦嘗强學謝娘詩，女子未嫌稱博士〔四〕。年長以來逢世亂，黄頭鮮卑兵入漢〔五〕。妾身亦復墮兵間，往事不堪回首看。一身漂蕩逐胡兒〔六〕，被驅不異犬與雞。奔馳萬里向沙漠，天長地久無還期。北風蕭蕭易水寒，雪花滿地經燕山〔七〕。千盃虜酒愁共醉〔八〕，一曲琵琶淚裹彈〔九〕。吞聲飲恨從誰訴，偶然信口題詩句。眼前有路可還鄉，馬上迷魂不知處〔一〇〕。詩成吟罷更茫然〔一一〕，豈意漢地能流傳。當時情緒亦可念〔一二〕，至今聞者爲悲酸〔一三〕。憶昔中郎有女子，亦陷虜中垂一紀。暮年多幸逢阿瞞〔一四〕，厚幣贖之歸故里。惜哉此女不得如，終竟老死留穹廬。空餘詩話傳悽惻，不減《胡笳十八拍》。」

【箋證】

〔一〕此條全録宋無《啽囈集》中《秦少游女》詩自注。宋無詩云：「郎罷滕陰老淚潸，黄金誰贖蔡姬還？看來山抹微雲恨，直送娥眉出漢關。」韋居安《梅磵詩話》卷下：「曾裘父作《秦女行》並序云：『靖康間，有女子爲金人所掠，自稱秦學士女，道中題詩云：「眼前雖有還鄉路，馬上曾無放我情。」讀之者淒然。余少時嘗欲紀其事，因循數十年，不克爲之。壬辰歲九月，因讀蔡琰《胡笳十八拍》，慨然有感於心，乃爲之追賦其事，號《秦女行》。』」曾季貍，字裘父，師事吕居仁，從朱熹、張栻游。張孝祥薦之於朝，謝不起。自號艇齋，有《艇齋詩話》。韋居安，吴興人，宋末進士，理宗景定中嘗官衢州。

〔二〕「淮海文名喧宇内」，《梅磵詩話》作「郎罷聲名傳海内」。

〔三〕「藤州」，《啽囈集》作「滕州」，誤。

〔四〕「女子未嫌」，《梅磵詩話》作「未敢女子」。

〔五〕「兵入漢」，《梅磵詩話》作「來入漢」。

〔六〕「一身漂蕩」，《梅磵詩話》作「漂然一身」。

〔七〕「滿地」,《梅磵詩話》作「席地」。

〔八〕「愁共醉」,《哼囈集》作「愁中醉」,《梅磵詩話》作「安能醉」。

〔九〕「淚裏彈」,《梅磵詩話》作「不忍彈」。

〔一〇〕「迷魂不知處」,《梅磵詩話》作「無人容我去」。

〔一一〕「更茫然」,《梅磵詩話》作「只茫然」。

〔一二〕「可念」,《梅磵詩話》作「可想」。

〔一三〕「爲悲酸」,《梅磵詩話》作「猶悲酸」。

〔一四〕「多幸」,《梅磵詩話》作「不料」。

蘇雲卿〔一〕嘉靖本《詩話補遺》卷二下

雲卿與張浚魏公友,魏公既相,雲卿隱豫章東湖,鬻蔬自給。公托帥、漕聘之,微服乃得見。詰朝再至,則閉關矣。啟之,惟書與金在,不啟封。曾蒼山作歌云〔二〕:「東湖湖面波渺瀰〔三〕,東湖岸上春土肥。先生鋤雲明月曉,種來蔬甲今成畦〔四〕。把茅蕭蕭環四壁,此身不願人間識。乾坤清夷那復知,寸心杳緲黄塵隔。故人子房今九雲,交情不斷江湖濱〔五〕。江西使漕卻騶騎〔六〕,故作敲門問字人。黄金百鎰牋一幅,多謝春風到茅屋。君爲使者吾邦民,見君容我更樵服。故人與我情重哉,君且歸矣明當來。明朝啟扉人不見,黄金不動書不開。使者持書三太息，封書徑上黄扉側。翩翩鶴馭雲冥冥，空向湖山訪行跡〔七〕。向來桐江嚴子陵，曾得故人雙眼青。芒鞋卻踏金華路，太史驚誇説客星。先生得書掉頭去，並此湖光不回顧。蓼夫孀婦載鬢鬟〔八〕，亦有老大閨中女。」蒼山此歌，可激貪鄙。張世南《游宦紀聞》載宋自適記蘇翁本末甚詳。宋得翁東湖遺址，面挹湖山，築庵仰高，章泉先生名曰灌園庵〔九〕。

【箋　證】

〔一〕此條全録自宋無《啽囈集》中《蘇雲卿》詩自注。宋無詩云：「遁跡園蔬野老閒，何勞物色到柴關。故人尚欠中興業，不出東湖免厚顔。」韋居安《梅磵詩話》亦載其事。

〔二〕《梅磵詩話》卷下：「曾蒼山作《蘇雲卿歌》，序云：『雲卿爲張魏公友。魏公相，雲卿隱豫章東湖，粥蔬自給。公託帥、漕請之，微服乃得見。詰朝再至，則閉關矣。啟之，惟金與書在，並不啟封。』」「曾蒼山」原誤作「曾茶山」，據《啽囈集》改。曾原一，字子實，號蒼山，贛州寧都人。領鄉薦，紹定中與戴石屏結江湖吟社。爲江湖詩派中重要詩人。

〔三〕「渺瀰」，《梅磵詩話》作「漫瀰」。

〔四〕「種來蔬甲」，《梅磵詩話》作「種成蔬纈」。

〔五〕「交情」，《梅磵詩話》作「友情」。

〔六〕「使漕」，《梅磵詩話》作「使者」。

〔七〕「空向湖山訪行跡」句，《梅磵詩話》作「空來湖上看行跡」。

〔八〕「載鬢鬢」，《唫囈集》、《梅磵詩話》並作「截鬢鬢」。

〔九〕《梅磵詩話》於诗末復云：「蒼山此歌，儘有發越。余嘗觀張世南《宦游紀聞》，載宋自適紀蘇翁本末甚詳。宋後得翁遺址，面挹湖山，仍築小庵，以寄仰高之思。章泉先生爲名之曰灌園庵。」「宋自適」原誤作「宋隐逸」，「東湖遺址」原誤作「東湖遺事」，「面挹湖山」前原衍「北」字，據《唫囈集》删改。蘇雲卿事，見宋張世南《游宦紀聞》卷三。

張千載〔一〕嘉靖本《詩話補遺》卷二下

千載，字毅甫，廬陵文文山友也〔二〕。文山貴顯，屢以官辟，皆不就。文山自廣還，至吉州城下，千載來見，曰：「丞相赴北，某亦往。」遂以故宋官營求江西省，恣之北，寓於文山囚所側近，日以美食奉之。文山知是千載，義焉。凡留燕三年，潛造一櫝，文山受刑後，即藏其首。仍尋訪文山妻歐陽夫人於俘虜中，俾出，火其屍。千載拾骨寘囊，并櫝南歸〔三〕，付其家葬之。次日，其子夢父文山怒云：「繩鋸髮斷〔四〕。」其子心動，毅然啟視之〔五〕，則有繩束其髮。當其云云夢爾，且髮爾，何足計？又萬無繩繫理。繩見，衆服公英爽可畏。劉須溪紀其事，贊於文像後曰：「閒居忽忽，萬古咄咄，天風慘然，如動生髮。如何尋約，亦念續曶。豈其英爽，猶累形軀。同時之人，能不纇泚。昔忌其生，今妬其死。」

【箋證】

〔一〕此條全録自宋無《啽囈集》中《張千載》詩自注。宋無詩云：「收骨燕山白日寒，杲卿髮尚直衝冠。誰將千載交游義，著入文山傳裏看？」

〔二〕「廬陵文文山友也」原作「廬陵人文山友也」，據《啽囈集》改。

〔三〕「并櫝」原作「弁櫝」，據《啽囈集》改。

〔四〕「繩鋸髮斷」原作「繩炬未斷」，據《啽囈集》改。

〔五〕「毅然」下《啽囈集》多一「必」字。

元陶宗儀《南村輟耕録》卷五「隆友道」條亦記此事，而文字稍異，兹録以備參：「張毅父先生千載，廬陵人，而宋丞相文公友也。公貴顯時，屢以官辟，不就。江南既内屬，公自廣還，過吉州城下，先生來見曰：『今日丞相赴北，某當偕行。』既至燕，寓於公囚所側近，日以美饌餽。凡三載，始終如一，且潛製一櫝，公受刑日，即以藏其首。復訪求公之室歐陽氏於俘虜中，俾出焚其屍。先生收拾骸骨，襲以重囊，與先所函櫝南歸，付公家葬之。後公之子忽夢公怒云：『繩鋸髮斷。』明日啟視，果有繩束髮。其英爽尚如此。劉須溪紀其事，贊於公畫像上，曰：『閒居忽忽，萬古咄咄。天風慘然，如動生髮。如何尋約，亦念束髮。豈其英爽，猶累形軀。同時之人，能不顙泚。昔忌其生，今妬其死。』鄧中齋題曰：『目烱烱兮疎星曉，寒氣鬱鬱兮晴雷殷。山頭碎柱兮璧完，血化碧兮心丹。嗚呼！曾謂斯人，不在世間。』」

鏡　殿 嘉靖本《詩話補遺》卷三

唐高宗造鏡殿，武后意也。四壁皆安鏡，爲白晝祕戲之需。帝一日獨坐其中，劉仁軌奏事入，驚走下階，曰：「天無二日，土無二王，臣見四壁有數天子，不祥莫大焉。」帝立命剔去〔一〕。后聞之不悦，帝崩後，復建之。楊廉夫詩：「鏡殿青春祕戲多，玉肌相照影相摩。六郎酣戰明空笑，隊隊鴛鴦漾緑波。」〔二〕

【箋　證】

〔一〕《資治通鑑》卷二百二《唐紀》十八：「匪舒又爲上造鏡殿成，上與仁軌觀之。仁軌驚趨下殿。上問其故，對曰：『天無二日，土無二王。適視四壁有數天子，不祥孰甚焉？』上遽令剔去。」

〔二〕胡應麟《少室山房筆叢》卷二十二《藝林學山》四云：「按：此本隋煬故事。《迷樓記》：『帝設銅屏四周殿上，白晝與宫人戲樂，纖毫皆入屏中。』高宗時武曌用事，中外謂之二聖。劉仁軌蓋假此以諷，故武聞之不悦也。老鐵詩，『六郎』謂昌宗，『明空』即曌字。」

瓊　花 嘉靖本《詩話補遺》卷三

揚州有蕃釐觀，觀中有瓊花，即陳後主所謂《玉樹後庭花曲》中云「瓊樹朝朝新」也〔一〕。

其花後萎，好奇者云「瓊花無種」，過矣。宋傅子容詩云：「比瑒如礬總未嘉，要須博物似張華。因看異代前賢帖，知是唐昌玉蕊花。」注云：「唐楊汝士云：『唐昌觀玉蕊，以少故貴。』」王汝玉名爲玉蕊，王介甫名爲瑒花，取其色白也。山谷名曰山礬，以其可以供染也〔二〕。即今之梔子花，佛經名薝音膽蔔花，《本草》名越桃〔三〕。劉禹錫詩：「玉女來看玉樹花，異香先引七香車。攀枝弄雪頻回首，驚怪人間日易斜。」〔四〕張籍詩：「五色雲中紫鳳車，尋仙來到洞仙家。飛輪回首無蹤跡，惟見斑斑滿地花。」〔五〕王建詩：「一樹瓏璁玉刻成，飄廓點地色輕輕。女冠夜覓香來處，惟見階前碎月明。」〔六〕注云：「唐元和中，唐昌觀中玉蕊花盛開，有仙女來游，取數枝飄然而去。」余謂此説未必然，蓋因劉、張詩有「玉女香車」、「飛輪回首」之句，遂傅會其説。又因仙女取花，飄然而去，遂傅會天下無種之説。不知詩人詠物託言也。滇雲處處有之，村姑採插盈路，仙女一何多乎〔七〕！

【箋證】

〔一〕《陳書》卷七《張貴妃傳》後魏徵《考覽記》有云：「使諸貴人及女學士與狎客共賦新詩，互相贈答。採其尤豔麗者，以爲曲詞，被以新聲。選宮女有容色者以千百數，令習而謌之。分部迭進，持以相樂。其曲有《玉樹後庭花》、《臨春樂》等，大指所歸，皆美張貴妃、孔貴嬪之容色也。其略曰：『璧月夜夜滿，瓊樹朝朝新。』」

〔二〕《苕溪漁隱叢話》前集卷四十七引《高齋詩話》云：「唐人《題唐昌觀玉蘂花》詩云：『一樹瓏鬆玉刻成，飄廊點地色輕輕。女冠夜覓香來處，唯見堦前碎月明。』今瑒花即玉蘂花，王介甫以比瑒，謂當用此瑒字。蓋瑒，玉名，取其白耳。魯直又更其名爲山礬，謂可以染也。廬陵段謙叔，多聞士也，家藏異書古刻至多，有楊汝士《與白二十二帖》云：『唐昌玉蘂，以少故見貴耳。自來江南山山有之，土人取以供染事，不甚惜也。』則知瑒花之爲玉蘂，斷無疑矣。傅子容見此帖，乃作絶句云：『比瑒更礬總未佳，要須博物似張華。因觀異代前賢帖，知是唐昌玉蘂花。』」又，周必大《文忠集》卷一百八十四引宋祁《筆記》云：「維揚后土廟有花色白，曰玉蘂，王禹偁愛賞之，更稱曰瓊花。按許慎《説文》云：『瓊，赤玉也。』王不領其義，非白花名也。」

〔三〕《證類本草》卷十三：「梔子……一名木丹，一名越桃，生南陽川谷。」又引《圖經》云：「二三月生白花，花皆六出，甚芬香。俗説即西域薝蔔也。」

〔四〕此劉禹錫《和嚴給事聞唐昌觀玉蘂花下有游仙二絶》二首之一，見《劉賓客文集》外集卷一，「玉樹」作「玉蘂」，「頻回首」作「時回顧」。

〔五〕此張籍《唐昌觀玉蘂花二首》之二，見《張司業集》卷七，「五色」作「九色」，「回首」作「回處」，「惟見」作「惟有」。

〔六〕此王建《唐昌觀玉蘂花》詩，見《王建詩集》卷九，「瓏璁」作「瓏鬆」。此下「注云」云云，乃引述康駢《劇談録》文，非王詩自注也。

〔七〕唐昌玉蘂，爲嚴休復首唱，已見本書卷十「何兆玉蘂花」條。宋周必大有「玉蘂辨證」，彙輯諸書所記唐昌玉蘂事並各家詩作甚詳，見《文忠集》卷一百八十四。

升庵以瓊花即玉蘂，後人多以爲非。吴景旭《歷代詩話》卷五十論之甚詳，今録以備參：「楊升庵據宋傅子容之詩，謂瓊花，玉蘂，魯直名以山礬，即今之梔子花，佛經名薝蔔花。胡元瑞謂四種迥異，升庵合而一之，大爲孟浪。因考《合璧事類》所辨四花形色，並録於此。論瓊花云：瓊花天下無雙，惟揚州后土祠一株耳。世傳此花乃唐人所植，樹大而花繁，清馥異常，潔白可愛，獨殿春芳，冠絶群品。唐賢多題詠之，昨因紹興辛巳之變，或謂今所存者非其舊。使非老道士唐大寧者力言其不然，鮮不以八仙名之矣。蓋此花雖遭狼籍，然其盤根非他所比，似有神物爲之遮護，不然靈苗不絶，生意復回，既剪而終盛，孰使之然哉！論玉蘂云：玉蘂花所傳不一，以爲瑒花、瓊花、山礬，有以爲米囊者，其説皆非也。蓋此花條蔓而生，狀如荼䕷，栢葉紫莖，冬凋春茂，花鬚出殆如冰絲，上綴金粟花，心復有碧筩，彷佛膽瓶，其中别抽一英，出衆鬚上，散爲十餘蘂，猶刻玉然，名爲玉蘂，乃在於此。群芳所未有也。論山礬云：山礬花，俗名椗花，木高數尺，枝肥葉密，凌冬不凋，花白，未開時木犀相似，及開差大。香絶濃，號七里香。尋常山林間多有之，又有千葉者。按椗即瑒，音相近也。論薝蔔云：薝蔔花，一名梔子花，樹高二三尺，葉厚深緑，如兔耳，或似柳而短，凡草木花皆五出，惟此花六出，色白，中心黄，春末抽蕤，夏初結花。又一種，樹高五六尺許，花葉皆差大。謝靈運目爲林蘭。并筆之。」

草書枯澀嘉靖本《詩話補遺》卷三

徐浩真書多渴筆，懷素草書多枯澀，在書法以爲妙品。戴幼公《贈懷素》詩曰：「忽爲壯麗就枯澀，龍蛇盤騰獸屹立。」〔一〕魯收《懷素草書歌》：「連拂數行勢不絶，藤懸槎蹙生其節。」〔二〕竇冀亦云：「殊形詭狀不易説，中含枯燥尤驚絶。」〔三〕任華云：「時復枯燥何褵襹，忽覺陰山突兀横翠微。」〔四〕蓋深知懷素之三昧者。姜白石云：「徐季海之渴筆，譬如綺筵之素饌，美人之淡妝。」倪思以痴重筆跡，謂之墨豬〔五〕。元班彦功之字，評者以爲死豬腸〔六〕。可以喻矣。

【箋證】

〔一〕此引戴幼公及此下魯收、竇冀、任華詩句，並題《懷素上人草書歌》，一時之作也，見《文苑英華》卷三百三十八。戴叔倫，名幼公，潤州金壇人。大曆初任湖南轉運留後。累官至撫州刺史，容管經略使。

〔二〕魯收，《詩話補遺》原誤作「曾收」，據《文苑英華》改。《升庵文集》卷六十三所録不誤。「藤懸槎蹙生其節」，《文苑英華》作「藤懸查蹙生奇節」。

〔三〕竇冀，《詩話補遺》、《升庵文集》並誤作「竇臮」，據《文苑英華》改。所引二句，《文苑英華》作「殊形恠狀不易説，就中驚燥尤枯絶」。

〔四〕任華，青州樂安人。肅宗朝歷官祕書省校書郎、太常寺屬吏、監察御史。大曆末嘗入桂管節度李昌巎幕。後不知所終。

〔五〕倪思，字正甫，湖州歸安人。宋乾道二年進士，中博學宏詞科，累遷祕書郎，除著作郎，兼翰林權直。寧宗朝累官至禮部尚書，以寶謨閣直學士知福州。卒謚文節。《宋史》有傳。宋朱勝非《紺珠集》卷二云：王羲之謂「字多肉少骨者，謂之墨豬」。

〔六〕《書史會要》卷七：「班惟志，字彦功，號恕齋，大梁人。官至集賢待制，江浙儒學提舉。初，徽仁裕聖皇后以泥金寫《大藏經》，鄧文肅舉惟志入經局，補州教授。教授累官至今任。早歲宗二王，筆勢翩翩，不失書家法度。晚年學黄華，應酬塞責，俗惡可畏。文宗嘗評其書，謂如醉漢罵街。」「班」原作「斑」，據改。

阮籍詩 嘉靖本《詩話補遺》卷三

「昔余游大梁，登于黄華顛。」「應龍沈冀州，妖女不得眠。」〔一〕按《戰國策》，趙武靈西至河，登黄華之上，夢處女鼓琴歌詩，因納吴廣女娃嬴。孟姚，其先七世而兆于簡子之夢，及入宫而奪嫡亂國，豈非妖女乎〔二〕？張平子《應間》曰：「女魃北而應龍翔。」〔三〕合而觀之，可見其微意。蓋當是時，魏明帝郭后、毛后妒寵相殺，正類武靈王事，故隱語怪説，亦《春秋》「定、哀多微辭」意也。顔延年曰：「阮公身事亂朝，常恐遇禍，因兹詠懷，雖志在譏刺，而文多隱避，百代之下，難以情測。故粗明大意，略其幽旨也。」〔四〕信哉！

【箋　證】

〔一〕此上乃摘引阮籍《詠懷詩八十二首》第二十九首中二聯。

〔二〕趙簡子夢帝言晉七世而亡，又言將以嬴氏子配簡子七世之孫武靈王。後趙武靈王因夢處女鼓琴歌詩而納吴廣女娃嬴事，見《史記》卷四十三《趙世家》。其事《戰國策》不載，升庵殆記憶偶誤也。《列女傳》卷七「趙靈吴女」條：「趙靈吴女者，號孟姚，吴廣之女，趙武靈王之后也。初，武靈王娶韓王女爲爲夫人，生子章，立以爲后，章爲太子。王嘗夢見處女鼓瑟而歌曰：『美人熒熒兮，顔若苕之榮。命兮命兮，逢天時而生，曾莫我嬴嬴。』異日，王飲酒樂，數言所夢，想見其人。吴廣聞之，乃因后而入其女孟姚。甚有色焉，王愛幸之，不能離。數年生子何。孟姚數微言后有淫意，太子無慈孝之行。王乃廢后與太子，而立孟姚爲惠后，以何爲王，是爲惠文王。」

〔三〕張衡「去史職五載復還，乃設客問，作《應間》以見其志」。此《應間》中語，見《後漢書》卷八十九《張衡傳》。

〔四〕《文選》卷二十三録阮籍《詠懷詩十七首》，此第一首「夜中不能寐」詩末注，「常恐遇禍，因兹詠懷」作「常恐罹謗遇禍，因兹發詠，故每有憂生之嗟」。按，李善於阮籍《詠懷詩十七首》無注，僅於題下注「顔延年、沈約等注」，故升庵據之斷爲顔氏之説。而六臣注本於此注前加「善曰」

二字，誤矣。

多根樹 嘉靖本《詩話補遺》卷三

佛經云：「西域多根樹，蔽芾而婆娑，東西南北中，五方不相見。國中有婬女，求偶者衆多。初有一男求，女約中枝會。復有四男子，亦欲求之宿。女亦以言許，東西與南北。各各抱被去，至晚女不來。東枝郎唱曰：『旭日光已出，農夫向田去。妄語既不來，可捨多根樹。』西枝郎吟曰：『彼妙必然來，定是不妄語。如何旭日光，急速現下土。』南枝郎歎曰：『旭日光已出，農夫早向田。我等如痴羊，一夜受凍眠。』北枝郎賡曰：『我等没巴鼻，只爲求他妻。今遭寒與凍，各各被他迷。』中枝郎泣曰：『我不憂己身，一夜寒凍情。但恐多根樹，枝葉不復生。』樹神聞而笑曰：『汝勿憂外事，但憂身事急。樹枯生有時，欲苦無停息。』」〔一〕

【箋　證】

〔一〕《大正新修大藏經》第二十三册《根本説一切有部苾芻尼毘奈耶》卷二一：「往時於一聚落，長者有妻，顔容端正，形儀超絶，甚可愛樂。時五少年因至聚落，見長者妻，情皆染著，心並迷亂。令使告知，私相求及，欲於某處共爲交會。時此婦人報夫主曰：『有諸少年共來求我，我當辱之。君當默往，令彼羞赧。』報其使曰：『可於夜闇向某處多根樹上暫時相待，我當即至。』其第一人，令向樹東枝上坐；次告第二人，可向西枝；次第三人，可於南枝；次第四人，可在北枝；次第五人，坐樹中枝，各不相知。作此處分，諸人依語皆住樹上。至曉相待，婦人不來。其中一人而説頌曰：『日光今出現，農夫已向田。妄語既不來，可捨多根樹。』其第二人又説頌曰：『彼妙者定來，不應爲妄語。何因此日光，急速而出現。』第三人亦説頌曰：『日光已旭旦，農夫往田業。我等如愚羊，在樹受寒凍。』第四人復説頌曰：『今遭大苦惱，求他婦故然。我等共君迷，夜寒幾凍死。』第五人復説頌曰：『我不憂己身，一夜寒受苦。但愁迦囉樹，枝枯不復生。』于時有多根樹神而説頌曰：『汝等但憂身，勿憂他外事。樹損有生期，欲苦無停息。』」此條乃升庵據佛經改作，實非詩話也。

洛　澤 嘉靖本《詩話補遺》卷三

三都尉居塞上，一治日勒澤索谷，一治居延，一治番和〔一〕。澤，大洛切，从仌。洛澤，冰著樹如索，故曰澤索也。北方寒夜，冰華著樹如絮，《春秋》謂之「雨木冰」〔二〕。《五行志》曰：「樹介，言冰封枝條如介冑也。」訛作「樹稼」。諺曰：「木若稼，達官怕。」《集韻》：「淞，凍洛也。」又：「液雨也。」《曾南豐集》云：「齊地寒甚，夜霧凝於木上，日出飄滿庭階，尤爲可愛。」遂作詩曰：「園林日出淨無風，霧淞花開樹樹同。記得集英深殿裏，舞人齊插玉瓏鬆。」〔三〕又曰：「香銷一榻氍毹暖，月映千門霧淞寒。」〔三〕又以爲年登之兆。諺云：「霜淞打霧淞，貧兒備飯甕。」〔四〕余舊有詩云：「怪得天雞誤曉光，青腰玉女試銀粧。瓊敷綴葉齊如剪，瑞樹花開冷不香。月白詎迷三里霧，雲黄先兆萬家箱。貧兒飯瓮歌聲好，六出何須賀謝莊。」〔五〕

【箋　證】

〔一〕《資治通鑑》卷三十二《漢紀》二十四「成帝綏和元年」：「漢三都尉居塞上，士卒數百人，寒苦，候望久勞。」胡三省注：「張掖兩都尉，一治日勒澤索谷，一治居延；又有農都尉，治番和，是爲三都尉。師古曰：『澤，音鐸。索，音先各翻。』如淳曰：『番，音盤。』」「澤」，《漢書》卷二十八下《地理志下》師古注、《通鑑》胡注並從水，作「澤」。

〔二〕《左傳·成公十六年》經：「春王正月，雨木冰。」杜預注：「無傳。記寒過節，冰封著樹。」

〔三〕此引曾鞏詩見《元豐類稿》卷七，題作《霧淞》，無注，「日出」作「初日」，「玉籠鬆」作「玉籠鬆」。此前「曾南豐集」云云，見《集注分類東坡先生詩》卷二十二《送曾仲錫通判如京師》詩「秖有千林鬖鬆花」句下，宋李厚注云：「曾子固云：『齊地寒甚，夜氣如霧凝於木上，旦起視之如雪，日出飄滿庭階，尤爲可爱，齊人謂之霜松。』鬖鬆花疑即此者也。」今本《曾鞏集》中未見此語。

〔四〕《新唐書》卷三十四《五行志》：「永徽二年十一月甲申，陰霧凝凍封樹木，數日不解。劉向以爲：『木，少陽，貴臣象。此人將有害，則陰氣脅，木先寒，故得雨而冰也。』亦謂之樹介，介，兵象也。」升庵所云「五行志」指此，然其所引據者，實《舊唐書》卷九十五《李憲傳》。參見前「丁福保本增輯各條」中「凍洛」條箋注。

〔五〕此見《升庵文集》卷二十八，題作《詠霧淞》，有序云：「甲寅歲秋冬，久雨連月。十一月廿六日甲子曉，籠霧微淞，蓋晴兆也。俗諺云：『霜淞行霧淞，貧兒備飯瓮。』往歲在北方，寒夜冰華，著樹若絮，日出飄滿庭階，尤爲可愛。曾南豐詩云：『園林日出淨無風，霧淞花開樹樹同。』記得集英深殿裏，舞人齊插玉瓏鬆。』又曰：『香銷一榻氍毹暖，月映千門霧淞寒。』韻書謂之『凍洛』。洛音索，冰著樹如索也。」詩第四句「花開」作「開花」。

賞梅懸燈 嘉靖本《詩話補遺》卷三

余少年與恒、忱二弟賞梅世耕莊，懸掛燈於梅枝上，賦詩云：「疎梅懸高燈，照此花下酌。只疑梅枝然，不覺燈花落。」王浚川見而賞之曰：「此奇事奇句，古今未有也。」〔一〕近閱趙德莊《眼兒媚》詞云：「黄昏小宴到君家。梅粉試春華。暗香素蕋，横枝疎影，月淡風斜。更燒紅燭枝頭掛。粉蠟鬬香奢。元宵近也，小園先試，火樹銀花。」〔二〕則昔人亦有此興矣。

【箋　證】

〔一〕此詩《升庵詩文補遺》卷三《詩卷上》載之，題作《賞梅懸燈詩》。王浚川，謂王廷相也。廷相，字子衡，號浚川，河南儀封人。弘治壬戌進士。嘉靖中官至南京兵部尚書兼都察院左都御史，加太子太保。嘉靖二十年以事罷爲民，後三年卒。

〔二〕趙彥端，字德莊，號介庵。乾道、淳熙間以直寶文閣知建寧府，終左司郎官，有《介庵詞》。詞見《介庵詞》，題作《王漕赴介庵賞梅》，「到君家」作「史君家」。

齼字音 嘉靖本《詩話補遺》卷三

齼字《玉篇》不載，齒怯也，音楚去聲〔一〕。今京師語謂怯皆曰齼，不獨齒怯也。曾茶山《和曾宏父餉柑詩》云：「莫向君家樊素口，瓠犀微齼初舉切，齒傷醋也，《五音類聚》。遠山顰。」〔二〕黄山谷《和人送梅子》云：「相如病渴應須此，莫與文君蹙遠山。」〔三〕茶山之詩全效之。方秋崖《楊梅詩》：「併與文園消午渴，不禁越女蹙春山。」〔四〕

【箋　證】

〔一〕宋陳彭年《重修玉篇》卷五收「齼」字，注：「初舉切，齒傷醋也。」

〔二〕此曾幾《曾宏甫分餉洞庭柑》詩尾聯，見《茶山集》卷六，有注云「齼，初舉切，齭同，齒傷醋也，又音所。」

〔三〕此黄山谷《以梅餽晁適道戲贈二首》第一首中句，見《山谷集》卷九。

〔四〕此方秋崖《效茶山詠楊梅》詩中句，見《秋崖集》卷十。宋方岳，字巨山，號秋崖，歙縣人。紹定五年進士。淳祐中爲趙葵參議官，移知南康軍。以忤賈似道，後知袁州又忤丁大全，被劾罷歸。有《秋崖集》四十卷。

附録一　升庵詩話新輯

詩用瘁字

瘁，《説文解字》云：「寒也，所臻切。」《集韻》：「寒病也，所錦切。」劉禹錫《述病》云：「瘁如復瘝于躬。」「瘁」作「瘮」，自注「疎錦切」。韓退之詩：「磔毛各禁瘁。」又「肌上生瘁瘷。」費冠卿詩：「入林寒瘁瘁，近瀑雨濛濛。」韓偓詩：「禁瘁餘寒酒半醒。」（明嘉靖本《升庵詩話》卷二）

沙坪茶

往年在館閣，陸子淵謂予曰：「沙坪茶，信絶品矣，何以無稱于古？」余曰：「毛文錫《茶譜》云：『玉壘關寶唐山有茶樹，懸崖而生，笋長三寸五寸，始得一葉兩葉。』晉張景陽《成都白兔樓》詩云：「芳茶冠六清，逸味播九區。」此非沙坪茶之始乎。（明萬曆刻本《升庵文集》卷三十九）

雲龍風虎

張璠:「從,音隨從之從,去聲。雲出則龍必從之,風出則虎必從之,猶曰『龍從雲,虎從風』也。」今按:此説甚異諸家而理至。凡龍起必雲,而謂龍能致雲,非也;虎出必風,而謂虎能致風,非也。猶蟻徙必雨,乃雨氣感蟻;蝌蚪聚必雹,乃雹氣感蝌蚪。謂蟻能致雨,蝌蚪能作雹可乎?古人多倒語成文,後人不達,便成滯義。古樂府云:「虎嘯谷風起,龍興景雲浮。」無怪乎今之誤也。(同上卷四十一)

飛鳥遺音

《易·小過卦》:「飛鳥遺之音,不宜上,宜下。」此鳥亦斥鷃之搶榆數尺,鷦鷯之巢林一枝耳。非九成來儀而音中於律,九皋一鳴而聲聞於天也。唐子西詩:「二南廢後魯叟筆,七國横議鄒軻談。」何妨于宜上乎。(同上)

詩小序

程伊川云:「《詩小序》是當時國史作。如不作,則孔子亦不能知。如《大序》,則非聖人

不能作。」此言可謂公矣。朱晦庵起千載之下，一以意見，必欲力戰《小序》而勝之，亦可謂崛强者哉！（同上卷四十二）

又

去序言《詩》，自朱文公始。而文公因吕成公太尊《小序》，遂盡變其説。蓋矯枉過正，非平心折中之論也。馬端臨《文獻通考》辯之詳矣。余見古本韓文有《議詩序》一篇，其言曰：「子夏不序詩有三焉：知不及，一也；暴揚中冓之私，《春秋》所不道，二也；諸侯猶世，不敢以云，三也。漢之學者，欲顯其傳，因籍之子夏。」嗚呼，韓公可謂失言矣。孔子親許子夏以「可與言《詩》」。子夏猶云不及，其誰宜爲哉？且子頑宣姜中冓之私，生子五人，二爲諸侯，昭昭在人耳目，豈是《春秋》所不道，孔子既取之於《國風》，而子夏反爲之諱乎？至謂「諸侯猶世，不敢以云」，是爲史官懼人禍天刑之説也。豈齊南、晉董之筆乎！韓公而爲此言，亦非韓公矣，必贋作也。然此説也，正與朱子去序之意脗合。韓公百世山斗，朱子正可借爲左袒之助。而朱子著《韓文考異》，乃以爲非公作而删除之，蓋公論正議不覺其出於一時之筆，而不顧其與己説之背馳也。韓文未删之本，世多未知，而此説又可爲馬氏復《小序》證佐，故詳書之。（同上）

熠耀

《東山》詩「熠耀」之訓爲螢火，久矣。今詩疑他章有「倉庚於飛，熠燿其羽」，遂以「熠耀」爲明貌，而以「宵行」爲螢火。固哉，其爲詩也。古人用字，有虚有實，「熠燿」之爲螢火，實也；「熠燿」爲倉庚之羽，虚也。有一明證，可以決其疑。《小雅》「交交桑扈，有鶯其領」，與此句法相似，此言桑扈之領，如鶯之文，非謂鶯即桑扈也。彼謂倉庚之羽，如熠燿之明，非謂熠燿即倉庚也。《詩》無達詁，《易》無達象，《春秋》無達例，可與知者道耳。（同上）

觱發

《豳風》：「一之日觱發，二之日溧冽。」注：「觱發，風寒也；溧冽，氣寒也。」今按：觱發，指風，是也；溧冽，乃氣寒結而爲冰，《月令》「十二月水澤腹堅」是也。溧冽字從冰，其義易見。觱發之爲風，其義隱而難知。以字言之，觱，羌人吹角也。其聲悲慘，冬日寒風驟發，其聲似之。《莊子》所謂地籟、宋玉所謂土囊、殷仲文詩「爽籟驚幽律，哀壑叩虛牝」是也。總不若諺云：「三九二十七，籬頭吹觱栗。」正謂風吹籬落，其聲似觱栗，與《詩》意合。𩖄發，今俗名頭管，《樂書》名風管，又可證焉。林肅翁云：「萬象惟風難畫，《莊子》地籟一段，筆端能畫風，掩卷而坐，猶覺翏翏之在耳。」然觀周公《七月》之詩，「𩖄發」二字簡妙含蓄，又《莊子》畫風之祖也。如毛萇《詩》注云：「漣，風行水成文也。」蘇老泉衍之，作《文甫字説》一篇。古人謂六經爲時文之祖，信哉！（同上）

常棣之華

《毛詩》：「常棣之華，鄂不韡韡。」鄂，花苞也，今文作萼。不，華蒂也，今文作跗。《詩疏》云：「華下有萼，萼下有跗。華萼相承覆，故得韡韡而光明也。」由花以覆萼，萼以承華，華萼相覆而光明，猶弟兄相順而榮顯。唐明皇宴會兄弟之處，樓名曰「花萼相輝」；唐詩有「紅萼青跗」之句，皆用此義。至宋人解之，乃云「鄂然而外見，豈不韡韡乎」，非惟不知《詩》，亦不識字矣。漢儒地下有靈，豈不失笑。（同上）

疆埸

《左傳》：「疆埸之地，一彼一此。」注：「音易，言疆土至此而易也。」唐高適詩：「許國從來徹廟堂，連年不得在疆場。」乃讀爲平音，可謂不識字矣。駱賓王詩亦作「場」，皆誤甚。

豈可謂唐人詩便不敢議乎？（同上卷四十三）

浮筠

《禮記》言玉之德曰「孚尹旁達」，古注：「孚尹者，浮筠也。言玉之澤如竹膜之膩，如女膚之滑也。」與今注不同。元稹《出門行》詠商人採玉事云：「求之果如言，剖則浮筠膩。騏騄千里變，鴛鴦七十二。」浮筠，用古注義也。古注今廢不用，故罕知之。（同上卷四十四）

繫爪義甲

妓女以鹿角琢爲爪，以彈箏，曰繫爪。梁簡文《箏》詩：「停弦時繫爪，息吹治脣朱。」又曰「義甲」，唐劉言史詩：「迸却玻瓈義甲聲。」（《同上）

古樂今樂

《淮南子》曰：「雅頌之聲，皆本於情。故君臣以睦，父子以親。今取怨思之聲，施之於管絃，聞其音者，不淫則悲，淫則亂。男女之別，悲則感怨思之氣，豈所謂樂哉！趙王遷房陵，思故鄉，作爲山水之謳，聞者莫不隕涕。荆軻西刺秦王，高漸離擊筑易水之上，聞者莫不瞋目裂眥，髮植穿冠。因以此聲入宗廟，豈古之所謂樂哉？」阮嗣宗《樂論》曰：「《雅》《頌》之音不講，而妖淫之曲是尋。故延年造新聲之歌，而漢武思靡曼之色。桓帝聞楚琴，悽愴傷心，倚房而悲，慷慨長息曰：『善哉乎！爲琴若此，一而足矣。』順帝上恭陵，過樊衢聞鳥鳴而悲，泣下横流曰：『善哉！鳥聲。』使左右吟之曰：『使絲聲若是，豈不樂哉！』是以悲爲樂者也。故墨子之非樂也。悲夫！以哀爲樂者，胡亥耽哀不變，故願爲黔首；李斯隨哀不返，故思逐狡兔。嗚呼！君子可不鑒之哉。」按：此所論甚正，周子論今樂導欲增悲，實本此言。（同上）

方響

司空圖詩：「曲塘春盡雨，方響夜深船。」方響，今世多不識。李允《方響歌》：「十六葉中浸素光，寒玲震月雜佩瑲。」《樂書》云：「梁有銅磬，蓋今方響之類也。方響以鐵爲之，修八寸，廣二寸，圓上方下，架如磬而不設業，倚於架上，以代鐘磬。人間所用纔三四寸。」《後周正樂》載：「西涼清樂，方響一架十六枚，具黄鐘、大吕二均聲。」（同上）

淫聲

《論語》：「鄭聲淫。」淫者，聲之過也。水溢於平，曰淫水；雨過於節，曰淫雨；聲濫於樂，曰淫聲，一也。「鄭聲淫」者，鄭國作樂之聲過於淫，非謂鄭詩皆淫也。後世失之，解《鄭風》皆爲淫詩，謬矣！《樂記》曰：「流辟邪散，狄成滌濫之音作，而民淫亂。」狄與逖同。逖成，言樂之一終甚長，淫泆之意也。逖成者，若古之曼聲，後世之花字，今俗所謂勞病腔之類耳。《考工記》：「善坊者水淫。」《左傳》：「星在歲紀而淫於玄枵。」（同上）

蘆笙

宋乾德中，牂柯人入貢，召見詢問地理風俗，令作本國歌舞。一人吹瓢笙，名曰《水曲》，即今之蘆笙也。予在大理國見之，嘗作《蘆笙吟五解》，其辭云：「蘆笙吟，蘆笙吟，可憐一寸匏，能括四海音。」一解「蘆笙吟，蘆笙吟，可憐一節蘆，能通四海心。」二解「昔我聞蘆笙，乃在盤江河，河邊跳月歌，令人玄髩皤。」三解「今我聞蘆笙，乃在關南橋，短歌和長謡，從夕至清朝。」四解「悲亦不在聲，歡亦不在聲，昔聲與今聲，不是兩蘆笙。」五解（同上）

廣陵散

散乃琴曲名，如操、弄、序、引之類。故潘岳《笙賦》云：「輟張女之哀彈，流廣陵之名散。」應璩《與劉劭書》曰：「聽廣陵之清散。」散，平聲，在寒字韻。元稹詩「酒户年年減，山行漸漸難。欲終心懶慢，轉覺興闌散」是也。彈音但，見孟郊詩注。（同上）

鳶飛魚躍

陳白沙詩曰：「君若問鳶魚，鳶魚體本虚。我拈言外意，六籍也無書。」香山益庵陳夢祥辯之曰：「道具體用，體則天命之性，用則率性之道也。性、道皆實理所爲，故曰誠者物之終始。體何嘗虚耶？六經所以載道，一字一義皆聖賢實理之所寓，實心之所發。以之發言，則言必有物；以之措行，則行必有恒，故曰君子學以致其道。書何嘗以實爲虚幻，以有爲無妄也。其曰言外意，即佛老幻妄之意，非聖人之藴也。」嗚呼，陳公此言鑿鑿乎聖賢之真傳，不待曲説傍喻而切於日用，是真知道明理之學也。近日講理學者多諱言之，惟整庵羅公與之相合，而未相聞也。陳公仕爲雲南副使，有才幹，尚氣節，裁抑鎮守太監錢能，爲其中傷去官，滇人至今思之。其出處之正，學問之純如此，而人罕知。憑虚者易高，而摭實

者反下；翼飛者騰譽，而特立者蔑聞，是可慨也。（同上卷四十五）

郭象注莊子

昔人謂郭象注《莊子》，乃《莊子》注郭象耳。蓋其襟懷筆力，略不相下。今觀其注，時出俊語，與鄭玄之注《檀弓》亦同而異也。洪容齋嘗録《檀弓注》之奇者於《隨筆》。予愛郭注之奇，亦復録于此：如《逍遥篇》注云：「大鵬之與斥鴳，宰官之與御風，同爲累物耳。」《養生主》注云：「向息非今息，故納養而命續；前火非後火，故爲薪而火傳。」又：「以生死爲寤寐，以形骸爲逆旅。」又云：「多賢不可以多君，無賢不可以無君。」又云：「通彼而不喪我，即所謂惠而不費也。」又云：「天性在天竇乃開。」又云：「堯有亢龍之喻，舜有卷僂之談。周公類之走狼，仲尼比之逸狗。」又云：「律吕以聲兼形，玄黄以色兼質。」又云：「生之所無以爲者，分外物也；知之所無奈何者，命裏事也。」此語尤精，可比于《荀》、《孟》。又云：「草不謝榮于春風，木不怨凋於秋天。」李太白用爲詩語，而人不知其本于象云耳。（同上）

鼓角

鼓三百三十三槌，爲一通；鼓止角動，吹十二聲爲一疊。故唐詩有「疊鼓鳴笳」之句。出《衛公兵法》。（同上卷四十六）

華實

《後漢書》引《老子》：「君子處其厚而不處其薄，居其實而不居其華。」虞喜《志林》曰：「諸葛恪不納吕岱『十思』之言，樂春藻之繁華，而忘秋實之甘口也。」又《魏書》云：「曹子桓丕之字采庶子之春華，忘家丞之秋實。」庶子，劉楨家丞邢顒也。《選詩》：「春華與秋實，庶子及家丞。」又《陳書》云：「總有潘陸之華，而無園綺之實」。（同上）

膠膠擾擾

《莊子》曰：「膠膠擾擾。」乎「膠」之一字，下得不苟。韓退之《送高閑上人序》：「雖外物至。不膠於心。」又云：「一死生解外膠。」字正應前「不膠於心」之膠。膠之爲物，有粘著之意，解則有頽敗不粘之意。韓公用此二字，亦不苟也。語雖本於《莊》而得，韓之拈出，

《莊》意益明。乃古今兩敵手棊也。杜工部詩「黄門飛鞚不動塵」，蘇東坡云「走馬來看不動塵」，而杜公語益精神。《焦氏易林》云「過時不遇，㤥如旦飢」，而《毛詩》「惄如朝飢」之義益明。又云「枝葉盛茂，召伯遊暑」，而《毛詩》「甘棠」之義益明。非如後人蹈襲之比也。（同上）

禹碑

徐靈期《衡山記》云：「夏禹導水通瀆，刻石書名山之高。」劉禹錫《寄呂衡州》詩云：「傳聞祝融峰，上有神禹銘。古石琅玕姿，秘文龍虎形。」崔融云：「於鑠大禹，顯允天德。龍畫傍分，螺書匾刻。」韓退之詩：「岣嶁山尖神禹碑，字青石赤形模奇。」又云：「千搜萬索何處有？森森緑樹猿猱悲。」古今文士，稱述《禹碑》者不一，然劉禹錫蓋徒聞其名矣，未至其地也；韓退之至其地矣，未見其碑也。崔融所云，則似見之。蓋所謂「螺書匾刻」，非目覩之，不能道也。宋朱晦翁、張南軒游南嶽尋訪不獲。其後晦翁作《韓文考異》，遂謂退之之詩爲傳聞之誤，蓋以耳目所限爲斷也。王象之《輿地紀勝》云：「《禹碑》在岣嶁峰。又傳在衡山縣雲密峰，昔樵人曾見之，自後無有見者。宋嘉定中，蜀士因樵夫引至其所，以紙打其碑七十二字，刻於夔門觀中，後俱亡。」近張季文僉憲自長沙得之，云是宋嘉定中何政子一模刻於嶽麓書院者。斯文顯晦，信有神物護持哉。韓公及朱、張求一見而不可得，余生又後三公，乃得見三公所未見，一奇矣。禹碑凡七十七字，《輿地紀勝》云「七十二字」，誤也。其文云：「承帝曰嗟，翼輔佐卿。洲渚與登，鳥獸之門。參身洪流，明發爾興。久旅忘家，宿嶽麓庭。智營形折，心罔弗辰。往求平定，華岳泰衡。宗疏事裒，勞餘伸禋。鬱塞昏徙，南瀆衍亨。衣制食備，萬國其寧，竄舞永奔。」予又考《述異記》云：「空同山有堯碑禹碣，皆科斗書。」《淳化閣帖》首有禹篆十二字。《輿地志》江西廬山紫霄峰下有石室，室中有禹刻篆文，有好事者縋入模之，凡七十餘字，止有「鴻荒漾余乃檋」六字可辯，餘叵識。後復追尋之，已迷其處矣。福建莆田縣陳巖山有自然仙篆，以紙模之，形類禹刻。何蒭詩：「鳥書蟲文不可識，如讀岣嶁神禹碑。」禹之遺跡靈閟如此，號曰神禹，抑有由矣。予既得《禹碑》刻，作《禹碑歌》。（同上卷四十七）

大招

《楚辭·招魂》一篇，宋玉所作，其辭豐蔚穠秀，先驅枚、馬，而走僵班、揚，千古之希聲也。《大招》一篇，景差所作，體制雖同，而寒儉促迫，力追而不及。《昭明文選》獨取《招魂》，而遺《大招》，有見哉。朱子謂《大招》平淡醇古，不爲詞人浮艷之態，而近於儒者窮理之學。蓋取其尚三王、尚賢士之語也。然論詞賦不當如此。以六經言之，《詩》則正而葩，《春秋》則謹嚴。今責十五國之詩人曰：「焉用葩也？何不爲《春秋》之謹嚴？」則《詩經》可燒矣！止取窮理，不取艷詞，則今日五尺之童能寫仁義禮智之字，便可以勝相如之賦；能鈔道德性命之説，便可以勝李白之詩乎？（同上）

李密陳情表

李密《陳情表》有「少仕僞朝」之句，責備者謂其篤於孝而妨於忠。嘗見佛書引此文，「僞朝」作「荒朝」，蓋密之初文也。「僞朝」字，蓋晉改之以入史耳。劉靜修詩「若將文字論心術，恐有無邊受屈人」，蓋指此類乎？近日趙弘道作《令伯祠記》辯「僞朝」字，惜未見此。（同上）

青　雲

《史記》云：「伯夷、叔齊雖賢，得夫子而名益彰；顔淵雖篤學，附驥尾而行益顯。閭巷之人欲砥行立名者，非附青雲之士，惡能施於後世哉。」青雲之士，謂聖賢立言傳世者，孔子是也。附青雲，則伯夷、顔淵是也。後世謂登仕路爲青雲，謬矣。試引數條以證之。《京房易占》：「青雲所覆，其下有賢人隱。」《續逸民傳》：「嵇康早有青雲之志。」《南史》：「陶弘景年四五歲，見葛洪方書，便有養生之志，曰：『仰青雲，覩白日不爲遠矣。』」梁孔稚圭隱居多構山泉，衡陽王鈞往游之。珪曰：「殿下處朱門游紫闥，詎得與山人交耶？」鈞曰：「身處朱門而情游滄海，形入紫闥而意在青雲。」又袁彖《贈隱士庾易》詩曰：「白日清明，青雲遼亮。昔聞巢許，今覩臺尚。」阮籍詩：「抗身青雲中，網羅孰能施。」李太白詩：「獵客張兎罝，不能挂龍虎。所以青雲人，高歌在巖户。」合而觀之，青雲豈仕進之謂乎？王勃文：「窮且益堅，不墜青雲之志。」即《論語》「視富貴如浮雲」之旨。若窮而常有覬覦富貴之心，則鄙夫而已矣。自宋人用青雲字於登科詩中，遂誤，至今不改。（同上）

子細

《北史·源思禮傳》：「爲政當舉大綱，何必太子細也。」杜詩：「野橋分子細。」俗語本此。（同上）

讀書不求甚解

《晉書》云：「陶淵明讀書不求甚解。」此語俗世之見，後世不曉也。余思其故，自兩漢來，訓詁盛行，説五字之文，至於二三萬言。陶心知厭之，故超然真見，獨契古初，而脱廢訓詁。俗士不達，便謂其不求甚解矣。又是時周續之與學士祖企、謝景夷從刺史檀韶聘，講禮城北，加以讐校，所住公廨，近於馬肆。淵明示以詩云：「周生述孔業，祖謝響然臻。馬隊非講肆，校書亦以勤。」蓋不屑之也。觀其詩云：「先師遺訓，今豈云墜？」又曰：「詩書敦夙好。」又云：「游好在六經。」又云：「汎覽周王傳，流觀山海圖。」其著《聖賢群輔録》、《三孝傳贊》，考索無遺。又跋之云：「書傳所載，故老所傳，盡於此矣。」豈世之鹵莽不到心者耶！予嘗言：「人不可不學，但不可爲講師溺訓詁。」見《淵明傳》語，深有契耳。（同上卷四十八）

婸徒

《漢書·西南夷傳》：「西南之夷人自稱曰婸徒。」婸，音陽。《方言》：「巴濮之人，自呼曰阿陽。」陽之言我也。《爾雅》引《魯詩》：「有美一人，陽如之何。」言我奈之何也。「子兮子兮，如此良人何？」亦此意。李太白詩：「芙蓉帳底奈君何。」（同上）

孌童崽子

北齊許散愁自少不登孌童之牀，不入季女之室。《水經注》：「孌童丱女，弱年崽子。」崽音宰。《選》詩：「肆呈窈窕容，路曜便娟子。」皆指孌童之屬也。阮籍詩：「昔日繁華子，安陵與龍陽。」（同上）

吕將軍貂蟬

世傳吕布妻貂蟬，史傳不載。唐李長吉《吕將軍歌》：「榼榼銀龜摇白馬，傅粉女郎大旗下。」似有其人也。（同上）

春宵秘戲圖

徐陵《與周弘讓書》：「歸来天目，得肆閒居，差有弄玉之俱仙，非無孟光之同隱。優游俯仰，極素女之經文；升降盈虚，盡軒皇之圖勢。」則宋人畫苑《春宵秘戲圖》有自来矣。張平子《樂府》：「素女爲我師，天老敎軒皇。」抑又古矣。（同上）

李白墓誌

范傳正作《李太白墓誌》云：「白常欲一鳴驚人，一飛冲天。彼漸陸遷喬，皆不能也。及其謫退，乃歎曰：『千鈞之弩，一發不中，則當摧撞折牙而求息機。安能効碌碌者，蘇而復上哉。』用是脱屣軒冕，釋羈韁鎖，因肆性情，太放于宇宙間，意欲耗壯心而遺餘年。」此數語，足以盡太白爲人。劉全白有《李翰林墓碣記》云：「太白，廣漢人。性倜儻，知縱横術。善賦詩，才調逸邁，往往興會屬辭，恐古之善詩者亦不逮。」裴敬有《李白墓碑》曰：「白爲詩，格高旨遠，若在天上物外。」任華《送李白之曹南序》曰：「彼碌碌者，徒見三河之遊倦，百鎰之金盡，乃議子於得失虧成之間。曾不知才全者無虧成，志全者無得失。進與退，於道德乎何有。」以上諸文，附見《李白集》，古本有之，今不傳矣。全白指太白爲廣漢人，蓋唐世彰明縣屬廣漢郡，故猶舉郡爲稱耳。（同上卷四十九）

徐　淑

予觀《藝文類聚》，見東漢婦人徐淑與夫秦嘉兩書，又觀《玉臺新詠》，見其與夫詩，皆麗則可誦。又考《史通》稱其動合禮儀，言成規矩。夫死毁形不嫁，哀痛傷生。可謂才德兼美

者也。范曄《後漢書》作《列女傳》，乃舍淑而取蔡琰，何見哉。（同上）

孔北海

孔北海大志直節，東漢名流，而與建安七子並稱。駱賓王勁辭忠憤，唐之義士，而與垂拱四傑爲列。以文章之末技，而掩其立身之大閑，可惜也。君子當表而出之。（同上卷四十九）

楊補之

楊補之，子雲之後，自蜀而移家清江，善畫梅，秦檜求之，竟不與也。有《逃禪老人詞》一卷。余嘗題其《畫梅譜》一詩云：「逃禪老人楊補之，清江世業錦江移。承家不愧草玄後，藝苑豈獨梅花師。神交早與逋仙素，清節不受檜賦緇。請看麝煤鼠尾外，更有玉佩瓊琚詞。」（同上）

鄮山正論

黄鄮山《答蜀人黄制參有大書》曰：「考亭於介甫，愛而不知其惡；於東坡，憎而不知其善，跡則誠有之，然特激於汪玉山一時往復之書然爾。玉山極口稱譽東坡，考亭方辨之，玉山再護東坡，則考亭遂深求東坡之短，遂有『寧可取介甫之説』、『介甫因此得考亭救得』數語。考亭有性氣，此一時有激不平之言，非平日議論之正也。介甫亦可謂僥倖甚矣。然其苗脉，亦從爲伊川護法中來。甚至介甫作詩罵昌黎，而考亭亦以其詩爲是。平生克治其身如考亭，因爲門庭有此等偏處，亦不自覺。則後學可不深自警也哉？」鄭山，朱子門人之門人也，其言如此，可謂朱子之忠臣矣。然朱子此論，非特有激於汪應辰，其陰拱介甫之意，往往發見。余觀張南軒《與朱元晦書》曰：「聞兄在鄉里因歲歉請於官，得米儲之，而春秋償其所取之息，或者妄有散青苗之譏。兄聞之作而言曰：『介甫獨有散青苗之一事是耳，奮然作《社倉記》以述此意，某以爲過矣。』是乃意之所加，不自知其偏者也。不可作小病看，異日流弊，恐不可言。」南軒此論，可謂朱子之諍友矣！朱子他日又録安石爲名臣而躋之韓、范、富、歐之間，此豈亦有激於何人乎？嗚呼，於東坡乎何損？於半山乎何益？獨可爲大儒惜耳！朱子學孔孟者也，孔孟平日之論，曷嘗譽驩兜而貶元凱乎？朱子嘗謂陳同甫躋漢唐於三代，是精金頑鐵作一鍋銷。朱子以安石與韓、范齊名，何不分别金鐵之甚邪？（同上）

馮夫人錦車

《漢書·西域傳》：馮夫人名嫽，漢宫人也。善史書，乘錦車持節，和戎而歸。按此事甚奇，而六朝、唐人無入篇詠者。惟劉孝威詩云：「錦車勞遠駕。」駱賓王詩：「錦車朝促候，刁斗夜傳呼。」徐堅詩：「雲摇錦車節，月照角端弓。」僅一句一聯而已。此事可畫可歌，勝於詠明妃之失節，文姬之傷化多矣。（同上）

半山詩

半山《詠孟子》詩云：「何妨舉世嫌迂闊，故有斯人慰寂寥。」此欲尚友孟子也。次首《詠商鞅》云：「今人未可非商鞅，商鞅能令令必行。」此又仰思商鞅也。蓋其立言則欲學孟子，變法則欲師商鞅。卒之孟子不可學，而專師商鞅焉。其用人，則對伊川曰：「使小人變法，使君子守之。」卒之君子盡逐斥，而小人純用焉。生於其心，害於其政有如此！孟子之「沈魄浮魂」半山詩語，當笑於九原矣。其歸金陵後作《龍賦》曰：「常出乎害人，而未始害人；常至於喪己，而未嘗喪己。」其自解之詞乎？然就其言論之，龍本利見，何嘗害人？其或害人者，孽龍也。龍能存身，何嘗喪己？其或喪己者，乖龍也。公其秉孽龍、乖龍之精者乎？又其退居後，《詠金山詩》云：「只有此中堪曠望，誰令天作海門山。」此猶是欲涸梁山泊爲田之餘意。余獨愛其《詠倉頡》四句云：「倉頡造書，不詰自明。嗚呼多言，祇誤後生。」此豈鬼擘其口，使出此言，如自跋其《字説》乎？陳了翁、楊龜山之力辨，不若其自懺也。又歸田後詩曰：「勛業無成照水羞，黄塵入眼見山愁。」則其羞惡真心之發。噫，晚矣！若夫其捨宅爲寺，捨田爲供，乃宦官、宫媪之所爲，而公爲之，不知何見？以斯人而從祀孔廟，污蔑極矣。（同上）

李姓非一

《姓氏譜》李氏凡十三望，以隴西爲第一。唐時重族望，雖帝系之貴，亦自屈居第三，而讓隴西爲一，則隴西之李，與唐室之李不同族，明矣。史官修《唐世系表》，謂皋陶爲堯大理，世爲理氏，紂時有逃難，食李得全，故改理爲李。此附會杜撰以媚時之説，殊不足信。按唐本李暠之後，乃西涼，非中國人，與皋陶之理，風馬牛不相及也。而唐帝以李老君爲祖，封爲玄元皇帝而廟祀之。使史官皋陶大理之説有據，何不直祖皋陶而乃下祖李耳乎！是自相矛盾，可疑甚矣。漢世李廣爲隴西李氏，至唐猶然。然據唐人《姓氏譜》，則隴西與唐室了不相干，而李氏稱隴西者，往往冒爲唐宗室，又矛盾矣。唐自高祖即位，太宗、高宗繼之，武后戕唐子孫殆盡，至開元末四十年，而太白詩云「我李百萬葉，柯條布中州」，是又可疑。蓋唐人十三望之李，皆冒稱宗室，既不封以禄位，惟虚名誇人曰「天潢仙派」而已。唐帝亦樂其族姓之繁，不暇考其真僞也。觀太白自叙之書云「白家世本金陵」，此其自狀明甚，而詩中贈九姓李者，皆曰吾宗，則又可疑。唐之先仕於後周，豈有金陵之籍哉！大抵唐人族姓多冒濫，如令狐楚入相後，天下姓胡者改胡爲狐，而上加令字以附之。温庭筠詩云：「自從元相登庸後，天下諸胡盡帶鈴。」嗚呼！宰相之勢不過十年，而人競改姓以附之。況堂堂一統天子，三百年之久，其冒附不知幾百千萬矣。噫！人之賢否在於一己，豈族姓所能高下。小説云：隴西李氏高自標榜，有女，人不敢求婚，及年長，父母以囊裝昬夜潛送於少年無妻者，是其自高者乃所以自辱也。我太祖高皇帝有天下，後建安有朱氏者以譜牒進，欲附國姓。聖祖曰：「朕起農家，所知者，德、懿、僖、仁四代而已。」聖人之見，高出萬古，而百九十年族姓之敝亦少革，豈非類族辨物之大義乎！（同上卷五十）

趙野叉

北齊武平初，領軍趙野叉，獻白兔鷹一。頃日與顧箬溪倡和雪詩，次東坡叉字韻。顧言：「叉字韻窄，古人和此詩極多，韻事押盡矣。」余言佛經「力叉」、《北齊書》「趙野叉」，皆奇

僻，未經人押。顧笑曰：「公大能記。」（同上）

王涣王之奂

唐詩人王涣，字群吉，昭宗大順二年進士，《文苑英華》選其《惆悵詞》十首。今誤作王之奂，非也。王之奂與王昌齡、王維同游，去王涣一百四十餘年。況其詩有霍小玉及紅娘事，皆天寶以後事，豈可混爲一人。（同上）

東坡慕樂天

洪容齋《隨筆》言：「東坡慕白樂天，因以爲號。」慎按：《南賓志》云：「東坡、西坡，皆白文公故跡。」樊漢炳詩曰：「忠黄江上兩東坡，二老遺風凜不磨。人得矜誇知地勝，天教流落爲才多。」以此驗之，信然。惜容齋未之引耳。（同上）

張俊張浚二人

張俊，附秦檜而傾岳忠武者。張浚，廣漢人，嘗稱飛忠孝人也。及飛冤死後，高宗納大學士程宏圖之奏，昭雪光復，浚與參贊，陳俊卿悲感嘆服。浚爲都督，俊爲樞密，劉豫遣子麟姪猊合兵七十萬犯淮西，張浚聞之，以書戒張俊曰：「賊豫之兵，以逆犯順，若不剿除，何以立國？今日之事，有進擊無退保也。」此見章穎所著《岳飛傳》。浚與俊豈可混爲一人哉。今之士夫例以傾岳爲浚之短，不知受誣千載如此。陳白沙詩：「秦傾武穆因張浚。」白沙自語録《擊壤集》外，胸中全無古今，無怪其然。而舉世懵然，失於不考。予故詳著以見賢者之不可厚誣，考古之不可不精，議論之不可輕立，而益歎今人之不知學也。（同上）

鈴索

李德裕云：「翰林院有懸鈴以備警急文字，引之以代傳呼也。」唐制：禁署嚴密，非本院人，雖有公事，不敢遽入於内。夫人宣事，亦先引鈴。每有文書，即内臣立於門外，鈴聲達本院，小判官出受訖，授院使，院使授學士。鄭綮詩：「條鈴無響閟珠宫。」韓偓詩：「坐久忽聞鈴索運，玉堂西畔響丁東。」（同上）

伍員之員音運

陸龜蒙詩：「賴得伍員騷思少，夫差剛免似荆懷。」宋人小説云：「以龜蒙之博學，而誤呼伍員之名，豈趦韻耶？」慎按：「員」之音「運」，本無前訓，惟唐《員半千傳》云：「半千本宋劉凝之十世孫。初，凝之因齊受禪，奔元魏，自比伍員，故改姓員。」唐世謡云：「今八公四俊，苗李崔員。」以後證先，知伍員之「員」音運也。如巢縣之「巢」音勦，朴胡之「朴」音浮。濡水之「濡」奴官反，票姚之「姚」音同鷂。古賢相傳，自有此一種音韻，今不悉見耳。（同上）

趙天澤

趙天澤，蜀新都人，與同邑杜圭明《春秋》，齊名。棄官薄遊江南，無貴賤皆倒屣迎之。最善括蒼。劉公伯温一日行省，大臣論江左人物。天澤首以伯温對。衆愕然，疑且竊笑之。趙公退而贈劉公文曰：「蕭何拔韓信、玄德師孔明，非信任之篤，則泜水之奇、八陣之妙，何由照耀後世。」其文載于《翊運録》中。方劉公之未遇也，授之以卜法者曾義山，而深奇預識者，趙公也。趙有《吳江月下泛舟》詩云：「餘霞斂遥岑，微靄生近浦。江行得良夜，月出鳴柔櫓。茫茫天欲流，歷歷星可數。水螢明乍滅，沙禽或翔舞。此意誰與同，三高渺千古。」（同上卷五十一）

戴石屏無行

戴石屏未遇時，流寓江西武寧。武寧富翁以女妻之，。留三年。一日思歸，詢其所以？告以「曾娶」。妻以白其父，父怒，妻宛曲解之，盡以嫁奩贈之。仍餞之以詞，自投江而死。其詞云：「惜多才，憐薄命，無計可留汝。揉碎花牋，仍寫斷腸句。道傍楊柳依依，千絲萬縷，抵不住，一分愁緒。捉月盟言，不是夢中語。後回君若重来，不相忘處，把杯酒澆奴墳土。」嗚呼，石屏可謂不仁不義之甚矣！既誑良人女爲妻，三年興盡而棄之。又受其奩具，而甘視其死。俗有謔詞云：「孫飛虎好色，柳盜跖貪財。」殆兼之矣。其爲人如此，而台州猶祠于鄉賢，何哉？（同上）

房琯

司空圖《詠房琯》詩云：「物望傾心久，匈渠破膽頻。」注云：「天寶中，琯奏請遣諸王爲都統節度。禄山見分鎮詔，拊膺歎曰：『我不得天下矣！』」琯建此議，可以爲社稷功。司空圖云「匈奴破膽」，指此。杜子美輓公詩，所謂「一德興王後」，亦指此事。《唐書》因其陳濤斜之敗，遂没其善，可惜也。楊鐵崖《詠史》目之爲腐儒，又以王衍比之，過矣。余故

舉杜陵、司空二詩以闡其幽。房後謫廣漢，有政績，唐詩人詠房湖者多稱仰之，今不悉記云。（同上）

王安石

人君之愚暗柔弱，不足以亡其國，亡國者，必剛愎明察之君也。譬之人家，不肖之子不足以破家，其破家必輕俊而無檢者也。在人臣，則真小人不足以亂國，其亂國者，必僞君子也。蓋真小人其名不美，其肆惡有限。僞君子，則既竊美名，而其流惡無窮矣。是故唐之亡，不在僖、昭，而在德宗。宋之亂，不在京、卞，而在王安石。或曰：「子何以恕真小人？」余曰：「子不觀白樂天詩乎？『狐假女妖害猶淺，一朝一夕迷人眼。女爲狐媚害即深，朝朝夕夕迷人心。』樂天豈恕狐哉！」（同上）

任盡言

宋直秘閣任盡言，字元受，眉山人。元符諫官伯雨之孫，紹興從臣中先之子。有詩文集，楊誠齋序之，謂其詩文孤峭而有風稜，雄健而有英骨，忠鯁而有義氣。集今罕傳。余於《群公四六》中見其《賀湯侍御鵬舉啟》，專言秦檜之惡，其略曰：「請言自古之姦臣，無若亡秦之巨蠹，公攘名器，報微時簞食之恩；擅立刑誅，箝當代搢紳之口。制同列如挾兔，斥異議如孤豚。厚鷹犬之養，而搏吠已憎；疏鵷鷺之行，而孤危主勢。受其頤指，捷若影從。忠臣不用，而用臣不忠；實事不聞，而聞事不實。私富貴之龍斷，豈止使子弟爲卿；奪造化之鑪錘，大不許人主除吏。忠義扼腕，知識寒心。上愧漢臣，初乏朱雲之請劍；下慚唐室，未聞林甫之斲棺。遂令存殁之間，備極哀榮之典。」凡千餘言，可謂古之遺直，不愧其祖矣。誠齋「風稜義氣」之言，良非溢美乎。余又因此見高宗之庸懦，生既誤用檜，及檜死，謂内侍曰：「朕今日始免靴中置刀矣。」既知其惡，而死猶以王爵贈之，雖三尺痴童不爲也。宋之亡也晚矣。噫！（同上）

趙師羼

趙師羼，字從善，號牆東，趙千里姪也。尹京有政聲，戮杭州姦僧尤奇。嘗學犬吠以媚侂胄，其後韓侂胄敗，有贈之詎詞：「侍郎自號東牆，曾學犬吠村莊。今日不須摇尾，且尋土洞深藏。」羼即古擇字。觀其字曰從善，蓋取擇其善者而從之義也。俗士多訛其音。（同上）

韓退之遺文

孫何稱韓退之《擬范蠡與大夫種書》意出千古，理振群疑，今《集》中無此文。白樂天稱皇甫湜《涉江文》，而《湜集》亦無此文。皮日休稱孟浩然「微雲淡河漢，疎雨滴梧桐」，而《孟集》無此一首。乃知古人詩文之佳者，遺逸多矣。（同上卷五十二）

文字之衰

蘇子瞻云：「文字之衰，未有如今日者也。其原出於王氏，王氏之文未必不善也，而患在於好使人同己。自孔子不能使人同，顔淵之仁，子路之勇，不能以相移，而王氏欲以其學同天下。地之美者，同于生物而不同於所生，惟荒瘠斥鹵之地，彌望皆黄茅白葦，此則王氏之同也。」然是時學者，不敢異王氏者，畏其勢也。南渡以後，人人攻之矣。今之學者，黄茅白葦甚矣。予嘗言：宋世儒者失之專，今世學者失之陋。失之專者，一騁意見，掃滅前賢；失之陋者，惟從宋人，不知有漢唐前説也。宋人曰是，今人亦曰是，宋人曰非，今人亦曰非。高者談性命，祖宋人之語録；卑者習舉業，鈔宋人之策論。其間學爲古文歌詩，雖知效韓文杜詩，而未始真知韓文杜詩也，不過見宋人嘗稱此二人而已。文之古者，《左氏》《國語》，宋人以爲衰世之文，今之科舉以爲禁約。詩之高者，漢魏六朝，而宋人謂《詩》至選爲一厄，而學詩者但知李杜而已。高棅不知詩者，反謂由漢魏而入盛唐，是由周孔而入顔孟也。如此皆宋人之説誤之也。吁，異哉！（同上）

榮露藹雲

《宋書·符瑞志》：「榮露騰軒，藹雲掩閣。」緯書云：「榮光冪河，休氣四塞，天地訢合，乃降甘露，是謂榮露。」《尚書大傳》：「藹索輪囷，是謂卿雲。」温子昇詩「桐華引仙露，槐彩麗卿煙。」皆用此事，文人好奇如此。《齊書》：「卿煙玉露，旦夕揚藻。」（同上）

紫莖屏風

《楚辭》：「紫莖屏風文緣波。」注以屏風爲草名。又曰：「屏風，謂葉障風。」今按：後説最是。「屏」音丙，「屏風」正與「緣波」爲對，最見工緻。宋吴感詩：「繡被夜歌青翰檝，緣波春漾紫莖風。」（同上）

唐明皇詔

唐明皇詔曰：「進士以聲韻爲學，多昧古今；明經以帖誦爲功，罕窮旨趣。」斯二言盡唐人取士之病。進士不通古今，如許渾謂「宋祖劉裕有三千歌舞」，至於張打油、胡釘鉸，極矣。明經有謂堯、舜爲一人、班固與班孟堅爲兩人者，豈止罕窮旨趣而已。（同上）

文有傍犯

徐陵賦：「陪遊馺娑，騁纖腰於結風；長樂鴛鴦，奏新聲於度曲。」又云：「厭長樂之疎鐘，勞中營之緩箭。」雖兩「長樂」，爲意不同，此類爲傍犯。又劉禹錫律詩，前聯云「雪裏高山頭早白」，後聯云「于公必有高門慶」，自注：「高山本高，高門使之高也。」亦傍犯之例。（同上）

薛綜注西京賦

《西京賦》：「繚垣緜聯四百餘里。」此句本不必註，薛綜注：「繚垣，猶繞了也。」李善又改「垣」爲「亘」，益不通矣。班固《西都賦》：「繚以周牆。」即此句也。垣本是牆，何必改作亘。唐人崔塗《繡嶺宫》詩：「苑路暗迷香輦地，繚垣秋斷草煙深。」王和甫《冬日》詩：「繚垣烏鵲近人飛。」其用字固不以薛注爲然也。（同上卷五十三）

獵兔賦

夏侯湛《獵兔賦》：「息徒蘭圃，秣驥華田；目送歸鴻，手揮五弦。優哉優哉，聊以永年。」其語與嵇叔夜同。嵇與夏侯同時，其偶同耶？其相取耶？嵇詩作「華山」，夏侯作「華田」。「田」字覺勝，蓋魏都在鄴，不應言華山，當是華田。音「花」，言「華茂之田」也。亦是奇語。（同上）

蘭亭記

《文選》不收《蘭亭記》，議者謂「絲竹管絃，四言兩意」，非也。「絲竹管絃」本《漢書》語，古人文辭，故自不厭鄭重。如《易》曰「明辨晰」也。《莊子》云「周徧咸」，《詩》云「昭明有融，高朗令終」，宋玉賦「旦爲朝雲」，古樂府云「暮不夜歸」，《左傳》云「遠哉遥遥」，邯鄲淳碑云「丘墓起墳」，古詩云「被服羅衣裳」，莊子「吾無糧我無食」，《後漢書》「食不充糧」。在今人則以爲復矣。（同上）

諷諫之妙

東坡曰：「淳于髡言：『一斗亦醉，一石亦醉，至於州閭之會，男女雜坐，幾於勸矣，而何諷之有。』以吾觀之，蓋有深意。以多方之無常，知飲酒之非。我觀變識妄，而平生之嗜亦少衰矣。是以自托於放蕩之言，而能止荒主長夜之飲，世未有識其趣者。」愚謂長卿上林之賦，意實若此。能通莊氏之寓言，兼戰國之游説，而後可以得其旨也。司馬長卿去戰國之世未遠，故其談端説鋒，與策士辯者相似，然不可謂之非正也。孔子論「五諫」曰：「吾從其諷。」觀《説苑》及《晏子春秋》所載，以諷而從者不可勝數。蘇洵作《諫論》，欲以儀、秦之術，而行逢、干之心，是或一道也。故戰國諷諫之妙，惟司馬相如得之。司馬《上林》之旨，惟揚子《校獵》得之。予嘗愛王維《温泉寓目贈韋五郎》詩云：「漢主離宫接露臺，秦川一半夕陽開。青山盡是朱旗遶，碧澗翻從玉殿來。新豐樹裏行人度，小苑城邊獵騎迴。聞道甘泉能獻賦，懸知獨有子雲才。」唐至天寶，宫室盛矣。秦川八百里而夕陽一半開，則四百里之内，皆離宫矣。此言可謂肆而隱。奢麗若此，而猶以漢文惜露臺之費比之，可謂反而諷。末句欲韋郎效子雲之賦，則其諷諫可知。言之無罪，聞之可戒，得揚雄之旨者，其王維乎！（同上「上林賦」條節録）

易林

《焦氏易林》，西京文辭也。辭皆古韻，與《毛詩》《楚辭》叶音相合，或似詩，或似樂府、童謡，觀者但以占卜書視之，過矣。如：「夾河爲昏，期至無船。揺心失望，不見所歡。」如：「三驪負衡，南取芝香。秋蘭芬馥，利我少姜。」如：「鯛鯛鰼鰼，貧鬼相責。無有歡怡，一日九結。」如：「三夫共妻，莫適爲雌。子無姓氏，父不可知。」其辭古雅，魏晉以後詩人莫及。又如「憂思約帶」，即古詩「去家日以遠，衣帶日以緩」也，而以四字盡之。如「簪短帶長」，尤爲奥妙。「簪短」，即《毛詩》「首如飛蓬」也；「帶長」，即「衣帶日以緩」也。兩詩意以四字盡之。「解我胸春」，即《毛詩》「憂心如擣」也。影略用之，最爲玄妙。且其辭古之文人亦多用之：「六目睽睽」，韓文祖之曰「萬目睽睽」；「九鴈列陣」，王勃《滕王閣序》用之。「酒爲歡伯」、「白雲如帶」、「穴蟻封户」、「天將大雨」，唐詩多用之。他如「雌鸞生鶡」；又：「文山鴻豹，肥腯多脂。」鴇名鴻豹，以鴇善食鴻，爲鴻之豹，猶言魚鷹也，亦僅見此，可補《爾雅》。其云「倆如旦飢」，即《詩》「惄如調飢」，據《韓詩》，作「朝飢」，言朝飢難忍也。此云「旦飢」蓋與《韓詩》合，可證「調飢」爲「朝飢」無疑也。其云：「大樹之子，百條共母。當夏六月，枝葉盛茂。鸞鳳以庇，召伯游暑。」游暑，避暑也。此即用《詩·

甘棠》事，游暑憩甘棠，蓋古説如此。今注謂召伯聽訟於甘棠之下，成周之時，制度文物備矣，豈有以召伯之貴，而坐於甘棠樹下，如老人里長斷爭雞之訟者乎？游暑之説，蓋近於人情物理也。其曰「舜登大禹，石夷之野」，又可證禹生石紐村之事。此皆有裨於經史，又不但爲修辭之助而已。（同上）

王建詩

擡起，俗語也，古亦有之。王建宫詞：「紅燈睡裏看春雲，雲上三更直宿分。金砌雨來行步滑，雙雙擡起隱金裙。」（同上卷五十四）

虞道園題蘭詩

虞道園《題畫蘭》詩：「手攬華鬘結，化爲樓閣雲。」初讀不知其解，後覽《華嚴經》，有「華雲、鬘雲、樓閣雲」，乃知其出處。其餘又有貝雲、衣雲、帳雲、蓋雲、幡雲、冠雲、輪雲、寶鬘雲、瓔珞雲、寶燈雲，寶燄雲。《易通卦驗》説四時八方之雲。《吕氏春秋》、《淮南子》、《史記·天官書》，雲變態名狀尤奇，不悉載云。（同上卷五十五）

洪平齋輓荆公詩

「君臣一德盛熙寧，厭故趨新用六經。只怪畫圖來鄭俠，豈知奏議出唐坰。掌中大地山河舞，舌底中原草木腥。養就禍胎身始去，依前鍾阜向人青。」李文正公曰：「此詩五十六字春秋也。」（同上）

天尺

元好問《送劉時舉節制雲南》詩：「雲南山高去天尺，漢家弦聲雷破壁。九州之外更九州，海色澄清映南極。幽并豪俠喜功名，咄嗟顧盼風雲生。今年肘後印如斗，過眼已覺烏蠻平。諭蜀相如今老矣，不妨銅柱有新銘。」「天尺」二字，可以名樓。（同上卷五十六）

日纛

《南史》王晞詩：「日纛當歸去，魚鳥見留連。」俗本改「纛」作「暮」，淺矣。蓋蜀牛嶠詞曰：「日纛天空波浪急。」正用晞語。（同上）

莊馗

王仲宣《從軍詩》：「館宇充廛里，士女滿莊馗。自非聖賢國，誰能享兹休。」馗音求，九交之道也。字從九從酋爲是。（同上）

鴻寶

沈佺期詩：「静夜思鴻寶，清晨朝鳳京。」鴻寶，道書也。淮南王有《鴻寶秘術》。（同上）

袿熏綦跡

韓、孟《城南聯句》：「袿熏霏霏在，綦跡微微呈。寶唾拾未盡，玉啼墜猶鎗。窻綃疑閟艷，粧燭已銷檠。」○袿熏、綦跡、寶唾、玉啼，語精字選。惜周美成、姜堯章輩，未拈出爲《花間》、《蘭畹》助也。（同上）

鵝管笙

李長吉詩：「王子吹笙鵝管長。」又《步虚詞》：「鳳凰三十六，碧天高太清。元君夫人蹋

雲語，吟風颯颯吹鵝笙。」(同上)

天寶迴紋

范陽盧氏母王氏撰《天寶迴紋》詩，凡八百十二字。循環有數，若寒暑之遞遷；應變無方，謂陰陽之莫測。與蘇若蘭事相類。(同上)

薛逢老去也歌

徐山甫詩：「薛逢休歌老去也，陶潛已賦歸来兮。」薛逢詩：「老去也，爭奈何。擊酒盞，唱短歌。短歌未竟日已沒，月映西南庭樹柯。」(同上)

切夢刀

施肩吾《閨情》詩云：「三更風作切夢刀，萬轉愁成係腸線。」(同上)

檀暈

東坡《梅詩》：「鮫綃剪碎玉簪輕，檀暈粧成雪月明。肯伴老人春一醉，懸知欲落更多情。」王十朋集諸家注，皆不解「檀暈」之義，今爲著之。宇文氏《粧臺記》，婦女畫眉，有「倒暈粧」。《畫譜》有「正暈牡丹」、「倒暈牡丹」。古樂府有「暈眉攏髮」之句。元微之《與樂天書》：「近昵婦人暈澹眉目，綰約頭髻。」《畫譜》七十二色，有檀色，淺赭也。與婦女暈眉所謂紫沙冪酷似。《花間集》云：「燒春醲美小檀霞。」又云：「檀畫荔枝紅。」又云：「鈿昏檀粉淚縱横。」又云：「斜分八字淺檀蛾。」又云：「背留檀印齒痕香。」坡詩又云：「剩看新翻眉倒暈。」又云：「倒暈連眉秀嶺浮。」檀痕，猶漢世婦女之玄的也，可以互證。（同上）

玉壺冰

癸未之夏，余在館閣，與張太史惟信小飲，探題賦玉壺冰。余效唐省題詩，賦五言六韻云：「尼父休藏玉，壺公愛飲冰。金莖流沆瀣，錦席失炎蒸。靈響瓊璜解，仙膏水碧凝。清泠浮緑蟻，瀟灑絶青蠅。㲉訝凌陰近，江疑淨練澄。恍如玄圃上，赤腳踏層冰。」蓋唐人省題詩，似今之科場程文，如此題《玉壺冰》，首二句必以「玉壺冰」三字錯綜用之。惟信深許余此言，謂首二句射雙雕手也，遂書於扇，傳詠於詞林。去今三十年，惟信墓有宿草矣。檢舊扇重書之，不知老淚之横集也。（同上）

睨日

余嘗登眺山寺，見雨霽虹蜺下飲澗水，明若刻畫，近如咫尺，日射其傍如盼睞。得句云：「渴虹下飲玉池水，斜日横分蒼嶺霞。」自謂切景。張愈光云：「斜字猶未稱渴字。」後一年偶閲《莊子》：「日方中方睨。」《衍義》云：「日斜如人睨目。」遂改作「睨日」對「渴虹」。愈光曰：「渴虹、睨日，古今奇句也。」(同上)

芙蓉劍

盧照鄰詩：「相邀俠客芙蓉劍，共宿娼家桃李蹊。」《越絶書》薛燭説劍云：「揚其華如芙蓉始出，觀其釽如列星之行。」(同上)

女丁夫壬

韓文公《陸渾山火》詩：「女丁夫壬傳世婚。」董彦遠曰：「玄冥之子曰壬夫，娶祝融之女曰丁芊，俱學水仙，是爲温泉之神。」按韓詩句奇，董彦遠所解又奇，但不知所出。今星命家以丁壬爲淫合，其説亦古矣。(同上)

金膏水碧

唐世詩人多用「金膏水碧」字，但知爲奇寶之屬，莫究其出也。《穆天子傳》：「示汝黄金之膏。」束晳曰：「金膏可以續骨。」崔寔《政論》：「呼吸吐鈉，非續骨之膏。」水碧，水玉也。《山海經》：「耿山多水碧。」《墨子》：「大藥有水脂碧。」唐詩：「絶頂水底花，開謝向淵腹。攬之不可得，滴瀝空在掬。」又：「採碧時逢婺女船。」（同上）

耳　衣

唐人《邊塞曲》：「金裝腰帶重，錦縫耳衣寒。」耳衣，今之暖耳也。（同上卷五十七）

唐武后時征雲南

《唐書》武后之世，不見有征雲南事。余觀《駱賓王集》，頗見其事，今具録其略。《疇昔篇》云：「膏車秣馬辭鄉邑，縈轡西南吏邛僰。」此駱賓王亦從宦於蜀也。其《行路難》云：「去去止哀牢，行行入不毛。」又云：「交阯枕南荒，昆彌臨北户。川原饒毒霧，谿谷多淫雨。」則從征之事也。其《姚州道破逆賊諾波弄楊虔露布》云：「浮竹遺胤，沉木餘苗。」又云：「三朏崑崙鎮，此山即南中巨防也。」又《破設蒙儉露布》云：「俗帶白狼，人習貪殘之性；河淪赤虺，川多風雨之妖。水積炎光，山涵毒霧，竹浮三節，木化九隆。鄭純之化不追，孟獲之風愈扇。」又云：「營開巂穴，旆轉邛川，峻岐折坂之危，滇池漏江之固。」又云：「城接祠雞，竟無希於改旦；山多神鹿，終未見於擇音。」又《代姚州道李義祭趙郎將文》云：「滇浦挺妖，昆明習戰，致令王師失律，兇狡憑陵，亭候多虞，故有負於明代；春秋責帥，豈無慙於幽途。」合此觀之，始雖小勝，終亦敗歸。史不書者，蓋當時不以聞也。唐之敗於南詔，不止楊國忠而後隱蔽，武后之世已然矣。予故詳著之，以表史氏之遺云。（同上）

捼繩縛涼州

西涼李暠平北涼，問梁中庸曰：「我何如索嗣？」中庸曰：「未可量也。」暠曰：「嗣若敵我，我何能於千里外捼長繩絞其頸耶？」中庸曰：「智有短長，命有成敗。若以身死爲負，計行爲勝，公孫瓚豈賢於劉虞耶？」唐詩：「請纓下南越，捼蠅縛涼州。」正用此事。（同上）

蓮子隨他去

北齊時童謡云：「千金買藥園，中有芙蓉樹。破家不分明，蓮子隨他去。」予嘗有詩云：「偃月堂空罷舞塵，靖安坊冷怨佳人。芙蓉蓮子隨他去，不及當年石季倫。」蓋用此事。（同上）

乳　酒

《孝經緯》曰：「酒者，乳也。」梁張率《對酒詩》：「如花良可貴，似乳更堪珍。」杜子美詩「山城乳酒下青雲」本此。（同上）

魏武帝父子不惑仙術

魏武帝樂府《精列篇》云：「造化之陶物，莫不有終期。聖賢不能免，何爲懷此憂？願螭龍之駕，思想崑崙居。見欺於迂怪，志意在蓬萊。周孔聖徂落，會稽以墳丘。陶陶誰能度？君子以弗憂。」魏文帝《折楊柳歌》云：「彭祖稱七百，悠悠安可原。老聃適西戎，於今竟不還。王僑假虚辭，赤松乘空言。達人識真僞，愚夫好妄傳。追念往古事，憒憒千萬端。百家多迂怪，聖道我所觀。」二詩不信仙術，闢其怪誕，誠知道守正之言也。曹孟德之卓識，比之後來唐之諸君服金丹渴燥而死者，豈不天壤哉！曹子建《辨道論》，亦言左慈輩之妄。其父子相傳，家教如此，今之儒者豈不愧之哉！（同上）

紅雪紫雪

《劉夢得文集》有《謝面脂口脂表》，云：「宣奉聖旨，賜臣臘日口脂、面脂、紅雪、紫雪。雕奩既開，珍藥斯見。膏凝雪瑩，含液騰芳。」與杜子美「口脂面藥，翠管銀罌」之句，可參考。○王建詩云：「黄金合裏盛紅雪，重結香羅四出花。一一傍邊書敕字，中官送與大臣家。」（同上卷五十八）

古詩可考春秋改月之證

《文選·古詩十九首》非一人之作，亦非一時也。其曰「玉衡指孟冬」，而上云「促織」下云「秋蟬」，盖漢之孟冬，非夏之孟冬矣。漢襲秦制，以十月爲歲首，漢之孟冬，夏之七月也。其曰「孟冬寒氣至，北風何慘慄」，則漢武帝以改秦朔，用夏正以後之詩也。三代改朔不改月，古人辨證，博引《經》、《傳》多矣，獨未引此耳。又唐儲光羲詩：「夏王紀冬令，殷人乃正月。」此亦一證。（同上）

桔槔烽

邊方備警急，作高土臺，臺上作桔槔，桔槔頭有兜零，以薪葦置其中，常低之，有寇即然火舉之以相告曰烽；望其煙曰燧。今按《經史直音》云：「夜曰烽，晝曰燧。」唐詩：「桔槔烽上暮煙飛。」（同上）

舞馬登牀

杜詩：「鬬雞初賜錦，舞馬使登牀。」馬舞古有之，《山海經》述海外「大樂之野，夏后啟於此舞九代之馬」。杜氏《通典》：「鳳花廄有蹀馬，俯仰騰躍皆合節奏。」明皇嘗令教舞馬百駟。又施三層板牀，乘馬而上，抃轉如飛。或命壯士舉榻，馬舞其上。觀此説，則杜詩「登牀」之語，蓋紀實也。《南史》：「河南國進赤龍駒，能拜伏，善舞。」（同上）

重池

左太冲詩：「衣被皆重池。」池，被之心如池也。李太白詩亦有「緑池障泥錦」之句。又裝潢家以卷縫罅處爲玉池也。（同上）

翠微

《爾雅》：「山未及上曰翠微。」《詩》曰：「陟彼崔嵬。」崔嵬，即翠微。《詩》、《傳》授字，各不同爾。然「崔嵬」字不及「翠微」之工。凡山，遠望則翠，近之則翠漸微，故曰翠微也。左思《蜀都賦》：「鬱葐蒀以翠微。」注：「翠微，山氣之輕縹也。」孟郊詩：「山明翠微淺。」又：「山近漸無青。」東坡詩：「來看南山冷翠微。」皆有意態，足以發詩人及《爾雅》之妙詮。杜牧之云「與客攜壺上翠微」，則直致不及孟、蘇矣！（同上）

雲府

唐詩多用「雲府」字，出庾肅之《山讚》所謂「雲霞之府」也。（同上）

評李杜韓柳

杜詩語及太白處，無慮十數篇，而太白未嘗假借子美一語，以此知子美傾倒太白至矣。晏元獻公嘗言：韓退之扶導聖教，剗除異端，則誠有功。若其祖述墳典，憲章騷雅，上傳三古，下籠百世，横行濶視於綴述之場者，子厚一人而已。（同上）

勾欄

段國《沙州記》：「吐谷渾於河上作橋，謂之河厲，長一百五十步，勾欄甚嚴飾。」勾欄之名，始見此。王建《宫詞》：「風簾水殿壓芙蓉，四面勾欄在水中。」李義山詩：「簾輕幕重金勾欄。」李長吉詩：「蟪蛄弔月勾欄下。」字又作「鈎」。宋世以來，名教坊曰勾欄。（同上）

二庭

唐詩：「二庭歸望斷，萬里客心愁。」二庭者，沙鉢羅可汗建庭於睢合水，謂之南庭；吐陸建牙於鏃曷山，謂之北庭。二庭以伊列水爲界，所謂南單于、北單于也。（同上）

泔魚

王半山文：「梁王墜馬，賈傅自傷；門人泔魚，曾子垂涕。」又詩曰：「泔魚已悔當年事，搏虎方驚此日身。」泔魚事，出《荀子》。云：「曾子食魚有餘，曰：『泔之。』門人曰：『泔之傷人，不若奥之。』曾子泣涕曰：『有異心乎哉！』傷其聞之晚也。」（同上）

駭鼓

王粲《英雄記》："整兵駭鼓。"韓文公《鄆州谿堂詩》"其鼓駭駭"襲用其字。先輩謂韓文無一字無來歷，若此類甚多，注者十不能一二耳。（同上）

朝霞作雨

《素問》云："霞擁朝陽，雲奔雨府。"《楚辭》云："虹蜺紛其朝霞，夕淫淫而淋雨。"唐詩云："朝霞晴作雨。"俗諺云："朝霞不出市。"（同上）

應龍妖女

余讀阮公《詠懷詩》："應龍沉冀州，妖女不得眠。"不知何解。後觀張平子《應間》曰："女魃北而應龍翔。"注云："女魃，旱神也。北，退也。應龍，能興雲雨者也。蚩尤作兵，伐黄帝。帝乃令應龍攻之冀州之野，應龍蓄水。蚩尤請風伯、雨師從。黄帝乃下天女曰妖，雨止，遂殺蚩尤。妖不得復上，所居不雨。"妖，亦魃也。（同上）

金波寶燄

朱晦翁《廬山紀行》詩：「斯須莫雲合，白日無餘暉。金波從地湧，寶燄穿林飛。」又有《觀野燈》詩云：「須信地靈資物化，金膏隨處發精光。」余謂馬血之爲轉燐，人血之爲鬼火，此所謂「昭明焄蒿悽愴」也。若廬山之野燈、杭州之湖光、峨眉之佛光、金堂之聖光、《江賦》之陰火，山川寶玉之氣也。腐草尚能爲螢，水柴亦能發燄，況山川寶玉乎！（同上）

玉臂銅青

東坡《贈王定國家姬》詩云：「君家玉臂貫銅青。」次公注：「銅青，所染衣服顔色之名。銅青，銅器上緑色。是以銅青爲臂飾耳。」意猶未明白。近觀梅聖俞詩云：「銅青羅衫日月團，紅裙撮暈朝霞乾。」則銅青謂衫色耳，非以銅青爲臂飾也。余有《浣溪沙》云：「首夏偏宜淡薄妝，銅青衫子紫香囊。清歌一曲送霞觴。　羅襪凌波回洛浦，濬雲輕雨拂高唐。紗厨今夜賀新涼。」（同上）

烟鬟

韓昌黎《炭谷湫》詩：「攉玉紆烟鬟。」奇句也，東坡屢用之，如：「古甃磨翠壁，霜林散烟鬟。」又云：「孤雲落日在馬耳，照曜金碧開烟鬟。」又：「落日銜翠壁，暮雲點烟鬟。」又：「兩山遥樹雙烟鬟。」又：「淮山相媚嫵，曉鏡開烟鬟。」余因誦二公詩，欲以「烟鬟」名亭，但無此佳趣之地當之耳。成澤禪師偈云：「一塢白雲，三間茅屋。」「雲」、「塢」可對，「烟鬟」亦可名亭。（同上）

英英白雲露彼菅茅

《詩·白華之什》云：「英英白雲，露彼菅茅。」《毛傳》云：「露亦有雲。」孔穎達《正義》云：「有雲則無露，無雲則有露。毛言『露亦有雲』者，露雲氣微，不暎日月，不得如雨之雲耳，非無雲也。若露濃霧合，則清旦爲昏，是亦露之雲也。」有雨雲，有露雲，此節發揮甚新。（同上）

屋角明金字

《北史》：斛律金不識文字，初名敦，苦其難署，改名爲金，從其便易。猶以爲難，神武乃指屋角令識之。陸渭南《晚晴詩》：「屋角明金字，溪流作縠文。」用此事也。（同上）

朅來

今文語辭「朅来」、「聿来」，不知所始。按《楚辭》「車既駕兮朅而歸，不得見兮心傷悲」，舊注：「朅，去也。」又按《吕氏春秋》「膠鬲見武王於鮪水，曰：『西伯朅來，無欺我也。』武王曰：『不子欺，將伐殷也。』膠鬲曰：『朅至？』武王曰：『將以甲子日至。』」註：「朅，何也。」若然，則「朅」之爲言盍也，若以解《楚辭》，則謂「車既駕矣，盍而歸乎？以不得見而心傷悲也。」意尤婉至。則今文所襲用，朅来者，亦謂盍来也，非是發語之辭矣。《文選》註劉向《七言》曰：「朅来歸耕永自疎。」顏延之《秋胡妻》詩曰：「朅来空復辭。」皆謂盍字始通。（同上卷五十九）

七賢過關

「世傳《七賢過關圖》，或以爲即竹林七賢爾。屢有人持其畫來索題，漫無所據。觀其畫，衣冠騎從當是晉魏間人物，意態若將避地者。或謂即《論語》作者七人像而爲畫爾。姜南舉人云：『是開元日冬雪後，張説、張九齡、李白、李華、王維、鄭虔、孟浩然，出藍田關，游龍門寺，鄭虔圖之。』虞伯生有《題孟浩然像》詩：『風雪空堂破帽温，七人圖裏一人存。』又有槎溪張輅詩：『二李清狂狎二張，吟鞭遥指孟襄陽。鄭虔筆底春風滿，摩詰圖中詩興長。』是必有所傳云。」輯者按：以上出明陸深《儼山外集》卷十二《玉堂漫筆》七賢過關事，不經見於書傳，而畫家乃傳偏於好事者之家，究其姓名，未的其誰何？先師文正李公嘗辨之。慎近見洪武中高得暘《題錢舜舉寒林七賢圖古風》云：「騷壇逸響何寥寥，作者逝矣誰能招？詵然七子美風度，乃有遺像圖生綃。衣冠半帶晉季態，人物絶是唐中朝。想當朝政日休暇，擬采野景歸風謡。青騾黄犢踏凍雨，蹇驢瘦馬銜寒飈。醉鞭笑停似按轡，銀蹬戲拍催聯鑣。看花多情且少待，尋梅有興非無聊。此圖我嘗見數十，高林大樹風蕭蕭。掃除閒冗存簡素，松雪老筆才尤超。方之粉墨巧塗染，奚止霄壤相懸遼。尚疑高李六君子，當時未見潘逍遥。道同氣合志相感，雖曠百世如同僚。畫史貌出有深意，況自昔日傳今朝。屋梁落月見顔色，妙處不待窮摹描。君不見袁安僵卧寒正驕，王維乃作雪裏之芭蕉。」又熊直題云：「七賢之名奚所徵，七賢去國身何輕。風沙索寞幾千里，道傍見者難爲情。君不是函谷關、青牛白板春晝閒。又不是玉門道、富貴生還致身蚤。英雄出處貴有時，何用驅馳嘆衰老。歲晚征途天雨雪，數騎連翩行欲歇。不如灞陵橋上翁，破帽吟詩自清絶。惜哉命不偶，奔走半道周。人生遇坎坷，窮苦奚足尤。左遷與投散，逝者良悠悠。他人未足説，所惜柳與劉。天涯相聚一回首，往事於人竟何有？莫念玄都舊種桃，且往愚溪賸栽柳。風流畫史真絶倫，毫端點染太精神。王郎珍藏又十載，展圖示我勞重陳。勞重陳，此意祝君宜書紳。」二詩雖不工，可考七賢姓名。據此，則高適、李白、孟浩然與劉禹錫、柳宗元不同時，潘逍遥宋人，又在後矣。合而圖之，繆甚，亦不足深辨也。《畫譜》云：「眉山老書生，不得其名，畫七才子入關圖。山谷謂人物各有意態，博雅之士賞其畫則可，必湊合姓名，不亦鑿乎！」(同上)

木客吟詩

山魈，一足之怪，《家語》所謂「山之怪，夔罔兩」。王肅云：「夔罔兩，似夔而非夔也。」夔亦一足。「罔兩」字一作「魍魎」。唐小説：有一足叟，自稱太上隱者，作詩云：「酒盡君

莫沾，壺乾我當發。城市多囂塵，還山弄明月。」東坡詩云「山中木客解吟詩」，即指此詩。（同上）

陰火

《易》：「澤中有火。」《素問》云：「澤中有陽燄。」注：「陽燄如火煙，騰騰而起於水面者是也。蓋澤有陽燄，乃山氣通澤；山有陰靄，乃澤氣通山。」《文選·海賦》：「陰火潛然。」唐顧況《使新羅》詩「陰火暝潛燒」是也。東坡《游金山寺》詩云：「是時江月初生魄，二更月落天深黑。江心似有炬火明，飛燄照身棲烏驚。悵然歸卧心莫識，非鬼非仙竟何物？」注引《物類相感志》：「山林藪澤晦明之夜，則野火生焉，散布如人秉燭，其色青，異乎人火。」劉須溪批云：「龍也。」非是。坡公《西湖詩》又有「湖光非鬼亦非仙」之句，與此可互證。（同上卷六十）

封使君

古傳記言漢宣城郡守封邵，一日化爲虎，食郡民。民呼曰「封使君」，即去不復來。其地謡曰：「莫學封使君，生不治民死食民。」張禺山詩曰：「昔日漢使君，化虎方食民。今日使君者，冠裳而喫人。」又曰：「昔日虎使君，呼之即慚止。今日虎使君，呼之動牙齒。」又曰：「昔日虎伏草，今日虎坐衙。大則吞人畜，小不遺魚蝦。」或曰：「此詩太激。」禺山曰：「我性然也。」余嘗戲之曰：「東坡嬉笑怒罵皆成詩，公詩無嬉笑，但有怒罵耳。」（同上）

袙腹帩頭

段成式《漢上題襟集》與温庭筠倡和詩章，皆務用僻事。其中一絶云：「柳雪烟梅隱青樓，殘日黄鸝語未休。見説自能裁袙腹，不知誰更著帩頭。」按梁王筠詩《詠裁衣》有云：「裲襠雙心共一抹，袙腹兩邊作八撮。襟帶雖安不忍縫，開孔裁穿猶未達。」其曰袙腹者，今之裹肚也。古樂府《羅敷行》云：「少年見羅敷，脱帽著帩頭。」（同上）

塞上梅

唐王建《塞上梅》詩云：「塞上路傍一枝梅，年年花發黄雲下。昭君已没漢使回，前後征人惟繫馬。日夜風吹滿隴頭，還隨流水東西流。此花若近長安路，九衢年少無攀處。」按此詩，則塞上斧冰斵雪之地，亦有梅花，可謂異矣。詳詩之旨，以爲漢使送昭君時所種，抑又異矣。而昔人詠梅花及賦昭君未有引此者，特表出之。元老滇南楊文襄公一清《塞上》詩云：「酒店茶房梅樹，無梅無酒無茶。雲外行行白雁，風前陣陣黄沙。」則地名梅樹，蓋亦有因，而王建所賦，殆非虚也。（同上）

嶺南異景

元微之《送客游嶺南》一詩，頗著異聞。其云：「波心擁樓閣，規外布星辰。」自注：「交廣間，南極漸高，北極淩低。規度外星辰至衆，如五曜者，皆不在《星經》。」今按：波心樓閣，指蜃氣。規，如《天文書》「黄帝使鬬苞授規」之「規」。用字亦不苟。又云：「曙朝霞睒睒，海夜火燐燐。」注云：「海水夜擊之則光如火，『陰火潛然』之謂也。」又云：「果然皮勝錦，吉了語如人。」果然，猿屬，《莊子》所云「腹猶果然」是也。吉了，鳥名，秦吉了能人語。又云：「水面波疑縠，山腰虹似巾。」注：「虹，音近絳。」（同上）

仙媪

北齊竇泰，其母夢風雷暴起，電光奪目，駭寤而驚汗，遂有娠。期而不産，大懼。有巫媪曰：「渡河湔裙，産子必易。」從之，生泰。宋胡宿《銀河詩》：「猶餘仙媪湔裙水，幾見星

妃度襪塵。」用此事也。(同上)

石 榞

杜工部《上後園山腳》詩：「石榞遍天下，水陸兼浮沉。」注曰：「《唐韻》榞音原，木名。沈曰：『石榞，其子如芎藭，其皮可以禦饑。時天下荒亂，小民轉溝壑，水陸並載石榞以充糧也。』」或曰善本止是「原」字。(同上)

白 蒣

儲光羲《京口題崇上人山亭》詩：「叫叫海鴻聲，軒軒江燕翼。寄言清淨者，閭閻徒白蒣。」蒣，裴畢切，缶別名。其音與翼韻不叶，或是菩字。菩，《唐韻》音蒲北反，草也。言閭閻民窮，惟白草而已。(同上)

應 真

晉寧唐池南侍御錡從余爲詩，一日觀《禪藻集》梁昭明太子《同泰寺浮圖》詩，云：「『梵世陵空下，應真蔽景趨』，『梵世』事則知之矣，『應真』何説也？」余曰：「子不觀《文選》及坡詩乎？《文選·天台山賦》云：『王喬控鶴以冲天，應真飛錫以躡虚。』注引《百法論》曰：『應真，謂羅漢也。』東坡《贈杜介》詩曰：『應真飛錫過，絶澗度雲鳥。』注亦引《文選》云云。」池南檢二書，果然。他日謂余曰：「先生何以精通佛書如此？」余曰：「此儒書引佛書云爾，荒誕旁行之書，焉暇究之乎！」（同上）

尤延之落梅海棠二詞

尤延之《瑞鷓鴣》詞二首，一詠落梅，一詠海棠，皆絶妙。《落梅》詞云：「清溪西畔小橋東，落蕊紛紛水映空。五夜客愁花片裏，一年春事角聲中。歌殘玉樹人何在，舞破山香曲未終。卻憶孤山歸醉路，馬蹄香雪襯東風。」《海棠》詩云：「兩株芳蕋傍池陰，一笑嫣然抵萬金。烈火照林光灼灼，彤霞射水影沉沉。曉粧無力燕支重，夜醉方酣酒暈深。定是格高難著句，不應工部揔無心。」二首詠二花，句句見題，而風味脱洒，何羨唐人乎。（同上卷六十一）

張禺山戲語

張禺山晚年好縱筆作草書，不師法帖，而殊自珍詫。嘗自書一紙寄余，且戲書其後曰：

「野花艷目，不必牡丹；村酒酣人，何須蟻緑。」太白詩云：『越女濯素足，行人解金裝。』漸近自然，何必金蓮玉弓乎。」亦可謂善謔矣。（同上卷六十二）

査字考

《説文》：「査，浮木也。」今作槎，非。槎，音詫，邪斫也。《國語》「山不槎蘖」是也。今世混用，莫知其非，略證數條於此。王子年《拾遺記》：「堯時巨査浮西海上，十二年一周天，名貫月査，一曰掛星査。」《道藏》歌詩：「扶桑不爲査。」王勃詩：「澁路擁崩査。」又《送行序》云：「夜査之客，猶對仙家；坐菊之賓，尚臨清賞。」駱賓王有《浮査詩》，劉道友有《浮査硯賦》。《水經注》：「臨海江邊有査浦。」字並作査，至唐人猶然。任希古詩：「泛査分寫漢。」孟浩然詩：「試垂竹竿釣，果得査頭鯿。」又云：「土風無縞紵，鄉味有査頭。」又云：「橋崩卧査擁，路險垂藤接。」皆用正字，不從俗體。此公匪惟詩律妙，字學亦超矣。杜工部詩：「査上覓張騫。」又：「滄海有靈査。」惟七言絶：「空愛槎頭縮項鯿。」七言律：「奉使虚隨八月槎。」古體、近體不應用字頓殊。蓋七言絶與律乃俗夫競玩，遂肆筆妄改，古體則視爲冷局，俗目不擊，幸存舊文耳。（同上）

久湫大沉

秦《詛楚文》有「久湫大沉」之語。「沉」之爲義，世多未解。按《説文》曰：「沉，濁黕也。」《莊子》「沉有漏」，注：「沉，水污也。」《漢書·刑法志》：「山川沉斥。」應劭《風俗通》曰：「沈，莽也。言其平望莽莽，無涯際也。」郭緣生《述征記》：「鳥當沉中有九十臺，皆生結蒲，秦王繫馬蟠蒲也。」自注：「齊人謂湖曰沉。」顔師古曰：「沉，謂居深水之下，深而又深也。古云沉潛。」又云：「沉，溺、沉湎。」又云：「黕而有深沉之思。」皆取深而又深之意。北方謂水皆曰沉，不獨齊語爲然。盖北之言沉，南之言潭也。故沉亦音譚。《史記·陳涉世家》「涉之爲主沈沈者」，應劭曰：「沈沈，宫室深邃之貌。長含反，當呼爲潭潭也。」韓退之「潭潭府中居」，正用此語。又按：《管子》「夏人之王，鑿二十蝱，渫十七湛」，注：「湛即沉沛之沉。大澤巨浸也。」是「潭」與「湛」，字雖不同，義可互證。故併引之。(同上卷六十三)

寮爲小窓

《左傳》：「同官爲寮。」《文選注》：「寮，小窓也。」宋王聖求號「初寮」，高似孫號「疎寮」，謝伋號「靈石山藥寮」。唐詩「綺寮河漢在斜樓」，皆指窗也。古人謂同官爲「寮」，指其齋署同窗爲義。今士子同業曰「同窗」。官先事，士先志，官之同寮，亦士之同窗也。（同上）

盪櫛

郭知玄《韵序》：「銀鈎乍閱，晉豕成群。盪櫛行披，魯魚盈貫。」「盪」如《周禮》「簜節」之「簜」，謂竹也。「櫛」與「札」同，《釋名》云：「札，櫛也，相比如櫛也。」古詩：「客從遠方来，遺我一書札。上言長相思，下言久離别。」札與别叶，是櫛、札同音可知。宋羅愿《謝表》云：「恩假一州，濫綴銅符之末；使連數道，適當簜節之前。」節與札字亦通用，又可知「蕩札」，今之玉版牋，知玄指此。（同上）

鮮明曰翠

嵇康《琴賦》：「新衣翠粲，纓徽流芳。」翠粲，鮮明之貌。注引班姬《自悼賦》：「紛綷縩兮紈素聲。」以爲衣聲，非也。「綷縩」自是衣聲，「翠粲」自是鮮明之貌，不必同也。駱賓王文：「縟翠萼於詞林，綷鮮花於筆苑。」以「翠」對「鮮」，可以證之。又東坡詩：「兩朶妖紅翠欲流。」高似孫《緯畧》云：「翠謂鮮明之貌，非色也。今俗猶然，不然，既曰紅矣，又曰

翠可乎？」(同上)

尉斗

《隋書》：李穆奉尉斗於楊堅，曰：『願公執威柄以尉安天下。』史炤《通鑑釋文》：『尉斗，火斗。篆文从𡰥、从又、从火。又，偏傍手字，持火所以申繒也。俗加火作熨。』按《説文》尉與熨本一字，昌志切，從上按下也。又持火申繒也。字從𡰥。𡰥，音夷，平也。後世軍官曰校尉，刑官曰廷尉，皆取從上按下使平之義。尉斗申繒，亦使之平，加火作熨，贅矣。古音熨，轉音紆胃切。《王莽傳》有威斗，即尉斗也。威與尉音相近，轉音欝，字一作𤏸，省文作㷉，今俗言平曰欝帖。杜詩『美人細意熨帖平』是也。《畫譜》有《唐宫熨帛圖》。東坡詩：『象牀玉手熨寒衣。』白樂天詩：『金斗熨波刀剪文。』陸魯望詩：『波平熨不如。』温庭筠詩：『緑波如熨割愁腸。』又：『天如重熨皺。』王君玉詩：『金斗熨秋江。』諸公非不知字學，而字皆從俗，以便於觀者耳。(同上)

俗用刋字誤

《説文》：「刋，音丘寒切，剟也，削也。」劉歆《答揚雄》「懸諸日月不刋之書」，言不可削除也。今俗誤作刻梓之用。是乃削除，非梓行也。此誤雖大方之家亦然。唐肅，亦國初文士，《送人從軍》詩云「碑因紀績刊謬誤」，可笑。各處《鄉試序》多云「刊其文之佳者若干篇」，讀者亦不之怪。學之不講，一至此乎！（同上）

徘徊

徘徊二字，始於漢人。《高后紀》：「徘徊往来。」《思玄賦》：「馬倚輈而徘徊。」息夫躬辭「鸞徘徊兮」，注：「徘徊，不得其所也。」《茂陵書》「屋皆徘徊重屬，行之移晷，不能徧」是也。徐鉉注《説文》乃云：「徘徊，寬衣之貌，字當作裴回。」誤矣。宋賞花釣魚和詩，優人有「徘徊太多」之譃，當時諸公遽謂「無别押」，亦未之考耶。（同上）

王僑王子喬

《史記·封禪書》注引裴秀《冀州記》云：「緱氏仙人廟者，昔有王僑，犍爲武陽人。爲柏人令，於此登仙。非王子喬也。」唐詩：「王子求仙月滿臺。」又云：「可憐緱嶺登仙子，猶自吹笙醉碧桃。」蓋世以「王僑」爲「王子喬」，誤也。久矣。（同上）

點與玷同

「點」與「玷」通，古詩多用之。束晳《補亡詩》：「鮮侔晨葩，莫之點辱。」左思《唐林兄弟贊》：「二唐潔己，乃點乃污。」陸厥《答内兄希叔》詩：「既叨金馬署，復點銅駝門。」杜子美詩「幾回青瑣點朝班」，正承諸賢用字例也。（同上）

瓊字訓

許氏《説文》：「瓊，赤玉也。」此訓恐非。按《詩》：「尚之以瓊華，尚之以瓊英，尚之以瓊黄。」則「瓊」爲玉之光彩，非赤玉也。謝莊《雪賦》：「林挺瓊樹。」李義山詩：「已隨江令誇瓊樹。」李長吉詩：「白天碎碎墮瓊芳。」皆用《毛詩》之訓，不以《説文》爲然。（同上）

蹔字訓

《左傳》：「苑子剸林雍，斷其足，蹔而乘於他車以歸。」蹔音磬，一足行也。梅聖俞《送寧鄉令張沆》詩：「長沙過洞庭，水泊風摇矴。青山接夷蠻，白晝鳴鶗鴂。竹存帝女啼，夔學林雍蹔。不嫌卑濕憂，清風入詩興。」此蹔字韻書不收。（同上）

巡逴

今之場屋有巡綽官。綽，按《説文》，緩也。《詩》「寬兮綽兮」、相如賦「便嬛綽約」，皆是寬緩之意。則「巡綽」當作「巡逴」。《樂府》伏知道《五更轉》：「一更刁斗鳴，校尉逴連城。」正是巡警之義。此一大證也。(同上)

櫜魚

《石鼓文》：「其魚維何？維鱮維鯉。何以櫜之，維楊及柳。」櫜，包也。今之漁者，多以木楊或箬葉作包覆魚入市。《易》曰「包有魚」是也。東坡《石鼓歌》：「其魚維舫貫之柳。」蓋以櫜爲貫也。貫魚、包魚，别是一義，不可混而爲一。鄭漁仲《石鼓文》作「何以櫥之」，櫥字，含貫、包兩義。但《石鼓文》無櫥字，不知漁仲何所據也？(同上)

詩文用㶉字

晉文諺云：「和嶠牛，傅咸鞦，王戎踢㶉不得休。」嵇康書：「㶉之不置。」王半山詩：「㶉汝以一句，西歸瘦如腊。」又：「細浪㶉雪千娉婷。」㶉音攪。(同上)

元和腳

柳宗元詩：「柳家新樣元和腳。」言字變新樣，而腳則元和也。腳蓋懸針垂露之體耳，猶後山贈晁補之詩：「聞道新文能入樣，相州紅纈鄂州花。」言似相州之紅纈，鄂州花樣也。句法相類。（同上）

匆匆

黄伯思云：「右軍帖語有『頓乏匆匆』。《顔氏家訓》云：『書翰多稱匆匆，相承如此，莫原其由。或有妄言此忽忽之殘缺耳。《説文》：匆者，州里所建之旗，蓋以聚民事，故悤遽者稱匆匆。』僕謂顔氏以《説文》徵此字爲長。而今世流俗又妄於匆匆中斜加一點，謂爲匇字，彌失真也。按《祭義》云：『匆匆諸，其欲其饗之也。』注：『匆匆，猶勉勉也，慤愛之貌。』杜牧之詩：『浮生常匆匆。』是知匆匆出於《祭義》，唐人詩中用之，不特稱於書翰耳。」又，「悤」字解云：「多遽悤悤也。」是「悤悤」亦古語。好古者但知「匆匆」，而笑「悤悤」；逐俗者又但知「悤悤」，而駭「匆匆」，皆非也。是以學者貴博古而通今也。（同上）

塗字音

塗字從余。余有三音：一音餘剩之餘；又音蛇，今人姓有余氏，即余之轉注，而俗書从入从示，作佘，乃小兒强作解事也；一音賖，故畬字从余可證也。《東方朔傳》「老拍塗」解曰：「塗者，漸洳徑也。」柳子厚詩：「善幻迷冰火，齊諧笑拍塗。」叶入麻韻。又「雨多塗則滑而顛」，得其音矣。李義山《蜀爾雅》云「《禹貢》厥土惟塗泥」，《夏小正》「寒日滌凍塗」，二塗字，音在巴、茶之間，蓋禹本蜀人，故塗泥、凍塗，皆叶蜀音。今蜀人目濡土曰塗泥，肉爛曰塗肉，蓋禹時已有此音，蜀之土音亦古矣。《毛詩》「昔我往矣，黍稷方華。今我来思，雨雪載塗。」《易林》：「雨雪載塗，東行破車，旅人無家。」以此博證之，則古音昭昭矣。（同上卷六十四）

唉字音

《離騷·九章》云：「乘鄂渚而反顧兮，欸秋冬之緒風。」《尸子》：「禹有進善之鼓。備訊唉也。」漢韋孟詩：「勤唉厥生。」《説文》：「欸，膺也，亞改切；又，烏開切。」《史記》：「范增撞破玉斗曰：『唉！』」《方言》云：「南楚喟然曰唉。」《説文》：「唉，膺也，烏開切。」二字音義並同，如嘆與歎、欬與咳、嘯與歗，實一字耳。其語則皆楚語也。故元次山有《欸乃曲》，而柳詩亦用此二字，皆湘楚間語。柳文舊本作「靄襖」音。上字正協「亞改」之聲。韵書亦於皆韻收唉字，海韻收欸、唉二字。其説與《説文》不異。但乃字讀如襖者，未有考耳。近世乃有倒讀之者。又皆寫欵，則誤益甚矣。欸字從矣，與欵字不同。然點畫甚相似，故多誤也。《楚辭注》及《朱文公文集》互發此義，今詳筆之。(同上)

冶作野

古「冶」字或借作「野」。金陵有冶城。揚子江有梅根野，或作「冶」字，而音渚。齊武帝詩：「昨經樊鄧役，阻潮梅根冶。深懷悵往事，意滿辭不叙。」劉文房詩：「落日蕪湖色，空山梅冶烟。」孟浩然：「水溢梅根冶，煙迷楊葉洲。」皆以「冶」爲「野」也。(同上)

字畫肥瘦

方遜志云：「杜子美論書，則貴瘦硬；論畫馬，則鄙多肉。」此自其天資所好而言耳，非通論也。大抵字之肥瘦各有宜，未必瘦者皆好，而肥者便非也。譬之美人然。東坡云：「妍媸肥瘦各有態，玉環飛燕誰敢憎？」又曰：「書生老眼省見稀，圖畫但怪周昉肥。」此言非特爲女色評，持以論書畫可也。予嘗與陸子淵論字，子淵云：「字譬如美女，清妙清妙，不清則不妙。」予戲答曰：「豐艷豐艷，不豐則不艷。」子淵首肯者再。（同上）

畫家四祖

畫家以顧、陸、張、吴爲四祖，顧長康、陸探微、張僧繇、吴道玄也。余以爲失評矣。當以顧、陸、張、展爲四祖。展，展子虔也。畫家之顧、陸、張、展，如詩家之曹、劉、沈、謝。閻立本則畫家之李白，吴道玄則杜甫也。必精於繪事品藻者，可以語此。（同上）

杜詩入畫

杜詩：「花遠重重樹，雲輕處處山。」畫本可作。（同上卷六十六）

桃源圖

唐人畫《桃源圖》，極爲工妙。舒元輿作記云：「煙嵐草木，如帶香氣。熟視詳玩，自覺骨戛青玉，身入鏡中。」韓退之亦有《桃源圖》，盖題此畫也。予及見元人臨本。（同上）

擲卦以錢

擲卦以錢，自嚴君平始。唐詩：「岸餘織女支機石，井有君平擲卦錢。」（同上）

周昉畫

東坡詩：「書生老眼省見稀，畫圖但怪周昉肥。」《畫譜》亦言：「周昉畫美人多肥，蓋當時宮禁貴戚所尚。」予謂不然。《楚辭》云：「豐肉微骨調以娱。」又云：「豐肉微骨體便娟。」便是留佳麗之譜與畫工也。蓋肉不豐，是一生色髑髏，肉豐而骨不微，一田家新婦耳。（同上）

畫似真真似畫

慎少時，先太師與瑞虹、龍崖二叔父看畫，因問二叔父曰：「景之美者，人曰似畫；畫之佳者，人曰似真，孰爲正？」慎對曰：「元微之有詩云：『顛倒世人心，紛紛乏公是。真賞畫不成，畫賞真相似。丹青各所尚，工拙何足恃。求此妄中情，哀哉子華子。』」龍崖曰：「詩亦未見佳。慎，爾可試作之。」遂呈稿曰：「會心山水真如畫，巧手丹青畫似真。夢覺難分列禦寇，影形相贈晉詩人。」二叔父喜曰：「只此四句，大勝前人。」近病中追憶往事，記而筆之，秖二三首耳。弘治己未，升庵時年十二。（同上）

九曲珠

小説云：「孔子得九曲珠，欲穿不得。遇二女，教以塗脂於綫，使蟻通焉。」此與《列子》「兩兒辨日」事相似，言聖人亦有所不知也。珠孔本人所鑽，世豈有九曲珠乎？東坡《祥符九曲觀燈詩》：「金鼎轉丹光吐夜，寶珠穿蟻鬧連宵。」陳簡齋《瀑布泉》詩：「九孔穿針可得過，冰蠶映日吐寒波。」皆用此事。（同上）

木難

曹子建詩：「明珠交玉體，珊瑚間木難。」注引《南越志》云：「木難，金翅鳥沫所成碧色珠也。大秦國珍之。」按其形色，則今夷方所謂祖母緑也。（同上）

樓觀

樓觀本尹喜之居，有草樓焉。後人創立道宫，名曰樓觀。今在終南之陰。盩厔縣韓翃有

《題樓觀》詩。(同上卷六十七)

南漪

坡詩中有《南漪亭詠》,「南漪」之名甚奇。昔有人讀《晉書》,坡公問曰:「尋得幾個好亭名?」名佳者,亦自難得也。(同上)

銀蒜

歐陽六一《放玉臺體》詩:「銀蒜鉤簾宛地垂。」東坡《哨遍》詞:「睡起畫堂,銀蒜珠幙雲垂地。」蔣捷《白苧詞》:「早是東風作惡,旋安排、一雙銀蒜鎮羅幙。」銀蒜,蓋鑄銀爲蒜形,以押簾也。《元經世大典》親王納妃、公主下降,皆有銀蒜簾押幾百雙。(同上)

吹綸

《漢書注》齊服官有「吹綸」、「方空」之目,梁費昶詩:「金輝起遥步,紅彩發吹綸。」按:「吹綸」不知何物,據詩意,想是婦女所執之物,如煖扇之類。沈約詩:「畫扇迎初暑,紅綸映早寒。」庾肩吾詩:「粉白映綸紅。」元歐陽玄詞:「十月都人供暖箑。」可以互證。梁

簡文《柳詩》：「枝間通粉色，葉裏映吹綸。」（同上）

欹案隱囊

《三國志》曹公作欹案，卧視。六朝人作隱囊，柔軟可倚，又便於欹案。王維詩：「隱囊紗帽坐彈棊。」（同上）

栢寢梧臺

唐韓翃《青州詩》：「栢寢寒蕪變，梧臺宿雨收。」栢寢，見《晏子春秋》。梧臺，伏琛《齊地記》曰：「臨淄有梧臺里。」皆齊事也。（同上）

甘泉宫

甘泉宫有三：秦之甘泉宫在渭南，隋之甘泉宫在鄠，漢之甘泉宫在馮翊雲陽縣。《戰國策》范雎説秦王曰：「大王之國，北有甘泉谷口。」秦二世造甘泉宫。《雲陽記》云：「谷口去雲陽宫八十里，流潦沸騰，飛泉灑激，兩岸峭壁，孤竪横盤，凛然凝沍，每入穴中。朱明盛暑，當晝暫暄；凉秋晚候，緼袍不暖，所謂寒門也。漢世以爲避暑之處。」劉歆《甘泉宫賦》：「軼陵陰之地室，過陽谷之秋城。回天門而鳳舉，躡皇帝之明庭。冠高山而爲居，乘崑崙而爲宫。」梁劉孝威詩：「漢家迎夏畢，避暑甘泉宫。校尉烏桓騎，待制樓煩弓。後旌游五柞，前笳度九宫。才人豹尾内，御酒屬車中。輦回百子閣，扇度七輪風。鳴鐘休衛士，披圖召後宫。材官促校獵，凉秋戲射熊。」（同上）

柴門

《晉書·儒林傳贊》：「清貞守道，抗志柴門。」詩人多用「柴門」字，原出於此。《隋書》：「漢中之俗，蓬户柴門，食必兼肉。」（同上）

延鷺堠畫烏亭

余舊有《紀行詩》：「山遮延鷺堠，江繞畫烏亭。」上句用元魏改官制，以候望官爲白鷺，取其延望之意。其時亭堠多刻鷺像也。下句用《漢明帝起居注》：「明帝巡狩過亭障，有烏鳴。亭長引弓射，中之，奏曰：『烏烏啞啞，引弓射，洞左腋。陛下壽萬年，臣爲二千石。』帝悦，令天下亭障皆畫烏焉。」二事頗僻，故須詮詁。（同上）

象牀火籠

《西京雜記》：「天子玉几，冬則加娣錦，以象牙爲火籠。」慎常有《冬日宮詞》云：「障風貂尾扇，煴火象牙籠。」貂扇，冬日用之。歐陽玄詩：「十月都人供暖箑。」（同上）

流黄簟

會稽竹簟供御，號爲流黄簟。唐詩：「珍簟冷流黄。」（同上）

萎蕤鎖

《録異記》：「萎蕤鎖，金鏤相連，屈伸在人。」顾況詩：「春樓不閉萎蕤鎖，緑水迴通宛轉橋。」（同上）

萬尺簄

陸魯望《寄吴子華》詩：「到頭江畔尋漁事，織作中流萬尺簄。」簄，取魚具也。《酉陽雜俎》：「晉時錢塘有人作簄，年取魚億計，號萬匠簄。」按簄字從洪，石梁絶水曰洪，射洪、

呂梁洪是也。洪從竹爲篊，蓋以竹爲魚梁。此字《唐韻》不收。(同上)

隱囊

晉以後士大夫尚清談，喜晏佚，始作麈尾。隱囊之製，今不可見，而其名後學亦罕知。《顔氏家訓》云：「梁朝全盛之時，貴游子弟駕長簷車，跟高齒屐，坐棊子方褥，憑班絲隱囊。」王右丞詩：「不學城東游俠兒，隱囊紗帽坐彈棊。」(同上)

羽觴

束晳説：「曲水流觴之事，始於周公營洛所制。」引逸詩云：「羽觴隨流波。」此一義也。班婕妤《自悼賦》：「酌羽觴兮銷憂。」注：「以玳瑁覆翠羽於下，徹上見。」此義也，唐詩「玳瑁筵」本此。(同上)

扁舟本作鯿舟

或問予：「詩人多用扁舟，何處爲始？」予按《南史》：「天淵池新製鯿魚舟，形甚狹。」故小舟稱扁舟。六朝詩惟王由禮有「扁舟夜向江頭泊」之句，至唐人則多用之。(同上)

車子釣

張志和《漁父曲》：「車子釣，橛頭船。樂在風波不用仙。」唐譚用之詩云：「碧玉蜉蝣迎客酒，黄金轂轆釣魚車。」又云：「翩翾鑾榼薰晴浦，轂轆魚車響釣船。」是其事也。《宋史》：洞庭湖賊楊么，四輪激水，船行如飛。今失其制。（同上）

唐馬鞭價重

柳宗元《鞭賈》云：「市之鬻鞭者，人問之，其價直五千，必曰五萬。復以五十，則伏而笑之。以五百，則小怒，以五千，則大怒，必五萬而後可。」此雖寓言，亦必因當時鞭價而立説也。又顧況有《露青竹鞭歌》曰：「鮮于仲通正當年，章仇兼瓊在蜀川。約束蜀兒采馬鞭，聯灰煮蠟光爛然。章仇兼瓊持上天，忽見揚州北郖前，只有人還千一錢。」蓋言其物貴而價賤也。然一鞭之直，何至五萬，而千一之錢，猶以爲少？今世雖以金玉寶珠飾之，人亦誰肯以此重價酬之者！古今好尚不同如此。又，唐人進士絲鞭，工緻爲最。洪武中，江南富家猶有藏之者。見《高啟詩集》。（同上）

翰林撰致語

宋時御前内宴，翰苑撰致語，八節撰帖子，雖歐、蘇、曾、王、司馬、范鎮皆爲之。蓋張而不弛，文武不能百日之蜡，一日之澤，聖人亦不之非也。成化中，黄編修仲昭、莊檢討最不撰《元宵詞》，又上疏論列以去，以此得名。然自是而後，内外隔絶，每有文字，别開倖門。有文華門、仁智殿輩，每得美官，甚至蠹政害人，曷若仍舊之愈乎。愚謂於麗語中寓規諫意，如六一公「玉輦經年不游幸，上林花好莫爭開。君王念舊憐遺族，長使無權保厥家」，亦何不可？南唐李後主游燕，潘佑制詞云：「樓上春寒山四面。桃李不須誇爛漫。已失了春風一半。」意謂外多敵國，而地日侵削也。後主爲之罷宴。填詞如此，何異諫書乎？工執藝事以諫，況翰苑本以文章諷諫乎！諸公毋乃未習聲律，而託爲此乎？（同上卷六十八）

皋比

朱子《張横渠贊》：「勇撤皋比。」蓋以虎皮爲講席也。按唐戴叔倫《禪寺讀書》詩：「猊座翻蕭索，皋比喜接連。」則以皋比爲講席，唐世已然矣。然皋比之爲虎皮，抑又有説。古之世以虎皮包弓矢，謂之「櫜」，櫜即皋也。（同上）

鬧掃

鬧掃，髻名，亦猶盤雅、墮馬之類也。唐詩：「還梳鬧掃學宮妝，獨立閑庭納夜涼。手把玉釵敲砌竹，清歌一曲月如霜。」《三夢記》。（同上）

十眉圖

唐明皇令畫工畫《十眉圖》：一曰鴛鴦眉，又名八字眉；二曰小山眉，又名遠山眉；三曰五岳眉；四曰三峰眉；五曰垂珠眉；六曰月稜眉，又名卻月眉；七曰分梢眉；八曰涵煙眉；九曰拂雲眉，又名横煙眉；十曰倒暈眉。東坡詩：「成都畫手開十眉，横雲卻月爭新奇。」（同上）

弓足

《墨莊漫録》考婦女弓足起於李後主。予按樂府《雙行纏》，知其起於六朝。張禺山云：「《史記》云『臨緇女子，彈弦躧屣』，又云『揺修袖，躡利屣』。意古已有之。」再考《襄陽耆舊傳》云：「盜發楚王家，得宫人玉屐。」張平子賦云：「金華之舃，動趾遺光。」又云：「履躡華英。」又云：「羅襪躡蹀而容與。」曹子建賦：「羅襪生塵。」《焦仲卿妻詩》：「足躡花文履。」繁欽詩：「何以釋憂愁，足下雙遠游。」梁武帝《莫愁歌》：「足下絲履五文章。」卞蘭《美人賦》：「金蕖承華足。」陶潛賦：「願在絲而爲履，附素足以周旋。」崔豹《古今注》：「晉世履有鳳頭、重臺、分稍之制。」唐詩：「便脱鸞靴出翠帷。」又《麗情集》載：章仇公鎮成都，有真珠之惑，或上詩以諷云：「神女初離碧玉階，彤雲猶擁牡丹鞋。應知子建憐羅襪，顧步褰衣拾墜釵。」李義山詩：「浣花箋紙桃花色，好好題詩詠玉鈎。」陶南村謂唐人題詠略不及之，蓋亦未之博考也。（同上）

又

六朝樂府《雙行纏》，其辭曰：「新羅繡行纏，足趺如春妍。他人不言好，獨我知可憐。」唐杜牧詩云：「鈿尺裁量減四分，碧琉璃滑裹春雲。五陵年少欺他醉，笑把花前出畫裙。」段成式詩云：「醉袂幾侵魚子纈，彯纓長戛鳳皇釵。知君欲作《閑情賦》，應願將身脱錦鞋。」《花間集》詞云：「慢移弓底繡羅鞋。」則此飾不始於五代也，明矣。或謂起於妲己，亦非。（同上）

節妓

唐小説：趙嘏嘗惑一美姬，名青娥，後爲浙帥所得。嘏及第，以一詩箴之曰：「寂寞堂前日又曛，陽臺化作不歸雲。當時聞説沙叱利，今日青蛾屬使君。」浙帥使送歸之，逢嘏於横水驛，姬抱嘏慟哭而絶。又，薛宜僚使新羅，至青州悦一妓段東美，賦詩曰：「阿母桃花方似錦，王孫草色正如煙。」頻夢東美，感疾卒於外。櫬至青州，段奠之，一慟而卒。青娥、東美，可謂節妓矣。漢之蔡文姬、陳之樂昌公主，九原如見之，豈不汗顔乎！（同上）

素女論

邊讓《章華臺賦》：「歸乎生風之廣廈兮，脩黄軒之要道。攜西子之弱腕，援毛嬙之素肘。」注云：「黄帝軒轅氏得房中之術於素女，握固吸氣，還精補腦，留年益齡，長生忘老。」張平子詩：「明燈巾粉卸，設圖衾枕張。素女爲我師，天老教軒皇。」（同上）

蓝榜

唐人進士榜，必以夜書，書必以淡墨。或曰：「名第者，陰注陽受，以淡墨書者，若鬼神之跡也。」世傳大羅天放榜於蕋珠宫，故又稱蕋榜。李義山贈同年詩曰：「空記大羅天上事，衆僊同日詠霓裳。」又放榜後，必有一人下世者，謂之報羅使。(同上)

白打錢

白打錢，戲名。王建詩：「寒食内人嘗白打，庫中先散與金錢。」韋莊詩：「内官初賜清明火，上相閒分白打錢。」(同上)

女史

唐尚書郎入直，供青縑白綾被，或以錦緤爲之。給帷帳、通中枕，侍史一人，女侍史二人。女皆選端正妖麗，執香爐、香囊護衣服。唐詩：「春風侍女護朝衣。」又：「侍女新添五夜香。」韓退之《紅桃花》詩：「應知侍史歸天上，故伴仙郎宿禁中。」皆指此也。(同上)

彤騶

褚亮詩：「彤騶出禁中。」蓋五伯戴紅帽以唱騶，自唐已然矣。宋人賀甲科，給騶從歸第曰：「黄榜開天上，彤騶出禁中。」本褚亮句也。(同上)

寒食火禁

《容齋隨筆》謂「寒食禁火不由介推」，其言似矣。近觀《十六國春秋》：「石勒下令寒食不許禁火，後有冰雹之異。」徐光曰：「介推，帝鄉之神也，歷代所尊，未宜替也。宜令百姓奉之。」勒又令尚書定議以聞。韋謏曰：「子推忠賢，令緜介之間奉之，於天下則不通矣。」勒從之，令并州復寒食如初。容齋豈未考此耶？然勒禁天下寒食，而至隋唐已復禁改火，觀隋李崇嗣「普天皆滅燄，匝地盡藏烟」之句，及元稹《連昌宫詞》自注，唐時京城寒食火禁，以鷄羽入灰有焦者，皆罪之。亦極嚴矣。火禁迨今則絶不知，而四時亦不改火。自元人入中國，鹵莽之政也。然寒食不必復改火，乃先聖節宣天道者，可因元人而廢之乎？（同上）

飯曰一頓

俗語「飯曰一頓」，其語亦古有之。《賈充傳》云：「不頓駕而自留矣。」《隋煬帝紀》云：「每之一所，輒數道置頓。」元微之《連昌宫詞》：「驅令供頓不敢藏。」《文字解詁》：「續食曰頓。」（同上卷六十九）

輕　容

《齊東野語》云：「紗之至輕者，曰輕容。」《唐類苑》云：「輕容，無花薄紗也。」蓋今俗云銀條紗之類。王建宫詞：「嫌羅不著愛輕容。」李賀詩：「蜀煙飛重錦，峽雨濺輕容。」元微之有《寄白樂天白輕容詩》是也。又《方言》：「襜褕曰童容。」而字或作褣。（同上）

纈　衣

《説文》：「纈，結也，繫彩繒爲文也。」杜牧之詩：「花塢團宫纈。」元微之詩：「内蕋繁於纈。」李長吉詩：「醉纈拋紅網。」韓退之詩：「碎纈紅滿杏。」王建詩：「纈衣簾裏動香塵。」魚玄機《海棠溪》詩云：「春教風景駐仙霞，水面魚身總帶花。人世不思靈卉異，競將紅纈染輕紗。」薛濤詩：「夾纈籠裙繡地衣。」東坡詩：「醉面何因散纈文。」胡元時，染工有夾纈之名，别有檀纈、蜀纈、漿水纈、三套纈、緑絲班纈諸名，問之今時機坊，亦不知也。（同上）

宫衣尚窄

自漢魏六朝至唐，宫中衣皆尚窄，非唯便於趨承，亦以示儉，爲天下先也。觀馮緄墓石闕刻美人可見。吴曹不興畫美人，衣僅束身。畫家「曹衣出水，吴帶當風」。唐人垂帶多飄揚，而衣仍古制。韓偓詩「長長漢殿眉，窄窄楚宫衣」、李賀詩「禿衫小袖調鸚鵡」、毛熙震詞「越羅小袖新香蒨」可證也。嘉靖中，四方婦人與男子無異，直垂至膝下，去地僅五寸，袖闊至四尺餘。時有謔詩云：「碧羅舞袖雙垂地，籠卻纏頭無處尋。」亦近服妖也。（同上）

麝香鏤金羅

宋徽宗宫人多以麝香色鏤金羅爲衣裙。元裕之詩：「北去穹廬千萬里，畫羅休鏤麝香金。」（同上）

鬧裝

京師有鬧裝帶，其名始於唐白樂天詩：「貴主冠浮動，親王帶鬧裝。」薛田詩：「九包綰就佳人髻，三鬧裝成子弟韉。」詞曲有《角帶鬧黄鞓》，今作《傲黄鞓》，非也。（同上）

粉袍

唐人士子入試，皆著白衣，故有「白袍子何太紛紛」之語。宋時亦然。冉居常詩：「粉袍切勿笑冬烘，且踏燒殘鼠尾蹤。」(同上)

畢羅

朱文公《刈麥》詩：「霞觴幸自誇真一，垂缽何須問畢羅。」《集韻》：「饆羅，修食也。」按小説，唐宰相有櫻笋厨。食之精者，有櫻桃饆饠。今北人呼爲波波，南人訛爲磨磨。(同上)

寒具

晉桓玄喜陳書畫，客有不濯手而執書帙者，偶涴之，後遂不設寒具。《齊民要術》並《食經》皆云：「環餅，世疑饊子也。」劉禹錫《寒具》詩：「纖手搓來玉數尋，碧油煎出嫩黄深。夜來春睡無輕重，壓匾佳人纏臂金。」蓋以寒具爲饊子也。宋人小説以寒具爲寒食之具，即閩人所謂煎餔。以糯粉和麪油煎，沃以糖，食之不濯手，則能污物具。可留月餘，宜禁煙用也。林和靖《山中寒食》詩云：「方塘波緑杜蘅青，布穀提壺已足聽。有客初嘗寒具罷，據梧慵復散幽經。」則寒具又非饊子。並存之，以俟博古者。（同上）

牢丸

《藝文類聚》束皙《餅賦》有「牢丸」之目，蓋食具名也。東坡詩以「牢九具」對「真一酒」，誠工矣，然不知爲何物。後見《酉陽雜俎》引《伊尹書》，有「籠上牢丸」、「湯中牢丸」。九字，詩人貪奇趁韻，而不知其誤，雖東坡亦不能免也。牢丸，今湯餅也。（同上）

蘆酒

杜詩：「黄羊飯不羶。」蘆酒，以蘆爲筒，吸而飲之。今之咂酒也。又名鉤藤酒。見《溪蠻叢笑》（同上）

蜜唧

嶺南獠人好食蜜唧。取鼠胎未瞬，通身赤蠕者淹之，以蜜飣之，筵上盤内躡躡而行，挾取嚙之，唧唧有聲，號曰「蜜唧」。東坡《嶺南》詩：「朝盤見蜜唧，夜枕聞鵂鶹。」（同上）

刺閨

梁戴暠《從軍行》云：「長安夜刺閨，胡騎犯銅鞮。」刺閨，夜有急報，投刺於宫門也。《南史》：「陳文帝每夜刺閨取外事分判者，前後相續，勅雞人司漏傳籤於殿中，令投籤於階石上，蹌然有聲。」隋煬帝詩：「投籤初報曉。」隋時此制猶存也。（同上卷七十）

仲長統鄭泉

世謂清談放曠起於晉，非也，漢末已有之矣。仲長統《見志》詩曰：「寄愁天上，埋憂地下。叛散五經，滅裂風雅。」鄭泉嗜酒，臨卒謂同類曰：「必葬我陶家之側，庶百歲之後，化而成土，幸見取爲酒壺，實獲我心矣。」二子蓋阮籍、劉伶之先著鞭者也。（同上）

心跡

謝靈運詩：「顧己雖自許，心跡猶未并。」又曰：「矧乃歸山川，心跡雙寂寞。」心跡之説，前無所祖。《文中子》「心跡之判久矣」，蓋亦衍靈運之言，而理趣深長矣。（同上）

郵亭書壁

程明道於郵亭見壁上書云：「要不悶，依本分。」明道深然之，曰：「若依本分，便是君子也。」唐子西見郵壁書：「天不生仲尼，萬古如長夜。」亦名言也。余於蜀棧古壁，見無名氏號「硯沼」者書古樂府一首云：「休洗紅，洗多紅在水。新紅裁作衣，舊紅番作裡。回黄轉緑無定期，世事反覆君所知。」此詩古雅，元郭茂倩《樂府》亦不載。李賀詩云：「休洗紅，洗多顔色淡。卿卿騁少年，昨夜殷橋見。封侯早歸來，莫作弦上箭。」視前詩何啻千里乎。（同上）

世説誤字

古書轉刻轉謬，蓋病於淺者妄改耳。如近日吳中刻《世説》。「右軍清真」，謂清致而真率也。李太白用其語爲詩，「右軍本清真」是其證也，近乃妄改作「清貴」。「兼有諸人之差」，謂「各得諸人之參差」，近乃妄改「差」作「美」；「聲嗚轉急」，改「嗚」作「氣」；「義學」改作「學義」，皆大失古人語意。聊舉一二，他不能盡。（同上卷七十一）

寧馨

馨字，晉人以爲語助辭。《王衍傳》：「何物老嫗，生此寧馨兒。」《世説》：「劉真長語桓温曰：『使君如馨地，寧可鬬戰求勝！』」「王導與何次道語，舉手指地曰：『正自爾馨。』」「王朗之雪中詣王螭，持其臂。螭撥其手曰：『冷如鬼手馨，强來捉人臂』」「劉惔譏殷浩云：『田舍兒强學人，作爾馨語！』」合此觀之，其爲語辭了然。唐劉禹錫詩：「幾人猛省得寧馨。」得晉人語意矣。（同上）

藹軸

王元長《曲水詩序》：「沉冥之怨既缺，藹軸之疾已消。」本《考槃》詩二句而會合之，此李商隱「灰釘」之祖也。《文苑英華》求賢判云：「盡岸穴之英奇，總濠梁之藹軸。」儲光羲詩：「清言問藹軸，惠念及滄浪。」用字又祖王元長也。（同上）

石燭

石燭一名水肥，一名石脂，一名石液，今之延安石油也，可熏煙爲墨。唐人《延州》詩有

「二郎山下雪紛紛，石煙多於洛陽塵」之句。(同上)

使者曰信

晉武帝炎《報帖》末云：「故遣信還。」《南史》：「晨起出陌頭，屬與信會。」古者謂使者曰信。《真誥》云：「公至山下，又遣一信見告。」《謝宣城傳》云：「荆州信去，倚待。」陶隱居帖云：「明旦信還，仍過取反。」虞永興帖云：「事以信人口具。」凡言信者，皆謂使者也。今之流俗遂以遺書饋物爲信，故謂之書信。王右軍《十七帖》有云：「往得其書，信遂不取答。」謂昔嘗得其來書，而信人竟不取回書耳。而世俗遂誤讀「往得其書信」爲一句，「遂不取答」爲一句，誤矣。古樂府云：「有信數寄書，無信心相憶。莫作瓶墜井，一去無消息。」包佶詩：「去札頻逢信，迴帆早挂空。」此二詩尤可證。(同上)

三澣

俗以上澣、中澣、下澣爲上旬、中旬、下旬，蓋本唐制「十日一休沐」。故韋應物詩曰：「九日驅馳一日閒。」白樂天詩：「公假月三旬。」然此乃唐制，而今猶襲用之，則無謂也。(同上)

監州

宋初置通判，分知州之權，謂之監州。有錢昆者，性嗜蠏。常求外補，曰：「但得有蠏無監州處則可。」此語風味似晉人。《歸田録》及《捫蝨新話》皆載其事。東坡詩云：「欲問君王乞符竹，但憂無蠏有監州。」昆去東坡未遠，即用其事爲詩，良愛其語也。(同上卷七十二)

文章似歇後

文章有似歇後語處，如淵明詩：「再喜見友于。」杜詩：「友于皆挺拔。」「野鳥山花吾友于。」《南史》：到藎從武帝登樓賦詩，受詔即成。帝謂其祖溉曰：「藎實才子，卻恐卿文章，得無假手于貽厥乎？」又稱兄弟爲「在原天属」，稱故鄉爲「維桑之里」，稱師曰「在三之義」，稱子曰「則百之祥」，皆是類也。(同上)

漏點

夜漏五五相遞，爲二十五。唐李郢詩「二十五聲秋點長」、韓退之詩「鸡三號，更五點」是也。至宋世，國祚長短，讖有「寒在五更頭」之忌，宫掖及州縣更漏，皆去五更後二點，又并

初更去其二以配之，首尾止二十一點，非古也，至今不改焉。（同上）

上陵磨劍

漢武帝崩後忽見形，謂陵令薛平曰：「我雖失勢，猶爲汝君，奈何令吏卒上吾陵磨劍乎？」因不見。推陵旁，果有方石，可以爲礪，吏卒常盜磨刀劍。霍光欲斬之，張安世曰：「神道茫昧，不宜爲法。」故阮公《詠懷詩》曰：「失勢在須臾，帶劍上吾丘。」《漢武故事》（同上）

火禁

《後漢·禮儀志》：「清明騎士傳火。」唐詩：「日暮漢宮傳蠟燭。」又「魚鑰清晨散九門，天街一騎走紅塵。」則其制古矣。廢之當自胡元入主中國時也。（同上）

興雲

漢《無極山碑》：「興雲祁祁，雨我公田。」按《顔氏家訓》引《詩》亦作「有渰淒淒，興雲祁祁」。毛《傳》云：「渰，陰雲貌。萋萋，雲行貌。祁祁，徐也。」此銘亦云：「興雲祁祁。」古經本「雲」字，後世作「雨」，乃或改耳。王介甫有「雲之祁祁」詩，語本古經。（同上卷七十二）

佳麗

《韓子》：「佳麗也者，邪道之分也。」《戰國策》：「宮中佳麗好玩。」又云：「趙，天下善爲音，佳麗人之所出也。」《嚴安疏》：「佳麗珍怪，順于耳目。」謝朓詩：「江南佳麗地。」「佳麗」字，非始自謝也。《文選》注失引之。（同上）

陸長源

韓文公《汴州亂》詩、白樂天《哀二良》文，爲宣武軍司馬陸長源作也。及考他史籍，則長源酷刑以威驕兵，御之已失其道矣。又裁軍中厚賞，高在官鹽直，曰：「我不同河北賊，以錢物買健兒旌節。」所委任從事楊儀、孟叔度，浮薄不檢，常戲入軍營，調弄婦女，自稱孟郎。三軍怨怒，遂執長源，并楊、孟殺之。由是論之，是長源有以取之，何異於雲南之張乾陀、揚州之吕用之哉。大雅先人，福之所聚；小智自私，藏怨之府。長源之謂乎。（同上）

仁祠

《漢書·明帝紀》：「以助仁祠伊蒲之供。」仁祠，僧寺也。伊蒲，供齋食也。皎然詩：「仁

祠當絶境，明牧躡靈蹤。」又：「陳世凋亡後，仁祠識舊山。」（同上卷七十三）

詩禪

元雲嶠居士徐士英作《金剛經口義》，多以儒書證佛言。其解「一相無相分四果」之義，以杜詩證之，亦甚可喜。其説曰：「第一果云不入色聲香味觸法，則是知欲境當避；此果之初生，如『山梨結小紅』之始也。第二果云一往來，則是蹈欲境不再；此果之方碩，如『紅綻雨肥梅』之時也。第三果云不來，則是棄欲境如遺；此果之已熟，如『四月熟黄梅』之際也。第四果云離欲，則是去欲境已遠；此果之既收，如『掛壁移筐果』之日也。」以果字説經，又一一證以杜詩，亦可爲詩禪也已。（同上）

彭祖

《宰我問五帝德篇》云：「堯舉舜、彭祖而任之。」《論語》注：「老彭，商賢大夫。」世傳彭祖八百歲，此亦一證也。王逸《楚辭注》：「彭祖好和滋味，善斟雉羹，以事帝堯。」《莊子注》：「彭祖八百，猶悔不壽，恨杖晚而唾遠。」又曰：「彭祖餌雲母，御女凡數十。晚娶鄭氏妖淫，敗道而死，非壽終也。」東坡詩：「空飱雲母連山盡，不見蟠桃結子時。」（同上）

船子和尚四偈

船子和尚，蜀之淨衆寺僧也。有偈四首，其一曰：「三十年前海上游，水清魚見不吞鈎。釣竿斫盡重栽竹，不計功程得便休。」其二曰：「三十年來坐釣臺，釣頭往往得黄能。金鱗不遇空勞力，收拾絲綸歸去來。」其三曰：「本是釣魚船上客，偶除鬚髮著袈裟。佛祖位中留不住，夜深依舊宿蘆花。」其四曰：「百尺絲綸直下垂，一波才動萬波隨。夜静水寒魚不餌，滿船空載月明歸。」今人但知其末一首耳。（同上）

鍾離權

仙家稱鍾離先生者，唐人鍾離權也，與吕巖同時。韓澗泉選唐詩絶句，卷末有《鍾離》一首可證也。近世俗人稱漢鍾離，蓋因杜子美《元日》詩有「近聞韋氏妹，遠在漢鍾離」，流傳之誤，遂附會以鍾離權爲漢將鍾離昧矣，可發一笑也。（同上）

真如之義

馬祖曰：「真如有變易，豈不聞善知識能迴三毒爲三昧，淨戒能迴六賊爲六神，迴煩惱作

菩提，迴無明爲大智。」錢起《贈懷素》詩云：「醉裏得真如。」劉禹錫詩：「心會真如不讀經。」（同上）

闍　士

李太白詩：「衡嶽有闍士，五峰秀真骨。」闍士、開士，皆僧之稱。（同上）

水田衣

袈裟名水田衣，又名稻畦帔。王維詩：「乞飯從香積，裁衣學水田。」王少伯詩：「手巾花氎淨，香帔稻畦成。」袈裟，《内典》作毠毿，蓋西域以毛爲之，又名逍遥服，又名無塵衣。（同上）

五精舍

佛國五精舍：一給孤園、二靈鷲山、三獼猴江、四庵羅樹、五竹林園。韋蘇州詩：「萬木叢雲出香閣，西蓮碧澗竹林園。」（同上）

鬱儀結璘日魂月魅

《黄庭經》云：「高奔日月吾上道，鬱儀結璘善相保。」注引《上清紫文》云：「鬱儀，奔日之仙；結璘，奔月之仙。」又服日精月華之法：「日初出時，東向叩齒九通，微咒日魂名、日中五帝字，曰：『日魂珠景，照韜緑暎。廻霞赤童，玄炎飆象。』呼此十六字，日中五色流霞俱入口中。月初出時，西向叩齒，微咒月魅名、月中五夫人字，曰：『月魅曖蕭，芳艷翳寥。婉虚靈蘭，鬱華結翹。淳金清瑩，炅容素標。』呼此二十四字，月中五色精光俱入口中。」此其説甚誕，然從來亦久矣。唐陸魯望《詠橘》詩：「剖似日魂初拆後，弄如星髓未彫前。」宋王半山《梅詩》：「好借月魅來映獨，恐隨春夢去飛揚。」正用其語。而鬱儀、結璘，文人好奇者，屢用之矣。又羿妻嫦娥，小字純狐，亦出《緯書》。迂怪不足言，聊筆之以爲獻笑之適。（同上卷七十四）

依烏哀烏

《史記·天官書》：「五帝座後聚十五星蔚然，曰郎位。」《漢書》「蔚然」作「哀烏」，《甘氏星經》作「依烏」。依亦音哀也。注云：「哀烏、蔚然，皆星之貌狀爾。」武功縣刻儲光羲詩，首一篇以「哀烏郎」作「衰烏郎」，康德涵問余：「衰烏郎何説？」余曰：「必是哀烏郎。」康深然之。及檢《天文圖》作「依烏」，又疑而不及改正。按，「依」亦音「哀」。白樂天詩：「坐依桃葉妓。」自注：「依，音哀。」曹子建詩「君懷良不開，賤妾當何依」可證。（同上）

宋儒論天

邵堯夫曰：「天何依？依乎地。地何附？附乎天。天地何所依附？曰：自相依附。」自斯言一出，宋儒標榜而互贊之，隨聲而妄衍之。朱子遂云：「天外更須有軀殼甚厚，所以固此氣也。」天豈有軀殼乎？誰曾見之乎？既自撰爲此説，他日遂因而實之曰：「北海只挨着天殼邊過。」似曾親見天殼矣。自古論天文者，宣夜、周髀、渾天之書，甘石、洛下閎之流，皆未嘗言，非不言也，實所不知也。若邵子、朱子之言，人所不言，亦不必言也；人所不知，亦不必知也；人所不問，亦不必問也。《莊子》曰：「六合之外，聖人存而不論。」此乃切要之言，孰謂莊子爲虚無異端乎？元人趙緣督始稍正邵子之誕，而今之俗儒已交口議之。又丘長春，世之所謂神仙也，其言曰：世間之事，尚不能究，況天外之事乎！由是言之，則莊子、長春乃異端之正論，而康節、晦翁之言，則吾儒之異端矣。本朝劉伯温，亦古甘石、洛下之流，其言曰：「天有極乎？極之外何物也？天無極乎？凡有形必有極，理也，勢也，是聖人所不能知耳，非不言也。故天之行，聖人以曆紀之；天之象，聖人以器驗之；天之數，聖人以算窮之；天之理，聖人以《易》究之。天之所閟，人無術以知之者，唯此耳。今不曰不知，而曰不言，是何好勝之甚也。」嗚呼！伯温此言，其確論乎？其曰好勝者，蓋指宋儒之論天者。予嘗言東坡詩「不識廬山真面目，只緣身在此山中」，蓋處於物之外，方見物之真也。吾人固不出天地之外，何以知天地之真面目歟？且聖賢之學，切問近思，亦何必求天外之事耶？（同上）

彈烏扶馬

李長吉《相勸酒》詩曰：「羲和騁六轡，晝夕不曾閑。彈烏崦嵫竹，扶馬蟠桃鞭。」烏，日中烏也。扶，音叱，朴也；今本誤作「扶」，非。馬，日車之馬也。《楚辭》：「暾將出兮東方，照吾乘兮扶桑。撫余馬兮安車，夜皎皎兮既明。」《淮南子》：「日出虞淵，爰息其馬。」是也。古者羲和爲日御，《莊子》因「御」字，遂有「日車」之説。《楚辭》、《淮南子》因「車」字，遂有「馬」之説。（同上）

玉井金波

梁謝舉《淩雲臺》詩：「勢高淩玉井，臨迥度金波。」謝朓詩：「金波麗鳷鵲，玉繩低建章。」金波，月也。玉井、玉繩，皆星名。（同上）

依烏哀烏

《史記·天官書》：「五帝座後聚十五星蔚然，曰郎位。」《漢書》「蔚然」作「哀烏」，《甘氏星經》作「依烏」。依，亦音哀也。注云：「哀烏、蔚然，皆星之貌狀爾。」武功縣刻儲光羲詩，首一篇以「哀烏郎」作「衰烏郎」。康德涵問余：「衰烏郎何説？」余曰：「必是哀烏郎。」康深然之。及檢《天文圖》作「依烏」，又疑而不及改正。按：依，亦音哀。白樂天詩：「坐依桃葉妓。」自注：「依，音哀。」曹子建詩「君懷良不開，賤妾當何依」可證。（同上）

十二軍以天星爲名

唐武德中置十二軍，皆取天星爲名。以萬年道爲參旗軍，長安道爲鼓旗軍，富平道爲玄弋軍，醴泉道爲井鉞軍，同州道爲羽林軍，華州道爲騎官軍，寧州道爲折威軍，岐州道爲平道軍，邠州道爲招摇軍，麟州道爲苑游軍，涇州道爲天紀軍，宣州道爲天節軍。李太白詩：「羽林十二將，羅列應星文。」正指此，注者亦不知也。（同上）

颶風

音貝，凡海潮溢，皆此風爲之。每一二歲或三四歲一作，必在秋初。過白露，雖作不甚猛矣。海人最患苦之，俗謂之「颶母風」，言海溢子當負母乞食。《嶺表録》云：「春夏間有暈如虹，謂之颶母，必有暴風。」則以虹爲颶之母爾。佛經所謂「風虹爲颶」，言雲文如貝也。此説最近理。凡此風作，先一二日，片雲漫空疾飛。海人呼爲颶潮風，爲海溢之先兆也。東廣航海者曰犂頭雲。蘇叔黨《颶風賦》云：「斷霓飲海而北指，赤雲夾日而南翔，此颶之漸也。」與「虹暈」、「犂雲」之説相合。許慎《説文》作颶，從具。解云：「具四方之風。」非也。按柳子厚詩：「颶母偏驚估客船。」唐子西詩：「雲黄生颶母，雨黑長楓人。」字皆從貝，柳文注亦音貝，無從具之説。今《韻會》收颶於七遇，而九泰無颶字，合補正之。（同上）

紫磨素雯

佛書有「紫磨金」。王半山詩：「紫磨月輪升靄靄。」《三墳書》：「月素雯。」雯，雲成文章也。(同上)

駃雨

《酉陽雜俎》：「河水色渾駃流。」《尸子》：「黄河龍門，駃流如行箭。」元好問詩：「駃雨東南來。」自注：「駃與快同，見《魏志》。」趙松雪有《駃雪帖》。(同上)

華漢

詩人稱天河曰銀河、銀潢、銀漢，皆常語也。李賀曰「銀灣」。江淹曰「繩河」，緯書云：「王者有道，則河直如繩。」謝朓詩曰「華漢渟虚」，用《詩》「雲漢昭回」之意。陸龜蒙云：「繩河裏，扇月傍。」(同上)

絳河

《漢武内傳》：「王母使女侍問武帝云：『上問起居，遠隔絳河。』」蓋道書天有九霄：赤

霄、碧霄、青霄、玄霄、絳霄、黅霄、紫霄、練霄、縉霄也。絳河即絳霄。王維詩：「雲霄出絳河。」(同上)

屯雲

中山王《文木賦》：「奔電屯雲，薄霧濃雰。」言文理之妙如雲雰也。杜詩「屯雲對古城」，實用之。李易安《九日詞》：「薄霧濃雰愁永晝。」今俗本改「雰」作「雲」。(同上)

養花天

《花木譜》云：「越中牡丹開時，賞者不問親疎，謂之看花。此月多有輕陰微雨，謂之養花天。」詩曰：「野水短蕪調馬地，淡雲微雨養花天。」又云：「中酒情懷因小會，養花天氣爲輕陰。」(同上卷七十五)

耗磨日

正月十六日謂之耗磨日。張説《耗日飲》詩云：「耗磨傳茲日，縱横道未宜。但令不忌醉，翻是樂無爲。」又曰：「上月今朝減，流傳耗磨辰。但令不事事，同醉俗中人。」此日必

飲酒，官司不令開庫而已。(同上)

道學

或問何謂道學？曰：天下之達道五，能行五者於天下，而又推類以盡其餘，道學盡於是矣。何謂心學？曰：道之行也，存主於内，無一念而非道，發達於外，無一事而非心，表裏貫徹，無載爾僞，心學盡於是矣。故道學、心學，理一名殊，明明白白，平平正正，「中庸」而已矣，更無高遠玄妙之説。至易而行難，内外一者也。彼外之所行，顛倒錯亂，於人倫事理大戾，顧異巾詭服，闊論高談，飾虚文美觀，而曰吾道學，吾心學，使人領會於渺茫恍惚之間，而無可著摸以求所謂禪悟。此其賊道喪心已甚，乃欺人之行，亂民之儔，聖王之所必誅，而不以赦者也，何道學、心學之有！(同上)

禪學俗學

騖於高遠，則有躐等凴虚之憂；專於考索，則有遺本溺心之患。故曰君子以尊德性，而道問學。故高遠之蔽，其究也，以六經爲注腳，以空索爲一貫，謂形器法度皆芻狗之餘，視聽言動非性命之理，所謂其高過於大學而無實，世之禪學以之。考索之弊，其究也，涉獵記

誦，以雜博相高，割裂裝綴，以華靡相勝。如華藻之繪明星，伎兒之舞斫鼓，所謂其功倍於小學而無用，世之俗學以之。(同上)

儒教禪教

儒教實，以其實實天下之虛；禪教虛，以其虛虛天下之實。陳白沙詩曰「六經皆在虛無裏」，是欲率古今天下而入禪教也，豈儒者之學哉！(同上)

銕圍山

銕圍山在西天，佛經所稱，不知的在何處。唐初宋昱詩：「梵室開金地，香龕鑿銕圍。」(同上卷七十六)

楚蒙山

蕭穎士《楚蒙山》詩：「尚子捐俗氛，季隨躡遐軌。」季隨，即周八士之一。蒙山有季隨事，亦一奇聞也。(同上)

峨眉山

余書峨眉山寺簡板曰：「奇勝冠三蜀，晁公武語。震旦第一山。佛經。」劉東皐云：「不如以王右軍『崑崙伯仲地』，易『奇勝冠三蜀』。」又：「半天開佛閣，平地見人家。」老保樓簡板，范景仁詩也。（同上）

浮玉山陰火

《拾遺記》：「西海之西有浮玉山，山下有穴，穴中有火，其色如水，波濤灌蕩而火不滅，名曰陰火。」木玄虚《海賦》所云「陰火潛然」者也。然李善及五臣注皆不引之。唐詩：「陰火雨中然。」顧況詩：「颶風晴汨起，陰火暝潛燒。」戴叔倫詩：「古戍陰傳火，寒蕪曉帶霜。」（同上）

三　河

唐詩：「天子三河募少年。」三河，黄河也，析支河也，湟河也。（同上）

熱海

岑參《熱海行》云：「蒸沙爍石然虜雲，沸浪炎波煎漢月。」此循名想説之誤。岑雖仕從邊幕，亦未曾親到熱海也。按玄奘《西域記》云：「凌山，葱嶺北隅，坎雪積凌，春夏不解，懸釜而炊，席冰而寢，七日出山，有一清池，亦曰熱海。」以其對凌山不凍，故得此名，其水未必温也。玄奘蓋躬至目見，非參想像之詞耳。(同上)

丁字水

杜牧《睦州》詩：「叠嶂巧分丁字水。」按《水經》：「丁溪水在泗水東。泗水冬春淺澀，常排沙通道。」陸機賦所謂「乘丁水之捷岸，排泗川之積沙」是也。(同上)

温泉

東坡詩記所經温泉，天下七處，以驪山爲最。予在南中，所見又不止七處也。寧州、白崖、德勝關、浪穹、宜良、鄧川、三泊，凡數十處，而安寧爲最。凡温湯所在，下必有硫黄，其水猶有其味。獨安寧清徹見底，垢自浮去不積，且無硫黄氣。不知何理也。舊有人見其竅出丹砂數粒，乃知其下有丹砂。傳聞徽州黄山温泉亦類此。後周王褒《温湯銘》云：「白礬上徹，丹砂下沉。華清駐老，飛流瑩心。」乃知温泉所在，必白礬、丹砂、硫黄三物爲之根，乃蒸爲暖流耳。（同上卷七十七）

半月泉

會稽天依寺有半月泉，泉隱崖下，雖月圓滿，望池中只見其半，最爲佳處。有僧鑿開岩，名滿月，殊可惜也。因作《殺風景》一絶云：「磨墨濃填蟬翅帖，開半月岩爲滿月。富翁漆卻斷紋琴，老僧削圓方竹節。」（同上）

瀑布泉

瀑布泉，詩人盛稱廬山。雁蕩亦有之，地志云：「廬山循崖直下，不如雁蕩之飛墜飄散而可觀也。」吾蜀梁山縣蟠龍山有之，與雁蕩相似。靳兩城云：「大勝廬山。」有詩云：「神女碧瑶簪，明珠構瓔珞。纖手按鐘球，鈞臺響天樂。仙人環珮玉珊珊，曉跨蒼龍謁帝關。醉舞婆娑渾忘卻，天風吹掛翠微間。」（同上）

龍湫瀑布

唐僧貫休詩：「雁蕩經行雲漠漠，龍湫燕坐雨濛濛。」所謂雨者，非雨也，瀑布之濺沫也。按《雁宕志》云：「西谷龍湫如井狀，檻中作凹，石壁數仞，水從凹中瀉下，望之若懸布，隨風作態，遠近斜正，變幻不一，或如散珠，如驟雨，如飛雪，如輕煙濛霧。或飄轉中斷，或左右飛散，或直下如注霤，或屈曲如蜿蜒。觀者每立於潭外，相去數十步，水忽轉舞，向人亂灑，衣帽沾濕。或大注如晴雷，或爲風所遏，盤桓而不下。皆奇態也。匡山視此，不及遠矣。彼以名聞天下者，路當要區耳。按此段奇景，披《志》見之亦爽心目，况親至之乎！可入《卧游録》」。（同上）

迷子洲

王半山詩：「洲迴藏迷子，溪深礙若耶。」迷子洲，在建康西南四十里。（同上）

三鵶路可對「五鹿沙」

元魏西郢群蠻反，斷三鵶路。按：三鵶在汝州古繞角城，《春秋傳》「繞角之役」是也。項

城縣爲第一鵶，分嶺山爲二鵶，汝州爲三鵶也。唐詩：「三鵶水上一歸人。」（同上）

沙　城

《三國志》：「婁伯子築沙城。」俞亮《角》詩：「榆葉沙城冷，梅花水國偏。」（同上）

馬齒魚鱗

「州疆馬齒，候館魚鱗」，宋人四六語也。應璩詩：「九州相錯雜，相次如馬齒。」韓文公詩：「候館若魚鱗。」（同上）

水經注

《水經注》所載事，多他書傳未有者。其叙山水奇勝，文藻駢麗，比之宋人《卧游録》、今之《玉壺冰》，豈不天淵！予嘗欲鈔出其山水佳勝爲一帙，以洗宋人《卧游録》之陋，未暇也。又其中載古歌謡，如《三峽歌》云：「巴東三峽巫峽長，猿啼三聲淚沾裳。」又云：「朝見黄牛，暮見黄牛，三朝三暮，黄牛如故。」又云：「灘頭白勃堅相持，倏忽淪没别無期。」記《僰道謡》云：「楢溪赤木，盤蛇七曲，盤羊烏櫳，勢與天通。」皆可以入詩材，勝俗子看《韻府

群玉》遠矣。（同上）

無定河

《輿地廣記》：「唐銀州東北有無定河，即圁水音銀水，縣在河西。也。」後人因潰沙急流，深淺不定，故更今名。又唐陳祐詩：「無定河邊暮笛聲，赫連臺畔旅人情。函關歸路千餘里，一夜秋風白髮生。」又陳陶詩：「誓掃匈奴不顧身，五千貂錦喪胡塵。可憐無定河邊骨，猶是春閨夢裏人。」（同上）

醋溝

唐岑參詩：「雁塞通鹽澤，龍堆接醋溝。」方回云：「鹽澤，人皆知之。醋溝，人所未知也。」非惟人未知，方回蓋亦不知，爲此言以掩後人耳。考闞駰《十三州志》：「山氐城，北爲高踰淵，又東北，醋溝水出焉。」水在中牟。鹽澤，見《漢書》。郭緣生《述征記》：「醬魁城至醋溝凡十里。」（同上卷七十八）

雲根

古詩：「默默布雲根，森森散雨足。」雲生於石，故名石曰雲根。沈約賦：「户接雲根，庭流松響。」杜詩：「井邑住雲根。」賈島詩：「移石動雲根。」元魏《裴粲傳》：「棲素雲根，餌芝清壑。」(同上)

山谷詩紀地震

「邇來后土中夜震，有似巨鰲復戴三山游。傾牆摧棟壓老弱，冤聲未定隨洪流。地文劃劙水觱沸，十户八九生魚頭。稍聞澶淵渡河日數萬，河北不知虚幾州？」山谷此詩，作於紹聖之年，地震之異如此，而史不書。(同上)

子昂太白詩語及峨眉

陳子昂詩：「飛飛騎羊子，胡乃在峨眉？」又云：「眇然坐何慕，吾蜀有峨眉。」又曰：「峨眉杳如夢，仙子曷由尋？」李太白《蜀道難》云：「西當太白有鳥道，可以横絶峨眉顛。」《贈僧行融》云：「梁日湯惠休，常從鮑照游。峨眉史懷一，獨映陳公出。卓絶二道人，結交鳳與麟。」《送友人之羅浮》云：「爾去之羅浮，我還憩峨眉。中道闊萬里，霞月遥相思。」《登峨眉山》云：「蜀山多仙山，峨眉邈難匹。青冥倚天開，彩錯疑畫出。泠然紫霞賞，果得錦囊術。雲間吟瓊簫，石上弄寶瑟。平生有微尚，歡笑自此畢。煙雲如在眼，塵累忽相失。儻逢騎羊子，攜手淩白日。」《峨眉山月歌》云：「月出峨眉照滄海，與人萬里長相隨。黄鶴樓前月華白，此中忽見峨眉客。峨眉山月還送君，風吹西到長安陌。」《粉圖山水歌》云：「峨眉高出西極天。」絶句云：「峨眉山月半輪秋。」二公皆吾蜀人，而注想留詠於峨眉。中丞明崖張公曾有游峨之約，疾阻未果，書此以寄，以示終成寄游之意云。（同上）

壞井田

世儒罪秦廢井田，不知井田之廢，始于管仲。作内政已漸壞矣，至秦乃盡壞耳。元陳孚《題管仲井》詩：「畫野分民亂井田，百王禮樂散寒烟。平生一勺潢汙水，不信東溟浪沃天。」可謂闡幽之論。又「九河之壞」，亦自管仲始。《詩緯》所謂「移河爲界在齊吕」是也。（同上）

五涼

晉時張軌據河西，今甘州。爲前涼。吕光繼之，爲後涼。李暠遷酒泉，今之肅州，又遷沙州，去肅州八百里，于今没於狄。號西涼。沮渠蒙遜據張掖，今鎮番衛，號北涼。秃髮烏孤據姑臧，今之西寧。號南涼。唐吕温詩：「樓高望五涼。」（同上）

欵冬花

欵冬花，即《爾雅》所稱菟奚、顆凍者，紫赤花，生水中。十二月雪中出花。郭緣生《述征記》云：「洛水至冬凝厲，則欵冬茂悦層冰之中。」傅咸《欵冬賦序》曰：「余曾逐禽，登於此山。於時仲冬，冰凌盈谷，積雪被崖，顧見欵冬，曄然始敷。」佛經云：「朱炎鑠石，不靡蕭丘之木；凝冰慘慄，不凋欵冬之花。」乃知唐詩「僧房逢著欵冬花」，正「十二街頭春雪時」也。詩人之興於時物如此。（同上卷七十九）

旌節花

《太平廣記》引《黎州圖經》云：「黎州漢源縣琉璃城有旌節花，去地二三尺，行行皆如旌

節。」蘇子由詩：「緑竹琅玕色，紅葵旌節花。」借喻葵形，非謂旌節即葵也。（同上）

護門草

王筠《寓直》詩：「霜被守宫槐，風驚護門草。」《物類志》曰：「護門草，出常山。取置户下，或有過其門者，草必叱之。一名百靈草」。（同上）

傍挺側生

左思《蜀都賦》：「旁挺龍目，側生荔枝。」故張九齡《賦荔枝》云：「雖觀上國之光，而被側生之誚。」杜子美《絶句》云：「側生野岸及江浦，不熟丹宫滿玉壺。」諱荔枝爲「側生」，雖本之左思、張九齡，然以時事不欲直道也。黄山谷《題楊妃病齒》云「多食側生，損其左車」，則特好奇耳。（同上）

芧栗

芧栗，木果也。《莊子》所謂「狙公賦芧」者，今訛作茅栗，沈存中嘗辨其非。杜詩「園收芧栗未全貧」，正指此物。今以「芧栗」解作蹲鴟之「芋」，一何遠哉！（同上）

榮 木

《爾雅》注：「榮木，梧桐也，槖鄂皆五。」陶詩「冉冉榮木，結根于兹」是也。或以爲榮華，失之。（同上）

萬年枝

謝朓詩：「風動萬年枝。」唐詩：「青松忽似萬年枝。」《三體詩》注以爲冬青，非也。《草木疏》云：「檍木，枝葉可愛，二月花白，子似杏。今官園種之，取億萬之義，改名萬歲樹。」即此也。（同上）

合浦杉

劉欣期《交州記》云：「合浦東百里，有一杉樹，葉落隨風入洛陽城内。漢時有善相者説，『此休徵，當出王者』，特遣人伐樹。」庾信詩：「傳聞合浦葉，遠向洛陽飛。」吴均詩：「三秋合浦葉，九月洞庭枝。」薛道衡《吴趨行》：「杉葉朝飛向京洛，文魚夜過歷吴州。」皇甫冉詩：「心隨合浦葉，命寄首陽薇。」楊盈川文：「合浦杉葉，飛向洛陽；始興鼓木，徙於

臨武。」事皆本此。「始興鼓木」，見《水經注》。(同上)

橘柚蒲桃橄欖

梁使徐君房、元魏使陳昭，各言方物。君房問昭曰：「蒲桃味何如橘柚？」答曰：「津液奇勝，芬香減之。」君房曰：「金衣素裹，見苞作貢，向齒自消，良應不及。」此南人重橘柚而輕蒲桃也。魏文帝詔示群臣曰：「中國珍果甚多，蒲桃當末夏涉秋，尚有餘暑，醉酒宿酲，掩露而食，甘而不飴，脆而不酸，冷而不寒，味厚汁多，除煩解倦。釀以爲酒，甘於麴糵，醉而易醒。道之固已流涎，況親食之耶！南方有橘，正酸裂人牙，時有甜耳。他方之果，寧有匹者？」此北人譽蒲桃，而貶橘柚也。東坡《橄欖》詩：「待得餘甘回齒頰，已輸崖蜜十分甜。」北人不喜橄欖，南人語之曰：「橄欖回味。」北人笑曰：「待他回味時，我棗兒已甜了半日矣。」坡詩蓋戲用此語。坡詩又云：「人生所遇無不可，南北嗜好知誰賢？」可謂達人之言矣。(同上)

十八娘荔枝

荔枝之最小者，十八娘荔枝，色深紅而細長。閩王王氏有女，第十八，好食此，因而得名。

女家在福州城東報國院，冢旁猶有此木。或云「物之美少者爲十八娘」，閩人語。元人詩：「青銅三百一斗酒，荔枝十八誰家娘。」(同上)

海紅花

菊莊劉士亨《詠山茶》詩云：「小院猶寒未煖時，海紅花發景遲遲。半深半淺東風裏，好似徐熙帶雪枝。」盖海紅即山茶也。而古詩亦有：「淺爲玉茗，深爲都勝。大曰山茶，小曰海紅。」(同上)

石楠花

李白詩：「風掃石楠花。」魏玉《花木狀》言：「石楠，野生，二月著花，實如燕子。」曲阜古城顔回墓上有石楠二株。大三四十圍。土人云：顔子手植之木。(同上)

虞美人草

《賈氏談録》云：「褒斜谷中有虞美人草，狀如雞冠，花葉相對。」《益州草木記》云：「雅州名山縣出虞美人草。唱《虞美人曲》，應拍而舞。」《酉陽雜俎》云：「舞草出雅州。」《益州方物圖贊》「虞」作「娱」。唐人舊曲云：「帳中草草軍情變。月下旌旗亂。攬衣推枕愴離情。遠風吹下楚歌聲。正三更。　烏騅欲上重相顧。艶態花無主。手中蓮鍔凛秋霜。九泉歸去是仙鄉。恨茫茫。」宋黄載萬和云：「世間離恨何時了。不爲英雄少。楚歌聲起霸圖休。玉帳佳人血泪滿東流（此句原脱，據《花艸粹編》補）。　葛荒葵老吴城暮。玉貎知何處。至今芳草解婆娑。只有當時魂魄未消磨。」（同上）

蘭　槐

《荀子》云：「蘭槐之根是爲芷。」《大戴禮》：「蘭氏之根，褱氏之苞，漸之修矣。君子不近，庶人不服。」注：「蘭槐，香草名。槐又作褱。」《本草》云：「褱香，即杜衡也。又名衡薇香。」唐詩「情人一去無窮已。欲贈褱香恨不逢」即此也。（同上）

御　梨

《文選魏都賦》：「中山郡出御梨。」王昌齡詩：「霜飛天苑御梨秋。」（同上）

花足曰蕚

或問：「花蒂何以曰跗？」曰：「蒂者，花足也，故其字從足。束晳《補亡詩》『白華素足』，亦指花蒂爲足也。鄂字從咢，咢音吁，與華字不同，今作韡非。韡從韋爲義，從華爲聲。古者聯墻之履曰韡，今俗作靴。鄂字從咢爲義，從韋爲聲。咢，木下垂也。非精於六書者，不能别此也。」（同上）

桂

《尸子》曰：「春華秋英曰桂。」王維詩：「人閒桂花落，夜静春山空。」秋華者，乃木犀巖桂耳。（同上卷八十）

翠菅

水葱生水中，如葱而中空，又名翠菅。王維詩「水驚波兮翠菅靡」是也。此草可爲席，《唐六典》：「東牟郡，歲貢葱席六領。」（同上）

芡華

菱葉日舒夜斂，芡華晝合宵炕，故菱寒芡煖。諺云：「菲爲草鍾乳，芡是水琉黄」也。芡葉蹙衄如沸球。蘇子由詩：「芡葉初生縐如縠，南風吹開輪轉轂。紫苞青刺攢蝟毛，水面放花波裏熟。森然赤手初莫近，誰料明珠藏滿腹。」可謂極體物之妙矣。姜梅山詩：「蝟腹出波烹芡實，裹蹄和露摘蓮房。」（同上）

榿木

姑蘇守溪王公濟之在閣日，論杜詩「聞知榿木三年大」，因問先父：「榿木蜀産，榿字何音？」先父曰：「音欹。」守溪曰：「當依《韻書》音楷。」先父曰：「音欹，則鄉人農夫皆識之；若作楷音，不知何木矣？」因舉王荆公《榿木》詩曰：「濯錦江邊木有榿，野園封植佇華滋。地偏幸免桓魋伐，歲晚還同庾信移。」王乃悦服。蓋王公平昔極愛荆公詩文，而此詩王公亦偶不記憶耳。（同上）

筀竹

石介詩：「斷霞半赭燕脂木，零露偏留筀竹叢。」筀竹，蜀中産，羅甸國尤多。《玉篇》：「筀，古惠切，竹名。傷人則死。」其竹又名防露，言其「上密防露，下疏來風」。見《竹譜》。(同上)

錦竹

杜子美有《從韋明府宿處覓錦竹兩三叢》詩，黄鶴注云：「考《竹譜》、《竹紀》無錦竹，意以其文如錦名之。《竹紀》有蒸竹、箘簵竹，其皮類繡，豈即此乎？余觀錦竹，他無見，惟杜詩有之。」劉會孟批杜《錦樹行》云：「題曰《錦樹》，使人刮目。『錦竹』亦新，惜無拈出者耳。」近閲《梅宛陵集》，《錦竹》詩：「雖作湘竹紋，還非楚筠質。化龍徒有期，待鳳曾無實。本與凡草俱，偶親君子室。」又注其下云：「此草也，似竹而斑。」始知黄鶴有金注之昏耳。(同上)

君子樹

《太平御覽》引《廣志》曰：「君子樹似檉松，曹爽樹之於庭。」戴暠詩「接越稱交讓，連樹名君子」，江總詩「連榏君子樹，對幌女貞枝」，皆用此事。（同上）

篦簩即澀勒

《韻書》四豪「簩」字下注云：「篦簩，竹名。」而不詳其説。按《異物志》：「南方思牢國産竹，可礪指甲。」《竹譜》云「可挫爪」，是也。崔鶠詩曰：「時一出輕芒，皚皚落微雪。」又，李商隱《射魚曲》云：「思簩弩箭磨青石，鏽額蠻渠三虎力。」是知亦可作箭。今東廣新州有此種，製成琴樣，爲礪甲之具。用之頗久，則微滑，當以酸漿漬之，過信宿則澀復初。字又作「澀勒」，東坡詩：「倦看澀勒暗蠻村。」（同上）

黄柑啟

「始霜之旦，風味照坐，擘之香霧噀人。脉不粘瓣，食不留滓。」東坡詩：「香霧霏霏欲噀人。」（同上）

扶竹

武林山西舊有雙竹院，中所産脩篁，嫩篠皆對抽並胤。王子敬《竹譜》所謂扶竹，譬猶海上之桑，兩兩相比，謂之扶桑也。扶竹之笋，名曰合歡。按《律書注》：「伶倫取嶰谷之竹，陽律六取雄竹吹之，陰律六取雌竹吹之。」蜀涪州有相思崖，昔有童子丱女相説交贈，今竹有桃釵之形，笋亦有柔麗之異。崖名相思崖，竹曰相思竹。孟郊詩曰「竹嬋娟，籠曉烟」，指此竹也。又有苦竹，黄苦、青苦、白苦、紫苦。孟浩然詩：「歲月青松老，風霜苦竹餘。」（同上）

桂竹

《零陵記》云：「桂竹之野産桂竹，來風防露，上合下疎，每日一出，羅紈金翠。」按其地，今之貴州也，初名桂竹之野。《竹譜》作筀竹，後訛爲貴竹，今又訛竹爲州云。石介詩：「斷霞半赭燕脂木，零露偏留筀竹叢。」筀竹，蜀中産，蜀甸國尤多。《玉篇》：「筀，古惠切，竹名，傷人則死。」其竹又名防露，言其上密防露，下疎來風。見《竹譜》。（同上卷七十八、卷八十）

碧筒杯

唐人《碧筒杯》詩：「酒味雜蓮氣，香冷勝於冰，輪囷如象鼻，瀟洒絶青蠅。」（同上）

萬條寒玉

唐人《郊居》詩：「門外晚晴秋色老，萬條寒玉一溪煙。」萬條寒玉，言竹也。（同上）

鵙

《月令》：「鵙始鳴。」鵙即博勞也。《左傳》謂之「伯趙」，樂府謂之「百勞」，今不識爲何鳥。按《禽經注》：「伯勞飛不能翱翔，直刺而已。形似鸜鵒，但鸜鵒喙黄，伯勞喙黑，以此別之。」《易林》曰：「鵙必單棲，鴛必匹飛。」此鳥好雙飛，未嘗雙棲，亦能擊搏鷹。集於林則盤旋鳴聒，俟鷹飛輒擊之。俗呼爲鳳皇皂隸，言百鳥畏之也。蜀中名駕鴛，滇中名鐵鸚哥。又名搾油郎，五更輒鳴不止，至曙乃息。（同上卷八十一）

馬

馬之爲物，最神駿，故古之詩人、畫工，皆借之以寄其精工。若杜工部、蘇東坡，極其形容，殆無餘巧。余又愛蘇公作《九馬贊》云：「姚宋廟堂，李郭治兵，帝下毛龍，以馭羣英。」何其雄偉也。李燾《長編》載元祐西域貢馬云：「龍顱而鳳膺，虎脊而豹章。振鬣長鳴，萬馬皆瘖。」句亦奇矣。（同上）

鶡鴠

「鶡鴠不鳴」，《禮・月令》文也。《禮》引《詩》，又作「盍旦」。注：「渴旦，鳥夜鳴急旦也。」郭璞《方言注》：「鳥似鷄，冬無毛，晝夜鳴。今北方有鳥，名寒號蟲，即此也。」《説文》作鴇鴠，又作鶡鴠。蓋自旱省爲干，故鶡或作鴇也。猶《禽經》鴻鴈之鴈，作鳱，斥省爲干故鳱或爲鴇，皆古鴈字也。然則鶡鴠字，正當作鶡，省作鴇，作鶡非。鶡乃鬬鳥，古以其羽爲勇士冠者，非此同也。盍旦、渴旦，皆以義借用耳。唐詩「暗蟲啼渴旦，凉葉墜相思。」（同上）

寶誌公偈

人言斑鳩拙，我道斑鳩巧。一根兩根柴，便是家緣了。（同上）

鶬有二種

《列子·湯問篇》：「蒲且子之弋也，弱弓纖繳，乘風振之，連雙鶬於青雲之上。」相如賦：「雙鶬下，玄鶴加。」以爲遊獵之盛。《楚辭》：「鶴酸臇鳧煎鴻鶬。」注：「鶬，鶴也。」《淮南子》：「鳳凰曾逝萬里之上，鴻、鵠、鶬莫不憚焉。」盖鶴之類，以其蒼色，故曰鶬。《物類相感志》：「玄鶬，長足羣飛，天將霜必先鳴。鶬之警露也。」此鶬之一種。《説文》：「鶬，麋鴰也。」關西呼爲鴰鹿。此又一種，故名混麋鹿。裴瑜注《爾雅》曰：「麋鴰是九頭鳥。」夫子與子夏河上所見「奇鶬九首」，既云「奇鶬」，則非常鶬矣。劉騊駼《玄根賦》「一足之夔，九頭之鳥」是也；《河上歌》又言其「一身九尾」。信爲妖物也。杜詩「三更鶬鴰呼」，又「啼鴰催明星」，此則常鶬爾。又有秃鶬，風止則下，風起而後去。《急就章》所云「乘風」，即爰居也。又別一種。（同上）

黄鳥宿淵

韓文公詩，注引東方朔詩：「海水暴竭，黄鳥宿淵。」（同上）

五花三花

唐詩：「朝騎五花馬。」又：「五花馬，千金裘。」杜詩：「蕭蕭千里馬，箇箇五花文。」隋《丹元子步天歌》：「五箇花文王良星。」馬鬣剪爲五花或三花，皆象天文王良星義也。白樂天詩：「馬鬣剪三花。」《唐六典》云：「外牧歲進良馬，印以『三花飛鳳』之字。」（同上）

玉鷄

《水經注》：「昔王子晉與進士浮丘同游伊洛之浦，始受玉鷄之瑞於此水。」唐宗楚客詩：「紫庭金鳳闕，丹禁玉鷄川。」（同上）

潮鷄

唐李德裕詩：「三更津吏報潮鷄。」《臨海異物志》云：「石鷄清響以應潮，慧軀輕逝以遠

䳘。」石鷄，即潮鷄也。（同上）

叱撥

唐詩：「紫陌亂嘶紅叱撥。」叱撥，馬名。宋群牧判官王明上《群牧故事》六卷，中載「九龍」、「十驥」之名稱，西河、東門之骨法，無不具焉。其説馬之毛色九十一種。又云：叱撥之别有八，曰紅耳叱撥、曰鴛鴦叱撥、曰桃花叱撥、曰丁香叱撥、曰青叱撥、曰騮叱撥、曰紫騮叱撥、曰榆叱撥。又曰：北方馬以叱撥及青、白、紫純色、緑鬃騮爲上，驄赤驃、騧白赤色爲中，荏騟、驄駱、駮騸爲下。（同上）

鳧鶩

《禮》曰：「庶人執鶩。」《尸子》曰：「野鴨爲鳧。家鴨爲鶩，不能飛翔，如庶人守耕稼而已。」古者以鶩爲贄，必家畜之禽。又取義於不能飛翔，可證也。管輅云：「家鷄野鶩，猶尚知時。」《滕王閣序》：「落霞與孤鶩齊飛。」皆誤以野鴨爲鶩也。文人用字，或取聲諧韻便，豈可據乎？《楚辭》：「泛泛若水中之鳧。」梅都官詩：「野鳧眠岸有閒意。」梁簡文詩：「寒鳧共浦飛。」其用字體物，卻不舛誤。《博雅》云：「鳧、鶩，鴨也。」亦混家禽、野鳥

爲一矣。（同上）

吠蛤

東坡《嶺南》詩有云：「稻凉初吠蛤，柳老半書蟲。」注不知蛤爲何物。近覽《嶺表録異》云：「唐林藹爲高州太守，有牧童牧牛，聞田中有蛤鳴，原注：「嶺南呼蝦蟇爲蛤。」遂捕之。蛤跳入深穴，掘之乃蠻酋冢，蛤乃無蹤。而穴中得銅鼓，其旁多鑄蛙黽之狀，疑鳴蛤即鼓精也。」東坡《嶺南》詩，即用嶺南事，豈淺學者可注耶！（同上）

蠔山

韓文公詩：「蠔相粘爲山，十百各自生。」按《本草衍義》云：「牡蠣附石而生，磈礧相連如房，故名蠣房，讀如阿房之房。音傍。見《史記》。一名蠔山。初生海畔，才如拳石，四面漸長，有一二丈者，一房内有蠔肉一塊，肉之大小，隨房所生。每潮來則諸房皆開，有小蟲入則合之以充腹。」宋翟忠惠《焦山》詩：「僧居蠔山迷向背，佛宇蜃氣成吹噓。」（同上）

自照

王符《潛夫論》「蓬中拾自照」，謂螢火也。杜子美詩：「暗飛螢自照。」李長吉詩：「俊健如生猱，肯拾蓬中螢。」皆用其語。（同上）

信天翁

信天翁，鳥名，滇中有之。其鳥食魚而不能捕，俟魚鷹所得偶墜者，拾食之。蘭廷瑞詩云：「荷錢荇帶緑江空，唼鯉含鯊淺草中。波上魚鷹貪未飽，何曾餓死信天翁？」亦可以爲諷也。廷瑞，滇之楊林人。（同上）

相馬經

伯樂《相馬經》有「隆顙趺目，蹄如累麴」之語。其子執《馬經》以求馬，出見大蟾蜍，謂其父曰：「得一馬略與相同，但蹄不如『累麴』爾。」伯樂知其子之愚，但轉怒爲笑曰：「此馬好跳，不堪御也。」所謂按圖索駿也。韓文公詩：「飛黄騰踏去，不復顧蟾蜍。」亦影略用此事。（同上）

鳥名王母

齊郡函山，有鳥名王母使者。昔漢武帝上山，得玉函，長五寸。帝下山，函化爲鳥飛去。世傳山上有王母藥函，常令鳥守之。杜詩：「子規夜啼山竹裂，王母晝下雲旗翻。」(同上)

韓盧宋鵲

《義訓》曰：「韓盧、宋鵲，良犬也。」盧，純黑色；鵲，黑白色。李賀詩：「練香熏宋鵲。」獵犬而以香薰之，蓋貴公子驕奢之習。猶《莊子》云「愛馬者以蜃盛溺」也。(同上)

天禄辟邪

漢靈帝修南宮，鑄天禄蝦蟆轉水入宮。又作翻車渴烏灑路。天禄即大蝦蟆。伯樂之子按圖索駿，以蝦蟆爲馬，即天禄也。天禄之形，漢人多刻石肖之，即古詩所謂：「天鹿辟邪眠莓苔」也。○一角爲天禄，兩角爲辟邪。(同上)

楊慈湖譬蚊

江山黄借庵戲作《驅蚊賦》一篇，謂：「虎可德化，鱷可文驅；蚊最不靈，爲血肉喪軀。」其借以垂戒，亦正論也。楊慈湖簡作《夜蚊詩》，反其意而譬蚊，謂其：「傍耳皆雅奏，觸面皆深機。勝於人之耳提面命，而頑錮莫曉。」蓋以蚊爲靈於人也，異哉其見乎！夫麟鳳龜龍，世莫不以爲靈物；蚊蠅蚤蝨，世莫不以爲惡蟲。自六朝至宋元，雖文士詩客嘲辭戲語，未有譽蚊蠅蚤蝨，而貶麟鳳龜龍者。況以蚊而貶人乎？慈湖主張象山之禪學，一時從其説者猶少，故憤而發此言耳。慈湖深入禪學，既謂蚊爲靈物，何不學古禪僧躬至團風、陽羅，以身齋餓蚊乎！議論一偏如此，可以講學明道邪？（同上）

景　柱

《淮南子》名日圭爲影圭。《廣雅》云：「晷柱掛影。」陸龜蒙《冬日詩》：「日光走泠圭。」

（明萬曆刻本《升庵外集》卷一）

日衣青光

《春秋緯》云：「代殷者姬昌，日衣青光。」衣之爲言被也，如人着衣。《選》詩「繁星衣青天」，注者不達，改「衣」爲「依」，非。（同上）

月窟日域

揚子雲《長楊賦》：「西壓月䯉古窟字，東震日域。」服虔注以爲月所生，恐非。李太白詩：「天馬來出月氐窟。」月窟即指月氐之國。日域，指日逐單于也。蓋借日月字以形容威服四夷之遠耳。太白妙得其解矣。月氐，一作氏，又作支。唐人僑置羈縻曰氐州，氐音支。《樂府》有《氐州第一》、《氐州第二》，即此地也。並附著之。（同上卷三）

五津

「大江自湔堰本有「下」字。至犍爲，有五津，曰白華津、萬里津、江首津、涉頭津、本有「劉璋時召東州民居此，改曰東州頭」。江南津。」出《華陽國志》。王勃詩：「風烟望五津。」盧照鄰文：「予自江陽，言歸五津。」皆指此也。（同上卷五）

九昇口

任愷《渠堰志》:「九昇口堰,其源出於皂江至郫之栅頭,别流爲温江口。曰九昇口者,實兩江之匯也。」晏公《類要》云:「鄲江一名皂里。」杜子美《皂江竹橋》詩即此地。昇音恭。(同上卷六)

唐之朝制

唐之朝制,宣政,前殿也,謂之衙。衙有杖,杜詩所謂「春旗簇杖齊」。紫宸,便殿也,謂之閤。朔望不御前殿,而御紫宸,謂之入閤。杜詩所謂「還家初散紫宸朝」,蓋朔或望也。宋歐陽公去唐未遠,入閤之制已不明,問於劉貢父而後知。然其大略不過如此。(同上卷八)

封建郡縣

唐太宗議封建,李百藥以爲不可,魏徵以爲事雖至善,時即未遑,而有五不可之説,其度之審矣。顔師古則欲封建與郡縣並行,王侯與守領錯處,不近於古之「中立兩可」,今之「阿意」二二説乎?諺云:「房上好走馬,只怕躧破瓦;東瓜做碓嘴,只怕搗出水。」其師古之類

乎！（同上卷九）

銀鶻

《舊唐書·吐蕃傳》：「吐蕃舉兵，以七寸金箭爲契，百里一驛。有急兵，驛人臆前加銀鶻。甚急，鶻益多。鞬韂亦然。」元樂府有「玉兔鶻牢拴，懷揣着帝宣」，是其證也。鶻有兔鶻、鴉鶻，故云云。今雲南邊夷有兵馬聲息，文書上插鷄毛火炭，亦古羽書之遺意。火炭亦示火急之意。（同上）

香阜

佛寺曰香界，亦曰香阜。江總詩：「息舟候香阜，悵别在寒林。」高適詩：「香界泯群有。」（同上）

仁祠

《後漢·楚王元英傳》：「遠黄老之微言，尚浮屠之仁祠。」仁祠指佛寺，唐時多以寺爲仁祠。權載之詩「逸氣凌顥清，仁祠訪金碧」是也。温公《通鑑》及《綱目》以祠爲慈，並非。

（同上）

二絲五穀

聶夷中詩：「二月賣新絲，五月糶新穀。」言唐末徵斂之急也。宋李諮奏言新法之弊云：「稻苗未生而和糴，桑葉未吐而和買。」抑又甚於唐末矣。（同上卷十一）

詟嘘

「玉女投壺，每投十枝，百二十梟，設有入不出者，天帝爲之詟嘘。」「梟」一作「嬌」。楊大年詩：「書題枉是藏三尺，壺矢誰同賽百嬌。」謝無逸詞：「雙粲枕，百嬌壺。」（同上卷十三）

遠公文藻

《毛詩注疏》，《詩》之篇什次第，乃晉僧慧遠所訂。又李德裕詩云：「遠公説《易》長江上，龍樹收經龍藏中。」既説《易》，又訂《詩》，是有功於經也。《寺志》載其記一篇，詩一首，皆藻麗警拔，與淵明伯仲。又《王昌齡集》有《題遠公畫江淮名山圖》，蓋又善丹青之妙，乃文儒而隱於染衣者也。李頎詩所傳「遠公遁跡廬山岑」，信矣。近日學禪士夫乃束書不

觀，口無雅談，手寫訛字，寧不愧於僧徒乎？（同上）

伊字

西天佛書，伊字作∴，如此方草書「下」字。王維詩：「三點成伊猶有想。」教乘法數，有二伊之文。二伊，新伊、舊伊也。新伊，如此方言今文；舊伊，如此方言古文也。（同上）

結毦

毦音珥，績羽爲衣也。《三國志》：「劉先主好結毦。」庾信詩：「金羈翠毦往交河。」（同上卷十五）

琉璃簟

韓文公《湘簟詩》：「蘄州笛竹天下知」，「一府傳看黃琉璃」，「卷送八尺含風漪」。劉禹錫詩：「簟冷秋生薤菜中。」薤菜秋生，琉璃夜滑。（同上）

香衩

《廣雅》：「鉤袺袛謂之樓衩。」即女飾之香衩。李義山詩：「十歲去踏青，夫容作裙衩。」《集韻》注作襢衣。（同上卷十六）

朱腕繩

王符《潛夫論》：「或紡綵絲而縻，斷截以繞臂。」此蓋綵絲之類。樂府《雙行纏》云：「朱絲繫腕繩，真如白雪凝。」梁昭明《烏栖曲》云：「江南稚女朱腕繩。」（同上）

合巹

《説文》：「巹，蠡也，從豆蒸省聲。」即今婚禮合巹字。巹，古巹俗耳。按古人以蠡爲飲食器，故《説文》曰：「蠡也。」唐詩：「忍放紅螺醮甲盃。」又：「飲釐夢惜紅螺少。」螺即蠡。（同上卷十八）

紅釭星釭月釭

白樂天《涼風》詩：「紅釭霏微滅，碧幌飄飖開。」張光朝詩：「星釭凝夜暉。」陸魯望詩：「月釭曉屏碧。」皆謂燈也。(同上)

猛燭猛炬

魏明帝樂府：「晝作不停手，猛燭繼望舒。」晉庾闡《藏鬮賦》：「督猛炬以增明，從因朗而心隔。」猛炬、猛燭，蓋大燭大炬也。《周禮》所謂墳燭，《楚辭》所云懸火也。杜詩：「銅盤燒蠟光吐日。」其猛燭乎？(同上)

雪藤

廣安州紙名雪藤，玉版之類也。何志熙詩：「雪藤尤異産，應不數花牋。」(同上卷十九)

石炭發香煤

張正見詩：「奇香分細霧，石炭擣輕紈。」石炭，發香煤也。蓋擣石炭爲末，而以輕紈篩之，欲其細也。今制：宫中擣炭爲末，以梨棗汁和之爲餅，置於爐中以爲香籍，即此物也。但古用石炭，今用木炭不同耳。石炭，即石墨也。又，張正見詩「名香散綺幕，石墨彫金爐」是也。（同上）

雲錦韜

按字書，古無套字，以韜字轉去聲。元微之《陰山道詩》：「從騎愛奴絲布衫，臂鷹小兒雲錦韜。群臣利己安僭差，天子臨軒空憫悼。」悼正叶韜。徐幹《七喻》：「縣明珠於長韜，燭修夜而爲陽。」（同上）

浮玉山

浮玉山，即金山也。唐明皇改浮玉山爲金山。前人詩云：「天將白玉浮諸水，帝以黄金姓此山。」（同上卷五十）

日月所出入之山

《山海經》載日月所出入之山，凡數十所，蓋峰巒隱映，壑谷層叠所見然矣，非必日月出没定在是也。《史記》云：崑崙山，「日月所隱蔽以爲光明」者也。曹孟德樂府：「日月之行，若出其中。星辰燦爛，若出其裏。」孟郊《終南山》詩「日月石上生，幽谷夜先明」是也。（同上）

懸炭

李騫贈魏收詩：「流火時將末，懸炭漸云輕。」梁簡文《江南思》詩：「月暈蘆灰缺，秋還懸炭輕。」蕭子雲《歲暮直廬賦》：「衡輕炭燥，權重泉涸。」懸炭事，見《淮南子》，亦古候氣之法。《説林》：「懸羽與炭，而知燥濕之氣。」今罕知用之。而文人引用，亦僅此三條耳。（同上卷五十一）

放春發春行春班春

古者諸侯迎春於東郊，齊曰放春，見《管子》；楚曰發春，見《楚辭》。《漢書》太守有行春、班春之文。《玉泉記》：「立春之日，取宜陽金門竹爲管，以河内葭草爲灰，以候陽氣。」蕭慤《冬至》詩：「天宫初動磬，緹室已飛灰。折冰開荔色，除雪出蘭栽。」（同上）

蓮漏六時

唐張喬詩：「遠公窻下蓮花漏，猶向山中禮六時。」按佛藏：「遠公弟子惠要患山中無刻漏，乃於水上製十二銅葉芙蓉，因波隨轉，分別旦夕，以爲行道之節，名蓮花漏。」何兆詩「芙蓉十二池心漏，薝蔔三千灌頂香」是也。六時，僧規以六時經行，六時晏坐。經行六時曰：幽谷時，寅也；高山時，卯也；日照高山平地時，辰也；可中時，巳也；正中時，午也；鹿苑時，未也。至申則旦過而退。劉長卿詩亦云：「六時行徑空秋草。」（同上）

三輪

三輪，金輪、銀輪、鐵輪也。顧況詩：「能依二諦法，了得三輪空。」（同上卷五十四）

五印

五印度，佛國名。唐扶詩：「沙彌去學五印字，靜女來懸手足幡。」（同上）

緑昌明

緑昌明，蜀茶。李白詩：「渴嘗一盞緑昌明。」昌明，地名，在彰明縣。（同上）

金蠶詎織

陸翽《鄴中記》：「永嘉末，盜發齊桓公墓，得金蠶數千簿。」陰鏗詩：「金蠶詎可織？」（同上）

银雁能飛

秦始皇墓中，水銀爲池，以金銀爲鳧雁，機能飛動。杜詩：「銀海雁飛沉。」（同上）

庫露

皮日休詩：「襄陽作髹器，中有庫露真。」玲瓏空虚，故曰庫露。今諺呼書格曰庫露格，是也（同上卷六十三）

豈

豈，寫邪切，少也。唐詩：「一名閑物要豈豈。」宋人《月》詩：「露出清光豈子兒。」蘭畹詞：「東風寒似夜來豈。」（同上）

武后長壽元年民間謡

「補闕連車載，拾遺成斗量。欔椎侍御史，盌脱侍中郎。」時選大濫，天下有是謡云云。有舉人沈佺交取而續之曰：「糊心存撫史，眯目聖神王。」爲御史紀先知所擒，劾其誹謗之罪。太后笑曰：『但使卿輩不濫，何恤人言！』先知慚。（同上）

古諺不可忽

《秦誓》引「古人有言，牝雞無晨」，《大雅》云「人亦有言，惟憂用老」，並上古遺諺，《詩》《書》所引者也。至於陳琳諫辭「掩目捕雀」，潘岳哀稱「掌珠伉儷」，並引俗説而爲文詞也。夫文辭鄙俚莫過於諺，而聖賢《詩》《書》采以爲談，况踰此者，可忽乎哉？（同上卷八十）

槐兔目

「槐兔目，棗雞口，桑蝦蟇眼，榆負瘤。」李賀詩：「別柳當馬頭，官槐如兔目。」（同上）

針水

「秧苗針水，莊家早起。」東坡詩：「針水聞好語。」魯直詩：「秧針青刺水，麥浪緑翻銀。」（同上）

崓

李太白有《送族弟凝至晏崓》詩云：「鳴鷄發晏崓，别鴈鷩崍州。」晏崓，地名，在單父三十里。崓字《玉篇》不載，惟《宋史·李全傳》有「出没島崓」。崓，亦水島之類也。（同上卷九十二）

桐花鳥

《朝野僉載》：「劍南彭蜀間，有鳥大如指，五色畢具，有冠似鳳，食桐花。每桐結子即來，花落即去，謂之桐花鳥。」李德裕《畫桐花鳳扇賦序》云：「成都夾岷江，磯岸多植紫桐。每至春暮，有靈禽五色，小於玄鳥，來集桐花，以飲朝露。及花落，則煙飛雨散，不知其所往。有名工繪於素扇。余戲作小賦書其上。」其略曰：「續兹鳥於珍箑，動涼風於羅薦。發長袂之清香，掩短歌之孤囀。」愚按：此則川扇之始也。今川扇一種以青紙爲地，畫人物花鳥於上，此其遺制乎？劉績《霏雪録》云：「即東坡詞所謂『緑毛幺鳳』，俗名『倒掛』者。」唐僧隱巒詩：「五色毛衣比鳳雛，深叢花裏只如無。美人買得偏憐惜，移向金釵重幾銖。」又劉言史有《題蜀客楊生江亭》云：「垂絲蜀客涕沾衣，歲盡長沙未得歸。腸斷錦城風日好，可憐桐鳥出花飛。」李之儀有《阮郎歸》一詞「詠倒掛」云：「朱唇玉羽下蓬萊，佳時近早梅。探花情味久安排。枝頭開未開？　魂欲斷，恨難裁。香心休見猜。果知何遜是仙才。何妨如夢來。」自注云：「此鳥以十二月來，一名收香倒掛，又名探花使。」性極馴，好集美人釵上，宴客終席不去，人愛之無所害，尤爲異也。（同上卷九十七）

鵯鵊

一作批頰，頰上有二白點，故名。唐詩：「城頭批頰伴啼鳥。」歐陽詹詩：「村店月西入，山枝批頰聲。」杜英《留春曲》：「批頰深林叫新緑，倚闌人唱留春曲。」《韻會》謂杜鵑，非也。韻書「鴂」字，注云：「杜鵑。」此解非。鴂，鶪鴂也。唐詩作批鴂，今名山呼，其鴂上有一點白。宋歐陽公有《鶪鴂詞》，略云：「龍樓鳳閣鬱崢嶸，深宮不聞更漏聲。紅沙蠟燭愁夜短，緑窻鶪鴂催天明。」蓋直宿禁中所作也。審如韻書之言，則宋初宮禁已有杜鵑，不待邵子天津橋始聞矣。殊可笑也。（同上）

桐乳

《莊子》：「空門來鳳，桐乳致巢。」桐有二種，此青桐也。華淨妍雅，極爲可愛，故多近齋閣種之。梧橐鄂皆五焉。其子似乳綴其橐，鄂生多或五六，少或二三，故飛鳥喜巢其中。庾信《三月三日賦》：「草銜長帶，桐垂細乳。」胡宿《沖虚觀》詩：「桐井曉寒千乳結。茗園春嫩一旗開。」（同上卷九十八）

越桃

越桃，梔子也。劉禹錫《詠梔子花》詩云：「蜀國花已盡，越桃今已開。色疑瓊樹倚，香似玉京來。」（同上卷九十九）

更點

今之更點擊鉦，唐之《六典》皆擊鐘也，太史門有典鐘二百八十人，掌鐘漏。唐詩：「促漏遥鐘動静聞。」（明嘉靖刻本《丹鉛總録》卷三）

李涉贈盜詩

唐李涉《贈盜詩》曰：「相逢不用相迴避，世上如今半是君。」可謂婉切。劉伯温《詠梁山泊分臟臺》詩云：「突兀高臺累土成，人言暴客此分贏。飲泉清節今寥落，何但梁山獨擅名。」元末貪吏亦唐末之比乎？《漢書》云：「吏皆虎而冠。」《史記》云：「此皆刼盜而不操戈矛者也。」二詩之意皆祖此。宋末有俗詩云：「衆人做官都做賊，鄭廣做賊又做官。」又《解賊》一詩云：「解賊一鑼三捧鼓，接官三鼓兩聲鑼。鑼鼓聽來無二樣，官人與賊不差多。」近日雲南洱海接官廳與打刼灣相近，有達官命童生作對，曰：「接官廳上接官。」一童生應聲對曰：「打刼灣中打刼。」尤可笑也。（同上卷十二）

浩然佳句

皮日休稱孟浩然佳句，有「微雲淡河漢，疎雨滴梧桐」。余嘗疑今集中無此首，後見晁公武《讀書志》「與諸名士集秘省聯句」云云，宜其不在集中也。（同上）

貌字音墨

《莊子》「人貌而天」，《史記·郭解贊》「人貌榮名」，《唐·楊妃傳》「命工貌妃於別殿」，皆作入聲。讀杜詩「畫工如山貌不同」，又「曾貌先帝照夜白」，又「屢貌尋常行路人」。梅聖俞詩：「妙娥貌玉輕邯鄲。」自注音墨。（同上卷十三）

欸乃

《説文》：「欸乃，訾也。」《集韻》作「唉」。或從口，或從欠，如「嘯」之作「歗」，「歎」之作「嘆」，字雖殊，義一也。《史項羽紀》：「亞父拔劍擊玉斗而破之，曰：『唉！』」揚子《法言》：「始皇方獵六國而翦牙欸。」注：「欸，絶語歎聲。」《楚辭》：「欸秋冬之緒風。」《楚辭》用之於句首，揚子用之於句終，蓋噫、嘻、嗚呼之類也。朱子《辨證》云：「欸乃，棹船相應聲。元結有《欸乃曲》。柳宗元詩：『欸乃一聲山水緑。』注：『欸乃』一本作『襖靄』。按，欸音靄，乃音襖，近日倒讀之，誤矣。」《項氏家説》云：「《劉蜕文集》有《湖中靄迺歌》，劉言史《瀟湘》詩有『閒歌曖迺深峽裏』，靄迺也，曖迺也，欸乃也，皆一事，但用字異爾。欸本音哀，亦轉作上聲，後人因《柳集》中有注字云『一本作襖靄』，遂欲音欸爲襖，音乃爲靄，不知彼注自謂别本作『襖靄』，非謂『欸乃』當音襖靄也。靄迺、欸乃，不妨兩本並行，何必比而同之乎。」慎按：欸乃，歌聲，本無定字。劉蜕、劉言史詩流，惟寫方言；元結、柳宗元通儒，略依字義。唉者應聲，如噫、嘻之類。乃者曳詞之難，如詞賦中若乃、乃若之例。此雖字音之微，而「襖靄」當作「靄襖」，自朱子始正世俗倒讀之誤。「靄迺」自「靄迺」，「欸乃」自「欸乃」，自項平庵始正前人混淆之失。古人文理密察如此，後學其可以鹵莽觀之乎！（同上卷十四）

蠲字音義

《説文》：「蠲，馬蠲也。從虫。」引《明堂月令》曰：「腐草爲蠲。」明也，洗也，潔也，除也。《尚書》：「圖厥政，不蠲蒸。」馬音圭。《詩》：「吉蠲爲饎。」《左傳》：「蠲其明德。」古有涓、圭二音。東坡《醉翁操》：「琅然清蠲誰彈。」党懷英《題黄彌守吴江新霽圖》詩：「修蛾新粧翠連娟，下拂塵鏡窺明蠲。」又《題採蓮圖》：「紅粧秋水照明蠲。」又轉音續。唐太宗詩：「水摇文蠲動，浪轉錦花浮。」唐世有蠲紙，一名衍波牋，蓋紙文如水文也。（同上卷十五）

段善本琵琶

唐貞元中，長安大旱，詔移兩地祈雨。街東有康崑崙，琵琶號爲第一手，謂街西必無己敵也，遂登樓彈一曲《新翻調緑腰》。街西亦建一樓，東市大誚之。及崑崙度曲，西樓出一女郎，抱樂器亦彈此曲，移在《楓香調》中，妙絶入神。崑崙驚駭，請以爲師。女郎遂更衣出，乃裝嚴寺段師善本也。翌日，德宗召之，加奬異常，乃令崑崙彈一曲。段師曰：「本領何雜？兼帶邪聲。」崑崙驚曰：「段師，神人也。」德宗令授崑崙。段師奏曰：「且待崑崙不近樂器十數年，忘其本領，然後可教。」詔許之。後果窮段師之藝。朱子《答人論詩書》曰：「來書謂漱六藝之芳潤，良是。但恐舊習不除，渣穢在胸，芳潤無由入也。」近日有一雅謔，可證此事。有一新進欲學詩，華容孫世其戲謂之曰：「君欲學詩乎？必須先服巴豆、雷丸，下盡胸中程文策套，然後以《楚辭》、《文選》爲冷粥補之，始可語詩也。」士林相傳以爲笑。蓋亦段善僧忘本領、朱子除渣穢之意。（同上卷十六）

檀色

畫家七十二色有檀色，淺赭所合。古詩所謂「檀畫荔枝紅」也。而婦女暈眉色似之。唐人詩詞多用之，試舉其略。徐凝《宫中曲》云：「檀粧惟約數條霞。」《花間詞》云「背人匀檀注」，又「鈿昏檀粉淚縱横」，又「臂留檀印齒痕香」，又「斜分八字淺檀蛾」是也。又云「卓女燒春，醲美小檀霞」，則言酒色似檀色。伊孟昌《黄蜀葵》詩「檀點佳人噴異香」，杜衍《雨中荷花》詩「檀粉不匀香汗濕」，則又指花色似檀色也。（同上卷十七）

大川浩浩

蔡邕《漢津賦》：「夫何大川之浩浩兮，洪荒淼以玄清。」嵇康詩：「浩浩洪流，帶我邦畿。」杜子美詩：「大水淼茫炎海接。」皆本於此。（同上卷十九）

藥欄

《説文》：「妄入宫掖曰闌。」徐鉉曰：「《律》所謂闌入也。」通作闌。《漢·成紀》：「闌入上方掖門。」應劭曰：「無符傳妄入宫曰闌。」《西域傳》：「闌出不禁。」又加「草」作「蘭」。

《列子》：「宋有蘭子。」張湛注曰：「凡物不知生之主曰蘭。」殷敬順曰：「《史記》『無符傳出入謂之蘭』。此『蘭子』，亦謂以技妄遊，義與『闌』同。」或又加「木」作「欄」。李正己曰：「園庭中藥欄，音義與籞同。藥即欄，欄即藥，非花藥之欄也。」杜子美詩「乘興還來看藥欄」，王維詩「藥欄花徑衡門裏」，皆貪新麗而理不通者也。今或加手作「攔」，官府文移曰巡攔，曰花攔票是也。以今「花攔」比古語「藥欄」，語意益明。若以藥欄爲芍藥之欄，則今之花攔乃花蕊之攔，可乎？（同上卷二十五）

白馬翰如

翰，户旦切。董黄曰：「馬舉頭高昂也。」此字多作平音。杜詩：「扁舟不獨如張翰。」須溪云：「翰音側音始此。」不知《易·爻》古音已然。信乎，不讀萬卷書，不可讀杜詩也。

（清嘉慶《函海》本《升庵經説》卷一）

飛鳥遺音

《小過》卦：「飛鳥遺之音，不宜上，宜下。」蓋卦以《小過》名，此鳥亦斥鷃之搶榆數尺，鷦鷯之巢林一枝耳。非九成來儀而音中於律，九皋一鳴而聲聞於天也。唐子西詩：「二南

廢後魯叟筆，七國横議鄒軻談。」何妨於宜上乎！（同上卷二）

窈窕淑女

字書：「窈，深也；窕，極深。窈窕，幽閑之地也。淑，貞静之德也。」鄭玄箋：「幽閑深宫貞專之善女。」《正義》曰：「淑女以爲善稱，則窈窕宜爲居處。」《方言》云：「美心爲窈，美容爲窕。」非也。按：窈窕訓深宫爲是。深宫之地是幽閑也；深宫固門曰幽，内言不出曰閑。窈窕言其居，貞專言其德。今解者混之，遂以窈窕爲德，誤矣。陶淵明《歸去來兮辭》：「既窈窕以尋壑。」《魯靈光殿賦》：「璇室便娟以窈窕，洞房窋窱而幽邃。」《江賦》：「幽岫窈窕。」孫興公《天台山賦》「幽邃窈窕。」《封禪記》：「石壁窈窕，如無道徑。」曹攄詩：「窈窕山道深。」謝靈運詩：「窈窕究天人。」李顒詩：「窈窕尋灣漪，迢遞望巒嶼。」諸葛穎詩：「窈窕神居遠，蕭條更漏深。」喬知之詩：「窈窕九重閨。」杜詩：「窈窕丹青户牖空。」杜牧詩：「煙生窈窕深東第。」諸窈窕字，豈亦謂女德乎！（同上卷四）

濊濊

濊，呼活反。《説文》曰：「凝流也。」水平則流凝。杜詩「江平不肯流」，李端詩「水深難急

流」是也。李賀詩：「空山凝雲頽不流。」（同上）

穆護砂

樂府有《穆護砂》，隋朝曲也。與《水調》、《河傳》同時，皆隋開汴河時，辭人所製勞歌也。其聲犯角，其後至今訛「砂」爲「煞」云。予嘗有詩云：「桃根桃葉最夭斜。《水調》《河傳》《穆護砂》。無限江南新樂府，陳朝獨賞《後庭花》。」（明嘉靖刻本《詞品》卷一）

宋武帝丁都護歌

宋武帝《丁都護歌》云：「都護北征時，儂亦惡聞許。願作石尤風，四面斷行旅。」又云：「都護北征去，相送落星墟。帆檣如芒檉，都護今何渠。」唐人用丁都護及石尤風事，皆本此。二辭絶妙。宋武帝征伐武略，一代英雄，而復風致如此，其殆全才乎！（同上）

崔液踏歌行

唐崔液《踏歌辭》二首，體制、藻思俱新。其辭云：「綵女迎金屋，仙姬出畫堂。鴛鴦裁錦袖，翡翠帖花黄。歌響舞行分艶色句，動流光句。」其二云：「庭際花微落，樓前漢已橫。金

壺催夜盡，羅繡舞寒輕。調笑暢歡情未半句，著天明句。」近刻唐詩不得其句讀而妄改，特爲分注之。（同上）

仄韻絶句

仄韻絶句，唐人以入樂府。唐人謂之《阿那曲》，宋人謂之《雞叫子》。唐詩「春草萋萋春水緑，野棠開盡飄香玉。繡嶺宫前鶴髮翁，猶唱開元太平曲。」乃無名氏聞鬼仙之謡，非李洞作也。李洞詩集具在，詩體大與此不同，可驗。女郎姚月華二首：「春草萋萋春水緑，對此思君淚相續。羞將離恨附東風，理盡秦筝不成曲。」又云：「與君形影分胡越，玉枕經年對離别。登臺北望烟雨深，回身泣向寥天月。」宋張仲宗詞云：「西樓月落雞聲急。夜浸疏香寒淅瀝。玉人醉渴嚼春冰，曉色入簾横寳瑟。」張文潛《荷花》一首云：「平池碧玉秋波瑩，緑雲擁扇青摇柄。水宫仙子鬬紅妝，輕步淩波踏明鏡。」杜祁公《詠雨中荷花》一首云：「翠蓋佳人臨水立，檀粉不勻香汗濕。一陣風來碧浪翻，真珠零落難收拾。」三首皆佳。宋人作詩與唐遠，而作詞不愧唐人，亦不可曉。《太平廣記》載妖女一詞云：「五原分袂真胡越，燕拆鶯離芳草歇。年少烟花處處春，北邙空恨清秋月。」其詞亦佳。坡詞「春事闌珊芳草歇」亦用其語。或疑歇字似趁韻，非也，唐劉瑶詩「瑶草歇芳心耿耿」。皆有

出處，一字不苟如此。（同上）

鼓吹騎吹雲吹

樂府有鼓吹曲，其昉於黄帝記里鼓之制乎？後世有鼓吹、騎吹、雲吹之名。《建初録》云「列於殿廷者名鼓吹，列於行駕者名騎吹。」又曰：「鼓吹，陸則樓車，水則樓船。其在廷，則以簨簴爲樓也。水行則謂之雲吹。《朱鷺》、《臨高臺》諸篇，則鼓吹曲也。《務成》、《黄雀》，則騎吹曲也。《水調》、《河傳》，則雲吹曲也。」宋之問詩：「稍看朱鷺轉，尚識紫騮驕。」此言鼓吹也。謝朓詩：「鳴笳翼高蓋，疊鼓送華輈。」此言騎吹也。梁簡文詩：「廣水浮雲吹，江風引夜衣。」此言雲吹也。（同上）

北曲

《南史》蔡仲熊曰：「五音本在中土，故氣韻調平。今既東南土氣偏詖，故不能感動木石。」斯誠公言也。近世北曲，雖皆鄭衛之音，然猶古者總章、北里之韻，梨園、教坊之調，是可證也。近日多尚海鹽南曲，士夫稟心房之精，從婉孌之習者，風靡如一。甚者北土亦移而躭之，更數十年，北曲亦失傳矣。白樂天詩：「吴越聲邪無法用，莫教偷入管絃中。」

東坡詩：「好把鸞黄記宫様，莫教絃管作蠻聲。」（同上）

樂府用取月字

子夜歌「開窗取月光」，又「籠窗取涼風」，妙在「取」字。（同上）

歐詞石詩

歐陽公詞：「平蕪盡處是春山，行人更在春山外。」石曼卿詩：「水盡天不盡，人在天盡頭。」歐與石同時，且爲文字友，其偶同乎？抑相取乎？（同上）

阿那紇那曲名

李郢《上元日寄湖杭二從事》：「戀别山燈憶水燈，山光水焰百千層。謝公留賞山公唤，知入笙歌阿那朋。」劉禹錫《夔州竹枝詞》云：「楚水巴山小雨多。巴人能唱本鄉歌。今朝北客思歸去，回入《紇那》披緑蘿。」《阿那》、《紇那》，皆當時曲名。李郢詩言變梵唄爲豔歌，劉禹錫詩言翻南調爲北曲也。《阿那》皆叶上聲，《紇那》皆叶平聲，此又隨方音而轉也。（同上）

烏鹽角

曲名有《烏鹽角》，江鄰幾《雜志》云：「始，教坊家人市鹽，得一曲譜於角子中，翻之，遂以名焉。」〔一〕戴石屏有《烏鹽角行》〔二〕。元人《月泉吟社詩》：「『山歌聒耳烏鹽角，村酒柔情玉練槌』〔三〕。」（同上）

椒圖

元人樂府：「户列八椒圖。」又貝瓊《未央瓦硯歌》：「長楊昨夜西風早，錦縵椒圖跡如掃。」竟不知椒圖爲何物。近閲陸文量《菽園雜記》云：「《博物志》逸篇曰：龍生九子不成龍，各有所好。䲹吻、虭蝮之類也。」椒圖，其形似螺，性好閉，故立於門上，即詩人所謂金鋪也。司馬温公《明妃曲》云「宫門金鐶雙獸面。回首何時復來見」，梁簡文《烏棲曲》云「織成屏風金屈戍」，李賀詩：「屈戍銅鋪鎖阿甄」，皆指此也。又按《尸子》云：「法螺蚌而閉户。」《後漢書·禮儀志》：「殷人以水德王，故以螺著門户。」則椒圖之似螺形，其説信矣。（同上卷二）

秋千旗

陸放翁詩云：「秋千旗下一春忙。」歐陽公《漁家傲》云：「隔牆遥見秋千侣。緑索紅旗雙彩柱。」李元膺《鷓鴣天》云：「寂寞秋千兩繡旗。」予嘗命畫工作《寒食士女圖》，秋千架作兩繡旗，人多駭之。蓋未見三公之詩詞也。(同上)

簷花

杜詩「燈前細雨簷花落」，注謂「簷下之花」，恐非。蓋謂簷前雨映燈花如花爾。後人不知，或改作「簷前細雨燈花落」，則直致無味矣。宋人小詞多用「簷花」字，周美成云：「浮萍破處，簾花簷影顛倒。」又云：「簷花紅雨照方塘。」多不悉記。(同上)

貯雲含霧

柳子厚《答楊於陵寄筆》詩：「貯雲含霧到南溟。」意謂筆未經用也。(明萬曆刻本《藝林伐山》卷二)

中儀小儀

唐人禮部員外，謂之中儀，主事謂之小儀。鄭谷《寄同年趙禮部》詩：「仙步徐徐整羽衣，小儀澄澹轉中儀。」（同上卷十二）

金荃

元好問詩：「金荃怨曲蘭畹詞。」金荃，温飛卿詞名《金荃集》。荃，即蘭蓀也，音詮。蘭畹，唐人詞曲集名，與《花間集》出入，而中有杜牧之詞。（同上卷十七）

浦即步考

韓文「步有新船」，不知者改爲「涉」，朱子《考異》已著其謬。蓋南方謂水際曰「步」。《音義》與「浦」通。《孔戣墓志》：「蕃舶至步，有下碇之税。」即以韓文證韓文可也。柳子厚《鐵鑪步志》云：「江之滸，凡舟可縻而上下曰步。」《水經》：「瀨水西岸有盤石，曰石頭津，步之處也。」又云：「東北逕王步，蓋齊王之渚步也。」又云：「鸚鵡洲對岸有炭步，今湖南有縣名城步。」《青箱雜記》：「嶺南謂村市曰墟，水津曰步。罾步，即漁人施罾處也。」張勃《吴録》地名有龜步、魚步，揚州有瓜步。羅含《湘中記》有靈妃步。《金陵圖志》有邀笛步，王徽之邀桓伊吹笛處。温庭筠詩：「妾住金陵步，門前朱雀航。」《樹萱録》載《臺城故妓》詩曰：「那看回首處，江步野棠飛。」東坡詩：「蕭然三家步，横此萬斛舟。」元成原常有《寄紫步劉子彬》詩云：「紫步于今無士馬，滄溟何處有神仙。」(清嘉慶《函海》本《譚苑醍醐》卷三)

八蠶之綿

《文選・吴都賦》：「國税再熟之稻，鄉貢八蠶之綿。」注引劉欣期《交州記》云：「一歲八蠶繭，出日南也。」慎按：漢俞益期牋云：「日南蠶八熟，繭軟而薄。」又《永嘉記》云：「永嘉有八輩蠶，一曰蚖珍蠶，三月績；二曰柘蠶，四月初績；三曰蚖蠶，四月績；四曰愛珍，五月績；五曰愛蠶，六月末績；六曰寒珍，七月績；七曰四出蠶，九月初績；八曰寒蠶，十月績。」凡蠶再熟者皆謂之珍，此則八蠶之實也。李賀詩「将餧吴王八繭蠶」，則直謂一蠶之收，當八繭耳。一歲八績，恐誇者之過也。(同上卷五)

青棠

棠字古作裳，《管子·地員篇》：「其木宜赤裳。」《詩》云：「常棣之華。」常，古裳字。常轉爲裳，又借裳爲棠也。常又作唐，《周南》詩「唐棣之華」、《小雅》「常棣之華」。《古今注》：「欲蠲人之忿，則贈以青裳。」青裳，一名合歡，《本草》作「青唐」云。（同上卷七）

書似西臺

東坡云：「君謨小字，愈小愈妙；曼卿大字，愈大愈奇。」李西臺字「出群拔萃，肥而不剩肉，如世間美女，豐肌而神氣清秀者也」，不然，則是《世説》所謂「肉鴨」而已。其後林和靖學之，清勁處尤妙，此蓋類其爲人。東坡詩所謂「詩如東野不言寒，書似西臺差少肉」，可與和靖傳神矣。（清嘉慶《函海》本《墨池瑣録》卷二）

破體

唐僧貫休工篆隸，荆州守問其筆法。休曰：「此事須登壇而援，詎可草草言之。」此言最中理：登壇而援，言如人之登高，已至，壇上之人一舉手援之而已。未加苦功而欲求捷法，譬如坐井中而求壇上，焉有此理耶！李頎《贈張諲》詩：「小王破體咸支策。」人皆不解「破體」爲何語。按徐浩云：「鍾善真書，張稱草聖，右軍草行法，小王破體，皆一時之妙。」破體，謂行書小縱繩墨，破右軍之體也。夫以小王去右軍不大相遠，已號破體，今世解學士之畫圈如鎮宅之符，張東海之顫筆如風癱之手，蓋王氏家奴所不爲，一世嚣然稱之，字學至此掃地矣。（同上卷四）

銀鈎

《管寧别傳》云：「寧字畫若銀鈎。」《茅山碑》云「管寧銀鈎之敏」是也。唐朱放詩：「瓊樹相思何日到，銀鈎數字莫爲難。」（同上）

托意

魏高貴鄉公曹髦畫《卞莊刺虎圖》，意在誅司馬昭也。宋雍秀才畫草蟲，每一物譏當時用事者一。蝸：「升高不知疲，竟作黏壁枯。」以比安石。又詩云：「初來花爭妍，忽去鬼無跡。」比章惇。（清嘉慶《函海》本《畫品》卷一）

試題

道君立畫苑，每試畫士，以詩句分其品第。「野水無人渡，孤舟盡日横」，多畫空舟繫岸，或拳鷺於舷間，或棲鴉於蓬背。獨魁則不然，畫一舟人卧於舟尾，横一孤笛，以見非無舟人，但無行人耳，且以見舟子之閑也。又如「亂山藏古寺」，魁則荒山滿幅，出幡竿以見藏意；餘人乃露塔尖，或鴟吻，往往有見殿堂者，則無復藏意矣。又：「落花歸去馬蹄香」，魁則馬後掃數蝴蝶，若畫馬踐花下矣。「緑竹橋邊多酒樓」，魁上畫叢竹，出一青簾，上寫酒字。戰德淳，本畫苑人，因試「蝴蝶夢中家萬里」題，乃畫蘇武牧羊假寐還家。(同上)

墨汁

劉靜修詩：「老覺胸中無墨汁。」《畫譜》云「李成惜墨如金」是也。梁武帝時舉秀才，謬者罰飲墨汁一斗。近有善謔者云：「畫士胸中可有酒汁，不可有墨汁；秀才反是。」(同上)

附録二　升庵論詩序跋録要

風雅逸篇序

《風雅逸篇》者，録中古先秦歌詩也。楚《風》、魯《麟》，《風》之逸也；堯《衢》、舜《薰》，《雅》之逸也。載在方册矣。曷以謂之逸？外《三百篇》皆逸也。逸而不散，斯散矣，兹《風雅逸》所爲編也。予舊嘗録二戴《禮》、《春秋》内外傳、諸子所引逸詩，侈止四句，少僅四言，味其旨趨，以擬諸《三百篇》，豈必無「主文譎諫」之風，「民彝物則」之訓哉？惜夫世遠籍亡，不能舉其全也。他若因事自歌，别爲體裁，如《易水》、《南山》，《侏儒》、《鸜鵒》，義雖非正，辭之質直華皖相稱，後世刻意不能仿佛。如是者雖多所軼，而即其存者稡之，已足爲更僕之誦矣。郭茂倩、左克明《樂府》所收，亦得其半，然其書本統收古今，故多詳於後而略於前。遂因舊所録逸詩廣之，以爲一篇，其事之涉釋詁者存之，作之有名氏者録之。斷自秦漢以下不録者，二家《樂府》自備也。斷章缺句不遺者，珪璧雖摘可寶也。兩書重出並載者，考異也；僞擬贋具雜厠者，廣多聞資傳證也。編成，有覽者誚之曰：「子知富人好古者乎？圖繪則取其敗裂者，彝鼎則珍其穿漏者，廣費己資，明售人欺。子所爲好古辭者，似是吹呋之吟，敗裂之類也；糟粕之嗜，穿漏之儔也。心力之玩，則費資也；依託之信，則售僞也。請棄置之，以謹玩物！」予投筆而起，謝曰：「是予之所以自訟者也，然業已成，予不忍棄也。子之言，予不敢忘，書之以爲首筴。」（嘉靖刻本《風雅逸篇》）

又

《風雅逸篇》，録中古先秦歌詩也。楚《鳳》、魯《麟》，《風》之逸也；堯《衢》、舜《薰》，《雅》之逸也，載在方册矣。曷以名之逸？外《三百篇》皆逸也。粤稽魯《論》，兩引逸詩，侈止兩韻，約僅五言。後素昭文，何遠興仁，聖咨賢焉，賢啟聖焉，於是乎取之。以此其存，概彼其餘，豈必無「主文譎諫」之旨，「民彝物理」之訓哉？惜夫世遠籍湮，不能舉其全也。然其餘句，散見諸書，若《大戴禮》，若《春秋》内外傳，若《汲冢》沉文，若諸子璅語，網羅放失，綴合叢殘，尚多有之。吐珠於澤，誰能不含！聖哲所遺，而後人拾以爲己寶，兹類之謂乎！孔子曰：「詩三百。」又曰：「誦詩三百。」墨子曰：「誦詩三百，絃詩三百，歌詩三百，舞詩三百。」司馬遷曰：「古詩三千餘篇，孔子删之爲三百篇。」由前言之，則太師所職數止此；由後言之，則今所存十一千百耳。自逸詩外，若因事造歌，異裁别體，若狸首、鷙誦，鼉蟹、龍蛇，後代詞人，刻意莫迨。其宛轉附物，怊悵切情，蓋不啻驚心動魄，一字千金而已。若是者雖多所軼没，而謹其遺者稡之，亦奚啻足爲更僕之誦哉！……録成，有過而問者誚之曰：「子知富翁好古者乎？斝鼎匜鼾珍厥穿穴，圖籍繪障貨彼罅裂，罄己懷資，受市魁嗤。子所爲嗜古辭者，將無類兹？吹呹之吟則穿穴也，糟粕之拾則罅裂也，心力之玩則罄而資，依託之售則受若嗤。請刊落之，其尚有盈辭。」予投筆而起，負序以謝曰：「然，業已成，予不忍廢也。子之言，予不敢忘，則書之以終筴。」（《升庵文集》卷二）

選詩外編序

予彙次《選詩外編》，分爲九卷，凡二百若干首。反復觀之，因有所興起，遂序以發其義曰：詩自黄初、正始之後，謝客以俳章偶句，倡於永嘉；隱侯以切響浮聲，傳於永明，操觚輇才，靡然從之。雖蕭統所收，齋、梁之間，固已有不純於古法者。是編起漢迄梁，皆《選》之棄餘；北朝、陳、隋，則《選》所未及。詳其旨趣，究其體裁，世代相沿，風流日下，填括音節，漸成律體。蓋緣情綺靡之説勝，而温柔敦厚之意荒矣。大雅君子，宜無所取。然以藝論之，杜陵，詩宗也，固已賞夫人之清新俊逸，而戒後生之指點流傳。乃知六代之作，其旨趣雖不足以影響大雅，而其體裁，實景雲、垂拱之先驅，天寶、開元之濫觴也。獨可少此乎

哉！若夫考時風之淳漓，分作者之高下，則君子或有取焉。是亦可以觀矣。（《升庵文集》卷二）

選詩拾遺序

漢代之音可以則，魏代之音可以誦，江左之音可以觀。雖則流例參差，散偶昈分，音節尺度，粲如也。有唐諸子，效法於斯，取材於斯。昧者顧或尊唐而卑六代，是以枝笑幹，從潘非淵也，而可乎哉！余觀《漢志·藝文》、《隋志·經籍》，跡班班而目睽睽，徒見其名，未覩其書，每一披臨，輒三太息。此非有秦焚之厄，漢挾之禁也，直由好者亡幾，致流傳靡餘。惜哉！方宋集《文苑英華》日，篇籍自具也，陋儒不足論大雅，乃謹唐人而略先世，遂使古調聲闃，往器景滅。悲夫！梁代築臺之選，唐人梵龕之編，操觚所珍，懸諸日月，伐柯取則，炳於丹雘矣。二集所略，予得而收之，爲《選》之外編。又網羅放失，綴合叢殘，積以歲月，復盈卷帙。稍分時代，別定詮次，仍以《選詩拾遺》題其目。嗚呼！昔之遺軼，可重悲惜者，業已莫可追及，幸頗存者，宜無諼矣。其諸君子，亦有樂於此者歟？（《升庵文集》卷二）

五言律祖序

夫仰觀星階，則兩兩相比；頫玩卦畫，則八八相聯。蓋太極判而兩儀分，六律出而四聲具。豈伊人力，實由天成。驗厥物情，可識詩律矣。五言肇於風雅，儷律起於漢京。《游女》、《行露》，已見半章；《孺子》、《滄浪》，亦有全曲，是五言起於成周也。北風南枝，方隅不惑；紅粉素手，彩色相宣，是儷律本於西漢也。豈得云切響浮聲，興於梁代；平頭上尾，創自唐年乎？近日雕龍名家，凌雲鴻筆，尋濫觴於景雲、垂拱之上，著先鞭於延清、必簡之前，遠取宋、齊、梁、陳，徑造陰、何、沈、范，顧於先律，未有別編。慎犀渠歲暇，隃麋日親，乃取六朝儷篇，題爲《五言律祖》。溯龍舟於落葉，遵鳳輅以椎輪，華琱極摰，本質叵踰矣。今之論詞曲者曰：「套數、小令各有體，套數可以倣小令之嚴，小令不可入套數之諢。」論字學者曰：「分隸、篆籀各有師，分隸可以從篆籀之古，篆籀不可雜分隸之波。」例之詩律，曷云異旃！如曰不然，請俟來哲。（《升庵文集》卷二）

唐絶增奇序

予嘗評唐人之詩，樂府本效古體，而意反近；絶句本自近體，而意實遠。欲求風雅之仿佛者，莫如絶句，唐人之所偏長獨至，而後人力追莫嗣者也。擅場則王江寧，驂乘則李彰明，偏美則劉中山，遺響則杜樊川。少陵雖號大家，不能兼善，一則拘乎對偶，二則汩於典故。拘則未成之律詩，而非絶體；汩則儒生之書袋，而乏性情。故觀其全集，自「錦城絲管」之外，咸無幾焉。近世有愛而忘其醜者，專取而效之，惑矣！昔賢彙編唐絶者，洪邁混沌無擇，珉玉未彰。章、澗兩泉，盛行今世，既未發覆於莊語，仍復添足於謝箋。其餘若伯弜、伯謙、柯氏、高氏，得則有矣，失亦半之。屏居多暇，詮擇其尤。諸家膾炙，不復雷同；前人遺珠，兹則綴拾。以《唐絶增奇》爲標題，以神、妙、能、雜分卷帙。逃虚町廬，聊以自娱，跪石之吟，下車者誰與？（嘉靖刻本《唐絶增奇》、《升庵文集》卷二）

絶句衍義序

謝叠山注章泉、澗泉所選《唐詩百絶》，敷衍明暢，多得作者之意，藝苑珍之。頃者愚山張子謂予曰：「唐人絶句之佳者，良不翅是，爲之例也則可，曰盡則未也。」屬予床取百首注之。久未暇。丙辰之夏，連雨閉門，因取各家全集，及洪氏所集隨閲，得百首，因箋而衍之。或闡其義意，或解其引用，或正其訛誤，或採其幽隱。因序之曰：近日多爲禪梵絶學之説，或以六經爲糟粕而薄之，又以爲塵埃而拂之，又以爲贅疣而去之，又以爲障翳而洗之。不畏天命，狎大人，侮聖言。六經且然，何有於諸子百氏乎？間有志於好古者亦曰：「觀書必去注，詩不必注，諷誦之久，真味自出。」余詰之曰：「《書》云：『孝乎！惟孝，友於兄弟，施於有政，是亦爲政。』非孔子之注《書》乎？『有物必有則，民之秉彝也，故好是懿德。』非孔子之注《詩》乎？譬之食焉：『是藨是蓘』，『實堅實好』矣，又必『或舂或揄，或簸或蹂，釋之叟叟，烝之浮浮』，而後得饔飧。豈能吞麥芒、食生米乎？真味何由出也？」甚矣！近日學之「鹵莽滅裂」，「裔宇委瑣」，自欺而又欺人也。「卿自用卿法，吾自用吾法」，因以印可於愚山云。（明刊曼山館本《絶句衍義》）

絶句辨體序

梅都官《金針詩格》云：「絶句者，截句也。四句不對者，是截律詩首尾四句也；四句皆對者，是截律詩中四句也；前對後不對者，是截律詩後四句也；後對前不對者，是截律詩前四句也。」此言似矣，而實非也。余觀《玉臺新詠》，齊梁之間，已有七言絶句，迥在七律之先矣。然唐人絶，大率不出此四體。其變格則又有仄韻，蓋祖樂府；有换韻，祖《烏棲曲》；有四句皆韻，祖《白紵辭》；又有仄起平接而不對者，又一體。作者雖多，舉不出此八體之外矣。園廬多暇，命善書者彙而録之，亦遺日之具，勝博弈之爲云爾。（嘉靖本《絶句

辨體》)

唐絶精選序

昔洪容齋彙集唐人絶句至五千首，中多孱入宋人之作，識者病其多且濫。今世所膾炙，惟章泉所選，僅百首，識者病其掛而漏。吾友張子愈光，取唐人諸集及小説偏記，的然可傳者，凡數百首，爲《唐絶精選》。視容齋所集，既汰馬肝魚乙之累；比章泉所録，又免驪珠虹玉之遺。蓋酥之醍醐，香之旃檀，寶之靺鞨，竹之紫脱乎！愈光以詩鳴天下，故所選得其三昧若此。將鳩中山之文木，刻毋哭之家林，欣爲題辭，以詒同嗜云。（《升庵遺集》卷二十三）

禪藻記剪

昔致堂胡先生序《玉英集》，獨取其敷暢明白，易以考其是非者。若夫談鬼怪，舉詩句，類俳戲，如狂誕，相和於穿穴空籠、滉漾無實之中，蘿蔓葛藤，不可詰致，將以擎拳植拂，揚眉瞬目，一棒一喝，盡皆削之是也。今予獨取其詩，亦有説焉。夫琢磨何關於貧富之間，倩盻奚取於繪事之後？而聖人深許。正教流布，則以詩句喻禪，未爲無謂，與鬼怪俳戲不同科也。況其所引諸詩，多有唐人詩集不載者，綴而傳之，亦禮失求諸野之例云。有題者標其題，無題者存其句，觀者自得之。又考其世，皆雲擾瓜分，殘唐五代之際，聰明賢豪之士，無所施其能，故憤世疾邪，長往不返，聯珠疊辭，雖山淵之高深，終不能掩旍其光彩也。

（嘉靖刊本《禪林鉤玄》）

異魚圖讚跋

予作《異魚圖讚》，間出以示好事者。或獻疑曰：「『《爾雅》注蟲魚，定非磊落人。』子不見韓子之詩乎？」予曰：「韓子有爲言之也！跡其焚膏繼晷之際，口吟手披之餘，遇蟲名魚字，將删之乎？老子云『美言不信』，而五千之言未嘗不美。莊子欲絶學，而莊子何嘗不學。蘇子謂『人生識字憂患始』，豈欲人盡不識字乎？如此之類，古人善戲謔，自掊擊之一機也。雖然，不可以爲訓。若孔子則豈其然，教小子以學詩終於多識，則蟲魚固在其中矣。孔子豈非磊落人哉！」近之不悦學者，往往拾古人善謔之言，以爲不肖護躬之符，可笑且悼。充類其説，則伏獵弄獐之侍郎，長鎗大劍之將軍，一一皆磊落人也夫！（嘉靖刻本《異魚圖贊》、《升庵文集》卷十）

丹鉛續録序

信信，信也；疑疑，亦信也。古之學者，成於善疑；今之學者，畫於不疑。談經者曰：吾知有朱而已，朱之類義，可精義也。言詩者曰：吾知有杜而已，杜之竄句，亦秀句也。寧爲佞，不肯爲忠；寧爲僻，不肯爲通。聞有訾二氏者，輒欲苦之，甚則鄙之如異域，而仇之如不同戴天。此近日學之竺癃沈痼也。是何異史誦言，而豎傳令也，焉用學爲哉！慎少於藝林，喙硬而力魒，有疑意未之能以蓄也，有狂言未之能以藏也。天假我以暮齡，逸我以投荒，洛誦之與居，而副墨之爲使。丹鉛之研，點勘之餘，既録之，又續之，蕲以解俗懸而逃疑網耳。拘方者既駭驚而徑庭之，學步大方者復拾腐語以曉曉曰：是玩物喪志！則斯録也，奚翅覆瓿棄哉。噫，頂門之竅露，堂堂無藏；腳根之機活，鏺鏺無滯，佛氏尚有斯人之徒，而吾徒寧無斯人乎？（寶顔堂秘笈本《丹鉛續録》）

丹鉛別録序

葛稚川云：「余鈔掇衆書，撮其精要，用功少而所收多，思不煩而所見博。或謂予曰：『流無源則乾，條離株則悴，吾恐玉屑盈車，不如全璧。』洪答曰：『泳圓流者，採珠而捐蚌；登荆山者，拾玉而棄石。余之鈔略，譬猶摘孔翠之藻羽，脱犀象之角牙矣。』」王融云：「余少好鈔書，老而彌篤。雖遇見瞥觀，皆即疏記。後重覽省，歡情益深。習與性成，不覺筆倦。」慎執鞭古昔，頗合軌葛、王。自束髮以来，手所鈔集，帙成踰百，卷計越千。其有意見，偶所發明，聊擇其菁華百分，以爲《丹鉛别録》，享敝帚以千金，緘燕石以什襲，雖取大方之笑，且爲小道之觀，知不可乎？（《升庵文集》卷二）

雲南鄉試録序

……大道散而有六經，六經散而有諸子。諸子之是非，取裁於六經；六經之删修，折衷乎聖道。三代而上，道見於事業，而流衍于文章；三代以還，道寓於文章，而不純於事業。故鄉舉里選，取其事業矣；敷奏明揚，取其文章也。兩漢以經術對策取士，六朝以品薦詞華甄人。隋合南北，始有科舉。最盛於唐，增光於宋，而其得人之效，視三代銷矣。我太祖高皇帝，重奨天衷，再造人極。掃前朝之晦盲否塞，復三代之醇固惇龎，日而月之，星而辰之，彝而倫之，文而章之，君師之道兼隆，仁聖之事畢矣。嘗伏讀科舉之詔矣，《易》用程子傳、朱子《本義》；《書》從夏氏、蔡氏兩傳；《詩》采漢㦸暨《集傳》；《春秋》本三傳兼胡氏；《禮記》則古註疏與陳澔《集説》。裁訂自淵衷，參采乎諸儒，使孔、孟復生，亦無異論也。又嘗觀先正首科之題辭矣，曰：初場在通經而明禮，次場在通古而贍辭，末場在通今而知務。上之涵養，乾知大始；下之承順，坤作成物。《菁莪》《棫樸》之化，《梓材》《多士》之興，良有以也。丹青既久而渝，神化亦窮以變。厥今士習何如哉？其高者，凌虚厲空，師心去跡，厭觀理之煩，貪居敬之約，漸近清談，遂流禪學矣。卑焉者，則掇拾叢殘，誦貫湑魄，陳陳相因，辭不辯心，紛紛競録，問則呿口。此何異瞍矇誦詩，閽寺傳令乎！窮高者既如彼，卑淪者又如，此視漢唐諸儒且恧焉，況三代之英乎。聖祖制舉之美意，舉賢求士之良規，豈端使之然哉。（下略）（《升庵文集》卷三）

皇明風雅選略引

海鹽徐子選此詩凡四十卷，可謂富矣。余頃於内弟黄梓谷處見之，借閲累日，參較余所見近代名家全集，其英華標舉，衆所同稱者，多不在其中，豈履狶每況愈下之説邪？因擇其尤，僅得九十餘首。嗚呼！作詩之難，難矣，未若選詩之難也。唐之詩人盛矣，如《河岳英靈》、《光岳英華》、《弘秀集》、《篋中集》、《極玄集》、《又玄集》，皆唐人選唐詩，然不能一一犁然當於人心。若《三體》、《鼓吹》，又多細碎。楊仲弘《唐音》近日盛行，而所取許渾淺俗甚多，七言排律二三首尤可嗤鄙，亦厠其中。信乎其難哉！（《升庵遺集》卷二十三）

李太白詩題辭

南豐曾子固曰：李白字太白，蜀郡人，游江淮，娶雲夢許氏。去之齊魯，入吴，至長安。明皇召爲翰林供奉，不合去。北抵趙魏燕晉，西涉岐邠，歷商於，至洛陽，游梁最久。復之齊魯，南游淮泗，再入吴，轉金陵。上秋浦、潯陽，卧廬山。永王璘以僞命逼致之，璘敗，白奔宿松，坐繫潯陽獄。宣撫崔涣與御史宋若思驗治，謂其罪薄，薦其才，不報。先是白嘗識郭子儀於未遇時，子儀請解官贖白罪，乃長流夜郎。遂泛洞庭，上峽江，至巫山，以赦得釋。復如潯陽，族人陽冰爲當塗令，白過之，以病卒，年六十四。《成都古今記》云：李白生於彰明縣之青蓮鄉。而劉全白《李翰林墓碣記》以爲廣漢人。蓋唐代彰明屬廣漢，故獨舉郡稱云。載考公之自叙《上裴長史書》曰：「白少長江漢，見鄉人相如大誇雲夢之事，云楚有七澤，遂来觀焉。又與逸人東巖子隱於岷山之陽，巢居數年，不跡城市。廣漢太守聞而異之，因舉二人有道，並不起。」今按：東巖子，梓州鹽亭人趙蕤，字雲卿。岷山之陽，則指康山。杜子美贈詩所謂「康山讀書處」。其説見晏公《類要》。鄭谷詩所謂「雪下文君沽酒市，雲藏李白讀書山」者也。廣漢太守，則蘇頲也。頲薦疏云：「趙蕤，術數；李白，文章。」即其事也。公後在淮南，寄趙徵君詩云：「國門遥天外，鄉路遠山隔。朝憶相如臺，夕夢子雲宅。」可證矣。五代劉昫修《唐書》，以白爲山東人，自元稹序杜詩而誤。詩云：「汝與山東李白好。」樂史云：「李白慕謝安風流，自號東山李白。」杜子美所云乃是「東山」，後人倒讀爲「山東」。元稹之序，又由於倒讀杜詩也。不然，則太白之詩云「學劍来山東」，又云「我家寄東魯」，豈自誣乎？宋有晁公武者，孟浪人也，遂信《舊唐書》及元稹之誤，乃曰太白自叙及詩皆不足信。噫！世安有己之族姓，己自迷之，而傍取他證乎？《新唐書》知其誤，乃更之爲唐宗室，蓋以隴西郡望爲標也。善乎劉子玄之言曰：「作史者爲人立傳，皆取舊號。施之於今，爲王氏傳必曰瑯琊臨沂人；爲李氏傳必曰隴西成紀人。欲求實録，不亦難乎！且人無定所，因地而生。生於荆者，言皆成楚；生於晉者，齒便成黄。豈有世歷百年，人更七葉，而猶以本國爲是，此鄉爲非？則是孔子里於昌平，陰氏家於新野，而系纂微子，源承管仲，乃爲齊宋之人，非曰鄒魯之士，可乎？」宋景文修《唐書》，其弊正坐此。夫族姓郡國，關係亦大矣。誦其詩不知其人，可乎？余故詳著而明辨之，以訂史氏之誤，姓譜之缺焉。若乎公之詩歌，泣鬼神而冠今古，奚容喙哉？吾友禺山張子愈光，自童習至白紛，與走共爲詩者。嘗謂余曰：「李杜齊名，杜公全集外，節鈔本凡數十家，而李何獨無之？」乃取公集中膾炙人口者一百六十餘首，刻之明詩亭中，屬愼題辭其端云。（嘉靖隆昌張氏刻本《李詩選》）

閑書杜律

杜詩可以意解，而不可以辭解。必不得已而解之，可以一句一首解，而不可以全帙解。全帙解，必有牽强不通，反爲作者之累。世傳虞伯生注杜七言律，本不出自伯生筆，乃張伯成爲之，後人駕名於伯生耳。其注首解「恨别」云：「杜公初至成都，未得所依，故以别爲恨。」不知唐室板蕩，故園陷虜，雖得所依，豈不以别爲恨？公豈如江估淮商，「風水爲鄉船作宅，一得醉飽不思家」者乎？解「揺落深知宋玉悲」云：「惟深知其故，故千年之後，且爲悲歡。惟其亦吾之師，故閔其蕭條。」解「生長明妃」一首云：「惟其去紫臺，故春風面不可見。惟其獨留青塜，故環佩聲歸月下聞。」此乃村學究腐爛講套語，豈可溷杜乎？解「曾閃朱旗北斗閑」云：「亦嘗樹旌旗於北斗城中，以享安閑之富貴。」「北斗閑」三字，而上下添十二字乃成文，何異世傳「怒揮門不報，打鋪路無籠」之謔謡耶！「織女機絲虚夜月，石鯨鱗甲動秋風」，本言亂離蕭條之狀，而解云：「織女不能機杼，故曰虚；石鯨相傳有靈，故曰動。」此何異眯目而道黑白者！「綵筆昔曾干氣象」，本説登山，而云：「以文彩弄筆，干動時貴以擬飛騰。」此又視老杜爲鑚刺乞哀之徒矣！「幽棲地僻」一首，本是喜客至之意，乃云曰：「亦姑以覘其誠意否？」是杜之陰險逆詐也。豈所謂以小人之心，而度君子者乎？「預傳籍籍新京兆，青史無勞數趙張」，本是期以古賢，乃注云：「此去朝廷定有升擢，既爲京兆少尹，必升三輔大尹。」此何異星士壽書，預爲賞帖耶？可惡可厭！其他尚多，聊舉一二耳。牽纆之長，實累千里。此既晦杜意，又污虞名，曷鑱其板，勿誤人也。（《升庵文集》卷五）

新刊岑嘉州詩序

參當天寶，與杜子美並世，數與倡酬。比之謝朓，猶爲詩言也。又公薦之肅宗，稱其識度清遠，議論雅正，時輩所仰，可備獻替之官，是其卓爾大雅絶類流俗者，豈惟詩哉。子美自許甚高，其立朝他無所見，獨薦此一人耳。不知其人，視其與子美所推轂，其人可知也。方諸餘子，豈維等伍哉！《唐史》且傳王維，而參也顧遺，異哉其所取乎！予故著之，補史氏之遺。（《升庵遺文録》卷上）

刊二皇甫詩集跋

慎早聞詩於李文正。先生曰：「唐人號能詩者無慮千家，其有傳者，百餘集而止。其集可以諷詠興觀，難以章什拈摘者，自李、杜外，雖高、岑、王、孟，固有憾然矣。」又曰：「選唐者凡幾人，雖精駁相出入，然而良金美玉，人共珍拾，未有隱焉者也。」慎用於是言，則取唐集之存者披之，其的然可傳者，昔人蓋嘗表之矣。棄餘雖富，平漫實繁。山林遐遠，篇籍罕具者，不必以未見爲恨也。（《升庵遺集》卷二十三）

宛陵詩選序

宋元祐、慶曆間，詩人稱歐、梅。歐以著述之餘，兼窮比興，而獨推梅爲不可及。評其詩，謂「如深山道人，草衣木食，王公大人見之，不覺屈膝」；序其集，謂「二百年來無此作，惜其不得用於朝廷，作爲雅頌，薦之清廟，而追商、周、魯《頌》之作者」。其尊之也，至矣！聖俞嘗言：「詩人寫難狀之景於目前，含不盡之意於言外。」蓋以自況，而實無愧者。方萬里評梅詩「學唐人淡處」，元遺山評宋詩曰「諱學金陵猶有説，更將何罪廢歐梅」，凡皆名流之論如此。愚嘗取而觀之詠之，久而嚌其味，蓋得於陶、韋者爲多，脱楊、劉之組織，陳、黄之激亢，庶幾得中和之氣，而近於性情者。益信諸君子之非溢美也。近之談者，輒多異論。好奇矜高者則曰：「宋人詩不必留目。」又不然，則剿舊説曰：「歐公亟欲爲韓愈，故力推梅以比孟郊。」之二説，皆過也。夫宋之詩，求其近古風人者，宜莫如歐、梅。豈例以時代棄之？歐公同時作者如林，豈無他人，必於聖俞借譽？如此寧無所試，而昧其識者乎？何好談者之不察也！若謂其全集有令人不滿意，則盛唐名家，自李、杜外已然，人不數篇，理固爾耳。長夏簡出齋閣，因舊所批勘，博觀而約取之，爲二卷。其的然可傳可誦者，似爲無遺。或佳句層出，而疵纇相掩者弗在，同好者或有取焉。嗚呼，知梅者稀，選梅詩其不易哉！（《升庵遺集》卷二十三）

刻李空同律詩序

楊子曰：律詩非古也，其昉於沈宋乎，真景元《正宗》之選皆汰焉。太白詩之聖也，七言律集之不盈兩簡耳。律之爲體，實繁有宋；律之繁，詩之衰也。周伯弜《三體》出，而古調滅影矣；方虚谷《律髓》出，而樂府嚮絶矣。詩道衰逮今日，吟詠者類知五十六字之爲詩，而迷其詩源之往久矣。持此以觀於時，雖名家碩集，閱其中古體，若睹參辰之相比。詩道端使然乎？抑世變江河乎？予嘗論詩祖《雅》宗《騷》上也；爲蘇、李而不爲沈、宋次也；效唐而不效宋又次也。至宋焉無次矣。空同李子獻吉，以復古鳴於弘德間，觀其樂府，幽秀古艷，有《鐃歌》童謡之風；其古詩緣情綺靡，有顔、謝、徐、庾之韻，雅流之一振也。而人但稱嗜其律詩。予謂空同之可傳者不在律，空同之律，少陵之餘瀝遺胏耳。空同之可傳，誠不在律也，而效者叢然，豈所謂所治癒下，所得愈多，巫者見壺丘子林善者機乎？三鶴左子近刻《空同律詩》，蓋亦徇一時吾黨之好也。然以三鶴世守開南，重金襲紫，居養隆矣。於田獵博瓊之玩泊如也，而日與聲律觚翰相周旋，若寒畯儒生儔，是其賢於世禄一等，抑亦昭聖代文治之洽遠矣，因序此而並及之。（嘉靖本《升庵文集》卷五）

空同詩選題詞

余評空同詩，五言絶句勝七言絶句，五言古、七言古勝七言律、五言律，樂府學漢魏，似童謡者又絶勝。世徒學其七言律，是徒學其下者耳。（明嘉靖本《空同詩選》）

附：張含《空同詩選序》

吾師空同先生詩，凡樂府古雜律排絶句，總二千一百四十九首。吾友升庵楊子選焉，總得一百三十六首，其中或點或圈或批，迄曰：「是足以傳矣！」暇以示含。含曰：「選何嚴乎？」曰：「弗嚴猶弗選也！子謂我嚴，子惡弗反，子選太白、子美詩不嚴乎？夫選也者，選其精也，精而後可以爲選矣。然精之中又有精焉，子何謂我嚴？」曰：「噫！兹若言，含曷敢弗嘿嘿，唯唯否何以應子。於戲！吾師之爲詩也，凌企騷雅，越漢魏，兼李杜而時出之，集之傳久矣，敢謂選者獨傳乎？」曰：「子選二集，選也傳而全也不傳乎？

精而傳，傳之中又有傳也，傳其精與傳其全也孰愈？」曰：「噫！兹若言，含曷敢弗嘿嘿，唯唯否何以應子。於戲！三集選矣，精之中精者也，傳之中傳者也。詩之道也，道之極也。苟學詩者，能則於是，殆濟江海者之獲舟楫矣。捨舟楫而求濟者，有之乎？是以詩弗可弗選也，選弗可弗嚴也。多而不選，選而不精，不精而不傳，弊也久矣。」含與楊子，幼而同志於文與詩也，故三集之選，亦同於求精，必不隨世以務多矣。於戲，選詩其嚴乎！選詩其嚴乎！（嘉靖刻本《空同詩選》）

張禺山詩文選序

傳云：「儒有今人與居，古人與稽。」此言何指哉？夫其所謂稽古者，豈一端而已。孟子所謂服堯之服，誦堯之言，行堯之行，是堯而已矣，此古人與稽之實也。韓子得其解，其言曰好古人之言，好古人之道也。是則欲稽古人，服尚如之，而況不朽之言，豈有兄古人之心聲而溟涬然弟之哉！若使冠飛融之纓，而談猶龍之説，口侏㒧之語，而坐章甫之行，亦判乎其不类矣。言之不可不稽古也如是。吾友永昌張子愈光，生有異質，穎秀出群，未丱而能詩，有驚人句。及長益肆力於古，博極群書，條入葉貫，雄辨邃古，神搜霆擊。上獵漢魏，下汲李杜，寢歌途咢，鞠明究曛，弗工弗庸，弗似弗止，兹其愈光之詩乎！句必《公

《穀》，字必科籀，萬卷之富，聚若囊括，一經之士，不能獨詁，茲其愈光之文乎！慎與張子，自少爲詩文友，觀規矩而染丹青，五十餘年矣。張子詩日益工，文日益奇，余殆瞠乎其後者。張子不鄙棄余，乃屬選其自少迨老之作，的然必傳者凡若干卷，總名曰《張愈光詩文選》。嗚呼，子於斯藝，可謂極平生之心力矣。惟其不試於用，而專門於茲，故能必其傳，而稽古之效，於是不誣歟？愈光之少，始爲古詩古文，有不知而嗤且駭者，自信益深；中而驚且詫，晚而信以服。噫嘻，古言之難合若茲，況行古道於今，其嗤且駭當奚狀乎？愈光之爲人，工於知古，眯於適俗。方試場屋，名動京師，雅受知於父執白崖喬公，公欲其速仕，令從銓選，立躋清要，公不肯就。歸居頃之，又北上，所如不合，浩然回輈。以遯野荒民自號，足跡不入公府。嘗自言：凡予吐辭寄贈，在窮困節義之交，頗有萬言不竭之才；於通達周旋之友，輒有片言即窮之拙。蓋其道與古合者，其言之訓古也源於斯矣。（下略）（《明文海》卷二百三十六）

鈐山堂詩選序

昔人云：「詩必窮而後工。」又云：「詩非能窮人，特窮而後工耳。」其説至爲無稽。尚論諸古，皋陶《喜起》之歌，八伯《慶雲》之詠，周公《七月》之風，召公《卷阿》之諷，皆身在巖廊，而業當鼎軸者也。下迨春秋，會盟戰伐，交騁宴享，或自賦詩，或引古詩，非列國之卿，則相禮之使也。三代而下，若漢之韋孟、匡衡，江左之沈約、王儉，篇詠之富，傳於藝苑。在唐則曲江、燕國之二張；巨山、文饒之兩李，又悉功著槐衮，而詠播藻繪。豈必鶉衣百結，而後吟商聲；苜蓿闌干，而始出秀句乎？乃知斷髭聳肩，嘔心摇首者，乃自貽其慽，而非本性情者矣。「詩能窮人」與「窮而後工」之二説，豈其然乎？愚捧讀元老介谿先生嚴公《鈐山堂詩》，而有發焉。公起家翰林，蜚英宇内，方其翔鰲署而徊鸞坡，講金華而議白虎也，已曄然負霖雨之望。及登紫廬，坐黄閣，日侍賡歌，重興雅頌。春容大篇，則戛擊乎《韶》、《濩》；緣情綺靡，則爚燿乎《國風》。郊、島之寒瘦，元、白之輕俗，皆不入其胸次，而染其性靈。若夫穿天心，出月脇，牛鬼蛇神，時花美女，又所謂駭而不可施之廟堂，而唾去於藩籬之外者也。蓋其志則師乎陶、伯、周、召，而其體與詞則又友乎韋、匡、沈、王、二張、兩李也，亶其傳乎！往年唐子薦歸自京師，相見出此集觀之，愚妄有批評，子薦取而鍥之以傳。不謂無鹽之突西子也，且屬以序。愚也空谷藜藿之與居，大荒猿鳥之爲伍，齒危髮秃，植落才盡，序也敢乎哉！以唐子請之再，而公不遺遺簪，弗敝敝屨，且有臺音之詒，芻言之取也，敬事操觚，贅諸末簡。若夫勳庸之偉，翊贊之崇，國史當自書之，無俟愚喙云。（嘉靖刻本《鈐山堂詩選》）

又

曹子建詩名冠古，惟吟《西園》之篇；謝玄輝文集盈編，只誦「澄江」之句。言詩貴精，不貴多也。某觀王右丞、孟襄陽，開元詩人之拔萃，而其詩不盈三百首，畢生所作，當不啻是，而流傳如今集，一一皆精。昔人所謂瓊枝寸寸是玉，旃檀片片皆香，意其所自選也。歷宋、元迨今日，文人藻士於《杜集》，猶選擇節鈔，而王、孟之集，則無去取焉，詩之不貴多也如是。元老介溪先生嚴公，嘗以其詩集寄某，屬爲選取。走辱公之知舊，僭取三百餘篇以復。公不謂然，復柬封寄某，使再汰之。公之不自滿假，真有合於王、孟之見矣。（下略）（《升庵遺集》卷二十三）

周受庵詩選序

粤若稽古，吾蜀詩始，萌牙蠶叢，有《日月》二章，蜀著《龍歸》三曲。蓋開塞未通，《禹貢》以上時也。迨《風》有江沱，即沱潛之域；《頌》稱清穆，乃吉甫之詩。聖垂删述，敻而尚矣。炎漢之興，司馬相如體物瀏亮之餘，復製郊廟樂府之作，溢爲封巒天覆之詠，中葉擅名，四海爲儁焉。唐則陳子昂海内文宗，李太白爲古今詩聖。降而劉灣、雍陶、苻載、李遠、唐求、苑咸之徒，振其末響。蘇文忠公宋代詩祖，而輕軽後進云：「文章妙天下，詩律不逮古人。」蓋規磨之談，娟嫉之訾耳。唐庚、韓駒、巽巖、後溪、魯交、李石、文丹淵、喻三嵎，襲其殘芳。元則虞道園兄弟，鄧文原父子，不隕其掞藻，以開皇明。嘉州楊孟載、青城王汝玉、成都袁可潛、徐遵晦、富順晏振之，近得宜賓牟君倫、長寧侯汝弼、嘉州安公石、程以道，卓然名家。往年慎修《全蜀藝文志》，載之不能盡也。廣漢受庵周公，穎異秉資，弘深績學，經術古文之餘，剩爲冲融寂寥之句。自筮仕至長憲外臺，不廢披閲討論，可謂胸有萬卷書。宦軜秦邊晉塞，桂嶺昆池，可謂足行萬里路。發之紀行，詠之邊徼，和之友生，寄之山水。子夏之云止禮義，莊周之云道性情，管子之云紀物，陸機之云緣情，左思之云詠史，阮籍之云詠懷，實皆具體兼之和衷。觀之可以備圖經，衍之可以裨經略，豈曰流連光景云乎？世有爲高談者，曰：「作詩無益。」則詩教可廢，商賜其衰矣！受庵公以册藁示慎，且曰：『選擇不必多，古人無多也。』慎快讀三復，摘其必可傳者若柯篇，題曰《受庵詩選》，又序吾鄉詩之萌牙流裔以傳。受庵天下士，而尚友古人者，慎以一邦一邑言，陋且暀矣，緊亦尊鄉敬止之私耳。尚竢海内名鉅搠為大序，玆其爨韋之先，粃糠之前云。（《升庵文集》卷三）

玉岡詩集序

昔人云：「劉、柳無稱於事業，姚、宋不數於篇章。」言富貴才藻之難兼也。走竊以爲規磨之論。觀乎治古以上，咎陶之賡謌、八伯之屬和、周文公之《頌》、召穆公之《雅》、祭公之《祁招》、吉甫之《江漢》，大抵以經濟爲才，而勛華爲藻矣。迨其下衰，猶有先軫之敦詩，祭遵之雅歌。又其下衰，尚有曹景宗之韻《競病》，斛律金之歌《敕勒》。曹將軍之應制，岳忠武之北伐，又不離楯鼻刀環，而兼夫縹囊緗帙。事業文章之説，其然豈其然乎？（下略）（《升庵文集》卷三）

飾雉集序

經義之文昉於汴宋。王金陵當國時，病詩賦之雕蟲，思易以聖經之訓詁，似也，而必拘拘以己之《字説》、《新經》，而致士習之，黄茅白葦，則其敝兹甚於詞賦矣。楊龜山出而建議去其敝而用其法，可謂執兩端而用中，取一得而成美。其制至今不廢焉。昔張廷堅作「自靖自獻」之義，吕東萊取而編入《文鑑》，與《太極圖説》、《東西銘》同科，而姚孝寧之《易義》，朱子亟稱焉。是可以古文時格異觀哉。愚嘗謂經義至國朝而太盛，例之唐文，亦有三變焉。洪武、永樂之初，經經緯緯，步步趨趨，如太羹玄酒，清廟茅屋。成化、弘治之間，體裁緜密，鎔鑄精深，如齊匠斲輪，郢人運斤。迨乃今日，又以割錦碎金之儁語，貿彼時師講篚之陳言，如秦開蜀道，茫茫皆通；李廣將兵，人人自便。故曰：窮則變，變則通，勢也。詩曰：「九變復貫，知言之選。」信夫！蓋不變則不新，不新則不奇。學者喜其新而謹其變，愛其奇而不戾於古可也。（下略）（《升庵遺集》卷二十三）

清音競秀詩卷序

蟠峰李子子安銜使於蜀，東阜劉子作詩贈之，狷齋謝子繼之，東谷敖子三之，初亭程子四之，耄予不敏五之。屬而和者又若柯首，稡以成什。乃孟冬廿日，會於凌雲之清音、競秀兩亭。臨睨久之，且邀予篆題，予即以二亭名名卷。蟠峰子曰：「義曷取乎？」噫，山水之清音無幾耳，巖壑之競秀無幾耳，與夫喙鳴之善也，疇類之合也，猶之山水巖壑也，亦無幾耳。子行萬里，閱人多矣。所爲詠歎緘藏者僅是，所爲留連徙倚者僅是，兹可曰無擇斁乎？率是道也，於學術辨其真贋，於朋從分其鳳鷙，於尚友師其峻特，於剸務審其義命。可以禔身，可以大畜，可以樂群，可以同人。畜之大者，德之崇也，人之同者，業之廣也。推是説也，雖終身行之可也，奚翅爲山水詩辭指哉。耄予不敏，題以爲《清音競秀詩卷

序》。（《升庵文集》卷二）

東阜三蜀兩游集序

愚嘗誦魏陳王之詩云：「丁生怨在朝，王子歡自營。歡怨非貞則，中和誠可經。」乃擊抃而歎曰：「是可以言詩矣。」夫人之恒情，塞斯幽幽，斯怨泰至，則爲誹爲訾，厥咎悔，命之曰匪貞。通斯熙熙，斯歡泰至，則爲流爲宕，厥咎吝，命曰失則。故坦履之途難遘，而中和之音實希矣。持此以觀之詩，古今可知也。昔之爲詩推表山川，膾炙人口於吾蜀者，宜莫若杜子美之富且著。子美而下則宋之范至能、陸務觀也。三子之集，大行於今。覆視其帙，居蜀之作過半矣。品格之間，古今之别，姑置勿問，且言其所值。杜則流離飢困，寂抑悢恨，故其言志，恒多怨。陸則流連光景，肆情臯壤，故其命詞，恒多歡。若范公，則分弓秉鉞，開府行邊，功建式遏，名垂不朽，而又以暇日餘景掞藻觚，與文士埒，能一人爭勝，其所題詠篇釋，聲叶中和，而調諧貞則，亦其時之遇也。今大中丞儀封劉公比跡千古，亦今之石湖也。觀斯集也，弔古興懷，則沉鬱而不懟；晤言因寄，則取適而不流。犂然性情之貞，皓乎理義之正，他日與《石湖集》並傳無疑也。行且和《卿雲》而歌《晨露》，賡喜起而陳風慼，此又玆其基乎。詩凡幾卷，題之曰《東阜三蜀兩游集》。東阜，公之别號云。（《升

庵遺集》卷二十三)

仙樓瓊華序

世守雪山使君丙午歲詩什,題以《迎仙樓稿》,本其地名也。月塢張翁易題爲《瓊華篇》,賞其音英也。乃因中皋梁子問於博南山人曰:「二名其奚從?」予乃合而題之爲《仙樓瓊華》,復爲序引之曰:仙之説安始生哉,《三百篇》無初也,楚國屈原始著《遠遊》,厥旨要眇,雖廣成之言不是過。至吾鄉司馬長卿嗣之作《大人賦》,有飄飄淩雲欲仙之意。下逮郭景純之《遊仙》,陳子昂之《感遇》,其言飡霞倒景,非世之境,金膏水碧,亦非世之物矣。千載而遥,時一誦之,真若訪樊桐、懸圃,而友偓佺、安期也。郵鸞驛鳳,馭風騎氣,令昌容佐酒,而聽子晉吹參差也。彼亦直寄焉,以舒其鬱而已。若雪山今日,奕世金紫,爲國干城,建昭毅之勳,弘式遏之略。非有湘纍之放逐,文園之倦遊,鼂仙之隱憂,金華之抑塞也,亦直寄焉,以昌其詩而已。欣太清而樂瓊靄,抗塵容而走俗狀,是裨諶之謀野而獲,薛稷之臨滄而釣也。其爲清静寧一,宣條理政之助,不亦多乎。班孟堅有言,「神仙者所以全性命之真,而游求於外者也,聊以盪意平心,同大化之域,而無怵惕於胸中。然而或者專以是爲務，則怪迂之文，彌益以多，非聖人之所以教也。」昭哉其見之，旨哉其言之，其誰知之，使君知之。予所爲不辭，爲之序之。（《升庵遺集》卷二十三）

雪山詩選序

《雪山詩選》者，麗江世守雪山木侯恕卿之詩也。雪山於詩，自少性能，而嗜之竺，故篇什與爲多焉。永昌司徒南園張公序其《雪山始音》，稱其詩有似杜者，射的行歸，已不迷其始發。南園公嗣人外史禺山愈光、藩伯賁所愈符兄弟，皆與雪山爲文字交，序其《隱園春興》及《庚子稿》。禺山則稱其朗潤清越，間發奇句；賁所兼稱其篳圭鶉藋，有心隱之逸焉。侍御中溪李君仁夫，復稱其得詩人句法，樂府音節。秋官洱皋賈君體仁，序其《玉湖遊稿》諸什，謂得山水於形狀之外，地以文顯，景因人勝，當與郎官湖仙藻並傳藝圃。予亦因中皋梁子霄正，緘其《萬松吟卷》洎《仙樓瓊華》序之，已傳攻梓矣。夫雪山世守邊圉，獨稽古嗜學於輕裘緩帶之餘，刻燭擊鉢於燕寢清香之暇，非其特出之姿，尚友之賢，何以繼緣情綺靡於古昔，而獲美譽聲悅於士林哉！中皋子又屬予合前數集，彙選其尤，將鍥之玉湖精舍以傳。予感雪山之神交於千里，跫音於空谷，乃因南園諸公之批評，選十一於千百。於《雪山始音》得廿四首，《隱園春興》選十四首，《庚子稿》得廿二首，《萬松吟卷》得二十首，《玉湖遊稿》得十一首，《仙樓瓊華》得廿三首，總之柉一百十有四首，是足以傳矣，豈在多乎！昔人云：曹子建詩名冠古，惟吟「清夜」之篇；謝玄暉文集盈編，只誦「澄江」之句。若南梁王籍「蟬噪林愈静，鳥鳴山更幽」、北齊蕭慤「芙蓉露下落，楊柳月中疏」，以一聯傳。王灣「海日生殘夜」、崔信明「楓落吴江冷」，以一句傳。彼惠子之五車，盧殷之萬首，今靡孑遺，豈非多之爲累乎？《詩》曰：「九變復貫，知言之選。」予豈自謂知言哉。以雪山之知己也，故因中皋子以復，書爲《雪山詩選序》云。（嘉靖刻本《雪山詩選》）

萬壑吟卷序

《萬壑吟卷》，麗江雪山木侯恕卿詩卷也。雪山世守麗江，以文藻自振，聲馳士林。其所爲詩，緣情綺靡，怊悵切情，多摹擬垂拱之傑，先天之英云。曰《雪山始音》者，南園公序之；曰《隱園春興》者，賁所張子序之；曰《庚子詩稿》者，月塢張子、中溪李子序之。其秀句佳聯，坌出層呈，七言則有：「繢檐啟幌儷樓翠，釃酯浮杯琥珀紅。鈎簾忽起棲檐鳥，俯檻俄看出澗雲。野渡漫尋殘雪徑，江行遠帶夕陽帆。飾春金買纏頭錦，選月錢賒繫臂紗。不撿麥甑蛈化蝶，且看書架蠹生蟫。」五言如：「漁燈半明滅，風雨葦花深。晚雲斜帶雨，來打舊篷窗。斷猿哀曉月，窮雁唳秋空。雲移山似動，風送葉如飛。」皆爲作者深致，可以入高似孫之句圖，敖陶孫之詩旨矣。雪山金紫代榮，方岳重鎮，沉烽静柝，燕寢清香。官常茂譽，既已與爲多矣，而詞華之麗又若此，必傳無疑矣。擬之倫而匹諸古，高駢之《伊州》、蓋嘉運之《遼西》，其弗專美於唐乎！雖索居未面，停雲阻心，而情往似贈，興來如答。當益富篇什，增明昏眵，是所企也已。（嘉靖刻本《萬壑吟卷》）

吕芊川蜀稿序

昔賢有云「文章得江山之助」，豈虚語哉！太史公足跡半天下，而發爲《史記》；王右軍縱意林壑，而形於字畫；張燕公謫居江楚，而雄於詩歌。蓋扶輿之清英顥氣，草木之葳蕤掞藻，皆天籟之顯於人文者也。吾蜀爲西南山水之窟，自古鴻筆駿發之士，無不樂游而飫觀焉。杜工部前後寄寓於川之東西，綿、漢、梓、閬，忠、渝、涪、萬，雲安、夔子，先後數千里，篇章在蜀著者近千首，傳誦至今。公之膏馥，霑於三巴，而江山之助公，亦多矣！芊川吕侯，楚之名士，拜官眉之丹稜，素握靈蛇之珠，不謂割雞之小。自公多暇，篇什載盈。余在蒲江，獲見其《丹稜百韻》及《蝮蛇行》，與唐人元次山《舂陵》諸什何讓焉。及過丹稜，覿清揚，出蜀稿若干，綺思焕發，秀句層出，不獨一二篇而已。豈非少陵大雅，盈耳沃心，溢爲遺韻乎。昔馬遷、燕公未嘗至蜀，右軍欲遊而不果，芊川名宦於此，若峨眉、青城、凌雲、

巫山，幸勿惜餘工足之。因序《蜀稿》，並寓此訊。（《升庵遺集》卷二十三）

李前渠詩引

詩之爲教，逖矣玄哉！嬰兒赤子，則懷嬉戲抃躍之心；玄鶴蒼鸞，亦合歌舞節奏之應。況乎毓精二五，出類百千，六情靜於中，萬物盪於外。情緣物而動，物感情而遷，是發諸性情，而協於律呂，非先協律呂，而後發性情也。以兹知人人有詩，代代有詩。古之詩也，一出於性情，後之詩也，必潤以問學。性情之感異衷，故詩有邪有正；問學之功殊等，故詩有拙有工。此皆存乎其人也。或政遇醇和，則膏澤醳乎肹蠁；時價寙黷，則勞苦形於詠謡，皆復關乎其時也。若夫八伯之雲紏，膏澤之驛也；伍員之日晩，勞苦之形也。二《雅》三《頌》，正之檢也；桑中濮上，邪之流也。豈分窮達，奚别古今？貴耳賤目者乃云「《頌》寢於周餘，《詩》亡於删後」。反鑑索照者復云「詩在灞橋風雪，不在東華軟紅」。咈哉！藩伯前渠李公，星軺下於天邑，雲會披於江陽。不鄙庸音，下叩穹谷，出其近作二百餘篇，對閲移時，退繹旬日。公性能而好，既取材《文選》而效法唐音，又景行崆峒而麗澤大復。於堂萱隴條，原翎雲鴻，温潤見孝友之性矣。於協忠雙廟，閼伯高臺，感慨發思古之情矣。矧往體格詩，一一合作絢綵，風骨彬彬，不偏鼎實片臠。侏儒一節，遇於獨見而知弗誒，九

變而貫矣。輒陳虚簡，有靦實歸。不揆授簡之知，敢附題襟之後。（《升庵文集》卷三）

跋張愈光結交行

禺山張子愈光，髮益短，才益長，齒日衰，詩日盛。近作《結交行》，凡七百八十八字，紀海内交游名士，著升沉，感今昔，蓋高允同徵，杜子美《八哀》之遺意也。又作六言三十首，七言律八首寄予小子，則又元白「蘇臺」、皮陸「松陵」之富有也。而體裁高古，則度越之矣。其他觸興口占，又不可以更僕終。或有工於詆訶者曰：「是不亦多乎哉，養生何以詩爲也？」楊子解之曰：「養生奚可廢詩也！魏伯陽《參同》一編，實建安之先鞭；陰長生《自叙》三詠，乃《風》《雅》之後乘。不知昌虚中，無論鍾離子，養生奚可廢詩也！」或又曰：「爲政何以詩爲？」楊子解之曰：「爲政奚可廢詩也！重華作歌，皋陶載賡，神禹有訓，五子爰述，爲政奚可廢詩也！」或又曰：「聖學何以詩爲？」楊子解之曰：「學聖奚可廢詩也！孔子删《國風》《雅》《頌》之詩，立『温柔敦厚』之教。楚狂接輿而歌，則欲與之言；鮑龍跪石而吟，則亟爲之下。學聖奚可廢詩也！『子誠有喙三尺，予亦試訊一言』也。豈有騃仙人、瘖道學，聞有青錢學士矣，未見黄甒少師也。使伏獵弄麞比翼於鸞鳳，是屠羊牧豕皆可爲夔龍矣。」或者之語乃塞，禺山之疑乃釋。遂銘其座右曰：「詩哉明哉，詩哉明

哉，予以此忘情，以此養生。以此爲政，奚其爲爲政？以此學聖，奚其學學聖？」（《升庵文集》卷十）

答周木涇論詩書

承手書，論近代詩人，而猥以不肖厠之空同、大復、迪功之間，刻畫無鹽，唐突西子，豈敢當！豈敢當！惟論唐、宋、元詩，以禪宗與聖學爲喻，又謂學唐少差，即入於元，非高明懿識，何以及此。垂諸文苑，不刊之論也。敬服敬服！走嘗謂漢、魏、初唐詩，如麗人宫妝，倩盼之質既如此，服飾之華又如彼。至於宋人，則村姑而洗妝，元人則倡優而後飾，皆不近也。來諭云格也，響也，譬則倩盼也；色也，韻也，譬則服飾也。又引申以喻，請勿厭其繁。詩之格也，響也，女之倩盼也，譬則鳥之鷙翮也；詩之色也，韻也，女之服飾也，譬則鳥之翰彩也。鷹隼則鷙翮有餘而翰彩乏，雉翟則翰彩溢目而鷙翮微。若鷙彩兩全，翮翰並美，翔九仞而文九苞，則文苑之鳳凰乎？漢魏、初唐爲鳳凰，下者亦焦明、鸑鷟；宋之高者爲鷹隼，元之尤者乃雉翟，去其鳳、鷟亦遠矣。斯言也，惟執事可言也，故敢以盡。（《升庵遺文録》卷中）

答重慶太守劉嵩陽書

走之仰止足下久矣！所傳聞於永昌張愈光者猶悉。癸卯之秋，愈光北上，走則暫歸，約同謁執事於渝。此彥會也，張以病不果行。走以獻歲，甲之鼂路貫貴治，竟逢其違。匆匆匆，留手筆付馬生以答前欵。區區拳拳，未蔵萬一。童永昌來，乃辱賜盪櫛，豐踰千言，始則善誘之泰甚，中則相知之已深，末復相期之極摯。走雖耄昏，敢忘酬旃。下走賦質愚藾，天稟倔强，不能以過情接物，虚言定交，獨重欽下風慓，睠高躅緊有由矣。自昔文人類略細謹，仰高明則濯纓清泠，牽絲壁立，不依禾絹，不謁黄胍，不近冰峰，此固鄙人之沃聞鏤膺者也。邇者霸儒創爲新學，削經刬史，驅儒歸禪。緣其作俑，急於鳴儔，俾其易入。蜉蝣撼而一時奔名走譽者，自叩胸臆，叵以驚人彪彩，罔克自售，靡然從之，紛其盈矣。執事則獨復不染，特立無錙，此又鄙人之沃聞鏤膺者也。走少而多疾，長也無奇，然竊有狂談，異於俗論。謂詩歌至杜陵而暢，然詩之衰，實自杜始；經學至朱子而明，然經之拘晦，實自朱始，是非杜、朱之罪也。玩瓶中之牡丹，看擔上之桃李，效之者之罪也。夫鸞輅生於椎輪，龍舟起於落葉；山則原於覆簣，江則原於濫觴。今也，譬則乞丐沾其賸馥殘膏，猶之瞽史誦其墜言衍説，何惑乎？道之日蕪，而文之日下也。竊不自揆，欲訓詁章句，求朱子以前六經；永言緣情，效杜陵以上四始。斐然之志，確乎不移，而影穎吴泉，昏及趙蔭，跡類愚公，力疲夸父矣。束髮以還，頗厭進取，幸兹荒戍瑟居，得以息黥補刖，固惟千鈞之弩，一發不鵠，則可永謝焉，復效枉矢飛流，嚆箭妄鳴乎！故無寧效昔人放於酒、放於賞物。且又文有仗境生情，詩或託物起興。如崔延伯每臨陣，則召田僧超爲壯士歌；宋子京修史，使麗豎爇椽燭；吴元中起草，令遠山摩隃麋，是或一道也。走豈能執鞭古人，亦聊以耗壯心，遣餘年。若所謂老顛欲裂風景，不自洗磨者，良亦有之。不知我者，不可聞此言！知我者，不可不聞此言！尊諭託忘譏忌之教，則豈敢當也。然借以逃尺寸之負俗，斯則受貺諒厚，不敢文過。末復以見志垂載爲朂，此叔達汲王無功盛心也，愈益不敢承焉。壯膏之炷欲燼，游岱之魂將至，捧誦良書，深負德愛爾。馬生辱不鄙後進，置之文翁石室。然下走之私，不獨爲一人淑。惟渝爲郡，當蜀之半，士子之質，冀有可以升君子之堂者。亦恐染於新學，流之枯禪，將至擿埴索塗，不特黄茅白葦耳矣。回其狂瀾，是在海若，俾石室之風，移渝城之境，油雲普覆，時雨澍沾，馬生其乘韋之先乎！敢併及之。（《升庵文集》卷六）

附：劉繪《與升庵楊太史書》

僕之仰於足下者有年，方其挾策西蜀，賜對明光，垂虹掣電，振耀宇内，知足下爲相如、揚雄其人也。至操觚蓺苑，校書秘府，辭調敵乎金石，頌聲叶於韶濩，知足下爲劉向、王褒其人也。至攖時吐氣，舒悃飛章，叫閶闔於五奏，攀琅玕而九死，知足下爲賈誼、晁錯其人也。及今成集所著，士人所傳，傷時述懷，其孤憤結憂之聲，憫流離、歎瑣尾者，又競英綴彩，燦玄珠而流華寶，淩蹤乎七子，飛蓋乎四傑，又知足下爲鮑明遠、謝玄暉其人也。非僕能爲誣諛之辭，今天下纓緌之士，類能著耳目，焯焯者不足深論。獨於脱略禮度，放浪形骸，陶情於艷曲，躭意於美色，樂疎曠而憚拘檢，此天下後生往往惑之。抱尺寸者又從而譏訕，以爲困躓夷險，降志辱身，厭溺嗜慾，不超玄遠。其略知足下者，又爲足下之才之惜。以僕之愚矇，乃知足下之微。夫人情有所寄，則有所忘，有所譏，則有所棄。寄之不縱，則忘之不遠，譏之不深，則棄之不篤。忘之遠，則我無所貪；棄之篤，則人無所忌。無所忌而後能安，無所貪而後能適。足下之所爲，將求夫安與適也。古人載西施、卧酒家、買田宅、擁聲妓，皆豪傑蓋世之才，豈獨無抱尺寸者之見也。足下此意，亦有知者，而未必試之也。僕實得所試矣，何則？竊觀足下，自蒙難以來，嘔心苦志，摹文續經，延搜百氏，窮探古蹟，鑿石辨剥泐，破塜出遺忘。今中土傳播所述，其他未及盡見，自僕所睹，記如經學則《丹鉛録》，詩學則《詩話録》，古文則《金石録》，雜著則如《墨池瑣録》併《曲譜》、《書畫譜》。皆窮二酉，攻九丘，斷編雕蠹，有僻儒苦士白首坐蓬藋，日自鑽索所不能盡，而謂竭精荒神、蕩於逸欲聲色者能之乎？僕以此謂知足下與世人頗深，未知是非？夫以足下負世重望，今生未知得一晤言否？乎書於僕推羡太過，昌黎以文章振八代卑習，當時學者，以斗山相高，迄今千年，莫有馳駕者。今足下愛僕甚，不覺過擬。近世士夫以書往來，率爲游辭浮説，互相羡譽，受之者不察名實，居然欣樂。此俗態之薄，有道者不爲也。今足下其俯於俗而貶損以同之乎？其有所過聽，以僕爲可進於學，爲有道者之實乎？夫以僕之愚，雖無進於學之資，而其志則不敢以懈惰自廢，其舉動不敢大謬於古人。彼豐辭腴道，豈能望昌黎十之二三，但甘貧賤，守孤芳，不以餓死爲憂。而屏息累足，待命於顯貴者之門，此等事猶薄退之不爲。既與足下神交，欲副其相推之盛心，則不得不盡其狂。馬秀才仁和持三月十二日書，俱得悉意。秀才氣宇清曠，特讀書未曾持苦，今朝夕乘閒講論，俾就本實，想後來有可望，庶不負足下成就人才之意，已後暇豫，得好懷思。猶冀發新文數十篇，以明己志，總括向所論著，使前自漢以下諸子，皆不足稱並天下，後世燦然，睹楊氏爲一大家，傳之者將纘述如荀卿、孟軻。此一段力量，微足下其誰能勝之？其誰能任之？僕淺陋何足知仰足下之高，又不能已於多望，惟昭賜慈鑒，察其愚而垂採納焉。（《升庵文集》卷六）

張子小言序

子言之，十五國詩也，孰命之爲《風》乎？懿哉，其稱名也。風以聲動物，詩之音感人，一也。聲由音也，音由聲也；風由詩也，詩由風也。夫風，安始生哉？起於冥冥，生於寥寥，歸於習習。薰乎其蠢也，皐乎其假也，飂乎其揫也，梵乎其終也，一也。其況於詩也，亦然。轉蕙汎蘭，《二南》其選也；衝孔動楗，《齊》其選也；秋聲朝氣，《秦》其選也；撓萬物，動四方，《邠》其選也。其餘則之調調，之刁刁，吹萬不同已。《鄶》以下，亦吹劍一吷而已矣。寓物之爲聲，麗物之爲用，曷嘗試有心爲此駭物鳴哉。後之人曰：詩必謹體裁，崇師範，若金科，若玉條，若嘉量，若懿律，否則曰：是非裁也，是非體也。是非過乎風人之言，不及乎風人之言也。亦世多效法乎少陵，抉其片言，摘其墜文，命之曰「聚斂」。衣舊而綴合之，命之曰「拆洗」。聚斂也，拆洗也，今之弊乎！與夫生吞也，活剥也，古之弊乎！若張子愈光，予自總角，早與共爲詩矣。别一歲三歲，再見南北，率未有十年闊。今復見於滇雲，皤然成兩翁矣，而氣習各未除也。張子曰：「余所欲學杜者，不矜於形而矜於神。執者拘之，爲者敗之。罔象乃可得玄珠，奚其難乎？」張子斯語，可與言風也已。日來出其《小言》，張子自選者七十有七首，讀之惟恐其終篇。掩卷而坐，猶覺翏翏之在耳，不自知其喜，而志之老、筆之荒也久矣。（《張愈光詩文選》附録）

與張愈光書

吾嘗慨夫世有恒言曰：「詩盛於唐，藐於宋。」然以吾觀於宋末，白刃赤燹之遺餘，鬼蜮犬羊之爲伍，而山林故老，且發興於殘山剩水之間，釋子衲流，亦寄情於月錫雲瓶之暇。雖其格卑句弱，乃其才情使然，然而猶知詩爲善物而可好也。今則士之少也，即誦講套括，學綴讕語陳言，及至時文奏凱之日，已是古學落植之秋。不得已，聊辨四聲，稍放七律，投知於奥主，獻帙於權門，内之以規館職，外之以覦學憲。其視詩也，若亨衢之良媒，貿遷之紹介，金蛇之輔行，蒲萄酒之佐使而已，初不曰狀景物、理性情也。倘或一墜翔途，永淪幽谷，則曰：「此長物也，何用哉！」取其稿以筋白屋，束其書以鬻市魁，晨夕惟舞秤錘，爭屠估，行併植，爲鄉訕。入宓子之室而陽鱎，偵許洞之來而鱉縮。此習之染，雖海内知名者皆然，悠悠者無責耳矣。詩至於此，視宋又衰藐，藐且盡矣。（《張俞光詩文選》附録）

附録三　年譜　誌傳　逸事　序跋

贈光禄卿前翰林修撰升庵楊慎年譜明簡紹芳編

公姓楊氏，諱慎，字用修，别號升庵。其先盧陵人，六世祖諱世賢者，元末避歐祥之亂，徙楚麻城；再避紅軍亂，乃入蜀，居新都。世賢生壽山，隱德弗仕，樂善行誼，鄉閭化之，有李佛子之稱。蓋世賢贅李氏，子孫冒其姓也。壽山生玫，字美玉，習《春秋》，善歐書。元配郭氏，生子二，曰遠，曰政，卒。娶羊氏，無子，卒。娶熊氏，生子三，曰春，曰惠，曰哲。以貢生仕爲貴州永寧吏目，卻土官之賂金，正州民之地界，貴陽人傳誦之。卒於官。遠、政亦相繼歿。熊夫人攜二孀婦併三幼子，負遺骼歸新都，葬之城西。春即公大父留耕公也，性穎敏，日記數千言，家舊藏《周易》一部，昕夕研究，日漸有得。乃入縣學爲諸生，復姓楊氏。成化元年乙酉舉於鄉，十七年辛丑舉進士，移疾歸養。弘治元年，以熊夫人命北上，授行人司司正，時王端毅公爲太宰，擬授之際，顧謂少宰張莊簡公曰：「老成人任此官固宜。」八年陞湖廣提學僉事，逾年乞歸。留耕公配葉氏，子七人，長廷和，即公父少師石齋；次廷平，號龍山，戊午舉人，終養不仕；廷儀，號瑞虹，己未進士，兵部左侍郎；廷簡，早卒；廷宣，號龍崖，辛酉舉人，獨擅古學，爲李文正公所稱，嘗著《連雲棧賦》，載《蜀志》：皆葉夫人出。廷歷，以石齋考滿，蔭國子生；廷中，縣學弟子：側室王氏出。

石齋公生於天順己卯，甫四歲知聲律，日記書數卷。年十三舉於鄉，二十舉進士，由翰林庶吉士歷官少師，兼太子太師，首相兩朝，有除難定策之功焉。子四，長即升庵公，太師元配一品夫人眉山黄公明善之女所出。繼室喻氏，内江人，無出（以上九字，據《四川通志》卷二百四十九引《譜》補）。次惇，號叙庵，癸未進士，兵部職方主事；恒，號貞庵，承蔭中書舍人，陞大理右寺副；忱，號孚庵，丙子舉人：皆太孺人蔣氏出。若龍山公之子，癸酉舉人愷、縣學生悌；瑞虹公之子，丙戌進士恂、姚安知府慥、盧溪知縣性；龍崖公之子，荆州長史悦、縣學生惟：則公之從弟也。先是，石齋與黄夫人以艱嗣爲憂，嘗禱於神，後夢神語曰：「當以聰明奇慧子畀君。」又夢送五代忠臣夏魯奇至，曰：「武臣也。」復以《中庸》十八章輔之。

弘治元年戊申（孝宗弘治元年，一四八八）　十一月初六日，生公於京師之孝順衚衕，岐嶷穎達。七歲（原作「十歲」，據《續藏書》卷二十六及尹守衡《明史竊》卷七十三改），母夫人教之句讀，併授以唐絶句，輒成誦。又以筆管印紙作圈，令公書字於中曰：「吾雖不知書，然即此則楷正自可觀矣。」公奮志誦讀，不出外户。

戊午（一四九八） 年十一，作近體詩，有「一盞孤燈照玉堂」之句。石齋公曰：「句佳矣，但恨太孤寂耳！」不悦。己未（一四九九），果罹母黄夫人憂。極其悲號，廢食骨立。未幾，祖母葉太夫人訃聞，隨石齋公回蜀守制。留耕公授以《易》，兩旬而浹，不遺一字。擬作《古戰場文》，有「青樓斷紅粉之魂，白日照翠苔之骨」數語，瑞虹公極稱賞。復命擬《過秦論》，留耕公奇之曰：「吾家賈誼也。」一日，石齋公與瑞虹、龍崖二公觀畫，問曰：「景之美者，人曰似畫；畫之佳者，人曰似真，孰爲正？」公舉元微之詩以對。龍崖曰：「詩亦未見佳，汝可更作。」公輒呈稿云：「會心山水真如畫，好手丹青畫似真。夢覺難分列禦寇，影形相贈晉詩人。」二公曰：「只此四句，大勝前人矣。」時公年一十二。

辛酉（一五〇一） 石齋公服闋，公亦入京師，有《過渭城送别詩》、《霜葉賦》。詠《馬嵬坡》詩云：「鳳輦匆匆下九天，馬嵬西去路三千。漁陽鼙鼓煙塵裏，蜀棧鈴聲夜雨邊。方士游魂招不返，詞人長恨曲空傳。蛾眉尚有高丘在，戰骨潼關更可憐。」師福建鄉進士雪溪魏先生浚，習舉子業。偶作《黄葉詩》，李文正公見之曰：「此非尋常子所能，吾小友也。」乃進之門下，命擬《出師表》及傅奕《請沙汰僧尼表》。文正覽之，謂不減唐宋詞人。

弘治乙丑（一五〇五）　侍石齋公於禮闈。時崔公銑試卷在分考劉武臣簾下，疑其刻深，未録。公見之，愛其奇雋，以呈石齋公，遂擢《詩經》魁。崔知，而以小座主稱焉，竟爲平生知己。時公年一十八歲。

正德丙寅（武宗正德元年，一五〇六）　與同鄉士馮馴、石天柱、夏邦謨、劉景宇、程啟充爲麗澤會；即墨藍田、永昌張含結社倡和。

丁卯（一五〇七）　歸應四川鄉試，督學南峰劉公丙試而奇之，曰：「吾不能如歐陽公，乃得子如蘇軾。」是秋，果擢《易》魁。九月，安人王氏來嬪，清素僅如田家禮。十一月，上禮部。

戊辰（一五〇八）　春試。主試王公鏊、梁公儲得公文，已置首選，卷偶失燭，遂下第。有「空吟故國三千里，悔讀《南華》第二篇」之句。入國學，祭酒周公玉類試之曰：「天下士也。」

己巳（一五〇九）　歷事禮部，周旋朝夕不倦。尚書劉公宇一日見公，問曰：「子爲誰？」

對曰：「楊慎。」劉曰：「本部天下人，豈必一大臣子弟耶！」乃稱歎不置。

辛未（一五一一） 禮部費公宏知貢舉，入總文衡則靳公貴，擢公第二。殿試則及第第一，制策援史融經，敷陳宏剴。讀卷官李公東陽、劉公忠、楊公一清相與稱曰：「海涵地負，大放厥詞。」共慶朝廷得人。授翰林修撰，公時年二十四。

癸酉（一五一三） 丁繼母喻夫人憂，居家讀《禮》，賻儀一無所受。學憲劉公節稱之曰：「禮不忘於口誦，義每絶乎幣交。」明年（一五一四），藍、鄢諸寇作。公在邑城中，日夕戒嚴。有賊數百，詐稱官軍，以紿門者。公令守雉堞者詰之，散去。

乙亥（一五一五） 服闋，冬十二月北上。舟至嘉定黄閣扁，幾危而得濟，遂（原誤作「送」，形近之訛，逕改）與布政伍公符鄰舟唱和，下江陵。

丙子（一五一六） 入翰林，爲經筵展書官，及校《文獻通考》。同館則鄒公守益、王公思、尹公襄、劉公泉、孫公紹祖、張公潮也。

丁丑（一五一七） 爲殿試掌卷官，得舒公芬策以陳。閣老梁公儲不置鼎魁，公力爭，乃得首第。時武皇游幸宣大、榆林諸邊，返而復往。公疏切諫，不報，乃以養疾乞歸。明年，王安人卒。

己卯（一五一九） 繼室得遂寧黄簡肅公珂女。時江西寧藩之變，值石齋公當國。公《經廣漢》詩曰：「游子戀所生，不獲常懷安。大哉宇宙内，吾道何盤桓。」

庚辰（一五二〇）　九月，公北上，仍舊官。

辛巳（一五二一）　四月，世宗皇帝即位。五月，公爲殿試受卷官。八月，開講筵，公首作講官。進《尚書》「金作贖刑」之章，言「聖人贖刑之制，用於小過者，冀民自新之意；若大奸元惡，無可贖之理」。時大閹張鋭、于經等皆犯先朝事，罪當死，以進金銀得免，故及之。

壬午（世宗嘉靖元年，一五二二）　二月，命公代祀江瀆及蜀藩諸陵寢，作《江祀記》。與給事熊公浹、御史簡公霄游浣花溪，載酒賦詩，有「煙霞誰作主，魚鳥自相親。斗酒千金會，扁舟兩玉人」之句。十二月，北上復命。

癸未（一五二三）　纂修《武廟實録》。公練習朝典，事必直書。總裁蔣公冕、費公宏曰：「官階雖未及，實堪副總裁者。」乃盡以草録付校（《續藏書》所録，此上四字作「稿草付之刊定」）。時六年考滿，吏部侍郎羅公欽順考公語曰：「文章克稱乎科名，慎修允協乎名字。」

甲申（一五二四）　七月，兩上《議大禮疏》，嗣復跪門哭諫。中元日下獄。十七日，廷杖之；二十七日，復杖之。斃而復甦，謫戍雲南永昌衛。時同事死者、配者、黜者、左遷者一百八人（《續藏書》作「二百八人」）。公舟由潞河而南，值先年被革挾怨諸人募惡少隨以伺害，公知而備之，至臨清始散去。時公年三十七。

乙酉（一五二五） 正月，至雲南，病馳萬里，羸憊特甚。棲棲旅中，方就醫藥，而巡撫台州黄公衷促且甚，公力疾冒險抵永昌，幾不起。巡按郭公楠、清戎江公良材極爲存護，卜館雲峰居之，且上疏乞宥議禮諸臣，而郭亦被詔下獄爲民。

丙戌（一五二六） 六月（原誤九月，據《楊文忠公年譜》改），聞石齋公寢疾，匹馬間道十九日至家，石齋公悦而疾愈。七月，攜家就戍所。十一月，尋甸府土舍安銓變起。十二月，武定土舍鳳朝文（原誤作「交」，據《明史》改）亦起，攻掠城堡，爲患孔棘。公嘆曰：「此吾效國之日也。」乃戎服率旅僮及步騎百餘，往援木密所守禦，入城與副使張峨謀固守。明日賊來攻城，寧州土舍陸紹先率兵戰城下，公促城中兵鼓噪開門出戰，以助外兵。賊散去，公復歸會城。

戊子（一五二八） 春，疫殍大作，乃徙居洱海城。疫息，仍居雲峰。尚書伍公文定、黔國沐公紹勳、鎮守太監杜唐同來問疾。時公一足病，有「半人嘲鑿齒，一足笑虞夔」之句。

己丑（一五二九） 八月，寓趙州，聞石齋公訃，奔告巡撫歐陽公子重，疏上，得歸襄事。十一月還滇。

壬辰（一五三二）　正月，布政高公公韶聘修《雲南通志》，館於滇之武侯祠。時鄉大夫有欲冒嗣潁川侯傅友德以覬世爵者，公不可；乃乘張羅峰復相，流言欲中害。公遂去，有「中宵風雨太多情，留住行人不放行。借問小西門外柳，爲誰相送爲誰迎」之句。

癸巳（一五三三）　西游大理諸處，會禺山張公含於霽虹橋，刻詩崖崿以志別。

甲午（一五三四）　阿密州僉事王公廷表迎往館之，經臨安，納少室新喻人周氏。

乙未（一五三五）　六月，子同仁生。

丙申（一五三六）　至喜州訪給事楊弘山士雲，復寓點蒼山感通寺之寫韻樓。（按《升庵文集》卷八《姨母黄淑人墓誌銘》：「葬以丙戌」，「後十年乃以戍役過瀘」。如字無誤，則本年三次返蜀；如十年爲約數，則奉檄去瀘在十九年。）

丁酉（一五三七）　與御史李中溪元陽游石寶山。七月，還戍所。

戊戌（一五三八）　奉戎檄歸蜀，便道獲拜阡梓，事畢還滇。

己亥（一五三九）　十一月，再領戎役於重慶道。

庚子（一五四〇）　役事竣，至遂寧。七月，歸新都。八月，巡撫東阜劉公大謨聘公及玉壘王公元正、方洲楊公名，纂修《蜀志》（按：各本皆接本年，《四川總志序》屬之辛丑）。

辛丑（一五四一）　還滇，至東瀘疾作。巡撫龍山戴公金留之，返成都。與梓谷黄公華、洱江劉公大昌游青城、丹景、雲臺諸山。

壬寅（一五四二） 七月，還戍所。八月，納少室北京人曹氏。時當道與黔國沐公、交游士夫，俱詩章宴賀。

癸卯（一五四三） 十二月，子寧仁生，公大喜。有「天上麒麟輝蜀水，海中龍馬過滇池」之句。是年，公復領戎役於蜀。

甲辰（一五四四） 至瀘州，與少岷曾公嶼游九十九峰山。四月，還戍所。

乙巳（一五四五） 二月，公屬紹芳隸漢王褒《移金馬碧鷄文》於羅漢寺之崖（按「公屬紹芳」二十字，據慎《摩崖題記》，自丁未下移此）。徙居大理，與門生董難尋罷谷山，經喜瞼，會弘山諸公倡和。九月，還戍所。

丙午（一五四六） 冬，大理推官吴宗徽署安寧州，奸規州利，欲榷民鹽牛，公言於當路，得免（按：《簡譜》原本丙午紀年無事，據《續藏書》補）。

丁未（一五四七） 居滇之高嶢，有十二景，日與士大夫交游（按此下原有「二月公屬紹芳隸」等二十二字，文氣不接，已移乙巳）。凡招提佳勝會意處，便操觚留題。冬十月，公復適臨安，訪臬憲樊公景麟暨桐岡葉公，游諸巖洞勝境。

戊申（一五四八） 春，至晉寧，與侍御池南唐公錡游海寶、蟠龍、生佛諸山陀。

己酉（一五四九） 居高嶢。夏秋每與滇之鄉大夫兩湖葉公、在軒胡公（按：此下原有錯簡一頁，各本皆同，據《續藏書》移後。見下文）、廷禄王公偕紹芳數游昆明池，有《池賞詩社集》。

庚戌（一五五〇） 四月，海口疏，雲南臺司顧箬溪諸公請公記其事於石。

壬子（一五五二） 二月，時在逸武弁得委祭龍海口，歸肆狂惑，復丁夫六千，督往駐濬，剥衆利，州人苦之。有言於公者，公歎曰：「海已涸矣！田已出矣！民已疲矣！」致書巡按趙公炳然，罷之。三月，劉蓉峰明刑持先廷尉執齋王公（原作「公王」，據《列朝詩集》丙三改）詩文集，請公批選於太華寺。

癸丑（一五五三） 公復領戍役於蜀，僑寓瀘州。

丁巳（一五五七） 六月，長子同仁卒，無嗣。八月，歸新都，叙庵弟卒，公痛悼倍於尋常。其誄詞有曰：「我生與弟，先後之年。呱呱而泣，形分氣連。夏炎合簞，冬寒並氊。母攜父抱，偎濕就乾。八歲就傅，雙筆一研。嬉戲偕止，出入隨肩。飲啖讓果，跬步共磚。」又曰：「七襄（原作「衺」，形近之譌，逕改）將躋，我歸自滇。兄酬弟勸，翕樂罔愆。觴我於庭，群從孚攣。劇談飛屑，倡和珠蠙。笑語亟斷，頃刻復延。豈意宴席，化爲几筵。遽爾凋喪，門祚中顛。又弱一人，何忍餘捐。余生則先，弟亡則前。前後存亡，誰質諸天。」其友愛至情，見於詞者如此。至若保誨遺孤，紀綱家政，既乃心力。從子有仁以髫年失怙，而卒免於顛覆者，皆公惠之及也。

戊午（一五五八） 子寧仁娶瀘州滕恩官女爲室。公僑寓江陽者十數年，交游日衆，與曾岷野、章後齋諸公友善。

己未（一五五九） 春，還戍所。六月，遘疾，《感懷詩》曰：「七十餘生已白頭，明明律例許歸休。歸休已作巴江叟，重到翻爲滇海囚。遷謫本非明主意，網羅巧中細人謀。故園先隴癡兒女，泉下傷心也淚流！」又《訣李張唐三公詩》云：「魑魅禦客八千里，羲皇上人四十年。怨誹不學《離騷》侶，正葩仍爲《風》《雅》仙。知我罪我《春秋》筆，今吾故吾《逍遥》篇。中溪半谷池南叟，此意非公誰與傳。」卒於七月六日，得年七十有二。時巡撫雲南游公居敬命殯歸新都。

庚申（一五六〇） 冬，祔葬石齋公墓側。

丁卯（穆宗隆慶元年，一五六七） 穆宗皇帝即位，奉遺詔追贈光禄寺少卿。長子同仁先卒。次子寧仁時寓瀘州，公卒之年，夫人黄至瀘迎歸，撫教則夫人任之也。

公孝友性植，穎敏過人，家學相承，益以該博。凡宇宙名物之廣，經史百家之奥，下至稗官小説之微，醫卜技能、草木蟲魚之細，靡不究心多識，闡其理，博其趣，而訂其訛謬焉。正德間（此下自「武廟」至「劉公繪貽公」，爲前文錯簡一頁共三百五十四字，移此），武廟閲《文獻通考·天文》，星名有「注張」，命内閣取祕書《通考》，又作「汪張」，中使下問欽天監及翰館中，皆莫知其爲何星也。公曰：「注張，柳星也。」歷引《周禮》、《史記》、《漢書》以復。又湖廣土官水盡源通塔平長官司進貢，同官疑爲三地名，於「長官司」上添一「三」字。公曰：「此六字地名也。」取大明《官制》證之。嘉靖初，給事中張翀上言時政，「論學術不正」一條，有「喬宇嵬瑣」之語，上問之内閣。公適在館中，即取《荀子·非十二子篇》以復。敬所蔣公喜曰（此上六字，《玉堂叢話》作「梁文康歎曰」）：「用修之博，何減古之蘇頌乎！」其該洽精辨類如此。乃若論王導之賊晉室，辨太王之非翦商，魯之重祭不始於成王、周公，春秋五伯深斥乎楚、宋、秦繆，引《墨子》及《修文御覽》以辨范蠡無載西施之事，引黄東發、蘇東坡之言及李漢《韓文序》以辨文公《與大顛書》之僞，駁歐陽氏「非非堂」之説，辨陳白沙「六經皆虚」之語，斥戴石屏之無行，傳唐貴梅之死節，此又證據古今，闡揚幽隱，謂其有功世教也非乎！至若陶情乎艷詞，寄意於聲伎，落魄不羈，又公所以用晦行權，匪恒情所易測者也。昔重慶守劉公繪貽公書曰：「夫人情有所寄則有所忘，有所譏則有所棄。寄之不縱，則忘之不遠；譏之不深，則棄之不篤。忘之遠則我無所貪，棄之篤則人無所忌。無所忌而後能安，無所貪而後能適。足下所爲，蓋求其適與安也。古人買田宅，擁聲伎，皆豪傑蓋世之才，豈獨無拖尺寸者之見也。僕觀足下，自蒙難以來，嘔心苦志，摹文續經，延搜百氏，窮探古蹟，鑿石辨剥泐，破塚出遺忘，有僻儒苦士白首蓬藋、日自纂索所不能盡，而謂竭精蕩神於逸欲聲色者能之乎？」斯言也，可謂諒公之深者矣。公嘗語人曰：「資性不足恃，日新德業，當自心力中來。」故好學窮理，老而不倦。又嘗自贊曰：「臨利不敢先人，見義不敢後身。雖無補於事業，要不負乎君親。遭逢太平，以處安邊；歌詠擊壤，以終餘年。天之顧畀，厚矣篤矣；吾之涯分，止矣足矣。困而亨，沖而盈，寵爲辱，平爲福者耶！」此公自狀實録也。平生著述四百餘種，散逸者多，學者恨未睹其全。兹聊記其知名之目於簡末，俟有所考云。（杜應芳《補續全蜀藝文志》卷三十七）

楊文憲公年譜 清程封據明簡紹芳編《年譜》改輯，孫錤補訂

弘治元年戊申 冬，十有一月初六日，升庵生。初，石齋艱嗣，嘗禱於神，夢神語曰：「當以聰明奇慧子畀君。」他日，夢神送五代忠臣夏魯奇魯奇後唐節度使，死蜀事。至石齋，曰：「武臣也。」神佐以《中庸》十八章。旦，先生生於京師之孝順衚衕。時新都令西安施忠者，亦夢神授以巨幔丹書，文曰：「朝廷之寶，蜀縣之光。」令以告於公祖少師留耕謹識之。先生兒時，又屢夢躡文文山柩上。後辛未狀元及第，大節幾與之齊，著

書立言，爲一代傳人焉。案王穎斌《狀元館記》，升庵先世，江西廬陵人也。六世祖世賢元末避兵，徙居湖廣麻城，再避紅巾亂，始入居蜀之新都。世賢生壽山，壽山生玫。玫通《左氏春秋》，書法擅歐陽率更體。取女郭，生子二：遠，政。郭蚤卒。續取於熊，生子三：伯春，是爲升庵祖考；仲惠；季哲。玫以貢士起家，初仕爲貴州永寧州吏目，卒於官。遠、政不年，惠、哲亦先一載溘逝。遺二雛孀，熊孺人率子春挈眷屬負遺骸歸葬新都。成化辛丑，春由鄉貢成進士，授行人，累官湖北提學僉事。提學僉事生七子。長廷和石齋；次廷平龍山，戊午鄉舉；次廷儀瑞虹，己未進士，官兵部左侍郎；次廷簡，未有室殁；次廷宣龍巖，辛酉舉人：夫人葉氏出；次廷歷，廕補國子監生；次廷中，縣學生：側室王氏出。廷和生天順己卯，四歲能知聲律，日嘗誦書終一卷。年十二，以神童舉於蜀。成化十四年戊戌，先其父春成進士，由翰林歷官少師兼太子太師、華蓋殿大學士，輔相兩朝，有平内難定策功，事詳《明史》。生子四。長即升庵，名慎，字用修，黄夫人出。夫人，天順間官雲貴提學副使眉山黄明善女。繼室喻氏，内江人，亦晉封夫人，無出。次惇序庵，癸未進士，官兵部職方司主事；次恒貞庵，承廕中書舍人，擢大理寺寺副；次忱孚庵，丙子舉人：俱側室蔣氏出。廷平生子愷，癸酉舉人；悌，縣學生。廷儀生子恂，丙戌進士；慥，姚安知府；性，瀘溪知縣。廷宣生子悦，荆州長史；惟，本邑諸生。

二年己酉　是年升庵弟惇序庵生。

三年庚戌

四年辛亥

五年壬子

六年癸丑　是年升庵弟恒貞庵生。

七年甲寅　是年升庵七歲　入學。母氏黄夫人教之句讀，授以唐人詩，輒能成誦。又以椽筆管芝泥印紙，令書字於中。曰：「長如此則筆正，筆正則楷法自正矣。」

八年己卯　升庵八歲　與其弟惇出就外傅。案先生年七十，弟序庵殁，祭文有云：「八歲就傅，雙筆一硯。戲嬉偕止，出入隨肩。飲啖讓果，跬步共磚。」不惟時事可徵，亦可想見先生友于同氣之篤，其天性然也。

九年丙辰

十年丁巳

十一年戊午　升庵年十一　案《遺集》，先生是年賦詩，有「一盞孤鐙照玉堂」之句，石齋見曰：「句則佳矣，第憾太孤寂耳。」

十二年己未　升庵年十二　春，丁母黄夫人艱。繼聞祖母葉太夫人之喪，隨石齋守制回蜀。少師留耕，授先生《易象》句讀，兩旬而洽，不遺一字。嘗擬作《古戰場文》，有「青樓斷紅粉之魂，白月照蒼苔之骨」之句，仲父瑞虹亟稱之。又擬《過秦論》，少師庭詫諸子曰：「此兒豐骨不凡，殆吾家賈誼也。」

十三年庚申　升庵年十三　里居。案《遺集》，是年春，先生與恒、忱二弟世耕莊賞棋賦詩。其詩曰「玉楳懸春鐙，照此花下酌。只疑楳枝然，不覺鐙花落。」王浚川見而賞之曰：「此韻事，奇句也。」今詳是詩，《遺集》未確指某年，惟以先生時事考之，當係十三年春作，若明年，則隨厥考石齋入居都門矣。

十四年辛酉　升庵年十四　春，石齋服闋，詔趣入閣。先生隨侍北上，過咸陽，有《弔馬嵬》詩。至都，習《四書》文，受業於閩之鄉貢士魏浚。秋，偶作《黄葉詩》，尚書李東陽讀之，喜曰：「若可爲吾小友也。」迺晉之門下，令擬武鄉侯《出師表》及傅奕《請汰僧尼表》，東陽以爲不減唐宋文人。

十五年壬申　升庵年十五　居京師。

十六年癸未　升庵年十六　居京師。有《招張禺山》詩。禺山與升庵交始此，後爲鄉榜同年。

十七年甲子　升庵年十七　秋作《雁來紅賦》。

十八年乙丑　升庵年十八　春。詔太常張元貞副大學士楊廷和知貢舉，升庵從入闈。同考官劉武臣房中有崔銑卷，武臣以其刻深未録，升庵以之呈石齋，遂擢魁《詩經》。銑知而以小座師稱先生，累官至南京祭酒，時升庵以議禮被謫，上書論救，罷歸。夏五月辛卯，孝宗崩。壬寅，武宗即位。

正德元年丙申　升庵年十九　春，回蜀。王安人來歸，年二十一。安人，禮部主事王溥之女，見《升庵集·王安人墓誌銘》。秋，與即墨藍田、永昌張含、同鄉馮天柱、夏邦謨、劉景宇、陳啟充諸人爲麗澤會，有倡和詩。

二年丁卯　升庵年二十　秋，應四川鄉試，擢《易》魁。初，督學劉南峰丙面試先生，奇其才，曰：「吾不能及廬陵歐陽修，得士迺如眉山蘇軾。」時論以爲知人。冬，十有一月，升庵計偕入都，經過驪山，有《秦始皇陵》詩。

三年戊辰　升庵年二十一　春，三月，試禮部，是科總裁爲王文恪公鏊，升庵文已列首選矣，夜復取閲其卷，爲燭花所燼，故遺。而升庵《下第》詩迺有「空吟故國三千里，悔讀南華弟二篇」之句。時人亦不以爲然。會推入國學爲諸生，祭酒司業周玉類試而奇其文，曰：「某天下士也。」

四年己巳　升庵年二十二　以祭酒轉禮部從事。尚書劉宇見而問曰：「子爲誰？」對曰：「西蜀楊慎。」宇曰：「本部天下人，豈必一大臣子弟邪？」既而見先生詩文，迺稱譽不輟。

五年庚午　升庵年二十三　從事禮部。

六年辛未　升庵年二十四　春，詔學士靳貴、大學士劉忠知貢舉，先生會試名列弟二。夏五月，殿試，策進士鄒守益、楊慎等三百五十人，問「創業以武，守成以文」，先生援引經史，敷對弘博。讀卷官李東陽、楊一清稱之曰：「海函地負，大放厥詞。」共慶朝廷得人。賜狀元及第，授官翰林修撰。喜聞，石齋轉不懌。久之，語賀客曰：「父作宰相，子魁大庭，盛滿已極。酒闌人散，吾不知税駕何所矣！」後卒如其言。

七年壬申　升庵年二十五　官翰林修撰。

八年癸酉　升庵年二十六　官翰林修撰。夏四月，丁繼母喻之艱。公卿同館世好賻贈一無所受。學士劉節稱之曰：「禮不忘乎口誦，義每絶乎幣交。」臺閣諸老以先生爲知禮，且謂石齋於是乎有子矣。王安人同扶櫬還蜀，桐杖苴屨，行五千里，踰冬始底里門。

九年甲戌　升庵二十七　里居。蜀賊藍廷瑞、鄢本恕亂作。新都城中朝夕戒嚴。一日有賊徒數百詭稱官兵來助城守。門者將入之。先生止之，使轉詰賊。賊語詘乃遁。

十年乙亥　升庵年二十八　春三月，石齋以憂還蜀。冬十有二月，先生服闋，由水馹入都。舟至嘉定黄閣碥幾覆，久之始濟。四川布政使司伍符入覲，與先生聯舟下嘉陵，征途間有倡和詩。

十一年丙子　升庵年二十九　復入翰林，充經筵展書官，校《文獻通考》。子耕生，旋殤。側室生子咳，名恩恩。彌月，側室亡。

十二年丁丑　升庵年三十　官翰林。石齋服闋，詔趣入閣。武宗問欽天監及翰林：「星有注張，是何星也？」衆不能對。升庵曰：「注張，柳星也。《周禮》『以注鳴者』注：

『注，味也，鳥喙也，音呪。南方朱鳥七宿，柳爲鳥之味也。』《史記·律書》：『西至於注張。』《漢書·天文志》：『柳爲鳥味。』」因取《史記》、《漢書》二則上復。人皆服其博辯。夏四月，充殿試掌卷官，得舒芬策以呈閣老梁儲，芬得首選。五月，上始微行，至石經山玉泉亭，數日迺還。六月朔，上微行，出得勝門至昌平。丙寅，上夜出得勝門如居庸。辛未，上幸宣府。修撰抗疏切諫，不聽，尋引疾乞養。秋七月，王安人卒。八月，上還自宣府。九月，升庵將返蜀，有《燕臺九日》詩。「燕臺九日罷登臨，節序蕭條入楚吟。關塞驊騮迷去路，朔風鴻鴈滯歸音。仙游御宿山川遠，白露清霜日夜深。雲際側身愁北望，天涯懷抱可能禁。」詩人忠愛之誠，殆溢於言表焉。

十三年戊寅　修撰年三十一　春正月，上幸宣府。秋七月，上自稱威武大將軍總督官朱壽，巡邊。八月，上返蹕，入居於宣府。修撰里居，自序云：「八月十三日，夜夢王安人，驚泣而寤。憶去年丁丑，是日在京師，安人未明興，告予曰：『今日趨期，不可如常日之宴。』蓋其日警蹕，適新狩還也。今遇是日，感其賢淑；又小子恩恩週二歲之晬。」蓋兒母蚤亡，安人引爲己子也。有詩紀事。九月九日，龍門登高。冬十月一日壬申，葬王安人於龍門之恩波阡，作古詩三首。案：是年升庵續取遂寧尚書黃簡肅珂之女，工詩。見先生譔《黃母聶夫人墓誌》文。

十四年己卯　修撰年三十二　里居。秋九月九日，有《登高》詩。

十五年庚辰　修撰年三十三　秋八月，作《劍州鐘鼓樓記》。九月九日，聞金鶴卿、張惟信有彭門之會，病不克赴，作詩寄懷。冬十月，復入都，補官翰林。

十六年辛巳　修撰年卅四　春三月丙寅，武宗崩於豹房，無嗣。大學士楊廷和請於皇太后，定策禁中。迎立興獻王長子自安陸藩邸，入即皇帝位，是爲世宗。明年，改元嘉靖。夏五月，以修撰楊慎充殿試受卷官。六月，開經筵，詔修撰爲講官，進講《尚書·舜典》「金作贖刑」，言：「聖人設贖刑，迺施於小過，俾民自新，若元惡大姦，無可贖之理。」時大鐺張鋭、于經皆得罪先朝，論法當死，或言進金獲宥，先生故首及之。戊申，命禮臣集議興獻王稱號。戊午，大學士楊廷和、尚書毛澄等謂，宜稱孝宗爲皇考，改稱興獻王爲皇叔興獻大王。疏入，世宗謂事體重大，宜再博議。秋七月壬子，張璁、桂蕚上言：「陛下繼統非繼嗣，請尊崇所親，而立興獻王廟於京師。」八月二日，修撰復侍講，有《經筵紀事》詩。冬十月，以李東陽所授《東坡石鼓文》舊本，屬善書者録爲一卷，藏之齋閣。

嘉靖元年壬午　修撰年三十五　春，有事於太廟。帝既以去年秋内張璁、桂蕚疏，追尊本生父興獻王爲興獻帝，母興獻王妃爲興獻后。至是語内閣，《興獻帝册祝文》朕宜稱孝子。會清寧宮災，楊廷和等因奏「五行火主禮」，今清寧之災，上天示戒昭然。興獻帝后議，世宗迺暫輟。二月，命修撰楊慎代祀江瀆及蜀藩諸園寢。蜀人使蜀，司馬相如後惟升庵嗣之矣。著《江祀記》、《新都學記》。秋，與給事熊浹、御史簡霄游浣花溪，載酒賦詩，有「烟霞誰作主，魚鳥自相親。斗酒千金會，扁舟兩璧人」之句。又有《西使將旋卧病移句》詩。冬十有二月，入都復命。

二年癸未 修撰年三十六 被命纂修《武廟實録》。先生名家子，學有本源，練習朝典，遇事直書，嚴而有體。總裁蔣冕、費宏曰：「年與官階雖若未及，然實堪總裁之任。」迺以稿本彙付校訂。夏，考績，吏部侍郎羅欽順於修撰考語署曰：「文章克副乎科名，慎修允協乎名字。」一時以爲篤論。

三年甲申 修撰年三十七 春二月，罷大學士楊廷和。廷和首議大禮，主宋儒程頤濮王議，先後封還御批者四，執奏幾三十疏。世宗滋不説。廷和復引古誼，抗章求退。遂詔許致仕。廷和既去，張璁、桂蕚再上疏，請以孝宗爲皇伯考，武宗爲皇兄，興獻帝爲皇考。下部會議。夏六月，修撰楊慎等三十六人疏言：「君子小人、正論邪説不並立，臣等學術與張璁、桂蕚不同，乞賜黜退。」有旨：「諸人奪俸一月，楊慎兩月。」秋七月乙亥，諭禮部改本生聖母章聖皇太后曰聖母皇太后。丁丑，尚書、侍郎以下各官上言：「尊號不當去『本生』二字。」疏入留中。大學士毛紀、石瑶再疏。戊寅，群臣以前疏未下，詣左順門候旨。會上罷朝，齋居文華殿，金獻民、徐文華倡言：「諸疏留中，必以孝宗爲皇伯考矣。」何孟春曰：「憲宗時慈懿太后葬禮，尚書姚夔率百官伏哭文華門力爭，憲宗從之。此國朝故事也。」楊慎曰：「國家養士一百五十年，仗節死義，正在今日。」王元正等遂遮留群臣於金水橋，曰：「萬世瞻仰，在此一舉。不力爭者共擊之。」於是何孟春等二百二十餘人俱跪伏左順門，大呼高皇帝、孝宗皇帝，聲徹於内。上使司禮監諭退，不從。命録爲首者，以學士豐熙、給事中張翀八人詔獄。楊慎、王元正迺撼奉天門，三日哭。群臣亦三日哭。哭聲震闕。上大怒，命逮楊慎、馬理等一百三十四人，俱下詔獄。己丑，獄已有處分，有爲世宗言「朝罷群臣復欲上疏」者。於是廷杖楊慎及檢討王元正、給事中劉濟、安磐、張漢卿、御史王時柯、張元。元死杖下。時中元弟二日也。上怒不已，越十日，復廷杖慎等七人。慎甦而復甦，謫戍雲南永昌衛。舟由潞河而南。初，石齋當國，策立世宗，斥革京營錦衣冒濫官暨江彬諸員私人，及是伺諸途，將賊修撰。修撰知而備之，至臨清，始免於難。故先生《戍滇紀行》詩有「荒郵聚豺虎，夾岸鳴蛟鼉」之句，爲是發也。仲冬，底洞庭，有《江陵别内》詩。

四年乙酉 修撰年三十八 春正月，謫戍至滇。元日行次新添館，有《喜晴》詩。上日底雲南，扶病馳萬里，羸憊特甚，旅館中方謀就醫藥，而巡撫黄衷復趣之行。先生力疾，涉險至永昌，幾不起。巡按郭楠、清戎江良材力爲存護，迺得卜館於雲峰而居之。夏五月，巡按江西陳洪謨上言：「《禮》：『人子事親，三諫不聽，則號泣而隨之。』前者議禮諸臣，伏闕號泣，誠爲有罪。然揆之於禮，亦有所本。況何孟春、豐熙操履淳固，宜寘左右，以資啟沃。吕柟、楊慎論思有體，宜列禁闥，以責後效。張元、毛玉，死無以斂，妻孥流落，宜曲賜優卹。」疏入不省。秋八月，致仕刑部尚書林俊上書，乞收用議禮諸臣。並：「廷杖之法，成化初皆厚緜重氈，止以示辱；自逆瑾擅政，始解衣箠楚，非仁厚之道。」下所司察議。冬十月，巡按郭楠上疏論救楊慎，削籍爲民。

五年丙戌 修撰年三十九 春正月，吏部及科道上疏請録用議大禮建言諸臣。張璁、桂萼以己之得罪清議也，亦交章請。不聽。三月，修撰在戍所，傳聞石齋塚宰寢疾病，短衣匹馬，間道疾馳十九日，底新都。石齋喜而愈。秋七月，修撰攜家就永昌，有《于役江鄉歸經板橋》詩。「滇海盈盈一水遥，解鞍明日問歸橈。還如謝朓宣城路，南浦新林過板橋。」冬十有一月，尋甸土舍安銓變起。十有二月，武定土舍鳳朝文變亦起，攻掠城堡爲患。修撰歎曰：「此迺纍臣效國之日也。」戎服率旅僮及步騎百餘人往援木密所。入城與副使張峨謀守禦。明日賊來攻城，寧州土舍兵戰城下，修撰趣城中兵出助之，賊大敗去。修撰復歸永昌。

六年丁亥 修撰年四十 春正月，録先年被譴諸臣，惟議大禮者不與。夏，安銓、鳳朝文合兵攻圍雲南會城，同知以下官吏死者十有三人。修撰作《惡氛行》紀事，又作《戎旅賦》。其詞有云：「帳圭篇之騄諯兮，逾四紀而迄今。」則先生感時事而益思，深憂患矣。

七年戊子 修撰年四十一 春正月，詔兵部尚書伍文定討安鳳之亂。時疫大起。修撰徙居洱海，《與金鶴卿書》云：「戊子春月，忽中末疾，閉門抱影，越歲踰時。」又《伏枕行贈嚴應階》有「慎也投荒今五年，羯來臥病左足偏」之句。會疫息，仍返居雲峰高嶢水莊。黔國公沐紹勳、兵尚伍文定、鎮守太監杜唐同來問疾。夏，《明倫大典》成，詔定議禮諸臣罪。部臣言：「前大學士楊廷和謬主濮議，自詭門生天子、定策國老，法當戮市，姑削職爲民。」秋八月，高太和來滇。聞大理寺寺副用貞弟之喪，先生祭文有云：「維弟之生，後予六齡。」又云：「乖絶岷滇，五年於兹。」蓋時在謫戍，禁不得歸哭故也。然不詳用貞卒日。

八年己丑 修撰年四十二 夏六月，前大學士楊廷和卒。秋八月，修撰在戍所聞訃，涕泣述情爲書，奔告滇巡撫歐陽子重曰：「不肖不天，禍延我先考。一昨聞訃，五内摧裂。曾不得啁噍躑躅於側，曾不得比於鳥獸焉。奈何奈何！當復奈何！屬在胄嗣，宜宅喪主，於此不歸，是無父也。歸而不告，是無君也。無父無君之人，執事奚辱役焉。執事若矜其情而賜之告，使耑歸返役，襄事寧凶，惟情與惠，實兩兼之。草土之言，非所以瀆公聽；私門之故，未可以戚我執事，亦自知之。然執事仁人也，錫類者也，衷有喪者也，必欲歸處不肖者也。故敢以私於左右。」子重以其情入告，修撰又爲書謝。有旨：許歸襄事，終制不許。冬十月，刑部員外郎邵經邦上疏論救修撰，鎮海衛安寘。十有二月，修撰還戍滇，黄安人留蜀。

九年庚寅 修撰年四十三 春，至自滇，有《再過板橋》詩。「千里長征且未回，春光又上五華臺。碧雞山色長無恙，天外青迎馬首來。」二月，復入居永昌高嶢，治一萍軒、廣心樓、遥岑樓、東望樓、碧對軒、學樊圃、辨義井、悠然亭，今皆無考。然因題署，想見先生才人也，而兼理學人矣。

十年辛卯 修撰年四十四 居永昌高嶢。夏，賦《漢京篇送王子推給事還秦中》。冬，十有二月，御史喻希禮、石金因建醮請寬議禮諸臣，下詔獄。除夕，飲潘郎酒，賦《金斗歌》。

十一年壬辰　修撰年四十五　春正月，雲南左布政内江高韶聘先生輯《滇黔通志》，館於城中武鄉侯祠。鄉大夫某有欲冒穎鄉侯傅友悳後以覬世爵者，升庵不可。時張蘿峰復相，與某故内戚也，流言欲中傷升庵。升庵遂去武侯祠，歸水莊。他日又賦《春興》詩八首。今録其一：「遥岑樓上矪晴川，萬里登臨絶塞邊。碣石東浮三絳色，秀峰西合點蒼煙。天涯游子懸雙淚，海畔孤臣謫九年。虚擬短衣隨李廣，漢家無事勒燕然。」長洲沈歸愚曰：「忠憤之氣，至欲託之從軍，讀者可以悲其遇矣。」夏，題《曹溪寺碑》。碑爲蕭山人集唐李北海邕書。秋八月丙子朔，有星孛於東井。冬十月，編修楊名以星變上疏論救議禮諸臣，拷訊謫戍。兵部侍郎復疏救楊名，並鞫問，調外任。

十二年癸巳　修撰年四十六　居永昌高嶢。春，黄安人寄先生詞曰：「積雨釀春寒。見繁花樹樹殘。泥塗滿眼登臨倦，江流幾灣，雲山幾盤。天涯極目空腸斷。寄書難。無情征雁，飛不到滇南。」夏，張禺山來永昌，館於霽虹橋。先生與之游大理點蒼諸山，共題名刻詩巖壁别去。案《禺山集》有《寫韻樓歌》「孟夏滔滔癸巳年，葉榆良會欣重遘」，謂與先生南爲此會也。秋，卧疴三塔寺，地多榛莽，螢飛緯夕。修撰感《東山》之詩及唐人賦，爲賦《流螢篇》。除夕在大理，有《將還滇雲留别葉榆諸子》詩。

十三年甲午　修撰年四十七　春還自滇。案《皇華紀聞》：楊升庵先生在滇，嘗出游，乘一木肩輿，僅容膝，狀如升，所謂升庵也。庵前題一聯云：「士到東都須節義，地當東晉且風流。」爲張愈光含筆。先生與人游，無問貴賤，酒閒吟次，時命聲妓佐之，舞裙歌扇，笑擁彌日。秋，代撰《雲貴鄉試録序》，又撰《臨安鄉賢祠記》。納妾周氏，新喻人。除夕在臨安，賦詩有「去年除夕葉榆澤，今年忽在臨安城。斜看暮景飛騰意，正合天涯留滯情」之句。

十四年乙未 修撰年四十八 夏，六月八日，四子同仁生。有《答韓適甫述甫兩表弟》詩。

十五年丙申 修撰年四十九 寓點蒼山寫韻樓，著《六書轉注》。張禺山北上，爲序其《艱征集》。秋七月，夢中作《宮詞》一首。冬十有一月，上御殿肆赦。

十六年丁酉 修撰年五十 春二月，刑部録上文武官坐事謫戍應赦者，馬理而下一百四十二人。有旨：馬理、吕經、馮恩、楊慎、王元正、劉濟、豐熙、邵經邦不宥，餘放歸田里。夏五月戊戌，雷震謹身殿鴟吻，下詔求直言。秋七月，科臣田濡陳弭災三事，請矜宥馬理、楊慎等八人，不允。是月，修撰與御史李元陽游石寶山，刻禹碑於大理，賦《禹碑歌》。

十七年戊戌 修撰年五十一 春，于役歸蜀，始寓居瀘。嘗醉，作雙髻，插花，以脂粉塗面，門生舁輿，諸妓捧觴，游行城市。王元美中丞聞之曰：「此老不堪壯心牢落，故耗磨之耳。」冬十有一月，給事中顧存仁上五事，内有「一廣蕩之恩」，世宗以存仁援廷杖議禮諸臣，謫戍口外。除夕，修撰在滎經度歲，有《贈徐令》詩。

十八年己亥 修撰年五十二 自瀘奉戍檄入黔，有《留別彭子充程以道兼寄余懋昭》詩。「瘴癘鄉中難具陳，夜郎天外迥無鄰。一辭故國三千里，獨送窮荒十六春。四面已逢開網祝，孤臣猶是向隅人。嗟君亦有泥沙困，誰汲西江起涸鱗。」冬十有二月，修撰領戍檄回蜀，于役重慶。張禺山贈以詩曰：「年少東都客，臨危不愛身。投荒十六載，今見獨醒人。」

十九年庚子 修撰年五十三 重慶役事竣，至自遂寧。撰黄夫人壽文。秋七月，歸新都。九月，復于役黔，有《魚鳧關》詩。「魚鳧今日是陽關，九度長征九度還。何補干城與心腹，空教霜雪老衰顔。」冬十月朔，至滇。代撰《雲貴鄉試録》序文。

二十年辛丑 修撰年五十四 案《升庵集》，辛丑春正月詩曰「貴筑逢新歲，寂寥空館時」，則是年正月，先生在貴州也。二月，領戍檄還蜀，爲巡撫劉大謨東皐屬修《四川通志》，專主藝文。得《漢太守樊敏碑》於蘆山、《柳莊敏碑》於黔江。先生迺參之舊志，復采諸家，擇其精華，褫其繁重，支郡庶邑，各以乘上，博選約載，爲卷尚盈七十。凡名宦游士，關於蜀者載之。若蜀人作，僅一篇傳者，非關於蜀，亦得附載。蓋用程篁墩《新安文獻志》例。右見升庵自序。夏五月，作《央央謡》，愍蜀蝗災也。秋，修撰還滇，至瀘病作。時兵部尚書漢陽戴金純夫巡按四川，留返成都。與梓谷黄華、洱江劉大昌游青城山。孟冬返滇。劉東皐中丞錦江餞别，贈歷一塊。一塊凡百本，見《明制》。有詩答謝。

二十一年壬寅 修撰年五十五 在永昌。著《六書索隱》。秋八月，納篞室曹氏。

二十二年癸卯 修撰年五十六 在永昌。纂《蒙段事略》，爲《雲南紀載》。案：滇中文獻，常道將璩《南中志》後，惟先生一身兼之。然則先生之久於滇，雖曰世宗以主濮議有恨於先生父子，殆亦天意有以啟之荒南人文教也。夏六月，修撰復領戎檄於蜀，有《答重慶守劉嵩陽書》。秋九月，刻唐宋文貞《梅花賦》於石。冬十月，返滇，有《别江陽親友》詩。十有二月，至自滇。子寧仁生。修撰喜，黔國公沐紹勳與當道士夫以詩畢賀。歲除，又領戎役於蜀。

二十三年甲辰 修撰年五十七 春復入居於瀘，與少岷曾嶼游九十九峰。夏四月，還戍所。案：張禺山《古梁州詞》曰：「有客淹留古梁州，二十一年鄉國異，海山風月又逢秋。」又：「廿年蹤跡偏雕題，身到重游洱水西。」然則，先生還永昌，當在是年秋。西𡨴以爲「夏四月」者，誤也。

二十四年乙巳 修撰年五十八 春，正月十有一日，先生由高嶢徙居大理，宿禄豐。賦詩寄邱月渚楊溪山。案詩云：「客星無定影，驚鵲又遷枝。避地仍多阻，還家未有期。」想見先生不皇起居之狀，與古詩人「豈不懷歸，畏此簡書」者，感同而憂患更深矣。二月，至大理，與及門董西羽、楊弘山諸人有倡和詩。夏四月，屬簡紹芳隸漢王褒《移金馬碧雞文》。文曰：「持節使者敬移南厓金精神馬、影彯碧雞：處南之荒，深谿回谷，非土之鄉。歸來歸來，漢德無疆。廣乎唐虞，澤配三皇。黄龍見兮白虎仁，歸來歸來，可以爲倫。歸兮翔兮，何事南荒。」重刻於羅漢寺之崖。褒文自奇雅，而修撰所爲，頌主惪，厲忠愛，感身世，惜放廢，知重有感於斯文焉。秋九月，修撰復還永昌。張禺山寓書云：「吾少與子爲詩友，老與子立詩禁。不意禁復克自禁也。」案升庵《李太白詩題詞》：「吾友張子愈光，自童習至白首，與下走共爲詩。」

二十五年丙午　修撰年五十九　在永昌。春，黄安人寄先生詩曰：「雁飛曾不到衡陽，錦字何由寄永昌。三春花柳妾薄命，六詔風烟君斷腸。曰歸曰歸愁歲暮，其雨其雨怨朝陽。相聞空有刀鐶約，何日金雞下夜郎。」滇中士夫一時傳誦也。冬，大理推官吴宗徽署安寧州，欲榷州民牛鹽，以先生言於當路而免。除夕，高嶢水莊度歲，有《述懷》詩。

二十六年丁未　修撰年六十　在永昌。世宗以修撰父子前議大禮主濮議，使己志尊所親不亟信，故惡之特甚，每問慎作何狀。閣臣以老病對，帝意稍解。修撰聞之，益縱酒自放，日與同人結詩會，游昆明池。凡招提佳勝會意處，便操觚留題，蠻姬歌女，以箋素索詩，亦欣然命筆，不以爲忤也。秋游華亭寺，作《三絶句寄劉南垣司空》。冬十月，復之臨安訪前臬使樊景麟暨葉兩湖，游石屏諸山。

二十七年戊申 修撰年六十一 春由臨安至晉寧，與侍御唐錡池南游海窑、蟠龍、生佛諸勝。撰《楚雄定遠縣學記》。河南道御史王士翹上疏論救議禮諸臣，有「謫戍可原者，亦宜分别輕重寬釋，以廣朝廷宥過之仁」，意在先生也。疏入不許。夏，簡西畧作《高嶢里謫仙橋記》。橋越今數百年，藉先生名不朽，西畧亦附驥以傳。忠孝感人之深，有如此。

二十八年己酉 修撰年六十二 居高嶢。夏秋之交，與葉兩湖、胡在軒游昆明池。案《居易録》，楊升庵先生在滇，有張半谷含輩從之游。時謂楊門六學士，以比黄秦晁張諸人。半谷，即愈光。其餘則楊弘山士雲、王純庵廷表、胡在軒廷禄、李中溪元陽、唐錡池南。又有吴悳懋高河爲七子，以擬廖明略。升庵謂「七子文藻，皆在滇南，爲一時盛事」是也。當時先生流離顛沛，困處荒遐，而遠近爲人企慕如是，何殊東坡。惜後身殁南中，不及如玉局之生還耳。

二十九年庚戌　修撰年六十三　居高嶢。夏，爲雲南巡撫吴興顧應祥、巡按御史莆田林應箕作《海口修濬碑》記文。

三十年辛亥　修撰年六十四　居高嶢。春，有《廣心樓小酌憶張禺山》詩。冬十月，三過易門龍口洞，有詩紀事。

三十一年壬子　修撰年六十五　居高嶢。春二月，有武弁委祭海口，請丁夫六千往疏濬，以剥稍食利者。民皆苦之。或爲言於修撰。修撰曰：「海已涸矣，田已出矣，民已疲矣！何復疏濬之爲？」迺致書巡按趙炳然，罷其役。秋九月，復于役蜀。至瀘，有《歸途始發》詩。「重作滇雲萬里征，歸途卻喜九秋晴。一笻歷歷記行店，雙堠頻頻減去程。嶺上聞猿孤枕淚，壁間見蝎故鄉情。烏蒙瘴霧昏眸久，相對江花眼倍明。」

三十二年癸丑　修撰年六十六　居瀘。秋，内江喻柯梓先生彙録《絶句詩辨體》。

三十三年甲寅　修撰年六十七　居瀘。春，正月六日，送簡西畇回郫。《四川通志》載：西畇蒙人，蓋楚才也。案《西畇蜀稿》，其先由涿徙湖南，溯江徙宇岷陽之郫。游滇中，與修撰交最篤。升庵《黔滇集》，西畇爲之序也。或曰西畇豫章新喻人。未詳所據。他日，又有《東林懷西畇》詩。秋冬久雨，著《霧淞詩》。

三十四年乙卯　修撰年六十八　春居瀘。夏自瀘返永昌。秋八月，得簡西畇書，以詩寄答，凡三十韻。冬復自滇于役蜀。

三十五年丙辰　修撰年六十九　居瀘。

三十六年丁巳　修撰年七十　居瀘。春，正月上元，有《與韓炅庵觀鐙詩》。夏，五月五日大暑，作《江山平遠樓樓在瀘州，黄山谷書詩》，有「獨立蒼茫吟思苦，孤臣白首望長安」之句。六月，長子同仁卒。秋八月，歸新都。弟序庵卒。冬十月，爲季子寧仁取瀘滕恩官女爲室。雲南巡撫游居敬遣四指揮，於蜀逮修撰還戍永昌。先生作《七十行戍稿》，有《過水馹峽》詩。「一從流戍辭巴蜀，幾回于役行荒服。百丈頻經水峽穿，孤鐙慣向江門宿。」又有《三題板橋》詩。「朔雪玄雲凍不開，僕夫疲病馬虺隤。鬢毛盡向風塵白，往復滇雲十四回。」二詩情詞可感，令人讀之，莫不切齒游撫，而憐先生也。十有一月十三日，修撰至永昌，復居高嶢。有耆老二十餘人烹豚煮酒慰存修撰。修撰以爲滇俗之厚也。又有《病宿廣心樓誌感》詩。「落穽重逢下石人，七旬衰病命逡巡。藤蘿深菁猿猱穴，瘴癘窮山虎豹鄰。枯木幾時霑雨露，戴盆何地見星辰。元夫幸遇睽孤日，寂寞寒灰也望春。」蓋自是先生終老戍役矣。

三十七年戊午　修撰年七十一　居永昌高嶢。春，正月人日，有《病起擁鑪》詩。

三十八年己未　修撰年七十二　在永昌高嶢。春，與劉虛湖對白石觴畫舫亭，有「七十二年老遷客，騎馬復走滇雲陌」之句，聞者哀之。又有《永昌感懷》詩。「七十餘生已白頭，明明律例許歸休。得歸已作巴江叟，重到翻爲滇海囚。遷謫本非明主意，網羅巧中細人謀。故園先隴癡兒女，泉下傷心也淚流。」夏六月，遘疾。賦詩永訣李中溪、張半谷、唐池南三子。「魑魅禦客八千里，羲皇上人四十年。怨誹不學《離騷》侶，正葩仍爲《風》《雅》仙。知我罪我《春秋》筆，今吾故吾《逍遥》篇。中溪半谷池南叟，此意非君誰與傳。」此先生絶筆也，故全載其篇。案：譜年與譜詩有異，例不載本人全詩。今譜中多載先生詩文者，以修撰謫戍後，年譜事蹟大半由《升庵集》中搜括而成也。論世尚文者詳之。秋七月六日，翰林修撰楊慎卒。先生譴戍後已無官矣，《年譜》具書其官，且冠於卒年上者，覺先生之謫，非其罪也。初，修撰嘗自稱「博南戍史」，又稱「金馬碧雞老兵」。畫像自題云云，見前《像讚》。至是疾篤，又續書其後曰：「死亦不憂，生亦不喜，生順死安，可謂云爾。死於此，葬於此，斯已矣。師友相厚故及此，積善有報在諸子。」修撰既歿，訃至江陽。黄安人帥子寧仁奔至滇。寧仁欲成喪，安人不可，止之曰：「幸而謫終，天威尚難測。律以春秋大義，自當藁葬。」寧仁迺止。無何，世宗遣使啟棺，見青衣布袱。使還以聞，帝感動，賜還原官。又四(明)年冬十月庚申，附葬於塚宰石齋墓側。四十五年丙寅十有二月，帝疾甚，還乾清宫。庚子崩，次日頒遺詔，内有云：「自即位至今，建言得罪諸臣，存者召用，歿者卹録，見監者即行釋放復職。」隆慶元年丁卯，春正月，録建言得罪諸臣通政使樊深等三十三人，由陳瓚而下各除原官者十四人。又第建言諸臣爲三等：戮死者四人，贈廕諭祭；次廷杖死者十三人，復職贈廕；次繫獄戍邊斥死荒服者凡二十八人，復職贈官。楊慎復職翰林修撰，贈光禄寺少卿，謚莊介。天啟中，改謚文憲。□夏五月，復大學士楊廷和官，贈太保，謚文忠。

□後隆慶時，雲南巡撫江陵陳大賓建三賢祠於金馬寺側，祀漢諫大夫王襃、僉事劉寅、翰林修撰楊慎。萬曆時，則雲南右布政富順劉之龍建太史祠於碧雞關之高嶢普賢寺之左。天啟時，則雲南按察使成都莊祖誥、副使内江黄似華遷太史祠於普賢寺之右。其在我國朝康熙十一年壬子，則滇昆明知縣江夏程封於高嶢李生家得修撰《自題像贊》，爲改輯年譜，上啟修升庵祠，因迤西用兵而止。丙辰，雲南按察使太原來度、左布政大興宋彝、右布政真定丁浴初、糧鹽道太康郭昌、提學新城耿弘啟、迤東駬茶道西蜀何啟鵬、雲南知府關東彭可壯共出廉俸重建太史祠祀升庵，春秋有司以時致祭，滇氓水旱疾疫亦有禱焉。

附：程封石門《改輯楊文憲升庵先生年譜書後》

《升庵先生年譜》成，友人談晉若云吾鄉胡南浦司農家有《蜀志》，貽書急借一觀。得簡西碞所編《升庵年譜》，即李卓吾《藏書》一篇也。沔陽陳玉叔序云：「用修先生殁十有八年，予歸新都收其遺書，偶得先生《年譜》於友人朱秉器家，迺簡紹芳所輯。年譜例編年，而西碞直書。」味斯言也，玉叔當年已不之足矣。玉叔又云：「升庵從子行人刊先生《年譜》，而屬予序。」近海内學士大夫家多罕見其書，抑或未及付梓，故流傳未廣邪？《志》中又載卓吾序《升庵文集》云：「予讀《升庵文集》，欲求其生卒之年月，考其始末履歷之詳，如昔人所謂年譜者，時時寘几案間，儼然如游其門牆，躡而從之。而序集皆不載目，故憾也。」今考卓吾《藏書》一篇，中間編年盡用簡語，而獨不載《簡譜》之生卒年月，且諄諄以不載爲憾，此何説也？豈卓吾又從别本收入，原與簡語同邪？考升庵别西碞在嘉靖三十三年甲寅，升庵卒在三十八年己未。《蜀志》又云：「紹芳歸數年，卒，其子詣升庵於瀘。升庵時卧病，呼拜牀下，問：『西碞安否？』其子曰：『死矣！』升庵長吁數四，目袖拭面，遂向壁復卧，後數日卒。」簡子過瀘，不知何年，升庵則卒於永昌。安得在瀘拭淚，數日即易簀邪？且西碞先升庵卒，《年譜》在西碞死後者不知幾年，不知又出何人手？今以西碞所編《年譜》與卓吾《藏書》參考之，中間舛錯，如取王安人在丙寅，而西碞訛丁卯。取黄安人在戊寅，而西碞訛己卯。羅漢寺題漢王褒《金馬碧雞移文碑》在乙巳，而西碞訛丁未。諸如此類，不可枚舉。且升庵生平大節在議禮，《譜》與《藏書》皆數語歷過，予特詳其議禮始末，備載論救諸臣上書歲月，附於《年譜》各年之下，以見先生所遇之窮也。昔蘇長公與先生同鄉，其《年譜》出於王宗稷之手，大半從《東坡集》中搜括而成，繼室王氏來歸歲月，遂不可考。惟《文文山年譜》是其在北京時手書，後人雜取《丞相傳》及宋國史、野史，併文山所著《指南前後録》、《集杜詩》旁采事蹟疏列《譜》中，故其書足觀。升庵先生文章節義炳耀天壤，與兩公略同，固不待譜而後傳，而封之重編兹譜也，如見先生焉。後千百年覽兹《譜》者，亦如見先生焉。予去先生遠，先生生平事實見聞不詳，絓漏失傳，不能無憾。倘後之人復有好事如予，取予所編先生《年譜》起而增訂之者，則予又前日之簡，而後人又今日之予也。

翰林修撰升庵楊公墓誌銘　明游居敬

余之涖滇彌月，前太史升庵先生楊公以書至，并惠所著《海口碑》并《晏公廟碑》刻。余讀所爲文，古雅奥麗，燦然若珠璧，鉥目劌心。作而曰：「兹秦漢之軌也。」余垂髫時聆公名，及宦游，四方搢紳學士談先生博雅而奇，若不容口。今驗之，信然。然詢先生起居容貌異往昔，心憂之。又逾月，先生復貽書，并惠製《便民纂叙》一篇，文之奇博，猶夫前也，而光痰覺稍減。余心語曰：「先生得毋有恙乎？」無何，先生走僕告余以病，余數遣醫診視之，醫復曰：「病不可爲也。」乃七月六日乙亥丑時，先生卒于昆明高嶢之寓舍，爲嘉靖己未歲也。距生弘治戊申十一月六日乙丑，年七十有二。余聞之曰：「吉人隕矣！」爲之悲而悼者，數日食不飴。九月，先生之門人安寧庠士丘生文舉輩，述先生素履之概，就正於池南唐君錡，謁余而請曰：「願爲之誌，先生將屬纊時所托也。」余惟先生爲海内賢碩，余曷足以辱命。然余聞先生爲有道士，表賢樹聲，係余責也，又曷可辭。乃按狀而擬其大者：先生諱慎，字用修，升庵其號也。四川新都人，前太師大學士石（齋）翁某之子，督學留耕翁某之孫。母夫人黄氏，家世淵源，儲祥穎發，非一日矣。先生生而聰明異常兒，孩童時所讀書，過目輒成誦。年未總角，著詩名，與李獻吉、何仲默諸名公並稱，乃祖留耕翁每奇之。於諸經古書，無所不通，子史百家樂律之言，一閲輒不忘，至於奇辭隱義，人所難曉者，益究心精詣焉。作爲文數千百言，援筆立就，悉出經入史，不蹈襲他人語。正德丁卯四川鄉試第三，辛未會試第二，廷試賜進士及第。一人三試，俱首雋，名實稱也。官翰林院修撰，秩承德郎。益專文事，三載考績，同官韙之。爲經筵講官，著《大學》「正心」、《論語》「君使臣臣事君」講章。丁丑，武廟聖駕北巡，有疏請還宫。副總裁兩朝國史，文詞以爾雅爲流輩所稱讓。辛巳，校文禮典，受卷祕閣，所取多知名士，官至館閣臺省者若干人。

修撰楊公維聰、中丞陳公講，其著也。今上嘉靖改元，壬午代祀南瀆，有《江祀編詩記》，學士玉溪張公潮、秩官棠陵方公豪評之。甲申，以議禮迕上意，謫戍雲南之永昌衛。遂安於義命，以天王聖明，悔艾自新焉。

居常誦詠古人書，日探索三代以來舊所覯經史子集百氏之言，博而能約，粹而弗泥，或發摘隱潛，或裒采菁華，長歌短篇，鏗然中金石。攄爲記頌序論銘書賦贊雜著，無慮百千萬言，用是以治其身。人有叩者，無貴賤靡不應，時出緒言，以誨掖群髦。滇之東西，地以數千里計，及門而受業者恒千百人，脱穎而登科甲、居魁選者，藹藹然吉士也。先生又不以問學驕人，藏智若愚，歛辯若訥，言質而信，貌古而樸，與人相接，慷慨率真，評論古昔，靡有倦怠。以故士大夫乘車輿就訪者無虚日。好賢者攜酒肴往問難，門下屨常滿。滇之人士鄉大夫談先生者，無不歛容，重其行誼博物云。前巡撫黄鐵橋公、巡按郭公爲擇安寧州雲峰書院以居先生，黔國沐敏靜公處以别墅，巡撫白泉汪公題其碑亭，巡撫擢司寇箸溪顧公爲創廣心樓于高嶢，歌以紀之，皆好德之心所表見也。先生居滇，泛昆池，登泰華，游點蒼並洱水，探奇挹勝，所在有述，人爭寶之。又工書法，片紙隻字，相傳摹榻，殆遍宇内。名碩諭德任君少海、方伯孔君文谷輩，率千里神交，郵書相訊。述古好文，至於臨歿無雜思焉。其庶幾古之所謂豪傑者乎！卒之日，巡撫侍御吴公右泉、黔國沐公雲樓暨藩臬諸大夫，咸有奠賻。余嘗博稽衆聞，而爲之論曰：「自洙泗振鐸，素王世祀。惟時德行、文學、政位有崇庳，惟德不朽；名有污隆，惟實斯符。至仲尼作《春秋》，記者曰：『筆則筆，削則削，事、言語列爲四科，並獲依歸，永垂令聞。至仲尼作《春秋》，記者曰：『筆則筆，削則削，游、夏不能贊一辭。』言游、夏之以文學擅長也。余聞諸：升庵先生，考賾鈎玄，進於邃古，搜冥發隱，網羅舊聞；摛辭達情，彪炳溢采，叙事辨疑，貫穿典墳，而又蔚成一家。凝神沖澹，晉之聖門，其不將爲游、夏之匹乎？子游爲宰，弦歌教行；子夏篤信，序《詩》淑世，皆不外言辭以傳聖翊經也。先生《禹碑》有釋，《檀弓》有訓，經疑有録，古史有評。論述往古，提覺來今，擬之往哲，抑又何疑！有言於余者曰：『先生蜀人也。蜀之先，文士彬彬，著于《詩》傳。若王褒著《得賢》之頌，揚雄述《太玄》之經，左太沖之賦《三都》，司馬相如之賦《子虛》，皆製作富蔚，轇轕造化，與楚之屈、宋爭鳴。宋而後，道學有張南軒氏，文章有三蘇氏，世之所亟稱其人而樂誦其書者也。先生其誦習上古，遠觀近稽，萃爲文辭，麗而辨，宏而奧，非是之流演而淵涵者乎？譬之河而委于海，山而宗于岳者乎？不然，何先生之文肆而大，篤實而光輝，包括宇宙，曲盡事變，若鐘鏞之叩聲徹蒼玄，大韶之舞時閒雲門，使人玩之而神怡，覩之而目眩，莫測其端倪，有若此乎？故嘗評先生之古詩歌行若魏晉、初唐，文若兩漢，詞賦比之長卿、子雲云。』余曰：『固然。先生殆采華而茹實，溯流而得源者與？故華藻雖泛濫于百家，而道誼則統宗乎六經。奇博雖上掇乎班、揚，而理趣實沈潛乎伊、洛。幽居之久，時寄諧戲，以抒興洩思，亦皆若古之思美人、思公子然，而卒不詭于道。非養之深，而能然與？非有得聖人之教，而能然與？」故嘗觀先生之作《禹碑歌》，其叙述甚羨慕唐韓愈之爲工，而隱若自附焉。唐三百年見道莫如韓愈先生，私心擬之，其自負豈尋常所可闚哉！舊嘗聞國朝狀元著稱者，博學若曾棨氏，節概若羅倫氏，好古若吕涇野氏，藻麗若康對山氏，皆世之所稱，卓然名垂後先者也。以今先生觀之，其著作之富，褆躬之勤，是與數君子並茂而同傳，無惑也。吁！可謂難矣。先生所著有《經説》、《丹鉛餘録》、《滇候記》、《韻林原訓》、《風雅逸編》、《巵言》、《文集》、《詩集》、《詩話》、《南中集》、《行戍稿》。諸書若干卷，多梓行于世。配黄氏，封安人。子男四：同仁，安人出，娶歐氏，新都庠生，早卒。寧仁，娶滕氏，瀘州庠士；右仁、資仁，尚幼；女一，許適韓參將孫某：皆側室某氏出。玆將歸櫬于蜀，以某年某月日葬于某縣某山之原，安人之弟松江郡守黄君梓谷于余爲同年進士，緘書來速余言，遂爲之銘曰：

先生之生，岷蜀之精；先生之出，朝廟之英。文擬班揚，學侔游夏。首選大廷，無雙聲價。擢君禁中，實才之雄。主上曰咨，汝毗朕躬。未幾落魄，出戍滇僰。聖德如天，臣罪莫測。乃安義命，述作自娛。揮毫對客，落筆瓊珠。人言天才，天實賦汝。

俾列史官，佚相之侣。竟老碧雞，光射斗奎。金蓮莫返，昆池草凄。吁嗟已矣，有書盈屋。石室副藏，永讐天禄。惟忠惟義，遠近誦之，不亡者存，尚俟穹碑。（《明文海》卷四百三十四）

文學名臣修撰楊公傳　明李贄

公名慎，字用修，别號升庵。其先廬陵人，徙蜀之新都。父廷和，號石齋，由翰林院庶吉士，歷官少師，兼太子太師，相兩朝，有除難定策之功。子四，長即慎，生而岐嶷穎達。七歲，母夫人教之句讀，併授以唐絶句，輒成誦。慎奮志誦讀，不出外户。罹母憂，極其悲號，廢食骨立。未幾，祖母葉訃聞，隨石齋公回蜀守制，大父留耕公授以《易》，兩旬而浹，不遺一字。擬作《古戰場文》，有「青樓斷紅粉之魂，白日照翠苔之骨」數語，公極稱賞。復命擬《過秦論》，益大奇之，曰：「吾家賈誼也。」一日石齋公與二弟觀畫，問曰：「景之美者，人曰似畫；畫之佳者，人曰似真，孰爲正？」慎舉元微之詩以對。二叔曰：「詩亦未佳，汝可更作。」慎輒呈稿云：「會心山水真如畫，好手丹青畫似真。夢覺難分列禦寇，影形相贈晉詩人。」二叔曰：「只此四句，大勝前人矣。」時年一十二。

辛酉，石齋公服闋，慎亦入京師，有《過渭城送别詩》及《霜葉賦》。一日偶作《黄葉詩》，李文正公見之曰：「此吾小友也。」乃進之門下，命擬《出師表》及傅奕《請汰僧尼表》，文正覽之，謂不減唐宋詞人。弘治乙丑，侍石齋公禮闈，時崔銑試卷在分考劉武臣簾下，疑其深刻，未録。慎見之，愛其奇雋，以呈石齋公，遂擢《詩》魁。崔銑知而以小座主稱焉。時年一十八。

正德丙寅，與同鄉士爲麗澤會。丁卯，歸應四川鄉試，督學劉丙試而奇之曰：「吾不能如歐陽公，乃得子如蘇軾。」是秋果擢《易》魁。十一月上禮部。戊辰春試，入國學，祭酒周玉類試之，曰：「天下士也。」己巳，歷事禮部，尚書劉宇見慎，問曰：「子爲誰？」對曰：「楊慎。」劉曰：「本部天下人，豈必一大臣子弟耶？」乃稱歎不置。辛未，禮部會試，靳貴擢慎第二，殿試則及第第一。制策援史融經，敷陳弘剴，讀卷官李東陽、劉忠、楊一清相與稱曰：「海涵地負，大放厥辭。」共慶朝廷得人。授翰林修撰，時年二十四。

癸酉，丁繼母喻憂。明年，藍、鄢諸寇作，慎在邑城中，日夕戒嚴。有賊數百，詐稱官軍以紿門者，慎率守雉堞者詰之，散去。乙亥，服闋。冬十二月，北上。丙子，入翰林，爲經筵展書官，及校《文獻通考》。丁丑，爲殿試掌卷官，得舒芬策，以呈閣老梁公，乃得首第。時武帝游幸宣大、榆林諸邊，返而復往。慎疏切諫，不報，乃以養疾乞歸。庚辰九月，慎北上，仍舊官。

辛巳四月，世宗皇帝即位。五月，慎爲殿試受卷官。八月，開講筵，慎首作講官，進《尚書》「金作贖刑」之章，言「聖人贖刑之制，用於小過者，冀民自新之意；若大姦元惡，無可贖之理」。時大閹張鋭、于經等皆犯先朝事，罪當死，以進金銀得免，故及之。壬午二月，命慎代祀江瀆及蜀藩諸陵寢，著《江祀記》。與給事熊浹、御史簡霄游浣花溪，載酒賦詩，有「煙霞誰作主，魚鳥自相親。斗酒千金會，扁舟兩玉人」之句。十二月，北上復命。癸未，纂修《武廟實録》，慎練習朝典，事必直書。總裁蔣冕、費宏曰：「官階雖未及，實堪副總裁者。」乃盡以藁草付之刊定。

甲申七月，兩上《議大禮疏》，嗣復跪門哭諫。中元日下獄，十七日廷杖，二十七日復杖之。慎斃而復甦，謫戍雲南永昌衛。時同事死者、配者、黜者、左遷者二百八人。慎舟由潞河而南，值先年被革挾怨諸人，募惡少隨以伺害，慎知而備之，至臨清，始散去。時年三十七。

乙酉正月，至雲南，病馳萬里，羸憊特甚，栖栖旅中，方就醫藥。而巡撫台州黄衷促且甚，慎力疾冒險抵永昌，幾不起。巡按郭楠、清戎江良材極爲存護，卜館雲峰居之，且上疏乞宥議禮諸臣，郭亦被詔下獄，斥爲民。丙戌九月，聞石齋公寢疾，疋馬間道，十九日至家，石齋公悦而疾愈。七月，攜家就戍所。十一月，尋甸府土舍安銓變起。十二月，武定土舍鳳朝文變亦起，攻掠城堡爲患。愼歎曰：「此吾效國之日也。」乃戎服率旅僮及步騎百餘，往援木密所守禦。入城，與副使張峨謀固守。明日，賊來攻城，寧州土舍陸紹先率兵戰城下，愼促城中兵鼓噪出，以助外兵。賊敗去，愼復歸會城。戊子春，愼一足病，有「半人嘲鑿齒，一足笑虞夔」之句。己丑八月，聞石齋公訃，奔告巡撫歐陽子重，疏上，得歸襄事。十一月，還滇。壬辰正月，布政高公公韶聘修《雲南通志》。時鄉大夫有欲冒嗣潁川侯傅友德，以覬世爵者，愼不可，乃乘張羅峰復相，流言欲中之，愼遂去。庚子八月，巡撫劉大謨聘愼及王元正、楊名纂修《蜀志》。辛丑還滇，至東瀘，疾作，尋戴金留之，返成都。壬寅七月，還戍所。丙午冬，大理推官吳宗徽署安寧州，奸規州利，欲攉民鹽牛，愼言於當路，得免。丁未，居高嶢水莊，名十二景，日與交游倡和。四月，屬簡紹芳隸漢王褒《移金馬碧雞文》於羅漢寺之崖。凡招提佳勝會意處，便操觚留題。數與滇之鄉大夫游昆明池，有《池賞詩社集》。庚戌四月，海口疏，雲南臺司顧箬溪諸人記其事於石。壬子二月，時在逸武弁得委祭龍海口，歸肆狂惑，請丁夫六千，督往駐濬，剥衆利。州人苦之，有言於愼者，愼歎曰：「海已涸矣，田已出矣，民已疲矣。」致書巡按趙炳然，罷之。九月，復至瀘。己未春，還戍所。六月遘疾，感懷詩曰：「七十餘生已白頭，明明律例許歸休。歸休已作巴江叟，重到翻爲滇海囚。遷謫本非明主意，網羅巧中細人謀。故園先隴痴兒女，泉下傷心也淚流。」又《訣李唐張三公》詩云：「魑魅禦客八千里，羲皇上人四十年。怨誹不學《離騷》侶，正葩仍爲《風》《雅》仙。知我罪我《春秋》筆，今吾故吾《逍遥》篇。中溪李元陽半谷張含池南唐綺叟，此意非公誰與傳。」卒，年七十有二。丁卯，穆宗即位，奉遺詔，追贈光禄寺少卿。

慎孝友性直，穎敏過人，家學相承，益以該博，凡宇宙名物，經史百家，下至稗官小説、醫卜技能、草木蟲魚，靡不究心多識，闡其理，博其趣，而訂其訛謬。正德間，武廟閱《文獻通考·天文》，星名有「注張」，内閣取秘書《通考》，又作「汪張」，中使下問，欽天監及翰院中皆莫知爲何星也。慎曰：「注張，柳星也。」歷引《周禮》、《史記》、《漢書》以復。又湖廣土官水盡源通塔平長官司進貢，同官疑爲三地名，於長官司上添一三字，慎曰：「此六字地名也。」取大明《官制》證之。嘉靖初，給事中張翀上言時政，「論學術不正」一條有「喬宇嵬瑣」之語，上問之内閣，慎適在館中，即取《荀子·非十二子篇》以復。敬所蔣公喜曰：「用修之博，何減古之蘇頌乎？」乃若論王導之賊晉室、辨太王之非翦商、魯之重祭不始於成王周公、春秋五伯深斥乎楚宋秦繆；引《墨子》及《修文御覽》以辨范蠡無載西施之事；引黄東發、蘇東坡之言及李漢韓文序以辨文公《與大顛書》之僞；駁歐陽氏非非堂之説；傳節婦唐貴梅之死，此又證據古今，闡揚幽隱，謂其有功世教也，非乎！至若陶情乎艷辭，寄意於聲伎，落魄不羈，又慎所以用晦行權，非恒情所易測者也。昔重慶守劉繪貽慎書曰：「夫人情有所寄則有所忘，有所譏則有所棄。寄之篤則人無所忌，無所忌而後能安，無所貪而後能適，足下所爲，蓋求其適與安也。古人買田宅，擁聲伎，皆豪傑蓋世之才，豈獨抱尺寸者之見也。僕觀足下，自蒙難以來，嘔心苦志，搴文纘經，延搜百氏，窮探古蹟，鑿石辨剥泐，破塚出遺忘。有僻儒苦士，白首蓬藋，日自纂索所不能盡，而謂竭精蕩神於逸欲聲色者能之乎？」斯言也，可謂諒慎之深者也。慎常語人曰：「資性不足恃，日新德業，當自心力中來。」故好學窮理，老而不倦，平生著述百餘種：

《轉注古音略》、《古音叢目》、《古音獵要》、《古音複字》、《古音駢字》、《古音附録》、《古音餘録》、《六書索隱》、《六書練證》、《古篆要略》、《説文先訓》、《韻林原訓》、《奇字韻》、《雜字韻寶》、《丹鉛餘録》、《丹鉛摘録》、《丹鉛續録》、《丹鉛别録》、《丹鉛閏録》、《丹鉛贅録》、《選詩拾遺》、《選詩外編》、《風雅遺編》、《唐音精絶》、《唐音百絶》、《絶句辨體》、《蘇黄詩髓》、《五言律祖》、《宛陵六一詩選》、《五言三韻詩選》、《五言别選》、《六言詩選》、《古韻詩略》、《李詩選》、《杜詩選》、《宋詩選》、《元詩選》、《瀛奎律髓選》、《詩林振秀》、《皇明詩鈔》、《填詞選格》、《詞林萬選》、《古今詞英》、《填詞玉屑》、《百琲明珠》、《書品》、《詞品》、《草堂詩餘補遺》、《升庵詩話》、

《詩話補遺》、《藝林伐山》、《文海釣鰲》、《謝華啟秀》、《病榻手欥》、《楊子巵言》、《巵言閏集》、《譚苑醍醐》、《敝帚》、《瑾户録》、《清暑録》、《墨池瑣録》、《逸古編》、《引書晶鈺》、《檀弓叢訓》、《金石古文》、《叙管子録》、《莊子刊誤》、《夏小正録》、《名奏菁英》、《群公四六節文》、《古文韻要》、《古文韻語别録》、《經書指要》、《經義模範》、《升庵經説》、《山海經補注》、《禪藻集》、《禪林鈎玄》、《銘心神品》、《千里面譚》、《希籛硎録》、《洞天玄記》、《赤牘清裁》、《赤牘拾遺》、《滇載紀》、《滇候記》、《蜀藝文志》、《交游詩録》、《江花品藻》、《升庵文集》、《升庵詩集》、《長短句》、《長短句續》、《玉堂集》、《南中集》、《南中續集》、《南中集鈔》、《月節詞》、《群書麗句》、《寰中秀句》、《哲匠金桴》、《異魚圖贊》、《素問糾略》、《脈位圖説》、《空侯新詠》、《古今風謡》、《韻藻》、《古諺》、《古雋》、《瀑布泉行》、《崔氏志銘》、《洛神賦》、《梅花賦》、《樂志論》、《陶情樂府》、《續陶情樂府》、《七十行戍稿》。右一百十七種。（李贄《續藏書》卷二十六）

明史竊·楊慎列傳明尹守衡

楊慎字用修，少師廷和子也。少師初艱於嗣，禱於神，夢神語曰：「當以聰明奇慧子畀君。」已而夢送五代忠臣夏魯奇至，曰：「武臣也。」復以《中庸》十八章輔之。遂生慎。七歲，母教之書，一過輒成誦，大父授之《易》，兩旬而洽。年十八舉於鄉，舉正德六年進士第一。時年二十四，授翰林院修撰。世宗繼大統，少師以大禮議不合，罷免。慎率同官與上爭，不能得，倡百官撼門大哭。上大怒，杖朝堂幾死，謫戍永昌。詳見《明倫紀》。戍居三十五年，終慎之世，不得召還。初戍之明年，聞父病，匹馬間道歸省，即還戍。又三年奔父喪，撫臣爲疏請，乃得歸襄事，僅數月。晚年借領戎役，攜子還蜀，僑寓瀘州，自還永昌。嘗一日歸瀘，滇有士讒之撫臣昺，俗戾人也。使四指揮以鋃鐺鎖來。慎不得已，至滇，則昺已墨敗。繇是不復歸，病寓禪寺以没，年七十二。而戍居者，半世也。慎性既穎敏，而又好學；又以父居内閣，中祕所有書，慎無不該覽。故我朝稱博學者，咸推慎一人。所著述有百種，其於經史，有所證解，或與評騭，皆有功於世教。至謫滇中，自以當聖世不復用，壯心不堪牢落，每欲耗磨之。故自污放，有安石東山之僻。諸夷酋欲得其詩翰不可，爭以白綾裓遺諸妓服之，使酒間乞書。慎欣然命筆，醉墨淋漓裙袖，酋重賞妓女購歸。瀘州嘗醉，胡粉傅面，作雙丫髻插花，門生舁之，諸妓捧觴，游行城市，不爲怍。其不羈若此。重慶太守劉繪貽之書曰云云。慎得書歎曰：「劉公知我！」滇中與李中溪元陽、張半谷含、唐池南錡三人皆以詩文相友善。慎終遺詩與訣，其詩曰：「魑魅禦客八千里，羲皇上人四十年。怨誹不學《離騷》侶，正葩仍爲《風》《雅》仙。知我罪我春秋筆，今吾故吾《逍遥篇》。中溪半谷池南叟，此意非公誰與傳。」卒後八年，穆宗即位，贈光禄寺少卿。元陽大理人，以進士起家爲荆州太守。慎嘗語人曰：「見其貌如臨水月，令人鄙吝自消；聆其語如聞洪鐘，令人矇迷頓醒。」含爲永昌人，與元陽同舉於鄉，爲第一人。不得第，遂不復仕，以書史吟弄終其身。（《明史竊》卷九十五）

明史·楊慎列傳 清張廷玉等

楊慎，字用修，新都人，少師廷和子也。年二十四，舉正德六年殿試第一，授翰林修撰。丁繼母憂，服闋起故官。十二年八月，武宗微行，始出居庸關，慎抗疏切諫。尋移疾歸。世宗嗣位，起充經筵講官。常講《舜典》，言：「聖人設贖刑，乃施於小過，俾民自新。若元惡大姦，無可贖之理。」時大璫張鋭、于經論死，或言進金銀獲宥，故及之。嘉靖三年，帝納桂萼、張璁言，召爲翰林學士。慎偕同列三十六人上言：「臣等與萼輩學術不同，議論亦異。臣等所執者，程頤、朱熹之説也。萼等所執者，冷褒、段猶之餘也。今陛下既超擢萼輩，不以臣等言爲是，臣等不能與同列，願賜罷斥。」帝怒，切責，停俸有差。踰月，又偕學士豐熙等疏諫。不得命，偕廷臣伏左順門力諫。帝震怒，命執首事八人下詔獄。於是慎及檢討王元正等撼門大哭，聲徹殿庭。帝益怒，悉下詔獄，廷杖之。閱十日，有言前此朝罷，群臣已散，慎、元正及給事中劉濟、安磐、張漢卿、張原、御史王時柯實糾衆伏哭。乃再杖七人於廷。慎、元正、濟並謫戍，餘削籍。慎得雲南永昌衛。先是，廷和當國，盡斥錦衣冒濫官。及是伺諸途，將害慎。慎知而謹備之。至臨清始散去。扶病馳萬里，憊甚。抵戍所，幾不起。

五年，聞廷和疾，馳至家。廷和喜，疾愈。還永昌，聞尋甸安銓、武定鳳朝文作亂，率僮奴及步卒百餘，馳赴木密所與守臣擊敗賊。八年，聞廷和訃，奔告巡撫歐陽重請於朝，獲歸葬，葬訖復還。自是，或歸蜀，或居雲南會城，或留戍所，大吏咸善視之。及年七十，還蜀，巡撫遣四指揮逮之還。嘉靖三十八年七月卒，年七十有二。

慎幼警敏，十一歲能詩。十二擬作《古戰場文》、《過秦論》，長老驚異。入京，賦《黄葉詩》，李東陽見而嗟賞，令受業門下。在翰林時，武宗問欽天監及翰林：「星有注張，又作汪張，是何星也？」衆不能對。慎曰：「柳星也。」歷舉《周禮》、《史記》、《漢書》以復。預修《武宗實録》，事必直書。總裁蔣冕、費宏盡付藁草，俾削定。嘗奉使過鎮江，謁楊一清，閱所藏書。叩以疑義，一清皆成誦。慎驚異，益肆力古學。既投荒多暇，書無所不覽。嘗語人曰：「資性不足恃。日新德業，當自學問中來。」故好學窮理，老而彌篤。

世宗以議禮故，惡其父子特甚，每問慎作何狀。閣臣以老病對，乃稍解。慎聞之，益縱酒自放。明世記誦之博，著作之富，推慎爲第一。詩文外，雜著至一百餘種，並行於世。隆慶初，贈光禄少卿。天啟中，追謚文憲。（《明史》卷一百九十二）

四溟詩話一則 明謝榛

作詩者有專用學問而堆垛者，或不用學問而匀淨者，二者悟不悟之間耳。惟神會以定取捨，自趨大道，不涉於歧路矣。譬如楊升庵狀元，謫戍滇南，猶尚奢侈，其粳、糯、稷、脯、虋、殽、鱠，種種羅於前，而筯不周品。此乃用學問之癖也。（《四溟詩話》卷三）

藝苑卮言五則 明王世貞

邊庭實以按察移疾還，每醉則使兩伎肩臂，扶路唱樂。觀者如堵，了不爲恠。關中許宗魯、何棟、西蜀楊名，無夕不縱倡，漸以成俗。有規楊用修者，答書云：「文有仗境生情，詩或托物起興。如崔延伯每臨陣，則召田僧超爲壯士歌；宋子京修史，使麗豎燃椽燭；吴元中起草，令遠山磨隃麋。是或一道也。走豈能執鞭古人？聊以耗壯心、遣餘年。所謂老顛欲裂風景者，良亦有以。不知我者不可聞此言，知我者不可不聞此言。」

楊用修自滇中戍，暫歸瀘，已七十餘，而滇士有讒之撫臣昺者。昺，俗戾人也。使四指揮以鋃鐺鎖來，用修不得已，至滇，則昺已墨敗。然用修遂不能歸，病寓禪寺以没。明興，稱博學饒著述者，蓋無如用修。其所撰，有《升庵詩集》、《升庵文集》、《升庵玉堂集》、《南中集》、《南中續集》、《七十行戍稿》、《升庵長短句》、《陶情樂府》、《續陶情樂府》、《洞天玄記》、《滇載記》、《轉注古音略》、《古音叢目》、《古音獵要》、《古音複字》、《古音駢字》、《古音附録》、《異魚圖贊》、《丹鉛餘録》、《丹鉛續録》、《丹鉛摘録》、《丹鉛閏録》、《丹鉛别録》、《丹鉛總録》、《墨池瑣録》、《書品》、《詞品》、《升庵詩話》、《詩話補遺》、《筌篌新詠》、《月節詞》、《檀弓叢訓》、《墐户録》、《瀑布泉行》、《須候記》、《夏小正録》、《升庵經説》、《楊子卮言》、《卮言閏集》、《敝帚》、《病榻手吷》、《晞籛䟵聿》、《六書索隱》、《六書練證》、《經書指要》。其所編纂有《詞林萬選》、《禪藻集》、《風雅逸編》、《藝林伐山》、《五言律祖》、《蜀藝文志》、《唐絶精選》、《唐音百絶》、《皇明詩鈔》、《赤牘清裁》、《赤牘拾遺》、《經義模範》、《古文韻語》、《叙管子録》、《引書晶鈍》、《選詩外編》、《交游詩録》、《絶句辨體》、《蘇黄詩體》、《宛陵六一詩選》、《五言三韻詩選》、《五言别選》、《李詩選》、《杜詩選》、《宋詩選》、《元詩選》、《群書麗句》、《名奏菁英》、《群公四六節文》、《古今風謡》、《古韻詩略》、《説文先訓》、《文海釣鰲》、《禪林鉤玄》、《填詞選格》、《百琲明珠》、

《古今詞英》、《填詞玉屑》、《韻藻》、《古諺》、《古雋》、《寰中秀句》、《六書索隱》、《六書練證》、《逸古編》、《經書指要》、《詩林振秀》。楊工於證經而疎於解經，博於稗史而忽於正史，詳於詩事而不得詩旨，精於字學而拙於字法。求之宇宙之外，而失之耳目之前。凡有援據，不妨墨守，稍涉評擊，未盡輸攻。

用修謫滇中，有東山之癖。諸夷酋欲得其詩翰，不可，乃以精白綾作裓，遺諸伎服之，使酒間乞書。楊欣然命筆，醉墨淋漓裙袖。酋重賞伎女，購歸裝潢成卷。楊後亦知之，便以爲快。

用修在瀘州，嘗醉，胡粉傅面，作雙丫髻插花，門生舁之，諸伎捧觴，游行城市，了不爲怍。人謂此君故自污，非也。一措大裹赭衣，何所可忌？特是壯心不堪牢落，故耗磨之耳。（以上《藝苑巵言》卷六）

李于麟守順德時，有胡提學者过之。其人，蜀人也。于麟往訪，方掇茶次，漫問之曰：「楊升庵健飯否？」胡忽云：「升庵錦心繡口，不若陈白沙鳶飞鱼躍也。」于麟拂衣去，口咄咄不絕。（同上卷八）

四友齋叢説一則 明何良俊

嘗問大周云：「老先生與楊升庵同鄉，亦常相見否？」大周曰：「升庵在家時余尚幼，故家中未曾相見。後升庵謫戍，住札瀘州，是雲南、四川交界之地，乃水次埠頭也，四川士夫進京皆至此處下船。在瀘州嘗一見之。升庵下筆則亹亹不竭，然不善談，對人言甚謇澀。其服飾舉動，似蘇州一貴公子。」（《四友齋叢説》卷十八）

詞苑萃編一則 明馮金伯

楊用修少時善琵琶，每自爲新聲度之。及登第後，猶於暑月夜綰兩角髻，著單紗半臂，背負琵琶，共二三騷人攜尊酒，席地坐西長安街上，歌所製小詞，撮撥到曉。適李閣老早朝過之，聽其聲異常流，令人詢之，則云楊公子修撰也。李爲之下車。楊舉卮進李曰：「朝尚早，願爲先生更彈。」彈罷，而火城將熄。李先入朝，楊亦隨著朝衣而至。朝退，進閣揖李先生及其尊人。李笑謂曰：「公子韻度，自足千古，何必躬親絲竹乃擅風華？」自是長安一片月，絶不聞楊公子琵琶聲矣。《桐下听然》。（《詞苑萃編》卷十六）

升庵詩話序 明程啟充

昔在孔子，博文約禮，孟氏博學反約。多識畜德，聖哲所尚，稽古博文，代有其人。反而説約，匪心會神悟，雖六經亦糟粕耳。吾友升庵楊子，正德辛未臨軒及第，蜚聲詞垣，纘承家學。嘉靖甲申與新貴人爭禮，譴戍南荒，十有八年。上探《墳》《典》，下逮史籍，裨官小説及諸詩賦，百家九流，靡不究心，各舉其詞，罔有遺逸，辨僞分舛，因微至遠，以適於道。淡而不俚，諷而不虐，玄而不虚，幽而不詭。其事核，其説備，其詞達，其義明，自成一家之言。往代之疑，前哲之誤，一朝悉之，嗚呼，博哉約之乎！升庵資稟穎絶，天將致之於成，投艱畀困，動心忍性，故其所得益深，所見益大，舉而措之，寅亮弘化，不在兹乎？若曰詞藻丹鉛，談鋒芒鍔，是乃唐宋諸人之贅，升庵之見，當不如是也。升庵在滇，手所鈔録漢晉六朝各史要語千卷，所著有《丹鉛餘録》、《丹鉛續録》、《韻林原訓》、《蜀藝文志》、《六書索隱》、《古音略》、《皇明詩鈔》、《南中稿》諸集。此則挈其準於詩者，曰《詩話》云。嘉靖辛丑陽月，嘉州初亭程啟充序。（嘉靖本《升庵詩話》）

升庵詩話序 清李調元

昔人於書，非徒誦説之而已，將必以心之所欲言，口之所能達者，筆之於册，流連覽觀，以示弗諼。久之，而所得裒然焉。取精用宏，直此之故。明自正、嘉以來，言詩者一本嚴羽、楊士弘、高棅之説，以唐爲宗，以初、盛爲正始、正音，中、晚爲步武、遺響。斤斤權格調之高低，必一於唐而後快。甚或取詩之先後乎唐者，皆庋閣勿觀。嗚呼！亦思唐人果讀何書、使何事，而遂以成一代之作者已乎？升庵先生作詩不名一體，言詩不專一代，兼收並蓄，待用無遺，而説者或以繁縟靡麗少之。韓退之不云乎：「惟古於文必己出，降而不能乃剽賊。」試觀先生之詩，有不自己出者乎？先生之論詩，有不自己出者乎？知其自己出，而猶以是譏之，是猶責衣之文繡者曰：「爾何不爲裋褐之不完也？」責食之膏粱者曰：「爾何不爲藜藿之不充也？」其亦惑之甚矣。按何宇度《益部談資》載，先生《詩話》四卷，《補遺》二卷。余得焦竑足本十二卷，蓋皆先生心之所欲白，而口之所能言也。讀者謂先生言人之詩也，可；謂先生自言其詩也，亦可。童山李調元序。（《函海》本《升庵詩話》）

詩話補遺序 明張含

文中子曰：「仲尼多愛，愛道也；馬遷多愛，愛奇也。」含謂：「道未嘗不奇，何遽謂奇非道哉？」吾友太史公升庵楊子，今之馬遷也。腹笥五車，言泉七略，詩其餘事。又出其緒餘，綴爲《詩話》若干卷，有《續集》，有《别録》，有《補遺》，皆詩評也。藝林同志，咸珍傳之，蓋與余同。見聞者十八九，比之宋人《珊瑚鈎》、《漁隱話》，評品允當，不翅度越。九變復貫，知言之選，良可珍哉！嘉靖壬子十一月七日，永昌禺山張含序。（嘉靖本《詩話補遺》）

詩話補遺序 明王嘉賓

鄉先生升庵太史寓滇之日，杜門卻掃，以文史自娱。著書凡數十種，流播海内。金桴玉屑，人亟珍藏。點翰之暇，復述綴《詩話》，以裨詞林之缺。三筆業已鍥棗，奇且富矣。兹《補遺》三卷，乃公門人晉陽曹壽甫詮次成帙，請於嚴君東崖郡公，授梓以傳。公掌合篆，臥而治之，雅尚文事，實以有餘力也。先是升庵先生貽書不肖，俾引簡端。顧譾陋何能贊一辭，聊質疑於先生焉爾。叙曰：

嚴滄浪氏云：「詩有别材非關書，别趣非關理。」若然，則鑿空杜撰，可謂殊材；繆誕譃浪，亦云異趣。詩之要旨，果如斯而已乎？今觀編内，粗舉一二，如「天闕」、「偃曝」之訂正，「石砝」、「卸亭」之考索，其於古昔作者取材寄興之端委，掇菁鈎玄，殆同堂接席而面與契勘也。嗚呼，杜紫微不識龍星，房叔遠能喻湖目。放翁《沈園》之詠，誠齋《無題》之什，非發揮於後村，二詩之意幾晦。然則詩材詩趣，果在書與理外耶？陸士衡云：「傾群言之瀝液，漱六藝之芳潤。」此固太史公之餘事。嗟嗟小子，讀書滅裂，不見目睫者，跡公之融神簡編，其精密該綜若此，將無愧汗浹背耶？藝苑君子，三餘披覽，獲益良多，知不啻如乾饌之非炰非炙，聊甘衆口而已。嘉靖丙辰夏，蜀東緱嶺山人王嘉賓序。（嘉靖本《詩話補遺》）

叙詩話補遺後 明楊達之

吾師太史升庵公，天篤至穎，一涉靈積，沖齡發詠，金石四遠。謫居南徼，肆力藝壇，休播士林，珪琳萃具。兹刻其藻評之餘風乎？曩小子孱廢離索，得師《詩話》先梓以傳者，寶帷潛玩，蹶然自謂，詩社靈荃，其在兹乎？袪習固，宣喆隱，恢本則神物體，辭省而發興深。脂俚不捐，而約之於義，半璧雙金，祟是可以妙悟三昧矣。竊稍合庠之二祀，適晉陽東崖曹公，以渝别駕俯牧兹土。家承好古，復購師《補遺》數卷，捐俸登梓，與前妙並傳。小子又受而讀之，希音過繹，幸哉！然曰吟瀚評品，雌白無慮數十家，抑多隨興稱寄，晬盤百具，資發蓋鮮。滄浪以禪極喻，要亦竟概而尠暴於縷。維公白首精能，天出窈密，雋辭半韡，戛玉示牖，真詩林之神翼，騷圃之玄英也。跡是以階其尚，其有窮乎？其有窮乎？時嘉靖丙辰三月，門生大理楊達之頓首謹序。（嘉靖本《詩話補遺》）

詩話補遺跋清李調元

考千頃堂《升庵詩話》四卷，《補遺》二卷。前得焦竑刊本共十二卷，係合先生詩話彙刻，以便觀覽，故爲足本。後得《詩話補遺》二卷，乃先生自訂本，所校者門生曹命、楊達之，其中多有焦氏所遺漏，因急補刻。其爲焦氏所併入者，則因次標注於下，庶前、後兩集本來面目皆見。綿州李調元跋。（《函海》本《升庵詩話》）

重編升庵詩話弁言丁福保

《升庵詩話》自明以來無善本，有刻入《升庵文集》者，凡八卷自五十四卷至六十一卷。有刻入《升庵外集》者，凡十二卷自六十七卷至七十八卷。有刻入《丹鉛總録》者，凡四卷自十八卷至二十一卷。《函海》又載其十二卷及《補遺》三卷。此詳彼略，此有彼無，前後異次，卷帙異數。

其字句之訛，則各本皆然，魯魚亥豕，往往不能句讀。殆皆仍其傳寫之誤耳。明刻書，夙以多謌聞，兹復益以傳寫之誤，升庵嘉惠後學之心，後學其何以領悟耶？升庵淵通賅博，而落魄不檢形骸，放言好僞撰古書，以自證其説。如稱宋本《杜集》，《麗人行》中有「足下何所有，紅蕖羅襪穿鐙銀」二句，錢牧齋徧檢各宋本《杜集》，均無此二句。又如岑之敬《棲烏曲》載《樂府詩集》，有「明月二八照花新，當壚十五晚留賓」之句，升庵截此二句，添「回眸百萬横自陳」一句，别題爲岑之敬《當壚曲》。又如李陵詩有「紅塵蔽天地，白日何冥冥」二句，下闕。見《古文苑》、見《文選》李善本《西都賦》注。《升庵詩話》備載全詩，下多十二句，云出《修文御覽》。此書亡來已久，殊不可信。以文義考之，「白日何冥冥」下，何得遽接云「招摇西北指，天漢東南傾」耶？又載七平七仄詩，七平如《文選》「離袿飛綃垂纖羅」，今考傅武仲《舞賦》，《古文苑》、《文選》皆云「華袿飛綃雜纖羅」，不言「垂纖羅」也。凡此種種，皆失之僞撰。又如稱「渤海，北海之地，今哈密扶餘。中國之滄州、景州名渤海者，蓋僑稱以張休盛」云云。不知哈密在西，扶餘在東，絶不相及。滄、景一帶，地皆瀕海，故又有瀛州、瀛海諸名，謂曰僑置，殊非事實。又「香雲」、「香雨」，並出王嘉《拾遺記》，而引李賀、元稹之詩。又以盧象詩「雲氣杳流水」句誤爲「香」字，此亦其引據疏舛處。王弇州譏其求之宇宙之外而失之耳目之前，陳耀文且有《正楊》之作以詆之，後學或引以病升庵。然升庵之才器，實在有明諸家之上，瑕玷雖多，而精華亦復不少。《四庫提要》謂：「求之於古，可以位置於鄭樵、羅泌之間。」後學棄其瑕玷而取其精華可也。余讀《升庵集》，仰其爲人，會有《歷代詩話續編》之刻，爰搜集各本，詳加校訂，謌者正之，複者删之，缺者補之。至其僞撰之句，則原之以存其真。據其題中第一字之筆畫數，改編一十四卷，自謂較各本爲善矣。割裂古人書，世所詬病，若《升庵詩話》之散如盤沙，不割裂無以得善本，而或者升庵嘉惠後學之心，反以余之割裂而顯也。敢以質諸當世君子。（《歷代詩話續編》本《升庵詩話》）